咱老家

上 册

徐存震　徐玮珂　著

中国文联出版社

图书在版编目（CIP）数据

咱老家：上下册 / 徐存震，徐玮珂著 . -- 北京：
中国文联出版社，2025. 2. -- ISBN 978-7-5190-5749-7

Ⅰ．I247.5

中国国家版本馆 CIP 数据核字第 2024E9L630 号

著　　者	徐存震　徐玮珂
责任编辑	蒋爱民
责任校对	秀点校对
封面设计	西　子

出版发行　中国文联出版社有限公司

社　　址　北京市朝阳区农展馆南里 10 号　　　邮编　100125

电　　话　010-85923066（编辑部）　010-85923025（发行部）

经　　销　全国新华书店等

印　　刷　三河市华东印刷有限公司

开　　本　787 毫米 × 1092 毫米　　1/16

印　　张　51

字　　数　950 千字

版　　次　2025 年 2 月第 1 版第 1 次印刷

定　　价　160.00 元（上下册）

前言

老家是父亲、是爷爷、是爷爷的爷爷出生生活的地方。老家是窝，老家是根，老家是魂，老家是牵扯风筝的那根线。老家一辈辈、一代代，讲不清，说不尽，道不完。

老家的山，老家的水，老家的土，老家的树，老家的屋，儿时的伙伴。打蜡子，下趟子，听大鼓。萤火虫照明，粮场里睡觉，下河摸鱼虾，上山拾鸟蛋，参加集体大会战，求学路上历艰难，小康路上奔向前。

老家的人、老家的事，普通得不能再普通，饭食腔调、风俗习惯，锅碗瓢盆、油盐酱醋，亲朋四邻、家长里短，七大姑八大姨、娘亲母舅表兄弟，跪香炉子拔香根、喜怒哀乐唱大戏。

老家是人生的起点，在每个人的身上、心上打上标签印记，走遍天涯海角都要自报家门。

老家的人自称百姓，自称平民，自称布衣，自称草根。

老家的人是平凡的人，是奋斗的人，他像一片瓦，一块石，一粒沙，无怨无悔地奉献着。老家的人和无数平凡的人一起脚踏实地地把每件平凡的事做好，一点一滴地创造了国家和民族伟大成就。平凡铸就伟大。

国家的强盛离不开精神的强盛，民族的复兴离不开精神的支撑，老家平凡人的奋斗精神，血液里流淌的真善美，骨子里刻印的自强不息，就是中华民族奋斗精神的重要组成部分。

老家，老家人，老家精神！

想到老家，为什么眼里常含着泪水？因为对这片土地爱得深沉。写老家不是一时冲动，而是长久以来压在心头的一种责任。

于是历时数年，行程千里，脚印遍布城乡，采访数百人，在此基础上，倾心倾力倾情创作完成了长篇小说《咱老家》。

想念老家，不忘老家，常回老家！

谨以本书致敬老家！

徐存震　徐玮珂

2024 年 6 月于济南

改不掉的乡音

忘不了的味道

抹不去的记忆

挥不去的乡愁

——题记

第1章

灿烂的朝霞升起在向阳市的上空，整个城市焕发出蓬勃的朝气和无限的生机。

城市公园的清平湖彩光粼粼，垂柳依依。湖边的红砖步道两侧的花丛散发着醉人的芳香，湖边广场上晨练的市民展现着丰富多彩的健身项目和奇人绝技。马路上的汽车在交错闪烁的红绿灯调节下有节奏地奔跑着。弥漫着烟火之气的向阳美食城飘散着诱人的饭菜香。这里的早点丰富多彩，百年老味传统美食应有尽有。辣汤、糁汤、糊粥、豆腐脑儿、咸糊涂、小米粥，油条、馓子、煎饼果子、菜煎饼、菜盒、煎包、蒸包、灌汤包，早羊汤，大烧饼。

这些起源于乡村、兴盛于乡村的美味佳肴和经营早餐摊点的乡下人，成了城市不可或缺的重要元素，为城市流动的时尚现代气息增加了乡土文化的底蕴和厚重。

清平湖边的慢道上走来一位50岁上下的男子，他上身穿着白色长袖衬褂，下身穿着藏青色西裤，腰系黑色针扣腰带，脚穿浅灰色运动鞋。他身高一米七五左右，腰杆笔直，脖子修长，肩阔腰细，两腿挺直有力，"国"字形的脸庞刚毅方正，鼻子高挺，剑眉星目，眼睛炯炯有神。皮肤黑里透红，虚青的胡楂儿颂根透着健壮和坚毅。他左手提着牛津帆布文件包，右手舒展自由地摆动着。他昂首挺胸，步伐矫健轻松，浑身散发着英气、侠气、正气，透着沉稳自信。他不是别人，正是有拥趸百万的知名文化学者、经济学教授、向阳学院院长赵凌云。

赵凌云走到广场北头的大银杏树下空地上，脱下衬褂，将文件包和衬褂放到树下连椅上。束在身上的背心紧紧的，他两臂内屈，拳头一攥，胸肌、腹肌、腰肌、颈阔肌、背阔肌、肱二头肌全部配合性地凸显出来。他伸臂、扭腰，下蹲、踢腿，热了一下身，又搓了几下手。他拉开架势，两手紧握放在腰间，拳变掌向下一按、虚步、垫步、击掌、挥掌、踢腿、起跳、二踢脚、旋风腿、空翻、侧端、扫堂腿……赵凌云打了一趟长拳、一套洪拳，最后又打了一套太极拳，他的拳法套路娴熟，动作舒展，功力颇深。

赵凌云打得酣畅淋漓、汗流浃背。收势后，他从文件包里拿出水杯，咕咚咕咚将一杯水一饮而尽。他提着衬褂领用力抖落一下，穿上衬褂，提起文件包大步流星直奔美食城。

他走到徐记粥铺靠角落一个桌子，桌子对面坐着一位40多岁的中年男子，上身穿薄布迷彩服，下身穿肥裆蓝色运动裤，脚穿黄球鞋。

"大哥，你来吃饭呢？"男子给赵凌云打招呼。

"是的兄弟。你也吃饭呢？"赵凌云微笑着答道。

认识不认识，见面打招呼，这既是风俗，也是礼仪。

赵凌云点了一碗糊粥，一根油条，一个鸡蛋，一个烧饼，一盘辣椒豆。他胃口大开，烧饼卷油条，这是他的最爱，肠胃这东西是有灵性的，一旦形成记忆，想抹都抹不掉。

"兄弟，你干什么工作？"赵凌云问对面的男子。

"大哥，俺是齐北区乡下来城里打工的，主要在建筑工地支盒子板，我姓李，叫李子朴。""收入还行吧？"赵凌云问。

"收入还可以，每天300多块钱，就是累点。"李子朴答道。两人边吃边说。"你家里有多少地？"李子朴说："我们山区的地宽，一人有一亩四分地，我有一个姐，一个妹，出嫁了地没收回。但她们在婆家捞不着分地，我媳妇在我们村也没有分地，我有两个孩子，添人不添地。这样我家有五口人的地，包括我父母，我们家有七亩地。"

赵凌云问："还种吗？"李子朴说："哪能不种呀？地是咱命根子。虽然种地很辛苦，也收入不了多少钱，但地也不能丢。不种地，人家会说这家人不过日子。"

李子朴端详了一下赵凌云，说："大哥，我越看您越面熟。"赵凌云笑着对李子朴说："兄弟，感谢！"

"大哥，我把账给您结了吧？"李子朴看赵凌云把饭吃完，礼节性地谦让道。"还是我来吧。"赵凌云拿着手机去扫码，边扫边喊粥铺老板算账，唯恐李子朴抢了先。

李子朴喊道："各算各的，各算各的。"

赵凌云结了两人的账，握手道别。赵凌云想着与李子朴的对话，想着李子朴天然亲切的面孔，大步流星地赶往向阳学院，刚进办公室，手机就响了，来电显示是"大哥赵存祥"。他按下接听键："喂，您好，我是向阳市山崮县丰源乡想水村村民赵凌云。"

电话里传来熟悉的声音，"凌云，我是存祥，你大哥。"

赵凌云朗朗地笑道："我知道。我能听不出来我哥的声音？我的手机上也显示您的名字。"赵存祥嗔怪道："凌云，刚才你自报家门的那一串词不太得体呀。"赵凌云笑着问："大哥，我应该怎么报？"

赵存祥认真地安排道："你应该说我是经济学者、大学教授赵凌云。"

赵凌云一本正经地说："大哥，我站不改名，坐不改姓，何况我是在给您报家门呢？"赵存祥："凌云，我们村的农耕文明展览馆、敬老院和村史文化馆就要竣工了，到时你能回来吗？"

赵凌云说："大哥，太好了！我回。我们俩，特别是俺哥您，是咱们村发展的见证者、亲历者，我们永远感恩党、感恩奋进的时代、感恩勤劳善良的父老乡亲。这是我们想水村的传统。"赵存祥说："是的，咱想水村人，'甘吃天下人之苦，敢为天下人之先，永不言败，誓不服输'，咱'勤劳勇敢，自力更生，积善厚德，尊老敬贤，勇毅担当，侠肝义胆，耕读致远'的文化，要世世代代传下去。建展览馆和文化馆的意义，就在这里。凌云，不打扰你了，我等你回来。"

赵凌云："好的大哥，再见！"

挂断电话，赵凌云沉思良久，缓缓走到办公室北面的窗户，推开窗扇，他像敬礼一般举起右手，将手掌置于额前，打起眼罩，满怀深情地向北方的老家想水村眺望。

望着，想着，想着，望着，记忆的闸门徐徐打开……

第2章

1975年农历五月，麦收时节的一个夜晚。

想水村静得像一潭春水，整个村庄被黑色的夜幕裹得严严实实。村中央一户人家的西屋里，用木凳撑着木板的床上，通腿睡着三个孩子。脸朝东睡的是老大，叫赵凌志。脸朝西一头睡的有两个，是老二和老三，老二叫赵凌云，老三叫赵凌峰。赵凌云睡在边上，赵凌峰睡在里面。

赵凌志和赵凌峰已睡得天昏地暗，赵凌峰时不时伸伸小手，嘴里还吧唧两下，老大的口水时不时流在山花布枕头上。

赵凌云和赵凌峰共用的枕头是用山花粗布缝制的布袋，里面装满麦秸做成的。赵凌峰那边半个枕头踏踏实实，赵凌云这边的半个枕头里面好像有小虫子在不时蠕动，喳喳、咔咔地响。赵凌云一会儿头正着，一会儿头侧着，反复着，重复着，就是睡不着。天怎么还不亮呢？

这是娘昨天的一个决定，带他明天去西乡拾麦子，把他影（引）得一夜没睡着。拾麦子！要出家门了，第一次出家门看看外面的世界，太兴奋了。

麦收时节，到西乡平原地拾麦子是无麦可收的想水村人的重要农事活动。为改善生活，迫不得已，实属无奈。

想水村缺水，几百年来种的是望天田，吃的是望天粮。从赵良老祖起，想水村的百姓不断试验种植各种农作物，最终适宜的也只有耐旱的高粱、谷子，当家的是地瓜。这里的地瓜亩产能达到800斤、上千斤，成为想水村的主粮。想水村人自嘲愚钝，常取笑自己："俺是吃芋头长大的。"

这里春旱、秋旱，时有冬旱。生长期长、需越冬的麦子成了稀罕物。种五年，三年绝产。有的年份，麦收只能收几把干麦草。想水村人别说吃白面，偶尔喝上麦汤都是奢望。

想水村西行二十里便是丰源公社的大平原，也是山崮县的粮仓。这里一马平川，一望无际，河流交错，水井遍布。进入5月，西南风起，麦田一片金黄。麦穗拽着麦秸摇曳着、摆动着，像美丽少女扭动着柔软的腰肢，炫耀着金色的裙子，又像高超艺人踩着高跷扭秧歌。单看一枝，那叫美，放眼一片，那叫炫。麦浪小幅度波动，奏出优美动听的交响乐章。

向阳市购进的第一台铁牛"东方红"牌拖拉机、收割机，就投放给了丰源公社。丰源公社有三个最有名的产粮强村，时村、郭村和刘村。民间流传着一个令人向往而羡慕的顺口溜："金郭村，银时村，不旱不涝是刘村。三村的麦子赛黄金，一季灌满大仓囤。"这里是麦收季节，山里人拾麦子的首选目的地。

赵凌云的枕头还在不停地响，黑色的夜幕裹得紧紧的。凌云想尿尿，睡不着的人老是尿多。他慢慢地起来，趿拉着鞋，用手揉了揉眼睛，又将胳膊向前伸开向记忆中的堂屋门方向摸去。手触到了屋门，上下滑动，找到了门插板，向外拽开，打开屋门，走近院子东南边的椿树底下，痛快淋漓地将尿放了出来。

撒完尿，赵凌云围着椿树转了一圈，他伸开双臂抱住椿树，像念叨又像在背诵更像是祈祷："椿树椿树王，你长粗来我长长，你长粗来好解板，我长长来穿衣裳。"连说三遍。

"抱椿树，长高个"，是想水村一带的祖传秘籍。解密后，成为一种民俗。

赵凌云是想水村始祖赵良老祖的三弟赵耀的嫡系19代孙。赵凌志、赵凌云、赵凌峰弟兄三个长得五官端正，粗眉大眼，皮肤白皙，个头匀称，在村里孩子中算是水灵可爱出类拔萃的。赵凌云作为学校班里的班长，是常被老师安排领学领读的尖子生，但他总感觉个头比同学矮许多，甚至比好多女生还要矮。其实他在同龄孩子中个头算高的。班里的同学上学年龄参差不齐，赵凌云上学早，有的比他大两三岁，那个座位在他后面的好朋友宋丁比他大四岁。赵凌云想长高、长快。听老人说抱椿树能长高，他就相信地毫不犹豫地上演了抱椿树这滑稽的一幕。

赵凌云家院子里栽有椿树和苦楝树。椿树又叫臭椿，苦楝又叫楝豆树，椿树可不单单是用来抱的，家院里栽树那可是想水村的历史传统。

数百年前，赵良老祖就让父老乡亲家家户户在院内院外、房前屋后多栽树。家里栽得最多的就是楝豆树、椿树、梧桐树。家里有女儿的就要用楝豆木、椿木、梧桐木做嫁妆。楝豆木做橱子、柜子等嫁妆的框架，椿木、梧桐木做板面。用楝豆木做嫁妆更有寓意：女儿出嫁后要恋娘家，不能忘祖，常回家看看。

祈祷完毕，赵凌云撒开双手，原路回到屋里，插上门，摸到床前，正要上床，院子里传来"咯咯喽"公鸡清脆而带有号召性的啼鸣。接着，村子里的各路公鸡都在应和着"咯咯喽"，像传递信号，天要亮了！

赵凌云有些兴奋又有些激动，他把抬上床沿的右腿迅速收了回来，摸黑穿过堂屋敲了敲东屋门："娘，天快明了。""噢。"娘答应着。

赵凌云回到西屋穿衣裳。娘起床，点上煤油灯，堂屋顿时充盈着泛黄的亮光。娘从水缸里舀了半小瓢水放到凳子上的铜盆里。"小云，过来洗把脸。"娘喊凌云道。"噢，我穿好衣裳就洗。"赵凌云答道。

娘用刚盖住盆底的一把水，洗了脸，赵凌云就着娘的洗脸水洗了脸，使劲儿抹了抹眼角，眼皮顿时感觉轻爽，上下跳动顺畅利索。

赵凌志、赵凌峰也醒了。凌云娘安排赵凌志："凌志，我带凌云到西乡去拾麦子，你看好凌峰，囤子里有煎饼，锅屋里有葱，橱子里有咸菜和咸鱼，你再烧点高粱汤，太阳落了，我们就回来了。"

"噢，哈，知道了。"赵凌志睡眼惺忪，噙着口水，含混不清地不耐烦地回应道。凌云娘带凌云拾麦子是她毫不犹豫的决定。凌云聪明机警、勤快、听话还能吃苦。

"他婶子，咱走吧。"赵凌云的三大娘敲着赵凌云家的大门喊着。

"赶快给你三大娘开门去，小云。"凌云娘喊着凌云。赵凌云跑着去打开了大门，看到三大娘和村东头的侯大娘扛着钩担，钩担的一头用绳子绑着两个空布袋站在门前。"三大娘，侯大娘。"赵凌云亲切地叫道。"小云，喊你娘快走吧，天快明了，晚了，咱就拾不到麦子了。我们喊你徐大娘去。"三大娘有点急。

"小云，咱走吧。"后院的二叔也来了。二叔名叫赵广仁，比赵凌云长一岁，辈分比赵凌云高一辈，是赵凌云的好朋友又是同班同学。二叔勤快，性格温柔，说话柔里柔气，像个女生，在学校里，有人喊他"假二妮"。二叔为人好，喊他"假二妮"他只是脸一红，也不生气，有时喊急了，他会撑上一句："男人女相主富贵。"这句话高深，二叔却不知是什么意思。这句话是学校迪思科老师安慰他说的。

迪思科老师是个大学问家，是山崮县城里来的，据说是响应党的号召，到基层去，到困难的地方去，主动要求来想水村的。

二叔赵广仁虽然只比赵凌云大一岁，由于是长辈，显得老成，对赵凌云格外疼爱。赵凌云学习成绩好，学习方面处处帮着二叔，遇事又都向着二叔，特别是有人欺负二叔时，赵凌云替二叔上前从不让步。

赵凌云家做饭时，赵凌云帮娘拉风箱烧火，二叔经常替赵凌云拉风箱，赵凌云很感谢二叔。赵凌云辅导二叔功课，还教二叔唱歌。

二叔说："凌云，今天老师教唱的歌，我没学会，你教教我吧。"

叔侄情深，同学义重。赵凌云一遍遍教二叔，直到二叔全面掌握。

这次凌云娘带赵凌云到西乡拾麦子，赵凌云自然先想到叫上二叔，这点光绝对让二叔沾上。二叔提议再带上赵凌云的邻居同为同学的徐星，徐星小名叫小五。

赵凌云说："行，我娘说做事不怕人多，人多不争食，人多力量大。"

鸡叫二遍，黑色的夜幕渐渐变淡，四位裹着小脚的大人带着三个孩子，扛着钩担，挎着篮子向目的地走去，浅淡的夜幕下，几个颤巍巍的身影不停地向前移动，像皮影戏中徐徐展开的一幅幅生动画面。

第3章

天亮了，拾麦的人们撒在无垠的麦田里，自觉地"一"字摆开，从地的一头向另一头悄悄地、慢慢地踱着，不时地弯腰捡拾着。"哦，地真大，颜色真好看，人真多。"赵凌云对徐星说着，把捡拾的第一把麦子放到了徐星的篮子里，徐星把第一把麦子放到二叔的篮子里，二叔把篮子里和刚捡拾的麦子全部放到赵凌云的篮子里。

地里的麦子还真不少，不知是割麦子的社员赶工漏下的，还是故意留给缺粮捡拾麦子的。二叔、赵凌云、徐星的篮子满了就装进口袋里。

赵凌云的兴致很高，被麦地里的香气灌得异常兴奋，他情不自禁地唱起了歌曲《我是公社小社员》。二叔和徐星应和地随唱。

拾完一块地，其他的地块也被拾麦大军踏遍了，要继续，必须到另一个村里去。

赵凌云正要把篮子里的麦子倒进口袋，身边突然出现两个年龄在十一二岁的孩子。个子高一点的长得虎头虎脑，矮一点的皮肤稍黑。高一点的后脑勺上留着一撮长毛，长毛拧成小辫用红头绳扎着，小辫中间挂着两个铜钱。个子矮的两只小手攥成两个小拳头，虎视眈眈。

个子高的高声喊道："你们是哪庄上的？"

二叔和徐星有些害怕。赵凌云说："我们是东边想水村的，跟俺娘来拾麦的。"赵凌云故意把"跟俺娘"三个字说的声音大些，想警告他们"我们有大人跟着"。

个子高的说："我是时村的，我叫时骋，这个攥拳头的同学叫时旺，我们是生产队让我们看麦的小社员，怕你们偷我们还没收割的麦子。"

赵凌云说："俺是来拾麦的，不会来割麦，也没割过。"

个子矮的放下小拳头，用小手抓了抓裤子，又上下擦了两下。赵凌云看着时骋、时旺的牛气和神气，心里有些羡慕，但没有害怕。心想，有娘跟着。

赵凌云看着一望无际的麦田和田野里的人们，他眨眨眼，用眼扫了一下时骋和时旺，叽哩哇啦背起了古诗："田家少闲月，五月人倍忙。夜来南风起，小麦覆陇黄。妇姑荷箪食，童稚携壶浆。相随饷田去，丁壮在南冈。足蒸暑土气，背灼炎天光，力尽不知热，但惜夏日长。复有贫妇人，抱子在其旁，右手秉遗穗，左臂悬敝筐。听其相顾言，闻者为悲伤。家田输税尽，拾此充饥肠。今我何功德，曾不事农桑。吏禄三百石，岁晏有余粮。念此私自愧，尽日不能忘。"

时骋看着年龄相仿的赵凌云、赵广仁、徐星，听着跟前的外乡人趟趟地叫（熟练、流畅）背着古诗，放下戒备的心，增强了好奇心，问道："你刚才背的什么诗？"

赵凌云回答道："俺背的是唐朝白居易写的《观刈麦》，是俺老爷教俺的。"时骋绷了绷嘴，然后道："你真厉害。"时骋又问道，"你们那庄上有什么好玩的吗？"

赵凌云不假思索像背诵课文般回答道："有。打蜡子、打瓦石、捉迷藏、小鸡抓石子、分班打仗、跳水、打琉琉蛋、玩六（下趟子）、打扑克。"乖乖，武的、文的，一气呵成。

时骋说："这么些好玩的。"时骋、时旺看着赵凌云、赵广仁、徐星，心里突然生起想跟他们一起玩的冲动和愿望，总感觉像常在一起又分别的好朋友。

时骋问赵凌云："你叫什么？"赵凌云回答道："我叫赵凌云，这个是我二叔，叫赵广仁，我这个弟弟叫徐星。"

赵凌云介绍完自己，分别指了指二叔和小五。

"凌云，我们那块没收割的麦地东边有一块地，刚收完，没人拾，也没人知道，我们看得紧着呢，你们过去拾吧。"时骋邀请似的说。

赵凌云问："让拾吗？"时骋说："让拾，俺爹是队长，他安排我，有东乡山里来拾麦子的，让他们多拾点，别欺负人家，都不易。"

赵凌云跑向娘、三大娘、侯大娘、徐大娘。赵凌云对娘说："娘，东边有一片麦地没人去过，我们到那边再拾点吧。"

"东边？人家还没割呢，公家的东西我们可不能招惹，再从这里找一找吧，不能去。"娘对凌云说。

"不是的，那边有一块刚割完的，被有麦子的那块地挡着了，我好朋友告诉我的。"赵凌云解释道。

娘问："你刚来西乡，第一次出门，哪来的好朋友？"

赵凌云嘿嘿地笑着说："你看那两个看麦地的小社员，头上留着羊胡子的和那个穿着大裆裤子的，是我刚认识的好朋友。羊胡子的爹还是生产队长哩。"娘眼睛温温地看着赵凌云，心里想："这孩子够出息的，半天不到，结交了两个好朋友。"

凌云娘喊道："三嫂，侯嫂，徐嫂，咱到东边再拾点吧，这边都让人家拾完了。路过那片没割的麦地，咱可不能招惹，那是公家的。路过时，咱绕得远远的，别弯腰。""瓜田不纳履，李下不整冠"，凌云娘对这个道理是懂的。

时骋带着赵凌云一行绕着走进了那片刚收割完的麦地。从地这头到那头一个来回拐布袋全部装满，篮子也装得满满的。

"三嫂，咱们今天拾得可不少，西乡人真好，不欺生。咱在地边上吃个煎饼压压饿，也该回去了。"凌云娘提议道。

听到"吃煎饼"，赵凌云顿时感到饥肠辘辘，肚子不听使唤地咕咕噜噜地叫。

"凌云，你到我家玩玩吧，教教我们你刚才说的那些好玩的。"时骋看着凌云娘这些大人整理布袋，扎上口，挂上钩担要回家了，带着期待、央求的口吻对赵凌云说。

"时骋同学，太谢谢你了，俺娘说在地边上吃点饭，我们得赶路回去。"赵凌云说。时骋接着说："你跟你娘说，到我家歇歇，我家有开水喝，俺娘在家里。"

赵凌云是天生的好奇探险家，真的想看看时骋的家有什么好玩的，就对娘说："娘，我的这个羊胡子朋友想让我们到他家歇歇，他家有开水喝，他娘也在家。"

这时，时骋已站到凌云娘跟前："大娘，我想跟凌云玩会儿，你们就到我家歇歇吧，俺娘在家里，俺娘真在家里。"时骋这小子也够能的，为了留住凌云娘，他反复强调："娘在家，娘真在家。"一个小孩子怎么能留住几位大人？只有把娘搬出来，才能赢得信可。

娘是底气，娘是力量。天大地大不如娘大，娘是至高无上的。

"孩子，你叫什么名字？"凌云娘对着时骋问道。时骋和凌云异口同声地答道："我（他）叫时骋。""噢，叫实诚，这孩子真实诚。"凌云娘笑着自语道，"行，我们到你家喝口水，歇歇脚，也该回家了，孩子，你们西乡真好呀。"

凌云娘说"西乡真好"是指西乡平原的地方好，人更好。

第 4 章

时骋、时旺在前面引着，走出麦田上了一条沙子铺面的路。路的两旁栽植着高大的杨树，在杨树的映衬下，沙子路显得格外清洁漂亮，抬头远看像反照的手电筒射出的光，直通前面的村庄。

赵凌云、赵广仁、徐星跟着时骋走在前面，几位大人用钩担挑着胖胖的布袋走在后面。

来到村边，自东向西一条河，满满的河水几乎漾过上面的石桥，河水清澈。河道内岸上有一些柳树，柳叶碧绿，映衬着河水，河水也仿佛是绿的。在桥上，时旺找了个薄石片，猫着腰，用力将石片向水面平行掷去，石片在水面上穿梭，泛起一串涟漪，像觅食的鱼儿上下蹿动形成的水花。

赵凌云说道："你打的水撇真漂亮。"时旺惊奇地说道："你知道这是打水撇？你也会玩？"

本来，时旺想显摆一下他们最拿手的游戏。赵凌云说："我们庄上也玩这个，那只有在夏天下雨沟满河平时才能玩上。我同学宋丁，个子大，有时一手能打出五六个撇（水花）呢。"

时旺绷绷嘴说道："你会玩的真多呢！"

时骋、时旺引着继续往前走，过了石桥向北走到百米的地方，路边有一个一米高的石柱，上面刻着两个字"时村"，再往前走过三个街口向东拐到第三户人家，时骋转过身喊道："这就是俺家。"

赵凌云、赵广仁、徐星、娘、三大娘、侯大娘和徐大娘的眼睛齐刷刷转向这个农家院，嘴里应道："噢。"

时骋的家坐北朝南，门口有一条东西向宽敞的路，路面虽然有道道车辙和一些散落的麦秸，但上面铺就的一薄层沙子还是把这条泥路衬托得干净整洁。大门深嵌在过洞屋里，门像刚用油漆油过，黑色木门，黑色门框用红漆描边。过洞屋就是一个大门楼，大门楼两侧各有一间小屋，显得大门厚实，排场而掩静。

山崮县一带的习俗，大门楼里的大门不能向外撑到跟院墙齐边安门，要内缩半米见方。门上方砌垒着门脸墙，门的两边一般放两个石台或木凳。一方面自家人可以在大门口纳凉，观街头风景。另一方面是方便过路人避风避雨避雪，为他人留个余地，行个方便。再就是大门深嵌，收敛、含蓄、掩静，显得高深。

"娘，俺回来了。"时骋扯着嗓子喊道，"俺还带来了俺的好朋友和他们家的大人。""噢。谁来了？"时骋娘正在屋里擀面条，听说有外人来，急忙放下擀面杖，拍拍手上的面往外走。

三大娘她们也把钩担布袋放在门口走进大门。侯大娘看时骋娘迎出门来，说道："他婶子，我们是东乡来拾麦的，遇到你孩子，非要我们来你家，我们也来讨口水喝吧。"

时骋娘看着这四老三少，仿佛在哪里见过，眼熟，急忙说："你看嫂子你说哪里去了，快来屋里喝茶。"说着就拉着侯大娘和三大娘的手往堂屋里走。

"你看我还没擀完这剂子面条，我干活慢，不利索，别笑话我。"时骋娘一边不好意思地数落着自己，一边把擀到半截已成面饼的面剂子三下五除二收起，揉成一个面团放到面盆里用布盖上。接着提出暖水瓶，从菜厨里拿出七个大白瓷碗，倒满水，说道："嫂子，你们都渴了，先喝碗水吧。"

"他婶子，你家的孩子长得真好，浓眉大眼的，壮实。"凌云娘还是不忘时骋，守着时骋娘又夸了起来。

"好吗呀，你夸呗嫂子。时骋这孩子实诚、心眼好。他上边有三个姐姐，最后捞了这个小闹渣，在村里也是个孩子王。我家三支就这一个男孩，从小就娇，都宠着他，他倒好，自己不娇自己，泼辣着哩。小时候，他大舅给我说给他留个羊胡子，到十来岁时，送只大羊，让他骑着把羊胡子剪了，这样孩子好养活，还能赚姥娘家一只大羊。嘿嘿，姥娘、舅舅疼外甥没二。时骋爹说，今年秋天，办个场，给他把羊胡子剃了。孩子大了，老留着个小辫也怕人家看笑话。"

三大娘提醒说："剪掉的羊胡子可要压在水缸底下，辟邪，对孩子好。""是的，嫂子，到时候压水缸底下。"说起时骋，时骋娘有说不完的话。

徐大娘看着时骋家的堂屋收拾得干净利落。用报纸扎的顶棚平平整整，西墙上，贴着满满的报纸，泛着黄，却显得干净好看。东墙上贴着年画，有两幅画，好像每家都有。一幅是一个戴着大盖帽，穿着大氅，长着浓眉大眼、国字脸的美男子一手举着红灯，一手放在胸前。另一幅是一个穿着红色偏襟褂、蓝裤子，脚穿黑色布鞋，大辫子放在胸前，一手攥着辫子，一手攥着拳头，怒目瞅着前方，虽怒但掩饰不了女子的美貌。这是样板戏《红灯记》中李玉和、李铁梅的剧照画。正墙东北角上方挂着一块红布，红布下面罩着的红纸上写着"虎仙师之位"。

"他婶子，你家拾掇得可真干净，一看你就是个勤理人。"徐大娘夸赞时骋娘道。"嫂子，咱庄户人家没有讲究。"时骋娘回答道。

徐大娘瞅着红布问道："他婶子，我看你也请了个大仙，是哪路的？"

时骋娘说："孩子他爹是生产队长，冬天带着社员到东乡出夫子（参加集体水利大会战），葬送得腰疼，一到阴天下雨就犯病。听说虎皮（骨）膏药管用，咱买不着，就托邻村的杜仙姑请了虎仙，犯病时守着虎仙念叨几遍：虎仙大师行行好，施展法力病吓跑，再用蒜窝子烧热后扣在后背扳扳。多亏管用，现在好多了。"

"哎哟哟，你看光拉呱了，嫂子，天不早了，你们和孩子都饿了，我赶快做点饭给你们吃。"时骋娘恍然大悟又有些愧疚地说。

来人先问吃饭了吗，到饭时赶快做饭，这是山崮县一带农村人祖传的不成文的规矩。

"不用不用，他婶子，我们都带着饭哩，我们喝碗水，吃个煎饼就行了，哪能麻烦你再给我们做饭呀。"凌云娘慌忙站起来挡住时骋娘急急地说。

不麻烦人，不讨别人嫌，这也是山崮县一带农村人祖祖辈辈的教诲。三大娘、侯大娘、徐大娘都从包袱里拿出煎饼，又从用毛巾缝制的布袋里掏出罐头瓶子，瓶子里装着用油和干辣椒炒的老咸菜，对时骋娘说："他婶子，你要不嫌弃俺的吃食孬，你喊孩子也一块吃吧。这些地瓜干煎饼是俺昨天刚烙的新的。"

时骋娘说："嫂子，那好吧。"转身走到西屋，从馍馍囤子里拿出一摞玉米煎饼和两个麦子煎饼，真诚地说道："嫂子，你们掺和着吃，换换口味。面条没擀完，不然我给你们下点麦子面条，叫小孩喝点多好。"

时骋娘把两个麦子煎饼撕成片，先给赵凌云、赵广仁、徐星，再给凌云娘、侯大娘、三大娘、徐大娘。又把一个玉米煎饼撕成两半，给了时骋、时旺。自己从凌云娘手里拿过地瓜干煎饼。时骋娘放下煎饼，又到西屋端出来一盘咸鱼，盘里有三条鱼完美无缺，还有两个像算盘珠子一样的鱼头，这显然是昨天吃过的。时骋娘把几条咸鱼用筷子掰断分别送给了客人，她把算盘珠子似的鱼头分别卷给了自己、时骋、时旺。

农村人吃饭规矩大，大人不吃，小孩不能吃，大人不动筷，小孩不能动筷。家里来了客人，陪客的只能是家里当家的长辈。客人吃完，把饭菜撤下来端到一边，孩子们才能吃。孩子们盼过年盼来客儿，能有好的吃食。孩子们又怕来客儿，有的客人吃起饭来，喝杯酒，陈芝麻烂谷子，东扯葫芦西扯瓢，一顿饭能从正午吃到傍黑，孩子们饿得头发晕。

小孩吃饭的规矩也大，拿筷子要用右手；捏筷子的二拇指不能上挑；放筷子要轻来轻去；喝汤不能让嘴在碗边上转；喝汤不能有响声；吃饭、吃菜不能吧嗒嘴；夹菜只能夹自己对着的位置；夹菜不能用筷子翻动搅和；吃饭不能看别人的嘴；吃鱼要按一条吃，吃完再吃另一条。时骋娘端来的盘子里两个算盘珠子似的鱼头俨然最好的例证。

凌云娘说："麦子煎饼真香，放嘴里不嚼就想咽。"三大娘说："咱老家那个高粱煎饼忒散了，吃着噎人。"侯大娘说："要是赶明来，日子好了，能把棒子（玉米）、高粱、地瓜、麦子面掺和在一起打糊糊，烙出来的煎饼得可好吃了。"徐大娘补充说："再加点豆子（黄豆）。"凌云娘说："有，那叫焗豆子煎饼。以前的大家主（大户人家）就吃这个。"时骋娘说："嫂子，现在跟着生产队，好孬能吃上饭了，好光景还在后头，我们能吃上焗豆子煎饼！我们吃不上，小孩以后一定能吃上，咱也能过上以前的像大家主（大户人家）那样吃香喝辣的日子，天天像过年似的。"

大人们你一言我一语地说着、笑着，像一家老亲大聚会。赵凌云咕咚咕咚喝了半碗水，那块麦子煎饼散着满嘴的香早已下了肚，又吃了半个玉米煎饼，还是有点饿，他悄悄地从娘的包袱里又撕了一块地瓜干煎饼，把盘子里的鱼头在煎饼上擦了擦，狼吞虎咽地吃了下去。

大人们说到焗豆子煎饼，以前他没听说过，更没有吃过，他想肯定好吃。正像时骋娘说的，以后日子好了，一定能吃上焗豆子煎饼。他眨巴了两下眼，心里想："一定要让娘，让三大娘、侯大娘、徐大娘、时骋娘，让所有的人吃上焗豆子煎饼。"

几位老人你一句我一句拉起了家常。时骋娘说："你们家的这几个孩子长得真好，跟着你们出来拾麦子，也是懂事。"凌云娘说："那个大点的是我本家的弟弟，稍高点的是我的孩子叫赵凌云，那个胖点的是徐嫂家的孩子叫徐星，也叫小五。谁不说呢，凌云这孩子听话，吃得了苦，他跟我出来拾麦像要饭似的，他哥和他弟弟，你揍死他，他也不会跟我来，凌云还像进城见景致一样欢着呢。"凌云娘接着说，"你家的时骋长得受看，比我们的强。"

时骋走到他娘身边悄悄说："娘，你们拉会呱，我和凌云他们到院子里玩会儿，叫凌云教教我他们庄上好玩的游戏。"

时骋娘对凌云娘说："嫂子，我看还是你们家的孩子好。嫂子，孩子们想在一块玩会儿，你们先喝水，我再出去烧一壶水。"

时骋娘提着烧壶出了屋门来到院子中间的一个用砖垒砌的水池旁，水池中间有一个横着的粗铁杆，铁杆一头连着一个竖着的细铁杆，竖着的铁杆藏在一个铁筒里面，铁筒朝外有一个用铁皮做的像簸箕一样的铁嘴，时骋娘从水罐里舀了一瓢水倒进铁筒里，然后不断抬压铁杆，水嘴里哗哗淌出了清水。赵凌云、赵广仁、徐星不约而同地跑过去，惊奇地看着时骋娘压水，又看到一股股清水流入烧水壶中。

赵凌云问道："婶子，这是什么？"时骋娘说："这是压水井。"赵凌云说："噢，哟。"赵凌云明白了，但还是很惊奇。

时骋家的院子很大很方正，院子里有一棵椿树，一棵梧桐树，一棵楝豆树，一棵榆树，院中间是压水井，西南角是茅厕，茅厕东边靠南墙是鸡窝。院墙、屋墙都是黄泥砌成，有的墙皮脱落，依稀看到里面露出的麦秸。用黄泥砌墙，也叫插墙。用黄土和麦秸和好泥，用铁钗子铲着黄泥，按着绷好的直线，一钗一钗，一层一层地糊、垛。

赵凌云他们回到院子的东墙根，时骋央求似的对赵凌云说："凌云，教教我呗，打蜡子，还有那些。"

赵凌云说："打蜡子，先找一帮人，分成两班，两班人一样多，一班打蜡子，另一班拾蜡子。众人分班，可以自由组合，但更多的是采用亮手分班法。就是众人将一只手藏于背后，喊一、二、三，众手将藏于背后的手伸出，亮你伸出的是手掌还是手背，相同的为一班，反复几次，分出两班。两班各选一人，先杠头家（剪子、包袱、锤），谁赢谁先打。"

时骋问道："打什么？"赵凌云说："用蜡子棍打蜡子。蜡子是用木头削的，两头尖，中间鼓，蜡子棍就是一个小木棍。"

赵凌云接着说："先画一个方块线，把蜡子放前面线边上，不能压线，用蜡子棍打蜡子尖，蜡子蹦起来，用蜡子棍瞄准蜡子挥打出去，这叫击。把蜡子捏在手上，一抛，另一只手用蜡子棍瞄准使劲打出去，叫拐。"赵凌云用手比画着，形象具体地说道。"玩的时候有规则，有一击一拐的，有两击一拐的，有一击两挎的，打得可远了。"赵凌云咧着嘴夸张地说。"一班打蜡子，另一班跟着蜡子跑。一班打完停下来，另一班拾蜡子，每一个人把拾到的蜡子接力往回扔，最后一个得把蜡子扔到方块线内才叫赢。扔不进去，另一班接着打。"

时骋、时旺听得入迷，也真有些迷，点头道："噢，还过好玩哩。"

赵凌云说："如果扔进方块线内，赢了，交换角色。这一班拾蜡子的变成打蜡子的，那班打蜡子的变成拾蜡子的。我可喜欢打蜡子了，不喜欢拾蜡子。"赵广仁说："都喜欢打蜡子，不喜欢拾蜡子，要想打蜡子不输，就得瞄准使劲打，打得越远，越赢。"徐星挺着小肚应和着："是。"

赵凌云突然问道："时骋，你家有树枝子吗？"时骋好不犹豫地答道："有。"赵凌云说："你找来，我给你做个蜡子、蜡子棍，给你打一遍看看。"时骋高兴极了，跑到屋山西头的柴垛里，取来一个大树枝。

赵凌云说："你拿个斧子。"时骋说："我家没有斧子。"赵凌云说："拿个切菜刀也行。"

时骋小跑着，时旺紧跟着跑到锅屋里拿来了菜刀，赵凌云又让时骋拿来菜墩子。赵凌云两手攥着树枝子的两头用膝盖顶着，两只胳膊往里一掰，树枝没断，膝盖却疼得要命。赵凌云的嘴随着咧了两下，嘴里不自然地发出："噢，噢，我的娘喽。"

"这棒真硬。"赵凌云表扬了木棒，也给了自己一个台阶，舒缓了一下膝盖的疼痛。接着，赵凌云用菜刀的最后脚小心翼翼地慢慢地砍向树枝，不时地旋转着树枝，砍了一圈，他再次用膝盖顶着，两手一掰，树枝齐茬断开。赵凌云继续用菜刀的后脚慢慢地砍削，一个两头尖、肚子鼓的蜡子和一支胳膊长的蜡子棍做出来了。赵凌云又把蜡子、蜡子棍上的树皮削了削。时骋、时旺很佩服、很满足，终于看到了什么是蜡子。赵广仁和徐星也佩服地看着赵凌云。

在以前，做蜡子、蜡子棍是得求助大人的，今天，赵凌云却做得出来。"赶鸭子上架要上得去，出门在外要挺得起来"奶奶安排小叔的话，赵凌云多次听到过。

赵凌云在时骋的院子东墙根用树枝画了一个长两步、宽两步的方框，把削好的蜡子放在方框西面的边上。赵凌云说："时骋、时旺你们看着，我扮演打蜡子一方，打给你们看看，咱们往西打。"赵凌云用蜡子棍敲了一下蜡子的前尖，蜡子跳起，赵凌云用蜡子棍对准蜡子向前挥打出去，蜡子飞出三米多远，这是第一击。蜡子落地却横着躺在那里，凌云趔开身子，猫着腰，用蜡子棍敲打蜡子，蜡子横着跳起来，挥动蜡子棍却没打着，蜡子落在地上，二击失败。

横着的蜡子很难打。俗话说："横躺的蜡子左右为难，躺平的蜡子不好伺候。"赵凌云拾起蜡子，左手提着向上一抛，右手持棍对着蜡子，用尽力气打了出去，蜡子像飞一样重重地撞在院子的西墙上，这叫一拷。

赵凌云让广仁叔、徐星弟扮演拾蜡子的一方，徐星先用力将蜡子向方块线扔去，没进方框线。广仁叔接力拾起，弓着腰，右腿向前迈开一步，用眼瞄准方块线，把蜡子抛向了方块线，蜡子连滚带爬进了方块线，拾蜡子方赢了！

时骋、时旺跟着蜡子来回在院子里跑了两遍，身上汗流浃背，心里也欢快得像个兔子在跳跃。

赵凌云接着给时骋、时旺讲打瓦石的游戏。打瓦石也叫顶瓦石。也像打蜡子一样，先画方块线，把石片或瓦片竖在方块线内，在距离方块线二十步远的地方画一道横线。一块玩的小伙伴轮流着用小石头或小砖头击打方块线内的石片或瓦片，击倒为赢，击不到、击不倒为输。输的要用头顶着石块走进方块线，用头顶的石头或砖头砸倒瓦石片。大一点的孩子还会增加难度，输的要用头顶着石块，单脚跳着走进方块线，去击瓦（石）片。

赵凌云问时骋、时旺："你们会'玩六'吗？"时骋说："不会。"赵凌云说："我教你们。"赵凌云拿着树枝在地上横着画六根线，在横线上均匀地画六根竖线，形成横着五个方块，竖着五个方块。说："两个人玩。"赵凌云指着地上画好的线详细讲解："一个人守三条线，先在自己一边最前边的线上摆六个石子，为了区分开，另一方要用碎砖头砸碎摆上六个砖子。两方向各自下方挪石子，让开空间，然后开始进攻，我的石子向你那边跑，你的石子向我这边跑。我跑过去的石子如果围成一个方框叫'成'，我就赢了。如果摆成一条直线叫'六'，我也赢了。你的石子跑到我这边摆到'成'，摆成'六'，你就赢了。"

时骋、时旺听着、记着，脑海里不停地翻倒，唯恐漏听一句话。

赵凌云一张稚嫩的小脸绷得像个气茄子，红扑扑，眼皮不停地眨巴着，眉头时而皱一皱，语言流畅地向小伙伴授业解惑。

"玩六"也叫下趟子，这是山崮县一带祖上传下来的一种开发智力的游戏，类似于下棋。

苦与乐，是天生的孪生兄弟，苦是乐的衬托。当快乐产生的土壤无限贫瘠，那快乐将无时无处不在，快乐的指数、频率、概率随时爆棚。这些随手拾来的模具、道具在天才般的规则运作中是那样的生动、活泼有趣。从眼、身、筋骨到手、腿、脚全面锻炼，有的独立思考、启迪心智，有的壮胆强魄，有的团队协作，有的单枪匹马。一个个乡村的孩童虽然瘦削黝黑，却结实耐受，适应大自然多变甚至险恶的环境。长大成人，他们一个个将背着乡村的牌子，贴着农家的标签，走向军营，走向战场，走向工厂，走向建筑工地，走向祖国和人民需要的各个地方、各个角落，施展才华和抱负。

天不早了，客走主家安。凌云娘、侯大娘、三大娘、徐大娘、赵凌云、赵广仁、徐星告别时骋娘、时骋、时旺，挑着满满的收获，带着时村人满满的爱，在路两旁列队的杨树欢送下向想水村走去。夕阳斜照，勾勒出一幅美丽的图画，却像唐僧师徒取经路上的景象。

第5章

时村到想水树一路向上。侯大娘、徐火娘、三大娘和凌云娘搁晃着小脚，迈着高频的碎步走在前面，赵凌云、赵广仁和徐星跟在后面。走过巷头村，她们实在走不动了。看到巷头村村头有一棵大榆树，侯大娘提议在这里歇歇脚。榆树下无规则摆放着几块大石头，靠近榆树根，支着一个小石台子，台子的板面上刻着横竖六根线形成的25个小方块的图案。看来，这里是巷头村人和过路人常在此歇歇脚的地方，这里的人也常玩"六"（下趟子）的游戏。

榆树南侧有一条东西走向的河流，枯水期的河床依稀见底，枯水河槽露出了惊人的芳容：奇石遍布，黑黑的石头有的尖、有的方、有的圆，有的高、有的低，有的滑、有的皱，有的石头上布满小孔，千姿百态。河流由东向西呈阶梯状。

河沿两侧巨石耸立，奇石嶙峋。壁沿上有几处大岩洞，岩洞外侧有上细下粗的石柱，从外观上看像牛鼻子。岩洞有一人多高，洞洞相连，幽深险奇，延伸数十米。河南沿突出像山峰一样的巨石上刻着三个大字"响水河"。榆树西南侧，响水河上修有一座三孔石拱桥，桥上刻有"响水河桥"，相传这座桥建于唐朝。

响水河，夏季山洪暴发，水流湍急，形成大大小小无数瀑布，水流声、瀑布声在空旷的峡谷中形成响亮的回响，因此得名。

河槽低处还有几处面积不小的水汪，水汪中有不少游动的鱼虾，这让枯水期的响水河尚有几许灵气。

赵凌云、徐星、赵广仁看到响水河岩壁的奇石和岩洞心里一惊，真好看！当他们看到那几片水汪时，不约而同地下河玩水。凌云娘安排道："不要下水，不要钻石洞，在一边看看就行了，不要惹事。"

赵凌云使劲说："知道了，我们不惹事，就玩一会儿。"

孩子天性就喜欢玩水，尤其是缺水的想水村的孩子。

走近水汪，赵凌云看到，水汪与水汪之间的几条小沟，水缓缓地流着，遇着石块形成一个个小水圈，像美丽的少女脸上的喝酒窝。时而有几条小鱼小虾自由游动着。徐星蹲下用手去捧小鱼，小鱼机警地躲过，摆动的鱼尾不时触碰到他的手腕，徐星兴奋地喊道："小鱼碰到我了。"

赵广仁从地上捡起一块小石头投向河里，河里溅起一片水花。赵凌云找了一块薄石片猫着腰向水汪投去，想打两个水撇，没能成功。

侯大娘从褂子的偏襟里拉出一块蓝布做的手帕擦一下脸，对三大娘说："咳，咱想水村是个苦命庄，太干枯了，缺水少雨，种麦不收，弄得咱出来拾麦遭罪。咱祖上怎么这么不张眼，偏偏跑到这么个兔子不拉屎的去份（地方）安个庄。"

三大娘说："谁不说呢，安庄盖房也得看看风水呀，要是在西乡平原地找个地方安家多好，地平又有水。唉！也怪咱瞎了眼不长脑子，只顾听老人的话嫁到这个干枯庄。咱要不嫁过来，那几个长痨的死鬼都得打光棍。"

凌云娘批评似的说："你看三嫂，你说的什么话呀，这么难听。你看你家俺三哥多好呀，人品好，人长得也好。你再看看你家里的几个孩子长得闺女是闺女小子是小子，都俊着呢！"

徐大娘接过话茬儿说："你还别说，咱想水村虽然干巴缺水，人还真好，心眼儿好不说，你看一个一个的男劳力都属白腊杆子的，个个四溜条直，长得出条（高大、直挺）。孩子也都不赖。好种出好苗，代代传，哈哈哈。"

侯大娘哈哈地笑着说："好种没好地白搭，全靠我们女的。"

侯大娘是个资深接生婆，远近闻名，胆大心细，性格泼辣。哈哈哈哈，几个人笑得前仰后合，泪流满面。

侯大娘站起身，拍拍腚说："褒贬是买主，金窝银窝不如自己的狗窝，嫁鸡随鸡嫁狗随狗，想水村再孬，也是咱的家。走，回家。"

第6章

想水村是向阳市山崮县丰源公社的一个村。丰源公社是山崮县最大的一个人民公社，方圆80平方公里，30个村庄（大队），有山、有水、有矿石，物产丰富。当地有一个顺口溜："丰源公社不简单，东北高处十座山，西南薄岭一大片，中间河流十多条，西面平原赛沃川。"

想水村就坐落在丰源公社的最东北部，山连山、山重山、山叠山、山套山，被十座山包围着。这十座山分别叫馍馍山、锅山、高山、桃山、马山、青石山、闹山、谢老山、冯君山、南山。

古人给山取名是有意思的，也是有讲究的。有的是按山的形状取名，山像什么就取名叫什么山，像馍馍山、锅山；有的是按山上有什么资源，就叫什么山，像青石山；有的是按山的高矮取名，像从山脉中突起的高峰，就叫高山；有的是因为山里发生的故事而留名，像马子、土匪长期占据而取名叫闹山。

冯玉祥将军曾率军驻扎，号召士兵植树造林，而留下名句"谁杀我的树，我砍谁的头"。后人取名"冯君山"。

谢老山的故事是说当年秦王李世民作战凯旋，路过此山，九位老人拿出家里所有的鸡蛋、山果示敬，李世民作揖向老人表示感谢。

馍馍山形似馍馍，因其山崖之上存有摩崖石窟而又被叫作"洞岗山"。

刘禹锡的《陋室铭》里有句名言："山不在高，有仙则名……"想水村的山没有仙、没有僧、没有道，所以都不是名山，平凡又平常。

想水村地势高拔，村子的最低处与矗立在山崮县城中间建于唐朝的44米高的宝泉塔顶部持平。打井难，打出水更难，是山崮县有名的缺水村、干巴庄。想水村历史悠久，有近450多年历史。村内的"三古"远近闻名：两棵与村同龄的毛白杨古树；与村同龄的古水坑；清道光年间所立的"重修大坑记"和"重修大坑捐款功德碑"两通石碑。

想水村是个大村，300 多户，1600 多人。有赵、侯、陈、张、周、党、吴、徐、宋、刘、公 11 个姓氏人家。赵家人口最多，公家是单门独户。想水村赵家是第一个来这里安家的。

明朝嘉靖年间，那一天，狂风卷着乌云，吹起尘沙，遮天蔽日，天昏地暗。几个衣衫褴褛，脚穿草鞋，嘴唇干裂，蓬头垢面，拄着木棍，貌似老年却为壮年的汉子拖家带口，步履蹒跚地走在干裂的土地上。他们为在逃荒途中痛失两个孩子而哭号着。他们哭着、喊着、念着、叫着："苍天啊，大地啊，睁睁眼，行行好，给我们一条生路吧。"

当他们被风沙裹挟到馍馍山下时，他们实在走不动了。他们找一处坝堰根，将家眷安顿下来。年纪稍长的汉子站起身，拄着棍望着高大巍峨的馍馍山，转身环视四周，他自言自语道："这里荒山秃岭，人迹罕至。背靠大山，遮风避寒，山前地势开阔，一望无边，地势高拔，得光得阳，若遇战乱，进退自如，安全也有保障。这里是安家的好地方。"

他将木棍重重地砸在地上，咬着牙坚定地说："我们不走了，就在这里安家。"

他叫赵良，河南商丘人士，与他同行的是他的四个弟弟，分别叫赵品、赵耀、赵山、赵岳。

老大赵良领着兄弟四个利用两天时间围着大山转了一大圈，他们在馍馍山前选了个平整的地方，就地取材，用石头垒墙，木棒作梁作椽，黄泥封顶，黄麦草盖帽，五间茅草房长在了馍馍山前。

当赵良了解到他们安家之处正是春秋战国时期宋国大夫墨子的老家目夷国所在的地盘时，激动地说："墨子在我老家做过官，我等今天落难归宿在墨子家乡，天大的机缘巧合，天意，天意！吾与墨子有缘，吾深爱墨子。"

盖起了房子，弟兄五个和家人兴奋不已，商量说："咱来到这里安了家，尽管只有一家，也算是个庄村，也该起个名吧。"

老五赵岳说："这里鸟不拉屎，荒山一个，就叫荒岭吧。"老四赵山说："这个山像馍馍，叫馍馍庄吧。"老三赵耀说："我们一家老少善良，我们祖祖辈辈都要善良，叫良庄吧。"老二赵品说："咱赵家也是做过皇帝，是皇姓，叫赵庄吧。"

老大赵良看看广阔的天空，空旷的大地，绵延的山脉，心脏就像一座座山峰在跳动。沉思良久，他说道："我的几个弟弟都很聪明，起的庄名也很好。老三起的庄名最好，良庄。'人之初，性本善'，善良我们一定要守住，守到我们的子子孙孙，我们的千秋万代。"他接着睁大潮湿的眼，继续说，"老百姓活着痛苦，死了也痛苦，这世道，百姓不易呀。我们家原先是大户人家，现在已沦落到这般地步。有幸来到这个穷乡僻壤，就在这里安家。往后里想，一个庄村，不能只有一户人家呀。墨子的思想主张是兼爱、非攻、尚贤，我们要继承发扬光大。以后外人来这里安家，我们都要欢迎，好心接纳，和睦相处，我们祖祖辈辈过的都是人，没了人还过个什么劲，我们今后的庄可能是三个姓、五个姓、十个姓，可能是上百人、上千人，我们期待着、等待着，爱戴他人，犹如爱戴自己，就叫戴庄吧。"

弟兄几个佩服地点头说："就叫戴庄吧。"赵良补充道："我们先来的，也就我们一个姓，我们可以起名叫赵庄，但多有不妥。我们是皇姓，外来的，后来的想在这里安家的人心里怎么想，是以大欺小，还是拒绝敌对他们，我们万万不能这样干。"

正如赵良祖先的预言，逃荒要饭、避难跑反的人来到戴庄，赵家都热情接纳，帮着选地盖房，形成了11个姓的多姓氏融合的大村。

树多好乘凉，人多好开荒。戴庄在大家的齐心协力、艰苦劳作下，建成一块块可以种粮栽树的田地。这里四季分明，光照充足，气候适宜，风调雨顺的年份，村民们倒也安居乐业。一年年过去，问题凸显出来，那就是缺水。这里陡峻的地势，北高南低的地形，存水难，挖井更难。

赵良跟大家商量，大家共同出力打个水坑蓄水，解决人畜吃水和灌溉难题。商议在哪里打。赵良说："我看过村里整个地形，东南角有个坑窝，坑窝旁有块巨石，石头上有个图案像一只大蛤蟆，石下在夏天有渗水，雨水充足时能冒出水来，也许是个泉眼，就在那里打坑吧。"

众人没有不服的，说干就干，用了两年时间，打了一个深十多米，面积像五六个大院子一样大的坑。挖出大坑，把挖上来的石头敲打成块，又从山上运来石块，从底到顶，用石块砌垒，非常壮观的蓄水大坑建成了。

全庄的老老少少看着干涸无水的大坑，看着打坑被磨得手破脚烂的老少爷们，心里都想着、盼着早一天雨水灌满大坑。

大坑砌成，赵良提议，在大坑边上的正南方种植两棵树，以作纪念，北方树种少，就从山边移了两棵毛白杨栽上。

赵良说："我们住在这个荒山秃岭上，没有树不行呀，大坑砌成，我们不立碑，要栽树纪念，让树和水相融，让树聚水，让水养树。要想有水就多栽树。今天没有明天有，明天没有后天有。今年没有明年有，明年没有后年有，总有一天会有的。愚公能移山，我们能栽树造水。今后，家家户户院子里要栽树，房前屋后要栽树，山上要栽树，山边要栽树。夏天乘凉，盖屋盖房，儿女娶嫁，做个嫁妆，离不开树。"

赵良还跟各姓当家人商量，"咱们庄有多个姓，我刚来时，期待着你们，相遇是缘分，相聚是天意，我们在这里繁衍生息。你们没来前，我给村庄取名叫戴庄，期待你们、爱戴你们，现在我想给庄改个名，给大坑取个名，想问问你们起个啥名？"

大家都说，听赵老您的。赵良胸有成竹，掷地有声："从今之后，我们庄就叫'想水村'，让老天开眼给我们点水吧，也叫我们的后代了解我们庄历史上缺水，更加珍惜水。我们用双手、心血建起的蓄水大坑就叫大坑吧，大坑边上的杨树就叫大坑杨树，大坑里的泉就叫蛤蟆泉，蛤蟆离不开水，也有个好兆头。"

从此，想水村诞生！按传统说，原本戴庄应该是戴姓大户，想水村却没有戴姓。后人有句顺口溜："想水村一大怪，原叫戴庄没有戴（姓）。"

第7章

天意弄人，恶劣的自然环境考验着新建成的想水村，极端的天气摧残着想水村人。两年无雨无雪，火热的太阳炙烤着大地，天空万里无云。新修的大坑像一张干渴的嘴大张着。地烤焦了，山烤黄了，树木干枯而死，种子无法下地而无粮可收，牲畜无水可饮而基本死掉。想水村人只好到十里开外的馍馍山后的张山崆和马山后的元宝泉去挑水喝。

邻居公正道找到赵良："赵老兄，我家来到想水村承蒙您的关照得已落脚安家。看这年月不想让咱活呀。我想了几天，决定带着家人离开这里，再向东讨荒，看还能找个好一点的地方安个家不。我明天就走，来给你道个别。以后这里有水了，我可能再回来，我若不回来，我的子孙也可能回来，因为想水村有了我这户，有了我这个姓。"

赵良含着泪，握着公正道的手说："也好，离开这里可能才有活命，也可能活得更好，我想留你，却开不开口了。这里确实苦，愿您顺利遂愿。我也拿不出什么东西送你，我们哥俩的缘分不尽，我盼着想水村公姓永留。"

据说，公正道一家讨荒到距想水村一百多里地的临东地区安了家。不知哪朝哪代哪年，公家的一支又回到了想水村，但人烟不旺。

公正道一家的离开对赵良老祖的触动和打击很大。一波未平又起一波。村里的陈宝启有三个儿子两个闺女，陈宝启是种庄稼的老把式，人品敦厚。陈宝启与侯家换亲，侯家两儿两女。陈宝启的大儿子陈景康娶了侯家的大女儿侯钦花，侯家的大儿子娶了陈宝启的二女儿陈景云。侯钦花五官端正，皮肤白皙，身材高桃，一双小脚裹得像三寸金莲，可称得上是美女。侯钦花人长得好，心眼更好，嫁到陈家孝敬公婆，心疼丈夫，又生了两个胖小子，侯钦花可以说是陈家的福星。

一天，陈宝启一大早就急慌忙序地挑着二鼻罐子到张山崆挑水。太阳杆子把高的时候，陈宝启才黄着脸，流着汗晃晃悠悠地将两罐子水挑回家。

侯钦花听到公公挑水回来，急忙撂下孩子出门迎接。她看到公公脸黄直流虚汗，又搁晃着小脚转身到屋里拿出一个糠窝窝递给公公："俺爹，你饿了，你快把窝窝吃了吧，俺来把水提屋里。"

侯钦花自仗年轻，提着水罐子往屋里走，但小脚太小，重心不稳，一下子摔倒了，罐子里的水倾泻而出，一罐子水洒了个精光。侯钦花从地上爬起来，哭成泪人。公公和婆婆劝她没事，水洒了，明天再挑，还有一罐子先喝着就是。侯钦花的丈夫陈景康却嘟囔了一句："真没用。"

侯钦花看到公公辛辛苦苦挑来的水被无用的自己糟踏了，羞愧难当。丈夫的埋怨加剧了她的自责，她越想越难受，越想日子越难过。

到了中午头，她在屋的梁头上搭了个绳，系了个扣上吊了。她挂着脖子将板凳一蹬……

外屋的陈宝启听到凳子倒地的响声，让老伴进屋去看，老伴哇哇大哭，哭着喊道:"儿媳妇上吊了。"

陈宝启起身冲进里屋,顾不得那公序良俗,一把抱住儿媳妇将她从绳扣上解救下来。将侯钦花平放在地上,让老伴掐人中,他喊儿子拿簸箕和笤帚疙瘩到屋顶上去叫魂。陈宝启急促地安排道:"儿呀,你骑在屋脊上,用笤帚疙瘩使劲敲簸箕拼命喊侯钦花家来了!侯钦花家来了。"

陈景康快速地爬上屋顶,坐在上面使劲敲簸箕拼命喊:"侯钦花家来了。"陈景康喊一句,陈宝启和老伴应和着:"来了。"

陈景康在屋顶上一喊,惊动了全村的人,大家知道侯钦花上吊了,侯钦花娘家人哭着往陈宝启家跑,邻居们随着陈景康的喊叫,随和着喊道:"来了!"一时间,陈家的院子里站满了人,在那里帮着陈景康喊:"侯钦花家来了。""来了。"

侯钦花娘家人挤进屋里,哭着问道:"这是怎么回事?"陈宝启和老婆不敢抬头,也不敢回答。

陈宝启看着侯钦花的嘴一哆嗦,接着长出一口气,侯钦花醒来了。

陈宝启和老伴激动地放声大哭。院子里的人以为侯钦花死了,都流出悲痛的眼泪,有些女的放声哭了起来。陈景康惊吓带着悲伤,手里的簸箕和笤帚从屋顶上滚了下来。接着他也蜷着身子像一个圆口袋从屋顶上滚了下来。

好在屋檐下有个晒庄稼的木架子,将他挡住,没有造成生命伤害。

陈宝启把侯钦花抱到床上,娘家人看护着。侯钦花眼里不时地流着泪。陈宝启走到屋外,向邻居们说:"俺家儿媳妇救过来了,谢谢邻居们。"他边说边作揖。陈景康听到侯钦花救过来了,放声大哭,哭声在干燥的空气里穿行回荡。

吴全顺是想水村的卖油翁,他用磨得精光油滑的扁担挑着两个陶罐,肩上斜背着一个粗布挎包,包里放着大小油撇子和油溜子。他敲着梆子走街串巷,拉着长映,吆喝着:"买油了,香油、豆油、落生油,不香不要钱。买油了,多少都卖,童叟无欺,分量足。"他颤着扁担,扭着腰,拧着腚。

这天,吴全顺来到一户买油的人家门前,买油人拿一个罐型小油壶,说要买一大油撇子。吴全顺从挎包里取出油撇子,舀了一撇子油。

此刻他眼前突然浮现出"无他,但手熟尔,以我酌油知之"的卖油祖师爷,凭高超技艺舀油撇油的画面:"乃取一葫芦置于地,以钱覆其口,徐以杓酌油沥之,自钱孔入,而钱不湿。"

他欲与祖师爷比高低，他让买油人将油壶置于地上，将油撇子的油往油壶里倒，他没用油溜子，更没用铜钱覆其口。手一哆嗦，一股子油洒在地上，只见吴全顺将油撇子往包里一放，两手撑地，两腿一伸，头朝下趴在地上。他伸出舌头猛舔洒在地上的油。

买油人急忙拿起油壶，笑着说："你这个卖油的怎么像喝油的耗子。"

此事传开，人送吴全顺外号"老鼠精"。吴全顺乐坏了。叫我"老鼠精"，我就成老大了。他掰着手指数起十二生肖：子鼠、丑牛、寅虎、卯兔、辰龙、巳蛇、午马、未羊、申猴、酉鸡、戌狗、亥猪。

吴全顺和村里几个人早早起床，到马山后的元宝泉去挑水。元宝泉在马山背面的半山坡的石头沟里，泉眼在一个磨盘大小、形状像大元宝的石窝坑的底部。吴全顺几个人来到泉水旁，放下水挑子，先用水瓢舀起甘洌的泉水，贪婪般地扯上水瓢喝个水饱。他们将水罐一个个灌满，挑着水下山回家，他们用手托着肩上的扁担，板着腰，挺着肚，收着腚，迈着踉跄的碎步，深一脚浅一脚，却不曾让罐子里的水晃荡出一星半点。

吴全顺挑担卖油的扎实功力一览无余，他走在最前面。艺高人胆大，淹死的都是会水的。临近村头，走在最前面的吴全顺，被一个露天的石橛子绊了一脚，他用手护着扁担向前跑了几步，虽没摔倒，但罐子里的水却荡出来几股。吴全顺心疼至极，看到洒出的水在地上迅速消失，他心有不甘。他放下水挑子，快速趴在地上，誓与干瘪的土地争高低，虎口夺水。他用嘴对着水印猛吸，吸着咽着。他咽的不可能是水，绝大可能是唾沫。几个邻居笑着说："全顺，你这是演的哪一出呀？"

吴全顺眼里含着泪花，哽咽无力地答道："耗子饮水。"

这件事传到赵良老人那里，他没有觉得好笑，神情凝重，眼睛湿润了。他联想到公正道的出走，侯钦花的上吊。他沉重地说道："想水村啊想水村，在这里，水比家重，水比油贵，水比命贵。"

赵良老人看着噬人的日头、焦灼的土地、可怜的乡邻，他决定上山求雨。他召集各姓族长商议筹划准备。

春夏之交的馍馍山被旱魔折磨得无一丝生机。赵良带着乡亲数十人抱着全村仅存的几只渴得奄奄一息的鸡、鸭、鹅作为祈雨求雨的三牲祭品，拿着砍刀，扛着锄头，登上馍馍山顶。

赵良指挥大家砍伐干枯的树枝木条堆成三个柴堆，用锄头除掉干枯的杂草、荆棘，整理出一片场地，避免点火后引火烧山。他们头上包着红布，光着膀子，垒起一个石台，放上鸡鸭鹅三牲，点上一把松香，求雨开始，他们分四个篇章进行。

第一篇章，日头吐火，大地焦灼。赵良将三个柴堆点着，火焰冲天，他们顶着红布，围着火堆转着跳着，整个馍馍山顶像火的海洋。

第二篇章，草木灭绝，民生涂炭。赵良让大家摘掉红布，光着身子光着脚围着柴草灰烬，转着圈，嘴里喊着："我等小命，上天所赐，天不容我，旱魔降临，无力抗击，奄奄一息。"连转两圈，众人倒地，脚蹬手挠，哇哇大哭。

第三篇章，祈求上苍，大发慈悲。众人双手合十，迈着太空步，转着圈祈祷：

龙王降雨，水漫金山。龙王降雨，河流滔滔。
龙王降雨，雷公助威。龙王降雨，电闪雷鸣。
龙王降雨，三神助阵。龙王降雨，石破天惊。
龙王降雨，帝神庇佑。龙王降雨，庄稼苗壮。
龙王降雨，风调雨顺。龙王降雨，五谷丰登。
龙王降雨，旱地变田。龙王降雨，百姓安康。

第四篇章，升云降雨，万众欢腾。赵良率众人举臂拍手，跳着，喊着："下雨了，下雨了。"赵良最后嘶哑着喊道："三牲祭天，上苍开眼吧，我等定不负上苍，建设美好家园，养老抚幼，生生不息，永续万年。"众人面向正北在地上长跪不起。

突然，东南方的天际轰轰隆隆响了起来，几团厚厚的黑黑的云簇拥着向上弥漫。赵良和众人起身望向东南方。

云升腾得越来越快，云积得越来越多，越来越厚。"咔"的一声，一道闪电将云团炸开，云团又迅速靠拢，直奔馍馍山而来。

起风了，风急云速，发出"呜呜"的响声，这就是雨冒声，空气的味道变了，一股股雨腥味不停地被吸进鼻孔。赵良兴奋地喊道："乡亲们，龙王显灵了，上天开眼了，雨来了，赶快下山回家啊。"

当他们走进村刚要进家时，噼噼啪啪，豆粒大的雨点滴了下来。稍顷一刻，"呼"的一声，电闪雷鸣，瓢泼大雨，倾盆而下。

雨不停歇下了两天两夜，想水村的东沟西沟，大淹子、二淹子、三淹子被雨水灌得沟满河平。大地苏醒了过来，馍馍山苏醒了过来，大坑的蛤蟆泉、东沟的牛腔眼子泉和那些不知名的泉眼纷纷开泉。灌满水的大坑荡漾着幸福的笑容，大坑杨树骄傲地挺起腰杆，昂起了奋发上进的头颅，想水村像打了鸡血一样，精神倍增。

赵良招呼大家筹集庄稼种子，相互支持，匀给各家补种，想水村开始了新的生活。

历史的河流伴着沧桑，拥着激情，踏着艰辛奔涌向前。想水村和想水村人一直在与缺水和水旱抗争。想水村的大坑历经清朝道光、光绪，民国，新中国成立后，多次重修，蓄水能力也不断加大，滋养着想水村的土地和众生。大坑杨树像门神守着想水村的安宁，像两位饱经沧桑的老人见证着想水村的人情世事。据说，想水村的古树毛白杨是全国为数不多的最古老的毛白杨。

第8章

麦假就要结束了，赵广仁从用蓝山花布缝制的书包中拿出课本，把语文、算术复习一遍，却有几个题不会做，赵广仁拿着书包径直向赵凌云家走去。

他推开赵凌云家的大门，喊道："凌云。""欸！二叔。"凌云答道。见赵凌云正从屋里往外搬布袋，赵广仁问凌云："你在干活呢？"凌云说："娘叫我烀锅猪食喂猪，我把烀猪食用的芋头秧子面和碎地瓜干搬出来。"

赵广仁帮着赵凌云把两个布袋搬到锅屋，又提了两半桶水倒进大锅里。凌云说："二叔，我先把火燊着再陪你玩。"赵广仁说："咱先烀猪食，我帮你拉风箱。"

哥哥赵凌志上农中，除参加队里的劳动还在排演柳琴样板戏《智取威虎山》《红灯记》《杜鹃山》。弟弟赵凌峰领着村里一样大的孩子打蜡子、打瓦石、捉迷藏，天天累得脸红红的，不断汗，个子倒很见长。龙生九子各有不同，一奶同胞各有所好。赵凌云学习好、性格好，喜欢帮娘干活，是娘的贴身小棉袄。哥哥性格倔，弟弟性格蔫，贪玩。

赵凌云用草和秫秸点着火，将煤引着，赵广仁慢慢地拉着风箱，煤火冒起红彤彤的火焰，风箱呱哒呱哒地响，一会儿工夫，锅里的水周边冒起了水泡。赵凌云说："二叔，锅里的水挤眼了，我先把地瓜干倒进来，你起身，别烫着你。"

赵广仁站起身往后趄了趄，凌云将地瓜干慢慢地倒进锅里，用大黑铁勺搅和了一阵子，用月牙板木锅拍盖上。

赵凌云家的这个木锅拍是当年大分家时，爷爷分给凌云家的，用槐木作棱，梧桐木作板，榫卯结构，这是村里有名的徐木匠做的，大小正好盖着六印锅。一锅盖分成半圆的两半，一是盛饭时掀开一半比较轻，二是另一半还能罩住热气。每半像半个月亮，两半合上齐整整一个圆。这样的月牙形锅盖是想水村一带的特色。

锅里正中间不停地冒着大泡，地瓜干也逐渐变得黏稠。赵凌云不停地搅着，又添了两瓢水。他将芋头秧面倒进锅里，拍了拍手，又用大黑铁勺将芋头秧面搅匀。

"二叔，你先停停。"赵凌云想起什么，突然叫赵广仁停下拉风箱。赵广仁很是诧异。凌云解释说，"二叔，天变热了，快该穿凉鞋了，我就着火，把我的烂凉鞋焊一下。"

赵广仁笑着说："我以为坐锅了（食物粘到锅底），猪食熬煳了呢。"

赵凌云跑向西堂屋，从木板床底下找出去年穿的棕色塑料凉鞋，用手使劲拍了拍，凉鞋有些硬了。他脱掉鞋子把脚蹬进塑料凉鞋，有些紧，去年穿着还有些空。塑料凉鞋颜色好亮，脚后跟和前嘴的地方却裂纹了。

赵凌云找了根铁条，用钳子截了有两根筷子长的一段，用锤子在光滑的门枕石上把铁条前边砸个像小脚丫一样的小铲头。赵凌云又找了原先不穿的烂凉鞋，也是棕色的，用剪子剪了几片当补丁。

"二叔，我准备好了，你拉几下风箱吧。"赵凌云安排道。赵广仁呱哒呱哒拉了几下风箱，锅底的火又起来了，红彤彤像个硬火蛋，烤得赵凌云的胸口热热的。

赵凌云用洗脸盆端来一点水，把一块烂布在脸盆里湿了一下包着铁条，将铁条小铲头插进锅底火蛋的边上，小铲头顿时变红。赵凌云抽出小铲头在外面凉了凉，待铲头红色稍微褪去，他在塑料凉鞋裂纹中间擦了擦，塑料熔化。赵凌云用两只手把裂纹两边向里一挤，用嘴吹了吹，裂纹牢牢地粘在一起，第一道工序做完。赵凌云用湿布擦了擦铁条，特别是头上的小铁铲。他接着把铁条一头的小铁铲又插进火蛋边上，烧红后取出，在剪好的塑料补丁上面烫擦，然后把补丁牢牢地粘在被焊接愈合裂纹处。赵凌云又用烧红的小铁铲在补钉的四周擦划，边擦边用嘴吹，反复熨烫，待补丁四周光滑圆润平整。

赵凌云拿着焊补好的凉鞋对赵广仁说："二叔，凉鞋补好了，你看怎么样？"赵广仁兴奋地喊道："凌云，你真厉害！你真是一个懂事、节俭又心灵手巧的好学生。"赵凌云说："二叔，我烀猪食、焊凉鞋时就琢磨，要干好一件事情，就要有条理，先干什么，后干什么。还要做好准备，不然就会手忙脚乱。还有我们学的课文里面，有一篇《南京路上好八连》的故事，你还记得吗？"

赵广仁说："记得。新三年，旧三年，缝缝补补又三年。"

赵广仁说："我的脑子可笨了。凌云，一会儿你还得教教我几道算术题。"赵凌云说："没问题，二叔，咱共同学习，不要紧，你不会的题尽管提出来，有我在，就不要怕。下步如果你的凉鞋要烂了，拿来我给你焊上。"赵广仁说："那忒好了。"

熬好猪食，焊好凉鞋，赵凌云给赵广仁辅导完数学题，赵广仁、赵凌云都很兴奋。赵广仁说："凌云，你给我讲段故事听吧，我可喜欢听你讲故事了。"赵凌云说："行，来二叔，你坐着，听我讲。"

赵凌云模仿来村里说大鼓的艺人，左手上扬手指翻动像敲月牙板，右手下垂像敲击大鼓，大声说道："天也不早了，人也不少了，鸡也上窝了，灯也点上了，听我讲一段。"

以前，有一个小孩儿叫王小。有一天，他娘病了，起不了床。王小可吓坏了，他问："娘，你想吃点儿什么，我给你弄饭去。"

娘说："咱家里穷，我想吃，你也给我弄不来呀。"王小说："你想吃什么？说说看。"娘说："我想吃鱼。"王小说："娘你等着，我给你摸鱼去。"娘有气无力地说："大冬天里河都封冻了，你到哪里摸鱼呀？"

王小把娘身上的破被子往娘脖子上提了提又掖了掖，就出门向外面的河里跑去。到了河边，王小看到河上无边无沿的全是冰冻，像镜子一样盖得严严实实。王小站在河边想了一会儿，突然，他将裤子脱下，走到河里边，一腚坐在冰冻上。坐了好半天，腚底下一块冰化开，一条鱼从里面冒出来。王小将鱼逮住带回家中。

王小的母亲看到王小带回的鱼，问："你怎么摸的？"王小一五一十地告诉了娘，王小的娘眼里淌着泪，说："孩子，你的孝心娘领了，我不想吃鱼了，快把它送回河里吧。"

王小听娘的，就把鱼送回了河里，鱼儿看了看王小，摆摆尾巴，钻进冰河里。这就是王小冰河摸鱼孝母的故事。

赵凌云对赵广仁说："二叔，据说王小摸住的这条鱼是地河里的两条鱼之一。这两条鱼六十年一翻身，鱼翻身时，会地动山摇。"

赵广仁拍着手说："凌云讲得真好。"

两人正说着，凌云娘从门外挎着用石碾脱好的小麦走进来。赵凌云说："娘，我把猪食熬好了，我的凉鞋也焊好了。"赵广仁说："二嫂，凌云教完我数学题，又讲故事，凌云是故事大王。"

凌云娘看着两个听话的孩子，高兴、满意地嗔怪道："凌云就是喜欢胡呱呱。"赵凌云说："我听我三婶子给我讲的。"

第9章

明天是星期二，爹爹就要回来了。赵凌云盘算着、盼望着。

赵凌云的爹叫赵广厚，是山崮县东有名的大文人赵满福的二儿子，是向阳矿务局常山煤矿的一名矿工。赵凌云爷爷赵满福是个旧社会过来的读书人，当过私塾先生，一生谨慎、忠厚、仁爱，在想水村极具威望，但日子过得很是紧巴。赵凌云爹弟兄五个，老大叫赵广忠，老二也就是凌云爹叫赵广厚，老三叫赵广传，老四叫赵广家，老五叫赵广远。凌云爷爷一生信奉"忠厚传家远，诗书继世长"的信条，鼓励孩子能读书则读书。他常说："半耕半读方为农家，能武能文才称帅府。田可耕兮书可读，半为农者半为儒。"

赵凌云的爹赵广厚在 1956 年去了离家 60 里地的常山露天煤矿。1958 年，为发展工业，国家从农村招工，赵凌云的大爷赵广忠去了东北煤矿，三叔赵广传去了铁路，弟兄五个，三个先后外出当了工人，老四赵广家、老五赵广远在家种地务农。1962 年，国家下放工人，减少城市人员，鼓励返乡务农。赵广忠、赵广传回到家乡务农。赵广厚能吃苦，有技术，是 1958 年前干的工，被留在了常山煤矿。常山煤矿是国家统配煤矿，是向阳矿务局最早的煤矿之一，这里产的煤质量好、产量高，是国家的功勋煤矿，曾是工业学大庆的红旗标兵。常山矿工人实行早班、中班、夜班三班倒，休息实行以工区班组轮休制。

6 点早班开始，八小时工作制，中班、夜班依次交接进行。夜班最辛苦，赵广厚却最喜欢上夜班，下了夜班再轮到工休，就能回家多待上一天，帮家里多干点农活。

赵广厚是一位吃得苦、受得累、有责任的顶天立地的男子汉。想当年，露天煤矿招人，村里人怕挖煤放炮危险，怕睡工棚太苦，怕三班倒不适应，都不愿去。赵广厚坚定去，苦和累在男人面前那是小菜一碟。小处看，当工人能挣线，挣钱养家才是现实；大处看，当工人成为公家人，为国家做贡献，工人阶级是领导阶级，当个煤矿工人多荣耀！

赵广厚家里三个孩子条格好，脑子灵，齐刷刷成长，日子有奔头，喜乐天天有，苦和累只是男人生活的佐料，男人力气的营养剂。

常山煤矿经过近二十年的建设发展初具现代化煤矿的规模雏形。煤矿大门朝西向，十多米宽的大门门脸由大理石镶嵌，大门上横着的钢梁辅以网状装饰，钢梁上安装着红彤彤的"常山煤矿"四个大字。大门两侧设有两个五米宽的侧门，大门石柱上的两个大型圆球白灯，夜晚发出柔和的灯光，庄重气派。出大门便是煤矿广场。广场周围规则地安装着莲花灯。莲花灯由九个灯球组成，一圈灯球围绕着灯杆，仿佛是一朵盛开的莲花。

广场北侧是常山煤矿供销合作社。下班和休假的工人、家属拿着布票、糖票、油票到这里购买着紧缺而心仪的东西，这里人来人往，没有票的也常来这里转转，这里的面、油、酱油、醋、酒、各种糖果混合而成的味道沁人心脾，不买也满足一下味觉和眼福。

广场西南角是职工大礼堂，礼堂正门向北，上楣书写"常山煤矿职工大礼堂"。两边楹联，"发扬革命传统，争取更大光荣"。礼堂大门外有两块大红牌，上面黄字书写："决战一百天，奋力夺高产"。大门西侧有一排大窗户，中间窗户下面有一个小窗口，用来出售、发放电影票。这里是召开职工大会的场所，也是职工娱乐的场所。

煤矿大门往西，一条马路跨过矿区铁路与公路国道相连。礼堂和供销社分别有一条通往职工宿舍的马路。职工宿舍是青砖红瓦砖混结构、玻璃门窗的大排房，排房之间栽植着高大挺拔的白杨树，绿树掩映、青砖红瓦的大瓦房鳞次栉比整齐排列。

进入煤矿大门，南面是职工食堂，食堂大厅整齐地排列着50张水磨石面的圆形餐桌，每张餐桌配着6个木凳，大厅北面设有一排售菜窗口。靠近食堂，饭菜香气扑鼻而来，让人饥饿感顿生。

食堂大门正对着矸石山，矸石山上的铁轨，像一条长梯从下向上延展直到山顶的钢绳升降塔。有轨铁皮车在铁轨上不停地爬行，将一车车矸石从山上向山下倾倒。矸石山随着矿山发展和煤矿生产不断地长高长大。

食堂北面隔着一条大路是电工工区、通风工区、运搬工区、回采工区、掘进工区等生产单位。作业工区往里走，建有职工洗澡堂。

赵广厚是运搬工区扳道工。

天亮了，钟表报时6点整，上了一夜班的矿工师傅跟上早班的矿工师傅交接完下班了。赵广厚戴着安全帽，安全帽上别着镀灯，一身蓝灰色帆布工作服，外扎着白色帆布腰带，脚穿黑色胶靴，背着工具包向洗澡堂走去。

"赵师傅下班了。""老李，你也下班了。"

澡堂大门口是镀灯房，下班的矿工师傅先把镀灯、镀灯充电盒交给镀灯房，然后进入澡堂大门。澡堂两个区域，一个是更衣区，一个是洗浴区。更衣区整齐地排列着带有编号的衣柜，每人固定一个，放置工具包、工作服和便装。

进入澡堂洗浴区，澡池子热气腾腾，淋浴头下雨似的向下喷着。矿工师傅们，有的在澡池里泡着，有的搓着肥皂，有的在交换搓着背，有的淋着满身的皂液，说着笑着，澡堂里弥漫着肥皂那毫无修饰的干净的味道，也洋溢着快乐幸福的味道。

赵广厚洗完澡，带着饭包，饭包里装着一个白色镶着红边的搪瓷缸和一个墨绿色的搪瓷碗直奔食堂。

搪瓷缸子、搪瓷碗、搪瓷盆，在山崮县一带被称为洋缸子、洋碗、洋盆，这是身份的象征。

赵广厚打了一碗大米粥，要了两分钱的咸菜、两个馒头在餐桌上吃起来。"这个月的工资花得比较快，也比较紧巴。给三个孩子分别买了双凉鞋，给凌志买了个圆领的汗衫，给凌云、凌峰买了背心儿，给凌云买了一瓶墨水和一块橡皮。回家还得找人帮忙修缮一下锅屋，挑水的铁皮水桶也得换。"赵广厚边吃，心里边合计着。他想到给凌云买的英雄牌墨水和新华牌橡皮就想笑，这是他上星期回家，凌云偷偷给他提出来的，特别是凌云又补充似的说："爹，不买也行。"这孩子够懂事的。

吃着、想着，赵广厚突然有一种感觉。"出来干工多年了，多亏了新社会，如果没有这个工，没有这份工资，生活很难改善。"

赵广厚出来干工，由一个农民变成工人，矿山的组织纪律、文化学习、文体活动，在改变提升着他的思维、生活习惯、工作标准、视野格局和强烈的责任。

吃过饭，他拿着饭包到馒头窗口买了十个馒头，又买了一份油炸带鱼用纸包上，装了满满一饭包。出了食堂门，到对过的洗碗池里刷了刷碗，快步流星向宿舍走去。

一个宿舍住着两名工人，同宿舍的老陈上早班去了。宿舍靠北墙窗户的两边，两张床正对着，床的另一头各放一张桌子，桌子上分别放着同屋两个人的箱子（柳条包），桌子南边靠近门口分别放着两辆自行车。赵广厚的是"国防"牌，老陈的是"大金鹿"。

赵广厚的坐骑"国防"牌自行车是 1964 年咬牙花 168 元钱购买的，这是他干工或是人生中一个重要的里程碑。拥有一辆自行车那是多少人梦寐以求的事情。

"国防"牌自行车是我国最早生产的自行车之一，产自青岛自行车厂。青岛是中国最早拥有自行车的城市，早在 20 世纪初德国传教士就将自行车带到了中国。自行车曾被叫作脚踏车、脚闸车、决扎车子和洋车子。青岛市与沈阳市、天津市、上海市并列为我国四大自行车制造城市。

"国防"牌自行车车标设计别具匠心：蓝黄绿相间，中间一门黑色的大炮，上标红色五角星，"青岛"两字分别位于红色五角星左右两侧。图标上部两侧有两只麦穗，下面标有红色齿轮状条带。大炮下面标有"山东青岛自行车厂"。

1966年，化工部对上海的"凤凰"牌、"永久"牌，天津的"飞鸽"牌和青岛的"国防"牌四种著名品牌的自行车，进行烤漆件验测，确认"国防"牌自行车零部件烤漆，质量超过英国产"兰陵"牌自行车，名列第一。1964年，自行车全部取消高价，恢复平价供应"国防"牌自行车零售价168元。1965年下调为149元。1966年开始，"国防"牌自行车由"金鹿"牌自行车代替，并执行"国防"牌自行车价格149元。

赵广厚对自己的爱车格外爱惜，他自行车鞍子下面常掖着一团粘着机油的线团，骑过后迅速将车身车轮擦得油光发亮，一尘不染。

赵广厚打开自己的柳条包，取出工资，取出给孩子们买的东西。收拾完毕，又整了整被子，将枕头整齐地放在被子上面。推出自行车，锁上门，给左右邻居打了招呼，出了宿舍区大门，骑上自行车直奔煤矿大门正对着的国道，轻快地飞也似的向想水村奔去。

太阳渐渐升高，光线越来越强，路边的杨树一棵一棵被甩在后面，太阳光线与自行车车圈交割的光亮，一圈圈一片片在公路上向前滚动延展。叮铃铃，叮铃铃，赵广厚按了按自行车铃铛。

听到自行车铃声，赵凌云惊喜地喊道："俺爹回来了。"快步向门口跑去。赵广厚将自行车搬过门嵌子推到院子里插上。凌云娘高兴地打招呼："回来了。"赵广厚笑着答道："回来了。"

赵广厚一手提着饭包，一手提着大帆布包，进了屋，拿条毛巾抽打了一下身上的土。赵凌云闻着爹身上的肥皂香味十分兴奋："爹，前两天，我跟娘到西乡拾麦去了，拾得可多了，我还交了两个西乡的朋友。"

"噢，凌云肯定行。"赵广厚看着凌云十分高兴。

赵凌云又说道："西乡真好，人家院子里还有压水井。"赵广厚说："西乡好，咱这里也不孬。凌云，你要的那两样学习用的东西给你买来了。"从帆布包里取出了墨水和橡皮。

赵凌云拿着橡皮闻了一下，一股糖香，他把墨水放到大桌子上。"我和俺哥一起用墨水，凌峰用铅笔，橡皮我和凌峰一人一半。"赵广厚满意地说："好。"

赵凌志、赵凌峰回来了，他们也算着爹今天歇班回家。

赵广厚见三个孩子都到齐了，就从帆布包里拿出给他们买的衣服和鞋子。说："凌志的是圆领衫，个子大穿圆领衫好看，凉鞋给你买的海绵泡沫底的，大人都喜欢穿这样的。凌云、凌峰，还是塑料底的，海绵底没有小码。我用手量完你们的脚，又都买大一码，你们都在长个，脚也长，穿爱惜点，明年还能穿一年。"

赵凌志说："太好了爹！"赵凌云说："我把去年的凉鞋焊完了，新的旧的倒换着穿。"赵广厚说："那忒好了，从小要学着节俭会过。"赵广厚带着感激说，"我想给你娘扯块蓝洋布做个褂子，我拿着布票去买，那天卖完了，下星期再去买。"

凌云娘说："我有穿的就行，庄户人不要好。"

赵凌志帮着娘切菜洗菜，赵凌峰到柴火垛拾柴火，赵凌云拉风箱燊火。大锅熬稀饭，小锅炒菜，煎了个豆腐，炒了盘土豆丝，煮了六个咸鸡蛋。用凌云在西乡拾的麦子碾成的麦片熬了一锅汤。

赵广厚将用纸包着的带鱼倒入盘子里，四个菜，一锅汤，一顿丰盛团圆的午餐。只有爹爹回家才能这样。

赵广厚从饭包里拿出大白馒头给凌云娘、凌志、凌云、凌峰每人一个。自己拿了一个地瓜干煎饼，剥一个咸鸡蛋碾在煎饼里大口咬去。

凌云娘说："你吃馍馍呀，怎么光让俺娘几个吃？"赵广厚说："你们吃吧，我天天吃，来到家换换口味。"

一个煎饼革子（碎煎饼）掉在地上，赵广厚从地上拾起，吹了吹，填到嘴里。老三凌峰呼呼地喝着新麦汤，滑溜溜、香喷喷，大口地啃着馒头，狼吞虎咽，竟吃出一头汗，胖嘟嘟的小脸变得通红。

下午，赵广厚从工资里拿出五块钱和凌云娘一起送给老爹赵满福，从干工开始每月给老人五块钱，雷打不动。

赵广厚收拾完残败的院墙，修补完漏雨的锅屋，带上一包袱地瓜干煎饼，满怀激动和憧憬地蹬上锃亮的"大国防"回到常山煤矿上夜班。

第10章

赵凌云早早起床，洗过脸，背着粗布书包，挎着小板凳，沿着东西街向想水村学校走去。他边走边读并默记着路两边石墙上的毛主席语录。

这些语录是迪思科老师带着学校老师书写的，字体有楷书、隶书，颇见功底。再往东走，就是一个主席台，主席台处在东西街的路中央，高三米，宽两米，用水泥、石块砌垒，檐宽半米，远看像个大的水泥框。上檐镶嵌着一个红色大五角星，两边刻写着竖联。

过了主席台向北走，远远看到学校的大门。学校大门的左边挂着"想水村学校"白底黑字的木牌。这是迪思科老师用馆阁体书写的，字体粗壮饱满圆润，显得严谨而庄重。

学校大门的东面的耳屋住着一户姓公的人家，家里有一位身高不足一米六的中年男人和他的母亲。中年男人名叫公丕柱，母亲公张氏是一位耳朵失聪的老人。赵凌云管公丕柱叫大叔，管公张氏叫大奶奶。

进了学校大门，迎面是一个影门墙，墙上红底黄字。过了影门墙，看见一个五级台阶坐北朝南的三间大瓦房，这是老师们的办公室。办公室往前挺五米，两面是教室，从东至西分别是一年级到五年级。东边西向的两间教室，是农中一班、二班。农中是边读书、边参加农活的初中级部。一班是初中一年级，二班是初中二年级。

学校的西墙用白石灰抹墙，上面用红漆写着"好好学习，天天向上"。

想水村学校的老师，除迪思科老师、朱育仁老师以外，都是本村初中、高中毕业返乡的学生，也叫民办教师。迪老师是师范大学的高材生，朱老师是老牌师范学校的毕业生，他们是想水村的福星。迪老师、朱老师让山里孩子享受到了富裕地区甚至城里孩子一样的优质教育。

教师办公室门西旁是一棵槐树，门东旁是一棵楝豆树，两棵树树干挺拔，枝叶繁茂，映衬出学校的古朴典雅。槐花盛开，一串串，清淡香甜，使空气变得绵柔通畅。楝豆花盛开，紫气东来，空气清净芬香。

槐树杈上挂着一个大喇叭样的铃铛，下面垂着一根绳。上课、下课、集合的命令从这里发出。铃声响两声是预备铃，响三声是上课铃，响一声是下课铃，连续紧急声是集合铃。教师办公室正墙上的挂钟的钟摆不停摇摆，整点发出报时的钟声，给这座偏远山区小学增添了点现代气息。

想水村学校，这处穷乡僻壤的圣地，多少不识字的父老乡亲在这里通过"识字班""扫盲班"能识字算账，多少家境贫寒的孩子在这里无忧无虑地读书成长。琅琅的读书声、嘹亮的歌声、欢快的游戏声，在这里激荡演绎着生动、活跃、梦想。

迪思科老师与赵凌云的爷爷赵满福是"忘年交"。迪老师有时间就会去找赵满福老人交谈。谈诗经，谈唐宋八大家，谈颜真卿、柳公权，谈想水村的历史，谈所见所闻，有谈不完的话题。

学校门口的大牌子更换时，迪老师有意请赵满福老人书写。迪老师说："学校牌子需换新的，赵先生您是山崮县东有名的文人、书法家，想请您赐墨书写。"赵满福老先生说什么都不同意。说："我是一介草民，学问不深，特别是没读过新学，字体古板拘谨，不登大雅之堂。迪先生学的是新学，又是城市来的，文化高深，老朽我自愧弗如，对你深感敬慕。还是您写，让我们这穷乡僻壤沾上您的现代之光。"

迪老师很是佩服身边这位谦虚有涵养的老人，恭敬地说："文化是一辈辈、一代代传承的，赵老先生的文化、为人、见地，我深受教育，你借给我的《古文释义》注释，我读了一半了，很受教益。"

赵满福老人说："你书写得太好了，咱们村墙上的标语，是村里的一道风景，兴许留着还是个文化古迹呢。"迪老师忙说："不敢当，不敢当。"赵满福老人说："你从城里来我们这个穷地方教书，亏欠你呀，村里的孩子长大了，永远都感谢你。山不在高，有仙则名，想水村学校有你则名呀。"

迪老师说："您也教过书，教书是良心活、是责任，事关后代人的成长。老师就像发馍馍的引子，没有引子，馍馍发不起来。老师就是播种机，把好种子播种到孩子们的心田里。咱这个村民风好、孩子好，有好的种子、好的田地，一定能让孩子们长成健康的参天大树。"

赵满福和迪老师这两位新老先生会意地哈哈大笑。迪老师的语言已经变成了朴实无华想水村农民的方言，心也连在了想水村。

迪老师书写的学校牌子，赵满福老人很是满意，直说："写得好，写得好，有功力，有功力。"

迪老师很喜欢赵凌志、赵凌云，尤其喜欢赵凌云，这也许有着他和赵满福老人的友谊情结。在迪老师眼里，这两个孩子聪明，长相好，学习成绩突出。在迪老师心里，赵凌志、赵凌云根正苗红基因好。

赵凌云来到教室，这是三年级的教室，课桌是木板钉制，凳子自带。教室西向而坐，前面是黑板，左右两边的墙上分别是学习专栏，纪律、卫生、学习流动红旗栏，后墙与黑板相对的是好人好事表扬栏。一个简陋的教室，被迪老师布置得色彩斑斓，生意益然。学习专栏不定期出黑板报，那是学生们作文和书法的赛场。

学生们先后进入教室，先到的学生拿出课本儿，大声地朗读着课文。

这时，迪老师领着一名穿着一身褪色的厚蓝布衣裳、头上戴着个火车头棉帽的学生走近赵凌云身边。迪老师叫道："凌云，这位同学叫秦守实，是从东北转到我们这里来上学的。新来乍到，就安排跟你同位，他如果跟不上课，你要好好帮帮他。"赵凌云站着响亮地回答："行，老师，我一定做到。"

预备铃响过，同学们安静下来，上课铃响起，迪老师走上讲台。赵凌云喊道："起立。"同学们齐声喊道："老师好。"迪老师回道："同学们好。"同学们又齐声朗诵："好好学习，天天向上，做毛主席的好学生。"凌云喊道："坐下。"

迪老师讲道："同学们，讲课之前，我先给大家介绍一位新同学，这位新同学就是刚坐在赵凌云同学身边的，他叫秦守实。这位同学的姥娘家就是我们村的，姓陈。以后大家就熟悉了，姥娘亲，姥娘近，三辈子不离姥娘家的门，他姥娘家是我们村的，他就是我们村的。同学们说对不对？"同学们齐声喊道："对。"

姥娘家是温暖的港湾，是小孩子的安全幸福窝。有句童谣唱道："月亮弯，月亮圆，用指算，用指掐，跟着俺娘走姥娘家，姥娘疼俺，妗子瞅俺，妗子妗子你甭瞅，楝豆子开花俺就走。"

在农村，孩子们最喜欢的是走亲戚，走亲戚最想去的是姥娘家。买个小猪崽也得用铁勺在猪崽头上揝一揝："小猪小猪别想家，勺子头是你姥娘家，小猪小猪别想娘，屙屎尿尿上南墙。"姥娘家就像山西洪洞县的老槐树，是人生的根，是魂牵梦绕的缘。

迪老师接着说："秦守实同学是从东北辽宁来的，他的老家原来在距我们村西北二十里地的城郭公社尚岩村，现在他的村没有了，永远没有了。"同学们惊奇地看着秦守实。迪老师继续说，"他的村和附近连片的 21 个村，都变成了水库，那就是尚岩水库。你们以后长大后就明白了，这是国家建设的需要。秦守实家和他邻居的 21 个村，因为建设水库搬到了东北辽宁，秦守实家是有功的，我们要好好对待这位同学。同学们能做到吗？"同学们齐声喊道："能做到。"

迪老师说："好！现在我们开始上课。今天，我们先默写 50 个生字，大家准备好，我读，大家默写，每默写完一个字，都要在后面写上拼音。"迪老师作为一个师范大学的高材生，在教导这些山区学校的小学生时，使出了扎扎实实的"听、说、读、写"一个不放的杀手锏。知识是一个字一个字，一个词一个词，一句话一句话，日积月累的，积小胜为大胜，为学生打下了扎实的基本功。他取名为"扎马步学习法"。

默写完了50个生字，按片将作业本收上来，赵凌云的这一片由副班长侯宜悦同学负责。侯宜悦先把赵凌云的作业本收上来，接着又收了周围几个同学。这时，侯宜悦在赵凌云的作业本上将两个字涂画了几下，接着将作业本交到迪老师的讲课桌上。

赵凌云是班长，侯宜悦是副班长，两人学习成绩都非常好。但是，赵凌云更扎实，每次考试都是全班第一，侯宜悦稳居第二。侯宜悦很是不服，这次他有机会做了手脚。

迪老师安排同学大声朗读预习新课文，要求大家把不会读的字、句标下来，把读不懂的句子也标下来。他用的是孔老夫子"不愤不启、不悱不发"的问题导向教学法。

迪老师在课桌上专心批改默写生字的作业。课到中间，迪老师宣布默写生字的成绩，侯宜悦98分，第一名，赵凌云96分第二名。赵凌云心想，我不会错呀！发下作业本，赵凌云把涂画的两个字，又工工整整地誊抄了两遍。侯宜悦扳回一局。

侯宜悦是石匠侯文侠的儿子，侯文侠是远近闻名的大石匠，他的眼功、手功了得，在石匠界十分有名。他的眼功表现在选石塘开采石料方面，他在山坡上寻找，遇到一块露头石，人们普遍认为采不出石料，他却能指出在哪里打炮眼，打几个炮眼，出多少石料，他简直就是百发百中，他指的地方开采的石料纯，成方成块，是做屋墙面子石的主料。

他的手功表现在用锤和錾能打出漂亮多变的花纹，刻出栩栩如生的图案。但是他有一个最大的坏毛病就是在垒墙时，作为大师傅的他容易使坏。主家饭菜、茶水、香烟照顾不到，在垒屋山墙时，他略施小计就形成屋山尿墙（渗水），石墙很难修复。想水村社员盖屋，宁愿盖不好看，也不愿让他盖尿墙屋。

课堂剩下的时间，迪老师又用启发式将学生带到预习的课文中，学生听得如痴如醉。迪老师不愧为城里来的大名师。

下课铃响，迪老师宣布下课。同学们纷纷跑出教室，有的直奔厕所，有的在操场上撒欢嬉戏。赵凌云和秦守实坐在课桌上深入交流。

迪老师走到赵凌云面前嘱咐道："凌云，掌握生字还要使点劲，这次可是错了两个字哟。"赵凌云红着脸说："我知道了老师。"没有说别的。迪老师又嘱咐赵凌云："多帮助秦守实啊！"

赵凌云感觉暖暖的，迪老师父亲般的信任在他幼小的心灵里埋下了坦诚做事、真诚做人、一诺千金的种子。

一段时间亲密无间的相处，赵凌云和秦守实成了无话不说的好朋友。赵凌云喜欢秦守实说话的语调，东北话好听。赵凌云辅导秦守实功课，给秦守实介绍村里好玩儿的，教秦守实打蜡子、玩六、讲故事。秦守实给赵凌云讲东北的故事。东北话近似普通话，赵凌云跟着秦守实学用东北话读课文。秦守实成了赵凌云普通话的老师。

赵凌云问秦守实："你爹娘在东北怎么不回来？"

秦守实说："俺娘已经死了，俺爹和俺哥哥、姐姐在东北开了三垧地，他们来不了。"赵凌云听秦守实说娘死了，心头一震又非常伤心。

赵凌云想："没有娘怎么过呀，秦守实好可怜呀。"

赵凌云又问道："东北地里种什么？"秦守实说："种苞米，也有土豆、大豆。"赵凌云又问，东北睡觉也像我们这边用木板搭吗？"

秦守实说："东北那旮旯儿睡炕，东北冷，一家人都得睡在大炕上。"秦守实接着说，"像现在，我还戴着棉帽，东北太冷了。"秦守实又想起一件很有趣的事，问赵凌云，"凌云，你吃过杀猪菜吗？"

赵凌云说："吃过，猪肉炖萝卜，可好吃了。"秦守实说："东北杀猪菜可不是这样的。杀猪菜有酸白菜、血肠、猪肉。"赵凌云听得一头雾水，却很向往期待。

秦守实是库区移民东北的孩子，娘死了，他爹为了让他有好的照顾和上好学，就把他送到想水村的姥娘张洪英家。

第 11 章

秦守实家原来的村庄是城郭公社的尚岩村。尚岩村及邻近二十多个村庄位于大沙河边上。大沙河发源于距离城郭公社四十多里地的山脉峡谷中，绕弯从青石山、闹山之间流入城郭公社，流域辐射整个山崮县。历史上，大沙河是一条害河，水患无穷。1957 年 7 月 7 日至 25 日，山崮县连降六次暴雨，暴发山洪六次，有 77 个乡 1412 个村受灾，被淹土地 964000 亩，死亡 47 人，伤 227 人。冲毁山坝 125800 丈，房屋倒塌 72900 间，牲畜死亡 275 头。老百姓饥寒交迫。1958 年夏又暴发洪涝灾害。上级指示除水患、兴水利，修建尚岩水库。山崮县打响了根治水患、兴修水利、建设尚岩水库的惊天地、泣鬼神的生死战役。

尚岩水库定址在大沙河中游，这里祖居着 21 个村 10000 多人，这些历史悠久的村庄需整体搬迁，五个村庄整建制就地安置在山崮县辖西部的三个公社。16 个库区村整建制搬迁到东北。

> 苍穹无际，
> 夜夜相守的星星。
> 大地无垠，
> 日日相伴的河山。
> 顷刻间，
> 离你而去，
> 泪流衣襟不断。
> 跪祖坟，
> 卸老屋，
> 还有那见证日月轮回的沧桑。
> 背起行囊一转身，
> 从此像风筝断绳、瓜儿断秧。
> 为了不失家园，
> 为了托起明天，

怀揣故土勇向前。

库区 20 多个村的父老乡亲，有的在祖坟前烧纸跪拜，有的在院子里作揖祈祷，有的在祖屋前焚香默念。乡亲们相互擦泪、相互搀扶、互相安慰、相互道别。今日一别，不知何时才能相见相聚。天地在哭，山河在哭。哭吧，远离故土，背井离乡是人情感的最痛处。

按照统一安排，秦守实父母及哥哥、姐姐和迁往辽宁的村民统一在山崮县火车站乘火车去往东北安家落户。

库区村整体搬迁后，山崮县调集 20 个公社的数十万民工，在一无大型机械设备，二无先进测绘工具的情况下，靠挑手抬，铁锹挖，肩挑车推筑坝体。1958年 11 月，尚岩水库清基动工。水库工地红旗招展，热火朝天。挖石挖土的，挑担的，推车的，垒墙的，打夯的，争先恐后，唯旗是夺。

大会战，大决战，

参战人人不简单，

你一车，我两担，

你两担，我三车，

仰着脖子加油干，

不怕苦，不怕难，

就怕落后找难看。

1959 年 2 月，山崮县又组织民工 11650 人，技术工人 1200 人参加施工。1959 年 6 月，清基工程还未结束，洪水淹没工地。1959 年 11 月，尚岩水库复工，1960 年 5 月，经过 500 多个昼夜奋战，整体竣工。水库总库容量 2.04 亿立方米，主副坝总长 2650 米。整个工程共用工日 3239798 个，土沙石方 1581017 立方米。

1960 年 5 月 31 日，向阳市委、山崮县委隆重举行庆祝典礼。五年后，秦守实在东北辽宁出生。

赵凌云每天放学都要到校门口的公丕柱家看一看，看看大奶奶，有小活儿帮一帮，没有活儿，说句话。这次，赵凌云领着秦守实去看公丕柱家。公丕柱的屋门兼大门半掩着。

"大叔。"凌云喊道,屋里无人应答。"大奶奶。"凌云提高了嗓门,屋里还是无人应答。

赵凌云推开屋门,见公丕柱母亲正抓着一把柴火放到屋墙角的火盆里。赵凌云大声喊道:"大奶奶。"

大奶奶慢慢转了转佝偻的身子,用混浊的眼睛看了看,"你是凌云?""是的大奶奶。"赵凌云大声地回答道,"你在干吗呢?"

大奶奶说:"我这两天憋得慌,还咳嗽,我熬点豆油喝,治治咳嗽。"

赵凌云急忙放下书包,帮大奶奶把柴火放到火盆一边,拿来黑铁勺。凌云问大奶奶:"油在哪里?"大奶奶说:"在大桌子上边的油罐里。"赵凌云拿着铁勺从油罐里舀了4匙豆油放进铁勺里,让秦守实端着。

赵凌云懂事地说:"大奶奶,你先坐板凳上,我给您熬。"

大奶奶说:"行,我儿,俺凌云真管!"

大奶奶颤巍巍地踮着小脚走到大桌旁,坐在板凳上,咳嗽两声,吐了一口痰,用小脚擦了擦。

赵凌云取一小把柴火用火柴点着,趴下头,对着柴火用嘴吹了几下,柴火飘起两股清烟,冒起红色的火苗。赵凌云从秦守实手里接过黑铁勺子,把勺子头悬在火苗上边。他一手拿着铁勺,一手添加柴火。一会儿工夫,铁勺里的豆油散发着一撇撇油烟。

赵凌云把熬好的豆油倒进大奶奶的碗里,冷着,问大奶奶:"大奶奶,有鸡蛋吗?"大奶奶答道:"有,你大叔前几天走姐家,从你大姑家拿了10个鸡蛋。"大奶奶指了指煎饼囤子上面的篮子。

赵凌云从篮子里拿出一个鸡蛋,拿着铁勺回到火盆边,他又加了点柴火。用嘴吹了吹,火苗再次燃起。赵凌云让秦守实拿着铁勺,他把鸡蛋打进铁勺,鸡蛋在铁勺里迅速摊开。凌云接过铁勺晃动几下,鸡蛋又卷在一起。凌云来回晃动,鸡蛋变得焦黄,顿时屋内油香、蛋香弥漫。

赵凌云把鸡蛋倒进另一个小黑碗,勺子不用刷也是干净的,漆黑油亮。赵凌云和秦守实看着大奶奶把豆油喝下,又拿了块地瓜干煎饼盖在鸡蛋碗上。

"大奶奶,你吃饭时,别忘了吃这个鸡蛋。"赵凌云大声地问大奶奶,"俺大叔干吗去了?"大奶奶说:"下坡了,他看看队里还有活儿吗"。

大奶奶望着秦守实问:"凌云,这个小孩是谁?"

赵凌云大声回答："东北来的。"大奶奶应和道："噢，东边村的。"

大奶奶温情地看着赵凌云说："凌云，你可好好上学，我儿，识文断字不受人欺负，还有饭吃。"赵凌云说："行，大奶奶。"

赵凌云又看看火盆里的火，等火完全灭了。赵凌云和秦守实分开回家，秦守实沿着南北街走向东南庄（村东南部）那温暖的姥娘家。

第12章

夏季到了，想水村上空的太阳变得大了、亮了、近了。热浪一浪高过一浪，乡亲们的精神从早到晚打鸡血般兴奋，浑身有使不完的劲。

夏季的天，猴子的脸，说变就变。正午，太阳高照，蓝蓝的天空万里无云。日头西斜，从东南天边突然冒出一片乌云，像山像布，像千军万马，向高空、向近处翻滚着、移动着。

突然天空中闪过几道光电，随着由远及近、由弱到强、由闷到亮的轰隆隆雷声，豆粒大的雨点砸向大地，发出噼噼啪啪的响声。接着，雨柱将天地相连，瓢泼大雨倾盆而下，一股雨水与地气混合产生的土腥味散发着生机与活力。随着风力加大，雨水撒欢似的在天上泼，在地下滚。

几近傍晚，各式各样的云彩飞快地变化着图案在天空游走。雨停了。天空中出现一道拱形的美丽彩虹，红、橙、黄、绿、青、蓝、紫，引得大家出门观看。想水村有个习俗，看彩虹不能用手指，用手指烂手指头。

这时，三瞎子赵广清从北面走来，他那白不是白、黄不是黄的白粗布褂子的口袋上别着两支钢笔。他走到观看彩虹的人群中，指着天空说："你看那个龙蛋。"

大家不约而同地向他指着的方向看去，有的说："哪有呀。"赵广清接着说："如果有，就不叫拢（骗）蛋了。"大家恍然大悟，被他捉弄了。

周二婶跟他有嬉闹场，就捶打赵广清："你个死货，你才是个蛋呢。"顺手拔掉他的钢笔，一看是两个没身子的钢笔帽，大家看到这滑稽的场面，笑得直不起腰来。想水村的乡邻就是这样，笑点低，随时都是乐子。

赵广清在家排行老三，外号三瞎子，其实他不瞎只是有些近视，上眼皮厚，肿眼泡，人们取笑他三瞎子。他倒不在意，却乐意接受"眼瞎耳聪嘴灵呀"，他自嘲也是炫耀。

赵广清更喜欢人称他为"文化人""三先生"。他读过书，又爱看书，热听大鼓。他记忆力超强，过目不忘，过耳不忘。他口袋上别着的两个钢笔帽是他的金字招牌和精神支柱。

夏季的山区，山美、水美、地美。远看是景，近看是画，绿叶漫地，繁花似锦。清新的空气甜甜的、柔柔的。山顶的松柏，山腰的刺槐，山脚下的梨树、枣树，毫不吝啬地用绿色包裹着、装扮着馍馍山、锅山、高山、桃山、马山、青石山、闹山、谢老山、冯君山、南山。绿树掩映下的青石悬崖峭壁如黛如墨。悬崖上形成的瀑布倾泻而下，给绵延起伏的山脉写上了"壁立千仞、无欲则刚"的壮美。

一望无际的田野，以生产队为单位，根据地形土质特点，集中连片种植着地瓜、高粱、花生、大豆、绿豆、谷子、棉花、烟叶。这些绿色的生命吸吮着阳光雨露，承载着庄稼人的希望，奋力地释放着活力，比着劲成长。

一人多高的高粱、烟叶；没腰深的谷子；没膝高的棉花；大豆、绿豆，一墩墩地瓜、一簇簇花生，挺拔着、蔓展着。从6月到9月，这些精灵吐蕊绽放，在绿的底色上绘上五颜六色的花朵。

烟田里，五个花瓣组成的白的、红的、黄的、紫的喇叭状的烟叶花，红的花被长长的花梗挑着像一颗颗红艳的五角星。豆田里，或紫或白的豆花在椭圆形豆叶的映衬下，慢慢释放着淡淡的清香。花生地里，蝴蝶般黄色的花鲜艳无比，落花生，落花果就牛。绿豆地里，远看黄绿色，近看淡粉色的绿豆花，把绿豆棵变成摇钱树。地瓜大田里，地瓜秧上牵牛花似的或紫或白的花像一把把小伞，随着秧藤蔓延，布满田埂大田。最好看的还是要数棉花花，她像爱美不断更换裙子的少女。由乳白变浅红，由浅红变通红，由通红变紫红，由紫红变褐紫，即使枯萎，也不失容颜。

在夏季，在想水村人的心里，想水村像个巨大宝藏，漫山遍野都是宝。等待秋收的地瓜、谷子、大豆、花生、绿豆、高粱，这是想水村百姓一年的口粮和上缴的公粮。三天一炕的金黄的烟叶支援着国家烟草工业的发展，也是想水村重要的经济来源。

就说这高粱，从头到尾都是宝。秫秸织箔扎帐子，做覆棚；秫秸梃子做锅拍，弯篦子；高粱穗甩掉高粱米做刷刷把子、笤帚；秫秸劈开刮净做成秫秸篾子，编席子、席篓子。秫壳篓子（高粱壳）染布，填枕头。

旺盛地长在庄稼地里、坝堰顶、坝堰根和山边荒岭的野草都是宝。鲜草和晾晒干的青黄草是生产队饲养的耕牛的主要饲料，鲜草也是沤积土杂肥的主要材料。

搓线结绳的野麻野苘更不必说。蒺藜、葎草、鬼圪针是上好的药材。豆花治眼病，绿豆花解酒排毒，地瓜花活血化瘀排热毒。山上的地壤皮、贼蒜、野葱、山韭菜，还有那野苘菠萝、野麻籽，上等美味。

夏季的想水村声音美妙悦耳。树上的知了比赛般鸣叫，豆地里的蛐子颤动着、摩擦着"鞍儿"拼命应和，水里的青蛙毫不服输，给知了、蛐子的高音和弦般伴奏着。鸟儿飞着、叫着，时而在天空飞翔，时而俯冲大地，在庄稼地的绿丛中叽叽喳喳嬉戏。

明月别枝惊鹊，清风半夜鸣蝉。
稻花香里说丰年，听取蛙声一片。

大自然赋予人们生命第一权利。人与自然在和谐相处，又在相互斗争中形成的默契，在历史的长河中流淌，永不停息。春华、夏孕，秋实、冬藏从古到今。大自然的馈赠，一草一木，一山一水，一鸟一虫都不是多余的，敬畏大自然！拥抱大自然！

使劲摽着长的各路庄稼催着赶着想水村的社员忙着。

新上任的大队长赵存祥年轻力壮能干好强，马不停蹄地组织各生产队男女老少有计划、有步骤、各尽所能、各尽其力地忙碌着，干活儿就有工分，工分与收成分配直接挂钩。赵存祥与赵凌云是从堂兄弟，16岁就当上了生产二队的队长，18岁当上了想水村大队的大队长。

赵存祥中等身材，皮肤黝黑，腰细，腿粗胳膊粗，头发浓密，眉毛弯粗，一双大眼睛炯炯有神，耳朵大，耳边厚，嘴阔鼻头圆，高挺的鼻梁将"国"字形大脸映衬出阳刚之气。他力气大，推胶轮车，五六百斤不用人拉能爬坡。从大坑挑水栽地瓜，人家都用二号水桶，他用最大号的1号水桶，一百多斤走上二里路不换肩。大家一起锄地，他一个来回拐，别人却一趟还没锄完。

间谷苗防荒苗。这活技术高，要心细，甩锄头的力度适中，锄头角度"稳、准、快"，这一般是庄稼老把式的拿手活。赵存祥年纪轻轻，这个活儿却比老把式干得还要好。

赵存祥公道、实诚、热心。公丕柱家水缸的水，基本都是他挑送的。大家认定赵存祥是个好苗子。老支书刘宗宽在瞪大眼睛从刘家也找不着个好苗子当接班人的情况下，提拔赵存祥先当生产队长，再提拔他当大队长，又发展他为中共党员，显然是让他接班的节奏。

同队的党西清年近五十，留着光头，黑豆眼，鹰钩鼻，前伸的下巴向上微翘，配着一对兔耳，长相凶悍，社员们背地里喊他"座山雕"。党西清是种庄稼的能手、高手，人送外号"庄稼匠"。

党西清整天干活时骂骂咧咧："龟孙，王八蛋，老爷子干活，挣粮食养你们这些妻侄。"显然他为自己有技术，自己出力大，自己贡献多和"一人干活众人吃"憋屈不平。

党西清总是看着赵存祥不顺眼，叫嚣着："赵存祥充什么圣人蛋，想当第一把式没门。"

有一天，党西清领着儿子和几个社员在地瓜地里锄草。中午快要收工时，在烟田里喷洒完农药的赵存祥路过。

赵存祥说："西清叔，锄完了吗？该下趟（收工）了。"

党西清不耐烦地说："你觉得该下趟了吧。"接着说，"什么世道，干活儿的，不干活儿的一样分粮食，你们这些当官的，眼是不是长腔上了。"

赵存祥没有搭理，放下铁桶、喷雾器和水桶，围着党西清锄完的地看了看，说："西清叔，你们这样干活儿可不行，怎么锄地光锄地边和两头，里面锄得不干净，有的还没锄，这不是糊弄人嘛。"

见西清说："你放熊屁，你觉着你是个什么人物。"赵存祥说："西清叔，你整天嘴臭，满嘴吐粪，胡乱骂人对吗？"党西清说："我不光骂你，我还揍你呢。"

党西清抓起锄头，向赵存祥头上戴的席夹子刨去。大家急忙上去拉架。赵存祥摸了一下头，对大家说："你们看，党西清太恶霸了。"说着，赵存祥用左手握住党西清的右手腕向外一拧，夺下锄头，然后把党西清的胳膊向前一拉，用右腿插到党西清的双腿后面，右手搂着党西清的上胸部向后使劲一扳，党西清摔了个仰面朝天。

党西清儿子党金武急忙上前扑向赵存祥，赵存祥一躲一拉，党金武顺势倒在了党西清的身上。大家抱住赵存祥，挡住党西清、党金武。

党西清、党金武感觉到了赵存祥的力量，但没有感觉到赵存祥的愤怒和仇恨，赵存祥手下留情了。党西清爷俩顺着拉架的人，找个台阶下，指了指赵存祥："你欺负俺没门。"

赵存祥义正词严地说："这块地，你们还得锄一遍，锄不好不下趟，我回来再看，不然扣你们一天的工分。"

赵存祥拾起被刨掉的席夹子，一肩挑着水桶，一肩背着喷雾器向村里走去。

天热得很，天越热，在赵存祥和各生产队长的带领下，社员们越是蹈火逆行。天热锄草、喷药效果好，这是祖传的种地秘方。

社员绝大多数秉承着赵良老祖的品德，要团结，相互帮衬，家里有劳力的多出力，没有劳力的，像妇女、小孩也都尽量干些力所能及的活儿。也有像党西清一样心理不平衡，耍滑使奸的。

干活儿歇趟（休息）的时候，社员们就逮蚂蚱、蚰子。抓到母蚂蚱、母蚰子就很兴奋。这个奇怪的昆虫，母的胖，肚子里有黄籽，像黄油。鸣叫的蚰子都是公的。抓蚂蚱，逮蚰子，小心翼翼，有的用手拍，有的用手捏。众人猫着腰，瞪着眼，蚂蚱一蹦一飞，有人跪倒甚至扑倒。

收工下趟的社员们席夹子边上别满蚂蚱、蚰子。他们把公蚰子用线套着，回家放到用秫秸篾子编成的形似气蛤蟆的笼子里，笼子孔插上一段葱，一个辣椒，咬食后，蚰子就像在豆田里一样不断鸣叫。家家户户屋墙上都挂着几个蚰子笼，蚰子成了乡民们的宠物。

不会叫的蚂蚱、蚰子成了孩子们的美食野味。或煎或烧，满口喷香。母蚂蚱、母蚰子的黄籽黄油，孩子们尤其喜欢。对于庄稼，蚂蚱、蚰子是害虫，对于人来说是美味，运用这个生物链防治害虫的方法绝妙。

古人说："不能怕蚰子吃，就不耩豆子。"这不仅告诫了人们不能因噎废食的哲理，也反映出古人已看到蝗虫等昆虫对庄稼的破坏。

第 13 章

夏季的夜晚，想水村的天空格外地高，镶嵌在天空的星星眨着眼，放射着白色的亮光。萤火虫飞着、爬着，萤火虫发出的荧光与星光辉映着。天空东南方的三星，远远地与"拳巴"星对视着，"三星"就是一溜排着的三颗星，"拳巴"就是像秤杆上的拳头形的一窝星。"三星锻（撵）拳巴，锻（撵）上拳巴就过年"，孩子们天天望着，盼着"三星"锻上"拳巴"。

空气变得湿漉漉的，地也显得潮乎乎的。女人们坐在门口或村头，扇着扇子，东拉西扯，谈论着芋头叶烀豆糁子怎么怎么好吃，方瓜花做咸汤怎么怎么香，山豆角炖茄子怎么怎么入味，徐家又添了个孩子。

吴老二的老婆杜印花，嗓门不提自高地说："咱不是说嘛，人过过什么，过的都是人，添孩子是大喜，明儿（明天）咱得拿几个鸡蛋去望望。"

拉到谁家谁家的男劳力力大锄地锄得好，杜印花说："咱不是说嘛，衣裳怕破，地不怕破，地锄深了撑旱，干队里的活儿不能妥懒（偷懒），要凭良心。"

男人们扛着苦子，挎着秫秸席，拉着小子（小男孩）集聚在生产队里的场上（打晒粮食的地方），各占一隅，铺上苦子，苦子的一头卷上半圈当枕头，苦子上面铺上席子。他们将在这里睡觉过夜。捉上几只萤火虫放到瓶子里，孩子们拿着瓶子把玩着。场边儿上从那高高的烟囱冒着烟的炕烟房给滚烫的夜又增添几分热度，大家或坐着，或躺着，或扇着扇子，望着天空，闻着庄稼的草香，侃着大山。

夜深了，渐渐有些凉意，萤火虫瓶子渐渐从孩子们的手中滑落，场上的鼾声将想水村的夜衬托得更加宁静。

想水村的人进入梦乡的时候，负责看坡的公丕柱提着马灯，陈宇喜打着手电，挎着土枪，深一脚浅一脚地围着一块一块的庄稼地巡坡，重点放在花生地、豆地、绿豆地。巡察一遍回到看护房。看护房位于种着花生的"十四亩"地的地头上，房子用木棒搭架，架子上搭上塑料布，塑料布上再覆盖着草苦子，头尾敞着，空气通透。四周用泥土筑起防雨的半截土墙。

看坡人的主要任务是看管生产队里的庄稼，防火防盗防野兽。看坡人是村里、队里精挑细选的成分（出身贫农）好，实诚、大公无私的人。

陈宝喜世代贫农，老一辈还参加过抗击日寇、国民党、还乡团的斗争，会用枪。陈宝喜用的枪当地叫洋炮，装土药、铁砂。他枪法了得，打兔子枪响兔倒，那叫一个准，人送外号"陈老炮"，夜里巡坡怕遇上疯狗野狼，他习惯地背着洋炮。

公丕柱个子矮，没力气干重活，作为单门独户的光腔汉颇受大队、生产队和乡邻照顾，选他看坡。他为人朴实、热心，看护庄稼地认真负责，秋天分到家家户户的地瓜和晾晒的地瓜干，他义不容辞地帮着看护，省了大家的担心和看护负担。

想水村有个不成文的规定和好的传统，越是单门独户，大家越是尊重。遇有婚丧嫁娶，红白喜事，单门独户的人家是重点邀请的对象。白事张案时都是把公丕柱的名字用红纸条写上，排在执事人的前几位。角色也安排最体面的内柜、外柜，看管钱物。红事也是最先收到喜帖，被安排陪最重要的客人，想水村称为大客（kei）儿。

公丕柱很是谦虚，从不干大总安排的角色。他说："主家抬举俺，俺心领了，俺衬不起来。"他总是抢着干烧锅、烧水这个默默无闻、最脏最熬人的差事。弄得主家很是过意不去。

你敬我一尺，我敬你一丈，在互敬互爱中凝结起想水村人的情谊、温暖和安宁。

想水村的夜幕由黑变灰，渐渐变浅，慢慢退去。东方的天际露出了鱼肚白，红色朝霞映照着想水村的房屋，映照着绿色的田野。花生、豆子的叶片慢慢张开，绿豆、地瓜都像刚睡醒似的伸着懒腰。

公丕柱和陈宝喜分开两路反方向围着庄稼地巡逻。公丕柱用大声咳嗽传递着看坡守夜人的讯息。公丕柱有时用诈吼喊空的方式警吓警告着周围："我不让你到庄稼地里去，你偏去，我看见你清楚的，你个熊东西，你的头一抬一抬的，腔一撅一撅的，别以为我没看见你。"公丕柱边走边吆喝，他在诈空，其实他什么也没看见。

这时，一个人从坝堰根趴趴腰，抬抬头，站起身，提上裤子扎上腰回骂道："公丕柱你这个熊孩子骂谁哩。"

这是社员侯宝二早起薅草，路过僻静的坝堰根拉早屎，被公丕柱诈吼喊空骂中了。公丕柱说："我没看见你，我在骂空。大早上，你跑庄稼地里的坝堰根干吗哩。"侯宝二气愤地说："我早起去薅草，在坝堰根屙个屎，我又没招庄稼，你管得忒宽了，管天管地还管人屙屎放屁。"

公丕柱说："我哪管你，我在骂空。"侯宝二说："你骂空怎么就跟骂我一样，我一抬头，你骂抬头，我一撅腚，你骂撅腚，你不是骂我你骂谁。"说着，侯宝二就走到公丕柱跟前大声吼道："你大清早骂我，别怨我回骂你。"公丕柱说："宝二，你也忒听话了，我喊呼抬头，你抬头，我喊呼撅腚你撅腚，你真听话。"

侯宝二想吵却"扑哧"一声笑了出来，公丕柱也咯咯咯地笑了。公丕柱继而笑着说："多亏是我，要是陈宝喜哥看到坝堰底下一个黑东西露着大白腚，一洋炮，你就满腚钢砂，腚帮子开花了。"侯宝二笑着说："你滚熊。"

想水村的异姓表叔爷们，骂大会取乐子是家常便饭，只不过这次真是巧了。

薅草挣工分是想水村孩子们最早承担的责任和义务。孩子们出去薅草，家长们都要在孩子的背上、腚上抹上两道锅灰，恐怕他们薅草时到河里洗澡。有调皮的会偷偷带上点锅灰，偷偷洗澡后，再抹上。家长们也不是吃素的，抹锅灰是一个法，回家还会在孩子们的背上用指头划一下，如果划出白痕，就会对孩子饱揍一顿。每年邻村都有孩子戏水洗澡被淹、被摔的。不省心的孩子让爱孩子的家长整个夏季提心吊胆操碎心。

赵凌云、赵广仁、徐星、秦守实结伴而出。他们在太阳最毒时，在树下玩会儿抓石子，玩会儿"六"（下趟子）。

他们还会摘几片苘叶，用手使劲搓，搓完后，苘叶散发出浓郁的黄瓜香味。他们将蔫巴的苘叶放在鼻子上猛闻。

待太阳西斜，他们就沿着山路到距村五六里的地方，在地头、山边、坝堰顶、坝堰根寻找草密、草高、草肥的地方，安营扎寨，把薅下的草堆成堆。薅着草，他们拉着呱，讲着那些有趣的事。

徐星说："侯宜悦换挟了。"赵广仁问："怎么回事？"

徐星说："侯宜悦不听话，带着他家那片的几个同学去洗澡，喝了不少水，他爹可把他揍毁了。"赵凌云说："咱村的那几个淹子深，还有青苔，可滑了，洗澡得跟大人去。守实，你住你姥娘门上，可不能跟同学一块洗澡，太危险了。"秦守实说："我们东北那旮旯儿也不让小孩到河里洗澡。我姥娘安排我了。"

徐星又对赵凌云说："凌云哥，过两天下雨，咱上山拾地壤皮，就里（顺便）

看看梨和枣有多大了。"赵凌云说："行，到时候，咱几个一齐去。"赵广仁说："凌云，太阳还有一杆子高，咱装上草回去，到牛屋院卖，别晚了。"

赵广仁把成堆的草先给凌云装，凌云先给秦守实装，他们都先紧着别人，最后再装自己的。

薅草大军的地毯式推进，使得薅草营寨离村子越来越远，由五六里到十几里，孩子们的工分也不断积累。在劳动中，他们的友情更加紧密"德不孤，必有邻"的处事之道在他们身上无心地不自觉地打上深深的烙印。

第14章

赵凌云拿着几张他最近习帖练字的报纸到爷爷奶奶家让爷爷指点。他背着书包来到爷爷家门口，他先驻足默读一遍爷爷大门框上的对联。对联为春节时所贴，红纸经风吹雨淋全部褪色，只有那黑色的墨迹依然清晰。左联：绵世泽莫如为善，右联：振家声还是读书。赵凌云大声喊着"老爷，奶奶"，进了院子。

爷爷、奶奶的院子不大却很干净。堂屋门前右边是用石头砌垒的香台子，香台子右边靠近屋墙栽有一棵金桂，碧绿厚实的叶子在树上堆着，像个圆形的小山。它正孕育着芳香，只待八月，金色桂花飘香。屋门不高，在两边对联"忠厚传家远，诗书继世长"的衬托下，略显古朴。

爷爷和奶奶很高兴，说道："小云来了，快屋里来。"

赵凌云进屋见爷爷正写着东西。爷爷戴着老花镜，时而将右手的毛笔在砚台里蘸墨，时而在裁好的红纸上工整地写着，还时不时用嘴吹一吹。

赵凌云凑近看爷爷写字，只见爷爷在一张红纸上写道："谨定于农历 × 年 × 月 × 日完婚大吉。新人上轿面向南方大吉，新人坐帐宜面向南方大吉，新人完婚忌猪、马、羊吉。"接着，爷爷又写了一张红纸："通书，百年秦晋之好，先通一尺之书定。"爷爷写完之后，将红纸折叠，爷爷的手真巧，折叠后，红纸就是一个完整的信封模样，"通书"两字形成信封的面。

爷爷忙完手里的活儿，在铜盆里洗了手，顺势用湿手巾将脸抹了一把。爷爷拿过凌云摹帖写的毛笔字，看了很高兴，对每个字进行指点。爷爷回到座位上，让凌云看着，示范性地写下"文章西汉两司马，经济南阳一卧龙"，爷爷写字时，还是用嘴不时地吹气。这是爷爷在用心写每个字，好像在运气。

"入木三分，用心写，用力写，写字不是画字。"爷爷边写边说。接着补充道，"干什么事情，都是这样。"爷爷放下毛笔，转身对赵凌云说，"小云，迪老师说你学习不孬，他很喜欢你。"

赵凌云说："迪老师对我可好了，对您可佩服了老爷。"爷爷说："迪老师是个好老师，也是咱村的大恩人，你可要跟着迪老师好好上学，学好了也能为乡亲邻里写写画画，算个账，兴许还能有大出息哩。"

赵满福老人膝下有十个孙子，他都很喜欢，对赵凌云更偏爱一些。

爷爷对赵凌云说："小云，泗沟村有个要办喜事的，跟咱家是好情，请我去喝喜酒。我想让你替我去，你想去吗？"赵凌云说："老爷，我想去，可我还小，就怕不管，应付不了，别办扯呼了，给您丢脸。"

奶奶也说："小云是小孩，哪能管。"爷爷说："小云也不算小了，个子都长起来了，出门开开眼界，我看管，凌云你就替我去。"

赵凌云想："我到西乡拾麦，半天就交了两个朋友，我替老爷去，兴许还能交几个朋友呢。"赵凌云问爷爷："老爷，那个泗沟村远吗？"老爷说："不远，在我们村东北 12 里地。"

赵凌云告辞爷爷奶奶，背着书包，拿着爷爷示范性写的字，想着泗沟的喜事，回到家中。高兴地对娘说："娘，我到俺奶奶家找老爷辅导，老爷说我的字有长进，还说迪老师是个好老师，是咱村的大恩人。"

娘说："你哥的字写得好。你老爷夸你，你不能摇骚（骄傲），你比你哥差远了，现在村里都找你哥写对子，快赶上你老爷了，迪老师也夸你哥有才分。"赵凌云说："我还得加把劲。"说着，手不禁攥了一下，"我老爷让我替他上咱东北边的泗沟村喝喜酒，我想去，还不想去。"

凌云娘听说老人家让凌云替他去外村喝喜酒，很激动、很高兴。娘说："你答应了吗？你可得去。"接着说，"你叔兄弟十个，你老爷让你去，看样你老爷是真疼你、看重你、培养你。"

凌云娘心里想得更多的是公公对他这支是看重的，在农村这是很重要很有面子的。

赵凌云说:"我怕应付不了。再说,12 里地,我怕找不着路。"

赵凌云确实有些胆怯。平时家里来客人,婚嫁被请喝喜酒,亲朋生孩子喝糖茶,白事穿礼喝豆腐汤,那都是哥哥赵凌志全权代表出面,凌云是捞不着去的,他没有这方面的历练,更别说经验了。凌云娘鼓励说:"你学习这么管,老师、同学都喜欢你,你怕什么。路远你更不用怕。俗话说,嘴就是路,见人就问,嘴甜着点,保证走不错路。"

赵凌云说:"行,我去,我老爷也说我管。"娘看着赵凌云,眼潮潮的、温温的。

赵凌云把衣裳洗了洗,又把新凉鞋用水冲了冲,拿几分钱理了个发,待吉日良辰前往泗沟村赴喜宴。

初秋的北方,秋老虎发着余威不愿离去,为待收的庄稼上足粮食奉献着最后的力气。除一早一晚有些凉意,天还是燥热的。风调雨顺好年景,又是一个丰收年。

丰收年里娶媳妇,喜上加喜。泗沟村的马家喜气盈门,左邻右舍、亲朋好友齐聚马府。执喜的人忙着在香台子后面的屋墙上悬挂花布床单,床单上面贴着红纸黑字"马洪青、唐燕同志结婚典礼",床单中心贴着一个剪纸的大大的红双喜。在香台子上面摆上香炉和两个烛台,香炉里插着一子儿(把)香,香用红纸条缠着。烛台上插着红色的蜡烛。

堂屋门心贴着双喜,两边的门框贴着鲜红的对联:"喜见红梅多结子,笑看绿竹又增孙"。横批:"五世其昌"。大门对联是:"五色云临门似彩,七香车拥辔如琴"。横批:"喜结连理"。门心是红双喜。

亲戚们穿着鲜艳的新衣。走亲戚看媳妇比过年穿的还重要,一是喜庆,二是在亲戚面前显一显谁的日子过得好。他(她)们有的拉呱,有的照看小孩,小孩子脸上搽着粉,抹着胭脂,嘴里漱着糖,不停地围着大人转。

做饭的厨子忙得不可开交,有的调、有的煮、有的炒、有的蒸、有的熘,一阵阵菜香、饭香冲出布篷,弥漫着,全村都能闻到。

赵凌云带着爷爷和母亲的嘱托,带着自豪、喜悦和好奇,大步流星地走过布满语录牌的主街,走出村子,沿着崎岖的山路向东北方向的泗沟村走去。

沿途赵凌云每到一个村庄,每到一个岔路口,每遇到一个比自己年纪大的人就问去泗沟村怎么走。这是娘教的,要想不走错路,就得勤问路。问路要先称呼人家。称呼有讲究，大哥，不能叫大哥，要叫二哥，喊大哥忌讳。典故里，孔圣人老二，武松老二，喊二哥对人尊敬。也有俗语："大哥王八二哥龟，唯有三哥是好人。""王八是鳖，龟是贵。"所以不认识的人要喊二哥，这叫懂礼数。

赵凌云边走边想：娘说嘴就是路，一点不假。他走着走着，前面一条沟，沟上有个桥，桥头的石头上贴着一张小红纸条，红纸条上写着"青龙"二字。赵凌云好奇，揭掉纸条，里面还黏着呢，是山药的黏液。赵凌云又将纸条原位贴上，还用手按了按。继续往前走到一个四岔路口，路口边的石头上又贴着一样的"青龙"红纸条。再往前走，凌云远远看到前面一队人。赵凌云小跑往前赶，走近一看，这队人有挎篮子的，有抬盒子的，有抬柜子的，有抬橱子的，有扛椅子的，这些家什基本都是红色，油漆的清香随风飘散。队伍中间是八人抬的轿子。

赵凌云从队伍的一侧小跑过去，当他跑到最前面挎篮子的与自己年龄相仿的学生身边时，他斜看了一眼，篮子里是一只老母鸡，母鸡的脖子上还挂着个红布条。

赵凌云一阵走一阵跑，渐渐靠近了一个村庄，依稀闻到菜的香味。村口站着一个年轻人，赵凌云走近问道："二哥，我问问这个村是泗沟村吗？"年轻人热情地说："是的。"赵凌云接着问："姓马的大爷家娶儿媳妇，他们的家在哪里？"年轻人说："你往前走，第一个胡同向东走，看到人多，门口贴着喜对子的那家就是。"

赵凌云走到门口贴着喜对子的人家，见门口一个40多岁的人，左胸脯挂着红布条，红布条上端别着一朵红花。赵凌云问："大叔，这是马冠君大爷家吗？"挂红布条的人说："是的，你是哪庄的？"

赵凌云说："我是西边想水村的，我替我老爷来贺喜的。"那人问道："你老爷叫什么名？"赵凌云说："赵满福。"那人急忙领着赵凌云向堂屋走去，对堂屋里的人说道："麻利地安排这个学生屋里喝茶，他是想水村赵满福二老爷家里来贺喜的。"

堂屋正中放着一张八仙桌，桌子的四面放着八把椅子。桌子上放着两个盘子，一个盘子里放着一把糖，另一个盘子里放着一撮子茶叶和两包红盒的香烟，盘子的底下各垫着一张裁得方方正正的红纸。

一位穿着深蓝色中山装，领子里贴着假白衬领，下身穿着浅灰色飘飘悠悠的裤子，脚穿一双用黑布做的窝帮的松紧鞋，左上衣口袋上别着钢笔，嘴里镶着两颗金牙的 50 岁左右的大叔招呼着赵凌云。

他笑着问："你叫什么名字？"赵凌云回答道："我叫赵凌云，我是赵满福二儿子的二儿子。"他又问："俺赵满福二大爷怎么没来？"赵凌云说："我老爷年龄大，家里忙，让我替他来的。"金牙大叔说："先吃糖喝茶，我再招呼招呼客人，媳妇到了，你去看看，媳妇入洞房，你就回来，在这里陪大客（儿）吃饭。"

在农村办喜事时，能够担负迎来送往，陪大客（儿）吃饭的，都是在村里体面的、能撑起门面的场面人。金牙大叔不是一般的人。

噼噼啪啪，一阵鞭炮声响后，鼓乐齐鸣。喇叭、笙、锣、镲按着乐谱和节奏，吹奏出时而铿锵有力、时而婉转悠扬的喜上加喜的曲子，《百鸟朝凤》《一枝花》《抬花轿》《拉呱》一曲接一曲。艺人们有的腮帮子鼓成大疙瘩，有的夸张地把锣、镲一高一低地上抬下放，敲着、拍着。看媳妇的亲朋乡邻站在街两旁像列队欢迎凯旋的队伍，有的伸着脖子，有的踮着脚，上了年纪的老大娘不时擦擦眼角，揉揉惺忪的眼皮，恐怕看不清每一个细节。

挎鸡的，抬盒子的，抬柜的，抬橱的，抬轿的，扛椅子的依次走进被红纸、红布渲染，被看媳妇的围着，被菜香、饭香笼罩着的院子里。

喜婆婆马大娘拿着个秤杆子将开锁的柜在里面撬了撬，这叫撬柜。她开心地笑，但脸有些僵硬，在众人面前，她有些拿就得慌。此时此刻，她是主角之一，有点心理负担正常。

盒子的底托像蒸馍馍的大笼，两个半人高的弓形竹系子交叉地扣着，盒子里放着暖水瓶、脸盆、镜子、肥皂盒、茶具等小日用物品。柜子里放着被子、衣裳、新郎腰带、饼干、尿罐，尿罐里放着叫糖角蜜的点心。

众人将嫁妆搬到新房，只将轿子留在那里。新郎的婶子、嫂子走到新娘轿前，递上下轿钱。婶子喊道："洪青，快过来接新娘"。

新郎叫马洪青，留着平头，浓眉大眼，个头高挑，很壮实，算比较出众的小伙子。

马洪青憨厚地腼腆地笑着走到轿前，打开轿帘，轻声说道："孩他娘，我抱你去拜堂。"新娘说道："你个半熟。"马洪青将媳妇抱起，快步走到香台前，婶子、嫂子紧跟着向上扬着撒着麦麸子。

新娘头上顶着蒙脸红子（红盖头），增加了几分神秘。新郎、新娘并排站在香台前，马洪青的哥哥、嫂子将香台上面的高香和蜡烛点着。松籽香冒着烟，亮着红头，散发着松香，蜡烛的火苗跳动着。哥哥、嫂子先磕一个头，交换位置又磕了一个头，两个人的头都着了地，看样子很虔诚。

婶子将新娘的红盖头挑一下，结婚典礼开始。金牙大叔是婚礼的主持人。他先将马洪青和新娘调了下位置，按当地习俗，拜天地，女为上，男为下，新娘为重。金牙大叔热情地、自然地喊道："马洪青、唐燕结婚典礼现在开始。鸣炮奏乐。"鞭炮和音乐响起。乐毕，金牙大叔接着拉着长腔喊："一拜天地，二拜高堂，夫妻对拜，新郎新娘入洞房。"

结婚典礼在看媳妇的亲朋和邻居的起哄嬉闹下完成各项议程。新郎、新娘在众人的簇拥下，走进他们温暖的喜庆的婚房。

马洪青的婶子、嫂子向空中向众人抛撒糖块、染红的花生、红枣和栗子。赵凌云嘴里含着糖，自始至终看着每一个环节和细节。他看到新娘坐床上的方向为南方，他忽然想到爷爷写的："新人上轿面向南方大吉，新人坐帐宜面向南方大吉"。

第 15 章

赵凌云回到堂屋，金牙大叔招呼安排座次。新娘唐燕家送亲的是她叔和堂哥，被安排到八仙桌北面坐北朝南的左右手。八仙桌东面坐东朝西安排着马洪青的舅舅和表哥，八仙桌西面坐西朝东安排着村支部书记马士宝和赵凌云。金牙大叔和马洪青的堂哥坐在南面北向，靠近屋门口，也叫席口，负责接菜，倒茶倒水，敬酒陪酒。

赵凌云没有注意，其实他也不明白，他被作为重要客人安排到了主屋、主桌陪大客儿，主要是赵满福老人的脸面和分量，因为他代表的是德高望重的赵满福老人。

院子里靠南靠西半个院子撑着布篷，布篷下规整地摆着大桌子，有八仙桌，有四腿单面的简易木桌。桌子有新的、有旧的，有白的、有黑的，有黄的、有红的。桌子四面摆着木板凳，有长的、有短的。短的两个对着，跟长凳对称。在当地，长的叫木凳子，短的叫马杌子。这都是邻居家堂屋摆放的招牌家当。在农村，谁家有红白喜事办宴席，桌凳都是左邻右舍凑。谁家都有事，没有打挡的。

看过结婚仪式，一睹新媳妇芳容，带着满足、带着话资，男女分桌自由组合，每桌八人，等待开席。这时大家看到，马洪青的婶子、嫂子用大盘端着两碗龙须挂面，挂面碗上面放着两根用红线缠着的葱。这是结婚第一饭的仪式，寓意一青二白，长长久久，也寓意白头偕老。

鞭炮响起，音乐奏起，开席了。每桌先上两包烟、两瓶酒。接着上四个果盘，果盘里有糖角蜜、姜丝子、三刀子、掏环子。紧接着又上一个大碗盛着的清炖整鸡，顿时，桌子上有了大席味。当地规矩，第一道菜为整鸡，第二道菜为整条鱼，最好是鲤鱼，第三道菜为丸子。鸡一般清炖带汤。鱼可做成糖醋鲤鱼、清蒸鲤鱼、葱香鲤鱼。丸子可做成四喜丸子、汆丸子、油炸萝卜丸子，这叫"头鸡二鱼三丸子"。炒菜烩菜接着来，最后大肉盖帽，大肉多为江米扣肉。

客人闻着鸡香，却不能动筷，这道菜要一直放着，待主家整席敬酒后，才能分而啖之。

上过三道菜，金牙大叔给同桌客人打个招呼，走到院子里的大棚中间，对着欢喜的客人喊道："来的客，一来增光，二来贺喜。桌子高，板凳低，汤多菜少碟子稀。主家办事如有不周，请多包涵，吃好喝好。"客人一片笑声，金牙大叔真是个活宝。

金牙大叔回到堂屋，村支书马士宝已发起两轮喝酒，但唐燕的叔和哥说什么都不喝。一是外出做客怕喝多出丑，二来摸不透陪酒人的酒量，怕轮番敬酒招架不住。他们在试探、在观察，"知彼知己，百战不殆"，老祖宗的名言不敢忘记。

金牙大叔说："今天是个大喜的日子，亲家您可得给我们个面子，陪不好，我们不好给主家交差。饭菜不好酒来补，照顾不周情来应，来，咱们走一个。"金牙大叔顺势把一牛眼瓯子酒对着嘴"咔"的一下，送了进去，右手把酒瓯子向下一翻像魔术师一样在客人面前展示一下，滴酒不洒，完美。众人帮腔使劲劝着，唐燕叔和唐燕哥不得不将酒一饮而尽。

金牙大叔接着说："喜酒喝了不眼疼，吃喜馍馍不腰疼，我再敬一个。"金牙大叔将第二瓯子酒又一饮而尽，又魔术般地展示一下。

乖乖，像骂誓一样，谁敢不喝。唐燕叔和哥哥又一饮而尽。

"来来来，吃菜，吃菜。"吃一阵菜后，金牙大叔又沉思般吟诵道：

浙水春风第一家，只言当日长兰芽。

谁知李白三山侣，来看姚黄二月花。

金瓮茶蘼香作酒，玉瓯松子肉为茶。

满板松竹并奇物，寿似蟾宫之桂华。

"大喜的日子，咱共同祝福老人健康长寿。"大家站起，举瓯一饮而尽。金牙大叔酒催脑涨想到的是百善孝为先，不能娶了媳妇忘了娘。

赵凌云看着金牙大叔精彩的表演，很是佩服。喜公公马冠君夫妇，按程序敬了酒，马冠君双手将盛着整鸡的碗扶了扶，这叫整席。整席后，众人吃了第一道清蒸鸡。酒过三巡，菜过五味，大家的脸有些发红，脖子发胀，舌头发硬，眼睛发直，腿发软，大脑在发晕的脑袋里高速运转。

唐燕的叔叔说道："我家唐燕愚钝，在家里也没干过什么活，进了马家的门，如果做得不到，还请马家长辈多担待。我们唐家自古也出了不少名人，像唐僧、唐伯虎，我们也算名门。马家也不简单，像马超、马良，还有白龙马，我们是门当户对。"

大家听着、点着头。显然，唐燕的叔喝高了，唯一的清醒是要占点上风。他家的名人唐僧要高于马家的白龙马。

泗沟村支书马士宝开始带了二轮没带动，金牙却带出了高潮。他心有不甘地起身说道："咱两个村屋搭山，地连边，老辈里好情，今天又天作之合，喜结连理，亲上加亲，好上加好。幸福来之不易，我们要感谢毛主席，感谢共产党，感谢人民公社。我们喝个酒就吃饭吧，下午还得干活哩，吃个喜馍馍（馒头）不腰疼，干活有劲。"

接着上了一笸子馍馍，馍馍的顶上点着红点，大家你一个，我一个，在喷香大馍馍的牵引下，桌上的菜风卷残云般消失殆尽。

酒已经让大家放下拘谨，他们务实地索性向盛菜的盘子、碗里倒上开水，把馍馍掰开在菜汤里一泡，囫囵吞枣般又一阵海吃。

赵凌云品尝着四凉十二热的美味佳肴，在众人的感染下，他一口气吃了两个大馍馍，不过他没有吃泡馍。

吃过饭，马冠君夫妇来给亲家人敬了茶，马洪青、唐燕夫妇也过来给长辈敬了茶。唐燕叔又当着马冠君夫妻的面安排唐燕要孝敬公婆，要热爱劳动，要勤俭持家，伺候好爷爷奶奶，夫妻俩要互相担待，夫妻吵架不要回娘家告状云云。马冠君夫妻感动得热泪盈眶。

客走主家安。唐燕叔和送亲抬嫁妆的一众人在马家人的欢送下离开泗沟村。唐燕望着渐远的娘家人，两眼泪水止不住地顺着脸颊直流，她回头望了望马家院子里的楝豆树，心想："我要常回娘家，不是告状，是为了常看看生我养我的爹娘。"

赵凌云也告别马家长辈，提着马家捎给爷爷的两盒饼干和六个馒头，沿着泗沟村东西大街向西走去。赵凌云好奇地又在泗沟村转了两个胡同。他看到泗沟村的石碾和想水村的石碾不一样。泗沟村的石碾是一个长石槽，里面有个像车轮的大石轮，大石轮中间一个大圆孔，石槽横着的对面竖着一块巨石板，石板上面有一个和石轮孔一样高低的大圆孔，两个圆孔用一根圆木棒连着。轧碾的人可一个，可两个，推动圆木带着石轮在石槽里滚动。

泗沟村的石碾叫槽碾。石槽叫碾帮，木棒叫碾杆，带孔的石板叫碾桩，石槽内的石轮叫碾砣。槽碾是山崮县一带比较常用的一种。

想水村的石碾是一个大石盘，上面有一个大碌碡，碌碡外套着木架，轧碾人用碾棍别着木架带动碌碡在石盘上滚动。想水村的碾是盘碾，类似于石磨。大石盘叫碾盘，碾盘上的碌碡叫碾砣，碾砣外的木架叫碾砣椁子，推碾子的木棍叫碾棍，碾盘上一个用来往外扫粮食的口叫碾嘴子。盘碾在山崮县及方圆百里的山区常用。河北、山东、河南、陕北都有。

赵凌云还看到泗沟村的房屋也与想水村不一样。泗沟村的两个屋山头上都有一个拱形的券门，想水村的没有。泗沟村的一处屋子屋脊上安着许多泥塑小兽，屋快塌了，但小兽们坚挺着。想水村的屋脊上只安着两个泥塑鸽子。赵凌云看到的这些小兽叫五脊六兽，有着厚重的传统文化底蕴。

说话语言也不一样，泗沟村管父亲叫爷，想水村管父亲叫爹。怪不得老年人说："爹轻爷重，叫大为正。"十里不同音，五里不同俗。赵凌云吃着泗沟村的饭菜与想水村的味道也不一样，泗沟村的菜味道更好。

赵凌云走到泗沟村的牛屋院，往里一看，各式各样的农具放在那里。有方形木框楔着两排大铁钉的大耙；有中间背着官帽似的木斗，三条腿上穿着铁制小尖鞋的耩子；还有犁子、牛梭头，竹编和铁编的牛拦嘴，也叫嘴笼头。两街交叉处放着一个碌碡大小的石头，石头上有一个大圆窝，圆窝像被蜡打过油光锃亮，圆窝里放着一个安着木把的石头圆蛋。这是泗沟村的石碓窝子。

赵凌云看到一个70多岁的裹小脚的老人端着半干瓢米来踹碓。赵凌云问："奶奶您干吗呢？"老人说："我踹点米烧咸糊涂喝。"

老人家坐在碓窝前的石台上，将米倒进碓窝里，她攥紧碓头把不停抬压，将碓头砸向碓窝里的小米。不一会儿，老人起身，将碓头把直立，她站着用碓头直捣碓窝中的小米。赵凌云看呆了，老人还真有劲。

赵凌云边走边看边想，突然，他眼前浮现出公社干部来大队检查工作的情景。他不自觉地进入角色，手背着，头扬着，胸脯和肚子向前挺去。见到人，他急忙将手放下，颔首收腹，恢复常态。滑稽可爱的赵凌云比金牙叔还像活宝。

赵凌云在心里备课，回去好向爷爷、母亲和小伙伴讲述去12里地远的泗沟村喝喜酒见到的那些人、那些物、那些事。赵凌云的好奇、发现和感觉，折射着一个令人牵肠挂肚、意欲求解的重大问题。

中华文明的源头是农耕文明，从华夏民族人文始祖伏羲教人结网捕鱼、驯化动物、发明乐器，到神农氏遍尝百草，再到后来的《氾（fàn）胜之书》《齐民要术》《陈敷农书》《王祯农书》《农政全书》印记着中华农耕文明的奔涌向前和辉煌。

坐落在中华大地各个角落的乡村，像星星镶嵌在天空般点缀着锦绣河山。这些村落或在高原、或在平川、或在山边、或在沟旁，宜地而居，随遇而安，展现着地域特色。这些地方是建筑文化、饮食文化、语言文化、道德文化的发源地和传承地，世世代代，接替永续。每个人都是从乡村里走出的，毫无例外。

海阔凭鱼跃，天高任鸟飞。随着城池的兴起，工商业的发展和社会的进步，树移死，人移活，人的流动日趋活跃，人们或仕或商、或戎或工，背负行囊，背井离乡，奔赴实现理想抱负的远方。

无论走向天涯海角，无论居庙堂之高，处江湖之远，牵挂向往的仍然是家乡。衣锦还乡，告老还乡，叶落归根。就连神通广大，上天入地无所不能的孙悟空的归宿和情感寄托还是那割舍不断的猴村花果山。

神奇的乡愁文化，母性的农耕文明，繁荣的乡土文化和乡村贫穷落后的面貌形成的巨大反差不匹配地流淌在历史的长河中。这个问题需要人们不断地去探究、分析和解决。

赵凌云"巡察"完泗沟村，带着一脑子新奇，一肚子美食，原路返回想水村。桥头上、四岔路口的"青龙"向他再见，天空中的云轻快地自在地向东游走。

回到村庄，赵凌云先上奶奶家，他将泗沟马家捎给爷爷的喜馍馍、喜果子交给爷爷。爷爷看到凌云高兴地问道："凌云，去泗沟村顺当吗？"

赵凌云兴奋地回答道："老爷太顺当了，一路没打挡，就摸到了马家。"这个"摸"字显示了凌云的聪明和顽皮。

赵凌云滔滔不绝地向爷爷、奶奶讲述喝喜酒的情景，特别是那位金牙大叔的活宝般的表演和背诵得不知正确与否的"酒瓯子"诗。听着赵凌云的讲述，爷爷笑得牙花子疼。赵凌云向爷爷请教贴"青龙"挎鸡、新娘用葱喝挂面等问题。爷爷给赵凌云一一作了讲解。爷爷说："四书、五经、六艺，以前的文化人都要学。风俗习惯，以前的人都要按部就班地遵守。有些倒也显得热闹，有些过于繁杂。'破四旧''立四新'，还是不要信封建迷信。新社会了，新事新办好。"

爷爷是个读书人，读书人看问题就是通透开明，站得高，看得远。读书太重要了，文化太神奇了！

赵凌云回到家中，向母亲和哥哥凌志、弟弟凌峰从头到尾讲述着泗沟喜酒的场面，连说加笑，说书艺人般的表演逗得母子几个前仰后合。

赵凌云又像发现新大陆一样，介绍泗沟村的风土人情。赵凌云替爷爷出访泗沟，在赵家引起不小的轰动。叔兄弟十个，爷爷独选凌云，还是因为凌云学习好，性子好。在凌云鲇鱼般搅动下，赵广忠、赵广传、赵广家、赵广远各家和凌志、凌峰迅速掀起学习的高潮，弟兄十个比学赶帮超，"绵世泽莫如为善，振家声还是读书"。

第 16 章

一场秋雨一场凉。秋老虎悄悄散去，一早一晚已有些凉意。想水村田间地块上，绿豆角由青变黑，像鼓着一溜小疙瘩的圆珠笔芯。大豆叶由绿变黄用尽全力将营养贡献给大豆角后，不断掉落让位，大豆角褪去绿色，黄澄澄布满豆棵成为主角。谷穗泛着米黄像粗壮的猫尾巴奄拉着，红红的高粱穗像一支支火炬高擎着。蛐子已叫不出声，蚂蚱越来越少。草青味变成了淡淡的清新的粮香。

公丕柱、陈宝喜不停地巡坡，巡察时间和地块密而又密，无一空当和遗漏。粮场里，老黄牛拉着碌碡由外到内，由大圈到小圈不停地转着，绿豆角、黄豆角在碌碡碾轧下啪啪炸响。青壮年劳力作为第一梯队，用镰刀割着谷子，砍倒高粱。妇女作为第二梯队，手握"爪刀"（用铁片做成，方形，刀背用布包着）扦切掉谷穗、高粱穗。上了年纪的庄户老把式头戴席夹子挥着木锨扬场，他们光着古铜色的膀子，选着风向，调着角度，把握力度，用木锨将粮食向天空抛撒，谷壳、豆角皮顺着风飞向一角，金灿灿、油光光的粮食逐渐堆成一堆。扬场是个技术活，扬好场非一日之功。

乡亲们干着、笑着。从 8 月到 10 月，这个笑就没断过。

烟屋子烟囱的烟渐渐弱了，炕烟告一段落。烟秆子在烟田里整齐地排着，成了脱掉烟叶的"光杆司令"，纵横一眼望到头。

秋收！秋收！这是想水村盛大的节日，这是想水村男女老少挥洒汗水、各显神通的战场。三瞎子赵广清诗兴大发，摘掉席夹子扇着，挂着木锨诌了一个顺口溜：

> 说今年道今年，今年是个丰收年。
> 绿豆实黄豆满，棉花脱桃往外蹿。
> 花生成，谷子饱，火红的高粱站上边。
> 来日再看大地瓜，喜不死人不饶它。
> 太阳起，星星暗，太阳落，月姥娘亮。
> 披着星，戴着月，老少地里不离窝。
> 庄稼喜勤不喜懒，老少爷们儿不简单。
> 收得多，分得多，打场晒粮笑呵呵，笑呵呵！

生产队仓库里，用苇子、遮子围成的粮仓里，粮食堆得像小山似的，家家户户的泥囤灌得满满的。春节时张贴的春联"苍龙引进""粮食满仓"名副其实。

粮场上，社员们将秸秆用杈子一层层堆积成方形或圆形，顶上用谷子秆草搭上像屋盖一样的雨篷。场上的柴垛像蒙古包一般满满当当。牛屋院（耕牛饲养场）里也堆得没有下脚的空，牛的饲草足足的。

秫秸除生产队留一部分织簿编芡子、遮子用于仓库更新，剩下的全按人口、工分计算分到家家户户。秫秸那可是个宝，社员们像稀罕粮食一样稀罕它。领到秫秸，先挑拣粗壮均匀的，用于盖屋扎秫秸把子作椽子。想水村盖房子就是先用石头垒起屋框子，然后用大木头（最好是榆木或槐木）架起梁头，与屋山对应。再用中等木棒均匀搭建横梁，横梁上密麻无缝地铺上秫秸把子，秫秸把子上用黄泥密封覆盖，黄泥上面或草或瓦苫盖。秫秸以"把子"状像肋骨一样支撑着屋盖，屋子透气且冬暖夏凉。

稍细的二类秫秸织簿用来做间隔屋内房间的薄帐子，也可用于铺床，取代床板。再次的就用来破篾子，编席。秫秸梃子（秫秸最上一节）那可是个宝，用它勒弯篦子，扎锅拍。大娘、婶子、姐姐、妹妹用它显技艺，比手巧，每年高粱丰收，都扎上几个，摞在那里。用红绳扎的弯篦子，送亲朋送好友，婚嫁使用成了稀罕物。分家时配上个秫秸锅拍、弯篦子，也凑个"家什"齐全。

正月十六做"巧巧饭"就是祈祷盼望女孩子心灵手巧。绣花、纳鞋底、做针线活、勒弯篦子，样样干得来，做得精，就好比诗琴书画样样皆通。要是能碰到红秫秸那就更高兴了，用红梃子、红篾子会把秫秸席、弯篦子编出个花样，或编成一抹红的物件，那就成为真正的宝贝物了。

以草以根为料，信手拈来，口口相传，代代示教，草编传统工艺作为乡土文化的一支奇葩，源远流长，生生不息，绽放异彩。

村大队门口树上的大喇叭播送着公社广播站播音员的声音："广大社员同志们，广大社员同志们，粮仓满，天下安。我们要发扬'一不怕苦，二不怕死'的革命精神，广泛发动，把握农时，搞好三秋生产。男女老少齐上阵，奋战几十天。组织红小兵，认真搞秋收。"

赵凌云听着，心里有些激动，摸摸胸前的红领巾，心里想："夏天薅草饲养牛，秋收也要动动手。虽然年少力气小，公鸡拉车使劲跑。"赵凌云攥了攥拳头。

秋收以来，大队长赵存祥人瘦了一圈，黝黑的国字脸更显刚毅，太阳光打在脸上倒增强了几分辨识度。

赵存祥在大队部门口看到赵凌云。赵存祥说道："凌云，这几天学习怎么样？"赵凌云说："哥，学习好着呢，又学了不少新课文。算术题越来越深。"赵存祥说："凌云，你听到广播里说的了吗？你们学生也要搞秋收。我给你安排点活儿，你组织同学们到北山边剥苘皮去，沤了一夏天的苘和麻都运到北山边的大石薄帘（大片石块）边上了，你们把苘皮、麻皮剥了晾上，过几天，让上年纪的老人过去织绳。"赵凌云说："行，哥，我喊一些同学去，你安排个大人领着教我们干，我们一定弄好。"赵存祥说："给你们记点工分。"

赵凌云到学校吆呼到副班长侯宜悦，二副班长陈三香，同学王延花、徐德林、赵广仁、徐星、秦守实、张建玲。赵存祥安排侯宝二带队。

赵凌云和同学们高高兴兴来到北山边。这里地势开阔，山风习习，但隐约传来一股股臭味。侯宝二早已在大石薄帘边忙活着取开成捆的野苘、野麻。赵凌云一干人向侯宝二靠近，臭味越来越浓。是不是侯宝二拉屎了？不是，肯定不是，这个臭味不是屎臭，是腐臭。

侯宝二看到同学们都来了，很高兴，自言自语道："你看这些苘、麻沤得多好，正搁劲，又能搓出一些好绳了。"

侯宝二拿起一根苘示范性地教大家剥皮、晾晒。大家纷纷到取开捆的苘、麻旁边拿起苘、麻自上而下剥扯。

这时，侯宜悦用手捂着鼻子干哕了两口，说："俺娘叫我有事，我得赶快回家。"他的手越捂鼻子，鼻子越臭，鼻子越臭，胃越翻腾，呕吐不止。这小子不知道，他的手已染上浓浓的臭味儿。他弓着腰吐着、走着，像一位患痨病的老头，原路返回村里。

张建玲细皮薄肉，细小的鼻子不断地冲冲地抽，眉头皱成小疙瘩，眼里泪花盈盈，不敢吐，不敢说话。好强的性格害得她玩了个大的。她越忍，胃翻腾得越厉害，十足的胃气终于顶开了她的眉头"哇"的一口直接喷向侯宝二，嘴里、鼻孔里顺流的鼻涕、黏液像京剧里的老生。她用褂袖擦拭着说："我实在受不了了，我得赶快回家。"

赵凌云的脸上半部苦着，下半部笑着，实在是忍不住的想哭还是想笑。赵凌云对大家说："咱们上薄帘的北面来吧，山道里的风向南吹，咱到上风口上来剥就好点。"

侯宝二跺了下脚说："你看，我怎么没想到呢？看把孩子们害的。"

沤过的苘、麻确实太臭了，不臭怎能剥出苘纸子。这就是万物相生相克的自然法则，酸甜、苦辣、香臭，只有人去适应它。

还是二叔赵广仁，一马当先，跟着侯宝二把腐臭的苘、麻一抱一抱移到石薄帘的北面，赵凌云和其他男生把褂子掖进裤腰，一抱一抱搬移着，女生们蹲着剥着。时间长了，苘、麻像跟孩子们交上了朋友，不那么臭了。可能是风向的问题，也可能是闻惯了，适应了。

小山似的苘、麻被剥去皮，留下一摞摞苘秆、麻秆。苘纸、麻纸分开摊在大石薄帘上一大片。侯宝二看着苘秆给孩子们讲："苘秆很轻很脆，狼最怕苘秆，以前要饭的人，摸黑走路的人，一手拉着要饭棍用来吓唬狗，一手拿着苘秆用来吓唬狼。"

秦守实好奇地问："苘秆一握就折，能打狼？"

侯宝二说："不是用它打，用火点着晃动，狼就不敢靠近了。"

苘、麻虽瘦，它的皮却有着无法比拟的张力、韧劲，苘绳、麻绳自古至今都是人们不可或缺的生产、生活工具。苘、麻在人们心中占有十分重要的位置，人们在生活中常拿苘、麻说事。"你干吗？""我干苘。"这就是开玩笑的揶揄调侃。比喻一个人瘦弱，就会说你看他瘦的，跟麻秆一样，小腿像苘秆。

苘、麻不争不抢默默地生长在房前屋后或不成田的闲园一隅，不求关注，它却毫不犹豫、无怨无悔、年复一年地生根发芽，展现着它顽强的、有意义的生命力，奉献着苘菠萝、苘纸、麻纸、麻籽，丰富人们的生活。

侯宝二留下来看护着晾晒的苘纸、麻纸。赵凌云向赵存祥汇报了劳动情况，将参加劳动的学生名单报上，名单上包括早撤的侯宜悦、张建玲。这一次在劳动中所学到的东西是课本上无法学到的，赵凌云和同学们都这样认为。

牛屋院是想水村的一方圣地和禁地"闲人免进"以生产队为单位，每个生产队一处。高高的石院墙围着，宽大的门口安着粗壮的铁门，平整开阔的院子布局着牛舍、耕具仓库、豆腐房、生产队办公室、饲养员寝室、柴草垛、牛粪坑。

牛舍坐北朝南，向阳面无墙，通敞着，一溜摆开的牛石槽倒像半堵墙。牛石槽是用大石块挖凿而制的，每个食槽长3米，宽近1米，食槽边有一个耳，耳上有个孔，用来系拴牛的绳。这样的石料也只有想水村这样产青石的地方才能搞到，实乃石头中的精品。牛石槽被牛脖子下面的像褶皱布的牛护磨得滑润锃亮，还泛着淡淡的褐黄色。

耕牛有黑的、有黄的，黄的居多，当地管头上长角的叫"显冒尖"，不长角的叫"葫芦头"。夏秋之际是牛的美食季，各种肥美的鲜草用铡刀铡碎散着浓郁的草香。牛用舌头卷着、咽着，时不时甩动一下头"哞哞"叫两声，舌尖上的美味令牛儿陶醉，吃饱的牛儿卧在那里磨合着宽大的嘴反刍着、享受着。

备耕备播的春季和"三夏""三秋"之际，它们将在田野里伴着勤劳的人民大显神通，耕、耙、耩，完成老祖宗探索总结的、代代相传的农业生产技艺、方法和流程。粮场拉碌碡那只是轻松的拉练。

耕具库里有犁子、耙、耩子、牛缰绳、耕绳、牛梭头、抽牛鞭，或挂在墙上，或堆着。

豆腐坊是农忙季节社员们出工不回家吃饭、生产队统一供饭时做豆腐用的，里面有磨、过滤布架、锅、压板。

饲养员那可是精挑细选的，像选看坡的人一样，出身要好、表现要好、勤快，有责任心和爱心。生产二队的饲养员张宝科是一名老党员，宋广山世代贫农，赵广民孑身一人爱牛如子，爱牛如命。

赵广民是赵凌云的堂叔，说话吐字不准，含混不清，庄上的人都叫他哑巴民。赵广民说话不清，但耳聪目明手巧，农活样样精。修农具、补盆、用鸡毛挤风箱里的"毛头"这样技术含量高的细活，全村没有几个能比上他的。他用双手十指扣出的"老虎嘴""兔子""小鸟"在灯光下形成的影子栩栩如生。他还有特异功能，绷着脸倒换着让左右耳扇动。孩子们都喜欢跟他玩，让他表演，他从不拒绝。

赵广民原本是有妻子的，妻子姓林，贫苦人出身，贤惠善良。结婚后，几年不见动静，没生下一儿半女。赵广民母亲赵秦氏整天指桑骂槐，看到母鸡就说："你看母鸡还能下个蛋，应着个娘们生不出个孩子，母鸡不如。"林氏吃饭，赵秦氏又骂，"光吃不拉，吃的东西上哪去了，拉不出孩子不如饿死。"更要命的是赵秦氏嫌林氏吃得多，"谁家有多少东西能养活个饭量这么大的猪？"

赵凌云听娘说：三奶奶赵秦氏原本是大户人家的女儿，她有痨病，嫁给赵广民的父亲赵满意生下哑巴民后，就再也没生育，在多子多福的年代，这是她一生的痛。赵秦氏多么盼着儿媳林氏多生几个孩子填补她心里的缺憾。赵秦氏是"替儿嫌妻"的典型代表。

林氏终于耐不住这生不如死的日子。一天清早，林氏做好早饭，喊赵秦氏和哑巴民起床，赵秦氏嘎嘎地喘着，不时吐几口黏痰，"唉唉"地叹着气。林氏对着赵秦氏"扑通"一声跪在地上，跪在赵秦氏吐的痰上哭着说："娘，我最后再叫你一声娘，我苦命，我不好，我不能给赵家生孩子，我吃得多，光吃不拉，我不如母鸡。我不再给你添堵添心事了，我走了。"

赵秦氏急促地咳嗽，上气不接下气地说："走了好。"

林氏背起早已打好的包袱，带着几件破衣裳，带着一肚子想不明白的事，带着赵秦氏的黏痰，离开赵家。

赵广民含混不清地喊着："你干什么去，你上哪里去？"一边跺着脚。林氏没有回头。

赵凌云听娘说："你那个姓林的大婶子后来改嫁到了泗沟，生了两个儿和一个闺女。"以后赵广民没有再娶，也许是不愿娶，也许是娶不上，一人照顾有痨病的老娘，母子相依为命。老娘去世后，他孑身一人。

赵广民、张宝科、宋广山保姆式地精心饲养着生产队的宝贝疙瘩大耕牛。赵广民把铡好的饲草用手使劲地搓着，搓后均匀地向牛食槽小幅度抛撒，眼睛专注地看着落槽的碎草，他怕草里面混有绳头、铁钉、石子，这可是要命的。他将饲草摊匀填满，抚摸着黑牛、黄牛，亲切地跟这些亲们对着话："黑黑，黄黄，显冒尖，葫芦头，好好吃，好长膘，吃壮了，好干活。"

对完话，他情不自禁地哼起了小曲《俺是公社饲养员》。

对着耕牛唱小猪，也只有赵广民。

第 17 章

二十四节气中的第 18 个节气霜降到了，想水村秋收的一个重要战役收地瓜开始了。

赵存祥组织各生产队的队长、会计、有技术有经验的"庄稼把式"围绕着地瓜地转着、评估着、计算着。主要是画出留作地瓜种的地块，上交公粮的地块。这些地块面积大，平整，肥沃，地力足，地瓜长得好。好种出好苗，作种的地瓜不能差。好粮食缴公，这是爱国粮，地块不能差。估计完亩产再往圈外多画一点，确保种足，确保爱国粮宽裕。剩下的地块刨完全部分到社员手中切擦成地瓜干。

转完画定，赵存祥和各队领导成员、土专家们停在一处较高的坝堰上，大家一字排开，各自掏出一沓用孩子们写完作业的废纸裁成的纸条，和用粗布缝制的烟叶包。

党西清走近赵存祥说道："存祥，我没带烟纸和烟叶，借你一支烟。"

赵存祥说："西清叔，怎么能叫借呢，烟不分家。"

赵存祥把手指放在嘴里在舌头上一擦，接着从一沓烟纸上捻下一张，把纸"长着"对折一下，像个食槽，把焦黄的烟叶丝在纸槽里均匀地摊开，两头留出一小截空纸，左手捏住一端空纸头，右手螺旋式反方向拧转，一支下粗上细带着尾巴梃子的香烟卷成，把顶口封住递给党西清，接着赵存祥拿着火柴给党西清点上。这时大家都已点着自制卷烟，陶醉地吸着。卷烟这活儿，这些上年纪的比赵存祥更熟练。

"度尽劫波兄弟在，相逢一笑泯恩仇。"

党西清向赵存祥借烟，这就是想修复两人关系的节奏。

党西清怨恨过赵存祥，赵存祥却从没怨恨过党西清。赵存祥精挑细选的这些精英翘楚就有党西清，这是场面的事，党西清懂的也感觉到了。

大家抽完烟，烟瘾大的抽了两根，有的抽了三根。赵存祥站起来对各生产队的队长说："从明天起，大家组织好，早上早起，吆呼社员们带好镰刀、镢头，队里准备好抬筐、大秤、算盘。分地瓜要公平，选好抓阄的人。分完地瓜大家要互相帮忙，劳力多的，人口多的，拾掇完自己的，帮着那些人口少、劳力少的社员擦切。累了一天，摸黑太晚不好。地瓜干晾晒好，队里统一派人看管，给看管人记点工分，不要让家家户户再携着铺盖睡露水地。"

大家看着渐渐变紫变蔫的地瓜叶，看着慢慢变瘦变僵的地瓜秧，看着满地被地瓜撑开的裂纹，心里笑开了花。听着赵存祥温暖周到的安排，无不佩服而感动。丰产要丰收，加紧吧！

瓜儿离不开秧。地瓜苗从塑料布覆盖的土坑里移出，倔强地长在一个个地瓜埯里。地瓜秧不顾一切地吸吮着阳光、雨水、养分，舒展着铺盖着大地，把它积蓄的力量全部奉献给根，继而结出一个，不，是一堆地瓜。地瓜膨大着，地瓜秧却无怨无悔地累着。随着秋的到来，秋的渐深。地瓜秧把最后一丝力气传递给地瓜，地瓜秧枯萎了，地瓜却又肥又大，这是不是人世间最伟大的母爱精神呢？

迪思科老师也对学校师生参加地瓜战役作出周密部署。朱育仁老师虽是公办教师，但老婆孩子在农村，回家参加劳动。想水村民办教师各自参加所在生产队劳动。三年级以上和农中的同学们可以加入家庭所在生产队劳动，也可以自由组合跨队作业。迪老师参加赵凌云所在生产队劳动。迪老师要求全校师生要听从大队和生产队的统一安排，注意劳动安全，地瓜战役结束，立即返校学习功课。

赵凌云组织赵广仁、徐星、秦守实、王延花、张建玲、徐德生、宋丁跟着迪老师参加劳动。生产队队长侯文美找到迪老师，让他推荐一名同学当抓阄员。侯文美强调，大队长专门安排抓阄的要公道正派。迪老师不假思索地推荐了赵凌云。

天刚蒙蒙亮，各生产队的队长拿着喇叭，按着各自的片区吆呼起来。喇叭是用铁皮卷制的，有嘴有把，经过喇叭，声音变得浑厚高扬富有穿透力。社员们纷纷起床，洗把脸，有的饿唠在囤子里掰块煎饼填到张大的嘴巴里，囫囵吞枣般下咽。开水太热，索性用水瓢在水缸里舀半瓢生水咕咚咕咚一饮而尽。

贤内在一旁嗔怪道："大清早，喝凉水当心肚子疼。"男劳力坚定地说："喝了这些年，还没疼过。"

社员们扛着昨晚早已收拾准备好的镢头、条篮，抄着熟悉的近路，直奔各自的战场。

赵凌云带着他的队伍向迪老师报到，在生产队副队长赵广敬的引领下，他们沿着崎岖不平的羊肠小道来到西南岭十三亩地。迪老师跟生产队队长侯文美、会计陈宝祥、文化人三瞎子赵广清见了面，迪老师把赵凌云喊过来对陈宝祥说道："陈会计，今天赵凌云当抓阄员，跟你配合，当个助手，也算个小会计吧。"

陈宝祥十分高兴地说："凌云当抓阄员合适。"

三瞎子赵广清用力睁着抬不起的眼皮，用羡慕的、崇敬的眼光上下瞅着迪老师，右手不自觉地摸了摸别在口袋上的钢笔帽。

按照侯文美队长的安排，第一梯队以学生为主，迪老师负责，先砍地瓜秧。第二梯队以壮劳力为主用镢头刨地瓜。第三梯队以年纪大的男社员和妇女为主，将刨出的地瓜捡拾成堆。刨一阵后，抽五六个人配合会计分地瓜，边刨边分，分配完地瓜，收工，家家户户各自认领擦切晾晒。太阳两杆子高（9点多）吃早饭，太阳偏西南（两三点）吃午饭，饭由生产队管。

在迪老师的带领下，赵凌云和同学们挥动镰刀将一棵棵地瓜秧砍断，砍到

20 棵至 30 棵，就收集卷起像个大枕头，一扑一扑整齐排放。这些地瓜秧营养丰富，晒干垛起，将是牛、羊、猪们上等的粗饲料。一段时间的拼杀，砍地瓜秧的人离地头越来越远，地瓜田顿时变得利索起来，像披荆斩棘后留下的一条路，砍地瓜秧的同学们真正成了地瓜战役的先头部队。

刨地瓜的壮年劳力一人一沟自东向西顺着将一墩一墩地瓜从地里刨挖出来，遇到一个大裂纹，一镢下去，一个大地瓜被请上来。这些深埋在土壤里的精灵经过几个月的拼搏生长，以硕大鲜亮的身姿与社员们相见，给他们带来惊喜。此时的社员们累并快乐着。

捡拾地瓜梯队的社员用筐、篮、筛各种自带工具将地瓜拾起堆成一堆。会计陈宝祥将社员户主的花名册和裁好的纸条，从浅灰色有几处掉皮的皮革包里小心翼翼地掏出来。花名册有几个栏目，一是姓名，二是人口数量，三是工分数。

陈宝祥双手扣起呈喇叭状，嘴对着双手扣起的肉喇叭大声地喊道："迪老师，迪先生，请你来写阄。"声音在风的吹动裹挟下弯弯曲曲地传达到正在干活的迪老师耳朵里。

迪老师也用双手扣起个肉喇叭对着答道："陈会计，你写吧，我的字不如你写得好，我在干活，谢谢你高抬了。"喊完，迪老师差点儿笑喷。迪老师让赵凌云快去找陈宝祥报到，分地瓜即将开始。

农村人办事讲礼数，凡事要推让一番，让足让透。白事不请自到，红事要一喊二拉三推才能上桌，这可能是皇帝登基前三推三让的遗风留存。

陈宝祥让过迪老师后，小嘴抿成一条缝，手指扣着算盘子上下甩动一下，算盘子上蹿下跳，声音响脆，干净利落，尽显"铁算盘"功底。他拿起钢笔按照花名册上的名单在纸条上工工整整地写下一个个社员户主的姓名，遇到写"捺"他都用力一按一抬，一重一轻形成个小脚丫。陈宝祥也是书法的练家子。

在准备抬筐的、扶秤的社员见证下，陈宝祥将写上名字的纸条一张一张团成一个纸蛋放进提包，然后把手伸进提包将纸蛋搅和掺和，手拿出来后，又将提包上下掂了数下。陈宝祥郑重地将提包交给赵凌云，像将军将战旗授予即将出征的将士。

赵凌云双手接过，一手提着提包系子，一手捂着提包身子。陈宝祥看着赵凌云无比认真的样子，眨了眨眼，微笑着赞许地看了看赵凌云，心里说道："凌云不简单，小小年纪，责任心强着呢。"是的，赵凌云提着的是名单，是纸蛋，轻如鸿毛；不，赵凌云提着的是责任，守着的是公平，是大家的信任，重如泰山。

杠头家（剪刀、包袱、锤）是两个人的游戏，抓阄是众人的游戏，杠头家、抓阄是被人们公认的最公平的规则。今天的抓阄不是当事人亲自去抓各自的阄，而是由第三方去抓，这就不是简单的"手香"和"手臭"的问题了。

刨地瓜的主力大军挥动镢头左右开弓，弯腰抬背，半晌工夫，自东向西已刨了几个来回。大家刨着、看着、想着，大家共同发现一个现象，地的东西两头、北边，地瓜个头大，产量足，地的中间腹部土壤条件好，却产量不足，地瓜成色不好，个头小，甚至一墩刨上来，没有一块大的，像一串兔子蛋。大家知道个中原因，党西清更是明白。锄草施肥只干两头和地边，为此，大队长赵存祥和党西清打了一架。

三瞎子赵广清曾唱过"庄稼喜勤不喜懒"。老年人经常说："庄稼不上粪，等于瞎胡混。""庄稼人和庄稼是老伙计，你关心他，他回报你，你不关心他，他就给你哭脸看。"党西清心里很不是滋味，一时的任性，一时的小聪明，都会给集体造成不可挽回的损失。

刨地瓜的社员看着一样的地瓜田里结出不一样的地瓜，不自觉地盘算着甚至默默祈祷着自己能摊到个头大、成色好的地瓜。个头大的地瓜擦切起来省时省力，晾晒后的地瓜干儿又白又干净，出粉质量高，烙出的煎饼白。谁不想要好的呢？何况大家现场眼睁睁看着的利益，要么触手可得，要么转身即失，却不心甘，就看赵凌云这小子的贵手了。

想水村"一块地瓜田，地瓜三重天"，严重暴露了"干活儿干给领导看，只干两头和地边""出工不出力，生产效率低"和农民自主生产积极性不高的问题。这些问题单靠思想教育、提高政治觉悟，不能完全、根本、持续解决。这个问题，要靠不断调整生产关系，使之与生产力相适应，探索实践新的政策和模式。我们有这个能力！

分地瓜开秤第一炮，赵凌云从提包里摸出一个纸蛋，仔细取开交给陈宝祥，陈宝祥大声宣布："公丕柱，"陈宝祥对着花名册三个栏目，用算盘准确计算出，"80斤。"工分绩效数为平均数。第二炮，陈宝祥大声宣布："党西清480斤。"工分绩效数是最高值。第三炮、第四炮……从东头向西，越往西，地瓜成色越差，分一家，都要拾一大片地才够。

到了第十二炮，赵凌云从提包里抓出一个阄，把纸蛋打开，赵凌云喝了一口凉气，把纸蛋交给陈宝祥，陈宝祥大声宣布："赵广厚220斤。"

众人笑了起来："凌云，你真管，给自己家抓了个最孬的阄。"这一片确实地瓜太小了，一堆兔子蛋大小的地瓜，堆成堆像抱团的糖葫芦，小地瓜靠得严严实实，无缝无隙。

第十三炮……大家拾着、称着，分着，笑着，议论着。

牛屋院里负责做饭的赵存壮、公丕柱、周炳续、吴修宽忙得不亦乐乎。周炳续、吴修宽半夜起来就磨豆沫，蒸、滤、点石膏、挤、压，做了两包又香又嫩的豆腐。早上，他们俩用豆腐汁泡了两个煎饼，给赵存壮、公丕柱留了两碗豆腐汁，剩下的交给饲养员饮了牛。赵存壮、公丕柱紧锣密鼓烙煎饼，并把烙好的地瓜干煎饼一个个折叠起来，用包袱皮裹得严严实实。

在想水村烙煎饼也叫滚煎饼。本来烙煎饼一般多是用麦子等粮食磨成糊，在鏊子上用竹匹子摊、擦、烙，滚煎饼那就单是滚地瓜干煎饼。想水村的煎饼多是地瓜干煎饼，烙和滚混为了一谈。

公丕柱烙煎饼堪称一绝，他将地瓜面在面盆里和成一个能托起的二斤多重小西瓜似的面蛋，面蛋不能硬，更不能稀，稀了拖不住，硬了不粘鏊，这个有技术含量。赵存壮负责烧鏊子，他将用石块撑起的鏊子在底下烧火均匀加热，公丕柱用油布子（多层布纳成手帕大小）蘸上点油在鏊子上均匀快速擦拭一遍。这个也有技术，油多了，面蛋在鏊子上打滑，油少了，面蛋粘鏊子滚不动。

公丕柱撸起袖子，用他那手指粗短的双手捧起地瓜面蛋放在鏊子最外边开始由外向里一圈圈滚动，在鏊子中心收尾。滚动完，他快速用竹匹在水里撸一下，在成形的煎饼上不停刮擦，将厚的地方摊向薄的地方，将上面的不光滑的小蛋蛋碾平，一张圆、薄、香、脆的煎饼烙成了。公丕柱将竹匹在鏊子上的煎饼边上一划一掀，煎饼边翘起，他双手顺势提起煎饼放到用麻绳和秫秸梃子穿缀的大圆锅拍上。

一张一张，赵存壮一丝不苟地烧火，火的温度必须掌握好，以鏊子上的煎饼不煳不焦不厚为准。公丕柱聚精会神地滚着、扯着。他们做饭感到很荣幸，也很心疼前方干活的兄弟爷们、姊妹娘们。凡事有责任凭良心，这是赵存壮、公丕柱一贯的为人处事。

赵存壮，外号长头壮。他是想水村大厨师赵广宇的儿子。赵广宇家祖传厨艺，到了赵广宇已传至四辈，算上赵存壮已是五辈。赵家的"四喜丸子""氽肉丸子""扣碗"远近闻名。炒、熘、汆、蒸、卤独具一格,特别是自制酱、自配调料秘而不传自成一派,堪称百年老字号,祖传秘方。据说。用赵家的秘制酱和配料炒出的辣子鸡,味道独特,香、醇、绵、自然、原味,吃了上顿想下顿。还有传,有一个擅品美食的客人吃过后,就着酒劲乱喊:"我的舌头呢?"

赵广宇30多岁喜得贵子赵存壮,赵存壮的娘王氏对赵存壮那叫一个疼呀,打小不让他哭一声,睡窝里(小孩出生后以睡为主的一段时间)一哭就抱。人家的小孩在睡窝里都睡觉睡到满地爬。人家的小孩睡觉,头下面垫个书本子,好睡出个平头"睡平头,露大脸"小孩显富态。赵存壮睡窝里没有按规矩办,他的头顺其自然,当然就长成了比别人家孩子头长的长头,后脑勺不平,额头高,脸长。于是人取外号"长头壮"。

顺其自然的长头好?还是硬性睡成平头好?谁也说不准,谁也不好说,只不过人的审美观不同罢了。取外号,也只是突出特点好让别人记住罢了。

赵存壮做得一手好菜、好饭,赵广宇已将祖传的"刀、勺、铲、叉、笊篱、钩子、磨刀石",连同配料秘方一起传给了赵存壮。

周炳续、吴修宽忙完豆腐活儿就熬起了稀饭。吴修宽点起灶火,柴火发出噼噼啪啪的响声,时而一些细灰蹿出灶口向空中飘去。周炳续把淘干净的两瓢绿豆倒进锅内,用竖起有半人多高的巨大锅拍盖上。周炳续看了一眼专心致志烧火的吴修宽和红彤彤的炉火,微笑地摆了下头,轻轻咳嗽了两声,清了清嗓子,唱了起来:"炉中火,放红光,我为亲人熬鸡汤,续一把蒙山柴,炉火更旺,添一瓢沂河水,情深意长,愿亲人早日养好伤,为人民求解放,重返前方……"

吴修宽说:"炳续,你唱得还不孬哩。"周炳续说:"刚跟电影上学的,今天高兴,高兴。"

周炳续唱得确实不错,他有这个基因和底蕴。周炳续祖上是西县(江苏省丰县、沛县一带)人,西县那里属于汉高祖刘邦故里、武术之乡,曲艺传承也不赖,豫剧、运河大鼓在那里都很盛行。相传运河大鼓渊源于豫西大鼓。周炳续有个哥哥叫周炳继,是想水村第一个通过考学走出去的城市人,1969年大学毕业后被分配到坐落在向阳市市中区的向阳市水泥厂工作,担任向阳市水泥厂技术科科长。周炳继不仅学业出众,还有一身好武艺,常练少林拳、洪拳,刀、枪、剑、鞭无所不能。周家从西县一个经常闹灾荒的村庄搬迁安家想水村已有五代人。周家与西县老家有着广泛的联系和频繁的走动来往。周家在想水村是名门望族,一是有文化，二是忠厚低调。

　　吴修宽加大火力，锅里的水沸腾了，中间的水冒着泡向上蹿，周边的泡跟中间的水泡附和着，绿豆满锅翻滚。煮稀饭也是个技术活，绿豆熬多长时间下米是有火候的，要在绿豆皮稍微泛黄，绿豆粒变胖，将小米下锅与绿豆一起熬。

　　吴修宽喊周炳续道："炳续，看该下米了吧。"

　　周炳续掀开锅拍，他用锅拍遮挡着脸和身体，锅里的热气腾地升起。"修宽，此时下米正当时。"

　　周炳续将几瓢小米下锅，用长把勺搅动几下，盖上锅拍。半支烟工夫，周炳续将锅盖拿起支在一边，他用长勺不间断地搅动着锅里的绿豆和小米，待绿豆、小米粘在一起，小米油在锅边形成，绿豆米就要开花，周炳续让吴修宽停火，将锅盖盖上大锅，余温将绿豆花彻底催开，一大锅喷香的绿豆米稀饭熬制完毕。用绿豆煮稀饭，不能将绿豆煮面煮黏煮不见。"黏稠一锅粥，里面要有豆"，那才叫好。

　　公丕柱又燊火烧着另一口大锅炖豆腐，待锅烧热，赵存壮向锅里添加六勺豆油，待油放出油烟，他将一勺花椒抛向热油中，麻利地用笊篱将炸出香味的花椒捞出，将两勺干辣椒放入油中，用长勺翻炒几下，将葱花撒入油中，待葱花散出香气，赵存壮往锅里添了几瓢水。赵存壮说："丕柱叔，加大火力吧。"公丕柱将柴火捅进灶内，待锅内的油水沸腾，赵存壮将切好的豆腐慢慢倒入锅内，又加了几瓢水没过豆腐，加上盐，盖上锅盖炖起来。待豆腐成形，赵存壮用长勺将豆腐慢慢搅动掺和，红红的辣椒油和葱花漂浮上来，散发着诱人的香气。赵存壮用长勺盛了点菜汁，品尝了一下，他又抓了点盐撒进锅里，然后将勺子用水冲了冲。

　　赵存壮扭动下脖子，那长长的头颅随着转了下，骄傲地问公丕柱："丕柱叔，味道怎样？"

　　公丕柱早已闻到喷香的豆腐味，答道："存壮，太香了，还是大厨，豆腐炖得都跟别人不一样。"赵存壮说："大锅菜做好了也不赖，哈哈。"他接着说，"丕柱叔，千滚子豆腐万滚子鱼，你小火慢炖。"

　　熬好绿豆米稀饭，炖好喷香的辣豆腐，周炳续一干四人将软和的地瓜干煎饼整齐码好，用包袱紧紧包裹起来，把稀饭盛入四个水桶，把豆腐盛入两个水桶中，把水桶口用包袱皮盖住扎紧。周炳续把两个较大的盛满稀饭的水桶提到自己跟前，吴修宽把另两桶稀饭提到自己跟前。

周炳续说："丕柱，你挑豆腐吧，这个轻点。"

赵存壮将碗、筷、勺子放进条筐，招呼公丕柱说："丕柱叔，帮我把这个抬到车子上去。"

赵存壮要用现代化工具"胶轮独轮架子车"运送餐具和煎饼。架子车左侧放着盛着碗、筷、勺子的条筐，右侧放着几包袱煎饼，煎饼一侧偏轻，赵存壮索性放了一块石头衬出平衡。

第18章

太阳偏斜，负责后勤保障的周炳续等四人挑着稀饭、豆腐，推着碗、筷、煎饼沿着弯曲的小道向西南岭十三亩地奔去。挑担子的迈着稳健的步子，将扁担的颤幅降到最小，推车子的不断拧着腔，扭着腰，调整着车头，躲闪着石头，因为他们运送的是珍贵的饭菜。

看着推车挑担来到地头的周炳续、公丕柱、吴修宽、赵存壮，生产队队长侯文美和副队长赵广敬吆喝着众人："大家伙停下手里的活儿，吃饭吧，趁热。"大家停下手里的活儿，放下工具，搓着手向地头的周炳续等围拢过来。

侯文美专门对着迪思科老师喊道："迪老师，吃饭了。"迪老师一边答应"好的"，一边搓着被地瓜胶染的青黑有些发木的双手随着众人向地头走去。

赵凌云快速跑向迪老师问道："老师，您累得怎么样？"迪老师笑着说"还好"。问赵凌云："地瓜分得怎么样？"赵凌云说："老师，太有意思了，看着大家都很满意。"

社员们闻着喷香的绿豆米稀饭和散发着葱香的辣豆腐，肚子不听使唤地咕咕叫，忍无可忍地扭一下头，重重地咽一下口水，唯恐别人看见。但他们谦让着"你先来""你先来"，庄户人讲究"冻死迎风站，饿死打嗝喽"，大家一起吃饭，绝不能让人评价或说三道四，"跟没吃过东西的一样，吃饭没人样"。

侯文美带头盛了碗稀饭背着风站着嘘嘘地喝起来。接下来，有的先盛菜，有的先盛饭。党西清把煎饼抡开，把豆腐往里一摊卷起来，热乎的、软乎的、香喷的，嘴不自觉地张到最大限度，一口下去，煎饼近三分之一没了。迪老师盛了一碗绿豆米稀饭，一碗豆腐，取了一个地瓜干煎饼。他先喝了一碗稀饭，他不停息地干了一上午活儿，确实有点渴了，他也很讲究养生，"吃饭先喝汤，不用医生开药方"。也许他不经意，但习惯成自然。

赵凌云缩在最后面，待他取一个碗，他后面已经没有人了，碗也是最后的。党金武急忙过去，给赵凌云盛了满满一碗豆腐，虽然到了最后，桶里还有不少。党金武暖暖地看着赵凌云说："凌云，多吃点，长身体呢。"

党西清、党金武看着不远处堆着的又大又红的地瓜，地瓜堆上面露着用地瓜胶粘着的党西清名字的纸条，他爷俩心里有说不出的高兴，这可是赵凌云的贵手神指从众多的纸蛋中捞出的。

一阵狼吞虎咽，一阵细嚼慢咽，四桶绿豆米稀饭，两桶辣豆腐，三大包袱煎饼全被彻底干净地消灭。赵广敬等烟民们坐在地上，拿出烟纸卷根香烟，吧嗒吧嗒地地抽着，天空碧蓝，阳光普照，深吸一口，用力呼出，烟绕着脸，盘着头向四周散去，那种荡气回肠的愉悦，从头顶到脚跟打开经脉，把累和乏驱赶得无踪无影。

三瞎子赵广清坐在一块石头上，抽完一根烟。他沉思片刻站起身来，很自然地用右手摸了摸别在左胸口布袋上的钢笔帽。他抬高声音喊："兄弟爷们。"

大家被他冷不丁的喊声吸引过来，大家看看赵广清又出什么幺蛾子，口吐什么莲花。赵广清说："大家光知道刨地瓜、吃地瓜，你们知道地瓜怎么来的吗？"大家还真被他问住了。

生产队长侯文美说："地里长的呗，能是哪来的？"大家还真想听听地瓜是怎么来的。

赵广清说："侯队长说是地里长的，那就是地里长的，我不说了。"

大家起哄喊道："你不知道是怎么来的，还吆喝大家听，还以为你有两下子呢。"侯文美说："广清，我听说，咱村从祖上都种地瓜呀。"赵广清说："大家仔细听我慢慢道来。"赵存壮小声说："看你个瞎子，尽充头长的。"说着，他扬起右手摸了摸自己的头，心想："再长有我的长吗？"

迪老师倒是很认真地等待赵广清讲故事。

赵广清又摸了摸口袋上的钢笔帽，闭着那睁不开的眼深沉地说："地瓜也叫番薯、山芋、红薯。最早种植于美洲中部墨大哥，不，不，叫墨小哥，不，不，叫墨西哥，哥伦比亚一带，由西班牙人携至菲律宾一些国家栽种。这些国家离我们很远，据说得坐船，也得走个把俩月的。番薯最早传进中国在明朝后期的万历年间，比我们村刚建村的时间晚一些。"赵广敬说："老三，你还行唉，真像是个文化人，这个事你听谁说的？"赵广清说："不好意思，我是关公面前舞大刀，我都是听迪老师讲的。"众人"啊"地惊叹一声。

原来赵广清讲的还是真的，以为他胡诌呢。这下，也不得不佩服赵广清惊人的记忆力，听迪老师讲过，竟然把外国的名字都能记住。

赵广清说："地瓜这个事要搞清楚，不搞清楚，那叫数恩忘典，下面，我提议，让迪老师跟大家讲讲吧。"

迪思科老师听着赵广清讲非常敬佩，赵广清是有能力有觉悟的，给大家讲讲地瓜的故事也非常有必要，让大家知道地瓜来得不容易，祖先为了后代，为了中华民族的繁衍生息，担当大义，后人应知道并铭记。

迪老师搓了搓手，站起来说："社员同志们，老少兄弟爷们，大家刚吃完饭，急着上工也不好。趁着这点空儿，我接着赵广清先生的话，给大家讲讲地瓜的故事，就当大家休息一会儿。"赵广清听迪老师叫自己先生，心里一惊又是满心欢喜和激动。他听迪老师要开讲，两只耳朵竖得像个受惊的兔子。

迪老师说："地瓜是个好东西，是救命的粮食，因为它产量高，适应性强，大家想一想，是不是因为地瓜，我们才不挨饿。"

大家都面对着迪老师静静地听着，心里想，迪老师说得对，没有地瓜，日子一天都难过。

迪老师接着说："我们国家是历史上农业国，我们的老祖宗不断探索总结农业种植的技术经验，不断发现粮食种子，培育推广。由于受自然条件和技术的限制，产量很低，看天吃饭，亩产几十斤，上百斤，好的二百多斤。在长期的封建社会，半封建半殖民地社会，土地被少数人占有，绝大多数人靠为地主扛活，或租种地主的田地生活，一滴血，一滴汗，面朝土地背朝天，一年下来，地里的收成，交租交息后，所剩无几，我们贫下中农都过着食不果腹、衣不蔽体的生活。"

这时有几个女社员，还有几个男社员擦擦眼角流出的泪。

赵广清听得很认真。他的脑子像复印机一样，下步他的嘴将成为传播机，将迪老师讲的故事复述给其他人。

迪老师说："我说得有点远，但确实是这样的，一会儿咱再讲共产党领导我们翻身解放有地种。我先讲讲地瓜的来历。地瓜传入中国有两条线，一条是从广东，一条是从福建。据传，番薯，也就是地瓜，在明代时期引入中国，中国引进地瓜第一人是陈益。史料记载，陈益是广东东莞虎门北栅人，明万历八年（1580），他身着布衣，肩搭包裹，搭乘友人的商船从虎门出发前往安南，也就是现在的越南。越南的一个酋长，相当于我们的村长、族长，接待他，给他上了蒸煮的地瓜，他吃着又香又甜，很好吃。他又了解到这个东西很高产，一亩地产好几百斤。陈益不是一个自个儿吃饱全家不饿的人，这个男人有责任、有爱心，就像咱们生产队的社员，遇到好吃的，像夏天逮个蛐子、蚂蚱，自己不舍得吃，也得拿回家让老婆孩子吃。"大家哈哈大笑。

迪老师说："陈家人从老祖起，都是好人。"

这时，几个姓陈的社员，还有少先队里的陈三香都不自觉地向前伸伸头，挪动一下身子。

人啊！都想有一个英名盖世、威名远播的祖先！这可是最大的炫耀资本，张嘴就说："我的祖上，那可是……"草根出身的和尚皇帝朱元璋，就想硬扯南宋理学家朱熹作为先祖，李渊拉上老子李耳作为先祖，张献忠为做名门之后，硬说张飞是自己的先祖。一代枭雄如此，何况百姓呢？

迪老师笑了笑，接着讲："陈益吃着地瓜，听着地瓜高产，就想到家乡因粮食产量不高，连年歉收，吃不饱，就想把这种东西引种到家乡，既让家乡人吃上稀罕物，又能让大家填饱肚子，避免饿死。想带走引种。那可不行，越南人是不愿意的。陈益就以钱物疏通，在他人的帮助下，得到了薯种，于万历十年（1582）偷带回国，在家乡置办30亩地逐年试种成功。"

大家听得津津有味。赵广清听着迪老师讲故事的语调，比听大鼓还过瘾，特别是那声"赵广清先生"，他醉了，把他划到先生文人的圈子，这是他最高梦想。

大家喊道："迪老师再接着讲，我们还想听。"

迪老师说："还有一道线引种地瓜，那就是从福建引过来的。也是明朝时期，有个国家叫吕宋，也就是刚小赵广清先生讲的菲律宾，这个国家在海洋中的一个岛上，离我国南方不远，距我们这个地方可不近。多年在吕宋做生意的福建长乐人陈振龙和他的儿子陈经纶，见当地种植一种叫甘薯的块根作物。块根大如拳，皮色朱红，心脆多汁，生熟皆可食，产量又高，广种耐瘠。这几句话大家也可能听不太明白，就是描写地瓜的样子、颜色、味道，这个大家都不生疏，满地都是，大家天天吃。关键是'广种耐瘠'这句话，就是说在人家那个地方种得很多，地瓜对土地不挑，山岭薄地都抗得住。"

迪老师接着说，"想到家乡福建山多田少，土地贫瘠，粮食不足，陈振龙决心把甘薯引进中国。1593年，菲律宾处于西班牙殖民统治之下，视甘薯为奇货，禁止出境。"听到陈振龙这个名字，姓陈的社员又向迪老师跟前靠了一下，仔细地听，唯恐让风刮跑一句话。

迪老师咳嗽了一下，接着说，"陈振龙经过精心谋划，把一段段地瓜秧缠在吸水的绳子上，在绳子上抹上污泥，在1593年初夏，东躲西藏，巧妙躲过殖民者关卡的检查，才乘船渡海，在海上走了七天七夜，于农历五月下旬回到福建厦门。福建厦门有个鼓浪屿，美着呢，以后，生活条件好了，咱都过去看看。"

大家笑着说："得去，迪老师说的，咱信。"

迪老师顿了顿说："还有一段，大家还想听吗？可别耽误干活儿。"

侯文美说："今天可长见识了，光知地瓜好，不知地瓜来得这么难，迪老师接着讲，磨镰不耽误割麦，你讲完，大家干活儿更有劲了，接着讲。"

迪老师说："番薯也就是地瓜，传入中国后就显示出它的适应性强，无地不能种，产量特别高，一亩数十石，胜谷二十倍。加之润泽可食，或煮或磨成粉，生食如葛，熟食如蜜，味似荸荠，故能很快向内地传播。17世纪初，江南水患严重，五谷不收，饥民遍地，讨荒的、要饭的、饿死的，到处都是。这个时候，有一个科学家也是官员，他就是上海徐家汇的徐光启把地瓜从福建引种到上海，随之向江苏传播。"

听到徐光启的名字，姓徐的社员麻利地猫着腰向迪老师靠近，跟姓陈的平起平坐。那些姓陈的想着，姓徐的祖宗也挺厉害。

迪老师接着说，"陈振龙的五世孙陈川桂，在康熙初年将番薯引种到浙江，他的儿子陈世元带着几位晚辈远赴河南、河北、山东等地广泛宣传，劝种番薯。据史书记载，陈世元在山东胶州古镇传授技术时，亲自整地育秧。剪蔓扦插，到秋天收获，得薯尤多。清乾隆年间成为四大粮食作物之一。这四大粮食作物就是地瓜、稻米、麦子、玉米。"

徐光启在《农政全书·甘薯疏》中写道："甘薯所在，居民便有半年之粮。"

最后，迪老师深情地说："我们要永远铭记，世世辈辈感谢为了我们民族香火不断、繁衍生息，不怕困难担当道义的祖先，他们是民族英雄。我们要有集体主义精神，干活要诚实，真出力，让庄稼地大块小块一个样，地边地心一个样，高岗洼地一个样，远的近的一个样，都能产出整齐划一的真个好庄稼。大家说是不是？"

大家听了迪老师讲的故事和心里话，都说："迪老师是大学问家，上知天文，下知地理，远知古代，近知当下。"

侯文美问赵广敬："广敬，你说迪老师的脑子得有多大呀，他知道的真多。他这个人人品真好，你听他最后说的话，都是对咱们村好的。"

赵广敬说："那可不是，人家迪老师看出来了，本来地中间的地瓜应该好，一样的庄稼地，长出不一样的地瓜。咱当队干部有责任，咱光带着干，咱不会教育社员，迪老师替咱教育了，迪老师是咱村的恩人，是个实实在在的大好人。"

赵广清点捻子，迪老师给社员上了一堂生动的科普课和思想课。赵凌云比队里的社员幸运，他虽年幼，但能天天听迪老师讲课，赵广清认识迪老师更是三生有幸。一个好老师就是一盏明灯。

社员们吃了一肚子饭，又被迪老师灌了一肚子故事，劲儿头显然更足。太阳还有两杆子高，十三亩地，除留作地瓜种的那一片，剩下的全部刨完分完。队长侯文美吆喝大家收工，趁早各自擦切自家的地瓜，同时安排公丕柱晚上看护大家的地瓜干和留作当种的地瓜。赵凌云手拎的提包已变空，他把提包交给陈宝祥。迪老师跟大家打招呼告辞回学校处理公务。

第 19 章

赵凌云正转身向地中间别着赵广厚名字的地瓜堆走，突然地头上传来厚重磁性的喊声："凌云，咱家的地瓜在哪里呢？"赵凌云一看是父亲回来了，喊道："爹，您回来了。"赵凌云眼里像蒙进了沙子，充盈着泪水，激动、想念、稍微的胆怯和委屈交织在心里。

赵广厚跟社员亲邻寒暄着，握着手，散发着他特意买的"大前门"香烟。

侯文美问："广厚你今天歇班还是专门请假来的？"赵广厚说："文美哥，我歇班，又给工友倒换了两个班，下了班就往回赶，也没赶上头晌跟大家一起干活儿，活儿都让大家干了，有点对不住大家。"侯文美说："哪里话，你吃公家饭，当不了时间的家。今天，咱队里老少兄弟爷们、姊妹娘们全体出动，很好，凌云抓的阄，迪老师推荐的他，今天还能给他记点工分。"赵广厚哈哈大笑："这孩子干这个活儿倒行，工分就不要记了。"

赵广厚对凌云是相信和认可的，赵广厚跟侯文美说："文美哥，你给兄弟爷们说，到矿上推炭就到我那里住，我管饭。"

侯文美说："这些年，你可没少帮大家的忙。"

打过招呼，赵广厚用宽厚有力的大手牵着赵凌云的手向地中间走去。

赵凌云悄悄地对赵广厚说："爹，可弄好了，今天我抓阄，给咱家抓的最孬。"赵广厚也小声地问："怎么孬？"

赵凌云说："那一片地瓜长得不好，太小了，虽然分地瓜时，大家到远处拾了些大的，掺乎一下，还是比别人家，特别是比地的四周边的小多了。"赵广厚安慰似的说："不孬，不孬，有地瓜分就很好，我在外面工作，家里没有劳力，应知足感恩。"赵凌云说："我想也是，如果我们家的要分的最好，人家以为我走后门呢。"赵广厚说："你说得对，凌云就是聪明厚道。"

来到地瓜堆旁，赵凌云恭敬地把写着赵广厚名字的纸条收起放进衣服口袋里。见娘和哥哥赵凌志不高兴。赵凌峰倒是很开心，他自豪地说："咱家的地瓜最好，都带着长长的尾巴。"他边说，边拿起一个长根拖着的小地瓜用胳膊甩着转着。

赵凌志说："你看凌云干的好事，咱家的地瓜第一孬，这个什么时候能擦切完，你干的第一个事就大义灭亲。"

娘虽不高兴，但听凌志说凌云，就不愿意了："你这是怎么说的话，咱不摊这份，总有人摊，别人摊到，还不知怎么想呢。你丕柱叔摊上好的应该，他娘俩可怜，你大奶奶又不能干活，你丕柱叔擦切完，一个人摆开晾晒，不知要干到什么时候。他还要看夜坡。人家党西清劳力多，给队里干活多，人家摊好的也应该。"赵广厚说："凡事要替大家想，凌云这样做，当然他也不当家，结果巧了，或者说叫天意，大家都高兴，这不叫大义灭亲，这叫大公无私，大爱无疆。"

赵凌云见爹娘都替自己说话，感到自己的想法更对了。赵凌云说："我今天抓的阄，全队社员都满意。"

赵广厚竖起擦板，娴熟麻利地擦起来，不一会儿擦板底下就堆起一摞厚薄均匀的的瓜干，凌云娘用筐子把择掉地瓜把和根的地瓜不断地运到赵广厚跟前。赵凌志、赵凌峰将地瓜干撒开，将重叠的捡拾摆开。

赵凌云操起另一个擦板擦切起来。他擦切得很慢，像用心总结着什么。他拿着一块地瓜，用手指和手掌同时按住上下擦切，随着地瓜变薄，他的手指逐渐伸直、抬起，完全用手掌按住地瓜擦切。

赵广厚看着凌云，心里想："这家伙敢擦切地瓜，还有模有样，干吗都用心，有天性。"

赵广厚鼓励凌云说："凌云擦得不错，注意，千万不要擦了手。"

赵凌云说："爹，我总结着，一定把地瓜用力按住，不能让它滚动，手指什么时候抬，什么时候伸，也有讲究。"

凌云娘说："好好练，学手里都是活儿，不缺饭吃。"

赵凌志是不敢接近擦板的，他前两年想学擦地瓜，不小心擦了手指，到现在手指肚的花纹还没长好。一朝被蛇咬，十年怕井绳。他的勇气和耐力远比不上赵凌云。

党西清安排党金武的娘领着二小子党金文和其他几个孩子擦地瓜，他放下自己家的活儿，带着党金武径直走向公丕柱家的地瓜堆。党西清说："丕柱，我和金武先帮着把你家的地瓜擦了，你早回家吃点饭，晚上还得来看坡（守护社员的地瓜干和地瓜种）。"

公丕柱很感动，说："西清哥，不用麻烦您，我的少，地瓜也大，天不黑，我就弄完了，你家的多，也别摸黑。"

党西清蹲下，麻利地把地瓜上下的把和根择掉。党金武竖起擦板，拿起择好的地瓜在擦板上快速滑动，几十秒的工夫，一块地瓜就变成一摞地瓜干，党金武的手指在擦板上抬伸自如，像钢琴大师弹奏钢琴一般。这家伙干活儿确实有两把刷子。党西清快速地择着地瓜，党金武快速地擦着。不停地腾挪着位置，一堆一堆的散发着莘莘香的地瓜干一字儿摆开。公丕柱捧起地瓜干撒着、摊着、匀着，一片雪白的像一张人席的地瓜干晾晒场铺展着。几根烟工夫，公丕柱家的地瓜就擦切晾晒完毕。公丕柱不胜感激，党西清向公丕柱摆了摆手，一切尽在不言中。

党西清、党金武爷俩回到自己的地瓜干堆，他们的地瓜已擦切三分之一。不能不说，在人民公社和生产队这个集体里，党西清家干活出力还是数一数二的。党西清、党金武加入就如虎添翼，一阵快马加鞭地忙碌，党西清家的地瓜擦切殆尽。

党西清招呼党金武说:"金武,咱赶快再帮你广厚叔家擦地瓜,不然,他们家真要摸黑了。"党金武说:"行,爹。"

他们爷俩拿着擦板沿途笑着跟邻里们打着招呼"快干完了吧",众人答应"马上干完收工。西清,今天分地瓜,你家可是独一份的好,多劳多得,多劳得好"。党西清笑得合不拢嘴,脸也有点红。

党西清爷俩走到地的中间,赵广厚急忙站起,掏出"大前门"香烟说:"西清,你干吗呢,你家忙活完了?"他边说边掏出两根烟,一根递给党西清,一根递给党金武。

党西清说:"广厚,今天你来得可是时候,刚开始刨地瓜,你就赶回来,看样你是算好的。"

赵广厚说:"咱这里全靠这季地瓜,我能不算好时间吗,不过也没算到今天刨十三亩地的地瓜,纯属巧合。"

赵广厚擦一根火柴,先给党西清点烟,党西清用手遮挡着火柴的火苗,弯着腰,把嘴唇含着的烟对着火苗"吧"地使劲抽一口,香烟点着,他用左手顺势夹着香烟。赵广厚接着点着自己的香烟,他没给党金武点烟。想水村的习俗,长辈不给晚辈点烟,同辈的兄长不给弟弟点烟,一根火柴不能给三个人点烟,那叫"散伙,不吉利"。后来也有兄长给弟弟点烟的,那叫"大敬小,越敬越好"。

赵广厚将火柴扔给党金武,说:"金武,抽吧,这是好烟。"党金武拿着烟横着看一遍,竖着看一遍,把香烟放在鼻子上闻了两下,擦了一根火柴点着抽了一口,陶醉般连鼻子加嘴三孔喷出一股清淡的浅灰色烟雾。

党金武说:"广厚叔,这烟真好抽,不呛人。"赵广厚笑了笑表示认同。党西清说:"广厚,我和金武过来帮你家擦地瓜,恐怕你们摸黑,你这个大工人干活儿还是比不上我们这些庄户把子。"赵广厚说:"西清,我虽然出去干工多年,庄稼活儿我真还没丢,我一干农活儿就浑身是劲,虽然比不上你,我还干得来。"

赵广厚和党西清是儿时的玩伴,感情甚笃,就像赵凌云和赵广仁、徐星的关系。

凌云娘说:"西清哥,您累了一天了,金武也赶缠一天,你们早回家喝汤歇歇吧,他爹来了,我们摸不了大黑。"党西清说:"他婶子,你怎么还跟我家客气呢。"党西清说:"广厚咱先干活儿吧。"说着,他竖起擦板。噌噌噌噌地快速擦着,地瓜小,噌噌几下,一个地瓜被切成片。党金武把烟头一扔,喊凌云道:

"凌云，把你的擦板拿来，看你哥的。"

党金武一个胳肢夹一个擦板。两手并进，这哪里是擦地瓜，这简直就是奇人绝技表演，赵凌志和赵凌云都看傻了。赵广厚对党西清说："金武可是个好苗子，要在矿上，他肯定是个技术能手。"

太阳落山，天渐渐笼黑了。赵广厚家的地瓜在党西清爷俩的增援下，赶在天黑前全部擦切晾晒完毕。凌云娘满心欢喜，不停地夸着金武，感谢着党西清。赵广厚和党西清拉了两扑地瓜秧垫着坐下，党金武也凑过来。凌云娘和凌志、凌云、凌峰收拾着工具准备回家。

赵广厚掏出"大前门"香烟给党西清递上，自己拿一根叼在嘴里，剩下的连烟盒全部给了党金武，说："金武，这盒烟剩得不多了，全给你，犒劳犒劳你。"

党金武接过香烟，他把赵广厚手中的火柴要过来。他拿出两根火柴，在火柴盒边擦一下。他两手捧着点着的火柴棒，弯着腰屈躬地先给赵广厚点上，赵广厚用手轻轻拍一下他的手，表示感谢。又给他爹党西清点上，最后点着自己嘴上的香烟。

党金武同时擦着两根火柴，点三个人的烟，就规避了"散伙（三火）不吉利"的说法，不能不说党金武聪明，也不知他在哪儿学的，孺子可教也。

党西清抽着烟说："广厚，咱这个庄村可不孬，地宽，土质也好，就是缺水，赶明儿，要是把水解决了，旱能浇、涝能排，种麦种棒子都是好样的。以前吧，地都被地主霸占着，咱没有地种。后来，有地种了，有些人家劳力不足。后来入了社，大家有干劲，还是集体力量大，老少爷们一起出工，干活儿。收成好了，大家都高兴。收成不好，互相照应，日子也算过得去。一个村就像一家人似的。入社一久，有的干活多，有的干活少，分东西平均为主。有时也想，干多干少一个样，干和不干一个样，干好干孬一个样，就不想多出力，有偷懒耍奸的意思。我琢磨还是咱社员心眼小、觉悟低。今天，迪老师一讲，我听着真是个理。就说这一块地，不能光干面了上的活儿。无论大块还是小块，无论高处还是低处，无论地边还是地心，无论远处还是近处，都要一样干，都要种出一个一样的好庄稼。这些话句句在理。入了社就得以集体为主，不能光算计自己的小九九，这个事还真是个事。"

党金武吧嗒吧嗒抽着"大前门"若有沉思地说："广厚叔，一个村名声好，那才叫好，村里的社员过得好，村里的庄稼长得好，村里的公粮交得多，远近闻名。村里不好，你说，俺哪个哪个姓好，哪家哪家好，能好哪里去。"

赵广厚听党西清、党金武父子俩的谈话有觉悟，也很受启发。说："过去，咱这些穷人给地主扛长工、打短工，租种地主的地，一年到头，汗珠子摔八瓣，吃不上饭，穿不上衣，地主老财家吃香喝辣。朱门酒肉臭，路有冻死骨。工人给资本家干活，资本家吃香喝辣，孩子都送到大城市上学，穷人几辈子都不识字，穷得叮当响。毛主席、共产党领导穷人翻身闹革命，推翻封建主义、帝国主义、官僚资本主义三座大山，推翻人吃人的旧社会，成立新中国，走上社会主义道路。共产党处处为咱群众着想，孩子们有学上，你看迪老师教得多好！合作医疗赤脚医生，防治传染病。干部的孩子，都上山下乡接受贫下中农再教育，我那个矿附近的村就住着从上海来的知识青年，矿上的医院的大专家一大部分都来自上海。干部和群众心连心，同甘共苦。我们矿每个星期都要抽出两个半天和两个晚上学习，只有学习才能接受教育，提高觉悟。"

党西清说："广厚，你在矿上工作，提高真快呀，讲起形势来，不次于迪老师，我们这些社员是有点落后呀。"赵广厚说："西清，你等着看，等不了多少年，咱这个村一定成为富裕、漂亮的花园似的村。"

党西清说："广厚，你家凌云这孩子着实令人喜欢，今天抓阄抓得不孬。"赵广厚说："你高兴，社员们高兴就好。西清，晚上到我家拉拉呱喝杯酒吧，你的酒量还行。"

党西清说："不了，现在农忙，明天一早还要出工，等收拾完了，咱兄弟俩再喝。我的酒量不大，喝白干酒也就是半斤。哎，广厚，你说那个冰雪露甜酒劲怎这么大呢！我沾着就头晕。也可能咱这些直性子的人只合适喝冲点的白酒？直来直去。"

赵广厚和党西清、党金武啦得热火朝天，天黑了。赵广厚与党西清、党金武告辞回家。

赵广厚沿着疙疙瘩瘩弯弯曲曲的小路回到村里，来到家门口，看到离家不远的村供销社代销点的灯亮了。不少人出出进进，有打酱油的，有打醋的，有买火柴的，有打煤油的。

赵广厚看到一位穿着长衫留着胡须的老人从供销合作社代销点出来，用手紧紧地捂着嘴，这不是刘四先生吗？赵广厚急忙过去和刘四先生打招呼："四叔，您喝汤了吗？"刘四先生用另一只手摆了摆，没有说话，径直向自己家走去。赵广厚忍不住笑出了声。

原来，刘四先生在代销点要了一撇子二两酒，一气下去，怕跑味，用手捂住，哪里还能与赵广厚打招呼？回到家，赵广厚拿出两块钱，让赵凌志到代销点买了一瓶白干酒送到后院邻居刘四先生家。刘四先生也是村里的文人，当过私塾先生。

第 20 章

冬带着宁静，挟着清洁，在西北风的推送下急促赶来，她安抚着人们甩去光膀子、袒胸露脯的野蛮，穿上各种各样的衣服，一层又一层。内敛着含蓄和文明，她将用她独有的力量和画笔描绘一幅没有任何多彩点缀的壮丽图画。

想水村的树木褪去了一切颜色，片叶不留，安静地站在那里，像站着打盹的老人。大坑边上的两棵古杨树躯干挺拔，树枝虬劲有力，向上展着，黑色衬托着质朴古老沧桑，风吹却岿然不动，沉着安定。麻雀一群一群，时而落地时而齐飞，叫着在树枝间穿插跳跃，喜鹊站在树枝上扭着头，勾勒出一幅"喜上眉梢"图。

想水村每条街道无比干净，每个院落格外整洁"各扫门前雪"的古训深深影响着一辈又一辈，谁家门前的街脏乱，那叫不讲究。"黎明即起，洒扫庭除，要内外整洁"，这也不单是朱家的家训，已成为乡邻共同接受和传承的家风。讲究卫生、减少疾病的号召深入人心。

谷秸秆草、秫秸、花生秧、地瓜秧整齐有序地垛在一角。垛秸秆、垛秧子、垛麦瓤，男女都有一套，一扑扑、一抱抱、一锨锨，横着、竖着、交叉着垛成圆形或方形，上面压上石头，再横竖摆上几根木棒，覆上草苫或塑料布，任凭风雨来临，安然无恙。院内晾衣绳上挂着晾晒的萝卜缨、辣菜缨、胡萝卜缨。不时传来的狗叫、鹅叫、鸭叫传递着乡邻互相串门走动的讯息。

空气中弥漫着柴火香、油香、饭香，这是乡下独有的百闻不厌、想之念之的味道。乡邻们三五个或八九个靠着墙根蹲着、坐着、斜躺着接受着阳光照晒，谈着、笑着、畅想着，"现在怎么怎么样""赶明儿怎么怎么样"。

曾国藩说："物来顺应，未来不迎，当事不杂，既过不恋。"这只是文人的说辞。老百姓就喜欢想过去，陈芝麻烂谷子，谈现在，想未来，这样心欢喜，有奔头。

狗儿趴在主人的身旁，一会儿把头埋在地上睡会儿，一会儿扬起头甩甩耳朵，这些忠诚的精灵难得和主人在一起享受闲歇的惬意。

学校里书声琅琅，这个声音充满着朝气，充满着希望，是想水村最悦耳动听的声音。

饭时一到，街头上聚着吃饭的乡邻。他们一手端着盛满汤的大白碗、大黑碗，一手抓着卷好的菜的大煎饼，嘴里衔着筷子，找个石台，交换着味道，津津有味地吃着。

刘明跃跟杜印花的丈夫吴老二开玩笑说："老二，你端着的碗怎么漏了？"吴老二信以为真："啊，漏了！没漏呀。"刘明跃进一步激将："你翻过来看看漏了吗？"吴老二这时转过想来说："明跃，差点儿被你绕了。"众人大笑。刘明跃说："老二，我不是绕你，我想让你把地瓜干汤倒了，到我家里盛碗咸糊涂汤尝尝。"吴老二说："明跃，我喝完去盛。"

冬藏，冬闲，冬养，冬乐，难得的好时光。

北方冬天的夜有点长，人们的眼皮也有点长，往往睁开眼，太阳已经杆子把高了。

这天，想水村的人们都起得比以往早得多，村赤脚医生张维民一夜没睡，他和公社卫生院的医生、护士、专家以及大队干部彻夜未眠，忙活了一整夜，他们抢救重病患者赵广仁。

赵广仁半夜突然呕吐不止，发热、头痛，皮肤有瘀点。医生断定，赵广仁患了传染性极强的流行性脑脊髓膜炎。赵广仁经抢救无效死亡，时年 12 岁。赵广仁家老少哭得死去活来。听到哭声，邻居们纷纷赶来，被医生阻止，怕传染。医护人员和赵存祥等村干部找来石灰，又烧制了大量的草木灰，撒在赵广仁家的院落内外及附近路口，又喷洒来苏水消杀阻断疫情传播。

疫情逐级上报，山崮县也派来了医疗专家，对该病确诊认定，分析研判并制定预防措施。上级送来流脑疫苗（A 群疫苗），给想水村村民，特别是幼童和青少年注射无一缺漏。村支书刘宗宽和大队长赵存祥代表全村老少爷们对党和政府、对参与抢救工作的医护人员表示衷心感谢，对赵广仁家极力安抚。赵存祥对赵广仁父母说："大老爷、大奶奶，你们节哀，疫情猛如虎，广仁叔少亡，实属不幸。下步有什么困难，你们尽管给大队说，你们一定保重身体。"

赵广仁的父母接连向大夫、护士作揖致谢。遵照防疫专家和公社卫生院大夫、护士的安排，大队按防疫要求和规程处理了赵广仁的后事。

赵广仁的死太突然了，这是想水村多少年来没有发生过的传染病致死事件。

张维民给村干部和部分群众讲解了流脑疾病的知识。张维民介绍："流脑是简称，就像人的小名。流脑全称，也就是它的学名叫流行性脑脊髓膜炎。在我国，1938年、1949年、1959年、1967年多次大流行，这个病很厉害，是中国历史上杀伤力最大的传染病。多发于冬春两季，主要是5岁以下儿童，尤其是2—6个月的婴幼儿发病率最高，也有青少年。这个病常在冬春季流行，它是经呼吸道传播所致的一种化脓性脑膜炎。现在的预防主要是注射疫苗。我国1974年已研制出了A群疫苗，可以有效保护86%—92%的人群。"听后，大家倒吸一口凉气。

赵凌云听到赵广仁去世，如晴天霹雳。他想去赵广仁家看看，被制止，他哇哇地大哭。赵凌云猛然间失去了最好的伙伴，对他幼小心灵的打击还是很重的。赵凌云一天没怎么吃饭。娘劝他不要老是哭，也提醒他和哥哥凌志、弟弟凌峰按大队的要求打疫苗，别出门。

赵凌云是个重情义的人，他满脑子都是和赵广仁一块拾麦、割草、烧锅、玩耍、学习的场景画面，赵广仁的音容笑貌不断出现在眼前。他想着、哭着。他从书包里拿出作业本写下了《我的同学二叔赵广仁》一文。

赵凌云在文章里写道：

今天是个苦日子，悲苦悲苦！悲苦得心疼、头疼，我的二叔、我的同学、我的好朋友赵广仁死了。他被该死的流脑致死了。我恨流脑，我更心疼赵广仁二叔，想念赵广仁二叔。

赵广仁二叔勤快，他帮我割草、拾麦、烧锅，帮我做我干不了和不会干的活儿。赵广仁二叔心眼好，他总是把我们小伙伴照顾得细致周到。赵广仁二叔爱学习，不会就问，从不怕被人笑话。他热爱集体，是我村的好社员，是我班和我校的好学生。

我爱二叔！我想念二叔！二叔，今后我和徐星、秦守实要把我们的学习和劳动情况向你诉说，把村里的变化向你诉说。你虽然死了，但你在想水村、在我们心里没有死，想水村永远有你的名字和一席之地。

赵广仁，我的同学，我的朋友，我的二叔，我们永远怀念你！

小小年纪的赵广仁的死不仅是赵广仁家的悲伤，也是想水村全村人的悲伤。赵广仁染疫成为防疫哨卡，吹响了想水村防治流脑的哨子。由于及时宣传流脑相关知识、防疫要领，注射刚研制出的疫苗，让想水村安稳躲过了后来的 1977 年的流脑暴发。

第 21 章

当想水村社员尽情享受着冬日阳光和闲暇舒适的美好日子，巴布着过年的时候，大队长赵存祥日夜苦思冥想，布局着想水村的一切，现在和未来。

赵存祥想：想水村老祖宗在这里选址安家，近二十代人的辛勤创业，山、林、田有模有样，但望天吃饭特别是缺水的问题严重困扰着想水村的生产、生活和发展。大量的荒山未得到利用，山地薄岭甚至成块的大一点的地块水土流失，漏肥、漏水，离毛主席提出的"土、肥、水、种、密、保、管、工"和旱能浇、涝能排的目标还有很大差距。玉米、小麦的大面积种植还不具备条件。怎么办？怎么办？单靠本村集体力量一时难以奏效。

尚岩水库的建设和西乡的农田水利大会战改变了自然，让大自然弃恶从善赋予人们无限美好。赵存祥的长辈和他本人不同时期分别参加了大会战，那火热的气氛和成效真是感人和激励着人。

赵存祥茅塞顿开，他要向上争取政策，能不能让公社和县里在想水村开展农田水利建设大会战呢？

赵存祥知道很难。这就要求得有理有据、有目标、有预期效果和未来展现。这需要调查，需要有规划，需要有精细预算。

难？干什么不难？知难而进还是知难而退？

赵存祥是一个敢想敢干的人，他最讨厌和看不起那些"晚上对灯千条路，白天照样卖豆腐"的人。说干就干，他要用一段时间对想水村的土地状况：包括位置、地形、地貌、地势、土质、现状、易发灾害情况；果树状况：种类、历史渊源、表现、病虫害状况、产量；山体和山石特征：15度坡状况，25度坡以上的土质状况、绿化状况、树种、乔木、冠木分布；整个想水村地界以内的整体状况：包括耕地面积、山沟数量状况及分布，主要山体以外可开采、易开采山石储量，储水的坑、淹子数量及夏季储水量，地质结构，漏水原因；等等，作深度翔实的调查。

历史上，徐霞客遍游遍访全国，根据记录观察到的各种现象、人文、地理、动植物等状况，撰写成了地理名著《徐霞客游记》。

"苟利国家生死以，岂因祸福避趋之"的禁烟民族英雄林则徐被昏庸无能的清政府发配到新疆后，对力所能及所能到达的地方的地理状况、人文、自然等作详细记录，对后人建设新疆留下宝贵的资料。

赵存祥要为向上级领导汇报作充分准备，要像古人一样遍游遍访想水村建设需要去的地方，山、水、林、田、湖和那里的人，做想水村前无古人，念天地之悠悠、独喜极而泪下的大事、好事。

晚上，赵存祥拿出珍藏的草绿帆布背包，背包翻盖上写着"为人民服务"五个红字，又找出军用绿色水壶和盛酒葫芦。

赵存祥的娘问："小祥，你这要上哪里出工，翻箱倒柜地准备。"赵存祥说："娘，我要对咱村周围看一看，测一测，调查调查，走不远。"娘说："我以为要出远门呢？"赵存祥说："娘，你给我炒瓶子咸菜，我带着，一整天要在外面，天黑才回来，多放点油好吃。"娘说："给你炒菜，油能少放？"赵存祥和娘都笑了。

存祥娘从咸菜缸里捞出一个拳头大的咸菜疙瘩，把刀在瓷缸沿上反正蹭了几下，在桌子上一刀一刀切成薄片，把薄片码好，咔咔咔咔，均匀地切成细丝，把咸菜丝放入水盆浸泡。她又把昨天刚买回腌上的猪肉切下一块肥瘦相间的部位，切成肉丝。接着又切了一小块姜，一个葱头，三个干椒，准备了五六颗花椒，一个八角。

她点着火将炒菜的铁制耳朵锅烧热，舀起似冻非冻的半勺乳黄色花生油放进锅里，花生油瞬间化着并冒起些许油烟。她将肉丝用刀端着放进锅里，用铲子翻炒，肉丝冒着烟，油水相碰不停发出炸响。肥白的肉丝变小且表面呈焦黄，瘦肉丝由红变褐直至深褐色，肉香浓郁起来。接着滴入几滴酱油，将干辣椒和葱、姜、八角放入翻炒几下。再将泡好的咸菜丝倒入翻炒片刻，倒入半勺水，待水汁浓厚与咸菜丝交融一体，即刻盛入菜盘。

不能不说，存祥娘做菜还是有两下子的，也表现出了一位伟大母亲对儿子的一片炽爱。

"慈母手中线，游子身上衣。临行密密缝，意恐迟迟归。谁言寸草心，报得三春晖。"赵存祥从八盆（盛煎饼的大泥陶盆）里拿出十个地瓜干煎饼叠好，用包袱皮子包住放入"为人民服务"的帆布挎包里，用罐头瓶将母亲炒好的咸菜盛入一半，另一半留给父母。他把父亲的半瓶白干酒倒入葫芦里。

赵存祥喊道："娘，把你的裹腿布借我一用。"娘很诧异："你用这干什么？"赵存祥说："我爬山越岭，跳河过坎，不扎腿，不利索。"娘笑着说："咋还跳河哩？"赵存祥也笑了："失语，失语，跳坎过河，不是跳河。"赵存祥说："娘，你炒的咸菜这么好吃，搞不好，我连舌头都咽了，明天回来，没舌头了，你可别怨我。"娘生气地说："别扒豁子。你还没出门，你能不能别说那些少天无日不照唠的不吉利的话。"

赵存祥说的没错。娘做的饭菜，那是独有的味道，那是多少人永世不忘、想之念之的味道。老味菜系就是这些草根们在平凡的生活中创造传承赓续的。妈妈的味道、老家的味道，催生出带有记忆密码的味蕾，相伴终生。

赵存祥的爹赵广勤从牛屋院回来了，他每天到牛屋院跟几个老伙计啦呱成了必修课。他闻着满屋的菜香，看着赵存祥准备的物品问："存祥，你外出开会？"

赵存祥把自己的想法和近期要开展的云游调查设想向父亲作了汇报。

赵广勤说："是得这样干。咱村里人老实，队干部都是夹夹头（肉头），万事不求人，也没有大想法，你就大胆地干干试试，我和老少爷们都支持你。你调查完，再跟你二老爷（赵满福）啦一啦，兴许能有帮助。"

赵存祥说："行，爹，我把你的半瓶酒带着了，你想喝再去合作社（供销社代销点）打。你到牛屋院跟他们拉呱，我的事不要跟他们说。八字还没一撇，咱可不能屎不出来屁出来。"

赵广勤心想："在这小子的心里，我不如他？"

赵广勤装腔作势地说："这个事还用你安排，我过的桥都比你走的路多。"

赵存祥不安排，赵广勤没准就将赵存祥的想法说出去，因为他以儿子为骄傲，牛屋院里聚拢的社员都围着他转，儿子赵存祥的"面"在里头呢。母凭子贵，看子敬父，自古由之。

天刚蒙蒙亮，赵存祥穿上棉衣棉裤，裤腿用娘的裹腿布扎上。穿上"解放"牌黄球鞋，又戴上"一把撸"的线帽。左肩斜挎水壶、酒葫芦，右肩斜挎黄布包，把"为人民服务"的翻盖黄布包向胸前一移看了看，手里拿着爷爷赵满仓死后撇下的家底柘子木拐杖出发了。

赵存祥的行动不想让人知道，更不想让人看到他滑稽可笑半儒半侠的装扮。出门沿大街向村外走去，路上，他除看到几个早起拾粪的老头，什么也没遇到，那几个老头也只顾专注地看着路边和墙根。

赵存祥的第一站是登上馍馍山山顶，鸟瞰村形地貌地况，从宏观上勾画蓝图。

他走着崎岖的小路，围着馍馍山山脚转了一圈，掌握山腿子的情况。他沿着蛇形路线从西山坡向上爬行，15度坡，25度坡，40度坡的山体状况、植被状况一目了然，他用心记着。从西山坡直行往上攀登，山越来越陡，荆棘密布，他喘着粗气，用拐杖扒拉着灌木丛和杂草，一步步向上挪移，边走边观察边记录。爬到山的三分之二处，到了馍馍山明崖跟前。

这时的赵存祥满身扎着鬼圪针、干草，活像个大刺猬。

馍馍山的明崖很响名。明崖垂直而立，高十余米，围着半个山顶。什么叫鬼斧神工？什么叫壁立千仞？这里有解。

明崖上面凿出二百多个洞，洞里雕刻着二百多尊形姿百态的佛像。这就是有名的馍馍山摩崖石窟。馍馍山又叫洞岗山和百佛山，据传这是隋唐时期一位云游天下的大法师的杰作。这里比不上洛阳的龙门石窟，比不上大同的云冈石窟，更比不上敦煌莫高窟。但这里是附近方圆几十里老百姓过年游玩的圣地，是古代文化在这处穷乡僻壤的留存印证。

上洞岗山拜佛，馍馍山南北各有一条石阶小路，赵存祥为了调查山体实情，走了无人走过的西山坡。

赵存祥择了择身上的杂草、针刺，喝了水，围绕着明崖，边转边仔细观看石窟和佛像。他被这悬崖峭壁震撼，被栩栩如生、形态各异的佛像和传统文化感染。他想起了唐代著名的田园派诗人，世称"孟襄阳"的孟浩然写的《与诸子登岘山》，深情地吟诵起来。

> 人事有代谢，往来成古今。
> 江山留胜迹，我辈复登临。
> 水落鱼梁浅，天寒梦泽深。
> 羊公碑尚在，读罢泪沾襟。

赵存祥深得赵家文化真传，深得赵满福亲教，也是个村里的文化人。

稍事休息，赵存祥围绕着明崖向南向东转了半圈，折回来沿西北面的明崖边的一个坡向山顶攀登。拐杖开道，前腿弓，后腿蹬，一步一个脚印。没有比人更高的山，没有比脚更长的路。

赵存祥顺利登顶馍馍山，他找块薄石帘，将挎包、水壶、酒葫芦卸下，跺了几下脚，伸了个懒腰，别开洞天的通透，一览众山小的豪迈油然而生。

山顶上的风明显大而急，在侧柏和密布冠木的应和下，不时发出"呼呼"的响声，一阵一阵，一股一股。山上的温度明显比山下低许多，赵存祥的耳朵已感觉到刺痛，他把"一把撸"线帽向下拉。套住两只耳朵。

赵存祥很聪明，他用娘的裹腿布扎紧裤管，一是给腿部增添了力量，二是避免了鬼圪针和碎草针芒钻进裤腿，三是避免冷风钻进裤腿。"一把撸"线帽能伸能缩，遮盖功能强大，柘子木拐杖更是功不可没。柘木木质硬而有弹性，耐磨，用它开道，所有冠木蔓枝杂条都要让路而拐杖毫发无损，"北柘南檀"名不虚传。

赵存祥先来到传说百年的"云窟"边，"云窟"是馍馍山山顶的一个窟眼，据说深不可测，直通地河"云窟"眼被自然形成的三块巨石交错封住，仅露碗口大的眼，这也是一个充满神秘的自然奇观。

打"云窟"是祖祖辈辈登馍馍山的原因和动力。将石头扔向"云窟"，"云窟"会发出声音。揣着好奇，体验一把，游"云窟"、打"云窟"。赵存祥没有错过这次体验的机会，他分别用不同大小的石头投向"云窟"仔细听声音的变化，他甚至将头贴近云窟口的大石。

赵存祥站在山顶，分别转身往东西南北四个方向远眺："啊！太美了！太壮观了！"触景脑醒，他脑子里又蹦出了一首唐伯虎的《登山》诗：

一上一上又一上，一上直到高山上。

举头红日白云低，四海五湖皆一望。

当赵存祥转身向南方时，他越发激动和豪迈。他的右手叉开虎口，自然锁在腰带处，胳膊微屈，叉着腰注视着山下的一景一物，不自觉地来回踱着步，像指挥千军万马的将军。

他看到整个村的布局形状像一把平放的手枪，枪管两侧还是一片空地。他想，下步，这里将是一块充满希望和潜力的地方。村中的两棵参天古杨树像两把巨伞鹤立鸡群般矗立着。贮水的大坑像一枚宝石镶嵌在村子的中央。西南岭、东南岭上的那一片片、一块块的田地像鱼鳞一样排着、扣着。十三亩地、十四亩地像一幅山水画上画家的印章。村边的东沟西沟像两条游龙向南蜿蜒伸展，可惜是两条干沟。北梨行、东梨行、北枣行，像山水画中的点缀，面积还小，没有形成独立的风景。他转身向西北望去，依稀看到尚岩水库和水库中的小岛。他想能把尚岩水库的水引入想水村，那该多好呀。

赵存祥还是不走老路，他从山的东面下山，调查邻村峪子村和来泉公社的大寨田建设情况。上山容易下山难，还是柘子木拐杖开路。

他下了五六十米后，看见一个像蒙古包似的石屋子，他直奔而去。这个石屋子墙高一米五左右，屋顶高半米，里面空间 4 平方米。这个石屋不知建于何时，石墙砌垒得严丝合缝，屋顶全是用石片扣嵌，没用一根木头。屋门用三块长石板扣成。

赵存祥进去一看，很干净，里面通气但没有风。他也饿了，他决定在这里吃饭。他拿出一个煎饼，夹几筷子老味咸菜肉丝卷上，由于放了肉，少量的猪油将咸菜粘在一起，"猪油生产凝聚力"太对了。赵存祥一口下去，煎饼被吞一大截，他打开水壶，嘘嘘地喝上几口，煎饼咸菜越发香甜可口。

这时，赵存祥想，忘了带两根葱，要在煎饼咸菜里再卷根葱，那将是人间最美的味道。想着葱，仿佛煎饼里就有葱，几口下去，一个煎饼下肚。画饼充饥、望梅止渴可不就是这个道理。

赵存祥打开葫芦，对口喝上两口白干酒，荡气回肠。赵存祥不嗜酒，他不信："古来圣贤皆寂寞，惟有饮者留其名。"但他信："酒壮英雄胆，烧酒御风寒。"今天爬山，少喝上几口，添热量，祛风寒。他在石屋里吃饭，是老人反复安排的，吃饭灌风伤胃，猪油见风咳嗽。

他很兴奋，两口烧酒下肚，胃口大开，就着热水，连吃三个煎饼。他裹紧衣服，靠着墙眯瞪一会儿。他浮想联翩，满脑子都是喜庆的画面：他想到了刘宗宽书记听完汇报高兴极了；他想到见了公社书记，书记不停夸赞；他想到了引水上山入田；想到了粮丰畜旺，瓜果飘香；想到了父老乡亲喜笑颜开，向他竖起大拇指；想到了想水村由一个贫穷山村变成富而美的新农村，引来八方宾客参观。

一个激灵，赵存祥摆了一下头，睁开眼："哟，还真有点冷。"他自言自语道。他急忙对着葫芦口又喝了两口烧酒，在石屋内拘束地活动一会儿，背上那套行装，把"一把撸"帽子向下拉了一下，深一脚、浅一脚地向山下走去。

第 22 章

下到山底，沿着一高一低、节节骨骨的坝堰，走过山脚山边地，跨过一条大路，到了对面的锅山。锅山隶属于来泉公社峪子大队，这里修的大寨田，可是样板梯田。坝堰砌垒得比房屋墙还板正严实漂亮，这才叫石匠干的活儿！梯田，不论大小，平整如毯。坝堰上全都栽种着金银花，梯田里种植着花椒树。

赵存祥看到一位看山的老人，他找个坝堰根，卸下滑稽的行头，上前询问请教。赵存祥说："大叔，您老人家看山呢？"

老人说："是的，恁哥，你来了。"赵存祥说："大叔，我是邻庄想水村的，虽然离得近，不属一个公社。"老人说："你是想水村的，你村原先也属于来泉公社，后来被划入丰源公社了。你贵姓？"

赵存祥说："我免贵姓赵，叫赵存祥，是想水村的大队长。"老人说："想水村是个好村庄，就是咱这里共有的毛病，缺水。栽果树、种庄稼就得选耐旱耐瘠薄的栽种，看天吃饭。"

老人问："你是赵满福的什么人？"赵存祥说："他是我二老爷。"老人说："我是峪子村的，姓李，我跟赵满福老人家上过私塾，他可是个大学问人，好人。"

老人接着问赵存祥："你大冷天里跑这里干吗呢？"赵存祥说："闲着没事，出来看看，搞个调查，学学您庄的好做法、好经验。"老人说："一个公社，一个大队，一个生产队得有个好当家的，社员得一条心。俺这里你知道，自然情况不如你村。学大寨以来，公社重视，把这里当重点、当样板，炮轰、镢刨、锨剜、肩挑，全公社的人都来会战，建成了这片丰产梯田。一部分种地瓜、花生，一部分栽种花椒树、山楂树，坝堰上栽的是金银花。花椒地和山楂地里也能插花种地瓜。"

赵存祥说："李大叔，你们栽的花椒是什么品种？"老人说："是大红袍和大青壳两种花椒，颗大、味美，还比较耐旱。"

赵存祥说："真好，值得学习。李大叔抽时间上我庄去，我请你喝气。"李大叔说："你这个大队长，我看合格，大冬天，带着煎饼卷子，喝凉茶，调查摸底。侄子，好好干。你回去给俺赵满福二叔捎个好，我叫李传敬。"赵存祥满口答应："行，传敬大叔，我走了，天快黑了，您也早回家。"

书包和水壶里装的什么，他都能看出来，赵存祥暗暗佩服李传敬的火眼金睛。赵存祥告辞李传敬，走过两块梯田，在坝堰根，他拿起"一把撸"帽子套在头上，用裹布把腿扎上，挎上酒葫芦，兴高采烈，走出锅山口打道回府。

赵存祥还真是个人物。当他刚看到有位看山老人时，就找个坝堰根将帽子、酒葫芦、拐杖、扎腿布取下放好，只背着为人民服务挎包和军用水壶去拜见老人。他胸中是有数的，半儒半侠的打扮，社员是不接受的，他们会把他看成"半熟""甩子"，背着书包和军用水壶，老人看着会认为是转业军人或大学生，老人会很敬佩、很信任。他刚见到老人称大叔，后来又称李大叔，再后来喊传敬大叔。短时间内的由疏到亲，由远到近，反映了他较强的沟通和应变能力。

赵存祥乘着月光，穿破黑幕，大步流星往家里走。他的腿肚子有些疼，但腿步力量十足，进了村也没碰上人，这是他希望的，不想让人看到他滑稽可笑的形象。

临近家，他听到村里孩子的欢声笑语："张宝亮，砍大刀，俺的人紧你挑。"这是孩子们玩游戏分班分人的口号。接着孩子们又喊道："用手拍，皮锤踹，逮住闺女（小子）跺渣玩。"男孩喊闺女，女孩喊小子，像男女二重唱中的合声部分，声音比着量的响，男孩声音想盖过女孩，女孩声音想盖过男孩。喊号子的同时，男孩、女孩互相追赶拍打"你充高，他充矮，你充孬，他逞强，串串亮亮俺看看"。一群小孩手拉手组成一个大圈，不停转动，拉着的胳膊一抬一砸，两个小孩在"人圈"中间想穿过去，众人不让他走出"人圈"。

游戏虽然简单，孩子们却很快乐，天天喊着、转着、跑着、闹着。大冬天，他们头上却汗涔涔的。

听着这熟悉欢快的童声，赵存祥停住脚步，心里充满莫名的激动。孩子们的欢笑是想水村的希望，是想水村的勃勃生机和人气兴旺所在。赵广仁的死让沉寂的想水村更加沉默。疫病过后，孩子们倾巢而出，作为大队长，他能不激动吗？

激动之后，他快步走到家门，他怕孩子们看到他的形象被吓着。孩子们似乎看到一个黑影，由于玩得尽兴，也没在意。

赵存祥没有直接推门，而是用手拍打敲门，嘴里用电影中的腔调喊道："老乡开门，老乡开门。"

赵广勤和存祥娘正准备晚饭，拉着呱，听到敲门和喊门声，很惊讶。这是谁呀，大晚上的，听声音像个外地人，听喊门的称呼像战争年代的人。

赵广勤说："祥的娘，你先别吱声，我去看看。"赵广勤三步并作两步走到门口从门缝里往外看，是一个像蒙面的侠客模样的人。

赵广勤大声问道："你是谁？有什么事吗？"赵存祥对自己的恶作剧再也忍不下去了，"扑哧"一声笑了起来："爹，是我，存祥。"

赵广勤又气又笑："你这个杂碎，吓我一跳。"

把门打开，看到赵存祥的打扮，赵广勤那张想板想绷的"长辈脸"实在不听招呼，向上向下向四周舒展。嘴实在嚇不住了，虽收敛住了这仰天的哈哈大笑，却无限释放了那小声的哼哼长笑，笑得直摆头擦泪。

存祥娘说："你这个死孩子，都当大队长了，还没个正形，我以为魔怔了呢。"

人啊人！无论你身份是什么，年龄有多大，在父母亲面前永远是小孩，永远长不大，永远有撒不完的欢，撒不完的娇。

存祥娘把饭菜端上桌，油炸花生米，煮了两个咸鸡蛋，切成四瓣，炒了个土豆丝，配上咸菜肉丝四个菜，用弯篓盛着五个地瓜干煎饼。锅里煮着小米稀饭。

赵存祥拿出三个酒瓯子，把葫芦里的酒倒上三瓯说："爹，娘先喝杯酒，再吃饭，祛祛寒气。"

赵广勤端起酒瓯子抿上一气，存祥娘端起酒闻了一下说道："酒真好闻，我可不敢喝。"边说边把酒瓯子推送到赵广勤身边。赵存祥端起酒瓯，一口下去半截。

赵广勤问道："存祥，你干大队长，社员评价还行唻，你自己感觉怎样？"赵存祥说："刚干，社员说好就行，我没有什么感觉，这又不是什么官，就是带着大家干点活儿，管管那些不好的人和事，就是古人说的惩恶扬善。"赵广勤说："大队长很重要，直接给兄弟爷们办事，熟头熟面，干好了还行，哪个事干不好就要遭骂遭埋怨。"

赵存祥说："要那个名，要那个架子有什么熊用。你看有些人当个芝麻小的官，抬头挺肚，就等着人家先给自己说话。"

赵广勤听出来，赵存祥说的是大队支部书记刘宗宽，还有大队副书记吴青松，特别是那个吴青松，那副桑木神脸从不会笑，走路都是上身子挺着先到，腿脚跟不上趟。本来村里有几个能推荐上大学和当兵的，都毁在他手里。

赵广勤说："你可得懂得感恩，刘宗宽书记可一直在重视你、推荐你，吃水不忘挖井人。"赵存祥说："都想干事了吗？咱村耽误了不少事。你看人家来泉公社峪子村，人家弄得多好。你看咱这里，水、田、沟、路样样不行。挖人家的祖坟，拆个古宅大院，砸个石碑，那忒行了。见了好人趾高气扬，见了恶人躲躲闪闪，尽说好话，唉！我真服了。要说感恩，我感恩，我感党的恩，感群众的恩。让我感刘宗宽的恩，没门！名义上把我提拔当大队长，实际一点不支持，拿我当枪使，用我搞平衡。什么熊黄子，一个个的。社员都是朴实忠厚老实的。你看，上次党西清爷俩带着干活儿偷懒，我给他打了一架。后来我安排他当专家确定留种田，他就不记仇很感动。听说十三亩地分地瓜，凌云抓阄给他分了顶好的，他也很感动。党西清家人多力大，管不好就是恶霸，管好了那就是队里的好榜样。"

赵广勤跷着二郎腿，两手交叉扣在膝盖上，看着赵存祥，一笑说："反正，赵家不出不肖子孙，不干伤风败俗、丢人现眼的事。人过留名，雁过留声。社员的眼睛是雪亮的，想水村要变，要变好，关键是有好的带头人，你看着办吧。"

赵存祥跟父亲对话、讨教后，心里亮堂多了，目标也明确了，方法也领会了。贵于实践，今后的路还很长。

每天凭着一罐咸菜、一包煎饼、一壶水、半葫芦白干酒，赵存祥爬山越岭，披星戴月，披荆斩棘，对想水村的自然状况，周围的尚岩水库、黑峪水库、土城水库、鹰嘴山水库、大沙河及道路、山体进行了周详的考察记录，为争取上级支持农田水利基本建设大会战作必要性、可行性汇报及实施作充分准备，乘上学大寨的东风，分享比学赶帮超群众运动成果。临近年关，历时20多天，不，准确说是25天，赵存祥完成了考察调查壮举。

赵存祥叫上赵凌云做帮手。整理考察资料，计算有关数据，绘制地图，设计初步方案，万事俱备。赵存祥眼睛湿润，心潮澎湃，热血涌动，周身激起无穷的力量。他揉了揉眼睛，做了个扩胸，右手叉腰望向高远的天空。

赵存祥给赵凌云详细生动地讲解他这20多天的行动，所见所闻、所思所想。洞岗山的奇景，云窟的神秘，山顶俯瞰下的村庄景象，尚岩水库的壮观，还有大沙河穿过青石山、闹山的蜿蜒走向，梯田的俊美。

赵凌云听得两眼放光，遐想无边。赵存祥把赵凌云假想成领导，把讲解作为汇报的演练。马在骑，酒在习，口才在练。老人说，"茶壶盛饺子，有嘴倒不出。三棍子砸不出个屁来"，那叫没出息，有嘴有心方显本领。赵存祥讲完，赵存祥和赵凌云都搓了一下手，似摩拳擦掌。他们击掌为号，心灵产生了共鸣。赵存祥很高兴，他的汇报打动了赵凌云。赵凌云很高兴，他被大哥赵存祥打动了。

第 23 章

过年了，想水村欢天喜地。爆竹声中一岁除，春风送暖入屠苏。千门万户瞳瞳日，总把新桃换旧符。

大年三十年垂（儿）到，正午时光，家家户户熬好浆子，用簸箕端着春联，从大门开始由外及里贴大门、堂屋门，再贴锅屋、灶台、粮囤、床头、羊圈、猪圈。贴上春联，然后用笤帚抹平。楷书、隶书、行书，欧体、颜体、柳体，春联就是民间书法的大展示。

在想水村，家家都让孩子学写毛笔字，多数都是为了春节展示家庭文化。确实练不出来，那就搭上一包烟，买上一卷红纸、笔墨，请村里的文化人赐笔代劳"出门见喜""吉星高照""五福临门""六畜兴旺""粮食满仓""仓龙引进""风雨送春归""飞雪迎春到""红雨随心翻作浪""青山着意化为桥""春风杨柳万千条""六亿神州尽舜尧""向阳门第春常在""积善人家庆有余""绵世泽莫如为善""振家声还是读书""吃水不忘打井人""幸福不忘党的恩"四字的、五言的、七言的，期盼的、祝福的、感恩的。

神木大坑杨树身上挂满了红绳、红线、红包，也有祈福盼运的春联，就像一位高兴地等待众人祝福的老寿星。

"年"承载着人们最美好、最真挚的情感和愿景。

下午，家家户户扫院子，炒花生、炸酥菜。炒花生要用铁锅，铁锅里放沙子，用火将沙子烧热，将花生倒进锅里，小火慢炒，待花生产生焦香气，将花生盛出来。用沙子炒熟的花生里焦而花生皮不黑不煳。用弯篦盛着，再配上一把长红枣，这就是招待来家拜年人的抓头。炸酥菜、萝卜丸、酥地蛋、酥山药、炸草鱼，炸上一筛子一筐子，用菀子盛着吊在屋梁头上，一直吃到二月二，这可是春节期间招待亲戚的主打菜品。

晚上，熬供菜，包饺子，蒸馒头。包饺子、蒸馒头的白面（麦面）可是想水村的稀罕物，全年积攒不舍得吃的白面在春节可是放开量地吃。老少盼过年，这个诱惑不能说不是一个因素。

供菜五样：白菜、菠菜、胡萝卜、山药和粉皮。白菜、菠菜的根，力求完整。白菜将上半部分截掉，下半部分有根、有帮、有心，俗称白菜疙瘩。馒头要大，象征着"发"。

包饺子调馅是关键，以萝卜肉为主。将红皮大水萝卜切成片、切成丝、切成丁，用刀剁，翻着剁着，剁成绿豆粒般大小放入盆中。将葱、姜切碎剁细。待萝卜出水，将水揉搦出来，将葱姜放入调拌均匀。将肥瘦各半的猪肉剁成肉酱掺入萝卜中，放适量花椒五香面，放入酱油盐再放少量芝麻香油，用长勺或筷子反复调拌。

包饺子要有样，形状像弯月又像元宝，包子边上的捏鼻均匀整齐"薄乎的皮，大乎的馅，大乎的肚腹，小乎的边"这样的饺了才叫好。孩子们若凑卜来包饺子，大人安排到："包子不要样，来回捏三趟。"过年要讲究，不能有半点马虎。

煮上一锅萝卜肉馅饺子，炒上四个、六个或八个菜，摆上新炸的酥菜，配上芥菜疙瘩焖菜（用焯好的辣疙瘩条、黄豆粒制成）和糖角蜜、三刀子、炉果、姜丝几样糕点，倒上白干酒，冰雪露甜酒。这就是天天盼、夜夜想的年夜饭。全家人围坐在一起，欢声笑语，吃着、喝着，荡漾着幸福和安宁。

酒过三巡，先盛出一碗热腾腾的饺子放在院子里的香台子上，敬天、敬地、敬祖先。再一人一碗。大人将新衣从柜里取出一件件给孩子们穿上。娘给女孩梳头，扎辫子，不时往头上吐上口唾液润滑，有的也往梳子上蘸点水，头梳得光光亮，小辫扎得像两条小鱼。这些活儿都得在半夜之前完成，半夜时，鞭炮一响，什么活儿都不能干了，这是规矩，否则一年辛劳。

赵凌云家的年夜饭更加丰盛点。赵广厚提前买好年货送回家中，老爹赵满福一份，自家一份。年货包括：馒头、饺子馅、油炸茄盒、藕盒、带鱼、红烧肉、糖果。矿上的厨师那可是经过培训的大厨，做出的菜色香味俱佳。赵广厚不回家过年，赵广厚从到矿上参加工作，从没在家过一个年，国家建设需要大量的煤炭，"首季开门红，决战一季度，奋力夺高产"。

赵凌云家的大门、堂屋门的春联是赵满福老人亲自用颜体书写的：一年好运随春到，四季彩云滚滚来。门心贴有版画门神。堂屋门是：天增岁月人增寿，春满乾坤福满楼。门心写有两个大大的"福"字。锅屋、泥囤、床头和其他的都由赵凌志和赵凌云书写。凌云娘把备好的过年新衣服和赵广厚专门给孩子们买的"解放"牌黄球鞋分发给凌志、凌云、凌峰。

想水村的老少都在守年夜，守住平安，守住财源，守住幸福安康，守住他们向往的明天！

"咯咯喽"鸡叫一遍。鸡鸣像时钟一样提醒守年夜的人们，三更已到。家家户户忙碌起来，送香祈福，放鞭炮，出门拜年。想水村拜年，拜天拜地，拜爹娘，拜大坑杨树，拜长辈。拜年不分姓氏，全村都拜。拜年第一目的地是大坑杨树，这是想水村的大神，早上男爷们拜，吃过早饭，妇女们领着孩子拜。拜年第二目的地是公丕柱家。因为他家是单门独户，备受尊重，二来他家老母亲也是想水村的老寿星。拜年不能抹（mā）门（路过而漏下）过。

凌云娘将熬好的五个供菜，一盘馏好的馒头，四个果碟，一碗开水，一盅酒摆放在香台上，两盏烛台上插着两根红色的蜡烛，用红纸封口的香炉里插着五支用松壳和榆树皮面制成的"香"。凌云娘洗了洗手，带着穿上新衣的赵凌志、赵凌云、赵凌峰走到香台前，她把蜡烛和香点上，娘四个向北磕了个头。赵凌志说："娘，我们放鞭炮吧。"

凌云娘说："再略一等，听人家放，你再放。"

赵凌云和赵凌峰用杆子挑着鞭炮，赵凌峰举着，赵凌云用两个手协助向上托，随时准备着。不一会儿，一阵鞭炮声传来，赵凌志毫不犹豫地用点着的香头点着鞭炮捻子，一声令下"举高点"。赵凌云双手将杆子托起，鞭炮火花四溅，发出一阵急烈的炸响，一股火药味和烟雾弥漫开半个院落。

赵凌峰丢下杆子，跑向鞭炮炸落的地方，猫着腰，瞪着眼，用脚驱着满地的碎纸屑。赵凌志和赵凌云知道他想干吗，他想找绝捻没响的哑炮。找了半天，一个没找着，赵凌峰沮丧地说："乖乖，一个绝捻的没有。"

回到屋赵凌云从大桌子上拿了两个炮仗给凌峰，凌峰说："二哥，你在哪里弄的？"

凌云把手放在嘴上小声说："我提前给你解下了两个。"凌峰说："还是俺二哥好。"

赵凌云知道，全村不只是凌峰，小孩都喜欢捡绝捻的没燃放的炮仗，白天互相炫耀，燃放取乐。怕凌峰失望，提前给他准备了两个。过年嘛，要多高兴就让他有多高兴。

凌云娘安排赵凌志、赵凌云、赵凌峰："你弟兄三个先到你老爷家给老爷、奶奶拜年，接着去拜大坑杨树，再到全村的高一辈的各家，别忘了到公丕柱叔家给你大奶奶和丕柱叔拜年。不管姓什么都要拜，可别漏下哪一家。"

话音刚落，赵存祥来了："婶子，我给俺二叔和您拜个年。"

赵存祥说着，先在香台子前磕了一个头，进屋磕了两个头。

凌云娘说："存祥，别磕了。快吃果子。"赵存祥说："俺二叔没歇假回来过年？"凌云娘说："你二叔矿上忙，创高产呢。"赵存祥说："也能多挣两个钱。"娘俩都笑了。

赵存祥看着凌云说："凌云，走，跟着我去拜年。"凌云娘忙说："凌云，你别跟你哥和凌峰一起去了，你跟你存祥哥去拜年吧。"赵凌云对凌志说："哥，你跟凌峰一起去吧，我跟咱大哥去。"

赵存祥对赵凌志说："凌志，咱分开，你带凌峰去吧，回来，咱再拉呱。"赵凌志说："大哥，这段时间你累得有点儿瘦了。"赵存祥说："瘦吾其身，必肥天下，你说呢凌志，你大哥这个官不好当，兄弟。"

在想水村，过年拜年，这既是祖辈留下的习俗礼数，也是养亲恩邻必不可少的处事之道。每逢过年，家家都在留意和清点着谁来了，谁没来。来了很自然，也可能记不准。没来的，心里直嘀咕，我得罪他家了吗？他怎么看不起我，这可记得清，因此可能产生矛盾和成见。过去有了龃龉隔阂，春节一拜，一个响头落地，冰释前嫌，烟消云散，还是哥俩好。

徐星匆匆赶来，进屋磕了两个头。徐星是外姓人，不需要在香台子前磕敬祖先的头了，只给凌云爹和凌云娘拜年磕头。

徐星说："凌云哥，咱一起去拜年吧。"赵凌云说："徐星，我这就跟我存祥大哥去，你喊咱那几个同学一起拜年，也一块儿玩玩。"徐星说："行。"

徐星喊上几个同学，快速到各家拜年，他想，赶早能捡不少哑炮仗，还能搞到不少好吃的。像炒花生、醉枣、山楂、黄梨。

在想水村拜完年，主家都要给大人让烟，给小孩好吃的糖果等零食。去晚或赶上人多，那就另说了。

徐星一行来到刘一品老人家拜年。刘一品家原是大户人家，刘一品在县城读过书，后曾参加过工作，理想能当个官，光宗耀祖。由于成分高，加上其他说不清的原因，媳妇改嫁，两个女儿也出嫁了。

刘一品对过年十分重视和讲究。以前人说："富人过年，穷人过关。"这就是"年关"。富人过年是讲排场、礼制、规程的，隆重而热烈。鲁迅先生《祝福》中，鲁四老爷家的年就是这样的。

现在，没有排场可讲，但情感寄托、氛围渲染在刘一品心里挥之不去。他准备供品，点烛烧香，吟诵祈祷，一丝不苟，有板有眼，甚至一天香火不断。

刘一品将供菜、果品摆放在香台上，他在屋里点上五支香，关上门，跪在地上祈祷"阿弥陀佛！老天保佑！一年更比一年好！来年更比今年强"。

接着他又吟诵，"享清福不在为官，只要囊中有钱，仓有米，腹有诗书，便是山中宰相；祈寿年无须服药，但愿身无病，心无忧，门无债主，可为地上神仙。"他又双手合十，起来跪下："阿弥陀佛。"

徐星几个家伙来到刘一品家，见刘一品老人没开屋门，顺手将院子香台上的供果抓着吃了一点，接着到门外捡拾哑炮仗。

刘一品默念吟诵祈祷完，出来走到香台前，发现供果少了，他以为是他祈祷的诚心感动神灵，大神显灵真的把供果吃了。他高兴而激动，点着蜡烛和松香"扑通"向北磕了个头，连说："大神显灵，大神有知，大神保佑。"

徐星几个看刘一品打开屋门，在院子里香台前磕头作揖，急忙跑进来，给他磕头拜年。

刘一品无比激动和高兴，乡邻们从没有敌视他这个"四类"分子，平等对待尊重他。他急忙又从布袋里给徐星几个人掏花生，说："孩子们，吃花生，祝你们吃香喝辣，长大当大官。"又有几拨人给刘一品拜了年。

赵存祥带着赵凌云先给赵满福老爷和奶奶两位老人拜了年，接着，给村里年龄较大的各姓氏老人拜了年。他没有给大坑杨树磕头，"破四旧""立四新"，他怕被人抓辫子，打棍子。再说，他也不迷信。他领着赵凌云又去了大队副书记吴青松家拜年。吴青松看到赵存祥和赵凌云来拜年，心里十分高兴，但脸部表情没有表现出来，仍一副桑木神脸。

从鸡叫一遍到现在，吴青松除解手外，他没出屋门。他在家里掰着握着手指头，数着谁家还没来。他却没去给任何一家长辈拜年，哪怕是德高望重的赵满福老人。多年了，应该是从他当上副书记的那一年，他就变成了这个样子。

赵存祥从吴青松桌上的弯篓子里抓了一把花生给凌云，他又抓起一把自己吃。

赵存祥说："青松叔，炒花生好手艺呀。"吴青松说："我哪能干这个呀，都是你二婶子炒的。"赵存祥说："青松叔，我年轻，工作还得仰仗您呀。"吴青松说："我也年轻过。"赵存祥说："我再去拜几家，您歇着吧。"赵存祥故意说让他歇着，让吴青松琢磨吧。

赵存祥最后一站要去支部书记刘宗宽家拜年。他最后去，一是让人们都给刘宗宽拜完年清净了，他好借拜年的机会向刘宗宽汇报"请求上级支援农田水利基本建设的想法"；二是赵存祥想借过年高兴的时候汇报，刘宗宽老书记不会拒绝。

趁领导高兴的时候汇报工作是个绝招，赵存祥无师自通。

赵存祥带着赵凌云闻着空气中弥漫的鞭炮硝烟，踩着五颜六色的炮仗皮，拐过几个路口，来到村东南角的想水村"一号院"刘宗宽书记家。

赵存祥敲了敲敞着的大门，大声喊道："刘书记，新年好！存祥来给您拜年了。"

此时，刘宗宽正坐在八仙桌右侧的圈椅上听着收音机里的现代京剧《红灯记》选段。李玉和铿锵有力而悠扬的唱腔："临行喝喝妈一碗酒，浑身是胆雄赳赳，鸠山设宴和我交朋友，千杯万盏会应酬。时令不好风雪来得骤，妈要把冷暖时刻记心头，小铁梅出门卖货看气候，来往账目要记熟，困倦时留心门户防野狗，烦闷时等候喜鹊唱枝头，家中的事儿你奔走，要与奶奶分忧愁。"深深地感染着刘宗宽。

电影里，高大魁梧、英俊正派、大义凛然的李玉和形象不停地闪跃在眼前。他用手指叩着八仙桌，不停地随着收音机哼哼着，除被偶尔的痰糊嗓子，咳嗽几声，他陶醉地哼哼没完。

听到敲门声，他对着院子喊了一声："快开门，看谁来拜年了。"

从下半夜，他就在家里赌头，接受全村老少前来拜年。拜年的时段过去得差不多了，人也来得基本齐了，他数算着，还差赵存祥。他悠闲地等着，闭着眼睛，听着收音机，他把音量调得稍低，确保听清外面的敲门声。

守株待兔，需要心静，需要耐性。

"哎，来了。"刘宗宽妻子赵海娥撂下正烧着的下水饺的锅，急忙应着迎到门口。

"噢，存祥你来了，麻利地屋里去喝茶。"

赵存祥说："我带着凌云弟弟来给您和刘书记拜个年。"赵海娥说："拜嘛拜，越拜越老，你到屋里跟宗宽拉呱，我正下着饺子，今天，你就在俺家吃饺子，我剁的猪肉白菜粉条馅，香得很。"

赵海娥对着堂屋喊道："朝义爹，存祥来了。"

朝义是刘宗宽大儿子的名字。刘宗宽有两个儿子，一个女儿。大儿子叫刘朝义，二儿子叫刘朝礼，女儿叫刘朝静。大儿子被推荐上了县卫校，毕业后在县防疫站工作。二儿子和女儿都在上农中。

刘宗宽听赵存祥来拜年了，十分高兴，他算到也等到了。

赵存祥说："刘书记，我和凌云来给您拜年。"说着，赵存祥和赵凌云面向北磕了两个头。

刘宗宽笑着说道："存祥，你怎么还磕头呢……"赵存祥说："给您磕头应该，应该，您是长辈。"

刘宗宽招呼赵存祥和赵凌云坐下，他给赵存祥和赵凌云倒了两碗茶，边倒边说："咱平时都喝大叶子茶，过年了，泡壶旗枪。"

赵存祥端起冒着热气的橙黄色旗枪茶，一股茶香沁入心脾。

刘宗宽说："从'破四旧''立四新'以来，我就很少外出磕头拜年和走亲戚串朋友了。存祥，你还一直放不下？"

这时，赵海娥进得屋来，说道："破四舅破五舅，破的姥娘门上没人了，亲戚朋友都没了。"刘宗宽说:"你麻利地烧你的锅去吧,现在多亏了没外人,看你没遮拦的嘴,赶明儿买个牛拦嘴给你戴上。"

刘宗宽说着看了看赵存祥的脸,又不自觉向堂屋门外看了看。

赵海娥没好气地说:"哼,大年见的,不跟你吵。"就拿了个弯篓子去煮水饺去了。赵存祥说:"我倒是想'破四旧''立四新'。这祖辈留下的传统,大家都在遵守着,过年,都眼巴眼望的。不然真会伤风俗、伤和气,甚至还为仇人呢。"刘宗宽的脸不自然地抽了抽。

刘宗宽岔开话题问赵凌云:"你爹没回来过年?"赵凌云说:"年前来了一趟,现在矿上决战一季度创高产呢。我爹说,从咱村里走出去的人,不能给咱老家丢面子,夺高产、打头阵、多出煤,支援社会主义各项建设。"刘宗宽说:"哟,你爹的觉悟高,你比他还高,凌云人小志气大。"

刘宗宽接着说,"凌云,你去年演的柳琴戏《智取威虎山》可不孬,扮相很好。"赵凌云说:"我演的是一个小闺女,喊了句台词,"小火车又开了"。主要是大戏开演前,我唱了两首歌《我是公社小社员》和《小小螺丝帽》还行。"

第24章

赵存祥看刘宗宽很高兴,就给刘宗宽交流下村里的工作。

赵存祥说:"刘书记,咱们村在你家大老爷和您两代人的领导下,有了不小的发展和改观,基本上风调雨顺,贱年时也没出过大的闪失。随着形势的发展,特别是农业学大寨以来,各村也都有进步,特别是跟咱临村的来泉公社的峪子村,你看那个梯田建的,你看那果树和花椒树栽的,你看那水渠修的,你看那路整的,太是味了!太搁劲了!你看人家庄,三天两头放鞭炮娶媳妇,大人、小孩骄傲得跟老公鸡一样。咱们村比峪子村大,地形地貌比峪子村强,土质更比峪子村不知强多少。现在咱们村靠天吃饭,广种薄收,多亏了地宽、地多。我就想,咱要是能赶上学大寨农田水利基本建设大会战,把水渠和生产路修好,把山地整成不漏水、不跑肥的梯田,那咱们村就厉害了。一定会多打粮食,也能多种点小麦、玉米这些西乡平原的作物，群众的生活会更好些，也能为国家多交公粮，支援咱们国家社会主义建设。"

赵存祥接着说，"前些天，我对咱村和尚岩水库流域及周围村庄进行了实地考察，形成了数据和资料。想让您带着我给公社领导汇报一下，争取一下，看看有没有可能，这可是咱村里的大事呀。"

赵存祥侃侃而谈，激情四射。赵凌云听得心潮澎湃。

刘宗宽的眼偶尔紧闭，时而猛睁，手指不停地叩着桌子。

他突然起身，将放在八仙桌一端的扩音器打开，先用手敲了敲，又用嘴吹了吹用红布包着头的麦克风，喊了起来："这个……这个，不但……而且，轰轰烈烈，扎扎实实。这个……这个，今天是大年，再过十五天就是小年。这个……这个，大家放炮仗要注意安全。这是一面，二面呢，烤火也要注意安全，大年见的，可别失了火。这个……这个，过了年，走亲戚就别走了。"

刘宗宽闭着眼讲的这些不着边际，又合情合理的"这个……这个"，通过麦克风、扩音器和那两个绑在村队门口大树上的二十五瓦大喇叭传遍想水村角角落落和全体社员的耳朵里。

刘宗宽对着麦克风讲完，赵存祥急忙给刘宗宽倒了一杯"旗枪"茶，顺便也给自己倒了一杯。刘宗宽坐在圈椅里，一口把茶喝掉，把茶杯轻轻地一放，说道："存祥，你说得很好。咱这个村几百年了，老祖宗选这个地方，也就是我们的命。一方水土养一方人，靠山吃山，靠水吃水。咱们村最大的毛病是缺水。祖祖辈辈就是这样过来的，我和我爹，你说哪家的忙没帮过？咱就是这个条件，想一步登天，这个……这个，那就是癞蛤蟆想吃天鹅肉。"

刘宗宽接着说，"你像来泉公社峪子村，人家村里有人能说得上话，人家是有栽山楂、花椒的传统，人家庄上的石匠能干还心眼正。你看咱村的石匠，给人家垒个屋墙还尿墙。再说了，峪子村离新打的来泉水库、土城水库也很近，引水上山下田有条件。你看，我们有什么？人比人，气死人。"

赵存祥说："咱们村是这个条件，得承认，但也不能不想改变它，咱争取一下，万一能行，那不就烧高香了。咱们村老少爷们还指望着我们呢！咱分析一下，咱们村谁能说上话。"

刘宗宽说："你看咱这个庄，历史上哪出过几个有头有脸的人。周炳继在向阳市水泥厂工作，说不上话。赵广厚在矿上干，说不上话。赵广林在公社兽医站干，整天跟猪、牛、羊、鸡打交道，他能说上话？迪老师，人家是公办老师，他能说上话？"

刘宗宽又说："我带着你去？存祥你想，咱这里压不住个秤盘星子，人家不鸟咱，咱去找人家，那是疤癞眼照镜子自找难看。"

赵存祥说："不行，我看看赵广林叔和迪老师能给我一块去不？"

刘宗宽轻淡地说："你看看吧，我就不去了。你看八字要有个撇，八九不离十的时候，我再去。只不过，我看有点悬。"

赵存祥沮丧地应付道："那行吧，我也该回家吃饭了"刘宗宽眼一瞪，脸一唬，看似认真又爽朗地说："今天，在我家吃饺子，都下好了。"

赵存祥咧了一下嘴说："大年初一在你家吃，一年还不都得吃你的。"刘宗宽干笑了一下说："庄户饭，管得起。"

赵存祥领着赵凌云回家吃饺子，继续运筹想水村的大事。

刘宗宽送走赵存祥和赵凌云，心情久久不能平静。想："我和老爹两辈人在村里没少操心，要说成绩，还真没有拿到台面上的，要说缺点，也还不太明显。唉！农村的事就是这样，糊糊弄弄，抹抹平平，忍忍撑撑。如果赵存祥大计得逞，我老少两代人的脸往哪搁？"

赵存祥边吃水饺边想：刘宗宽境界低，求稳怕乱，能不求人，则不求人，一副关起门来当老大的做派。吴青松一副不思进取、投机取巧的做派。这更加激发出了赵存祥的工作斗志和追求理想的无穷动力。他只有一个朴素的观点：是好是孬那就是个命。

家家户户煮饺子吃完饭，女的都由长辈或年龄大的媳妇们带着到各家各户拜年。孩子们那就疯圈了，他们把捡拾的哑炮仗、大刀子、二刀子、三刀子、豆炸掏出来，剥开几个，将炮仗肚里的枪药取出，裁一小块包点心的油纸、报纸将枪药包住，捻成麻线粗细的捻子，再将自制的捻子植入哑捻的炮仗里，这叫续捻、或按捻。这群孩子仿佛被地雷战中的场景和人物感染附体，人人都是火药手，这是男孩子的天性。

有一首儿歌唱道："糖瓜祭灶，年关要到。姑娘要花，小子要炮。老头子要顶新毡帽，老妈子要副新裹脚。糖瓜祭灶，年关要到。闺女要花，小子要炮。老婆子要新衣裳，老头子打饥荒。饥荒打不了，老婆子还嘟囔。"放炮、点炮是小子的至爱，天性难违，天性难改。

将接好捻子的炮仗变着花样放。变着花样搞恶作剧。有的趁人不注意，将炮仗放在人群的一角，偷偷点燃，炮声一响，人群吓散。散去的人捂着耳朵，跺着脚，嘴里喊着："我的娘呀，吓死我了。"有的用手捏着点燃炮仗，待捻子烧到一定地步，将炮仗扔向高空，炮仗在高空中爆炸，炮仗皮仙女散花般落下。这是个技术活，扔早了，炮仗在空中不炸，落地后炸响，那就没有意思了，要恰到好处，扔慢了，会在手里爆炸，那就惨了。

每年过年，都会有几个大胆泼皮的孩子有胆无识地挑战极限，将炮仗上抛不及时而将手指、手掌炸伤。春节发疯似的燃放鞭炮给家长带来很大的不安。夏季防洗澡溺水，春节防鞭炮炸伤成为两项重要监护责任。

侯宜悦搞了几十个哑炮，精心修复过后，乐翻了天。他将炮仗放在瓶子里点燃"砰"的一声闷响，瓶子里弥漫着一团乳白色烟雾，炮仗皮被烟雾裹挟着，烟雾顺着瓶口缓缓外溢。侯宜悦看着乐着。看见墙根有一抔狗刚拉的鲜屎，侯宜悦将一个又粗又壮的大刀子炮仗稳稳地插进鲜狗屎的中间，他将炮仗点燃，转身就跑，跑了两步没听见炮声，他回头看看，这时炮仗欢迎似的发出巨响，狗屎向天空向四周崩溅。侯宜悦的头上、脸上、衣裳上顿时被狗屎点缀，臭得他直想吐。回到家，他想躲却没躲过他爹侯文侠的火眼金睛和灵敏的鼻子。

侯文侠齉着鼻子板着脸问："你身上的屎是怎么回事。"侯宜悦怯怯地说："炮仗崩的。"侯文侠又问："炮仗怎么炸住狗屎了？"侯宜悦苦笑着说："巧了！"

侯文侠暴跳如雷，扬了下手又放下，愤怒道："要不是大过年的，我揍饱你。"

家长们的嘱咐、吓唬、惩罚和大队书记刘宗宽在大喇叭口上的喊话都不能阻止小子们燃放鞭炮的热情。他们只记住了刘宗宽喊话时的口头语，却没记住放鞭炮要注意安全的教诲。

第 25 章

赵存祥带着赵凌云来到兽医赵广林家。赵存祥说:"大叔,我有个事想给您商量,看您能帮上忙不。给您拜年时,我没给您提,一是拜年的人多,人来人往不方便。二是我没给刘宗宽书记商量好,不敢提。你知道,咱赵家最烦的就是屎不出来屁出来。"赵广林说:"什么事?存祥你说,公事还是私事,只要咱能办的,还能有二话。"

赵存祥说:"大叔,我求您的也是公事,也是私事。说是公事,这事关系到咱村的老少和村里今后的发展。说是私事,我来找您,那就是咱爷俩之间的事。您说呢。"赵广林说:"你小子说起来还一套一套的,有屁快放。"

赵存祥看了眼赵凌云,眨了眨眼说道:"前几天,我对咱村的自然条件和基本情况,还有尚岩水库等周边村庄水利建设、梯田建设、道路建设进行了仔细的调查,形成了资料。我想借您的光,让您引个路,向公社汇报反映一下,看看上面能支持一下我们村,把农田水利基本建设搞一搞,我们村就会大变样。大叔,您看,单靠我们村自身力量改变这个状况有点困难,上级支持下,我们村自己再努力下,家乡巨变由猴年马月变成近在眼前了。您看咱这个村,老少都盼着好,是不?年年盼着来年好,来年的裤子改棉袄,不能再等了。"赵广林说:"存祥,你说得对。这么些年,我一直在想这个事,咱人微言轻,不在其位,不敢操这个心。再说,咱这个骟猪锤牛的兽医,整天跟猪、牛、羊、鸡、鹅打交道,谁能听进咱的话。"赵广林显然对刘宗宽看不起他这个兽医耿耿于怀。

赵存祥说:"大叔,您可不是简单地骟猪锤牛,您懂知识。您的热心,帮广大社员和生产队大忙了,您可是咱村里在外边工作帮村里忙最大的。"赵广林说:"存祥,我跟公社一把手瞿洪良书记熟络。他原先在县农牧局当副局长时管我们,他是大学毕业生,专学畜牧兽医专业的,为人可好了,我有事都向他汇报。后来,他来咱公社当书记,多次找我谈心。这个人很有能力,他很快就得提拔,不信,你等着看。咱得尽快找他反映反映,看看能争取上级上我们村大会战不。"

赵存祥激动地说:"大叔您高,实在是高。"他边说边晃动大拇指,"大叔,事办成了,你就是咱村里的大恩人,等公社一开工咱就去。"

赵广林说："存祥，你懂个茄子，公社领导根本就不歇班，你准备准备，咱明天就去，噢，时间有点紧。咱后天去，噢，初三。三六九往外走。"

赵存祥说："大叔，大过年的，咱不能空手去呀，咱带点什么呢。"赵广林说："我说，你就更不懂了。哪个领导要群众的东西，你那叫侮辱领导，叫给领导脸上抹灰。什么都不要拿，就带好资料，汇报清楚就行。"赵存祥说："不知迪老师大年初三回来不，他要不回来，咱就不攀他去了，咱先去吧。"

赵凌云眼睛巴巴地眨着，听着赵存祥和赵广林的对话，由衷地对这位大哥和大叔感到敬佩。赵凌云心想：在咱想水村，还是赵家的人敞亮，我姓赵，我骄傲！

人不可貌相，海水不可斗量。人是社会人而不单是自然人。每个人在社会上有着不同的交往交际，神经脉络交叉延伸。人的社会关系是复杂多变的，看似低调甚至窝囊的人，说不定他有通天的关系。赵广林不单是兽医，他不单是只跟牛、羊、鸡、鸭、鹅打交道。

赵存祥兴奋极了。他回到家向父亲赵广勤说："爹，您给我准备5斤绿豆和10斤花生，找个干净的袋子盛着。"赵广勤问："存祥，弄这干什么。"赵存祥说："我初三和广林叔去给公社的翟书记拜年，汇报咱村里的情况，争取农田水利基本建设项目。我想，大过年的，不能空手去呀，广林叔倒是反复安排不用带东西，说领导不会要东西，甚至还会批评我。咱过意不去呀，这是求人家办事。"赵广勤说："那是哟，大过年的求人家办事，可不能空手。我给你准备好，把绿豆再筛一筛弄干净，把泥囤里的花生摘一摘尾巴，挑点大的、成的。"

赵广勤接着说："存祥，我代表村里广大社员感谢你、支持你，你放开胆子干吧。"赵存祥说："爹，你感谢我八辈祖宗吧！"赵广勤说："那也是。奶奶，老爷积兴的。"存祥娘在一旁喜得拢不上嘴。

三六九，往外走，顺顺顺。今天是个好日子，唱唱唱。赵存祥早早起来烧了点温水，仔细地洗了洗手和脸。用油棍（防皲裂的化妆品）在皲裂粗糙的手上反复划搓，油棍散发出糖果的香味，但很短暂。抹过油棍的手稍微有些滑溜软和，今天这双手要接受公社领导的检阅。

赵存祥叫上赵凌云，背着精心准备的绿豆和花生来到赵广林家门口。赵存祥敲了敲赵广林的大门喊道："大叔，我是存祥。"

赵广林把赵存祥和赵凌云让进屋里，说："我准备好了，咱去吧。"

当他看到赵存祥带着绿豆和花生，说："你这小子怎么不听我的呢！咱可不能给领导添这个心事。要真想带，我让你婶子准备点，以我个人的名义表示一下'老朋友'的情谊兴许好点。"赵存祥说："大叔，这绿豆和花生上又没长我的名字，这还不给你准备的一样，你就说是你的，带给领导品尝的不就行了嘛！"赵广林说："存祥，你真会狡辩。如果领导不要，你就带回来，千万不要在那里争争嚓嚓的。"赵存祥说："行，大叔，听您的。"

赵广林和赵存祥领着赵凌云出门拐弯走出村庄，向着丰源公社驻地的刘村奔去。赵广林提着毛边泛白的黑皮包大步流星地走在前面，他不说话，好像在思考着，见着翟书记怎么汇报。

他心想："我辛苦混了个在公社兽医站工作的公差，村里也没把我当回事。这帮畜生东西，对村里走出去在外公干的人羡慕疾妒恨，拿捏、冷淡甚至对立。单凭这些人，我才不会闲吃萝卜淡操心。我看的是赵存祥能看得起我，我看的是老少爷们的质朴厚道和对好日子的盼头。士为知己者死，是金子总会发光，我的价值要体现，一定要体现。翟书记能给我面子吗？他一定给，我一定要说服他给。"

赵存祥看着走在前面的赵广林，他突然想起一首诗，但只记得后两句"踏破铁鞋无觅处，得来全不费工夫"。他问赵凌云："凌云，我记得有一首诗写踏破铁鞋的，你还记得吗？"

赵凌云思考着答道："我记得有宋朝一位叫夏元鼎的诗人写过一首绝句中写铁鞋了。"赵存祥说："你背一下我听听。"赵凌云背道："崆峒访道至湘湖，万卷诗书看转愚。踏破铁鞋无觅处，得来全不费工夫。"

赵存祥说："正是。"赵凌云问："大哥，你怎么想起诗歌来了。"

赵存祥笑了笑没有回答。赵凌云那就更乐了，他心想："存祥哥，你就是我的榜样，能文能武！"

凌云想着刘村到底是什么样子。他努力地想却想不出，因为在他的脑海中没有可参照比较的资料。凌云出道即巅峰，这是赵存祥提供的，这是一个优等生才能得到的。

沿着曲曲弯弯的山路走了约八里，穿过两个村庄，走过毛山山边的石灰窑。赵广林说："我们要入大路了，离刘村还有 15 里地。"

下了个坡，一条笔直宽阔的沙子马路向西延伸着。路边笔直挺拔的杨树整齐排列，树枝规则地向上伸展，不时出现的鸟巢点缀着树干树枝的光秃。沿途走过郭村、岳村、柴沃、余粮店。再往前走，路旁一根方形水泥杆挑起的一块牌子上写着："刘村"。水泥杆用黄黑相间的油漆涂着，像狸猫尾巴的花纹，牌子白底红字，格外醒目。

进入刘村，人显然多了，人的衣着也显得干净洋气些，不时能看到几个骑自行车的。刘村的空气味道有些浓，混合着油香、果香，茶水炉的煤炭烟香。大路北旁有两层高的楼房，有一层高的瓦房，有宽大庄重的院落大门。这是公社驻地各国营单位的办公经营场所。

从东到西有丰源公社刘村药材收购站，丰源公社供销社、丰源邮电所、丰源公社粮所、国营粮所饭店。最气派的当数处于中间位置的丰源供销社。宽大而宏伟的大门两侧写着"发展经济，保障供给"。白色的门柱用黄漆勾画着不同的线条图案，门柱上面安放着两盏足球大的白色的灯，两扇浅灰色大门上像插着十几杆红缨枪。门东旁是二层供销大楼，门西旁是国营供销饭店。大路南旁是山崮县第二中学。偌大的校园，整齐的校舍，高大的杨树、梧桐树，平整开阔的操场，篮球架、单杠、双杠、沙坑。赵广林带着赵存祥和赵凌云，放慢脚步，走近一个个单位，向他们介绍。

来到山崮县二中门口，赵广林逗留了一会儿，他想让赵凌云仔细地看一看。作为长辈，舐犊情深，用心良苦。赵凌云用眼看着，用心记着，用脑想着，思绪像放电一样。希望、理想、力量激活了这位有志少年满身的细胞。

赵广林和赵存祥及赵凌云顺着二中西院墙的一条胡同向南走约 300 米，在一个十字路口向西拐去，大约 100 米，就是丰源人民公社办公大院。大院坐北朝南，大门门柱左侧挂着白底红字的牌子。

进入大门，一条大路笔直向北直到一个拱形圆门。靠大门口，大路东侧的影壁墙上写着五个红色毛体大字"为人民服务"。大路西侧与影壁墙并行视觉的地方生长着一棵八百多年树龄的银杏树。影壁墙和银杏树北，院内大路两侧各盖有三排青砖灰瓦的平房，每排十间，每间房的面积是 3 米 × 5 米。很显然，拱形门内的院落是干部职工的家属院。大路西侧最后面，也就是从南数第三排西头的几间是公社干部食堂。

赵广林他们走到影壁墙北面第二排最东头的一间办公室。赵广林轻声说："到了。"赵存祥突然刹住脚步。赵广林轻轻叩了叩办公室的门，屋里传来浑厚而温和热情的声音："请进！"随着声音落地，主人打开了门。

赵广林激动地说:"翟书记,过年也没歇!我来给您拜年了。"翟书记惊奇地说:"哎哟,老赵,大年初三你就来了,你可是我年后接待的第一拨客人,快进来。"

翟书记慈祥地看了看赵存祥和赵凌云,问赵广林:"这两人也是跟你一块来的吧,快进屋,快进屋。"赵广林说:"是的。"

进屋后,赵广林指着赵存祥向翟书记介绍道:"这是我侄子,叫赵存祥,是想水村的大队长。"又指着赵凌云说,"这也是我侄子,叫赵凌云,在想水村上学。"

翟书记听着赵广林的介绍,笑着说:"哎哟,广林,你行呀,两个侄子都有出息。"

赵广林向赵存祥和凌云介绍道:"这是咱们公社党委翟洪良书记,这名字响亮如雷贯耳,他是咱们广大社员的贴心人。"

翟洪良说:"广林,咱都是自家人,怎么听你介绍,我身上老是起鸡皮疙瘩呀!哈哈。"

这时,赵存祥和赵凌云端详着翟洪良书记。但见翟洪良书记浓眉大眼,鼻梁挺直,鼻头圆润,额宽嘴阔唇微厚,两只大耳缀着厚厚的耳垂,皮肤黝黑但红光满面,浓密的胡楂儿泛出青色。一米七二左右的个头,肩宽,腿直,身板挺拔,周身洋溢着朝气、阳刚,气宇轩昂。他戴着藏蓝色呢子帽,上身着藏蓝色中山装,外套黑色半身棉大衣,棕色毛领,下身穿着蓝色棉裤,脚穿一双黑色棉球鞋(俗称黑乌喽牛鞋)。合体朴素的打扮衬托着翟洪良40多岁的稳重、老成。

翟洪良的亲切热情和平易近人感染融化着赵存祥和赵凌云的胆怯、矜持,打消身份、地位的隔阂,拉近感情的距离。突然,赵凌云说:"翟书记,我见过您!"翟洪良愣了一下说:"是吗?在哪里见到我了?"

赵凌云不慌不忙地说:"在俺村沟西十四亩地头的路上。我和同学们在薅草,你推着自行车来到地头,插下车子,到地里看什么。十来,我以为是我爹从矿上回来了呢。走近一看,自行车样子一样,牌子不一样,我爹的是'国防',你的是'大金鹿'。"

翟洪良哈哈大笑:"好一个精灵鬼。是的,那是我骑车到你们村察看庄稼长势,看有没有病虫害。顺便再考察像你们这样的山村如何改变生产条件和面貌,缩小与平原地区的生产生活差距。"

赵存祥说："翟书记，到我们村去，你也不给我们打个招呼。"翟洪良说："我经常到各大队转，要都给你们打招呼，你们还干活儿不？我还能静下心看，静下心想不。"

翟洪良让赵广林，赵存祥、赵凌云坐在连椅上喝茶。翟洪良抓一摄茶叶放到茶壶里，茶壶盖用绳拴在茶壶把上，倒满开水泡着。他从茶盘里翻开底朝上扣着的茶杯，从暖水瓶倒出一小股开水，依次涮了三个，分别放到赵广林、赵存祥和赵凌云跟前，将泡好的茶给他们一人倒了一杯。他给他的搪瓷茶缸添了点热水，将椅子搬过来对着赵广林爷三个坐下。

赵广林说："翟书记，今天给您拜年，也顺便想给您汇报一下村里的事，刘宗宽书记家里有点事，委托存祥和我全权给您汇报一下。"翟洪良说："有什么事说吧，喝茶，别凉了，边喝边聊。"

赵广林说："存祥，你向翟书记汇报吧。"赵存祥说："翟书记，大年间的就来麻烦您，怪不好意思的。过去的一年，在您的正确领导下，老天也帮忙，风调雨顺，队里的社员老少爷们也努力，收成不错，像我们这个看天吃饭的地方也算个好年景。祖祖辈辈就这样过来了，好一年歹一年，好在想水村地宽绰，土质也好。翟书记，我看，制约我们村发展的还是水的问题，遇到旱年，吃水就是问题，别说浇地了。这么好的地产不出粮食，确实可惜。像玉米、小麦喜水的庄稼还不能多种，种也收不好，社员一年到头就是吃地瓜，生活也得不到改善。我们给国家的贡献也不够大。年前冬闲时候，我利用几天时间对我们村的自然条件、资源和周围方圆几十里地的情况进行了调查，形成了资料，也产生了一些想法。一是能不能从尚岩水库或周边小水库修水渠引水改善吃水和水浇条件。二是对馍馍山上的地能不能像来泉公社峪子村那样将坝堰砌垒，建成梯田，防止水土流失，增加土地面积。25度坡以上全部栽上松柏树，25度坡以下可以种粮，可以栽果树或花椒。坝堰上全部砸上花子（金银花）。三是对生产路进行改造，种收、推拉方便，提高生产效率。四是对原有的小地块依据坡度整合整治整平，这样能让土壤兜得住土肥，把低产田变为中产田乃至高产田。从过去、现在看，单凭我村的力量还不能完成这些任务。从主观上看，我村社员艰苦奋斗精神还不够，比不上大寨人大战虎头山、狼窝掌的精神。我就想看看能不能借农业学大寨的东风，公社组织在我村搞个农田水利基本建设大会战，依靠上级和集体力量，改变想水村严重缺水、生产落后、自然条件恶劣的局面。翟书记，想水村的社员热爱您、感谢您、盼望您能给予支持。再就是，老辈都说靠山吃山，靠水吃鱼，我们有馍馍山，看看能在我们村里建个水泥厂不？都说那山上的石头适合烧水泥。"

赵广林补充说："我们那个村确实不孬，要不是缺水，不次于西乡平原地区。存祥很有能力，很实干，想改变村里的面貌，想多产粮食和经济作物，多为国家做贡献，看看老领导支持下呗。"

翟洪良坐在椅子上一动不动地认真听着赵存祥和赵广林汇报，他时而温暖真诚地看看赵存祥，时而稍微抬头看看墙上的宣传画。

第 26 章

翟洪良喝一口搪瓷缸里的茶水不紧不慢地说道："今天你们爷三个来给我介绍村里的情况，谈了一些想法，提出了一些意见建议和办法，我高兴！我很高兴！什么叫开门红？什么叫开门工作？这就叫开门红！这就叫开门工作！我们丰源公社有山有水，有丘陵有平原，物产丰富，丰源丰源名不虚传。你们想水村在我们公社是纯山村，想水村的人很纯朴、很能干、很勤劳，尽心尽力因地制宜抓生产，给公社、给国家做出了贡献。事物总有两面性，有利有弊，咱们北方的山区，山村往往缺水，当然也有的地方山灵水秀。我们这里主要是降水量少，年降水量在 600 毫米至 800 毫米，有的年份也只有 400 毫米到 500 毫米，山区地势高，石沟、坑窝存不住水，打井也难。遇到暴雨，出现泥石流，山陡水急，这就是人们所说的穷山恶水。除弊兴利是人们与自然斗争的永恒主题。水利是农业的命脉，历史上大禹治水，三过家门而不入，李冰父子兴修都江堰，沙漠地区设坎儿井。明代的农学家、科学家、数学家徐光启认为，水利为农之本。无水则无田。新中国成立以来，在党的坚强领导下，我们发扬自力更生、艰苦奋斗的精神，大搞农田水利基本建设，整治河道，修建水库，取得了巨大成就。我们向阳市和山崮县的水库建设走在全省前列。前不久向阳市委召开的农业学大寨会议对开展农田水利基本建设大会战作出了安排部署。你们今天来汇报的这个事情，我一直在思考，想把以想水村为主要地点的三个大队纳入县里农田水利基本建设大会战。对存祥汇报介绍的情况和想法，我完全赞同、完全同意，也对存祥同志务实开拓的精神和对工作负责的态度情怀表示赞赏和感谢。过几天，公社就开会研究，研究决定后报县里。"

翟洪良接着说，"存祥提到靠山吃山，想建个水泥厂，把馍馍山的石头烧成水泥发展工业经济，这个想法很好，但是我不赞同。为什么呢？第一呢，爬山容易下山难，挖山容易护山难。像你们想水村在丰源公社就是宝贝，这是丰源公社的后花园和生态屏障。现在穷点、困难点，也不能破坏性发展，给子孙后代留点基业功德无量。第二呢，距想水村不远的来泉公社驻地新批了一个水泥厂项目，这肯定会在开采石料、烧炉等方面制造污染，你这里要再建个水泥厂，山挖得跟狗啃的一样，煤烟、灰尘也够呛。第三呢，就是咱想水村闭塞，道路不通畅，目前不适合搞水泥厂这样的项目。下步有条件再搞适合的工业项目，搞工业是方向，但要因地制宜。听说，来泉公社水泥厂建设请的技术顾问是你们村里走出的大学生，在向阳市水泥厂担任技术科科长，叫周炳继。"

赵广林和赵存祥几乎异口同声地说："他祖籍西县，他给村里和大队联系不多。"翟洪良说："你看看，这就是个问题。他跟村里跟大队联系不多，问题不在他，而在村里……"

这时赵广林不说话，赵存祥的脸红红的，火辣辣的。

翟洪良接着说："现在农村里有些人，特别是对考学走出去的、当兵走出去的、招工走出去的、外出谋生走出去的人，老是用另样的眼光观察，看这个人出去后架子变大了吗？看这个人还热乎人吗？看这个人还听大队的招呼吗？这是不对的，这是有害的。不管是考学、当兵、招工、谋生走出去的那都是有能力的、有想法的、有魄力的、有勇气的。按以前说法这就是乡贤。给他们搞好关系，吸引这些人经常回家看看，他们能带来外面世界的风景、信息、文化，工作经验、理念、方法，人脉和资源。只有这样，村里才能出现更多的人才，才能打开闭塞，通向更大的世界。你说呢，存祥？"

赵存祥连忙说："是的书记，是的书记，我们一定要牢记您今天的教导，在想水村树起'尊老敬贤、尊能敬贤、见贤思齐'的风气。"

翟洪良看到赵凌云听得津津有味，专心致志，打趣道："我们的后备军，赵凌云，你长大了想干什么？"

赵凌云说："我想扎根农村，像存祥哥一样好好干。"

翟洪良、赵广林、赵存祥都被赵凌云说笑了。

翟书记说:"存祥,你把你调查的资料留下吧,我转给公社农业站和水利站的同志,让这些技术人员分析研究。你提的想法,意见合理的要积极采用,不合适的,要让他们再完善拿出切实可行的方案。"

赵存祥从包里拿出一摞纸交给了翟洪良。翟洪良认真地看了一下。赵存祥提供的资料分为三个部分:一是我看到、听到的;二是我想到的;三是我盼着解决的。资料有图示、有数据、有文字。赵存祥提供的资料包括了:"一概况,二意见,三建议。"虽然他不懂文字材料的起草,但已初步有了汇报材料的逻辑。翟洪良对眼前的这位年轻人刮目相看,发自内心地欣赏和钦佩。

翟洪良最后说了一句:"回去,代我向刘宗宽和其他同志,也通过你们向想水村广大社员、父老乡亲问好!拜年。"

翟洪良大口喝了一口水,将茶缸放到办公桌上,对赵广林说:"广林,咱出去转转。"赵广林跟着翟洪良径直走向院西南角的厕所。

翟洪良书记的办公室只留下赵存祥和赵凌云。赵存祥从紧张的气氛中解脱出来,他静了静神,仔细地打量观察着翟洪良书记的办公室。

他看到翟书记的办公室面积不大,布置得简朴、紧凑。东墙靠南放着一个高1.8米、宽1.2米的棕色木橱,挨着橱子对着窗户放着一张长约1.2米,宽约0.6米的抽屉桌(办公桌),桌子上放着蓝色墨水和红色墨水,一盏玻璃罩子煤油灯,可能是防备停电时用的。一把木椅,由于接待赵广林,被搬到办公室中间。办公桌上方吊着一盏电灯,电灯泡被外绿内白的铁皮罩罩着。门口紧靠办公桌放着一个洗脸盆架,盆架上放着一个白色的搪瓷洗脸盆,盆架上搭着一条白色的毛巾。门后放着一把扫帚和铁簸箕。靠西墙放着一辆"金鹿"牌自行车。靠北墙放着一个三人连椅,靠东墙的橱子北面放着一个两人连椅。

西墙上贴着宣传画,是"人民公社胜利前进"。画面上部为绿油油的梯田,中部为充实的粮仓插着红旗,一位女拖拉机手开着拖拉机,身旁坐着一个男社员,女拖拉机手的头发向后飘着。画面下部红底黄字写道:"人民公社力量大,山听指挥水听话。高山峡谷锁蛟龙,农业实现水利化。"

翟洪良和赵广林走进办公室。赵广林说:"存祥,你和凌云去解个手,我们也该回去了。"赵存祥说:"好吧。"

赵广林说:"厕所在最西南角,左边的是男,右边的是女。"

赵存祥带着赵凌云向西南角走去，走到银杏树跟前，他们被震撼了，这棵银杏树比想水村的老白杨树还要粗、高。赵存祥对凌云说："凌云，你趴在树上用手抱住树。"赵存祥也贴近银杏树树干，用手抓凌云的两只手，却没有够着。赵存祥说："这树真粗。"

这时，从大门走进一个骑自行车的人，他进了大门，左腿踩着脚踏子，右腿向后甩了下，看似下车，暂停几秒，他却右脚蹬了一下地又抬腿上车，蹬着向前骑去，接着传来一阵"叮铃铃，叮铃铃"的自行车铃铛声。出入下车，这是规矩，也是礼节。赵存祥和赵凌云看见骑车人下车赶快离开银杏树，羡慕地看了下骑车人，伴随着自行车铃铛声走进厕所。

翟洪良书记和赵广林回到办公室坐下又聊了起来。翟洪良说："广林，中国农业文明几千年，出现了不少农学家，也留下了像《氾胜之书》《齐民要术》《陈敷农书》《王祯农书》《农政全书》等中国古代五大农书。我们搞农田水利基本建设，就是在治土、治田、治水上取得成效，我想农业的根本出路在于机械化，我们在生产路、上山路修建修整时要予以超前考虑。也要拓展到林果、畜禽，农以种为本，种以质为先。农这样，林也是这样，畜更是这样。"赵广林说："翟书记，你的知识太渊博了，您对问题的思考、把握很有远见，你就是我们的福气呀。"

赵广林接着说，"我认识山崮县一中的一个老师，名牌大学毕业，家是上海的，他代课那可是全校数第一。他的消息灵，他说欧洲的一种长毛兔叫安格拉斯品种，德国、法国都有，一只兔子年产毛二斤，兔毛的质量还好。"这时，赵广林仿佛想起什么，他的声音变小，用手半遮着嘴说，"我听他说，像牛、猪、羊、鸡，外国都有好品种。"

翟洪良也小声说："是的，国外在这方面是有些好东西。"

接着翟洪良的嗓音恢复正常说："我们传统的农作物，林果、畜禽品种是经过几百、几千年进化而来，适应性、抗病害能力强，这个优势什么时候都不能丢，我们都是学农的，我们知道也理解这个道理。"

听到翟书记把自己归到一块学农的，赵广林感激、兴奋。翟洪良说道："广林，今天说的这个话题，什么国外，什么欧洲，出门千万不要跟任何人啦，更不要提山崮县一中的那个老师。可别给人家添麻烦。千万记住。"赵广林说："那是哟，这个我懂，我也做得到，你放心。"

赵存祥和赵凌云解完手回到办公室。赵广林说："翟书记，天也不早了，您累了一上午，也该回家吃饭了，我们也赶回去。"翟洪良说："广林，存祥，还有凌云小同志，我就不留你们到我家吃饭了，你们今天说的这些事，我都清楚了，尽力推动办好，我再次感谢你们帮我们改进提高工作。"

赵广林说："翟书记，大过年的，我们带了几斤花生、绿豆，你可收下。"翟洪良迅即拉长脸说："广林，我理解你们的心情，心意我也领了。你们家里一年就分这点绿豆、花生、大豆的，这可是稀罕物，煮个地瓜汤、地瓜干汤、高粱汤、小米汤，放把绿豆显得香。我们生活可比你们好多了，我说的实在不？到家不？你们理解我，快带回去吧，啊。"

说着，翟洪良把一袋花生和一小袋绿豆交给赵存祥："你们爷三个回家吧，我也该下班了。存祥，有想法就来找我，别见外。"

翟洪良把赵广林、赵存祥、赵凌云送到大门口。

第 27 章

翟洪良的家就在拱形门内的公社家属院最后排从东数第一家。三间普通瓦房，靠东墙建有一个简易的厨房，靠西墙栽着一棵柿子树，看上去像个盆景。翟洪良家共有六口人，岳父任惠民，岳母任老太。妻子任泽香，省师范学院中文系毕业，任公社中心学校副校长兼语文老师。

任泽香长相与翟洪良比稍显一般。她头发稀而黄，眼小，脸红还长着盖脸沙，四环素牙，牙有点乌。一米六的个头，走路有明显的"外八字"，只有那鼻梁上架起的近视镜显示出她的文静内秀和与众不同。

"腹有诗书气自华"，任泽香真的与众不同，才华井喷。她文学功力深厚，发表过不少文学作品。她创作的柳琴戏剧本《回娘家》和《喜字当头》被山崮县文化局确定并推荐给县柳琴剧团作为县里文化精品和剧团主打剧目。

任泽香兄弟姊妹六个，她是家里最小的孩子，也是父母最重视最疼爱的孩子。她跟翟洪良结婚后，父母一直跟着他们居住，翟洪良、任泽香孝顺，任惠民、任老太两位老人慈祥，谁也离不开谁。

翟洪良有两个儿子，大儿子叫翟福华，二子叫翟福兴，年龄与赵凌志、赵凌云基本同龄。两个儿子在山崮县城上的幼儿园和小学。翟洪良调任丰源公社书记后，妻子从县城中学调入丰源公社中心学校，两个儿子也转入公社中心学校上学。

任泽香已经将饭菜做好端上桌，任老太将做好的菜用碗卡着盖着，怕菜凉了。任惠民从散装白干酒桶里倒出两杯酒，一杯放到自己跟前，一杯放到翟洪良习惯坐的位置。翟福兴、翟福华从菜橱里拿出碗、筷，熟练地摆在餐桌上。听到翟洪良有力的脚步声，接着就是他那浑厚而有磁性的声音："上午接待了想水村来的几个客人，有点晚了，你们该先吃，别等我。"

翟洪良脱掉外套和帽子，翟福兴急忙接过送到翟洪良的卧室。翟福华接了点水，又从煤炉子上的铝壶里倒出一股热水说："爸，您洗洗手吃饭吧。"翟洪良说："好，孩子，你们也吃饭吧。"翟洪良洗过手，坐在岳父身边。任老太把扣在盘子上的碗掀起，一股和着醋、蒜的菜香扑鼻而来。

翟洪良对岳父任惠民说："大爷，您平常喝着这个酒的劲还行吗。"任惠民说："洪良，你可别说，咱县的这个酒厂产的白干酒，够劲够味"。翟洪良说："大爷，我敬您老一个酒。"端着酒杯往任惠民端着的酒杯下方一比画，又对岳母任老太说："大娘，您老不喝酒，您端下碗，我也敬您了。"任老太说："你看，洪良可别把我敬醉了。"边说边捂着嘴笑。

翟洪良一气喝下半杯。翟洪良说："来，来，来，吃菜。"

翟洪良看着桌子上的六个菜个个是精品。白菜粉条肉，猪大肠炖豆腐，油炸花生米，凉拌绿豆芽，红烧土豆，辣油萝卜丸。特别是那个白菜粉条肉，味道绝美。

任泽香说："做这个菜，大茴、醋是提味的灵魂所在。"

翟洪良拿起筷子从白菜粉条肉里夹了一块肉放到岳父碗里，又依次夹一块分别放在岳母、妻子、两个儿子的碗里。自己夹了一棒白菜送进张大的嘴巴里。边吃边说："好菜，好味道，吃不够的好菜。"任老太对着任泽香说："老翟，你听洪良夸的，咱做的白菜真有这么好吃吗？"任泽香说："反正他把肉都给我们了，看来，还是白菜好吃。"娘俩对视着幸福地微笑着。

在山崮县这一带，女婿管岳父叫大爷，管岳母叫大娘。不论女婿自己的父母比岳父、岳母年龄大还是小，都得在结婚时改口叫大爷、大娘。女儿出嫁后，娘家人却称呼出嫁女为"老（夫姓）"，像翟洪良妻子任泽香，母亲就称呼她为

"老翟"。

任惠民和翟洪良每人喝了三小杯酒，这也叫酒过三巡，菜过五味吧，每人吃了碗馏得热腾腾的饺子。

任泽香说："娘，你别动，我和福华、福兴拾掇桌子。"翟洪良附和着说："大爷，大娘，让他们娘仁收拾吧，我泡壶茶咱喝。"

任惠民说："洪良，歇这三天，你又该忙起来了。"翟洪良说："大爷，不光我忙，都没闲着，这几天，我也没有完整地在家陪你们。"

任惠民说："你肩上的担子重，事多，你干你的，我们不需要你陪，把上级交办的事、社员们的事办好，这比什么都让我高兴。"

第28章

赵广林、赵存祥、赵凌云原路返回，当他们走到山崮县二中时，赵凌云不停地扭头望着那一排排教室和大大的操场。到了村头，赵存祥说："广林叔，到我家吃饭昂，咱好好拉拉呱。"

赵广林说："也行。就怕你大婶子做好饭等着我哪，我先回家把包放下，给你大婶子说一声，我再去。"赵存祥说："不用，这都到几时了，大婶子还等您吃饭？让凌云给大婶子去说声算了。"

赵存祥怕赵广林回到家就不出来了。一是赵广林这个人很人样（讲究），不喜欢麻烦别人，他给社员的畜禽看病，做骟割手术，从不吃人家的饭。二是大过年的，到谁家吃饭，主家都得好酒好菜招待，家家都不易，准备点过年菜还得应付年后来往的亲戚。三是，平时无所谓，过年了，到谁家吃饭，说什么也不能空手。赵存祥的担心个是多余的，赵广林要么回到家就不去了，要么他得带着东西，赵广林就是这么想的。

赵存祥带着赵广林和赵凌云回到了家。赵广勤招呼赵广林和赵凌云道："广林，凌云，麻利地屋来歇会儿，喝茶。今天，你们可受累了。"赵广林说："广勤哥，可顺当了今天。"赵存祥说："爹，你跟俺娘帮忙，麻利地给俺捞点饭吃，还真饿了。大过年的，弄点好吃的犒劳犒劳俺广林叔。"赵广林说："广勤哥，可简单点，您跟俺嫂要把我当外人，做复杂了，我这就走。"存祥娘说："不复杂，兄弟来，你上家里来吃饭，俺没法再高兴了，都是现成的，您坐会儿，我一会儿就做好。你看，调个焖菜豆粒，用鸡蛋炒个绿豆芽，炖个白菜粉条肉，炖两个酥菜，再炸个花生米。你跟恁哥和两个侄喝杯酒，过年啦，也喜庆。"

她接着说，"存祥爹，你把梁头上的酥菜篮子给我够下来，抓一碗丸子，抓一碗酥地蛋。"

赵广勤踩着马杌子（一种方形没有靠背的高而大的板凳），将酥菜篮子拿下，又将一块吊着的猪肉取下。

赵广勤说："存祥，你给你大叔倒茶，拉呱，我帮你娘做饭，你把酒瓯子刷一刷。"

一阵忙碌，六个菜上桌。赵存祥将刷好的酒瓯子斟满酒。赵广勤说："广林，今天你来我家，虽然咱是一家弟兄，但你为客，我为主，你说嘛得坐上首。再说，你今天就是贵客。"赵广林说："看，广勤哥，你都扯哪里去了，你是哥，我是弟，什么时候不能乱了规矩、乱了方寸，说什么我也不能坐上首，你赶快坐，赶快吃吧。"赵广勤说："那好吧，恭敬不如从命，我兄弟什么时候都是明白人，都是讲究人。"

赵广勤接着说，"咱先吃两棒菜再喝酒，吊吊里子，避免伤胃。"两轮过后，两碗酥菜下去一半。赵广勤举杯："来来来，喝第一杯，敬天敬地敬祖先，福佑想水村，去年风调雨顺，今年五谷丰登。"喝罢，说："来，来，来，喝第二杯，好酒敬亲人，敬广林，不耍滑不耍奸。"喝罢，吃菜。然后又说："来，来，来，喝第三杯，祈福想水村一年更比一年好。"

三杯酒下肚，赵广林肚子里热火朝天。赵广林说："广勤哥，我们今天喝得有点急，有点猛。"赵广勤说："广林，过年就得有过年的样，高兴就得有高兴的表现。"

再几杯下肚，赵广勤、赵广林脸都有点红了，思维变得不是迟钝而是更活跃了，嘴虽然有点僵硬的感觉，但话有点不听招呼地向外冒，不吐不快。赵广勤和赵广林是同姓弟兄，儿时玩伴，本来就无话不谈，酒劲儿一冲，未泯的童心跳跃起来。他们开始讲故事、做游戏，赵存祥和赵凌云乐翻了天。

赵广勤说："什么是君子之交淡如水？以前的人都穷，但有一个人很讲义气他的朋友来做客，家里只有半瓶酒，他留给朋友喝，他让妻子用酒壶装上水自己喝，朋友问他，'你怎么不喝瓶里的酒'，他说'我喝壶里的酒习惯了'。酒足饭饱后，趁他不注意，朋友拿起酒壶闻了闻，酒壶一点儿酒味也没有，朋友明白了，主家喝的是水。朋友十分过意不去，告别时，朋友说，咱俩就是莫逆之交，君子之交淡如水。朋友作揖挥泪而去。"赵广林说："我们兽医站的大老戚不识字，天天别着钢笔充有学问的。一天，他拿着报纸大声喊'出大事了，出大事了，你看一个人拉着地板车翻车了，人也头朝下'。"众人惊作一团，争相观看，结果老刘说："哪里是翻车，你的报纸拿倒了。"众人哈哈大笑，大老戚说："报纸还有这个讲究。"

赵广林说："存祥你也给我们讲个故事乐呵乐呵。"赵存祥说："广林叔，我肚子里没有故事，我喝杯酒代替。"说着赵存祥将半酒瓯子酒喝下。赵存祥说："凌云你讲故事吧，练练口才。"

赵凌云说："我讲个我同学吴六当的故事。吴六当可会捣了，他考试不会做，就抄同位陈庆东的答案，结果连陈庆东的名字也抄上了。老师说，'你抄都抄不到那个窝上'，可叫老师砢毁了。"

赵存祥说："凌云，你行啊，讲得不错。"赵广林对赵广勤说："大哥，咱玩个棒打虎的游戏吧，老规矩，谁输谁打一下自己的手。"

棒打虎的游戏规则是：棒打虎，虎吃鸡，鸡吃虫，虫拱棒。一物降一物。游戏开始后，赵广林连输三次，当第四次他们的筷子敲在一起时，赵广林大声喊道："棒打棒打老鼠。"赵广勤和赵广林哈哈大笑。

赵广勤说："广林，你在哪里弄出个老鼠呀，还是你输了。"

讲了故事，玩了游戏，天已经不早了。本来饭局要结束，赵广林又讲了两个故事。赵广林说："从前有个少年善良温顺，人见人爱。一天，他求学路上，路过一个桥，看见一位老人坐在桥头上，他就上前问老人：'老爷爷您需要帮助吗？'老人不搭腔，却把鞋子脱掉扔到桥下边。少年以为老人疯癫，又怕他无鞋可穿，就下桥将鞋子捡来给老人穿上。没想到，老人又脱掉鞋扔出老远，少年又捡起给老人穿上。老人认为少年善良敬老，又有耐性，就对少年说，'孩子，我给你一本书，你要好好读，你一定会成为治国栋梁'。少年接过书正想谢老人，这时老人化作一道烟直冲青天。少年熟读老人赠送的兵书，成年后成为运筹帷幄、决胜千里的奇人。这个人就是汉朝军师张良。"

赵广林又说："以前有个读书人为人忠厚贤良，尊老爱幼，做了许多好事。他进京赶考，答卷时，写的文章有一个字缺少一点。待阅卷考官先生看到这个字时，有一只蚂蚁蜷成一个点牢牢地只趴在那个字的点上，他看着像只蚂蚁，用手却弄不掉，考官就给了高分。这位赶考的读书人就考中了。人行好事神助也。"

赵存祥和赵凌云听着直点头。

赵凌云回到家，给娘和哥哥凌志、弟弟凌峰讲了去丰源公社的经过。讲了丰源公社驻地刘村的街道，空气味道，山崮县第二中学的教舍、操场，供销社大楼，公社大院和银杏树，还在那个男左女右的厕所撒了尿。娘听着，笑得合不拢嘴，凌志、凌峰嘴巴张得像个"O"，羡慕毁了。

大年初四，丰源公社书记翟洪良主持召开了公社党委及革委会领导班子会议。公社党委副书记、革委会主任章士林，副书记廖锡金，副主任王晓东、金真、刘学博，党委委员、武装部长董明新，团委书记丁闯，妇女主任刘兰娟参加会议，党委秘书汤勇作记录。

散会后，章士林主任又与翟洪良书记交换了意见，章士林表示完全赞成在公社东北部开展农田水利基本建设大会战。他还表态，如果向上争取不来，就组织抽调公社20个大队开展大会战。翟洪良十分赞许。

大年初六的晚上，向阳市委会议室灯火通明。会议主要研究召开全市学大寨农田水利基本建设动员大会。

会议决定，正月十六召开向阳市学大寨农田水利基本建设动员大会，正式启动。市委办公室做足准备，牵头筹备。会议还研究了其他事项。

机遇总是留给有准备的人，机遇也总是青睐那些抢抓机遇的人。赵存祥无疑是受机遇青睐的人，他的精心准备及时报给丰源公社，丰源公社接续精心操作，以想水村为重点包括周边几个山村的山水林田路治理建设规划，赶在地区动员会召开前五天报到了山崮县农林局，山崮县农林局行文报向阳市农林局，同时报县委办公室，县委办公室报县委领导研究后，以县委、县革委名义行文报向阳市委办公室。丰源公社的这个方案顺利纳入向阳市农田水利基本建设方案，并在全市动员大会上通过并发布。

第29章

春节的欢乐一直洋溢着、延续着，赶大集听书、看大戏，好不热闹。豫剧《朝阳沟》《穆桂英挂帅》，柳琴戏《王华买爹》，大鼓《杨家将》《呼家将》等剧目争奇斗艳。说书唱戏也有遛乡驻村演出的。运河大鼓艺人苗祎，外号苗大牙，携鼓（大鼓）带简（简板）来到了想水村。

苗祎是西县人，是想水村周炳续的亲戚，周炳续叫苗祎表叔。这个人的最大特点是留着大背头，镶着两颗金黄的大门牙，爱笑，一双大眼睛配着两道上"八"字眉，敲鼓的手中指上戴着一个银戒指。

苗祎来想水村说大鼓就住在周炳续家。苗祎来到想水村后，周炳续就满村传信说："苗大鼓来想水村了，晚上表演的曲目是《金鞭记》，还有《红楼梦》。"周炳续还特意找到赵存祥说："我亲戚苗祎先生来我村说大鼓，他说得可孬，远近闻名。你能在庄上的大喇叭里喊一喊招呼招呼社员们帮个人场。听完给他一点地瓜干就行。"

赵存祥看周炳续积极认真的样子就满口答应。

赵存祥送走周炳续，就赶快去了刘宗宽家。

赵存祥说："刘书记，咱村里来了个说大鼓的，是周炳续的亲戚，西县的，说得不孬，也给社员提供点乐子，活跃活跃村里的年味和文化。我想让您在大喇叭上喊喊让社员们，大人、小孩都去听听。"刘宗宽笑着说："噢！我以为是什么事呢！你打开麦克风和扩音器，喊一喊就是。"赵存祥说"还是您来喊"。

刘宗宽假装生气地说："存祥，咱两人还分这那，什么事你大胆干就是，我支持，你喊吧！喊呼完，你顺便叫一叫你大叔赵广林，到时候，咱三个人也一块去听听。"

赵存祥打开播音机和扩音器，也没有用手指敲麦克风，也没有用嘴吹，直接喊道："广大社员请注意，广大社员请注意。春节欢乐不停，大家欢欢喜喜。大鼓艺人苗祎先生来我村表演运河大鼓，他说的大鼓有文戏有武戏，好听着呢！今天晚上在大队办公室门口的场地上表演。请大家光临赏光，乐呵乐呵。"

社员们听到村里来说大鼓的了，十分高兴，平时还要赶集去听呢，到村里来说大鼓，那得去听。社员们听大喇叭喊的话怎么换人了呢？没有手指敲的"嘣嘣嘣"声音，没有用嘴吹的"噗噗噗"声音，也没有"不但而且"的口头语，也没有"这个……这个"的口头禅。仔细听，这是赵存祥的声音。社员们心想，还是人家赵存祥，干什么事都是那么利索、那么得体。周炳续听到赵存祥在大喇叭上向全大队社员发出了邀请，十分感动。赵存祥这样的人值得信赖、值得托付。

赵存祥下完通知又专门赶到赵广林家。赵广林不在家，赵存祥就安排赵广林妻子道："大婶子，今天晚上有说书的，在大队办公室门口，刘宗宽书记安排我喊俺广林叔晚上去听，我们三个人一块去。你也去听听吧，据说，这个说大鼓的说得不孬。"

赵广林妻子说："我刚才在大喇叭上听到了，俺可得去，俺正想喊你广林叔一块去呢！那他跟你们一起去。"

赵存祥说："是的。"赵广林妻子心里有说不出的高兴和滋味。

接着，赵存祥又去了周炳续家登门拜访大鼓艺人苗祎先生。赵存祥敲了下大门，周炳续打开屋门走到院子中间看到赵存祥："存祥？！俺正想去感谢你呢，你就来了。贵人不请自到呀。"赵存祥说："我按照你的要求都安排好了，受刘宗宽书记委托，我来看望拜访一下苗先生。"

周炳续说："那太感谢您了，快到屋里去。"

这时，大鼓艺人苗祎已站在屋门口彬彬有礼地等着这位要来拜访他的人。进了屋门，周炳续向苗祎介绍道："表叔，这是我们村的大队长赵存祥。"转脸看着苗祎向赵存祥介绍道："赵大队长，这是我表叔，著名大鼓艺人苗祎。"

赵存祥双手握着苗祎的手说："我代表刘宗宽书记和全村社员热烈欢迎苗先生，苗先生远道而来实在辛苦了。"赵存祥转脸笑着对周炳续说："炳续哥，对亲戚招待照顾得还好吧？"没等周炳续说话，苗祎抢着说："好生照顾，好生照顾，岂是一个好字了之。"

周炳续笑着说："咱庄户主儿，庄户饭，可真照顾不好，也只有请表叔海涵了。"

苗祎瞅着赵存祥，用右手五指弹跃着向上将了将规则整齐的大背头，又用左手的食指、中指、无名指在背头的左、中、右三块文雅地拉了几下。

周炳续让座倒茶。赵存祥问："炳继哥没回家过年。"周炳续说："几年了，他都没回来过。嫂子是城市人，回来过年，咱这条件确实不行。再说人家跟岳父岳母一直在一起生活，哪能抽开身。欸！别说了存祥，我哥近期受来泉公社邀请，受向阳市水泥厂委派到来泉公社帮助建水泥厂，以后回家就勤了。"赵存祥问苗祎："苗先生，你表演的这个运河大鼓跟山东琴书是一类的吗？"

苗祎说："不是一样的。山东琴书又称唱扬琴或山东扬琴。它源于明代中期鲁西南菏泽地区兴起的民间小曲自娱形式'庄家耍'。山东琴书表演为多人分持不同乐器自行伴奏，分行当围坐表演，以唱为主，间有说白或对白。运河大鼓也叫单大鼓、鼓书或鼓词，渊源于豫东大鼓。用犁铧片击节，也有的用铁片、铜片，简板击节，用小鼓和唱。我们运河大鼓的伴奏乐器没有弦乐伴奏，只用小鼓和犁铧片。我现在用的是小鼓和月牙板。"苗祎说着搬出小鼓，从包里拿出月牙板，用食指、中指无名指夹着，轻松自然地打了几下，月牙板发出"当叮当叮当"清脆悦耳节奏强烈的声音。

苗祎接着介绍，"运河大鼓曲体结构属板腔体，曲调不复杂。总的唱音乐归纳为引子、起腔、平板、索板四部分。引子就是正文前加的闲话；起腔就是开头板，也就是接引子的唱词；平板即是运河大鼓的基本唱腔，也是主要板式；索板即是结束句，在主题唱腔进行中根据唱词中不同的句式格律，运用五字垛、十字连、三字紧来表现不同的感情。"

苗祎问赵存祥："我说的这些，你能听懂吗？"赵存祥说："我能听懂，运河大鼓艺术博大精深，苗先生传承这门技艺，功不可没呀。"

苗祎说："据说，运河大鼓的源头豫东大鼓起源于山东呢，曲调是山东农村的民歌小调，是由鼓词与山东民歌小调结合的产物，原先也有三弦、曲胡伴奏，后来只用犁铧击节，用小鼓和声演唱，曲风也由缠绵婉转改为雄浑深厚地方方言浓厚的壮曲风。"

赵存祥作了个揖对苗祎道："听先生一席谈，胜读十年书，对于这些，我们这些社员老百姓知道得真不多，甚至一无所知，只是喜欢听大鼓表演，喜欢听唱腔的那股味，念念不忘。"苗祎说："是的。说大鼓有吟有诵，有说有唱，关键还在唱。这个对说书人的嗓子、感情、气息把握有较高的要求。唱腔有慢板、二板、快板、串子口、连环扣等。我们说书人唱腔的尾音多用鼻音，带'哼'字。我表演一下你听听。"

苗祎边说边抿住口嘴，从鼻子里发出凄婉而粗浑的声音。苗祎说："我刚才表演示范的，在说书中常用的艺术手法叫'七十二咳咳''八十二哼哼'。再说这个鼓也有讲究。鼓点儿有紧急风、长流水，五鼓二板、凤凰三点头、蜻蜓点水等。"

苗祎向赵存祥介绍："谈运河大鼓不得不讲豫东大鼓，豫东大鼓历史悠久，表演艺术家人才辈出。豫东大鼓表演，有名的当数永城市的刘福星（1902年生），在永城保安山奶奶庙会上，被丰县、沛县、萧县、砀山县、宿县以及永城市、夏邑县、虞城县到会的艺人赞誉为'大鼓状元'。民国年间，夏邑县形成了以唐志军、唐志修、唐志虎为代表的唐派大鼓。民国末年，虞城县出现了著名的大鼓艺人梅春田、梅春才、梅春海，被群众誉为'梅家大鼓三杆枪'豫东大鼓由商丘传入我们丰、沛一带，我认了师傅，精心学艺，混口饭吃！混口饭吃！"

赵存祥听得心满脑满，暗生对苗先生的佩服。苗先生是真正了解、理解运河大鼓和豫东大鼓的渊源、精髓和要领，他是真正热爱民间传统文化艺术，执着传播、传承传统文化的乡土艺术家。

苗祎先生说唱大鼓是为了混饭吃。唉！你无论是谁，无论干什么，哪个不是混口饭吃？混口饭吃是人的最基本也是最根本的需求。混口饭吃不卑微，不下贱，不灰暗，不低劣。混口饭吃体现普通人对生命对生活的坚守和追求，朴素而崇高。只有树立混口饭吃的"饭碗"意识，养成用心用手用脚辛勤劳动的习惯，才能形成对自然、人类、社会的敬畏，才能做一个正常的人，做一个对社会有用的人，做一个被人尊敬的人，做一个溢美溢能溢力的实在厚道的老实人。

夜幕降临，想水村热闹起来，男女老少搬着板凳、马机子、椅子纷纷走向大队办公院大门口。赵存祥喊了刘宗宽，邀了赵广林，三人有说有笑来到人群的后边，赵存祥把早已准备好的三人长凳放在刘宗宽和赵广林跟前让他们坐下，自己也坐在长凳的一头。

赵凌云搬着板凳给赵存祥、刘宗宽、赵广林打过招呼偎到前面，三瞎子赵广清看了一眼赵凌云，说道："凌云，可要静心听，听书要听音。"接着，他嘟囔着说，"口技人坐屏障中，一桌、一椅、一扇、一抚尺而已。众宾团坐。少顷，但闻屏障中抚尺一下，满座寂然，无敢哗者。"

赵凌云问："三叔，您刚才说的什么？"赵广清往后仰了下身子说："我说的是清朝林嗣环写的《口技》，你以后就知道了。"

苗祎在周炳续帮助下把鼓架支好，用绳把扁形鼓吊在鼓架中间，将鼓槌放在鼓面上。鼓槌有手指般粗，手握的一头用布包着，另一头向上翘卷成一个钩。这个鼓槌是用被称为"帝王木"的柘子木做的。长时间地使用，汗油的浸润使鼓槌变得光滑油亮，像人养玉三年玉养人一生的羊脂玉。鼓的一旁栽着一棵一人高的杆子，杆子上挂着一盏马灯。一把椅子，一个暖水瓶，一个搪瓷茶缸，茶缸里泡着胖大海。这就是运河大鼓艺人表演的舞台。

人到得基本齐了，社员们把老年人和孩子让到最前面，高个的自觉站在或坐在后面。有的看着舞台上的鼓，有的看着马灯，有的看着苗祎的一行一动，有的交头接耳说着春节还没有说完的话。

"嘣嘣嘣""当叮当"舞台上传来敲鼓声和月牙板发出的金属撞击声。苗祎用手向上捋了捋大背头，起身笑着向众人鞠了个躬，他张开的两个腮帮子将嘴带开，露出了两颗金牙。他接着坐下又敲了敲鼓，左手举起月牙板打出了一串悦耳的音符："天也不早了，人也不少了，鸡也上宿了，鸡不叫，狗不咬，听我把大家想听的故事表一表。"接着他用板腔唱起，"我是说书艺人叫老苗，节后赶来想水村，感谢！感谢大爷大娘，兄弟姊妹来捧场，今天我给大家说的是《金鞭记》，《金鞭记》呀《金鞭记》，书归正传听我说。"

不能不说苗祎是说书高手，他一开嗓，声音浑厚清澈，月牙板击节、敲鼓和声浑然一体，丰富的表情，多变的肢体语言，鼻音甩腔恰到好处。大背头、大金牙、宽大的脸庞、壮实的身材，干净朴实的中山装，黄球鞋和白袜子把大家带进了一个大气场。他自己改编将传统《金鞭记》四十回串烧起来，从呼延赞讲到呼延必显，讲到呼延守信、呼延守勇，讲到呼延庆，有冤案、有打擂、有报仇、有团圆，侠肝义胆，侠义英雄。

讲到呼延庆，苗祎用尽力气演义了这个少年聪颖，读书过目成诵，力大超群，十岁就能力解斗牛。拜王禅为师，日练成功，夜习成策，手持两柄铜锤英武骁勇。他初生牛犊不怕虎，天定山认亲之前，他打败呼延豹、呼延龙，锤打了武艺高强的齐国宝，叔叔呼延守信与他斗至百余回合不分胜负。

下面老少听得目瞪口呆，津津有味，整个戏场鸦雀无声。赵凌云瞪着眼，托着腮听着，唯恐漏掉一个情节、一句台词。说书人说着，赵凌云想着，随着大鼓艺人的节奏，他脑海中浮现出一个个鲜活的人物和面孔。

《金鞭记》经苗祎先生一改更加生动紧凑。苗祎倾力表演，在寒冷的冬晚，他的头上却汗涔涔的。苗祎说到尾声处，他站起来摇铃似的甩击着月牙板，有节奏地敲着鼓，显示着他高超的技艺和功底，随着激烈的鼓声，他说："老少爷们儿，兄弟姊妹，今天咱就说到这里吧，苗祎在这里给大家作揖施礼了，祝大家阖家幸福！万事顺意！祝想水村风调雨顺，连年丰收！祝老人健康长寿！祝少先队员和小学生朋友能文能武，健康成长。"

听苗先生说大鼓，想水村的老少直呼过瘾。看苗先生要收场，大家多有不舍。吴老二老婆杜印花站起来喊道："苗先生，再加演一段呗，千恩万谢了！"

大家都不愿意走，虽然有些不好意思。苗祎很激动，想水村的父老乡亲的热情善良感染着他。他说："我喝口水，再给大家说一段《红楼梦》。"大家齐声说："好，累你了，苗先生！"

刘宗宽、赵广林、赵存祥听得津津有味，他们三人坐在一条凳子上。

苗祎喝了一缸子水，在周炳续陪伴下到大队院内解了个手，回到大鼓舞台中央，周炳续给马灯加了点煤油。苗祎给大家笑了笑，他的那对金黄门牙仍然那么显眼。

他脸一绷，眼微闭，快速地敲了一阵紧急风，月牙板急切地碰着、响着、和着"有您陪伴我不单，添酒回灯重开宴"。

接着，苗祎唱起了《红楼梦》改编的一段大鼓词。"嘣嘣嘣，嘣嘣嘣嘣嘣嘣嘣""叮叮叮，叮叮叮叮"。苗祎一手敲鼓，一手打着月牙板。他扬起背头，张大嘴巴声嘶力竭地喊了声："我的个林妹妹，我的个宝玉哥。"声音近乎于哭腔，鼻音收尾，穿透力极强，直击观众的心。接着说唱起来：

秋到重阳啊爽气增啊

有一些黄花绿叶避风霜

哎满园的黄花绿叶无忧愁

啊有一对红绫紫燕飞到了东

大观园呢

咱且表一表林黛玉

林黛玉卧病就在潇湘中

唉林黛玉潇湘馆里得了病

这病病得可不轻

哎看了看呀

香烟未静人困倦

扑闪着一双大眼睛啊

哎林姑娘

埋怨不怕旁人怨

埋怨一声宝玉我的大表兄

哎你千不该呀你万不怨

啊你不该呀不来探病潇湘中

难道说

你嫌侬家长得丑吗

哎你不该

南学之里苦用功啊

林姑娘

她才阵阵哭得肝肠断

哎哟原来我的表兄你不来潇湘中

哎林姑娘

她才哭得肝肠断

一阵阵往事往上涌

哎想了想呀

我父母双亡死得早呀

我才离开了苏州城呀

我才离开了苏州地

哎呀来投奔外婆老祖宗呀

哎实质说

亲上加亲哎那情香玉

哎谁料想呀

富贵贫贱哪分得清

哎那我就

林黛玉哭晕倒潇湘馆呀

哎呀我的表兄啊

你咋不来探病潇湘中

哎……

我自从到了云贵府啊

我给我的表兄留下了情啊

白天里离不开我的表兄哥啊

到夜晚梦里也在想表兄呀

我只说

我们白头到老呀

谁料想

凭空这个万里风雷惊

王熙凤

她施了偷梁换柱调包计

她把那薛宝钗配了我表兄

谁说才是竹篮子打水空欢喜啊

狗咬尿（suī）泡一场空

讲人家呀

竹篮子打水竹篮子在呀

谁像我

竹篮子打水断了井绳呀

哎林黛玉

我眼睁睁潇湘馆里就要亡故

我心里面放不下我的表兄呀

咱不说哎林姑娘

林姑娘潇湘馆里要亡故

哎……哎……

回头来再说宝玉最受伤

哎贾宝玉

他书馆里心烦倦

想起来

我跟黛玉有情留呀

我今天听到了紫娟讲哎

我的林妹妹

她在得病潇湘中

我有心

哎去到那个潇湘馆里去把病探

还怕二老不用情啊

我有心

不去那个潇湘馆里去把病探

我实实地放不下我的表妹恩爱情呀

哎我贾宝玉要走一回

到潇湘馆里把病探。

苗祎说着唱着，眼里闪着泪花，声音近乎嘶哑。女社员们早已哭得一塌糊涂，她们相互把头靠在肩上，啜泣着，肩不停地耸，身子不停地晃。

苗祎控制下情绪，用鼓槌变换着敲出了紧急风、长流水，五鼓二板，凤凰三点头和蜻蜓点水，起身鞠躬，抱拳喊道："今日到此为止，明晚继续叫俺把《三侠五义》说一说。"

众人依依不舍，边走边回头瞅着简易的舞台、那个略显扁平不大的"大鼓"和留着背头镶着金牙的大鼓名角苗先生。

赵存祥陪着刘宗宽和赵广林过来跟苗祎先生握手寒暄，祝贺演出成功，表示明天晚上继续来听精彩的说唱，同时代表大队和广大社员欢迎苗先生常来多来想水村，把传统文化发扬光大，给广大社员提供欢乐、教育广大社员崇尚英雄、爱国、爱集体、团结、上进。

赵凌云被苗祎表演的运河大鼓中的人物吸引着、感动着，仿佛古代英雄的血液渗透到自己的身上。除满脑子的像呼延庆这些生动人物的画面，那就是镶着金牙的大鼓艺人苗祎，这个人物也太生动了，过目不忘。不，是终生难忘。

赵凌云记忆的数据库不停地翻倒交换切割，这个人似曾相识。哦，找到了，那就是替爷爷喝喜酒见过的泗沟村的金牙大叔。金牙大叔和大鼓艺人苗祎相似地在穿着上讲究，相似地镶着金牙，相似地文绉绉，相似地满腹经纶，相似地热烈活跃，相似地风趣幽默。

赵凌云又深深地想，我为什么能记住他们，因为他们与众不同，包括村里的三瞎子赵广清。他们是同一类的人，有文化的人。

文化能使人与众不同，文化能使人超凡脱俗，"腹有诗书气自华"，文人也对自己有贴切的定义和定位，标新立异，使自己印上别具一格的标签。

显然，赵凌云已经有了初步的用比较和归纳得出结论的逻辑思维和推理能力，从个体到群体，从个别到一般，比较、反复、比较，寻找规律性的东西。这个年龄是获取知识，树立世界观、人生观、价值观的黄金阶段之一。一旦具备了这种能力，推动人生进步的因素，就要看接触社会和社会上人的面是否广，程度是否深，数量是否多，这就是所谓的见多识广和经风雨见世面。接触社会和社会上的人有身交和神交，身交那就是要积极参加社会实践，神交那就是读遍群书，读万卷书胜似行万里路，阅无数人，经历决定眼界。这对聪明上进、天赋异禀的山村少年赵凌云是一种期待和考验。

读万卷书踏遍历史，行万里路笑傲江湖。
竹杖芒鞋轻胜马，谁怕？一蓑烟雨任平生。

苗祎先生在想水村连说三个晚上，给想水村社员送上了丰富精彩的文化大餐。想水村每家每户都挑拣又大又白的上等地瓜干，用大筢子（大号的）、二筢子（二号的）挎着送到周炳续家，作为苗祎先生的报酬。苗祎先生很是激动，直呼想水村人厚道、可亲、可敬、可爱。苗祎先生还在想水村招收了两个徒弟，一个是想水村学校民办教师侯贺堂，一个是徐星的堂哥徐明敬。

苗祎先生将"教会徒弟，饿死师傅"的落后传统观念抛之脑后，扔进了太平洋。

第30章

向阳市水泥厂召开厂会议，其中一项议程就是宣布周炳继和刘福兴职务调整事项：由于工作需要，周炳继同志任厂技术革新办公室主任；刘福兴同志任厂生产（科技）科科长；李彤同志任生产（科技）科副科长。受指派，周炳继同志前往山崮县来泉公社帮助指导建设来泉公社水泥厂。

刘福兴带着李彤专门拜访了周炳继，表达了依依不舍的留恋之情。刘福兴说："师傅，我们真离不开您，下步我们工作中遇到难题和困难，你可不能不管不问呀。"刘福兴眼里闪着泪花，"你到来泉公社，那边需要我和李彤干什么，你可直接安排，千万不要客气，我们永远是您的学生。"

周炳继说："一个山区贫穷的公社建水泥厂不能说气魄不大，肯定困难不少。你们俩年轻，技术革新意识强，我哪能离得开你们，你们要助我完成任务。"三个人把手紧紧握在一起。

周炳继回到家向家人谈了将要去山崮县来泉公社帮助建设水泥厂的事情，家里每个人给予他莫大的支持和肯定。

周炳继家是六口之家，岳父李桂堂和岳母刘赛花是河北南皮人。李桂堂在向阳市城建委工作，岳母在粮所工作。妻子李平在向阳市第九中学高中部担任语文教师。两个儿子，大儿子叫周焕攀，二儿子叫周焕登，周焕攀就读于向阳市市中区红旗小学，上小学一年级。周焕登入城建委幼儿园。

周炳继决定第二天一早就赶去来泉公社，因为交通不便，大概得需要一整天才能到达。李平晚饭后撂下碗筷就给周炳继收拾行李。

李平边整理边说："炳继呀，你尽管好好工作，家里的事你不要惦念，我会照顾好的，千万不可分心，三心二意。要倾其所能为山区基层工作服务，可不能辜负山区老百姓的期盼，更不能丢了我们家人的脸。"周炳继应着："是的，李老师，我领会到了，哈哈，你教育得正是，你的耳提面命，就是我工作的方向盘和加油器！"

李平也笑了，但她还有没说完的话和没表达充分的想法。她继续说："在社会主义建设时期，我们国家以农业为基础，工业为主导，各项事业蒸蒸日上。但是山区发展还存在困难和制约，山区发展工业更是难上加难，山区老百姓的生活也还很困难。我们教研室有两位家属是山区的老师，每周回家都用饭票买些白面馒头回家，回来时带回一包袱地瓜干煎饼吃。这份对老年人的孝心也好，对家属和孩子的责任也好，这种城乡干粮的双向流动，反映了城乡差别和山区生活的艰苦。我们品尝这个地瓜干煎饼吃完直烧心，吐苦水。唉！农村，山区的农村生活太不容易了。如果你帮他们尽快建起水泥厂，产生收入，改善当地生产生活条件，我们就感到十分光荣了。噢，还有那个什么，炳继你可要本着节俭的精神干工作，要把一分钱掰成两半，要事半功倍。"

李平又若有所思地说："炳继，来泉公社离咱老家也不远，你工作之余也抽时间回家乡看一看，帮我问乡亲们好。"周炳继答应着并将技术书籍、资料、笔记本装进黑皮包内。

第二天，周炳继早早起床，简单洗漱，简单吃过早饭就背起行李，匆匆赶往向阳长途汽车站。

周炳继坐在通往山崮县的汽车后排靠窗的座位上，汽车奔驶在沙土公路上，路边的杨树向后快速地闪着，车后不时拉起的尘烟和轮痕让周炳继思绪万千。闭着眼睛，他想着，来泉公社水泥厂的选址怎么样？建土立窑还是一步到位建机立窑？水泥厂的机构设置，工人招收和培训，等等。他合计着、设想着。想着想着：一座窑筒高耸，烟囱烟雾滚滚，圆仓林立，机器隆隆的水泥厂拔地而起，建成投产。广大社员欢欣鼓舞。周炳继激动地高兴地笑了。笑着笑着他醒了，汽车颠簸胜似催眠轻拍的温暖的手，周炳继一不小心睡了一小觉。

经两个小时，汽车进了山崮县长途汽车站。周炳继背着行李，提着网兜进了候车室。他接了一缸子热水，掏出李平给他准备的干粮零食吃了起来，这既是垫补肚子，也是午餐。

山崮县通往来泉公社的汽车一天只有两班，早上9点一班，下午2点一班。周炳继吃过饭，买了车票，静静地等候。他拿出一个笔记本仔细地翻着看着，这是他工作的记录和感悟心得，这是他走到哪里带到哪里的宝贝，凝结着他的心血和汗水。现在和今后，他还不停地在延伸着、丰富着笔记本的内容。

提前十分钟检票上车，车上乘客不多，稀稀拉拉坐着几位乡下来县城办事的人。周炳继选择坐在车的最后一排座上，虽然有些颠荡，但方便放置他的行李。车子走出县城沿着蜿蜒曲折的公路向东北方向奔去。车后拉着尘烟，车内不时散发着汽油的独有"清香"。

来泉公社党委书记李修德，公社主任刘登科，公社副书记秦宜智和公社秘书刘纯在公社供销社对面的来泉汽车站等待着周炳继。秘书刘纯惊喜地喊道"车来了"。

李修德一行急忙随着进站的汽车在院内走了半个圈，汽车稳稳地停住。李修德站在车门处向车内张望着，秘书刘纯轻快地登上汽车小声喊道："哪位是周炳继师傅？"周炳继边提行李边答道："我是。"

刘纯猜着也是，因为周炳继提着的黑色皮包很显眼。刘纯说道："周师傅，我是来泉公社秘书刘纯，我们来接您，公社李书记在车门口等着您呢！"边说边帮着周炳继提行李。

刘纯走在前面，李修德与周炳继并排边走边谈，像多年未见又重逢的老友。刘登科、秦宜智跟在后面，径直向来泉公社办公大院走去。

刘纯走近右边第二排从东数第三间办公室门口停下。李修德说："炳继同志，这个就是我们给你安排的办公室兼宿舍。我们条件差，你进去看看，不满意，我们再调整，缺什么我们再添置。"

刘纯进屋将行李放在靠墙的床上，将网兜放在办公桌上。周炳继环视一下直说："好！好！李书记你们安排得太周到了，千万不要太在意，千万不要太复杂。我是来工作的，不是来休息的。"

李修德和刘登科、秦宜智被周炳继直爽、朴实、平易近人的为人深深地感动着。李修德安排刘纯帮着周炳继，按照周炳继的习惯和要求拾掇调整室内物品的摆放，并诚恳地对周炳继说："炳继同志，晚上我们在食堂共进晚餐，也算我们尽地主之谊给您接风洗尘。"

周炳继说："李书记，要不得，要不得，到饭时，我和刘秘书一起去食堂打饭吃就行，您千万别费心，下步我们就在一起工作，我就是来泉公社的一员。"李修德说："我理解您的想法，我们主要借晚餐时间交流下工作，我们不破费，也就是打点饭在一起吃。"说到这个份上，周炳继不得不答应："那好吧，吃饭我付钱。"

李修德对周炳继的到来十分高兴，更是十分重视，把周炳继的办公室安排跟自己办公室相邻，这样商量工作和办公室搞好服务比较方便。办公室里配备一个0.6米×1.6米的办公桌，一把椅子，椅子上还专门配了个软布坐垫，一个盆架，两把暖水瓶，一张1.2米×1.8米的床，床上铺着当地村民专门挑选的上等麦秸，秫秸而编织的苫子和席，公社还专门给周炳继配了一辆"金鹿"牌自行车。

晚上，李修德安排刘纯陪着周炳继到食堂的一个单间就餐，李修德、刘登科、秦宜智在食堂等候并一起就餐。李修德专门安排炊事员马清做点家乡味道的菜，让周工程师享受下回家的感觉和老家的味道。今天晚餐的费用平摊到陪客人身上，用饭菜票结清。

炊事员马清是公社八大员（广播员、话务员、电力管理员、放映员、农业技术员、民警员、驾驶员、炊事员）之一，负责公社大院二十多个人的吃饭生活事宜。

马清是来泉公社马庄人，祖传厨艺，其父马士端是想水村大厨赵广宇的结拜兄弟，是远近闻名的厨子，特别精于羊肉汤的煮制，探索积累形成了远近闻名、影响深远的全羊宴。

马清得到真传，做得一手好饭菜，熬得一手一流的羊肉汤。特别是马清推陈出新，就地取材腌制的小菜堪称一绝。"芹菜根""芫荽根""黄瓜柄""洋姜""腊八蒜""臭豆腐""咸鸡蛋""臭萝卜豆"，绝对的美味佳肴。

全羊宴的菜品也赋予新意，一只羊能做出三十六道菜：第一道万紫千红头道菜——羊血；第二道昂首望天——羊头；第三道天灵花汤——羊脑；第四道桂花明鱼骨——羊鼻骨；第五道慧眼独具——羊眼；第六道百味先品——舌；第七道顺风和事——羊耳；第八道玉头生香——羊脖子；第九道竖起脊梁——羊脊柱；第十道乌查之宴——羊背；第十一道吉祥如意——羊骨髓；第十二道锦胸续口——羊胸口肉；第十三道酥炸金排——羊排；第十四道松软脆——羊脆骨；第十五道天仙配——羊肚盖；第十六道霸王鞭花——羊鞭；第十七道五开梢——羊气嗓管；第十八道红叶之题——羊肺；第十九道花心怒放——羊心；第二十道肝胆相照——羊肝；第二十一道爽口护心纸——羊护心肉；第二十二道九曲十八弯——羊小肠；第二十三道冰肌血肠——羊大肠；第二十四道拔草还原——羊百叶；第二十五道百宝囊——羊散袋（羊肚装满辣椒、肉等辅料）；第二十六道翻卷残云——羊肚仁；第二十七道腰缠万贯——羊内腰；第二十八道葱香千层饼——羊油（羊油香面饼）；第二十九道弯曲自如——羊前肘；第三十递后盾力强——羊后肘；第三十一道雪花线球——羊外腰；第三十二道骨肉相连——羊棒骨；第三十三道花拳绣腿——小腿肉；第三十四道力掌千斤——羊蹄筋；第三十五道只手遮天——羊蹄；第三十六道后尾菜齐——羊尾。

按照李修德的安排，马清突出家味老味做了顿节俭而又富有特色的晚饭。两个小菜：芫荽根、腊八蒜。八个热菜：地壤皮（山区山上的一种菌类食品）炒鸡蛋、酥地蛋、酥山药、油炸萝卜丸、干虾葱皮烀豆糁子、醋熘土豆丝、大葱煎豆腐、热调羊血。外加一盆马家祖传羊肉汤。李修德从家里拿了两瓶白干酒，体现了酒菜待客的传统和礼节。

宾主落座，李修德端起酒杯说："今天非常之高兴和荣幸，我们向阳市水泥行业的技术大拿，我们亲爱的老乡周炳继同志不烦劳顿颠簸，不辞辛苦赶来我们来泉公社指导建厂，我代表来泉公社党委、革委，代表来泉公社40个大队3万多社员群众对周炳继同志的到来表示热烈的欢迎！来，大家共同举杯。"

周炳继连声说："谢谢李书记，我平时不怎么用酒，今天实属激动和高兴，反正是咱总量控制。"他仰脖一饮而尽。李修德、刘登科和秦宜智也一饮而尽。刘纯象征性地用嘴抿了一小口，放下酒瓯子急忙给周炳继和公社几位领导添满酒。李修德让周炳继多吃些菜。

周炳继问李修德："李书记，咱们办公院内排房之间栽着一行行的树，由于现在没有叶、花、果，我还真认不出来是什么树，你们也别笑话我。"李修德说："是的，无叶、无花、无果的季节很难辨认树的品种类型。左边的也就是你办公室那边的几行是樱桃树，右边的那几行是山楂树。"周炳继说："噢，是的，我明白了。"

李修德接着说："来泉公社是中华樱桃的原产地，当地人祖祖辈辈都有种樱桃的习惯，房前屋后，山上坡下，遍布樱桃树，距今已有3000多年的历史。我们这里的地层属华北型沉积层，岩石以石灰岩为主。气候属于温带大陆性季风气候。一般盛行东风和东南风风向，受海洋一定程度的调节和影响，气候温和，光照充足，无霜期长，最适宜樱桃栽植。我们这里的樱桃果实呈肾脏形，果实色泽呈紫红色，果肉厚，酸甜可口，被称为江北春果第一枝。我们称当地樱桃为火樱桃。山楂也是当地的当家果树，五棱山楂远近闻名。"周炳继听得入心入脑，连连点头。

李修德解释为什么在公社大院广种果树。李修德说："在公社院内种植樱桃和山楂有两方面的意思：一是呢带有试验的意思，对土壤、施肥、授粉，病虫害防治、疏果、修剪、管理进行观察总结，将好的经验措施传授给大队、生产队和广大社员；二是呢在大院内栽植果树起到绿化和美化的作用。"

周炳继深深感动，想："跟这些人一道工作，无比快乐幸福，也特别有意义，受教益。"

马清用毛巾垫着大盆两边，两手端着一大盆羊肉汤来到房间，他把羊肉汤放在饭桌的中间。周炳继看着盆里乳白色的羊肉汤，闻着羊肉汤散发出来的阵阵肉香，直说："马师傅的手艺特棒，无与伦比。"

李修德说："马清，你一块吃饭吧，陪陪我们大恩人周炳继同志。"

马清说："好的，我到伙房简单收拾一下，马上过来。"

刘纯指着小盘里的辣椒油说，这可是羊肉汤的灵魂呀，这是马清师傅用羊油熬制的。羊油洗净放入锅中，加入少许清水，慢火熬，将水蒸干，油被榨出，把握火候，油不能有煳味，那样炼出的羊油会发苦。待滚烫的羊油稍微冷却，将辣椒面倒入，油温过高，辣椒变煳；油温过低，辣椒不熟，失去香气。这就是把握火候，这就是技术，这都是经验的积累。

马清入座，李修德让马清喝杯酒，一来敬周炳继，二来忙活一天，喝杯酒暖暖身子放松一下。刘纯给马清斟上酒。马清把杯中酒喝干。

周炳继说："马师傅做菜真的好吃，我不是恭维，是发自内心。特别是独具一格的家乡味道。"马清笑着说："周师傅，做菜是我的本行。"周炳继说："劳动者光荣，手艺人崇高。三百六十行，行行出状元。我也就是个烧水泥的手艺人是不？"马清说："干什么都得钻尖（上心），咱这里做的大席菜、家常菜都是祖代一辈辈探索总结出来的。食材的选择、辅料的配置、火候的把握、烧制的方式，那都是有讲究的。猪不椒，羊不料，牛不韭，就是流传下来的做肉遵习的规矩。"

马清接着说："农村穷，但到处都有可食用的东西，最终也都开发形成了菜肴。像地壤皮、山韭菜、山蒜、山葱、榆钱、地瓜秧、芝麻叶、马蜂菜（马齿苋）、蒌蒌芽（七七芽）、荠菜、苦苦菜都是上好的小菜或野味，这些东西都是从山上采，地里摘。夏季的雨后上山，一篮子就挎三个菜，地壤皮、山韭菜、山葱，碰巧再捡几个山鸡蛋。"

李修德、刘登料、秦宜智都被眼前看似木讷却满肚子道道的炊事员逗乐了，周炳继兴奋得仿佛回到从前无忧无虑的状态。

周炳继赞道："马师傅，您烧的羊肉汤味道可不赖，我在市里那边喝的羊肉汤口感上不如您烧的，您有绝招呀。"

马清笑着说："没有绝招，这还是祖上传下来的传统做法，全国各地都有吃羊肉的喜好，各地食材不同，配料不一样，口味也不一样。有的地方喜欢吃带膻带脏腥味的重口味，有的地方吃肥腻的，有的地方吃原味的。我们这里要除羊肉膻味，羊头腥味，羊蹄、羊内腰（肾）、外腰（羊蛋、羊鞭）的臊味，这就需要配料辅助。白芷、姜、香叶、胡椒、花椒、葱白必不可少，可要适量。羊肉要浸泡，将血水全部排出，煮时要撇尽浮沫，羊骨要大煮，这样煮出的汤浓稠适度，肥淡适中。清汤寡水不好喝，油腻喝不下。我们做的三十六道全羊宴只是技艺展示和羊文化流传，像满汉全席一样。但我们更喜欢全羊一锅煮，喝全羊汤，那才是老百姓的最爱。盛一碗羊肉汤，泡个煎饼，满头大汗，解馋过瘾。"

刘登料说："马清，你行呀，你还真是名副其实的马家羊肉汤传人！"

马清喝了一口自己熬的羊肉汤，咂咂嘴讲起父亲的往事："要论做全羊宴，向阳市市中区的王庄公社那里可是厉害的。我父亲年轻时候去那里交友竞技，切蹉厨艺，棋逢对手，各有千秋。要说我们山崮县这边能技压群芳，那也是我们这里的羊好。我们的羊是青山羊和红羊，这种羊长得慢，个头小，肉质鲜香无比。我们这边的羊都是喝的山泉水，吃的百味草，其中有不少中草药，和人畜可同食的草。人家那边有一道菜叫鱼羊鲜，用黑鱼和羊汤同煮，汤鲜味美色正。我父亲多次研究试做，怎么也做不出人家的味道。

羊肉是奇妙的东西，是一种文化，是一种情感。

大家吃了饭，按要求付了饭菜票。李修德、刘登科、秦宜智、马清与周炳继告辞，刘纯将周炳继送回房间休息。

老家，我魂牵梦绕的地方！老家，我情感归宿的地方！我回来了。一切安好！一切心满意足！

第 31 章

在家乡温暖的熏染下，周炳继踏踏实实睡了个好觉。早晨起床洗漱后，周炳继在房前果树边的空地上打了几趟长拳和几套太极拳，浑身汗涔涔的，舒服极了。周炳继承祖上传统和西县武术底蕴练就一身功夫，在向阳市武术比赛中曾夺得武术冠军，他擅长洪拳。一个大学毕业生，一个工程技术人员却深藏着一身过硬的功夫。古人说，文官武做，武官文做，也就是能文能武，文武双全。在苗祎先生的大鼓世界里这是耀眼的星，文曲星，武曲星。

周炳继习武练就的洪拳是我国   种传统拳法。据传是宋太祖赵匡胤（赵二君）习练的拳术六步架。伏羲遗之，尧王则之，老子继之。洪拳是少林武功的基础拳。凡练少林拳术、器械、短打、技击者，都从大洪拳起手，故素有"洪拳为诸艺之源"历史上的洪拳有大洪拳、小洪拳和老洪拳之分，洪拳是苏鲁豫皖一带民间最有影响的拳种之一。

早餐后，刘纯陪着周炳继来到会议室，李修德等已在会议室等候。参会人员还有从公社各部门抽调的 8 名人员，抽调的三个大队支部书记。一个是峪子村支部书记李思富，一个是良家口支部书记田广配，一个是李庄支部书记李永强。

李修德分别把这些同志介绍给了周炳继，也向周炳继介绍了这些同志的情况。周炳继一时也记不住这么些人的名字和情况，就说："在以后的工作中，我们就是同志加兄弟，慢慢就熟悉了。"他分别与这些同志握了手。这些生在农村、长在农村、长期干粗活重活的汉子本身手就很粗糙和有劲，但当他们的手和周炳继的手握在一起时，才感觉到对方手的力量。这可不是手故意握紧产生的力，而是一种自然的从全身气息传递到胳膊、手腕和手指的内力。

山崮县公社工业局局长常福连走进会议室。他留着背头，戴着一副近视镜，挺直腰板，中山装的风纪扣紧扣着。李修德跟常福连商议，今天的会议分两个阶段进行。上午看现场，下午座谈。李修德带队，每人骑一辆自行车先到"又一山"山脚下看拟设采石场场址，接着看采土场场址，白灰窑场址，水泥厂厂址，仓库场址，生料库、熟料库选址，最后看办公场址。

大家又沿着这些地方察看了地形地势地貌和生产运输道路拟设定线路。简单的午饭后，李修德主持会议，与会人员对建设水泥厂各项工作充分发表了意见，李修德让周炳继发表意见。

周炳继说："今天上午和大家一道详细察看了水泥厂拟确定的各种各类各环节的位置和道路设置。总的看非常之好。我完全赞成这些设计。建厂不易，受资金、设备、技术和未知的市场等条件限制，我以为要高标准设计，高起点规划，高质量建设。要本着量力而行、尽力而为的原则，不盲目求大，要把长远发展和近期效能结合起来。要坚持循序渐进、逐步壮大的思路，待有资金积累、经验积累、资源积累后再逐步扩大、逐步提升，逐步注入新技术、新工艺。但也不能太保守，避免改扩建时浪费资财。我建议，炉窑可设计大一点、高一点。仓库场地预留面积大一点，晒料场大一点，职工宿舍区，食堂都要大一点，给后续发展留出空间。为节约资金，石磨滚桶可先联系国有水泥厂有腾退的，先行使用，待有钱时，再买新的、大一点的。在企业建设初期可成立建厂指挥部，根据工作需要分若干组，既分工明确又通力协作，提高效率。待企业建成运转后按企业生产需要，本着精简高效的原则设置企业管理机构。再一个就是要对施工工人进行技术培训和安全培训，确保施工安全。"

李修德最后要常福连局长讲话。

常福连起身给大家鞠了一个躬，不急不忙说道："同志们，今天的会议就是诸葛亮会，三个臭皮匠赶上一个诸葛亮，何况我们不止三个呀。哈哈！这次会议开得很好，很成功。上午我们察看了现场，大家的情绪都很高涨，看得很起劲，看得很仔细，对我们的厂有了初步的概念。刚才呀，大家又发表了很有见地很负责任的意见和建议，我呀听了很受启发，也很受教育很高兴。我谈三点意见供大家参考：一是呢我们为什么要建厂，为什么要发展公社工业。这个问题，我在明天的会上将给大家详细谈，在这里先不说了。二是呢我们怎么建这个厂。建这个水泥厂可是咱们的来泉公社乃至山崮县的一件大事。只能成功，不能失败。要建成标杆式企业、样板式企业。刚才炳继同志呀谈得很具体很充分很准确，我完全赞同，举双手拥护，希望大家能够理解和采纳。我们底子薄，凡事要精打细算。三是呢我在这里给大家表个态，山崮县公社工业局永远是你们坚强的后盾，我们在工作上不遗余力地支持你们。愿我们来泉公社水泥厂早日建成达产达效。祝同志们工作顺利！"

会议初步议定，水泥厂拟投资 20 万元，建日产 5 吨的土立窑，炉高 6 米，烟囱高 9 米，建仓库 16 间，建白灰窑一座，用于服务水泥厂建设。配套建设道路 5 条，配电室一处，存石场、晒土场各一处。

成立来泉公社水泥厂建设指挥部，李修德和刘登科同任组长，秦宜智任副组长，秦宜智兼任指挥部办公室主任。下设基建组、采购组、技术组、安全督导组、后勤保障组。指挥部聘常福连为顾问，周炳继为技术组组长。

从公社各大队抽调石匠、铁匠、木匠、壮劳力 200 人参加建厂。抽调的这些社员每天在各自生产队记 8 个工分，公社给他们每人每天补助两毛钱生活费。水泥厂建设工期预计 12 个月。

第 32 章

来泉公社峪子村大队党支部书记李思富兴奋得像打了鸡血一样。

在村头，他遇见了德高望众的李传敬，两个人交谈了好一阵，李思富向李传敬谈了公社抽调他筹建水泥厂。老家想水村的周炳继从向阳市水泥厂派到来泉公社指导建厂。李思富赞叹道："传敬叔，想水村还不简单哩，不少人在外面工作，还混出个名堂来。"李传敬说:"哪里好,咱都跟着高兴。"

李传敬听了李思富的介绍,发自内心地高兴。发展工业是个好事,又是个新事,指望我们这些一身土、一脚泥、一脑子庄稼的泥腿子庄户把式搞工业,那是难上加难。这时他脑子里就闪现一个人,这家伙要去听听,可能有作用,可能作用不会小。这个人年轻有为,大冷天自带干粮翻山越岭搞调查,找出路。当李思富谈到想水村不简单时,李传敬把这个人由闪现变定格,这个人就是赵存祥。

赵存祥的一面之交给李传敬留下了深刻的良好印象:年轻有为,正直豁达,责任心强。有好事不能独吞,有好事不忘乡邻,李传敬决定赶快把这个消息告诉赵存祥,让他学习些办工业的知识。

好事不忘乡邻,好人李传敬!德不孤必有邻,好人赵存祥!

有福同享,有难同当,让那些跟自己同等际遇和条件的人生活得都好,甚至要好过自己。这就是纯朴善良底层百姓草根的本心。李传敬就是这样的人。

李传敬跟家人打了招呼,就快步流星地赶往想水村。到了想水村村头遇到一个挑土的人,李传敬问道:"这么晚了还干活儿来,我怎么称呼您呀?"挑土人说:"挑点土垫羊圈,我姓周,叫周炳续。敢问您是?"

李传敬答道:"我是峪子村的李传敬,以前跟赵满福老人家上过学。我来找赵存祥有点事,不知道他的家门。"听说找赵存祥,周炳续很是热情。周炳续说:"你跟我来。"

周炳续将土挑子放在一个岔路口墙边,就领着李传敬走向赵存祥家。

见到一面之交的李传敬摸黑来访,赵存祥像见到久别重逢的亲人一样,惊喜地喊道:"传敬叔,您怎么这么晚了赶来找我,有什么急事吗?"

"明天,我们来泉公社请县公社工业局的领导来讲社队办工业的事,教教大家怎么弄法。我们村的李思富被抽调筹建水泥厂,今天开完会回来在村头跟我说的,明天他一早就赶去参加这个会。还有从你们村走出去的周炳……欸!叫周炳嘛来,从市里来帮着建厂,明天也参加这个会。我就想,这个事对我们很重要,祖祖辈辈种地,要是能搞工业,那可是奇迹呀。你年轻有为,又有担当,敢执敢为,我就想让你去到会上听听,对你对你们村,对我们这一片都是天大的好事呀。这不,我听李思富说完就急慌忙序地来找你。"

听了李传敬的介绍,赵广勤激动极了,说:"他传敬叔,你对俺存祥的关心,俺怎么谢你呀,你说这黑灯瞎火的你摸黑来送信。"李传敬说:"二哥,你这就见外了，咱还不都是想过上好日子，困难共担，好事共摊。"赵存祥插话道："传敬叔，我来给你介绍一下。"赵存祥看着周炳续说："这是周炳续，是咱们来泉公社请来的专家周炳继的弟弟。"

李传敬说："天赶地催，天送机缘，缘分啊缘分。周炳继，周炳续，继续，继续。好事一件件，喜事一桩桩，咱就借两位名字的吉利了，继续，继续。"

赵广勤见赵存祥与李传敬、周炳续聊得热乎，就趁机到屋里间拿了几个鸡蛋径直走向锅屋去做饭。

赵存祥不无疑虑地问李传敬："传敬叔，你说咱不是一个公社，我去你公社开会好不？"李传敬说："那有什么不好，这又不是拍板商量工作，这是培训辅导，又不让你发言。会场上多个凳子，吃饭时多双筷子的事。咱这里有这个传统，匡衡凿壁偷光。你就不能跨社开会，偷学办工业知识？"

赵存祥听李传敬话太有道理了，说道："传敬叔，你真会啦，你太有才了。"李传敬说："我说的都是实话。"

赵广勤进屋对李传敬说："他传敬叔，我烧了汤，你喝汤吧，你说这大老远的，天黑这会子了，存祥娘走亲戚没回来，咱也不做什么菜了，喝个鸡蛋汤，泡个煎饼。不然你到家两耽搁。"

吃过饭，李传敬告别，轻松地匆匆地赶回家。

赵存祥想：人家来泉公社开会请县领导来辅导，我去参加，说不好听的就是一个不速之客，再说句不好听的那就是偷会，总觉得炒菜不放盐淡得慌，虽然传敬叔给出了合理的解释。想着想着，他一拍大腿道："我先找炳继哥呀，他留我一块听会不就行了嘛。"

赵存祥简单收拾参会行装。他拿出只有出席重要场合，走亲戚才舍得穿的喝茶的蓝色中山装和蓝洋布裤子，烧了一茶缸子热水，把衣服放在桌子上，用热茶缸子压熨了一遍。拿出帆布挎包，装上铅笔、信纸，又装了三个地瓜干煎饼，煎饼里卷了点老咸菜，掰了一段葱，剥去葱皮用煎饼夹着。灌了一军用水壶开水。

赵存祥对赵广勤说："爹，我准备好了，我睡觉，您在鸡叫二遍的时候喊我，我得早去，先找周炳继，去晚了那就麻雀抱鹅蛋敞裆了。"赵广勤答道："我知道了，你赶快睡吧。"

鸡叫一遍，赵广勤醒了，他数着记着。鸡叫第二遍，他醒了，他觉得还有点早，没舍得叫醒赵存祥，但他知道，如鸡叫三遍那就晚了，那就敞裆了，误事了。

赵广勤索性起床不睡了，他坐在桌子旁的板凳上看着门缝的一丝暗光和鸡比赛，看谁更准，他要在鸡叫二遍和三遍之间叫醒赵存祥，这样不前沉不后沉正好。

坐了一会儿，他点亮煤油灯，用吊撑子架起烧壶点火烧起水来。他拿了两个鸡蛋，手心朝上端量了一下，重量还行，很高兴。他把鸡蛋在碗沿上磕了一下，用双手一掰，蛋黄蛋清出溜一下滑进碗里，连续两个，这是百磕不厌的事情，但不能百磕，今天破例才能两磕，鸡蛋那可不是随便吃的。攒着鸡蛋过端午节，那也每人只能吃两三个的，除有头晕病的人照偏方才能吃七个，那是百里挑一的人。

赵广勤用一根筷子将鸡蛋在碗里按顺时针搅动，将蛋黄蛋清搅成一体的黏浆，据说用一根筷子比用两根筷子搅得好。

他又添了点柴，在大火的攻击下，烧水壶里的水发出"嗞嗞"的响声，继而发出滚动的"哗哗"声，热气上顶，将壶盖顶得直哆嗦；赵广勤拿来擦脸的毛巾包住壶把用力提起，快步走到桌前，将尚未完全落滚的开水冲进了搅拌好的鸡蛋碗里，鸡蛋浆被开水冲起变成一片片、一穗穗的鸡蛋花骄傲地漂浮在大碗的上面，将大白碗撑得充实而喜庆。

赵广勤往鸡蛋碗里放了些许盐，又舀了一匙子半冻的乳黄色花生油放进腾腾热气的碗里，花生油登时化作油花浮在蛋花的上面，与蛋花争高低，比香气。

赵广勤给赵存祥冲了这碗寄托父爱的鸡蛋茶，看着这碗完美的无与伦比的鸡蛋茶，赵广勤心满意足，他毫不犹豫地叫醒赵存祥。

赵存祥起床洗把脸，在手上擦了两下防皴裂的油棍，说："爹，你起得这么早，连早饭都给我弄好了。"

赵广勤说："快吃吧，别起个早五更（凌晨3—5点），赶个大晚集。"边说边将一个煎饼递到赵存祥手里。赵存祥把煎饼掰成四瓣放进碗里，三下五除二，一碗鸡蛋茶，一个煎饼下肚。他去了趟厕所，与赵广勤告别，斜挎帆布包和水壶一溜烟走出大门向来泉公社奔去。

在赵存祥出村不多一会儿，鸡叫三遍。与鸡比赛，与时间赛跑，赵广勤完胜。

赵存祥翻山越岭抄近路赶到来泉公社，在大门口传达室跟大门老头说："我是来找周炳继的。"老头说："你看那个正在练武的就是，你去吧。"

赵存祥往里走了几步，看到果树边的一个空地上，一个矫健的身影，时而仆步，时而弓步，时而劈掌，时而出拳，忽然一个起跳，一个二起脚，旋风腿。

赵存祥留住脚步，远远地看着，他没有靠近，更没有喊叫，他怕打扰周炳继。更怕猛一现身或喊叫分了周炳继的神，闪了腰。待周炳继稳稳站住，将拳收住，拳变掌，掌朝下，收腹呼气，赵存祥走了过去。

赵存祥热情地喊道："炳继哥。"周炳继看见赵存祥犹豫着"你是？"

赵存祥说："我是想水村的赵存祥，听炳续哥说，您来咱们来泉公社蹲点了，我一大早来拜访拜访您。"周炳继微笑着说："哎哟，快屋里来兄弟，我没认出来你，可别见怪。"

周炳继从果树枝的下杈上取下外套衣裳披上，领着赵存祥走进了办公室兼宿舍。周炳继让赵存祥坐下，他给赵存祥倒了一杯热水说："我先洗把脸。"赵存祥说："你该干什么干什么，我来得早打扰您了。"

周炳继说："没有没有。"他边说边用温水洗脸，洗过两把，他用肥皂在脸上搓了两下，用手一抹，脸上布满白色的肥皂沫，他从一个小铁盒里取出刮胡刀，安上刀片，小心翼翼地上下左右刮着，一会鼓起左腮，一会鼓起右腮，最后又在下巴上左右刮了几下。刮完脸，冲洗擦干后，周炳继用油棍搓了搓手，顺势抹了把脸，脸变得红润起来。

周炳继问赵存祥："赵老弟，你还没吃饭吧，我到食堂给你打份饭吃。"赵存祥说："炳继哥，我一早吃完了，我爹给我冲了个鸡蛋茶，泡了个煎饼。"周炳继说："今天，公社有个大会，研究社队工业，时间紧，你有什么事，你就说吧。"赵存祥说："没有什么事，听说您来了，就想来看看您。前段时间，我们想在咱们村的山下建个水泥厂，但考虑米泉公社的水泥厂离咱们村很近，再加上我们那里的交通、水等条件还不具备，就想先搞好农田水利基本建设，待条件成熟时再考虑。"

周炳继说："存祥老弟，你长变了，我出去求学、工作时你还小，你的想法很好，你若对发展工业感兴趣，我带你听听今天的会议？"赵存祥说："那不好吧炳继哥，咱不是来泉公社的人，怎能开人家的会？"

周炳继说："我带你去，就说你来看我顺便听听。"赵存祥说："那忒好了炳继哥，可沾俺哥的光了。"周炳继说："就这么定，我到食堂吃点饭，你在这里等着我。"

周炳继去到食堂吃饭，赵存祥留在周炳继办公室。赵存祥看着周炳继俭朴、干净、整洁的办公室兼宿舍，闻着肥皂散发的独特的朴实香，心情愉悦加高兴。

赵存祥走出周炳继办公室，看了一下来泉公社的办公大院，印象最深的就是满院果树。赵存祥心想，来泉公社的果树种植无愧第一，名副其实的水果之乡呀！

赵存祥按照周炳继的安排，径直走向后面的一排最里边，给前后左右相邻的同志点头笑笑也算打过招呼。掏出信纸和笔，用帆布挎包垫着，随时记录。此时的赵存祥像一名百米赛跑的运动员单膝跪地，两手拇指叉开撑地，脚蹬起跑器，只等发令枪一响火速起飞。

显然赵存祥是有备而来。他太珍惜这次学习的机会了，他要极力品尝，不，不是品尝而是生吞猛吃这次实用知识的大餐。其他的人有的说说笑笑，有的互相让着香烟。赵存祥不时抬头向前看着，又不时扫视一下会议与会人员。

会议由李修德主持。会议的主要目的是克服困难情绪，开动脑筋，寻求出路，大办工业，促进农业。

常福连介绍先进地区的经验，给大家讲如何发展社队工业：一是我国办社队工业的总体情况，二是公社要不要办工业，三是公社能不能够办好工业，四是公社工业要走什么样的道路，五是社队工业作用巨大，六是总结。

在全国社队工业发展中，有一个地方发展很好，成为全国的旗帜型公社，这个公社是哪里的呢？它就是河南省巩县回郭镇公社。

回郭镇公社位于河南省巩县西部，有21个大队，211个生产队，58000口人，49000亩土地，丘陵坡地占一半以上。近年来，回郭镇公社的生产条件变化很快，集体经济越来越壮大。全社80%的土地实现园田化，耕作、排灌、脱粒、农副产品加工基本实现了机械化和半机械化。所在生产队都通了电，化肥自给有余。

这也太惊奇了，太令人向往了！

办工业不能等。等就是不干，等就是耽误时间，等就要落后！

农业实现集体化后迫切要求迅速实现农业机械化的形势，也要求人民公社有计划地发展工业生产，发展多种经营，加强工业装备农业。支援农业的技术力量和经济力量。事实也证明了这一点。

回郭镇公社的芦医庙大队是全公社办工业最早的大队之一，现在每年工业和副业 20 万元。

没有技术力量，就派出去学，请进来教，在实践中学，在实践中提高。缺少设备，就以土代洋，修旧利废，搞技术革新，自己装备自己。原料靠就地取材。缺少资金，靠勤俭精神，用"滚雪球"的办法，以厂养厂，边建厂边生产，迅速形成生产能力，并用老厂带新厂、大厂带小厂、社办厂带队办厂的办法，逐步发展。

李修德暗自高兴，事前商量上报的有关水泥厂建设的政策、措施完全符合先进地区的经验。周炳继很佩服来泉公社领导干部的工作水平。常福连的讲话太给力了。

这个理论家局长说话很接地气。

李修德说道："同志们，今天的这次会议开得很圆满、很成功。常福连局长给我们作了很好的讲话，给我们上了生动的一课，他的讲话具有很强的教育性、启发性、指导性和可操作性。句句说在我们的心坎上。我们一定要坚定信心，下定决心，创造条件，因地制宜发展社队工业，有什么困难，有什么想法及时反映。让我们再次以热烈的掌声对常福连局长表示感谢！散会。"

散会后，赵存祥找到周炳继告辞。周炳继问道："存祥老弟，你听得还好吧？"赵存祥说："炳继哥，常局长讲得太好了，今天的收获受益终身。炳继哥，你如果抽出时间就回家看看，我请您吃顿饭，向您再讨教讨教。"周炳继说："忙完这两天，我就回去。存祥，你跟我到食堂吃完饭再走。"赵存祥说："不了炳继哥，今天沾您的光蹭了个会，终生难忘。"

说完，赵存祥弯着腰，两手握过周炳继的手，转身大踏步走出来泉公社大门。翻过一个山头，他找了个避风的坝堰根，从帆布包里掏出煎饼，将葱头用牙撕扯开卷上，就着军用水壶的热水连吃三个，心里美滋滋，味道美滋滋。吃完煎饼，他又喝了几口热水，拍拍手，起身回家。

第33章

周炳继看了一阵书，整理过技术资料，揉揉眼睛，伸伸臂，弯弯腰，做了几个下蹲的动作。他忽然想，这个时间是不是学校上课间操的时间？他看了看腕上的"上海"牌手表，哟，9点30分，还差15分钟。9点45分，周炳继到公社办公室，要刘纯帮他通过总机要通了向阳市第九中学。

李平没来得及拍打身上和手上的粉笔末，一路小跑来到学校总务处电话机旁。话务员说是山崮县来泉公社打过来的。李平高兴地说："是我们家炳继打来的。"

周炳继这几天忙得不可开交。他把来泉公社水泥厂的建设方案抽丝剥茧逐一细化，每个环节、每个部位、每个数字，他都一一设计推算。他把立足当前，展望未来作为战略思考的重点，把滚雪球发展作为务实的态度和方法。他设想从土立窑到机立窑到今后的旋窑；从人工到机械化到今后的信息化；以工种、岗位、人员的协同配合到今后的流水线作业。

他更想到了当前工业项目少，生态环境压力不大，但随着工业化推进，工业发展进入高速时，生态环境需要保护。对山体的开采要有统一的系统的长远规划设计，不能像鸡爪挠食无序乱抓，乱刨乱采，否则，大自然馈赠的美丽山林就会破相。唉！大自然的恢复难上加难。

不得不说周炳继是具有丰富跨学科知识的专家，他更有国际眼光，前瞻的思维和良心责任。

近期所有工作处理完毕，心里稍有轻松的周炳继抽一天时间回老家想水村走一走看一看。妻子李平反复交代他要回老家看一看，向乡亲们问好。周炳继给马清五元钱，让他买五斤烧饼和二斤馓子，分成两份。

第二天清晨，太阳慢慢升起，山区的天空格外蓝、格外高，太阳格外红、格外亮。明显天变长了，同一时间点，太阳比以前出来得早，整个大地也醒得早。

周炳继起床洗漱，他用刮胡刀将脸上的胡子毫不留情地除掉。这个顽强得令人讨厌的胡子确实太旺盛了，一天不刮，整个脸就荒了。他鼓一鼓左腮帮子，鼓一鼓右腮帮子，将近乎脸中央的胡子刮个净。周炳继心想，要在古代，本人也是美髯将军，历史上的关羽关二爷被称为美髯公，明成祖朱棣也因美髯被称为俊男子。

奇怪呀，有的人是一头好脸，有的人长一脸好头发，美丑好坏，只有自己知道。反正自己感到很麻烦！今天他没有练武，显然从现在起再想练，得提前一小时起床。否则院子里来回走动的都是人，别人会异样地看你，评论你不得体。

周炳继在食堂里简单吃了饭，骑上自行车，车后座绑着烧饼包袱，车把上挂着两串馓子，按照马清规划的路。一溜烟奔向想水村。

周炳继在周炳续的陪伴下，提着烧饼、馓子看望了表姑张洪英。张洪英是周炳继父亲的表妹，也是西县人。经周炳继父亲介绍远嫁想水村陈家，陈家一直是想水村日子过得不错的人家。周炳继父母因病去逝得早，陈家特别是张洪英可没少接济周家，在周炳继求学中，张洪英可谓无微不至，省吃俭用贴补这个苦命的又有出息的表侄子。

周炳续走在前面敲了敲敞着的大门喊道："二姑，我哥回来了。"

张洪英院子里的大鹅仰起长脖"嘎嘎"地叫着，待周炳续、周炳继进得院来，大白鹅快步跑向周炳续，脖子向下贴着地皮向周炳续的腿铲去。周炳续用腿驱着大鹅，嘴里不停喊着"去，去"给周炳继开道。看着大鹅头上隆起的高高的疙瘩，这只鹅是有几年的老鹅了，老鹅看家赛过狗，老鹅的嘴拧人啄人不次于老虎钳，这可爱而又可恨的东西不领教不知道，领教一次吓一跳。

戴着老花镜正在纳鞋垫的张洪英听到鹅叫人喊，急忙停下手里的针线活，把老花镜拉到鼻尖，眼睛向上略翻定睛朝外张望，见周炳续和周炳继正被大鹅拦路袭击，她拿起撑门棍一边喊道："鹅，鹅。"一边喊着："炳续，炳继你们来了。"大白鹅被张洪英"呼呼"地几棍吓得连连后退，待它确定人是自己人时，转身快快地迈着内八字步走去，将脖子仰起，不时回头瞅主人和客人，骄傲地不服气地叫着"嘎嘎"，向客人炫耀着它头上高高隆起的绛黄色大疙瘩，这可是年龄和资历的象征。

张洪英接过烧饼和馓子，紧接着又递给周炳续，双手握住了周炳继的手："炳继怎有时间回来，哎哟，你看多长时间没见过你了，想呀，想呀。"

周炳续进屋将馓子和烧饼放在煎饼盆盖上，张洪英牵着周炳继的手进屋让其坐在八仙桌左旁的圈椅上。周炳继说："二姑，我还是坐在下边，咱娘俩好拉呱。"张洪英说："那也好，那也好。"

周炳继："二姑，我这么长时间也没来看您，我是有愧呀，是不孝呀。"张洪英："哪有呀，炳继，你说哪里去了，自古忠孝不能两全，你吃公家饭就要在外好好工作。工作好了，出息了，比天天来看我，我都高兴。"周炳继："山喳子（喜鹊）尾巴长，娶了媳妇忘了娘，我是不是这样的？"周炳继说着笑着。

张洪英："好男儿志在四方，你老是想着家里，想着我，想着他（张洪英指了指周炳续），一天看不见屋山头就哭，你还能干个吗，是不炳续？"周炳续一边答应一边说："俺哥也不易。"

张洪英："炳继，你家属和老丈人那边都很好呀。"

"很好，老丈人身体很好，他性格好，我们处得来。家属教学，工作认真，比我都上进，代的课在全市都叫得响，尽管有时学校不以教学为主，她还是想法多教学生些知识，我找她可算是找对了。"

张洪英："炳继，你爹娘有病去逝得早，你是个苦命的孩子。为了有个活路，你一边学习，一边拜师学武。上学能不能成功，看不到头，谁也不知道能不能考得一板凳一砖的。不论大专、二专的，咱考个'半大专'也行呀。当时我都看出来了，你习武就是怕考不上学，你也好像咱西县老家人一样打拳卖艺，玩个把戏也能养活自己，找个家口。你看咱那里，打拳卖艺、说大鼓的都能顾得住家。"

周炳继："二姑，咱庄户人家，往上看，头大的一片，往下看，脚大的一片，不读书，不学艺，敲不开希望的门，那真是叫天天不应，叫地地不灵。读了书，学了艺，这就是个敲门砖。我上学，全指望您的关心支持和资助，我终身难报。"

张洪英："你又给你二姑见外了，这全靠你自己，你有志气，能吃苦，脑子好使，盼着你考个'半大专'，结果你考了个大学。想着你回来找媳妇尽挑尽拔，哪家的闺女不想找个大学生？结果你没让家里操心，找了个全家吃公家饭的，媳妇还是个大学生，炳继，你的命可不孬。周围十庄八村没有能比上你的。你这回来什么时候回去？"

周炳继："二姑，我这次得过阵子，我来指导来泉公社建水泥厂，刚来，工作忙，没能早点来看您。我媳妇在我来时就安排我回老家看看，前两天打电话又安排我回家看看您。"

说着话，周炳继从包里掏出20元钱给张洪英。周炳继："二姑，这20元钱您收着，我的工资也不高，现在也拿不出更多的钱给您，这只是我和我媳妇的一点心意。"

张洪英："炳继，我说什么都不能要你的钱，咱家里的人吃饭什么都有，有地就有吃食，跟着生产队什么都不缺，你们在外的城里人，一行一动都得花钱。"周炳继含着泪硬将钱塞到二姑的手里。

周炳续也不时用手抹眼泪。哥哥回来得少，他多少也有点埋怨，虽然爹娘不在了，但家里还有不少亲人呀。他也知道哥哥不易。少小时，家里穷，他几次想辍学，学艺挣钱顾家，被父亲训斥甚至打骂让他重回学校。为了取得好成绩，他挑灯夜战，埋头苦学，鼻子里常常被煤油灯熏得黢黑，眉毛被烧焦。为了学艺，练武不管严寒酷暑，赤膊苦练，那瘦弱的身体在地上摔来摔去，击打沙袋的拳头常常血淋淋的，最后指关节处形成豆粒般的老茧。练习器械，身上血口子不断。他参加全市武术比赛，取得冠军。他又考上大学，成为工程师，他走出了扎实的一步一步，他是上进的，他是有责任的，他也是懂礼数讲义气的。

周炳续想："我的大哥是可亲可敬的，是我永远的榜样，是永远爱我的大哥，理解我的大哥。

人人都有别人不知道、难理解的苦和难。任何人没有权利用自己的观点思维和认知去理解他人、评论他人甚至道德绑架他人，这是无聊的，是不道德的，也是无效的。做好自己就好。

张洪英："炳继，你的孩子也成大小子了吧。"

周炳继："二姑，两个孩子焕攀、焕登都长成大孩子了，个头不矮，长得也壮实，全靠他妈辅导教育，他姥爷管教得也算紧。我平时早出晚归的，问得少。下步我带来让您看看。"

张洪英："炳继，我还想拜托你一点事。"周炳继说："二姑，您吩咐，只要我能做到的一定照做。"

张洪英："我想让你教我外孙秦守实习武。这孩子命苦，他家原本在城郭公社的尚岩村，那里建水库，移民到东北，他妈妈陈燕在东北患上了心脏病，去逝了，咱这里教育好点，他就到咱村来上学了。这孩子聪明皮实，我看是练武的好材料，你教教他，也算学习之余有个手艺，考上学过好，考不上也能靠手艺混口饭吃。"

周炳继说："我燕子姐去逝时，我没能回来看您，您的这些伤心事我感同身受，您视燕子姐为掌上明珠。她的孩子就是我的孩子，我们一定尽力培养吧。我可以教他习武。这个习武既能强身健体，也能培养吃苦精神，锻炼意志，提高自信心，使自己内心强大起来，至于能不能用来养家糊口再说吧。我现在常住来泉公社院内，让他在每个星期天去我那里，我教完，他可以回家练。最好让他能再找一个伙伴，来回好有个人作伴，咱家里也放心。"张洪英："那太好了炳继，守实就交给你，你可严加管教。从现在起，你就是他的师傅了。"

周炳继、周炳续、张洪英哈哈地笑了起来。

张洪英留周炳继、周炳续吃饭，周炳继说："我下午回去还有一堆事要干，厂子马上开工建设，我也不敢有丝毫的疏忽和怠慢。"张洪英也不强留，庄户人理解吃公家饭的人，时间对吃公家饭的人来说很重要，上班吃饭按钟按点，万一因留他吃个饭，误了正事，那可就因小失大了。

张洪英说："炳续媳妇小香做饭香着哪，炳续，你叫小香给你哥做点饭吃。还有，炳继你穿多大的鞋？我给你纳几双鞋垫子。"周炳继说："二姑，我穿42码的鞋，您给我纳两双吧，垫上您纳的鞋垫走路踏实走路稳。"张洪英说："俺侄子不嫌土不嫌孬，二姑高兴，我给你多纳几双，到时候让守实给你送去。"

周炳继、周炳续回到家中。周炳续妻子陈学香已将饭做好。酸辣土豆丝、白菜粉条肉、煎豆腐、煎咸鱼、臭萝卜豆、鸡蛋炒绿豆芽这六个菜显示了陈学香的做菜水平。

特别是这个鸡蛋炒绿豆芽别具风味：香、脆、清淡爽口。陈学香将淘制的绿豆芽用小瓷罐盛上，撒上盐腌至十天半月，绿豆芽的水分降低，绿豆芽头变成墨绿色，这时绿豆芽品相似未开放的金银花，清脆爽口，可用干辣椒、葱、姜调拌成凉菜，也可以炒着吃。炒吃时，鸡蛋是绝配。

盐可是个好东西，许多鲜菜在盐的作用下，形状、颜色、味道发生变化，生成耐储藏的长远菜和富有各地地方风格和特点的风味小菜，唯有不变的是菜的营养。咸菜系列、咸蛋系列、咸肉系列。盐是风味美食的魔术师，是家乡味道的催化剂。盐最鲜明的品格是成全万物之美。

陈学香聪明贤慧，是想水村数一数二的好姑娘，她是张洪英丈夫的堂侄女，经张洪英介绍，嫁给了周炳继的弟弟周炳续，婚后育有一子一女，儿子周焕鹏，女儿周焕凤，两个孩子的名字皆为周炳继所赐。

在农村，同一个村的男女结为夫妻不少也不多。俗话说"当庄的找当庄，心里亮堂堂""近邻成新人，亲上又加亲"。

同村的人祖辈相知，几辈相处，为人处事，日子过得怎样不用调查，不用查档案，不用查资料，都在眼里，都在心里，双方实力上认可，感情上认同，一至认为门当户对，继而升华为天赐良缘。毛病是如果两口子打架，婆家娘家看现场直播，第一时间知道，搞不好引发家族战争。反正周炳续和陈学香结婚七年，没吵过嘴，没红过脸。过了七年会更稳定更幸福。

陈学香招呼周炳继吃饭："哥，饭做好了，您吃吧，您尝尝俺做的饭，咸不咸，淡不淡，不像样，您就担当点。炳续，你看你跟咱哥还喝杯酒不？"周炳继说："弟妹，你也来一块吃，我闻着菜很香，很有家乡大席菜的味道，你的厨艺很好。再说了，你知道咱这个地方、咱这个家的情况，过去吃不上、吃不饱饭，那样的苦日子我怎能忘？恁哥不是忘本的人，恁哥的幸福点很低，能吃饱饭就感到很幸福，太好的饭我反而吃不惯，吃不下。"

听了周炳续的话，陈学香落下了那颗悬着的心，恐怕大哥吃不惯土菜，怠慢了他。

周炳续说："哥，我还喊咱村的赵存祥陪陪您不？"周炳继："今天不行了，时间紧，下次来再给他聚吧。炳续，你给我倒杯酒，你也喝一杯，多少年了，咱弟兄俩也没在一起喝个酒，今天咱们喝两杯，高兴，不碍事。"周炳续激动加高兴："哥，你喝辣酒还是甜酒？算着你最近要回来，我专门在合作社买了两瓶酒，一瓶白干，一瓶冰雪露。"

周炳继说："你给我倒杯辣的吧，你想喝什么就倒什么。"周炳续说："我也跟你喝杯辣的吧，哥喝什么，弟也喝什么，我哪敢不跟你喝一样的，嘿嘿。"

周炳继看着周炳续还是跟小的时候一样，崇拜哥哥，听哥哥的话，像个跟屁虫形影不离。

周炳继端起酒杯说道："炳续，来哥敬你一杯，儿大三分客，弟大七分情，大敬小越敬越好。"周炳续急忙站起身弯下腰用右手托着周炳继的酒杯说："哥，我敬你。"说罢深深地喝了一口，周炳继也小抿了一口。周炳续给周炳继夹菜。

周炳继说："我自己来，哪个菜都好吃，弟妹做菜，有两手。学香是个好妈妈、好妻子，出力干活，养活孩子，养亲恩邻，样样出彩，你可要善待学香，不要有大男子主义。"周炳续说："哥，您放心，恁兄弟胸中有数，就咱这个家庭光景，咱过的这样的日子，学香跟咱过日子，咱祖辈积兴的，是咱家烧高香了。我哪里敢呢，还大男子主义，有时我想发火发到半截，我就打一下自己的脸，提醒自己稍安勿躁。"

正好陈学香进屋，在门口听到弟兄俩的对话，心里别提有多高兴。

"哥，您多吃菜，喝酒不吃菜，伤身体。"

陈学香腼腆地站在桌旁提醒道。周炳继、周炳续边喝边聊。

周炳继："炳续，咱爹咱娘为了让咱家过上好日子，为了让咱俩有个好前景，没白没黑干活儿，咱祖辈给地主当长工、短工，爹可是种地的一把好手，力气也大，谁知他老人家没有福，好日子还没开始，爹娘却离我们而去，想起这，我都悲伤得不行，有时不敢再回来，所以这些年回来得少，你嫂经常催我回来看看，我只能把泪咽到自己肚子里，我的悲、我的伤只有自己知道。父亲母亲只盼着我有出息，他们对我的爱、对我的情只化为他们早出晚归的辛勤劳作，透支了身体，伤了元气。我尽力学习、尽力工作，回报父母，等学有所成，有了所谓的出息，我就更加思念双亲。你能理解我吗炳续？"

周炳续："哥，我能理解，你是上进的人，是有学问的人，你的情感和心结我可能理解不透，但我知道你所做一切都是对的。"

周炳继："我有时想让你的孩子焕鹏、焕凤到城里跟焕攀、焕登一样过城里的生活，上城里的学校，接受好一点的教育，但是现在做不到。现在城里人的粮菜和所有生活用品都是计划供应，多一口都没有，学校的学位也是一个萝卜一个坑。现在我们国家的工业发展和城市发展还很落后，还存在不少的困难。工业不发展，城市不发展，城市就业就跟不上。农村人进城是一种追求，是一种向往，也是一种进步，自从城池出现，这种从乡到城的人员流动就开始了，不光我们国家，欧洲也是。但工业发展决定城市的容量，所以我们要大力发展工业，促进城市发展，我学的工业，任务重大，等条件允许了，我会给焕鹏、焕凤提供帮助的。希望你理解我，还要支持我。"周炳续："哥，我听你讲这些，我又学到了很多。你不用多分心，孩子们在村里上学也很好。咱这里老师都很好，特别是从城市里来的迪思科老师，把咱这里当成自己的家乡，把社员的孩子都当成自己的孩子对待，还参加生产队劳动，威信可高了。村里的社员都感觉咱这里的条件差，对不住他，又都舍不得他离开。"

周炳继："我和迪老师这些知识分子都有一种初心、使命、责任和追求，只有这样，个人的奋斗目标才能实现。"周炳续："哥，你当年为了求学、习武，你真是拼了，那可不是一般人能忍受、做得到的。"

周炳继："炳续，不吃苦中苦，难有甜上甜。作为咱贫困地区贫农家的穷孩子，取得同等成绩就要付出超过常人几倍甚至几十倍的努力。不经历风雨不能见彩虹，苦难方能诞生辉煌。我上大学之前，虽然习武，体格健壮，但长期的饥饿使我骨骼发育受限比同龄人要细，体重始终在 106 斤以下。身高上大学后又向上蹿了七厘米，这真应验了年龄不过二十三，身高还能蹿一蹿。炳续，要记住，志气、意志、悟性、勤奋、吃苦，对于我们一样都不能少，对我们的孩子也一样。"周炳续："哥，前段时间咱老家西县的苗祎表叔来咱们村说大鼓，社员反映很好。"

周炳继："咱祖上的表亲苗家？咱们西县的武术、曲艺还是很有名的。中国地大物博，人口众多，地域广阔，民族有 56 个，悠久的历史蕴含了丰富多彩的地方文化。西县的运河大鼓，豫剧深受中原文化的影响。这种曲艺接地气，多通俗易懂，语调音调铿锵有力，粗犷而不乏细腻，我一直很喜欢。我当时给自己设计三条人生路，当兵、练武、说书，对考大学没怎么敢想。没想到最后考上了大学，但我一直有军人情结，对军人万分崇拜。练武成了我的业余爱好，听书听戏成了我学习文学和历史的一个门道，也成了我休息娱乐的一种形式。千万不要小看说大鼓的，他们都是有天赋有才学肯吃苦的人。"

周炳续是个有思想有分寸的人，他没跟哥哥多说赵存祥到来泉公社开会的事和村里的事，他提议让赵存祥来陪，主要想提高哥哥回村的规格。

周炳续通过这次谈话对哥哥周炳继有了新的认识，哥哥还是原先的哥哥，那是亲情的。哥哥又不是原先的哥哥，他的知识、使命、责任已有了更大的突破，形成了更大的格局。

尽管是一奶同胞，也不能不顾哥哥后期阅历增长、身份蝶变和层次跃升，而只用亲情和过去的眼光去打量他，去要求和评判他，那样会形成误解甚至龃龉。

但看到哥哥工作舒适，生活条件优越，有地位，周炳续也有很大的醋意，心里酸酸的，喝一样的奶，吃一样的饭，吃一样的苦，为什么后来差距这么大呢？

远了香，近了殃。没错，周炳续对哥哥的这点嫉妒和醋意，在不少人身上还真或多或少地存在。总有那么一些人善于用静止的、嫉妒的、不平衡，甚至不怀好意的眼光看待熟悉的人，兄弟、姐妹、朋友、同学。因为这些人太熟悉了，因为这些人同自己有一样的出身、一样的成长、一样的经历。而当其中一个人，从低微的一介草民历尽苦难，发愤图强而成为一世英雄好汉，他们就开始怀疑人生，当年眼中的、跟前的，同自己不差毫厘的人怎么一下就成为一个旷世奇才和人物了呢？

不看结果，只看从前。你长袍马褂，西装革履，他就想到你当年的开裆裤；

你正襟危坐，他就想到你尿铺；他们还故意喊你不雅的乳名和外号，什么疤痢头、猫B眼、小溜子、小板凳、大咧巴、三赖子、秃子、罗圈腿、老鼠精云云。

刘邦雄才大略，为人仗义，揭竿起义，振臂一呼，应者云集，帐内群雄毕至，有运筹帷幄、决胜千里之外的张良，有统领大军、战无不胜的战神韩信，有安定国家、安抚百姓的定国神针萧何。刘邦推翻秦王朝，打败不可一世的西楚霸王项羽，建立汉王朝。有人却说刘邦没文化，逼得他出手写下千古名诗《大风歌》以正视听："大风起兮云飞扬，威加海内兮归故乡。安得猛士兮守四方。"

明朝开国皇帝朱元璋少时极度贫穷，物质上穷得葬母无一席，文化上穷得连名字只能用数字来表达，取名"朱重八"。发达之前做过和尚，因谋略超群，胆识过人，作战勇猛，战胜陈友谅、张士诚军事集团，推翻元朝建立明朝。有些人不记得朱元璋、朱洪武，单单记住"朱和尚"和"朱重八"。记不得"马皇后"，只记得"马大脚"。为此，不少人成了朱元璋龙颜怒下的刀下鬼。

还有这样一个故事，秦末农民起义领袖陈胜率起义军攻城掠地正在兴头。一日坐于军帐之中的陈胜接报："大王，帐外有人来见，说是您少时伙伴。"陈胜宣"请进"。

来人见坐于帐中的陈胜威风八面，盛气凌人，想到小子你出息了，想你小时候擤鼻涕挤眼、刨地吃糠的狼狈样，你装什么逼。就说："阿涉，你不记得我了？想当年，咱一块锄地，一块吃饭，因为抢咸菜中的一粒豆子，你还挨了一顿揍哩。"陈胜勃然大怒吼道："哪里来了这么个粗野之徒，拉出去斩了。"

又一日，信使来报："大王，帐外有一壮士求见，说是你儿时伙伴。"陈胜宣"见"。此人进帐中，不敢抬头，作揖下跪，说："大王，本人寻您好辛苦。"陈胜绷紧的脸松弛下来，说："来人是阿强吗？"

阿强不敢怠慢："愚人便是阿强。大王好眼力！想当年，我们手持钩镰枪，大战长坂坡，攻破瓮中帐，活捉豆将军。"陈胜大喜，应道："记得，记得，本大王怎能忘记那精彩的一仗呀。"陈胜吩咐好酒招待，留于帐下重用。

嫉妒熟人，挖苦熟人，叫"杀熟"，叫"反噬"。熟人之间，怕你有，笑你无。我不好，你也别好，不然显得我更不好。叫花子看不起要饭的，当官的怕见老邻居。富贵还乡，如锦衣夜行。

亲情不能代表和包揽一切。人不患贫而患不均。

周炳继酒喝得刚刚好，就着可口的菜吃了两个烧饼。酒足饭饱心高兴。他掏出 20 元钱给周炳续妻子陈学香，在依依不舍中离开想水村，原路返回来泉公社。

周炳继回想水村，拜见了表姑张洪英，表达了对恩人的谢忱，了却了妻子李平的牵挂之情和心愿。与弟弟周炳续的交谈打消了对他"娶了媳妇忘了娘，脱离农村忘了根"的猜测和疑虑。在一定程度上改变了周炳续对人对事的看法和态度，提高了周炳续的境界和觉悟。表达了弟兄之情永远不变的态度，打破了"娘在家就在，娘不在，只有远方"的魔咒。更重要的是这次回家，让他从丧父丧母的悲痛情绪中解脱出来，走出了心里的阴影，驱走严冬，迎来春暖花开。张洪英让他收表姐陈燕的儿子为徒练习武术，他又增添了一份责任。

第34章

秦守实放学回到家，姥娘张洪英把他叫到跟前问："守实，你想练武吗？"

秦守实看着姥娘温暖慈祥的脸和充满期待的眼神，不假思索地回答道："姥娘，我想练武。"

大多数男孩好动，相比枯燥的读书，他们更喜欢舞枪弄棒，英雄情结，扶危济困，保护弱小也是他们的追求。

张洪英问："你为什么想练武？"秦守实攥紧拳头说："我想练武，当兵，保卫祖国。"

张洪英本想让秦守实练习武术，学门手艺，找个饭门。没想到外孙有理想有志气，她激动地一把拉过秦守实搂在怀里说："姥娘给你找个师傅，你跟他好好练武。"

是的，山区的穷孩子找个饭门，比面朝黄土背朝天、看天吃饭的日子稍好一点，那就心满意足了。三教九流五行八作，三百八十行，总想给自己找个好的位置。上九流包括：帝王、圣贤、隐士、童仙、文人、武士、农、工、商。武士很体面，在上九流之列，习武应该是一条出路。

周炳继也说，习武是成功路上的敲门砖。张洪英以其朴素的想法和外孙秦守实坚定有志气的回答，加之周炳继的人生体会，坚定了让秦守实学武的决定。

张洪英说："守实，你这个星期天就去咱们村山后的来泉公社大院找你的师傅去，他叫周炳继。你再喊两个愿意习武的同学一块去，来回好有个伴。"秦守实找到赵凌云："凌云，你想练武吗？"

赵凌云有些吃惊地问："守实，你怎么突然想练武的事了，是不是听大鼓上瘾了？"秦守实说："男儿当自强，练武练好了，将来当兵保家卫国当个大英雄。我姥娘让我习武去。"赵凌云说："习武去，上少林寺？武当山？峨眉山还是五台山？"

秦守实乐了，操着东北口音说："不是那旮旯儿，我姥娘给我找了个师傅，在咱村山后的来泉公社，叫周炳继。"

赵凌云看秦守实说的不是开玩笑，也不是胡思乱想而是有鼻子有眼，还是姥娘同意并操心找师傅，突然认真起来，说："守实，容我想一想，我征求一下我娘的意见，猛不冷丁的，我也不敢去。"

是的，习武就要改变生活方式甚至人生方向，认师傅也不是一句话的事儿。是否还要交学费？这对于一个在时间、爱好、财力还丝毫不自由的学生而言，是不能立即做出决定并答应的。

秦守实说："我姥娘怕我拜师学艺来回路上孤独，不安全，让我找个伴。"听到这，赵凌云不假思索地马上答应道："守实，行，我陪你去练武。我们在学校是同班同学，一起练武也就成了同门师兄弟。你放心吧，我一定陪你。欸，守实，你再问问徐星愿意去不？我们三个人一起去最好，其间咱们中间一个人有其他事情做，那还可以有两个人做伴，万无一失。"

秦守实说："凌云，你不愧是我们的班长，还是你想得周到。我这就去找徐星。"

赵凌云答应了秦守实，心理产生了压力，陪秦守实练武，给他做伴，是应该的，也是必须的，通过娘这一关也是必须的。瞒先生瞒不了大夫，必须给娘开诚布公禀报，赢得支持。

赵凌云看了看蔚蓝的天空万里无云，娘的心情也格外好，他看着天，大声吟诵道："高高的天空，蓝蓝的，蓝得深，蓝得净，看不到边，看不到顶。但见那轮太阳像挂在穹庐之上的一盏吊灯。太阳虽然懒洋洋的，它却无拘无束、毫不吝啬地放射金色的光芒。春寒料峭，我的心却暖暖的。"

娘听着赵凌云用北京话背诗很是高兴，问："小云，你跟谁学的北京话（普通话）？还过好听哩。这个诗是谁写的，给娘讲讲，供你上会子学，也让娘开开眼界。"赵凌云说："普通话乃跟吾同窗秦守实所学，本诗乃娘之二儿赵凌云所作也。"凌云娘说："别转学问了，还没个猫大，瞎转。乃乃的，像骂人似的。"

说是说，凌云娘的心情别提多高兴了。接着赵凌云单膝跪地，两手作揖状："母亲大人在上，接受儿子一拜，有要事禀报，还请母亲应允。"凌云娘："你这个熊孩子别胡闹了，不年不节的磕什么头。"凌云起身笑着说："娘，我想练拳习武。"

凌云娘："你怎么像发癔症（做梦）样，突然想练武了。练武光找事（惹是生非），逞强好胜，打架斗殴，练野了没有好果子吃。打拳卖艺玩把戏，咱老辈也没干过。你爹不在家，我可当不了这个家，不行。"赵凌云："娘，三教九流五行八作，武士也是一个行当。看那职业武士遛乡比武打擂，浪迹江湖，寻经问道，遍交朋友，岂不悠哉乐哉。摆摊打拳卖艺，表演功夫不失为一个好营生。武术乃中华民族传统文化之精髓，弘扬中华之武术乃吾辈之责任。保家卫国，惩恶扬善，路见不平，拔刀相助，习武之人大可为也。呼延庆、岳飞、戚继光、杨家将哪个不是习武之人，武功盖世。"凌云娘说："你怎么不说孙悟空？"

赵凌云眼睛一眨一眨地看着娘说："对，孙悟空的功夫了得，将牛鬼蛇神打得屁滚尿流，呼爹喊娘，原形毕露。"凌云娘说："你这熊孩子，油嘴滑舌，娘哪能说得过你，你上辈子可能是个打花相（唱莲花落的乞丐）的。"赵凌云使劲眨巴两下眼："我是说大鼓的托生的。"

凌云娘看赵凌云机警敏锐，伶牙俐齿，配上他不断眨眼的猴相，指着凌云的鼻子嗔怪道："你这个机灵鬼，你学去吧，可要给娘保证，学武不能惹事，不凭拳头硬欺负人，不能耽误上学、干活儿。"赵凌云见娘答应，抱拳谢道："孩儿，谢母亲应允。"凌云娘说："你听大鼓听得都成呼延庆了。"

这会儿，赵凌云的眼眨巴得像雷暴前的闪电。眨巴眼，心眼多，眨眼有多多，点子有多多，眨眼有多快，脑子有多快。

赵凌云收住油嘴滑舌，一本正经起来，深情地轻声地对娘说："娘，其实我也没想学武，是我同学秦守实来约我给他做伴。守实是个没娘的孩子，他的家远在东北，刚来我们班时，迪老师就安排我们帮助他、关心他，讲他们家为了建水库，舍小家，顾大家，背井离乡移民东北，他娘在东北患心脏病死了。他姥娘可能怕他受欺负，也可能让他下步有出息，就给他找了个武师。我是秦守实的好朋友、好同学，又是他班长，他让我给他做伴，咱不能不帮他呀。再说，他是一个没娘的苦孩子，一个人来回学武，路上不安全，他也害怕。"

听到赵凌云说的这一番解释，凌云娘哭了。她哽咽道："没娘的孩子像根草。守实的姥娘张洪英做得对，要让孩子坚强起来，要给孩子找个饭碗。凌云你是一个实诚有善心的孩子，要多帮守实，要关心好他，学武来回的路上，你们手扯手，不离群，别摸黑，见狗就躲，走大路，走人多的路，别走山里。"赵凌云说："是的，娘，我一定得保护好秦守实。"凌云娘问赵凌云："学武，认的哪里的师傅？"赵凌云说："听秦守实说，是咱们山后来泉公社的周炳继，他是城里来的。"凌云娘："噢，那可是咱村里考学出去的有出息的人，是秦守实姥娘的表侄。"

赵凌云说："娘，您知道周炳继这个人？"凌云娘说："他是咱们村里考上的第一个大学生，练武比赛拿过冠军。小云你装着不知道，守实姥娘可能怕守实知道师傅是亲戚，就不认真学了，这个要保密。"

张洪英正是这么想的，她想让秦守实跟周炳继成为纯粹的师徒关系，而不掺杂表叔侄关系。亲情羁绊，必受其乱。

凌云娘对赵凌云安排道："见到师傅要有礼，要学就认真学，学出个名堂。弄个半瓶子醋，一瓶子不满，半瓶子晃荡，不够丢人的。该给师傅交点学费，送点什么的，我给守实姥娘商量。你放心学就是，还是那句话，不能耽误上学、干活儿。等你爹回来时，我再给他说。"

秦守实找到徐星说明情况，徐星满口答应，称练好武，谁欺负咱，咱揍谁。秦守实给姥娘说，找到了练武的伙伴，张洪英一听有赵凌云，满意得合不拢嘴。

星期天的早晨，天空上的星星还没有完全隐去。山村的庄稼人在生产队组织下奔赴各个战场，耕地、耙地、垒堰、修路，他们没有星期天。秦守实背着书包，里面装着地瓜干煎饼和一瓶菜。在地瓜干煎饼里，姥娘张洪英都重重地抹上一棒子花生油。他喊上赵凌云和徐星，赵凌云和徐星也都背着书包，包里面放着煎饼和一小瓶咸菜，赵凌云还放了一根铅笔和一个演草本，他们按照张洪英指明的大方向，边走边问，一路小跑奔向来泉公社办公大院。

来泉公社大院传达室的老头看见三个学生一早来公社，拦住他们问："你们三个是哪里的，来这里找谁？"

徐星大声说："我们找师傅学武的。"老头说："找学武，你这个学生真没礼貌，喊人名连个姓不带。找张学武、陈学武还是王学武？"

这三个家伙都被老头逗乐了。赵凌云把食指竖起放在嘴前，对秦守实和徐星发出"嘘"的一声，同时摇头，示意两人不要多说话。他走近老头说："敢问爷爷贵姓？"老头乐呵呵地说："免贵姓秦。"

赵凌云接着说："我们是山前丰源公社想水村的。我免贵姓赵叫赵凌云，这位免贵姓徐叫徐星，这位不免贵，尊贵姓秦，与您同姓。"

老头被赵凌云逗得哈哈大笑，连声说："这孩子真会闹，真幽默。"赵凌云接着说："秦爷爷，我们是来拜访南边大城市来的周炳继老师，他是我们想水村的人，来帮你们这个地方工作的。"老头说："噢，你找周师傅！我领你们去。"

接着，老头领着他们走到周炳继办公室门口喊道："周师傅，周师傅，有人找你。"没人答应，老头上了一个台阶看看，门没锁。

老头说："他没锁门，没走远，你们在这里等会儿吧。"赵凌云说："谢谢您，秦爷爷。"徐星和秦守实跟着说："谢谢秦爷爷。"

赵凌云、秦守实、徐星一本正经地坐在台阶上，像电影开演前静心等待的观众。一会儿，从西面走来一位穿着运动衣，脚穿白色运动鞋的中年人。中年人问："你们这三位同学，大清早的来找谁？"

赵凌云、秦守实、徐星立即站起来，赵凌云说："我们是想水村的，我们来找周老师。"周炳继接着问"是找周炳继吗？"

赵凌云说："是的。"周炳继说："我就是，屋里来吧。"

进屋，周炳继让他们三个坐在连椅上，用热水烫一下茶盘中的茶杯，给他们每人倒上一杯热水。

周炳继问："你们早上起得早，没吃饭也没喝水吧？"

三个人几乎齐声说："是的。"周炳继说："早上起来喝杯热水对身体好，要养成这个好习惯。喝完，我带你们去吃饭。"赵凌云说："不用了，周老师，我们带饭了，您去吃吧，我们就着这个热水吃就行了。我们为了早点见到您，来得有点早。"

周炳继问"你们来找我有什么事？"秦守实说："没有什么事，我们三个来找您是想拜您为师傅学习武术。我姥娘让我们来的。这位是赵凌云，这位是徐星，他们来给我做伴，一起拜师学艺。"

周炳继听着这孩子一口东北音，惊喜地问："你就是秦守实？"

秦守实说：“我是秦守实，我姥娘叫张洪英。”周炳继说：“好吧，你们可不要怕吃苦，跟我好好学，好好练吧。”

听到周炳继答应收他们为徒，秦守实带头，赵凌云、徐星跪着给周炳继磕了个响头。秦守实说：“一日为师，终生为父，师傅的恩情，定当永记不忘。”周炳继忙将他们扶起说：“新社会，不兴这个了，我是你们的老师，你们是我的学生。”

周炳继没有给秦守实捅破亲戚关系，他和张洪英想法一样，不能让秦守实有亲情笼罩的优越感。

周炳继到食堂买了四碗糊粥、四根油条、四个鸡蛋和一份小菜，让马清帮着送到自己的办公室，马清见到赵凌云等几个同学，对周炳继说：“周师傅来客人了。”周炳继说：“我同村几个小老乡。马师傅，中午，你多做几份菜，多蒸几斤馒头，我要多买点。”

马清说：“好的。”周炳继说：“咱们吃饭吧。”

赵凌云、徐星、秦守实分别从自己的书包里掏出地瓜干煎饼，在瓶子里夹些咸菜卷上，大口大口地狼吞虎咽起来。秦守实煎饼里的油浸出，染得手指滑滑亮亮的，这是姥娘的爱和最高水平的物质奖励。

周炳继急忙制止道：“守实、凌云和徐星，饭咱已经打来了，不吃就剩下了，你们的饭可以存放。”

周炳继说着却把脸背过去，他的眼睛湿润了，他说话有些哽咽了。看到他们吃着黢黑的地瓜干煎饼，卷着干巴巴的咸菜，却狼吞虎咽，心想：“这是一群多么实诚、多么有骨气的孩子呀。他们跟生活在城市里的周焕攀几乎同龄，焕攀整日白面馒头，定期吃肉，稀饭粗细搭配。赵凌云他们却上顿地瓜干煎饼，下顿地瓜干煎饼，抹棒子油那就是极大改善生活了。赵凌云、秦守实、徐星这些山里的穷孩子个个都长得结实匀称，脑瓜聪明，他们有志气、有毅力、能吃苦，看到他们，活脱脱一个从前的我。”

周炳继硬从他们手里夺下煎饼，让他们放进包里，周炳继给他们一人一碗粥，一根油条，一个鸡蛋，他带头吃起来。

秦守实操着东北话说：“这个粥真好喝，东北那旮旯儿有吃油条喝豆汁的。”

赵凌云和徐星没有说话，因为他们没有吃过糊粥和油条，现在的什么味就是最初的味道，就是今后的味道的喻体、标本和标准。饭后，周炳继收拾碗筷，将餐具送回食堂，交于马清。

在周炳继去食堂的时间里，赵凌云看了看周炳继的办公室兼宿舍，他想起了跟赵广林和赵存祥去过的丰源公社翟洪良书记办公室，有点相似。多了一张床和肥皂的味道。

周炳继回来，让他们坐在连椅上，周炳继搬过办公桌前的椅子坐对面，问赵凌云："凌云，你为什么想学武术？"赵凌云答道："周老师，我主要是想给秦守实做伴，怕他来回孤独、不安全。我娘不让我学，我费了好大的功夫才说服我娘。"又问徐星："你为什么学武术？"

徐星说："秦守实找我来和凌云一起做伴学武，学好武，打架也不会吃亏。"接着又问秦守实："你呢？守实。"秦守实说："我姥娘想让我练武，我给我姥娘说了，练好武当兵保家卫国。"

周炳继说："孩子们，练武是一件很苦也很危险的事情。武术是中华民族传统文化，是中华人民宝贵的文化遗产之一。古人说，上武得道，平天下；中武入喆，安身心；下武精技，防侵害。意思是说，练武练到上等功力可以报效国家打击敌人，像戚继光建立戚家军抗击倭寇，成为民族英雄；练武练到中等境界，可以修身养性，强身健体；练武练到一般境界，可以自卫，防止别人侵害。我讲的，你们能听懂吗？"

赵凌云、秦守实、徐星齐声喊道："听懂了老师。"

周炳继接着说："练武要懂武德，讲武德。不讲武德，根不正，练武到头一场空。什么是武德？大家记好了。古训说：尊师重道、孝悌正义，扶危济贫、除暴安良，屈己待人、助人为乐，戒骄奢淫逸。意思是说，要尊敬师傅和老人，讲道义；孝敬父母，尊重兄长；同情弱者、贫者；见义勇为，惩恶扬善；委屈自己，善待别人，以帮助别人为快乐；坚决不能倚仗势力过度追求享受。我讲的你们都听懂了吗？"

赵凌云说："听懂了，我说服我娘时，也是这么说的，以前听大鼓记的。现在听周老师一讲，我更明白了，更信服了。"秦守实和徐星回答道："听明白了老师。"

周炳继顿了顿，大声说："进入新社会，进入文明时代，我们要讲的武德是，尚武崇德，修身养性。爱党爱国爱民，遵纪守法，弘扬传统文化，传播正义正气。刚才我问你们为什么学武术，你们回答了，要把你们学武术的目的、动机对照一下，武德是否符合要求。从今天起，我用一段时间给你们讲解指导练习武术的基本动作。"周炳继边讲边示范。

一、手型：拳、掌、勾、爪、肘。周炳继纠正了徐星将大拇指穿于中指和无名指之间的错误握法，又纠正了秦守实将大拇指放在手心，四指握住大拇指的不规范"握皮锤"法。

二、步型：平马、弓步、丁步、歇步、仆步、虚步、凤凰步、拐步、横裆步。针对弓步，周炳继边做示范边讲解：弓步是武术套路的基本步型。他拉开弓步，晃晃前腿，用手拍后腿说："这个动作，前脚微内扣，全脚掌着地，屈膝半蹲，大腿呈水平，膝部约与脚面垂直；另一腿挺膝伸直，脚尖里扣斜向前方，全脚掌着地，上半部身体面对前方，两手抱拳手腰间。

周炳继站起身，让赵凌云拉开弓步；让秦守实和徐星观看着，周炳继一会儿拍拍赵凌云的膝盖，一会儿踢踢赵凌云的脚，一会儿拉拉他的后腿，一会儿扳扳他的上身，将赵凌云的拳头位置挪了挪。周炳继说："拉好弓步的要点：一是挺胸，二是立腰，三是前腿弓，四是后腿绷。我强调一下，后脚跟一定要蹬地，一定要挺膝后蹬，一定要沉髋。

三、拳法：控拳、插罗指开拳、计势拳、横拳、冲天拳、扳弓拳、劈拳、斗额拳、冲拳。

四、掌法：捺掌、单摧掌、插掌、摇掌、分掌、挑掌、穿掌、劈掌、砍掌、撩掌、亮掌、搂掌、缠手、抢出、拍掌、耳光掌。

周炳继讲得好，赵凌云、秦守实和徐星听得好，一上午时间不知不觉过去了。周炳继带着三个学生到食堂吃饭。走近食堂，油香、饭香、菜香一股股钻进赵凌云的鼻孔。温和的不急不躁的味道，香而不腻的味道，朴实而诱人的味道，这是人世间最好闻的味道。

周炳继打了四份大杂烩，一大碗，里面有白菜、粉条、丸子、豆腐、小酥肉。一人两个馒头，一碗稀饭。赵凌云、秦守实、徐星看着老师不动筷，徐星忍不住咽了一下口水。

周炳继说："吃吧，你们饿了。"赵凌云带头说："谢谢老师。"

赵凌云拿起筷子，文雅地夹起一块白菜放到嘴里，咬一小口馒头，慢慢地嚼着，小喝一口稀饭，尽量不出声响。秦守实和徐星看着赵凌云，也尽量模仿文雅。

嗅觉和味觉一旦打开，他那超人的带动力无法控制。嘴和肚子不愿意配合大脑硬性支配约束的文雅。赵凌云和秦守实、徐星的嘴巴张得越来越大，在肚子的催促下，牙齿咀嚼得越来越快，三下五除二，几个家伙将一大碗菜和两个馒头吞到了肚里，他们将菜汁倒进稀饭碗里，滴水不漏，干净彻底。

周炳继看着三个学生的吃相笑了，笑着笑着，他将脸背过去，眼泪不听招呼地滚到两腮。赵凌云说："周老师，我们吃好了，您慢着吃，我们到你办公室门口等您。"

周炳继哽咽着，含糊不清地说："好，好。"周炳继想："要是这些孩子天天都吃上这样的饭该有多好呀。"

饭后，周炳继提着让马清提前准备好的三斤15个馒头回到宿舍。周炳继把在门口等候的三个学生让屋里。周炳继说："守实、凌云、徐星，来，你们每人五个馒头，快装进包里，把你们的煎饼留下，早上吃剩下的半个，你们带回去晚上吃掉。咱们到外面，我给你们示范一下武术的动作和功夫。练完后，你们就赶快回家，回家后再学会儿习或帮家里干点活儿。行吗？"赵凌云和秦守实、徐星回答："行。"

赵凌云说："周老师，馒头我们不能带，这样，你的口粮就不够吃了。我爹就是这样，如果往家里买些馒头，他就得从家里带些煎饼补充。"

周炳继笑着说："我不是让你们把煎饼留下了嘛，够吃，你们就不要多管了。"赵凌云说："周老师，地瓜干煎饼您吃不惯，会伤您身体的，我们吃习惯了，练就了一副铜肠铁胃。"

周炳继被赵凌云的懂事和伶牙俐齿逗得哈哈大笑："我从小就是吃这个长大的，怎能吃不惯，怎能伤身体，地瓜是个好东西。"

秦守实、赵凌云、徐星将煎饼掏出来，把馒头装进包里。周炳继把煎饼用马清包馒头的包袱包起来，顺势端起搪瓷缸喝了几口水："走吧，跟我到外面练武去。"

周炳继带着二个学生来到山边的一个平整的大场地，这是来泉庄大队二生队的粮场。周炳继说："你们站这里看，老师把武术的基本动作表演示范一下"。

这是赵凌云他们最期盼的，光说不练那叫什么武术，那叫什么练家子？周炳继脱掉外套，站在场中间，伸臂，弯腿，晃头，扭腰，弯腰，把腿前伸，弯腰用双手扳脚，把一条腿向后抬起放于臀部，用手向上慢拉。

周炳继说："这叫热身，剧烈活动之前，要先热身，避免筋骨肌肉活动不开，打拳过程中拉伤肌肉筋脉。"

活动一会儿，周炳继脸有点泛红。这时，周炳继怒目圆睁，嘴紧绷，端起虚步，两手竖掌，左掌在前，右掌在后，半拉弓式置于胸前，接着一个垫步，左掌变拳收于腰间，右掌变拳，随着虚步变弓步，右拳猛地向前冲去。

接着右腿向上踢至脑门，再换左腿上踢至脑门，双臂同时张开。踢腿后，一脚蹬地弹起来一个腾空二踢脚，落地后又起，来一个腾空摆莲腿，继而旋风脚。旋风脚落地，只见周炳继腾空双脚弹起，双腿向外踹去，一腿微蜷在下，一腿伸直在上落地。接着一个鲤鱼打挺干净利落地站起，然后两腿微屈，双臂逆向旋转像千手观音的梅花臂呼呼生风。

收入双臂，助跑两步，来一个空手翻，继而前滚翻。又腾起一个侧踹，倒地起，乌龙绞柱，扎马步打出一串冲拳，将双拳收于腰间站起，将拳变掌由上到下按到腰间，深呼吸。

周炳继的功夫了得，弹跳力惊人，动作刚劲有力，干净利落，舒展潇洒。赵凌云、秦守实、徐星看得眼花缭乱，目瞪口呆。"周老师真厉害。"

练完功，周炳继荡气回肠，多长时间没这么激烈地练过了，与青少年在一起就充满朝气，周炳继布置作业：练好手型、步型、拳法、掌法。同时他又示范教赵凌云他们练腿法：正踢腿、侧踢腿、外摆腿、里合腿、弹腿、蹬腿、踹腿、勾腿、单拍脚、前扫腿、后扫腿。赵凌云、秦守实、徐星眨着眼，绷着嘴，用心记着。

周炳继打发三个学生回家，将外套搭在肩上，步履轻松地径直回到办公室。

第 35 章

赵凌云、秦守实、徐星离开老师后就像撒欢的兔子说着、笑着，用手比画着拳法、掌法、手型。到了一块平地，秦守实，想踢一个腿，也只能上踢到肚脐眼那么高，大腿根像被绳拉住的感觉，用力踢，大腿下面有些疼。赵凌云想模仿师傅起个二踢脚，起势不高，两个腿像团蛋一样蹦跶一下，徐星踢腿差点摔在地上。小子们差远了，练武不是比画比画摆摆样子，今后的路很长很长，台上一分钟，台下十年功。快到村口，赵凌云对秦守实和徐星说："我们拜周老师学艺的事千万不要给别人说，那会惹是生非的。"秦守实和徐星答应着。

赵凌云说得对，如果全村人知道他们拜师练武，有些长舌妇就会说："谁家谁家的孩子不正干，学拳舞棒，长不成好孩子。"也有些多事的人会说："谁家谁家让孩子学武，想拳头硬占山为王，下步咱们村不都是人家的了。"有些人知道你练武会不时来找你比试一下，"你不是练家子吗，我看你到底怎样"，冷不丁给你一棍，打伤你再讥讽说："我以为你刀枪不入呢。"要是知道周炳继收徒传艺，好事者也会对其嚼舌根，泼脏水。这正所谓"武艺在身，深藏不露"，君子敏于行，讷于言。

张洪英纳完鞋底，光线越来越暗了。她放下手里的针线活，拾掇规整一下屋里的东西。这时院子里的大白鹅"嘎嘎"地叫起来，声音不急，也没听到大鹅奔跑的声音，只是仰着脖子转着脑袋像是打招呼样的叫。张洪英知道家里的人回来了："姥娘，我回来了。"

"俺守实回来了。"张洪英停了手里的活儿，急忙迎到门口："守实，来回顺当不，学得怎么样？"

秦守实边说"太好了"边将书包放在饭桌上。

"姥娘，俺老师还给您带了几个馒头。"张洪英说："怎么还带馒头？"秦守实说："俺老师可好了，姥娘，你怎么认识的俺老师，给俺找了个这么好的老师。早上，俺老师没让我们吃煎饼，他让我们跟他到食堂去吃，我们不好意思去，就凑他去食堂时，我们赶快吃煎饼。他给我们端来糊粥，买了油条、鸡蛋。他看见我们大口吃煎饼，喝开水，我看他哭了。我们就吃了一半，你看剩下的一半我带回来了。中午，他带我们到食堂吃饭，食堂那旮旯儿别提有多好闻了。那个菜一大碗，什么都有，肉、白菜、丸子、豆腐、粉条，以前我在东北也吃过，没有这个香。我们三个狼吞虎咽吃了两个馒头，喝了一碗汤，可撑毁我们了。饭后俺老师给我们每人买了一斤馒头，把我们的煎饼留下了。"

张洪英听着秦守实的介绍，目不转睛地看着外孙，嘴里自言自语道："我表侄是个不忘本的大好人。"

秦守实兴奋地告诉张洪英："姥娘，我老师的功夫了得。他给我们在办公室上完课，讲完武德，教了拳法、步型，下午领我们到了一个大场那旮旯儿，俺老师像猴子一样灵敏，打的拳可漂亮了，呼呼生风。我太崇拜俺老师了。我长大以后要像他一样"。

凌云娘听赵凌云有声有色的介绍后，感觉张洪英给孩子们找了一个好导师，不仅学武艺，还学修行。周炳继不愧是从咱想水村走出去的响当当的人物，能文能武，心地善良，不忘本，丝毫没有看不起咱小老百姓的意思。

凌云娘越想越高兴。"本不想让凌云学武，没想到这个执意要给秦守实做伴学武的孩子遇到了人生中的好导师。周炳继是贵人呀，是赵凌云的贵人。周炳继让孩子跟着吃饭，还每人带回一斤馒头，却把地瓜干煎饼留给自己吃。丈夫赵广厚这样做，可以理解，可人家周炳继非亲非故，人家吃公家饭靠粮票，多一张嘴，他就得挨饿，这可不是长法子。莫不是想水村的男子汉都是有责任有担当，心地善良，乐善好施的人？"

带着这些想法，凌云娘不敢怠慢，吃过晚饭就去了张洪英家。大白鹅虽然已上宿（方言 xū），但听到动静仍负责任地"嘎嘎"叫，向主人发出警报。张洪英向屋外张望，见赵广厚媳妇正向屋里走来。

凌云娘喊道："大嫂，您喝完汤了吗？"看到张洪英丈夫陈老大，凌云娘说："陈大哥，您喝完汤了？"

陈老大、张洪英热情地把凌云娘让到屋里坐下。陈老大问："广厚没回来？"凌云娘说："明天摊歇班，不知来不。矿上一直抓高产，工人们都拼命干，你知道他从不落后。前段时间评级，提一级，本来轮到他，他却让给另一个人，说人家家里困难，干活儿干得比他还多还好。"

陈老大笑着说："咱这里的人都这样，吃亏包憨，从没有赚便宜的心。你看俺赵满福二叔，那可是一把做人的尺子。你们赵家老辈里都这样。"凌云娘说："陈大嫂，我今天来就想给你商量一下，凌云他们跟周炳继老师学武，怎么给炳继表示一下。今天凌云回来给我说，早饭午饭都是炳继管的，回来还每人给了一斤馒头，吃着拿着，那怎么行，这样下去，炳继为了教咱的孩子还不得喝西北风。这可不是个法。我想下步咱这样办，你看行不。一呢，下步咱叫小孩早起会儿，吃过饭再去，学完，该吃饭时，马上回来，别等人家吃饭时眼巴眼望的。咱知道炳继心疼孩子，想让他们改善一下生活，这个心情咱领了，但不能心里没数呀。孩子还小，吃东西早着哩，粗茶淡饭惯了，炳继看着不是滋味，咱觉得太正常不过了。二呢，看炳继老师星期天能骑车来咱这里不，如果能来，让他们在咱生产队西场里练武，我们管个饭，这样，我们心里好受些、踏实些。三呢，就是我们每月给炳继几块钱，就算孩子的伙食费。你看我说的行吗大嫂？"

张洪英听着琢磨着，炳继是她的表侄，她是周炳继的恩人，有些事情好说。张洪英说："他二婶子，你说的条条在理。我考虑第一条可行，让小孩早去早回，这样不耽误炳继工作，也不耽误孩子学习，还省去了小孩吃饭的心事。第二条不行，炳继来到咱村教这几个孩子习武，那太招摇了，炳继担不起，我们也担不起。第三条呢，你说每家给炳继点钱，你说炳继能要？打死他他也不会要。他教孩子习武是因为他会武术，有一身本事，现在不教，过期作废呢。"张洪英说着笑着。

凌云娘说："大嫂你真会拉呱。"说着大笑起来。陈老大在一旁一会儿瞅瞅张洪英，一会儿瞅瞅凌云娘，听着她们分析得头头是道，特别是他听到"过期作废"时哈哈大笑，那两颗松动的门牙跟着颤动着。边笑边说："我笑得牙花子疼。"然后用舌头顶一顶松动的门牙。

凌云娘说："大嫂，守实这孩子是个有福的人，摊上了你这个好姥娘。"张洪英说："这孩子讨人喜，疼他疼不够。姥娘疼外孙，没有点二心，隔代亲。"凌云娘说："大嫂，明儿我过来给你绌绌（绞绞）脸。"张洪英说："我这把年纪了，还绌什么脸，脸缩巴得跟芋头沟一样，全是褶子。"凌云娘说："大嫂，你的模样还有，你可是咱村数一数二的大美人。"张洪英羞得用手捂嘴笑，从手心漏出了一串口流水。陈老大笑得门牙差点喷出来。

陈老大和张洪英是想水村有名的恩爱夫妻，他们结婚几十年，没红过脸，没拌过嘴。陈老大看张洪英怎么看怎么顺眼，听她讲话，怎么讲怎么好听。张洪英笑，他跟着笑得前仰后合，张洪英悲，他就捂着脸大哭。

凌云娘说："大嫂，咱就这么定了，你给守实说一下，我给凌云说一下，让凌云给徐星说一下。等俺当家的赵广厚回来，我让他请周炳继来家里吃个饭执兴执兴（感谢、报答）人家。人嫂、大哥，到时候，你们过来陪客。大嫂，明天下午，我过来给你绌绌脸，舒坦舒坦。"

绌脸是古代流传下来的修面去毛修眉技艺。拿一根线，一头用牙咬住，一头用右手捏住，左手在线的中间用五指撑开，在大拇指缠一圈，线呈三角形，牙咬的是一根主线，左手两股，右手一股。右手小指勾住主线，左手围绕主线逆时针缠绕三圈至四圈，左手方就形成像剪子一样的钳扣。牙咬的线起固定作用，左手五指张开，右手拉线；左手五指收缩，右手松线，这样三线配合形成绞力、拉力，将脸上的汗毛除掉。绾脸可以去胡子，可以修眉毛，在额头、两腮、下巴、脖子等部位不停地绞，使脸光滑圆润。在绾脸前，往往在脸和脖子等部位抹上粉，如果没有粉就抹点地瓜面、麦面，目的是保护皮肤，增强线的摩擦力，去毛更干净。绾脸还有按摩解乏的作用。

想水村的妇女都精于这一技艺，闺女出嫁要绾脸，逢年过节或串门到邻居家，就互相绾脸，既美容净面，也增进邻里之间的友谊。乡村的技艺和文化都有着悠久的历史，不断演绎着生活的乐趣，创造着幸福和谐。

赵凌云、秦守实和徐星按照凌云娘和张洪英达成的意见，早起吃早饭，他们还记住了周炳继老师说的早上起来喝杯温开水。对于这些，贫穷的家庭和孩子都能得到满足，只看能否形成习惯。周炳继也理解亲戚和老乡，他想给这些学生建立纯洁朴实的师生关系，都不为"情"所累，过度客气的感情不会持久。

一天又一天，周炳继给他的几个小老乡学生继续讲武术的基本动作。勾法：凤凰撒羽、凤凰梳头，一吊。

爪法：撩阴、金线爪、银线爪、仙人磨月。肘法：别肘、角肘、撑肘、登肘、搓肘、砸肘。步法：上步、落步、横脱步、落地千斤、别跟步、盖步、插步、齿步、跃步、垫步、麻雀步。腿功：正压腿、侧压腿、后压腿、仆步、压腿、搬腿、竖叉、横叉。腰功：前俯、后甩、涮腰、翻腰、压肩、下腰。腿法：正踢腿、侧踢腿、外摆腿、里合腿、弹腿、蹬腿、踹腿、勾腿、单拍脚、前扫腿、后扫腿。跳跃：腾空飞脚、腾空踢起脚、腾空摆莲腿、旋风脚、旋子、大跃步前穿、急狗跳。跌扑：扶地后倒、抢背、鲤鱼打挺、乌龙绞柱、倒立、前后手翻、侧翻、侧空翻、前倒、前滚翻。平衡：金鸡独立、望月平衡、燕式平衡。

周炳继对每一个动作要求精益求精，讲解要领、难点、易错点。避免枯燥，要求他们把基本动作混合练，练一个动作受限制时，看问题出在哪个相关联的动作，让他们自悟先练哪个再练哪个，极大调动他们练好基本功的积极性和主动性。周炳继要求他们最好三个人一起练，一是有比较，看谁进步快、练得好。二是互相有个帮助，像下腰、劈叉等动作，有人帮效果更好。

一天，从周炳继老师那里回来，赵凌云带秦守实和徐星到村西生产队粮场练功。几个家伙跑、跳、蹿、踢好不热闹。赵凌云提议练下腰。秦守实伸开双臂上扬，头后仰，腰下沉，腰一点点向后弯曲，慢慢地，他的手快要够着地了，秦守实高兴极了。

徐星伸开双臂上扬，头后仰，腰就是弯不下去，莫不是这小子不为五斗米折腰？

赵凌云站在徐星的对面，右腿插进徐星的裤裆，两手扳着徐星的肩膀，让徐星尽力往后仰。秦守实在徐星的身后，捧着徐星的头，鼓励说："往下沉，腿不要打弯，再沉。"

徐星说："我的腰硬。"又往后仰了下，肚子上的衣服裂开，露出了大气肚眼子，像个山鸡蛋安在肚子上。

赵凌云看后"扑嗤"一声笑出来，秦守实一看徐星僵硬的身体上安个山鸡蛋，再看徐星那笨拙的动作和痛苦滑稽的表情也"扑嗤"一声笑起来。徐星听到笑声一挣扎，赵凌云手有些松，秦守实捧的脑袋也使不上劲，徐星摔在了地上。三个人哈哈大笑。

笑过后，徐星起来对赵凌云说："凌云哥，我可能不是学武的料，不行，以后你们两个学吧，我不去学了。"赵凌云笑着说："徐星，你就这点出息，还没打仗就当逃兵，这可不配做我的朋友哟。功夫全靠练，咱三个人都不能打退堂鼓，不能辜负周老师。陪守实是我们的约定，不能变。有困难咱一起克服。"徐星说："那好吧，我听你的，可能我比你们笨。"

徐星为了练好下腰这个基本功，他每天晚上扳着树练，在练习中，他发现别的树不好使，柳树柔性和耐性强，在柳树的帮助下，他的腰柔软得像面条。他确实不想在凌云和守实面前丢丑，感情再深，丑事、糗事也不要露，咱又不是喜剧演员。

赵凌云发现徐星的下腰比自己和守实要强要好许多。赵凌云问："你怎么练得这么好？"徐星说："柳老师帮的忙。"赵凌云说："徐星你这家伙行呀，一徒两师。"徐星说："凌云哥，我是拽着柳树枝练的。"赵凌云说："聪明，徐星你有信心了吧。"徐星说："多亏你点拨"。

周炳继在教导赵凌云、秦守实、徐星苦练基本功的同时，按照传统教材和图谱，结合自己的亲身体会，讲解教练红拳和翻子拳。

红拳起源于周秦，扬名于唐宋，盛行于明清，是陕西关中、山西、河北南部、河南北部地方拳的主流派。它以内容丰富、套路繁多、技法全面、德艺并存而享誉武林。红拳的技法讲究：拧腰摆胯，发力于根行于梢。绝招有：撑手带云，打得天下无敌手。偎身靠手拧心肘，打人凭得六合手。以撑补撑斩为其母，勾挂缠黏为其能，化身闪绽为其妙，贴身贴靠，腿法凌厉，刁打巧击为其法。

翻子拳是中华武术宝库中的一个历史悠久的优秀拳种。是中国古老拳种之一。自宋代起传统武术分门立户为四大名门：赤、伯、蠢、温；十大拳种：洪、留、板、名、磨、弹、查、炮、花、龙。翻子拳属温家流派，称枝子门，是十大拳种之一，属少林宗法。自宋代已形成，盛行于清代，中国北方盛行，被誉为"北腿"的代表拳种。中华人民共和国成立后，翻子拳被列为全国武术表演和比赛项目。有武术口诀：八闪翻子拳，短少气力连，双拳密如雨，脆快一挂鞭。洪拳、红拳和翻子拳这几个拳种不仅是周炳继的特长，最重要的是，拳种的基础性和竞技性、表演性，能给学生们设立一个发展空间。

四季交换，星转斗移，伴随着练习武术的逐渐深入，赵凌云、秦守实、徐星的个头猛长，肌肉结实，精力旺盛，学习成绩不但不受影响，反而不断提高。在学校，秦守实已由中等生跃升为优等生。

第 36 章

四月是青黄不接之时，四月称之为乏月。《太平御览》卷二十二《时序部·夏中》引《四时纂要》载："四月也，是谓乏月，冬谷既尽，宿麦未登，宜赈乏绝，救饥穷。"乞丐往往是这个季节的主角。乞丐在三教九流五行八作中是有位次的，说明从古至今神一般的存在，讨荒要饭曾经形成过人口迁徙。

人生在世，谁没有过难，谁没遇到过难？当灾难降临，人显得那么渺小、那么无助。灾难送来的往往是贫困，有区域性的，有大面积的，有小范围的，有群体性的，有个体性的。此时，生存是第一位的，吃饱饭是生存的第一要务。

一方有难八方济，一人有难三人帮。人类的善良在苦难和幸福中架起桥梁，乞讨有了可能和空间，成了传递人类感情和善意的媒介。

乞讨者有男有女，有老有少，有壮年；有就近乞讨的，有背井离乡远走他方的；有季节性、节点性乞讨的，有长年累月乞讨的；有业余乞讨的，有职业性乞讨的，有个体性乞讨的，有群体性乞讨的；有自发性乞讨的，有组织性乞讨的，俗称"丐帮"；有沿街乞讨的，有赶集乞讨的，有混车站的，有混码头的；有扮丑的，有扮残的；有唱两句的，有弹两下弦子的，有敲两下梆子的，有门前放炮的；有专门赶喜场白事的，有专门拦婚车婚轿的，五花八门，林林总总。

对于乞讨者各有各的难，客观的、主观的不一而定。不然，有手有脚，有胳膊有腿，自食其力，谁去赶门要饭呢？

距离想水村 10 里的种庄有个李姓老妈妈，常年乞讨，常驻想水村，老幼皆知。在想水村，谁家的小孩哭闹，当其哭得正欢正带劲时，小孩娘冷不丁搭下一句话："你要是再哭，我就把你送给种庄要饭的李老妈妈。"

听到这话，小孩立即停止哭闹，由于刹车过猛，小孩眼里噙泪，头不停地摇，哭声在嘴里窜窜几下被吞咽下去，然后说："我不哭了。"

这天，想水村像炸开了锅，村里来了个像怪物一样的人。但见他头戴破毡帽，身穿百衲衣，双脚趿拉着一双烂布鞋，肩上搭着个粗布包，深蓝色山花布带系着外腰，腰里别着个打狗棍。脸好像多天没洗，眼屎像蜂窝里的蜂蜡随便地糊在眼角、眼睑上。左手拿着用麻线穿孔拴着的两块宽竹板而制成的呱哒板子，右手拿着用麻线穿孔拴着铜钱垫着，五六块窄而薄的竹板而制成的撒拉叽子（呱哒简子），边走边说，说得在板，说得在理，出口成章，合韵押仄。此人莫不是大鼓书里的济公和电影里的杨白劳穿越而来？一进村，便引起大量人群围观。文化人三瞎子赵广清，口袋上别着钢笔帽始终跟着围观，不离不弃。这个人是要饭的。

乞丐来到侯文侠家门口，往那一站，左手呱哒板子呱呱地打起来，右手呱哒简子哗哗地和起来，嘴里说道：

> 来得巧，来得妙，大娘吃饭我来到，
> 人伊人娘好心肠，伸出手来帮帮忙，
> 吃不饱，穿不暖，孩子哭，老婆喊，
> 苦日子，真可怜，熬过今年没明年。

接着转为白话："大娘给点吃的吧。"见侯文侠老婆拿根葱出来，他又进入角色道：

> 你这个葱是好葱，一头白，一头青，
> 一头实在一头空，还有葱胡子闹哄哄，
> 切成丝，切成花，做出菜来香满村，顶呱呱。

众人大笑，赵广清钦佩地看着，不时地点头，不时地在手心比画着，用心记着。侯文侠老婆不好意思地笑着用干瓢挖了一瓢地瓜干给他。乞丐连声说"谢谢"。

乞丐顺着南街往北走，一拐弯来到刘一品门口。站在门口，一手挥动呱哒板子，一手挥动呱哒简子。说道：

> 出了北街往东走，一直走到大门口。
> 大哥出屋跟前站，一看面相就是善。

这家伙来到想水村有点转向，转了180度。

听到门外不少人嬉嬉闹闹，又看见门口站着个怪物要饭，刘一品气不打一处来。他特殊的身份本不愿见人，更不愿见多人，这下好，一个要饭的引来这么多人。对要饭的，他本就烦，以前家里富裕，要饭的常光顾，他没少呵斥要饭的。这次他虽在改造期间，与人为善，行事低调，他的惯性没有把持住，说道："去去去，有胳膊有腿的，干什么不好，非要饭。"

乞丐听到刘一品挖苦自己，心想，你碰见茬子了，我最不怕的就是你，把手里的呱哒板子猛呼两下说：

> 说你善，你撵我走，你就是个看门狗。

众人大笑，赵广清说："可不能轻易地得罪打花相的，不能给他摞摞（方言：闹，纠葛的意思）。"

刘一品的脸气得铁青，乞丐又顶上一句：

撵我走，我就不走，
说你善，你真不善，
你脸活像个大驴蛋。

这次大家没人笑，看怎么收场。刘一品看今天碰到个泼皮茬子，又有这些人围观，只得咽下这口恶气，回屋给乞丐拿了些地瓜干。

乞丐接着说：

地瓜干，递到手，
咱俩友谊还是有，
你不骂，我不烦，
你不欺，我不厌，
咱俩本来没成见，
给口饭也就算，
谁有吃的赶门讨人嫌！

刘一品气得够呛，钻进屋里没再出来。心想这些熊人闲得没事干，看这个臭要饭的干吗，弄得我深也不是，浅也不是。

乞丐挨家要，一直要到吴老二家，呱哒简子一呼说起来：

老大姐，吃得胖，
一看就是有福的样，
大眼睛，双眼皮儿，
一看还是善良的人儿，
叫俺大姐动动手，
给俺一瓢俺就走。

吴老二老婆杜印花站在门口说："唱，再唱，唱够再说。"乞丐"呱呱呱"地呼了几下呱哒板子说：

小大姐，你真会啦，

什么东西都不拿。

让我说，让我唱，

你就是空手套白狼。

地瓜干，地瓜面，

两样东西都不孬。

东一瓢，西一瓢，

日子红火，

像那芝麻开花节节高。

不给东西让我唱，

你白日做梦是空想。

见杜印花无动于衷，乞丐跨过大门往院子里走。杜印花见状急忙挡住说："干吗，你想抢？"

乞丐接着呱啦几下撒拉叭子说：

小大嫂，

你鼻梁高，

鼻子小，

嘴唇溜薄眉上挑，

幸福的日子没人比，

荣华富贵赛慈禧。

杜印花咯咯地笑着，给乞丐舀了一瓢地瓜干面，舀了一瓢地瓜干嬉闹道："行了，行了，快走吧，你说话不用打草稿，顺腔淌，你再不快点赶门，屎都凉了。"

乞丐也遇到了茬子，他看着杜印花的豪爽粗野和不亚于自己的伶牙俐齿，笑着说："这娘们不像好人呢！"

想水村这些围观乞丐的男女大开眼界，见到这么多要饭的，没见到过这么凭口力活儿、耍嘴皮子要饭的。

在回家的路上，有人问赵广清，那个乞丐骂刘一品，刘一品怎么不揍他呢。赵广清说："这个人不是一般乞丐，他是打花相的，他说的是莲花落，他这都是有师傅的。你揍他，他有祖传的对付方法。古来就说，你想骑马变骑驴，你想变为穷光蛋，你就打个穷光蛋，保你的愿望能实现。"

赵存祥听说村里来了个西洋景，本想看看这个稀奇的怪物，探究下这个生命力旺的草根文化，碍于大队长身份，只得作罢，只能侧面了解一番。

听说文化人三瞎子赵广清自始至终跟着，赵存祥心想：有了。这比亲自看还好，赵广清肯定添油加醋，融入个人体会，介绍得更全面透彻。

赵存祥让父亲赵广勤请三瞎子来家里坐一坐。赵广清上衣袋别着钢笔帽，将5个衣扣系齐，系结实，背着手，踱着四方步来到赵存祥家。赵存祥热情接待，给赵广清让了座，沏上茶。赵广清心怀忐忑，不知大队长赵存祥这小子卖的哪罐子药，正要问赵存祥："大队长，你……"

待他说话刚起步，赵存祥笑说："三叔，听说咱村里来了个花要饭的，他说的是哪门子艺术，引得大家跟着跑满庄？"

三瞎子听赵存祥问这个事情，窃喜，心想："这是我的强项，要问个没研究不了解的事情，答不上来，我这村里文化人的名号将毁于一旦。"

三瞎子呷了一口茶，端坐在那里，两手四指紧扣放在肚子上，两个大拇指上下翻动着，眼像闭着又像看着地，表情认真而语调悠闲地说道："这哪叫花要饭的，这叫叫花子，也叫打花相，古来有之，你年轻，不知道。"赵存祥笑着说："一个叫花子就这么吸引人？"

赵广清咧咧嘴神秘而夸张地说："哟，这可不能小看这打花相的，他们有师有祖，不学个几年出不了师。他说的是'莲花落'，'莲花落'是乞丐乞讨常用的一种说唱艺术，广泛流传于苏北、安徽、河南、山东等地。唱莲花落的乞丐有行头，身穿百衲衣，头戴破毡帽，一手拿着撒拉叽子，一手拿着呱哒板子，腰里别着要饭棍。也有的用像苗先生说大鼓用的月牙板，也叫鸳鸯板。说唱者随机应变，出口成章，见嘛说嘛，花样频出，多用方言俚语，诙谐幽默。有的是卖惨，诉苦说难，有的是讨好，奉承夸赞，有的是劝人向善，在的是讽刺谩骂。他这里边很有道道，在集市上，多数夸赞生意好、生意旺。让主家高兴赏钱，你不给钱，他就出秽言败坏你，谁能跟一个要饭的一般见识，你说是不？"

赵广清惬意地补充道，"打花相的一是赶门，就是挨家上门讨饭。二是叫街，就是去赶集围摊讨钱。"赵存祥说："你看三叔，我问你就问对了嘛，你这个文化人博古通今，知识面广量大。"赵广清得意起来说道："这打花相的话要赶趄，句句硌劲（方言：给力的意思），接下句，顶上句，提满口。"赵广清最后自言自语道："不是吹的，想当年要不是家里拦着，我就拜师学说莲花落。打花相，我可是块好材料。"

莲花落是名副其实的草根艺术，是底层社会为讨生活形成的一种口力劳动。因其与勤劳的耕读文化相悖，有好逸恶劳之嫌，为主流社会所不耻。但莲花落语言丰富，多有修辞方法嵌其中，比如比喻、夸张、拟人、状物、反复、对偶、设问、反问、顶真等。莲花落作为一种传统文化艺术和语言技艺，某种程度上说，也有一定艺术价值。

赵广清出了赵存祥的家门沿村里的东西主街道走着。他背着手，手在背后四指紧扣，大拇指有节奏地翻动着。他唬着脸沉思着，一脸的严肃像传经授道的严师。他想着："赵存祥是个文化人，多少还能诌两句歪诗。遇到大事小情还不得请教于我？他未知的东西还很多。像这个莲花落，我要不给他讲，他能知道莲花落放几个屁？咳，屌门没有。知识越多越好，越广越好，要不是条件限制，我得能多学多少知识呀！唉！文化可真是个好东西。"他边想边深一脚浅一脚地往家里蹾。时而松开背着的手，用右手摸摸左口袋上的钢笔帽。

赵凌云放学的路上遇到赵广清，见他板着脸沉思着，深一脚，浅一脚，不时被脚下的石子硌着，石头尖碰着。赵凌云说："三叔，你沉思着干嘛去呢？"

赵广清说："噢，凌云放学了。我这不刚从大队长，你存祥哥家里出来，我给他讲知识唻。"赵凌云说："三叔真厉害，不愧是咱们村的大文人。"赵广清说："你三叔我倒也能撑得起这个名号。"赵凌云说："三叔，你眼神不好，走路注意点，别让石头绊着。"

赵广清没有搭理，头也不转，沉思着从容地向家里走去。

赵凌云听三瞎子说给赵存祥讲知识，激发了好奇心，又听到什么"莲花落"这个美好而又浪漫的词，他决定先到存祥哥家转一转。赵存祥看到赵凌云很高兴："凌云，刚放学吧，哪阵风把你先吹到我这里来了？"

赵凌云"嘿嘿"地笑着说："真造业（方言：发生想不到或不应该发生的事）。"赵存祥也跟着笑问道："怎么造业了？"赵凌云说："我刚一放学，遇到三瞎子叔，他脸本得跟腔一样，背着个手，深一脚，浅一脚地走，他给我说，来给你讲知识，讲什么'莲花落'。"

赵凌云说三瞎子脸本得跟腔一样，他们之间是有嬉搪（嬉闹）场的。赵凌云参加村里的劳动和活动多，与社员接触多，给多数社员也有嬉搪场。在农村，娱乐少，自己找乐子，嬉嬉搪搪，表兄弟爷们骂个大会，乐哈乐哈。赵凌云跟三瞎子赵广清虽差一辈，但经常嬉搪。

赵凌云是少先队大队长、班长，学习尖子，赵广清就故意喊赵凌云"半熟"（方言：愣怔，二百五），赵凌云喊赵广清"四个眼"和"七叶子"。人无外号不发，互相起外号，也是乐子。

也有嬉搪恼的，闹着闹着就红了脸，笑着笑着就打起来。因嬉搪打架，都不记仇，就算记仇，春节时相互拜个年，嘛事没有了。打人不打脸，骂人不揭短，这是嬉搪场的法则。

赵存祥接着赵凌云说："是的，咱村里来了个打花相的，听说口才很好，见嘛说嘛，我还真没见过，我就让瞎子叔从头到尾给我讲讲。别说，他讲得头头是道。他说'打花相'的说的是莲花落。我也在想，这'莲花落'和大鼓都是语言艺术，都用到了讨钱吃饭上。说大鼓更高雅些，找个场地，引来听书人，开讲，然后收钱。说莲花落就是更深入，直捣虎穴，直接赶门到门到户，赶集更是直接到菜摊店门，堵着主家。说书的有版本，属于文学的再加工、再创造。莲花落是随意性的信口开河，两者也有不同。"

赵凌云接过话说："那要是在集市上，打花相的深入说大鼓的摊上说莲花落，那就好看了。那叫猪八戒吃猪蹄自啃自，哦，不贴切，那叫大雨冲了龙王庙，自己闹自己。"赵存祥拍了一下赵凌云，说："你这黄子（方言，调皮蛋，家伙），亏你想得出来。"

赵凌云说："存祥哥，我想，打花相的出口成章，叫莲花落，是不是寓意口吐莲花和唠嗑这方面？"赵存祥说："这倒有可能，咱不知道，广清叔没讲这一节，如果是，你就超过了瞎子叔。"赵凌云哈哈地笑起来："向瞎子叔学习！向瞎子叔致敬！他爱学习的精神，我永远学不够。"

赵存祥问："凌云，最近怎么样。"赵凌云说："还是那样，学习第一是跑不了，我就想，这只是在我们班上，在我们村上。范围再大点，不知道还行不。"赵存祥说："快了，你上了联中，就知道了。不能光当门后头的光棍（小范围内的能人），出门就裂熊（完蛋），关起门来的老大白熊搭（没有用）。"

赵凌云说："存祥哥，我拜了师傅练武了。"赵存祥很惊诧："你怎么想起来练武了？"赵凌云说："我哪里想练武呀，秦守实的姥娘让他练武，认的师傅是来泉公社那边的，学武来回路上没人做伴，怕不安全。为了陪他，我也跟着拜了师傅一起习武。迪思科老师安排我们一定要帮助关心秦守实。"赵存祥说："兄弟，你做得太对了，咱赵家的传统美德都让你继承了。你拜的老师是谁？"赵凌云说："是周炳继，他是向阳市城里来的。"赵存祥说："凌云真有福气，你找到贵人了，好！真好！"赵凌云问："你认识我师傅？"

赵存祥说："他是我们村考出去的第一个大学生，能文能武，人品那是真的好。下步我要拜他为师学习工业，发展工业。咱两人又成了师兄弟了。凌云好好学，学武不耽搁学习。唐朝有个隐士叫赵蕤，品行高洁，精通剑术谋术，李白拜赵蕤为师，在赵蕤指点下，李白剑法炉火纯青，诗歌创作独领风骚，被称为诗仙。"

赵凌云接着朗诵了一句李白的诗句："君不见黄河之水天上来，奔流到海不复回。君不见高堂明镜悲白发，朝如青丝暮成雪。"赵存祥又接着来了一句："大鹏一日同风飞，扶摇直上九万里。"

赵存祥和赵凌云真是想水村的两个真正的文化活宝。

赵存祥说："凌云，你练几下子给我看看。"

赵凌云来到院中，伸伸臂，扭扭腰，蹬蹬腿，活动完毕，他练了几个正踢和侧踢的踢腿动作，接着起了个二踢脚，接着起了个旋风脚，虽然力道和高度还不够，但也有模有样。

赵存祥说："很好，有点味道。加紧练。练拳不练腰，终究艺不高，练拳不练功，到头一场空，练功不练拳，犹如无舵船。"

赵凌云说："我练好了，你发达了，我跟你当警卫。"赵存祥说：你就这屌僚子（一点点）志向？真填还（喜见、报答）人！好啦，回家吃饭吧，下午还要上学。"

第 37 章

赵凌云在院内的老杏树棵权上吊一个沙袋，树下，铺一个旧麦秸苫子。放学后，干完活儿，这里就是他的练功场。他按照周炳继的教导和示范把沙袋作为对手，用拳拷，用脚踢，用腿踹，用头顶，用掌推，二踢脚、旋风脚，沙袋上留下一个个脚印，一个个手印，有的带着血迹。

在树下的草苫子上，赵凌云练高空摔地，鲤鱼打挺、侧摔。当他躺在苫子上，两腿上抬，接着用力向下甩去，抬头、起胸、收腹，将腿力、腹肌力、头胸的上张力完美凝结在一起，身体腾空而起，站了起来，好一个鲤鱼打挺。躺下，再来，一连几个，直到腿发酸，小肚子发疼，他才歇一会儿。

赵凌云很兴奋，特别是身体腾空的瞬间，就感觉像孙悟空，一个筋斗十万八千里一样。他用布条扎着裤脚，腰带紧束，上身赤裸，还真像个武侠。

赵凌志看赵凌云天天习武，没好气地说："五茧不干干六茧"（不干正事），就差给你配个打狗棍和饭碗。"赵凌云笑着说："哥，你太小看拳师了，拳师不需要打狗棍，武松用拳头就能打死老虎。来，你来练几下子吧，很好玩的。"赵凌志说："我闲得蛋疼呢，还陪你玩这个。"

赵凌云一个鲤鱼打挺从草苫上站起来，对着沙袋连续几个侧踹，接连用拳猛拷沙袋，嘴里喊着："干六茧，干六茧。来了，景阳岗武松打虎，古有武老二，今有赵老二，吊额大虫，哪里逃，哈哈哈。"

赵凌志被赵凌云的傻样逗得咧嘴晃脑流鼻涕。他太佩服弟弟了，对什么都那么有热情，都那么执着。

赵凌志对家乡的贫穷闭塞好生抱怨，对农活天然地抵触，对社员的生活方式感到格格不入，对外面来的说大鼓的认为庸俗，把弟弟赵凌云唱歌、唱戏、练武看作奇葩，认为是"狗长犄角整羊（洋）事。"老天不公，让我生在这个大山里，什么时候是个头呀。"

他向往常山煤矿矿区的灯火通明，鳞次栉比的连排宿舍，宽阔的柏油马路，食堂的饭香。向往着比常山矿区还要大的城市，骑着自行车穿梭在人群中。车水马龙的街道，琳琅满目的商场，浪漫温馨的电影院，这一切与这大老山里的想水村格格不入。

望着家乡高高的天穹，尽管有星星点缀填充，仍然是那么的空旷，那么的寂静，那么的死气沉沉，令人怆然泪下。

离开这里，永远地离开这里，成了赵凌志强烈的追求和人生目标。路有两条，一条是考学，像周炳继一样，大学毕业进入大城市。不管是过去的高考还是现在时兴的推荐考试相结合，想进入大学，那要通过过五关斩六将，是影子里照着的，不准头。

自古有多少赶考的举子将理想阻止在考场，将痛苦留在发榜的一瞬。"范进中举后的癫狂""金榜题名时"成为人生四大喜之一，足以说明"朝为天舍郎，暮登天子堂"是所有正常人特别是毫无背景的平民百姓的人生目标，把赶考作为改变命运的独木桥。明朝出身于毫无背景的平民家庭的进士比例，在中期达到50%以上，在成化五年达到60%。家境出身低微的明朝高官比比皆是。"万般皆下品，唯有读书高""学而优则仕"，这个真理颠扑不破。

机会总是留给有准备的人，他们都在等待时日，等待机会，都想抓住机会。

赵凌志想脱离农村进入城市的第二条路是通过老爸赵广厚的工人身份，有机会招工进入矿山工作，如矿山在城里，那就是十五的月亮圆满无缺了。这条路稳、准，没有过五关斩六将的惊心动魄和蚀骨般的痛楚和艰辛。

这个任务就交给老爸赵广厚了，看他有没有这个能力，能不能把握这个机会。赵凌志一边勤奋务习，在第一条路上搏一搏，一边耐心地等待着老爸单位招工的机会。

越想目标越近，越想路子越宽广，越想对眼前、对现实就更加抵触，早一分钟不慢一秒钟，离开这个穷乡僻壤，从头到尾彻底地干净地摆脱"土包子"的身份。

赵凌志要上高中了，这个倒不难，一锅端全部进入山崮县二中。难的是这几年上的农中（边上学，边干农活，学习农业知识）没学到多少东西，有些要从头学习，所有的期望都寄托在山崮县二中了。梦想的风筝起飞前，他有些焦虑、急切、烦躁，这可是做大事、做成事的大敌。"朝为田舍郎，暮登天子堂。"看赵凌志的造化了。

生产队牛屋院的粪坑该清理了，出粪最好穿上雨靴。饲养员赵广民想到赵凌云家有胶靴，那是赵广厚退役的工作胶靴，不舍得扔，就拿回家用于雨雪天穿穿。

哑叔赵广民想到胶靴，就想到穿靴子的杨子荣。眼前就浮现出样板戏之一现代京剧《智取威虎山》第五场打虎上山的片段：英俊潇洒的侦察排长杨子荣身穿羊皮大衣，头戴火车头皮帽，脚穿米黄色靴子，手握马鞭，穿行在林海雪原之中，杨子荣时而跳跃，时而将大衣敞开，时而甩响马鞭。伴着脑海中的画面，赵广民用独有的含糊不清的嗓唱音唱道：

> 穿林海，跨雪原，气冲霄汉。
> 抒豪情，寄壮志，面对群山。
> 愿红旗五洲四海齐招展，
> 哪怕是火海刀山也扑上前！
> 我恨不得，
> 急令飞雪化春水，
> 迎来春色换人间。
> 党给我智慧给我胆，
> 千难万险只等闲，
> 为剿匪先把土匪扮，
> 似尖刀插进威虎山，
> 誓把座山雕埋葬在山涧，
> 壮志撼山岳，
> 雄心震深渊。
> 待等到与战友会师百鸡宴，
> 捣匪巢定叫他地覆天翻。

赵广民进了赵凌云家的门，唱的歌还没有煞尾。赵广民看到赵凌云正在踢沙袋，裤脚扎着，脸上的汗珠不停滚落。赵广民惊奇而又激动地说："凌云，你在练拳呢。"

赵凌云见来了哑叔这么个观众，他顺势起了个侧踹，倒地后，米了个乌龙绞柱，赵广民鼓掌。接着，赵广民竖起大拇指："凌云真厉害。"

赵广民又想起了杨子荣，他模仿杨子荣做了两个动作，赵凌云看出来，一个是金鸡独立，一个是旋风脚。这是杨子荣在林海雪地上，挥鞭前的两个动作。见哑叔高兴，赵凌云让他更高兴，左手变勾，右手变掌上翻，拉了一个金鸡独立的架式，接着起了一个旋风脚。赵广民说："对，跟杨子荣一样。"

看完凌云练武，赵广民喊凌云娘道："二嫂，借给我靴子穿穿，我下粪坑出粪。"

凌云娘听赵广民来借靴子，急忙把赵凌志床底下的靴子拿出来说道："他大叔，屋里来喝茶。这里有两双，你试试哪双合适。"

赵广民试了试，拿了双42码长筒的。赵凌云穿上上衣外套走到屋里，他给赵广民倒了一碗茶，给娘倒了一碗，自己也倒上一碗一饮而尽。赵凌云说："娘，我们弟兄三个在一个屋睡觉有些挤巴，学习也不太方便，我想上广民叔家睡觉，他家比较安静，也方便学习。晚上点灯，我从咱家带煤油，不用大叔家的煤油。"娘说："你是不是在家里练拳受拘束，娘还喜欢看你练拳的样子，听你练拳的声音呢。"赵凌云说："大叔家院子掩静，学习和练拳都不受打扰。你看这几天，我哥的脸耷拉着跟驴脸一样，咱可不能影响他，他马上上高中，还要考大学，要影响了他，有个三长两短，他屙不出屎怨茅子（厕所）。到时候，偷牛逮住个拔橛（拴牛的短木桩）的，我就成了真正的大老冤了。"

娘哈哈大笑，赵广民听得云里雾里的，也跟着附和着拾个二笑。娘说："你是不是又听人家说的那句话了，爹疼老大，娘疼老小，老大娇，老小惯，老二就是大老冤。"

赵凌云嘿嘿地一笑："娘，还真有这句话？我真不知道原话怎么说的，这我学会了。"凌云娘说："你还二老冤哩，谁也能不过你，一挤巴眼（眨眼）一个心眼。"

凌云娘转脸对赵广民说："他大叔，凌云想跟你到你家住一绷子（一段时间）。我们家的房子窄巴点，小孩大了，住在一起有点挤。"赵广民说："二嫂那忒好了，只要凌云不嫌我脏，不嫌俺家孬就行，什么时候过去？"赵凌云说："大叔，我明天就过去，连沙袋都带过去。"赵广民说："行，你明天就过去吧，我把家打扫干净，不能让凌云笑话俺。"

只见赵凌云并步站立，右手成拳，左手四指并拢伸直成掌，拇指屈拢，左掌心掩贴右拳面（左指根线与右拳棱相齐），左指尖与下额平齐，右拳眼正对胸窝，置于胸前屈臂成圆，肘尖略下垂，拳掌与胸相距20厘米，弯着腰向哑叔赵广民施礼道："凌云小侄在这里有礼了，谢过大叔。"

赵凌云半儒半侠的不伦不类的施礼的滑稽相惹得凌云娘和赵广民嘿嘿地指着赵凌云笑，赵凌云却一本正经。

赵广民说："二嫂你看，你看凌云忒管了。"

赵广民早早地起床，从鸡窝里把那只养了两年看家的大公鸡逮了出来，公鸡不断挣扎伸出那长着长长蹬子（飞爪）的细腿，展现骄傲和力量。赵广民口中念着："小鸡小鸡你别怪，本是人间一道菜，人不卖我不买，人不吃我不宰。"

赵广民把公鸡杀掉炖了。他要用最好的饭菜给侄子赵凌云接风，别看赵广民是个半路光棍，他倒做得一手好菜。他用木枝把铁锅烧热，在锅里放上足量的花生油，热锅凉油，放上花椒、大茴、小茴、葱、姜、蒜、干椒煸炒见黄，将剁好的鸡入锅。翻炒，炒至鸡块发出炸响，加适量酱油、醋，翻炒上色，倒入开水，开水将鸡肉没过，温火炖一个小时。鸡香四溢。

赵广民又想到杨子荣唱的一句："待等到与战友会师百鸡宴。"哈哈！赵凌云这小子真有福！

赵凌云移师哑叔赵广民家，从此一直到考上高中，这里成了他学习、练武的主战场和主阵地。

赵广民把赵凌云的沙袋在外面用布裹上一层厚厚的棉花。赵广民怕沙袋伤着赵凌云的手和脚，不能不说哑叔是一个心细手巧的人，对侄子赵凌云充满无限的爱和无微不至的关怀。

赵广民每天早起，在屋里洒上水，轻轻地扫一遍，凌云每天都是在闻着水土交融散发的朴素的土香中醒来。赵广民打扫完屋子，就用大扫帚打扫院落，特别重点打扫挂着沙袋的老槐树底下，这里是凌云练功的地方，这里一个石子也没有。

赵广民每天将被子叠得整整齐齐，自信满满地问赵凌云："我和你爹比，谁叠得好？我还是跟你爹学的呢。"赵广民去常山煤矿买煤，住在赵广厚宿舍，见赵广厚被子干净，天天叠得像豆腐块一样，很是羡慕。后来就一直以赵广厚为榜样，将被子叠得板板正正。

赵广民打扫完庭院，就早早地赶到生产队牛屋院细心地侍候耕牛。专心致志，不亏出力的耕牛，不亏生产队和广大社员对自己的信任。赵广民每天睡觉前用热水洗头、洗脚。既是给赵凌云作榜样，又唯恐赵凌云嫌他脏。在赵凌云挑灯读书学习时，他在一旁笑眯眯地专注着；在赵凌云练功时，他在一旁加油鼓劲，与赵凌云在一起，他仿佛年轻了。

"黎明即起，洒扫庭除，要内外整洁，一粥一饭，当思来之不易，半丝半缕，恒念物力维艰。读书志在圣贤，非徒科第；为官心存君国，岂计身家。"赵广民是有修养的，是有觉悟的，他朴实地真诚地自觉地践行着传统的美德并不经意地传递着。赵凌云心有灵犀。

秦守实、徐星每天来找赵凌云，他们把大门一关，先文后武，汲取着智慧，锤炼着意志，锻炼着体能，把这个沉寂的院落搅荡得朝气蓬勃，活力四射。

"少年强则国强，少年智则国智……"少壮不努力，老大徒伤悲。

院子里的四棵树像老人看着他们茁壮成长，像老师催促着他们苦练本领，像观众为他们喝彩鼓劲。这四棵树分别是一棵槐树，两棵石榴树，一棵楝子树。

两棵石榴树是向阳市传统品种，也是想水村当家品种，一曰大青皮，一曰大红袍。春天，槐花的香甜沁人心脾，暮春时节，楝花散放着高洁清净的药香。"烟景催槐叶，风期数楝花""楝花落，春子空，楝花谢后别春风"。石榴花接续开放。"五月榴花红似火"，满院春光，生机盎然。

赵凌云的到来，将哑叔赵广民家的"芳树无人花自落，春山一路鸟空啼"的沉沉暮气一扫而尽。

赵凌云指着院子里的几棵树对秦守实和徐星说："你们看着院子里的这几棵树，能不能说出两个富有寓意的词来，也算猜个谜语吧。我提示一下，槐树和石榴树联系，石榴树和楝子树联系。"

秦守实和徐星看着树，挠着头，百思不得其解。赵凌云说："胸怀报国，热恋故土。"秦守实操着东北口音说："怎么讲？"赵凌云说："槐树的前面有果树，这不叫胸怀报国吗？石榴花开红似火，不是热的意思吗，与楝树承接，不就是热恋吗，长在老院子里，不是热恋故土吗？"

秦守实和徐星说："对，真是呢。"赵凌云说："我们也要像这几棵树一样，胸怀报国之志，热恋故土，热爱家乡。"

在想水村人的眼里，石榴树是吉祥树。花期长，"石榴花不害羞，哩哩啦啦开到秋"，榴花似火，寓意日子红红火火。大青皮、大红袍这两种石榴个大皮厚，最大的能重达2斤，秋天挂在石榴树上，像一盏盏灯笼，与八月十五的圆月相映照，增添节日的喜庆和万家团圆的浓厚氛围。

家里栽棵石榴树也象征着多子多福。石榴籽牢牢抱成一团，象征着团结一心，想水村人很看重也很珍惜这个寓意，他们过去靠团结，现在靠团结，将来也要靠团结。一个家是这样，一个村是这样，一个国家、一个民族更应是这样，像石榴籽一样牢牢抱成一团。

凌云娘在赵凌云小时候教他一个谜语猜："人人都说刘家穷，刘家格栅十二层，打开格栅往里看，星星点点都是红。"打一物。赵凌云当时没有猜出来，娘也没有告诉他答案。后来，赵凌云突然想出了答案："石榴。"

赵凌云给爷爷赵满福汇报："老爷，最近我学了点武。"爷爷很高兴，说："学武好，文能治国，武能安邦，武将军，文宰相。学武可不能荒了学业。"

赵满福将三本自己反复读过的古书交给赵凌云，一本是《诗经》，一本是《古文释义》，一本是《三侠五义》。赵满福说："小云，我把这三本书给你，算我对你的厚爱和鼓励吧，经典永不过时，希望能对你有益。"显然，赵满福老人在一众晚辈中，最看重的是二儿子家的二儿子赵凌云。

·

第38章

吉日吉相。来泉公社的天空高高的、蓝蓝的，天上移动的朵朵白云像信使传递着喜讯，像穿着白裙的仙女窥视着人间的美好，"又一山"像一头发财猪卧在那里，将千年孕育的宝藏随时奉献给生活在这里的辛劳的人们。

在"又一山"南麓，来泉公社通往山嵓县城的路北旁，来泉公社举行盛大的来泉公社水泥厂开工仪式。主席台设在一块高地上，坐北朝南，悬挂着大幅标语"山嵓县来泉公社水泥厂开工仪式"。9点58分，开工仪式正式开始。

丰源公社想水村赵存祥被邀请参加开工仪式。赵存祥凝视着站在正中间的周炳继，哎哟，别说，赵存祥还真有电视摄像记者的思维、眼光和潜质。

仪式进行第一项，鸣炮奏乐。

炮手将锤满枪药的二十门钢炮依次点燃，钢炮很争气地依次发出"砰砰"的响声，炸后倒下，有的在地上翻滚。唢呐匠们奋力地吹起雄壮嘹亮的《社会主义好》乐曲。钢炮没有一个哑的，本来设计放十六门，结果炮手们将备用的四门也点燃放了。

第二项，公社党委书记李修德同志致辞。

第三项，请来泉公社近邻丰源公社党委书记翟洪良同志致贺词。

第四项，县公社工业局局长常福连讲话。

第五项，请向阳市水泥厂技术革新办主任、工程师周炳继同志讲话。周炳继表示将倾注全力在技术上保证水泥厂建设、发展，力争水泥厂早日达产达效。

开工仪式在唢呐匠们吹奏的乐曲声中结束。

开工仪式后，山脚下彩旗猎猎，红旗招展，200多人的建设大军，先建起了白灰窑。烧制的白灰用于水泥厂工程建设的勾缝、砖瓦的黏结，成为最基础的材料之一。采石场炮声隆隆，运输队拉着地板车，推着独轮车穿梭着。石匠、泥瓦匠吊着线，把乎着一砖一石精益求精地砌垒着。周炳继一刻不停地在工地的各个战场来回指导巡查，他可是撂下架子，瞪起眼，跺着脚抓质量，一个细节不放过，一块砖不放过。

祖宗八代的理想，自己的前程和好奇激发出每个人的智慧、潜能、力气，长久的自卑迸发出不服输的争强好胜的激情。这些来自不同大队的社员，从今而起的准工人，使出吃奶的劲，摽着膀子干，争旗夺标。

窑筒垒至八米多高，周炳继发现问题，有一处有点"鼓肚子"肉眼很难看出来，但如果接着向上垒，就埋下了质量隐患。周炳继立即叫停，并建议将"鼓肚子"以上全部拆除重新砌垒。

经查这个"鼓肚子"是李庄大队的李子雄垒的。李子雄三十出头。15岁就认师傅学徒当石匠、泥瓦匠，肯吃苦，干活认真，腼腆不善言谈，年纪轻轻就已经成为远近闻名的盖屋把门口的大石匠了。

李庄大队党支部书记李永强找李子雄谈话。

"子雄，你怎干的熊活儿？越说要搞好质量，你垒鼓肚子个小子了，从鼓肚子的一层往上全部拆掉重新垒！你还远近闻名哩，我看你屌嘛不是。"

李子雄被李永强突然的嚷骂搞蒙了。李子雄说："你咧咧个屁，你哪只眼看我垒鼓肚子了，是你的眼让狗尿滋了吧。"李永强说："要不是周炳继工程师发现，那就大发了，你还在这里嘴硬，没事人似的。赶快拆！要干就好好干，不干滚熊。"

李永强帮着李子雄小心地一层一层拆掉瑕疵工程。

周炳继巡视工程走到李永强和李子雄身边。周炳继说："拆了就好，质量为天。"李子雄抬头斜视了一眼周炳继，自言自语道："圣人蛋，曲阜的山楂血圣人蛋。"

周炳继脸一红笑了笑说："你们忙，我再到其他地方看看。"

周炳继没有对李子雄的不礼貌计较。周炳继知道李子雄心里不好受，像李子雄这些生活在底层的社员是纯朴的，他们的自我要求是严格的，他们把祖训、家风、众人的口碑、别人的看法看得很重很重，唯恐别人说一个"孬"字。特别是像石匠、木匠这些手艺人更是爱惜自己的名誉。娶媳妇、娶儿媳妇、娶孙子媳妇，这个名誉可是个压盘菜。至于原则、制度、法律意识，他们倒显得淡漠。

　　太阳落山，就要收工了。周炳继喊李永强让他约上李子雄晚上一块吃饭。周炳继多打了两份菜，买了12个馒头，提到了宿舍兼办公室。周炳继让李永强和李子雄洗了手，三人分别坐在摆放着饭菜的办公桌南面、北面、西面。周炳继用三个茶杯各倒一杯开水。周炳继说："永强、子雄老弟，炳继负责质量技术把关，在工作中要求严，多有得罪，还请海涵，咱们弟兄三个以水代酒，来喝杯！你们累了一天也饿了，咱们边吃边喝边聊。"

　　李永强说："周师傅，你可是俺们公社的大恩人，我们一定听从您的，严加管教，严是疼，松是害。"李子雄说："我工作失误确实不是故意的，我放的线够规矩了，怎么也没想到出这个幺蛾子。俺只顾自己的面子，误解埋怨您，俺给您赔不是。"

　　周炳继说："两位纯属客气了，我们都是老乡，我是山前丰源公社想水村的，都亲戚里道的（老亲四邻）。我从市里到咱们这里帮助建厂，责任大呀，为了家乡的发展，咱放下一切，集中精力把厂子建设好，早日过上富裕文明的日子。我们不懂的事情还很多，我们要学习，谦虚使人进步，骄傲使人落后。我们尽管在农村在大队有一技之长，也算个匠人、能人，但与工业化生产相比，还有很大差距，工业生产要求更精更细，差之毫厘，谬之千里。我今天给你们讲的，是掏心窝子的话。来，咱们弟兄三个，哟，你们同村同姓不知怎么称呼，咱们就各亲各叫了呀，在我这里就弟兄称呼了，免得有讨大之嫌，哈哈哈。"

　　李子雄起身恭恭敬敬地端起周炳继的茶杯，眼泪婆婆，哽咽着说："周师傅，我给您端个酒，从今天起，您就是我的好兄长，我的亲老师，我一定听您的，好好干！好好干！"

　　周炳继端起茶杯说："咱们喝了这杯水就吃饭吧，你们还得往家赶。"

　　太阳刚刚爬上东面的山头，工人们已从四面八方来到建设工地。在各地负责人召集下，他们集聚到仓库建设的场地上。各负责人汇报工程进展情况。

　　一个老者领着一个十二三岁的少年匆匆而来。

周炳继急忙走到老人跟前问道："老人家，您怎么跑到工地上来了？"老人说："我是柴村大队的，我姓徐，听说咱公社要建水泥厂，我高兴得几夜没睡好，激动呀！我从年轻没落过后，打鬼子救伤员，掩护乡邻。修路筑坝打水库，咱哪样漏了。这搞工业是个新事，丢了我能行？我今天带着孙子来，我徐家算一份，你安排我干吗就干吗，咱不兴掉链子的。"

周炳继看到老年人是想参加水泥厂建设的，对着大家说："同志们，你们看，我们搞工业建设多么地受欢迎，徐大爷带着孙子前来请战，我们欢迎。大家鼓掌"。

周炳继问："大爷，您老高寿？"徐老汉说："我年龄不大，20 年前 63 岁。"大家一阵大笑。

徐老汉接着说："我老汉 20 年前 63 岁，过了青春无少年。别看我年龄比你们大，志气一点不比你们差。黄忠 73 岁大战定军山，梁灏 83 岁中状元，我是恨天无把地无环，我满身力气无处炫。我来参加工厂建设，一不要工分，二不要补助，三不要身份，我就是尽我一份心。"

周炳继说："大爷，这里每天放炮炸石，工地繁忙，多有危险，您老先回去，待厂子建好后，您再来参观指教。"徐老汉说："我看着建工厂，我真的憬憬（高兴）得慌，要该以前，我一个顶仨，现在身子骨确实跟跟跄跄的，我心满意足了，我也不添乱了，可要记住我这个老头，打心里支持建工厂，发展工业。"说着，徐老汉擦拭了一下眼角。

周炳继很受震动，他握了握拳头。

经过 10 个月的艰苦奋战，来泉公社水泥厂建成投产，比预定工期提前两个月。依托水泥厂建设，来泉公社建起了石灰厂、石英厂、面粉厂、罐头厂、编织袋厂、植物油厂、饲料厂，成了远近闻名的工业排头兵和水果基地。李子雄脱胎换骨，由一个干粗活儿的农民成为厂子里的生产标兵，被提拔为来泉公社水泥厂生产部主任。

第 39 章

常山煤矿矸石山顶铁架子上的牛蛋灯依然亮着，但随着晨曦扯下夜幕，灯光失去了射线，像一个红彤彤的球安静地悬在那里。小铁皮轨道车在钢丝绳的牵引下沿着铁轨徐徐匀速地爬行，将满载的矸石运至山顶倾倒下去，矸石无方向无规则地向下滚去，矸石山的山顶尖尖的，像日本的富士山。

下了夜班的矿工们从罐车里走出，谈笑着。他们穿着同样的深蓝色帆布工作服，戴着同样的黑色的胶壳安全帽，帽子上别着镀灯，腰束看不出是白色还是灰色的帆布腰带，腰带一侧别着镀灯蓄电盒，肩背帆布工具包，脚蹬长筒胶靴。这时只能看出他们的高矮、胖瘦，咧嘴露出的牙齿和明亮的眼睛。皮肤被煤尘炭灰染成统一的黢黑，快速认出一个人还真难。

"广厚师傅，你今天歇班还回家吗？"小马礼貌地问赵广厚。赵广厚答道："回家，攒了三个工休，能在家里多待上几天。小马，你也回家吗？"小马说："赵师傅，我也回家，一个月没回家，有些想家了。"

赵广厚和小马说着走向澡堂，两人谈到回家，牙齿始终露在咧着的嘴巴外边，眼睛眯成一条缝，难抑兴奋之情。

洗过澡的赵广厚，头上不时散发着肥皂的香味，他背着饭包径直走向香气四溢的职工食堂。他打了一碗大米稀饭，要了二分钱的咸菜和两个馒头，狼吞虎咽打发了早餐。

赵广厚到馒头窗口将二斤饭票递给食堂刘师傅，"老刘，给我拿二斤馒头。"老刘说："赵师傅，你今天这是要歇班回家呀。"赵广厚笑着说："老刘，明白人。"老刘说："这里有刚打好的缸贴，不行你就拿一斤馒头，一斤缸贴，缸贴香着哪，也稀罕点。"赵广厚看着和善的刘师傅心存敬意，连忙说："那忒好了，那忒好了。"

赵广厚将馒头放在饭包的底下，将缸贴用干净的毛巾包上放在馒头的上面。

刘师傅说："赵师傅，你真仔细。"赵广厚点头笑着说："别让馒头把缸贴哈湿了，影响缸贴的口感。"刘师傅附和着说："那是！那是！"

赵广厚与刘师傅打了招呼，又到售菜窗口买了一块钱的油炸带鱼返回宿舍。

赵广厚将饭包的系子挽了两扣，挂在自行车车把上，拿出沾着滑机油的线团，将爱车"老国防"擦拭一遍，特别是把车圈和车把镀光处拧上几圈，车把、车圈和车把上的铃铛照出人影，锃亮如新。

他掏出一根香烟，两指捏着在窗台上用力抿了两下，划着火柴点燃，坐在床沿上缓缓地抽着，脑子里盘算着回家要办的几件事：先给父母亲送上5元钱和缸贴、馒头；二小子赵凌云认了个习武的师傅，到家得请人家吃顿饭表示感谢。周炳继是村里第一个大学生，又是市里大企业的工程师，也得顺便向他请教一下孩子的培养问题和工作上的事情。大小子赵凌志也该上高中了，也成大人了，得鼓励一下，听听他下步的打算和想法。

想到三个儿子，赵广厚就莫名其妙地激动和兴奋，也有些愧疚。平时工作忙，对孩子的生活和学习关心不够。但他又反过来想一下，自己已经尽到了最大的努力抚养他们。他想着，嘴唇被香烟烤得有些疼，香烟已经抽到极限。他起身走到门外将小得不能再小的烟头从嘴里吐出，烟头被唾液浸湿，吐出后一点火星没有，也不要再补上一脚了。

回到屋里，赵广厚打开床头上的箱子，取出工资钱，轻轻地往右手指上喷了点唾沫，仔细地捻了一遍，他脸上的肌肉自然松弛了一下，心里笑着想到：钱虽然不多，但比家里的老乡已经很好了，作为家乡亲朋口中的大工人很满足了。

赵广厚算着，将当月买饭、菜票和极少的零花钱抽出放进箱子，剩下的全部用手帕包上装进中山装右下面口袋，将口袋上的扣子扣上，用右手拍了一下口袋，不自觉地用手指捏了一下，扣好的扣子。拿出一包烟将烟盒上端的灰色油纸扯开，装进左上兜，将扣子扣紧。

他走到宿舍门口，抬眼望了望天空，天蓝蓝的，朝霞退去，太阳渐渐升高，放出的光芒也愈加强烈。天上几朵白云向北方飘去，仿佛提前向家里报信：顶着儿子、丈夫、父亲多种身份的顶梁柱、男劳力、大工人要回家了。

赵广厚转身，左手扶着自行车车把，右手扶着自行车货架，右脚使劲蹬了下自行车撑子的弹簧，将自行车向前一推，弹簧将撑子弹起，他倒着将自行车推出屋外，将自行车车头朝东插稳，锁上屋门。他推着自行车走了几步，左脚踩上自行车脚蹬子，右腿蹬地，顺势将屁股稳稳地送上了自行车鞍子。赵广厚按了几下自行车铃铛，调头，一溜烟向北骑去。

走到离村边半里路时，赵广厚下了自行车，用右手推着自行车，左手将中山装五粒扣子自上而下解开。及早下车推着走，这是赵广厚一直坚持的习惯，生怕别人说："见了人连车子都不下，看不起俺呢。"更怕人说："烧包。"

看着村子里不时冒着的炊烟，闻着村子熟悉亲切的气息。赵广厚的心情愉快而激动，离村子越来越近，村民说话的声音，鸡、鸭、鹅、狗的叫声不时传来，一片生机。

走到村头，赵广厚看见党西清和儿子党金武挑着水桶走来，党金武挑子的一头挂着一大团麻绳。"西清，挑水去？"赵广厚笑着大声说道。

"广厚来了，今天歇班儿？"党西清几乎和赵广厚同时开腔。赵广厚还是略微抢先了一点，这可是有讲究的，遇到熟人要先打招呼，这是对人家的尊重，千万不能等人家给你先说话，特别是同辈同龄的人相遇，否则，人家会说你架子大，不友好。当然辈分高、年纪大的人可适当矜持一下拉拉架子摆摆谱。

赵广厚将车子插好，急忙从兜里掏出香烟递给党西清，给他点上，又掏出一根递给党金武，党金武说："二叔，我还抽？"赵广厚说："金武都是大人了，又抽烟，那还客气什么！"赵广厚说着，大声地笑了，党金武也天真地笑了。

党西清说，"我们去西南井挑点水，井也快干了。看看让金武也给你家送挑子水去"。赵广厚说，"我到家看看，不行我也去挑一挑子。大坑里还有水吗？"党西清说："大坑里还有水，井水好喝点。"赵广厚说："那你们去吧，回头拉呱。"

赵广厚推起自行车往前走，党西清、党金武爷俩美滋滋地抽着烟向西南井走去。走了几步，党西清和党金武回头又看了看推着自行车向村里走去的赵广厚，投去了赞许和羡慕的眼光。

赵广厚走到家，家里顿时气息上扬，凌云娘给当家的赵广厚泡上一茶壶"大叶子"茶，这种大叶子茶也是生茶，叶片大而肥厚，没有任何加工。茶叶尖被摘去采取多种形式的祖传技艺加工成 等龙井、二等龙井， 级旗枪、二级旗枪，还有各地好听的什么毛尖、乌龙、铁观音等。下角料只经晾晒，产生了大叶子茶。欸，可别说，这种毫无工艺镶嵌的茶却清爽、杀口、撑喝。它的受众虽是最底层的人们，却有着独到的乡土风味。

农村大集上一溜摆开的沙壶，里面装上大叶子茶，烧开煮沸，赶集的人往茶棚的石凳上一坐，喝上两碗，实在过瘾。有许多常喝茶叶尖和冠以上好名字茶叶的人，喝过这个大叶子茶也回味无穷。这正所谓土到极点便是洋到极点，低到极点便是高到极点，贱到极点便是贵到极点。底层的力量是无穷的，产生在民间的东西往往是传播最广，生命力最强、最高、最贵的，因为它经过大多人的检验，被大多数人认可推崇。

赵广厚用两个茶碗，喝一个冷一个，一鼓作气喝了两壶，喝开了，后背汗涔涔的，荡气回肠。他掏出一根烟点上，深深吸上一口，向上一吹，几个烟圈飘了上去。这时大门被扁担撞了一下，只见党金武挑着两桶水进得家来。"二叔，二婶子，我给你们送挑子井水。"党金武气喘吁吁地喊道。

赵广厚忙起身，凌云娘走出屋门说道："他金武哥，你怎么给我们送水来了，你好容易弄的井水，多累呀！你挑回去留着喝吧。"

党金武笑着说："遇到广厚叔回家，他喝自来水、好水喝惯了，给你们送挑子井水，烧茶喝。"

赵广厚把党金武让进屋，掏出烟递给党金武，又把火柴给他，"金武抽根烟，喘口气歇歇"。随手给党金武倒上一碗茶，党金武也没客气，将温凉适中的大叶子茶一饮而尽。显然这小子有点渴了。

"二叔，二婶把你们的水桶拿来，我倒上。我还有活儿，不给你们拉呱了。"党金武用手擦了一下嘴说。

凌云娘将水桶放好，党金武将挑来的水倒进水桶，凌云娘快步走进屋拿了两个赵广厚带来的馒头递给党金武，"金武，你二叔带来的矿上蒸的馒头，给你两个尝尝。"

党金武红着脸说："二婶，我都是大人了，你还给我馍馍吃，每年过年来给您拜年，您都给我零嘴吃，谢谢俺婶子！"

凌云娘说："你们再大，在我们心里也还是孩子！"赵广厚说："金武好好干，你是个材料！"党金武说："二叔，咱就出个力呗。"

赵广厚和妻子将党金武送走，赵广厚说："金武是个实诚肯干的好孩子。"

凌云娘说："党家劳力多。给队里出了不少力，党西清除脾气大，有时犯倔，发点牢骚，其实是个好人。他要面子，顺毛驴，只要队里和社员说他一个好，他就拼命干。"赵广厚说："我跟党西清一起长大，我了解他，他是个好人，小孩的人品也好。"

凌云娘突然忍不住大笑起来，赵广厚问："你笑什么？"

凌云娘说："你说这村上的人真会闹，好给人起诨名，起外号，他们喊党西清'拼三'，说他拼拼哧哧的不撑夸。"赵广厚说："拼三那是拼命三郎的简称。"

凌云娘说："不是，说那个陈广伦家盖屋，帮忙的人一起吃饭。等上来那个扣大肉，石匠侯文侠说，听说西清不吃肉。党西清要面子，不撑夸，结果一块肉没吃。等干活儿时，遇到大的石头，侯文侠说，这个只有党西清能搬动，结果党西清撸胳膊卷腿，连搬几块大石头，这样大家都叫他拼三。"

赵广厚听后也忍不住笑了，说："哪里都有这样的人，这都是要面子的实诚人。孩子娘，准备下，咱到咱爹娘家，把这个月的钱送过去。"

赵广厚把带回来的工资款交给妻子。凌云娘从工资款中抽出一张崭新的5元钱，又把赵广厚带来的馒头，拿出两个长得好看的，用包袱皮包上，"走，咱去见过老人家，咱回来做饭。"

赵广厚装上香烟、火柴，穿上掉了点色但很干净、板正的中山装，站直，膀子向后撑了撑，脖子向后仰了仰，让中山装更板正。赵广厚在前，凌云娘在后走向赵满福家。

"爹，娘，我回来了。"进了大门，赵广厚向屋里喊道。

凌云娘也大声地喊道："爹，娘。"赵满福和老伴儿赵刘氏听二儿子和二儿媳来了，十分高兴。"广厚回来了，二份哩来了。"

"二份哩"这是想水村一带对儿媳妇的称呼，大儿媳称"大份哩"，二儿媳称"二份哩"，有几个儿媳就依次叫之。这个称呼也许是对儿媳妇的尊重，进了婆家门，就是婆家人，就是大家庭的一分子；也许是指祖家的家产，每家都有一份，儿媳妇为主；也许是指对家里的责任和义务一视同仁，儿媳妇是主人翁，当然少不了这份责任。

赵广厚坐下，抽出一根烟点着，抽了两口，将燃旺的香烟递给赵满福："爹，给您抽烟！"

赵满福接过香烟，浅吸着。赵满福老人是个很讲究的文化人，年龄人了，抽烟不能用力过猛深吸。那样容易咳嗽，呛嗓子。赵广厚是个孝顺的人，也是一个细心的人，他将烟在自己的嘴里点着递给老人，是怕给老人点烟时，烧了老人家蓄留的长胡子。老人抽烟袋那还倒好，尺把长的烟袋杆子将胡子躲得远远的。抽这个洋烟是有一定风险的。羊有跪乳之恩，鸦有反哺之义，这根烟传递着父子的气息和千年孝道。

"爹，娘，近来身体可好？"赵广厚问道。

"我们的身体好着呢！你可别挂念，好好干你的工作。广厚你在矿上干也别太累着，你干活不惜力，又要强，也渐渐上年龄了，可注意，出了汗也别脱工作服，矿井下潮湿，可要防住风寒，特别是肩、腰、腿。"赵满福慈祥温暖地看着赵广厚说。

赵广厚说："我是要注意，但现在国家建设需要多产煤，矿上的任务很重，咱不能拖后腿。"

赵满福听着，用右手捋了一下胡子，笑着说："不会妥懒（偷懒）！"赵广厚和凌云娘都笑了。

赵满福说："广厚，凌云这孩子聪明，读书有天赋，最近又习武，我看还有模有样，体格也壮了不少。说话办事儿也稳重，从小看大，这孩子当不着能成个材，得好好培养一下"。

赵广厚说："爹，我觉摸着，说他有多大的才分不敢说，他踏实、肯吃苦，有上进心倒是真的。我想下步，矿上有招工指标轮着我的时候，让大孩凌志到矿上干个工，等我到退休年龄，让三孩凌峰接个班。凌云有闯劲，让他自己扑棱吧。要让他们三个都参加工作当工人，我也没有这个能力。凌云就是在家里当社员，我看他也耐得住，干不孬，咱家里有地、有房，娶个媳妇儿，那不也是好光景。"

赵满福说："要是凌云有工作，吃公家饭，兴许能干出个名堂。凌志、凌峰要是落在家里确实也是个事，也当不着是个难题。再看吧，你现在取的是中庸之道，用的是平衡术，这样三个孩子都能过得去。时代在发展，好时运亏不了凌云。"

赵广厚深深地感觉到，老爹对凌云这个孩子是相当厚爱的，老爹读万卷书，阅人无数，他错爱不了。赵广厚笑着问道："爹，你看到凌云习武了？你支持他练武？不怕他惹是生非？"

赵满福说："我看到了，他现在练得还不孬，文能治国，武能安邦，能文能武才有前途，咱家的人绝不会以强凌弱，绝不会！他怎能惹是生非呢？广厚，你就放心吧。"赵满福此时像个算卦先生，给赵凌云打了个包票。赵广厚说："爹，娘，我和孩他娘来，把这个月的养老钱给您送来，您如果不够花，再给我说。"

赵满福和赵刘氏几乎异口同声地说："够花的，够花的。"

赵满福又补充说："广厚，二份哩，这个月你们就别给了，我们用不着花多少钱，没有花钱的投向。你看你们一大家人，孩子上学，缺劳力，也不能挣工分，说什么，这个月我们不能再要这个钱了。"

赵广厚说："爹，养老养小是我的责任，有老有小才是人家，我干得才有意思，才有兴劲，你收着，这个规矩雷打不动，我缺钱时再问你要还不行吗？"

赵满福捋了一下胡子，将钱从凌云娘手里接过去。赵刘氏用手擦了下快要流出的泪，念叨着："俺二儿和二份哩可孝顺了，天底下难找！"

凌云娘说："爹，娘，这不是俺这些为小的应该的嘛。广厚从矿上带来的馒头给您拿了两个，您馏馏吃了，可别放长毛了。他带的缸贴子有点硬，怕您咬不动，就没给您拿。"赵刘氏说："你看，还往这里拿，俺吃不多，留着给那三个小子吃呗。"凌云娘说："小孩吃东西早着哩，多口少口没事儿。"

赵满福看着赵广厚心疼地说："你往家里买馒头，你又得从家里带地瓜干煎饼，我们多吃一口，你就得少吃一口。"

凌云娘说："爹，娘，俺回家了，您也该做饭了。"出了屋门，赵广厚站在院子里，看了看院子香台子边上的桂花树，扫视了一下院子的角角落落，又抬头看了看天空，依然如故，依然亲切，依然几天不来，想着念着。

赵广厚和凌云娘回到家，看到赵凌志、赵凌峰已放学回家。凌云娘吩咐赵凌志和赵凌峰："大孩，三孩，你爹带来的馒头和缸贴子，你们先吃点，我这就去做饭。"赵凌志说："留给俺爹吃吧，他太辛苦了。"

赵凌峰却绷住嘴，用鼻子深吸两口气，他想把馒头和缸贴子的香气吸引过来，先过过鼻瘾。接着磨磨悠悠地走近煎饼囤子，拿出一个缸贴子，随手掰成两半儿，将稍大的一半递给赵凌志。

赵凌志没好气地说："就你馋猫，我不是说留给咱爹吃吗。"

赵凌峰笑了笑说："咱爹成天吃，咱就尝尝呗，你不吃我吃。"

赵凌志抬手比画着要打赵凌峰，手落下时却接过赵凌峰手里的另一半缸贴子，大口吃了起来。

"俺爹来了。"门外传来半笑半喊的声音。

"我回来了，凌云放学了。"赵广厚听着赵凌云欢快的声音幸福地答道。赵凌云进屋见赵凌志和赵凌峰正津津有味地吃着缸贴子，心里十分激动和高兴，爹每次来都会带点稀罕的吃食，这是一般家的孩子享受不到的。

赵凌峰说："二哥，你快吃点吧，这个缸贴子真好吃。"说着将最后的一点送进了张大的嘴巴，又用嘴唇沾了沾手指上的芝麻粒和缸贴子碎渣。赵广厚说：

"凌云,你拿块缸贴子吃吧,也有馒头,先垫垫肚子,你娘做着饭呢。"赵凌云说:"等俺娘做好饭,一起吃吧。饿头上先吃干头不好。俗话说,吃饭先喝汤,不用医生开药方。"说着,凌云走出屋门进了锅屋帮娘拉风箱做饭。

赵广厚看在眼里,心里有说不出的味道。凌志咟着脸,心里十分生气,"凌云这家伙净弄些献谄子(讨人喜欢)的把戏,仿佛他在家里是老大。哼,我这个老大往哪里搁?"凌峰见二哥遇到好吃的东西也不慌,十分佩服,想着二哥说的那句什么"吃饭先喝汤,不用医生开药方"就更加崇拜二哥。

赵广厚看着帮他娘烧火做饭的赵凌云,问道:"凌云,你怎么放学这么晚呢?"赵凌云答道:"不是,我是放学后到学校门口的公丕柱大叔家看丕柱叔在家不,如他不在家,看看大奶奶有什么需要帮忙的。他有痨病,有时咳嗽得厉害。还好丕柱叔在家,做好了饭,我给他拉了一会儿呱,他让我在他家吃饭,我没吃。"赵广厚连说凌云做得好,凌云做得对。

赵广厚确实认定凌云是个好孩子,是块好材料,三岁看大,怪不得老爹赵满福对凌云这么厚爱。赵广厚为"让大孩子凌志招工进矿,三孩子凌峰接班进矿,让二孩子凌云留在村里"的布局感到内疚。这样,一奶同胞的弟兄三人命运和生活就彻底不一样了,那可以说是天壤之别。进矿工作户口就成了非农业,身份就成了产业工人。生活上就能天天吃上白面馒头和油水充足的菜肴。留在农村,那就面朝黄土背朝天,天天累得头皮卷卷的,啃着地瓜干煎饼,为买油盐酱醋的零花钱拼命挣扎。至于媳妇,那是影子里照着的。只有缘分,有那个纯正的缘分的光临,兴许打不了光棍,否则,无缘无分,那只有光棍一条。

赵广厚看着赵凌云这个准农民,为自己残酷的决策而自责。他又想,自己也只有这个能力,招工一个,接班一个。但凡有一点机会,绝不会让凌云错过,但这个机会太渺茫了。凌云优秀,有一点机会,他可能咸鱼大翻身。就是在农村,他也差不到哪里去。到时我大不了把退休工资给他,添补一下。如果让凌志、凌峰任何一个留在农村,咸鱼不会翻身,只能晒干。把优秀的人放在最艰苦的地方,让他自己去争取实现突破,最终皆大欢喜。这样凌志、凌云、凌峰的生活水平可以求得一个最大公约数,都能过得去。

凌云娘何尝不这样呢?自从赵广厚说出对三个儿子未来的人事布局,她心里就疙疙瘩瘩的,心在流泪。在三个儿子中,她最喜欢老二凌云,他实诚、能吃苦、懂事、爱学习、有人缘,让他留在农村当农民,当娘的心有不甘。这个决策是赵广厚定的，也只有他能定，他有这个资本。她越看，凌云越不像个农民，也许能改变这个初步设定的命运。改变命运的不是别人，只能是凌云自己，都说爹疼老大，娘疼老小。又都说惯老大，娇老小，冤老二，我们绝不是，我们赵家绝对不是。

赵广厚笑着说，"凌云，你习武还好吧，你出来打趟拳给我看看"。

凌云娘听赵广厚让凌云给他打拳看很是激动，忙说："小云，快出去给你爹练几下子，让他高兴高兴，我自己做饭，快去！"

赵凌云使劲拉了几下风箱，将炉火吹得旺旺的，说道："好的，在下献丑了，我练几下给老爹汇报一下。"

赵凌云出了锅屋门，一个空翻到了院子中间。赵凌峰听到二哥练武的声音，转身站到堂屋门嵌子上，右手扶着门框，笑眯眯地看着赵凌云，他像站在高处看电影的观影客。赵凌志听到赵凌云练武又给老爹看，不屑地说："谝熊能，玩不够的憨蒯（闹剧）。"

只见赵凌云一个虚步，竖起两掌，左掌在前，右掌在后。接着掌变拳收起，虚步变垫步，垫步变弓步，右掌变拳用力向前打开去。紧接着，一个二踢脚腾起，脚起手拍发出"啪"的一记响声。落地再起旋风脚，双手拍脚又发出"啪"的一记响声，旋风脚落地。起跳，双脚腾空直端，倒地，鲤鱼打挺，再倒地，乌龙绞柱，站直收势施礼一气呵成。

站在门嵌子上的赵凌峰看到二哥矫健的身姿和精彩的表演，双手鼓掌。右手丢开门框，站在门嵌子上的双腿哆嗦了两下，一个前跐掉落下来，他顺势跑了几步一头扎进赵广厚的怀里，赵广厚笑得前仰后合。他笑赵凌云武术练得有模有样，又笑老三赵凌峰憨态可掬和冒冒失失，实在好玩。

"吃饭吧，饭做好了。"凌云娘高兴地吆喝着。赵凌云急忙跑到屋里拿出一摞五个大白碗帮着娘盛稀饭，赵凌志、赵凌峰帮着将饭菜端到饭桌上。赵凌云用筷子搅动着稀饭，由慢到快，由嘘嘘的小口喝到咕咚的大口喝，一碗稀饭即将喝光。

娘拿出一个缸贴子递给赵凌云，赵凌云拿过缸贴子在鼻子上闻一闻，笑着说："真香。"顺手掰掉一块递给赵凌峰，赵凌峰说："我刚才吃了。"

赵凌云说："再吃块也撑不着你，你小，好东西还是得紧着你吃。"

赵广厚看三个家伙吃得差不多了，就问起三个人的学习情况和打算，"凌志、凌云、凌峰，你们三个近来怎么样呢？你们也越来越大了，下步也有点打算吗？"

赵凌志说："我过了年就要上高中了，要到县二中上学去，有些紧张。下步要从家里带煎饼和咸菜，一个星期回家一次。这几年在农中学习，不知道高中能跟上课不。"赵广厚安慰似的说："时下政策好，小学不出村，初中不出队，高中不出社，都能上高中也不要有压力。咱这里上农中，别的学生也是这样。咱村里，你的同学不少，一块来回也不孤单。求学就是苦差，在家里带饭菜正常。到时，每个星期我再给你点零花钱当菜金，咸菜吃够了，可以买点食堂的大锅菜改善改善。主粮，各地不一样，有以地瓜为主的，有以玉米为主的，想吃全麦的恐怕没有。咱这里以地瓜为主，这没有办法。"

赵广厚又问赵凌云，"凌云，你的情况说一说。"赵凌云笑着说："爹，我还是那个样，从一年级到现在，咱就没当过第二，稳稳的第一。"

赵凌志看着赵凌云那趾高气扬、扬扬得意的样子，不屑一顾地大声说道："你管！你能！"赵凌云笑着回呛道："管个屁！能个熊！在咱这个村小学第一有个屁用，人外有人，天外有天，我下步就上初中，要到万胜庄联中上学，那可是几个村子里的学生大集会。我还能保证第一吗？要想第一，还得努力！我倒有这个信心和决心，人都是一个头，两条腿，也没有什么三头六臂的怪物。我倒想去人更多、舞台更大的地方比一比，还谁怕谁呢？爹，你有本事把我弄到矿中学去上学，那里可是来自各地的一顶一的好学生，看我到时候给你争光长脸。"

赵凌云这小子机灵，说着说着把赵广厚这个当爹的也绕进去了，他想到矿上读初中。按说，赵凌志下步招工，赵凌峰接班，该给二孩子创造个上学的好环境，也算弥补一下。但就他那点工资，上养老，下养小，还要买点工分，实在是做不到呀。

赵广厚深沉着说："凌云有志气，要争取学习上有好成绩。万胜庄离咱家近，你哥到公社驻地上学，一个星期才能来一次，家里有需要帮忙的，你还能帮你娘干点活儿。"

赵凌云说："我爹说得对呀，姜还是老的辣，儿臣领了，我在万胜庄上学，万胜！万胜！无往而不胜。"赵凌峰没等父亲点名，抢着说："爹，我的成绩中等偏上，跟我两个哥混。我下步也多干点活儿。"

赵广厚慈祥地看着赵凌峰，随口说道："憨小子，憨人有憨福。"

赵广厚对凌云娘说:"他娘,凌云跟周炳继习武,咱总得表示一下,我想趁我在家,咱请他来我们家吃个饭。让存壮开个菜单,明天我去赶个集买点菜,让存壮掌勺做个席。"

凌云娘说:"谁不说呢,咱欠人家人情呢,是该补一补。"

赵广厚说:"我看,明天叫存祥带着凌云到来泉公社周炳继那儿安安客(儿),到时,让存祥作陪,他是大队长,能撑起这个场面。再请周炳续,陈老大和张洪英陪陪客儿。张洪英是周炳继的亲戚,党西清也算一个吧,看看公丕柱能来不,他是单门独户,该请。把咱爹请来压压阵。"凌云娘说:"行,就这样办吧。"

赵凌志听爹娘为了凌云捌那不三不四、不务正业的杂耍还请客补情,还隆重地邀请有头有脸的人物作陪,还请大厨"长头"赵存壮掌勺盛大席,心里泛酸而生气。赵凌志认为爹娘偏向老二赵凌云。

唉!赵凌志不知道爹娘偏向的是他赵凌志?在事关人生命运前途的天平上,赵广厚在他赵凌志的一端重重地压上一块砝码,美好生活的天平已重重地倾斜到他作为大儿子的一端。

第40章

一大早,赵存祥领着赵凌云出村绕环赵庄、古城庄、白烟、新村向来泉公社走去。赵存祥对赵凌云说:"凌云,咱走外路,虽然远点,咱多路过几个庄看看,顺道看看来泉公社水泥厂。"

赵凌云心领神会地答道:"是的,哥,咱多路过几个庄,看看人家的庄村,见见景致,开阔卜眼界忒好了。多走点路,这点小路还算路,简直小菜一碟,那是乌蒙磅礴走泥丸。"

赵存祥欣喜地看着赵凌云,用右手拍了拍他的右肩,赵存祥明显感觉到赵凌云肩部的力量。

山里的村庄,五里不同样,十里不同俗,特色纷呈。每一座石桥,每一棵古树，每一盘石碾，每一个石碓窝子（用于捣碎粮食的器具），都深深地印在这弟兄俩的心里。赵凌云想着，这些东西可都是婚嫁路过必须贴"青龙"的。在新村街头有一个石碓窝子，高半米左右，直径在80厘米上下，由一块大青石挖凿而成，外面油滑光亮，石头捣米的一边竟磨出一个沟坑。凌云喊赵存祥："哥，你看这个有年岁了。"

赵存祥看了看碓头磨出的坑说："20年以上不止。"

赵凌云提起碓头，碓头的木头把柄光润得像浸油一般，包浆满满。碓头更是像蜡打过一样，他握紧把柄顺势竖直向上举了两下。赵存祥说："你将碓头和把柄平放，看能举起来吗？"赵凌云试了一下，碓头直向下垂，凌云不自觉地将手向碓头根移去，方才没让碓头落地。

赵凌云说："我的个乖，这个碓头可不轻。"

赵存祥说："看我的。"他接过碓头平行向上举了两下。

赵凌云直呼："哥，你还真厉害！"赵存祥说："这要靠肩部力量和臂部力量，你下步会轻松举起来的。竖直举和横着举同一个碓头，虽然重量没变，但产生的反作用力，让你肩臂受力的程度不一样，这个你下步学物理时就明白了。"

赵凌云听着赵存祥的讲解很兴奋，他搓了搓手，扩了两下胸，跟着赵存祥向前走去。

走近来泉公社水泥厂，只见烟囱高耸，浓烟滚滚直冲云霄。再走近，听见机器隆隆，让这沉寂的山谷充满生机活力。赵存祥和赵凌云在路旁驻足良久，赵存祥沉思着，眼里放着光，幸福、渴望、赞叹的表情满满地写在他黝黑的脸上。

赵存祥握了握拳头，充满信心和力量地说："真好，走！"走了两步，赵存祥又回头看了看那充满着烟火气的高高的烟囱。

赵存祥和赵凌云在来泉公社办公大院见到了周炳继说明来意。赵存祥说："周工程师，炳继大哥，今天我和凌云受广厚二叔委托来拜访您，主要是想请您回村看看，请您吃顿饭交流交流感情，表达对您培养凌云的感激之情。"

周炳继说："存祥老弟，你和凌云大老远来，我十分感谢！回家看看可以，专门请我吃饭感谢我，我可不敢当。收凌云为徒习武，也就是我有这个长处，都是老亲四邻，亲戚里道的，我做的都是应该的，千万不用客气。"

赵凌云扑闪着大眼睛，看着敬爱的老师，真诚地说："老师，俺爹这次回来，专门调了两个歇班，主要就是想请请您！俺爹多次说，您是我们村最有学问和能力的人，是全村特别是青年学生的榜样。您免费教我习武，俺爹和俺娘感觉十分过意不去。"

赵存祥补充道："炳继哥，我来的路上看到咱们的公社水泥厂干得热火朝天，喜煞人也。我这不是天天琢磨咱们村因地制宜搞几个企业，也想请您指教明示。我多次想请您到村里吃顿饭，又不敢分散您的精力，这次一堂子下吧，哈哈，也算就腿搓麻线吧。"

周炳继笑着说："我看我不去还真不行呀，你看你老弟都给我安排任务了不是？我也想见见广厚叔，他在矿上干得很好，也是咱村里的门面人，我去，可要对广厚叔说，别复杂，吃顿便饭就行，我就喜欢吃咱家里的土菜。凌云，最近各方面都有长进吧，守实、徐星也都学习、练武两不误？"

赵凌云答道："老师放心，在学习方面，我对他们要求得很紧。练武我们都在俺广民叔院子里练，抽时间向您会演一下"。

周炳继高兴地说："那就好，下步我该教你们棍术了。你们一定要把我要求你们练好的基本功练扎实，千万不能打折扣，练武不练功，到头一场空"。

周炳继抿着嘴笑着说："存祥老弟，我明天一早过去，就这么定了。饭（干粮），你们别准备了，我从食堂买点过去。"

赵存祥忙说："大哥，我们都准备好了，你可别买饭，你的粮票那可是班班可口的，咱家里的饭充足着呢。炳继哥，我们就不再啰唆了，我们回去，你还要忙工作。"说着，赵存祥和赵凌云与周炳继握手施礼道别。

赵存祥和赵凌云回到家向赵广厚和凌云娘汇报了邀请周炳继的情况。听到周炳继没打挡应邀出席宴请十分高兴。

凌云娘说："人家周炳继真是个讲究人，给咱脸了。没霉咱的面子。"

赵广厚说："谁说不是呢，炳继一来，咱赵家蓬荜生辉。我去找广宇哥和存壮，让他们开个菜单，我接着去刘村买菜。他娘，你去安党西清、公丕柱、陈老大和张洪英、周炳续，一定让他们来，一个别落。"

赵凌云听着多数算着陪客的人，似有心事地小声提醒到："爹，徐星给我一块习武，还叫上他爹不？"赵广厚恍然大悟，说道："凌云想得周到，喊上，喊上。他娘，你别忘了喊上徐星的爹徐大逊。好！好！忒圆满了。"

赵广厚来到赵广宇家，给赵广宇敬上一支"金鹿"牌香烟。"广宇哥，我这次来，换了几个工休，明天想请周炳继到我家吃个饭。炳继是咱们村考学出去，又在向阳市大企业工作的有头有脸的人物，我那个二孩子凌云又认他当师傅习武，咱也不能太随便，也得办得像个样，想请你和存壮开个菜单，买些菜盛个席。"

赵广宇吧唧了两下嘴拉长声音说："你说请那个周家的大公子？听说那小子混得不错，从上面派下来到来泉公社建了个水泥厂，有本事。我多年不干了，像我们这个年龄的这一波老厨子都不怎么干了。年龄大了，手脚不利索了。我那个仁兄弟，来泉公社全羊宴的名厨马庄的马士端也不干了，交给了他儿子马清。我这也全权交给了你侄子存壮，让他们干吧。"

赵广宇又吧唧了两下嘴："萧规曹随，龙生龙，凤生凤，老鼠生儿会打洞，老子打个基础闯个路，也算给小的留个饭门。"

他又吧唧了两下嘴，"人家马士端的儿子马清就干出名堂来了，现在在公社食堂干炊事员，成为公社八大员之一，吃香着哩。"

赵广厚恭维着说："广宇哥，三日不见，当刮目相看，你还真有两下子呢！对孩子挺负责任啊！"

两个正说笑着，长头赵存壮进屋喊道："二叔回来了。"

赵广厚看着赵存壮说："存壮，我刚给你爹说，明天我家里请个客办桌酒席，你爹说大权全交给你了，那只好请俺大侄出山掌勺。"

赵存壮稍微扭了扭脖子，脖子上偏长的头跟着晃动了两下，细小的"线眼"眯成一条线，塌陷的鼻梁衬托出的蒜头鼻向上撅起使劲吸了两口气，吧唧了两下嘴说："二叔想盛什么样的席，有多少客人，请的客人身份如何？咱这里一般的客人也就弄个四凉八热。隆重些的可盛小八四，小八四共有 24 个菜。四个果碟、四个凉菜、十个扣碗、两个汤菜、四个热菜。"说完，赵存壮又吧唧了两下嘴。

赵广厚看着赵存壮滑稽的样子，直想笑出来，特别是赵广宇和赵存壮说话时先吧唧两下嘴，后吧唧两下嘴，那真是萧规曹随，一点儿不走样。赵广厚想：可能是他们做菜时，品尝菜味落下的后遗症？也可能是赵存壮认为只有像他爹这样吧唧嘴才能当大厨？也可能是当大厨就得吧唧嘴？

赵广厚收住思绪，对赵存壮说："存壮，明天的客人有十个人吧，请的都是咱村里的亲朋好邻，要说尊贵点的就是周炳续的哥哥周炳继，他是向阳市里来的，又在来泉公社指挥指导建设水泥厂，人家可是大工程师呀！周炳继还是凌云的师傅，对咱不薄，对咱有恩呀！"

赵存壮眨着"线眼"仔细听着，笑了笑对赵广厚说："二叔，我看就弄个小八四吧，你这个大工人请会子客，别抠抠逼逼的。要弄咱就场面的，我给你开个菜单。下午，我过去支炉子，泡料（调料），明天一早搭把，看你侄子的，你就赔好吧。"

赵存壮进里屋拿出一张红纸和一管小号毛笔，又让赵广宇拿出砚台和一块黑色的墨块。赵广宇往砚台里倒了点水，右手捏着墨块在砚台里搓磨，然后将磨好的墨汁放到赵存壮跟前。赵存壮将泡好的毛笔在笔砚里蘸抹几下，他在红纸上认真地写道："赵广厚家盛席，拟作小八四，菜单如下：果碟四个：什锦方糕、云片、花生醮、糖角蜜。凉菜四个：葱姜藕、猪头肉、花生米、芥菜粉丝。十个扣碗：扣大肉、扣江米鸡、扣瓦块鱼、扣四喜丸子、扣鸡块、扣黄金蛋、扣豆腐箱子、扣春卷（白菜叶卷肉馅）、扣大酥肉、扣酥地蛋。四个热菜：炒辣子鸡、炒豆芽、炒绿豆芽、韭菜煎鸡蛋。两个汤菜：酸辣面疙瘩汤、羊肉汤。开单人：大厨赵存壮。"

赵存壮写完，将毛笔放在笔砚台边上，起身将红纸菜单双手递给赵广厚，"二叔，请过目"。

赵广厚接过菜单吃惊地张了一下嘴，接着发出"啧啧"的赞叹声。赵广厚看到红纸上隽秀的楷书，颇有颜柳真传，这个小楷真是绝了。

赵广厚说："存壮，你行呀爷们儿，你做的菜我真还没尝过，你写的字倒让我领略了你的才气，写得真好！你这是'艺不惊人死不休'呀。"

赵存壮微笑着看着赵广厚，他吧唧了两下嘴，嘴又咧开两下，拉动那蒜头鼻的鼻翼向下与嘴会合。"二叔，我写的字一般一般，比你家我二老爷差得不是一点半星，我跟俺二老爷比，那是小巫见大巫。你要真喜欢我写的字，抽时间我给你写幅字补补壁？"

赵广厚哈哈大笑："好呀！巴不得巴不得，你二叔求你一幅字。"

赵广厚想到，存壮这孩子其貌不扬，却写得一手好字，字还写得认真。不像中医大夫开药方，写的字龙飞凤舞，只有圈子里的少数行家才能认得出。他们也许出于对药物配方保密，但最后的签字也圈套圈，不让人认。这说明赵存壮是个认真的人，做菜一定做不孬，这孩子办事走不了扯。

赵存壮又坐下，让父亲赵广宇再拿张红纸，他又工整地写下佐料单：花椒、大茴、小茴、胡椒、桂皮、香叶、白芷、大葱、姜、酱油、醋、料酒。

赵存壮安排赵广厚："二叔，这是料单，买时可仔细看，别买假了，也别买错了。有人问你要罂粟壳吗？你可别要，要那玩件是犯法的，咱可不兴办这样的事儿。"

赵广厚打心眼儿里佩服起来这个小子，认真、仔细、周密，是块做厨师的好材料。

赵广厚说："存壮你小子行呀！你参见好就收，激流勇退，退居二线，将做菜大权全权交给你，他有眼光，没选错人。"赵存壮吧唧了两下嘴说："二叔，你还真不瓤，一语道破天机。"

赵广宇也吧唧了两下嘴说："广厚，你看我做的对吗？"赵广厚说："太对了，你爷俩一个字叫'管'，两个字叫'很管'，三个字叫'忒管了'"。

赵广厚这次看到，是赵存壮先吧唧嘴，赵广宇随后。赵广厚也感觉到，赵广宇对赵存壮这个老来子的喜欢疼爱和寄予的厚望。

赵广厚又掏出两支烟分别递给赵广宇和赵存壮，然后掏出一支自己放到嘴里。赵存壮吧嗒吧嗒抽了两口，打开了话匣子："二叔，咱这次办的是小八四。你也知道，咱这一带最厉害的是大八四。大八四共有八道菜，每道菜有一个大件，领八个盘子。八道菜上完，共有六十四盘加八个大件，共七十二样。香甜酸辣，鸡鱼肉蛋，飞禽走兽，生猛海鲜，南北山珍，干鲜果蔬，烹炸煎蒸，冷热荤素，那叫一个全，那叫一个美。整鸡、整鱼、猪肘子、四喜丸子、虎皮蛋、汆丸子、滑肉片、滑肉丝、滑鱼片、滑鱼丝、鱼皮、鱼头、鱼肚、鱼架子、糖醋鲤鱼、清蒸鲤鱼、香辣鲤鱼，清蒸肘子、虎皮肘子、卤水肘子，你看丰富不丰富。"

赵广厚说："存壮，咱下步生活条件好了，咱遇到喜事，办个大八四让你过过瘾。"

赵广宇看着儿子赵存壮滔滔不绝话美食，打心眼儿里高兴，看看儿子的长相确实有点着急，他不止一次地想："这是怎么回事呢？"

他又自答："唉，随他娘，闺女随爹儿随娘。"于是，他心里又有些许安慰。

赵广宇将砚台和毛笔拾起，将毛笔清洗干净，挂在笔架上。此时的赵广宇像个老书童，帮儿子打理着大事小情，心里想："我高兴，我骄傲！"

赵广厚欲起身告辞，他又掏出两支"金鹿"牌香烟递给赵广宇和赵存壮，他爷俩接过香烟不约而同地将烟别在右耳朵根上。

赵广厚最后也不忘恭维似的说："存壮侄，你爹当年携刀叉、端笊篱闯江湖，现如今主动让贤，你接过重担一马当先，小子好好干，咱赵家在美食这块当仁不让。"赵广厚破天荒地与本家兄侄施了握手礼告辞。

第41章

赵广厚按照赵存壮开出的菜单跑了多个地方购置齐全。买肉时，赵广厚特意托人买了点肥的，还买了一斤猪板油。赵存壮支好炉子，炉子用土坯砌垒，黄泥勾缝，两个灶口。将大料按比例用温水浸泡，万事俱备，只欠东风。

周炳继对赵广厚的邀请十分重视，他早早地准备了两瓶古井贡酒，又让马清准备了五斤馒头。来到家，让弟弟周炳续陪着先拜见表姑张洪英，又转了转山边，看了看吃水大坑、古杨树和古石碑。

赵广厚一大早就来到老父亲赵满福家，将赵满福接到家里，他本想将老娘也一块接过去，老娘怎么劝也不去。她说："二呀，心领了，我连个话也不会说，坐那里瞎耽搁事，我可不去。"

赵广厚说："你不去，那我到饭时，先给你送饭菜来，你这样也吃得自在。"赵广厚也给爹娘解释道："今天的场，就不喊我哥和兄弟们了，人多坐不开。"赵满福说："那是哟，先以外人为主要，自家人担当事，能理解。"

赵广厚让凌云娘又挨家安了一遍。在农村请客就是这样，安一遍，请一遍，拽一遍，这也叫三推三让，被请人显得"人样"（矜持、沉着）。菜好做，客难请，俨然成了习俗。

赵存壮一进入灶台、菜案这个战场就像变了个人似的。他腰上系着绛紫色围裙，胳膊上套着蓝色套袖，右耳朵上别着一根香烟，他用眼不时瞅着锅里的菜肴，用鼻闻着菜的香气火候。手里提着炒勺，一会儿撇撇锅里的浮沫，一会儿盛出一小口，左手捏着勺子头，右手攥着勺子把，用嘴吹两下，然后小抿一口，咂摸着，吧唧两下嘴，吐出来。把勺子里的菜水倒掉，然后把勺头在开水里涮一下。这是赵存壮在品尝菜的咸淡和味道。不能不说赵存壮是个讲究人，他将尝菜用嘴沾过的勺子头在开水里涮一下，这一个细节，足以说明他作为厨师的卫生意识是十分强的，不管走到哪里，他当厨师都不会太差，卫生干净是厨师的首要责任和底线。长头聪明，通过赵存壮又加一分。

饭时即到，客人们陆续来到赵凌云家。陈老大、张洪英老两口，党西清进得门来，看到赵存壮在那里切削烹炒，不时用搭在右肩上的毛巾擦下脸，给他打招呼："存壮忙着呢，今天难得品尝大厨的手艺。"

赵存壮微笑着说："快屋里坐，我这都准备好了，客齐就上菜。"

虽然是朝夕相处的老邻居，一个队里的社员，看今天的赵存壮就是不一样。他不像是挑着一头热豆腐，一头小米汤，佝偻着腰给社员送饭的赵存壮，也不像是蹲在地上给大家一起捡拾地瓜的赵存壮，他神气、洋气，显露着才气和一脸的和气。切菜的刀声行云流水，颠炒潇洒脱张扬，有时还显得夸张，炒瓢里火焰升腾，他将炒瓢里的菜向上抛洒一米多高，然后稳稳接住。一手握着炒勺，勺头向下翻扣着锅底，另一只手将炒瓢不停地推送、颠翻，他像一个不折不扣的魔术师。

今天的赵存壮是浩瀚星空中最亮的一颗星，是中央舞台那一抹最亮丽的光。

人还只是那一个人，但当他所处环境不同，职业、身份出现变化，人还不只是那一个人。他自己觉得出来这个变化，外人更看得出来这个变化。

徐星的爹徐大逊怕到屋里紧张，先在院子里与赵存壮聊一会儿预热预热，他说话口吃，一见生人光咕嘟嘴说不出话来。"存……存……存壮，今……门，你……你……你在这里忙着呢！"赵存壮笑着说："是的大叔，你屋里喝茶吧。席开起来，我给您敬酒去。"

徐大逊走进屋，先给赵满福老人作揖施礼，嘴咕嘟一会儿却没迸出一个字，脸涨得通红。他顺势又与陈老大和党西清抱拳施礼。

周炳继在周炳续、赵存祥和徒弟赵凌云的陪伴下，迈着沉稳的方步走进赵凌云家。赵存壮看到这来人的气势和阵仗就猜到这中间的老大就是今天的贵客周炳继。赵存壮放下手里的勺子，顺手将肩膀上的毛巾拿下在手里搓了两下，笑着对来人喊道："老大哥来了，快进屋喝茶，家人都候着您呢！"

赵存祥指着赵存壮向周炳继介绍道："周师傅，这位是我本家大哥，叫赵存壮，是咱村的大厨，也是咱大队评出的五好社员，外号叫长头壮。"

赵存壮上来一本正经地听着介绍，当介绍他的外号时，他咧咧嘴笑道："你怎么还介绍外号？没大没小没正经，掉链子的主儿。"

赵存祥摊开右手滑向周炳继，介绍道："存壮哥，这就是大名鼎鼎的周炳继老大哥。"赵存壮连声说："我知道！我认识！我认识！"

赵存祥又安排道："存壮哥，你今天要拿出看家本领，让周大哥享受家乡的热情和味道。"赵存壮说："这还用你安排？陪好周大哥，才是你今天的首要任务。"

周炳继闻着从菜案、从灶台摞起的蒸笼里飘出的阵阵菜香，他想，这个赵存壮手艺不错，与来泉公社食堂的马清有一拼。他不由自主地问道："老弟，你认识来泉公社马庄的马清吗？"赵存壮说："大哥，我认识，他爹和我爹是换帖兄弟。人家现在大发了，已成为公社八大员了。"

周炳继说，"抽时间你到来泉公社去，你们切磋交流下厨艺，到时我坐庄。"

赵广厚、党西清、徐大逊听到外面的说笑声，赵广厚说："哦，炳继来了。"说着，三人走出屋门。

赵凌云喊道："爹，俺师傅来到了。"赵广厚嗔怪道："你这孩子，客人来到了，你也不先喊我一声。"周炳继说："二叔，我哪里是客人呢，你们可别拿我当外人呀！"

周炳继在众人簇拥下走进堂屋。他看到坐在八仙桌正面的老人精神矍铄，慈祥而又不失威严，干净利落，周身散发着书香气息。他快步上前握住老人的手说："你是俺二老爷吧，二老爷，我是周炳继，我出去得早，这些年给您见面少。您身体很好呀！"

赵满福欲站起来回话，被周炳继轻抚制止："二老爷，您坐着，千万别起。"

周炳继一直弯着腰，两只手握着赵满福老人的手。赵满福说："托咱村老少爷们儿的福，老朽身体还算硬朗。你今天来，我们全家高兴！欢迎！你入座吧！"

周炳继接着给表姑父陈老大、表姑张洪英和其他作陪人员一一握手寒暄问好。

赵广厚让周炳继坐在桌子正面赵满福老人的身旁，坐北朝南，这显然是正位。周炳继连忙摆手说道："这可不行，我哪能坐这个位子呀！在座的都是我的长辈，论年龄，论辈分，轮不到我坐这个位子。"

赵满福捋了一下胡子笑着说："周家人讲究！周氏历来有儒家之风，崇尚礼节。你尽管说的有道理，我们赵家今天可主要是请你，你是客人，客人当尊，不论年龄，不论辈分。你理应坐在这个位。既然客人为贵，客人为尊，也要尊重你的想法，不能勉为其难。我看这样吧，让你表姑父坐这个位子。你坐你表姑父刚坐过的位子上，挨着你表姑坐怎么样？"

周炳继说："这样行。"赵广厚把陈老大让到主位上。陈老大诚惶诚恐但心里十分舒坦惬意，心想我可沾了周炳继的光。周炳继挨着表姑坐，心里十分坦然自在，他深深佩服赵满福老人的处事哲学和中庸之道，佩服他的善解人意和解决矛盾的艺术。

赵广厚自言自语地说道："公丕柱怎么还没到呢？"

赵凌云答道："丕柱大叔来了，他帮存壮哥做饭呢！"赵广厚急忙起身到院子里去喊公丕柱，"丕柱，你快进屋，大家都等你了。"

公丕柱说："二哥，我给你大婶子做完饭看着她吃完才来，我来得有点晚了，让客人等了，不好意思。"赵广厚说："你还做什么饭呢？让凌云给大婶子送点去不就行了，我家你二大娘那边我也是这样安排的。"公丕柱用手遮着嘴小声对赵广厚说："二哥，你们坐吧，我帮存壮做点杂活，我们是黄金搭档。开了席，我端大盘上菜。"

赵广厚说："这怎么能行，请你来作陪，不是让你来干活的。"

赵广厚连拽带拉把公丕柱让进了屋里。公丕柱非要坐在席口，他说："我坐在这里，出来进去方便。"他还是想帮着端大盘上菜，公丕柱就是这样一个顾全大局、甘当绿叶的人。

赵存祥在屋里对着赵存壮喊道："大厨存壮哥上菜！"赵存壮应道："好滴。"

赵存壮用大盘先把果碟上齐，接着上凉菜。赵存祥打开赵广厚专门买的"竹叶清"酒，每人斟上一杯。

周炳继看到赵存祥倒酒，突然想到自己专门准备的两瓶古井贡酒和五斤馒头。他问弟弟周炳续怎么没把酒带来？周炳续说："存祥大队长死活不让拿，硬是夺下来放下了。"

周炳继看到大席已开，没再说什么。

赵满福老人端起酒杯微笑着说："各位亲邻，各位友朋，有朋自远方来不亦乐乎。今天是我们赵家在陋室备薄酒一杯，主要是请周家大公子，周炳继先生，大家屈尊赏光，我敬大家一杯。"

老人用嘴稍微抿一下，放下酒杯，招呼大家吃菜。

赵满福老人接着说："当下政通人和，百废俱兴，日子越来越好。周先生学业有成，不忘家乡，先天下之忧而忧，后天下之乐而乐，我们为他高兴。"大家一起举杯。大家品着赵存壮拌的凉菜，啧啧称赞，周炳继边品尝边想：赵存壮的厨艺应在马清之上。

赵存壮猫着腰用大盘端着四个扣碗，嘴里渲染似的喊道："油着，油着。"

赵存祥将果碟折成一盘，其余退下，将凉菜合并，将盘子退下。接过四个扣碗，放在桌子中央。赵满福老人让大家多吃菜。

赵广厚吃着扣碗里的鸡、酥肉、豆腐箱子，对赵存祥说："存祥，你存壮哥名不虚传呀，这菜做得还真地道。我们矿上的大厨那可是经过矿务局接待中心培训过的，你存壮哥的手艺，丝毫不亚于矿上大厨。"

大家附和着说："赵存壮这个班儿接得好，他的厨艺已经超过了他爹赵广宇。"赵满福老人发起完两个酒后，对赵广厚说："二份来，你看下步怎么进行，怎么表示？"

赵广厚起身端起酒杯深情地说："刚才，我老父亲发起了两个酒，把我的心情都表达了，我再把今天到场的邻居给周工程师介绍一下。"接着，赵广厚把陪客的一一向周炳继作了介绍，陈老大喜得合不拢嘴，嘴里为数不多的松动的牙齿不听使唤地不时露出唇外。周炳继从赵家邀请的陪客的人员看，这是一个厚道的人家，一个充满友爱、博爱的人家。

赵广厚接着说道："周炳继老师收赵凌云为徒，这是赵家三生有幸。周老师作为我村第一个大学生，第一个在市里工作又有成绩的人。文武双全，这给我儿子凌云的人生指明了方向，立起了坐标，提供了动力，我们赵家心中有数，永志不忘。还望周老师严格要求，也盼凌云学有所成。我在矿上工作，平时大家对我们家多有关照，在此，我喝这杯酒一并表示感谢！"

徐大逊心有灵犀一点通，听赵广厚为赵凌云拜周炳继为师而备酒敬酒，他内心冲动起来，儿子徐星也是周炳继的徒弟，此时他说什么也得敬周炳继个酒。一冲动，徐大逊的脑路、话路瞬间打通。他像赵广厚一样起身端起酒杯说："我今天被邀来陪周老师，受宠若惊，我儿子跟凌云贤侄一起拜周老师学艺。在这里，我就腿搓麻线，借花献佛，敬周老师和陈大哥、党大哥、公老弟、张洪英大嫂、广厚老兄，存祥大队长，也让我们一起敬赵二大爷（赵满福）。"

徐大逊太周到了！太有才了！他把借花献佛运用到极致，一花献两佛。他本来是敬周炳继，都忽悠起来之后，全部都敬了赵满福老人。

党西清为大家的真诚友情所感染，他起身端起酒杯说："我也借花献佛敬个酒吧。周炳继老师收凌云为徒我看是收对了，凌云这孩子不一般，3岁看大，7岁看老，我看他是个人才，走不了眼。我也盼望着像周老师和广厚你们这些在外面工作的人多给咱们村里帮助，你们在外面见多识广点子多，多给咱们村和大队出谋划策，让咱村好上加好。"

党西清说的这番话实在是发自内心，他夸赞赵凌云，他没忘记赵凌云在13亩地分地瓜抓阄时，给他家抓了个上上等的红头彩。他要求周炳继和赵广厚多支持村里的发展，是在替大队长赵存祥说话。他没忘记，他与赵存祥因干活态度问题打了一架，人家赵存祥不计前嫌，对他党西清敬而有加，格外器重和尊敬。人呀就是这样，将心比心，以真心换真心，人心都是肉长的。

党西清的腔刚落凳，张洪英说话了，"今天我作为女流能上桌陪客全承赵家抬爱。刚才大家都对炳继表达了谢意，我在这里也替外孙秦守实敬炳继了。我也敬在座的各位亲邻，特别是俺赵满福二大爷，祝大家天天高兴。"陈老大崇拜地看着老伴儿张洪英，从张洪英说第一句话，他就目不转睛地瞅着老伴的脸，张着嘴笑，不住地点头给张洪英配合着。

"油着，油着。"赵存壮用大盘将热气腾腾、香气四溢的辣子鸡送上桌。但见白色盘子里的辣子鸡鸡块大小不均，参差错落，颜色绛红而不发黑发暗，菜汁黏而不稠，鸡肉卷起与鸡骨脱离，肉香与料香高度契合，不高不低，不强不弱，不偏不斜，丝毫没有鸡腥味儿，没有大料的药味，肉促料香，料催肉香。这真是色香味俱全的绝佳美味。

赵广厚对赵存壮的厨艺和为人实在打心眼里佩服和喜欢。他起身走到里屋从他的帆布包里拿出两包"白莲"牌锡纸包装的豪华香烟送给赵存壮："存壮，你今天可给你二叔架势了，菜做得色香味俱全，二叔犒劳你，给你两包好烟抽。存壮，你再忙活会儿，就屋里来一块吃饭，一直给你留着座位呢！"

赵存壮说："二叔，我做的菜还行吧，只要你说行就行。等我做完两个汤菜，我过去给客人敬酒，你别管我，你快就位，别让席场散了。你还给我拿烟？咱爷俩你还给我客套个啥。"

赵存壮边说边忙活着，他用毛巾擦了把脸，朝着赵广厚嘿嘿地笑了两声："二叔，我最后再给大家上个下饭的菜，酱豆子，这可是咱的祖传手艺，我已经泡好了。"

周炳继微笑着望着赵满福，起身说道："二老爷，我来敬个酒吧。这次回家来，跟老亲四邻、各位长辈一起吃饭，我受到了家乡的最高礼遇，我受宠若惊。"

周炳继站着用眼神扫了一圈。"刚才大家都给我喝了酒，给了我诸多的肯定和赞扬，我名不符实，不敢担当。我周炳继出身贫寒，在咱村也是吃百家饭长大的，大家对我对我家没少关心。我就是一个平头百姓，布衣平民。做工作，我确实是殚心竭虑，如履薄冰，唯恐做不好，唯恐出差错。我长期在向阳市工作，对咱村对各位乡邻没有帮上一星半点的忙，我也很惭愧。近一个时期以来，我来山崮县来泉公社帮着搞社队工业，我很受教育、很受鼓舞。今后我一定会帮着咱村在发展上，特别是在工业发展上多参谋、建议，多出把力。"周炳继说完，他把酒杯放到最低，分别与赵满福和其他陪客的人碰了一下，周炳继一饮而尽。

赵满福看着周炳继，沉稳不失洒脱，语言不快不慢，语言气息饱满，声如洪钟。赵满福顺着周炳继的话说："布衣好！布衣好！布衣孔子，布衣墨子，布衣诸葛亮。'臣本布衣，躬耕于南阳，苟全性命于乱世，不求闻达于诸侯。先帝不以臣卑鄙，猥自枉屈，三顾臣于草庐之中，咨臣以当世之事，由是感激，遂许先帝以驱驰。'"赵满福老人古文功底深厚，名人名篇名句信手拈来，周炳继深深被这位满腹经纶的农村老人思维敏捷、开明随和而折服。

赵存祥自打接触周炳继，周炳继就像磁铁一样吸引着赵存祥的目光和灵魂。赵存祥崇拜周炳继的学识、智慧、格局、视野、厚重和朴实无华。赵存祥借着酒劲央求似的说："炳继哥，你留在咱山崮县吧，能到咱丰源公社来工作那就再好不过了。"

周炳继笑着回答："存祥老弟，我是来临时工作的。想留在家乡也不是咱一厢情愿的，这得看工作的实际需要。"赵存祥说："我这是群众的呼声。"赵存祥端着酒杯敬了周炳继一个酒。

赵存祥环视一下党西清、徐大逊、公丕柱等人，扑闪下眼，向周炳继请教："炳继哥，你看咱们村下步要想搞点社队工业，建个社队企业，从哪里入手，你把把脉。"

一听赵存祥谈村里发展社队工业，这可是个新鲜事。党西清、徐大逊，包括陈老大都把耳朵竖起来。

周炳继说："办社队工业要因地制宜，以资源为依托，要坚持为农服务，要依托当地人才、技术，要滚雪球似的由小到大，由易到难。要分析透彻，我想听听你对村里基本情况的分析和想法。"

赵存祥说："咱村的主要资源就是地瓜、高粱等农作物，要再说那就是石头。从传统手艺上看，有做粉条的传统，编席编篓、编箩筐也远近闻名。"

周炳继仔细听着，认真思索着。党西清和其他人木然地听着，看样没激起点浪花。在听着赵存祥介绍情况时，陈老大微笑着，嘴不时抿一抿，看喉结上下蠕动就知道他咽了两下唾沫，这是他心里紧张的应急反应。

陈老大说："我琢磨着，咱们村有几个木匠，手艺很好，打门打窗打板凳，打梁做橡支盒子板，做陪送闺女的八大件：大衣橱、五斗橱、箱子、柜子、八仙桌、椅子、盆架、衣架那可是山崮县数一数二。这可以建个木器合作社。还有咱村的石匠，开石砌墙、錾花、雕刻，那可是祖传的一绝，可以建个石器合作社，做石碾、石磨、碓窝子、蒜臼子、石狮子，也可以组成石墙建筑队。"陈老大看着老伴张洪英的脸，抿一下嘴咽了口唾沫，等待张洪英的评价，口头上的，哪怕是心理上的也行。

陈老大补充道："我说得对不？"赵存祥起身走到陈老大面前，端起陈老大的酒杯："陈大爷，您真是高人，姜还是老的辣，你这一下子给我们建了两个合作社。还是您对咱村最了解，这是对老少爷们特别是老手艺人最大的肯定呀！我赵存祥敬您！"

陈老大张着嘴笑，松动的牙跟着笑，他接过酒杯将酒喝了下去，放下酒杯，慈祥温暖期待地看着张洪英。张洪英心里想："俺家老头子不光是个善人，还是个能人呀，为了培养我，为了尊重我，处处把我看得高边点，不自觉埋没了他自己，我佩服俺老头子。"张洪英心理使然，不自觉地欣赏地钦佩地看着陈老大。陈老大十分高兴和满足。

第 42 章

周炳继看到乡亲们热火朝天地讨论着办社队工业无比高兴。他深情地说：

"在座的亲朋乡亲，我们是这里土生土长的，我们没有理由不把我们的家乡建设好。刚才，存祥讲的，还有我表姑父说的，都合情合理合拍，这些都可以做。下一步，咱们可以成立几个合作社：粉条合作社，木器合作社，石器合作社，席编合作社，条筐合作社，磨面坊，代销店，裁缝铺，铁艺合作社。原料就地取材，地瓜、高粱秸、麦秸、秆草、白腊条、废铁、山边的石头。产品可以开发席子、席篓子、薄帐子、弯篦子、长条筐、圆抬筐、粪箕子、犁子、耩子、家具、铁铲、锄头、铁锨头、镰刀等。"

赵存祥听着，用心记着，唯恐丢掉一个字。党西清、徐大逊听得入了迷，徐大逊说："我们平时的土手艺能搞出大名堂？"赵满福老人听着这些晚辈谈论着把小活干成大事情，精神焕发，他接过徐大逊的话茬儿说："能。聚沙成塔，积腋成裘。"

周炳继作为想水村第一个考出去的大学生，作为一个在城市生活十几年的城市人，他对家乡的一草一木，对家乡人的所思所想，对家乡的发展一直在思考着，一直在应和着。雨生风必起之，周炳继胸中有数。

赵广厚招呼大家多吃菜，他关心地问赵满福老人，"爹，您累吗？我看您很高兴。"赵满福老人说："广厚，我太高兴了，我仿佛年轻了十几岁，你们尽情高兴，我奉陪到底，我有生以来最高兴的一天。"

赵存祥起身向众前辈施礼说道："老爷，大爷，叔叔，大哥，今天最高兴的是俺，广厚二叔请大家表示对俺炳继哥的感谢之情。没想到在俺炳继哥的乡情乡爱厚植之下，把咱办工业的事分析研究得如此透彻，特别是俺炳继哥从资源到技术到产品全盘给我教诲指导，我代表想水村，代表咱贫下中农，对炳继哥表示十分的感谢！我提议让俺广厚叔带个酒，俺二叔是煤矿工能喝酒，都说煤矿工，喝不喝三两盅。"

赵广厚听着，微笑着不停点头。他说："俺爹，各位兄弟，嫂子，今天的场很好，我本只想为二孩子赵凌云办个拜师宴，没想到在今天的场合，研究了我们村发展的大计，我万分感谢，万分赞成！要说煤矿工能喝酒那可不是，但煤矿工想喝酒的习惯倒是有，主要是煤矿井深潮气重，矿工劳动强度大，喝点酒解乏去潮气。"

赵广厚端起酒杯先与周炳继，然后依次给大家敬了一杯酒。

赵存壮将酸辣面疙瘩汤、羊肉汤和一盘酱豆子端上桌，说道："菜齐了。各位品鉴，如有不周，多请包涵。"

赵存壮边说边解下围裙，这个围裙可是大厨的标志性行头。铁匠的围裙和鞋套，厨子的围裙和刀，木匠的斧子和墨斗，外人不能惹也不能招。

赵广厚让赵存壮坐下一块儿喝酒吃饭。赵广厚说："存壮的厨艺不得了，每个菜都是精品，色香味俱佳。"周炳继附和道："可不是嘛，我在向阳市大小饭店和食堂吃过的饭不少，像存壮老弟做得这么好的还真少，来泉公社食堂的马清做的也不赖，存壮跟他有一比。"

赵广厚说："存壮大侄不光饭菜做得够味，书法那也不一般，餐饮和书法都是文化，存壮的文化通透了，可以说存壮是个大文化人啦。"

赵存壮说："广厚叔，守着老亲四邻，咱可不能自夸，我写的字跟俺二老爷比那可是差得不止十万八千里。我也就是个爱好，庄户人没时间练，也琢磨不透，就是比葫芦画瓢，有时心里出，想哪里写哪里，毫无章法。"

赵存壮端起酒杯："二老爷，各位叔，婶子，大哥，我奉命行事，今天俺广厚二叔摆这个场，不论是交流感情，还是感谢之意，我看就是咱亲朋和睦相处的见证，你看俺炳继哥，那可是咱村，哪怕是在咱丰源公社，山崮县那也是响当当的人物，文武兼备，搞工业那可是大拿。俺广厚叔在常山煤矿那也是个劳动模范。党西清大叔，那可是咱村农业生产的老把式，干活不惜力。俺丕柱叔那是善良加厚道。徐大逊大叔，为人忠厚，养亲恩邻，堪称典范。比着俺炳继哥叫，今天俺得称陈大叔为表姑夫，一辈子乐呵呵，干活儿行，为人更行，有点子，不使糙。俺洪英大婶子，不，俺大表姑，有嘴有心，为人仗义，巾帼豪杰。俺二老爷，十里八乡的文人，修行深厚，备受众人爱戴。存祥老弟年轻有闯劲，对新鲜事接受快，对村里下步发展想法多，切合我村实际，符合社员期待。"

赵存壮一番演讲全面深刻到位，听着赵存壮的演讲加表扬，大家的脸越发红润，脸上洋溢着幸福的微笑，赵存壮耳朵上别着的那只香烟变得有些潮湿，但不时颤动。

赵存祥笑着说："俺存壮哥是咱大队夸委会秘书长，夸人自然亲切。他是被厨子耽误的书法家。"赵存壮说："存祥你才是夸委会秘书长呢。你听你看，难道不是吗？哈哈！"

说到这，周炳继也放下了架子，他说要说夸人还有个故事："话说以前，有一位官员外放，他去跟老师辞行并请教下步工作。老师问他你准备到新地方怎么干？这位外放官员说，我准备了一百顶高帽子，见谁夸谁。老师说这怎么能行，你要秉公办事，爱民如子，为地方多干好事实事，惩恶扬善。这位官员说，老师伟大，老师英明，对学生教育极是，您一生清政廉洁，公平正义，对上竭忠尽智，对下体恤慈爱。老师听完，高兴地大笑，说道，知我者汝也。外放官员告辞，刚一出门大笑道：我准备的一百顶高帽还剩九十九顶。"

周炳继讲完，张洪英笑得前仰后合，随着老伴的笑声，陈老大那松动的牙差点笑掉。

周炳继补充道："夸人也是一种美德，多看人的长处那叫见贤思齐。"赵存壮听后，头点得像鸡叨米，赵存祥捂着嘴，唾液在手指缝中不停外溢。

周炳继红润着脸朝赵存壮笑了笑："存壮老弟，你做的菜真是不赖，远在马清之上，辣椒豆和羊肉汤别具风味。"赵存壮眯着眼欢心地看着周炳继，"炳继哥，咱哪能跟马清比呀，我就是一个庄户把子，人家马清可是公社的八大员，吃公家饭的。"

周炳继回道："英雄不问出处。你的手艺真的很好。"赵存壮笑着打趣："下步您也给我找个窝干干，咱保证不给你丢脸。"周炳继说："有机会，有机会！"赵存壮说："咱山崮县的辣椒豆别具风味，是咱老祖们流传下来的，像西县和别的地方也做，也有和萝卜一块腌的臭萝卜酱豆，十里不同食，百里不同俗，总的看还是咱这里的好吃。咱这里的辣椒豆是用干辣椒去籽泡软，砸细与煮熟捂热后的黄豆加工而成的民间家常菜。辣椒豆辣香浓郁，咸香适口，软硬适度，久放不坏，实用方便，独具特色，它可与百菜搭配而食，像炒韭菜、炖豆腐、炒鸡蛋都行。咱更多用来单独调拌作为小菜食用。"

赵存壮吧唧了两下嘴，一脸正经地继续口若悬河，"山崮县，特别是咱丰源公社一带辣椒豆的质量特色，主要在土配料的比例。煮黄豆、晾黄豆、捂黄豆、加味调拌、入盆翻晒，早春微风吹拂，阳光紫外线暴晒，夜间接受天地露水浸润。说别的没用，至关重要的程序在晾黄豆、捂黄豆、拌味后的搅拌翻晒，这些全都凭经验。如果差了一道工序，降低了一个标准，晒出的辣椒豆会有霉菌味或酸异味、或腐臭味、或盐姜味、或水崮味、或纯辣味，或干硬。辣椒豆辣香浓郁，潮软适口，味香质软方为最佳。"

赵存壮边讲边环视着满桌子的邻居，见大家洗耳恭听，脸上荡漾着自豪和满足。他把眼睛定格在张洪英脸上，谦虚地问道："你说我说的是这回事不？大婶子，不，俺的大表姑。"张洪英这些庄户妇女都会做这些小菜，但今天听长头赵存壮一讲，条条是理，头头是道，这做酱豆子成了大学问了。不能不佩服赵存壮这些厨子，他们将民间乡村土菜野味推向大雅之堂。

张洪英连说带笑："是的，是的，跟俺存壮大侄长学问了。"

授人以鱼不如授人以渔，赵存壮来了个画龙点睛，"做辣椒豆用料：鲜红辣椒、黄豆、姜、盐、八角、花椒"。

赵存壮端起酒杯自嘲道："干吗讲吗，我这是卖的哪门子野药呀，我是关公面前舞大刀。喝酒，喝酒。"他把酒杯放到周炳继酒杯的最下端轻轻一碰，一饮而尽，然后张大嘴，闭着小眼，发出"哈……"的吐气声，表明喝得有点猛，然后收住嘴唇吧唧了两下嘴。

周炳继见赵存壮多才多艺又在劲头上，就反客为主让大家吃菜，品尝羊肉汤。

周炳继说："这个羊肉汤做得可真鲜美。"党西清说："这个羊肉怎么做都好吃，肉哪有不香的。"徐大逊附和着："只要是肉，弄熟了都好吃，还加这料那料，那是有钱人吃洋眼了。"陈老大看看张洪英的脸，笑着说："我对四条腿的，除了板凳不吃，我吃着什么都香。"张洪英笑着说："两条腿的你也喜欢吃，鸡、鸭、鹅，你忌过哪样？"陈老大忙说："对！对！"笑着的嘴半天没合上。赵存壮说："你们说的是大路话，到了我们这行，那就得有个说法了。"

赵存祥说："听俺存壮哥讲一讲，兴许对咱村有好处。"赵存壮："你这家伙，又想到咱村办工业了，难不成开个羊肉汤锅？"赵存壮对着赵满福老人说："二老爷，讲讲羊肉汤，是您老讲还是我讲？"

赵满福说："你讲你讲，这个你和你爹都在行，我喝得不少，让我讲，我还真的讲不出个一二三来。你讲吧存壮，我喜欢听。"

赵存壮吧唧了两下嘴，讲起了羊肉汤的前世今生。向阳地区山崮县一带，羊肉汤在7000多年前就有了，商代一个贵族墓葬里就有一个铜釜，里面有熬煮的羊骨头。这说明那时喝羊肉汤已成为山崮县这个地方贵族很普遍的饮食。历经日月轮回，春秋交替，现如今咱们山崮县的羊肉汤丰富起来，做法和花样迭出：原锅羊肉汤、回锅羊肉汤、三回锅羊肉汤、三道汤、全羊羊汤。

党西清像听苗祎的大鼓一样专注，不时点头。赵存壮眯着的小眼闪过党西清，突然狡黠地一笑，说道："咱刘村街上以前有一家姓郭的人家开羊肉汤锅，由于熬得太香，晚上熬完就睡觉去了。第二天早上到锅眼前一看，锅灶一圈围着一群甲鱼王八。郭家人大喜，不光赚了一群甲鱼拉馋，还到处谝，一传十，十传百，他家的羊肉汤从那响了名。"

党西清说："那不可能，那是骂人的。"赵存壮说："骂人不骂人咱不知道，郭家羊肉汤出名咱知道。"

赵存壮脑洞大开，文思泉涌，接着拉："'伏羊一碗汤，不用开药方。'北宋有个文学家，这伙家好吃，他就曾称赞：'秦烹惟羊羹，陇馔有熊腊'。苏东坡吃羊肉跟菠萝一块煮，他可能是南方人，咱享不了那玩意儿。南宋还有个词人汪元量写下了这样两句诗：'金盘堆起胡羊肉，御指三千响碧空。'说皇宫里设宴，羊肉用大金盘子堆起来，紧饱吃，接着听唱歌，看跳舞。那小日子真跟神仙一样。"

"羊肉不光好吃，还能补身体，强身健骨，这个俺二老爷知道。读书读多了都能当中医。"赵满福老人听着赵存壮这个大孙子云里雾里绕，东拉西扯，但很有学问，也很在板，不时称赞："存壮讲得不孬，再讲，咱都听听。"

赵存壮用右手抹了一下嘴，扭了扭鼻子又吧唧了两下嘴说："羊肉含蛋白质，维生素 B1、维生素 B2、磷、铁这些对人体有益的元素。中医学认为其性温，温中散寒，化滞、健腺益气，温补肾阳。

"张仲景所撰《伤寒杂病论》提到了当归生姜羊肉汤中的羊肉，是血肉有情之品，能益气补虚，温中暖下，尤其适宜病后、产后体虚、瘦弱、白虚等症。《汉书·东方朔传》有载，伏日。诏赐从官肉。这个官肉就是三牲之首的羊肉，伏日，点出了使用的时间。我们山崮县有大伏喝羊肉汤的习俗。"

徐大逊提示道："冬天数九也喝。"赵存壮看了一眼徐大逊一本正经地答道，"是的大叔，听俺爹说，咱整个向阳地区都有这个风俗。"

陈老大像说三句半一样补了一句："说一不二，科学道理。"赵存壮嘴 撇，责怪似的说："还羊肉怎么煮都好吃，那可不是一回事。煮羊肉汤的人，手艺差，煮出的羊肉汤发青发暗，汤有闷味，发膻不香。手艺好，煮出的汤发白，汤香不膻。第 步选羊，要用咱这里的白山羊、青山羊、红山羊这些小狗羊子、山羊猴，一年半到四年的最好。第二步除膻。羊肉除膻有三种方法：一是宰杀除膻法，二是浸泡除膻法，三是调味料除膻法。"赵广厚听得入了迷："乖乖，存壮可编本羊肉汤的书了。"党西清听着，不自觉地端起酒杯抿了一小口，他完全沉浸在赵存壮讲的煮羊肉汤的情景中了。

赵存壮点着一根烟，吧嗒吧嗒地抽了两口，像唤回记忆般讲道："一面呢，以宰杀除膻法最为好，最能保持羊肉中的营养不受损失。羊的膻气一般在羊皮、羊肾、羊外腰（羊蛋）、羊鞭、羊臊、羊尿泡（膀胱）处，羊肉的膻味并不大。只要把这些东西处理好，那就没心烦了。二面呢，是这个……这个浸泡除膻法。将羊肉卸大块放入水中，用水冲洗，反复揉搓，把羊肉中的血水和膻味冲跑。三面呢，就是这个调料，花椒、白芷、香叶、桂皮、姜。这些料量要适中，不然就有大料味，那羊肉汤就毁了。我讲的才到第二步，那第三步就是煮羊汤。煮制时，锅中不放任何调料，先将锅中清水烧制沸滚，把卸成块的羊肉放置沸水中，加柴大火烧开，将血沫撇净，保持锅开十分钟左右，将料包放入，用中火保持汤微开，大约一小时，锅中的羊肉就煮熟了。煮熟后捞出羊肉放在案板上，散去热气，不能堆叠着放，避免焖肉，味道不鲜。喝汤时，加盐、蒜片、芫荽。用羊油熬个辣椒油，那就更好了。"

赵存壮若有所思地自言自语道："那个羊汤鲜、爽、滑、嫩、柔、香、浓、醇，汤白像羊奶，那个味儿，绝了。"赵存壮说："要说俺爹也怪厉害，他发明的三道汤那可是赵家的家传秘制，他仁兄弟马士端叔就佩服咱家的三道汤。一道原味汤，里面放豆油熬制的蒜油。二道开胃汤，这里面加醋。三道清口汤，用羊骨头熬制。用三道汤打擂比赛，咱的羊肉汤绝对输不了。"

听完赵存壮讲解，张洪英先笑，然后含羞小声地诵道："六月六送羊肉，六月六叫姑娘。新麦煎饼羊肉汤。"

赵存壮讲完，党西清一杯小酒随着下了肚，酒劲一升，他打开了表兄弟爷们的嬉搪（嬉闹）场子。"存壮，你小子头长，脑子里装的东西比我们都多。平常看不出来，你可是咱村里的大文人、大手艺人呀！你的名声传出去，十里八乡的女孩紧你挑，肯定能找个数一数二的好媳妇。"党西清说着笑着。

赵存壮用手摸着头，笑着说："西清大叔低调！低调！俺托你的福，还请您操心。下步，您得加把劲，给俺扑棱扑棱，事成了，我摆个大场请您，砸锅卖铁也盛大八四大席。不行，咱骂个毒誓等着。"

赵存祥"扑嗤"一声差点笑喷，心想赵存壮讲话有点刘宗宽的味道。"一面，二面，三面，这个……这个。"

周炳继也为家乡这班子憨厚朴实、崇文尚艺的人所吸引折服。

赵广厚用宽厚响亮的声音喊赵凌云："凌云，凌云。"赵凌云听见老爹喊他，从院子里小步紧跑来到桌前，抱拳施礼"末将在"。

赵广厚看着滑稽灵动的凌云欣赏地笑道："快给你老爷，你这些大爷，还有你大娘、哥哥们敬个酒。"赵凌云说："爹，孝悌礼义，还是先叫俺哥先来敬吧，有老大显不着老二。"爷爷赵满福很是高兴：孔子曰，"少年若天性，习惯成自然"。凌云这孩子知礼懂礼。

凌云娘急忙走进东屋去叫赵凌志，见赵凌志正在查找堵塞老鼠窟，小声说："凌志，快去给大人们敬个酒去。"

赵凌志烦感地说："敬酒，敬酒有什么敬头，给他们敬个什么劲，你看看这帮子土人。"凌云娘牙一咬："你这个熊黄子，死狗托不过墙头去，我看你再胡吣。"凌云娘急忙走出来给大家解释道："凌志正忙着，叫凌云替他哥敬吧。"赵广厚用自己的酒杯给凌云倒了杯水，"你小孩不会喝酒，就用水代酒吧"。

赵凌云接过酒杯说："老爷，各位大爷大叔，俺陈大娘和俺娘，我敬爱的老师，还有俺两个哥，我也代表我哥，也代表秦守实、徐星敬你们一个酒，对你们给予我的关心关爱表示感谢！对俺周老师教我习武做人做事永远不忘恩情！愿咱村里的人和睦相处，跟一家人一样！也盼咱们想水村在存祥哥领导下，日子过得越来越好！"

说完，凌云像模像样地把杯中的水喝了下去。党西清、徐大逊都对赵凌云的表现赞不绝口："广厚，凌云这孩子真招人喜欢，是个好孩子。"周炳继说："凌云，我也回敬你一个，好好学习，天天向上，男儿当自强，建设好家乡。"周炳继接着说，"今天太高兴了，与乡邻亲人一起太幸福了！天下没有不散的筵席，不想说散场，也得说，俺二老爷这么大年纪，坐久了也累，咱今天就到这里吧，咱吃点饭就结束吧，我还得赶回来泉公社。抽时间我再来，到我家，我和炳续坐庄。二老爷你看今天喝得行吗？咱就这样吧，你也累了。"

赵满福老人说："不累，不累，高兴着呢！"赵满福老人吟诵道："醉翁之意不在酒，在乎山水之间也。山水之乐，得之心而寓之酒也……宴酣之乐，非丝非竹，射者中，弈者胜，觥筹交错，起坐而喧哗者，众宾欢也"。他边吟诵边笑着对周炳继说，"没陪好你，招待不周，还请炳继表孙多多见谅包涵。"

吃过饭，周炳继返回来泉公社。赵广厚将老爹送回家中，对老爹说："爹，我们工区想请您写幅字裱装上墙。"赵满福老人满口答应道："好！好，我明天写，你看写哪几个字？"赵广厚说："您看写什么好，您就写什么，这样才有意义、有意思。"

第二天，赵广厚返矿前来到父母家中取字。赵满福老人捋着胡子笑呵呵地说："我写好了，你看行吗，不知搭题不。"

赵广厚一看，老爹写得是真好！两幅字，一幅写道："安全为天"，四个颜体楷书大字。另一幅用行书写道："拼命干，多挖煤，支援国家社会主义建设"。两幅字落款为山崮县丰源公社想水村老农赵满福。

第43章

赵存祥回到家兴奋难抑。他情不自禁地唱起了《北京颂歌》。父亲赵广勤看着赵存祥高兴地唱歌，一时兴起也跟着喝油哼哼，还不时两手交叉晃动打起拍子，确实这首歌铿锵有力，感情饱满，节奏感很强。

"怎么还唱哭了呢？"赵广勤疑惑地问道。赵存祥说："太激动了！太兴奋了！不由人！不由人！"

赵广勤见赵存祥兴奋得过度就问："存祥，看样你今天在你广厚叔家陪客陪得过恣儿（高兴）？"赵存祥说："爹，今天俺广厚叔摆这个场太好了，解决了咱村的一个大事。"

"什么大事？"赵广勤反问道。赵存祥回答道："大家一起拉了咱村办企业的事儿。今天俺存壮哥也架势，做的菜很硌劲。爹，你可别说，俺存壮哥可真有两下子，文化不浅，他可是赵家的一个文化人呀。"

赵广勤说："你这样认为就好，人不可貌相。存壮是个好孩子。宰相刘墉还是个罗锅呢！那人家才气过人。村队企业是哪门子事？"

赵存祥瞅了爹和娘的脸说："爹，牛B不是硬吹的，火车不是硬推的。周炳继哥还不是硬说的，人家就是行。论咱家乡的事，上来以为人家屌么不是，以为人家出门不认家，叛门逆乡。谈起咱家乡咱村的发展，人家可是了如指掌，头头是道。知识呀、文化呀，那才是神，这玩意儿才能真正让人真正是人。他给咱村出的点子，我认了。"赵广勤说："祥呀，你年轻气盛，有理想，有干劲，你现在是咱村的一条虫，刘宗宽他们才是条龙。虫成龙那需要造化，千万不要听风就是雨。"

赵存祥瞪着眼睛说："爹，你说得对，但我不赞成。炳继哥说的符合形势，符合咱大队的实际，也是我梦寐以求的，咱就得这么干。"

赵广勤说："你能给我说一下吗？咱爷俩可不是外人！"赵存祥说："我们村想办工业。"接着他把周炳继的建议和自己的规划向老爹讲了个透。

赵广勤听后说："我赞成，我双手赞成，好事！好事！你可不能自以为是，自作主张。"

赵存祥一夜辗转反侧难以入睡。他想到：家乡需要改变，他调研，他学习，他向祖先请教，向乡邻请教，向大自然请教，结论在哪里？答案在干！在干！怎么干？爹说得对，我是条虫，我必须向龙靠拢，让虫的精神、虫的力量化水成符，乘云气，御飞龙，而游乎四海之外。怒而飞，其翼若重天之云，水击三千里，抟扶摇而上者九万里。

赵存祥来到刘宗宽家。"刘书记，我想给您汇报点事！"刘宗宽见赵存祥毕恭毕敬，心里稍许安慰。"存祥，你最近没少操心，你有什么事说吧！"赵存祥说："刘书记，我经过学习调查研究，有个想法想给您汇报一下，可能冒失，可能就是个笑话，但瞒爹娘不能瞒大夫。我看咱村可以办工业，一来增加收入，二来依靠农业，发展工业，发展工业促进农业，让咱的小山村往先进里走两步。"

刘宗宽听着赵存祥的话像被蝎子蜇了一下。他想，赵存祥前段时间给我汇报农田水利基本建设大会战的事，现在又汇报办队办工业的事。乖乖，这是二郎神下凡，还是找我刘宗宽和我刘宗宽祖辈的茬儿？想水村这个甲壳虫要长翅膀？

刘宗宽用手指弹着桌子，说："存祥老弟，咱村办工业是好事呀，但也是大事，这个……这个，也是难事。几千年的文化，几百年的村，靠山吃山！山村能飞出金凤凰？坷垃头子能产金？搞工业，咱搞什么？"

赵存祥笑着解释道："搞工业也不是神秘的事，也不是咱高不可攀的事。凡事要敢于斗争，第一个吃螃蟹的人那才叫勇敢。人家河南省巩县回郭镇公社，人家陕西省延川县文家驿公社梁家河大队办工业，办合作社都很成功。咱这里像石头、木材、秸秆、地瓜、高粱等许多资源都很丰富，石匠、铁匠、木匠、编匠等人数不少。我们办队办工业得天独厚，不怕干不到就怕没想到。"

刘宗宽站起来，披着褂子转了两圈说："存祥，听你这么说，咱大队办队办工业看样子行。但要有路子，这个事交给你办。最近，咱研究研究，到时，你讲，就这么定吧。你今年提出的事可都是大事，我两辈子没经过，你可得办好。"赵存祥说："咱就这么定。"

刘宗宽的左眼皮连续跳动了几下，说道："这个……这个就这么定吧。我给吴青松通通气"。赵存祥说："刘书记，咱研究队办工业这个事，我看让迪老师，社员党西清、徐大逊、陈老大都来参加，听听群众意见。"刘宗宽说："再补上陈广伦、侯文侠、公丕柱，手艺人代表都有，各姓都有，这个……这个周家、吴家、张家都选个能人参加。"

注定想水村这个晚上是热闹的。各姓族家代表和能人代表纷纷进入会场，他们肩负着想水村的历史使命，将在今晚今地讨论协商想水村几百年来开天辟地的大事，或许他们有些人还有些懵懂甚至毫不知情。

大桌子上垫个椅子，椅子上放着两盏马灯，赵存祥把马灯捻子调到尽量大，甚至有点冒黑烟，大家互相打了招呼，"你喝完汤了（吃晚饭）？"

"喝完了，你也喝了！"有的离得远的就点点头笑笑。打过招呼，点过头，大家的脸却本了起来。他们或许有些紧张，或许有些疑惑，因为他们第一次参加这样隆重的会议，墙角成了他们争着站的地方。

迪思科老师来了。他一边笑着一边说："来晚了！来晚了！道个歉！道个歉。"迪老师伸出手和大家一一握手，把挤在墙角的几个家伙拉了出来。握过手，几个社员又缩回了墙角。

刘宗宽问赵存祥，"人来得差不多了吧？"赵存祥说："人齐了，开会吧。"

吴青松脸沉着，像快要下雨的天，右手的大拇指和二拇指不时地捏着、搓着。徐大逊躲在墙角，两臂交叉抱在胸前，头不停地向上抬起，借着马灯使劲发出的红光翻眼向上看着那红松木构起的健壮的梁头，那笔直整齐的沙条木椽和木椽上镶嵌的青色八砖。几十年的红松木还散发出阵阵松香。

想水村大队部是远近闻名的比较豪华的办公场所，这里原是地主徐金星的大院。大院为二进院。大门门楼（过洞屋）高4米，青砖青瓦。大门两侧上方镶嵌工艺土陶，檐下是横幅木雕，门框下有门砧，中有腰卡石，上有顶卡石，固框坚固。门砧、腰卡石上分别雕刻有花草和茂竹，门楼脊顶和两山头有六尊哈巴狗张嘴兽。门楼门口有两只大石狮子。门楼两个连山各建有两间耳屋，互相对称，使主门楼更加突出。

进的大门东西各有三间厢房，西厢房成了想水村供销社代销点，东厢房闲置，这就是一进院。二进院，建有堂屋四间，每间长6米，宽6米，青砖青瓦，每个门口配有两块高1米的腰石，墙基铺由长约3米，宽约0.6米的长石条。腰石正面刻有"龙凤呈祥""喜上眉梢""福寿康宁""富贵花开"等精美图案。堂屋屋顶屋脊东西设有矛头，四角各有兽头六枚。东厢房三间，现为想水村大队仓库。西厢房三间，现为想水村大队合作医疗室（想水村人称为"药铺"）。

院内植有一棵板栗树，一棵榆树。板栗树喻意"立子"，多子多福，榆树所结榆钱，喻意有花不完的钱。

新中国成立前夕，徐金星全家逃之夭夭，有的说隐姓埋名跑到大城市去了，有的说跟随国民党逃兵跑到台湾去了。没有人关心他具体跑到哪儿去了，也没有人愿意关心他跑到哪里去了。

刘宗宽说："这个……这个，今天晚上把大家邀来，想商量咱们办工业的事。办工业，一面呢是个好事，想让咱村好起来。二面呢，咱村里办工业是大姑娘生孩子头一回。三面呢，就是咱办几个工业？还有一面呢，就是咱怎样办？对于这个事，咱请赵存祥先讲讲，再听听大家伙的，反正我心里没有数，也没有底。"

赵凌云到赵存祥家找赵存祥，这家伙几天不见赵存祥就百爪乱挠（心里痒痒的）。赵广勤对凌云说："你哥到大队开会研究队办工业的事了。"赵凌云急慌忙序（急急忙忙）地赶到大队部，他悄悄地趴在门缝边朝里窥视，一大簇人在听刘宗宽讲话，当他听到刘宗宽的"这个……这个"的讲话时，差点笑出声来。他慢慢地将门推开半扇宽，闪身走了进去，大家看到他都一愣，转眼又像没看见一样的平静。大家喜欢这个孩子，不知他来干什么，想到他来也不会干什么。赵凌云自然地站在迪思科老师身边。

赵存祥说："刚才，刘书记讲了，今天把大家请来就是商量一下咱们办工业的事。围绕农业生产发展工业，为农业提供生产生活产品，能让我们村的不起眼的资源都利用起来，通过我们的手艺变废为宝，壮大集体经济，增加村集体收入。以前，有的人有手艺，也编个筐、编个席，打个桌子、打个门窗。我们组织起来，走集体化、规模化，成立合作社，就是我们所说的队办工业，以后条件好了，有机器了，就是真正的工业了。根据我们村的资源，就是地里山上能产出的东西，加上我们祖传手艺技术，由小到大，滚雪球式地发展。我们先干我们能干的、简单的、熟练的，量力而行，慢慢来，失败了，咱也没借没贷，也造不成损失。什么事情总得有个开头，万事开头难，难的是大家的思想开不开窍。"

赵存祥接着说，"我分析了一下，咱们村想办粉条合作社、石器合作社、条筐合作社、席编合作社、磨面坊、裁缝铺、铁艺合作社。原料就地取材，地瓜、高粱秸、麦秸、秆草、白腊条、废铁、山边的石头。产品可以开发席子、席篓子、席遮子、席夹子、薄帐子、弯篦子，长条筐、圆抬筐、粪叉子、犁子、耩子、家具、铁锨、锄头、铁铲、镰刀等。"

大家听赵存祥一讲，心里亮堂了，大家的眼睛由模糊变得明亮起来，眼光由分散变得集聚起来。赵存祥环视一下大家，他感觉到，他的想法、他的情绪、他的气息已悄然传递给了大家，大家的思想开窍了，想好盼好的期望萌动了。赵凌云看到赵存祥口若悬河般的演讲差点鼓起掌来。这些祖祖辈辈跟坷垃头子打交道的山村社员对赵存祥由佩服变为崇敬。

赵存祥的劲头也上来了，思维更加清晰，他继续讲，"咱怎么办呢？咱采取师带徒、师徒互选的办法组织队伍。先确定负责人，大师傅、社员报名参加哪个合作社，大师傅根据情况也可以选徒弟。合作社组成人员打破生产队界限，以大队为单位组建。合作社收益，大队占四成，生产队占六成。各合作社的生产队的占成由各生产队所出成员多少来计，确保公平。各成员的劳动以工分计。合作社的工作不误农时，我们以农业生产为主，农闲时节以合作社工作为主。合作社工作场所和仓库用各生产队牛屋院、粮场、烟屋子。磨面坊的投入较大，要买打面机、柴油机，服务面宽，这个放在大队部一进院东厢房。合作社负责人和大师傅由全体社员无计名投票，把责任心强、技术好、集体观念强、不自私的人选出来，确保合作社搞起来，让全体社员心服口服。合作社成立后，要由大师傅对徒弟们进行技术培训。磨面坊的人员，请公社农机员来培训。"

赵存祥讲完，刘宗宽让吴青松讲一讲。吴青松沉着脸，冷冷地说："我怎么听得云里雾里的，咱们村祖辈几百年都是跟二亩坷垃头子打交道的，搞这个能行吗？多大的肚腹抱多大的蛋，可别敲了裆。半夜哭妗子，想起来一阵子，听这是要唱哪一出呀。再说了，就是要搞，挣个三牙两枣的，还不够饿皮虱子抓摸的。我对这个事也听着不孬，但不抱什么希望。就我们这些庄户把子，还想搞工业？那就是癞蛤蟆想吃天鹅肉。骑着毛驴看唱本咱走着瞧吧。"

陈老大平时乐呵呵的，此时却嘴绷得像条线，听完吴青松的话，他心里想，"良言一句三冬暖，恶语伤人六月寒。谁是饿皮虱子，谁占集体的便宜了？还挣个三牙两枣不够抓摸的，全大队就你吴青松的手长，以小人之心度君子之腹。这个觉悟！"

刘宗宽听了吴青松的话，心里很不是滋味。事前也给你通气了，这个桑木神怎么不明事理呢？把我的话当屁放了吗？一气一紧张，刘宗宽讲话结巴起来了："这个……这个这个……"

赵存祥看着刘宗宽也生气了，听了吴青松的冷言恶语，他的头脑更冷静了。遇事不惊这可是赵存祥的潜质和神功。赵存祥没等刘宗宽"这个"完，他接过话茬儿说："刘书记，我再给兄弟爷们讲两句。"

赵存祥不紧不慢、不温不火地说道："搞工业也不是哪个国家、哪个地方、哪些人的专利，咱想水村的人就只适合鼓捣坷垃头子？商朝就造出酒来了。明清时代，就有人搞小工业作坊了。二百多年前，英国就搞工业革命了。到现在，我们搞点加工型的工业探索就冒天下之大不韪了？一个人不学习真可怕，不思进取更可怕。有的人一天到晚装有文化的人，对农业生产不关心不研究，拉倒车，真叫人看不起，也看不惯。想当大儒，一味地奉行重农抑商思想，新形势能答应吗？李白当年写了一首诗叫《嘲鲁儒》。今天迪老师在这里，我关公面前舞大刀，背一下咱听听，让所谓不谈经济、活在空气中的大儒们醒醒吧！"

赵存祥背道：

鲁叟谈五经，白发死章句。

问以经济策，茫如坠烟雾。

足著远游履，首戴方山巾。

缓步从直道，未行先起尘。

秦家丞相府，不重褒衣人。

君非叔孙通，与我本殊伦。

时事且未达，归耕汶水滨。

迪老师听后，情不自禁地鼓起掌来。赵凌云看着敬爱的大哥赵存祥博学善辩，跟着迪老师把巴掌拍得如爆竹啪啪响。兄弟爷们解气般地附和着鼓掌。吴青松脸一阵红一阵黄，不停地干咽唾沫。

刘宗宽看到场面有些紧张尴尬，再看到吴青松那个窘样，脸部肌肉立马下垂，眉头皱成一个疙瘩，心跳加剧。他瞅瞅吴青松，瞄瞄赵存祥，环视其他人，最后将目光锁在迪老师脸上，求救般地说："这个……这个，听迪老师说说吧，他是个大学问家。"

面对这个险些失控的场面和激烈的争吵，刘宗宽击鼓传花般地将热气球甩过来，迪老师还没有思想准备，但大家将目光都集中到他的脸上。不知是紧张还是受刘宗宽感染，迪老师也有些语迟和结巴："这个……这个，今天，我被邀请参加咱们大队的重要会议，很高兴、很感动，也很有想法。刚才，听了情况和想法，我想说一面呢，咱今天开会的形式很好，邀请了各个方面的代表，体现了大事上的决策民主，广泛征求大家的意见。我看这个很好。二面呢，大家充分发表意见，有话说在当面，哪怕争得面红耳赤，互不相让，这个没事。当面鼓，对面锣有话说在当面。响屁不臭人，臭屁不响熏死人。"

吴青松将脸向一旁猛一扭，嘴里哼唧着："就是呀，迪老师说的是个理。"刘宗宽脸上下垂的肌肉顿时活跃起来，"嘿嘿"地笑了两声。党西清用右手抹了一下鼻子，牙齿却从咧开的嘴巴里齐刷地露了出来。

迪老师接着说："这个……这个，三面呢，咱想水村办企业是个大好事，穷则思变，咱这里打粮食比不过平原地，但当地也有平原地没有的资源，刚才存祥同志讲了，这很实在，不是吹牛。咱村里的人不笨，大多数人又舍得出力，我看这个事能办成。我听着，存祥同志还真有两下子，他说的办企业的办法和路子都是先进的。人员组织，收入分配，企业管理，负责人选拔都在理。"

听着迪老师表扬赵存祥的话，吴青松将脸又使劲扭一下，不服气地"哼"了一声。迪老师看了一眼吴青松，轻松地笑了一下说："青松同志说的也在理，他是在提醒企业在下步发展中要重视预防和规避的问题，这个预防针打得好。"

吴青松将瞬间正过来的脸又使劲向右一拧，轻声说："就是呀，也就是我才能想到。"迪老师看了一眼刘宗宽，瞅了瞅赵存祥，压低声音，声音却更有穿透力，说道："企业运行起来，可定期将原料进入、产品数量、销售数量、收入情况向社员公布，让大家心里亮堂。对干得好的，一年一评比，评出生产劳模，先进工作者，让大家当作榜样。我作为生产队的编外人员就是给大家交流一下，也算是提的建议。这个……这个，我就说这些，也可能是胡说。"

刘宗宽使劲地鼓掌，对迪老师的学问由衷地钦佩，对迪老师化解尴尬的能力由衷佩服，对迪老师和自己如出一辙讲话的语气由衷地赞赏，其他参会人员使劲呱唧着巴掌，恐怕声音不响。

赵存祥的想法和迪老师的建议成为想水村村务公开的起源。

第 44 章

想水村虽穷，但尚文爱学的风气甚浓，舞文弄墨，诌诗转文都有两把刷子。赵存祥舌战吴青松，迪老师调和窘场面一时传为佳话，也因此统一了大家的思想。

回家的路上，赵凌云对赵存祥说："哥，今天捯得不孬。"赵存祥打了一个哈哈，"去你的吧，你快点回家洗洗睡吧"。赵凌云翻了一旋子"我走也"。

赵存祥向刘宗宽建议，由吴青松牵头，由各生产队会计组成合作社负责人选举委员会。选举委员会两人一组深入各家各户，采取口头推荐，选出了各合作社负责人。研究通过：刘保险为粉条合作社负责人，侯文侠为石器合作社负责人，党西清为条筐合作社负责人，张洪英为席编合作社负责人，杜印花为裁缝铺负责人，陈广伦为铁艺合作社负责人，侯贺成为磨面坊负责人，徐金元为木器合作社负责人。

想水村的这次合作社负责人选举，看出了广大社员大公无私、公平正义。刘保险祖辈做粉条，十四道工艺道道精到，特别是粉条黏合剂（粉引子）制作，对热水温度的把握从不失手。侯文侠公认的大石匠，錾花雕刻无与伦比。柳条编篓，腊条编筐。想水村流传着谚语秘籍：编筐编篓，拉巴人口，不会拿沿，饿煞一半。党西清手劲一流，条筐家什不论是辫沿、绳沿拿捏得那叫一个样（漂亮）。张洪英是西县人，在娘家学得一手草编、蒲编绝活，草席、蒲篓、蒲扇花样迭出，嫁入想水村，因心灵手巧，又习得一手用秫秸篾子编席的绝活儿。杜印花在娘家就学会了使用缝纫机，她家的"工农"牌缝纫机那可是远近闻名，让她"洋气"得甩开同龄人几条街。她裁剪老式样服装手到擒来，偏襟的、对襟的、长裆的、短裆的。新式样也毫不含糊，站领的、翻领的、吊兜的、斜兜的、明兜的、暗兜的，中山装、青年装、儿童装。陈广伦祖上是山嵒县有名的铁匠，陈家刀削铁如泥，名扬十里八乡。侯贺成年轻有文化，到公社学过开拖拉机，为人厚道、本分。徐金元是老木匠徐大成的三儿，是得到了徐大成真传又有创新的名人，想水村都叫他三木匠。山崮县一带木匠行里流传着这几句顺口溜。"快锯不如钝斧""千日斧子百日锛，大锯只用一早晨""三年的斧头八年的锛，十年的长刨推不押""木匠易学，斜眼难凿""石匠怕抠窟窿眼，木匠怕打朝天眼"。据说徐大成外出干木匠活，支炉炕板拉大锯的活儿都由大儿徐金斗和二儿徐金升来干，凿眼卯榫、雕刻花纹刷漆涂色都由三木匠徐金元来做。想水村和周边村庄结过婚的许多人家都有三木匠的杰作。

名花有主，实锤敲定，只待各路精英走马上任，却出了幺蛾子。

张洪英说什么都不愿意干这个席编合作社的负责人。她领着丈夫陈老大找到刘宗宽，"刘书记，俺可不能干这个负责人，一个半大老娘们，哪能抛头露面干这个差事，女流之辈挑大梁，人家不笑话咱想水村没人了嘛。俗话说，女人家头发长见识短，娘们当家，墙倒屋塌，俺可担不起"。说着，张洪英"嘿嘿"地笑。

陈老大附和着："就是也你说。"刘宗宽先是笑，然后脸一沉说："大婶子，你这是说的吗？什么年代了？你这可是社员选的，你不干谁干，难道叫我干？再说，社员也没选我呀，我也没有这个能呀。这个……这个，我还真当不了这个家。"

张洪英又"嘿嘿"地笑了几声，"我以为给你说说就算了，你还当不了家？"陈老大说："就是。"刘宗宽将了张洪英一军说："你要真不想干，你就挨家给大伙说去吧。"张洪英说："我的娘呀，那我走了。"陈老大跟着说："刘书记，那俺走了。"

刘宗宽笑着说："这个……这个"还没听见下文，张洪英已走出刘宗宽家的大门。

张洪英不死心，又去找赵存祥。"存祥，我这是哪辈子烧高香了，乌纱帽怎掉你娘我头上了呀，你看我是那块料吗？老掉牙了不说，女人家哪能干这个呀。"赵存祥说："大娘，妇女能顶半边天。佘太君百岁挂帅，年龄大不？穆桂英挂帅，她是女的不？剑湖女侠秋瑾听说过吗？巾帼不让须眉。社员选您，说明您威信高，您又有无人可比的好手艺，您不干谁干，我的个大娘呀！您就别推了，为咱大队出把力吧。大家忘不了您，咱大队忘不了您。"张洪英说："叫你这孩子一说，我还真得干来。"陈老大说："干吧，人家看你行，我看你更行。"

赵存祥说："您赶快招兵买马去吧。"张洪英大声说："我干！"

想水村合作社的成立和发展，将传统的家庭家族祖传手艺集聚起来以新的形式形成新的生产力，这种生产力逾越了人与人之间、队与队之间、姓氏和家族之间的鸿沟，成为推动集体经济发展的磅礴力量。这些合作社为村办企业的发展提供了思想、观念、技术、人才和资金的储备和原始积累。

张洪英团队的妇女们不仅跟张洪英学习技艺，也学会了乐观。西县的歌谣伴着笑声不时从席编合作社的屋子里传出。

二月二，摊煎饼。

煎饼黄，嗖嗖撵二郎。

二郎戴着草帽子，

嗖嗖撵哨子。

第45章

一场秋雨一场凉，秋向纵深推进，冬的脚步慢慢逼近。春脖子短，秋脖子也长不到哪里去。脱了棉袄穿汗衫，脱了单褂穿棉袄成了想水村一带的气候特点。"二八月乱穿衣"成了想水村老人的口头禅。

秋收战役一结束，赵存祥的心急得跳得比一天一变的天气还要快。赵存祥急着准备开展今冬明春山水林田大会战，这个战役事关想水村的村运和想水村社员的命运。向阳市、山崮县、丰源公社、平湖管区的领导都在准备，上下一条心，誓将计划变现实，誓将蓝图变美景。

周炳续匆匆忙忙地来找赵存祥，"存祥，给您汇报个事，俺表叔苗祎最近想来咱村说大鼓，您看看行不？您再操操心呗，今年西县的收成不好"。赵存祥说："我看行，这么着，在外人眼里咱想水村还是好地方呀！趁听大鼓的机会，对咱大队开展山水林田大会战的事再安排下，你让他来吧。"

西县人苗祎认为想水村好，想水村人过得好，赵存祥高兴得不行。他攘攘拳头，跺跺脚说："想水村今后会更好，让远近的人，让八方来客都来想水村。我骄傲！"

苗祎来了，他还是带着那看似简单而不简单的名为大鼓而个头不大的鼓，鼓架、鼓槌、月牙板等表演家什，穿着掉了颜色却很板正的中山装和膝盖与腚上补着补丁的长裤，脚穿鞋帮泛白，鞋边局部稍微有些开胶但很干净的黄球鞋。这双鞋看似穿得时间有些久，刷洗得有些勤。背头依然一丝不苟。表盘有些泛黄的手表，表链使劲地下垂到腕骨以下。

周炳续专门向哥哥周炳继报告了苗祎来想水村说大鼓的事。周炳继安排周炳续要好好招待一场远来的表叔，届时他亲自来陪，要请大厨赵存壮弄个"小八四"的席。赵广厚宴请周炳继的"小八四"给周炳继留下很深很深的印象和回味，这个家乡的味道，难以忘怀。周炳续代哥哥安排表姑张洪英、表姑夫陈老大，赵存祥和苗祎的徒弟侯贺堂、徐明敬陪客。

张洪英和苗祎都是西县人，也是表兄妹，到了周炳继、周炳续这里都称为表亲，这就是想水村一带所说的串窝表。姑表、姨表、内表、外表，农村就是不怕亲戚多，亲连亲，亲加亲，你亲我亲他也亲。逢年过节，红白喜事就比着看谁家的亲戚多。

养亲恩邻的本领和处事之道成为重要的乡村文化。"纯朴善良，以诚相待，能说会道，处事周全"备受推崇，"阿庆嫂"式的人才受尊敬，层出不穷。大义、包容、皮实加上能吃苦耐劳的"内家功"成为乡下人打天下的绝技武功，如有机会再读些书，那就所向披靡，游刃有余，势不可当。

赵存壮应邀到周家盛席倍感荣幸。他想，周炳续请他做饭应该不是周炳续个人的意愿，这绝对是哥哥周炳继的安排，绝对是！因为这桌饭的钱肯定是周炳继来出。他又想，我上次在广厚叔家做的饭菜征服了周炳继这个文化高、品位高、见多识广的人，至少在他心里，我赵存壮的厨艺应在来泉公社炊事员马清之上。上次吃饭，周炳继的口气中已流露出来。想到这，赵存壮更加兴奋。他再想，这次周家盛席招待的苗祎更是行走江湖、嘴大吃四方的家伙，嘴刁（挑剔）那是肯定的。赵存壮暗暗地说，绝不能有丝毫麻痹懈怠，亮出绝活儿！

四个果碟、四个凉菜、十个扣碗、两个汤菜、四个热菜共计24道菜，个个精品，道道精致，色香味形，无法言表，只有"舌头"大师知道。

苗祎文绉绉地吃着、品着、谈着，不时竖起大拇指给赵存壮点赞。众人陪着按着苗祎文范范的节奏，喝酒、起筷、夹菜、收筷、再起筷、夹菜、喝酒、收筷。喝至酣畅之时，赵存壮过来敬酒："苗祎先生，我来给您端个酒，顺便加个小菜，酱豆子，让您品尝一下俺这里的风味小吃，如果好吃，您走时，我给您带点。"苗祎还没尝，连忙说："好吃！好吃！好吃极了！"周炳继看到苗祎的抢答，忍不住笑了。

苗祎招呼赵存壮坐下，"赵师傅，你的厨艺了得！大大的了得！"

陈老大嘴张得像蛤蟆窟，笑得直流泪，"苗先生怎么捌得像日本人一样，还大大的了得，八成有点喝大了。"

苗祎极力把控自己，唯恐失态有损说书先生的风度。他夹了一棒酱豆缓缓放进嘴里，咀嚼了几下，爽快地咽下，微辣、酱香、酵气回味无穷。"好吃，绝佳的开味菜，下饭菜。我们那里也有酱豆子，味道跟这个不一样，我们那个酱豆子臭味浓，往往是跟萝卜腌在一起，做法可能也不一样，是吧姐来。"苗祎扭头看了一下张洪英。

张洪英说："咱那里叫臭豆子萝卜。这里也有做的。"苗祎回忆似的说："每年秋后刚入冬时，我们那里家家户户做酱豆子。具体做法大概是，先把豆子洗净泡上一夜，待豆子发开，放进锅里煮熟。将煮熟的豆子放进小瓷缸里，外面包上蒲草、稻草，捂上个十天半月。待豆子捂烂，用筷子一挑，扯出黏丝，开始配料，姜丝、辣椒、炉好的花椒粉。将萝卜劈开切成均匀的三角形状的薄片，也可以用白菜帮，把白菜帮切成条。将萝卜片或白菜条在小缸里铺上一层，撒上盐，用捂好的豆子覆上，再铺上一层再覆上，撒上配料和适量的盐。也可以将萝卜片、白菜帮搅和在捂好的豆酱里，撒上盐、配料。用锅坯子盖紧密封，最好是草或秫秸坯子，用石头或砖压紧，用草或蒲包将缸包住，再捂十来八天就可以吃了。吃时浇点油，切点葱姜一拌，美味！"

接着，苗祎笑了一下说："吃这玩意儿得管好自己的舌头，不管住，会连舌头咽下去。"侯贺堂、徐明敬笑着给苗祎端酒："师傅真幽默！"

赵存壮问苗祎，"苗先生，您那里的名吃还有哪些，咱学学"。苗祎说，狗肉、鬼肉那都是有名的，鬼肉也就是驴肉。要问狗肉哪家好，樊家狗肉独一炮。樊哙那可是汉高祖刘邦的手下大将和恩人，也是刘邦的连襟，原先就是杀狗卖狗肉的。苗祎说："我们那里还有一道名吃叫油炸知了龟（结了龟），不知道咱这里吃这个不？"

赵存壮睁大他那眯缝的小眼，"哟！你说的就是那个知了猴？咱这里可真没吃过，蛐子、蚂蚱、蝎子、豆虫倒炸着吃。蝎子能入药，这黄子治神经麻痹过管乎（管用），我们这里有一道名菜叫'蝎子爬山'。就是把粉丝油烹后放进盘中，在膨胀似山的粉丝堆上摆放用油炸好的蝎子。"苗祎不由自主地拿起一根筷子敲了几下桌子棱，"欼……欼……欼……我说你别笑，听我把结了龟表一表。"

周炳继没见过苗祎表演大鼓，看他这架势就是说书的样子，他带头鼓起掌来。

苗祎右手持筷子击桌，左手上扬拨棱着手指，像似在打月牙板：

　　　　知了龟芳名叫金蝉呀，

　　　　全国各地的叫法可不一，

　　　　蝉猴、蝉龟、知了猴，

　　　　爬蚱、爬拉、爬树猴，

　　　　知了龟、雷震子、金蝉子叫的还是它。

　　　　肚拉龟、知了猴、结了龟是俺家乡把它喊呀，

　　　　这精灵口感鲜美营养高，

　　　　满身优质的高蛋白呀，

　　　　若虫羽化为成虫时，

　　　　蜕下的皮壳叫蝉蜕呀，

　　　　说这蝉蜕真稀奇，

　　　　是历史悠久常用的中草药。

　　　　亲朋好友别不信，

　　　　今后就有能人像养猪养鸡把它养呀。

说完，苗祎起身鞠躬，"让大家见笑了。"大家纷纷端起酒杯敬苗祎。

赵存祥对周炳继说："苗先生真是大学问家，百科全书。"

赵存壮敬了酒，去准备饭。出了屋门，他差点笑出声来，嘴里嘟嚷着："苗祎这家伙真造业，还吃油炸结了龟！下步还要养结了龟！说书人满嘴跑火车，真会造业。"

赵存祥到刘宗宽家，请刘宗宽在大喇叭上吆喝社员听大鼓。刘宗宽说："存

祥，还是你喊吧。"

打开大喇叭，赵存祥喊道："各位社员请注意，各位社员请注意，大鼓艺人苗祎来咱村说大鼓，从今天开始，连说五天，请大家晚上喝完汤到大队门口听大鼓书。"

想水村对苗祎是认可的，听他的大鼓是一种享受。听大喇叭上喊苗祎来村里说大鼓了，想水村的社员不等太阳落山就忙着生火做饭。在合作社上班的社员忙不迭地把手里的活儿收尾，就回家喝汤赶场子。

想水村天空的颜色越来越深，由浅蓝变深蓝，再变藏蓝，又近乎于黑色。随着天空颜色的变化，天空愈加深邃，星星露出了笑脸，调皮的眼睛一眨一眨，星星愈来愈多，一个个，一串串，一堆堆无规则地布满天空，此时的天空深邃而不空洞。村里的味道也是诱人的，庄稼浸润染过而留下的芳香混合着大自然加工的复合气息，配以村里的炊烟，这个味道美妙极了。

社员们扛着凳子，拿着板凳、马扎，扶老携幼纷纷赶到大队门口。

一根杆子桂着一盏马灯，灯下一把椅子，椅子前面的鼓架子上放着一个扁形鼓，鼓上面放着一个鼓槌，椅子旁边的马杌上放着一个搪瓷缸，缸里盛着泡着胖大海的水，马杌子下面放着一把竹编外壳的暖水瓶。这就是今天的演艺场。

社员们注视着舞台的中心，这里将有龙争虎斗的武打，将有委婉凄楚的爱情，将有叱咤风云的英雄好汉，将有嚣张龇牙咧嘴的妖魔鬼怪，将有电闪雷鸣，将有大雨滂沱，将有尘土飞扬，将有一骑绝尘。"雄姿逸气真龙种，赤雾团身白玉蹄。自是西来第一匹，东风萧散不闻嘶。"

赵存祥扛着长凳陪着刘宗宽来到说书场，大家纷纷让开一条缝，赵存祥和刘宗宽沿缝进入演艺场的最前面。赵存祥将凳子与苗祎的椅子互对着，他弯着腰旋转着身子与周围的社员抱拳施礼打招呼。刘宗宽唬着脸，大腿摞在二腿上，于臂前伸，两手紧扣膝盖，腰板挺直坐在长凳上，判官似的看着杆子上的马灯。不行，有些耀眼，他又将目光转移，盯着鼓架上的大鼓。苗祎在徒弟侯贺堂、徐明敬的陪同下缓步走了过来，大家齐刷刷将目光聚焦在苗祎身上。苗祎用手持了下背头，嘴笑得咧到两开，几颗金牙在马灯的光照下，闪出几点光。他抱拳施礼大声喊道："想水村的父老乡亲，亲朋好友，兄弟姊妹，我想死你们了！不才苗祎又来想水村讨饭吃了，苗祎这厢有礼了，还请大家捧场厚爱。"

说过面上的话，苗祎用手提提裤腿坐在椅子上，又咧嘴笑了笑，把左袖向上撸一下露出挂在腕骨下的手表。

"镶金牙的爱咧嘴，戴手表的爱拍腿。"苗祎毫不例外。

苗祎拿起鼓槌，脸一本，眉一皱，"嘭嘭嘭"敲了几下鼓，接着左手的月牙板发出了悦耳的响声与鼓声混着和着。苗祎用粗犷豪放略带沙哑却穿透力极强的声音唱道：

> 敲大鼓，大鼓响呀，
> 听我把大鼓词儿唱，
> 先唱一首有名的词呀，
> 词牌名就叫那个水调歌头……

三瞎子赵广清听苗祎说着、讲着，他不断鼓掌。光听还不过瘾，他时不时站起来，看看偶像苗祎。看三瞎子起来欠去，没有点老实景，坐在一旁的吴老二趁他站起来的光景，将三瞎子的板凳向后撤了一下。三瞎子看完偶像苗祎，激动得腚沉，两腿弯曲，腚向下直拍，板凳挪窝，他一腚坐在布满石子的地上。

三瞎子骂道："哪个没夯快（不知轻重）的杂毛，把我的板凳挪窝了，要把我的腚摔两半，我找你娘给我缝。看你红萝卜炒渣甜不学的脸，就是你！"吴老二伸着个头往前看，听着三瞎子赵广清叽哩呱啦地骂，装作没事人，心里还在想笑。周围的人却捏着嘴，笑得直摆头。

接下来，苗祎表演了运河大鼓的传统曲目《汉八义》和《仙女配》。中间，苗祎特意安排徒弟候贺堂和徐明敬各自表演了一段。当官的怕见老邻居，这两个家伙说书也不例外。他们的表演虽然有模有样，还是逗得父老乡亲捧腹大笑："比师傅苗祎差得不是一星半点，说书唱戏可不是一般的活儿，苗祎看似天生的料，候贺堂、徐明敬这两个家伙还需要很好地修理磨炼。"

赵存祥在苗祎表演大鼓行将结束时，下通知："各位社员，父老乡亲，我代表刘宗宽书记在这里安排个事，请大家注意。过段时间，向阳市和山崮县布置的今冬明春农田水利基本建设大会战就要开始了。全体社员要抓紧备战，准备好家什工具，镢头、铁锨、大锤、二锤、炮钎子、錾子该修的修，该磨的磨，独轮车该补胎的补胎，该膏油（抹润滑油）的膏油。铁艺合作社全天开火，服好务。条筐合作社加班加点多编条筐，车子上用的长筐，肩挑的抬筐生产得越多越好。总之，大家要紧张起来，等到县里的动员令一发，全村老少立即开赴工地。席编合作社可以编大一点的席，用于扎窝棚用。全县、全公社都支援我们村，我们作为主人公，我村作为主战场之一，我们得干出想水村的威风，多出几个劳动模范，一句话，鼓足干劲，力争上游。"

刘宗宽那始终绷着的脸慢慢松开，带头鼓掌。社员们边鼓掌边说："请放心，一定一定。"

苗祎补充说："想水村的父老乡亲，加油干！到时，如需要，我来上工地上给你们表演大鼓，给你们加油助威。"社员们喊道："好！苗先生一定来。"

放学后，赵凌云到迪老师的宿舍找迪老师请教。"老师，苗先生说大鼓时说到词牌名，还说到水调歌头，我不明白，想请教您！"

迪老师很高兴，拍了一下赵凌云的肩膀："凌云，你真是个有心人，大鼓场也成教室了。好！好！著名教育家陶行知先生提出，生活无处不学问，人生无处不教育。"

迪老师给赵凌云讲道："词是一种文学形式，唐诗宋词，说明宋朝写词的文学家多，在词的创作上达到历史最高峰，成就最大。写词呢不能乱写，固定的格式和声律，决定着词的节奏和音律。不同的词有不同的格式、声律、节奏、音律，这种格式、声律、节奏、音律固定下来就是词牌名。你用什么词牌名，你就得用它的格式、声律、节奏、音律来填词。我这样讲，你能听懂吗？通俗点讲，就像咱国家有许多方言，北京话、上海话、广东话、山东话、四川话。每种方言语音不同，说话快慢不同，句式不同。迪老师接着用山东话、北京话、上海话、四川话、广东话说'你们好'，逗得赵凌云哈哈笑：'老师您可真行！'迪老师继续讲，你定下来说什么话，就得用什么音，什么节奏是不是？同理，词牌名就起到一个固定的作用。"

赵凌云听着记着。迪老师说："词牌数目有870多个，词的内容多数已与词牌的意义无关。从北宋开始，词人在词牌之外，往往另加题名或序言以说明词意。迪老帅又进一步给赵凌云讲道，我们常读的古诗词牌名有：【清平乐】【满江红】【菩萨蛮】【水调歌头】【西江月】【念奴娇】【渔家傲】【虞美人】【沁园春】等。"

赵凌云看着和蔼可亲、博学多才的老师，充满激情地对迪老师说："苗祎先生博文强记，说的大鼓可真好，还有不少新知识。"迪老师说："凌云请记住，高手在民间。交人交高人，高人无处不在。"

迪老师从书柜里拿出一本《唐诗宋词300首》递给凌云："你拿着它，课外好好读一读。"赵凌云对迪老师说，"老师，到吃饭的时间了，您别做饭了，到我家吃点吧"。迪老师爽快地答应道："好呀，换换口味，今天我也累了，不想再生火做饭了。"

"娘，俺老师来了！在咱家一起吃饭。"赵凌云进家后提高声音喊道。凌云娘说："好，我刚做好饭，快让迪老师屋里来。凌云，你这孩子该早对我说，我准备下，做点好菜招待老师。"

迪老师笑着说："嫂子，遇到吗吃吗，吃饱就行。"凌云娘说："我熬的绿豆米糊涂，香着哪。"

迪老师就着老咸茶、土豆丝吃了两个地瓜干煎饼，喝了两碗稀饭，连说："嫂子，庄户饭养人，吃得真过瘾。"赵凌云又掰了一半煎饼，抹了一棒子老咸菜，说："老师，您只吃两个，我这可是第三个了。"

迪老师说："凌云，你正长身体，理应要多吃。"迪老师看到憨厚又有才气的山村少年赵凌云，大口吞咽地瓜干煎饼和老咸菜，他不由得想到希望所在。

第46章

想水村的天空格外蓝，阳光无私地洒向大地，几朵云儿在天空自由欢快地游走，空气清新透丝，鸟儿飞着唱着，在树枝丫杈间蹦跳着。灰喜鹊站在树梢上东张西望，呱呱地喊上几声，像是传递着喜讯。大喇叭里传来悠扬的歌声：

　　公社是棵常青藤
　　社员都是藤上的瓜
　　瓜儿连着藤
　　藤儿牵着瓜
　　藤儿越肥瓜越甜

藤儿越壮瓜越大

公社的青藤连万家
齐心合力种庄稼
手勤庄稼好
心齐力量大
集体经济大发展
社员心里乐开了花

今天是想水村大喜的日子，磨面坊安装机械正式运行。

大队院的东厢房打扫得干干净净，屋门上方挂着一块大牌匾，牌匾上书："想水村磨面坊"。这是村里请赵满福老人用榜书字体书写的。字体笔墨饱满，雄浑有力，端庄大气。门框上贴着一副对联，这是迪老师用行楷书写。屋里的一角放着两条筐挑干簸净的地瓜干，地瓜干肥大雪白镶着红边，甚是喜人，这里将见证机械磨面的奇迹，将让碾轧、碓捣、手箩的时代成为历史。

刘宗宽、赵存祥、吴青松等悉数到场。想水村的社员纷纷赶到大队门口见证奇迹，叩开幸福之门。

三瞎子赵广清挤在最前面，用距离弥补眼神。赵广清这个文化人深知"近水楼台先得月，向阳花木早逢春"的道理，这一里程碑似的历史时刻，他不能错过。

磨面坊副手徐成平将一挂 200 响的大刀子鞭炮挂在竹杆子头上，又将鞭炮竖着顺着盘在竹杆上，他小心翼翼地把竹杆斜靠在墙上。

"来了。"这句话居然是三瞎子赵广清喊出来的。几百号人没有看见，一个眼神不好的赵广清却最先发现运输机械的车辆。太神奇了！其实不神奇，这是所有人都不如赵广清精力集中，他也可能是凭优于常人的听力判断的。

随着赵广清的一声欢呼，大家齐刷刷向南望去。只见南街口，三个人拉着地板车慢慢走来。磨面坊负责人侯贺成在中间把着车把驾着辕，肩上挎着车袢（pàn）子弯着腰使劲地拽着地板车，两旁的党金文和宋玉卿两位青年拉着偏缰，一位戴眼镜的青年弯着腰拉着地板车帮的扶手助力前行。赵存祥、党西清、吴老二等一众人撒腿向南跑去，帮着拉车帮，推车腔，将车脚子（轮胎）压得溜扁的地板车推到了大队门口。

侯贺成从肩上抹（mā）掉车褡，从车上取出顶棍将板车前梁顶住，把板车放稳，掏出毛巾擦了把汗，对刘宗宽说："一切十分顺利，这都多亏了公社农机员边长伟同志。""边技术员，过来，我给你介绍一下。"侯贺成喊着同来的戴眼镜的青年边长伟。

但见这青年人一米七的个头，皮肤黝黑，嘴唇略厚，头发密黑，有点自来卷，眉毛浅而略稀，睫毛却很长，鼻梁高挺，单眼皮，小眼睛，耳头大，耳头上各长着一个拴马橛（肉瘤），左耳垂有一个豁。青年人笑着走了过来。侯贺成一一介绍。

社员们看着地板车上的两台机器惊喜得合不拢嘴，上下左右反正打量着。那个高个的机器是粉碎机，深蓝色，一人多高，上部一个拐脖，脖子上扣着一个小水桶般粗的方形漏斗，左下面是一个烟筒粗的漏嘴，中间是一个磨盘形圆肚。再看那个小个的方形机器是12马力柴油机，上部是红彤彤的油箱，油箱上摞着一个银灰色圆盖，机体的一边是一个黑色的轮子，轮子中间凸出一个碗口粗的滚轴，机体的另一边是一个插摇把的孔，机件的前头一侧竖着一个上下细、中间粗的银灰色烟桶。

赵广清眯着眼看着，用手触摸着柴油机，又摸摸粉碎机。社员张勇小声说："三叔，别乱摸，小心摸化了。"

赵广清严厉道："放熊屁，这又不是属糖稀的能摸化，这是钢铁铸造的好吗？你以为这是水中花，只可远观，不可近玩吗？"

张勇回撑道："咱不问，你要摸毁了，把你卖了都赔不起。"

刘宗宽挺了挺干瘪的肚子，"这个……这个，父老乡亲，今天是个大好的日子，咱大队的磨面坊进来了柴油机、打面机。一面呢，从这往后，咱就都能吃上机器打的面了，二面呢，咱就省力了，地瓜干往机子里一倒，面就出来了。"

刘宗宽请边长伟给大家讲一下板车上的机器宝贝。

边长伟腼腆地走到地板车前，面向围观的社员鞠了一躬，他用左手食指向上推了下眼镜，干咳两声说道："想水村的父老乡亲，我是丰源公社农机化技术员边长伟。今天，我受公社委派来咱们大队指导安装磨面坊的机器。我会把机器安装、调试好，给大家讲解好机器使用的注意事项。我是咱们山崮县城郊公社的。我姊妹四个，上面三个姐，我父亲去世早。我家就我一个男孩，也是三辈单传，所以我在家里很娇。你们看我耳垂上有个豁，有的说是我娘怕我不好养活，听江湖上的人的话，用牙咬了一口，这样，我就出不了闪失了。也有的说，我在月窝的时候，被老鼠咬了一口，留下个豁，这些都是传说。我问俺娘，俺娘从不给俺说，这就成了个谜。"说着，边长伟笑了起来，大家跟着边长伟笑了几声。此时却有几位老嬷嬷流下眼泪。几个社员小声说："这个技术员真是个好孩子，一看模样，一听说话真实在，没有点架子，尽说掏心窝子的话。"

边长伟不简单，他说这番话，就是让他的话可信，与群众的感情拉近，他下面科普知识就十分有效了，群众将深信不疑。

边长伟接着说："我毕业于省农业机械化学校，毕业后我就被分配到了咱丰源公社。我学的农机化，干的农机化。三句话不离本行，今天我还想给大家介绍一下农机化。农机化就是用农业机械代替人力畜力，耕种耙播收全用农业机械，拖拉机、播种机、脱粒机、扬场机。拖拉机被称为铁牛，铁牛上山，铁牛下湖。机械化不仅不再让人受累，耕地耙地的质量还高还快，收成就好。"

社员们瞪着眼听，比听苗祎的运河大鼓还带劲。边长伟侧过身，指着地板车上的打面机说："这个是打面机，它上面的漏斗是往里面倒地瓜干用的，下面的筒子，是打成的面从这里漏进布袋里。"他指了指中间的圆盘肚，这是打面机的核心。他扳开侧面的闸刀，打开磨盘似的门，里面密密麻麻布满像钢棍儿一样的橛子。"这是磨齿，就用它们将地瓜干反复搅磨成粉成面。齿盘周围用铁箩罩着，面从箩孔里漏出，汇聚起来，淌进长长的面布袋。箩孔大小决定着面粉的粗细。"边长伟取出铁箩，给大家看，乖乖，活像个大钢圈，上面的孔细得看不出有孔。

边长伟说："这个打面机怎么转动呢？那就要靠柴油机来带动。一会儿安装好，你们就会看到它是怎样工作的了。"边长伟指着柴油机说，"这个是12马力的柴油机，也叫柴油发动机，就是用它一边的这个轮子转动，套上帆布的传动带，再连上打面机的飞轮，就可以了。这个机子每分钟转800圈，飞快飞快的。这个柴油机是烧柴油的，起动时用摇把子和气门配合起动，一会儿一冒烟，你们就看到了。"

边长伟介绍完这两台机器开始划重点，具体提要求："父老乡亲们，下一步咱到打面坊来打面，一是要把地瓜干挑干拣净，绝不能有石子、钉头等硬物，那一下子就把磨齿损坏，把箩崩坏，机器就完蛋了，那就麻烦了。二是不要靠近柴油机和传动带，怕传动带脱落切了你的腿或崩了你的脸。三是不能在磨面坊里抽烟，特别是倒面的时候，空气中有粉尘，防止粉尘爆炸。安全生产就是这个意思。"边长伟深情地说，"父老乡亲们，我家里穷，缺少劳力，是家乡父老乡亲培养我上了学，学了知识。我要无私地把我的知识技能奉献给父老乡亲。咱大队和父老乡亲有什么要求和需要我干的，大家尽管说。好，我就给大家介绍到这里。"边长伟又给大家鞠了一躬。全场报以热烈的掌声。

刘宗宽大声地喊道："这个……这个，下面咱就开始安装机器，放鞭炮祝贺！"

徐成平挑起杆子，吴老二划根火柴引燃鞭炮，徐成平不停地转动着竹杆，鞭炮发出清脆响亮的声音，这声音通过房屋的回音传递着响彻整个想水村。受惊的鸟儿从树上展翅而起，飞着叫着。

侯贺成拉起地板车，众人拥着推着将打面机运至磨面坊门口。边长伟量好尺寸，将枕木放好，在他的指挥下，柴油机、打面机被固定在枕木上，枕木被几块大石条牢牢地压紧在地面上。边长伟给柴油机加满柴油。刘宗宽、赵存祥围着边长伟静静地看着，侯贺成、徐成平站在边长伟的身边，看着，学着。磨面坊的空隙里插满围观的社员，进不了屋的就在屋外趴在窗棂上往里瞅，假不上边的，就远远地听着。赵广清很幸运，夺了个观看的 C 位。

边长伟对侯贺成说："你看清每个步骤，干这个要仔细，这是机器，不是闹着玩的。"侯贺成说："边老师你放心，我一定。"

边长伟把柴油机摇把子插进摇孔，左手掌控着气门，右臂用力慢慢地摇动，摇把转动越来越快，左手一抬，柴油机发出"嘭嘭嘭"的声音，一股浓浓的黑烟从排气筒里一喷而出，接着像吸烟人快速吐出的烟圈，随后均匀地吐着青烟，柴油机匀速运转起来。

侯贺成拿来传动带，边长伟让他把传动带的一端固定在打面机转轮上，另一端扯到柴油机的传动轮边。边长伟将传动带慢慢套住柴油机传动轮一角，猛地一推，传动带听话似的磨搓进柴油机传动轮中央。边长伟用木棍护着，以防传动带脱出。打面机在柴油机的带动下成功地运转起来，柴油机、打面机发出和谐一致的共鸣，打面机下部接面的长布袋像一头吹过气的大肥猪膨胀得鼓圆。又是一阵热烈的掌声。三瞎子赵广清的手拍得比谁都响，还大声地说："神！神！太神了。"

边长伟指挥徐成平将墙角的地瓜干拉过来，让侯贺成用簸箕将地瓜干倒进漏斗里，侯贺成不时用木棍挑着赶着地瓜干，将它们顺利地送进磨盘内。一会儿工夫，两条筐地瓜干全部送进了打面机。边长伟转过脸对屋里的所有人说："一切顺利！很成功！"

边长伟招呼侯贺成、徐成平来到身边。"现在可以停机了。"边长伟拿着木棍斜插在柴油机传动轮一侧，向外一拉，传动带从柴油机的转动轮上脱落下来，打面机失去动力也随着慢慢停止了转动，打面机下面的长布袋像撒了气的皮球，瘪成了一条线。边长伟将油门一推，柴油机"突突"着停了下来。

侯贺成将长布袋里的面股节着倒进几个筢子里，雪白精细的面散发着暖暖的香气。

社员们纷纷用手指捏上一捏子地瓜干面粉："哟，还热乎的唻。""是的，热乎的。"他们将面放进嘴里。"香，真香，还是打面机打得面香！"不知真香假香，反正社员们却说打面机打得香。

参与了全过程，三瞎子赵广清激动加高兴。他抓了一小把面放在手心里，捻着搓着舔着。"细，真细！香，真香！"

赵存祥说："三叔，你看咱村这个打面坊有什么想法，你是文人，谈谈呗。"赵广清说："好，我说说我内心的想法。"此刻，赵广清眼前浮现出苗祎说大鼓，还有那个莲花落艺人。他脱口而出：

想水村喜事多，
办起了多家合作社。
手艺人大集合集体经济红又火。
想水村真不孬，
建起了现代化的磨面坊。
柴油机、打面机，
一条皮带连一起，
一分钟转十转，
地瓜干顿时成了面。
陈家谝，宋家夸，
赵刘侯徐乐开花。
想水村有了好起点，

幸福的日子万万年。

第47章

在北风的裹挟下，冬迈开脚步快速而至，它毫不掩饰凛冽冷酷的气质。冬的到来，想水村的一切慢了下来，天空的云儿无精打采地挂着、凝滞着。地仿佛凝固了一般，虫儿不见了，树枝上偶尔看到的蝉壳成为一种印记和想象。鸟儿变少了，也变笨了，失意般地寡言少语。树干树枝变黑变硬，皲裂的树皮显露着沧桑。山也沉默起来，光秃秃，朽黄不堪，瘦骨嶙峋。河道的水也隐藏起来，只剩下乱石参差。大坑里的水宁静得无一点波褶。人也显得迟缓。

兴利除害，改造自然的热情和激情形成一股热浪在向阳市蒸腾而上，向所辖四区两县83个公社2993个大队弥漫，向北部的齐北区和山崮县涌动。

向阳市向全市发出农田水利基本建设攻坚战役总动员。动员令称，向阳市冬春农田水利基本建设三年攻坚战役就要打响了。在以往打下的好基础之上，彻底改变向阳市北部山区吃水难、浇地难、农业产量低、山区人民生活困难的问题。北部山区自然条件恶劣，生产落后，人均只有0.8亩地，这些地有的还是挂在半山腰，大雨一过，土都被洪水冲走，群众中流传着这样的顺口溜："辛辛苦苦一整年，一场暴雨土不见，就只剩下石薄帘。"改变北部山区生产条件，提高山村群众生活水平是社会主义制度的必然要求。改善生产生活条件，是北部山区老百姓几辈人的所思所盼，群众的急难愁盼就是我们工作的出发点和工作动力。开展农田水利基本建设大会战，我们已具有了有利的条件：那就是坚定正确的思想理论武装，有了一定的经济基础和技术条件，再就是全市上下团结一致、行动一致的集体力量。开展农田水利基本建设大会战是一项艰苦的工程，是一项艰苦的工作。要发扬一不怕苦、二不怕死的精神，发扬自力更生、艰苦奋斗的精神，发扬爱国家、爱集体的共产主义风格，勇往直前，夺取胜利。要坚持质量领先，坚持安全为天，既轰轰烈烈又扎扎实实。要及时宣传报道大会战中出现的先模人物、先进事迹、先进工作经验，用榜样的力量推动工作，迅速掀起"比、学、赶、帮、超"的热潮。胜利属于我们！

动员令像一团热火，点燃了全市人民战严寒、与大自然协商对话的烈火，寒冷退却，冰雪让路，向阳市人跃进荒山野岭，一展神通。

齐北区所辖16个公社，轮战柳泉流域、围泉流域。山崮县30个公社，轮战丰源公社想水村片区，黄风口流域。

根据专家和工程技术人员反复会商，从地质、地形、地貌、工程施工的成本、安全，综合研判，往想水村引水最佳方案是从郏亭公社的鹰嘴山水库和来泉公社的土城水库两路水汇交。一是引水渠道长度缩短，远的鹰嘴山水库距离想水村25里，近的土城水库距离想水村仅有17里。二是这两座水库水质好，达到饮用水标准。三是水渠沿途所跨河流、道路少。四是这两座水库与想水村从地势上高度基本持平。五是从两座水库引水，原因是这两座水库库容量偏小，可相互交替，确保引入水量充足。

赵存祥召集想水村五个生产队的队长和各合作社负责人开会，特别是石器合作社的大石匠们也与负责人侯文侠一齐参加会议。

赵存祥要求所有劳力齐上阵，家里的工具全备上。作为主场战斗员，要拿出万分的精神，跟外来出工人员配合好，要谦虚、恭敬。要重活赶在前，难活冲在先，多干一点是一点。

赵存祥专门对侯文侠说："文侠叔，要看你这个大石匠的了，可要把你的力气、手艺展现出来，把质量把住，什么时候都不能使性子。"

侯文侠说："请你放心，咱一定弄好！"

火热的年代，火热的激情，向阳市在几千平方里的农田里、山沟中、丘陵上，展开了声势浩大、规模空前的农田水利基本建设会战的洪大场面。炮声隆隆，红旗招展，车轮滚滚，锹落锨扬。东面工地的大喇叭高唱着纪录片《红旗渠》插曲《定叫山河换新装》：

　　劈开太行山
　　漳河穿山来
　　林县人民多壮志
　　誓把河山重安排
　　心中升起红太阳

千军万马战太行

西边工地大喇叭播放的纪录片《沙石峪》插曲《当代愚公换新天》在山谷中回荡。

沙石峪　山连山
当代愚公换新天　换新天
万里千担一亩田　青石板上创高产……

听着气势如虹、声音清脆、优美动听的大合唱，吴老二对侯文侠说："你听这歌多好听，你再听歌里边唱的词，可唱到咱心里面了。人家那里就这么管呢！"

说着，他往手上吐两把唾沫，搓两下，抢起洋镐"咔咔"地刨了起来，地上的石头"嚓嚓"滋出一串火星子。

北风呼呼吹，气温已进入零下。看战斗中的青年劳力仍穿着单衣单裤，还不时擦汗。搬石头的光着膀子，喊着号子，"早起4点半，带上两顿饭，白天干不完，夜晚加班干，实在没办法，夜长天变短"。

侯文侠带着石匠班在挖开的沟道里垒石抹灰。渠道向前延伸着，一段段从地上挖开的呲楞毛蛋的土沟子，被石块镶嵌起来，底面平整，两边及顶面浑然一体，像石垒的城墙。

老石匠赵广岗一边用眼瞄着绷着的白线和身边的石料，一边用锤敲着、砸着、砌着。当他把弓着的腰慢慢抬起，想用拳头锤锤腰眼放松放松。从西边走过来几个人，他们深一脚、浅一脚踩着挖沟堆积的泥土和石子，来到赵广岗身边。走在最前边戴着藏蓝色呢子遮沿帽的中年人关切地说："老同志，累了吧，你砌垒的沟渠可是不错，高标准的，严丝合缝的，不次于盖屋的面子墙。"

赵广岗说："我们要求高，干这个活儿必须像给自己盖屋一样，不能使奸要滑。下步通水了，要是漏水那就麻烦了。你们是来监工的吧？放心吧，我们绝不会干只顾面子不问里子的假光味事（表面鲜光的面子活）。"跟在呢子帽中年男人后面的一位同志介绍说："跟你说话的领导是咱们山崮县的县委书记佟新同志。今天专门来看看大家！"

赵广岗说："谢谢了，你们可是给俺这山旮旯子里的社员办了个大事，调动全县的人帮我们干活儿。这个事办完了，俺庄的粮食产量能翻两番。也不光种地瓜了，麦子、棒子（玉米）都可以种了。俺社员的好光景来了！"佟新说："这都是我们应该操心办的，老百姓过上好日子比什么都重要。我看你垒石头是真在行，老石匠呀，能称匠的都不简单，匠，不仅要技术好，品行更好，工匠精神代代传，我说得对不对，老同志？"赵广岗说："俺干这行也没有什么巧气量子（技巧），三线定位，不歪不斜。用料上，大石头压缝，小石头填空，空大空小，用眼一瞄，磕磕敲敲，掫进去正好。"

佟新伸手握住赵广岗粗壮有力而皲裂皮绽的手久久不放。"老同志，您辛苦了！"

向阳市委书记王泽民和市委一班人分头在各个工地上巡回指导，给广大参战人员以鼓励。赶到饭时就在工地窝棚里跟社员一起喝地瓜小米糊涂，吃地瓜干煎饼卷红萝卜烀豆糁子。

渡槽建设工地热火朝天。赵存祥和侯文侠带着想水村石匠队和一批壮劳力站在用泥土培好的泥胎子上，用绳索在两根木棒支起的"轨道"上将一块块巨石拉上来，在顶部呈弓形的泥胎子上砌垒拱券跨桥。大家拽着绠绳像拔河比赛一样，瞪着眼，鼓着劲，用尽全身力气。

赵存祥站在最前面，既把握绳的方向，又吃着最关键的劲，他的力量在一定程度上决定着成败。侯文侠站在第二位，跟赵存祥斜面对着脸。赵存祥和侯文侠领头喊着号子：

> 使劲干呀，吆喝。
>
> 干完活呀，吆喝。
>
> 好吃饭呀，吆喝。
>
> 饭哪来呀，吆喝。
>
> 地里种呀，吆喝。
>
> 没有水呀，吆喝。
>
> 不打粮呀，吆喝。
>
> 要把水呀，吆喝。
>
> 引向山呀，吆喝。

要靠谁呀，吆喝。

要靠咱呀，吆喝。

当巨石快要拉到木棒"轨道"上端时，木棒颤了一下，巨石在"轨道"上倾斜，如果巨石拽不上来，滑落下去，那后果不堪设想。站在最吃力位置的赵存祥和侯文侠咬着牙，扭曲着脸，将腿呈弓步用尽全力将巨石拽了上来。这时旁边的人听到赵存祥和侯文侠的腿"咔嚓"响了一下。只见侯文侠脸色惨白，豆大的汗珠从额头上滚下。石头稳稳地落在泥胎上，侯文侠也同时一腚坐在泥胎上，接着一手捂着大胯处，整个身子瘫倒在了地上。赵存祥见状急忙想跑过去，他一抬腿，腿瘸了一下，应声倒地。

徐德成说："不好了，文侠叔大胯断了。存祥的腿也断了，赶快抬下去送医院。"

众人将侯文侠、赵存祥抬下泥胎子，层层上报指挥部，指挥部协调，及时将侯文侠和赵存祥送去山崮县人民医院治疗。

想水村人听说赵存祥和侯文侠在工地上受伤，纷纷带着鸡蛋到赵存祥和侯文侠家慰问。一些老人云集在古杨树下，为赵存祥和侯文侠祈福，千万不要落下后遗症。特别是赵存祥千万别留下一点疤癞麻子的，他可是还没找媳妇的童蛋子呀！

农田水利基本建设大会战，向阳市全域共出工 4185 万个工作日，完成公社以上工程 1200 多项。平整土地 40 万亩，完成梯田石方 4180 万方。挖河修渠 400 里，修路 4000 多里。打机井 700 多眼，修渡槽 12 座，灌溉面积 82 万亩，改造旱涝保收田 120 万亩。完成山岭造林 60 万亩，普及了林网化。社员们说：山上栽了摇钱树，穷山穷队在变富。

想水村片区所修的两座渡槽，位于来泉公社和郏亭公社交界处的跨河渡槽命名为"友谊渡槽"。位于丰源公社想水村东 12 里地的跨路渡槽命名为"胜利渡槽"。胜利渡槽和友谊渡槽是向阳市农田水利基本建设的重要工程和重大成果，更是向阳市人民战天斗地、自力更生、艰苦奋斗的精神象征。

当涓涓清流汇入大坑，流向馍馍山流域的层层梯田和西南岭、东南岭的标准田时，赵存祥哭了，想水村的人哭了，他们是激动的哭，感激的哭。

想水村在大坑的边沿上又立下一座石碑，与原有的两块古石碑并列。碑文写道：清清泉水爬山坡，浇灌粮田润心窝，吃水不忘打井人，党的恩情比海深。

第 48 章

碧绿无际的田野展示着希望，预示着丰收的好年景。农田水利基本建设极大改善了想水村的农业生产条件，也极大调动了广大社员的生产劳动积极性，地里的庄稼摽着劲地长。地瓜、花生、大豆、棉花、烟叶、高粱、谷子。秆壮叶肥藤儿青。

想水村山上的树林间、草地上、田野里、沟旁、村内村边的树枝上，鸟儿大团结，留鸟、候鸟大聚会，飞着、唱着、跑着、叫着。

灰喜鹊、黑鹊、麻雀、斑鸠、白头鹎、乌鸫、燕子、戴胜、黑卷尾、柳莺、大山雀、凤头百灵鸟、猫头鹰、啄木鸟、环颈雉，还有一些叫不上名字的。想水村成了名副其实的百鸟园。

啄木鸟用它钢刀般的嘴使劲敲啄着病木、枯木，誓让害虫吐出血。环颈雉率领着一群或几个小崽，展示着它的超强繁殖能力和多子多孙。环颈雉这玩意儿很奇妙，小鸟崽一出壳，运动速度惊人，想抓住它很难。"能反复其舌，如百鸟之音"（《易通卦验》语）的百音之王百舌鸟乌鸫在村庄附近的树林里展现着美丽的歌喉和唱腔，技压群鸟。

想水村人对鸟儿们像孩子一样的钟爱，根据鸟的外貌特征和语音腔调，给它们起上生动形象又容易记住的"小名""土名"。

喜鹊叫"山喳子"，斑鸠叫"咕咕鸟"，麻雀叫"小凤子"，黑鹊叫"黑马勺"，凤头百灵鸟叫"扁篮子"，环颈雉叫"山鸡"，布谷鸟叫"春咕咕"，也有村民叫它"广广多曲"，白头鹎叫"白头翁"，猫头鹰叫"咕咕喵子"。想水村人想象力很丰富，用鸟或鸟语来比喻人、教化人，表达情感。

警示教育人要孝敬老娘，就说："山喳子，尾巴长，娶了媳妇忘了娘。"教育人要爱鸟，就用凤头百灵鸟的语气骂道："叽叽鬼，叽叽叽，孵（fàn）个蛋不容易，叫王八孙摸去了。"讽刺人不知天高地厚就用身体小、名字带小的"小凤子"

（麻雀）比喻，"小凤子还没出宿儿（羽毛未丰）就想一气冲天"。日子过得不好就说："俺日子过得不季（不舒坦，不富足），燕子都不来家落。"

想吃肉了，就想象布谷鸟的叫声：广广多曲，你在哪住，俺在山后，山后吃吗，山后吃肉，大肉香不，不香不臭。恁爹叫吗，俺爹叫臭，恁爹干吗，俺爹吃肉。

鸟者众，要说对哪种鸟有偏爱，更喜欢，在山崮县一带，特别在想水村，喜欢屙篮子更甚，偏偏喜欢你！

屙篮子，学名凤头百灵鸟。有些地方也叫它压篮子、鹅篮子、雅古篮子、滴滴嘴子、滴滴水子、叽叽鬼。屙篮子叫声委婉动听，它的窝状如编织的条篮，它将蛋屙在窝里，在窝里压蛋孵化，屙篮子、压篮子的土名由此而出。屙篮子，身形比麻雀大，比鸽子小，羽毛类似麻雀，但颜色稍淡一些。它栖息在山坡草地间，常在一些灌木或草丛下做窝，下的蛋和麻雀蛋差不多，每窝四五个。屙篮子最招人喜爱之处是叫声特别动听，不叫不飞，叫起来声声不断。想水村深知屙篮子的习性，"屙篮子吃蚂蚱""冬天冷，天气凉，屙篮子靠南墙"，屙篮子很聪明，为保护鸟窝地址等隐私，它回窝下落时，从不直接降落在鸟窝边，而是远远降落，步行入窝。"看起不看落，草底一小窝。"

想水村爱鸟护鸟，祖辈兴起，代代相传。村里的老老少少都会说："劝君莫打三春鸟，子在巢中望母归。"赵凌云爷爷赵满福老人曾给村民解释道："这是唐朝大诗人白居易老先生所写的一首诗《鸟》中的句子。全文是："谁道群生性命微，一般骨肉一般皮，劝君莫打三春鸟，子在巢中望母归。"赵满福老人还说，"诗人劝人爱护鸟，表达了众生平等的思想，也启发统治者不要欺负老百姓。"接着他又说了一句，"劝君不吃三月鲫，万千鱼子在腹中。"

想水村人再穷再饿再馋，从不打鸟。陈宝喜家的洋炮只吓唬毁坏庄稼和危害群众安全的野猪、野狗，枪口从不对准可爱的鸟儿。

在想水村，彻底打破了"燕子不进苦寒门，燕子不落愁人家"的魔咒，却有了"旧时王谢堂前燕，飞入寻常百姓家"的情景。

刘一品家、公丕柱家、吴老二家、刘宗宽家、赵凌云家的屋梁上都有漂亮的燕窝和飞来飞去、来去自由的小燕子。

想水村盖房都要在堂屋门的门框上面留出"燕道"。燕子衔泥筑巢成为"自力更生，辛勤劳作建设美好家园"的精神写照，燕子成为想水村人的精神寄托。

小燕子，穿花衣，

年年春天这里。

我问燕子为啥来，

燕子说：

"这里的春天最美丽。"

小燕子，告诉你

今年这里更美丽。

我们盖起了大工厂，

装上了新机器，

欢迎你，

长期住在这里。

喜鹊叫喜，乌鸦叫悲。想水村的乌鸦都闭了嘴，喜鹊叽叽喳喳叫个不停。想水村有喜事儿！

想水村农中的 16 个同学全部考上了山崮县二中高中班，这在重学尚文，"初小""高小"都被视为知识分子的贫困山村，那可是天大的喜事。

刘宗宽不苟言笑的脸由阴转晴，笑得像朵花，二儿子刘朝礼、女儿刘朝静一同考上了。党西清见到邻居就笑得抹眼泪，大儿子党金武考上了。凌云娘逢人便说："俺家凌志考上县二中了。"

考上学的家里忙开了。翻箱倒柜将平时不舍得用的布票拿出来，给学子们做件新衣裳。党金武的娘将从柜底翻出来的一块山花粗布拿出来，反复拍着、看着，对党西清说："他爹，这块布怪好。我琢磨着就是有点土，孩子出门上学，穿老土布衣裳谁知丢人不呀？不行把这块布给你做个新褂子，咱给金武上供销社扯块洋布做个褂子。金武到公社上学，别让人家瞧不起咱这些山里人。"党西清说："他娘，你跟我想一块了，山花粗布穿着养人是真的，要说不土是老假，咱砸锅卖铁也得给金武买块洋布做个褂子。出门在外别让人家看不起，山里人土是土，但不能土得掉渣。"

金武娘从枕头底下掏出带着汗油的手布包，将里面的布票和家底钱全都掏出来，"他爹，你看看够不？你明来赶快去到公社供销社赶个集，给金武买块洋布吧。"党西清接过布包，用手攥着在鼻子上闻了一下，往大拇指和二拇指上吐了口唾沫，一手捏着，一手点着，脸上露出满意的笑容，"他娘，绰绰的，绰绰的，够用，够用。"金武娘又拿起山花粗布说："那这块布就给你做个褂子，你多年没添新衣裳了，身上的褂子都麻花了。"党西清说："不用，咱庄户把子穿重俊（这么俊）干吗？又不找媳妇。"金武娘说："你这个熊老东西，长一张造业嘴。老了，还七叶子半熟熊。你这个褂子得做，下步，时不早晚到学校看金武，给他送点东西什么黄子的，别穿得像个要饭的花子，小心金武不给你见面。"党西清说："要有这一节，我就不让他上。唉！听你的，听你的，给我做个褂子吧。"

凌云娘忙得饭叠不滴（没有时间）做，觉也睡得很少。她给赵凌志用月白色洋布做了个褂子，又用藏蓝色卡旗布做了个裤子。街坊邻居都来找她给即将上高中的孩子做衣裳。

赵凌云家继"国防"牌自行车之后，又买了一部"工农"牌缝纫机。绛黄色木纹台板，"工"字形机头，机头右侧一个镀光的转轮，机头一侧下端的脚丫形压托内的钢针穿着线，台板下面托盘内的线螺和机头上端的线柱的线交织着，脚踏板一旁大转轮上一根牛筋线带动着机头上的转轮。用手转动机头上的转轮，脚顺势踩踏脚踏板，牛筋线带动着大转轮和机头上的手轮，整个机器运作起来。脚丫内的机针随着节奏跳跃着，上下线交织缝纫，在衣布之上形成明线和暗线的高度统一。

缝纫机缝制的衣裳，针脚均匀，跑线平直，做出的衣服洋气。想水村管用缝纫机做衣裳叫砸衣裳，做衣裳不能收钱，否则就会被扣上"投机倒把"资本主义尾巴的帽子。街坊邻居过意不去就想请凌云娘吃顿饭，大多数被凌云娘拒绝了。

凌云娘说："举手之劳，能为乡邻帮上忙是俺的福气，平时，在生产队，大家没少帮俺家的忙，俺也算一种报答吧。"

凌云娘比着用牛皮纸、报纸剪成的衣裳样子，量着尺寸剪着、裁着，吊兜的中山装，暗兜的青年装，翻领带明兜的衬褂，暗兜斜兜的裤子，每件衣裳做出来，她都莫名地高兴。想水村不落后！想水村的孩子不落后！松紧鞋的鞋样子也在想水村流传开来，这是张洪英从西县找来的。大小有38码、39码、40码、42码的，样式有赛底的、在窝帮的。赛底的显脚大，窝帮的显脚小。

考上学的学生家长们，买上二尺涤卡布和松紧带布条。借来鞋样子，比着葫芦画瓢地裁剪。用糨糊粘上衬里子，衬里子可用烂褂烂裤子剪下的旧布。用线一针一针缝制做好鞋帮。再纳制鞋底。鞋底要打壳子，一只鞋底要纳120行，一行多的要过30针，每针都要经过锥眼，穿线、走线，拉紧。做鞋搓麻线，要在腿上搓。鞋底纳完了，把鞋底和鞋帮子缝合在一起。用锤敲打，让鞋底鞋帮一体，让鞋板正有样。

刘宗宽老婆赵海娥给儿子刘朝礼和女儿刘朝静分别做了一双赛底的松紧鞋。她比着鞋样子裁、剪、纳、缝。两双鞋共用四尺布，12两麻。做着鞋，赵海娥眼前浮现出老娘的故事，想起了母亲常唱的歌曲：

> 针儿细，线儿长，
> 识字班姐妹做鞋忙，
> 双双军鞋送亲人，
> 战士穿上打胜仗。
> 密密的针长长的线，
> 飞针走线忙不完。
> 青布帮来白布沿，
> 千层底儿最耐穿。

赵海娥猛一回神，她深深地感叹道："孩子们，你们可得要发扬先辈光荣传统，穿上千层底，站得正、走得稳，吃得苦、流得汗，好好学习，不巴望太好，能有点出息！"

太阳升起，炊烟婀娜地在想水村的树木房屋间游走。"凌志，你上你姥娘家去一趟，让你舅帮咱家到向阳市市中区推几个瓷缸好腌咸菜。"凌云娘对赵凌志安排道。赵凌志揉着眼说："娘，你这不是难为我嘛，我都是个大男人了，让我找俺舅去推瓷缸，你让我觍个脸找挨凶去。我不能去。"凌云娘说："你就是个夹夹头，死狗托不出墙头去，你的个子长起来了，力棒头可不行，让你去向阳市推瓷缸咋不中？你考上高中了，你舅高兴还来不及呢，有工夫凶你。向阳市市中区那边，你姥娘那边有老亲，你舅对那边也不生。你要觉得磨不开面了，你就陪你舅一块去。"赵凌志说："娘，我真的不想上我姥娘家说这个破事，你就饶了我吧，少让我干求哥哥拜姐姐的窝囊人的事。"凌云娘说："你说这不都是为了你，你不上县二中上学，咱还买瓷缸腌咸菜？"赵凌志急眼似的回怼道："咸菜咸菜，谁想咸谁咸，谁想菜谁菜，我不稀罕。"

腌咸菜供学生是想水村家长们当前的大事要事。向阳市市中区陶瓷厂生产的黑色粗瓷大缸是腌咸菜最好的器具。供销社是瓷缸供应的唯一渠道，但是好久没有货了。

到厂子里去买，只能自用，不可贩卖。投机倒把犯法，那可是要坐牢的。陈景坤当牛羊经纪人被判了十年，到现在还在山崮县监狱里蹲着，大儿三十多了，没有人问公还是母，到如今光棍一条，都是辱门败户的陈景坤惹的祸。

说来也真是不可思议。陈景坤懒惰，不思耕种。人倒聪明，学得一手看牲畜牙口、皮囊的好手艺。他掰开牛、驴、马、骡的嘴唇，用眼一看，用手一摸，就知道这些牲畜的年龄和健康情况。用手抓摸牛、羊，不管是山羊、绵羊，他就会判断出能出多少肉，皮能值多少钱，不差毫厘。

他游走于各大集市、村庄，在买卖双方之间斡旋说合。他穿着长袖褂衫，将手缩在袖子里。遇有买卖，他会以"观、摸、抓"手技、眼技评估牲畜价格。不动嘴，将手在袖口、腋下比画价格数目，"捏七撒八钩子九"，在买卖双方讨价还价之间寻求平衡，几个回合，达成一致，成交！

就这么个行当和生意，却被判了十年！想水村人胆小，到向阳市推瓷缸，不敢给亲戚邻居捎带，唯恐被扣上非法买卖、投机倒把的罪行。

凌云娘安排不动赵凌志，就试探性地问赵凌云："凌云，你哥考上县二中了，下步得多腌咸菜供你哥上学。我想让你去姥娘家一趟，看你两个舅哪个得闲（有时间），请你舅帮咱到向阳市市中区推两个瓷缸。"

赵凌云一听走姥娘家，又让舅舅到向阳市推瓷缸，激动加兴奋。走姥娘家是赵凌云最喜欢的事。姥娘疼，舅舅爱。外甥在姥姥家既是亲人又是客人，这个双重身份可让自己在姥娘家好吃好喝，还能撒娇撒欢，表兄表弟、表姐表妹围着自己转，更是别有一番幸福之感。

赵凌云说："行。娘，我给你商量个事儿，俺舅到向阳市推瓷缸，你看我能跟着去不？"凌云娘不假思索答道："那可不行，向阳市区离咱这里130多里地，你能撑？别在半路上走不动，耽搁你舅的事儿。"赵凌云说："那还轻，你当我是小孩呢！别说130里，就是十万八千里也难为不着咱这个神通广大的孙悟空。"赵凌云接着左手五个指头一捏，右手作眼罩放在额前，左腿提起，右腿单立，上身前屈晃动几下，扮了个猴相。

赵凌云接着说，"我跟着舅舅还能给他拉车子爬坡过坎。更重要的是我可以给他当保镖。你二儿学武术不是吃素的！娘呀，古代的镖局你听说过吗？我给我舅去到向阳市推缸，我们就是镖局的角色。"

凌云娘看到赵凌云表演着猴相，伶牙俐齿，口若悬河，笑着说："你要有孙猴子的本事，翻个跟头，踩着云到向阳市里运一点子缸盆分给全村人用就好了。你不是孙悟空，孙悟空没有娘，他是从石头缝里蹦出来的。你有娘，看你娘在这里板正的。你还净说些洋的，还镖局（表祖），老祖都是亲的，哪有表的。"

听娘的一番表述，赵凌云笑得不撑："娘，你这是撺撺哪去了？撺撺得跟一团茼样。"凌云娘抬手轻轻打了一下赵凌云的肩膀："你这个贼羔子，哪有这样说娘的。行，你明天就去你姥娘家，到时你跟你舅一块去，有个人说话，也省得你舅寂寞得慌。"赵凌云对娘抱拳施礼："孩儿遵命，明日即刻前往，定能完成母亲吩咐之事，您瞧好吧。"

姥娘家在邾亭公社的杨村，距离想水村15里地。杨村是山窝中的一片平地，土地肥沃。一条河流绕村而过，河里鱼虾成群。河道两旁柳树成荫，河道长着茂密的芦苇和蒲草。秋季，蒹葭秋雪，芦花绽放，如云似雪，如诗如画。

杨村除有想水村一样的庄稼，还种瓜种菜。土豆、豆角、四角梅（芸豆）、北瓜、南瓜、黄瓜、辣椒、西红柿。在赵凌云的心里，杨村要比想水村好，甚至好得不是一星半点。

凌云娘名叫杨汝红，兄弟姊妹三个，上有一个哥哥，下有一个弟弟。哥哥叫杨汝乾，弟弟叫杨汝坤。赵凌云的外祖父去逝得早，姥娘跟着大舅杨汝乾生活。

赵凌云将母亲给姥娘的十块钱和五斤粮票塞进书包，拿出家里的一截桃木棍在手里要了几下，告别母亲，拎着桃木棍直奔邾亭公社杨庄村姥娘家。

赵凌云走进姥娘家的大门，穿过过洞屋，叫道："姥娘，姥娘，我来了。"姥娘看到赵凌云高兴得不得了，伛偻着身子，颤着小脚，一把抓住赵凌云的手，"这不是俺凌云嘛，哪阵风把你吹来了我儿。"姥娘用浑浊的眼睛上下瞅着赵凌云，"俺凌云长高了，也壮实了，快屋里去，我给你倒碗糖茶喝。"赵凌云看到姥娘，激动得想哭。"姥娘，您最近怎样？我可想您了。"边说边搀着姥娘进屋。姥娘说："谁说不是呢，我也想我儿。"

姥娘从煎饼筐子里拿出一包红糖，红糖用两层纸包着，外层是浅棕色牛皮纸，里层是橘黄色软草纸。牛皮纸包成一个四方形，外面用棕色草捻子绳横竖地缠成一个经纬结，绳子中间别着一个长方形红纸条。

姥娘解开绳子，打开纸包，挖了两匙子放进黑瓷碗里。赵凌云又拿了一个碗，拿过姥娘手中的匙子盛了两匙子糖放到碗里，用开水冲了两碗糖茶。

赵凌云说："姥娘，咱一块喝吧。"姥娘说："我不喝，你喝吧我儿。"赵凌云说："你也喝，我都给您冲好了。"姥娘说："俺凌云真好，孝顺姥娘。"赵凌云喝着散发着浓郁焦糖味的红糖茶，心里甜滋滋的，身上也热了起来。赵凌云说："姥娘，我来没买什么东西，俺娘给您十块钱和五斤粮票，您想吃什么，让俺舅给您买。"

姥娘说："不要不要可不要，你家没有劳力，光指望你爹在外边挣那点工资，花项也不少，你带回去给你娘，你家只要日子好过，姥娘比花你家的钱心里都舒坦。"

娘俩正说着，屋门外传来大舅熟悉的声音："我听着俺外甥来了！"凌云将钱和粮票放到桌子上，迎出屋门外，"大舅！"大舅说："凌云长高了，成大小伙子了。"凌云说："大舅，我认师傅学了点武术，可能促进了我的成长。"

赵凌云拿出碗给大舅倒水，大舅说，"别给我放糖，放了糖不解渴"。赵凌云说："大舅，俺娘给俺姥娘和您带了十块钱，五斤粮票，俺姥娘说吗不要，你赶快装起来吧，您需要吗买点吗"。大舅说："什么都不缺，就缺俺外甥经常来。"赵凌云感动着，"嘿嘿"地笑着。

赵凌云说："大舅，俺哥考上高中了，山崮县二中。俺娘说，下步供他上学得腌咸菜，想让您帮俺家到向阳市市中区推两个瓷缸去，好腌咸菜。"大舅惊喜地说道："凌志考上高中了，那可有出息了。""凌志考上高中了，老赵家老林冒青烟了，想水村开光了。"赵凌云一听是大妗子的大嗓门。大妗子走进屋门，一把把赵凌云搂进怀里，"俺外甥真好！俺外甥长大了！"

大舅大妗子有三个闺女，没有儿，他们对赵凌志、赵凌云、赵凌峰三个外甥格外疼爱。大妗子整天说："俺妹妹命真好，三个小子，金命呀！"大舅说："到向阳市里去推缸，我去，那里的瓷缸全国有名，用黑瓷缸腌咸菜那还有说的？家里有瓷缸，也省磨刀石，把刀在瓷缸沿上一蹭，那刀就锋利无比。不是说吗，咱这里有四大硬，铁匠的锤，石匠的錾，鸭子的嘴，瓷缸沿。"

大妗子说："外甥考上高中了，当舅的别的帮不上，出个力还行"。大妗子对姥娘说，"娘，外甥来了，咱那点白面别留了，给外甥烙个单饼吃。"

姥娘、大舅、大妗子和三个表姐陪着赵凌云吃完饭，大舅说："凌云，回去给你娘说，我明天准备准备，后天去向阳市市中区推缸，让你娘别躁得慌，你大舅一定办好这件事。"赵凌云说："大舅，到时候，我也跟您去。"大舅说："那忒好了，你给大舅做个伴，咱爷俩说话拉呱不害累。咱后天早走，走到也得摸点黑，路子可不近。"

大舅又安排凌云："我在平湖村南的公路边等你，我往北走几里路，你往南走几里路，免得耽误时间。"凌云说："大舅，这样科学。"

赵凌云回到家如实向母亲汇报了出使杨村姥娘家的情况。他特别说了后天他与舅舅一大早就赶往向阳市市中区推缸。

凌云娘说："要紧要忙还是娘家人靠得住。"

她看着里屋的赵凌志和赵凌峰，显然声音提高了八度，"你们什么时候都不能忘了姥娘家，不能忘了你舅和妗子。"

凌云娘一直觉得娘家哥和弟弟，嫂和弟媳妇对自己，对自己的家人，对他们的这个家那可是天高地厚。

大舅安排大妗子，准备出发要带的饭食，煎饼和咸菜。他安排道："孩他娘，你看还有点白面吗？给凌云烙几张单饼路上吃。"

大舅杨汝乾准备了苦子、席和单被，在向阳市区过夜用。他把胶轮车认真检查一遍，特别重点检查车脚子（车轮子）、轴承、气门芯。他将车祥用力扯了扯，拽了拽，这条浸满汗油的帆布带可是最要紧的。

鸡叫三遍，星星还放射着晶莹的光，想水村整个村庄沉静得很。赵凌云起来洗了把脸，娘给他冲好的鸡蛋茶散发着一股花生油的香气。娘把买缸的钱和两块零花钱和二斤粮票交给凌云："凌云，你见到大舅就把钱和粮票都交给他，可别掉了，这两块零花钱和粮票是你和大舅的盘缠，遇到国营饭店，吃点饭。"

赵凌云家的粮票是赵广厚从家里带煎饼省下的饭票兑换的，这点粮票是他当工人身份的体现，也是他与村里社员比自带的光环和荣耀。

凌云娘想让凌志和凌峰一起送凌云到平湖村路口，被凌云拒绝了。"我不害怕，我都是大人了，哪有那么矫怪，让他们多睡儿会吧。"

赵凌云将钱和粮票放进书包，喝了母亲用白糖和花生油冲好的鸡蛋茶，拎着那截桃木棍走出屋门，对着母亲送行的眼光，他拉开弓步把桃木棍耍成个梅花，"娘，我走了。"

赵凌云平时练武术用的是一根白腊棍，后来，哑叔赵广民又给他找了一根桃木棍。哑叔说："桃木棍能降妖伏魔。"

赵凌云觉得桃木棍比白腊棍漂亮还有些香，特别珍惜的是哑叔对自己的一片心意。

第 49 章

赵凌云见到大舅，将钱和粮票交给他。大舅推着独轮车，赵凌云跟在后面，过了邾亭的得胜门牌坊，向南直奔 100 多里以外的向阳市区。

赵凌云看着推车的大舅腿有点沉，就说："大舅，我来推车，您空手走，好歇歇。"大舅说："行。你练练也好。在咱这农村，推胶轮车，拉地板车，那可是生产和谋生的技艺，也是最时髦的现代化了。以前我跟俺爷，你姥爷外出卖布先用担子挑，后来用'木牛子'车推，我都感觉劳动上了个档次。'木牛子'车的轮子是木头做的，走起来吱吱响。"

大舅将车祥的两端挽了个扣，车祥长度跟赵凌云身高匹配，把车子交给了赵凌云推。

赵凌云说："舅，你还可别小看这推车，要在古代还是六艺之一呢！'四书''五经''六艺'。"大舅问赵凌云："哪六艺？"

赵凌云说："古代六艺是指礼、乐、射、御、书、数。其中御就是驾驭马车的技术。西汉开国功臣、大将夏侯婴原先就是个赶马车的。"

大舅笑着说："那你就更应该好好学推车拉车，争取捌个大将当当。"

杨汝乾和赵凌云舅甥爷俩说着走着笑着，他们穿过一个又一个村庄，拐过一个又一个路口，蹬爬过了"五里盘"，一路往下到了齐北区的一个叫北张庄的集镇。这时已是正午，太阳不偏不斜地挂在天空的正南方。

"五里盘"是国防公路的一段盘山公路，上下五里，被称作"五里盘"。"五里盘"像一条盘行的蟒蛇绕着红岩山。此山盛产富含铁、磷的红页岩。

大舅说："凌云，咱在这个茶炉棚里吃点饭再走。"这个茶炉子是北张庄供销社开的。

大舅花 2 分钱买了两瓷碗大叶子茶。他从包袱里拿出地瓜煎饼和咸菜放在茶棚的石台上招呼凌云吃饭。大舅从煎饼中间抽出两张白面单饼给凌云："外甥，你吃这个，这是你妗子专门给你烙的。"

赵凌云接过溜软的单饼，"大舅，咱爷俩一人一张。"大舅说："这是你妗子给你烙的，我吃煎饼，我的饭量大。"赵凌云说："你不吃，我也不吃。"大舅扭了一小块单饼放到嘴里，"行了，你吃吧。"

吃过饭，大舅卷了一根喇叭烟，无限享受地吧嗒吧嗒地抽着，烟雾自由自在地飘着、飞着。

向前还是一路下坡。走了十几里，赵凌云有点发困。赵凌云心想，"人一吃饭就害困，早知道不吃这个催眠的饭"。

大舅说："凌云，来，我再推派，你趴在车梁上眯瞪一会儿。"赵凌云说："不用，我一点不累。"为了打消困意，赵凌云又给大舅拉起了呱："大舅，你去过向阳市区吗？"大舅说："去过，以前，我跟你姥娘讨荒要饭，就在那里，还待了很长一段时间。后来，我跟你姥爷卖布，也去过那里。那里还有咱一个亲戚哩。"

赵凌云问大舅："你说人家向阳市区那里怎么这么管（优秀，好）的，能办这些工厂，还造出这么有名的瓷缸？"大舅说："人家靠城市近，老辈里都烧缸烧盆的。"赵凌云说："咱这里要办工厂，可能也成城市了。"大舅说："咱这个山旮旯子，怎么能建工厂？怎么能成城市？"赵凌云坚定地说："只要有工厂，就能发展成城市。"

赵凌云说："大舅，我给你说个谜语你破破。打着电棒子（手电）找舅。"大舅说："想舅了。"赵凌云说："不对。应该是照旧，意思是还像以前一样。"

赵凌云为了防困，头上一句，脚上一句地跟大舅拉着侃着。人舅看着赵凌云的步幅有些不匀，腿步力量有所减弱，挂着车袢的脖子往下探着，腰也有点弯。

"凌云，来，大舅推会儿，你趴在车子的梁架上歇会儿。"大舅心疼地说。赵凌云惊奇地问："你推着我走？舅，那能行？"大舅说："那怎么不行。你小的时候，正月十六，我到你家叫客儿，接你娘走娘家，都是你给你娘配车。你娘坐车子的左边，你坐在右边。为了不偏沉，你那边还放块石头。那时，你走姥娘家，你娘给你扎两个小羊角辫，脸上用洋红点两个红点，嘴唇还用红纸贴两下，像个俊俏的小闺女。"

赵凌云叫舅舅一拉来了精神，腰一下子直了起来，步幅变大，步子变快，车轮滚滚像脱缰的马拽着赵凌云。

　　大舅看着赵凌云心想："人呀，青春年少真好，劲说来就来，这就是平时说的小孩气血旺吧。人一上年纪，全靠毅力和身上担负的责任激发，有时甚至是硬撑。"又走了几里路，大舅再次劝赵凌云，"凌云，来停下歇会儿"。

　　大舅把吊在车把上的车袢两边挽起的扣取开，将车袢挂在自己的脖子上，让凌云上车趴在胶轮车的梁架上，推着赵凌云前行。赵凌云就像受伤的伤员趴在车上，头朝舅舅。舅舅的体味一阵阵吹来，赵凌云沉醉了，慢慢进入了梦乡。

　　舅舅的体味是母亲般爱的气息，是温暖的气息，是令人踏实的气息。

　　太阳落山了，上黑影了。杨汝乾和赵凌云进入了向阳市市中区。赵凌云看见一片灯光，一根高高的杆子上的那盏灯鹤立鸡群般散发出傲人耀眼的橙黄色光芒。一股股炭烟味、煤焦味飘来，赵凌云不知这个味道是好闻还是难闻，此时的他很愿意闻这个味。

　　大舅杨汝乾胜利在望似的对外甥赵凌云说："凌云，咱们到了。前面有灯的那个地方就是向阳市陶瓷厂。往东南方一走，那就是向阳市里了。"

　　赵凌云往东南一看，灯光闪亮与天空中稀疏的几颗大而亮的星星辉映着，不时依稀听到几声汽车的笛鸣。夜晚的城市是亮的、是动的。赵凌云激动好奇地看着想着。

　　大舅和赵凌云穿过一个村，这个村有点像丰源公社的驻地刘村。村西头有一个"国营齐贤饭店"。

　　大舅把车子放到饭店门口敞亮的一块空地上，"凌云，咱在这里吃晚饭，吃完饭去陶瓷厂"。

　　饭店里人不算多，有七八个穿着一样的工作服的汉子围着两个桌子，边吃饭边拉呱。杨汝乾和赵凌云走进饭店，柜台里坐着一位30多岁的妇女，她戴着一副眼镜，手里拿着一只鞋垫子正在穿针走线地纳着。杨汝乾和赵凌云的到来并没有引起她的注意，她头也不抬。

　　杨汝乾说："同志，忙着呢！我们是来吃饭的，你们这里都有什么饭？"眼镜女眼皮不翻地答道："看墙上，上面都写着呢！想吃什么点什么。"

　　杨汝乾和赵凌云向墙上望去，墙上一块板子上写着"今日饭菜：面条、水饺、丸子汤、炖豆腐、土豆丝、老虎菜、稀饭、馒头"。下边标着价格。

杨汝乾说："凌云，咱喝面条吧，又当汤，又当饭，喝了嗓润（滋润）。"赵凌云说："行，大舅，你喜欢吃就行。"

赵凌云看到菜谱上的"老虎菜"，价格还不高，只要 5 分钱。心想："乖乖，这是老虎的哪个部位这么便宜？点一份尝尝。"赵凌云说："大舅，咱再点一个老虎菜吧。"杨汝乾对眼镜女道："同志，给我们上两碗肉丝面，一份老虎菜吧。"

眼镜女在垫着复写纸的单子上写下"肉丝面两碗，老虎菜一份"。撕下上联，走进厨房交给做饭师傅，并给师傅安排了两句。

杨汝乾和赵凌云在饭店东南角的一个桌子前坐下。他们看着那几个吃饭的人挺神气的，穿着的工作服格外醒目。

"这一次出窑的缸真是漂亮，油黑发亮，连一个次品都没有。"

"程师傅不愧是祖传高手，看人家对火候的把握，那叫一个准。"

听话音，这帮人是陶瓷厂的工人。机不可失，杨汝乾急忙凑上前，满脸堆着笑问道："师傅，听话音，您是咱陶瓷厂的大老师？"

"我们是陶瓷三厂的工人，不是大老师。大老师没来。"其中的一人笑着答道。杨汝乾说道："我是打山崮县郐亭公社那边来的，买几口缸腌咸菜用。敢问您厂里可有货？怎么个买法，咱初来乍到的，找不清。"

年轻的一位说："大叔，您可真来巧了，昨天刚出窑一批货，质量那可没得说，是副厂长程师傅亲自烧的这一窑。近来货有点紧，江苏、河南的都来拉。再紧也得先满足咱当地的老百姓用。咱办工厂就是为农业为农民生产、生活更好服务的。买缸很简单，先在供销科开单子，拿着单子上财务科交钱，再到保管科领货，出门时，由保卫科验货检查，就行了。您最好明天早去，别卖完了，或者货不全了。"

杨汝乾感激地说："谢谢您小兄弟！要不然，我还真找不着北。"

几位师傅吃过饭跟柜台里的眼镜女打招呼，她头也不抬，只是摆了一下手。又跟杨汝乾和赵凌云打了个招呼。杨汝乾起身把他们送到饭店门外。

"肉丝面两碗好了，快来端。"厨师大声喊了一声，杨汝乾和赵凌云急忙起身到窗口去端。哎哟，我的娘哟，真香！肉香、葱姜香、香油香。赵凌云不禁咽了一口唾沫。

大厨老师努了一下嘴，看了一眼柜台里的妇女，对杨汝乾说："刚才，那个领导专门安排我，给你们多放点肉丝。说乡下人不容易，关照一下。"

杨汝乾将面条放下，又去端老虎菜。赵凌云很期待，这次出门太过瘾了，还能吃上用老虎做的菜。杨汝乾将一盘辣椒大葱拌咸菜条放在桌子上时，赵凌云傻眼了。"大舅，老虎菜呢？"杨汝乾说："这就是老虎菜！"赵凌云和杨汝乾对视着差点笑出声来。

杨汝乾和赵凌云风卷残云般一阵狼吞虎咽，一大碗肉丝面下肚，那盘"老虎"连点渣没剩。

杨汝乾和赵凌云结了账，总共3毛钱，半斤粮票。他们与柜台内的眼镜女领导打招呼表示谢意，又与大厨师打过招呼，推着车向陶瓷三厂走去。

向阳市陶瓷厂是向阳市轻工业局直属的陶瓷企业，原为陶瓷合作社，1972年更名为陶瓷三厂。主要生产套三缸和工业陶瓷。主要产品有，大号缸、套五缸、小套四缸、套五盆、套四滑沿盆、大小油缸、黑碗和蒜臼等。

向阳市是北方陶瓷发源地之一。境内的瓷土、石英、钟乳石、长石、焦宝石储量丰富。早在南北朝时期，向阳市先民就掘土为窑，煅烧陶瓷，有白瓷、黑瓷、青瓷。向阳市市中区陶瓷业发达，"家家窑火，户户制陶"。境内馒头窑、芯灯窑、小黑碗窑随处可见。1955年，组建20多家陶瓷业合作社，继而组建而成齐贤陶瓷业生产合作社。1957年实行公私联营，建成国营向阳市陶瓷三厂。

杨汝乾和赵凌云在陶瓷三厂门口打地铺睡了一夜，第二天一早，杨汝乾就按照购买流程开票、付款、提货。

他看到摆满半院子的瓷缸、瓷盆、瓷罐、瓷碗、蒜臼很是壮观。瓷缸上釉是真好，油黑发亮，腰部还有树林造型，像"林海雪原"的图景，缸沿沙瓷均匀，虽坚硬无比，但用手抚摸却很润滑。

杨汝乾选了一口大号缸，一件四套缸和一件四套盆，又选了两个蒜臼。他用一块小石头敲打每一件物品，把耳朵靠近细听是否"圆音"。确定声音响、细、圆润，不哑不劈，自言自语道："就是这个了。"

杨汝乾和赵凌云将挑选好的瓷器用稻草绳捆紧裹好，装上车子。在工厂大门口，接受保卫科查货验货。

验完货，杨汝乾对看大门的师傅说："老大哥，您能否行个方便。我把车子和瓷器放在大门口不碍事的地方，您照看一下，我带孩子到城里看看，孩子第一次来向阳市，让他开开眼界，饱饱眼福。"

看大门的师傅看到杨汝乾憨厚实诚又疼爱孩子说道："老弟，按说，你的货验完了，我没有义务给你看管。但你爷俩来一趟城也不易，不走走看看也遗憾。你相信我，我给你照看着，你放心带着孩子逛逛吧。"

赵凌云听大舅要带自己到市内逛一逛，惊奇又激动。舅舅可没对自己说这个项目，这是没有预告的加演片。

赵凌云昨晚半夜没睡着觉。"天作穹庐地作床"的环境，他要有个适应过程。睡不着，他就想："向阳城里是什么样子呢？有哪些稀罕物、西洋景呢？小鸟跟想水村长得一样吗？唉，这里的鸟真好真有福！这里的狗与想水村的狗一样吗？刚才听声音是一样的，一点不走样，像录音机放的一样。"

边想边念叨着："向阳城，想水村。向阳城，想水村。"怀着对向阳城的憧憬，渐渐进入了梦乡。

杨汝乾看到陶瓷厂不远处有一个供销社代销点，他快步跑去买了一包"金鹿"牌香烟，他对看大门的老师傅说："老哥，你操心了，给你买包烟抽，你一定收下。"老师傅说："老弟，你这是搞的哪一套，出门在外，谁没有个急事难事？你还给我买烟抽，你这不是日攘我，你留着自己抽吧。你快领着孩子去玩，快去快回，你还得推重车赶路呢！"

老师傅又给杨汝乾说："向阳市横竖八条主路，东西向的有解放路、胜利路、文化路、人民路，南北向的有红星路、永福路、光明路、崮山路。解放路上有市委、市政府和各大局办公院，文化路上有向阳市第一中学，这是省重点中学。人民路上有人民公园。光明路上有光明电影院和向阳剧院。你们不可能都逛完，可以选几个重点，像公园、学校、电影院，让孩子开开眼界。"

老师傅是向阳市市中区人，是一名参加过抗美援朝的老战士，正直、热心，对同志充满浓浓的爱。

杨汝乾领着赵凌云进入市中区的解放路，沿途看到市委、市政府、公安局、轻工业局、机械电子工业局、冶金化学工业局、纺织工业局。

赵凌云边走边看，他不怕眼看不见，就怕心记不住。

解放路与光明路交界处，红绿灯闪烁交替着，交通警察站在红绿灯下，脚步不停变换旋转，规范地打着手势。公交车、自行车、行人有序运动着。

他们从解放路南拐走了500多米，向阳市第一中学的牌子映入眼帘。杨汝乾说："凌云，看看吧，这就是省重点中学向阳市第一中学。你要能到这里念书就好了。"

赵凌云对舅舅笑了笑没有说话。

杨汝乾对凌云说："凌云累了吧？"赵凌云说："大舅，不累，捌一天我也不嫌累。"

他们走过两个路口，径直向人民路上的人民公园走去。走到人民公园门口，大人、孩子、男的、女的，出出进进，有说有笑，好不热闹，好不快乐。

杨汝乾花四分钱买了两张票，他和赵凌云进入人民公园。这里将是他们重点观看的地方。

公园里有一个湖，湖里有两只小船，小船上放着划桨。湖上面有一个石拱桥，桥栏杆是用像玉石一样的石头镶嵌的，有精美的图案。走过拱桥，是一个滑梯，小朋友接二连三从上面往下滑着，闭着眼，嬉笑着。

往北一走，是一片杨树林，树林里放着不少的长条木椅，不少人在这里休憩，有的拉胡琴，有的打太极。

赵凌云走到一片空场地，一时兴起，他拉开架式，踢了几下腿，接着劈了个双叉，顺势起了个乌龙绞柱，接着来个鹞子翻身，又一个腾空侧踹，顺势起了个鲤鱼打挺。

这时，人们围拢过来，观看赵凌云的武术表演，赵凌云打了一套长拳，收势告辞。见眼前的小伙子表演精彩，几个靠前的长者从兜里掏出 2 分、5 分的硬币扔给赵凌云，以为他是打拳卖艺的。

杨汝乾被赵凌云的表现和身手惊呆了，"俺外甥什么时候练了这几下子，身手还不简单哩。"

赵凌云没有捡拾地上的硬币，他向大家鞠了一躬，陪着大舅继续前行观看。

往前一走便是园中园"人民公园动物园"。动物园里有骆驼、狗熊、老虎、梅花鹿、猴子、狼。动物园的一隅有一个水池，水池里游着鸳鸯，隔着一张网状的铁栅栏，有各种飞禽，叫着、飞着。再走一圈，一个围栏里养着几只孔雀，它们拖着长长的尾巴踱着步，歪着头不时看着游客。突然，一只孔雀尾巴翘起，一束彩翎扬起，像一把巨大的七彩扇漂亮极了。

赵凌云对大舅说："大舅，这里除非一些野兽和一些大鸟，其他的在咱家乡都有。咱的家乡也像一个大公园。"杨汝乾说："城乡有别，咱那里有的，城市没有。城市里有的，咱那里没有。凌云，大舅带你来向阳城，你可没白来吧，开眼界了吧。"赵凌云说："谢谢大舅，多亏了俺大舅。"杨汝乾说："外甥，咱再看最后一个点，光明电影院，我们也该回去了，我们还有一百多里的路要赶呢。”

向阳城半日游，杨汝乾很高兴，他尽到了长辈的责任。赵凌云很兴奋，大舅满足了他对城市的好奇，也激发了他说不清道不明的一种力量。

杨汝乾和赵凌云告别陶瓷厂看门的老师傅，告别陶瓷三厂，告别向阳市市中区。杨汝乾在车前边系上拉绳，绳头上挽上一个圆扣，赵凌云将拉绳放在右肩上，将胳膊插进圆扣中。杨汝乾套上车袢，两手驾着车把弓着腰推起车子。赵凌云抬头向东南方又望了一眼向阳市区，弓腰用力一拉，胶轮车轮转了起来，甥舅俩用脚板一步一步向想水村量去。

第 50 章

对新升上高中的学生，想水村大队格外重视。赵存祥安排席编合作社编织16领新席分发给学生们。席子的宽度1.2米，长度1.8米，席边用红秫秸篾子编织，图案为“窗棂花”。学生所在生产队组织老社员给学生们每人织一床麦秸苦子，要求麦秸把子大乎的，织出的苦子厚乎的。苦子厚，护腰，暖和，睡觉踏实。

每个生产队都专门拿出5亩地种辣疙瘩菜。这是腌制咸菜的主角。

党金武穿上新做的褂子、裤子和白底黑帮的松紧鞋，虽觉得不自然，甚至有些别扭，但他还是感到身高增加了不少，精神倍爽。

党金武走进想水村一号大院刘宗宽书记家，刘宗宽妻了赵海娥说：“哟，金武来了，你有什么事吗？”

党金武说：“婶子，我想问问朝礼和朝静他俩什么时候到学校报到。我想把苫子和席先运过去，一来好占个好床位，二来上学时只背煎饼包袱和书包就行了。到时再推个苦子席去报到，遇到人多难堪。”

赵海娥听党金武说话有点耳熟，“一来……二来……”噢，跟自己当家的刘宗宽的口头语“一面……二面……”有异曲同工之处。这是怎么了？俺刘家的基因传给党家了？莫名其妙！

刘朝静从屋里走出来，"金武哥说得对，你看俺二哥跟晕头鸭一样，到现在没想起这个事来。就得先把苫子席送过去。你看咱队里给咱织的苫子又大又厚，织的那个席还带红边，还带花，像办结婚喜事似的，见了人，人不笑话咱才怪哩。本来山里人花里胡哨的就遭人嫌，扎辫子还得别朵花，做布鞋还得在鞋面上绣朵花。到学校报到第一炮，咱可不能捅砸了"。

刘朝静说着"鞋帮上绣花"，顺眼看了一下党金武的新鞋，没有绣花，但前面向上撅着、翘着，像清朝时期的花脚螯、翘头鞋。

刘朝静笑了，"金武哥，你这身打扮像迎新客儿的样，太正式了吧"。

党金武的脸有点红，一本正经地说："在家是条虫，出门是条龙。俺爹俺娘举全家之力给俺弄了这身行头，今天先演习一下，把鞋的翘头按下去就自然了。"

赵海娥笑着责怪刘朝静："小静，你这个熊妮子，哪壶不开提哪壶，看金武穿得多是味。赶明儿，你们上刘村街去上学，都得穿得干净的，人模狗样的，不能让人家西乡平原地和城边上的人瞧不起咱。再就是，你们都得好好上，考个前几名，扬眉吐气的。千万不能垫底，灰毛土蛋的，叫人家笑话是吃芋头长大的。"

"金武，我听着你在呢！"刘朝礼说着走进家门。

"金武，你来得正巧，我也张罗着上学校送苫子和席的事了。"刘朝礼高兴地说。党金武说："刚才，朝静说你跟晕头鸭一样，心里没有这一块呢！"刘朝礼说："她小，我有事还跟她商量？她跟着咱沾光就行了。"党金武问："你都是联系的谁？"刘朝礼说："赵凌志、徐宜亮、陈庆红。"党金武说："正好，咱六个人一车子，到时候我推就行了，东西不沉，就是占乎地方。其他的同学让他们结合一下，明天上午，咱一起走。"刘朝静娇怪地笑着说："就俺一个女生，俺就光背个书包跟着就行了。多不好意思。"党金武说："你就是万绿丛中一点红，重点保护对象。两年的煎饼包袱我来给你背。"刘朝礼说："你金武哥个子大，力气大，干这点小事儿手到擒来。欸，金武，到县二中上学，你的烟可得戒了啊。在地里干活，抽就抽了，学校可不行。"党金武说："朝礼，我没有烟瘾，也就是随着大人抽，好跟他们融为一体。这点事我还是有分寸的。"

左士青，外号"喳喳雀"，是宋家掏尽家底在城郭镇讨来的媳妇，是街邦头（城镇驻地）上的人，自称"街滑子"。个头高，皮肤黑，头发稀，走路扬头不看地，经人多，见识广，耳朵长，眼睛尖，嘴快说话不过脑。丈夫宋老二夸媳妇，挂在嘴上的话就是"高高的媳妇门前站，不能出力也好看"。自从他跟左士青结了婚，他的头就低下了，夫妻俩就成为想水村的绝配，“扬头的女人低头的汉”。

左士青近几天发现一个问题，她对丈夫宋老二说：“二憨子，我这几天看咱们大队农中的这些学生怎么都穿得人五人六的跟应（yīng）客儿的样，难说有什么喜事？看衣裳和鞋的样式都是一个样子下来的，白褂、月白褂、蓝褂、蓝裤、布底松紧鞋。还别说，人要衣裳马要鞍，他们穿上新衣服还过俊哞”。

宋老二低着头说：“他们都考上县二中了，到街上去上学，树要皮，人要脸，这个面子不能丢。咱们村也过厉害，一下考了16个高中生，剃头的撂推子，这可不简单。”徐宜亮对娘说：“娘，我得穿上新做的衣服和鞋在街上遛遛，适应适应，不然老觉得别扭。”

他换上新衣服和新鞋，又用掉了一多半齿子的月牙形木梳子梳了下头，头发有点不听指挥，老是上翘，他吐了几口唾沫往头上使劲擦、按，头发暂时委屈地趴下来。

徐宜亮在街上走，见人都说话。街上的人见到他都笑。徐宜亮深以为这身衣裳还是能打动人的，很是满足。他走路故意用脚尖走，不是想增加身高，而是想把新鞋前尖的噘嘴踩下去。

赵凌志见徐宜亮走过来，对他说：“明天吃过早饭到学校送苫子和席”。徐宜亮说：“一切准备好了，明天咱同学们一块走。”赵凌志说：“宜亮，你看你褂子的扣子扣错了，第一粒扣子扣第二个扣孔了，错位了。”徐宜亮自言自语地说：“乖乖，我说他们都笑我。”

山崮县二中是以李姓大院为基础扩建而成。学校院区东北部有水井、水塔、伙房，西北部为单身教职工宿舍和女生宿舍。中间区域一分为二，西部为五排教室，东部再分南北两部分，北部为办公区域，南部为操场。南院墙中间有一座人行天桥，天桥宽约3米，桥上修有1.5米高的石栏，石栏上有精美的花鸟雕刻。桥下为刘村东西干道。

跨过天桥是学校南区，也是地主大院的二进院。院东部为教职工（双职工）家属院。西部有两座二层楼，楼外单梯设计，楼顶小瓦起脊。二楼楼板为木板搭建，这两座楼是男生宿舍楼。西南角建有一个厕所。

赵凌云跟着大叔赵广林和大哥赵存祥来丰源公社汇报工作时，路过这里，赵凌云视为圣地。现如今村里的大哥大姐们将来这里读书，完成高中学业，这不能不对赵凌云产生积极影响。

党金武、赵凌志和刘朝礼、刘朝静、徐宜亮等16名学生用四辆独轮架子车推着苫子、席向县二中赶来。刘朝静背着书包走在中间，她看着党金武高大的身躯和娴熟的推车技术，心想“金武哥像个生产队队长，哪像个高中生呀”。

她又快赶几步走在金武哥的身后，不知怎么的，她喜欢闻金武哥身上的味道，她闻着这股气息醇厚，给人以力量和安全感。

党金武与同村的同学相比，年龄略长两岁，个头大，加上他在生产队劳动锻炼，可以说，在很多方面他可与大队长赵存祥比肩。

来到山崮县第二中学门口，他们还是被学校的气场震撼了。高高的门楼，宽阔的大门，大门左侧的门脸柱上挂着白底黑字的木牌“山崮县第二中学”。

赵凌志站在大门口，上下里外环视一周，右脚在地下小幅度跺了一下。他心里想：“我要在这里勤学苦读，脱胎换骨，改变命运。”

徐宜亮捏了一下最上面的褂扣，进入庄严的圣地，可不能再扣错扣子，然后下垂的手握成个拳头。此时此刻不知他想些什么。

看门的师傅看到这群青年，穿得周周正正，就知道是来报到上学的，多此一举地问道：“你们是来报到的新生吗？”

党金武说：“是的老师。我们到哪里住，您知道吗？”看门师傅说：“女生在西北角的排房里，男生在南院的楼里。女生宿舍，男孩子不能去。”刘朝礼说：“我是女生的哥也不能去吗？”看门师傅说：“你是女生的姐行，哥不行。”赵凌志笑着说：“变性是来不及了，听老师的，快进去吧。”

党金武推着车子拐进女生宿舍门口，这里已来了不少的学生。这些女孩子，个高的、个矮的、穿花的、穿蓝的、扎辫的、散头的、布鞋的、球鞋的、长脸的、圆脸的。皮肤惊人地一致，黑里透红，都是经风雨见世面的农家女。

党金武卸下刘朝静的苫子和席，“朝礼，你帮朝静送到门口就行了。”刘朝礼小声对刘朝静说：“小妹，我看了，你在这里边长得不算太丑，要自信。”党金武说：“朝礼，你滚熊，你的眼长腚上了，还替你妹妹谦虚，朝静在这里绝对是数一数二的俊。”众人捂着嘴笑得直跺脚。

刘朝静噘了一下嘴，又笑了笑，没搭理这些二百五。

刘朝礼将苫子席竖在女生宿舍门口，转身离开。刘朝静见屋里的床空着好几个，她选了一个靠窗最偏的一个。

刘朝静和几个同学分别作了自我介绍。虽为新同学，但都是乡里乡亲的，熟络得也快。

一位同学说："当阳里（当中）的这个好，你来得早，先挑好的呀！"刘朝静说："不碍（没事），把好的留给晚来的同学吧。省得她们为来晚闹心得慌。"

说着，刘朝静朝她们笑了笑。

刘朝静解开捆绳，将苫子、席在床上铺开，宽度正好，有点长，正好在一头窝起来。刘朝静打心眼里感激大队长赵存祥，想得周到，连苫子席的尺寸都能想得到，我这里有点长，那男生的可就正好了，特别是金武哥的个子高，就得长一点。

几个同学看到朝静铺开的席子镶着红边十分漂亮，她们用手摸着光滑锃亮的高粱篾席子，又按了按暄腾（松软而有弹性）的麦草苫子，感叹道："欸，朝静，你的苫子和席真好，苫子像海绵垫子，席子漂亮极了。"

刘朝静说："都是俺大队合作社给我们准备的，大队长特意安排要织厚点的苫子，冬天暖和，不毁腰，席子镶红边喜庆，老习俗。"说着，刘朝静腼腆地笑了，"是不是有点太庄户太土气了？"

几个同学羡慕地说："你们大队可真好！这是宣传手工艺呢！哪里叫庄户和土气？"

刘朝静看了看几个同学的苫子席，有蒲草的，有麦秸的，也有藤席子，虽然有些洋气，但很单薄。

在想水村，吃喝拉撒，穿衣睡觉不讲土和洋，只讲养人不养人。吃饭要喝汤，煎饼要卷葱，穿衣领高袖子长，大裆的棉裤偏襟的袄，床上的苫子要扑瓢（暄腾）。

由土到洋是一种进化或一种进步，由洋到土是一种返璞归真。社会就是在土和洋、洋和土反复交替和不断变化中前进。可能，极有可能是，土到极点便是洋到极点了。

党金武　行将刘朝静的床铺（苫子席）放卜后，推着车向南院男生宿舍走去。

他们边走边看，操场东墙上刷着的白墙红字："发展体育运动，增强人民体质"标语格外醒目。党金武右手撒开车把，把胳膊屈肘向上弯了一下，胳膊上凸起两个肉疙瘩，自言道"还行！"

将车子放到墙根，他们爬上天桥，扶栏西望，刘村的半个风景尽收眼底。依栏东望，那是隔墙的丰源公社中心小学。站在中间向南看，两座青砖墨瓦的二层楼很是壮观。

赵凌志触了"凭栏"的景，生了"发誓努力"的情，朗诵起了岳飞的《满江红·写怀》：

> 怒发冲冠，凭栏处，潇潇雨歇。
> 抬望眼，仰天长啸，壮怀激烈。
> 三十功名尘与土，八千里路云和月。
> 莫等闲，白了少年头，空悲切。

刘朝礼说："凌志，别空悲切了伙计，咱赶快看宿舍去吧。"说着，刘朝礼向南下了天桥。

党金武等一干人跟着向南院走去。南院沿着天桥根由一道南北墙隔开，墙为青砖墙，白灰勾缝，墙高 2.4 米左右，墙的下部为实墙，上部 60 厘米为窗棂花镂空墙，墙顶由小瓦覆盖。墙中间留有圆形大门，因其形而取名，叫"镜门"或"月姥娘门"。墙东家属院内不时传来几声鸡叫、狗叫和猫叫。墙西的宿舍区除几个提前来报到的高一新生，几乎没有什么动静。倒是想水村的十几个青年的到来，提升了这里的人气。他们先跑向西南角的厕所解了个手，这是丝毫不能谦虚，也是迫不及待的事情。

党金武领着大家先看西面的楼，楼东墙上涂着"2"的图案，这是 2 号楼。楼的一层木板通铺床上已铺满苫子席。从东边楼梯爬到二楼，二楼的门敞着，里面空荡荡无一物。他们下楼往东面的楼走，东面楼的西墙上涂着图案"1"，这是 1 号楼。两楼之间有一棵上百年的合揉粗的大榆树。榆树欲与两楼试比高，它的高度已超越了楼的高度。

1 号楼的一楼的木板架起的大通床上也已铺满了苫子席，他们爬上二楼，里面已来了七个人。刘朝礼问："同学伙计，你们是今天来报到的新生吧。"其中一位年龄稍大的同学说："是的，你们也是来报到的？"

刘朝礼说："是的同学，一楼怎么这么快就住满了！""不是这样的。一楼是高二级部的学长，他们从高一升到高二了，住宿从二楼全部搬到了一楼。"那位同学说。

陈庆红摸了一下头说："这年级升上去了，宿舍怎么还下去了呢？"

党金武问道："同学你是哪村的？这两个楼咱都可以住吗？"

同学答道："俺是落凤山村的，姓俞，俺叫俞守仁。这两个楼的二层，我们新生随便住，咱来得早，可以挑选个好位置"。党金武说："守仁同学，我们下步可就是老同学、老伙计了，一辈子同学三辈子亲，咱互相帮助。我们下去搬苦子席。"俞守仁说："走，我们帮你们去搬。"

党金武说："不要，我们一人一个正好，你们去了窝工。"

第51章

党金武和想水村的同学来到北院的南墙根，他们七嘴八舌地商议着住1号楼还是2号楼，住房间的哪个位置好。

"两座楼坐北朝南，左青龙，右白虎，左为上，右为下，好在两个楼般（一样）高。""1号楼离厕所远，解手不方便。2号楼离厕所近，解手方便但有味。""1号楼不掩静，2号楼掩静。""选位置不能靠窗，不能冲门，不能在梁头底下，不能在电灯底下，最好不靠墙，在中间。"

综合大家的意见，除徐宜亮以外，大家都赞成住1号楼。大家的理由是，2号楼离厕所近，气味不好。徐宜亮尿（sui）泡系子短，小时候，他娘把尿把得勤，有夜起撒尿的习惯，有时还尿床。所以他坚持住2号楼。

从他们选位置的观点看，大家来时，爹娘已经把所有的风俗习惯、古人古语、经验传统全部传达给了孩子，虽谈不上风水，但也有忌讳。"不听老人言，吃亏在眼前。"人人的话，不能不听。

党金武说："宜亮，你自己去2号楼住，我们14条好汉住1号楼，到了宿舍，大家再见机行事选位置。咱们把苦子席铺好，赶快喊朝静一起回家，准备一下，我们明天还得来正式报到。"

徐宜亮扛着苦子席，头歪着，一支胳膊向上卷着，另一支胳膊前后拽着，两条腿崴巴崴巴，爬向2号楼2层。偌大的空间一个人没有，寂静得还真有点让人发毛。他放下苫子，在楼板上走了两个来回，楼板微颤着发出咚咚的响声，还有一丝空旷的回响。

老爹徐金凤的教诲回响在耳畔，"不冲门，不靠窗，不对梁，不挨墙，不对灯。冲门有过堂风，靠窗生邪风，梁头压着不吉利，靠墙有蛇虫，对灯散元气"。

徐宜亮察看完地形，突然背起了手，背稍驼，眼朝下，叉开腿，盯着看了一会儿地板，他决定要靠近屋门，但不冲屋门，这样就摆脱了所有的忌讳。还主要是他要经常夜起，住在里面虽然更好，但不适合自己。

他用步子量了量，用眼瞄了瞄，把苫子席铺在了不冲门却近乎对着门的地方。铺完，他又东西用脚量了一下，南北用眼瞄了一下。他不放心，怕离开后，谁再动了他的位置。一动就毁了，那十有八九要冲门。他想下楼找两块砖，将位置占上。他下楼在墙根找了两块砖，砖上有像蚂蜂窝一样密密麻麻的小孔。他拿起砖，一股浓浓的尿味袭来，他像喝了一壶一样，直接晕了一下。这两块砖在墙根被尿浸透了。他将两块"臊砖"放到自己的苫子席的头上。

党金武和赵凌志、刘朝礼等14个人将苫子席扛到1号楼2层。俞守仁等同学帮他们接下来。刘朝礼避免楼板咚咚响，站着上下左右地看着。只见党金武将自己的苫子正对着门铺开来。

赵凌志说："金武，你怎么冲着门口铺了？"陈庆红说："金武，咱来得早，到处都是好地方，你怎么捡了一个最孬的地方铺。"

俞守仁也劝党金武找个好点的地方铺。党金武说："这也没什么大不了的事。不要信那些迷信，对着门，无非风大点。咱大队给咱织的苫子厚，我的体格好，能扛得住，把好地方留给其他同学吧！"

"说得好！把好地方留给别人，先人后己。"一位戴着眼镜，头发微微自来卷，留着小背头，穿着藏青色薄布中山装的中年男子走了进来。

来人进屋说道："你们都是来提前报到的高一新生吧？我是高一的班主任赵恒春，我就住在你们隔壁东边的家属院里。"

看到比自己个子还高，黝黑憨厚朴实的党金武把苫子铺在正对门口，"刚才，你说的话我都听见了，你说得好，做得对。你是哪个村的？"

刘朝礼赶忙说："老师，我们是想水村的，这次，我们村考上16个高中生。他是党金武，我是刘朝礼。"赵恒春老师说："哟！你们村是个大户呀，其他村也就三五个，最多七八个。迪老师还在你们村吧。他是我大学同班同学，也是我大学的班长。他可给山区教育做出了巨大贡献呀。"赵恒春老师说，"你们都要向党金武同学学习，出门在外，多替他人着想，吃苦在前，享受在后。要把精力转移到学习知识上来，知识改变命运。你们无论在学习或生活上有什么困难要及时给我说，我们共同克服。就把我当成你们迪老师就是。"

赵恒春拍了拍每个同学的肩膀离开宿舍。俞守仁说："金武，第一天，我们就沾了你的光，认识了赵老师，还受到了老师的肯定和表扬"。

党金武笑了笑没有说话。赵凌志说："朝礼，咱挨着金武一字儿铺开，别再受这事儿那事儿的束缚影响插花分开铺了"。

大家取开苫子、席一溜铺开。哦！哇噻，壮观的一幕出现了。

想水村 14 个同学的 14 个厚苫子上铺着带花边的秫秸席，简直就是一幅美丽的图画，仿佛对这个古老的小楼进行装修装饰一般。凡事有规格就有气势，有规模就能显现出效果。

·多亏徐宜亮上了 2 号楼，要不然，赵老师发现他的杰作，那可就丢人丢大发了。

刘朝礼和赵凌志在门外的楼道上从东到西走了一趟。楼道被 1.5 米高的女儿墙围挡着，"女儿墙"是用青砖砌垒的厚度一砖的墙，下部 1 米为实墙，上部半米为镂空。刘朝礼站在西头，两手罩着嘴，对着 2 号楼喊道："徐宜亮，回家了"。赵凌志笑着说："朝礼，你造洋业，你这样喊法，人家听着以为徐宜亮上吊了呢！多不吉利。"刘朝礼回笑一下，急忙改口喊道："宜亮，请下楼！"

老榆树的枝叶随风摇动，像被这几个青年逗乐了。

徐宜亮看着空荡荡宿舍里他那唯一一铺开的苫子席，又瞅了瞅苫子头两边的两块"臊砖"，放心地走出宿舍门口，对着一号楼喊道："朝礼，我弄好了，走！走！走！"

党金武一干人推起独轮车向校门口走去，这时的校园人来人往，提前报到的学生多了起来。有用肩扛者行李的，有用独轮车推的，有用地板车拉的。刘朝礼走近女生宿舍叫上妹妹刘朝静。

出了校门，从北面飘来一阵阵饭菜的香气，那是从国营供销社饭店飞出来的。突然，刘朝礼提议道："咱到供销社饭店喝碗丸子汤吧。"众人不约而同地摸了摸上衣的口袋。徐宜亮上下摸了两次，在宿舍楼起来欠去，弯腰趴身，说不准装在上兜的毛革就串跑了。还好，硬硬的还在。

他们来到供销社饭店门口，把车子整齐地排列放好，走进饭店。刘朝礼朝一位穿着白色围裙，头戴松紧卫生帽的中年老大姐问道："有丸子汤吗？"中年妇女上下打量着这群穿着整齐的青年说道："有丸子汤。你们是东山里到这边行来往（走亲戚，参加红白喜事）的吧？"

赵凌志问道："你怎么知道我们是东山里来行来往的？"

中年妇女道："看你们穿得周周正正的，从扮相上看就是。"

赵凌志说："还扮相，我们在演戏呢！"中年妇女道："穿衣戴帽，各有所好，一看就是山里人。"此时的赵凌志十分恼怒，放屁都是臭的。

刘朝礼说："我们买16碗。"中年妇女开了单子，交给大厨。大厨问道："能吃辣吗？"党金武问刘朝静："朝静，你能吃辣吗？"刘朝静说："能。"党金武抢先答道："多放点辣椒，辣乎的，咸乎的，材料放全。"徐宜亮笑着补充道："要拉馋，辣椒子盐。"

每碗一毛钱，各自付账。刘朝静对党金武说："金武哥，我这里有两毛钱。"党金武说："各人付各人的，你给你哥吧。"

陈庆红从背包里掏出几个地瓜干煎饼，用手撕开，每人一块。

"庆红，你怎么还带了煎饼？"刘朝礼问道。"俺娘说，饱带干粮暖带衣，我怕咱们路上饿，就带了几个。早知道，就多带点了。"陈庆红答道。

他们将煎饼放碗里一泡，大口吃了起来，这个丸子汤地道，还真有点像吃大席一样。

中年妇女看着他们的地瓜干煎饼，确定这帮人是东山里来的，她为自己阅人无数、独到而入木三分的眼光而自豪。

党金武问刘朝静："朝静，你占的宿舍哪个位置？"刘朝静说："我在靠窗的地方，把当阳（当中）的好点的地方留给晚来的同学，免得她们难受。再说了，咱的苦子厚，不怕冷。"赵凌志问徐宜亮："宜亮，你占的哪个位置？"徐宜亮貌似淡定，充满豪爽和满不在乎地拉了一下长映说："哎呀，哪有这事儿那事儿的讲究和磕牌（思想约束），咱不是说大话使小钱儿，我就在靠门口近的地方铺上了，什么冲门不冲门的，没有根本性的了不起的无所屇谓。"

说完，他想到了用来占窝的两块"臊砖"，嘴角向上挑了一下，但是没笑出来。

党金武说:"看样子,咱虽然来得早,但却没有挑三拣四,这样好。咱村里的老人说,在家是个和尚出门是个僧。咱想水村的人出门就得有咱村里人的风骨和情怀,就得给人留下好印象。"

中年妇女听出来了,这是一帮来山崮县二中上学的青年。从话里听出来,这些山里人实诚,品质不错。

吃过饭,他们推起车子向东走去。赵凌志愤愤地说:"刚才,那个女的看第一眼就说咱是山里人,还像有些看不起人似的。奶奶的,平原地的人就长七个鼻子八个眼?城里人就长三个蛋?你看这些吃公家饭的,像是比别人高一截似的,横鼻子竖眼地看别人。你看她那个牛屎拍脸,雪花膏都没搓开,像驴屎蛋子上下层霜。"

刘朝静说:"人家就说咱一句是山里来的,你看你把人家褒贬得淌屎。"

推着车,走在大路上,刘朝礼率先唱了起来,大家一齐合唱电影《青松岭》插曲《沿着社会主义大道奔前方》。唱罢一曲,赵凌志又领头唱《咱们工人有力量》。

他们唱着、说着、笑着,走进了想水村。

第 52 章

凌云娘请公丕柱大兄弟搭伙烙煎饼,公丕柱的手艺好,烙的煎饼漂亮,赵凌志带着上学既撑放(放的时间长)又有面子。娘安排凌云和凌峰去把丕柱娘公张氏也接过来,免得她一个人在家孤单得慌。

公丕柱提着一小袋面走在前,凌云和凌峰搀扶着大奶奶走在后面。走几步,大奶奶就歇一下,张口喘几下。大奶奶有些过意不去地说:"凌云,我儿,你大奶奶不管了,一走路就憋得慌。"

赵凌云安慰道:"大奶奶,您行壮着来,年纪大了,咱慢着歇着走,没事的。"大奶奶喘着气哼哼着说:"人老了就没用了,人不老多好!"

赵凌云边走边用一只手轻轻地拍着大奶奶的后背。

凌云娘支好鏊子，把一把椅子放在鏊子的上风口。

公丕柱走进凌云家，"二嫂，先和我的面，先烙俺家的，把鏊子调好，再烙你家的，好给凌志烙点好煎饼"。凌云娘说："他大叔，什么都想得到。"

赵凌云扶着大奶奶走进院内，高兴地喊道："娘，俺大奶奶来到了。"

凌云娘急忙上前去扶老人，把她领到鏊子边坐在椅子上。

公张氏老人坐在椅子上，她从大襟里拽出粗布手巾擦了擦眼角和鼻子，问道："他嫂，多烙些煎饼，是不是家里有喜事？"凌云娘笑着说："大婶子，有喜事，俺大儿考上高中了，上学得带煎饼。"

公张氏空嚼两下干瘪的嘴说："凌志考上高中了，大喜事！"

赵凌云说："娘，你拿出咱的新瓷盆，让俺大叔用新盆和面，贺贺新。"凌云娘说："真是的，咱得用新盆和面，喜庆！"

凌云娘拿出凌云陪大舅在向阳市推来的套盆中的大号盆"，说："大兄弟，这是俺刚买的新盆，咱用这个和面。"

公丕柱将他带的半袋面一下子倒进新盆，高兴地说："这个盆真带劲，能捉货（装多东西）。"

赵凌云拿个板凳坐下，他划了根火柴，点着一把鸡毛缨子干草，接着将干草续到鏊子底下，他将烧着的柴草用火钩向鏊子的四周摊着。烧鏊子要匀，不要有死角，鏊子凉了不沾面，滚不上。

公丕柱往油布子上醮了一点油，他用油布子把鏊子擦了一遍，他拿着面蛋在鏊子上滚了一圈，说道："小云，你把火往东南角再摊摊，这里有点凉。"赵凌云说"好滴"。

公丕柱从盆里捧出碗大的面蛋在鏊子上由外到里一圈圈滚动，最后在鏊子的中心收尾，鏊子上升起泛着白色的烟雾。然后用竹匹子在上面刮擦，待煎饼中间略显焦黄，用竹匹在煎饼边一挑，将煎饼从鏊子上扯下。

公丕柱表扬赵凌云，"凌云烧鏊子还真行，火候恰到好处，还均匀"。

原来烙煎饼时，第一张和第二张都会出现"滑塌子"，或煎饼上带孔。今天的第一张就很漂亮。

赵凌云拿着劲，用火钩不断地钩、拉、推、摊，将火力和鏊子的温度控制稳定。公丕柱滚煎饼的速度越来越快。一张一张，不大一会儿烙出了厚厚一沓。

凌云娘拿出一张煎饼撕下一块，回到屋，抹了一棒子花生油放在煎饼里，将煎饼卷成一个薄薄的卷，送给公张氏。

"大婶子，你先吃块新煎饼。"凌云娘说道。公张氏接过煎饼，边吃边说："新煎饼真香，真好吃。"

公丕柱把自己家的面烙完，接着烙赵凌云家的。

凌云娘说："大兄弟，我来烙会儿吧，你歇会儿。"公丕柱说："二嫂，我不累，这点活儿还算活儿？你忙你的，我和凌云配合得很好。凌云干吗像吗，抓阄管，学习管，烧鏊子也管，是个全才呀。"赵凌云笑着说："大叔，小意思。人，什么都得经过，技不压身。"

赵凌云将自己跟大舅上向阳市陶瓷厂推缸的事和在向阳市区的所见所闻有声有色地向公丕柱讲述着，公丕柱乐得拢不上嘴。当赵凌云讲到"向阳市区的鸟跟咱这里的鸟长得一模一样"时，公丕柱说："那些鸟可能是咱村里的鸟飞过去的。"

赵凌云说："也是，可能是咱这里的鸟飞过去的。候鸟就是这个习性，从南到北，从北到南满世界飞。向阳市区离咱这里就这百十里地，候鸟、留鸟来去自由，就像人一样，都是本乡本土的好邻居。海阔凭鱼跃，天高任鸟飞。"

公丕柱问道："凌云，你刚才说的姓侯的鸟和姓刘的鸟是怎么回事，鸟也有姓？"赵凌云说："大叔，你撂撂得跟羊肉汤样，鸟怎么还姓侯姓刘。我说的是候鸟，气候的候。留鸟，留住的留，我留你吃饭的留。候鸟就是随着季节和气候变化而迁移的鸟，冬天怕冷向南方去，春天一暖和就回来。留鸟就是土生土长，终年生活在一个地方，不管天冷天热，气候变化，都不走。"公丕柱说："怪不得，燕子和大雁，咱在冬天见不着呢！这可能是候鸟，像山喳子（喜鹊）和掺掺木（啄木鸟）、小凤子（麻雀）冬夏都有，这可能是留鸟。"

赵凌云说："极是，就是这样的。"公丕柱说："凌云，你可是咱庄上的大学问家了，你比你老爷的学问都深。"赵凌云说："不敢当。我都是从书本上学，或者听迪老师讲的。俺迪老师才是真正的大学问家。"公丕柱说："凌云，咱爷俩一块干活儿，一点儿也不觉得累。"赵凌云说："大叔，干活儿就要快乐着干。"

公丕柱和赵凌云干着活儿，说笑着。公张氏老人看着可爱的赵凌云专心地烧着鏊子，还嘴不停地给公丕柱讲着。她听不见，但在公丕柱和赵凌云笑时，她会拾个二笑跟着乐，也会好奇地问："凌云，你跟你大叔说了什么？"

赵凌志回来了，他热情地给大奶奶、丕柱叔打了招呼。娘问道："凌志，你们把苦子席提前送去，顺当吧？"

赵凌志回娘话："很好！很顺利！咱村里的俺十多个同学，除徐宜亮之外，都住在一起，苫子席一铺开，可好看了，很有面子。"

娘问道："徐宜亮怎么不跟你们住一起？闹过节了。"

赵凌志说："哪闹过节！是他想住离厕所近的地方，解手方便，这家伙尿泡系子短，尿勤，夜里肯解手。"赵凌云笑着说："让他拜鸡大哥呀。鸡大哥，鸡二哥，叫你黑天屙，叫我白天屙。"赵凌志笑了，"你去跟徐宜亮讲，要拜今天快拜，明天，就住校了"。娘说："为了给你带点好煎饼，今天专门请你丕柱叔来给咱烙煎饼。晚上再给你多用点油炒咸菜，香亮的，在外吃饭好有面子。"

赵凌志看着那一沓地瓜干煎饼，想着那黢黑的老咸菜，还有丰源供销饭店的中年妇女"你们是东山里来的吧"那讥笑人的话，他脸上掠过一丝忧愁、不悦和愤怒。

他一缓神，还是面带微笑，礼貌地说："谢谢俺丕柱叔！"

面蛋还剩拳头大小，公丕柱用一个手滚动面蛋，烙完最后一个煎饼。赵凌云不断用草灰盖着未燃尽的秆草，将火熄灭。

凌云娘熬了绿豆米稀饭，给公张氏老人炒了一盘鸡蛋，又炖了一碗豆角，留公丕柱娘俩吃了晚饭。赵凌志、赵凌云和赵凌峰弟兄三个将公张氏大奶奶和公丕柱送回家中。

太阳冉冉升起，想水村的青年就像这八九点的太阳，充满着朝气，充满着希望，充满着信心奔向理想和前方。

赵凌志、党金武、刘朝礼、刘朝静等16个同学背着包满煎饼的包袱，挎着装着咸菜瓶的书包，告别父母兄弟姐妹，向山嵎县二中走去。

三瞎子赵广清欣闻16个青年踏上新的求学之路，赋诗一首，并声情并茂地朗诵道：

> 想水村开了光，十六举子出了庄。
> 丢掉锄头捧起书，学习知识劲头足。
> 书中自有颜如玉，书中自有黄金屋。
> 父老乡亲齐祝福，金榜题名上家谱。

朗诵完，赵广清感觉还不够味，又打着拍子唱了首《小二郎》：

小么小二郎

背着书包上学堂

不怕太阳晒

也不怕那风雨狂

只怕那先生骂我懒呀

没有学问我无脸见爹娘

嘟哩个嘟哩个嘟哩个嘟

没有学问我无脸见爹娘

第 53 章

想水村炸开了锅。一大早，喳喳雀左士青对丈夫宋老二咋呼道："二憨子，迪老师上调了。"

宋老二一怔，将簸箕的米忽的一家伙倒进窝盆里，由于急慌，撒出去一大半。拿着簸箕和门后的笤帚疙瘩就往外冲。

左士青喊道："你干吗去？"宋老二说："我赶快爬屋脊给迪老师叫魂去，早点，兴许有救。"左士青笑着说："怎么？你以为迪老师上吊了。"宋老二说："是呀，你个乌鸦嘴，你不是说迪老师上吊了？"

左士青说："人家高升了，调大城市工作了。你这个长瘊（hóu）的死鬼，脑子叫驴踢了，还是让门缝挤了？竟想到迪老师上吊这个不吉利的事，你这不是作践人嘛。"

宋老二木呆地站在那里，眼里流出了泪，"我的个娘哎，可吓死我了。迪老师没事就好！迪老师没事就好！一大早喜鹊喳喳乱叫，让你个丧门星一说，我满脑子都是乌鸦叫。"

向阳市人事局和市教育局研究决定，调迪思科同志到省重点中学向阳市第一中学任教。想水村的老老少少听说迪老师要调走都哭了，留恋、感激、高兴、祝福、期盼，五味杂陈。

迪老师召集想水村小学的老师开了个小会。迪老师说："各位老师，由于工作需要，调我到向阳市第一中学工作，三天内到岗到位。我非常留恋想水村，留恋在座的各位同人，留恋想水村的孩子们，留恋想水村的父老乡亲，留恋想水村的古杨树和想水村的一草一木。我来想水村工作，实现了我的理想和愿望。在此期间，你们给了我无微不至的关怀和帮助，在此，思科给你们鞠躬，谢谢你们了。"

迪老师弯下腰，给大家深深地鞠了一躬。迪老师接着说，"山区很苦，山区的孩子很苦。山区的孩子一点也不笨，甚至更聪明，更有吃苦精神，更有潜力。知识改变贫穷，知识改变命运。山区需要教育，山区需要优质的教育，山区需要我们这些老师，我们一定要不忘初心不负使命，倾心尽力，把孩子们教好。我虽然离开想水村，但我一定会一直关注这里的教育，帮助这里的教育和孩子，为他们实现理想，尽智尽力。"

迪思科老师握住朱育仁老师的手，"朱老师，您作为公办教师，要多带一带咱这些民师弟兄，帮他们把教学搞好，帮他们实现理想"。

迪老师深情地对民办教师这些同人说：各位老师，你们作为民办教师，光荣却很辛苦，工作待遇不高，还要种地干活，还要照顾家庭。我希望你们要坚守理想信念，坚持就是担当，把孩子们教好。平时，在劳动和工作之余，要多看书，多学习，遇有机遇，也可以再当学生，走进大学课堂。这不是天方夜谭，机遇总是留给有准备的人。下步你们有什么困难，无论是教学还是个人学习，都可以给我写信交流。我们是永远的朋友！我们的友谊万古长青！

朱老师握着迪老师的手说："思科，你作为师范大学的高才生、学生会干部、优秀老师，主动申请来偏远山区小学教学，你是教育战线的一面旗帜，你是教师的楷模，你的选择、你的精神和行动无愧于人民教师的光荣称号。下步，你的舞台更大，你的才能将会在更大的平台和更高的层次发挥更大的作用，我们祝福你！"

民办教师侯贺堂两手握住迪老师的手，眼泪止不住地往下流，他哽咽着说："迪老师，您的话，我们将牢牢记住。我认大鼓艺人苗祎先生为师学说大鼓，一是想在假期和闲暇之余能多挣点钱维持家用。二是想把口才练好，让文学功底再厚些，视野再开阔些。但我坚守三尺讲台的信念始终如一，决不会放弃。"

赵存祥带着赵凌云来到学校看望迪老师。赵存祥说："敬爱的迪老师，听说您调走高升，我不知道是高兴还是悲伤，我实在是不知道怎样表达我的感情。村里的社员听说您调走，都难过得不行。我给刘宗宽书记汇报，想给您开个欢送会，表达山村群众对您的深情厚谊。我还想问问您到向阳市工作，还需要什么生活用品，我们尽量满足。"

迪老师说："存祥，我就是想水村人，本村人外出工作，是再正常不过的事情，你可不能拿我当外人。大家都很忙，欢送会就不要了。生活用品，我都准备了，也不需要。我想，你安排席编合作社给我编个席，我铺着，心里好踏实，别的一概不要。谢谢你！"

赵凌云听迪老师要调走，一头扑向迪老师，趴在迪老师的肩膀上"呜呜"地哭了起来，泪水浸湿了迪老师的衣服。

迪老师拍着赵凌云的肩膀哽咽着说："凌云是个好学生，凌云是个好孩子。你要坚持不懈，好好学习，山窝窝里定能飞出金凤凰。下步在学习上有什么困难，你尽管给老师说，我当鼎力相助。老师期待着你，愿你有个美好的人生。"

赵凌云擦了擦眼泪，哆嗦着嘴，强挤出一丝笑容说："老师，前段时间，我跟着我舅到向阳市陶瓷厂推缸，我到市区看见向阳市第一中学了，太气派了。我为我老师到那里工作而感到自豪！"

迪老师高兴地说："我的爱徒赵凌云给我打了个前站，好呀！"

迪老师、赵存祥和赵凌云都笑了。

赵存祥安排席编合作社负责人张洪英，"大娘，迪老师被调到向阳市第一中学工作，咱也没有拿得出手的东西送他。你亲自操刀给他编张席，让他带着铺，也算家乡人的一点心意。席的尺寸，宽 1.5 米，长 1.8 米。用红秫秸篾子嵌边，中间编上三个字'心连心'"。张洪英高兴地说："太好了！我们晚上加班，明天编出来。漂亮的！"

张洪英叫了手艺最精的两个社员破篾子，打底，量尺寸，编出了一张平滑精致的席。席的中间嵌有"心连心"三个字。席边嵌着一圈窗棂花图案。

赵存祥将席子交给迪老师，迪老师连呼："漂亮！漂亮！太漂亮了！"

赵存祥和赵凌云陪着迪老师来到古杨树跟前，迪老师给古杨树鞠了一躬。他弯身拾了两片杨树叶，放进上衣口袋，又从古杨树根部捏了一撮土，用纸包住放进衣兜里。

赵存祥和赵凌云又陪着迪老师来到赵满福老人家中。进屋后，迪老师两手握住赵满福老人的手说："赵老先生，我调走了，来跟您老辞个行。"赵满福老人握着迪老师的手连声说："好事！好事！你可是好人！你可是想水村的大恩人！"说着，赵满福老人的眼圈红了，嘴有些哆嗦，胡须颤动着不停。

赵满福老人稳了下情绪说："存祥和凌云跟我说了，你高就了，我很高兴，就是舍不得你走。"说着，赵满福老人说："我给你写了幅字，权当纪念吧！"赵满福让赵凌云拿过红纸黑字的横幅："忠诚党的教育事业！赠挚友迪思科同志。"落款："山人赵满福敬题。"

赵满福老人双手递给迪老师，迪老师弯腰双手接过赵老先生的墨宝，说道："老人家，我一定不辜负您的希望，教书育人，终生不悔。"

赵存祥赶到刘宗宽家，商量欢送迪老师的相关事宜。刘宗宽让赵存祥说一说想法和打算。

赵存祥说："我想，咱在大队门口召开全体社员大会，因为全体社员对迪老师感情很深，别让迪老师闷不作声地离开，给社员留下遗憾。让学生们唱首歌活跃活跃，这些歌也都是迪老师教的，让他再次感受到学生们的成长。"刘宗宽听着、思考着，说道："我感觉这样很全面，很好，咱就这样办。明天，在大喇叭上下个通知，让社员都参加。"

刘宗宽看了一眼赵存祥说："存祥，你看咱晚上是不是做桌子饭，请迪老师吃个送行饭。咱就做点咱家乡的土饭、土菜，表达一下我们的寸心。"赵存祥说："那忒好了！迪老师很讲究，他再三说不想麻烦咱，不想浪费。我想咱就安排二队做包豆腐，大队出钱买只羊，再杀几只鸡，吃个热豆腐，喝个羊肉汤，炒个辣子鸡，我安排赵存壮大哥办这个事。"

刘宗宽说："参加吃饭的人员可以多点，代表性强点，让大家都参与参与。合作社负责人、学校的全体老师，每个生产队再选两个社员代表，办三桌足够了。我想社员都能理解，都会赞成，咱不是死吃烂喝，铺张浪费。十年九不遇，咱这条子事得办，不办，对不起迪老师。在对迪老师的感情方面，咱还真不能完全代表社员。"

想水村的社员集聚大队门口，他们拿着板凳，挎着篮子，篮子里有的放着鸡蛋，有的放着小米，有的放着地瓜干。

大队门口的石墙上贴着用红纸黑字组成的会标："欢送迪思科老师大会"。主席台用几张桌子对着组成。朱育仁老师组织全校小学生坐在主席台下的最前面。社员们男女老少不分前后左右自行坐着。

迪老师坐在主席台的最中间。会议由赵存祥主持。

赵存祥站起来说道："广大社员，父老乡亲，今天，我们村，我们大队在这里举行欢送会，欢送迪思科老师到我们向阳市最高最好的学校，省重点中学向阳市第一中学任教，这是党的需要，是组织的需要，是我市教育的需要。这是迪老师的光荣，也是咱大队的光荣。迪老师到市里工作，是我们大队的大喜事，我们要用最隆重的礼节欢送迪老师。"

赵凌云站起来领唱歌曲《每当我走过老师的窗前》，同学们全体起立合唱：

静静的深夜群星在闪耀
老师的房间彻夜明亮
每当我轻轻走过您窗前
明亮的灯光照耀我心房
啊啊啊
每当想起你
敬爱的好老师
一阵阵暖流心里激荡
培育新一代辛勤的园丁
今天深夜啊灯光仍在亮
呕心沥血您在写教材
高大的身影映在您窗上
啊每当想起您
敬爱的好老师
一阵阵暖流心中激荡
新长征路上老师立新功
一群群接班人苗壮成长
肩负祖国希望奔向四方
您总是含泪深情凝望
啊每当想起您

敬爱的好老师
　　一阵阵暖流心中激荡
　　一阵阵暖流心中激荡

　　接着，迪老师站起来，指挥同学们唱起《我们是共产主义接班人》：

　　我们是共产主义接班人
　　继承革命先辈的光荣传统
　　爱祖国爱人民
　　鲜艳的红领巾飘扬在前胸
　　不怕困难不怕敌人
　　顽强学习坚决斗争
　　向着胜利勇敢前进
　　向着胜利勇敢前进前进
　　向着胜利勇敢前进
　　我们是共产主义接班人

　　全体同学整齐划一向主席台敬了一个少先队礼，转身又向村里的所有社员敬了一个少先队礼。

　　社员们激动得直抹眼泪，平时在身边的这些孩子，唱歌敬礼真好，真洋气，跟城市的孩子没什么两样，这都是迪老师教得好。

　　赵存祥主持道："下面请我们的迪老师讲话。"

　　迪老师站起来，笑了笑，眼泪却不听招呼地直流。他弯腰向主席台下的社员和学生鞠了一躬，又分别转身向身边两侧的主席台上的同志鞠了一躬。他用手背擦了擦眼睛，手背上粗糙的皮肤磨得脸有些疼。

　　迪老师说："各位父老乡亲，亲爱的同学们，我响应党的号召，来咱们想水村工作学习锻炼。几年来，我在大家的关心帮助下，力所能及做了应该做的工作。我走着想水村的路，虽然石头多，但踏实；我呼着咱想水村的空气，通畅洁净舒服；我喝着想水村大坑的水，哪怕是大雨后的泥汁子，也觉得滋润；我吃着想水村的地瓜干煎饼，虽然有时烧心，但香甜压饿上瘾；我听着父老乡亲的方言乡音，亲切带劲；我铺着想水村的麦秸苫子秫秸席，像躺在娘的怀抱一觉到天亮。山区落后，不能抛弃；山村贫穷，不能忘记；改变贫穷落后的面貌，教育不能缺席。想水村崇尚文化，耕读传承，尊师重教，我爱想水村，想水村一定会好起来的。"

迪老师从口袋里掏出两片杨树叶和用纸包着的一撮土，他向社员们展示了一下说："父老乡亲，我将大坑杨树的树叶带了两片，我把树根的土带了一把，我要永远带着，我永远是想水村的一员。"

散会后，迪老师走进社员中间，他给父老乡亲们一一握手。社员们男女老少都抹着眼泪，握着迪老师粗糙的手紧紧不放。

杜印花说："迪老师，你刚来时，小手细皮嫩肉跟面剂儿似的，现在手像老槐树皮一样。"杜印花说着笑着，接着"呜呜"地哭了起来。社员张玉佩说："我们没什么东西给你带，这些咱家里产的东西，我们给您送学校去，你明天带着，这是我们的心意。你对俺村里的大恩大德，叫俺怎么说呀你说。"

迪老师作揖表示感谢："你们的心意我领了，东西我不好拿，也不能要。"迪老师流着泪转身往学校走去。

晚上，社员代表为迪老师举行了欢送晚宴，饭食为"四大盆"：一盆炖豆腐，一盆辣子鸡，一盆羊肉汤，一盆手擀面。"四大盆"寓意"事事如意"，面条为想水村习俗，"迎客的饺子送客面"，寓意"长长远远"。

一大早，迪老师将行李收拾好。赵存祥代表大队，朱育仁老师代表学校同人，赵凌云代表全体学生将迪思科老师送往平湖车站。赵凌云用独轮车推着行李，车袢套在脖子上，腔一拧一拧地，一会儿弯腰蹬腿爬坡过坎，一会儿挺直腰，后撤着身子一路放下，双手稳稳地驾着车把。

赵存祥看着赵凌云像模像样地推着独轮车，心里发出由衷的感叹："凌云这黄子是个角。"

从山崮县城通往向阳市的长途客车稳稳地停在平湖车站。赵凌云矫健敏捷地从汽车后腔的货架梯登上车顶，赵存祥将行李递给他，他将行李放好，用车上的网状拦绳将行李套好。驾驶员又蹬上去将行李整理绑牢。售票员让迪老师给行李买了个半票。

迪老师给赵存祥、朱老师握了手，又拥抱了赵凌云，蹬上汽车。一声嘀响，汽车拉起一股烟向向阳市驶去。挥挥手，不想说再见。

不知是尘土还是眼泪糊住了赵凌云的双眼，他不停地用手抹着擦着。

第 54 章

　　山崮县二中。党金武、赵凌志、徐宜亮、陈庆红这些想水村的学生离开家和熟悉的、睡惯了觉的屋子和床铺，睡在学校宿舍楼板的大通铺上，他们倒没有"挪窝子"的生疏感和违和感，还是要感谢大队给他们配置的苫子和席。这些苫子和席散发出来的麦秸香和高粱香具有浓郁的家的味道，像安神催眠素使他们睡得深沉而踏实。

　　赵凌志问徐宜亮，"宜亮，还适应吧？起夜还这么勤吗？"徐宜亮回赵凌志道："凌志，可造业了！"赵凌志惊奇地问道："怎么造业了又？"徐宜亮说："我昨天差点尿了床。这段时间，我想改改起夜的毛病，有尿意就是不解，挑战下极限，把尿泡膀胱憋大。结果你说怎么样？我闻着席子的香味睡得很深很实，就做起了梦：我渴了，俺娘给我倒了一大白碗水，又放了两匙子白糖，我咕嘟咕嘟一饮而尽。喝完糖茶，我就想撒尿，我就跑向茅子（厕所），我正想尿尿，俺娘大声喊了我一声：宜亮，别尿地上，把尿撒到罐子里边好浇白菜。我正要调整方向往放在墙根的二鼻罐子里尿，这时，我的邻铺同学大声说了一声梦话，'我的儿，太好了'。我机灵一下醒了，我快速跑到楼下厕所解了个手。唉！多亏了这个说梦话的同学，多亏了我选了离厕所近的 2 号楼，多亏了我占了个靠门口的位置。不然，可就造洋业了。"

　　赵凌志听了徐宜亮的叙述，笑得直流泪，"宜亮，你要尿了床，那就可真好玩了。"

　　赵凌志瞬间想到：自己曾经尿过一次铺，也是做梦，尿急之时，找到了厕所，急慌忙序，酣畅淋漓地解完手，结果，一泡尿全撒在了床上。

　　陈庆红在夜尿方面也有老大的不适应，在家里不管春秋冬夏，他都是把床前的小二鼻罐尿壶提到床上解手。这是他家祖传的功夫，至少他知道并亲眼看到他的爷爷、父亲这样，加上他最少三代了。却难忘，他，他父亲，他父亲的父亲，冬天，从被窝爬起，顶着袄或顶着被，弯腰伸臂将二鼻罐尿壶牵到床上……现在小二鼻罐尿壶解手的技艺从此要失传了。

随着"叮当叮当"的铃响，赵恒春老师走进教室开始他精彩的授课。

同学们饥渴的知识心田被滋润了，他们对赵恒春老师渊博宽阔的知识面和博闻强识折服赞叹。

赵恒春作为高一级部主任、班主任和语文老师，他是优秀的、合格的、出类拔萃的。他通过讲解知识，点燃了同学们的学习热情和欲望。

学高为师！德高为范！

第 55 章

1977 年 10 月 21 日，想水村民办教师侯贺堂从有线广播上听到一条爆炸性新闻：高等学校招生进行重大改革，全国高等学校招生工作会议决定恢复已经停止了十余年的全国高等院校招生考试，以统一考试、择优录取的方式选拔人才上大学。决定恢复高考的招生对象是工人、农民、上山下乡和回乡知识青年、复员军人、干部和应届高中毕业生。会议决定，录取学生时，将优先保证重点院校。医学院校、师范院校和农业院校将分别注意招收表现好的赤脚医生、民办教师和农业科技积极分子。学生毕生后由国家统一分配。

侯贺堂听完这重磅新闻，用左手摸了摸左边的耳朵，用右手捋了一下右边的耳朵。耳朵健在，耳朵不会作假，他蹦了一下，两手一拍，嘴里大声喊道："恢复高考了。"

他将这振奋人心的消息告诉了朱育仁老师，告诉了民办教师陈传卿、徐德山……恢复高考的消息，像一团烈火炸开二尺坚冰。

想水村十年来毕业的农中生、高中生和有同等学力的读书人欢呼雀跃，奔走相告，找书的找书，找资料的找资料，他们聚拢在一起，挑灯夜战，向高考制度改革献礼，向命运宣战。

侯贺堂说，"迪思科，迪老师，你就是神，料事如神的神，你太有先见之明了。我的娘哎，我以为你说着玩的呢，让我们不忘学习，机会总是有的，这回真叫你捡准了。就是时间紧，太仓促了，一两个月的时间，抓瞎呀。读书须用意，一字值千金。书到用时方恨少，事非经过不知难。唉！"

侯贺堂从大队找到了1977年10月21日的《人民日报》。他仔细地看着头版的文字。报纸双头条第一条下面配发社论《搞好大学招生是全国人民的希望》。

侯贺堂连读几遍，将报纸恭敬地叠好，放在口袋里唯恐消息跑了。

侯贺堂怀揣一团热火，兴奋地将恢复高考的消息和准备参加高考的雄心打算告诉了妻子肖艳。

肖艳是距离想水村20里地的来泉公社孤山村人。孤山村的穷那是十里八乡出了名的，山秃地薄没有水，青黄不接之时，常常挨饿。80%的人以要饭营生。肖艳的爹死得早，身为家中老大的她，生活苦不堪言。她身高不足一米五，头发稀而黄，皮肤黑而粗，一双绿豆眼在圆圆的脸盘上骨骨碌碌地乱转，嘴唇厚还有些发紫，腚锤却大得出奇。

侯贺堂的姨是当地有名的神婆兼媒婆，凭三寸不烂之舌和神巫之术将肖艳说合进了侯贺堂家。贺堂姨说："贺堂，肖艳命苦，前半苦，后半一定甜。三十年河东转河西，苦都让她自己受了，甜都带给你。你看她的眼多主贵，人说绿豆眼不害眼，清热解毒放光芒。你看她的腚，生孩子那可是没说的。一年一个，炮打炮来，想要闺女要闺女，想要小子要小子。外甥，你寻（xín）（娶）了她，保你大福大贵。再说，肖艳，一个字不识，女子无才便是德。"

侯贺堂是一个读书的人，他说什么也不愿意这门亲事。但侯贺堂的爹和娘着了魔，铁了心非肖艳不能进侯家门。

侯贺堂孝顺，"不听老人言，吃亏在眼前""不孝有三，无后为大"的古训时时警醒自己。他自我原生自己，"唉！能生孩子就行，娶这样的媳妇放在家里辟邪！放心！"

肖艳进了侯家不辱使命，头年后年生了两个大胖小子，贺堂娘说："再生个闺女过好，年节的有人送酒，再说闺女是爹娘的小棉袄。"肖艳不负众望，又为侯家添一千金，侯家将肖艳视作福星。

侯贺堂对肖艳讲，"我有一个天大的好消息，天上掉下个大金蛋要砸到我的头上了，恢复高考了，我要参加高考"。

肖艳一头雾水，绿豆眼骨碌地转个不停，"什么高考矮考，这也是个金蛋？

你教学说书都没有金蛋，还你高考！能高哪里？我看你就是羊屎蛋子钻天能不够，吃铁条屙笊篱，胡编来唬我"。

侯贺堂看着肖艳无知无畏的神态，心想，"秀才见了兵，有理说不清。孩他娘目不识丁，怎么说起话来过个棒（硬梆），一套一套的。难道说话的表达能力和文化水平一点关系没有？应该是没有。难道是我教学和说书熏陶影响的？八成是。人家都说嘴唇薄会说话，肖艳除外"。

侯贺堂说："孩他娘，你啰啰得跟粥一样，我说的消息是恢复高考。就是上级允许我们这些知识分子自愿报名考大学，还可以选志愿，考自己喜欢的大学。考上大学，我就是公家的人了，吃粮票，拿工资，国家还包分配，把我分到公办学校或机关，我就是非农业户口了。夫贵妻荣，你就是干部的媳妇了，你就是非农业的家属了。"

肖艳眨巴着眼仔细地听着，待侯贺堂说完，肖艳的眉毛竖了起来，抬高声音，指着侯贺堂的鼻字跺着脚说："猴子，你是发癔症（做梦）还是发热烧糊了说胡话，你八八虫（萤火虫）撅腚充大灯。你这是想当陈世美吗？想高升撂下俺娘几个吗？这个考你不能高，这个高你不能考。"

侯贺堂看到肖艳蛮不讲理，净呲些不三不四的恶心人的话，顿时火冒三丈，他扬起巴掌就想扇肖艳，他悬起半空的手还未落下，肖艳一头石（顶）过去，顶住侯贺堂的肚子，"你打，你打，你有种就打死我。你打死我不抵常（命），你好高你的考，升宫发财，娶个小妖精，当你的陈世美去。"

侯贺堂被肖艳顶得干哕，他呕呕地吐了一口黏痰，"呜呜"地哭了起来。

他边哭边说："我上学容易吗？上学就是为了考学，遇到这个机会，我能放弃吗？再说，考学，也不光是为了我，国家需要人，我去当国家需要的人，我也是为了国家呀。我恨我当年早结了婚，我恨我娶了个长虫（蛇）精，把我缠得登登（结实）的。"

侯贺堂抬起头，张大嘴巴，嘴巴挣断扯上黏下的痰大声呼喊："我要高考，高考无罪，高考没错，谁他娘的也别想拦住我。"

侯贺堂的爹侯文进和贺堂娘在屋里听得清清楚楚，贺堂娘一个劲儿地抹眼泪。贺堂爹侯文进吧嗒吧嗒达地抽着旱烟袋，他不多不少抽了三锅。他将烟锅对着鞋底磕了两下，将烟灰用脚砭了一下，走出屋，对着侯贺堂和肖艳大声吼道："别吵了。我都听见了，没熊味，哭哭咧咧像发丧似的。"

侯文进说着，贺堂娘在一边抹着泪屈屈着、配合着，"恢复高考，这是天大的喜事，作为一个上完高中的学生能丢掉这个机会吗？一个毕业多年的老高中生，还结了婚，生了孩子，国家能允许这样一个老学生，翻新成一个新学生，让你去考试，这是烧高香了。贺堂这个考得高，不对，噢，贺堂这个高得考。对，咱这个高考得去，考不上，咱心服口服。考上了，咱就去上。家里有我塌不了天。王侯将相宁有种乎？侯门深似海，咱好歹是个侯门，侯门没有侯算哪门子的侯？得去！"

侯文进又对肖艳说："儿媳妇，你在哪里听说的陈世美？贺堂是那样的人吗？噢！考上学就休妻弃子？"

肖艳听公公真的生气了，虽然向着侯贺堂，也还有些道理，屈屈着说："他练习表演说大鼓，让我当听说书的，他讲的陈世美。他讲的陈世美中了状元后被招为驸马，那个叫秦香莲的秦姐带孩子找陈世美，差点被陈世美杀了，陈世美派人杀秦姐，人家那个杀手韩琪不忍心，就放了秦香莲大姐，韩琪也自杀了。陈世美个坏熊还诬赖秦姐杀了韩琪，把她发配边疆，中间又指使坏人杀秦姐，多亏了展昭老弟相救。后来，要不是遇见包青天，秦香莲大姐的冤屈还申不了。展昭老弟侦察拿到证据，包公包大人用龙头铡还是狗头铡，我记不清了，把陈世美个龟孙铡了。"

当肖艳说到把陈世美铡了时，她狠狠地咬了下牙，脸有些扭曲，愤愤地瞅了瞅侯贺堂。

肖艳一口一个秦姐，她已经在心灵上与秦香莲成了好姐妹。

侯文进忍俊不止，使劲抽了抽鼻子，拿出公公爹的威言，"儿媳妇，唉，这都是说书唱戏，听书的流泪替古人担忧呀。贺堂不会做陈世美这样伤天害理的事。现在都是新社会了，社会主义社会，谁敢犯法。你看我多少次想给你老婆婆离婚，你看我敢吗？"

侯文进瞅了贺堂娘一眼，这时贺堂娘拿起一根木棒照着侯文进的腔"嘭嘭"地就是两棍，"你这个老不死的，老不正经的，竟说出这种恶影（恶心）人的话。"

侯文进挨了两棍还连声说："你看我敢吗？你看我敢吗？"

侯文进为劝儿媳妇不惜以身试法，施以苦肉计，挨了两棍，肖艳"扑哧"一声笑了。侯贺堂说："侯门深似海，深个屁，侯家就是阴盛阳衰。"

肖艳仍不放心，不依不饶地说："贺堂要去高考，就得给我写血书：不论考上大的小的，不管以后发达到哪里了，都不能给我离婚，不能变心。"侯文进抢先答道："这个该办，这个该办。"

1977年是中国教育史上具有里程碑意义的一年。1977年冬和1978年夏，迎来了世界历史上规模最大的考试，报考总人数达到1160万人。这次考试，由于废弃高考已经12年（1966—1977）年，积累了12年的高考生，加之这年允许在读高中生报考，当年参加高考至少有13年的高中考生相当学历者。这些考生出身不同，年龄悬殊，身份迥异。由于全国无统一教材，以各省、自治区、直辖市为单位自行组织命题考试。也因考生太多，所以大多数省、市、自治区，在11月举行了一次文化初试，"初试"分数上线合格者，有资格参加由省级统一命题的高考，即常说的"复试"。经过复试，全国共有570多万考生参加高考。各地的省级高考在1977年11月28日至12月25日进行，历时近一个月才结束。这也是我国高考历史上唯一的一次冬季高考。

进入12月，山固县二中忙了起来，这里设立了山固县高考考场。学校学生放假10天，让路高考。考点门口拉起条幅："祖国，请您挑选吧！"进入大门，影壁墙下竖着两块牌子"一颗红心，两种准备"。想水村共有16人报考，经过初试，5人取得高考资格。参考率31%，低于全国49%的水平。

侯贺堂位列其中。侯贺堂为肖艳写下保证书："我侯贺堂参加高考，如果考上，不管今后发达到什么地步，决不离婚，绝不变心。"然后，用针扎破手指肚，挤出几滴鲜红的血，按在保证书上。

侯贺堂怕肖艳还不放心，举起右手想发毒誓。他刚说出"我发誓"，便被肖艳用手堵住了嘴。肖艳流着泪说："血书都写了，不许再说些不吉利的诅咒自己的话。"

肖艳将血书叠好，放在枕头底下，她不识字，但纸上有血，以此为证，血在，阵地在。

12月10日和11日是高考的日子。

侯贺堂、陈传卿、徐德山、刘宗庆、徐明敬带着煎饼、咸菜、茶缸和准考证早早地赶到山崮县二中考场。

12月10日，上午考语文，作文题二选一。下午，文科考生考历史和地理，历史和地理一张卷，各占50分。理科考生考物理和化学，物理和化学一张卷，各占 50 分。12 月 11 日，上午考数学，下午考政治。

高考一结束，想水村参加高考的几个人，由侯贺堂代笔给迪思科老师写了一封信：

尊敬的亲爱的迪思科老师：

见字如面，分别多日，甚是想念。

12 月 10 日和 11 日，我们想水村侯贺堂、陈传卿、徐德山、刘宗庆和徐明敬 5 人参加高考。我们村报名 16 人，经过初试，只有我们 5 人参加了高考。经过考试，我们感觉到了差距，感觉到了知识储备严重不足。估计考上的面不大。但是，我们很兴奋、很感激。感谢党中央做出恢复高考的英明决策，感谢省、市、县、公社和山崮县二中给我们提供考试的环境和条件，他们操心很周到，很具体。考试纪律严格，肯定公平公正。

感谢您一直对我们的帮助和提醒。

考上了，我们会服从党的召唤，加倍学习，以优异成绩报效国家。如果考不上，我们心悦诚服，在家乡为父老乡亲效力，将您的精神发扬光大。

盼您继续关心我们，有时间再来想水村叙旧。

此致

敬礼！

想水村：侯贺堂、陈传卿、
徐德山、刘宗庆、徐明敬
1977 年 12 月 12 日

迪老师接到想水村同人的信十分高兴，立即回信：

贺堂、传卿、德山、宗庆、明敬，我亲爱的朋友：

见字如面，来信收悉。

欣闻你们参加了高考，甚是欣慰。这次高考意义重大，影响深远，必将在全国掀起学习知识的高潮，必将激励广大学生加入求学大军中去。正像《人民日报》社论中所说，"搞好大学招生是全国人民的希望"。

"一颗红心，两种准备"。考上学高兴，考不上学也不能沮丧，通向成功的路，为国家做贡献的路径不止考大学这一条。三百六十行，行行出状员。我能理解，作为山区，山村的一员，跳出农门，改变命运，改变生存方式，高考无疑是一条光明大道和捷径。要眼光放远，心胸放宽，来日方长。

我还是那句话，机会永远都是留给有准备的人。我们也以此共勉吧！

祝我亲爱的同人和朋友金榜题名。代问家乡的父老乡亲和同学们好。

此致

敬礼！

挚友：迪思科

1977 年 12 月 15 日

第 56 章

凌云娘喊赵凌云，"凌云，缸里面的水不多了，洗辣菜缨子和辣菜疙瘩，水得泼辣（充足）。"

赵凌云用钩担挂起两个洋桶（水桶）挑着向大坑走去。路上，他不停地将空挑子在肩后背上转动，将挑子时而放到左肩膀，时而放到右肩膀，还时而将挑子横放在后肩背上。他在练习挑挑子换肩，这是庄户人挑担子必备的能力。

赵凌云遇上三瞎子赵广清，"三叔，您逛逛街。"赵广清答道："我转转看看。凌云，挑水可别把洋桶灌满了，挑子沉，别把你压得个长个了，要是长得跟你丕柱叔一样高，怕连个媳妇也不好找。"

赵凌云笑着说："三叔，我已经高过丕柱大叔一头了，还怕压？"

赵广清说："不压，你能蹿到一米八，小子不知好歹还犟。"

赵凌云笑了笑又换了一个肩。赵广清眯着眼看了看赵凌云，边走边说："一个少年把水挑，换肩换得真不孬，老辈的技艺学到手，日子过得年年有。"

赵凌云弯腰将一只水桶灌了半下，提上来，又将另一只水桶灌了半下。他想：说归说，闹归闹，广清叔说得对，不能太沉，别压得不长个。他又想到迪思科老师常说："不能一口吃个大胖子，做事要一点一点来，要从小到大，小步快跑，以小胜积大胜。"赵凌云挑起两半桶水，轻快地向家走去。他连挑五趟，将水缸灌满。

凌云娘将辣菜缨子（带叶的梗）用刀在辣菜疙瘩上切下，将辣菜毛子（根须）剃除干净，用水一遍一遍地清洗干净。她烧了一大锅开水，熄火凉透。

凌云娘在大瓷缸底撒上一层大粒盐，然后摆上一层辣疙瘩。再撒一层盐，摆上一层辣疙瘩。摆到瓷缸的三分之二处，撒上盐，将辣菜缨子铺上。一层盐，一层辣菜缨子，直到将瓷缸填满。最后，将凉透的开水倒进瓷缸，水与菜持平。

这是想水村祖辈传下来的腌咸菜的基本方法，老辈的经验是大约100斤辣菜，用大粒盐15斤，腌制过程中，要经常搅动一下。经过一冬天，咸菜就腌好了。

冬季，可以将腌渍好的辣菜缨子（此时，已赋予它新的名字"咸菜缨子"），切成细段，或用刀制成细渣，用花生油或豆油烹炒，辅料配酱油、黄豆粒、花生米、干辣椒。这就是想水村供学生上学的主要菜品。想水村人称之为"长远菜"。

星期天，赵凌志和同村的同学匆匆赶回家带干粮。这次回家，村里的人发现这些学生的脸都胖了一圈，社员们说："还是上学好，不出力，你看这些学生，灯盏（不长）几个月都吃胖了"。

刘宗宽妻子赵海娥摸着儿子刘朝礼和女儿刘朝静的脸，用手指一按一个坑，像按发面馍馍一样。赵海娥眼含泪花说："我的乖，这哪是吃胖了，这是浮肿了。"

赵海娥一气往碗里打10个鸡蛋，切上点葱花，用半勺花生油烹出一大盘葱花爆鸡蛋，放在桌子上，用命令的口气说："朝礼、朝静快趁热，把这盘鸡蛋扒（大口吃）了。唉！心疼死俺了，怎么上个学还肿脸呢！"

刘朝静边吃鸡蛋边笑着说："娘，这叫打肿脸充胖子。"

赵海娥说："要真是打肿的还好说，过段时间就消了，这样什么时候是个头。你看你俩的脸，活像个瓷娃娃。他爹，赶快领着他兄妹俩让赤脚医生张维民看看，这是不是得什么病了。"

刘宗宽说："可能是缺营养，上学不吃苦，怎么能学出来？你看侯贺堂那几个参加高考的，哪个不是吃过苦的人。"

赤脚医生张维民接诊了陈庆红、徐宜亮，通过望、闻、问、切，又查了些资料，张维民结论似的说："你们不是肾病，也不是其他什么大病，这个放心。我考虑是缺少营养，蛋白不足，维生素不足，再加上学校里的水碱太大，水土不服。"

张维民开出方子，"在学校喝水时，最好让水碱沉净再喝，别把水碱喝到肚子里，你们每个星期最好能上食堂买两三次新鲜蔬菜吃，补充维生素，不能一罐子咸菜吃到底。每个星期天回来，让你娘给你们炒或煮三个以上的鸡蛋吃，最好是白水煮蛋，补充点蛋白。"

张维民拍拍徐宜亮的肩膀，"回家给你爹你娘说，这个治疗方子是我开的，要照办。再就是有尿就排，千万不能憋尿，憋尿容易得肾炎，肾结石。"

徐宜亮出了卫生室的门，心想，"张医生真神了，他怎么知道我憋尿的？医生都会算卦？易经八卦？麻衣相？灯下问鬼？俺老爷擅长占卜之术，张医生也会？下步，我就考医学院，当医生。一事当前，有尿就排，再也不能挑战极限了。"陈庆红、徐宜亮到同学家宣传了张维民的治疗浮肿的方子。

赵凌云问哥哥赵凌志，"哥，你在县二中上学，感觉跟在咱村上学不一样吧。我曾在门口看过这个学校，太厉害了，你给我拉拉你们在学校的事，让我过过瘾，一饱耳福。"赵凌志皱着眉头说："驴屎蛋子一面光，看着光鲜，实则受罪。三点一线，大通铺宿舍、教室、锅炉房。一日三餐，白开水，地瓜煎饼和咸菜。那个白开水，也不像咱这里的水。学校的开水，一茶缸子水能沉出半缸子碱，就像石灰水。"赵凌志看赵凌云听得带劲，笑着说："解手也不方便，徐宜亮差点尿了铺。"

赵凌志把徐宜亮挑战极限不排尿练膀胱，做梦差点尿铺的事给赵凌云讲了一遍。赵凌云听完笑得前仰后合，"宜亮哥真造业，怎么演了这一出！"赵凌云对赵凌志说，"哥，你安心学习，你放心，挑水、做饭，找帮咱娘，每个星期天一挨（一定）地给你烙好煎饼。侯贺堂和陈传卿老师，参加高考了，八成能考上。你毕业时，考个大学，多场面。"赵凌志说："谁不想考大学？就怕咸菜煎饼的力量不够呀！"

太阳西下，党金武、赵凌志等16个学生背着煎饼，挎着咸菜，大踏步赶回学校。他们的书包里都放了两枚煮熟的鸡蛋，徐宜亮包袱里最上面的煎饼里夹了几块娘给他煎的豆腐。

侯贺堂、陈传卿、徐德山、徐明敬和刘宗庆成了想水村的英雄。社员们聚在一起，开口就是这五位英雄过五关斩六将，杀出重围，走进高考的殿堂。三瞎子赵广清借机给社员补习了一下古代科举制度的知识。

赵广清坐在大队门口墙根的石台上，两手交叉，两个大拇指上下拨棱着、翻动着。他不紧不慢地说："搁那古代考试那才是过五关斩六将。科举考试，要经过县试、府试、乡试、会试、殿试五个级。这可不是闹着玩的，只有通过县试、府试，取得生员资格的秀才和监生才能参加乡试。乡试第一名你们知道叫什么吗？叫解元。乡试，也就是省级考试，在乡试中取得举人的资格，再参加会试。会试可就是中央的考试了，会试第一名叫什么你们知道吗？那叫会元。会试中，取得进士的功名，才能参加殿试。殿试，就是皇帝亲自主试的考试。殿试的第一名叫状元，第二名叫榜眼，第三名叫探花。"

打面坊的徐成平恭维道："广清叔的文化深着呢！要再年轻十多岁，你要参加高考，肯定能考个大学。你要生在古代，八成能考个什么元。"

赵广清说："要是考上状元，还有机会当个驸马来，你看那个古书上说的陈世美考了个状元，被招为驸马，最后，把秦香莲甩了。"

赵广清说着，正好肖艳到供销社打酱油，听赵广清正拉陈世美甩秦香莲，她把头一低，心里狠狠地骂道："瞎熊，鼻子上挂镰刀，一张嘴就侃，胡咧咧。"

侯文进自从儿子侯贺堂参加了高考，腰杆变得直了，他原本一直抽旱烟袋，现在也跑到供销社买包一毛找（价格不足一毛钱，买完东西得找他个一分、二分的分币叫一毛找）的洋烟（纸烟）别在褂兜里，见人掏出来让一让，听听人家对侯贺堂和侯家的恭维。

侯文进听到别人对他的祝贺，他就说："八字还没有一撇呢！别说考上大学、大专，要是能考个二砖、三砖、半头砖，咱也烧高香了"。

赵存祥知道，已经让侯贺堂和陈传卿体检，并对他们进行了政审，就说明这两个家伙有戏，八九不离十能录取。

1978年3月2日，想水村树上的喜鹊仿佛多了起来，"喳喳"地叫个不停。公社邮递员骑着绿色的"大金鹿"自行车，从货架上的"人民邮电"绿色布袋里拿出两个信封送到大队。一封是侯贺堂收，来信地址是山崮县师范学校。另一封是陈传卿收，来信地址是向阳市卫生学校。

赵存祥接到信封，第一个想到可能是大学发来的录取通知书。他不敢怠慢，快步走到学校，将信封交给了侯贺堂和陈传卿。

侯贺堂接过信封，手哆嗦得厉害，他拿过剪刀将信封的上端小心翼翼地拆开，剪过后剪子竟千钧一般不听使唤地掉在地上。他顾不上拾剪子，颤抖着将信封里的一张纸拽了出来。盖着鲜红的印章的"录取通知书"映入眼帘。他揉了揉眼睛，又看了一遍，是的！真的！"录取通知书"。再往下看，内容是：

<u>山崮县丰源公社想水村大队转侯贺堂同志</u>：

经学校录取，省高校招生委员会批准你入我校普师班学习。请于<u>1978 年 3 月 9 日至 10 日</u>，凭本通知到校报到。

山崮县师范学校革命委员会

1978 年 3 月 1 日

陈传卿的录取通知书上显示，他被向阳市卫生学校口腔医疗专业医士班录取。想水村 5 人参加高考，录取 2 人，录取率 40%，高于全国平均水平。全国平均录取率为 4.7%。

赵存祥说："侯老师、陈老师，两位大哥，给你们祝贺了。接下来，你们到学校报到，需要大队办的，大队一定全力办好。"

侯贺堂、陈传卿抱在一起哭成泪人，徐德山趴在桌子边甩着头哭，哭得像个水牛。想水村人奔走相告，村里考上了两个大学生，继周炳继之后，想水村又出了两个人才。

侯贺堂怀揣着录取通知书，回家告诉了爹娘和妻子他考上师范了。他不敢拿出通知书，生怕通知书跑了，更怕肖艳万一发神经给他撕了。

侯贺堂和陈传卿考上大学，极大地振奋了家里有学生的社员的心，坚定了他们供学生上学的信心。想水村的青少年掀起了看书学习的热潮。

高考录取通知书陆续发放完毕，山崮县二中粗略对 11 年来从本校毕业参加高考并被录取的一百多名学生进行统计并在醒目位置张榜公布。榜上分为四栏：姓名，毕业届别，籍贯，录取学校。

下课铃响后，接着响起吃饭的铃声。四名值日生两人一组用木头杠子抬着两个水桶到茶炉房打开水，女生各自回到宿舍吃饭。男同学纷纷走向教室后面摞在桌子上的包袱拿出煎饼，取出各自的咸菜瓶子。煎饼有黑的地瓜干煎饼、红的高粱煎饼、黄的玉米煎饼。咸菜瓶子有白色透明的，有棕色不透明的；有罐头瓶子，有药瓶子，有糖瓶子；有圆的，有方的，有高的，有矮的，有粗的，有细的。各式各样，琳琅满目。

值日生将冒着热气的开水分别放在教室的前后门口，同学们拿着各式茶缸排队从水桶里灌上一缸。

党金武大声对同学们说："各位各位，这个水的碱太大，请打完水，放在缸子里沉淀一下再喝，避免喝太多的水碱。"显然，党金武在宣传实施赤脚医生张维民治疗脸部浮肿的药方子。

同学们打开咸菜瓶，整个教室弥漫着煎饼味、咸菜味。孟登科闻着刺鼻的咸菜，他的胃直向上翻，气直往上顶。他迅速跑到门口，蹲在墙根，干呕了几下，回身用右手拍着胸脯走到后面的饭桌前。他大口喝了两口开水，压了压上顶的胃气，抢开煎饼，捯了两棒咸菜往煎饼里一卷，大口吃了起来。

两个非农业的同学分别从食堂里买来两个白面馒头，打了一份新鲜蔬菜绿豆芽，给教室浓浓的咸菜和煎饼味注入一丝清新的香气。

吃过饭，同学们将洗好的缸子和咸菜瓶放回原处，三三两两到院子里遛达。

女生冯宁回到教室，看到赵凌志站在桌前发呆，"凌志同学想什么呢？"赵凌志说："我在思考一个问题。"此时，赵凌志在思考："农业和非农业区别这么大呢！非农业学生吃白面馒头，新鲜喷香的蔬菜，农业学生却吃地瓜干煎饼和咸菜。"不过他没有告诉冯宁。

冯宁问："凌志，你是山里来的，你们那里的山长什么样呢，肯定很好看，我们那里没有山，我很羡慕你那里。"赵凌志答道："我们那里的山，山上有地，地上有树，树上有鸟窝，鸟窝里有鸟，鸟身上有毛。"

冯宁被赵凌志的回答逗乐了，也被他冷峻而不乏幽默的气质吸引。

赵凌志问冯宁："冯宁，你是城郊公社的，怎么跑到城东来上学了？"

冯宁说："我考山嵒县一中没考上，那是省重点中学，到这边上学挺好的，结识了这么多好同学。"赵凌志说："包括我吗？"冯宁说："你除外。"说完"嘿嘿"地笑了。

冯宁是山崮县城边上的城郊公社冯集村大队人，姊妹三个，家里没有男孩，她是老大。她家有祖传的打烧饼和做缸贴手艺。多少年了，被割了资本主义尾巴，但锅炉还保存完好。

冯宁作为城边上长大的姑娘见多识广，性格开朗，比起城东的山区、半山区的孩子，自然长得洋气，特别是她那双清澈明亮的大眼睛纯真无邪。她和赵凌志前后位，赵凌志从课堂上看到，冯宁的学习要甩自己一大截。特别是冯宁的数学和物理，反应快，记得牢，做题快、准。最绝妙的是她善于总结。她还谦虚低调，从不出风头，是老师眼中的好学生。

冯宁问："凌志，这次高考，你们村有考上的吗？"赵凌志说："我们村考上两个中专，一个师范，一个卫校。这两个人是我的老师，民办教师。"冯宁睁大眼睛，"哟，你村可不简单，考上两个。看了吗凌志，这可是咱的榜样呀。下步，国家招生越来越多，咱都有希望"。

赵凌志说："冯宁，你的基础好，可要多帮帮我。"冯宁甜蜜地一笑："老同学，没问题，咱互帮互学，一辈子同学三辈子亲，何况咱是前后位呢！"

第57章

徐德山、刘宗庆和徐明敬轮番问侯贺堂和陈传卿考了多少分，侯贺堂和陈传卿说"不知道"。徐德山不仅问不出考上学的分数，自己也不知道自己考了多少分，"分数"在他心里成了不解的"谜"。

不知道自己考试的分数，不是侯贺堂和陈传卿卖关子。1977年的高考，不公布分数是当时的招生纪律。

从1978之后开始，考生就知道自己的考分。

冬已退去，春姑娘越发俊俏，大地的生机萌动着，一元复始，万象更新。

想水村敲锣打鼓欢送侯贺堂和陈传卿入学。侯贺堂和陈传卿胸前别着大红花，走在前面，父老乡亲簇拥着。

张洪英说："贺堂、传卿，到了大学里好好学，毕了业再分配到咱这里，咱这里缺老师、缺医生，可别山喳子尾巴长，忘了爹忘了娘。"

三瞎子赵广清紧挨着侯贺堂走，他的手不停地摸着他左上衣口袋上别着的钢笔帽。

肖艳拽着侯贺堂的手哭得鼻子一把泪一把，侯文进把嘴里含着还剩三分之一的"一毛找"香烟扎子（烟头）用力吐在地上，大声说道："儿媳妇，别哭了，你看像送殡似的，喜事办成了丧事，多不吉利。"

肖艳急忙刹闸，抽抽着换气，膀子一收一收的。

到了村头，侯贺堂和陈传卿停下脚步，转身向父老乡亲作揖施礼，"大爷、大娘、大叔、婶子们，兄弟、姐妹们，感谢大家对我们的培养，感谢你们的大恩大德，我们毕业之时就是回乡之日，我们决不会忘记家乡，决不会忘了想水村，这里是我们的根。谢谢你们了！"

他们解下胸前的大红花，抛向人群。此时，这两朵红花已经成为吉祥的圣物，大家哄抢着。赵广清跺了一下脚，"唉，不该跟着侯贺堂身后这么紧，没抢着这小子戴过的大红花，损失呀，损失！"

鼓槌、锣锤雨点般地敲砸着，侯贺堂、陈传卿在喧天的锣鼓声中向平湖车站走去。

肖艳用双手温情地搀扶着婆婆："娘，您慢走，小心脚底下的石头，回家我给您二老做好吃的。"肖艳脸上的泪渍像在一张褪色的红纸上描上的两条白道道。

送完侯贺堂和陈传卿，凌云娘回到家就开始晾晒咸菜，为炸老咸菜做准备。她下决心要炸出软糯、润滑、酱红、香气喷鼻的老咸菜，把赵凌志供成大学生，接着再炸老咸菜，供赵凌云上大学。再炸老咸菜，供赵凌峰上大学。她自言自语道："当工人是不孬，那要比起上大学，那就不是一个味了。"

她搬出两条长木凳放在院子里，横着对放并间隔一米多距离，将秫秸箔铺在上面。从缸里将腌好的辣疙瘩（芥菜疙瘩）和辣菜缨子捞出来摊在秫秸箔上。

晾晒咸菜要经过一些时日，咸菜在通风处经阳光暴晒，渐渐失去水分。晾晒过程中，要经常将咸菜疙瘩翻动。待咸菜疙瘩被蒸发掉60%的水分，成为皱皱巴巴拳头般大小，表面溢出一层发白的盐渍，拿着两个疙瘩拍撞，发出干燥的响声，算是咸菜坯子晒好了。祖上说："晾晒咸菜不要急，急了的咸菜吃不滴。"

"桃花开，杏花败，李子开花炸（炸）咸菜。"清明节后，是炸老咸菜的最佳时期。

凌云娘准备好一大堆柴草木枝，将腌咸菜的盐水用水瓢盛进锅里，把隔年的酱红色老卤水舀上两瓢掺到锅内的盐水中。她燊火烧锅，待锅内的卤水眨巴眼，她把晾晒好的咸菜疙瘩慢慢放进锅中，卤水没过咸菜，她拉起风箱，填续木枝，将火催旺，猛火将锅烧开后，转入温火，始终保持锅内卤水微开，不停地冒着水泡，发出"咕嘟咕嘟"的响声。5个小时后，将辣菜缨子倒入锅中，再加适量腌渍咸菜的卤水。她用长勺轻轻搅动几下，盖上锅盖，用温火继续烀5个小时。

凌云娘用筷子插进咸菜疙瘩，看是否烀到劲了。此时，她看到咸菜回形熟软，颜色呈酱红色，疙瘩和缨子熟而不烂。她欣慰地笑了："老咸菜，老味道。"

待咸菜凉透，她将这一锅色味俱全的传统老味老咸菜盛入干净的三号瓷缸里，这将是赵凌志全年的上学的菜品和一家人的"长远菜"。想水村一带用传统方法烀制的老咸菜，可是一道祖传的风味美食小菜。

吃时，捞出一个小咸菜疙瘩，用手撕或刀切成丝、片、条、丁，拌以大葱段、辣椒丝、香菜梗，调以香油、老油（熟花生油或熟豆油），那可是佐餐、喝粥的绝配。要是夏天或秋天，有青辣椒时节，用炭火将青辣椒烤成虎皮状，用手撕成片条状拌上老咸菜，用油一浇，卷进煎饼，想水村人说："能把舌头咽了。"

如此美味的老咸菜却是想水村学生的"噩梦菜"，外出上学的学生顿顿吃、天天吃、月月吃、年年吃，直吃得反胃恶心，闻着老咸菜味就干哕。

星期天，赵广厚歇班回到想水村家中。他刚插好自行车，凌云娘笑着迎上前："哎呀，咱大队可场面了，十里八乡出名了。"

赵广厚笑着问："出什么名？"凌云娘说："今年刚时兴恢复高考，咱村里就考上两个，一个是侯贺堂，一个是陈传卿。两个人都是咱大队的老师。一个考上了师范，一个考上了卫校。"赵广厚高兴地说："噢，侯文进大哥家的那个侯贺堂，那孩子从小就爱学习。陈传卿也不错。那值得高兴！山窝窝里一下子飞出两个金凤凰！"

凌云娘将赵广厚车把上装着满满大馒头的大饭包提进屋里，她赶紧泡上一壶茶。

赵广厚用毛巾上下抽打着自己的衣服，把毛巾放到脸盆里洗了下，从上到下把脸和头发擦了一遍。他坐下，倒杯茶抿着、品着。

赵凌志也赶回家背煎饼，"爹，您回来了。"赵广厚看到赵凌志高兴得不得了。"凌志，快坐下陪我喝杯茶。"

边说边给赵凌志倒了一杯茶，赵凌志坐下，连喝两杯。赵凌志闻着馒头的香味，笑着说："爹，我还真有点饿，我先吃个馒头。"

赵广厚说："快去拿，吃吧。"

赵凌志拿起一个馒头，张大嘴，咔一口，吃掉半个，"矿上的馒头真香！"说着，他眼前浮现出，学校吃饭时，农村学生都吃煎饼卷咸菜，两个非农业同学吃白面馒头和绿豆芽的情景。又一口，馒头下去三分之二，剩下的一块，他用手一捏，送进了嘴里。

赵广厚急忙说："快喝口水送送，别噎着。看样子是真饿了。"

赵凌志喝了一杯茶，"娘，咱要是有绿豆芽炒点吃怪好。"娘说："这，咱哪有绿豆芽，明来，我淘一缸绿豆芽，倒也是个长远菜。你怎么想吃绿豆芽了？"赵凌志笑着说："要想发，吃豆芽，要想富，吃豆腐。"赵广厚点着一根烟，缓缓地抽着说："好，要想发，吃豆芽。凌志，这段时间学习还很顺利吧，能跟上课呀？"

赵凌志说："不比不知道，一比吓一跳。咱这里的学生基础差得很，上了几年农中，屁也没学到。我不是说人家的坏话，咱这里的老师讲课真不行。一听俺现在二中的老师讲课，立马见高低。我那些同学，基础比咱这边的好多了。"

赵广厚说："可以理解，咱是山区，办学条件差，师资力量肯定也不行。不过，这些年其他地方也好不到哪里去。事情还要全面地看，你们这些学生不出村，上了小学，初中；不出社，又上了高中，这是托了共产党的福，托了社会主义的福。"

赵广厚深情地说："咱这个村虽然地处山区，贫穷落后，但崇文尚学的传统和风气一直不弱，你看，你们这一批一次就有16个高中生到公社上学，家家都蹬着腿供学生。你再看，这恢复考学第一年，咱村就考上俩。这样，咱们村，周家"文化大革命"前考了个大学生周炳继，现在侯家考了个侯贺堂，陈家考了个陈传卿，让人羡慕，令人崇敬，这就是榜样！人称咱赵家为名门望族，书香门第，咱是不是也得努努力考个大学，不负盛名，也不负这个时代。"

凌云娘燊火做饭，丈夫和大儿来了，说什么也得多捆逮（做）几个菜。

赵凌志听着老爹的谈话和感慨，思想上受到很大触动。作为恢复高考后的第一级高中生，作为大文人赵满福的孙子，作为工人赵广厚的儿子，他有责任、有条件上好学。作为穷山村想水村的一员，他学有榜样，侯贺堂家穷得尿醋，陈传卿家穷得冒烟，他们不苦吗？他们不难吗？赶上了好时代，他们考上了大学，这就是时代的骄子！

在艰苦的现实面前，赵凌志还是脆弱的。他面对充满着鞋臭、脚臭、汗臭的几十个人的大通铺宿舍，面对着一日三餐的石灰水般的开水、地瓜煎饼、咸菜，他还是向往着沾沾老爹的光，招个工到矿上工作，吃上白面馒头和美味菜肴，领上工资，当个非农业人士。

赵凌志双手给赵广厚端起一杯茶，"爹，您喝茶。爹，我冒昧地问问您，矿上什么时候招工，您给我报个名不行吗？"赵广厚愣了一下，"唉，凌志，你怎么想起来问我这个事情？你想干工？你不想考大学了？"赵凌志说："爹，我想考大学，但，这可不是一句话的事，这都是影子里照着的事，谁保证能考上？你看今年，一千多万人报考，经过初试只有570万人有资格参加高考，最后考上了多少？只考上27万人，这就是万人争过独木桥。"

赵凌志又给赵广厚倒了一杯水，"爹，咱不是有职工子弟招工这个条件嘛。就我现在上学这个条件，地瓜煎饼老咸菜，身体确实受不了。这样的能量，脑子能够用的？看我们现在脸都肿了，别说考学，到时候说不准就是'出师未捷身先死'。"

赵广厚吧嗒吧嗒地抽着烟，看着赵凌志在表演，听着他精彩的演讲。他想，这孩子有思想了，但思想有偏差。他怕困难，主要是他思想上有诱惑、有想头、有盼头。要教育过来他，必须下猛药，釜底抽薪，采用休克疗法，彻底断了他的招工念想。

赵广厚把烟抽完，不紧不慢地说，"凌志，上学是苦了点，你看看还有比上学更苦的事多了去了。我跟你说吧，前段时间矿上和工区给我一个招工指标，我让给了你裴大爷了，他的孩子比你大，再不招工就超龄了，再说人家没赶上机会上高中。下步也不好说再有没有招工名额"。

赵凌志一听说老爹将属于自己的招工指标让给了工友，情绪彻底失控，眼里闪着泪花，咬着牙说："你还是我爹吗，你吃里扒外，处处替别人想，你想过我吗？你疼过我吗？"

凌云娘听赵凌志跟赵广厚吵起来了，还说些难听的话，赶紧跑到屋里，"怎么，你爷俩正好好的，怎么还吵起来了！凌志，哪有这么跟老的说话的，我看你上学白上了，怎么不懂道理了。可不能给你爹胡诌八扯，不孝顺，对你不好。"

赵广厚对凌云娘说："没事，俺爷俩谈谈心，交换下意见。你做你的饭，你多炒几个鸡蛋，我还有带来的炸带鱼、萝卜丸子，让他弟兄几个好好吃点。"

赵广厚又点起一根烟，抽着、沉思者，说道："凌志，人呀，凡事不能光替自己着想，那样没有意义，也没有人味。我是劳模，招工指标先给了我，我能不分青红皂白就坦然接受吗？那这样，仁义礼智信哪里去了？先人后己的共产主义风格哪里去了。"

赵凌志说："爹咪，您饱汉不知饿汉……"

赵凌志往门外瞅了一眼，怕娘听见，放低声音说："饱汉不知饿汉饥。算了吧，您的光，我看我是沾不上了。咳！我也不想沾了。我看，还是自己的耙上柴禾。"赵广厚说："君子一言，驷马难追。凌志，你要说到做到。人要有志气。"赵凌志接过话茬儿，"爹咪，志气能当饭吃？志气能当分数？我是赵凌志，浑身都是志气。"

凌云娘回到屋，"吵够了吗？吵完了吗？喝杯茶压压气，吃饭。"

饭时已到，赵凌云和赵凌峰先后回到家。

赵凌云向父亲报告，"爹，迪老师调走了，侯老师和陈老师考走了，对他们个人是好事，对咱村，对我们这些学生可是个大问题了。"赵广厚说："这都是形势变化了，国家开始抓教育了，这对你们都是好事。咱村里的老师，还会充实。"

赵广厚对赵凌云说，"凌云，你今年暑假后要上初中了，可能得上万胜庄联中。我还没给你娘商量，我初步想，你哥在县二中上高中，学习任务很重，每周来一次。你要多帮你娘干点活儿，挑个水，星期天帮你娘给你哥烙煎饼。凌峰呢年龄小点，还不能帮家里干活儿，我带他到常山矿小学上学。现在，国家的政策好了，恢复高考了，你们三个都要好好学，争取都考上大学。凌云承上启下，又得帮娘，又得学习"。

赵凌云给爹敬了一个礼，"赵凌云保证完成任务，不负爹的嘱托。"

赵凌云搂了一下赵凌峰，"凌峰，到矿上可得好好学，二哥好羡慕你哟。"

赵凌志听到爹的安排，心里很不是滋味。

吃过饭，凌云娘将八盆里靠边的40个煎饼给赵凌志包上，这是精挑细选的煎饼。把新烀的老咸菜用足量的花生油炒好，装进罐头瓶，将五个煮熟的鸡蛋放进凌志的书包。她又拿了三个常山煤矿白面大馒头放进包袱里，被赵凌志看见。

赵凌志说："娘，馒头不能带，同学多，分着吃，分不过来。我自己吃，吃不下。留着，你们在家吃吧。"

吃过饭，赵凌云带着秦守实和徐星学习、练武，赵凌峰背着书包找同学做作业去。

送走赵凌志，凌云娘问赵广厚，"凌志这孩子闹什么过节？说些难听的话，你没生气吧！"赵广厚点着一根烟，抽着，笑着说："我生什么气？自己的孩子。这孩子品性、气量、吃苦耐劳的精神比凌云差远了，灵性和悟性也不如凌云。但对他，我还是抱有很大希望的。他想提前干工，就是这个诱惑。今天，我让他说够，了解他的真实想法，我来了个釜底抽薪，休克疗法，彻底让他断了这个念想。这次，我把招工名额让给了裴师傅，人家有困难，我是劳模，咱能不让？再说，如果凌志真考不上，咱再作打算，咱就得把他往考学这条路上赶。"

赵广厚不无歉疚地说："他娘，凌云能帮家里干活儿了，凌峰还小。现在，家里离不开凌云，就让他在万胜庄联中上初中吧，这孩子学习悟性高，考高中应该没问题，早晚还能帮帮你。我想带凌峰到矿上上学，那里的学习条件和老师都比咱家里的学校好多了。每年考山崮县一中的初中、高中的不在少数。山崮县一中是省重点中学，进了那个学校上中学，大学基本上就拿稳了。"

凌云娘说："唉，馍馍不蒸争口气，这么好的社会，现在又兴考大学了，咱不供出几个大学生，我看就对不起这个社会。你说你把招工指标让给老裴哥了，该让，那个人可好了。我到矿上去，他都争着给俺买饭。再说，人家的孩子大了，可别抹（mā）肩（错过）了。"

谈到凌云，凌云娘心里就不是滋味，弟兄三个，一奶同胞，手掌手背都是肉，我们当老的怎么就一碗水端不平呢？麦季遛乡拾麦，秋收季节夜里野外看庄稼，远赴百里之外的向阳城推缸，平时挑水、烧锅、揸灶的活儿都是俺凌云的。她眼里泛着泪花说："咱里外甲就亏凌云这孩子。原来打算让凌志招工干工，让凌峰接班干工，没打凌云的谱。现在兴高考了，供凌志，供凌峰，又得让俺凌云帮我干活儿。"

赵广厚说："唉，凡事就是这样，有赚便宜的，就得有吃亏的；有享福的，就得有劳苦的。凌云这孩子有这个品行和忍耐性。"

赵广厚点着一根烟，抽一口，他弹了一下烟灰说："孟子不是说嘛，天将降大任于是人也，必先苦其心志，劳其筋骨，饿其体肤。"

第58章

回到学校，已到了开晚饭的时间。值日生，男的女的纷纷抬着水桶到锅炉房打开水。赵凌志从包袱里拿出一个地瓜干煎饼，他剥好一个鸡蛋放进煎饼，用手将鸡蛋捏碎，用筷子仔细地将鸡蛋连白带黄均匀地摊开，直到煎饼的两头。用匙子从罐头瓶里挖出一勺老咸菜，老咸菜被浓浓的油裹着，又将老咸菜均匀地摊开，与鸡蛋混为一体。赵凌志又用匙子将罐头瓶子里的咸菜向下一压，盛出点花生油浇进煎饼里。油太多，都把煎饼洇透了。

赵凌志卷上煎饼走出教室直奔女生宿舍方向。他对一位女同学喊道："同学您好！麻烦您叫一下刘朝静同学好吗？"

女同学爽快地答道："好嘞。你稍等啊。"刘朝静走出宿舍，来到赵凌志身边，"凌志，你有事找我？该吃饭了，你怎么跑出来了！"赵凌志笑着说："朝静，你帮个忙，把我卷好的这个煎饼转给冯宁同学。"

刘朝静脸一红，笑盈盈地说："凌志，你行呀，知道疼人了！还疼个班花。"赵凌志大大咧咧说："你想哪里去了！冯宁对咱那里很好奇，经常问我咱那里的山长什么样，房子长什么样，山里人吃什么？我就是想让她尝尝咱们的吃食，看她能吃惯嘛。快去送给她，别让她吃完饭了。快去！快去！"

赵凌志又此地无银三百两似的补充道："咱这也算是一种文化交流。"

刘朝静笑着说："文化交流从餐饮开始。"

她转身跑去，将煎饼送给冯宁，悄悄地说："冯宁，这是赵凌志给你送的煎饼，你尝尝他家的味道。"

冯宁接过煎饼，将自己已取出的玉米煎饼递给刘朝静，"朝静，这个煎饼你吃吧，我吃你拿来的这个。谢谢你朝静。"

冯宁本来想说"谢谢凌志！"她看了看身边的同学，没有说出来。

星期天晚上吃饭，是同学们的"盛宴"。他们从家里回来，家长们都给他们尽可能做些好吃的。他们互相交流，左一筷子，右一筷子，你一棒子，他一棒子，这就成了每月一次的周末大会餐。

晚饭后，同学们手里拿着课本，三三两两在校园里溜达着、交流着。先前都是同村的、邻村的，一个公社的一起遛。现在却是大联合，平原地的，山里来的，北边公社的，南边公社的，遇着谁，跟谁一起遛。

赵凌志和俞守仁遛着，走到单杠前，俞守仁把书交给赵凌志。他扩了一下胸，往左右手吐了两口唾沫，他纵身一跳，两手抓住单杠，连拉十个，最后，他两手抓着单杠，将腿抬起，卷起身子，两手一拉，将身体整个送上了单杠，接着将腿放下，松手落地，又跺了两下脚，合掌搓了两下手。

俞守仁说："凌志，你来两下。"

赵凌志将课本交给俞守仁，他蹦了一下，两手抓住单杠，向上拉了两下，两臂支撑不住，两脚落地，身体掉了下来。赵凌志干笑了两下，"我还真不行。"俞守仁说："经常练练就好了。"

赵凌志想，要是凌云玩这个兴许能行，他习武耍棍，臂力应该不错。

赵凌志看到冯宁和刘朝静说笑着遛着，赵凌志对俞守仁说："守仁，我去跟我村的刘朝静说句话。"

赵凌志走到冯宁跟前，"冯宁同学，我家的煎饼和老咸菜味道怎样？"刘朝静抢先道："凌志，人家冯宁夸咱的煎饼卷咸菜好吃呢！"

赵凌志半信半疑地说："真的假的？"冯宁笑着肯定地说："凌志，是真的好吃。"刘朝静笑着对凌志说："凌志，你和冯宁两个前后位同学一块遛吧，我去拽两个单杠好长个。"冯宁对刘朝静说："朝静，你拽（拉）两个单杠，我们等会儿，也快到晚自习了。"

冯宁对赵凌志说："凌志，五里不同俗，这吃饭还真有点差异呢！我们那里吃咸菜都是苤蓝疙瘩，酱味的，你们那边的都是芥菜疙瘩烀成的老咸菜，都怪好吃。明天，我给你用玉米煎饼卷点苤蓝疙瘩咸菜尝尝。"

赵凌志重复似的说："我们这是在进行饮食文化交流呢！"

冯宁安排赵凌志："凌志，晚自习很重要，晚自习的时间很宝贵。功夫在课外，许多知识要在自习时间总结、吸收、消化。要想成功，摽（比）的是八小时以外的业余时间。"

说着，他们和刘朝静一起走进教室上晚自习课。

不能不说冯宁同学的知识面宽而广。她吃过赵凌志家的老咸菜，就能说出腌制咸菜不同的用料和手法。苤蓝疙瘩和芥菜疙瘩是不同的。

苤蓝疙瘩和芥菜疙瘩都是腌咸菜的主要材料。芥菜疙瘩也叫腊（辣）疙瘩，苤蓝疙瘩也叫甘蓝球茎和蛮疙瘩。芥菜疙瘩为一年生植物，高 100 厘米左右，个头较小，叶子长约 15 厘米，颜色翠绿。苤蓝为两年生植物，高 50 厘米左右，个头较大，长约 30 厘米，颜色呈蓝色。芥菜疙瘩有辣酱味，苤蓝疙瘩有甜味。

就叶片方面，芥菜疙瘩的叶子有少数毛刺，为倒卵形，边缘的锯齿不明显；苤蓝的叶子长约 30 厘米，面上有白粉，为椭圆形，边缘的锯齿状很明显。

腌制方法上，苤蓝疙瘩是酱园腌制咸菜的主要原料，用带酱的棕色卤水泡制，腌后呈棕红色。而芥菜疙瘩在烀炸前呈白色。

在食用方面，苤蓝疙瘩一般先切成片，再将片切成丝，咸菜丝晶莹透亮，形似泡好的鹿角菜。可调可炒。而芥菜疙瘩腌制后呈白色，再加之酱辣浓郁，生调不太适合，烀制老咸菜那是上等好料。

苤蓝疙瘩也可制作焖菜，俗称闷疙瘩，将生苤蓝疙瘩用擦板搓擦成细条，用开水焯去邪味，放盐、花椒面焖上一个小时，将煮熟的黄豆粒冷却后倒入。吃时，盛上一盘，用葱、姜、适量醋和老油（熟油）调拌。也可以用芥末油调拌。

晚自习铃声响过，各个教室鸦雀无声，学生们一个个皱着眉头，翻书、写字、默读。他们像久旱逢雨的幼苗，极力吸吮着知识的营养。恢复高考像一场及时雨浇透了他们干涸的心田，又像报时的钟声催赶着他们。赵恒春老师那富有磁性和启迪性的声音时时萦绕在耳畔，大学的大门公平地向每一个人打开，他们要做跳过龙门的鲤鱼，他们要昂首阔步走进象牙塔。

冯宁将语文、数学、物理、化学、政治课本摞在一起，从上而下，一门一门一页一页地翻着、记着。她专注着每一个知识点。她皱着眉，趴在课桌上纹丝不动，静得出奇，仿佛她的呼吸都融入课本里。

赵凌志记着冯宁的话"功夫在课外，摽的是课堂以外的时间，争分夺秒"。他看着冯宁的专注和投入，打心里崇拜佩服，"这妮子是个学习的好材料，这条美人鱼肯定能跳过龙门，说不准能跳过重点大学之门"。

赵凌志遇到难题想问下冯宁，但他不敢也不忍心打扰她。

"聪明 + 刻苦 + 方法得当 + 灵活机动 =X。"

赵凌志列出了这样一个方程式，进行求解，他得出的结果是"冯宁"。

无论学习多么紧张，除参加班里的晨跑、课间操，冯宁都会在晚饭后和晚自习后在校园里散步锻炼身体，他总结似的认为，没有强健的身体，就没有旺盛的精力，精力旺盛，学起习来事半而功倍。

冯宁锻炼身体时有一个特点，那就是，将一切事情抛之脑后，哪怕是需要急背的公式、课文。她有时会哼上一段《赤脚医生向阳花》。

冯宁正唱着高音部"革命路上啊……"赵凌志喊了一嗓子，"冯宁，你还有这一招"。冯宁打住，笑得半蹲着，"你这小子，差点把我给噎过去"。赵凌志说："冯宁，我列了一个方程式，聪明+刻苦+方法得当+灵活激动=X，结果，我算了八遍，结果惊人地一致，等于冯宁。"

冯宁笑着说："你真会造业，你竟能想出这样一个方程式。你这有两个不对。你这是一元一次方程式，但还缺一项，那就是还得加上注意锻炼身体。再就是，要真等于冯宁，就得是一元二次方程式，聪明加刻苦的二次方，再加其他的几项才能等于冯宁。"

赵凌志说："不行就把它变成一个化学反应式吧，这些东西放在一起起化学反应，生成一个冯宁。"冯宁问："催化剂呢？"

赵凌志无语。冯宁说："催化剂就是恢复高考，看能不能把我化学反应成一个大学生。"

冯宁问："凌志，我听朝静说，恁爹是个工人，你下步是不是想沾你老爹的光呀！"赵凌志脸一寒，"别提了，我曾经跟俺爹吵了一架，本来，矿上给他一个招工指标，因为他一事当前，先替别人打算，让给他工友了。让我不要想着沾他的光，也沾不上他的光。"

冯宁说："你爹做得对。现在我们赶上了好的时代，就要珍惜，不能光考虑干工去吃大白馒头。咱现在是学生，机会多，把招工指标让给没机会上学的人，有困难的人。看来，我们青年人跟老一代比，政治觉悟还有点差距。不怕，慢慢来，慢慢改造。"

冯宁就像一个大姐、一个老师拨动着赵凌志的心弦。人最听谁的话？最喜欢听他崇拜的人的话。"学高为师，德高为范嘛！"

冯宁哈哈一笑，"严肃了！严重了！"她话锋一转，"哎，凌志，你家弟兄三个，没姐姐没妹妹。俺家姊妹三个，没哥哥没弟弟，这就成了俺爹的心病。要是咱两家掺和一下就好了。"

赵凌志把手一挥，"这哪行，你们都是含着金钥匙出生的，生在大平原，你生在半个城里。我们都是含着泥钥匙出生的，生在大山里。亏你说得出来。"冯宁鼓励说，"凌志，你是有潜力的，要再刻苦些，我看你能行。"

赵凌志向冯宁讨教了几道物理题的做法，冯宁不仅给他讲了具体问题，还给他把有关知识贯通了一下，并帮他理顺思考问题的逻辑方法。

人啊，推进人生进步甚至改变人生方向的动力，是多方面的，不知哪一个人，哪一个方面起到关键作用，这或许就在一个偶然或不经意之间。

党金武随着功课的加深，他像掉进一口铺满乱草的深井，黑洞洞，乱糟糟。现代文、文言文、散文、杂文、记叙文、论文；物理定理、原理；化学元素周期表、化学反应式、化学方程式、配平方法、还原—氧化反应；数学公式，像一条蟒蛇缠绕得他喘不过气。

刘朝静给党金武讲道："氧化物是由两种元素组成，其中一种是氧元素的化合物。记住，必须得有氧。"

刘朝静继续讲，氧化物分为酸性氧化物、碱性氧化物、两性氧化物、不成盐氧化物和成盐氧化物。

党金武捂着头，听着，点着头，但还是头大，糊涂。

刘朝静也捂着头，笑着说："我是氧，你是其他元素，你就这样记，开始。"刘朝静说："我是氧。"党金武说："我是碳。"两人共说"二氧化碳"。

"我是氧。""我是铜。""氧化铜。""我是氧。""我是铁。""二氧化三铁。""我是氧。""我是铝。""三氧化二铝。"……

刘朝静说"我是氧"，党金武说："我离不开氧。"刘朝静嗔怪地说："金武哥，你胡闹，哪有'离不开你'。这个氧化物？"

党金武说："有，党金武加刘朝静反应生成'离不开你'这个化合物。"刘朝静脸红了，说："这个化学反应式成立。"她用嘴在党金武的脸上盖了个章，四肢胳膊抱在一起。

第 59 章

向阳市和山崮县进行了重大人事调整。其中，丰源公社党委书记翟洪良任山崮县党委副书记；丰源公社主任章士林任丰源公社党委书记；来泉公社党委书记李修德任山崮县城郊公社党委书记；来泉公社党委副书记秦宣智任来泉公社党委书记；来泉公社主任刘登科任山崮县农业局局长；周炳继调离向阳市水泥厂，任来泉公社党委副书记、公社主任。

想水村大队的领导班子也进行了调整，赵存祥任想水村大队党支部书记，打面坊负责人侯贺成任大队长，第二生产队会计陈宝祥为大队会计，粉行合作社负责人刘保险和石器合作社负责人侯文侠为支部委员，刘保险兼任治保主任；裁缝合作社负责人杜印花为妇女主任。

周炳继上任后不久，就回到了老家想水村。他在弟弟周炳续家吃了一顿饭，赵存祥在家宴请周炳继。又喊上周炳继的表姑父陈老大和表姑张洪英。赵存祥特别安排赵凌云搞服务，其实也就是让赵凌云作陪。

还是大厨赵存壮亲自操刀做饭。赵存祥父亲赵广勤帮厨，妇女主任杜印花和周炳续妻子陈学香负责燊火烧锅。

杜印花腰里围着个包袱皮子，劈柴、生火、拉风箱、刷锅、洗碗，忙个不停。她时不时用手指将头发向耳后一勾一捋，显示出干练。看她真像电影《沙家浜》中的阿庆嫂，又像电影《渡江侦察记》中的女游击队长。

杜印花咯咯地笑着，"想水村这一段时间祥云笼罩，前段时间下雨后天上出了个龙卦，这都是吉兆。哎，果不其然。你周家哪辈子烧了高香，老林上就冒了这么大的一股子青烟。"说着看着陈学香喜红的脸。

杜印花又说，"存壮，你可得拿出劲来做菜！"

赵存壮眯着小眼，撇着鸭嘴，脖子上的长头鸡叨米似的不停点动，"嘿嘿"地笑着，手里的菜刀快速均匀地在土豆、豆腐皮上上下起落，发出强劲利索的"嚓嚓嚓嚓"悦耳的响声，速度之快，节奏之均匀，不亚于打面坊里的柴油机。豆腐皮被切得细如游丝。

赵存壮说："我今天要做一道淮阳菜大煮干丝。"

杜印花打趣道："你盛大八四，小八四，今天怎么又捯起淮阳菜了？"

赵存壮打开了话匣了，"这餐饮厨艺文化博大精深，无穷无尽。中国的菜系，南北皆盛。有鲁菜、川菜、徽菜、闽菜、湘菜、浙菜、粤菜、淮阳菜，还有，咱就不说了。"

杜印花说："你说呀，你这说半截话过瘾痒人的。"

赵存壮放下手里的家什，点了一支烟抽着，说："你刚才说这淮阳菜，这可是传统的四大菜系之一。它的特点就是鲜香酥烂，原汁原汤，浓而不腻，咸中带甜。烹调技艺以炖、焖、烧、煨、炒而著称。大煮干丝、淮扬狮子头最为有名。干丝关键在刀功，细而不断。鲁菜是北食的代表，起于西周时期，兴于明、清两代，鲁菜成为宫廷御膳的主体。经过上千年发展，鲁菜由济南、胶东、孔府等地风味形成一系，对京、津和东北饮食文化有一定影响。代表有，糖醋鲤鱼、葱烧海参、拔丝山药、四喜丸子、九转大肠、芙蓉鸡片、宫爆鸡丁、德州扒鸡、糟熘鱼片、三丝烩鱼翅、原壳鲍鱼、奶汤蒲菜、汤爆双脆、阳关三叠、爆炒腰花。咱这里的菜就是鲁菜的重要组成部分。"

赵广勤说："俺存壮大侄厉害了，我说你第二，没人敢说第一。"

杜印花说："长头，说你刚才说的那些外地的，什么川、闽的，他们的菜都是什么？别光说你知道的。"

赵存壮歪着脖子点了下长头，窃喜，"你可别小看了你兄弟，我再给你上一课。老杜，像你们这些妇女，天天做饭，你也就是插个猪食，炓个狗食。对于美味佳肴，你闻所未闻。没吃过猪肉，你也没见过猪走。你看，川菜有粉蒸肉、香辣毛血旺；闽菜有佛跳墙、荔枝肉、煎糟鳗鱼、走油田鸡；粤菜有砂锅盐焗鸡、上汤焗龙虾、白切鸡、烤乳猪、鲤鱼豆腐汤、烤乳猪。湘菜有剁椒鱼头、湘西蒸腊肉。"

杜印花说："长头真管，你的头长，装的东西还真多。"

赵存壮冲着杜印花一笑，"你要是寻（嫁给）了我，吃香的喝辣的。"

杜印花把嘴一撇，"你发你的癔症去吧，我寻你，把你的长头当枕头用？"

在想水村乃至山崮县一带，把"寻"（xún）读成"寻"（xín），在婚姻双方是通用动词，娶媳妇叫寻媳妇，嫁男人叫寻男人。

赵存壮嘿嘿一笑："枕我的头，看肚子上的花，杜印花。"杜印花说："你这个七叶子半熟。"

赵广勤抽着烟、红着脸，搓着手急忙向堂屋走去。陈学香红着脸笑个不停。

在晚宴上，赵存祥带着大家一一给周炳继敬酒，表达祝贺祝福之情。

赵存祥端着酒杯，激动地说："炳继哥，你可是咱庄上走出去的第一个大学生，咱村的老少爷们都以你为骄傲，你给咱村里的人带了好头。山里人也行，只要有能力，也能考大学，也能当个一官半职。"

陈老大问周炳继："炳继，你离开大城市到这个山区来安下身子工作，焕攀

（周炳继大儿子）的娘和姥爷姥娘愿意吗？"

周炳继说，"可不能说我是一个官，这只是工作的需要。我岳父岳母和爱人都支持我。我来挂职时支持，我正式调这边来，他们还是支持。就想让我好好在地方工作"。

周炳继对想水村恢复高考第一年就考上两个中专，很高兴。他说："想水村很不赖，人心思进，很难得。现在在县二中上学的学生，考上考不上学，下步都是咱村里的骨干。有知识跟没知识不一样，农村要振兴，靠的还是人。"

周炳继端起酒杯，敬家乡的父老乡亲，"恢复高考是个好兆头，我们国家将会有一个新的发展方向和局面。邓小平复出是党之大幸，国之大幸，人民之大幸。我们要紧跟党中央，立足本地实际，抓好生产，抓好发展，在原先的基础上，取得更大进步，让父老乡亲的日子芝麻开花节节高。"

晚饭后，周炳继决定在老家住上一夜。

周炳继扶着赵凌云的肩膀，在赵存祥的陪伴下在村里遛了一圈。

周炳继来到老杨树下，他注视着饱经沧桑的古杨，他用手抚摸着树干和地面上绽出的树根。赵存祥抬眼望着天空，他数了几下星星，收住眼光，他看到周炳继双手合十向老杨树祈祷。祈祷完毕，周炳继向老杨树作揖、鞠躬。此时，他像个虔诚的信徒，鞠躬时，腰弯成90度。

周炳继又围着大坑转了一圈。皎洁的月光伴着星光洒在水面上，坑水折射出嵌入水中的月亮和星星，构出了一幅水中"众星捧月图"。

夜幕屏蔽住了想水村的荒山乱石和破屋旧路，像摄影家的截屏技法。单看这月光下的古杨大坑美景，周炳继眼前浮现出杭州西湖三潭印月的胜景。

周炳继看着这个建于明代，清代两次重修的古老的蓄水坑，感慨良多。他看到坑北面矗立的两通石碑与古树遥遥相对，像两名忠诚的卫士守着大坑。他走过去，用手抚摸石碑，手从碑帽慢慢滑向碑座。他又用手指按压着石碑上的文字，像盲人读着盲文，他寻找着一个名字"周文雄"，这是他的曾祖父。

周炳继抚摸的这通碑是清朝光绪年间，想水村重修大坑时为义捐者立的功德碑，周文雄是活动主要组织发起人之一。

赵存祥和赵凌云又陪着周炳继走了走村里的几条主干道。当周炳继走在通往周家的那条主干道时，他想着算着。上小学时，他一天走四趟。上初中时，他一天走两趟。上高中时，他一周走两趟。上大学时，他一年走四趟。大学毕业到城市工作后，他一年走一趟。往后，他几年走一趟，已经记不清。为什么呢？是路嫌弃了他？还是他嫌弃了路？这个问题无法求解，他也不想求解。

赵存祥和赵凌云把周炳继送到周炳续家门口，赵凌云说，"老师晚安！"周炳继笑着说："你看，这称呼不就生疏了？你应该叫大哥。"

赵凌云说："大哥晚安！"

赵存祥和周炳继握手告别。

第60章

迪思科老师被调到向阳市，侯贺堂和陈传卿老师考上了大学，哥哥赵凌志上了山崮县二中，弟弟赵凌峰被父亲带到常山煤矿提前热身，暑假后就要转入常山煤矿学校上学了。这些对赵凌云触动都很大。暑假开学后，他要上初中了。本村已没有了初中，农中已撤销，他要和同村的同学一起到离村六里地的万胜庄上联中。他觉得身上的任务和担子更重了。家里每天就他和娘两人在家，针线筐，外边千条线，家里一根针。他要帮娘做家务，烧锅、劈柴、挑水。特别是挑水要及时，水缸里的水不能低于半下，低于半下，娘的心就发慌，这是想水村长期缺水导致她形成的罕见的特殊病"恐水症"。治疗方法很简单，那就是天天将水缸灌满。

周末任务就更重了，他要帮娘烙煎饼，供哥哥赵凌志上学。虽然通常是和公丕柱大叔家合伙烙煎饼，但赵凌云要作为主力全程参与。一来，赵凌云家每次要烙很多，要从众多的煎饼中挑选最好的四五十个给哥哥带去上学。二来，公丕柱大叔喜欢和赵凌云一块干活儿。看来下步，每周还要多烙些煎饼，给常山煤矿的父亲和弟弟提供后勤补给。父亲那每月定额饭票肯定不够爷俩吃，何况凌峰正贪吃贪喝地长个呢！

赵凌云趴在水缸沿上看看缸里的水还有多少，他发现已近半下。他急忙挑起水桶向大坑走去，连挑两趟，将缸灌满。他对娘说："娘，缸里的水我灌满了。我去俺奶奶和俺老爷家。"娘安排道："对。凌云，你就要上万胜庄上学了，你可得给你老爷拉一拉，让你老爷交代你。"

赵凌云走进老爷的家，他先看老人的水缸满着吗。及时挑水，往水缸里补水仿佛成了赵凌云的强迫症。

"老爷，水缸满着呢！要不满，我去挑两挑子，把它灌满。"赵凌云进了屋对老爷说。

赵满福看见凌云，上下打量着，捋着胡子笑着说"水缸应该满了，你大哥刚挑完水回家。凌云，你长高了，也壮了，但年龄尚小，挑水要悠着来，可别闪了腰，压了个子，你正贪长个的时候"。

赵凌云说："没事，只要自身力气够，就能抵挡外来的压力，我的力量和挑子的压力抵消了，压不着我的个子。"

说着，赵凌云架着弯曲的胳膊扩了两下胸。

赵满福知道赵凌志到公社读高中去了，赵广厚又将赵凌峰带到矿上去上学。这家里烧锅揩灶、刷锅洗碗、赶集下店、挑水劈柴的活儿全都落到凌云的身上了，凌云还要上学，还要参加队里的劳动挣点工分。

赵满福想，广厚三个儿子，对凌云有所不公。他又想到，这也不能怨，一个手上的五个手指头伸出来有长有短，很难一般长。自己何尝不是这样呢？五个儿子，他对大儿子赵广忠，三儿子赵广传，小儿子赵广远投入的精力比较大，特别在上学上，将全部精力倾注到了三儿子赵广传身上。对二儿子赵广厚和四儿子赵广家那可是当长工用，当短工支，学问也就相当于初小程度。没想到二儿子赵广厚最能吃苦上进，最孝顺。他吃别人不能吃的苦，受别人不能受的罪，在露天煤矿上挖煤，由农民工转为正式工，入了党，当了劳模。工资虽然不高，每月一挨（一定）地给爹娘送五块钱和好吃的，还不断地买包洋烟。唉！有些事情说不清，想不透。

赵满福试探性地问赵凌云，"凌云，你爹要把你弟弟带矿上上学去了？"赵凌云高兴地说："是的老爷。他可能看到，现在恢复高考了，俺爹想让凌峰到条件好的学校上学，这样以后兴许能考个好点的大学。凌峰年龄小，从小培养，应该行。"接着，赵凌云形象地给爷爷介绍道，"老爷，你看公社里的山崮县二中，那是真大真好。教室一排一排的，操场可大，还有锻炼身体的器械。那向阳市一中就更气派了，里面的教室和办公室都是楼。我跟我大舅到向阳市里去推缸，我大舅专门带我去看了看。现在迪老师到那里教学去了。唉！要是能到这样的学校上学该有多好呀。在这样的学校上学，要是学不好，那就是胡咧咧了。"

赵满福听着赵凌云的讲述，尽管他是年近八旬的老人，经事万万，阅人无数，有了泰山崩于前而色不变，麋鹿兴于左而目不瞬的强大心理素质，他还是心里酸酸的，眼泪从眼角上滴下来。他小声说道："不愤不启，不悱不发。此时，凌云要是能上个好学校那定能学出个样子来。"

赵凌云高兴地对老爷报喜，"老爷，开学后，我就要去万胜庄上联中了，六个大队的学生在一起上，我就能结交一批外村的同学和朋友了。这么些同学同台竞技，比起赛来也有劲！"

赵满福看着赵凌云兴奋的样子，仍然自言自语地说道："万胜庄好！万胜庄好！"赵凌云问老爷，"万胜庄怎么个好法？"爷爷说："万胜庄历史文化底蕴深厚，自古多出人才，清朝出过一个进士，做了翰林学士。后来，这个村还出过一个清华大学生。这个村有两口远近闻名的水井，一口井的水是甜的，一口井的水是苦的，这两口井相距不足百米。据说，这两口井是和先秦思想家、教育家、科学家、社会活动家墨子家乡的一步两井水脉相通。墨子家乡的一步两井，一口井里的水是甜的，一口井里的水是苦的。这万胜庄的水脉与圣人家的水脉一通，万胜庄的人可就是喝墨水的人了。"

赵凌云笑着说："老爷真幽默，我们是用钢笔醮墨水，万胜庄的人喝墨水。"老爷也笑了，"喝墨水，醮墨水，此墨水非彼墨水也。凌云下步既有墨水醮，也有墨水喝了"。

赵凌云问，"老爷，那墨子这么厉害，被称为墨圣？不是孔子才被称为孔圣人吗？"赵满福谈起墨子，兴致来了。"墨子不仅被称为墨圣，还被称为科圣。墨子是先秦七子（孔子、孟子、荀子、墨子、老子、庄子、韩非子）里面唯一的农民出身的思想家。墨子是春秋末期和战国初期滕国人。墨子是一个没落贵族的后裔，其实他是一个平民，他周游列国，讲学传道，都是穿着草鞋，穿着粗布衣裳，他自称是'鄙人'，被人称为'布衣之士'。墨子主张'兼爱'，要求人人平等，不分阶级差别；主张'非攻'，反对战争；主张'尚贤'，任人唯贤；反对王公贵族的任人唯亲。他主张节用、节葬，反对浪费。战国时期的百家争鸣，有'非儒即墨'之称。墨子的思想是当时主流的热门思想学说。当时的墨家思想在哲学思辨和科学精神上是独树一帜的，达到很高的水平。在影响力上并不亚于孔子的儒家学说。你迪思科老师来给我交流过墨学，我当时说，墨学在先秦时期影响很大，与儒家并称'显学'。七子之一的法家代表韩非子在《显学》里面说，世之显学，儒墨也。儒之所至，孔丘也，墨之所在，墨翟也。你迪老师很赞同我的观点。迪老师说，墨子在自然科学上的成就，决不低于古希腊的科学家和哲学家，甚至高于他们。他一个人的成就，就等于整个古希腊。墨子的成就已达到了当时世界上所能达到的最高水平。"

是的，正如赵满福老人所言，在山崮县一带，尊崇墨学之风甚盛，流传的关于墨子的故事甚广。

传说，墨子出生时，家乡目夷天空火红，祥云笼罩，两步一井井水涨满。襁褓中的墨子哭闹时，家人将烂草鞋给他，他抓着烂草鞋就不哭闹了，还会笑。长大以后，他热爱劳动，他当过牧童，做过木工。丰富而坎坷的少年经历和艰苦的劳动实践，使墨子制作守城器械的技术比工匠鼻祖鲁班还要厉害。他发明了光学仪器"光镜"；机械装置，水车、风车；兵器，铁甲、箭垛；医学器械，针灸器、药九机；建筑工具，木工锯、石工锤；交通工具，马车、战车、船只；纺织机械，织布机、纺织机；水利工程，堤坝、水闸；测量仪器，测影仪。

山崮县一带还传说，墨子有两个脑子，就像两路电机，一个休息，一个继续工作，所以他才取得人达不到的伟大成就，他提出了影响深远的墨子思想，包括"兼爱""非攻""天志""明鬼""尚同""尚贤""节用""节葬""非命""非乐""兼相爱，交相利"；"海纳百川、有容乃大""襟三江而带五湖"；"官无常贵而民无终贱，有能则举之，无能则下之"；"志不强者智不达，言不信者行不果"。

迪思科老师曾对侯贺堂等老师们讲过墨学。墨子的思想里富有科学精神，被誉为我国古代的"科圣"。他对古代的数学物理启蒙都具有巨大贡献。他首次提出了"力"的概念。他说："力刑（形）之所以奋也。"力是使事物运动的原因。

墨子的物理学研究涉及力学、光学、声学分支，并给出了不少物理学概念的定义，总结出一些重要的物理学定理。墨子认为知识的来源有三方面，一是亲自体验的知识，二是来源权威的知识，三是来自推论的知识。墨子的"义"和敢于斗争的精神对山崮县人有着根深蒂固的影响。

墨子不是一个形而上学要嘴皮子的口力劳动者，他是一个务实的理论加实践的实干家。他创办了设有文、理、军、工等科的综合性平民学校，这个学校培养了大批的人才。史称"弟子弥丰，充满天下"。

墨子招收弟子是有严格要求的，首先要吃苦耐劳，其次要有一技之长。"尚同""节用"的主张要求门下弟子作风简朴，勤于动手，杜绝好逸恶劳，好吃懒做。要求弟子习武，勤练格斗技巧，练习使用各种兵器，以正义力量阻止大国欺负小国，恃强凌弱行为的发生，实现"非攻"的主张。墨子的教育思想是"艰苦实践，服从纪律"，并且提出了"兴天下之利，除天下之害"的教育目的。

在"百家争鸣"中，墨子对儒家思想和道家思想进行了批判，史称"墨辩"。墨子与儒家争论的焦点是"仁义"和"兼爱"。孔子在《中庸》里面说，"仁者人也，亲亲为大"，儒家思想对亲人的仁爱放到首位，爱有亲疏远近之分。

墨家主张"兼爱"是无差别的、无等级的爱，而儒家主张的是有差别、有等级的爱。墨家思想认为，爱别人和爱自己的父母、亲人是等同的。儒家更倾向于官，墨家更倾向于民，这是他们的根本分歧。

墨子的"兼爱"是一种包含平等与博爱的思想。墨子要求君臣、父子、兄弟都要在平等的基础上相互友爱。"爱人若爱其身"，并认为社会上出现恃强凌弱、嫌贫爱富的现象，是因为天下人不相爱导致的。

墨子反对战争，追求和平，他认为，"官无长贵，民无终贱"，所有人是生而平等。要求"饥者得食，寒者得衣，劳者得息"。

儒家的"仁义"和墨家的"兼爱"虽然都是利他主义的思想，但是墨家的"兼爱"层次似乎比儒家更高一些。

墨子反对道家"无中生有"的观点，并提出质疑。墨子认为，本来就不存在的"无"不会产生"有"，本来就存在的"有"，也不是从"无"而来的。墨子的思想有强烈的唯物主义色彩。

迪老师说，墨子是一个敢想敢说敢干的真男人。墨子曾自誉，"上无君上之事，下无耕农之难"。

在想水村，一直流传着"墨子泣丝"的故事，传承着墨子的道义观："无言而不信，无德而不报，投我以桃，报之以李。"

赵凌云问爷爷赵满福："老爷，您说的百家争鸣是怎么回事呢？"

赵满福给赵凌云讲，"百家争鸣是春秋战国时期，诸子百家相互争辩。思想文化相互碰撞、相互批判、相互促进，盛况空前的学术局面。上千家学术流派参与争论，但流传甚广，影响较大、较为著名的有十来家，以儒家、道家、墨家最为有名。到了汉武帝时，推行罢黜百家、独尊儒术的政策，从此以后，以孔子、孟子为代表的儒家思想成为正统。"

赵满福捋了一下胡须，对赵凌云笑了笑说："凌云，你要了解百家争鸣，不得不再给你说一下稷下学宫。稷，是齐国国都临淄城一处城门的名称。稷下，就是稷门的附近。齐国君主在这里设立学宫，因地而取名稷下学宫。这是战国中晚期，我国历史上最早的集教育、政治、学术功能于一体的高等教育大学堂。百余年间各国学者纷纷而至，成为战国初期诸子百家争鸣的中心舞台。一时间，天下学术皆出稷下。稷下学宫内人才济济，学派林立，各学派之间展开激烈的辩论，互相抨击，互相影响，取长补短，自由平等地进行学术争鸣。稷下学宫，为百家争鸣开创了良好的社会环境，促进了先秦时期艺术的繁荣。稷宫的遗址尚存，在淄博临淄齐故城小城西门西侧，以前，我多次去过那里。"

　　赵凌云又问："老爷，当时争论的百家有哪些呢？"

　　显然，赵满福老人的讲解激起了赵凌云的好奇和求解欲望，他打破砂锅纹（问）到底，正是"不愤不启，不悱不发"，灌输知识的好时机。教过私塾的赵满福没有让赵凌云失望。

　　赵满福说："凌云问得好呀。先秦主要学派有儒家，代表人物是孔子、孟子、荀子；道家，代表人物是老子、庄子；法家，代表人物是韩非、李斯、申不害；墨家，代表人物是墨子、胡非子、随巢子；兵家，代表人物是孙武、吴起、孙膑、尉缭；纵横家，代表人物是鬼谷子、苏秦、张仪；阴阳家，代表人物是邹衍；名家，代表人物是邓析、惠施、公孙龙、桓闭；农家，代表人物是许行；杂家，代表人物是吕不韦、尸佼。"

　　听完，赵凌云把赵满福中间摁灭的烟给他点着，赵满福"吧嗒吧嗒"地抽了几口，又摁灭了。赵凌云又给他倒茶，赵满福起身从布包里拿出一小捏树叶子放入茶壶，对赵凌云说："凌云，泡点这个茶，这是桑叶。我们这里随处可见，喝这个既省钱，对身体还好。霜后桑叶神仙叶。"

　　赵凌云将桑叶放入壶中，先倒上一股热水，他将此水倒掉。接着将茶壶倒满，等了一会儿，他给爷爷赵满福斟了一杯，杯中的茶水呈黄绿色，烟雾缭绕，一股股叶香沁人心脾。赵凌云又给奶奶倒茶，奶奶笑着说："我不喝这神仙汤，享不了这个味，我喝白开水。"

　　赵凌云笑着说："奶奶，你不喝仙汤，我替你喝杯，喝这玩意儿不会睡不着觉吧。"赵满福抢先说："不会，这不像南方的茶，喝了兴奋，咱这个桑叶茶稳当着呢。你奶奶不吃芫荽，不吃姜，胃浅，不能尝外味。"赵凌云给奶奶倒了一杯白开水。

赵满福起身走到床头的柜子边，从腰里取下铁片式挖耳刀形的钥匙，拨开挂在"云"纹"月"形折叶状挂钩上的老式虎头锁，伸手向柜子的一角深入摸去。他掏出一个小包裹，取开，拿出四块银圆和一个紫红色的木板状物件。他用手托着木板状物件对赵凌云说："凌云，这是一尊木刻墨子像，紫檀木的，这是你老老爷（曾祖父）传下来的，我把他传给你，你好好保存。这块银圆也给你，作为爷爷对你的一点爱。"

赵凌云推着说："老爷，这是您的心爱之物，我看看就行了，我不能要。"赵满福说："老爷传给你，就等于还在老爷手里，你是老爷生命的延续，是老爷精神的延续。"

赵凌云小心翼翼地拿着紫檀墨子像端详着。正面是墨子头像，额大，鼻高，嘴阔，脸形刚毅，胡须飘然，发髻高耸。头像上面刻有"墨子圣人像"。下面边框上刻有"兼相爱，交相利"字样。背面刻存墨子生平：墨子（公元前476或480—公元前390或420年），名翟，春秋末期战国初期滕国人。曾担任宋国大夫。中国古代思想家、教育家、科学家、军事家，墨家学派创始人和主要代表人物。

看完，赵凌云将墨子像双手递给老爷，老爷用老布将紫檀墨子像和银圆包好，交给凌云。赵凌云接过包裹，连声说："谢谢老爷，谢谢奶奶！"

老爷赵满福连喝两杯茶，他拾掇了一下大桌子，铺上毛毡，泡上毛笔。奶奶见老爷要写字，她拿出一块墨，娴熟地在砚池里研磨。老爷写字，奶奶研墨，这是几十年的默契，墨香里洋溢着浓浓的爱和满满的幸福！

赵满福拿出一张宣纸对折用镰刀头裁成两半，他将一半纸铺好，将笔在砚池里蘸抹。他将纸用一块长方形的黑色镇纸压着，他弯着腰，左手按着桌子，右手握着毛笔，悬腕写下第一个颜体楷书大字"天"。他又将毛笔在砚池里蘸抹，挥毫写下第二个字"道"，他边写边吹着气，他的手有些哆嗦，但他用尽全身的力气控制着胳膊和手，让毛笔按自己的意志和情绪走动。"天道酬勤"四个颜体大字跃然纸上，一横一竖一撇一捺似刀刻一般，遒劲有力。他换一管毛笔，用行书写下"书勉吾孙赵凌云，戊午年戊午月题，赵满福"。

赵满福看着自己的杰作微笑着点了点头。他拿出一方印章，在油墨上按了几下后，在他名字的下面重重地按了下去，他拿起印章，纸上留下一枚鲜红的印，那是篆体的"赵满福"三个字。

赵满福说："凌云，把这幅字拿到我的床上平铺晾着，我再写一幅。"

赵满福慈祥地看着赵凌云，笑着说："凌云，你升上初中，要去万胜庄上学，你要争取学业有成，我再给你写幅'旗开得胜'吧。"

赵凌云说："老爷，我才刚开始上初中，路还很长，还不知能上个爹样娘样，旗开了能得胜吗？"

赵满福坚定地说："我看你能行，也是老爷的祝愿吧。现在写好，我就等着看你旗开得胜。老爷年龄大了，现在不写好，怕以后拿不动笔了。"赵凌云说："老爷，您身子骨硬朗着呢！再过十年，二十年，您照样能写出好字！"赵满福说："但愿如此吧。"说着，他将宣纸铺好，一口气写下了柳体大字"旗开得胜"，行书落款"吾孙赵凌云留念，戊午年戊午月题，赵满福"。赵满福名字下面重重地盖上红色印章。

稍顷，赵凌云将第二幅字也拿到老爷的床上平铺晾着。

赵凌云从"大前门"烟盒里抽出一支烟双手递给老爷，"老爷，你再抽支烟歇歇"，他划根火柴，右手拿着点着的火柴棒，左手卷成半个罩捂着火柴，右手的火柴棒着火的一头稍微向上挑起。爷爷赵满福噘着嘴，将嘴唇夹着的烟向前伸着。赵凌云小心翼翼地将火柴头上的小火苗靠近烟头，赵满福吧嗒一抽，将火苗引向烟头，将烟点着。赵凌云稳稳地将火柴棒抽回用嘴吹灭。

赵凌云心里想到，给爷爷点烟难度不小，稍不注意，就会烧了老人的胡子。心要静，手安稳，眼要准，火头要小而文。

赵满福悠闲地抽着，"凌云，这是你爹给我买的烟，好抽着哩！你爹孝敬，什么都先想着我。"

赵凌云说："老爷，这都是晚辈应该做的。"

赵凌云带上老爷的墨宝和装着银圆、紫檀物件的小包裹，给老爷告辞回家。老爷将凌云送至大门口，又叮嘱道："凌云，习武的事可不能丢。"

赵凌云答道·"我记住了老爷，闻鸡起舞，夜读二更。"

赵凌云说完，"嘿嘿"地笑了。心想，俺这一老一少的对话，像历史的穿越。

赵凌云出了胡同一拐，看见三瞎子赵广清背着手正从南往北走，他挺着胸，背着手的手指在背后不停地扭动着。树上的鸟叫虫鸣仿佛给他扭动的手指伴奏着。

"三叔，该吃饭了，你还溜达着呢！"赵凌云捏着嗓用普通话喊着赵广清。赵广清停住脚步，回头看了一眼，"哟，是凌云！我以为是外地人叫我呢。我围着村走了一圈，观观天象，采采风，看看有什么动静。你干什么去了？是不是上你老爷家去了？"

　　赵凌云赶紧往前走了两步，与赵广清齐步走，并说道："是的三叔，我看看我老爷和奶奶。老爷给我讲了大半天墨子的故事，听得真过瘾。老爷还给我写了两幅字。"

　　赵广清问赵凌云："你老爷给你写的什么内容？"

　　赵凌云顺嘴答道："天道酬勤。"赵广清又问道，"那幅呢？"

　　赵凌云没有说"旗开得胜"，而是说"一样的"。他不能说"旗开得胜"，这只是爷爷对自己的希冀，对外人讲，那可就显得张扬甚至张狂了。老爷曾对自己说"深藏若虚"。

　　赵凌云仍操着普通话问赵广清，"三叔，您知道墨子吗？"

　　赵广清将背着的手放开，用右手摸了摸别在左褂兜上的钢笔帽："哪能不知道墨子，那我忒知道了。"赵广清又背过手去，手指还是拨动着说道，"墨子是战国时期滕国人，长得很魁梧，脚穿草鞋，身穿山花粗布，拄着木拐杖周游列国，讲经传道，形成墨学。墨子的老家是目夷，他有个老乡叫鲁班，那可是木匠的鼻祖，最早发明了钻、刨子、铲子、曲尺、墨斗。他造的木鸟能在天上飞三天，他发明了榫卯结构，给儿子造出了智力玩具鲁班锁。鲁班比墨子年长几岁。鲁班的老家位于滕国的卞山脚下，离墨子的老家目夷不到十里路。鲁班虽然很厉害，也捌不过墨子，口才捌不过，技术也剋不过。鲁班曾帮楚国造云梯攻打宋国，墨子在宋国做过大夫，墨子一听这个老乡大哥不地道，要帮强大的楚国攻打弱小的宋国，这不是讹人嘛。主张兼爱、非攻的墨子从滕国出发，他穿着草鞋走了十天十夜，不远千里赶到楚国，劝鲁班不要造云梯等器械攻打宋国。鲁班拧筋头，怎么也不接受老乡墨子的建议，两人又比起工匠技艺。鲁班攻，墨子守，鲁班技艺用完了，墨子还有许多守城工具和技艺没用呢。鲁班吓墨子，有技可以攻宋，墨子说，你想除掉我。我给你们说吧，你们杀了我，也别想攻打成宋国，我的伙计已用我的守城器械和技艺守在城上了，你们打不赢。楚王和鲁班只好停止攻打宋国，墨子止楚攻宋，美名远扬。传说，后来楚王想留墨子在楚国做官。墨子谈出条件，我要留在楚国，你必须按我说的来治理国家。楚王想，'伙计，你疯了吧，你说着玩呢，你当国王还是我当国王？'楚王不同意墨子提出的条件。墨子不屑地哼了一声，正好，爷爷才不陪你们这些只管自己幸福、不顾别人死活的家伙玩呢。蹬着草鞋，大步流星，赶回家乡。"

赵凌云将大拇指竖起，在赵广清眼前晃了一下，唯恐赵广清看不见。"三叔，你好厉害，你是咱村上名副其实的大学问家！吾唯服三叔。"

赵广清顿时脚步轻松起来，居高临下地安排赵凌云道："凌云二侄，好好学，技不压身，书不损脑。"赵凌云跨前一步，转身弯腰，操着普通话说："末将在，在下赵凌云谨记三叔教诲，告辞三叔，您也赶快回家用膳。"赵广清笑着嘟哝道："小子！"

第61章

一场大雨，想水村像洗了个澡，格外清爽。馍馍山青翠起来，山坡草丛间肥大的地壤皮一朵一朵地舒展开，像遍地的木耳。山韭菜，野葱倔强地向上蹿着，精神着呢。鸟儿叫着、飞着，尽情地放飞着自由，七彩山鸡飞着、走着捕食着美味。空气清新怡人，山腰、山顶的薄雾缭绕着，烟云氤氲。馍馍山，人间仙境一般。

赵凌云喊秦守实和徐星要登顶馍馍山，纵览雨后美景。看摩崖石窟，打云窟，眺望向阳城、山嵒城，养养眼、散散心。顺道捡拾些地壤皮，拔点山韭菜、山葱。碰巧，再拾几枚山鸡蛋那就更美味了。

赵凌云、秦守实和徐星各自拿着一个小篾子，相约来到哑叔赵广民家中。他们先甩臂、踢腿、下蹲，扭腰、转腔作热身，热身后，打了几套洪拳、长拳。接着对打。

赵凌云用手掌不停地击打秦守实头、胸，秦守实敏捷地躲闪。赵凌云一蹲，拉开仆步，顺势一个扫堂腿，秦守实跳跃躲过，赵凌云一个鲤鱼打挺站起。这时，秦守实拧着身子踢起了连环腿，前摆后摆，呼呼生风。这家伙的摆腿很有力道，还很具杀伤力。

赵凌云屈臂握拳左挡右躲。秦守实一个后摆腿踢在赵凌云的右背肩部，赵凌云顺势倒下。

赵凌云赞叹道："守实，你小子的腿功了得！"秦守实操着东北口音问："还行吗？"赵凌云笑着说："你都把我踢倒了，你说行不行。"

赵凌云用手捋了捋头发，摸了摸头，对秦守实和徐星说："开学后，我们就到万胜庄联中上学了，今天咱趁雨后空气好，凉快，爬爬山，散散心，顺便拾点野味。咱先路过赵广仁同学的坟头，祭奠下，给他说，我们上初中了，让他也高兴高兴。我们给他带些苘叶，用手把苘叶搓出黄瓜味。我们吃不上黄瓜，只能闻闻黄瓜味，也让赵广仁二叔一饱鼻福。咱从西山坡上山，看看雨后轻纱薄雾缭绕的摩崖石窟和石刻。咱登上山顶，打打云窟，看看当年老祖们烧火跳舞求雨的遗址。我们不能忘记祖先生活的艰辛和乐观的精神，我们在求雨地练练武，以显示想水村后人的力量。咱捡点野味菜，守实，回家让你姥娘一炒，卷个煎饼，别说多带劲了。"徐星说："鸡蛋磕地壤皮，山韭菜炒辣椒，用煎饼一卷，我的乖，我能剋三个煎饼。"

秦守实用东北话语调说："我能捯四个煎饼。"赵凌云笑了："看看，还没上山，都让你们捯饿了。"

临近出发，秦守实突发奇想，建议每人画副眼镜戴着。听秦守实建议画眼镜，徐星又建议画个手表戴着。赵凌云用手一拍大腿，好呀！我们三个人戴着眼镜、戴着手表看风景太带劲了。秦守实一边说着贼带劲，一边往家跑去拿笔。

赵凌云先给秦守实画眼镜，他用钢笔沿着秦守实的眉毛线和眼角线，腮线在左眼上画出一个圆圈。秦守实像一名即将登场演出的演员在接受化妆师的描眉画腮涂唇，他闭着眼，尽情享受着赵凌云的试验性操作。接着，赵凌云又在右眼上画了个圆圈。

赵凌云让秦守实抬起脸，将头放正，他后退两步看两个圈是否般高对称。还好！两个圈不偏不斜。赵凌云用钢笔在鼻梁上画两条线将两个圈连上。又在圆圈的外边上向耳朵画出两条线，在耳根处向里勾了一下，这是两条眼镜腿。

秦守实的眼镜画好了。秦守实浓浓的眉毛，瘦小的脸，配上这副眼镜，顿时英俊起来。这孩子的脸型适合戴眼镜，适合戴圆形的账房先生式的小片圆镜。

赵凌云后退两步，像摄影师一样指挥着秦守实，抬脸，挺胸，瞪眼，闭眼，低头，他上下左右地端详着，竖起大拇指，自言自语道，"完美！那是相当的完美！"

赵凌云拿起秦守实的左手腕，他征求秦守实意见，手表要圆形的还是方形的，秦守实果断决定要方形的。要什么牌子的，赵凌云又问秦守实。秦守实问赵凌云，还有比"上海"牌好的吗？赵凌云对秦守实说，先弄"上海"牌的戴着吧。秦守实抽回左手，伸出右手腕，说自己是个左撇子，手表戴在右手上好。

赵凌云说："守实，你看你这么些道道眼子（点子多），手表要方的，还想要比'上海'牌好的，还想戴在右手上。"

秦守实哈哈地笑着说："凌云，这又不花钱，照好的画，表盘画得大乎的，好显眼。"

赵凌云纠正说："不对，听说，手表越小越值钱，越轻越薄越值钱。我要给你画得跟马蹄子闹钟一样大，你的胳膊捉不开，挂不住。"

赵凌云把秦守实的右手放在自己的腿上，他在腕部画了个圈，在圈里中心位置点个点，从圆点上画出粗、中、细三根线，分别为时针、分针、秒针，在圆圈下方写上"上海"二字，在圆圈最上方的边上画了个黑豆作为"表把"。绕着臂腕画了两条线将"表壳"连起，两线之间均匀地画上杠杠。一条精致的表带画好了。

秦守实抬起手腕看了看"上海"牌手表，连说："贼漂亮。"

赵凌云又给徐星画了一副眼镜和一块手表。他看着徐星的大脸要配上圆眼镜不协调。他想徐星很可能适合戴方片眼镜。

赵凌云让徐星闭着眼，他再给徐星调节一下，确保完美。他用钢笔在徐星的鼻沟处抹上一撮小胡子，在两个嘴角抹上两撇小胡子。徐星只顾痒痒地、凉飕地享受，没承想，他已被画成《红灯记》中贼鸠山的形象。看到徐星戴着眼镜，留着胡子，秦守实笑着蹲在地上起不来。赵凌云又给徐星画了块"上海"牌手表。徐星翻正地抬手看，稀罕得不得了。

赵凌云给自己画了块圆形的"上海"牌手表，表带画成一条针扣形皮表带。他对秦守实和徐星说："我要是神笔马良就好了。不过，我想，我们只要好好上学，好好干活儿，一定能戴上真手表。"

三个人的手拍在一起，"努力！加油！"

说着，几个人挎着筊子走向村口。他们先在村子的路边撸了几把苘叶，向赵广仁同学的坟地走去。

到了赵广仁的坟前，赵凌云捧了几捧土撒向坟头，几个坷垃蛋从坟头的上方滚了下来。赵凌云的眼潮湿了，他眼前又浮现出赵广仁善良爱笑的形象，耳畔又出现"凌云，请再给我讲个故事吧，我喜欢听凌云讲故事"熟悉的二叔赵广仁的声音。

赵凌云说："二叔，您不幸早逝给我们带来了无限痛苦，我和秦守实、徐星马上到万胜庄上联中了。现在国家恢复高考了，公平公正凭本事可以上大学了。我们村近年发生了很大变化，今后会变得更好，我们会及时告诉您。今天，我给你带来了苘叶，我把它们搓出清香的黄瓜味，您尽情地闻一闻吧。吃不上黄瓜，闻个黄瓜味也是很幸福的，感谢苘叶满足我们这小小的愿望。有黄瓜吃的日子不会太远，到时，我挎一筺子黄瓜来祭奠您。安息吧二叔，愿天堂无病无痛苦。"

赵凌云招呼秦守实和徐星站好，恭恭敬敬地向赵广仁三鞠躬。

鞠躬毕，秦守实还像模像样地用手扶了扶眼镜框。

祭奠完赵广仁，他们走向馍馍山的西山坡，准备向摩崖石窟行进。

到了西山坡"进山入口处"，他们看到一个留着大红毛子（剪掉长辫子留下的齐领长发），胡须飘然，手持挂缨长矛，70多岁的老者站在他们面前，老者的头有节奏地哆嗦着。他脚蹬草鞋，穿着一件蓝色粗布的褂子，褂子没有扣子，两襟斜缅，腰间系着一根草绳。

赵凌云他们三个家伙被眼前的"野人长者"惊呆了。

"野人长者"哆嗦着头，牙骨仿佛很紧，像哼又像说，问道："你们是哪部分的，来此何干？"

赵凌云怕惹出乱子，抢先答道："老人家，我是想水村的，我是赵家军的。我等皆为良民，我的老祖名曰赵耀，赵耀之长兄名曰赵良，乃吾村开村始祖也。今日闲来无事，吾等欲登山观景，畅想尔。此地皆归您老管辖，还望行个方便。如若不便，吾等另寻蹊径。"

老者看着赵凌云身后戴着墨水眼镜，用墨水点着胡子的秦守实和徐星，像化装演戏的，又像响马（土匪）手下的小丑，老人警惕起来。老人哆嗦着头，牙骨仿佛紧咬着，像哼又像说："封山育林，山是国家的，大队的，不能毁山毁林，不能抢夺损坏国家的财产。若胆敢偷山毁林，我拼出老命干到底。"

赵凌云听出来了，这是看山的老人。听大人讲，想水村有个叫陈耀彪的老人，年轻时参加过教会，武功了得，枪、棍、剑、刀无所不能，还会轻功和隐身遁形之术。此人一生未娶，住在山内的一间茅草屋内，喝山水，吃野果。院内一棵桃树遮天蔽日，人称世外桃源。这人定是陈耀彪老人。

赵凌云走到老人眼前恭敬地鞠了一躬："老人家您是陈耀彪前辈吧，您武艺高超，护山护林功高盖世。我们上山不薅草，不扒蝎子，不毁堰，不摘果子，不掏鸟窝，您放心，我们只是去到山顶玩一玩。"

老人说道："好自为之。"转眼之间不见了。

赵凌云给秦守实画的眼镜显了威力，秦守实借着眼镜的神力看到老人隐身于一片树林之中，在树林中戴上用草叶编的帽子，穿上用树叶编织的外套，隐蔽起来。

赵凌云、秦守实和徐星挎着筢子，踩着半腿高的野草深一脚浅一脚地往山上爬，腿被圪针和树枝刮得满是血道子。遇到一棵槐树，他们本想折断几个树枝用作拐杖劈荆斩棘开山路，但他们答应了陈耀彪老人不毁树，他们不敢失信。

费了九牛二虎之力，三个家伙使出了吃奶的劲，终于爬到了馍馍山上的大明崖，明崖下有一片平地，地上立有几通石碑。明崖之上整齐地排列着一个个石洞，蔚为壮观。石洞内雕刻着石佛像，形态迥异，栩栩如生。这是北方著名的摩崖石窟。

赵凌云三个人被摩崖石窟和石窟内的佛像震惊了，他们放下筢子，专注地看着每一个石窟，他们发现石窟里的佛像有站立的、有盘坐的，手的姿势各有不同。当他们专心地看着佛像的时候，余光中闪过一个黑影，感觉有一阵风袭来。赵凌云转脸一看，身边站着一个人。赵凌云吓了一跳，应急般攥紧拳头。噢，是陈耀彪老人。陈耀彪穿着草鞋，头发凌乱，手里提着长矛，眼睛不再凶巴巴的，而是慈祥地看着这几位小青年。

赵凌云转身走到陈耀彪跟前施礼道："陈老前辈辛苦了，烦您跟随吾等上山，荆绊针刺，好不辛苦，莫非您老对吾等不信任？"

陈耀彪哆嗦着头，略带笑意地说："汝等爬山，来意已明，听汝其言，察汝其行，乃读书人也，不似响马之类。汝等进山，吾心仍有不安，乃尾随而至。窥汝已久，见汝等本分，虽荆棘圪针困扰，却不曾折树枝以驱，只顾来到摩崖石窟之圣地聚观求解，吾心安也。"

赵凌云听陈耀彪讲话像个文人，心想，老人身上有故事。他在这深山老林里待久了，好像是与世隔绝一般。赵凌云转用现代白话给他说，"老人家，我能看看您手里的长矛吗？"陈耀彪高兴地说："可以。这是我师傅传给我的，我师傅是河北人。"

赵凌云拿过长矛，这不是一般的长矛，杆子润滑像蜡打一样，分量很重。矛头上刻有"梅花"图案，下面铸有"义和拳"字样。赵凌云拉开架式耍了一下，老人微笑着点头示意"不错"。

赵凌云把长矛还与老人，老人顺势耍了个梅花枪，呼呼生风，年过古稀的老人竟有如此柔性和气力，确实令人折服。

从老人的只言片语中，了解到，老人的师傅是义和团的一个小头目。义和团原叫"义和拳"，以梅花拳团练起家，起初起义的口号是"反清复明"，后来又"扶清灭洋"。义和团遭清廷镇压失败后，他师傅隐居乡间传授梅花拳，扶弱济贫。陈耀彪老人练就一身梅花桩硬功夫，他痛恨八国联军抢夺我国大量文物，他为了保护家乡的摩崖石窟，在关键时期，他都持枪吃睡在崖底的空地上，与石窟和佛像朝夕为伴。

赵凌云听老人的介绍，认为他是一个了不起的人，对他彻底消除了"野人"的误解。征询似的说："老人家，我们看到石窟和佛像感到很震撼，但，我们却对这些文化一无所知，您能给我们讲一下吗？"

老人家谦虚地说："我也是一知半解，我只知道这是历史文化，这是宝贝，要像保护生命一样保护他们。"

他指着一通石碑介绍道："这通碑的碑文讲的是这处摩崖石窟建造的背景。"山东是古代中国佛教文化与艺术的兴盛之地，东汉永平年间佛教正式从古印度传入中国，东汉晚期，山东画像石中开始出现与佛教相关的艺术图像。公元351年，著名僧人朗公在济南近郊琨瑞山金舆谷建立了朗公寺。即今济南历城神道寺，是山东现存最早的一座古寺院。山东佛教历经北朝、隋唐和北宋三个重要的发展时期，山东北朝佛教与齐鲁文化不断融合，创造出具有本土特色的佛教造像风格。其中以背屏造像的祥龙嘉莲装饰和圆雕佛像的"薄衣贴体"风格造像最具特色，在中国佛教造像艺术上独树一帜。隋唐和北宋是山东佛教艺术发展的另外两个繁荣时期，以摩崖造像、佛塔地宫和彩绘泥塑最具代表性，具有很高的艺术成就。

山东地区佛教文物类型众多，有背屏造像、单体圆雕、佛塔、经幢、石函、碑刻等，时间跨度从北魏到明清一千多年。

我们家乡的这处摩崖石窟就是一个杰出的代表。

陈耀彪放下长矛，恭身站在一尊立佛前，给赵凌云、秦守实、徐星讲解佛像各部位，自上而下分别是，头光、肉髻、僧祇支、袈裟、系带、手印、莲台。来到一尊菩萨像前，他又介绍菩萨像各部位名称，自上而下分别是，宝冠、项圈、摩尼宝珠、兽面、吊坠、帔（pèi）帛、裳裙、璎珞、化佛、宝瓶、莲台。

这些佛像雕刻得精致、清晰，每一个部位都生动无比。

秦守实戴着钢笔勾画的圆圆的"眼镜"，不敢注视眼前野人打扮的老人，结结巴巴地问道："爷爷，这些佛像的手势都不一样，这是啥意思呢？"

陈耀彪听着秦守实的东北口音，看着他滑稽的"眼镜"问道："小伙子，你不是想水村的人，你是东北哪旮旯儿的？"秦守实恭敬地说："我是辽宁的，老家是这里的。"老人自言自语地说："山东和东北有缘分，东北的很多人老家都是山东的。我的几个师兄弟是胶东的，现也在东北，只是多年没联系了。"陈老人说："你们看得很仔细，这些佛像的手势叫手印。这里佛像的手印有说法印、施无畏印、与愿印、触地印、禅定印。你看，这尊佛像右手伸开，大拇指与食指指尖互捏，左手伸开，中指内握与大拇指尖相碰，这个就是说法印。象征说法之意，教化大众，值法闻法。"老人指着一尊佛像说："这个手势，右手五指并拢像挥手一样，叫施无畏印，表示佛为救济众生的大慈心愿，能使众生心安，无所畏怖。"老人介绍，"左手五指并拢自然下垂为与愿印。表示佛菩萨能给予众生愿望满足，使众生所祈求之愿都能实现之意。此印相兴具有慈悲之意，往往和施无畏印配合。"

老人领着赵凌云往前走了几步，指着一尊佛像说："你看，这尊佛像的手印为触地印。手势为，右手自然下垂，食指伸直向下指，大拇指自然下垂，中指、无名指、小拇指内屈。触地印又称降魔印。释迦修炼时常有恶魔前来扰乱，释迦即以右手指触地，表明自己已成佛，使魔王惧伏，表示修炼的艰辛。"

秦守实往前赶了两步，指着一尊佛像问道："陈爷爷，这尊佛像的手势是啥手印？"陈耀彪往前一走，抬眼看去，"这尊佛像的手印是禅定印。手势为，左手和右手都伸开，手心向上。右手搭在左手之上，两大拇指指尖相碰。表示禅思、使内心安定之意。"

赵凌云、秦守实、徐星围着山崖看了一圈，陈耀彪老人陪着转了一圈。

陈耀彪拿起长矛，抛向空中，顺势用右手接住，悬腕将长矛在空中转了两圈。弯背，长矛在后肩背上转一圈，从头上移至胸前，双手旋转，将长矛耍出个梅花圈。显然，这位老人被眼前的摩崖石窟带进了历史，带进了青春，带进了保家卫国的热血责任。

遇到几个青年，又有了将这腔热血和武艺传下去的冲动和担当。

赵凌云和秦守实、徐星也被陈耀彪老人的行动感染，他们在空地上练起了基本功，单手翻、旋子、二踢脚、旋风腿、鲤鱼打挺。他们像欢快的鱼儿跳跃，像嬉戏的猫儿翻着、闹着。徐星和秦守实对打一会儿收势打住。

由于地湿，他们几乎成了泥人。陈耀彪像看到当年自己的影子，欣慰地哈哈大笑，叮嘱几位年轻人"习武不练功，到头一场空"。

陈耀彪放下长矛，示范性走了几圈梅花桩，丹凤朝阳、大鹏展翅、二郎担山、猕猴攀枝、霸王卸甲，变化多端，令人眼花缭乱。

老人武毕，赵凌云向陈老告别，"陈老前辈，您学识渊博，武艺高强，爱国爱家，乃吾辈学习之榜样，以后，吾等会常来看您，祝您健康长寿！我们再上山顶看看。"

陈耀彪挂着长矛对孩子们说："你们都是想水村的好孩子，你们能文能武，希望你们健康成长，报效家乡。"

赵凌云、徐星和秦守实弯腰向挂着长矛的陈耀彪老人鞠躬施礼。

此刻，时空定格成这样一幅图画：山间云雾氤氲，如同仙境一般。山崖下，一个古代田舍老翁打扮的老人挂着长矛站在那里，三个浑身沾满泥水的戴着眼镜和手表的现代青年弯腰向老人鞠躬施礼。

这简直就是一幅绝妙的像是童话又似神话的古今穿越图。

陈耀彪说："孩子们，你们登山去吧，我巡山去了。"转眼间，他消失在了树丛中。

第62章

赵凌云带着秦守实和徐星绕过悬崖顺着一个坡道奋力向馒馒山顶攀爬。山间树林里的小鸟喳喳地叫着，欢快地飞着，落在枝头上的白头翁扇着翅膀甩掉身上的水珠。这些精灵尽情地享受着雨后新鲜的空气，时不时用嘴啄着树枝，亲吻着幸福家园的伴侣。一群叫不上名的鸟儿从他们身边掠过，发出一阵叽叽叽叽的欢笑，鸟儿撒欢到疯的程度，向这几位登山者发出了挑衅，也可能是欢迎。

一阵阵山风袭来，稀释了他们爬山激发出的热能，大口喘着粗气与山风互应，发出呼呼的声响。没有出汗，身上的泥水也渐渐干了。

登上山顶，云开霏霁，别开洞天，令人心旷神怡，扬眉吐气。

赵凌云他们仿佛走到了另一个自由自在无比开阔的新天地。他们放下篓子，转着圈向远处看，进入眼帘的景物是那么的多、那么的清晰。天空变大了，世界变大了，视线变远了，"一览众山小"的惬意油然而生。

馍馍山，我爱您，您将我的双脚向上托起，托得那么高，让我踩在您的肩膀之上望向远方，看到更大更新奇的世界。

赵凌云立住双脚，双手卷起两个圆孔像望远镜放在眼上，向南方的向阳市区望去。他仿佛看到了向阳市宽阔的马路，交错闪烁的红绿灯，马路上奔跑的汽车。看到了陶瓷厂、看到了人民公园、看到了向阳市第一中学、看到了迪思科老师；看到了他自己坐在窗明几净的向阳市第一中学的大教室里读书，看到了他站在向阳市人民公园的树林里大声朗读……

"凌云，你看，我看到尚岩水库了。"秦守实的叫声打断了赵凌云远眺向阳市的思绪。赵凌云回过神来说道："哦，看到尚岩水库了？"

赵凌云急忙转过身向北远远望去，一片浩渺的水面像一面大大的镜子铺在那里，水中央有一块绿岛，依稀看到湖里面有两只小船在游动。

秦守实望着尚岩水库自言自语地说："尚岩水库，我的家。"说着，他眼睛湿润了，几滴泪珠滚落在脸颊上。赵凌云伸出手替秦守实抹去了眼泪。

徐星指着山下的两棵大树问，"凌云哥，你看那两棵树是什么树？"

凌云一看，那是村里的古杨树，嗔怪道："徐星你憨还是傻！怎么上了山，就不认识村里的老杨树了？"

徐星说："咱村不是在山的南面吗，我指的是北面。"赵凌云哈哈地笑了："徐星你转向了，你指的是南面呀。你看看尚岩水库在哪边？"

徐星说："我看着尚岩水库在南边。我的娘哎，可毁了，我转向了。"徐星弯着腰迈步转着圈拍了拍头。秦守实说："徐星，那你验不了空军了，转向的人不能当空军。"赵凌云说："没事儿，等一会儿太阳出来了，你还能回过来，别急。可能是阴天的事，咱在山崖下转圈，可能转晕乎了。"

赵凌云提议，先拾地壤皮，别等着太阳一晒，地壤皮就缩巴了。遇着山韭菜、山葱拔点，回头再玩。徐星，你跟着我们行动，别走反方向。咱谁都不要到山边上去，地滑危险。

一朵朵肥大、饱满、晶莹的地壤皮蜷缩在草丛中，像害羞的姑娘。赵凌云拔了几棵山韭菜和山葱给秦守实、徐星看，又将其折断揉搓一下让他们闻了闻，记住形状、记住味道，让他们千万别拔错了。赵凌云安排他们，如果认不准就不要拔，山上的野草种类多，更不能品尝，千万别中毒。

地壤皮太多了，不一会儿，他们就拾了有两大碗。"扑棱"一声，一只山鸡拔地而起，一翅子飞了十多米落地，咕咕地叫着、望着。秦守实惊喜地大声喊，"这里有鸟窝，还有两个山鸡蛋呢！"

赵凌云过去一看，一个石头跟前的窝，窝里铺着草，草中间有两枚绿壳的山鸡蛋。

赵凌云说："守实，千万别动，刚才一只山鸡在这里飞起，它还在那里望着我们呢。它这是在抱窝呢！如果你一动它的蛋，它就不再抱窝孵化小鸡了。你就别吃这两个鸡蛋了。"秦守实说："不吃不吃。"

徐星弯着腰一块儿接一块儿地捡拾地壤皮。他一边拾，一边想着要是能遇上山鸡多好呀！说曹操曹操就到。山鸡遇上了徐星。两个山鸡，一个黄灰色，一个彩毛锦羚、金项环颈。它们警惕地瞅着徐星，徐星转身只望了它一眼，只见两只山鸡不约而同两爪蹬地，挥动翅膀，发出一声"咕"，我走也，一翅子飞到徐星视线盲区。徐星目送山鸡飞远，便猫着小腰，瞪着大眼在山鸡蹲过的地方反复寻找，没找到鸟窝，也没发现鸟蛋，只有几滴山鸡屎留在那里权当作个纪念。徐星失望地拃着箢子去与赵凌云会合。

赵凌云招呼秦守实和徐星打"云窟"。他们拾了大、中、小的石块堆在那里。赵凌云听存祥哥说，打"云窟"是想水村的传统，也是想水村的一大乐趣，不打"云窟"枉登馍馍山。"云窟"通地河，打"云窟"神秘又神奇。赵凌云曾就"云窟"向老爷请教，赵满福老人说，祖上传言，想水村的水脉直通地河，有点水，全部被地河喝走了，这是想水村缺水的原因。用石头打"云窟"一来想告诉河神、土地神，想水村缺水了，请二神大发慈悲，给想水村地下留点水，活命一方百姓。二来想用这些扔下去的石头截住地河流动的水，让贮藏下来的水成为想水村的水源。三来倾听石头下落与空气、与石壁敲击相撞发出的悦耳声音。赵凌云将一块大石头投掷下去，三个家伙趴在"云窟"口的大石板上，侧耳聆听。他们听到，"咣当咣当""叮当叮当""呼呼"的声音，声音由大及小直到消失。秦守实、徐星接连将大大小小的石头一股脑全部投入云窟。他们听着、笑着。突然，"云窟"里发出呼呼的声响，像一股旋风由下及上卷了上来，一群黑压压的怪物在洞口盘旋，发出"扑棱扑棱"和"嗡嗡"的怪声。一只怪物飞出洞口，在他们头上盘旋一圈又落入洞中。

徐星大声喊道："我看见了，这个怪物长得像长了翅膀的老鼠。"

赵凌云说："徐星，今天，你的眼镜没白戴，什么蹊跷事都让你看见了，这个怪物长什么样你都看清了，是公的是母的，你看出来了吗？"

徐星摸着"眼镜"又摸了一下"胡子"喘着粗气说："乖乖，造洋业，吓我一跳，还公母，是黑的白的我都吓忘了。"

秦守实摸着头皮，紧张地说："是黑的，我敢肯定是黑的。"

显然，这几个家伙被突然出现的怪物吓蒙了。打"云窟"遇怪物，又增加了"云窟"神秘的色彩和想水村的谈资。

赵凌云长出一口气，赵凌云的手和秦守实、徐星的手自然地扯在一起，他们走到不远处的一个石头台子上，登高一步，望得更远。这个石台是老祖求雨烧火的石台，想水村后人在这个古老的石台上将发出怎样的呐喊？

赵凌云说道，"咱们回家吧"。

他们挎着篓子沿山的东坡下山，下至半山腰，赵凌云指了指右前方的一个石屋子，"看，那就是我存祥哥考察避风的石屋子。"

秦守实和徐星顺势看去，"噌噌"两只野兔蹦跶着，时而驻足观望，时而对草根子啃上两口。秦守实拾起一块石片，向野兔抛去，野兔箭一般地向树丛中奔去。秦守实哈哈大笑，"凌云，怪不得人家都说，跑得比兔子都快。比兔子快那得多快呀"。

赵凌云说："俺老爷曾教我一首诗，是宋代一位诗人写的，其中就写到了兔子。"徐星说："凌云哥，还有人写兔子？怎么写的？"

赵凌云背诵道："天地中闲浩浩歌，从地乌兔健飞过。旁人若问功名事，笑指南柯蚁一窠。"秦守实夸赞赵凌云："凌云，你记的诗词真多，有个有学问的老爷真好。你上山时跟陈老人对话的古文跟谁学的？"

赵凌云说："这些古文，我都是听大鼓学的，苗祎先生是老师呀！你看那些有学问的人都会说上几段古文，像说大鼓的苗祎，泗沟村的金牙大叔，咱村的瞎子叔赵广清，还有今天咱遇着的陈耀彪老人。不扣几段古文，你想说你有学问，别人恐怕也不敢承认。守实，得好好学点古文，好跟有学问的人对话。"

赵凌云在山边看到一些说不上名字的花，这个季节的花有些稀奇，他顺手采下几枝恭敬地放到筐子里，他要把这几枝花献给敬爱的母亲。进了村口，赵凌云和秦守实、徐星相互告别各自回了家。

赵凌云刚跨过大门嵌就大声喊道："娘，我回来了。"

凌云娘看到赵凌云浑身上下泥巴垃圾的，埋怨道："凌云，你这爬山怎么弄得跟泥巴猪一样，出去大半天，躁死我了。"

赵凌云将地壤皮从筐子里倒进瓷盆里，从瓷缸里舀了一瓢水泡上，把山韭菜放到弯篓子里。他拿着几朵花走进母亲身边，"娘，你看这花漂亮吗？"娘抬眼瞅了一眼，说道："这时候怎么还有花？漂亮！好看！"赵凌云说："这花是为了让我孝敬娘，专门长出来的。"说着他拿一朵插在娘的头上。娘嗔怪道："你这熊孩子，把这花插在俺头上，不知道的，以为俺是个疯子呢。"赵凌云说："哪里哪里，这花插在您头上可好看了！再说也是你二儿的一片孝心呀！"

凌云娘把赵凌云从山上拔来的山韭菜摘洗干净切细，又切了两个干辣椒一同放入碗中，加入一小汤勺食盐，打碎两个鸡蛋搅拌均匀。她点着火将炒菜锅加热，放入两匙子花生油，待油热冒烟，将裹着山韭菜、干辣椒的鸡蛋浆倒进锅里。顿时，鸡蛋起泡，绿色的山韭菜，黄色的蛋黄，白色的蛋清，红色的干辣椒构成一个美丽的花朵。待蛋包成形，连续翻炒三遍，散着韭香、蛋香的美味山韭菜煎鸡蛋做好了。

凌云娘拿一个地瓜干煎饼将菜包起来喊道："凌云，快点过来拿煎饼吃，这么晚了，你可饿毁了。"赵凌云接过煎饼说道："我的娘哎，这菜真香！我得用线拴着舌头吃，可别把舌头咽了。"

凌云娘说："别撅贫（耍贫嘴）了，快吃，别凉了，凉了光腥。"

说着又去淘地壤皮，她将接着做第二个菜地壤皮炒鸡蛋。凌云娘又吆喝一声："凌云，没烧汤，你倒碗白开水就着吃，别噎着。"

凌云答道："行，娘哞，我还帮你烧锅吗？"娘说："不用，炒这点菜快得很。"

赵凌云将卷着韭菜鸡蛋的煎饼掰成两半，将大半放入盘中，又用一只盘子牢牢盖住，留给娘吃。他倒一碗开水，几口将半个胖乎乎、软乎乎的煎饼吞了下去，喝了两口水往下送了送。

娘又将鸡蛋炒地壤皮盛上桌。赵凌云拿出一个煎饼铺开，将黑灿灿，黄晶晶的鸡蛋炒地壤皮捂了一大包。嘴窝窝地嚼着。边吃边含混不清地说："娘，您快吃韭菜煎鸡蛋，我给您留了一大半。"

娘说："你这孩子，娘让你吃的，你给我留吗呀。"赵凌云说："娘不吃，我哪能吃得下，快吃，别作假，这又不是走亲戚。"

凌云娘用手指点了一下赵凌云的额头，"就你会说会劝。"

边说边把包着山韭菜煎鸡蛋的煎饼送到嘴里，连声说："真香。"

赵凌云又补了一句："俺娘的手艺，赛过大厨长头壮。"

吃过饭，赵凌云向娘讲了登馍馍山的情景，特别讲到，上山途中碰到看山野人陈耀彪手持长矛来无影去无踪，隐遁之术神一般地存在。听赵凌云遇上野人陈耀彪，凌云娘心里一咯噔。在想水村人的眼里心里，陈耀彪就是与世隔绝、不食人间烟火的野人、疯子。上山的人防狼一样防着他，怕他伤人。

赵凌云对娘说："陈耀彪老人不是神人，不是怪人，也不是疯子。他的师傅参加过义和拳。陈耀彪会武功，但不是土匪流寇，也不是山大王。他是一个有文化的人，是一个爱国爱集体的人，为了保护摩崖石窟和山林不被损坏，他与'敌人'斗智斗勇，在山上，陈老人给我们介绍了摩崖石窟的历史，还指导我们练武功。"

凌云娘听后十分诧异，陈耀彪被村里人神话了、污化了、丑化了。儿子这次登山对陈耀彪摸清了底数，陈老人应该是个正常人，是个看山护林的功臣。

山总是充满着神奇和神秘。神奇的事情往往产生于山或与山有联系，一些稀奇古怪的事情哪个都与山脱不了干系。正常的事情在山里也能被蒙上神秘的面纱和色彩，奇险、奇异、荒诞、惊悚，不断注入神秘的新元素。山的传说层出不穷，二郎神搬山，沉香劈山救母，孔子山上采灵芝救母，还有什么妖魔鬼怪、荒诞离奇之事云云。

三瞎子赵广清经常讲在想水村流传着的两个山里妖怪的故事。

其一：话说青石山下青石村，村里有个叫铁蛋的人，十二三岁时到姐家走亲戚。傍晚回家时，在离村一里路的地方，起了旋风，黄烟笼罩，旋风带动着飞沙走石，围着铁蛋打着圈，铁蛋被泥石迷住了眼，他揉着眼。突然他两脚离地，被黄风裹挟着，腾云驾雾般升入天空。一会儿工夫，黄烟散去，风停了，他被送进了高山的一个山洞。山洞里一群妖魔鬼怪围着他跳舞嬉戏，视他为稀罕的怪物。

吃饭时，问他吃扁食（水饺）不？他说吃。于是山洞的妖怪给他端上一碗，里面全是气蛤蟆。他不敢吃，他说想喝面条，于是给他端上一碗面条，里面全是蚯蚓。全村人找狗蛋找疯了，不见踪影。老人说他可能走迷了路，过段时间就会回来。两天后，山上起了一阵风，一股旋风将狗蛋送回原地。他在地上打了两个滚。拍拍脑袋，跟跟跄跄地走回了家，全村欢喜，但铁蛋的脑袋失忆了，从他疯癫的只言片语中了解了他癔症般的遭遇。

其二：话说闹山脚下陈湖村一户姓张的人家，身为人娘的寡妇张李氏，一大早就下坡到地里干活，直至深夜都没有回家。家里的三个孩子想娘不停地哭喊着。

夜深人静，一股风吹来，大门开了。娘回来了，不停叫着三个孩子的名字。稍大点的大姐看着娘问，"娘，你脸上怎么那么多些麻子坑呀！"

娘答道："我在你姥娘家睡觉让秫壳簸子硌的"。大姐又看到娘的腚上长了个大尾巴，问道："娘，你腚上怎么长了一个大尾巴？"娘说："我用腚在恁姥娘家夹来个大扫帚。"大姐见娘嘴里不停地咯喽咯喽地嚼着东西，问道："娘，你吃的什么？"娘说："我吃的胡萝卜。"大姐说："给我吃点行吗？"

娘把胡萝卜递给她，大姐吓坏了，说道："这不是胡萝卜，这是人的手指头。"

这时，娘突然张大嘴，睁大眼向大姐扑来。说时迟那时快，"砰"一声枪响，一只大灰狼躺在了地上。

猎手和娘站在眼前，娘将三个孩子揽在怀中，哭成泪人。猎手说："幸亏咱赶得快，将这个狼精除掉，不然三个孩子就遭殃了。"

原来，脸上长麻子，腚上长尾巴的"娘"是山里成精的大灰狼所变。成精的大灰狼变成一位老太婆尾随这位早出下地干活的妇女半天，甜言蜜语套出她家的位置、孩子的姓名。然后用邪术将其击昏变成该妇女的模样，欲待天黑将三个孩子背走，再来吃掉这位妇女。恰逢一位猎手夜归路过看到苏醒过来的妇女，妇女将前后事情一说，猎手说："不妙，这是一只成精的灰狼，赶快回家，不然孩子将有生命危险。"

妇女领着猎手拼命往家跑，猎手果断举枪将灰狼精击毙。

第63章

赵凌云拿出钢笔，把作业本摊在大桌子上，将钢笔帽拧开摘掉，卸开笔身将笔尖插进墨水瓶，使劲捏了一下吸水笔管，墨水顺势而上，将钢笔水管灌了个饱。他坐在马札子上奋笔疾书。娘凑了过来，脸上挂着笑，眼里放着慈祥的温暖而充满希望的光，"凌云，写字呢！"

娘温柔地说，她头上的花跟着头颤而颤，跟着笑而笑。娘自嘲的戴着像个疯子的花都快蔫了，也不舍得拿下来，还时不时用手摸摸抚抚。

赵凌云看着娘头上的花，心里暖洋洋的，脸上洋溢着笑。"娘，我写篇作文。"赵凌云对娘说。

娘喜欢看凌云写字，喜欢看儿子冥思苦想的表情，喜欢看写字认真的样子，喜欢看作业本上留下的清晰隽秀的字迹，喜欢闻墨水的香气。

赵凌云在作业本上工工整整地写下"山里山外"四个字，这是他今天要写的作文的题目：

今天，我和我的同学，亲爱的朋友、伙伴、师兄弟徐星、秦守实相约攀爬想水村的母亲山馍馍山。

我们先看望了埋在地下的好同学、好朋友、我敬爱的二叔赵广仁，给他献上了搓出浓郁黄瓜味的蒿叶，告诉了他，我们将到万胜庄联中读初中，他定会为我们高兴。但我为先去他而悲伤，不然他会跟我们一起读初中。几年了，我时刻想念赵广仁同学，不知道怎么的，始终放不下。

我们登山初始，便遇见了"拦路虎"，被社员视为野人、疯子的陈耀彪。他的衣着打扮、表情的确与众不同。他的凶和他的不谙人情世事印证了社员对他的猜测和描述。经过与他沟通，他并非如此。他是一个有传奇经历的人，是一个有故事的人，是一个有丰富情感的人，是一个有家国情怀和责任感的人。

我想，人们对他的神秘感，来自对山的神秘认知。生活在神秘世界的人，必定带有神秘的色彩。

说到山，我想流泪！我想呐喊。

山啊，我爱你！我爱你的神秘和深不可测。"曲径通幽处，禅房花木深。"深山老林里有山外没有的奇花异草，有山外没有的古树名木，有山外没有的野生动物。你孕育培养着与地方相生相长的绿色和山果，展现着"万物竞择"，成为靠山吃山，养育一方人的一方水土。

山啊，我爱你！我爱你的"仁"和你的厚重。爷爷对我讲，《论语·雍也》说，"智者乐水，仁者乐山；智者动，仁者静；智者乐，仁者寿"。你不管风吹雨刷，屹立不倒，坚忍不拔；不管自然界千变万化，你包容万物，稳稳地平静地坚守，"立壁千仞，无欲则刚"。

山啊，我爱你！爱你的忠诚和无私。千人万人登山，你都用你的有力敦实的脚和宽阔的肩膀将他们托向你的头顶，让他们看向远方，领略无限风光，"无限风光在险峰""会当凌绝顶，一览众山小"。

山啊，有人说你矗在那里，挡住了人们窥探外面世界的视线，绊住了走向远方的脚步，圈着山里的人像井底之蛙。人们把愚钝、贫穷、落后的帽子一股脑地扔向你，埋怨你，把给你交朋友的人称为"山人""愚人""野人"。埋怨你藏污纳垢，包庇妖魔鬼怪，让他们住在山洞里，祸害当地百姓。

这对你不公平，万分地不公平，我不答应，一万个不答应。

山啊！你用魁梧的身躯阻挡风雨，用周身的营养滋养万物，"深山出俊鸟"。这才是你的真面目。

有人用妖魔鬼怪吓唬说，山里紧（环境凶险），不让靠近你。而你呢？不顾闲言碎语，不屑流言蜚语，却用新鲜的空气、美丽的裙裳、厚重的文化向人们发出邀请，山里才是美丽的乐园。

山啊！你高大，你含蓄，你隐忍，你含蓄得低调，你隐忍得抽象。其实你大气磅礴，人在你面前显得那么渺小。不是吗？庐山之高，高耸入云。庐山之大，大气似天。人入山而不见山，身在山中而不可见。"横看成岭侧成峰，远近高低各不同。不识庐山真面目，只缘身在此山中。"

山外有山啊，世人皆在山中，又有几人知晓山外之山啊。远近高低皆是山，长江之外亦有山。巍巍哉，茫茫哉。山外青山楼外楼，山外的景色也很美。你托着我站在你的肩膀望向远方，我看到了向阳市区，看到了向阳市一中的迪老师，看到了在向阳市卫校上课的陈传卿老师，看到了向阳市办公大楼、宽阔的马路和人民公园，看到了周炳继老师曾工作过的向阳市水泥厂。我看到了山崮县城，看到了在山崮县师范学校上学的侯贺堂老师。山外对我产生了莫名的诱惑，有一天，我离开你，走出山外，你会对我祝福！你会一直坚守在这里，随时等着我归来！

山啊！你不管风吹雨打，我自岿然不动，你胸襟开阔，有容乃大，无役于物，无损于物，以静制动，仁者长寿。愿您庇护想水村的人健康长寿！幸福安康！愿全中国的人健康长寿！愿中华民族成为全世界最伟大最兴旺的民族！

我爱大山！我爱馍馍山，我的母亲山！

赵凌云一气呵成，一气写完，写完最后一个字，他将钢笔重重地摔在桌子上。

凌云娘抬头看了看凌云，用手抚了抚头上的山花，"凌云，你写字怎么还写生气了，摔笔甩本子的。"

赵凌云晃着酸痛的右臂，"娘我哪生气了，我这是激动加冲动。唉！吾遇事冲动，距仁者相差不止分厘尔。"

凌云娘撇了一下嘴，又摸了摸头上蔫巴的山花说："什么黄子（东西），你说得叽里呱啦的。"赵凌云说："我说的古文，说古文显得有文化。"

一听说有文化娘笑了，赵凌云也笑了。娘头上的山花跟着娘的头颤着笑着，竟然从头上摔了下来。

第 64 章

明天就要开学了。赵凌云到大坑里挑了两挑子水将水缸灌满，又往爷爷赵满福家挑了一挑子。赵凌云对老爷说："老爷，我明天就去到万胜庄上学了，我把您的水缸挑满了。"爷爷赵满福"嘿嘿"地笑着安排道："好好学，上学路上拿个打狗棍注意安全。"

赵凌云心想，我又不是外出讨饭，还拿个打狗棍。笑着答道："行，老爷，我们同学多，一起来回上下学，您放心。"

凌云娘知道赵凌云就要到万胜庄上学，早早地把赵凌云的衣裳洗了，用赵广厚在矿上带来的"金牛"肥皂将领子、袖子搓了又搓。她平时洗衣裳都是用皂角洗，把皂角包在衣裳里，用一头细、一头粗扁的木棒捶砸，将皂角砸碎溢出泡沫去污除泥。凌云出门上学，要用肥皂洗，肥皂洗得干净又好闻，她连凌云的书包都用肥皂打了好几遍。晒干的书包和衣裳散发着一股股莫名的香味，这是赵凌云最喜欢闻的味道，这个味道有赵广厚身上的味道。

晚上，凌云娘用肉炒了山豆角，熬了绿豆米稀饭，用蒜臼子捣了辣椒蒜，赵凌云胃口大开，用煎饼卷上一包山豆角，抹上一层辣椒蒜，大口大口地剋着。

"凌云，你明天外出上学，我把你的衣裳和书包用胰子（肥皂）洗得可干净了，味道也好闻。你到外村上学要听老师的话，要处好同学，别惹事。"凌云娘看着大口吃饭的儿子安排道，仿佛赵凌云要出远门，要到一个十分陌生的地方。

赵凌云边吃边自信满满地笑着说："我的娘唻，请您放心，我会做好的。您快来吃饭，不然我都快给您吃完了。"

凌云娘端起饭碗，朝菜盆一看，肉都堆在那里，豆角却吃了一大半。"凌云，你这孩子，怎么把肉都弃下了，这是我专门给你做的。"

赵凌云故意满不在乎地说："娘来，豆角比肉好吃，儿子不孝，把不好吃的肉留给俺娘了，您吃吧。"

凌云娘知道儿子懂事孝顺，她捯了两块肉送到赵凌云的嘴边，"来，这是娘给你捯的。"

赵凌云张大嘴把肉吃了下去，接着连连摆手，"娘唻，剩下的您吃吧，我吃足了。"凌云娘不自觉地自言自语："俺凌云是个大孝子。"赵凌云看着娘深情地说："羊羔跪乳，乌鸦尚能反哺，况人乎？孝敬爹娘乃人之常情也。"

娘听着赵凌云又说些听不懂的古文笑着，"你又转古文了，你净说些之乎者也，鼻呀耳呀的娘听不懂，但娘爱听。凌云，你上学又升了一级，你可得好好学我儿，你哥上高中了，你弟弟跟你爹到矿上去上学了，你弟兄三个，谁上出学来是谁的，谁也抢不去。考个学，吃个公家饭。爹娘不图你们什么，就盼你们有个好出路"。

赵凌云听着娘絮絮叨叨的话语，心里升起一团激动的热气，"娘，您放心，我一定好好学，争取考上学，分配个城里的工作，把你接到像向阳城那样的市里面，让您过城市人的生活，您瞧好吧，哈哈。"

娘说："有那一天。"不知娘说的话后面是问号还是感叹号。

赵凌云、秦守实、徐星和村里的同学一起走向万胜庄联中。

万胜庄联中是丰源公社的一处学区联办初级中学。丰源公社分别在东北部、东南部、西南部、西北部和中部设立五个学区。中部学区的初中为丰源公社中心学校。其余四个学区分别设立了四个联办初中。万胜庄是丰源公社东北部的五个山村半山村联办初中，各村小学毕业的学生全盘升入联中。

万胜庄联中占地十余亩，大门向南，开向万胜庄东西主街道。院墙一周圈石头砌垒，像座石头城堡。大门左侧的石柱上挂着白底黑字的木牌"万胜庄学校"。大门旁的石墙上粉刷着白色的"好好学习，天天向上"八个大字，石头的灰色成了底色。进入大门，一条沙子路将学校院子分成东西两部分，东部为万胜庄小学一年级到五年级的五间教室，这个小学只招收万胜庄本村的学生。西部的前部分为学校伙房，公办教室宿舍和教师办公室，后部分为两间三大开间的初中教室，分别是初中一年级，初中二年级。从赵凌云这一级开始，将有初中三年级，下步将要再新盖三大间教室，形成初一、初二、初三三个初中级部。

学校办公室和学校伙房前面有两棵百年古槐树，夏季的古槐树枝繁叶茂，遮天蔽日，冬天树枝劲展，颇有古朴之气。古槐下的地面，泥石板结在一起像水泥地一样平整结实，雨天不存水、不积水、不起泥，只是潮乎乎的，令人心情舒畅。伙房只为公办教师开伙。做饭的是万胜庄有名的厨子张天一，他长得方面大耳，身材魁梧，圆圆的大头留着寸发，像个僧人。他每天挑水做饭扫地，将古槐树下的地面打扫得干干净净，再洒上水始终保持地面潮乎乎的。他根据时节时令，变着花样给远道而来的公办教师做着可口的饭菜。将近饭时，他的饭菜油香偶尔飘进教室，令还未下课的学生饥肠辘辘，盼着下课铃响。古槐树靠下的一个树枝上，用铁条挂着一截钢轨，铃声从这里发出。

学校院落北部是一个大操场，操场为泥沙地面。操场中间有四个沙坑，有四个木棒搭建的单杠和双杠，四个用石头砌垒底座，水泥板铺面的乒乓球台。还有一个半场地的用木棒、木板、铁圈制作的篮球架。操场周围的石墙上用白漆刷着标语。

这是学生们的乐园，是体育生练习体育项目的圣地，是未来体育健将的摇篮。这里往向阳市体校输送了十多名铁饼、铅球、跳远、长跑体育人才。

不能不说作为学区驻地的万胜庄为周围邻村在发展教育事业和培养孩子方面做出了牺牲和奉献。

万胜庄学校公办教师有 6 名，他们均毕业于师范院校，占学校教师总数的三分之一，其余的民办教师，以万胜庄为主体，又从周边村选拔了几个德艺双馨的尖子。这样的师资力量可以说是比较硬邦的。

开学第一天是同学们互相见面熟识的一天，是老师根据课程安排和同学们见面的一天。这一天，同学们心情是复杂的。新鲜着、好奇着、激动着、期待着，在人生履历中，这里将书写新的一页。

教室北墙设有两个木质大窗户，窗框内木条做成格子状，也叫窗棂。冬天用白色透明的塑料薄膜糊住挡风，春秋夏季将塑料薄膜撤掉通风。教室南墙设有前后两个门，门为木制，卯榫结构，秉承着木匠祖师鲁班的手艺和精神。门框上面设有"上亮""上亮"为条格窗棂样式，起到通风透亮的作用。

课桌是用小青砖砌垒底座，一尺半宽，三尺长的水泥板作面，底座下面有两个方洞，便于学生放腿，每个课桌坐两个学生。一视同仁，教桌也是用砖和水泥板做成。教桌上放着一个黑板擦和一个教杆。

不像写信"多日未见，甚是想念"，初次见面的不同村庄的同学有些拘束认生，在教室里，一窝窝一团团以村为单位坐在一起，赵凌云、秦守实、徐星及同村的同学独居一隅，坐在教室后面东南部的一个角落里。万胜庄的同学倒显得有些活跃，一个叫邢其实的家伙开门走进教室，故意走过讲台后面老师讲课的地方，还拿着老师的教杆在讲桌上敲两下。唉！谁让人家是"房东"呢，主场总比客场优越。也有几个"自来熟"的社交家活跃着、攀谈着。

赵凌云从上到下、从前到后、从左到右把教室看了个遍，他看同学时，眼睛不直视，只是不在意地环视扫视，他怕自己的目光与某一个同学的目光对视。他领着秦守实和徐星对校园又遛了个遍，像作战前的侦察兵认真观察着地形、设施状况。当他们走到古槐树下时，正在忙活的张天一警惕地看了他们一眼，"快上课了，快回教室去。"张天一似乎生气地安排道。

"叮当叮当"，一位老师手持铁锤击打着吊在树枝上的钢轨。"上课了！"

同学们自由结合，同村的坐在一起，男生和男生坐一起，女生和女生坐在一起。同学们端坐着，两支胳膊平放在课桌上，右手掌扣压左手背，尽管桌面有些凉，但同学们一丝不苟。

教室里鸦雀无声，大家的眼睛注视着教室前门，怀着好奇、怀着期待、怀着敬畏等待新老师的到来。

"上课"，一位三十左右的老师，一手拿着课本和学生花名册，一手拿着几根粉笔走进教室，走上讲台。

"起立"，这冷不丁地一喊，同学们将目光从老师转向这位同学，甚至最前排的几个家伙竟然没有管控住好奇心，将头扭得像只大白鹅，回头看了一眼喊"起立"的同学。

领喊起立的同学接着领喊道："老师好！"老师回敬道："同学们好！请坐下。"

老师三十左右，留着平头，身高一米七二左右，身材偏瘦，腰细，背微驼。浓眉细眼，单眼皮，鼻梁细而高。两只耳朵不张扬地贴在头的两边，嘴唇有点厚，笑起来露出一排整齐的白牙。脸上有密密麻麻的小疙瘩，小疙瘩有红的，也有红根白顶的，像要炸开的石榴。小疙瘩的间隙依稀看到影影绰绰的小坑，可能是小疙瘩退去留下的痕迹。

老师用略带沙哑却高亢的声音自我介绍道："我叫刘洪。"他拿起粉笔在黑板上用楷书工工整整地写上"刘洪"二字。他笑着说，"我和电影《铁道游击队》的大队长重名，不好意思。"引来同学们一阵笑声，笑声过后又是一片宁静。

刘洪老师接着讲，"根据学校安排，由我代同学们的语文课兼班主任，我希望同学们支持我的工作。"刘洪老师收住微笑，脸上的肌肉猛然绷紧道："大家来自不同的村庄，有家庭条件优越的，有娇生惯养的，不管你是什么样的，来到这里就要遵守纪律，好好学习，哪个敢调皮捣蛋，给我玩里格楞（耍花招），别怨我不客气。"

全班静悄悄，同学们被新班主任严厉的表情和训话震慑住了。只有坐在中间的万胜庄的邢其实坐在那里摇头晃脑，嘴里不停地发出"吭吭"的声音，还不时发出两声轻声的咳嗽。眼睛白睖着，轻蔑地看着刘洪老师。

邢其实的父亲是万胜庄的一个生产队长，是有名的恶人，媳妇早逝，经常骚扰近邻的寡妇。邢其实秉承其父喜欢占高岗的圣人蛋作派，在小学时就有校园霸凌行为。邢其实的家和刘洪老师的家斜对门。平时喊刘洪大哥。他自觉着跟刘洪老师担当事（熟悉随便），也想在新同学面前摆摆威风，没把刘洪老师和刘洪老师讲的话当回事。

刘洪老师瞅了一眼邢其实，大声道："有的同学有多动症，浑身木疙瘩，不知哪个痒痒，下步，你如果扰乱班里的教学秩序，影响大家学习，影响老师讲课，我对你绝不容忍。你是牛头，我就是煮牛头的锅。"他又狠狠地瞅了一眼邢其实。

邢其实的脸红了，眼睛向下看着，低下了他无拘无束的头。

刘洪老师慈爱地说："同学们，我们进入初中，开设的课程就多了，语文、数学、物理、化学、历史、地理、政治，希望大家认真学好每一门课，咬住每一节课，咬住老师讲的每个问题，该记的记，该背的背。大家还要互相帮助，共同进步。为了加强管理，现在成立班委会。设班长一名，副班长一名，学习委员一名，纪律委员一名。班里分六个小组，设六名组长。每门课设一个课代表。根据大家以前的情况，我们决定让万胜庄的邵帅同学担任班长，让想水村的赵凌云同学担任副班长，让马庄的马士前同学担任学习委员，让红山头村的张玉同学担任纪律委员，张玉同学是位女生，她抓纪律肯定行，大家要配合她。"

他又一一宣读了小组长和课代表名单。

邢其实听到纪律委员张玉是位女生，脸上露出一丝狡黠的笑，刘洪老师提议让班长邵帅和副班长赵凌云和大家讲两句。

邵帅说："感谢刘老师让我当班长，我一直跟刘老师上学，刘老师是我最尊敬的老师。我盼望大家支持我，我们要给刘老师争光。"

赵凌云从角落里站起来，快步走向讲台前面。他先给刘洪老师鞠了一躬，又给同学们鞠了一躬。秦守实和徐星瞪大眼睛目不转睛地看着赵凌云。

赵凌云说："刘老师、同学们，我叫赵凌云，来自想水村。今天我很高兴，认识了这么些亲爱的同学，今后的日子我们将朝夕相处。古人云，一辈子同学三辈子亲，我们按敬爱的刘老师说的互帮互助，把学业完成好。我一定协助邵帅同学服务好同学们，我一定带头遵守好班级纪律，一定带头学好习，以德服人，以能服人。我希望大家监督我、支持我、帮助我。谢谢刘老师，谢谢同学们。"讲完，赵凌云向刘老师和同学们又鞠了一躬。

同学们看到穿着干净的衣裳，长相帅气，彬彬有礼，沉着冷静，讲话全面的赵凌云同学，心里像有一股春风吹过。秦守实和徐星两个小子差点鼓掌。

邢其实不屑地看着赵凌云，心里想："山巴狗子，圣人蛋，摇骚到俺万胜庄了，算个熊。"

刘洪老师高兴地笑着，"刚才，邵帅和赵凌云同学作了表态发言，也给大家亮了相，希望大家服从他们的管理。我对每一个同学还不大熟，从万胜庄的同学坐的位置，我看可能是同一村的同学坐在了一起。我根据花名册调一下座位。"

刘洪老师读着名字，同学们穿插着、移动着。根据刘洪老师的调整，村与村之间，男生和女生全部掺和开了。秦守实和徐星被安排到了第二排，分别与红山头和前刘村的同学坐在了一起。赵凌云与万胜庄的女生耿玲同位。赵凌云的后面坐着邢其实和纪律委员张玉。

45分钟过去，铁锤有节奏间隔着敲着，下课了。听着"当当"的声音，坐在教师第一排最北边上的女生将左右手的食指插进左右两只耳朵。显然，她不想听见这个声音。难道她不想下课，只想上课？

她走出教室门对同学王二妮说："我听见这个锤打铁的声音就脑浆子疼。"

她叫苟泉。万胜庄是个杂姓村庄，有15个姓氏。耿家是大户，苟家是单门独户。苟泉家住在万胜庄的东头，门前有一个大坑，坑里有一个石泉。苟泉的爹叫苟胜，这是苟泉的爷爷绞尽脑汁给儿子取的名，寓意要在万胜庄取得胜利，兴家兴业。

苟胜是个铁匠，心灵手巧，又能吃苦，日子过得像铁匠炉红红火火。膝下有五个子女，四个儿子，一个闺女，大孩子叫苟石，二孩子是女儿叫苟泉，三孩子叫苟流，四孩子叫苟布，五孩子叫苟进。取意"石泉流不尽，财源滚滚来"。大儿子苟石农中毕业后，跟自己学铁匠，女儿苟泉上初中，下面三个小子上小学。

苟胜的爹经常说："积小胜为大胜，家有斗金，不如日进分义。"不知不觉，日积月久，这倒成了苟家的家训。前些年，苟胜家的铁匠炉熄火打烊，铁锤生锈，铁砧睡觉，苟胜的心痛得发痒。想水村成立了集体化的铁匠铺，也叫铁艺合作社，铁匠们有了用武之地。苟胜常常骂道："奶奶的，万胜庄的十部能得钻天，怎么就想不出想水村的办法呢。"

上边不让干，只能偷着干。一来，长期不干，手艺会下滑。二来，作为单门独户无过人之处，没多大用处，在社员乡邻中威信会下降。三来，身怀绝技而得不到伸展，那就浑身有蛆拱蚁噬般难受。四来，邻居百舍不时求上门，要求打个刀、打个镰、打个镢头、打个锨。干了这些活儿，不仅帮了邻里的忙，提高自家威信，还能挣个三核桃俩枣的，也算日进分文。

接了活儿，苟胜就深更半夜，㷭炉起火，小锤敲，大锤砸，叮叮当当忙不停。善良的社员邻居心照不宣，充耳不闻，视而不见，既体现了传统上的对单门独户的尊爱，又方便了自家打刀做铲的方便。但夜深人静时砸铁发出的叮当声却给年少贪睡的女儿苟泉留下了阴影和惧"铁响"的后遗症，具体表现为，不论何时何地听到铁块的撞击声就头皮发麻，心里发慌，脑浆子疼。

后来，放开搞活，苟胜像久旱逢甘霖的庄稼，青春再现，意气风发，斗志昂扬。俗话说"蝇子见了血，铁匠见了铁，别想能拦住"。鸡叫三遍，苟胜就麻利地起来，叫醒老婆和大儿子苟石，㷭着炉子，挂上皮围裙，戴上皮鞋罩，准备好一盆冷水。他将一块生铁烧红，用火钳捏着将铁块快速移出火炉，放到像牛头又像官帽的铁砧上。

苟胜手握小锤，他的这个短把小锤既是砸铁的工具，又是指挥棒。他把小锤在铁砧的一边连击两下，苟石便挥起了长把的二锤。苟胜将锤头砸在红铁块中间，苟石不走样地将二锤夯在爹爹的锤印上。

苟胜不断地变化着位置和角度，苟石跟随着，不一会儿，一个铁块被敲砸成一个镢镰子的雏形。经过砸、捏、拧、敲、开刃、凉水激等程序，一个外形美观，坚硬锋利的小农具镢镰子打成了。打铁还需自身硬，苟胜砸铁的"狠、准、稳、巧、快"，令苟石自叹不如。

天天一大早叮叮当当的打砸声惊得苟泉老是睡不着，睡不足，以至于抱头捂耳，脑浆炸裂般疼痛。她想吼但不敢，她知道爹爹为了这个家太不容易了。

苟胜铁匠炉加工的镢头、铁锨、菜刀、镰刀、抓钩、洋镐、铁耙、铁钎子等农具、工具以外形美观、构思巧妙、火候恰到好处，坚硬锋利而誉满山崮县。苟家的铁器在农村集市上既是亮点，又是抢点和卖点。逢大集，苟胜用地板车拉着打好的铁器制品，炉子、木架、铁砧、风箱、火钳、火钩子，捏子算着日子，二、三、八，四、六、九，遛四乡，赶大集。

接下来的几节课，按照课程表，代课老师分别和同学们见了面，上了课，最后一节政治课，老校长张挺美来了。他介绍道："我是张挺美，你们的政治老师，哈哈！"

张挺美是万胜庄学校的校长，毕业于师范学院历史系，除当校长做管理工作，他还兼代政治课。城里的学校几次调他，他都婉言谢绝，因为他的妻子、孩子都在老家丰源公社的馆子村。虽然为公办教师，他的工作和生活方式与民办教师差不多。要说不同和区别就是他的工资高，民办教师的工资低，他吃粮票，民办教师吃工分，他吃的是国库粮，民办教师吃的是生产队仓库的粮。

张挺美校长讲课的一个显著特点就是讲一句话就带个"哈哈"，人送外号"张哈哈"。教地理的焦天成老师讲课的特点是讲话后习惯带"唉"字。在听课时，他每带一个"唉"，徐星就在本子上点一个点，下课后他一查，竟然"唉"了一百次。

徐星对秦守实和赵凌云说了这个可笑的奇怪事，被赵凌云狠狠地批评了一顿。"你是听课还是听唉，你是学习知识还是看老师的笑话？你这样下去，会耽误学习的，徐星，咱可下不为例啊。"

徐星伸着舌头，用手摸着腚说："我的娘咪，还这么严重？"秦守实笑得直扭耳朵，操着东北话说："我操，我也点了。我查了一下，比徐星多了一个唉。"

赵凌云再也忍不住了，笑了出来："你这两个家伙都是一样的货，喝水吐渣，吹着埠土找裂纹，你看人家焦老师讲得多好，你单撂撂他的唉。唉！"

第65章

一周后，同学们都熟络了，下了课，互相嬉戏取闹。马庄的马士昆和前刘村的女生刘建香竟在操场上练起了摔跤。他们两手拽着，一叉一仰，时而用腿别，时而用脚勾。刘建香早发育，膀大身宽，她用一个勾腿直接将马士昆摞倒在了地上，马士昆手一拉，刘建香重重地压在了马士昆身上。同学们喊着，"士昆，你连女牛都捌不讨，白熊搭"。

马士昆摩拉着腚起来，红着脸说："好男不跟女斗。"

刘建香急忙用手帮着马士昆拍打着身上的土，笑着说："改了呗，我让你找事！再捌，我还让你出丑。"

上课了，刘洪老师讲课真精彩，粉笔字更漂亮。赵凌云端坐着，目不转睛地看着黑板，看着刘洪老师，他听着记着，手指不停地比画着，他被老师带进了知识的宝库。耿玲不时用余光看赵凌云，鼻子时而使劲地冲冲两下，呼吸两下。

邢其实贼眼嘘嘘地盯着最前排边上的苟泉，一会儿又看看位置前面的耿玲。张玉不停地瞅着邢其实，心想，"这孩子看着不像好人呢！"

下课了，张玉向赵凌云汇报了邢其实的反常行为。赵凌云安排张玉："张玉，这家伙可能不爱学习，爱惹事，咱是外村来上学的，要以学习为主，你不要老看着他，这样会影响你学习的。这事儿也别对别人说，君子易交，小人难防。听老师讲课要忘我，脑子里只有老师和老师讲的话，知道吗？"

赵凌云不是怕事，他是怕张玉吃亏，一个小姑娘家人生地不熟。张玉是个单纯认真的姑娘，老师让她当纪律委员，她就想不负老师，认真履职尽责。

赵凌云心想，现在刚开学，知人知面不知心，也许邢其实不是坏孩子，如果今后，他真是有霸凌行为，待有理有据时，再惩戒这个杂碎。

一天历史课的课堂上，邢其实从本子上撕下一页纸，张玉看他撕纸就有些好奇，虽然赵凌云安排她要专心听课，她还是忍不住看看邢其实想干什么。她看到邢其实在纸上写道："苟泉同学，你的头发真好看，我喜欢你，放学后你跟我一块玩玩吧，邢其实。"

下课后，邢其实看着苟泉走出教室，他跟了上去，他喊道："苟泉，给你一个东西。"顺手将纸掖到了苟泉的手里。放学后，苟泉回家时真的跟邢其实一路走的。

耿玲对赵凌云说："凌云，你的衣裳真干净，你身上的胰子味真好闻。"赵凌云说："我娘给洗的，平时她都是用皂角洗，这几次她都用肥皂洗，她说胰子洗得干净。哟，耿玲你也喜欢闻肥皂味，这可是我最喜欢闻的，我喜欢闻俺爹身上的肥皂味和香烟味。"

耿玲又说："凌云，我看你肩膀上有一条印子，像大人挑东西压的一样"。赵凌云笑了："耿玲同学，你火眼金睛呀，一点不假，这是我挑水压的，扁担上的油污压的印子洗不掉。我每天放学后得挑水，俺娘有恐水症，水缸不满，她心慌，我得保证水缸天天满。"

耿玲惊讶而羡慕地说："凌云，你好厉害呀。"赵凌云满不在乎地说："厉害吗，这也叫厉害？"赵凌云开玩笑似的问，"耿玲，你脸上天天抹的什么，香得有些熏人"。耿玲"哎哟"一声："我的娘啊，不好闻？这是俺爸给俺买的，俺问他要的好雪花膏。以前俺都是抹蛤蜊油和香脂。"

赵凌云说："哟，好闻，真的好闻！我给你闹着玩的，你继续抹，继续抹。"赵凌云听耿玲管父亲叫爸，在这一带的山村，管父亲叫爹叫爷，叫大，只有城市人才管父亲叫爸呢！

耿玲的父亲叫耿道正，闯过关东，在东北国有林场当过工人，后来由于出现变故，回到关内。沾老工友、丰源供销社主任许金全的光，在公社供销社万胜庄代销点工作。耿道正有两个孩子，儿子耿龙，女儿耿玲。耿玲是老小，耿道正对她格外宠爱。

耿玲已出落成大姑娘了，她弯眉细眼，小鼻子，小嘴，五官精致，皮肤白皙，梳着一个长辫子，扎着两道头绳，一道红，一道绿，身材高挑匀称。穿着打扮也比一般同学洋气。

几次交谈之后，耿玲上课时再也不用眼睛的余光偷看赵凌云了，也不再重呼吸，闻赵凌云身上的肥皂味。她看到赵凌云无论上什么课，听得都是那么认真，心想这个同学是个爱学习的人，我必须集中精力学习，与他比翼双飞。

邢其实看到耿玲经常跟赵凌云交谈请教，十分嫉妒恼怒。一个缺水村的山巴狗还跟班里最洋气的供销社的闺女谈得火热，这真是癞蛤蟆想吃天鹅肉。

邢其实全盘继承了他爹的本性，猫大的年龄狗大的心，不思学习，天天想着谈情说爱，他已陷入早恋。邢其实给耿玲写了一张纸条，"耿玲，我喜欢你的大辫子，喜欢看你笑。嘿嘿！邢其实"。

趁耿玲不注意，他将纸条装进了耿玲的书包。

耿玲回家做作业，发现了邢其实的纸条，气得两眼直冒金星，将纸条撕得粉碎，又点火将其烧成灰烬。

耿玲气过后冷静下来，她撕下一张纸写道："邢其实你个婊子养的，你个半熟熊，你敢给我写信骂我，我给你势不两立，你敢再骂我，再给我写信，我让我爸扛枪抄了你家的鳖窝。姑奶奶耿玲。"

耿玲在卜课后，趁邢其实不在，她将纸条掖进了邢其实的书包。

邢其实看后又气又怕，他听说过耿玲父亲的厉害。耿道正闯东北，战雪原，扛过枪，打过猎，在万胜庄谁不知道？谁知道耿玲家还有没有枪？太岁爷头上动土也要看看黄道吉日。

邢其实气后又把气转到赵凌云身上，里外里是赵凌云这小子的事！

下午放学后，邢其实及早大步快跑至赵凌云放学回家的必经之路上，他像拦山截路的土匪站在那里。想水村的学生一个一个过去，他都没吭声。待赵凌云路过时，他破口大骂：“想水村的不要脸的人，还起个女人的名字，还云？还雨不？你算老几？有本事你给我玩玩，我揍晕你。”

赵凌云看了一眼邢其实没有吭声，匆忙走过。秦守实和徐星问赵凌云，“凌云，这孩子骂的谁，我听着好像对着你。”

徐星说：“不行，咱揍他一顿吧，让他尝尝秦守实的摆腿。”

秦守实把书包系子从头上抹过来，“凌云，我揍他吧。”赵凌云说：“快走吧，他骂他自己的，咱在他村的大街上揍他，你觉得能行？我还急等着回家挑水呢。”赵凌云拽着徐星和秦守实快步走开。

邢其实骂道：“熊蟹屎，有本事别跑呀。”直到赵凌云在视线中消失，邢其实得意扬扬地回了家。

第二天下午放学后，赵凌云喊邢其实，“其实同学，你愣会儿再走，我想给你啦会儿呱”。邢其实头一仰一摆，“行，啦会儿就啦会儿”。

赵凌云对徐星和秦守实说：“咱晚走一会儿，你们在教室门口等着我，不要乱动，我马上回来。”

赵凌云在前，邢其实在后，快步往操场走，谁也没说话。

走到操场的一角，赵凌云上下蹲了几下，又扩了几下胸，踢了几下腿，突然他起了一个旋风腿，脚尖沿着邢其实的鼻尖而过。赵凌云翻了几个跟头，打了两个旋子，接着他扫了一个扫堂腿，脚差点碰着邢其实的腿。邢其实后退两步，有些害怕地说：“你会武？”

赵凌云说：“我会六（一种游戏，下趟子）。”邢其实说：“你也会玩六。”赵凌云说：“邢其实，我看看你的手。”

邢其实乖乖地将手伸过，赵凌云攥住他的手往前一拉，右脚在下边一挡，邢其实失重般向前趴去，赵凌云用右手将其接住。待邢其实刚刚站稳，赵凌云又用右脚向他的双脚往里一砍，邢其实又向后躺去，赵凌云将邢其实拉住。

赵凌云比画着，我一拳打碎你的头，我一掌击碎你的胸。邢其实近乎哭着说：“副班长，我改了，师傅，我再也不敢了。”赵凌云说：“其实，我真没舍得打你，咱们是同学。你要知道，我们现在还小，主要任务是上学学习，你看你脑子里想的都是什么。人要走正道，小小年龄你就这么龌龊。你改了就是好学生，我们还是好同学。如果你不改，我可对你不客气，以前你对我的误解和辱骂咱一笔勾销。"

赵凌云笑着拍了一下邢其实的肩膀，"走，我们回家吧"。邢其实说："凌云，我服你了，我真服你了，你能教我拳吗？"赵凌云说："我不能教你，你不适合，真的不适合。"

赵凌云像没事一样，喊着秦守实和徐星赶快回家，"我还得给我家和我老爷家挑水呢！"

一大早，耿玲边把书包系子从脖子上往下抹，一边红着脸对赵凌云说："凌云，邢其实这孩子真缺德，竟然给我写纸条，说喜欢我的大辫子，喜欢看我笑。"赵凌云说："我不信，邢其实是个好学生。不信你看，他很爱学习。"耿玲气急败坏似的说："凌云，你好坏不分，你是信我的还是信他的？"赵凌云说："我谁的都不信，我只看事实和行动。"

苟泉找到邢其实，"其实，放学后咱一起玩去吧"。邢其实说："玩个屁，现在咱们都是学习的年龄，好好学习吧，同学大姐。"

邢其实像变了一个人，他上课时聚精会神听讲，这孩子头脑瓜灵活，学习进步很快，同位的纪律委员张玉也不再费心监督他了。刘洪老师在课堂上经常表扬邢其实学习劲头足，积极参加班里的活动。其实，刘洪老师心里很纳闷，邢其实这孩子怎么变化这么陡这么快呢？

耿玲对赵凌云是真信了，耿玲对赵凌云说，邢其实真的变好了。

刘洪老师叫邢其实到办公室，高兴地跟他谈心，"其实，我看你这段时间乖了，遵守纪律了，爱学习了，我很高兴看到你的转变，希望看到你今后一直这样。"邢其实低着头，两臂垂下，恭敬地站着，听着刘洪老师春风细雨般的教导。

刘洪老帅说："其实呀，这段时间，谁教你这么做了吗？"

邢其实听刘洪老师这一问，他抬起了头，"是副班长赵凌云教我这么做的。大哥，不，不，不，刘老师，赵凌云说，我们这个年龄就要好好学习，不要想乱七八糟的事，不要当小王八，不，不，不，是不要当小霸王。我听赵凌云的，我什么都听他的，在我们班，我最佩服他，他会武。"

刘洪老师瞅了瞅邢其实，温情体贴地说："赵凌云讲得对，我也给你这么讲，要好好学习，不要有优越感，不要恃强好胜欺负他人，要向同学们多学习，友好相处。好了，你回去吧。"

刘洪老师心中的疑团解开，他为邢其实的改变而由衷地高兴，为赵凌云同学的所作所为而高兴。

刘洪老师在下课时笑着给赵凌云说："凌云，来，你跟我去办公室，我给你说点事。"

赵凌云跟着刘洪老师走到办公室门口，"报告"。赵凌云站在那里大声喊了一下。

刘洪老师随口说了一句："请进。"他跟赵凌云一起走进办公室。

刘洪老师把课本和讲课簿，还有手里攥着的几截没用完的粉笔放在桌子上。他笑着打量着赵凌云，嘴里漏出几颗雪白的牙，尽量用嘴唇包着，脸上的疙瘩挤成一团，两道浓黑的眉毛尽力向外展着，鼻翼向外伸着，眼睛像扫描仪，从上到下，从左到右，不放过赵凌云身上的一丝一毫。他在寻找着，寻找着他想得到的答案。

他看到赵凌云倔强的头发，谦虚的眉毛，光明磊落的眼睛，刚毅的鼻子，友善的嘴唇，昂扬向上的脖子，宽阔平直的肩膀，挺直的腰板，笔直的腿。又从下往上，看到了厚重的阔耳和宽大的额头。

刘洪老师收住打量赵凌云的执着目光，"凌云，你是想水村学校的尖子生，来到万胜庄学校，你感觉怎样？"刘洪求解般地问道。

赵凌云被刘洪老师看得浑身上下汗毛都立了起来，听到老师的问话，汗毛立马趴下，沉静地答道："刘老师，一切均好，老师好，同学们好，学校好。特别是您，对我很关爱，就像我小时候的迪老师一样。"

刘洪又问："邢其实怎样？"赵凌云答道："刘老师，虽然时间不长，我感觉邢其实同学挺好的，本质不坏。前段时间，他有些不正常，上课捣乱，下课捣蛋，给女同学写纸条，对外村同学骂叨的，似乎有些校园霸凌行径。现在好了，表现很好。"

刘洪老师脸上的疙瘩时而紧凑时而舒展，他又说道："邢其实在小学表现就有霸凌行为，不服管教，怎么变化这么陡呢？凌云你作为副班长是否有所了解？"赵凌云平静地说："我前两天给他交流过，让他好好学习，遵守纪律，不要惹事，不知是否有些作用。我想还是刘老师您在课堂上讲的道理和立下的规矩起了作用。"

刘洪老师突然爽朗地笑了起来，说道："凌云，你的作用功不可没。邢其实说，是你教导他的，他还说对你佩服得五体投地，全班他就服你。凌云，你会武术？凌云，我还想了解一下你的家庭情况。虽然咱们两个村相距不远，对你们这些学生和你们村的具体情况，我了解得真不够。我作为班主任还得要努力。"

赵凌云为刘洪老师认真负责和对每个同学的关心而感动。

赵凌云微笑着对刘洪老师说："老师，我练武术，但不能说我会武术。我们班的徐星和秦守实都练武术，我们是一个师傅教的。我们的武术老师是我们村的第一个大学生周炳继，他曾经获得过向阳市武术冠军。他大学毕业后在向阳市水泥厂工作，现在已经调到来泉公社当公社主任了。当时，咱班的秦守实拜师学武术，他每天绕山走远路去学，我怕他孤单，就陪他学，我属于陪学陪练。我老爷赵满福，当过私塾老师，练过书法，精通古文。我父亲在向阳矿务局常山煤矿干工，干扳道工，是劳动模范。我哥在县二中上高中，我弟弟被我爹带到矿上上学，就是这个情况。我是山村，一个缺水的山村的孩子，邢其实曾骂我是山巴狗，对，我不反对，我是大山的儿子。孔子说，'仁者爱山，智者乐水'，咱想当智者，想乐水，但无水可乐，只能做个仁者。咱们都是墨子的传人，兼爱、非攻、节俭、崇尚科学。我会武术，但是我没有对邢其实动武，我不会打他。我在他眼里是个懦者，他可以骂我，可以侮辱我。他在我眼里是个弱者，我不能打他，不能伤他。但我给他讲了些古人，还有我爷爷给我讲的道理，他明白了，我认为他是个好孩子。'人之初，性本善，性相近，习相远。苟不教，性乃迁，教之道，贵以专。'你说我说得对吗，老师？"

听着赵凌云平静平实的话语和娓娓道来的情况介绍，刘洪老师心里想，赵凌云不一般，真的不一般。他说道："凌云，你少年老成，老师喜欢你，支持你，你对邢其实多帮助。"赵凌云顺口说道："老要张狂少要稳。"接着他又说道，"老师，您放心，我会帮助邢其实和其他同学的，兼相爱。"刘洪老师开心地笑了，他伸出手指在赵凌云鼻子上轻轻一刮，"小鬼，大才！"

放学后，赵凌云喊秦守实和徐星去万胜庄村的中部看"井"。赵凌云对万胜庄的两口井，一口甜水井，一口苦水井充满着好奇，特别是传说两口井与墨子故里的"一步两井"水脉相通，更增加了神秘和传奇色彩。他们出了学校门沿主街道往西走，远远看到穿着花褂，扎着长辫子的耿玲的背影。不久，耿玲拐进了沿街的一座大房子。

赵凌云和秦守实、徐星走到这座大房子前驻足一看，房子为石砌底座，红砖墙，白灰勾缝，上铺灰色泥瓦的三开间房。屋门较一般住房稍宽。屋门左侧挂着一个方形木板，木板白底黑字"丰源供销社万胜庄代销点"，右侧挂着一块同样大小的木板，白底红字"发展经济，保障供给"。

赵凌云被屋内飘出的糖果和酱油、醋、酒混合的香气吸引，径直走进了屋里，秦守实和徐星也跟着进了屋。赵凌云看见屋中间是用石头和水泥砌垒的柜台，柜台东侧是一个出进的拐门，西头放着三个缸，缸上分别贴着一块巴掌大的方形红纸，上面分别写着"酱油、醋、酒"。缸前放着几个大小不一竹制手提式油撇子和铁皮卷制的油溜子。柜台上纵向拉着一根铁条，铁条中间悬挂着一团棕色的细如麻线的草绳，挂着大小不一的两杆秤。柜台后面的木制货架上规则地摆放着布匹、暖水瓶、煤油灯、学习用品、糖果罐等日用百货。

柜台内一位50多岁的老人戴着老花镜，一手提着秤杆的提绳，一手推捏着秤砣，不时用推捏秤砣的手在秤盘里添着或减着红糖，将称好的红糖倒在铺满柜台的棕色包装纸上。她将红糖用包装纸包好，包得有角有棱，用挂在铁条上的草绳横竖缠住，在当中挽上一个漂亮的扣。

见到来人，老人将老花镜拽落在鼻子尖上，从镜框上面翻眼看去，"来了，你们想买点什么？"老人问道。

赵凌云马上礼貌地答道："大爷，吾等路过贵地，嗅闻果气酒香，不持竟入尔，见您提秤把砣似古代卖油翁，惊讶于尔娴熟之技，观望之。吾等身无分文，无欲购买，还望老人谅之。"

老人放下秤，摘下眼镜，"扑哧"一声笑了出来，"你这孩子怎么像一个古人，竟讲些文言文。"

秦守实和徐星也跟着哈哈大笑，赵凌云眨了几下眼也笑了。

赵凌云改口为白话文："大爷，我们是想水村在贵村上学的，我叫赵凌云，他叫秦守实，他叫徐星，我们回家的路上路过这里，看看。"

这时，耿玲出现在柜台里面，她惊喜地喊道："凌云、守实、徐星，你们怎么跑这里来了？"

耿玲急忙介绍道："这是俺爸爸，这是我同学赵凌云和秦守实、徐星。赵凌云是俺班的副班长，也是我的同位。"耿玲反正地介绍着。

原来，供销社的代销点的主任，眼前这位老人是耿玲的父亲，叫耿道正。老人幽默地说："小玲，你的这个同位副班长同学给我讲古文，差点把我绕迷了。

你这个同学舌头长得好，文言文和白话文转换得够快的。"耿玲惊讶而又高兴地说："凌云，你会讲文言文？"

赵凌云摸了一下头笑着说："我看老人戴着老花镜，肯定是个文化人，我就说了几句文言文，我是闹着玩的，多有得罪，多有得罪，献丑了，献丑了。"耿玲笑着转身，从货架的塑料糖罐里抓了两把糖块，正要递给赵凌云，父亲耿道正说："来，我称一下。"赵凌云正要说："我不买。"老人开腔了："不要你们的钱，但得有个数。"

称完，耿道正老人让耿玲分别给了赵凌云和秦守实、徐星。赵凌云说什么不要，正要挣脱逃离，耿道正像训练新兵一样喊道："拿着。"

接着转身又从货架上用竹钳子两块两块地夹了六块炉果（桃酥），用秤称了一下，分别用三块包装纸包住，让耿玲分发给了三位同学。

赵凌云和秦守实、徐星红着脸接过炉果，对着耿道正和耿玲连声说道："谢谢！谢谢！"

耿玲看到赵凌云的窘样和滑稽相笑得将辫子从左肩甩到右肩，又从右肩甩到左肩。赵凌云告辞耿道正和耿玲父女，领着秦守实和徐星继续西行，他们分别剥了一块糖，放在嘴里，将糖纸放进兜里，咂着，漱着，欢快地走着。

耿玲走出柜台，站在门口，将辫梢衔在嘴里，目送赵凌云，望着渐渐远去的背影，嘟囔道："这小子在课堂上一本正经，课下竟是个活宝，喜死人了。"

赵凌云来到了万胜庄中部，远远看到了一个石头小楼，他问一位路过的男人，"二哥，咱村的甜水井在哪里？"男人回头一指，"水楼那里就是。"

他们快步走去，走到水楼跟前。水楼用方石块砌垒，水泥勾缝，高有五六米，像个巨人矗立在那里，水楼腰部有半圈石板，石板上刻有："甜水井水楼""水利是农业的命脉""自力更生，艰苦奋斗"。

碗口粗的黑色钢管从井里串出架在水楼的顶部。井口的石头被井绳磨出的一道道深沟，诉说着井的古老和沧桑。

赵凌云小心翼翼地走近井口，往下看了一下，井的半腰以下，井水清澈透明，但深不可测。他用手摸了一下绳沟，光滑如润。几个来挑水的人吆喝道："不要靠近井口，危险。"

赵凌云和秦守实、徐星急忙后撤。挑水人没有带井绳子，他们在水楼下的水管接水。

待挑水的人走后，赵凌云又靠近井口，张嘴猛吸两口，他要将"墨子文化"的气息吸进肚里。

赵凌云和秦守实、徐星又走到百米之外的一口井，这口井的井沿石完好无损，显然没有人在这里提过水。秦守实捡起一块石头投进井里，井水发出"咣"的一声脆响，赵凌云伸头一看，井水泛出的涟漪尚未散尽，徐星又拿起一块石头砸向井里，井水"咣唧"一声，赵凌云顺势享受用嘴吸到"墨子"的惬意。

赵凌云说："好了，不能再扔石头了，这里不是咱馍馍山顶上的云窟，千万不能落井下石。"

几个家伙背着书包，又剥了块耿玲给的糖块放到嘴里，咂着漱着快步往家里赶。

第66章

丰源公社驻地刘村逢大集，刘村的大路小道摆满了各式各样的摊子，卖菜的，卖蛋的，卖条筐叉头的，卖笤帚刷刷把子的，卖粉条的，剃头的，刮脸的，卖羊的，卖牛的，卖鸡的。卖老鼠药的吆喝着、喊叫着，"老鼠药，药老鼠，百发百中的老鼠药，百年老字号，祖传秘方，大老鼠、小老鼠，跑得欢，跑得快，闻着又香又甜的老鼠药，不吃不要钱，吃完跑三步，腿软身子瘫，呜呼上西天，百发百中的老鼠药。"

想水村的牛精精子（牛经纪人）陈景坤已从监狱里放出来，他活跃在牲口市里，他的手藏在袖子里，在腋下不停地比画，捏七别八钩子九，讨着价还着价，撮合着。

万胜庄苟家的铁匠炉红红火火，苟胜手握铁锤敲出经典的打击乐，老婆拉着风箱，大儿子苟石挥动大锤在铁砧上按照父亲的锤点砸着夯着，周边围着买农具的社员，讨着价，还着价，细心地挑着镢头、镰刀、抓钩子、锄头、铁锨、洋镐。

供销社国营饭店的两旁布满着个体饭摊，撑着布篷，经营着糊粥、辣汤、丸子汤、羊肉汤、猪头肉汤，油条、馓子、包子、菜煎饼、挎包火烧。

十一届三中全会后，千祥云集，中华大地春潮涌动，焕发出无限生机与活力。万事万物都在变，一切都在变，变得令人热血沸腾，变得令人眼花缭乱。

赵凌志和党金武、刘朝礼吃过午饭在大集上遛了一圈，他们看着不同村庄、不同公社甚至山崮县以外的人们，听着不同口音的吆喝声。他们在大鼓摊上听了一段运河大鼓，又驻足看了看卖老鼠药的王铁嘴，不停用小木杆挑着戳着几只死老鼠，嘴里口若悬河说着老鼠药的广告，虽然有些恶心，但也感到有些滑稽。

正走着，赵凌志听到有一个女的在叫他，他回头一看是冯宁，她站在卖烧饼的囤子边，向赵凌志招着手，"凌志，过来，凌志，过来。"

赵凌志对党金武说："你们再遛会儿，我到那边看看。"赵凌志快步走到冯宁身边，"冯宁，你在这里买烧饼呢，多少钱一斤？"冯宁笑着说："俺爹来赶集卖烧饼，我来看看。来，我给你介绍一下，这是俺爹。"

冯宁又向爹介绍道："爹，这是我同学赵凌志。"冯宁的爹赶忙补充道："我是冯宁的爹，叫冯君守。今天赶集卖烧饼，我家的烧饼炉开了，今天带来了一大囤子，生意很好，这不，快卖完了。欸，冯宁，快给你同学拿几个烧饼到学校吃，也尝尝咱家的烧饼怎么样。"

冯宁从囤子里拿出一沓子烧饼，"给你，凌志，这是俺爹给你的，你拿着回学校晚上吃吧。你看这个烧饼打得多好，起的泡泡均匀又好看，闻着香死人"。赵凌志忙说："不要，不要，俺叔大老远赶集卖烧饼，还得挣钱呢。"冯宁笑了，"钱都挣完了，不差你这几个，快拿着。"

赵凌志的手摆得像麻籽叶，"不，不，我得赶快回学校。冯宁，你也要赶快回去。冯叔，你卖完烧饼好好吃点饭，累一天了。你走时可慢着，注意安全。"说完转身跑去找党金武他们。

冯宁对父亲说："爹，这几个我拿着，你卖完剩下的这点，赶快吃点饭。你想买什么就买点什么，你看这集上什么都有。"

冯君守对冯宁说："宁儿，刚才这个叫赵凌志的孩子可不孬。"

冯君守没男孩，看到男孩心里就痒痒，眼里就放光，但他很疼闺女。老丈人命没办法。

赵凌志赶上党金武，他们在菜市的豆腐摊上买了一块豆腐，在供销社门口的餐饮摊上买了一斤萝卜丸子和酥菜，他们晚上用咸菜将豆腐一拌，再配上酥菜，一饱口福。

赵凌志在买菜时看到国营供销饭店卖票的胖大姐嘟着脸坐在那里，逢集的供销饭店生意远不如门口的个体摊位旺盛。

晚饭后，赵凌志所在的高二年级的同学收拾完碗筷就紧张地投入学习中，有的闭着眼默记着、回忆着，各门功课像过电影般在脑海里滚动；有的瞪着眼看书，不停地标着、记着、画着；有的在作业本上演算着、批着、圈着；有的翻查着课堂笔记；有的烦躁地搓着头，恨自己的脑瓜转得不够快，脑袋装得不够多。

这是进入高考的最后一个星期，冲刺的学生表现出的紧张、焦躁和不安。冯宁拿着课本在操场的边上溜达着，她背着手，步幅不大不小，步速不紧不慢，神态不慌不忙，一头短发和昂着的头显示着她的沉稳干练和胸有成竹。

赵凌志小跑两步，"冯宁，我再问你几个问题。"冯宁听到赵凌志的声音，急忙转过头来，亲切地说："凌志，哪方面的问题？你说，咱们共同商量一下。"

冯宁作为女孩子，她在男生面前特别是在赵凌志面前，显得很乖巧，不是盛气凌人，虽然她的能力远在赵凌志之上。

赵凌志将几道物理和数学题的难点和不解告诉了冯宁。冯宁带着赵凌志走到双杠边，她倚着双杠的一边，让赵凌志站在她一旁，她一个问题一个问题地帮赵凌志解决。解完题，她又将自己解决这些问题的办法告诉赵凌志，以让赵凌志举一反三，灵活运用公式定理解决同类或相似问题。

听完冯宁的讲解，赵凌志豁然开朗，压在心头和脑瓜顶部的几座像山一样沉重的问题被冯宁四两拨千斤，谈笑间樯橹灰飞烟灭。冯宁解决问题的力量排山倒海，语言却像春风化雨绵绵的柔柔的，润入赵凌志的心田。"好雨知时节，当春乃发生。"好雨！喜雨！

讲解完问题，冯宁温柔地笑着看着赵凌志："凌志，我爹上次见到你，一直夸你，说赵凌志这孩子不孬。"

赵凌志看着冯宁，一股说不清道不明的情感涌上心头，钦佩、喜欢、胆怯、害怕，但强烈的炙热的浓浓的爱意将这些裹住打成一包。赵凌志不知不觉地在心里升起了一团想靠近冯宁、须臾不想离开冯宁、想保护冯宁的热气。

赵凌志说："你爹可不孬，你看长得多好看，你随你爹，你比你爹俺冯叔更好看，儿随母，女随爹，青出于蓝而胜于蓝，你胜于你爹。"

听着赵凌志胡侃，冯宁纤细的手指在赵凌志鼻子上刮了一下，"你跟我爹还真有眼法和缘分味，算你小子有福。"

冯宁的手指落在赵凌志鼻子上，赵凌志像触电一般，听到冯宁表扬自己慧眼识人，虽然丈二和尚摸不着头脑，但心里乐滋滋的。

冯宁安排赵凌志："快高考了，要心静，不要手忙脚乱，也不要有太大压力，要顺其自然，争取把有限时间用在刀刃上，提高学习效率。"

听了冯宁的话，赵凌志迈开急速的碎步往厕所跑去，冯宁大步走向教室。

侯文进算着，肖艳也算着。侯文进用嘴算，肖艳却天天掰着手指头算，算着侯贺堂就要从山崮县师范学校毕业了。

侯文进领着肖艳没白没黑地干活，除参加生产队的劳动挣工分，主要精力就放在了家里分到的二亩自留地。侯文进是精明的种地的庄户老把式，他把自留地劈出一块种菜，春天种上辣椒、茄子、豆角、四角梅（芸豆）、西红柿等夏季菜，再培上一畦子葱。头伏萝卜二伏菜，接着再种萝卜、白菜、芫荽、菠菜等秋冬菜。剩下的地块多种些花生、豆子、绿豆、棉花等经济作物。这些东西稀罕价格还高，拿到集上好卖，这成为零花钱的主要来源。

想水村的小米、绿豆、花生都是集市上的抢手货，这里的山区气候和土壤决定了农产品的品质，地瓜都比别的地方的甜。

肖艳为侯家生了两男一女，本是家里的头等功臣，但随着侯贺堂考上中专，她审时度势收起了"老佛爷"的气势，低调过起了丫鬟般的生活，她在家里凡事听公婆的，拼命干活，侍奉公婆，照顾两儿一女。她要好好表现，与公婆结成铁杆的同盟，也通过公婆将她的卓越表现传递给侯贺堂。

家里院子的西南角用石头圈起的茅厕，她紧着公婆先用，特别是早上刚起来那最紧要的时刻，她忍着耐着。

侯文进仿佛不领肖艳这个情，好像应该似的。每天早上起来，他拿着烟袋烟包，结结实实得按上一锅，拿上那油布子一般的毛巾，不紧不慢地踱进茅厕，他将毛巾搭在茅厕的外墙上，表明他已进入茅厕，这里成为他的领地。他蹲在两块方石垫起的茅坑，用火柴点着烟锅里的烟叶，吧嗒吧嗒地抽着，茅厕里弥漫着呛人的狼烟。他不时地咳嗽着，用力往地上吐着，一蹲就是半个小时。

听着公公起床，肖艳不敢怠慢，立即起床，甚至要麻利地穿衣服赶在侯文进之前，但她不敢先上厕所。侯文进蹲在厕所里，肖艳就在屋里坐着不敢动，有时急得不行，她就捂着肚子弓着腰，心里想着自留地里的庄稼，分散着内急的精力。她不敢骂，怕老天知道了告诉侯文进。

侯文进拉完尿完，从墙的石缝里拿出一个小石头在腚上反复比画擦拭，然后再将石块掖进墙缝，提上裤子从容地走出茅厕，将茅厕墙上的毛巾拿下擦擦手，搭在肩上，走进堂屋。

肖艳尽可能直起她那肚疼拽着的弯曲的腰快步走进茅厕。

这不，侯文进又出了个洋相，他在厕所的北面垒了个猪圈，放了两个猪崽，厕所的茅坑与猪圈斜着直通，像个斜式大漏斗，大便顺势而下掉进猪圈，成为猪的食物。猪崽拱着，抢着，叫着，吧唧着嘴。这个肥水不流外人田的食物链奇妙构想，也只有侯文进能想得出。

肖艳这次实在忍不住了，猪崽们的叫声令她心烦意乱，她狠狠地骂道："死猪，不要脸的死猪。"

侯贺堂从山嵒县师范学校门走出，他的一切都变了，他成了干部身份，公办教师，吃上了国库粮，端上了铁饭碗，跳出了农门。他在说大鼓时曾描述过这般情景，"朝为田舍郎，暮登天子堂"，只不过，他说的是陈世美，是肖艳咬牙切齿诅咒为罪该万死的负心郎。

侯贺堂脱胎换骨的身份转变，光了侯家的宗，耀了侯家的祖，却始终揪着肖艳的心。

侯贺堂坐着山嵒县城通往邳亭公社的客车在平湖车站下了车。他梳着整齐有型的洋头，穿着干净的中山装，下配黄色军裤，脚穿一双一尘不染的黄球鞋，斜背着黄色帆布包，他白皙的脸上架着一副塑料边的眼镜，笑时露出一排不齐但很白的牙齿，手腕上带着一块比"上海"牌手表略大、表盘不太漂亮的手表。

他远远地望着馍馍山，向馍馍山下的想水村走去。

他进了家高兴地喊着："爹，娘，肖艳，侯忠，侯诚，侯心。"

侯文进和贺堂娘激动地说："贺堂回来了。"肖艳不敢看侯贺堂，低着头说："回来了。"

侯贺堂伸出臂膀抱了一下肖艳，此刻，他觉得就像在学校篮球场上抱着的棕色带条纹的篮球。肖艳不好意思地趔了一下。

侯贺堂又伸手给老爹侯文进握手，侯文进伸出手又缩了回来，"咱爷俩还兴这个？"贺堂娘说："贺堂给你握手你就握呗，握握这吃公家饭的手还有亏吃。"

大儿子侯忠、二儿子侯诚、女儿侯心抱着侯贺堂的腿不停地叫爹。侯贺堂撇着普通话说:"孩子,叫爸爸。"孩子们瞪着眼望着侯贺堂的脸,笑着喊道:"爸爸。"

侯贺堂将包递给肖艳,"肖艳,包里有吃的,拿给孩子们吃,你和爹娘也尝尝。"

侯贺堂围着院子转一圈,他看了看新建的猪圈和圈里的两个头上带着穴、嘴短腰粗的黑猪崽,他心里想,变了,一切都在变。

侯文进烧锅,贺堂娘和肖艳做了顿丰盛的饭菜,侯贺堂吃过饭,给爹拉起了家常。

肖艳不想也不愿离开半步,她想听侯家父子的谈话。

侯贺堂说:"爹,我马上毕业就要分配了,我是班里的班长,也是学校学生会的主席,分配时,我可以优先选择好点的学校,也可能进城。我想征求您的意见,如果我分到城市,那就顾不上家里了。分到城里,下步我就过上城里人的生活,如果可能,你们也可沾点光,过过城里人的生活。"

侯文进安了一锅子烟叶,吧嗒吧嗒地抽着,他看着门口,思考着。

肖艳给公公倒了碗茶:"爹,您喝茶。"她又瞅了瞅侯贺堂的脸。

侯文进把烟锅里的烟抽成灰烬,又吧嗒了两下,嘴里没有抽出烟,他将烟锅里的烟灰在鞋底上磕了一下,像自言自语又像将军下达作战命令:"到城里去,能分到城里,咱们憨,往乡下跑。"

侯贺堂高兴地看着爹,又扫描了一下肖艳。肖艳插话道:"听爹的,到城里去。"肖艳恨陈世美,也担心侯贺堂成为陈世美,但她从捧土栽菜中,她悟出一个道理来。她用手抓土捧土,手攥得越紧,抓的土就越少,手稍微松些,抓得反而多。对丈夫侯贺堂要放手,支持他比管紧他可能更能抓住他。肖艳坚定地说,"家里的事,我和爹都管,你现在细皮嫩肉的,也干不了什么活,你只要能挣钱养家,咱还说吗?!再说,咱家小孩有个在城里干工的爹,多光文(光荣),以后你要能把俺带出去,俺也想当个城里人。大鼓里不说嘛,夫贵妻荣,子贵母荣。只要你有这个能为,赶明儿,我和咱爹,咱娘,咱孩子都离开这个山窝窝。"

侯贺堂笑着说:"你看你想得多远,这八字还没有一撇,你倒捯得八九不离十。"侯文进深思着说:"现在形势好了,分了自留地,只要想出力,多捞募(抓腾)点,日子会越来越好的,咱多打点粮食,多种点经济作物,有吃的有喝的有卖的,你在外面挣点工资,半工半农比什么都强。"侯文进恍然大悟般说,"贺堂，你最近跟迪思科老师联系了吗？那个人是好人，他到向阳市教学了，向阳市可比山崮县城又高很了，你看他能帮你一把，把你分到向阳市不？你看周家的大公子周炳继大学毕业分到了向阳市，这人家从上面派下来，一下子当了公社主任。人往高处走。"

晚上，爹娘都睡了，孩子也睡了，侯贺堂趁肖艳不注意又给了肖艳一个熊抱，这时肖艳没有趄，像个篮球紧紧黏在侯贺堂身上，扳住侯贺堂的头，用脸使劲蹭侯贺堂的脸，用嘴将侯贺堂的脸啃了一遍，侯贺堂温柔地将这个篮球般的妻子抱在了床上……

第 67 章

下了班，赵广厚到食堂买了满满一饭包饭菜吃食，装上新发的工资，用木夹子夹上右裤角，带上三儿子赵凌峰甩开膀子蹬开腿向老家想水村奔去。他安排赵凌峰不要打盹，遇到汽车过去闭上眼免得尘土眯眼，两手不要攥车鞍子下面的像奶头一样的弹簧，用手扣住车鞍子边，避免弹簧挤手。赵凌峰答应着，待赵广厚骑到欢趄子，赵凌峰双臂搂住赵广厚的腰。赵广厚不时哼唱着。

到了村口，赵广厚从"国防"牌自行车的大杠上掏腿下车，他一手扶着车把，一手招呼着赵凌峰从自行车货架上蹦了下来。他安排赵凌峰见到村里的人，不论男女老少都要甜晶地笑着打招呼，该叫人吗叫人吗，"老爷，奶奶，大爷，大娘，叔叔，婶子，大嫂，姐姐，妹妹"。赵广厚推着自行车，赵凌峰跟着向村里走去。

见了村里的社员，赵广厚总是笑呵呵地打招呼，从兜里掏出"普滕"牌香烟散发给大家，赵凌峰在车后面跟着笑盈盈地叫着不同的称呼。

到了往家拐的街口，赵凌峰像受了惊吓的兔子撒腿往家里跑去，一个跳跃跨过大门嵌子，对着堂屋大声喊道："娘，俺回来了。"

凌云娘听到了熟悉的三儿子赵凌峰的声音，撂下手中的针线活儿起身向屋门走去，赵凌峰一头扑到娘的怀里，用头蹭着娘的衣裳，哽咽着说："娘，俺想你了。"说完又用头蹭娘的衣裳，双手把娘的腰抱得紧紧的。

凌云娘流着眼泪，"三儿，娘可想你了，想俺三儿。"她的手不停地摸着赵凌峰的头。

赵广厚左手握住车把，右手握着斜杠将自行车搬过门嵌，推了几步，他将车子插在鸡窝门前。

"来了。"凌云娘松开赵凌峰，从赵广厚手中接过大饭包送到盛煎饼的八盆盖上。

"凌云呢？"赵广厚慈祥而温暖地问道。"去挑水了，去了这一会儿了，可能先往他奶奶家挑，他奶奶家的吃水让这孩子全包了。"凌云娘高兴地笑着说。

赵广厚笑了，"这孩子管着哩。"话音刚落就听到赵凌云的声音："爹，您回来了。"

只见赵凌云挑着满满两桶水，他用右手将肩上的扁担前面向上一抬，前面的水桶从门嵌上跨过了，他一腿跨过门嵌，又用右手压了压扁担，另一条腿跨过门嵌，后面的水桶也跨过门嵌。进了院子，赵凌云摇着腚，扭着腰，颤着扁担，腿呈外八字形，迈着碎步向水缸走去。

赵广厚和凌云娘被赵凌云滑稽的样子逗得哈哈大笑。凌云娘说："这他是学咱邻居他四叔赵广强挑挑子的样子。"

赵广厚笑着说："这个捣蛋虫。"边说边向水缸走去。

赵凌云将水桶稳稳地停放在水缸边，赵广厚提起水桶将水倒进水缸里。他边倒边唬着脸对赵凌云说："凌云，乖乖，这桶水可不轻，你挑水不能挑这么重，别压得不长了，你孬好个头也得长过你爹。"

赵凌云满不在乎地说："我有信心。"边说边将钩担竖在门旁屋墙下面的石台上。

赵凌峰从屋里出来一把搂住赵凌云的脖子，喊道"二哥"。赵凌云弯腰抱住赵凌峰往上提，他差点没提起来。

赵凌峰搂抱二哥的右臂明显感觉到二哥的右肩上有硬硬的一块，他又用手按摸了一下，"二哥，你这里长了一个硬疙瘩"。

赵凌云松开赵凌峰，右手着地身子敏捷地跃起，来了个漂亮的单手翻。赵凌云说："凌峰，这个疙瘩是好的，是力量的象征，嘿，这不是闹着玩的。"赵凌峰说："俺二哥真厉害！"

凌云娘看着赵凌云和赵凌峰，赵凌峰明显比赵凌云又白又胖，赵凌云的头发显得灰毛土蛋的陈旧，赵凌峰的头发黑而光亮。她心里想：还是矿上的饭有油水养人。

吃过饭，赵广厚点着一根烟悠闲地抽着，他问凌云娘，"凌志最近怎么样？"凌云娘说："凌志最近学习紧得很，马上高考了，他几个星期天都没回来，都是凌云给他送饭。凌志这孩子入道了，兴许能考个一砖半砖的。"说着，她双手合十站起来向北墙弯了一下腰。

赵广厚看着妻子虔诚的样子，心里有些发酸，为了孩子，天下父母都是一样的，心里没有一点空。

赵广厚若有所思地说："近期，向阳市矿务局又下了点招工指标，矿上和工区想给我一个指标，这又磕头碰蛋上巧了，正摊着凌志高考。如果咱要了这个指标让凌志干工，他的高考就会耽误。如果咱把指标让了，一年半载不会再有招工的机会。凌志如果考不上，那就只有在家里种地了。招工的事是否告诉凌志，我拿不定主意。上次我把招工指标让了，你看他那个熊样，像疯了一样，好像要跟我决裂，势不两立。唉！父母不好当，都欠孩子的。"

凌云娘听了赵广厚一说，心里也咯噔一下，"我的娘咪就这么巧，难说等高考完再招工呢，你说，这怎么弄了。要是他考不上，要是他知道你又把招工指标让了人，他肯定疯，不是假疯，是真疯。"

赵广厚又点了一根烟，他猛抽两口，"要我说，考学比招工重要。考不上，再学一年再考。古代科举，那些童生贡生的也不可能炮打炮来，一考中第，有的都考到胡子发白。但是凌志这孩子跟人家不一样，经不起打击。考不上，怕他打退堂鼓，一蹶不振与考场绝缘。他能干上来，肯定干得上来。干工就是一锤子买卖，一锤定终身，一辈子当个矿工，要是赶不上好机会，想重返学堂就难了。"

赵广厚狡黠地一笑看着凌云娘说："要不咱这样，我简单给他算一卦，看天意是让他干工还是让他考学。"凌云娘说："你算了吧，你从不信神信鬼的，你怎么还搞起天意了。咱干脆把招工指标让给你的一行（hang）伙的工人中最需要的，不给这个大死羔子说。如果考上算他有福，算烧高香了。如果考不上，咱再供他一年，他不愿意上就回家种地。现在分自留地了，家里正缺劳动力。"

赵广厚听着妻子的话很有道理，在对待大儿子这方面的魄力，他自愧不如妻子。他还是坚持算一卦。他说："我用一个5分钱的分革子（硬币），往上面抛，待钱落地，如果是正面朝上就让他考学，不告诉他招工的消息。如果落地的钱是反面朝上，就让他干工，告诉他招工的消息。"

赵广厚洗了把手，他从钱夹子里拿出一枚 5 分的硬币，他将硬币向上抛去，钱转了几圈落地，正面朝上。他连抛三次，硬币都是正面朝上。

赵广厚捡起硬币放在钱夹子里，点一根烟，边抽边说："这个钱好像听懂了你的意思，这卜卦也顺着你来，这孩子是得一心无挂碍地参加高考了，我回去就向工区领导汇报，这个招工指标咱不要了。招工的事就咱两个人知道，到此为止。"

凌云娘看到赵广厚用心用计，捂着嘴笑道："你和凌志爷儿俩就像电影上的八路军斗鬼子。"赵广厚忍不住笑起来："对这孩子没办法，只有这样。"

赵广厚领着赵凌云和赵凌峰去老父亲赵满福家，不，确切地说，是赵凌云带着老爹赵广厚和弟弟赵凌峰。因为老爷奶奶家的路，赵凌云几乎每天要走一趟，更重要的是他与爷爷的爷孙感情甚至超过赵满福与赵广厚的父子情，这绝对不是"隔代亲"这么简单。

赵凌云走在前面，赵广厚紧赶两步，用右臂揽着赵凌云的肩膀像兄弟般的哥俩好。赵广厚搂着赵凌云结实的身躯，闻着赵凌云身上的土腥味，赵广厚像挂着拐杖、抱着大树般的踏实。

"老爷、奶奶，俺爹和俺弟弟来看您了"，听到熟悉的悦耳的赵凌云的声音，赵满福老人笑容满面站起来往外看。

"爹，娘。"赵广厚喊着进了屋。"广厚回来了。"赵满福招呼着。"二，你来了。"老娘搁晃着小脚麻利地去迎赵广厚。

赵广厚一手攥着老爹的手，一手攥着老娘的手，赵凌云也扶着老爷奶奶，"老爷，奶奶，您坐下吧。"

两位老人落座后，赵凌云拿来了个板凳让父亲坐在爷爷奶奶身边。

赵广厚掏出一根香烟双手递给父亲赵满福，又掏出一根放在自己嘴上。他从衣兜里拿出火柴盒，正要抽出火柴棒，赵凌云弯腰从父亲手里拿过火柴盒，"来，爹，我来点。"

赵凌云抽出一根火柴在火柴盒边上的红磷擦皮上划着，他平端着火柴棒先给老爷点着，再给父亲点着，然后用嘴将火柴吹灭。"爹，给老爷点烟我在行（拿手），要稳、准、细、轻。我老爷有胡子，要格外小心。"赵满福享受地抽着烟。

"凌云点烟管。"

赵广厚看着老父亲对赵凌云那是百般满意，他笑了。

赵广厚问老母亲："娘，您近来身体可好？"

"我行壮着呢！饭都是你爹搂（做）。"老母亲嘿嘿地笑着说。

赵广厚夸赞似的说："行壮就好，这是我们做儿女的福，您二老没给我们添什么心事。"

赵凌云领着赵凌峰在爷爷的院子里玩耍。

赵满福抽着烟说："广厚，你对凌云用的劲不大呀，这孩子悟性高，是个可造之材，古文、文学有了一定功力，新学也不错，下步也得往他身上使点劲。"

赵广厚抽着烟赔笑着说："爹，孩子多，顾不过来，唉！也很难一碗水端平。"

赵满福老人收起笑容，沉思着说："谁说不是呢！你弟兄五个，当年我在你和你四弟身上没花过钱，也没用过力，力都用在你大哥广忠三兄弟广传和五兄弟广远身上了，结果也没供出个一星半点，你和你哥文化程度也就是个初小。这你不也是靠自己干出个名堂来了，当了工人，入了党，当了劳动模范。"赵广厚说："爹，历来纨绔子弟考不出好成绩，安贫者能成事，嚼得菜根，百事可做。"

爷俩会意地笑了。赵广厚又抽出两根烟，放在自己的嘴上分别点着，将点着的烟双手递给赵满福，赵满福接过烟幸福地抽了起来。今天他高兴，平时抽烟总是抽几口就撮灭。

赵广厚从兜里拿出5元钱，又掏出一包未开封的"大前门"香烟，"爹，娘，这个你们拿着，现在开集了，集上什么都有卖的，你们想吃点什么，就买，别亏了自己。这个烟是好一点的，你平时抽。我回家，再到咱们自留地里看看。"

赵广厚告辞老父老母，带着赵凌峰，在赵凌云的引领下，视察了自留地。

赵广厚和赵凌峰就要回矿了。赵广厚拿出工资交给凌云娘，"我和凌峰的生活费和零花钱都留完了，这些全部放家里。以后，咱家里的自留地在耕种上，不行就请人干，管个饭，给人家买点烟抽。多种点好管理的省心省力的庄稼。尽可能不牵扯凌云的精力，让他好好上学，说着算着，他就要上高中了，这个时候很关键"。

赵广厚从工资钱中抽出2元钱，"来，凌云，这两块钱给你的，到外村上学需要花钱你就花，这是给你的零花钱。凌峰的学习成绩出眼得好，回回在班里考第一，老师说，他考山崮县一中没问题。凌云，你可要努力。"

赵广厚专门给凌云的2元钱是想弥补一下对他的不公，也减少一下对二儿子的愧疚之情。赵凌云连连说："爹，我不要钱，我花钱问娘要。娘常说，大河没水小河里干，只要我娘有钱，还能缺了我的？这2元钱，我给我哥送饭时给他吧，他需要加补营养，高考要用脑。"

赵广厚说："听你的，什么都听你的，你说的在理。"赵广厚说着，用手用力揽了一下赵凌云。赵凌云紧紧地抱着赵凌峰，"兄弟，你好厉害，都名列第一了，好好上，好好考，等你能行了，二哥好沾沾你的光，你可不能拿劲（端架子）哟，哈哈。"

第68章

海阔凭鱼跃，天高任鸟飞。赵凌云到万胜庄上学仿佛天空更高了，水更多了。在每次的考试中，赵凌云都稳居班中第一，连刘洪老师的得意门生邵帅也只能屈居第二甚至第二以后了。刘洪老师很喜欢赵凌云，就像迪思科老师喜欢赵凌云一样。赵凌云万分尊敬刘洪老师，像崇敬迪思科老师一样。

在赵凌云的心中，天下老师一样好、一样美，老师是偶像，是楷模，是学生心中的太阳，是学生前进道路上的灯塔，是学生进步的阶梯。

在赵凌云的记忆和经历中，老师就像是爱的使者，奉献者的化身。民办教师，公办教师，土生土长的老师，城里来村支教的老师，不论工作多么辛苦，不论生活多么艰辛，他们心里都有着一团火，一股强大的力量。"家有三斗粮，不当孩子王"，只是对世俗的自嘲。"春蚕到死丝方尽，蜡炬成灰泪始干"才是他们的追求和真实的写照。

山崮县中学生作文大赛经过精心筹备如期举行。县教育局统一命题，学生就地考试，监考老师异地轮换，县教育局统一组织阅卷评选。

作文题目暴了个大冷门，谁也没想到，谁也没猜着，题目是"考试之前"。

赵凌云接到试卷，端坐在那里，他凝视着作文题目两分钟，文思泉涌，提笔在试卷纸上用楷书写下"考试之前"的题目，接着下笔如神，笔下生花。他写道：

　　就要考试了，离考试还有二十分钟，班里的空气顿时紧张凝滞起来，一切静得出奇，甚至听到同学们呼吸的声音。同学们有的闭着眼想着、思考着；有的丹田运气，驱除紧张；有的张大口呼吸；有的瞪着眼空旷地看着那并无一字的黑板；有的用舌头不停舔着嘴唇；有的上下嘴唇快速碰撞默念着。

　　同学邵帅快速地翻着课本，发出教室里唯一能听得见的"哗哗"的声响。我小声地问他，"就要考试了，你还翻看什么？"他捂着嘴说，声音小得似乎没有任何分贝，"临阵磨枪，不快也光"。

　　考试既是学生的日常也是学习生活中的一道道坎。对于学生，考试既是紧张的又是兴奋的。考试是对学习情况的检查，知识掌握得好不好、准不准、精不精、牢不牢。考试能发现学生在学习中的许多不足。考试是加油站，通过考试，让学生知不足而奋起，每次考试成了学习生活中的每一个新起点。

　　考试也是对学生心理的培训和历练，每次考试就是一次挑战，挑战信心、勇气、毅力和诚信。

　　考试，学生是紧张的，老师何尝不是如此呢？考试考的是学生，老师总觉得考的也是老师。我的老师常说，"没有不合格的学生，只有不称职的老师"。学生考不好，学生对知识掌握得不够牢，老师仿佛脸上无光，"教不严，师之惰"。老师将学生的成才的责任牢牢地扛在肩上，他们为了给学生一碗水，他们要辛苦积累一缸水，他们在三尺讲台上带着学生探寻知识的宝库，叩开一道道求知的大门。

　　我的老师绝大多数是民办教师，他们要克服生活的困难，一边劳动，一边学习，一边讲课，用为党为社会主义育人的赤胆忠心，诠释"忠诚党的教育事业"的信念。我爱我的老师！

　　我们在人生的道路上要经历千万次、无数次的考试。考试就像我们人生道路上一次次吹响号角，催人奋进。我们作为社会主义事业接班人，要敢于挑战，要增强信心，满怀豪情地迎接每一次考试。要想在考试中取得好成绩，就要做好考试前的各项准备。"功夫在课外""台上一分钟，台下十年功"，只有平时的百倍付出，才有战时的从容不迫、骄人成绩。

　　不经历风雨不能见彩虹，人生能有几次搏，我们要在每次考试中交上一份合格答卷，在人生舞台上不断写就奋发努力、不负韶华的美丽篇章。

时代威武，人生辉煌，绽放异彩！

赵凌云从考试之前的氛围，学生的心理变化等表现入笔，写到了考试对学生的意义及影响，继而写到老师，抒发了对老师为了学生呕心沥血、无私奉献的感激和崇敬，阐述了考试就像人生前进道路上的一次次号角，催人奋进。又进一步提出考试要把功夫用在考试之前。最后表明要在人生每次考试中交上优异答卷和不负时代、不负韶华的鲜明态度。

文章寓意高远，有叙述、有议论、有抒情。经阅评，赵凌云获得山崮县中学生作文大赛一等奖。喜讯传来，整个校园沸腾了，刘洪老师作为赵凌云的辅导老师也受到了山崮县教育局的表彰。

丰源公社教育组在山崮县二中隆重举行表彰大会，对在山崮县中学生作文大赛和中学生数理化竞赛中获得奖项的学生和辅导老师进行表彰。公社党委书记章士林亲临大会讲话，公社主任廖锡金主持大会，并宣读表彰决定。山崮县二中全体同学和公社中心学校、联中的教师和学生代表参加会议。

当大会主持人廖锡金大声宣读到"万胜庄联中赵凌云同学获得山崮县中学生作文大赛一等奖，辅导老师刘洪"时全场报以热烈的掌声。在鼓掌声中，赵凌云让刘洪老师走在前面，他们健步登上领奖台，从公社书记章士林同志手中接过奖状和奖品（一支"英雄"牌钢笔）。

听到赵凌云的名字，看到台上领奖者熟悉的身影，台下一位高二同学手掌鼓得啪啪响，他边鼓掌，边站起，他伸着脖子看着主席台。他不是别人，正是赵凌云的哥哥赵凌志。赵凌志的反常甚至"失态"的举动引起冯宁的注意。她瞅了一眼赵凌志，伸手做了一个示意他坐下的手势，赵凌志看到冯宁的手势，领会地一腚坐下来。

"下面请赵凌云同学讲几句话，发表一下获奖感言。"廖锡金主任笑呵呵地说。

赵凌云向主席台上的领导鞠了一躬，向刘洪老师鞠了一躬，又向台下的参会人员鞠了一躬。他抬高声音用普通话说道："敬爱的领导、老师、大哥、大姐们，我叫赵凌云，丰源公社想水村人，万胜庄联中初二的学生。在这次全县中学生作文大赛中，我有幸荣获一等奖，这是县教育局组委会，评委会老师的抬爱和关怀。我在这里感谢县里组织这次大赛，给了我参赛的机会；感谢所有的老师，特别是我的辅导老师，我现在的班主任刘洪老师；感谢丰源公社对教育，特别是对我们山村学生教育的重视。没有党的好政策，没有你们的关心，我们想上学都很难。成绩只是属于过去，今后，我一定听老师的话，努力学好各门功课，争取能考进咱二中，接受高中教育，学好习，学到真本领，为建设家乡，建设国家做贡献。青春是美好的，美好的青春要同壮丽的事业结合起来，不负时代，不负韶华。谢谢大家！"

听到"想水村"三个字，党金武这些想水村的学生兴奋极了，"哇，赵凌云，咱想水村的赵凌云，赵凌志的弟弟。"

他们抬起腚，弯着腰，伸着脖子向台上看，手掌拍得通红通红的。

赵凌云示意刘洪老师先走，他谦虚而有礼貌地跟在老师的后面走下主席台。

章士林书记在讲话中，表达了对获奖的同学和老师由衷的祝贺，阐述了发展教育事业，培养"四化"新人的重大意义和迫切性，强调了丰源公社要把发展教育放在重要的中心位置抓，再穷不能穷教育。要大力发展经济，为教育发展提供支持和保障。

他挥动拳头掷地有声地表态，丰源公社党委，革委坚定不移地办好学校，学校需要什么，公社尽量满足。他深情地说："我们培养学生，就是厚植文化根基，我们培养学生，就是为国培育人才，我们培养学生，就是为我们公社各项事业发展提供先进生产力和智力保障。"

表彰会后，章士林书记邀请获奖学生和老师在公社食堂吃了顿俭朴而难忘的"庆功饭"。章士林揽着赵凌云的肩膀说："凌云小老弟，想水村不简单，你也不简单。"

刘洪老师在回家的路上对赵凌云说："凌云，你给咱学校，给同学们，给我争了光，你可以说是我教学生涯中的一个里程碑，老师沾了你的光呀。"赵凌云笑着说："老师，您可不能这么说，没有您的教育和教导，赵凌云什么都不是，没有您身上的光，我黯然无光。"

冯宁问赵凌志，"当你看到那个作文大赛获奖的赵凌云，你激动得像求雨的蚂蚁，难道那是你弟弟不成？"赵凌志点点头肯定地说："是的，他是我亲弟弟，我是老大，他是老二。"

冯宁瞪大眼睛兴奋地说："凌志，你行呀，你家行呀，你有这么个讨人喜欢的弟弟。弟弟，弟弟，我的亲弟弟。"

这是一个没有弟弟的姐姐发自内心的呼唤。冯宁的小名就叫唤弟。

看着冯宁兴奋的表现，赵凌志想到二弟凌云在家里吃的苦，想到凌云给他早晚送饭，怕凌云穿得脏，土儿吧唧，丢他的人，被他掖藏得结结实实，他放慢语气说："凌云，我亲爱的弟弟。"

第69章

刘村供销社文具柜台忙碌起来。山崮县二中高二毕业班的学生纷纷来到柜台前，掏出平时连几分、一毛一份的菜都不舍得花的零花钱，买上一本塑料封皮的笔记本和硬纸板封皮的相册。笔记本有绿皮的、蓝皮的、红皮的，每页的右下角印有竹兰梅菊的图案。相册每页的硬质黑纸上面附着透明的塑料薄膜般的丝质白纸。他们将用这些精装的笔记本和相册，相互交换毕业留言，珍藏两年高中的深情厚谊，贮满青春的美好印记，供来日回忆。

刘村公安派出所对过的华光照相馆人来人往。开办照相馆的满意着装整洁，头发梳理得一丝不苟，戴着眼镜，文质彬彬。

上什么山唱什么歌，干什么吆喝什么，干吗像吗这是古训。满意开照相馆，搞摄影，这属于艺术范畴，干这一行重要的是要有艺术细胞，周身洋溢着艺术气息，显着洋气，以此来感染人、吸引人。照相馆外面挂着的广告就是满意的标准照，他五官端正，鼻梁高挺，脸部轮廓清晰，棱角分明，很有辨识度，眼光炯炯有神，神采奕奕，充满自信，像民国时期的美男子。

满意的相片和满意翻拍的王心刚等电影演员的照片挂在门前，不时引来众人驻足观看，极大提升了华光照相馆的知名度，使其成为丰源公社乃至山崮县颇具知名度的照相馆。

照相馆内正对着门的一面墙上挂着布影，布影的图案是城市公园一角。人工湖蓝色的水面上绽放着荷花、莲花，湖上面架着一座精致的拱桥，拱桥上镶着白色的栏杆，水岸桥头处，有一个凉亭，凉亭巍峨挺拔，很有气势和诗意。这个布影是用来拍风景照的。

侧面墙壁上挂着一块白布，有时换成一块红布，是用来照标准照、毕业照、工作照之类的。

屋中间支着一架照相机。三只脚的支架撑着一个方型大木盒，这个大木盒就是照机机。木盒下垂着一根皮管子（快门线），皮管子头上附着一个像气茄子一样的皮球（快门气球）。木盒用红面黑里的布盖着。

同学们用梳子蘸着水将睡觉压躺压歪的头发扶起来，顺着胎中形成的头顶上的旋涡所转方向将头发理顺，继而梳成"一边倒""三七开""平分""锅盖""平头"等发型。他们深知这次照相的意义。他们的标准照将被贴在毕业证上、档案卡上、准考证上。他们的毕业留言也将贴上互相交换的照片，此时此刻的照片不再是属于自己的孤芳自赏和自恋的私物，它将走进千家万户，将漫游时间的长河，成为"奇文共欣赏，疑义相与析"的公共文化品，成为永久的话题和谈资。

合影照更不必说，同学男男女女站在一起，谁高谁矮，谁胖谁瘦，谁丑谁俊，谁的气质好，谁的气质差，谁土气谁洋气，谁穿得好，谁穿得差，谁笑得自然，谁笑得拘谨，立竿见影，立马见分晓，不仅当时难堪，甚至形成终身遗憾。

同学们的上衣外套也不停地交换着，谁有一件稍微新一点的中山装、青年装，退伍军人的绿色军褂，那都是最抢眼抢手的。不论身高体态合不合适，只要领口咣珰（领口大）得不甚厉害，穿上照标准像那就完美。借来借去，全班的服装仿佛统一似的。

俞守仁的哥哥是一名退伍军人，他哥哥给他的军褂穿遍了全班的男同学，还有个子比较高的女同学也借着穿着照相，俞守仁倍感骄傲和自豪。

冯宁穿着红色方格翻领外套，里面配着白色小领衬褂，乌黑顺溜的运动式齐领短发，细长的脖颈，明亮的眼睛，她的门牙和下齿，顶着扣着，嘴角稍微上扬，眉心舒展，精致的鼻子和薄唇嘴巴完美地配合着，露出自信的微笑。

满意站在相机后面，右手握着快门线头的气球，两眼紧盯着冯宁，左手打着手势，嘴里不停地喊道："看前方的镜头，头再略微向下一低，别眨眼，笑一下，好！"满意的右手与"好"同步，快速捏了一下气球。

满意似赞赏又似自我表扬道："很好，很好。"他又说道，"这位同学，你的照片洗出来，我放大用像框装好挂在门口行吗？你照相的钱和加洗照片的钱我都不收了。"

冯宁笑着说："我长得对不起观众，放在门口会影响你的生意。如果你感觉照得好，你就放吧。"

满意把头伸进红布内，用红布捂着捣鼓了一下，接着喊道"下一位"。

照完几个标准照，冯宁又和同宿舍的同学照合影。满意将照相机机位旋转，镜头对着"公园一角"的影布。满意指挥着她们按高矮个排成一队，像联欢晚会上的女声小合唱。

满意右手握着气球，喊道："别紧张，别拿劲，别挤眼，身子站直，头微颔，头向镜头稍微转一下，眼睛看镜头。好哩。"他顺势握了一下气球。青春和友谊定格在瞬间。照完相，她们相视哈哈大笑，像完成了一项重要的团体比赛。

吃过饭，赵凌志和冯宁拿着书本在操场上散着步。冯宁突然转过头，微笑着对赵凌志说："凌志，我们就要毕业分别了，我们俩到照相馆照张合影作个留念吧。"赵凌志惊奇地说："咱俩照合影？我长得这么丑，跟你站在一起，那还不是鲜花插在牛粪上。"

冯宁"扑哧"一声笑了出来，"咱俩谁是鲜花谁是牛粪？"赵凌志肯定地说："你是鲜花，我是牛粪呀。"冯宁指了一下赵凌志的鼻子，"你这个家伙还真有自知之明。我这枝鲜花插在你这个牛粪上才有营养，长得更旺更鲜。"

赵凌志用右手做了一个火烧的动作，"牛粪发热会烧死你这枝鲜花的。你没听说过嘛，牛粪也有发热的时候。"冯宁抬脚踢了一下赵凌志的腔，"我就喜欢你这句话，我喜欢你发热，我等着你发热。"

赵凌志和冯宁走进华光照相馆，冯宁用梳子将赵凌志的头发梳了几下，她用手蘸了点水在赵凌志的头上又按了两下。赵凌志对着镜子看了一下，"我的天，你把我的头整得跟汉奸一样。"

赵凌志这一扎呼，惹得照相馆老板满意也哈哈大笑。

满意招呼赵凌志和冯宁站在"桥"上，冯宁站在前面，右手扶着"桥栏杆"，赵凌志站在后面像个警卫员。满意说："那位男同学，你最好把左手搭在女同学的肩上，这样自然。"

赵凌志抬了一下手又放了下来，冯宁说："听人家照相师傅的。"

赵凌志将左手自然地搭在冯宁的肩上，满意迅速捏了一下气球，按下了快门。

满意问："洗照片时，照片上留下什么字？"赵凌志说："同学友谊万古长青。"冯宁哽咽道:"情深意重,天长地久。"

满意说:"这个词好。你们两位这张照片洗成五寸的,加洗的钱,不用交钱了。"冯宁说:"谢谢师傅大哥。"

冯宁和赵凌志走出照相馆,满意看着他们的背影自叹道:"天生的一对。"

赵凌志问冯宁:"这可是咱这里顶级的照相馆,咱照相,他却不要钱,你跟他有亲戚?"冯宁说:"我照毕业照时,他说效果很好,想把我的照片装框挂在门口,我答应了。"赵凌志自豪而崇拜地说道:"冯宁,一个人的美,不只是欣赏她的那个人说美,而是人人都看着美,那她才是真的美。冯宁,你真美!"冯宁说:"行了,别拍马屁了,你我都很美,我们向着美好出发!"她用力推了一下赵凌志。

照相仿佛照上了瘾,一轮一轮,一波一波,同学们三三两两,循环着、重复着。同村的,一个公社的,同宿舍的,睡觉挨在一起的,同姓的,平时接触紧密的,班委会一个领导班子的,一个小组的,一同值日的。他们看到门口挂着的冯宁的相片,连声称赞:"冯宁真上相,照得真好。"

党金武、赵凌志、刘朝礼、刘朝静等16名想水村大队的同学一齐走进华光照相馆。满意高兴得合不上嘴,家有斗金不如日进分文,财源滚滚来。

徐宜亮办事拖拉,还没有照标准照。满意说,咱先照标准照,再照合影。徐宜亮对着镜子整理好头发,又上下检查一遍褂子的扣子,唯恐上下扣错合。一朝被蛇咬,十年怕井绳。自从他穿新褂子扣错扣子被村人笑话事件发生后,他每次穿好褂子都要用手从上到下摸一遍、数一遍。

徐宜亮端坐在白色影布前的凳子上,抬眼看了一下照相机,他浑身上下像有虫子在爬,他脸上的肌肉僵硬着。他侧脸看到同村的同学们屏住呼吸,目不转睛地看着自己,他顿时后背渗出了汗滴,感觉头发竖了起来。

满意右手握着快门气球,左手挥动打着手势指挥着,"身子坐直,挺起胸脯,伸直脖子,头抬高一点,眼睛平视,看镜头,别歪头,笑笑,笑笑,笑一笑,笑一笑。"

徐宜亮在满意的动作指挥下像个木偶不停调整着身姿,管控着表情。满意让他笑,他却笑不出来,满意越喊让他笑,他越笑不出来,他的脸僵硬得像上了冻一样。他努力撇开嘴,想挤出一丝笑,眉心却皱了起来,鼻子哆嗦着,表情失控,笑得跟哭似的。

满意大声笑着说："兄弟，让你笑，你怎么哭了？"听到满意的调侃，党金武笑得直跺脚，刘朝静笑得捂着肚子跑向门外。

徐宜亮看着满意哭腔道："我不会笑，我笑不出来，我一拿就得慌。"

满意放下手中的气球对徐宜亮说："老弟，你想想，你马上要考大学，考上大学什么感觉？你再想想，有人挖你脚心，痒痒的是什么感觉？小孩尿床，爹娘会怎样？夸还是打？"

满意的话戳到他的敏感处，说到他的心坎上。满意话音刚落，徐宜亮脸上的肌肉解冻般活跃起来，"哼叽"一声笑了出来。

满意迅速拿起气球，"哎，就这样，茄子，茄子，好！成功！老弟，我让你难为了一头汗。"说完，满意用红布盖着，在里面捣鼓了一下胶片夹。

接着照合影，分成两排，刘朝静站在前排 C 位，顿生"万绿丛中一点红"和"众星捧月"之感。背靠着"公园一角"的布影，大家咬着嘴唇总是想笑，有了徐宜亮的笑料，不愁笑不出来。

满意说，"放松，自然，好的，成功！"

照完相，大家放声大笑。党金武对着刘朝静笑，眼睛里充满着温暖，充满着浓浓的爱意。刘朝静用泛着红晕的笑脸迎接着、接受着党金武灿烂的笑，用清澈明亮的眼睛吸收着党金武传递的爱。她总觉得这个爱是纯洁的、无邪的、真挚的、炽热的、永久的。

过了一天，党金武和刘朝静悄悄地走进华光照相馆，借满意师傅那巧妙的、魔术般握着气球的贵手照了一张合影，留住那初恋的美好记忆和稍纵即逝的青涩年华。

自从那天照完相，徐宜亮就有了心事，睡不好觉，对照过的相担心起来，老想着怕照砸锅了，恐怕照瞎巴了。他本来就尿（sui）泡系子短，有夜起小便的老毛病，现在这个毛病加剧了。

他清楚地记得这几天里，第一天比平时多起了两次，第二天多起了一次，第三天竟多起了三次。他夜不能眠，辗转反侧，他深度怀疑自己患上了"杞人忧天"病，他怀疑自己的长相，悔恨起自己不会照相，埋怨自己笑比哭还难看。"奶奶的，去的去，丑怎么了？相片不好看怎么了？"他心里愤愤地想到。他又安慰自己，应该是所有人都这样，照完相充满期待又充满怯意，想第一时间看到自己美丽的样子，又怕照得歪瓜裂枣，缺陷尽露。他肯定地想，所有的人都这样，不只是我徐宜亮。第三天下半夜，他竟深度睡眠，做了个梦，他的照片跟电影演员一样，还被满意镶框挂在了照相馆门口的显眼处。

过了三天，这个日子是满意告诉他取相片的日子，徐宜亮吃过午饭，惴惴不安地走进华光照相馆。

"满师傅，前两天我照的相片洗好了吗？我想取相片。"徐宜亮怯声怯意地说道，顺手将取相片凭条递给满意。满意说："洗好了。"满意边说边打开抽屉从排列整齐的相片袋中找出徐宜亮的照片。

徐宜亮接过印着"华光照相馆"字样的纸袋，急不可耐地抽出一张，他用手捂着，两眼直盯照片。但见照片上的自己，目光炯炯有神，微笑着，显示着自信和从容，衣领扣扣得板板正正。他迅速将照片放进纸袋，连声说："照得太好了！照得太好了！"

徐宜亮对满意说："满师傅大哥，你照相的手艺，不，不，你照相的技术太好了，把我都能照得这么好。你再给我加洗 30 张。"

满意被徐宜亮逗乐了，"小伙子，你本来长得就不孬，就是照相少，不会揍作（造型），多几次就好了。我已给你加洗了两张二寸的，就算我送你个人情，不要钱了。你再加洗三十张，我收个半价就行了。你们上学不容易，省吃俭用的，算大哥我对你的一点帮助，祝你考出好成绩，让你的照片多发挥点作用。

徐宜亮头点得像鸡啄米，"谢谢满师傅，谢谢大哥。"

徐宜亮将相片袋揣进衣兜告别满意师傅，脚踏春风般走在大街上。他咕囔道："奶奶，我自己吓自己，让这次照相搅得我好几天没睡好觉。"

他琢磨着，我越害怕的事情，结果却倒不错，难道这就叫居安思危？怪不得老人常说："好事说多了就像吹牛皮，结果不会好，好事故意说孬，结果不会差，藏拙内敛点好。"

经过这件事，徐宜亮倒也悟出了些道理：遇事心慌，说明自己心胸装不了事，这样也很难成事。照相是多大点熊事，竟弄得自己的心七上八下的。要学会静。古人说宁静致远。在我们传统文化中，有一种"清静"的智慧。儒家说："知止而后有定，定而后能静，静而后能安，安而后能虑，虑而后能得。"释家说："定静生智慧。"道家说："人能常清静，天地悉皆归。"古人还说："宠辱不惊，看庭前花开花落；去留无意，望天上云卷云舒。"静，是一种修养，是一种境界。人的健康心理素质的培养形成不是一朝一夕的事。

同学们相互传递着精装的笔记本，拿着劲用自己最好的字体书写着毕业留言，体现着自己的真诚、认真和才华。千钧笔力写留言，满腔赤诚话友谊：

"满怀革命理想，勇于脚踏实地，我们要把握今朝，奋发努力。""十年寒窗苦读，只为一朝争夕。""寒窗苦读近十载，金榜题名一朝时。""清风明月本无价，近水远山总关情。""钢笔写友谊，实践炼红心。同学之间情谊深，隔山隔水不隔心。友谊好比长江水，决不像河边之柳一时春。同窗友谊，万古长青。""重重山峰屹青松，身经百霜寒为径。急风暴雨挺而拔，朝日开放迎春花。革命战士像青松，真挚友谊千古青。崎岖道路大跨步，广阔天地永开花。""学校门前的青松，伴我们度过了两冬，我们的友谊春常在，我们的友谊胜青松。""海阔凭鱼跃，天高任鸟飞。祝你好好学习，乘胜向前进。""植根山坡乱石中，咬住青山不放松。水分养分不苟求，结出玉果受人钟。我们就像这石榴，籽粒抱团向前冲。""一颗红心，两种准备，加油！"字字句句催人奋进，催人泪下。

赵恒春老师用娟秀的楷书给全班同学写了同样的赠言："奥地利作家斯蒂芬·茨威格在《人类的群星闪耀时》一书中写道：一个人生命中最大的幸运，莫过于在他的人生中途，即在他年富力强的时候，就发现了自己的人生使命。愿你勇担使命，砥砺前行。赵恒春与你共勉。"

同学之间用相册收集着照片，装贴得满满当当。班级大合影为两年高中集体学习生活画上了圆满的句号。一阵阵激动，一阵阵兴奋，一阵阵哀伤，过山车式的情绪波动之后，回归到高考前夕的沉静、孤独、紧张、彷徨。这是人生命运和人生旅途中的重要节点和拐点。

报考志愿寄托着美好的愿望，显示着志向、兴趣和爱好，体现着学业和实力，也伴着生活状况和家庭责任，甚至无奈。这无疑是考生心灵痛苦的挣扎，谨慎、务实、稳妥要成为主基调，就低不攀高成了大多数考生的选择。特别是对山区农村学生，只要能考上，只要能跳出"农门"。

冯宁在第 、第二、第三志愿栏里清一色填写了"山崮县师范学校"。老师找她谈话，凭她的学习成绩，填报这个地方性中专有些吃亏。她眼里噙着泪对老师说，这是她坚定的不二的选择。其理由，一是她崇拜老师，喜欢教学。二是师范类院校，上学期间国家对师范生优待，减轻家庭负担。三是离家近，周末和节假日可以帮家里干活儿，让家里有精力和能力供两个妹妹上学。

党金武填报的第一、第二、第三志愿均为中国人民解放军陆军步兵学院。赵凌志填报的第一志愿为黑龙江大学，第二志愿为省建筑学院，第三志愿为省医学院。刘朝静第一、第二、第三志愿均填报向阳市卫生学校。徐宜亮第一、第二、第三志愿均填报向阳市农业学校。

7月7日、8日、9日，山崮县二中的考生和全国各地的考生同时走进了设在各地的考场，挥洒青春和汗水，汇报成绩，向理想的高峰攀登。

高考结来，想水村16名考生结伴登上馍馍山山顶放飞自我，尽情呼吸着老家的气息。他们向老杨树招手，向自由飞翔的鸟儿问候。他们齐声高唱《毕业歌》，高声呼喊："我们回来了，老家我爱你！"

看山人陈耀彪老人在树丛中窥视着，被这群年轻的壮士吸引着，看他们乐得像孩子，他笑了一下，隐身而去。

第70章

喜鹊那个喳喳落井台，远方喜讯乘风来。想水村上空飘着几朵红云，闹山顶上的太阳显得格外大，仿佛露着笑脸。三瞎子赵广清眯着眼观看着天象，连声说："想水村有喜事，想水村有喜事。"

侯文进院子里的炊烟向上飘着，向四处散着，炊烟的味道混合着浓浓的香，油香、菜香、肉香。左邻右舍闻着、品着、猜着、想着，分享着美味菜肴的味道。

侯文进乐得合不上嘴，贺堂娘搁晃着小脚围着锅台添油加醋，翻炒着，油烟向上腾起绕着漫着、罩着她的脸，她不时用系在偏襟盘扣子（用布条拧成的疙瘩扣）上的手巾擦脸、擦眼。往锅里放上辣椒，她被辣椒激烈散发出的浓重的辣味，熏呛得脸朝外、张大嘴、流着泪大声地咳嗽着，烧火的儿媳妇肖艳温柔地安慰道："娘，别呛着。"肖艳往锅底下续着柴火，拉着风箱，跟婆婆紧密地配合着。侯文进将炒好入盘的菜端上饭桌，用大瓷碗扣着。

侯文进的大孙子侯忠，二孙子侯诚，孙女侯心穿着新做的衣服像过年似的，穿着新衣服的孩子拿就得不敢乱跑，好像被衣服捆着。侯忠对肖艳喊道："娘，俺爹什么时候来到呀。”

肖艳用细小的眼瞪了一下侯忠，生气跟不生气一样的红圆脸努力地嗷着，大声嚷道："管我叫妈妈，管你爹叫爸爸，我不是给你说过多遍了吗？熊孩子，一点不长记性。"侯忠囔着鼻子重新说道："妈妈，俺爸爸什么时候来到呀？"

说曹操到曹操就到。门口传来侯贺堂清脆爽朗的声音："真香，大老远就闻着香。"说着，侯贺堂推着自行车走进门来，自行车后坐上摞得像小山似的，铺盖卷、用网兜盛着的洋盆、茶缸、铁碗、饭盒。车把上挂着一包袱烧饼，一包袱馒头。几个孩子上前高声喊道："爸爸。"

侯贺堂笑着分别摸了一下他们的头，"真乖。"

从包袱里拿出两个馒头，用手掰开，分给三个孩子，剩下的一半，递给了正在烧锅的妻子。肖艳连说："给咱爹吃，我正干着活味。"

侯忠边吃馒头，边走近自行车边，他用右手猛按自行车铃铛，乐得差点把嘴里的馒头吐出来。侯诚、侯心站在一边看哥哥按铃铛，不停地滴溜着眼上下左右前后看着爸爸的擦得锃亮的坐骑。侯忠按着笑着，铃铛声笑声从侯家大院向四周扩散。

侯贺堂问道："爹，客（儿）都安好了呀？"侯文进居高临下拉着长声回答："安好了。有支部书记赵存祥，咱侯家的族长、你三大爷侯文美，咱邻居恁宋叔和张叔，还有你原先的三个同事。"

侯贺堂提醒道，"安公丕柱叔了吗？他是单门独户，按咱村里的规矩可得叫上他呀。"侯文进恍然大悟，"我昏了头，怎么忘了丕柱老弟了？没事，我亲自去请。"肖艳说："爹，这个事（儿）交给我，我去。"她往灶膛里续了点柴火，起身向学校大门口的公丕柱家走去。"此时的肖艳太想抛头露面了。

侯文进设宴请客热烈祝贺儿子侯贺堂光荣毕业，胜利地分配到向阳市实验学校教学。与侯贺堂同时考上学的陈传卿作为优秀毕业生，也被分配到了向阳市口腔医院工作。

应邀客人纷纷来到侯家拱手祝贺，赵凌云作为学生代表和赵存祥的贴身，也荣幸地参加了侯家的盛宴。

民办教师徐德山、刘宗庆和徐明敬握着侯贺堂软绵绵的手，看着侯贺堂又白又胖的脸，整齐有型的头发，表示由衷的祝贺，心里生起一种说不清道不明的情感，高考一场考试彻底改变了命运，赋予了他们不一样的前程和生活。

按照侯贺堂的安排，客人们依次而坐。他们开怀畅饮，交谈村里的往事，畅想村里的未来，叙说各自的经历，交流各自的人生体会，气氛热烈、活跃、愉快。

喝到二八瓯微现醉意之时，侯贺堂端起酒杯酒后吐真言："各位长辈，各位弟兄，承蒙家乡的滋养和亲邻厚爱，我从小学上到高中，在这个过程中，大家给了我鼓励、支持。上高中政审时给我添了好言，高中毕业后又推荐我当了民办教师，我侯贺堂何能何德？全靠村里的老少爷们对我侯家的担待和厚爱，对我这个爱学习的穷孩子高看一眼。我有理想、有抱负、有想法，我苦闷过，我挣扎过。我学过木匠，学过厨子，学过说大鼓，跟着老前辈学过耕、耙、播、收，赶牛、犁地、摇耧、扬场、育苗、间苗、铡草，组织宣传队，排过戏，唱过戏，出过夫子（随集体到外村干活），参加集体大会战。你说苦不？跟乡里乡亲、兄弟爷们一块苦，一块干，我没觉得苦。咱吃芋头长大的，你说咱笨不？我在师范学习这两年，成绩一直名列前茅，咱不笨。咱想水村老家走出去，人品杠杠的，政治上过硬。我入了党，在学生会担任主席，这都是咱想水村乡土厚植，村里传统文化培养的结果。我师范毕业了，我翻来覆去睡不着，我是回乡教学还是到城里教学？我答应过父老乡亲，学有所成，回来报效家乡。当我知道我被分配到市里工作，我彷徨了，我犹豫了，我拿不准了。我的老师给我说，要服从分配，我服从了组织的分配。我对咱老家，对父老乡亲，我食言了，我这是对家乡的背叛，我这是不仁不义不孝。"说着，侯贺堂哭得像刘备，他哆嗦着手，错合着嘴，就着泪将满满一牛眼瓯子酒倾倒在口中一饮而尽。

肖艳见丈夫如此悲情，眼里直流泪，她想上前给丈夫擦把泪，被婆婆拽住了。男人家的事，女人不能掺和。肖艳急忙提着茶壶给大家倒茶，"大爷、叔、兄弟，您多喝茶，多吃菜。"

侯贺堂又倒了一瓯子酒端着说："存祥在这里，好兄弟爷们都在这里，我侯贺堂下步在市里工作，绝不做对不起家乡的事，我要把学教好。咱村里和大队有需要我干的事，我只要能做到，只要不违反规定，我唯咱庄上的父老乡亲马首是瞻。"说完，他举杯扬头，一饮而尽。

肖艳听到丈夫的表态开心极了，这小子绝对当不了陈世美！兄弟爷们，还有村领导看着呢。

大家都给侯贺堂和侯文进敬了酒，长辈说："侯文进积善人家培养了侯贺堂这么个知理有才的好孩子，为咱村各家各族树立了榜样。"同辈说："侯贺堂吃苦耐劳，有理想，重情重义，可亲可交。"

赵存祥端起酒杯："今天是侯家大喜的日子，贺堂哥顺利毕业，又分到市里工作，大喜特喜。贺堂哥可以说是咱大队的能人和功臣，敢闯敢干，吃得了苦，受得了罪，忍得了气，沉得下心，有才有德，重仁重义，我想这也是咱想水村的好品质的体现。老石匠说，有才有德方为上品，砌墙那要一块一块垒，一块石头垒毁了，整个工程就完了。干什么都是这样，要重品行，讲德行。刚才，你说，你分到城市工作对不起家乡，我作为你的老弟说，这是不对的。城市里的工作不重要吗？再说你是公家人了，要服从分配。再说，人往高处走，水往低处流。有机会，谁都想到好的地方工作，大的地方工作。你说毕业后回老家教学，这合情合理，合情合理的事不一定符合人的本性。人的本性有自我的东西，要否定自我，将自私的本性拿掉，不是情和理这么简单了，要做出牺牲。你想，你苦读近十年，苦等十年，才有了改变命运的机会。考上了学，有了上城市工作的机会，你能再痛苦一次放弃这个百年难求的机遇吗？这，大家都能理解，所以你不必过于自责。我在这里也想说：我们想水村条件差，生活苦，但这不是永远的。思想不滑坡，志气不倒，就一定能改变。十一届三中全会之后，全党以经济建设为中心，实行改革开放，放开搞活，我们想水村赶上好时候了，我们要解放思想，开动脑筋加油干，把我们家乡建设好。贺堂哥，到时候，你想回来就顺理成章了。"赵存祥端起酒杯一饮而尽。

侯贺堂被赵存祥的话语打动了，他想，"存祥是有真本事的人，虽然高中没上完"。

侯贺堂赶在七月十五日之前到向阳市教育局和向阳市实验学校报了到，这样他就能领取七月份全月的工资，这也是他成为正式教师领取的第一个月工资。当然，他的民办教师教龄下步也将记入他的工龄。

再说陈传卿。陈传卿是个苦孩子，他爹因病去世得早，他娘含辛茹苦守着家，将他和他的两个姐姐拉扯大。

陈传卿报到前买了半刀火纸在父亲的坟前点燃，他跪在父亲坟前痛哭流涕。他边烧纸，边哭着说："爹，我考上学顺利毕业了，我被分配到了市里工作，等我成家后，我就把俺娘接到城里跟俺过，您放心，我一定孝敬好俺娘，让她安度晚年。您在天堂安息吧！愿天堂没有贫穷，愿天堂没有病殃。"

吃铁条屙笊篱的赵广清为侯贺堂和陈传卿毕业后被分配到向阳市工作而高兴，他欣然命嘴，诌了一首口水诗以表祝贺：

> 贺堂传卿真不瓤，当（dàng）年中第把学上。
>
> 当（dāng）年那个田舍郎，两年功夫变了样。
>
> 高等学府镀了金，鲤鱼打挺跳农门。
>
> 今朝进了向阳城，大美前程好似锦。

第71章

八月大进，31天已经过去一多半，度日如年，备受煎熬的想水村的16名考生实在沉不住气了，他们结伴来到母校山崮县二中。走近门口，看到有稀稀拉拉的几个人看着门口张贴的高考录取红榜。他们迅速围了上去，瞪着眼从上到下，从左到右，一个字不放过地在榜上搜寻着自己的名字，赵凌志把冯宁的名字也作为搜寻重点。冯宁的名字果然在列，录取学校为山崮县中等师范学校，她的分数远远超过本科院校录取的学生的分数。

红榜上没有他们的名字，他们失望至极，互相苦笑了一下，怏怏地抬着灌铅的腿，迈着沉重的步子，一言不发地向家里走去。

16个学生高考全部落选的消息迅速在想水村传遍。考生家长们相互安慰道："谁这么管（有能力），到那里就炮打炮来地考上？这都是巧不巧的事。"有的社员说："这帮子学生不如当年那五个民办教师，那年，五个考上俩，这年的16个连一个没考上。"有的社员说："考大学这玩意儿可不是好玩的，瓤一瓤就不沾边。再说了，你看咱这样的穷山村，上个高中就不简单了，怎么能跟人家西乡平原地和城里比？让咱的孩子跟他们一起考，你想想咱有多少胜算。"有的社员说："这都是命。"

三瞎子赵广清马后炮似的说，"他们这帮孩子初中都上的农中，没学到什么东西，基础不牢，地动山摇。光靠高中这两年学的东西，鼻子上挂镰刀悬镰！"

他接着赋诗一首：

> 十五的月亮十六圆，十年寒窗把苦咽。
>
> 地瓜煎饼三千卷，咸菜吃了一百罐。
>
> 想水村人送儿郎，十六举子进考场。
>
> 待到录取发了榜，十六个一个没沾边。
>
> 若问今年升学率，想水村是个大零蛋。
>
> 心悦诚服回家乡，面朝黄土背朝天。
>
> 修理地球拼命干，当个农民不难看。
>
> 四大喜一喜落了空，那三喜等着去实现。

三瞎子所说的四大喜是指，久旱逢甘霖曰一喜；他乡遇故知曰二喜；洞房花烛夜曰三喜；金榜题名时曰四喜。

杜印花听后表扬赵广清，"三叔，你人死嘴死不了，狗嘴吐不出象牙。"赵广清回撑道："封窑的砖半熟。"

赵凌志从学校回来就倒头睡下了，他睡了一天一夜。赵凌云和娘都没有叫他，娘知道他心里难爱。是的，没有参加过高考的人是万万不能体会，也万万体会不到落选的滋味。

赵凌志起床后，用毛巾蘸水擦了把脸，他的眼红红的。他走出屋门拿起竖在门口屋檐下的钩担，挂起水桶向大坑走去。

赵凌云走进西屋摸了摸哥哥的枕头对娘说："娘，俺哥的枕头呱呱湿。"娘问："是尿的还是哭的？"赵凌云没有笑却难过地说："肯定是哭的。"娘长出了一口气："唉！"

赵凌志将挑来的水稳稳地放在水缸边，用手提着倒进了水缸。凌云娘忙着到锅屋里做饭，她煮了绿豆米稀饭，煮了六个鸡蛋，捣了一蒜窝子蒜泥，调拌了鸡蛋蒜，炒了个酸辣土豆丝，这两个菜都开胃，她想让赵凌志好好地吃顿饭补补身子。

赵凌志抢开煎饼捂了一包鸡蛋蒜，大口地吃着。凌云娘看到大儿子情绪稳定了，放下了悬着的心。吃过饭，赵凌志笑着对娘说："从今天起，我就在家里了，家里的活儿我来干，你有什么事就安排我，别让凌云干了，让他集中精力好好上学。"娘说："凌云干惯了觉不着，你刚毕业，平时又没怎么干活，由着来。再说，你才考了一年，年龄也不算大，再蹲一级，明年再考一年也不碍。"

赵凌云凑过来说："哥，娘说得对，你可以再到学校上一年，趁热打铁，明年再考。家里的活儿也不多，就是挑水和烧锅搉（náng）灶的杂活，我干得来，不影响上学，万胜庄离咱家近。咱老爷给我讲过，古代赶考的人，包括后来成名成家的，哪个没有考个几年？像唐宋八大家之一的曾巩屡试不第，他的老师欧阳修曾劝他要'广其学而坚其守'，最后中第而成为一个好官和文学大家。"说完，赵凌云嘿嘿地笑着补充道，"我劝你，但我可不是你的老师啊。"

听了赵凌云的话，赵凌志也笑了。赵凌志坚定地说："凌云，我是老大，听我的。以后家里的活儿你少问，你一心无挂碍地上学。你基础好，又是块上学的材料，可不能因为家里这些杂事耽误了你。你这次作文大赛夺奖名声远扬，都以为你是块黄金，可别最后是块青铜。王安石写的《伤仲永》你知道也？咱底子薄，基础差，你上了高中就知道了，人家外地的教学质量高得很。人外有人，天外有天。"

赵凌云给赵凌志敬了个礼说："末将明白。"

赵广厚在矿上听到各学校都发了榜，矿上也有几个同事的孩子接到了大专院校的录取通知书。赵凌志却像哑了捻的炮声没有动静，深感不妙，他心里明白，赵凌志十有八九没考上。这小子牛头鳖蛋，肉得要死，考不上学不知道他又弄出个什么花样来。他要是再翻出我把招工指标让人的老账来，那又得来个天翻地覆慨而慷。翻不了天，那也得鸡飞狗跳。

他心急火燎，趁歇班儿，他安顿好赵凌峰，骑着车子回了家。到家后，他发现赵凌志很平稳。他很欣慰也很吃惊。经过交谈，赵凌志如此这般，这般如此地谈了自己的想法和决定，赵广厚没有再劝他，心想也只有如此。

赵广厚领着赵凌志和赵凌云看望了老爹赵满福和老娘。赵满福老人听说赵凌志没考上大学，摸着胡子安慰道："自古以来，每年多少学子挤在赶考的路上，能考上的九牛之一毛。什么地方都养人，什么工作都能成就人，事在人为。"

说归说，笑归笑，赵广厚心中有数，他心想，"下次矿上有招工指标，是得给赵凌志争取了"。他带着从未有过的压力吃力地用腿拧着自行车回到了矿上。

尘埃落定，想水村考生全落选，赵存祥及时跟进，在大队部召开高考落选学生座谈会。赵存祥对他们进行了安慰和开导："听说你们在今年的高考中没有上榜，我跟你们一样感到很沮丧也感到很遗憾。金榜题名是古今中外学子普遍的追求和梦寐以求的事情。你们刚考上高中，大队就给你们准备了苦子席，想让你们躺在老家的怀抱里求学，但并没给你们提出非得考上的要求。高考也并不是唯一通向人生成功的道路。今年全国参加高考人数468万人，录取人数28万人，录取率约为6%。这个考学难度还是比较大的。凌志的高考分数超过了中专线，他三个志愿却报的都是本科院校，要报中专就录取了。金武也过了中专线，志愿也报高了。"这时，徐宜亮红着脸说："奶奶的，我一紧张就想解手，考数学时，我出去三次，监考老师陪着我，我离中专录取线只差一分，要不解手，我差不多也捌上了。"众人大笑。

赵存祥擦着笑出的眼泪接着说："十一届三中全会以来，全国掀起了经济发展的热潮，放开搞活，给咱们农村发展提供了广阔的空间，种植、养殖、加工，放开手干就是。改革还在深入，下步发展的形势越来越好。现在需要能人，到处都在找能人。我看，有知识才能当能人，你们下步要在农村发展中当能人，当先行官，办厂（场）子，做生意，参与大队的工作，有的是事儿干。咱学校也缺老师，你们也可参与。落选了不等于失败了，三军可夺帅，匹夫不可夺志。我们要有志气，有志气就会产生能力。我没上完高中，跟你们比我就是个大老粗，但我爱咱老家、爱家乡，我想把咱村里的事办好，我真诚欢迎你们帮助我把村里的发展、管理、建设等各项工作搞好，让咱父老乡亲尽快富起来，过上好日子。行吗，兄弟、妹妹们？"党金武、徐宜亮、陈庆红、刘朝礼、刘朝静带头鼓掌，赵凌志大声喊道："行。爱我家乡，建设家乡，服从大队安排。"16个高中生回到村里，这是想水村巨大的财富，为想水村发展提供了人才支撑。

第 72 章

傍晚时分，想水村的天空亮起了几颗星星，村内炊烟袅袅。田野里待收的庄稼散发出的清香随风徐徐吹来，萤火虫飞着、落着与星星辉映着。虫儿稀稀拉拉、羞羞答答地放低声音，放缓节奏鸣叫着。鸟儿少了起来，几只不安分的或还没有找到窝的鸟儿飞着，有气无力地叫上几声，或是发着感慨，或是告诉伙伴该休息了。大坑老杨树静静地站着，打盹似的。大坑里的水也渐渐由蓝色变成灰色、黑色，与天幕的颜色相映着一致起来。

赵凌志上身穿白色衬褂，下身穿着藏蓝色裤子，腰系爹爹给他的矿工专配的黄色帆布针扣腰带，脚穿黄球鞋，拿着迪思科老师赠送给赵凌云，被赵凌云翻得有些皱巴的《唐诗宋词》向大坑走去。他走在街上，石墙、石路、古树构成的村庄古朴气质，衬托着他时尚的书卷气质。

赵凌志走到大坑沿，用书扇了两下坑沿石块上的尘土坐了下来。这石块可是穿越几百年时空的古石块，上面的錾花几乎被磨平，石头油光发亮，玉石一般。几只萤火虫向他飞来，他借着萤光，下意识地翻了几页书，尽管一个字也看不清。这时，他想到了"囊萤照读"，想到了晋代的书生车胤；他又想到了"凿壁偷光"，想到了汉朝丞相匡衡。

他放下书，两手捂着额头顺着头顶向后捋了一下头发，他静静地望着老杨树说道："老杨树，我赵凌志不仅是赵家的子孙，我更是想水村的子孙，我是老杨树您的子孙。我高考落选了，我痛苦，但我不哭，我失败了，但我不失志，我的名字叫赵凌志。毛主席说，中华儿女多奇志，中国人民有志气，我记着味。我曾经埋怨过想水村，愤怒过自己苦命，托生在这样一个地方。我苦闷过，我彷徨过。我面对着您反思：我浮躁，我虚荣，我自私，我心胸狭窄，我吃不得苦，我懦弱，这些是过去的我。从今天起，我要给以前的我彻底决裂，把身上这些讨厌的东西和毛病统统扔到太平洋去吧。"

他捡了一个石块转过身重重地甩进大坑里。接着说道，"想水村天高地厚，恩重如山。馍馍山、老杨树、大坑，你们历经风雨，坚如磐石，你们为后世担当，不计一切，奉献着、坚守着。老杨树您的躯干都耗空了，但您的根扎得深，扎得远，您的根系遍布全村，像母亲的手抚摸着滋养百姓的大地，感知着您的子孙想水村百姓的喜怒哀乐。今天，不，几天前，您已经触摸感知到我的苦、我的痛。您对我说，风雨中，这点痛算什么，从头来，不要问，为什么。您才是伟大的，您的精神才是伟大的。我要像您一样扎根想水村，把艰苦作养分，化茧成蝶，凤凰涅槃。"

说完，赵凌志闭目思考着下步的打算和行动。他睁开眼，用手抹了一下脸，站起身看了看想水村背后的馍馍山，他想起了冯宁，他自言自语道，"冯宁，你在哪里？你在干吗呢？"

此时，他想哭，他想大声哭，但他给老杨树发了誓不哭。他重重地咽了一口唾沫，扬起脸对着天大声叹了一口气。

冯宁高考完回到家就换上了粗布衣裤，黄球鞋，戴上套袖，男子汉般地帮父亲冯君守打理着烧饼铺。到学校拿录取通知书也没换衣服，拿回后将录取通知书交给了父亲。冯君守和妻子任庆兰、二女儿冯静、三女儿冯远一家人激动得欢呼雀跃。任庆兰哭着说："俺闺女终于熬出来了。"冯宁却像没事人一样，她将麦子用地板车拉着到打面坊磨成面，和面，揉剂子，贴烧饼。将打好的烧饼用草囤子（麦秸编织而成）盛着，她用地板车拉着遛街吆喝着、叫卖着。一天下来，她腰酸腿疼，嗓子冒烟。一天一天重复着。

夜深人静，冯宁翻来覆去睡不着，尽管人家常说"人乏犯困，搁下头就睡着"，但她心里七上八下，心烦意乱，总是睡得不深。有时半夜里呓语连连，常常呼喊："赵凌志，你在哪里？"喊过后屈屈地哭着。

离开学的日子近了，冯宁想起赵凌志就像怀揣秤钩子，挂心得不行。她换上干净衣裳和平绒布鞋对冯君守说："爹，我歇一天，我到东乡去一趟看个同学。"冯君守说："妮儿，你是不是去看赵凌志？他考上了吗？"

冯宁低声沉闷伤感地说："他没考上，报志愿报高了，落选了。"冯君守摇摇头叹气说："唉！真可惜。你去看看他吧，同学一场应该去看看，路上可稳当的，注意安全。山路不好走，骑不动车子就下来推着。你跟你娘说声，我给你准备包袱烧饼，到人家去，别空手。"冯宁的心紧张着，脸也紧张着。她强挤出一丝笑容说道："俺爹过讲究味。"

冯宁给娘打了招呼，推着绑着烧饼包袱的自行车心急火燎地上了路。她骑着自行车往山崮县二中对过的供销社赶去。这段路她走了两年，再熟悉不过。

到了丰源公社供销社饭店门口，她下车问一位老大哥去想水村怎么走？大哥说沿公路直走六里地，过三个庄，有一条向东北的岔路口，入小路再走六里路，过两个庄，一个叫平湖，一个叫万胜庄，下一个庄就是想水村。冯宁用脑子极力地记着，她礼貌地说道："谢谢二哥！"

她左脚踩着脚扎子，右脚猛地蹬地，掏腿上了自行车，飞快地向前跑去。冯宁心想：要是像求解几何题那样，添加条辅助线，走个近路该多好呀。

过了平湖，一路向上，冯宁边推边骑。走进万胜庄，冯宁问着走着，曲里拐弯出了村。她推着自行车向前一看，视野开阔起来，空旷无边的田野里，用石头砌垒的石墙坝堰一条条、一层层、一节节，有的整齐划一，有的错落有致。地里的庄稼，绿油油、金灿灿、红彤彤，有的高、有的矮，丰富而多样。呼吸起来，空气清新，沁人心脾。再看，村庄背后，两座像发开的两个大馍馍一样的山耸立着，向东向西高低起伏的山头相衬相托，群山连绵。

冯宁惊讶道："这就是一幅美丽的山水画呀！如果有水那就更漂亮了。"

冯宁走近村口，遇到一个看坡的大叔，她插上车子，用手向后捋了一下潮湿的头发，礼貌地问道："叔，我想问赵凌志家怎么走？"

大叔犹豫了一下，他仿佛对赵凌志不熟悉。大叔看到这个大学生模样的洋气的闺女，高兴地反问道："你问的是赵凌云家吗？"

冯宁脑子转得快，心想："赵凌志不是有个弟弟叫赵凌云嘛。"忙答道："对，赵凌云家。"大叔说："噢，凌云家好找，顺着这条路向北直走，过四个路口，向东拐那条街从西数第六个门就是。"冯宁谢过大叔，推着自行车向前走，她心想，"赵凌云的名字在村里还真响，莫不是与他作文获大奖有关？"

走到东西街第六个门，冯宁想，这个就是赵凌志家了。她把自行在门口插上，用力将车撑得弹簧向里蹬了一下，弹簧闸刀发出"当"的一声，惊得树上的喜鹊喳喳地叫着飞着，院子里的几只鸡也歪着头向外看着。冯宁轻声问道："这是赵凌志家吗？"

在屋里正在修镰刀的赵凌志听到这特别悦耳特别熟悉的声音，这个声音是他千听万听听不够的声音，是他朝思暮想的声音，是他盼星星盼月亮唯恐再也听不到的声音。他抬头向外一看，是冯宁，他怔住了。这是真的吗？他激动地扔下镰刀，快步走出屋门，大声带着哭腔喊道："冯宁。"他又对屋里喊道："娘，冯宁来了。"

冯宁眼里含着泪，上下打量着赵凌志，温柔地哽咽着问道："凌志，你还好吗？"赵凌志没有回答，只是用手不停地抹泪。在冯宁面前，他像个受了委屈的孩子。凌云娘听到赵凌志的喊声，纳闷着，"冯宁，谁是冯宁？"她急忙走出屋门，看到赵凌志面前站着一个穿着洋气、长相俊俏的城里大学生一样的闺女，她笑着招呼道："恁姐，你来了，快屋里来喝茶。"

她边说边拉住冯宁的手热情地将冯宁领进屋里。她把一个板凳摆正放在桌子边，让冯宁坐下，又快步走向菜橱拿出一个大白碗，放到桌子上，从八盆里拿出一包白糖，挖了四匙子放进碗里，提出暖水瓶冲着。

冯宁刚坐下又起身说道："大娘，别忙活，我来，我来。"边说边帮着凌云娘倒茶。冯宁说，"大娘，您也倒一碗喝"。凌云娘说："闺女，你先喝，你这一路遭罪了，路不好走，你肯定渴了，快喝。"

赵凌志将冯宁的自行车推进家中，将烧饼包袱解下来提进屋里。凌云娘说："闺女，你来怎么还拿东西你说，你这可外气了。"

冯宁说："大娘，没拿什么，这是俺自己家打的烧饼。"

冯宁边说边环视了一下屋里的摆设，虽然简单，但很整洁干净。她又看了一下赵凌志的母亲，脸型五官都好看受看，赵凌志长相随母亲，怪不得这小子长得周正，原来随娘。冯宁跟赵凌志对眼，跟凌志娘也对眼。

赵凌志给娘重新介绍道："娘，这是我同学，叫冯宁，是校花，也是学霸。"凌云娘说："是同学肯定不假，这怎么能是笑话（校花）？"凌云娘的话逗得冯宁哈哈大笑。冯宁说："凌志，你这个庄可不孬，我一路走着看着就像一幅美丽的山水画。"赵凌志拱手施礼说："只要冯老师说好就好，我信。"

冯宁看到赵凌志落选后的精神状态还可以，她也放下了多天来揪着的心。赵凌志说，"我喊我村里的咱那几个同学见见面？"冯宁说："这次别喊了，别让他们想，我来，仿佛炫耀什么似的。过段时间，稳当稳当，再给他们见面。"赵凌志佩服似的点头称是。

冯宁问："你弟弟赵凌云没在家？"话音刚落，就听门外传来高兴的叫声："俺爹来了！"说着，赵凌云走进家中。他看了下自行车，这不是"老国防"，他笑了一下，"不是俺爹的自行车，家里来客人了。"

他走进屋，冯宁站了起来看着赵凌云正要说话，赵凌志介绍道："冯宁，这是我二弟赵凌云。"他又向赵凌云介绍道："凌云，这是我同学冯宁，你叫冯姐。"赵凌云急忙鞠躬喊道："冯姐好！欢迎，欢迎。刚才冒失了，我以为是俺爹来了。不是俺爹是俺姐！冯姐，您坐下喝茶。"

冯宁看到赵凌云礼貌而幽默，笑着说："我也算给凌云弟弟第二次见面了。第一次是那次你领奖，我在台下看到你。"

赵凌云说："获奖纯属偶然，不足挂齿。谢谢俺冯姐还记着。"

冯宁离近仔细看了一下赵凌云，他比赵凌志长得还要刚毅，但比赵凌志粗糙，像个社员。但气质上比较洒脱、超然，幽默中透着自信，谦虚中透着清高。

赵凌云看到冯宁气质非凡，不仅衣着打扮洋气，周身洋溢着朝气、灵动、沉着、自信和内敛。他想到一句诗，"腹有诗书气才华"。

赵凌云对娘说："娘，俺冯姐大老远来，咱得好好招待，要提前说，让俺存壮哥这个大厨过来做几个祖传家常菜，这恐怕来不及了。这样吧，我抓只鸡，杀了炒个辣子鸡，再做几个家乡菜配配。"凌云娘说："行。凌云，你姐来了，你哥陪你冯姐拉会儿呱，咱娘俩操持饭（做饭）。"

赵凌云领着娘直接走向赵存壮家。赵存壮说："凌云，哪股风把你这个状元吹来了。作文大赛获奖，我还想给你摆个场来。你说是不婶子？"

赵存壮说着羡慕地上下打量了一下赵凌云，又看了一下凌云娘。

赵凌云说："大哥，这都过去的事儿了，这点事算什么。大哥，俺家来了个亲戚，是山崮县城里的，唉，她没打招呼，不然咱也提前准备下。我想这样，你抓只你家的公鸡炒个辣子鸡，你看叫俺嫂到菜地里摘点拔点菜，鸡蛋、地蛋的你再拾掇点，做六个或十个，别做八个了，扒扒叉叉不好听。做完用提盒送俺家去。弄完，你算算多少钱，吃完饭我给你送来，你看怎样？"赵存壮说，"凌云，你家伙像生产队队长给我派活儿一样头头是道的"。凌云娘说："他大哥，凌云说的在理，你办吧，越快越好。多少钱，下午让你兄弟送来。"

赵存壮说："我办，都是自家的东西，我能要你的钱？"

赵凌云搂着赵存壮的肩头，趴在耳朵上说："现在放开搞活了，下步咱庄上谁家有个事需要做菜，你就这样办，接着开个饭店准行。从俺这几个菜开始，你试试！"赵存壮像一声春雷惊醒梦中人，眨着小眼说："行行，还是俺兄弟管，给我指条路，我赶快做。"赵存壮用嘴咕噜着菜名，弯着手指算着，干脆利落地说道："十个菜。"

凌云娘和赵凌云离开家，家里只有赵凌志和冯宁两个人。

冯宁站起身双手搂住赵凌志，用嘴不停地亲赵凌志的脸，哭着说："凌志，我想你，我想死你了。这一段时间我担心你，越想越担心，越担心越想，你折磨死人了，你知道不？"

赵凌志用嘴亲着冯宁的额头，用手不停地摸着捋着冯宁的头发，眼泪使劲地滚落在冯宁的脸上，"冯宁，昨天晚上，我独自对着大坑杨树祈祷发誓，是不是老杨树显灵了，心有灵犀一点通，你就来了。我的恩人，我的支柱，我的宝贝！我这一段时间心被你掏空了，魂被你摄走了，我死的味都有，我怕你不理我了"。

他突然咧开嘴大哭了起来。

冯宁又狠狠地亲了两下赵凌志的脸，她吸了两口赵凌志又咸又苦又酸又涩的泪，放开手，红着脸用双手擦了下赵凌志脸上的泪，坐了下来。她含情脉脉地对赵凌志说："凌志，按说你考得不错，你的志愿报高了。你当时填报志愿，一律填的都是本科，我没有制止你。作为男人就要这样，志存高远，不委屈求全，我喜欢你这股子犟劲、倔劲。你下步是怎么打算的？"赵凌志冷静下来，平静地说："我肯定不回学校复读了，我明年将以想水村独立身份人，以社会青年报考。我不去占用、跟应届生争学校那点有限的资源。我不想再让我二弟赵凌云承担家里所有的负担，耽误他的学业。我要边劳动边复习。一年不行两年，两年不行三年。你放心，我不会放弃的。我也想了，俺爹矿上有招工指标，我也不去。"

冯宁听了赵凌志的打算，又揽过他的头，亲了一下，坚定地说："行，我相信你一定行。"赵凌志说："冯宁，我去学打烧饼，在家里开个烧饼铺。想水村由于不产或少产麦子，主粮以地瓜为主。放开搞活，社员的生产积极性越来越高，生活越来越好。走亲戚串朋友，特别是打疫苗种花吊胳膊必须送烧饼。我打烧饼不仅能挣点零花钱，也能更好地服务乡邻。我想让俺冯叔教教我，帮我支个烧饼炉。"

赵凌志接着又自信地说："我搞点副业，做点生意，把地里的活儿干好，挑灯夜战，把学习再抓好，那可就充实了。人生的意义在于奋斗，但不一定非要成功。人不一定都是成功人士，只要奋斗了，总是光荣的。我很信奉赵恒春老师的留言，一个人生命中最大的幸运，莫过于在他的人生中途，即在他年富力强的时候，发现了自己的人生使命。"

冯宁说："我支持你，我快开学了，最近两天，你到我家去一趟，给我爹谈谈想法，让他帮助你。你没有自行车，可坐车到山崮县汽车站，我去车站接你。"赵凌志点了点头。

"来了，菜来了。"赵凌云提着菜盒吆喝着走了进来，娘在后面。

赵凌云说："冯姐，这是我村的大厨赵存壮同志的杰作，这都是我们山区的家常菜。"他边说，边将菜摆上桌子。

赵凌志看着二弟凌云魔术般搞出来的菜，佩服而感激地说："俺兄弟真行。"赵凌云笑着说道："俺哥，行不行看行动。"赵凌云喊道，"娘，您陪俺姐先吃着，我再把那个大件吉祥物辣子鸡提来。"

冯宁看到色香味俱全的菜肴矜持又不吝赞美地说："这些菜做得真好。"

不一会儿，赵凌云将辣子鸡提来，放在桌子中间，拿出四个酒杯，分别倒上温开水，让娘和哥主持开席。赵凌志说："凌云，你说吧。"

赵凌云拿起酒杯按家乡习俗往地上倒下一滴后说道："今天喜气盈门，俺哥的同学冯姐的到来使俺寒舍蓬荜生辉，一辈子同学三辈子亲，我感觉有点少，应是一辈子同学辈辈亲，来，我以茶代酒欢迎冯姐。"

赵凌云将水一饮而尽，他把酒杯翻过来，给大家看看，以示喝干了。此刻，他简直就是泗沟的金牙大叔附身。

赵凌志说："你冯姐考上山崮县师范学校了，下一步你学习的事可多向你冯姐请教。"赵凌云瞪着眼惊喜地说："考上了！可喜可贺！哥，你可要加油呀。今年俺冯姐考上，你明年考上也不错，女士优先嘛。"

听了赵凌云的话，冯宁差点笑喷。

吃过饭，赵凌云提议让老爷给冯宁写幅字带着，冯宁激动不已。赵凌志拿了几个烧饼陪着冯宁，在赵凌云的引领下走进了老爷奶奶家。

赵凌云对老爷说："老爷，这是俺哥的同学，是刚考上学的大学生，叫冯宁。"赵满福老人起身说："欢迎冯同学，祝贺你金榜题名。"冯宁扶着赵满福的胳膊说："爷爷，您坐吧，见到您非常高兴。"接着她又向奶奶问好。赵凌云说："老爷，俺冯姐金榜题名，您给她写幅字吧。"

赵满福说："凌云，你给我准备一下笔墨。"赵满福问赵凌志，"凌志，这位同学叫什么来，刚才凌云说完，我没记住。"赵凌志说："叫冯宁，二马冯，宁静的宁。"

赵满福沉思了一下，走到桌子前，他拿起笔蘸墨悬腕写下四个欧体大字"宁静致远"，小笔落款：冯宁同学留存。己未年辛未月，山里老人赵满福题赠。

冯宁连声说："爷爷，您写得真好！爷爷您神了，您把我姊妹三个的名字都写出来了，我的二妹叫冯静，我的三妹叫冯远。"

赵满福老人慈祥地笑着说："你家的老人会起名，起的名字好！"

冯宁带着赵满福老人写的字，带上凌云娘回送的想水村大队合作社生产的地瓜粉条，带着见到赵凌志的满足，也带着对想水村和赵凌志一家的不舍，骑着自行车一路放下，轻松愉快地往家赶。春风得意马蹄疾，傍晚刚上黑影，冯宁回到了家。

咱老家

下 册

徐存震　徐玮珂　著

中国文联出版社

第73章

晚上吃完饭，赵凌志泡了一壶茶，在桌子上摆放好茶碗。他从五斗橱的抽屉里拿出一包"白莲"牌香烟拆开锡纸拽出一支，用大拇指和食指捏着竖着在桌子上栽了两下，他正要划着火柴点燃香烟，娘走进屋，惊奇地大声说道："凌志，你怎么学吸烟了，你还得长个呢，一吸烟就不长了。你看你还是个学生，还没干胎毛来就抽烟，多不正干。"

赵凌志听到娘的喝斥，他放下火柴，将烟横过来，用手指捏着两头放在鼻子下，陶醉般闻了两下，笑着说："娘，我都是大人了，抽支烟也没什么了不得的事，人家党金武上农中，在队里干活时都会抽烟了。俺爹留在家里的两包好烟过馋人味，我今天有想抽支烟的冲动。"他放下香烟，拎起茶壶倒了两茶碗茶，"娘，您坐，我想给您老人家商量点事"。

娘端起茶杯抿了一口，温情地看着赵凌志。赵凌志端起茶碗，喝了两口，又拿起放下的香烟在鼻子上闻了一下说："娘，实在对不住您，我没考上学。我想好了，我想在家里支个烧饼炉打烧饼，春天再卖鸡苗、鸭苗，做点生意挣点钱，平时在家偎着您也能吃个热乎饭，还能把家里的自留地种种，家里的活干干。"说着，赵凌志拿起香烟衔在嘴上，拿起火柴划着将烟点燃，他大口吸了一下，"咔咔"咳嗽了两声，眯着的眼顿时泪汪汪的。

听了赵凌志的话，凌云娘脸刷地变得煞白，她起身用手掌反正摸了一下赵凌志的额头："凌志，你不是在说胡话吧？""娘，我说的是真话，我已经想好了，就这么干。"赵凌志果断地说。娘说："凌志，打烧饼，贩鸭子，贩鸡，起五更，睡半夜，一脸灰，一身汗，遛乡吆喝，两天下来，嗓子哑得像破锣，到时你连哈出话来都很难。你刚下学，你没受过这个罪，你能撑？打死我都不信。人家（指冯宁）都考上学了，你打烧饼，卖鸡卖鸭了，你腰里缠金，脸上贴银也配不上人家。要我说，你可别想三想四的，赶快回学校上学，再考一年，考上了兴许还能成（跟冯宁结合），考不上，你就是癞蛤蟆想吃天鹅肉。"

赵凌志对娘说："娘，你这说哪里去了，我做生意，在家干活儿，不是说我就不考学了，我边干活儿边复习。考学，我是不会放弃的。别的都别说了，我明天到冯宁家去一趟，请她爹来给我支炉子，教我打烧饼。您给我几块钱，我路过刘村买点东西带着，到人家拜师学艺不能空手。"

凌云娘说："你自己决定的事，你可别后悔，你可别埋怨你爹。给你20块钱，你看着买点什么好。咱到西乡，到城半爪子（zhǎo zi 城市边缘）那边，别让人家看不起咱，笑话咱。"

赵凌云回家刚进屋门，赵凌志黏声黏气地说："凌云，你看能在咱村给我借辆自行车用一天不？我到山崗县城边的城郊公社去一趟。"

赵凌云说："干吗哥，你相亲去？想当年徐星的爹徐大逊从东北捌来的一双翻毛皮鞋，成了咱庄上相亲人的御用行头，拢来了好几个媳妇。"

赵凌志红着脸说："你胡扯什么，我就是去串个门子扒愣（了解）点事。"赵凌云说："行，我给你借去。"

赵凌云出门快步向兽医赵广林家走去，"大婶子，俺大叔下班回来了吗？"赵凌云到了赵广林家问赵广林妻子道。大婶子答道："凌云，你大叔灯盏（马上）就回来，他还没吃晚饭呢。这段时间，有不少养鸡、养猪、养兔的，他忙得很呢。你找他有事？"

赵凌云看着堂屋墙上贴着的"长毛兔防疫规程指要"和"生猪生产良种良法配套"示意图，漫不经心地答道："没大事。"

话音刚落，赵广林推着自行车走进家门，他插好自行车，提着包走进屋，赵凌云隐约闻到赵广林身上畜禽粪便的味道。"大叔，下班了"，赵凌云急急忙忙去接赵广林手中的包。

赵广林惊喜地说："哟，凌云来了。唉，你大叔我这段时间忙得不亦乐乎。放开搞活，畜牧业活跃起来了，高兴呀，发展畜牧，发家致富。"

赵凌云看着赵广林喜庆的脸说道："你和翟书记交谈过养兔子的事儿，现在不就成真了！"赵广林说："兔子好，毛、皮、肉都是宝，兔子是草食动物，吃草吃秸秆，秸秆换肉，秸秆换皮，秸秆换毛，秸秆过腹还田，制造大量有机肥，你说多好，是不凌云？"

赵凌云肯定地应和道："是的大叔，是的大叔。"

赵广林脱掉外套，贴身的衬褂也有一股畜禽粪便的味道。他拿起煎饼，捂了一包菜，就着温凉不盏（不冷不热）的绿豆米稀饭狼吞虎咽般地吃起来。

赵凌云说："大叔，您明天还下乡指导吗？如果能调整下精力，我想借你的自行车用一下，只用一天。俺哥想骑车去山崮县城郊公社一趟。"

赵广林边吃边答应："行，管。你哥去那里干吗？"赵凌云说："他可能去他同学家一趟，他同学考上学了，是个女的，昨天来俺家了。他去他女同学家交流点事儿。"

赵广林吃着煎饼眨着眼听着，顺口说道："你哥学习还行，下步还得继续考，不考学没出路。考不上学去找女同学有屁用，那不是疤瘌眼照镜子找难看？瞎摆乎得自己心里难受。"

赵广林将最后一口煎饼送进嘴里，起身将马灯点着，他安排凌云道："凌云，你提着马灯，我把车子擦擦。这几天，我在下边走村串巷地跑，埔土堁烟的，车子都看不到真色儿了。你哥正是要面子的时候，咱擦亮点好争光。"

赵广林端来一盆水，用烂布将车子上的土擦去，他从鞍座下掏出一团丝棉，拿来机油壶点上几滴，将自行车撸了一遍。他右手提着货架将后轮抬起，左脚蹬了一下脚扎，后轮旋转起来，他将脚扎脚拐向后一倒，车轮立马而止。他又顺手搦了一下前闸把，晃了一下铃铛，满意地爽快地笑着说道："没问题了，你推走吧，让你哥慢着骑，这个车子可溜了，好骑得很。"

赵凌云推起自行车说道："谢谢了大叔，谢谢了大婶子。"

赵广林笑着说："看你这孩子，一家人还客气。"

天刚蒙蒙亮，赵凌志早早起了床，他穿上白衬褂，外套中山装，用梳子蘸上水将凌乱的头发整理板正。娘给他冲了个鸡蛋茶，赵凌志喝完，将草绿色帆布书包斜挎在肩膀，高兴地对娘和凌云说："娘，二弟，我去了。"娘又啰唆地安排道："凌志，你可走路边，慢着骑，别逞能。到了人家说话慢声细语，别抢苗子说话，对人有礼貌。"

赵凌志将自行车搬过大门嵌子，一抬腿跨上自行车，自行车轧着路上的石子发出噔噔铛铛的响声，歪歪扭扭向村外跑去。

赵凌云说："俺哥骑上自行车还真像模像样咪。"说完向娘挤了一下眼，捂着嘴笑了一下。

赵凌志到了刘村供销社门口，供销社还没开门。他在门口转悠着，焦急地等待着，自言自语道："奶奶的，起个早五更，赶个大晚集。"

他推着自行车走到山崮县二中门口，看了看门口撕掉的高考喜榜留下的痕迹，又向学校内张望了一下。此时，感觉供销社差不多上班了，他悻悻地推着自行车沉思着向供销社走去。

他买了二斤白糖、二斤红糖、四盒饼干，结完账，他猛然想起，要给冯君守单独买点什么，于是，他又掏出三块五毛钱买了一条"白莲"牌香烟。

他边骑边问，接近晌午，他摸到了城郊公社冯集大队冯君守的家。他将车子插好，将头探向门里问道："这是俺冯君守叔的家吗？"

正在用笤帚往炉膛的鏊子上贴烧饼，用铁铲将烤好的烧饼抢下来的冯君守和正在揉面剂子的冯宁同时听到问话，冯宁先惊喜地喊道："凌志。"冯君守看到眼前的帅小伙，笑着招呼道："侄子，你来了。"

赵凌志怯声怯气地说："叔，您忙着呢！刘村集一别，多日不见，十分想念。"冯宁被赵凌志书信一般的语言逗乐了，顺着赵凌志说："近来可好。"冯君守拍了一下手上的面，想跟赵凌志握手，一急竟忘了，他大声喊道："宁宁娘，咱家来客儿了，小宁的同学小赵来了。"

冯宁的母亲任庆兰边答应着边走出屋门，她上下打量着赵凌志，招呼道："麻利地屋里来恁哥。"赵凌志急忙走上前："婶子您好，我是冯宁的同学，丰源公社想水村的赵凌志。婶子，我把俺娘给您带的东西拿下来。"

赵凌志转身走出大门，将自行车推入家中，将礼品从车把上拿下来，"婶子，俺没给您带什么东西，俺娘安排路过供销社给买点红糖、白糖，给俺妹妹买点饼干，给俺叔买了条烟，请您收下"。

任庆兰一边上下打量着赵凌志，一边接过礼物，嘴里道："你来还拿什么东西呀，大老远的你说。"冯君守对赵凌志说："凌志贤侄，我打完这剂子面，就陪你拉呱，你先屋里喝茶。"

赵凌志说："不了叔，我看你打烧饼！我什么都不会，也帮不上你。"

说着，赵凌志站在冯宁的身边，他一会儿看着冯宁揉剂子，一会儿看着冯君守贴烧饼，抢烧饼。烧饼的香味一股股袭来，他顿生饿感，不时偷偷地咽口唾沫。

冯宁从烧饼案上撂着、摊着的烧饼中，拿出一个又圆又大喷香的烧饼，她先咬了一口，递给赵凌志："给你，先吃个烧饼压压饿。"

任庆兰忙活着开始做饭，她好奇地不时瞅着赵凌志，她看到女儿冯宁将咬完的烧饼递给赵凌志吃，她多了一重心事。

冯君守把冯宁揉好的最后一个面剂子贴完烤好抢下来，舀了瓢水放到面盆里洗了下手，说："好了，咱今天洗手不干了。"

赵凌志站在那里笑着说："冯叔，你这叫金盆洗手。"

冯宁听后挤了一下眼，咬了一下牙，撇了一下嘴说："凌志，你这是怎么说话呢。"赵凌志说："纯属开玩笑，纯属开玩笑，叫俺叔乐一下。"冯君守不觉得什么，他笑了一下说："凌志贤侄那是童言无忌。"冯宁"扑哧"笑出了声："爹，他都青年了还童言无忌呢，你俩真是亲爷俩，搞笑呢。"

冯君守用手在赵凌志跟前向屋里一比画，"走凌志，咱屋里吃饭吧"。

冯静、冯远进城卖烧饼回来了。刚一进门，冯静喊道："爹，娘，姐，我们回来了，咱家的烧饼太受欢迎了，我们在街头，刚一放下，就围上来好多人，一会儿就卖完了。"

她们看到院子里放着一辆崭新锃亮的自行车，就猜家里来人了。进屋看到一位长相儒雅大学生一样的大哥哥，害羞似的低着头正想往里屋里挤，冯宁向赵凌志介绍道："凌志，这是咱两个妹妹，高一点的是冯静，矮一点的是冯远。假期还未结束，她姊妹俩帮家里干活儿，进城卖烧饼唻。"她又向冯静和冯远介绍，"这是你赵凌志哥哥，我的高中同学。来，一块吃饭吧。"

冯静、冯远看着赵凌志喊道："凌志哥好。"

冯静说："姐，我和妹妹在里屋吃饭，你们一块吃吧，也好啦会呱。"说着，姊妹俩一前一后走进里屋。

赵凌志说："冯宁，我给妹妹带的饼干，你拆开让她们吃吧。"

冯宁拿出一盒拆开送到里屋："冯静，你凌志哥给你们买的饼干，你们吃吧。"

赵凌志听到里屋的冯静、冯远说道："谢谢凌志哥。"

冯君守让冯宁把酒瓶打开，拿两个酒盅。冯宁拿两个酒盅斟满酒，一个放到父亲跟前，一个放到赵凌志跟前。赵凌志急忙将酒双手端到任庆兰面前，"冯宁，我不会喝酒，一会儿我还得回去，也不能喝酒，这个酒叫俺婶子喝吧"。任庆兰说："我叫个不会喝酒，你要不喝就放到你叔跟前吧。"冯君守说："凌志，会不会倒上，喝不喝端上。来，爷们，欢迎你来。"

赵凌志端起酒盅闻了一下接着放在跟前，随着冯君守捣了棒菜。

赵凌志拿出一盒"白莲"烟拆开捏出一支双手递给冯君守，他拿火柴给冯君守点上。冯君守说："你也抽一支。"赵凌志说："我不会。"

冯君守喝了一口酒，用筷子让着赵凌志，"来，吃菜。"赵凌志一激动，顺口说道："我不会。"逗得冯宁和任庆兰哈哈大笑，冯静和冯远从里屋出来，笑着看热闹。

赵凌志笑着说："叔，您别让了，捯菜吃菜，这个我会。"

冯静和冯远不一会儿就吃完了，她们懂事地对赵凌志说："哥哥，我们出去玩会儿，你吃吧。"任庆兰看着向外走的冯静和冯远说道："这俩孩子属猫的，一舔就饱。"

任庆兰问赵凌志，"小赵，你家里都什么人？"

赵凌志礼貌地答道："婶子，俺家里都是良民。"冯君守、冯宁都笑了，任庆兰也捂着嘴笑。冯宁笑着嗔怪母亲道："娘，您怎么问话呢？"

任庆兰带着余笑强调说："我是问你家有几口人，都是干什么的。这一急，摞摞胡州去了。这孩子也真会回答。笑死我了！"

赵凌志急忙一本正经地答道："回婶子话，俺家五口人，俺爹，俺娘，我，还有我的两个弟弟。俺爹在向阳矿务局常山煤矿工作，俺三弟跟俺爹在矿工子弟学校上学，我和二弟、俺娘在家里。我今年高考落选了，我二弟在俺学区联中上初中。"

任庆兰问道："你没考上学，你怎么打算的？"赵凌志如实回答："婶子，我刚上高中时，本来矿上分给俺爹一个招工指标，他高姿态让给家里更困难的师傅了。到了高中，受冯宁的教育、鼓励、辅导、帮助，我的成绩有了较大提高。今年高考落选了，但我还要参加高考。我不打算到煤矿工作了，有招工名额也不去了。我也不回学校读了，我想边做点生意，边帮家里干点活儿，边复习参加高考。我今天来就是想请俺冯叔到俺家给我支个烧饼炉，教教我打烧饼，我开个烧饼铺。春天炕鸡炕鸭旺季，我再卖点鸡苗、鸭苗的，我想还是很好的。现在放开搞活，发展多种经营，我们这些青年，不会闲着，也不会饿着。"

任庆兰说："小赵，冯宁考上学了，端上了铁饭碗，毕业后就是正式老师，干部身份。我们这里可是城郊，离城市不远，也算半个城里人。说亲订婚，自古都讲究门当户对，这个你听说过呀，你家大人也懂呀。不可能的事可不要想；强扭的瓜不甜；猴子水中捞月，自己拢自己，到头一场空。你和冯宁谁都别耽搁谁，到时候都不好看。"

冯宁看到母亲尽说些不养人的话，眯着眼绷着脸瞅了几眼，一言不发。冯君守瞪了一眼妻子任庆兰，端起酒盅一饮而尽。

赵凌志听了任庆兰的话，脸红一阵，紫一阵，他强挤出一丝笑，说道："婶子，您误解了，我和冯宁只是同学，只是心灵相通的同学，只是能给彼此带来希望和力量的同学。我家从老辈是读书人，俺老爷是教书先生，我家大人懂得'门当户对'，我也懂得'般配'二字，天平两头不般重就会倾斜。俺家是山区，我们那里的人是山里人。你们这里是城郊，你们这里的人是城半爪子的人，就是我们常说的街邦头上的人，不礼貌地讲也叫城滑子。我们家乡的情形和家庭情况与你们这里的情形和情况不般配，我有自知之明，我的头脑很清醒。我不会耽搁冯宁，更不会打扰她。婶子，请您放一万个心。我赵凌志是有志气的：我生命不息，理想不灭，奋斗不止。如若我理想破灭，一事无成，我将孑然一身，孤独终生，以此罚我命运悲摧，时运不济和无能无力。"

冯君守红着脸说："怎么了，咱不能门缝里看人把人看扁了，是不？凌志这个小青年，我看出力也是块好料，别说还读完了高中。人家虽然是山区，但人家是书香门第，你看他老爷给咱冯宁题的字多好！咱这里就没人能写出这么好的字。人家凌志的爹是工人，凌志有机会干工。就现在这一会儿，咱就把人家看得一文不值？当年，你爹还看不惯我呢！还看不起我家呢！我怎样？你不知道吗？"

冯宁说："凌志是今年报考志愿报高了，都报的大学本科，要是报中专也考上了。"

听到冯君守和冯宁熨帖而又向着自己的话语，赵凌志再也抑制不住自己的情绪，他放声大哭，哭得像个牛头。冯宁看到赵凌志哭也跟着哭起来，冯君守一边抹眼泪，一边将一盅酒倒进嘴里。

赵凌志整理了一下情绪，用手文雅地抹了下眼泪道："婶子，我今天不是来求婚的，我不是自取其辱的，也不是来乞求您施舍怜悯的。我是来求俺冯叔能在我确定奋斗目标之初助我一臂之力，在我掉进黑暗之时，擦一根火柴给我一丝亮光，给我支个烧饼炉，教我打烧饼技艺。"

任庆兰撂下脸说："支烧饼炉行，教你打烧饼也行，作亲戚门也没有，别说打烧饼，卖小鸡、小鸭，就是你到矿上干工也不行，除非你能考上大学。"冯宁一语双关地说："一切都在发展中，一切都留给时间吧。"

赵凌志双手给冯君守端了一个酒，"师傅，您喝完这个酒也吃饭吧，喝多了伤身。我在家等着您，您抽时间去帮我支炉子，误您的工，我可以给您按天开工资，工资额您定。"

听了赵凌志的话，冯宁想笑但更想哭。冯君守打包票似的说："孩子，你放心，我尽快去，直到把你教会。你回到家准备点炭，准备几袋子面，再买两个鏊子，八百块红砖。你还是叫我冯叔吧，喊师傅，我觉得怪别扭得慌。工资的事儿可别提，你外气了我心里难受。"

赵凌志让冯宁拿烧饼："老同学，拿几个烧饼，咱吃饭吧，我还得赶路。"冯宁拿了个烧饼递给赵凌志，赵凌志双手递给任庆兰，"婶子，师母，请您吃饭"。

任庆兰接过烧饼目不转睛地大口吃了起来。

赵凌志告别冯君守一家，推着自行车，抬着软绵无力的腿向村外一步一步地挪着。冯宁含着泪哽咽着说："凌志，你可慢着骑。"

送别赵凌志，冯宁回到屋一头栽到床上，抱着枕头"呜呜"地哭了起来。

冯君守对着收拾桌子的任庆兰吼道："你吃枪药了还是吃错药了？人家小孩没考上学正难过，想来求咱帮个忙，你看你把人家弄得不吃菜。唉！"任庆兰大声说道："你懂个屁！你看这孩子，明知道冯宁考上学了，还不去努力上学、考学，还打烧饼、卖鸡卖鸭的，这是个路子吗？我第一眼就相中他了，只不过考不上学可不行。我故意给他个下马威，把他逼到考学的路上。等考上了，咱的女婿就是他！想当冯家的乘龙快婿，不跳跳高就能抓到绣球？"

冯宁听到母亲的话，停止了哭泣，心里想道，"可怜天下父母心"。

赵凌志骑上自行车蔫了吧唧地蹬着，他沮丧、悲伤、气愤，心里骂道："冯宁娘这个母老虎真厉害！冯宁多亏了随她爹，她要是随她娘，我赵凌志这辈子就完蛋了，除非我甘愿当一辈子软皮子蛋。唉！"

第74章

冯君守将家里的烧饼铺停业两天，早早起床，他要到丰源公社想水村赵凌志家给赵凌志盘烧饼炉。他给妻子任庆兰打招呼，任庆兰安排道："到了那里，你可别没有个正形，尽给那个熊孩子好脸，让他狗咬尾巴圈子不知道自己几斤几两，不知道他与俺冯宁之间的差距，不知道天高地厚，一天到晚烧饼、烧饼，一条道走到黑。告诉他，不学习，不考学，门都没有。"

冯君守被任庆兰说得一头雾水，任庆兰正想说，"打烧饼能有什么出息？"她的嘴却刹住了车。她想到：她当年不就是看中了冯君守有打烧饼的手艺，能吃苦吗？为此，她与爹娘闹翻天，宁可断绝父女、母女关系，也要嫁给冯君守这个烧饼郎、穷小子。打烧饼怎么了？人不论干什么，只要凭双手劳动，凭本事挣钱，这都是光荣的、体面的，人的职业无高低贵贱之分。

任庆兰揶揄道："去吧，去吧，快去快回，咱家里的生意也不能停着。"

冯宁看到父亲真心实意帮赵凌志，从思想深处理解赵凌志，她很感动。在父亲去想水村的两天里，冯宁帮着母亲将家里的活儿干得井井有条，利利索索。她安排妹妹冯静和冯远每天早早带着烧饼囤子到城里常去的地方站一站，转一转，有人想买烧饼，就告诉他们："烧饼卖完了。"

冯静不解地问姐姐为什么。冯宁说："这样给大家一个信息，咱家一直在打烧饼，一直在这个地方卖烧饼。生意怕断线，怕三天打鱼两天晒网。那样，顾客会失去购买信息和信心，我们的生意也会失去信誉。做生意，产品质量第一，信誉第一。"

冯静睁大眼睛说："姐，你行呀。你学习管，干活管，做生意也有一套呀。"冯宁对冯静和冯远说："妹呀，不仅是做生意，做人做事皆是这样，贵在品质，贵在信誉。"

冯君守按照冯宁提供的线路图骑车东征，他的心情是愉悦的也是沉甸甸的。他按图索骥，过了万胜庄，抬眼一望，湛蓝的天空空旷无际，山层层梯田组成的广阔原野一望无边，绿油油、金灿灿、白花花，斑斓如画。望着近在咫尺的层峦叠嶂和突兀的山峰，吸着醉人的清新空气，冯君守不禁赞叹道："此处乃和尚居住的地方也。"说罢，他笑了一下纠正道，"此处乃人间仙境，仙人居住的地方呀。"

冯君守来到赵凌志门前，将车子一插，车子发出"当"的一下声响，赵凌志急忙走到大门口，惊奇而激动地叫道："叔，师傅您来了！"

冯君守拍了一下赵凌志的肩膀，高兴地说道："来了。"说着，他慈祥地上下打量着赵凌志。赵凌志陪着冯君守走进家门，兴奋地喊道："娘，俺冯叔来了！"

凌云娘急忙迎出屋门，笑盈盈地说："恁叔，你来了，快屋里来喝茶。"

进了屋，冯君守自然地扫视了一下，笑着说："嫂子，家里拾掇得可干净，你们这个庄村可孬，亮堂的，空气也好。"

凌云娘边说边倒茶，"恁叔，你夸呗，俺这老山里，路不好，山多，缺水，干巴穷，比不得您西乡，平原扯地的。"

赵凌志拿出一盒"金鹿"牌香烟和一盒"白莲"牌香烟，"叔，您抽哪一种？"冯君守说："都行，都孬。"

赵凌志抽出一支"白莲"给他点上。

冯君守连喝几杯茶，抽了两支烟，他走出屋门，赵凌志陪在身边。冯君守看了看大门，前后左右观察了一下地形，他对赵凌志说："凌志，我看咱就就着东院墙，挨着锅屋南墙支烧饼炉。这样炉子掩静聚财，靠近大门口，买卖方便。"说着，他向后又退了几步，眯着眼把乎（观察打量）了一下，坚定地说："就这么着。"

他又看了看堆在墙角的红砖和放在堂屋窗台下的两个新鏊子。

回到屋，他端着赵凌志斟满的一杯茶，呷了一口，对凌云娘说："嫂子，我今天来，主要是给凌志盘个烧饼炉。我刚才把乎一下就在锅屋南墙那个地方就很好，砖也准备好了，鏊子也买来了，吃过饭就开始干。中午饭，咱简单点，平时吃吗咱就吃吗，抢时间干活儿要紧。"

凌云娘一听赵凌志要打烧饼，心里还是咯噔下，虽然她接受了这个现实，但心里还是发酸发毛。她红着眼圈说："恁叔，唉！你说凌志这孩子上会子学，没上出来，这又要打烧饼，你说行不呀恁叔？俺老辈没做过生意。你家闺女多好，考上学了！你说多省心！"

冯君守听出了凌云娘的话音，宽慰地劝道："嫂子，儿大不由娘。这打烧饼也不错，现在形势好了，上边允许咱做生意。打烧饼既是手艺也是生意，凡事从头学，再说这个也不难。俺家冯宁考上了学，但一直没忘了赵凌志，嫂子，你放心，干什么都一样，咱不是那嫌贫爱富的人。俺冯宁也说了，一切都在发展中，把一切交给时间。先干，一步一步地来。"凌云娘敬佩加感激地说："是的恁叔，是的恁叔。这又叫您操心，又叫您干活儿，您是俺赵家的恩人。"冯君守连忙说："别客气嫂子，这都是缘分，当老的，谁不想让小孩好，咱都一样。"

赵凌云进家后与冯君守见了面，他知道冯君守的分量。"这可是哥哥赵凌志未来的老丈人！"他心里"嘿嘿"地笑着。

陪冯君守吃过午饭，赵凌云到了赵存壮家，"大哥，今天下午，你再准备做十个菜，晚饭用。菜品你定，价格你定，我家今天请了个贵客。"

赵存壮说："凌云二弟，你给我出的这个主意可不孬，最近，我想通了，想好了，过几天，我把锅屋翻盖，扩大些，我定下名号，选个吉日，开张营业。"赵凌云说："我家现在盘了个烧饼炉，我哥要开始打烧饼，正好给你配套。你的饭店就叫'赵家饭店'，俺家的烧饼铺就叫'赵记烧饼铺'，你看多好！"赵存壮说："行呀二弟，我的饭店就叫'赵记饭店'，这样一致起来，有烧饼，有祖传菜肴，岂不美哉！"

安排妥当，赵凌云又去找公丕柱大叔和哑叔赵广民，他们用独轮车绑两个条筐到自留地里推了两车黄土。公丕柱和赵广民和泥，冯君守用尺子丈量尺寸。赵凌志按尺寸挖出半米地槽，用石块填满，石块上面墁上黄泥。冯君守用双砖垒出炉腿，比着赵凌志的身高，垒出炉口（添加煤炭的口），插上炉条。将双砖立起，用黄泥粘着，垒出圆形的墙，在大约 40 厘米高处，冯君守将一个鏊子面朝上扣住。沿鏊子边，继续用双砖砌垒圆墙约 60 厘米高，再将另一个鏊子面朝下扣上，形成烧饼炉膛。上面用砖封顶，用泥糊住。与炉口对应平行，在炉子的尾部垒出半米长的烟道和一米半高的烟囱。炉子内外用黄泥糊住抹平。

赵凌云对娘说："娘，晚饭我已安排存壮大哥做了，冯叔是大客儿，又帮咱家建了个烧饼厂，晚上咱得摆个大场招待，让丕柱叔和广民大叔作陪，我再把俺老爷和奶奶请来会见一下冯叔。"

娘说："总是俺凌云想得周到。现在，你陪我去请你老爷和奶奶去。"

赵凌云陪着娘到了老爷家，把老爷、奶奶请了过来。进了家门，赵满福见到了冯君守，看到冯君守盘好的烧饼炉，直夸好。赵凌志站在炉口处，歪着脖子斜着头，伸开双臂做着向鏊子上贴烧饼的动作，连呼："冯叔，这个炉子正合适，不高不低。"

冯君守说："贤侄，这是比着你的身高做的，那还有走？"赵凌云站在炉子边，也做了个打烧饼的动作，"我也合适，嘿嘿。"赵凌志说："别了，司徒雷登。凌云，你还是先别研究这个，好好上你的学吧。"

太阳落山，天上黑影，赵家烧饼炉峻工。赵凌志拿来香烟，分别给了赵满福、冯君守、公丕柱和赵广民，他让顺手了，抽出一支又让给赵凌云，赵凌云两手对着似作揖，一摆一晃，"不用，不用，不会，不会"，逗得大家直笑，赵满福也笑得胡子打颤。赵凌志将让给赵凌云的烟在鼻子上闻了一闻又放进了烟盒内。

赵凌志先给爷爷点着，接着给冯君守点着，冯君守猛吸两口，看样子，他有点累了，但精力依然旺盛，情绪依然高涨。

赵存壮提着菜盒进得门来，"二老爷，二奶奶也来了。凌云，菜做好了，请接收"。赵凌云笑着说："好嘞，俺存壮哥还真像个店小二，大哥，你的生意保准行。"

赵存壮将菜摆放到桌上，悄声对赵凌云说："凌云，四凉六热，外加两个吃饭的小菜"。赵凌云竖起大拇指对赵存壮说："哥，赆好吧，你去看看我家的烧饼炉。"

赵存壮出了屋门还没看烧饼炉就夸张地叫道："哎，这个炉子真漂亮，没见过这么漂亮的烧饼炉。"

赵凌云跟过去向冯君守介绍道："叔呀，这是我堂兄赵存壮，一级大厨，想水村赵记饭店的当家的。"他又向赵存壮介绍道，"大哥，这是山崮县城来的冯君守大叔，烧饼大师。"

冯君守听到赵凌云的介绍，嘴恣得抿抿着，嘴里衔着烟，握住赵存壮的手，"好，好，饭菜不分家。"赵存壮的长头不停地点着，应和着，"下步，我们赵家的饭店管了，烧饼香，菜也香。冯叔，您今天好好品尝我家的饭菜，多提宝贵意见，您城里人见多识广。"

赵凌云邀请冯君守进屋入席，他搀扶着老爷赵满福进屋，凌云娘搀着婆婆。赵凌云说："冯叔，您今天是大客儿，又帮俺家干了一整天活儿，俺老爷是来陪您的，您坐主位。"冯君守脸一寒，说道："凌云贤侄，这怎么能行，有老显不着小，你老爷在这里，我岂能坐上首？"他边说边搀扶着赵满福往主位上坐，赵满福微笑着坐了下来，冯君守挨着赵满福坐下。赵凌云又让公丕柱挨着冯君守坐，奶奶挨着爷爷坐，娘挨着奶奶坐，广民大叔挨着公丕柱坐，他和哥哥坐在了下首席口的位置。

此时的赵凌云已然成了家里的办公室主任，他完全胜任了这一职责，他的办事能力和效果已得到老爷、爹和娘的充分认可和信任。

赵凌志给长辈们斟满酒，赵满福老人用手捋了一下胡子，慈祥地笑着说：

"有朋自远方来不亦乐乎！冯贤侄今日来到赵家，令赵家蓬荜生辉，今晚备薄酒一杯不成敬意，还望冯贤侄尽兴喝酒吃菜，丕柱侄和小民要尽心陪好冯贤侄。"他温暖的眼光定格在了赵广民脸上，看得出来，他非常喜欢疼爱赵广民。

赵满福老人端起酒杯在嘴上抿了一下，将酒杯放下。公丕柱端着酒杯看着冯君守，"冯老弟，咱第一个酒得喝干"。说完一饮而尽。

赵存壮喊道："油着，油着。"将二拨菜用提盒提着送了过来。冯君守连说："行了，行了，别做这么多菜，太客气了你说。"

赵凌云将辣子鸡、氽丸子、扣肉、春卷几个硬菜端上桌。赵凌云拿来一个碗，将氽丸子、扣肉、春卷等几个软乎可口的硬菜分别拨了一些。"娘，我给俺大奶奶送去，丕柱叔，你放心喝酒、吃饭，俺大奶奶的晚饭你就别操心了。"公丕柱激动地说："凌云，你大奶奶晚上吃不了多少。"接着对着凌云娘说，"二嫂，凌云可是咱村里数第一的好青年，心眼好，想得周到，还有能力。"凌云娘听到公丕柱表扬赵凌云，谦虚地说："怹大叔，就你夸呗，这都是小孩该做的。"

赵凌云将菜送到公丕柱家，安顿好大奶奶，回到家中。

赵满福微笑着看着冯君守问道："冯贤侄，你是山崮县城边上那块的，你的先人应该是冯……"没等赵满福说完，冯君守笑着抢答道："老人家，据说我的先人是战国时期的冯谖。"赵满福说："是的，是的。冯谖是战国时期齐国人，是薛国国君孟尝君的食客。孟尝君的政治事业全靠冯谖的帮助，冯谖弹铗、冯谖买义、营造三窟，历史上非常有名，流传后世。冯谖是谋略高远的战略家。"

冯君守起身给赵满福端酒，"您老人家可是个大学问家呀，晚辈敬您一个酒"。赵满福端过酒杯小抿一下问道："冯贤侄，你看凌志打烧饼能行吗？"

冯君守笑着肯定地说："行，一定能行。打烧饼就是辛苦，起五更，睡半夜，夏天热，冬天冷，挺遭罪的。再苦再累的活儿总得有人干，是不，老人家？再说了，哪个营生不苦？"

赵满福捋了一下胡子，笑着说："那就行，辛苦不是毛病。"

哑叔赵广民本来说话就含混不清，喝了两杯小酒，说话就更不清楚了，他红着脸"嘿嘿"地笑着，看着赵凌云："凌云，你练练，你练两下子。"边说边搋两个拳头。赵凌云解释道："我大叔说让我打两趟拳给大家看看。"转头对哑叔说，"大叔，今天就不练了，明天到你家练给你看。"

冯君守喜欢男孩，更喜欢阳刚的男孩。听说赵凌云会打拳，喝了一口酒说道，"凌云贤侄，叔今天来了，你就练两下子给俺看看呗，好长时间没看过玩把戏的了。"赵凌云起身抱拳道："恭敬不如从命，小侄献丑了。"说着脱掉外套，走出屋门。

冯君守转身一个健步越过公丕柱和哑叔赵广民，冲在最前面，争先恐后地看赵凌云表演。

赵凌云踢了几下腿，伸伸臂，弯弯腰，拉拉筋，热身后，他拉开架势练了起来，单手翻，二踢脚，旋风腿，鹞子翻身，扫堂腿，一气呵成。他没按套路打，而是串烧了几个略显功夫的基本功。冯君守拍手叫好，赵凌云收势抱拳施礼，连说："冯叔，侄儿丢丑了，侄儿丢丑了。"

回到屋，冯君守端起酒杯，对赵满福说："老人家，您赵家可是文武双全，书香门第呀。"赵满福说："耕读之家，耕读之家，贤侄过誉了，贤侄过誉了。"

赵凌云端着一小杯茶说："老爷、冯叔、丕柱叔，还有俺奶奶、俺娘、俺民叔、俺哥，我赵凌云再以茶代酒敬一个，感谢冯叔，祝贺烧饼炉峻工，盼望赵记烧饼铺生意兴隆。盼俺老爷赐墨书写烧饼铺匾额，择良辰吉日开业。"冯君守哈哈地笑着，没等赵凌云说完，他将一杯酒一饮而尽，连呼："高兴，高兴，太高兴了！"

酒足饭饱之后，赵广民、赵凌志搀扶着赵满福，凌云娘搀扶着婆婆回家。赵凌云送过公丕柱，回到屋里收拾饭桌。

冯君守说："凌云贤侄，你年纪轻轻可是个多面手呢，大叔佩服，佩服！"赵凌云谦虚地回答道："雕虫小技而已。"

赵凌云收拾完桌子泡了壶茶，礼让道："冯叔，您累一天了，喝足茶，睡个好觉。我们家的条件有限，还望您体谅。"

娘和哥哥赵凌志回到屋里，赵凌云对赵凌志说："哥呀，我今天去偎着民叔睡觉，你和冯叔拉会呱，你们也早歇着，咱冯叔累一天了。"说着，赵凌云告辞直奔哑叔赵广民家。

冯君守喝着茶抽着烟，一杯接一杯，一根接一根，他和赵凌志海阔天空聊了起来，从天聊到地，从南聊到北，从城聊到乡，从山聊到河，从冯谖聊到冯梦龙、聊到冯唐、聊到冯玉祥，从赵匡胤聊到赵括、聊到常山赵子龙，从冯宁聊到冯远、冯静，从赵凌志聊到赵凌云，从常山煤矿聊到冯集大队、聊到想水村，从烧饼聊到馒头、馓子、油条、火烧。

冯君守早已把妻子任庆兰安排的"你可别没有个正形，尽给那个熊孩子好脸，让他狗咬尾巴圈子不知道自己几斤几两"忘到了九霄云外。他和赵凌志聊得天马行空，热火朝天，像几年没见面的老朋友。

谈到做生意，冯君守板着脸说："做生意要讲诚信，决不能坑蒙拐骗，秤是公平的，秤在心中，绝不能缺斤少两。墨子讲要'兼相爱，交相利'，要重义，不取不义之财。"

谈到打烧饼的要领，冯君守总结似的传授道："用老面头发面要注意引子的用量，要把握碱面子的用量，醒面要当时，抓面剂子要均匀，贴烧饼要快、准，要利索，抢烧饼要把握火候，不能过干，但绝不能为了增加分量而过湿，烧饼泡要均匀。"

冯君守爱抚般地安排道："凌志，打烧饼是个体力活，你小子细皮嫩肉没受过蹒撰（苦），不掌握要领，八成两天你就撑不下来。揉剂子，往鏊子上贴，要把脚、腿、腚、腰、肩、臂、手充分协调运动起来，踮脚、抖腿、摇腚、扭腰、晃肩、绕臂、摩手。这样一天下来，你不会感觉腰酸腿疼。鏊子上可以贴 4 个烧饼，循环交替，所以第一个烧饼贴的位置要把握好，尽量靠角靠边。煤火要均匀，两个鏊子中间的温度要基本保持恒温，过高烧饼糊，过低，烧饼不起泡，烤不熟，效率也低。"讲到激动处，冯君守站起身踮脚扭腚表演着。

赵凌志闻着从冯君守嘴里喷出的烟味、酒味，不时用手抹去喷在脸上的唾沫星子，津津有味地听着，就像在课堂上专心致志听老师讲课。他心里想，"冯叔讲得可是真经呀！一般人他不会告诉的"。

第二天一早，冯君守早早地起床。看赵凌志睡得正香，他没舍得叫醒赵凌志。他鞋也没提，趿拉着鞋，披上褂子像个村干部。他走到院中，看了看遥远空旷的天空，听着比自己起得还早的鸟儿欢快地叫着，他搓了搓手，打了个早哈哈，显然他没有睡透。他走近烧饼炉仔细地从上打量到下，时而踮踮脚，时而弯弯腰，时而蹲下身，仔细看有没有裂纹的地方。他又后退几步眯着眼远观自己的杰作，满意地自言自语道："很好！很好！"

凌云娘起床看到冯君守在观赏烧饼炉，走进西屋小声喊道："凌志，凌志，快起床，你冯叔都起这会子了。"

赵凌志听到冯君守的名字，骨碌一下爬了起来，草草穿上衣服，揉着惺松的眼皮，歉意似的说道："叔，您起这会子了，你起床，我都没觉着，我睡得太死了，偎您睡觉真踏实。"

冯君守说："你再睡会就是，睡不足难受。"

凌云娘烧水分别给冯君守和赵凌志冲了碗鸡蛋茶，两个鸡蛋，大乎的白糖和花生油，甜嘣的，香喷的。

冯君守披着褂子转身往屋走，此时的脚步有点像虎步，他仿佛成了视察阵地走回帐篷的将军。他闻着喷香的鸡蛋茶笑着说："嫂子，这么麻利，做好早饭了"。凌云娘说："恁叔，快先喝碗茶润嗓，我再去做饭。"

冯君守叫赵凌志拿来笔和纸，他坐在板凳上，用手扯了一下衣领，闻着鸡蛋茶的香气，在纸上写下每十斤面老面头和碱面子的用量，烧饼炉膛的温度，烧饼从贴到抢的时间云云。他提纲挈领，简明扼要地将打烧饼的冯氏秘籍和盘教给了赵凌志。

冯君守特意安排赵凌志要善于观察总结，要守正创新，不断丰富和完善冯氏打烧饼的经验。在卖烧饼时，顾客可用钱购买，也可以依据当地情况，用地瓜干、麦子交换，扩大销售量，让没有麦子的人家也吃上烧饼。赵凌志总结道："可以物物交换，也可以货币交换。"

冯君守吃过饭，走到他放在院子南墙根的自行车旁，用手捏了捏轮胎，检查了一下前后闸，他准备返程回家。这时，想水村大队部门口树杈上别着的两个大喇叭里传来清亮婉转悦耳的歌声《妹妹找哥泪花流》，这是李谷一演唱的电影《小花》插曲。冯君守抬头望了望声音传来的地方，心里想到了冯宁，想到了冯宁对赵凌志的一片痴心，他又看了看即将投入生产的烧饼炉，万般滋味在心头。

冯君守告辞凌云娘和赵凌志，推着自行车正要出门，这时另一辆自行车进门来，两辆自行车差点碰了架。赵凌志惊奇地喊道："俺爹来了。"

冯君守将自行车后退几步，赵广厚推车进了家。两人同时把车子插好，车撑子的弹簧同时发出"铛""铛"的声响。

赵凌志向冯君守介绍道："叔，这是俺爹。"赵广厚补充道："我是赵广厚。"赵凌志向赵广厚介绍道："爹，这是俺冯叔。"冯君守补充道："我是冯君守。"赵广厚用有力的大手紧紧握住冯君守的手："您好老弟，一见如故，一见如故。"他拉着冯君守返回堂屋。

赵广厚从兜里掏出香烟，捏出一支递给冯君守，又捏出一支衔在自己嘴上，划着火柴给冯君守点着，"您什么时候来的？"

冯君守抽着烟。"我昨天来的，我家闺女和你家凌志是高中同学，今年高考，俺闺女考上了山崮县师范学校，马上开学了。你家凌志今年没考上，想学打烧饼，我急慌忙序地来给他盘了个烧饼炉。各方面我都给凌志教了，让他先干着呗。我那边的生意也停了两天了，我得赶快回去，生意不能断溜。这么巧，你今天回来了，咱见个面太好了，缘分，缘分，一切都是缘分。"

赵广厚边安排赵凌志泡茶，边感谢冯君守，"老弟，这可麻烦你了，让你操心了。孩子没考上学，我正犯愁呢！这可好呀，你让他及时实现了就业，让我怎么谢你呀！"冯君守说："都是自己的孩子，小孩愿意干就干呗，干吗都是干，现在全党抓经济，全面放开搞活，该以前，想干也干不了。我家冯宁支持他干。"

赵广厚已听出了弦外之音，八成是他家女儿与赵凌志有恋爱的苗头，或已建立了恋爱关系，他的脸上掠过一丝不易察觉的凉意。他心想："人家的女儿已考上大学，赵凌志落选打起烧饼，一个烧饼郎与一个大学生谈恋爱，这不是天方夜谭嘛。"

赵广厚让冯君守喝茶，自己呷了一口，打起精神笑着说："凌志，你下学做生意，看来我的'老国防'归你了，做生意没车子不行，'老国防'载重量大，就给你了。我回去想办法再买辆'大金鹿'。"赵凌志连忙答应："爹，那贰好了。"冯君守说："老赵哥，孩子刚出学校门，咱都得多支持担待一下。我得赶紧回去，咱以后有的是时间拉呱。"赵广厚说："你有时间可以到常山煤矿走走看看，到时我隆重招待你。"

赵广厚安排赵凌志把自己从矿上带来的吃食统统给冯君守带上，饭包里有火烧、油炸带鱼、藕盒、茄盒，还有二斤白糖。

赵凌志将冯君守送到村口，冯君守附在赵凌志耳朵上说："孩子，好好干，但可千万别忘了学习和高考，你婶子在考验着你，因为你，你叔我没少受数落，冯宁等着你呢。"

赵凌志眼里噙着泪"嗯，嗯"地应着。冯君守跨上车子离去，赵凌志站在那里，两手紧攥着，眼泪止不住地从脸上滚到脖子上。

第75章

赵满福老人题写的"赵记烧饼铺"匾额挂在了赵凌云家大门的上方,"金日开业"的喜联贴在了烧饼炉上。

赵满福老人没有写"招财进宝""日进斗金"之类的东西。在他的心中,打烧饼赚钱不是目的,"兼相爱、交相利",才是正道。

一挂鞭炮之后,赵家烧饼炉正式开炉,烧饼炉烟囱徐徐上升的煤烟和烧饼散发出的饭香报道着想水村青年艰苦创业、向命运挑战的讯息,鸟儿们飞着、唱着、跳着为赵凌志加油喝彩。

赵凌志每天五更便起,揉面,掐剂子,燊炉子,他跟太阳赛跑,当朝霞升起,秫秸箔上已摆满喷香的烧饼。赵凌志胳膊上的汗毛已一根不存,胳膊变得光滑油亮,手被面水浸泡得发白,手腕由于不停地向上甩贴烧饼变得肿胀起来。赵凌志的头发上布满面尘,鼻子上、腮帮上抹着几点面,他就像一个玩杂耍的小丑。他热情地招呼着前来买烧饼的乡邻。每次称烧饼,他都高高的秤,将秤给顾客看一下,并说:"你看高高的秤,都搁不住秤砣了。"顾客笑着说:"你看,俺还信不过你?你还能拢俺?"

说归说,买完烧饼的人回到家免不了再称一下,结果是都多出一两二两。赵凌志的诚信迅速传开。"赵记烧饼铺"的老面烧饼火候足,香、脆,软、硬均可口,分量足,引得平湖村、万胜庄、峪子村的社员前来购买,一天三袋子面,太阳西斜就已售罄。

收拾完摊子,赵凌志草草地吃点饭,就将自己关进西屋开始紧张地复习,向知识的海洋进军。晚上吃过饭,就开始和面、揉面,用棉布盖住。干完活儿继续挑灯夜战,复习功课。他就像一台用数字控制的机器,紧张有序地高速运转着。

赵凌云每到星期天,就帮着赵凌志打下杂。赵凌志向他传授着打烧饼的秘诀和要领,讲授着冯君守的教导和经验。赵凌云听着、观察着、思索着。当赵凌志筋疲力尽之时,赵凌云脱掉外衣,卷起袖子抬起短把笤帚,将赵凌志揉好的剂子,抹好的圆饼用手腕呱呱地贴在鏊子上,他贴一个抢一个,胳膊上的汗毛顿时消失。他让赵凌志收拾打好的烧饼,招呼买烧饼的客人,他顶上一顶毛巾,掐剂子，揉面剂子，抹饼子，贴饼子。他踮脚、摇腚、扭腰、悬腕，凭着扎实的武术基本功，速度比赵凌志更快，效率比赵凌志更高。赵凌志高兴地叫道："凌云，你比你哥的技术还高。"赵凌云说："门里出身，不学通三分，哈哈。"

赵凌云就像刚练武术打起来第一个鲤鱼打挺时的感觉一样身心愉悦。从此，每到星期天就是赵凌志半休息的一天，赵凌志盼星期天，赵凌云也盼星期天。

赵存壮的饭店开业了。赵满福老人题写了"赵记饭店"的匾牌，又题写了"香飘九州"的贺词。

赵存壮摆了几桌酒席，招待村里各姓族长和亲朋好友，赵存祥以本家兄弟和大队领导的双重身份出席了开业仪式。赵存壮特意请了赵凌云参加，他对赵存祥和来宾说："如果不是凌云点拨，我怎么也想不起来开个饭店。"

党西清对陈老大说："赵凌云这小子不出茅庐便知天下事，他上着学对咱大队和社员的事了如指掌，对社会形势了解得比咱透。"

公丕柱附和着道："不是说嘛，风声雨声读书声声声入耳，家事国事天下事事事关心。凌云的书没白读。"

赵存壮的长头将白色的卫生圆帽撑得像济公戴的船形帽，眯着小眼，嘴始终笑着像歪嘴的鸭子。他将自己的手艺连同他爹的手艺全都展现出来，让本村社员大开眼界，大饱口福。

赵存祥对出席开业仪式的父老乡亲说："咱大队相继开起来的烧饼铺和饭店，是对十一届三中全会以来党的路线方针政策的积极响应，是放开搞活农村经济的实际行动。这是我们村第三产业发展的开端，对改善我们村的生活方式意义重大。"

赵存壮专门给赵凌云敬了一个酒，"凌云，多亏你的指点，兄弟，有志不在年高。"赵凌云说："大哥，我都是跟存祥大哥学的。"

赵存祥拍了一下赵凌云，"好家伙，就你维护你大哥。凌云，你真的不简单，哥看好你。"

社员们品着赵记饭店的香飘九州的菜肴，吃着赵记烧饼铺的大圆烧饼，喝得颠三倒四，吃得肚子鼓圆，纷纷和站在门口送行的赵存壮、赵凌云施礼告辞。他们搂着脖子揽着腰，揉着肚子，剔着牙，硬着舌头嘻嘻哈哈走回家。

赵凌志歪着头斜着身子操着长把抢子正在90摄氏度高温的炉膛里抢烧饼，大门口有人叫问道："这是赵凌志家吗？"赵凌志大声答应道："是的，我是赵凌志。"一位身穿绿色制服的邮递员顺声进门。邮递员说："赵凌志同志，这是您的一封信和一个邮递包裹，请您签收一下。"

赵凌志将鳌子上剩的三个烧饼抢下来，他说："谢谢您邮递员同志。"边说边在收到簿上签了字。他顺手拿了两个烧饼递给邮递员，"同志，这是新烧饼您尝尝"。邮递员笑着说："谢谢，我还得赶路，就不吃了。"赵凌志硬将烧饼塞给邮递员，"您带着，路上饿了吃"。

邮递员走后，赵凌志看了一下信封，来信地址为"山崮县师范学校普师班"。他将信贴在胸口但不敢打开。闭着眼愣了一会儿，他对着天空吹了一口气，将信封的上端撕开，他抽出信纸，熟悉而娟秀的字体映入眼帘。他瞪着眼睛，心跳怦怦地看着来信内容：

亲爱的凌志：

见字如面。近来一切可好。我来校报到已几日，一切顺利，班里临时指定我为团支部书记。同学们来自山崮县和向阳市的其他区县，但山崮县的居多，年龄参差不齐，精神风貌都很好。

你的烧饼炉运行了吧，我给你说过，三百六十行，行行出状元，职业无高低贵贱之分。你的理想是什么，就往你理想的方向飞翔，理想不灭，志气就不会减。不要气馁，不要沮丧。宁静致远，静思过后的心胸更开阔，静思过后的天空更高远。苦过之后，每一点都是甜，甜得无比，甜得透彻，甜得幸福满满。没经过苦的人，永远没有甜。

打烧饼很累，你要由着干，千万不要逞能，一切慢慢来，欲速则不达。打烧饼也很危险，要防止烫伤，我可喜欢你的皮肤完好，虽然不喜欢奶油小生，但切不要留下疤瘌麻子。

我给你买了一套北京海淀区编印的高考复习资料，据说很权威，我看了，非常好。我将复习资料的重点给你画了一下，我也添了些注解，你可以重点留意一下。你先看重点，再看全面的，这样可能针对性强点，效率高点。如果这样感到有难度，亦可先看全面的、系统的，再看重点的。这些都以你的实际情况定。

哲学、政治经济学、科学社会主义这些政治方面的，你要理解原理，理解观点。论述题要紧扣观点，层次分明，论述要透彻，论据要充分。时事政治，我会认真收集，及时寄给你。

晚上在煤油灯下学习，要注意防止眼睛疲劳，学一个小时可揉揉眼，闭目养神一刻钟。远眺一下过好，可晚上你眺不远呀，尽可能不要躺着看书，万一睡着了，煤油灯危险，对视力也不好。

你要劳逸结合，时刻精力旺盛，这样工作和学习效率会高些。

啰哩啰唆说这么些，但还有许多说不完的话。每当我听到校园里播放歌曲《妹妹找哥泪花流》时，我就很难受，难受得要死。恨不得扎上一双翅膀一翅子飞到你身旁。

好了，期待，想你，祝你顺利！

你的冯宁
写于想你的这一天

读完书信，赵凌志擦了把眼泪，平复了一下心情，用火钩搂了一下烧饼炉，添了几铲子炭，他不时将胳膊伸进炉膛试着温度。他咬了下牙，揉剂子，抹饼子，用短把笤帚将饼子贴到鏊子上。

他想到，人生就像烧饼，只有经过烈火的烘烤才能变得美丽而喷香。

太阳挂在想水村天空的西南方，它仿佛笑着注视着赵凌志。赵凌志将最后一个烧饼从炉膛里抢下，箔上面的烧饼已卖得精光。他拿起最后抢下的烧饼在鼻子上闻了闻，张大嘴巴使劲咬了一大口咀嚼着，满嘴喷香，香到脑，香到胃，香到心。他看着刮净漂亮的烧饼炉，心里琢磨着，"烧饼虽小，它改善着人们的生活，同时标志着农村生活水平的提高，要是想水村的兄弟爷们、父老乡亲每天每顿都能吃上喷香的烧饼该多好呀。"他又想到鲁迅先生的教诲，"不要气馁总是干，但也不可自满，仍旧总是用功"。

他回到屋从八盘里拿出两个地瓜干煎饼，倒了一碗白开水，就着母亲炒的土豆丝，饿狼般吞着咽着。吃过饭，他到供销合作社买了六张信纸、一个信封，他情感至极，文思泉涌给冯宁写了一封回信。

冯宁你好：

来信收到，一字一句读完，标点符号也没放过。眼泪从顿号变成逗号、句号，最后变成一个感叹号从眼里流满腮颊，淌进脖子里。你对我的真情我尽收心底，印在脑海里，流在血液里，浸透在骨髓里。你对我的指点、教导、安排一并收进心里。

感谢皇天后土赐予我机缘，与你相识、相知、相爱。感谢你心宽眼拙在情感上接纳我这个百丑无一俊的老山里的穷孩子。

我感谢俺冯叔对我的疼爱、关心帮助、支持和指导，感谢俺婶子对我的鞭策，感谢党的好政策。小小烧饼寄予了我丰富的情感，打烧饼赚钱养家糊口，改善生活，攒点学费。但这不是我的根本目的，让想水村人每天每顿能吃上烧饼，让地瓜干煎饼成为副食，那才是我的追求。

做生意要讲诚信。我们都是墨子精神的传人，"兼相爱、交相利"才是王道。什么慈不掌兵，义不经商？否也。只有胸怀天下，才能做到不迷失自我，不见利忘义。你的先人冯谖"薛国市义"流芳千古。

一个人生命的意义在于他要有使命感，要有担当，要有责任，对家人，对他人，对社会。

物质和意识的辩证关系，经济基础和上层建筑的辩证关系，这是哲学问题和政治经济学问题，也是生活的具体问题。贫穷不是光荣，不是高尚。所以要干，总是要干。古人说，"达则兼济天下，穷则独善其身"。这是人生的境界。"老吾老以及人之老，幼吾幼以及人之幼。"

你信中说，让我志气不灭不减，我牢记在心。南宋陈亮《汉论》中说，"必有天下之大志，而后能立天下之大事。夫以天下之志素存于胸中，贫贱患难不足以动其心，而其志虑未始不为经国之谋也"。你的指点和你的行动点燃了我的理念之火，凤凰涅槃，浴火重生。

你寄来的复习资料，太好了，特别是你画的重点和注解，我都会牢牢掌握，在此，请让我叫你一声："冯宁，我敬爱的老师。"

冯宁，你到学校报到很顺利，又担任团支部书记，我对你表示祝贺和祝福，你是我的楷模。你千万别买手表，把这个机会留给我，我将用我赚的钱给你买块表，因为你是一个守时的人，是一个与时间赛跑的人，是一个善于把握和掌控时间的人。特别是你说的那句话："一切都在发展中，把一切交给时间"，我终生难忘。

冯宁，我这里消息闭塞，你多给我操心提供信息，我要在今年的高考中完美展现你对我的教导、指导，展现"一定能行"的我，展现"不服输"的我。

冯宁，你代我向冯叔和俺婶子问好，向冯静和冯远问好。

我该学习了，就写到这里吧。

赵凌志

即日

赵凌志将写好的信放在胸口暖了一下，叠好装进信封，骑上"老国防"飞也似的向丰源公社驻地刘村邮电所奔去。

一个时期以来，在赵凌云的心中，赵凌志的形象丰满高大起来，从身体、行动到精神境界。此时的赵凌志像一个斗士，又像是一名谋划布局打响事关全局战役的指挥员、战斗员，随时冲锋陷阵。

赵凌云观察着、配合着赵凌志的行动，为赵凌志学习营造良好环境和条件。他主动承担起所有的家务，钻研总结着打烧饼的经验，在星期天，全天候将赵凌志替换下来，成为烧饼炉前的主角。赵凌云卖烧饼遇到一分、二分零钱直接砍掉，对拿地瓜干来换烧饼的社员，称地瓜干时，秤杆耷拉得托不住砣。称烧饼时，秤杆撅得搁不住砣，顾客来时笑盈盈，走时笑哈哈。这小子成为向"义不养财、义不经商"说"不"的又一个硬汉。

赵凌云将铺盖卷直接搬走，再次入住哑叔赵广民家。哑叔门前树杈上的沙袋静静地垂在那里，等待赵凌云向他发起挑战。赵广民在赵凌云搬走后，没有解掉这个沙袋，他看到这个沙袋仿佛看到赵凌云矫健的身影，他喜欢看赵凌云用拳头拷沙袋，用腿击、用脚踹。

赵凌志像上紧了发条的闹钟，不停歇地运转着，每天深夜在娘的强烈催促下，他才恋恋不舍地将书本放在枕边，吹灭跳跃着的煤油灯火。

党金武担任了想水村团支部书记，进入大队部工作，刘朝静和徐宜亮成了想水村小学的民办教师，刘朝礼成了一名兽医，陈庆红养起了长毛兔。

入冬的想水村夜晚安静而轻松，星星布满天空，月亮挂在东南方，众星捧月，星光月光辉映着。大坑杨树的树叶撒落一地，半红半黄，叠着卷着围着树干，盖着树根，像孝顺的孩子护着母亲。

党金武和刘朝静手拉着手围着大坑转了一圈，来到大坑杨树下，看到两棵并肩而站共同走过400多年的老树，刘朝静将肩靠在党金武的肩膀上，嘴里不停地喊着："金武哥，金武哥。"党金武一把将刘朝静揽在怀里。刘朝静用嘴使劲含着党金武的鼻子，党金武张大嘴巴将刘朝静的嘴衔住使劲地吸着，刘朝静伸开双臂搂住党金武的脖子，将瘫软的身子挂在了党金武胸前，两腿夹住党金武的胯骨，喃喃地说："金武哥，我爱你，我太爱你了，让老杨树见证。我们要像两棵老杨树一样白头偕老，永不分离。"

党金武的热泪滚落在刘朝静的脸上，顺着鼻翼流进刘朝静的嘴边，刘朝静用舌头将泪舔进嘴里，如醉如痴地咽了下去。此时的眼泪不咸不涩不苦，却有一种香甜的味道。

党金武说："朝静，我爱你爱得发疯、爱得癫狂，我就是贾宝玉，你就是林黛玉。"刘朝静撒娇地说："嗯嗯，我们不做苦命的贾宝玉、林黛玉，我们不做苦命的梁山伯、祝英台，不做苦命的许仙、白娘子，不做苦命的牛郎织女。我们要做革命的夫妻，团结的夫妻，白头偕老的夫妻，夫唱妇随，陪你到老。"

党金武放下刘朝静，又用嘴亲了一下她的额头，党金武指着月光下老杨树跟前的杨树叶说："朝静，你看杨树叶围着树根、护着树根，像是一幅美丽的油画。"党金武背诵道，"夫物芸芸，各复归其根。归根曰静，是谓复命"。刘朝静补充道："树高千尺，叶落归根。"

刘朝静依偎在党金武的怀里，党金武脱掉外套，将刘朝静抱起来，一只手将外套衣裳垫在大坑沿石块上，接着将刘朝静放在上面坐着，党金武说："朝静，别让你的腚着凉了。"刘朝静亲了一下党金武，"嘿嘿"地笑着，又用手指指了一下党金武的鼻子，"金武哥，就你会说话。"

刘朝静头枕着党金武的肩膀，望着天空的月姥娘和星星自言自语道："我们外出求学，落选后又回到老家，我们是不是像老杨树下的杨树叶呀。本以为赵凌志考不上学，他爹会给他找个工，离开老家。总以为他是一抔蟹屎，没有担当，吃不了苦，没想到他倒像个弹簧，重压之后蹦了起来，扎下身子在老家大干一场，这家伙有两下子。"

党金武说："学校求学艰苦的生活给了他力量，高考落选的挫折给了他力量，冯宁的爱情给了他力量，老家和老家人给了他力量。人呀，说不准哪会儿就开化了。爱情呀，你到底是个什么东西，如此这般魔力无穷？"刘朝静从党金武的怀里挣脱站了起来，她看了看老杨树又看了看党金武，"金武哥，咱明年还要参加高考，反正咱有老家兜着，考不上咱就在老家干"。她坚定地说。

党金武说："朝静，我也想再考一次，人生能有几次搏？我还是考军校，参军保卫祖国是我不变的追求，如果考不上，我就参加冬季征兵。祖国的西南边境还不太平，我等热血男儿当站在祖国前哨，捍卫国家主权，守护国家安宁，保卫人民幸福生活。"他说着站了起来，扩了扩胸，将拳头攥紧，望了望天空闪烁的星星，又望向西南方向。

刘朝静说："我报师范学校，如果考上，毕业后回村教学，考不上，我继续当民办教师，守护着老家，守护着老家的孩子，死也不离开想水村。"说完，党金武揽着刘朝静对着老杨树举起右手，刘朝静也举起右手，"老杨树，老人家，我们是你看着长大的想水村人，我等定当'生当做人杰，死亦为鬼雄'。我们生是想水村人，死是想水村的……"说到这时，党金武和刘朝静不约而同地用手掌堵住对方的嘴。

党金武牵着刘朝静的手，他拾起铺在石头上的外套给刘朝静披上，将刘朝静送到曾经的想水村一号院刘宗宽家门口。

党金武与刘朝静谈恋爱的事传到了刘朝静母亲赵海娥耳中，她气得像吹猪一般，跺着脚大声嚷道："这个亲戚绝对不能成，朝静要文化有文化，要牌面有牌面，孬好也得找个西乡平原地的像样的人家，找当庄上的婆家，你看看这个干巴村，你看党西清家的日子过的那个熊样，可能吗？可能吗？你说，啊？啊？气死我了。"

刘宗宽墩着脸说："这个……这个……女大不由娘，现在都新社会了，当娘的还能干预闺女找婆家？咱这个村怎么了，不是越来越好吗？党西清家是穷点，三辈子受穷必出贵人，要真能作了这个亲，我就三个儿了，还有嫌儿多的，是不是？这个……这个……"赵海娥哭斥道："什么鹧鸪鹧咕的，还三个儿，一个闺女半个儿好不好？成了也就是两个半儿，你看你迷得跟洋相一样。这个亲戚绝对不能成，让朝义托人给她说个吃非农业的，绝对不能让朝静在当庄上，这都成了吗了你说。"

刘朝静放学后，抱着学生的作业本回家，赵海娥头也不抬，眼也不睁，脸拉得像霜打的茄子。刘朝静笑着说："娘，您哪里不好受？您的脸这么难看。"赵海娥没好气地说："心里难受，都是你气的。"

刘朝静说："我教学，一整天都不在家，怎么气着您了？"赵海娥说："你和党金武是怎么回事？你得给我说清楚，要是你们俩谈恋爱，我可不愿意。你别认为你翅膀根硬了。别的我不问，这闺女找婆家的事，我必须问到底。闺女找婆家，娘当半个家。"

刘朝静笑着说："我的娘哎，你还问闺女找婆家的事，婚姻自由这是有法律的，我的婚姻我作主，你不要操我的心。"赵海娥说："你想气死我是吗？哪个庄不比咱这个庄强，人家都争着往外跑，你倒好，屋门口洒水，走不出三米，你这是改哪门子常呀你说。"

刘朝静站在母亲面前，她拿起擀面轴子当教杆敲了一下桌子，来，来，来，识字班上课开始。刘朝静朗诵道："庄户学，真正好；群众办，党领导。边识字，边拾草；庄户活，误不了。又写算，又读报；天下事，都知道。大组大，小组小；看忙闲，论老少；子教母，姑帮嫂；自动学，互相教；要自愿，随需要；人人考，都说妙。"

刘朝静说，咱先学完《庄户学歌》，再学个《沂蒙民谣》："送郎送到窗子边，打开窗子往外观，天还没有变。送郎送到巷子边，打开箱子取洋钱，给郎做盘缠。送郎送到柜子边，打开柜子取衣衫，给郎做纪念。"听着熟悉的民谣，赵海娥眼睛亮了起来，她大声唱起来："密密的针脚，长长的线，飞针走线忙不完，青布帮来白布沿，千层底儿最耐穿，姐妹妹手儿巧，咱们比比看。"

赵海娥唱着，刘朝静拍着手和着。唱完诵毕，刘朝静说："好！很好！"赵海娥眼里噙着泪，起身双手捶着刘朝静的肩，"你个小死妮子，勾起我的回忆。"

刘朝静笑着说："娘唻，你是革命老区的女儿，你是英雄的女儿，你是明大义、知大理的女儿。咱庄孬，你别嫁这里来呀，你别生我呀。这个庄再孬也是咱的家呀，你说孬，俺不信，我就认为俺的老家好。金武哥是一个热血青年，是一个爱国青年，他有理想、有志向，他立志从军保卫国家，这样的青年你不喜欢吗？相信你闺女的眼光。"

赵海娥来自革命老区沂蒙山区，她从小接受革命传统的教育，周身流淌着光荣的革命英雄的血液。从刘朝静儿时起，赵海娥就教她唱革命老区的民谣，充满着对革命军人的无限热爱和崇敬。

赵海娥说："朝静，我就你这么一个闺女，当娘的就盼你找个好婆家，嫁个好儿郎。"刘朝静说："娘唻，我嫁给金武哥就满足了你的心愿。"赵海娥瞅了一眼刘朝静，"娘相信你，疯死你了。你在当庄上也好，咱娘俩能天天见面。"

第76章

"忽如一夜春风来，千树万树梨花开。"万胜庄联中院墙外梨行里的古梨树树干古朴沧桑，树枝虬劲尽展，在残败的柳絮呼唤下，梨花在枝丫上，冒了出来，一朵朵，一团团，一簇簇，月亮般晶莹轻透的花瓣搊着紫色的、黄色的、粉红色的花蕊。"粉淡香清自一家，未容桃李占年华。常思南郑清明路，醉袖迎风雪一杈。"陆放翁笔下的梨花盛景在这里得到完美展现。

梨花的芳香扑入校园，挤进教室，清醒头脑，治愈疲劳。

刘洪老师委托赵凌云领学《白杨礼赞》。赵凌云想到了老家的老白场，他用标准的普通话充满感情地朗读着，班里静得针落见声：

白杨树实在是不平凡的，我赞美白杨树！

那是力争上游的一种树，笔直的干，笔直的枝。它的干通常是丈把高，像加过人工似的，一丈以内绝无旁枝。它所有的丫枝一律向上，而且紧紧靠拢，也像是加过人工似的，成为一束，绝无旁斜逸出；它的宽大的叶子也是片片向上，几乎没有斜生的，更不用说倒垂了。

读着，赵凌云脑海里闪着大坑杨树的身影。伟大的茅盾先生，您写得太好了，句句发自肺腑，句句切合实际。

读到"至少象征北方的农民"时，赵凌云的声音有些抖，他想到了家乡的父老乡亲，勤劳朴实肯干的社员。

当赵凌云读到"它有极强的生命力，磨折不了，压迫不倒，也跟北方的农民相似。我赞美白杨树，就因为它不但象征了北方的农民，尤其象征了今天我们民族解放斗争中所不可缺的朴质，坚强，以及力求上进的精神"时，他的声音洪亮起来。赵凌云再提高声音："让那些看不起民众，贱视民众，顽固的倒退的人们去赞美那贵族化的楠木，去鄙视这极常见，极易生长的白杨树吧，但是我要高声赞美白杨树！"

刘洪老师带头鼓掌，全班掌声雷鸣。

赵凌云坐下，耿玲瞟了一眼赵凌云，将头抵在课桌上，像是自言自语，"读得真好！"

下课铃一响，同学们像撒圈的羊群蹿出教室上厕所、上操场撒着欢儿，有几个揉着眼、捶着腰站到屋檐下晒太阳。

赵凌云起身伸了个懒腰，耿玲疑惑地问道："凌云，你会说普遍话？"邢其实离眼加圈，夸张地睁大眼拍马屁似的说："还他会说普通话，他还会武术呢！他还会玩六（下趟子）呢！"

看到邢其实那个熊样，纪律委员张玉眼向左瞥着邢其实，嘴却向右使劲地撇着。

赵凌云说："走，出去活动活动。"说着，他走出教室，邢其实、耿玲和张玉跟在后面。邢其实径直跑向厕所，张玉往操场上逛去。耿玲背着手转身对赵凌云说："凌云，我想跟你学说普通话，我想跟你学打拳。"赵凌云笑着说："耿玲，你想拜我为师，还背着个手跟干部样，师徒关系，师道为何物？我认为你可以学武，你很适合。练武能锻炼身体，让你长得杨柳细腰，成为大美女。当然，你现在也不丑。"

耿玲听赵凌云说着，迅速将背着的手放下，眨着眼看着赵凌云："谁骗我谁是小狗。"赵凌云说："你怎么还骂誓了，你长好长不好，我倒也有一分责任了。我可不想当小狗，我想当小猫，小猫托生的人漂亮。下午放学后，我到操场上教你。"

耿玲"嘿嘿"地笑着："真的？"耿玲伸出右手将小拇指弯着想跟赵凌云拉钩，赵凌云说："走，快上课了。"耿玲又补上一句："我也想当小猫。"

下午放学，赵凌云喊秦守实和徐星，"咱晚走会儿，到操场上练会儿。我收了个徒弟，一块教教她"。徐星问道："凌云哥，你收的哪里的谁？"赵凌云笑了："徐星你说话够精练的！我收的是咱班里的我的同位耿玲。"

耿玲早已到了操场，将书包放在一边，正小步跑着热身，等待着师傅赵凌云。

赵凌云和徐星、秦守实说笑着走到操场，他们将书包放下。赵凌云安排徐星在前，秦守实跟着，让耿玲跟在秦守实后面，他跟在耿玲后面。先练踢腿，正踢、侧踢。徐星、秦守实呼呼地踢着，耿玲的腿就像用胶粘在地上，一抬一抬像个跛脚的鸭子。

踢了一会儿停住，赵凌云指点耿玲踢腿的要领，要挺胸，伸臂，眼睛平视，绷直腿向上尽力踢抬。赵凌云说："不要着急，要苦练，将筋拉长，直到将脚尖踢到额头。"

耿玲用嘴衔着辫子，背着手认真听着。当赵凌云的目光与她的目光交汇时，她突然意识到什么，急忙将手放下垂着。她记住了赵凌云的话，也听赵凌云的话，"师道"。赵凌云本是开玩笑，耿玲却坚信而恪守。

赵凌云示范性地打了一趟长拳，串烧表演了几个高难度的基本功，旋风脚、扫堂腿、乌龙绞柱、鹞子翻身。耿玲咬着辫子，眼里放着光，目不转睛地看着。只见赵凌云双脚起跳，在空中一个侧踹，重重地落在沙坑里，他一个鲤鱼打挺跃起，头发上、领窝里、鞋里灌满了沙子。赵凌云抖落着头发上的沙子，解开扣子哈撒着领窝里的沙，脱掉鞋将鞋窟篓子里的沙往外磕着。

耿玲想笑，但又被赵凌云的武功折服，她拍着手，"太厉害了，太厉害了！"赵凌云随口说道："'血浸金沙扬战袍，英勇无畏展横豪。'我这是英雄征战沙场。"

赵凌云手把手教耿玲拳、掌、指、肘、膝、腿、脚的武术形法，耿玲的血沸腾着，心怦怦地跳着。她喜欢赵凌云的手，喜欢赵凌云的声音，喜欢赵凌云的气息，喜欢赵凌云的刚毅，更喜欢赵凌云的才能。

赵凌云安排耿玲："我教给你要领，下步再教你套路，你要多练，台上一分钟，台下三年功。耿玲，练功可不要耽误学习哟。"

耿玲羞涩地问道："凌云，你属什么的？"赵凌云不假思索地回答道："我属人的。"耿玲惊异地睁大眼睛，"我问你的属相，十二个生肖哪有人呀？你蒙我的吧"。赵凌云漫不经心地说，"每个人都属人，其次才有十二生肖，什么老鼠呀、牛呀、马呀、羊呀、兔呀。我属人错吗？"耿玲佩服地说："是的，真是的，你说的在理。俺属人，俺也属马。"赵凌云哈哈地笑了起来，"你属马，我属人，只有人才能驯服烈马"。耿玲不服气地说："俺也属人。"

赵凌云说："你属人是后说的，我属人是先说的，你说时已变成两个人，那叫从，服从的从，你从不从？"耿玲说："服从。"赵凌云大笑："同学之间开玩笑呢，练练你的脑子，我看耿玲脑子够用的。"耿玲央求道："凌云，你和徐星、守实送我回家，我给你们拿点好吃的。"赵凌云笑道："我们又不是玩把戏的，演完再收点东西。走，各自回家吧。"说着，赵凌云摩着头发里残余的沙粒，给耿玲打过招呼，和徐星、秦守实背起书包说说笑笑向学校大门走去。耿玲失望而恋恋不舍地看着赵凌云，将嘴里含着的辫梢用力吐了出来，生气地说道："心眼子蛋，不知好歹，还玩把戏的，呸。"

她背起书包怏怏不乐地走回家。

赵凌云和徐星、秦守实每个周末下午放学后都要指点耿玲练武，耿玲练得有模有样，学习成绩不断提高。耿玲课下见了赵凌云都抱拳施礼，幽默地叫一声："师傅。"赵凌云大师般地摆下手，"行了，我亲爱的耿玲同学。"

农村改革不断深入，农村经济活跃起来，家庭畜禽饲养业蓬勃发展。万胜庄有炕鸡（孵化雏鸡）炕鸭的传统，邵家的炕房、陈家的炕房、焦家的炕房先后开业，尤以邵野的炕房最为有名，号称百年老字号的第四代传人。

赵凌志跟赵凌云商量："凌云，我想趁春孵春繁黄金季，卖两趟雏鸡、雏鸭。万胜庄邵野家的小鸡、小鸭口碑好、质量好，供不应求，你能找人给咱定点，我遛乡卖卖，增加点收入。我每天早起，打上一袋子面的烧饼，让娘卖着，烧饼也生意不断溜。"赵凌云说："哟，哥咊，这样你也太累了吧，这哪能行呀。我焦老师就是就着星期天卖点小鸡、小鸭补贴家用，由于过度劳累，骑车子栽到沟里，摔断了腿。咱别摞摞这个事儿了，安心打烧饼吧。"

赵凌志说："你家伙别扒豁子，你哥心中有数，我也一定注意安全，能行就多卖两脚子（批），不行咱就不干就是了。"赵凌云说："我试试能不能到邵家炕房给你抢定一点，需要多少？"赵凌志说："每次定100只雏鸭，200只雏鸡，这样够一车，也够出远门一趟。"

赵凌云找到耿玲，"耿玲，我托你办点事，你看能帮上忙不？"耿玲激动地说："凌云师傅你尽管安排，我定当尽力。"赵凌云说："俺哥想卖两趟小鸡、小鸭，听说邵野家的炕房很有名，他家的小鸡，特别是小鸭很难定着，很紧俏，你看能帮着定100只小鸭和200只小鸡不？"

耿玲说："行，我让俺爹去定，保证能行，我定完告诉你。"

第二天，耿玲兴奋地告诉赵凌云："凌云，任务完成了，给你哥定好了，后天出炕，正好赶上这脚子。"

赵凌志早早起床，见赵凌云已将烧饼炉燊好火。赵凌云帮着赵凌志将发好的面破面（一块块切开），揉剂子。赵凌云撸起衣袖，手握短把笪帚，呱呱地贴着烧饼，他边贴边抢。赵凌志接得快，赵凌云贴得快，一袋子面的烧饼很快打完。

赵凌志说："凌云，你还得去上学，你起这么早能行吗？可别影响学习。"赵凌云说："没事儿，我多干点你就少累点。你到了邵野家的炕房就说是耿道正定好的就行了，你付上钱，接着再定好下批的。师傅领进门，修行在个人，下一批就不要再让耿道正老人出面了。"

娘用四个鸡蛋给两个亲爱的儿子每人打（冲）了一碗鸡蛋茶，她只能用这个来体现对儿子的爱，用好一点的吃食来呵护他们的健康。

赵凌云拿个烧饼往鸡蛋茶里一泡，狼吞虎咽地吃完，背起书包向学校跑去。

赵凌志吃过饭，将装小鸭、小鸡的条筐固定在自行车货架上，他兴奋地向万胜庄骑去。

赵凌志遛乡卖鸡卖鸭没有选择想水村和想水村周边的村庄。他想，兔子不吃窝边草，近处的村庄应留给没有自行车，挑担子卖鸡的社员。他要用"老国防"到远处去开辟市场。他走出山崮县的边界，进入临东地区的一个单姓村庄王家寨。他大声地喊道："小鸡良好，买小鸡了""小鸭良好，买小鸭了"。

村里的王奶奶、王嫂子、王婶子听到卖小鸡、小鸭的来了，念叨着："俺的娘来，可好了，这两天就盼着来卖小鸡小鸭的，这是起了东南风，来了及时雨。"纷纷向赵凌志围拢过来。赵凌志将蒙在条筐上的布掀开，小鸡、小鸭发出"叽叽""嘎嘎"的叫声。面对前来买鸡的客人，小鸡仿佛害羞似的堆在一起，互相挤着，没有一点精神。小鸭也争着往下趴，让其他鸭子盖住自己。

王大嫂从条筐里抓出一只小鸡放在手掌里撑着，操着临东口音说："俺的娘来，小鸡仔不欢喜呀，这能养活吗？这是什么品种？"

赵凌志说："大嫂，我骑车快，这些小鸡、小鸭有点晕车，转向了，再说来到外地也有些怕人。这些小鸡、小鸭都是俺山崮县丰源公社万胜庄有名的炕房邵野炕房孵化出来的，漂亮得很，壮得很，质量绝对一流。小鸡的品种有两种，一种是咱当地的土鸡黎花鸡，一种是二八八洋白鸡，各有优点。小鸭是咱当地的麻鸭，好养活，下蛋还多，蛋还香。"

赵凌志边说边从条筐边拿出两截席遮子卷成两个圆圈，拿出几个小鸡和小鸭分别放到席遮子里。小鸡、小鸭争气地站立着，走着，昂着头叫着，煞是可爱和喜人。

赵凌志幽默地说："看，这些家伙调过方向来了，不晕了，你看它们硬邦着呢，只要给它食吃，它就能活，到时间，按时下蛋，你赔拾鸡蛋就是。如果是公鸡，那通红的冠子，黑色的小腿，红色的羽毛，黑亮的尾巴和羽翎漂亮极了。八月十五杀上一只，炒个辣子鸡，太香了。"

一旁的王奶奶被赵凌志逗得差点笑掉牙花子，"小伙子不像个出力的，倒像个大学生，小嘴真会说，这还没开始喂呢，你连怎么吃都教给我们了。唉，炕房的名字也好，是有钱人家开的，还是个少爷，我看这个鸡也是宝鸡金鸡了，鸭也是个富鸭贵鸭了。"王奶奶吆呼道："我们这几家给你箍堆（全买）了，你看适当便宜点。"

赵凌志客气地说："行，奶奶，只要你们高兴，你们给个本钱，我免费给你们送来都行。如果信不过我，你们先给一半钱，待小鸡、小鸭长大再给那一半钱也行。"大嫂说："大兄弟，你先赊给我们，等鸡鸭下了蛋，我们卖了钱再给你行吗？"赵凌志哈哈地一笑："大嫂，你这是用我的矛击我的盾呢。行，你们的满意就是我的满意。"

赵凌志身边的王大婶子说："别闹了，一看这个小青年就是实诚人，咱就买了吧，我看小鸡、小鸭都不孬，也别挑了。您哥，我们能用粮食换吗？"赵凌志说："行，婶子，得用小麦，地瓜干我不能要了，我几十里的路太累了。我想这样吧，买二十只小鸡送四只，买二十只鸭子送一只，折价算。"

大家将赵凌志的小鸡、小鸭抢购一空，她们给了一半现钱，一半用小麦抵账。赵凌志旗开得胜，带着小麦，挺着胸，晃着膀子，扭着腚，骑着带劲的"老国防"往老家想水村赶去。

赵凌志琢磨着，"人呀都是善良的。做生意和气生财，笑口常开客满堂。与人相处，始于言语，合于性格，久于善良，忠于人品"。

赵凌志的生意做得风生水起，忙和累没有填满他的心，那空空的一块装着对冯宁的思恋和想念。周末，他进了一趟城与冯宁见上一面。

赵凌志用自行车驮着冯宁，冯宁熟练地指挥着，串街走巷，逛了公园，遛了百货大楼。在百货大楼的手表柜，赵凌志看中了一款坤表，他避开冯宁拜托一位主任模样的大姐帮忙，"姐，我想买这块坤表，但我没有票，你能帮我吗？我可以给你几块钱"。

大姐生气地说："我能要你的钱吗，你没有票买什么手表！"

她说着打开柜窗，拿出精致漂亮金光闪闪的手表，"给你，我想办法补张票。你的眼力可真好，这是我们店最贵的手表了，价格也好，150元。"

赵凌志给冯宁买手表，冯宁是不愿意接受的。她不接受又恐怕赵凌志难受，怕他产生别的想法："冯宁变心了？冯宁看不起我？"接受了，她又很难受，这150元钱得卖多少个烧饼，卖多少只小鸡、小鸭呀，这可是心上人的汗水呀。

买手表当定情信物？可以的，两个有情人就此确定恋爱关系，随时走进婚姻的殿堂。"这是彩礼？不是，断然不是。如果是彩礼，我冯宁连一个毛革都不会要。父母之命，媒妁之言，收受彩礼，这些封建陋习跟我冯宁、跟我冯家没有半毛钱的关系。"

冯宁请赵凌志喝了山崮县最有名的回锅羊肉汤，吃了最有名的水汤煎包。他们将自行车寄存，徒步逛了三拱桥市场，他们看到一个40多岁卖野药的汉子在那里表演着：

闲来无事上大桥

碰见个外科先生把药铃摇

淅淅沥沥，哗啦啦啦

把个熊嘴一撇就糟糕

哪一个不痛痛快快来治

哪一个不痛痛快快来瞧

我这里有东海东的灵芝草

有西海西的佛药苗

有九天仙女的裹脚布

还有玉皇大帝的真汗毛

这四样药全备齐呀

熬成一张狗皮膏

瞎子一治睁开眼

聋子一治准听着

哑巴一治会说话

小秃一治准长毛

瘸子一治丢下了拐

罗锅一治抬起了腰

这个熊鬼要是听着了

准骂我胡扯又胡闹

治疗的办法很简单

我在他身子上下两面摞上桃木板

中间用锤砸三遍

罗锅嗷嗷叫着命

我只管治你的罗锅还管你的命

　　冯宁笑得前仰后合，她将赵凌志的手攥得生疼，将头在赵凌志的肩膀上不停地摩。赵凌志笑着却陷入了沉思：做生意全凭一张嘴，嘴好生意好。人有嘴更有眼，眼是明亮的，眼是公平的，眼是公正的，不要光凭两片子嘴，还要有公德心。

　　他又想到阿庆嫂的唱腔："垒起七星灶，铜壶煮三江。摆开八仙桌，招待十六方。来的都是客，全凭嘴一张。相逢开口笑，过后不思量。人一走，茶就凉。"

　　冯宁抬头一看赵凌志呆若木鸡，"你在想什么呢！"赵凌志回过神来，"噢噢，这同志说得真好！"

　　赵凌志驮着冯宁回家，路上，他给冯宁讲了他卖鸡卖鸭的经历和奇遇。他讲着笑着，冯宁听着笑着，笑着笑着，她哆嗦着哭了起来。她用双臂将赵凌志搂得紧紧的，她的脸不停地在赵凌志后背上擦，赵凌志乐着，她却难受着。赵凌志笑得有多厉害，她伤心得就有多厉害。她哭着想着，赵凌志这小子到底受多大的苦，遭多大的罪呀。

　　冯宁让赵凌志向左拐，再到护城河河边的堤坝上散散步。护城河河边上一株株、一排排的杨树高大挺拔，树杈、丫枝上的树叶让杨树精神起来，河坝上的柳树叶密着、绿着，将树枝盖得严实。杨柳依依肩并肩，冯宁牵着赵凌志的手慢慢地走着。

　　冯宁问赵凌志："凌志，你今年的高考志愿打算怎么报？"赵凌志胸有成竹地答道："冯宁，我今年高考，准备报考省建筑学院。"

　　冯宁建议似的说："凌志，如果感觉有难度，你可以放放身段，降低下标准，报个中专，这样稳些。"赵凌志说："不，标准不能降，专业也不能改。我喜欢建筑专业。我是山里人，石头伴着我的祖先、伴着我，我与石头结下了不解之缘。

石头墙、石头屋、石头路。"他接着说，"冯宁，你看我的老家，那可是石头的天下。人们利用山上丰富的石料资源，建房就地取材，因地制宜，在没有石灰、水泥的时代，人们采用干砌石技术建造房屋。不添加任何沙浆，只用石块进行垒砌，每一层墙所选石块厚度相同，石块与石块之间咬合严密，底层厚，上层薄，自下而上，依次递减。这样的墙体既美观又大方。我村的老石匠常对年轻人说，盖石头屋，这个石头砸得合适不合适，板正不板正，墙角歪斜不歪斜体现着石匠的技术和品德。有才有德方为上品。"

冯宁说："现在盖楼、盖房子都是砖混结构了。"赵凌志揽着冯宁的腰望着前方不紧不慢地说："冯宁，法国作家雨果说，建筑是用石头写成的史书。"冯宁敬佩地看了一眼赵凌志，"凌志，一方水土养一方人，你对石头建筑的感情我理解。"

赵凌志看着城里的楼房，深情地望着冯宁说："'安得广厦千万间，大庇天下寒士俱欢颜。'我要学有所成，建出美观、牢固、节能、舒适的房屋，为城乡发展做出贡献。我报考省建筑学院土木工程专业。对于这个志愿，风雨不动安如山。"说完，他低头轻吻冯宁的额头，"你支持我吗？"冯宁用嘴咬了一下赵凌志的耳朵轻声说："支持，支持，十万分地支持。"

赵凌志驮着冯宁走到冯集村街头，赵凌志没敢进家，他对冯宁的母亲任庆兰有些胆怯，真的胆怯，发自内心地胆怯。他对冯宁说："冯宁，天也不早了，我就不家去了，你代我向家里人问好。你回家吧。"

冯宁安排道："凌志，回到家代我向父母问好，向凌云弟问好，感谢他对你的支持帮助和奉献。"

赵凌志答应着："放心吧。"他骑上自行车返回想水村，冯宁站在原地目送赵凌志，嘴里不停地喊着："凌志，凌志，可慢点。"直到赵凌志消失在视线中。

第77章

5月，赵凌志和刘朝静参加了高考预选，党金武由于报考军事院校超龄，没有参加高考。赵凌志顺利通过预选，刘朝静在预选中没有出线，无缘高考。

7月7日、8日、9日三天，赵凌志和全国333万名考生一起步入设在各地各校的高考考场，完成了他与命运的巅峰对决。

8月的一天，赵凌志埋头苦干着，他呱呱地在滚烫的炉膛里贴着烧饼。中午时分，党金武跑来将一封挂号信送给满头大汗的赵凌志，"凌志，你的高考录取通知书来了"。

赵凌志喊道："真的？金武你快拿个烧饼吃。"党金武兴奋地看着赵凌志，"凌志，祝贺你金榜题名，你真不简单，考了个省重点大学。"

赵凌志说："没有什么了不起的，金武谢谢你。"说着，他的手抖得很厉害，竟然把一个烧饼抢叉乎（烂）了。"党金武说："凌志，大队那边我还有点事处理，过两天，我单独来给你祝贺。"

党金武走后，赵凌志将贴烧饼的笤帚一丢，急不可耐地小心翼翼地打开信封，掏出录取通知书。

赵凌志同学：

经学校录取，省高校招生委员会批准你入我校土木工程专业本科班学习。

省建筑学院

一九八零年八月十三日

赵凌志举着通知书向屋里大声喊道："娘，我考上了，我考上大学了。"

凌云娘听着赵凌志的喊叫"考上大学了"。她答应着，一腔坐在板凳上，想站起来，起了几次没有能成功。嘴里不停地说道："俺儿考上大学了，俺儿熬出头来了。"

赵凌志拿着通知书一遍一遍地看，一遍一遍地读，他的眼睛模糊了。眼前浮现出冯宁在校园里陪他梳理学习重点，交流谈心不断给他打气鼓劲的情景；浮现出任庆兰板着面孔教训他的情景；浮现出冯宁"一切都在发展中，把一切交给时间"的坚定表态；浮现出了冯君守教他打烧饼、支炉灶的情景；浮现出他跟父亲赵广厚为招工问题争吵的情景；浮现出赵凌云一马当先为自己学习和做生意营造环境的情景。眼泪扑扑地往下流。

赵凌云撸着袖子，满头大汗地推着载有大条筐的"老国防"自行车进了家门，他幽默地晃着自行车把上的铃铛。他一大早载着满筐的地瓜干赶到山崮县白干酒厂卖掉，这些地瓜干是本村社员换烧饼一斤一斤地积累的，每隔几天都要到酒厂卖一次。

插上车子，赵凌云一看，烧饼炉几近停火，一个尚未揉好的面剂子正出现干裂，心里嘀咕道："俺哥呢？"

听赵凌云进了家，赵凌志回过神来大声喊道："二弟，我考上了，我考上大学了，我拿到录取通知书了。"赵凌云激动地说道："我看看。"他快步走过去，从赵凌志手里接过信封和通知书，一字一句地大声读着，让赵凌志又温习了一遍通知书的内容。

赵凌志说："这是我心仪的大学，这是我心仪的专业。"

赵凌云拿着通知书跨进屋里，见娘坐在板凳上总是笑，"凌云，你哥考上了呢。"赵凌云说："娘，俺哥考上很正常，考不上不正常。"

他说着提起暖壶给娘和哥分别倒了碗开水，"来，来喝点水稳当稳当"。他知道娘和哥此时已激动得不行。他用力把娘拽起来，重新坐到桌子边。

赵凌云走到烧饼炉跟前，他添加烟煤将鏊子重新加热，将干皮裂纹的面剂子重新揉好，他踮脚、摇腚、扭腰、晃膀、甩臂干了起来。

"凌云兄弟，你打烧饼呢，你哥怎么没打？"宋老二的媳妇喳喳雀左士青端着一筐子地瓜干来换烧饼。"凌云弟，给我称二斤。"

赵凌云将鏊子上的烧饼抢下来笑着说："二嫂，俺哥有喜了，我给你捡两个热烧饼吃。"

左士青听赵凌云说赵凌志有喜了，哈哈地笑着，差点将盛地瓜干的筐子掉地上，"凌云，你真会造业，你哥有喜了，男孩还是女孩？"

赵凌云笑着说："二嫂，你真会想，我说他有喜了，是考上大学了，你以为他跟你一样怀孕了呢。"

左士青眼瞪得像酒瓯子，"你哥考上大学了？考的什么大学？"

赵凌云说："省建筑学院土木工程系。"他边说边给左士青称烧饼，"高高的秤，秤砣差点滑秤钩子上去。再赠送你一个热烧饼香香嘴。"赵凌云麻利地称着、笑着、说着。

左士青说："地瓜干是我在家里称好的，正好换二斤烧饼，凌云，你再称一称，心里好亮堂。"赵凌云说："行了二嫂，我还信不过你？你把地瓜干倒柳条筐里就是。"

左士青咬着赵凌云赠送的热烧饼，怒迷地颠颠地回了家。

左士青回家后不久，全村人都知道了打烧饼的赵凌志考上了大学。

赵凌志想帮赵凌云打会儿烧饼，手却不听使唤地抖。赵凌云说，"哥，你歇会儿吧，你平复下心情。我看，这打烧饼将成为你过往的一段经历，烧饼炉也将成为你尘封的记忆"。

赵凌志扩了扩胸，摇了摇胳膊，使劲呼了几口气，撸起袖子揉起了面剂子。

打完烧饼将炉口封住，娘已将饭做好。赵凌志和赵凌云洗手吃饭，他们拿了几个烧饼就着青椒炒豆角，大口喝着方瓜（南瓜）汤。赵凌云吃着豆角味道怪怪的，显然没放盐，赵凌志愣是没吃出来。

赵凌云让娘吃饭，娘却说："我不饿，心里没点空，吃不下。"

吃过饭，赵凌云笑着对娘说："娘咪，你炒的豆角没放盐。"

凌云娘惊奇地说："没放盐？唉，我满脑子都是你哥考大学的事儿。"

赵凌云对哥哥赵凌志说："我一会儿到咱老爷家，把你考上大学的事告诉他，我接着去常山煤矿告诉爹和凌峰。让爹给你准备点上学的路费。"赵凌志说："凌云，千万别给咱爹添心事，这段时间我挣的小钱绰绰有余。"

赵凌云拿了两个烧饼往老爷家去，刚一出门碰见了三瞎子赵广清，"三叔，您遛遛，您吃饭了吗？"赵凌云礼貌地问道。

赵广清说："还没吃呢，这不，我正围着你的家看呢，看看这出贵人的风水宝地长什么样。"赵凌云哈哈地笑了，幽默地说："怪不得我家墙根的死蚂蚁这么多，都是你踩的。"

赵凌云将烧饼递给赵广清，"三叔，你把这个烧饼拿着吃吧，这是我准备给俺老爷奶奶送去的"。赵广清接过烧饼说："凌云，你的家，风水宝地呀！"他接着说道，"十年寒窗苦读，只为一朝争夕。寒窗苦读十余载，金榜题名一朝时。朝为田舍郎，暮登天子堂。"说着，他提着烧饼，秃噜着脚步向家里走去。

赵凌云回家又拿了两个烧饼径直走进奶奶家。一进门，赵凌云大声说道："老爷，奶奶，我哥考上大学了。"

爷爷赵满福听到赵凌云来很高兴，笑着，嘴里嘟囔着："凌云来了。"他捋了下胡子。

进了屋，赵凌云重复道："老爷，俺哥考上大学了，省重点大学。"

赵满福一脸严肃，半信半疑地抬着脸问赵凌云："你说你哥中了？"

赵凌云说："中了，中了个大的。"

赵满福捋了下胡子"嘿嘿"地笑着说："中了，中了，中了好！中了好！"说着他站起身竟然不拄拐棍在屋里来回走了两趟，"中了好！中了好！"

奶奶说："你哥考上大学，这是咱几辈子积兴的。我和你老爷供你叔上学，盼着他考取个功名，我们砸锅卖铁，把鸡姨的蛋攒起来换钱供他，到底他连这么一星星功名没考中。"说着，奶奶咬着牙用大拇指掐着小拇指肚子比画着。赵满福唬着脸看着老伴。

赵凌云对老爷说："这是新烧饼，咬不动就烧个鸡蛋汤泡着吃，香着呢。老爷，我下午就去常山煤矿俺爹那里报个喜，这段时间他正为俺哥的事儿发愁呢。早给他说一天，他就早高兴一天。"赵凌云告辞老爷、奶奶，回家准备赴常山煤矿。

回到家，赵凌云叠了几个烧饼放进书包，他推车出门，赵凌志叫住了他，"凌云，你明天从常山煤矿再到山崮县城郊公社冯集村冯宁家，将我考上大学的事儿告诉他们，省得你冯宁姐躁得慌"。

赵凌云笑着说："哟，我接个大活呀，造业，我成了信使了。行，我去。"娘站在门口安排道："凌云，你骑车子可慢着点我儿，稳当的。"

赵凌云回娘道："行娘咪，你放心，我明天进城替您遛遛，看看景致，洋心洋心。"他回头朝娘笑了一下。

赵凌云推车走出村外，左脚踩着脚扎子溜了一下，骗腿上了自行车。他明白乐极生悲的道理，一路格外小心，稳稳地驾驭着"老国防"爬坡过坎向常山煤矿赶去。

傍黑，华灯初照，常山煤矿显得格外繁华。矸石上的灯像航标闪着耀眼的光芒。广场一周的莲花灯显示着庄严气派。路过职工大礼堂，他拐弯进了去，走近礼堂，看到礼堂门口的海报上写着今日电影《小字辈》，不少职工和家属正逛着前来观看电影。

赵凌云恋恋不舍地离开。到了宿舍，父亲赵广厚宿舍的门锁着。他插上自行车，从书包里掏出一个烧饼正要咬，听见熟悉的三弟赵凌峰的声音，"爹，你看那不是俺二哥吗？"

赵广厚喊道："凌云，你怎么来了？"赵凌云咬了一口烧饼，将打开缺口的烧饼装进书包，嚼着烧饼含混地答道："我来给你报喜了，俺哥考上大学了，他被省建筑学院土木工程系录取了。"

听到赵凌志考上了大学，赵广厚激动地说，"录取通知书来了吗？"边说边把钥匙往锁的下面插，插了几次，钥匙竟然落在了地上，他弯腰拾钥匙，又问，"通知书来了吗？"钥匙又掉了下来。

赵凌云接过钥匙稳稳地插进锁孔将锁打开："通知书来了，那个通知书可香了。"赵广厚"嘿嘿"地笑着："杂碎（小子），通知书还香？能有多香！"赵凌云揽着赵凌峰说："要多香有多香"。

赵广厚坐在床沿上，掏出一只烟，望着窗外吧嗒吧嗒地抽着，"我抽完这支烟带你到食堂吃饭。凌峰，你快回学校上晚自习吧"。

赵凌峰说："二哥，你给我练两下子看看，多天没见你练武了。"

赵凌云拍了一下赵凌峰："二哥累了，我一早到酒厂卖地瓜干，回来将咱哥没打完的面剂子打完，接着又赶过来，我怕连鲤鱼打挺都起不来了。等下次你回家，我给你玩个炫的。"

赵凌峰恋恋不舍地对赵凌云说："二哥，我上学去了。"

赵凌云安排道："凌峰，可得好好学，老大打着烧饼就捡了个省重点大学，你这么好的条件，不考个北大、清华的说不过去呀。"

赵凌峰将斜挎的书包正了正，"我去了啊，你跟咱爹到食堂吃饭吧。我们在食堂吃完了"。

赵凌云对赵广厚说："爹，咱吃饭去吧，到食堂捡点好的吃补补身体，这段时间累脱气了。俺哥考上了，我也能喘口周流气了。"

赵广厚锁上门，推起熟悉的爱车"老国防"上了大路，他左腿踩在脚扎上溜了一下，翻腿骑上了车，喊道："凌云上车吧。"赵凌云伸开双臂推着自行车的货架用力向前一送，顺势骑上货架，自行车差点撅起来，多亏赵广厚身子重，胳膊有力地按着车把。赵广厚说道："你这孩子"，然后"嘿嘿"地笑了起来。

赵凌云笑着说："爹，孩儿乃习武之人，身轻如燕。"

赵广厚嗔怪道："你还身轻如燕，差点把自行车撅上天。"

赵凌云一边用垂着的双腿蹬地给赵广厚助力，一边说"sorry dad"。

赵广厚蹬着自行车批评赵凌云："可不能说粗话，什么骚人，逮他。"赵凌云哈哈大笑："我说的是英语，对不起的意思。"

供销社内灯火通明，人头攒动。走近矿大门，赵广厚刹车让赵凌云下车，赵凌云两腿一叉从自行车货架上下来，赵广厚也下了车。走过大门，赵广厚又骑上自行车让赵凌云上来右拐弯直奔矿职工食堂。赵广厚对赵凌云说："凌云，骑自行车进出单位大门都要下车，这既是安全的要求，也是有礼貌的表现。"赵凌云正想问赵广厚呢，原来是这样。赵凌云连忙说："知道了，爹。"

走近职工食堂，浓浓的饭菜油香漫过来，赵凌云的饥饿感顿时强烈起来。赵广厚将自行车放在存车处，拉着赵凌云的手走进食堂。赵凌云用眼睛扫了一下宴会大厅似的大堂里，横竖成排的圆形水磨石餐桌边几乎坐满了用餐的职工，他的饥饿感进一步强烈，以至于难以自抑，他偷偷地咽了两口唾沫，挺起胸脯，目不转睛地跟着赵广厚走近饭菜窗口。赵广厚问道："凌云，来，看看想吃什么，拣你可口的有营养的买吧。"

赵凌云看了看一分钱掰成两半花的赵广厚手里薄薄的几张菜票，看了看窗口内热气腾腾的饭菜和窗口上挂着的价格牌笑着说："爹，你纯属客气，我先前是给你开玩笑呢，随便买就行，吃饱为原则。"

接着，赵凌云果断地对手里拎着长勺，随时打菜的师傅说："师傅打份大杂烩，一碗大米白粥，两个馒头，2分钱的咸菜。"

打菜师傅冲着赵广厚一笑，"这孩子真会点，专拣最便宜的买"。

他使劲给赵凌云打了一大勺，又补了半勺，满满一洋碗。赵广厚付了二毛七分钱的菜票，二两粗粮饭票，四两细粮饭票。对打菜师傅说："谢谢！"

大杂烩是食堂里热菜中最便宜的，它是把没有卖了或凉了的菜混在一起烩制而成，二毛五分钱一份，里面有白菜、豆腐、酥菜、茄子、北瓜之类。

赵凌云就近找了个桌子，"爹，我就在这儿吃吧"。

赵凌云坐下后，就着酱疙瘩咸菜大口喝起稀饭，咸菜咔咔脆，稀饭呼噜噜，"爹，这个大米稀饭真好喝"。赵广厚说："大锅熬的稀饭是好喝，香。凌云，你不要光喝稀饭，要多吃菜、馒头好压饿。"

"爹来，吃饭先喝汤，不用医生开药方。"赵凌云边喝稀饭边给赵广厚打趣。赵广厚看着咬口咸菜喝口稀饭的赵凌云，想到困难时期，"干活吃干，休息喝稀；早上、中午吃干，晚上喝稀"，他的眼圈发红，心里想："这孩子实在是……"

喝完稀饭，赵凌云用匙子挖着杂烩菜，大口地吞送着喷香的馒头。待菜还剩一半，他把另一个馒头掰成四半，放进菜汤中一泡，正要大口扒拉，一个声音让他打住。

"赵师傅，孩子来了，你带孩子吃饭呢。""噢，刘师傅，是的，二孩子来了，我领他吃点饭。""二哥呀，你就给孩子吃这个，你可得给他吃点好的呀，孩子像庄稼，只有多上肥料，才能长得壮，多打粮。"

赵广厚对赵凌云说："凌云，这是你刘叔。"赵凌云起身喊道："刘叔。"

给赵广厚打招呼的是赵广厚同一个工区，宿舍挨门的邻居刘景东师傅。赵广厚向刘景东介绍道："这是我的二孩子，叫赵凌云。"

刘景东上下打量着赵凌云，自言自语道："这小子长得天庭饱满，地阁方圆。"接着他笑着对赵广厚说，"赵师傅，你有福呀，三个儿子三条枪。孩子长得都不赖"。说着他走向小炒窗口，炒了一份红烧茄子，又到另一个窗口要了一份油炸排骨。

"凌云，刘叔我给你加两个菜，也算个见面礼。"刘景东端着菜放到赵凌云面前。赵凌云急忙站起身："刘叔，我已经吃饱了，吃饱为原则，这哪能再让您破费呀。"刘景东爽朗地笑道："侄子，你正是吃壮饭的时候，这点菜撑不着你，别客气，吃吧。"

赵广厚帮腔道："你刘叔给你买了，你就吃吧。"赵凌云说："那我就再买碗稀饭吧，就着吃。"说着，从赵广厚手里接过二两粗粮饭票向饭菜窗口走去。

刘景东对赵广厚说："二哥，听说矿务局招工指标批下来了，重点放在了掘进、回采一线，像我们这样的辅助工区不知能摊几个。唉，反正你不用怕，你排在工区第一名，你已经让了两次了，全工区从上到下谁不知道。我排在你后面第二的位置。有两个指标，咱俩就皆大欢喜，如果只一个指标，老弟我只有给你祝贺的份了。"

赵广厚此刻想抽支烟，他从兜里掏出一支一毛找的（8分一盒的）烟，看着墙上的禁止吸烟的标志，把烟捏着在鼻子上闻了一闻说道："这次招工指标我用不着了，大孩子赵凌志考上大学了，二孩子今天来就是来给我报喜的。凌志考了个省重点大学。"刘景东瞪大眼睛，"二哥，你的孩子真争气呀，你这次再将招工指标让了，那可是三让招工指标呀，你可是咱工区、咱全矿的大好人、风云人物呀。"

赵广厚说："景东老弟，你这样在咱工区就排在第一位，再怎么着也得给咱工区一两个指标。你这个是扳倒树摸老鸹稳拿稳。"

刘景东眼里含着泪花说:"二哥,我这是托你的福呀,托俺大侄赵凌志的福呀。二哥,孩子考上大学的事你先别往外说。你是劳模威望高,你又让了两次,上级说什么也不能忘了你。如果人家知道你的孩子考上了大学,很可能就不给咱工区指标了。你不吱声,招工指标分到咱工区,你不要,那就轮到我了。老弟也只能借你的光了,咱俩亲人不言谢,我终生难忘,终生感激。"刘景东说着看了赵凌云一眼,"二侄子,你还想吃点什么,刘叔给你办。"

赵凌云吃着排骨窝窝着嘴说道:"刘叔,可不要了,今天可把我撑毁了,八成这一顿顶两天。太谢谢你了刘叔!"

吃过饭,赵广厚骑着自行车带着赵凌云返回宿舍。此时,赵凌峰也下了晚自习课回到了宿舍。赵广厚用搪瓷茶缸泡了一缸子茶叶茶,掏出一支一毛找的"向阳"牌香烟点着,吸着,吹着,沉浸在无比高兴和幸福之中。他想着:赵凌志这个犟驴,本以为他上学没有指望,却180度大转弯,打烧饼卖鸡鸭,居然还考了个省重点大学。凌云这孩子不会走扯,凭他的本事考个学应该没问题,就是家里坠了他的趟子,往后家里还是离不开他,这孩子厚道有责任心。再往坏处想,如果他考不上学,我就提前退休让他接班到矿上工作,也算对得起他。老三凌峰学习不错,老师说他考山崮县这个省重点中学没问题,一旦考上,那就算迈进大学门槛了。

日子过得有劲呀,有奔头呀,虽然生活还有困难,手头紧巴,比普通社员还是好些,要知足呀。刘景东师傅是个好人、实在人,他家的情况也很困难,儿子老大不小了也没讨上老婆,这次招工对他很重要,如果他儿子能招到矿上上班那就一步登天了。刘师傅的老婆患有长远病,身体弱,处处用钱,不容易呀。

如果有招工指标分给他,他却把功劳记在我的头上,这哪行呀,咱哪能担得起呀?这要感谢组织。不假,以前我让了两次,但我心里很舒服,人总不能光顾自己。过两天歇班,我要回家摆个场感谢一下乡邻,赵凌志打烧饼做生意全靠乡邻捧场,否则,这个熊黄子能会做生意?打死我,我也不信……

赵广厚喝着茶、吸着烟想着,这时传来敲门的声音。凌云急忙跑过去拔开屋门插销,"刘叔,您来了。"

敲门的是刘景东师傅,"凌云,凌峰也放学了。"说着,刘景东进了屋门。刘景东说:"赵师傅,我刚才路过矿供销社给你买了条"白莲"牌香烟,我看你抽的是一毛找的"向阳"牌,我这个可能好抽些,我不吸烟,也不知道烟的味道。"

赵广厚嘟着脸说:"刘师傅,你怎么这么破费呢,你说我能抽你的烟嘛。咱两家情况差不多,都还困难,我抽一毛找的烟就很好了,俺老家那里都抽自卷的猪尾巴梃子烟。你赶快拿回去退了。啊?"

赵广厚说完让刘景东坐下,刘景东说:"二哥,我不坐了,有情后补,有情后补。"说罢将烟丢在床上,转身弓着腰小跑出了屋门。

赵广厚从箱子里拿出三块五毛钱走到隔壁,敲响了刘景东的屋门。

赵广厚回到屋对赵凌云说:"唉!你刘叔真是实在,我把他这条烟买过来了,正好回老家给你哥办喜场用。"

他坐在床沿上,端起茶缸喝了几口茶,伸出手做了个邀请的姿势,示意赵凌云过来坐在他身旁。他给赵凌云用洋碗倒了一些茶说:"凌云,喝茶。这你哥考上大学我总是像做梦一样,你说你哥怎么变化就这么大呢?"赵凌云说:"爹来,俺哥可不是一个简单的人物,我挺佩服他的。第一年高考落选对他刺激很大,落选不落志,这一年来,他像个转蜡子不停旋转,他又像个抽转蜡子的人不停抽打自己。他像个爬山人不断向险峰攀登,他还像个斗士不断向命运发起挑战。他苦其心志,劳其筋骨,最后得到命运的眷顾。你可不能老是用老眼光看他。"

赵广厚拉着赵凌云的手说:"人要懂得感恩,要懂得善良,要懂得互帮互助,这既是一种修养,一种人生态度,更是一种责任。你哥以前是自私的、偏激的,我曾为他担忧,曾为他失望,好在这都成了过去。凌云呀,你哥到省城上大学四年,每年也需要不少的花销,我的这点死工资要合理分配。你很可能还要作出牺牲。"

赵凌云说:"爹,俺哥考上大学这是很荣耀的事,大学也很艰苦,咱必须优先保证他的费用。他这段时间也挣点零花钱,一时不会太紧张。你年纪也不轻了,还是要保重身体!凌峰贪长也不能轻视。爹,我想了,如果遇到手头紧,寒暑假我打点烧饼卖,挣点小钱补贴家用,你尽管放心,你二儿会按你的总体布局配合好的。"

赵广厚将赵凌云的手使劲攥了几下,赵凌云感觉到了老爹的情绪,更接受了他传导的力量。

赵广厚抽出一支烟递给赵凌云,赵凌云正要说话,赵广厚意识到自己的失态,急忙将烟放在嘴上,赵凌云接过火柴给他点上。此时,赵广厚将赵凌云看作成熟的男人,当成了知心的朋友。

赵广厚吐了一口烟说:"凌云,下步,你把家里的事担起来,如果你能考上学,爹全力供你,如考不上,都是家庭连累了你,爹就提前退休,让你接班。爹相信,你在哪里都干不孬。唉!咱只能如此。"听了赵广厚的感慨,赵凌云大大咧咧地说:"爹咪,行。你怎么安排,咱怎么干。我当农民最合格,我喜欢咱老家的山山水水,一草一木和父老乡亲。爹,你的儿子没有瓢茬,你别愁,捌就是,捌他个天翻地覆慨而慷。"

赵广厚听着赵凌云的话,"嘿嘿"地一笑,又抽出一支烟点上,微笑着吞着吐着。赵凌云用另一只手拍了拍父亲的手说:"爹,咱洗洗睡吧,你明天还要上班。我明天一早赶往山崮县城,我就不去食堂吃饭了,我到山崮县城喝碗糊粥和辣汤,捌两根油条,听说山崮县城的糊粥相当有名。我逛逛县城,然后去城郊公社冯集村去会会俺哥未来的丈母爷冯君守,下午回家。"赵广厚微笑着瞅了一眼赵凌云,起身拍了一下赵凌云的肩膀,"睡吧,就这么着。"

赵凌云躺在赵广厚的床上,闻着赵广厚被子上的肥皂味和未散尽的烟味进入了甜蜜的梦乡。

天刚蒙蒙亮,赵凌云洗了把脸,告别父亲和三弟赵凌峰,骑上"老国防"向山崮县城奔去。

第78章

赵凌云飞速地蹬着自行车,将路边的杨树迅速地甩在身后,他不停地看着路边的景色。绿树掩映下的村庄,跨路的渡槽,弯曲密布的灌渠,高耸的烟囱、水塔。

进入县城,他到供销大楼前喝了碗糊粥和辣汤,吃了两根油条,进了书院街,看了火车站和公(路)铁(路)交汇处的三拱桥。来到南门里,远远地听到卖老鼠药的吆喝声:"山崮县南门里,王老道老鼠药,百发百中的老鼠药。"他循声望去,只见一位40多岁的人,留着大胡子,穿着长袍,戴着瓜皮帽和圆形账房先生眼镜,一手拿着老鼠药,一手举着铁皮喇叭,跟前摆着一溜死老鼠大声喊着:

老鼠药，药老鼠

大的小的都克住

大老鼠吃了蹦三蹦

小老鼠吃了不会动

都来看那个都来瞧

东庄老鼠克个猫

都来瞧那个都来看

西庄老鼠八两半

呼隆隆呼隆隆

小两口说话听不清

咬你的箱咬你的柜

咬你半夜不能睡

咬你的柜咬你的箱

咬烂布鞋两三双

小麦子两头尖

下到您家各房间

闻着香那个闻着甜

吃到肚里不安全

老鼠的孙老鼠的儿

老鼠的干大老鼠的侄

拖拖拉拉一小群

都给他药死正当门儿

赵凌云听着笑着，情不自禁地鼓起掌来。不断有人过来买上三包五包，王老道的老鼠药名不虚传。

赵凌云推着自行车来到龙泉路边上的"益康糕点"买了两包糖角蜜和两包三刀子点心挂在车把上，他边走边看街边风景。走了十分钟，他看到路前边人来人往，大包小包地背着、扛着，十分匆忙。走近一看，那是山崮县长途汽车站。

他随着人流拐弯进入汽车站，他将自行车停放在一个墙角，双手叉着腰，挺着胸，抬着头看着汽车站气派的候车室大门和大门上方悬挂的徽标。赵凌云走近候车室大门，正墙上"为人民服务"五个大字和侧墙上"一切为了旅客，为了旅客一切"的红色标语格外醒目。透过窗户，他看到院内停车场停放着几排客车，"乖乖，好气派呀"。一饱眼福的赵凌云回头快步走向停放在墙角的自行车。

走到自行车旁，他发现挂车把上的糖角蜜和三刀子不见了，他本能地转身寻找，却看见一辆汽车缓缓地驶出车站，挡风玻璃上的车牌显示这是山崮县城通往郗亭的汽车。一位 50 多岁的山里老人背着沉重的布袋，边举手边吆喝："同志，停停，我先上车再补票。"

汽车停下，下来一位留着长头发的十八九岁的青年售票员，他背着一个木盒状的售票箱。"你是干熊的，叫唤着拦车，一看就是老山里的㤣（憨愚）货。"

青年售票员气愤地说着，将背袋子的老人一拳打倒在地。赵凌云迅速跑过去，他看到被打倒的老人太像老家想水村的父老乡亲了。他扶着老年人对青年售票员说："同志，你怎么打老人呢，你看他多可怜。他看样是来晚了一步没进去站，想上车补票，一天内往东发的车少，你就帮帮他，怎么还打人家呢。"

青年售票员瞪了一眼赵凌云，"你是哪根葱，别充圣人蛋，小心我连你都揍。奶奶的，在山崮县城还有你们乡下人说的话，滚。"

被打的老年人对赵凌云说："小青年，他是城里人，咱惹不起。"

老年人的话既刺激了青年售票员，也刺激了赵凌云。青年售票员扬扬得意，赵凌云却满腔怒火。这时，汽车上的乘客和驾驶员也下车劝售票员不要过分。有的乘客窃窃私语道："这个售票员就是欺负人。这一近㳡子（一段时间），城里的小青年不知喝的哪罐子药，打架斗殴，惹是生非，走路横着走，都成痞子了。"

赵凌云瞪了青年售票员一眼，售票员瞪着眼大声吼道："你敢瞪我。"说着，将票箱往地上一放，挥拳向赵凌云打来。赵凌云闪身　躲，迅速向后退了几步。他心想，"这小子真要打架呀，近身打，我在年龄上、体格上、力量上不一定行，必须到空旷的地方教训他"。

赵凌云的后退，青年售票员以为是他胆怯，无还手之力。没想到，刚到一个空旷地方，赵凌云跃身一个旋风脚，"啪"的一声踢在了青年售票员的耳门上，售票员耳朵嗡嗡直响，他挥动拳头使劲向赵凌云的脸部打去。赵凌云蹲身躲闪，接着一个扫堂腿将对方绊倒。

售票员起来手腿一齐上打出一套王八拳，赵凌云用左臂将对方胳膊上抬，拉起弓步用右掌击打对方肩部，对方向后打了个趔趄。这时赵凌云双脚起跳，踹向对方上胸部，对方倒下，赵凌云也顺势倒地，赵凌云一个鲤鱼打挺起身，站在那里。售票员爬起来满地找砖头石块击打赵凌云。赵凌云抽出矿用帆布腰带用右手耍出一个梅花状，腰带呼呼生风，赵凌云站在售票员跟前说："你如果用石块砖头击打我，我将用腰带还击，抽死你个龟孙。我看你今后还敢不敢欺负乡下人。"

售票员将拿到手的石块扔在了地上，愤愤地说："你等着。"说完，他一手捂着脸，一手指着赵凌云"我给你没完"。快步走向汽车站内。

一位戴着红袖章的干部模样的车站工作人员赶过来，询问道："怎么回事？是谁打架了？"

坐在地上被打的老者呻吟着说："你是当官的吗？俺可叫你们欺负死了，那个小流氓售票员把俺打倒，腚都摔成两半了。你们这些城市人想把俺农村人都讹死，留你们当人种是不是？不要俺农村人活，你们扎上喉咙眼喝西北风，要不是俺种地养你们这些四肢不勤、五谷不分的不吃人粮食的货，你们吃屎都赶不上热的。"

"大爷，别光骂，说说怎么回事。"干部边听着骂边劝道。

"俺托人在县化肥厂买点化肥，俺连赶带跑晚了几步，没捞着买票进站，看到开向俺家的方向的汽车过来了，俺就想先上车再买票，赶车回家。一天到晚，往东开的车少，错过了这趟车，俺就麻烦了。这好，售票员不光不让上车，还动手打俺，这是什么世道呀。要不是这位学生拉架救俺，俺八成就成了您汽车站的鬼了。哎哟哟，哎哟哟。"老者说着呻吟着，一下躺在了地上。

赵凌云走上前补充道："叔呀，咱车站是人民的车站，候车厅的"为人民服务"和"一切为了旅客"的标语还在那儿呢。刚才那个卖票的同志也太恶霸了，殴打老人，殴打劝架的人，实在太可恶了。我教训了他一下，只是点到为止，没有伤他的筋骨和元气，只是制止他的恶行而已。您看是安排这位买化肥的老人到医院看病还是让他上车回家。"

车站干部对赵凌云说："这位同学，感谢你见义勇为，制止打人事件。这个小青年是我站职工子弟，待业青年，在车站上干临时工，不是我站的职工。我看如果老人无大碍就坐车回家吧，车票免了，事后我给站上作一汇报。那个卖票的青年，我们站上会严肃处理。"

说着，他喊赵凌云帮忙将老人扶上车，将化肥袋搬进车，放在车门附近的座位底下，便于下车搬动。他安排驾驶员照顾好老人。接着，他又叫来一位女售票员跟车服务。

乘客们看事件处理妥善，纷纷上车，他们给赵凌云竖起大拇指表示赞赏。被打老人隔着玻璃不停给赵凌云作揖施礼表示感谢。汽车启动，缓缓驶出车站。

赵凌云推起自行车返回"益康糕点"又买了二斤糖角蜜，本想再买二斤三刀子，但钱不够了。他嘴里说道："唉，这可亏了俺冯叔了，买不起三刀子了。"

山崗县长途汽车站和下面各公社驻地的汽车站，资产和人员由省汽运总站垂直管理。企业职工之间亲连亲，祖传父，父传子，像某些垄断性行业一样，属典型的近亲繁殖型企业。一家三代、姑表、姨表，里三层、外三层的亲戚挤在一起。领导讲话点一个人的名，下面有十几个、二十几个人搭茬搭腔。新上任的领导上任之初首要任务就是先研究职工花名册，研究透错综复杂、盘根错节的人际关系，否则，寸步难行。

殴打老人的长头发售票员叫聂七，是老站长聂庆胜的孙子，车站稽查科科长聂伟的儿子，聂七因混迹社会打架斗殴刚被公安机关处理过。

随着经济放开搞活，人的思想也日益活跃起来。特别是初中、高中毕业的城市青年，出学校门进入社会后，追求思想的自由化，追求个性张扬，追求自私自利。他们无地可种，无工可做，游手好闲，无所事事，打架斗殴，调戏妇女，欺行霸市，寻衅滋事。他们以"城市人"自居，以"非农业"户口为荣，以吃粮票为傲，自诩为上等公民，自称为"城油子""街滑子"，将自己的居家之地称为大院。政府大院、公社大院、×局大院、×厂大院。有的炫耀般自报家门，什么向阳街的、三街的、二街的、三马道的、十一马路的。他们行为失教失范，以"痞、霸、恶"为荣，说痞话、吐脏字、发戾气、留长发，穿奇装异服，走路横着走，身上往往带有刀斧等凶器。

知识青年陆续返城，城市就业压力空前加大。一方面，各级各行业各单位成立劳动服务公司，以开拓安置渠道，扩大就业门路，解决越来越严峻的待业安置高峰。这些劳动服务公司依托行业职责、职能特点和条件兴办三产服务型企业。像待业青年商场、待业青年饭店、菜店、照相馆、洗衣店等应运而生。有的单位干脆将管理型事务，像对单位房屋租赁、水电费收取等交予劳动服务公司办理。目的只有一个，那就是安排待业青年就业，维护社会稳定。

另一方面，放开经营，鼓励、支持个体工商业户发展，允许私人开办工厂，办企业，拓展就业门路。个体饭店、个体经营摊点、个体加工厂、修理厂应运而生，增强了市场活力，促进了经济发展，使一部分人依靠诚实劳动走上了致富之路。

第 79 章

山崮县城郊公社冯集大队的冯君守家的老榆树上喜鹊飞来飞去叽叽喳喳叫个不停，烧饼炉烟囱里的煤烟向上卷着，形成一朵朵美丽的花朵般的图案，继而在微风的吹送下裹挟着烧饼的香味飘着、散着。

冯君守和冯宁父女俩专心致志地打着烧饼，冯宁揉着面剂子，冯君守把炉口，默契有序节奏快，焦嫩相间的大圆烧饼接二连三地从炉膛里抢挑出来。"君守，咱这是摊上大喜事了，你看那山喳子叫得多欢，撵（niǎn）都撵不走，你是不是捡到钱了？嘿嘿。"任庆兰用簸箕簸着麦子对丈夫冯君守边说边笑。

冯君守用长把铁抢子将烧饼抢下来放到箔上，笑了一下说："你这个财迷，怎么山喳子一叫就想到我拾钱了，我拾了钱能不给你，我还能闷着不成。"说完，冯君守哼哼着唱了起来，"喜鹊那个喳喳落井台，远方书信乘风来，姑娘含笑把信看哪，一串山歌飞村外，唉唉唉唉，一串山歌飞村外，飞呀么飞村外"。冯宁说："爹，您唱得可真好听，一人还能唱男女两个角色，您可是被打烧饼耽搁的歌唱家。"

说笑间，冯君守看到大门口一个青年人将自行车停下，接着听到几声轻轻的叩门声响。在农村白天是不兴关大门的，俗话说"人不能关起门来过日子，那样会过得没有人味"，只有晚上睡觉前才将大门关上，用棍顶上。

"这是冯君守叔家吗？"青年人轻声问道。冯君守答道："是的，快家来坐。"青年人进门看到正在打烧饼的冯君守激动地喊道："冯叔，您忙着呢！"接着对冯宁喊道，"姐，你也忙着呢！"

冯君守和冯宁惊喜地异口同声地喊道："凌云。"

任庆兰看到青年人，又听到丈夫和女儿热情地喊着对方的名字，急忙站起来惊奇地问道："这是……"冯君守慌忙向任庆兰介绍道："这是东乡的赵凌云，是冯宁同学赵凌志的二弟。"

任庆兰听到来人是赵凌志的弟弟，脸色晴转阴，由惊奇、惊喜变得讨厌甚至愠怒。没等冯君守介绍完，没等赵凌云叫她一声"婶子"，她端起簸箕用力哼了一声，厥啦一下转身进了屋。

冯宁看到娘的无礼和对赵凌云的轻蔑显得无奈和尴尬。赵凌云显然被任庆兰的哑炮轰得措手不及和无所适从，赵凌云心想："唉，我是一个不速之客，难道我是一个不受欢迎的不速之客？不速之客的尴尬和窘让我碰上了，我只有深深地体会一下了。这个婶子真不情理（不讲情面，不喜见人），没见过这样的。"

赵凌云像犯了错的学生，他用手挠了一下腮帮子，捋了一下头发，又用双手向下搜了一下裤角，手心的汗还是无情地冒了出来。

赵凌云没话找话似的说："冯叔，您打的烧饼真好，我老远都闻着香呢！俺冯姐揉面剂子又快又好。"

任庆兰听到赵凌云的话，在屋里嘀咕道："老山里来的山狨（xuè），没吃过东西，还老远闻着烧饼的香味！今天来，不知来找什么投向。莫不是进城犯了难？莫不是来想借几个钱？不知想来划拉什么。唉，今天听见喜鹊叫，本来挺欢喜的，原来没认对，喜鹊原来是乌鸦。"

冯宁问道："凌云弟，你还没开学？凌峰开学了吗？"赵凌云答道："姐，我还没开学呢，农村的学校放假早，开学晚，老师中民办教师多，家里的农活儿也需要时间和精力。凌峰已经开学了，矿上的学校开学早，主要是照顾职工上班，及早把学生揽哄到学校里，减轻工人照看孩子的负担。"

听到冯宁像问亲人一样，亲热又熟络。任庆兰嘟着脸，咬着牙说："死妮子，不知天高地厚，还问这个，那个，反正这个亲戚不好成。"

冯君守问赵凌云："你哥的烧饼打得、卖得怎样？"

赵凌云向堂屋瞭了一眼，略微提高声音说："俺哥掌握了您的精髓和绝技打的烧饼火候好、口感好、味道好。卖烧饼又仁义，生意好着呢。每天两三袋子面，中午太阳一偏西，烧饼就卖完了，有多少卖多少。春天，他又卖了两批小鸡、小鸭，卖得也很好。冯叔，你可别说，俺哥还真是个做生息的料，卖小鸡、小鸭时逗得老嬷嬷、大婶、大嫂哈哈笑，笑声中就把小鸡、小鸭卖完了。"说完，赵凌云又向堂屋瞭了一眼。

任庆兰听着赵凌云的介绍，真想站在门口大声嚷嚷，把他轰出去。但她极力忍着，屏住呼吸，咽了一口唾沫，愤愤地说道："干哕人，还卖小鸭、小鸡，这还丢不死俺冯宁的脸？还哄得老嫲嫲、大婶、大嫂笑，一看就不是个正经孩子。我呸！"

赵凌云又自豪地说道："俺哥这段时间也受罪了，他就像一个不停被抽打的转蜡子，高速旋转着，又像一头蒙眼推磨的驴不知黑白地干着活儿，他瘦了不少。"

冯宁听到赵凌云的话，眼泪顺着腮颊直往下流。任庆兰在屋里咬牙切齿地说："活该，我看他赵凌志就不如一头驴，驴不知道高攀，驴没有歪心眼。就这副熊样，还想追俺大学生冯宁，奶奶的，也亏他能有这个豹子胆，也亏他脸皮厚得跟城墙一样。"

冯宁哽咽着问道："你哥的高考还没有结果？"赵凌云用手又拽了拽衣角，不紧不慢地说："姐，我今天来就是给你报喜的，俺哥接到大学录取通书了，他被省重点大学省建筑学院录取了，大学本科。我昨天到常山煤矿给俺爹报了喜，我怕你躁得慌，一大早，我就起身来给你报喜了。我哥反复安排，让我第一时间向你报喜。"赵凌云说完向堂屋又瞟了一眼。

听完赵凌云的话，冯宁撂下面剂子，手也没洗，转身冲向屋里，扑到床上哇哇地大哭起来，边哭边喊："我终于等到这一天了，凌志，你这个争气的东西没让我失望，凌志呀，你遭罪了，凌志，值！"

听到赵凌云说赵凌志考上了大学，任庆兰那绷紧的脸像断了绷带，在热血的冲击下顿时灿烂起来。"哎哟，恁哥，你快屋来，别老站在外面，我给你倒了糖茶，别凉了，快屋里喝。恁哥，俺家一早那个山喳子就叫个不停，我说有喜事，有大喜事，你那个长瘊的冯叔拧着脖子给我争，说哪来这么多喜事。你说古来就说，喜鹊报喜，乌鸦报丧，那个喜鹊山喳子能白叫？是不恁哥？你哥哥那个孩子，我和你冯叔都可喜欢了，要人有人，要才有才，虽说是山里人。人家不说吗，山窝窝里能飞出金凤凰，是不恁哥？你哥哥这考上大学了，可了了咱这两家的心事了。"

赵凌云看着任庆兰欢喜无比、侃侃而谈的样子，心里说道："我滴个乖，这翻脸比翻书都快，孙悟空的猴脸七十二变，四川的变脸绝技在俺这个婶子面前也要甘拜下风。赵凌云说："婶子，我就是来报个喜，我不屋去了，我还得赶着回家。"

任庆兰看到在床上哭泣的冯宁骂道："小宁，你这个死妮子，别掉尿汁子了，今天是个大喜的日子，快起来帮娘做饭，好好招待你小叔子。"

冯宁听到赵凌云要走，她一骨碌从床上爬起来，用手抹一把眼泪走到门口哆嗦着声音说道："凌云二弟，你得吃完饭走，这么晚了，你到外面也错过饭时了，听姐的，咱不走。"冯君守大声地说道："凌云贤侄，哪能走呀，这成吗了，来到家不喝茶，不吃饭，那咱还有亲戚味？我还有两个就打完了烧饼，叔陪你喝气。"

赵凌云看到冯宁用带面的手抹眼泪而在脸上留下的面膜，笑着说："姐，你的脸都哭花了，你这是激动的泪，是幸福的泪。我哥说，他考上学全靠你，没有你的关心支持指导，他考大学也有点悬。"

冯宁笑着答道："你这个作文大赛冠军真会说话。"她边说边洗脸，洗着洗着她又哭了，泪水浸在水中，水中有泪，泪中有水，水的比重增加了，冯宁的幸福感达到峰值。

任庆兰张罗着午饭，她笑盈盈地对赵凌云说："恁哥，你先喝茶，我好歹捯逮（尽力准备）几个菜，你跟你冯叔喝杯酒。"赵凌云客气地说道："婶子，我不会喝酒，你简单点，咱不麻烦，啊！吃个烧饼喝碗汤就行了。"

席间，任庆兰不停地给赵凌云捯菜，客气得令赵凌云心里发毛。任庆兰说："恁哥，你回去给你哥哥说，他考学考得大点，这是应该的，男的就应该比女的高板点。你爹在矿上当工人，你家也有烧饼炉，咱两家也算门当户对，门当户对，婚姻才稳定。再说了，咱这里的人都厚道，没有当那个千人骂万人剁的陈世美的，是不？恁哥！"

赵凌云说："是的婶子，咱这里的人，不，我们那山里的人找个媳妇不容易，老辈来都疼媳妇。俺村里的民办教师侯贺堂一表人才，娶了个像褪色篮球一样的媳妇，那疼他媳妇疼得心里一点空都没有。侯贺堂考上了山崮县师范学校，跟俺冯宁姐一个学校，毕业分配到了向阳市里教学，没听说过他想当陈世美。"说完，赵凌云笑了一下，心想，"侯贺堂想不想当陈世美，他还告诉我不成？"

赵凌云对冯宁说："姐，俺哥准备封炉赴省城上学，俺爹准备给他办个喜场，感谢父老乡亲对我家和我哥的帮助支持，到时你还去凑凑热闹吗？"冯宁说："弟弟，这个场我就不去了，你给家里人说，你哥上学的费用我包了，我明年就毕业了，领工资了。"赵凌云说："那可不行，俺哥上学是俺赵家的事，俺爹说砸锅卖铁也要供孩子上学，你挣了工资好好孝敬俺冯叔和婶子，照顾妹妹上学就是。俺哥说了，他大学毕业后，哪里不去，他回山崮县城，在这里安家，好好照顾俺冯叔和婶子。报答二老对你的养育之恩，报答二老对他的疼爱和深厚感情。"

听着，任庆兰的眼圈一红，哆嗦着身子，像公鸡打鸣一样，"嗷"的一声哭了起来。"我真有福，养了个好闺女，我真有福，找了个好女婿。"

冯君守说："你哭么哭，还女婿，这八字就没一撇。"任庆兰说："你放熊屁，你扒什么豁子，冯宁和凌志就是天生一对，就是棒打不散的鸳鸯，这门亲戚咱铁定了。"

赵凌云将二斤糖角蜜放下，告别冯家人，向山崮县城赶去。

赵凌云骑车走近山崮县长途汽车站，侧头看了看他武术实战的战场，头一扬，胸一挺，使劲蹬了两下，快速走向省重点中学山崮县一中。

他插好自行车，走到山崮县一中的大门，他神情专注地向里望去，院当中的古建筑，参天的大树，整齐的校舍，宽大的操场，他流露出羡慕、向往的心绪和无尽的遐想。他又围着院墙走了一圈，用力吸着学校浓浓的书香气和香甜的知识味。他自言自语道："赵凌峰，你这个家伙！二哥先替你侦察一下，你一定要考进来，替你二哥享受这深厚的文化底蕴，放飞理想，飞得更高更远。"

他推起自行车，不停地回头张望，恋恋不舍地离开山崮县一中。

他来到宝泉塔下，宝塔的雄伟震撼着他的心灵。他仰视塔顶，想到家乡想水村的地平面与塔顶持平，他叹道："想水村呀想水村，你是高高在上呀，我为你骄傲，我为你自豪！"

宝泉塔建于唐元和年间，距今约 1200 年。明代宣德三年（1428）曾进行过重修。宝泉塔为楼阁式砖塔，高 40 米，9 级浮屠，以条石须弥座为基，木构架，外为青砖砌筑。八角八面，底层围长 40 米，与塔高相同，谓之"根围称是"，是中国宋元时期常见的做法。垂檐两层，四面有广门，顺塔内登道可至顶层。塔底部有佛窟一间，塔内上部存佛窗四间。外观呈垂檐九层与两层平座。塔顶以宝葫芦为刹。塔身自下而上的收分与逐层层高的递减明显。底层前有塔室，后有螺旋梯登级可攀缘至塔顶。旧以铸铁六瓦一椎覆顶，悬挂金铃，风动有声。

宝泉塔有着美丽的传说。很久以前，山崮县突然有一天，天昏地暗、雷电交加、大雨倾盆而下，人们惊恐不安。原来，玉皇大帝贬下凡间一条犯了天规的白龙，它不守规矩，危害百姓，狂降暴雨，老百姓却不知天下暴雨的缘由。他们求助于老天爷，并在恶龙出现时烧香磕头，答应将牲畜供品送到恶龙出没的地方。年复一年，牲畜都被恶龙吃光，老百姓无可奈何。

一位白胡子老头指点迷津，需建一座塔将恶龙镇住，按照老头的指点，建起了这座宝塔。从此，恶龙被困住，人们过上了好日子。

赵凌云读着碑文看着佛塔，他被博大精深的传统文化感染，他想到了馍馍山悬崖上的摩崖石窟和石刻。他围着塔座转了两圈，抬头看了看塔顶，他用手摩着头顶滑过跟塔身比了一下，"唉，人是渺小的。塔是人造的，人又是伟大的。"

第 80 章

常山煤矿运搬工区区长管洪彦的办公室里，管洪彦和赵广厚正在亲切地交谈着。

管洪彦打开"飞鸽"牌香烟，抽出一支递给赵广厚，赵广厚已将"向阳"牌香烟抽出，"管区长，我的烟孬点。"管洪彦哈哈地笑着，"老赵哥，烟没有好孬之分，来，来，你抽我的，我抽你的。我的烟一盒也不超过三毛钱，但咱这地方的烟味道正。"

"赵师傅老哥，我想对你说点事，这次招工指标下来了，这次主要倾向掘进、回采一线。矿上也知道你让了两次指标，你作为一名共产党员、劳动模范体现了先人后己的精神，展现了先进表率的风范。这次，矿上专门向矿务局汇报给咱工区一个指标，明人不说暗话，这次咱工区的招工指标主要是倾向于你的。我想，这次你就不要再让了，让孩子到矿上工作。当然，不一定分到咱矿上。这样也了却我这个区长的一个心事，不能老让我欠你的人情呀，伙计。"管洪彦边说边笑。

赵广厚抽了两口烟，他看着管洪彦微笑着说："区长呀，你太让我佩服了，我们这些职工的事，你哪一件都想得到呀。咱一个锅抹勺子这么多年，你是设身处地带着大家把工作干好，为大家着想，我原先哪里是让招工指标呀，我就想，有些同志的孩子比我的孩子年龄大，家里比我更困难，我就是没争，哪里叫让。"赵广厚抽了口烟接着说，"管区长，这次的指标，我还是不要了，谢谢你和其他领导对我的关爱。"

管洪彦瞪大眼睛吃惊地说："老赵，这又是怎么回事？你这样，我心里可不好受。伙计，你干活儿吃苦受累，带徒细心周到，成绩那可是有目共睹的，过了这个村可没有这个店呀。"赵广厚说："是这样的，我的大孩子今年考上大学了，二孩和三孩还小。我也没给组织和你提过要求，我想冒昧地建议一下，你看合适吗？"

管洪彦说："老赵哥，你说，你尽管提。"赵广厚说："咱工区的刘景东孩子老大不小了，他家属有长远病，家里负担怪重，你看能不能把这个指标分给刘景东师傅。"管洪彦说："赵老兄你行呀，不声不响，你的孩子考上大学了，可喜可贺呀，你是厚道之人有厚福呀。不是说嘛，吃亏就是赚便宜，在个人、集体、国家的利益分配上，你一直厘得清，分得明，做得对。你的提议我看中，刘师傅也是一个默默无闻，一心干工作的好同志。"

管洪彦话音刚落，刘景东来了。管洪彦说："你说这人真的神奇，说曹操到，曹操就到。来，来，刘师傅，坐，坐。"

刘景东看了看赵广厚，"赵师傅，您也在这里呢！"

管洪彦掏出一支烟欲递给刘景东，刘景东连忙说："区长，我不用烟"。管洪彦对刘景东说："你来得正好，我也先给你说说。这次招工指标下来了，咱工区争取了一个。这你也知道，赵广厚师傅先前两次都让了，这次主要是给他争取的。刚才一问，他儿子人家今年考上大学了。刚才，不瞒你说，广厚师傅介绍了你的家庭情况，并建议把这个招工指标分配给你。"

刘景东站起来连连抱拳施礼感谢管区长，感谢赵广厚，激动地说道："太谢谢了，我请您喝酒。"管洪彦哈哈地笑着，"老刘，你把工作干好就是对我最大的感谢，请我喝酒，那不是乱弹琴嘛，落入俗套了老兄。要说喝酒，广厚师傅的儿子考上了大学，那才是个由头，可喜可贺，我摆个场，景东师傅坐陪。这个事情先别张扬，马上公布，公布后再讲。"

赵广厚和刘景东、管洪彦三个人分别握手道别。

赵广厚三让招工指标的事迹一时成为常山煤矿的美谈。常山煤矿流传着一个顺口溜，"做人要学赵广厚，利益面前不伸手。先人后己风格高，劳模精神代代扬"。

自从二儿子赵凌云向他报告了大儿子赵凌志考上大学的喜讯，赵广厚的心里天天像喝了蜜一样甜。原先他和凌云娘对三个儿子的人事布局和安排彻底打乱了，他最不看好的不入路的拧筋头赵凌志竟捷足先登考上了大学？！就像打仗，最难攻打的阵地拿下了，三儿子赵凌峰的学习成绩那是没得说，以后考学定不是问题。二儿子赵凌云那是颗万能的螺丝钉，在家种地出力都没有问题。

赵广厚喟叹道：“唉，算着来不打算着去，人算不如天算呀。”

然而他猛地坚决否定了自己这一唯心的想法。这些变化不是人算也不是天意，而是党的好政策带来的巨大变革和变化。若不是党的恢复高考的好政策，若不是十一届三中全会改革开放的好政策，这一切能实现吗？党的路线方针政策关乎每个人和每个家庭的命运，党运、国运、家运和个人命运是完整统一的命运共同体，丝毫不可分割，永远紧紧相连。

赵广厚回到想水村，走进家，屋里坐满了人，他们都是来道贺的亲邻。他们有的拿来几个鸡蛋，有的挎来半筢子麦，他们说着笑着祝贺赵家培养出了一个有出息的好儿子。有的爷爷奶奶还专门领着孙子、孙女来，让他（她）们给赵凌志握握手或抱抱赵凌志的大腿，让孩子们沾沾赵凌志的灵气和喜气，将来也能考个一专半专的大学，抱上赵凌志的大腿，往后也有个靠山。

赵广厚跟他们寒暄着，感谢他们对赵家的厚爱，将带来的东西如数退还。赵广厚说：“父老乡亲的心意，咱领了，你们攒几个鸡蛋不容易，还要用它换点油盐酱醋的钱。”

赵凌志就像个明星，笑着给老老少少握手，来者不拒，将腿绷直，让孩子们尽情地抱，将力量和信心传递给他（她）们。

赵广厚将亲邻朋友送到大门口，转眼看到门口的墙上贴着一张大红纸，纸上用隽秀的小楷写着一则告示：

爷爷、奶奶、大爷、大娘、叔叔、婶子、父老乡亲：

我赵凌志是赵家的子孙，是想水村的子孙，是老杨树的子孙。今天我怀着无比激动的心情写这则告示，由于我考上了大学，马上就要离开家乡，远赴省会上学去了，从即日起，“赵记烧饼铺”停业，给大家带来的不便，还请您多多包涵和谅解。

去年高考失利，我站在人生的十字路口，彷徨而难过。在家乡父老的关心爱护帮助下，我没有孤独无助。在我打烧饼的日子里，你们包容我、理解我、支持我，我终生难忘。我有做得不到和不够的，请您原谅我这个不谙世事的孩子。

我到大学后，要把老家的情、父老乡亲的爱，转化为学习的动力，加紧学习，高质量完成学业，以优异成绩，学有所成，回报家乡，报效国家。我要加强品德修养，做一个走遍天涯海角被人称赞的想水村人，绝不给老家丢人现眼。

我感谢党，感谢时代，感谢父老乡亲！

想水村，我爱您，我永远爱您！

赵凌志

赵广厚一字一句地读着儿子情真意切的告白，他的眼圈红了，泪珠从脸颊上滚落下来。他掏出一支烟点着，用力吸了一口，吐出的烟雾将泪珠和泪花罩住。

赵凌云帮着赵广厚张罗了四桌酒席，大厨赵存壮主勺，大队支部书记赵存祥主持，邀请了本家户主、异姓乡邻代表、单门独户公丕柱等，党金武和刘朝静应邀出席。

晚上，赵存祥联系公社电影放映员，在大队门前放了一场电影《小字辈》。

9月1日，想水村老老少少齐聚赵广厚家门口，大队组织锣鼓队敲锣打鼓将赵凌志送到村口。赵凌云用自行车驮着三表（被面、棉花、被里）新的被褥和搪瓷缸、碗，赵广厚牵着赵凌志的手走在后面，往平湖汽车站走去。

赵凌志脚往前走，头却不停后转望着老家的山、望着老家的墙、望着老家的树，特别是那鹤立鸡群的高耸的老杨树。

赵凌志往前走着，他憧憬着大学的美好生活，他想到省会大都市繁华的街道和市容，他又想到唐朝大诗人李白的《春夜洛城闻笛》。

谁家玉笛暗飞声？散入春风满洛城。

此夜曲中闻折柳，何人不起故园情。

赵广厚说："凌志，出门在外要照顾好自己，要尊敬老师、团结同学，要积极参加学校组织的各项活动，要抓紧学业。想家时就给家里写信。"赵广厚的话打断了赵凌志的思绪。他答应着并安排道："爹，我的学费您不要太费心，我攒了点，假期我可以干点活儿再挣点。咱家的烧饼炉千万不要让凌云再开火，要让他集中精力学习，咱千万不能误了他。"

月朦胧鸟朦胧萤火照夜空。党金武和刘朝静相约来到大坑沿儿和老杨树下。

刘朝静对党金武说："金武哥，赵凌志好厉害呀，摸了个大瓜。"党金武拉着刘朝静的手说："有志者，事竟成，破釜沉舟，百二秦关终属楚。"党金武亲了一下刘朝静的额头，望了望星空，坚定地说："朝静，今年的征兵入伍就要开始了，我要报名验兵，如能验上，我就参军。"

刘朝静将头贴着党金武的胸脯，"金武，我支持你。"她又抬头用明亮而纯真的眼睛望着党金武说，"金武，你在部队干好了，发达了，提干了，你可不能当负心汉。万胜庄的一个家伙当兵提了排长，就把青梅竹马的未婚妻退了，找了个城市户口的，你说恶心人不？再说了，现役军人也不能在驻地谈恋爱找媳妇。我相信俺金武做不出那伤天害理的龌龊事。"党金武将刘朝静的手攥得生疼，"朝静，我当了兵，如果有一天我为国捐躯了，你能不埋怨我，你能理解我，你能不悲伤，你能坦然幸福地生活，我就没白爱你。"

刘朝静捂住党金武的嘴，"金武，你怎么净呲些不吉利的傻话。"

党金武的眼里闪着泪花，将刘朝静揽入怀中，"朝静，咱俩就是连体人，你是我的一切，我没有你，我就不知道怎么活。"他用力拍打着刘朝静的后背，"你怎么那么惹人喜欢，让我爱得发疯呢？"

刘朝静靠近党金武的耳边，悄声说："我是为你而生的。"她用热唇衔了衔党金武的耳朵。

12月，冬季征兵入伍工作开始，党金武和同村其他三个青年踊跃报名。通过体检、政审、家访，想水村四个青年幸福地接到入伍通知书。

新兵入伍的日子，想水村大队门口挂着"一人当兵，全家光荣"的大红标语，锣鼓队敲锣打鼓将胸前佩戴大红花的党金武等四个青年送到村口。赵存祥亲自将他们送到丰源公社武装部，他们在公社武装部集合后由部队接兵人员和公社武装部干部带领赶向山崮县城集结，统一乘车奔赴部队。

吴老二回到家对妻子杜印花说："孩他娘，这段时间，咱村的锣鼓队可排上用场了，喜事连连呀。"杜印花说："老二，敲吧，敲他个喜气满满，敲他个喜气盈门，敲他个喜气连连。厉害了，咱想水村。老二，使劲敲，争取把鼓敲烂。"吴老二说："你这个造业货，敲烂了不毁了。"杜印花斩钉截铁地说："敲烂了买新的。"

三瞎子赵广清像一位资深的僧人双手合十不时默念祈祷，他又像一位能掐会算的先生，时而拨弄着手指，时而掐着指尖，时而数着指节纹计算着想水村走出去的工人、大学生、军人数量，数着他们的名字：周炳继、侯贺堂、陈传卿、赵凌志、党金武、赵广厚……按姓氏家族分着类。数到姓赵的，他的脸上会露出不易察觉的微笑。

数完，算完，他叹道："鲤鱼跳龙门，成为人上人。吃上商品粮，能不憬得慌？"

第81章

中考临近，此时的中考不亚于高考，初三的学生铆足劲，像上紧弦的闹钟不停地运转着。城市中学、企业联中、农村联中、公社中心校成了小小年纪的中学生拼搏的战场。小中专、省重点中学、普通高中作为战斗目标，初中生们将在这里比出三六九等的能力和学业水平，甚至决战出他们不同的命运和出路。

报考志愿，对，报考志愿这是对初中学生第一次心理磨炼。此刻报考志愿不仅是对学生学业能力的考量，更是对学生家庭社会状况、经济和生活情况的考量。城市非农业户口的学生，他们要考省重点中学，要考普通高中，他们想圆满完成高中阶段的学习，接着考大学，他们有这个家庭实力。农村学生，他们要考小中专，及早跳出农门，转成非农业，及早拿工资，吃上商品粮。

城市中学的初中生报考志愿的顺序一般为：省重点中学，普通高中，小中专。当然也有一部分学生报考的顺序为：省重点中学、小中专、普通高中。城市中学的学生首报小中专的一般多为女生。

农村学生报考志愿的顺序一般为：小中专、省重点中学、普通高中。也有极少一部分农村学生将省重点中学作为首位志愿，这部分学生一般是家庭生活条件好，或学习成绩特别好，神童一级的。

小中专学校有：农校、牧校、卫校、师范、幼师、财校、水利学校、电校、煤校、林校、农机化学校等。学校好，专业好，吸人眼球，令人眼花缭乱。

省重点中学有：向阳市第一中学，山崮县第一中学。向阳市第一中学不对山崮县招生。山崮县普通高中有：山崮县二中、三中、四中、五中、六中、七中、八中、十三中八所学校，改变了原先各公社都有高中的局面，增加了学生考取高中的难度，一大部分学生将无缘高中。

"凌云，来，你跟我到办公室来一趟。"刘洪老师对赵凌云喊道。

赵凌云跟刘洪老师走进办公室。刘洪搬了一个椅子让赵凌云坐下。

刘洪老师微笑着欣赏地看着赵凌云说："凌云，现在准备报考志愿了，凭你的成绩，你报小中专和省重点中学都十有把握，普通高中更不在话下。你看你是把小中专作为第一志愿还是省重点中学作为第一志愿？凭我的感觉，小中专的分数线可能更高些，当然对你也没有问题。你的志愿要报好，要往高处够一够。你考上好的学校不仅对你一生有好处，也对咱万胜庄联中的知名度有提升。"说完，刘洪老师满怀期待地看着赵凌云。

赵凌云眼圈有点发红，他强挤出一丝笑意真诚地对刘洪老师说："刘老师，谢谢您对我的培养教导和信任。我想报考普通高中，报考咱公社驻地的山崮县二中。"听了赵凌云的话，刘洪老师大吃一惊，收起笑容，激动地说道："怎么了凌云，你不自信？"

赵凌云看着刘洪老师，缓缓地说："老师，我的家庭情况不允许。我哥考上了大学在省城读书，我父亲在常山煤矿工作，我三弟跟我父亲在矿工子弟学校上学。我得帮家里干好农活儿和家务。如果我报考中专考上了，我要离家很远，照顾不了家了。如果我报考山崮县一中，到县城读书，也照顾不了家了。再说，考上中专和省重点学校，上学期间也有不小的支出，我家现在供三个在外面读书的学生有点吃力。老师，我想，我不能自私，只管顾自己的事，我想还要兼顾家里的情况。我在公社驻地读书，可以在家里带饭、带咸菜，没什么花销，星期天能帮家里干不少活儿。"

刘洪站起身将拳头在桌子上捶了一下，"哎呀，凌云呀，你这读书的年龄怎么考虑这么些事呀，你这么好的苗子可不能夭折了呀。凌云，咱退一步，不行你报师范吧，这个国家担学费、生活费，用不了家里几个钱"。赵凌云看到刘洪老师为学生设身处地着想，十分感动。他爽朗地笑了一下安慰刘洪老师："刘老师，在山崮县二中读书不见得考不上学，松柏长在贫瘠的山地，经风霜，历严寒，虽然生长慢，但材质结实，春夏秋冬将绿色贡献。条件差，不一定不成材，是不老师？"刘洪老师笑着拍了拍赵凌云的肩膀，"凌云，我为你骄傲，也为你祝福。"

中考结束后，赵凌云以高出小中专20分的成绩考取了坐落于丰源公社驻地刘村的山崮县第二中学，成为山崮县二中本届录取新生中分数最高的。和赵凌云一并考上的同班同学有六人。秦守实、徐星和想水村其他学生无缘高中，耿玲落选，跟着姑夫在丰源公社中心学校上学的张建玲以二分之差也落选了。

赵凌云接到入学通知书时对娘说："娘，我考上高中了。"

凌云娘欣喜地说："啊！你考上高中了！"说着一把将儿子拉过来，赵凌云急忙低下头弯下腰趴到娘的怀里，让娘享受搂孩子的幸福感。

凌云娘搂着赵凌云含泪说道："凌云，你再说一遍。"赵凌云趴在娘的肩膀上轻声说："我考上高中了，我还不如考不上呢！"

凌云娘生气地一把将赵凌云推开，"你这孩子怎么尽说儿话"。

赵凌云看着娘愠怒的脸色解释道："我要是考不上还能多帮家里干点活儿，挣点钱供俺哥和俺弟弟上学。"凌云娘厉声说道："凌云，你爹和你哥安排，咱的烧饼炉封了，你决不能想三想四的，别想打烧饼的事。你爹说，咱家里的活儿可找人干，你要一心无挂碍地上学。你不好好上学对不起你老爷，对不起你爹，我把话撂在这里。"

听着娘的数落，赵凌云"嘿嘿"地笑着走出屋门来到院中，他踢了几下腿，劈了一个双叉，一个乌龙绞柱起身，来了个金鸡独立、手托铁塔的造型，"娘，咱学习生产两不误，你看我能不能撑起这个天。"

凌云娘看着赵凌云的表演，笑着嗷了一下嘴，"你这黄子，尽弄些憨蒯（闹剧）。"赵凌云拿着入学通知书对娘说："娘咪，我到俺存祥哥家去一趟，给他说一声。"娘说："那敢是，你得给你存祥哥报个喜，他关心着你呢！"

赵凌云来到赵存祥家，看赵存祥正皱着眉头仔细看着一些表格。"哥，你忙着呢！"赵存祥看到赵凌云，马上将皱着的眉头舒展开，起身笑着说："凌云来了，我正看着陈宝祥会计和各生产队报上来的咱村的土地状况表和生产资料状况表。"

"哥，我考上高中了，你看我已接到入学通知书了。"赵凌云对赵存祥说。"好呀，俺兄弟行呀，不声不响捅上了，哑炮威力大呀。"赵存祥惊喜而幽默地说。"哥，我考得还行，超过小中专录取线20分，我报的是咱山崮县二中，我是这批录取学生中分数最高的。"赵凌云自豪地对赵存祥介绍道。

赵存祥瞪着眼急切地说："你看你这个家伙，你考这么高的分，你怎么不报小中专或者省重点中学山崮县一中呀，你看，你看你这个事办的！""哥，这个事你知道就行了，可别给俺娘说，说了她会骂我的。我主要考虑现在上外地上学，家里的条件不允许，我想帮家里多干点活儿，减少点开支。再说了，在山崴县二中上学也不见得考不上大学，这样能缓冲三年。"赵凌云笑着说。

赵存祥用手指刮了一下赵凌云的鼻子，"你这是用时间换空间呀。行，在山崴县二中上学也不错，到时考个大学也给二中放放光。好学生也不能都让重点中学掐尖录走，人家普通中学日子怎么过？光在那里白忙活，高考完把脸挂在街上让人褒贬"。

赵存祥抓了一把炒豆放在赵凌云手里，自己掏出一支烟抽着："凌云，农村改革不断深入，农民生产积极性不断激发起来，农村经济活跃起来。政策的信号和导向就是要分地，包产到户或包干到户。这些改革突破大锅饭的旧体制，将个人付出与收入挂钩，必将使农民生产的积极性大增，解放农村生产力。"

赵凌云夸道："哥，你是理论家呀，理解上面改革政策透彻着呢！这可是好政策，像俺家没有劳动力，在大集体靠工分、吃平均饭的话，既拖了人家劳动力充足人家的后腿，也遭人家嫌。分了地，咱种好种孬是自己的事，不影响别人家的情绪。再说了，咱可以请人家富余劳力帮忙，咱给人家待遇就是，有情有义呀，皆大欢喜呀。"

赵存祥说："你家的情况我了解，我可以帮你，抛开公家的事，咱两人的关系在呀。分了地，你也不要因为种地耽误上学，有哥在，你家的地就荒不了，就有粮食吃，你哥我的力气还可以，种地也是个老把式。当然了，我会考虑，分了地，集体主义精神和互帮互助的传统美德不能丢，资产不能破坏。要把集体和个人两个积极性都发挥出来，在群众致富的同时，不断增加大队的集体收入，把咱村建设得更好。侯贺堂毕业分配送行时我就说过，只有咱村建设好了，才能吸引外出人员回来。建不好咱老家，老家也就只能是一个名号和念想，人会走光的。凌云，你虽然年轻，但你是我的心灵相通的兄弟，我的话你能听得懂。现在咱赶上好时候了，改革的目标一步步实现，民富村强的愿景就会成为现实。"

赵凌云头点得像鸡叨米："哥，这大队干部也不是好当的，既要研究上情还得研究下情，还得带着干，还得督促规范。我看这不是说谁都能干得来，哥，你还真行，这是咱庄上全体老少的福气呀。"

赵存祥兴奋起来并抑制赵凌云不要拍马溜须，"凌云，对你哥可不要捧杀啊。干好大队这一级的工作，光靠经验和人情世故是不行的。这不是江湖，大队干部要加强学习，理解政策、把握政策、用好政策，要忠诚、要公平、要公道、要正派、要老实。否则，别想干好。基础不牢，地动山摇。没有两把刷子还真不行。"

"哥，听君一席话，胜读十年书。你比语文老师讲得都好。"赵凌云又拍了一下。赵存祥"嘿嘿"一笑："兄弟，有你学的，有你干的。可得好好上学啊。书到用时方恨少，事非经过不知难。"

赵凌云是赵存祥的堂弟，更是忘年交朋友。他跟着爱学、上进、能干、公道、正派的赵存祥学到了很多在课本上无法学到的知识，开阔了视野，加深了他对农村的了解和农村政策的理解，加深了他对农村和农民的感情。

赵凌云把秦守实和徐星叫到家里，谈一谈下步的打算，并约定去看望武术老师周炳继，让正担任公社主任的周老师指点迷津，找条出路。

到了赵凌云家，徐星和秦守实有些悲伤和失落。快人快语的东北娃秦守实操着东北口音说："凌云，你考上了高中，我们落选了，咱这就要树倒猢狲散了，我还真难过。"赵凌云有些生气地说："守实，你这孩子说什么话呢，什么叫树倒猢狲散？咱三个人都在呢。要说我们共同的树，那就是友谊，我们的友谊万古长青，树怎么能倒？我们是紧紧抱成一团的兄弟、同学，我们怎么能散呢。当然，天下没有不散的筵席，为了生计、为了工作、为了人生，我们不可能天天在一个锅里抹勺子，但，只要心里有彼此，我们就是永不分离。"

赵凌云问徐星和秦守实下步打算。秦守实说："我跟我姥娘商量好了，我要回东北，我们那旮旯儿分地了，我们那里的土地宽，我想回去承包土地当个种粮大户，当个农民，为国家多种多打粮食。"徐星说："我想跟咱庄上的石匠学干建筑、泥瓦工、支盒子板，弄好了，捯个包工头当当。"赵凌云惊奇地叫道："好呀，你们的理想比我大多了，我高兴。我只想到边上学边帮家里干活儿：大坑里挑水、鏊子上滚煎饼、自留地里锄地。烧饼炉都封了你看，我都没敢想再开炉。好呀，我高中毕业考不上大学就找你们，跟你们打工，给你们看大门也行，咱会武呀。"

秦守实和徐星听着赵凌云的话哈哈大笑，笑着笑着，三个人紧紧地抱在一起，彼此感觉到都在啜泣。

三个人松开手，各自用手背抹了一下眼。赵凌云让他们坐下，冷静地嘱咐般说道："守实、徐星，咱年龄还小，涉事未深，踏入社会要格外小心，咱有地种，有活儿干，可不能游手好闲，按老家人的老人的话说，咱不能吃黑食，不能吃磨眼里的粮食，不能挣不沾泥的钱。现在有不好的风气抬头，城市里无业可就、无事可干的一些待业青年游手好闲、打架斗殴、调戏妇女，这些孩子迟早得进局子。这些不良风气不见得不染指咱农村，咱们年轻气盛又都会武功，绝不能恃强凌弱，寻衅滋事，更不能被恶人利用。你看咱村的看山老人陈耀彪一身绝技，却彰显了不战而屈人之兵的武德。不管走到哪里，干到哪一步，都不能忘了咱是想水村人，不能给想水村抹黑丢脸。"

秦守实和徐星眨着眼听着赵凌云的安排和见解连称："是，是，凌云说得对，我们一定做到，绝不能年少无畏，绝不能意气用事。"赵凌云提议："今天在俺家吃饭，吃吃我亲自滚的煎饼，这个煎饼是凌云牌的，有凌云之气。我再给你们俩炒个地蛋丝，炒个葱花鸡蛋，炒个花生米，拌个老咸菜，熬个米汤，你们俩搭个下手，拉拉风箱，怎么样？吃过饭，咱一起去来泉公社拜访周炳继老师。"秦守实说："太好了，凌云会滚煎饼了，厉害。"

炒着菜，赵凌云开玩笑："今天咱捯这两个菜真好玩，鸡蛋、地蛋，这叫两蛋不搁，用煎饼一包，那就叫两蛋合一。"

赵凌云炒的菜有滋有味，徐星吃着连夸："俺凌云哥炒的菜真好，可以当厨子了。"赵凌云又开玩笑："咱可不争长头壮大哥的生意，咱只管自娱自乐就行了。哈哈。"

秦守实看着赵凌云笑着问："凌云，耿玲考上了吗？"赵凌云说："没考上，人家行，有个能行的爹，据说，她爹托人把她安排到丰源供销社了。她巴不得考不上呢。"秦守实又说："凌云，我看耿玲对你有意思。"赵凌云满不在乎地问道："什么意思？"秦守实大笑："你这个家伙，装憨卖呆，那个意思呗，就是想给你谈恋爱。"

赵凌云笑了，"你这孩子净长歪心眼，还意思，咱这个年龄是意思的年龄吗？我们还得上学，还得忙出路，绝对不能意思。再说了，人家都吃非农业了，吃公家饭了，咱这个农村穷学生敢给人家意思吗？守实，你可莫说胡话哟，小心耿玲的爹扛着洋炮来轰你。"

秦守实被赵凌云逗得大笑，操着东北话说："我操，我的乖乖，这个意思真有意思，吓死我了。"

吃过饭，几个家伙翻山抄近道直奔来泉公社而去。

赵凌云、秦守实和徐星走进来泉公社驻地，被眼前的景象惊呆了，士别三日当刮目相看呀。工厂林立，水泥厂、石英厂、白灰厂、水泥砌块厂、轧钢厂、水泥预制板厂、建筑队、农机修理厂、罐头厂、面粉厂、编织袋厂、植物油厂、饲料厂。

个体经营摊点遍布，羊肉汤馆、丸子汤馆、辣汤馆、粥铺、煎饼摊、馒头摊、菜煎饼摊、理发铺、照相馆、烟酒糖茶糖葫芦。吆喝叫卖声不绝于耳。卡车、拖拉机、毛驴车、地板车、独轮架子车出出进进，好不热闹，一派繁华，一派繁荣。

赵凌云感叹道："这简直就是一幅新时代工业版的《清明上河图》。"

走过主街道，穿过两条小巷，他们来到来泉公社办公大院。赵凌云在传达室签了到，按照传达室师傅的指点走进果树掩映中的周炳继办公室。

赵凌云轻轻地叩了两声屋门，"请进"。屋里传来浑厚而慈善友好的声音。

赵凌云推开门喊道："周老师，周主任。"三个人同时进了屋。

正在阅读文件的周炳继抬头一看，高兴地喊道："凌云、守实、徐星，你们怎么猛一蹿来了。"秦守实抢先说："表叔，赵凌云考上高中了，我和徐星落选了。我们来向您报告一声，我也准备回东北了，徐星想学石匠干建筑。"

周炳继听着，起身给他们分别倒了一杯水，笑着说："凌云考得不错，你俩没发挥好，失利了。"

周炳继让他们喝茶，想让他们缓解一下紧张不安的情绪。

周炳继又回到办公桌前，认真地看起文件，他仿佛看的是一些报表，他不时在上面画着、圈着，最后签上字，让人拿走。

周炳继将椅子调过来。对着坐在连椅上的三个学生。赵凌云说："周主任，周老师，咱来泉公社变化真大呀，建了这些厂子，个体经营又活跃，就像《清明上河图》描绘的一样繁荣。"

周炳继听到赵凌云对来泉公社驻地的评价十分高兴，这是一个中学生眼中的景象和印象，应该是真实的评价，比喻得还很贴切。"凌云说得不错，比喻得很有文采，也很贴切。张择端的《清明上河图》生动记录了北宋都城东京的城市面貌和当时人们的生活状况，是北宋时期京城繁荣的见证，也是北宋城市经济情况的写照。"

秦守实补充说："表叔，赵凌云曾拿过山崮县中学生作文大赛一等奖。他这次考试超过了小中专和省重点中学的分数线好多。"

周炳继问："凌云，你报的哪里？"赵凌云说："我报的咱公社驻地的县二中。"周炳继有些吃惊也有些生气，"你没让老师帮着分析指导一下？你这是拿着自己的命运开玩笑。咱山区农村的学生吃亏就吃在这个信息不灵，缺乏名人指导"。

赵凌云陪笑道："周老师，俺刘洪老师指导我了，也分析对了，是我硬报的。我离不开老家，想帮家里多干点活儿，家里经济负担有点重。"

周炳继叹了一口气说："咱山里的孩子就是厚道实诚。"赵凌云岔开话题问道："老师，我看来泉公社发展工业快就像个小城市了。我那年跟着我舅到向阳市推瓷缸，那向阳市的工厂多了去了，我还看到你在向阳市工作的那个向阳市水泥厂呢，那个塔真高。"

周炳继给赵凌云讲解道："无工不富，无工不强。我们要成为强国，就得由农业大国发展为工业大国。工业是现代化的标志之一，工业产品满足人民生产生活供给，工业生产产生税收，壮大财源，国家才有财力办大事要事。工厂可以安排就业，转移农村富余劳动力。工业发展，工厂的兴建可以带动三产服务业，形成城市或壮大城市。向阳市不就是由煤矿发展起来的吗？工业强，农业才能强，工业发展了，财源旺盛，财力充足，才能对农业少索取或不索取，才能反哺农业，加大对农业的投入，促进农业现代化。"

赵凌云听着，用心记着，他听懂了工业发展的意义，听懂了工业和城市的关系、工业和农业的关系，听懂了工业发展对人们生产、生活的影响。当然，周炳继老师讲的还只是只字片言。

周炳继作为一个大学生，作为一个过来人，作为人父，也作为老师，他深知对一个没有考上学，站在人生十字路口的青少年，家庭和社会都有责任对他们在思想上引导，在心理上疏导，在行为上指导，在工作和生活上辅导，让他们走出阴影，避开误区，健康成长。妥善安排他们就业是很重要的方面。

周炳继对秦守实和徐星说："守实呀，徐星呀，你们这次考试一时失利，发挥失常，这不丑。人生有无数次考试，谁能保证步步取胜？古代的先贤也有屡考不第的经历。你们如果不想复读再考，我想，你们可以到来泉公社的企业来就业，企业也需要你们这些年轻的、相对有文化的青年工人。干上几年，心智成熟了，有了经验和阅历，有了技术和能力，如果想放飞理想，也为时不晚。现在改革开放深入推进，一切以经济建设为中心，下步有的是你们展现的舞台。你们喝足茶，我带你们到几个工厂转一转，看一看，你们认为怎么样？"

赵凌云看了一眼秦守实和徐星，秦守实眼里含着泪说："行，表叔，太谢谢您了，俺姥娘不好意思麻烦您，其实我不想回东北，我爱想水村，你能收纳我们，我们三生有幸，您是我们一生的贵人。我本想回东北包地种粮，这是我没有办法的办法呀。"徐星的眼在秦守实的带动下，婆娑着泪花，"我想来到工厂干，建筑队也行。"

赵凌云被感动得心在颤，手在抖。但当他听秦守实感谢被周老师收纳时，他差点想笑。唉！秦守实把自己当成垃圾和物品了，应该是收留好不好。徐星这小子怎么老跟建筑队杠上了，张口不离建筑队，难道他是为建筑队而生的？老大赵凌志非建筑学院不上，难道在搞建筑这方面想水村有基因？

周炳继领着赵凌云和秦守实、徐星穿梭在水泥厂、水泥砌块厂、罐头厂、面粉厂、农机修理厂。周炳继背着手边看边介绍，赵凌云不自觉地也将手背了起来。当周炳继回头向他们讲话时，赵凌云急忙将手放下垂在身体两侧。他想到耿玲背手被他笑话的样子，他差点笑出来。

在新兴罐头厂，周炳继向他们介绍罐头的品种，有梨罐头、樱桃罐头、黄桃罐头、苹果罐头、山楂罐头，还有他们没听过名字的果脯。周炳继让厂长打开一瓶山楂罐头和一瓶樱桃罐头让赵凌云和秦守实、徐星品尝，几个人吃了两口，周炳继问："味道怎样？"

这几个从未吃过罐头的家伙，一本正经地说："好，甜，味道好极了，美极了。"厂长很是高兴，像听了评审团的评价评语一样。周炳继如此接待这三个学生，可见周炳继对这几个孩子的喜爱和关心。

参观完工厂，在回去的路上，周炳继有些自豪地说："凌云呀，这些企业效益好着呢，搞工业，抓管理，学问大着呢，你们要有这个意识。守实、徐星，你们过两天就可以来上班，不要闲逛沆（语气助词）。"

回到办公室，周炳继拿了一杆钢笔赠送给赵凌云，"祝你在高中阶段好好学习，取得优异成绩。徐星和守实你们马上来上班，就不给你们纪念品了"。

赵凌云和秦守实、徐星弯腰鞠躬向周炳继辞行，说着笑着赶回想水村。

第 82 章

夜深人静，皓月当空，星星争着出来露着笑脸，眨着眼睛跟月亮打招呼，群星闪烁，众星捧月。远处传来的几声狗叫打破宁静又衬托着宁静，这个忠诚的精灵机警地守护着院落，看护着鸡、鸭、鹅、兔，守护着主人的安宁和好觉一宿。

赵凌云躺在床上辗转反侧睡不着。就要开学了，他有些激动，像当年母亲告诉他带他到西乡拾麦子一样一样的激动。睡不着，脑子却活跃起来。

"山崮县二中，庄严朴素的大门，醒目的影门墙，宽大的操场，整齐的连排教室，雄伟的天桥，古朴的南院小楼。当年跟着赵广林叔和赵存祥大哥到公社汇报工作，我趴在大门口向里张望，严格讲叫窥视，唯恐丢掉一个角落，但，眼睛不争气，穿不过障碍物，许多东西还是没有看清。

"我在山崮县首届中学生作文大赛中夺取一等奖，跟着刘洪老师来县二中领奖，紧张之余，我细看了原先没有看到的景物。这次颁奖大会上，我登上了县二中的领奖台，在台上发了言。山崮县二中，我已不再陌生。

"我跟着大舅到向阳市推腌咸菜的黑瓷缸，大舅专门带我看了省重点中学向阳市一中，我知道大舅的用意，也满足了我心理的好奇和需求。我到山崮县城，专门到省重点中学山崮县一中看了一看，它的墙根留下了我密集而重重的脚印，留下了我的感慨和长叹。

"向阳市一中和山崮县一中比山崮县二中更气派、更豪华、更现代、更有活力、更有底蕴。这是不是与它们所处位置有关？据说故宫内屋顶上的鸡毛缨子草都比乡下的大树显得高大。也许是越得不到的东西越感觉它好。是的，这是可能的。向阳市一中和山崮县一中勾起了我的好奇心，我却无缘于它。它的好只能埋在心底成为终身遗憾，永远享受不到这些顶端学府的书香气息和高水平的教学氛围。

"不管怎么说，我独爱山崮县二中。不知为什么，也不问为什么，仿佛我是为山崮县二中而生的。

"我在这次高中入学考试中，成绩还不错，应该是级部第一名，也超过了省重点中学和小中专的录取分数线，这只能代表过去，只能代表初中阶段的学习情况和学业水平。我想，绝不能徒有虚名，要名副其实。《伤仲永》的故事让人警醒，这可是唐宋八大家之一，思想家、政治家、改革家王安石写的呀，这个事假不了。就是假的，它反映的道理硬着呢。

"上了高中，进了二中，新同学、新朋友越来越多，这是令人高兴的事。唉！小学时，同学不出想水村，都是同村的光着腚一块长大的。初中时，同学不出丰源公社，却跨过了村界，已有六七个村的同学了。上了高中，同学将跨界公社，遍布全县。

"人往前走，人往高处走。身边的发小、老同学、老朋友越来越少，新同学、新朋友越来越多。称呼也发生变化，"同学"二字的前面冠着定语，小学同学、初中同学、高中同学……所以要珍惜每个阶段的同学之情、朋友之谊，相遇就是缘分，结交就是福气。结识新朋友，也不能忘记老朋友。同学之间、朋友之间无地位差别、无穷富之分、无圈子之分。赵广仁同学二叔虽然死去好多年了，但我心里始终没有忘记他。

"时旺、时骋按说应该成为我的高中同学，这两个在我拾麦子时结识的朋友多年没见，肯定长变了。唉，我想多了，人家的条件好，肯定不是考小中专就是考重点高中了。如果真是这样的话，我还真锻不上这两个家伙的趟了，见到他们有点难，因为我们只是一面之交的光屁股年龄段的朋友。

"不管怎么样，我要把家里的活儿干好，支持好哥哥赵凌志和弟弟赵凌峰完成学业。第二位的任务就是把自己的学习搞好，如果能考上大学，那也是大年初一搂兔子，意外收获。

"唉！上学学习这个东西很奇妙，有的同学很聪明，就是学习不好。秦守实和徐星这次中考落选让我很失望也很失落，他们俩要能考上多好呀！这可好，在四岔路口，这两个小子拐弯了。龙生九子各不同，师授百徒各有异，孔子说的因材施教很有意思。

"我到山崮县城郊公社冯集村去报喜，本是紫气东来，却差点搞成乌烟瘴气。两国交战不辱来使，这次倒好，我差点被闷了缸。那个任庆兰大婶子可不是省油的灯，是一个炒菜不嫌盐少的主儿。赵凌志上大学，冯宁表示要毕业后挣了工资供赵凌志，我感到十分不妥。她家里还有两个妹妹需要她帮衬。丈母娘家供女婿古来有之，但结果不尽如人意的也比比皆是。吃人家的嘴短，拿人家的手短。资助、赞助，那就给赵凌志戴了个金箍，那就成了赵凌志的七寸，那赵凌志在冯家就落下了话柄和话题，就在身体敏感处留下一块伤疤。关键之时，就聊聊，就拉拉，就揭揭：'别看你人五人六的，别看你能行了，看是谁供的你。当年要不是俺家供你，你喝西北风都找不着风口，你吃屎都赶不上热的。'

"赵凌志这家伙是货真价实的倔驴，他哪儿能吃得下这样的气？你给他的婚姻有多大的压力，他婚后离婚的动力就有多大，能量的守恒定律是板上钉钉的。要是离婚，那赵家丢人就丢大发了，在想水村那就要破天荒了。想水村讨个老婆实属不易，疼着、宠着、娇着、惯着、抬着、哄着，不敢有一丝的违和与不敬。想水村的媳妇们很幸福。

"赵凌志要是离了婚，任庆兰能拿着斧头剁着菜板骂他个三天三夜，陈世美的帽子百分之万被戴上。不忠不孝，不仁不义，不守夫道的屎盆子扣在赵凌志的头上，连点水都不会流下一滴。

"想着，赵凌云笑了一下，撇了一下嘴，咬了一下牙，继续想，供赵凌志上大学是赵家的事，这个责任和任务我赵凌云肩上也得扛一部分。

"山崮县长途汽车站的流氓售票员聂七怎么样了？我揍聂七的事压根没有告诉秦守实和徐星，怕他们模仿，怕他们冲动。巧不巧他们就会吃亏，不给他们讲就是对他们的保护和爱护。练武这个东西只是掌握了一定技巧，比常人在局部的力量大些，但打架也不是会了武功就神一般的存在，每架必胜。

"恶的怕愣的，愣的怕不要命的。马庄的刘骤武功了得，跟本村蒋埔出打架，他架子还没拉开就被蒋埔出一扁担捂倒了。这是教训，铁的教训！"

想着想着，赵凌云的脑子可能确实累了，他在鸡叫二遍时进入了梦乡。他梦见城市一堆小青年对着一个进城卖菜的老农拳打脚踢，他欲飞起二踢脚踢打流氓，他却怎么都动不了，脚像被捆绑一般，手也动不了，说话也困难，他招"压乎子"了，他使出全身的一丝力气，含混不清地骂道："谁欺负农民，我给你没完，我问候你八百代，我砸碎你的狗头。"

原来，他睡觉时，两腿摞在一起，两只胳膊环绕压迫胸脯，招来了老人常说的所谓的"压乎了"。他使劲蹬了一下腿，驱除了"压乎子"，他长出一口气又睡着了。睡着睡着，他听到一声牛叫。一位老者白头发、白眉毛、白胡子，头发盘成高耸的发髻，披褐怀玉，骑着青牛向他奔来。

赵凌云大声问道："您是何人？"老者笑意盈盈，"我是老子。"赵凌云说："老人家，您怎么赚俺的便宜，骂俺呢。"老者说："我就是老子，没说是你老子。

孩子，我想送你一段话，你可愿听？"

接着，老者骑在牛背上说道："上善若水。水善利万物而不争，处众人之所恶，故几于道。居善地，心善渊，与善仁，言善信，政善治，事善能，动善时。夫唯不争，故无尤。"说完，老者用手拍了一下青牛，青牛抱蹄奔跑，瞬间消失得无影无踪。

赵凌云琢磨着老者的话，似懂非懂，努得有些头疼。此时，迪思科老师就是及时雨，他拿着一本书站在赵凌云面前，"凌云，为师我给你讲解一下。刚才的那位长老是老子，姓李名耳，字聃。春秋时期陈国苦县人，今河南省鹿邑县人。他是中国古代思想家、哲学家、文学家和史学家，道家学派创始人。著有《道德经》，全书共计八十一章。刚才老子说的意思是：最高的善像水一样。水善于滋养万物，而不与万物相争。它处身于众人所厌恶的地方，所以跟道很相近。居身，安于卑下；存心，宁静深沉；交往，有诚有爱；言语，信实可靠；为政，天下归顺；做事，大有能力；行动，合乎时宜。唯有不争不竞，方能无过无失。"

迪思科老师加重语气，"老子主要讲：上善若水，柔弱胜刚强。"赵凌云说："老师，我明白了。谢谢先贤老子！谢谢老师给我的讲解。"

鸡叫三遍、四遍时，赵凌云睡得天昏地暗，像摊烂泥。

当太阳升至两杆子高，光线强烈起来。鸟儿唱着、跳着、飞着，树叶、菜叶、庄稼叶舒心地铺展开，接受阳光给予的力量，空气清新得像清澈甘甜的泉水滋润心田，令人情不自禁地张大嘴巴，放大鼻孔猛吸几口。

凌云娘看到儿子赵凌云两腿伸得像檩杆，两臂自然地伸展着，两手微握，打着鼾声。她没舍得叫醒他。

一只喜鹊落在屋前的树枝上，嘎嘎地叫着，不时地扇动着翅膀，仿佛在笑话赵凌云太阳晒屁股还不知起床。赵凌云被喜鹊叫醒，他揉了揉惺忪的眼睛，伸蜷几下腿，一个挺身坐起，唉，今天的觉睡得真充实。他随口而出，朗诵自己即兴作的诗：

> 夜未央，思绪长。浮想联翩，往事涌心上。
>
> 捋也捋不清，斩也斩不断，辗转反侧难入眠。
>
> 穿越两千年，老子来身边。
>
> 披褐怀玉，骑着牛，面容慈祥，目光坚定，充满智慧把话留。

夜深沉，恰似袖中一股风，一切都带走。

再想梦一场，跟往事干杯，与先贤圣人，碰碰头，牵牵手。

"娘咪，我这觉睡颠倒个个子了，天不天，夜不夜，太阳公公打我屁股了。"赵凌云笑着对娘说。"儿呀，不算晚，我看你睡得香，没敢叫你，睡透了好长个，睡透了有精神，不是说嘛，睡美人，睡美人，睡足了，人好看。"凌云娘高兴地说。

赵凌云洗把脸，喝过娘冲的鸡蛋茶，活动着筋骨向哑叔赵广民家走去。到了哑叔家，赵凌云跟赵广民打过招呼，对着吊在树上的沙袋一阵拳打脚踢，沙袋完美地配合着，赵广民微笑着，边看边鼓掌。赵凌云腾空而起，一个旋风脚踢在沙袋上，弥补了他夜里想起跳二踢脚却没抬动腿的遗憾。沙袋上留下一点血迹，由于用力过猛，他手背指关节上的老茧脱落了一个。

"大叔，我就要到刘村上学了，一个星期才能回来一次，我今天来给你说一声。"赵凌云对赵广民说。赵广民对赵凌云说："凌云，我赶集时去看你，看同学，找同学去。"

赵凌云拥抱了一下赵广民，将脸紧紧地贴在赵广民浓密的胡子上。

赵凌云告辞哑叔，快步向老爷赵满福家走去。老爷正拄着拐棍在院里走动，见凌云来，他的腰杆使劲往上挺了一下，他是要显示出老当益壮，不给晚辈展示羸弱和老态，要让晚辈放心，不给他们添心事。

赵凌云大声说："老爷，我要到咱公社刘村上学去了。"爷爷问："什么时候去？"

赵凌云告诉他，明天去。下午，要滚点煎饼，现在过来给他打个招呼。赵满福说："到刘村上学好，又升一级。出了远门要照顾好自己。"

他特别安排道："凌云，要记住老子对孔子说的一句话，'良贾深藏若虚，君子盛德，容貌若愚'。"

赵凌云听爷爷引用老子的话，又联想到他夜里做的梦，惊奇地想，这是心有灵犀呀。

赵满福走到屋里从柜里拿出了一根粗布腰带，这是用藏蓝色的山花布缝制而成，像个长长的粮袋。"这是你奶奶给我缝的粗布腰带，结实耐用，护腰又舒服，你平时可以用它系裤子。"

赵凌云接过系在腰上，像个打拳卖艺的。他连说："老爷，这个腰带太舒服了。"

吃过午饭，赵凌云头上扎着娘的蓝头巾，腰上系着一个蓝底猫蹄花的粗布包袱皮，像出场的阿庆嫂。

娘烧着鏊子，面蛋像个太极球，赵凌云用手在鏊子上滚着运着由外及里转着圈，滚到鏊子中心，将面蛋一转，迅即收起。他拿着竹匹子像指挥大合唱的指挥家手中的指挥棒在鏊子上搓着、刮着、碾着。娘看着赵凌云麻利而娴熟的动作夸奖道："俺儿真管，打烧饼、滚煎饼样样行。"

赵凌云笑着说："娘来，你儿就是一个硬汉小娘子。"

烙着煎饼，赵凌云唱起了大鼓："万岁皇帝要出征，这可忙坏了东西宫。东宫娘娘烙煎饼，西宫娘娘卷大葱。"

唱着，赵凌云拿竹匹子在鏊子上敲了两下。

看到赵凌云滑稽的表情，娘笑得差点坐翻板凳，"你个儿货，可别敲烂了鏊子，我的娘呀，可叫你这个贼羔子把我笑死了"。

赵凌云对娘说："娘，煎饼烙得好孬咱说了不算，古人倒有一个评价。"接着，他又拿腔捏调，说书般讲道，"话说清朝有个文学家叫蒲松龄，写了一篇《煎饼赋》，他对煎饼描述到，圆如望月，大如铜钲，薄似剡溪之纸，色似黄鹤之翎。味似松脆而爽口，香四散而远飘。"

娘说："你到底在哪里学的呀，俺活大半辈子啦，都没听说过。俺凌云就是个大学问家。"

说着笑着，娘儿俩将煎饼烙完。赵凌云在油布上抹点油将鏊子擦得锃亮，完美收官。

晚上，凌云娘用一大勺花生油炒了一罐头瓶老咸菜，油将咸菜浸泡着。

老爷、奶奶、哑叔早早地来到赵凌云家，送他到刘村上学。赵凌云带着被褥、煎饼、咸菜告别，前往山崮县二中，他给老爷、奶奶和娘说："我已把大瓷缸里的水灌满了，我回来再挑。"

第83章

赵凌云的宿舍正是哥哥赵凌志住过的宿舍，天桥南的南院一号楼宿舍二楼。

赵凌云将苫子、席紧挨着先来报到的同学铺开。这时传来大大咧咧、无拘无束的高嗓门，"奶奶的，条件真够差的，连个床没有，打地铺，像个出夫子的农民。"

说着，一个身高一米八五左右的学生将一卷铺盖扔在赵凌云跟前的地板上，一股埔土扬起直扑赵凌云的鼻孔。赵凌云抬头看了看，礼貌地说："你好同学，你挨着我铺床吗？"

赵凌云边说边站起来，看到赵凌云健硕的臂膀和笔挺有力的腰杆，高个子同学问道："你也是练体育的。"

赵凌云笑了一下说："我是山里来的，生活所限，没长成个，条件所限，没机会练体育，我是一个普通的文化生。"

说着，赵凌云用手摸了一下头上埔土塓烟带着的蜘蛛网。

高个子同学说："我是练体育的，我叫董保田，麻烦你把我的床铺铺开。"赵凌云笑了一下，蹲下身子将董保田的铺盖铺开，又跪在上面认真地一丝不苟地摊平，还用手在上面不停地拍打了几下。

董保田露出体育生满足的笑意。

这时一个学生笑着对赵凌云说："同学，咱换个窝行吗？我想跟董保田住在一起，俺是一个学校来的，我们是老同学。"

赵凌云说："这个窝就不要换了，你们是老同学，今天，我们就成新同学了，过儿天，就成老同学了，是不？"

董保田看着赵凌云，轻蔑地笑了一下，对他的老同学说："人家不给面子，就别废话了，来日方长。"赵凌云顺口说道："就是呀。"

"时旺，咱就在这个地方铺床吧，就剩这两个地方了。"新来的一位同学喊道。赵凌云听到喊声，转身迎过来，"时骋、时旺，我是丰源公社想水村的赵凌云"。时骋大声喊道："赵凌云？我们几年没见了，我们真成同学了。"赵凌云开玩笑道："我想你们好多年呀，我到你们家拾麦，多亏你们呀。我想你们那里条件好，你们肯定不考中专也考一中。"时骋说："不瞒你说，我差一分，时旺差三分。"

赵凌云乌鸦般说："多亏了你们没考上，不然，我见不着你们呢，别说咱成同学了。现在行了，我们同吃饭、同宿舍、同学习，成了三同牌同学了。这能称老同学吗？"

时骋、时旺看着赵凌云真诚友好的表情，连声说："能称，能称，我们是真正的老同学。"赵凌云补充道："二时呀，俗话说得好，这山与山碰不到一块去，这人和人还碰不到一块去？"时旺附和着，"缘分呀，缘分。"

报完到，安顿好宿舍，按照分班指引，学生们纷纷走进教室。

第一堂课就是班主任和同学们的见面课，成立班级管理组织架构，排位分组，入学教育。赵凌云、时旺、时骋、董保田都分到了高一一班，班主任是教语文的卓强老师。

卓强，43岁，看上去像60岁。驼背，脖子僵硬，像受凉落枕一般。头发花白稀疏，稍微败顶。浓眉毛、大眼睛，眼睛炯炯有神。高鼻梁，鼻子尖而小。

卓强老师穿着一身洗得发白的中山装，皮鞋前头脱皮，整个鞋皮由于长期不上油而泛白打皱。

卓强毕业于省师范学院中文系，博学强识，通晓古今，教学经验丰富，以敬业爱岗闻名于教育界，是山崮县二中的名牌教师。他无妻无儿无女，孑然一身。

卓强拿着语文课本、学生花名册和三杆粉笔弯着背，小幅度挪动着笨重的褪色皮鞋来到教室，他用力迈上讲台，慈祥地用目光扫视了一下，微笑着说："都到齐了。我们开始上课吧。"

"同学们，我叫卓强，是你们的语文老师，也是你们的班主任。我的名字很好记哦，卓越的卓，自强不息的强。卓，高明、高超的意思。有诗云，'卓而高楼千万里，独钓寒江雪满山'。我们卓姓在《百家姓》中不大不小，排名270多位。有一个成语叫卓尔不群，我一直在努力，但还没做到。"说着，他哼哼地笑着，同学们也跟着笑起来。卓强老师继续讲道，"强，乃强大，自强也。原意是弓有力。《周易》中有一名句，叫'天行健，君子以自强不息，地势坤，君子以厚德载物'。大家看，我这个名字还可以吧。"说着，他又笑了几声，同学们被卓强老师和蔼可亲的笑容、磁性的中音、幽默而博学的谈吐深深地吸引着。

停顿一下，卓强老师又讲道："卓强，用我们的方言读又叫倔强，你们看，我是不是一个倔老头呀。"同学们齐声说："不是。"卓强老师笑着说："我倔得很哟，不信咱骑驴看唱本，走着瞧。我是一个较真的人，跟知识较真，不弄懂弄通不放过；与错误较真，有错就改不二过；与不良习气较真，你不好好学习，不遵守纪律，我就不放过你，我就批评你，哈撒你，让你下不了台，让你红脸出汗。同学们，你们考上高中，算优秀的了。上了高中，你们又走到了人生的一个十字路口，三年的学习，在一定程度和从一个角度讲，不客气地说可以定命运，定终身。你们要抓住机遇，改变命运，你们大都来自农村，来自底层。当然我也是如此，我是地地道道的农村走出来的贫困农民的儿子。我们不是歧视农村，我们是学有所成，回报农村，改变农村那祖祖辈辈面朝黄土背朝天的境况。达则兼济天下。"

卓强在短暂的学前动员、启迪、教育后，平和地说道："同学们，我宣布一下班委会组成人员。班长彭星，副班长兼学习委员赵凌云，劳动委员时骋，体育委员董保田，生活委员郝明富，纪律委员程静。班级团支部班子待大家熟悉后，由校团委组织考察选举。班级的分组及组长任命由班委会组织完成，同时进行排位。我在这里给大家介绍一下，彭星同学是公社中心校毕业，在初中担任班长。赵凌云同学在山崮县中学生作文大赛中获一等奖。在本次中考中成绩优异，分数超过县一中和中专分数线，是我们这届学生中分数最高的学生。其他几个班委会委员都是初中时期的班委会成员。希望大家在接下来的学习和生活中加深了解，加深友谊，互帮互助。"

下课铃响，卓强老师给学生鞠了一躬，笑着说："下课。"

赵凌云深深给卓强老师鞠了一躬，同学们齐刷刷地转脸看了一眼赵凌云，旋即给卓强老师鞠了一躬。

开饭时间，在生活委员郝明富的带动下，同学们争先恐后用木棍抬着被叫作"洋梢"的铁皮水桶到锅炉房打来开水。同学们用"洋缸子"（搪瓷缸）舀上开水，从各色包袱皮中拿出煎饼，有黄的（玉米），有黑红的（高粱）、有灰白的（地瓜干）。拿出咸菜瓶子，有高的、有短的、有粗的、有细的。同学们拿着自己的，好奇地看着别人的。

赵凌云拿出两个地瓜干煎饼和盛着老咸菜的罐头瓶，往课桌上一放，他用筷子剜出两棒往缸子里一放一搅，将煎饼卷着放进缸里一泡，大口吃着。

三天后，同学们将煎饼拿出摆开晾着，此时的煎饼有些霉味，值日生扫地时，他们各自将煎饼放入包袱皮中包上盖着，怕被尘土污染。

几天下来，咸菜加煎饼，胃酸好像多了起来，火烧一般。"卖豆腐！"一个卖豆腐的边吆喝边往教室里看，赵凌云拿着缸子快步走出教室，他买了一毛钱的豆腐，回到教室，他往豆腐上加了几筷子老咸菜，一拌一搅，用煎饼卷着吃着，胃舒服多了。

同学们一人买一块，一包豆腐旋即售罄。一周一毛钱的豆腐成了学生改善生活的奢侈品，学校也成了卖豆腐的一个小市场。

临近周末，赵凌云的煎饼包袱瘪了，里面的煎饼所剩无几。他往缸子里倒了几股咸菜汁，将煎饼撕碎泡在缸子里，他张大口囫囵吞枣般吞咽着鸭子食一般的咸菜汁泡煎饼，脑子里却浮现出那大白碗里盛着的滑溜溜的白面叶。想起了吕剧小戏《喝面叶》中的人物陈世铎和梅翠娥，想起想水村老少都能哼两句的《喝面叶》唱词："大路上来了我陈世铎，赶会赶了三天多""大门里走出来梅翠娥，石榴开花红似火，翠娥头上插一朵，十七八闺女她把花来戴，小媳妇戴花人笑我，过五月，到六月，六月里更比这五月里热，今年小麦子收成好，梅翠娥家里我也蒸馍馍，细白面来好面馍，留给我的丈夫他叫陈世铎。"

赵凌云想着，心里笑着，扬起脖子，将缸子里的一点饭根子一饮而尽，滴水不漏。

喝完，他用手指在桌子上轻轻叩了两下，《喝面叶》的剧情和游手好闲的陈世铎、勤劳贤慧的梅翠娥的形象仍在眼前。

夜深人静，校园沉寂下来，水塔上的电灯射出的红光与月光、星光交映着。卓强老师宿舍的15瓦灯泡一会儿亮一会儿灭，卓强用拉盒控制着，灯泡里的钨丝有力地配合着。

卓强将灯拉灭时，将蚊帐的两幅放下，让进入蚊帐的蚊子飞着，他听着蚊子飞来飞去的声音，心里一阵愉悦和满足。

他又将灯拉亮，将纹帐两幅挂在蚊帐钩上，用芭蕉扇扇着，驱赶着蚊子。拉电灯，挂蚊帐，放蚊帐，不断地重复着。他不停地像哼歌一样诵着一首诗，"月进镜中镜中却无月，蚊飞帐外帐中还有蚊，镜中捧月月月有，帐中念蚊年年无"。

卓强大学时与一名叫文的女生交了朋友，他们爱得很深。文的父母认为卓强和文门不当，户不对，说什么不同意这门婚事。大学毕业后，文被分配到了大城市工作，卓强被分配到了偏远的山崮县二中，从此断了音讯。倔强的卓强对婚姻死了心，但心中始终装着他的初恋女友文。舍不了，断不掉，缠着身，磨着心。

累了，困了，卓强拉灭灯，敞开蚊帐，听着蚊子的声音，让蚊子叮着吸着他的血进入梦乡。

赵凌云头躺在大通铺上，枕着双手。"家里水缸的水用完了吗？儿子不在身边，娘能吃好饭吗？老爷，您走路可慢着，老人怕摔倒。"赵凌云想着，慢慢地将手从头下抽出，打起了鼾声。

挨着铺的董保田翻来覆去睡不着，他想欺负一下赵凌云。他将粗壮的长腿压在了赵凌云腿上，惊醒了赵凌云。赵凌云面对董保田的挑衅佯作不知，董保田却在腿上慢慢发力，挤压赵凌云。

赵凌云慢慢抽出右腿，用左腿担着董保田的腿，用右腿使劲地砍向董保田的腿，董保田"嗷"的一声，迅速将腿抽回，蜷着腿不停地用手摩着，小声号着，连声说"我的娘喽，疼死我了"。

听到董保田叫声的同学，以为这小子梦游说梦话，也没在意，伸伸胳膊又睡着了。赵凌云窃喜，"小样，你欺负到老子头上了，不，欺负到老子腿上了，我不惩治你，老天不答应"。

赵凌云的腿可是带着武功的腿，董保田感觉到了赵凌云的力量，他不敢声张，吃了个哑巴亏。第二天起床，董保田走路一瘸一颠的。

赵凌云问："保田同学，你怎么搞的，练体育的腿怎么还受了伤？"

董保田苦笑一下说："夜里腿抽筋抽的。"

第 84 章

刘村供销大楼是丰源公社驻地的标志性建筑，明亮宽大的落地玻璃窗，高大壮观的大门，开阔的楼前场地显示出鹤立鸡群的气派。

门脸枋梁外墙上挂着"学习张秉贵，心有一团火，温暖顾客心"的大红标语。

张秉贵，北京市人，北京市百货大楼售货员，他是全国劳动模范。他从

1955 年 11 月到北京市百货大楼站柜台，30 多年接待顾客数百万人，没有怠慢过任何一个人。他总结出的站柜台"精神饱满，思想集中，耳目灵敏，抬头售货，动作三快"的五点要领成为商业领域的服务规范。以称糖"一手抓"，算账"一口清"享誉全国。张秉贵的"一团火精神"成为全国商业服务战线一面旗帜。

刘村供销大楼是人们喜欢去的地方，不买不卖，逛逛商店心里也舒坦。尽管个体经营的摊点多了起来，但人们还是习惯到供销大楼购买物品。虽然供销社是集体所有制单位，但在群众的心里这是国营的。群众把从供销大楼购买的东西称为"是从公家买的"。

被媒人撮合见面的男女青年，看对眼，有好感，就会被媒人和家长催促着男方领着女方到供销大楼走一趟，按女方要求，买上几块心仪的布做几件新衣裳，这桩婚事八九不离十算是成了。大方的男青年给心上人买完布，还不忘给女方的爹娘再扯上几尺布做个新褂子、新裤子，加重点分量。买完布，再买点糖块，回家散发喜糖。结婚时，再来大楼一趟，置办结婚用品。被面、暖瓶、洗脸盆、尿罐、痰盂、搪瓷缸、香烟、茶叶、糕点、糖块、肥皂、香皂等，全环的一样不漏。

供销大楼促成见证了无数对幸福的人儿喜结连理。

每逢刘村大集，供销大楼内的人川流不息，熙熙攘攘。有买的有看的，有走的有站的。有来看货架上琳琅满目商品的，有来看人的，还有专门来看柜台内售货员的。

耿玲上身穿着藏蓝色涤卡布大翻领上衣，内着大领白衬衫。下身穿着咖啡色灯芯绒裤，裤腿上细下粗紧紧地裹在细长的腿上。脚穿黑色的平绒胶底布鞋，裤脚将鞋盖得只剩脚尖。大方得体的服装衬着她白皙的皮肤、姣好的面容、高挑的身材。那一条扎着红头绳，下垂腰间的长辫子显现出她的纯真朴实，优雅和古典。清水出芙蓉，天然去雕饰，耿玲就是现代气息中的田园风。

耿玲站在油光发亮的枣红漆柜台内，背衬花花绿绿、晶亮点点的货架，这简直就是一幅精美的油画，再一次印证了老人所说的"高高的女子门前站，不能出力也好看"。

刘村供销社主任许金全是与耿玲的父亲耿道正有生死之交的工友。他怀着"人尽其才，才尽其用"的用人之道和对工友的一片深情厚谊，将耿玲安排到了弘扬张秉贵精神，争做服务标兵的一线窗口烟酒糖茶柜台，寄希望耿玲能够成为张秉贵传人。

平时，耿玲的柜台前总是站满顾客，他们大多数根本不买东西，就是想多看看耿玲，特别是一些年轻的男孩，在柜台前不停地问商品的名字、价格、产地，只想多跟耿玲多说几句话。更有甚者，有男青年买糖块本来想买一把，却一块一块狗叼骨头般分多次购买。买完转身回来说糖纸没拧好，让耿玲再拧两把。耿玲总是报以微笑，心有一团火，温暖顾客心。每逢刘村大集，耿玲累得腰酸腿疼嗓子着火一般。

每当看到络绎不绝前来购物的人，她心里就会闪现一个熟悉的人，那就是初中同学兼同位，被冠以师徒关系的师傅赵凌云。这么些人来买东西，二中的学生也不少，就是见不着赵凌云，难道他什么东西都不缺？这个半熟，考上了高中好像腚上有一呱似的。

看到前来购买定情物的小两口，她总是幸福地看着，眼前又闪现出赵凌云的身影。

下班后，晚上睡觉，她脑子里全是赵凌云，想爹想娘，怎么老是想这个家伙？她斥责自己。赵凌云难道就是传说中那个勾魂的鬼？

耿玲提着装满包子、糖块、酥菜、丸子的包站在高一级部教室对面的一棵大杨树下，她时而往前走两步，时而退过来站回原位。她将手背着，不停地看着教室窗内的动静。

"铛，铛"的下课铃敲响，耿玲机警地看着教室的门，待老师走出教室，男生、女生鱼贯而出，女生们快步向宿舍赶，值日的男生用棍抬着水桶向锅炉房跑。赵凌云疲惫地走出教室，他不停用手指按着太阳穴。

"凌云，凌云，赵凌云"，耿玲放下背着的手，向赵凌云挥着喊着。

赵凌云听到喊声，抬眼一看，"耿玲？！"他喊着快步向耿玲走去。耿玲上下打量着赵凌云，"凌云，你瘦了。"赵凌云上下打量着耿玲，"哇，耿玲，你还是我的同学吗？你倒像一个老师呀。"

耿玲红着脸，眼里泛着泪花，"凌云，我想死你了，你怎么不到供销人楼头买东西呀，我天天想着你、盼着你，就想看到你。"赵凌云说："一辈子同学三辈子亲，真不假呀，你还没忘我这个穷学生呀，你还没忘你这个师傅呀。"耿玲"扑哧"一声笑了出来，"你这个熊人，俺多天没跟你学武艺了，你还师傅师傅的，你连面都不跟俺见，还有脸说。"

"一日为师，终生为父。"赵凌云开玩笑。耿玲唬了一下脸，"小心我撕烂你的嘴，你再胡说。"赵凌云问道："你工作还好吧，很顺利？"

耿玲答道："可好了，我很适应。"赵凌云感叹道："耿玲，你有个能行的爹，一下学，你就参加了工作，抱上了铁饭碗，还是最光鲜的工作，你是好命呀。"耿玲说："凌云，俺能经常来找你吗？不耽误你学习，就是见个面，啦拉两句呱就行。"

赵凌云笑着看着耿玲，"摆开八仙桌，招待十六方，来的都是客，哪敢不见你。你在我晚饭后，上晚自习前这段时间随时来，你一来我就像见到老家人了，免得想家。""凌云，你别光吃咸菜和地瓜干煎饼，你馋了，就找我，我领你喝丸子汤、羊肉汤。"耿玲真诚地安排道。

"我哪敢馋呀，我是在苦读修行。"赵凌云笑了。耿玲也笑了，"你个熊货，还苦读修行，你还不沾荤腥呢，你想当和尚，当和尚我可不愿意。你可得好好学，凭你的本事考个学没问题"。

耿玲将包递给赵凌云，"你快去吃饭吧，我可不敢打扰你"。赵凌云笑道："可不要忘了练武，你看你长得这么好，多亏了我，噢，多亏了我教你练武。"

耿玲幸福地满足地离开赵凌云。

时旺问赵凌云："刚才给你送饭的是你姐？"赵凌云对时旺说："那是我同学，她参加工作了，在供销大楼上班。时旺，你看，同学胜姐妹，同学胜弟兄。"

晚自习结束后，赵凌云抱着全班同学的作业本，这是卓强老师布置的作文。卓强有个习惯，对学生的作文逐人逐字逐句地批改，他常说："文章是改出来的，要反复润色，像打磨玉石一样。唐宋八大家之一的大文学家欧阳修，谈修改文章：'从提笔到初稿，再到定稿，反反复复，琢磨修改，往往是十不存五六，甚至连一个字都留不下。'文章要有思想性，要有逻辑性，语言要精练，词语要丰富，用词要准确生动。"

当赵凌云接近卓强宿舍门口时，他听到卓强老师正字正腔圆用纯正普通话朗诵古文：盖闻天有不测风云，人有旦夕祸福。蜈蚣百足，行不及蛇；雄鸡两翼，飞不过鸦。马有千里之能，非人力不能自往；人有凌云之志，非时运不能自通。

赵凌云靠近一步，他透过门玻璃看到卓强背着手，在屋里来回踱着步陶醉般朗诵着、笑着。

"尧帝圣明，却生不肖之儿；瞽叟愚顽，反生大孝之子。张良原是布衣，萧何曾为县吏。晏子身无五尺，封作齐国宰相；孔明卧居草庐，能作蜀汉军师。"

赵凌云想转身离开，卓强停止朗诵，打开屋门，"哟，是凌云，快屋里来。"赵凌云礼貌地说："卓老师，打扰您了，太不好意思了。"

卓强温柔而热情地说："没有，没有。我在温习《寒窑赋》这篇古文。来凌云，你来得正好，我给你讲一下《寒窑赋》，《寒窑赋》又名《破窑赋》，也称《命运赋》《劝世章》。这是北宋宰相吕蒙正为教育太子而作的文章，被称为千古奇文。《寒窑赋》透出的是人生命运和天地自然变化循环的思想，文章以自己从凄惨到富贵的经历。凌云，你听，'吾昔寓居洛阳，朝求僧餐，暮宿破窑，思衣不可遮其体，思食不可济其饥，上人憎，下人厌，人道我贱，非我不弃也。今居朝堂，官至极品，位置三公。……思衣而有罗锦千箱，思食而有珍馐百味，出则壮士执鞭，入则佳人捧觞，上人宠，下人拥。人道我贵，非我之能也，此乃时也、运也、命也。'"卓强又走了两步，背道："有先贫而后富，有老壮而少衰。满腹文章，白发竟然不中；才疏学浅，少年及第登科。深院宫娥，运退反为妓妾；风流妓女，时来配作夫人。青春美女，却招愚蠢之夫；俊秀郎君，反配粗丑之妇。蛟龙未遇，潜水于鱼鳖之间；君子失时，拱手于小人之下。衣服虽破，常存仪礼之容；面带忧愁，每抱怀安之量。时遭不遇，只宜安贫守份；心若不欺，必然扬眉吐气。初贫君子，天然骨骼生成；乍富小人，不脱贫寒肌体。唉，这些人生感悟，让吕蒙正写绝了，好文呀，好文。"当说到"文"时，他脸上露出一丝忧伤。

卓强老师又延伸道："晚清政治家、军事家左宗棠曾有一副对联：能受天磨真铁汉，不遭人嫉是庸才。值得思考。吕蒙正在文章结语中奉劝道，盖人生在世，富贵不能捧，贫贱不可欺。此乃天地循环，终而复始也。唉，人活在世上，对于富贵的人不要去追捧他，对于贫贱的人不可以去欺辱他。这就是为人处世周而复始的规律。"

赵凌云听着、记着、思考着。"老师，感谢您给我开了个小灶，讲了这篇千古名文。我明白了其中道理，人要自立自强，遇到挫折不要气馁，取得成功不能骄傲，不能攀附权势，屈膝于富贵，不能媚上欺下，做两面人。"卓强老师点头微笑，"凌云，国学博大精深，体现着我们先人的哲学思想，对人和自然及其规律的认识思考，处处闪耀着智慧的光芒，这是我们中华民族5000年生生不息、昂扬向上的力量源泉。"

赵凌云告辞卓强老师，他走了一段路，回头看卓强老师屋里的光时亮时暗，交错着、重复着。

赵凌云大步向宿舍走去，他走到操场边，看到几个学生搀着一个人在操场上慢慢走动，被搀着的人不停发出"哎哟，哎哟"的呻吟声，声音就像救护车发出的警报笛鸣。

赵凌云凑过去问是怎么回事，一个同学说，"造业，这个乔心同学跟赵杨叶同学比赛吃煎饼，不知吃了几个，吃完回到宿舍，他就喊肚子疼，肚子胀得跟鼓一样，我们扶着他在操场上遛遛，让他消化一下"。

赵凌云说："还需要去医院吗？"被遛的乔心呻吟着说："哎哟，哎哟，不要，不要。"赵凌云说："我说同学，他肚子胀得厉害，先别让他大走动，这样胃下垂，可别把胃撑破了。咱们让他平躺着架着遛，好些了，再把他放下来，走着遛。咱们两人一组，将手臂伸开扣上手，形成担架状，让他躺在上面。"

赵凌云伸开手，与一个同学扣好，另两个同学扣好，蹲下让乔心躺在人造担架上，斜身走着遛着，转了一圈，乔心说："我好点了，我下来走会儿"。

边抬边走，遛了个把小时，将弯腰捂肚的乔心送到2号楼一楼宿舍。据说赵杨叶的肚子疼得也够呛，一夜往厕所跑了几次，像拉肚里急后重的感觉，蹲着呻吟着，却没拉出一星半点。

每逢刘村大集，在二中上学的孩子的家长都要去赶集，看望一下在街上上学的孩子，在集上买些油条、包子之类的吃食送给孩子。

哑叔赵广民和凌云娘在集上买了几个包子和四根油条来到山崮县二中，从一进门，哑叔就问："同学在哪里，我找同学，同学叫赵凌云。"

正好遇着了时骋，哑叔笑着问："同学，我找同学，同学叫赵凌云。"

时骋进屋喊道："凌云，家里有人找你。"

赵凌云急忙跑出教室，看到哑叔和娘站在墙根，他快步跑去，抱了一下娘，又抱了一下哑叔。

"娘，您今天来赶集了。我还想着，人家的爹娘都来看孩子，俺娘的心真大，就想不着来看看我？"赵凌云开玩笑说道。

凌云娘看到儿子上学的教室玻璃窗、玻璃门，院子也大，高兴地说："这个学校真好。你大叔说想你了，喊我来赶集看看你，他还给你买了包子、油条。"赵凌云对哑叔说："大叔，你来看我还花什么钱。"

哑叔说："凌云，学校真好，真大。"他"嘿嘿"地笑着，用手比画着。"凌云，我给你买的肉包子，你吃了好有劲练武。"说着他又握着拳头比画着。赵凌云和哑叔的说笑，引得同学不住地转头。时骋捂着嘴，笑着说："凌云的叔真逗，满校园找同学"。

赵凌云的同学裴永好是时村邻村巷头村的。她兄弟姊妹四个，前面三个哥，她是老幺又是女孩，是母亲的心肝宝贝又是贴身小棉袄。裴永好的母亲一大早就搁晃着小脚来刘村赶集，只为看望心肝宝贝裴永好。裴永好跟时骋、时旺是初中同学，时旺认得裴永好的娘，"大娘，您来找永好？""是的恁哥，我喊她这会子了，她不理俺，你快叫她出来，我给她带了点吃食和零花钱。"裴永好的娘沮丧地说。

时旺进屋喊道："永好，俺大娘来看你了，在门口等你一会儿了。"

裴永好生气地说："你扎呼什么？"说着从后门走出，在墙根绕了一圈对她母亲说："谁叫你来的，我说不让你来，不让你来。丢人现眼。""我不是想你嘛，我儿。快把东西接过去，我这就走。"说着，老人把钱和吃食交给裴永好，转头向学校大门走去。裴永好远远地跟在后面。

赵凌云送哑叔和娘到门口，恋恋不舍地说，"娘，您慢走"。听到叫娘，裴永好的母亲转过头看了一眼。

赵凌云对着裴永好的娘又喊了一声："娘，你可慢着走。"裴永好"嘿嘿"地笑着说："赵副班长，你喊俺娘个娘。"赵凌云没好气地说："天下老人都是娘，有错吗？"

赵凌云心想，"裴永好这妮子不是好东西，子不嫌母丑，狗不嫌家贫，这孩子猪狗不如"。

裴永好紧走几步，想跟赵凌云搭腔，赵凌云转身向厕所走去，边走边说："我想吐，我怀孕了。"听着赵凌云恶作剧般的语言，裴永好不知好歹地笑着走向教室。

卓强老师找到赵凌云，"凌云，咱学校想举办一场篮球友谊赛，由体育生组成一支专业队，由咱们文化生组成一支业余队对决。专业队由体育教研室的刘茂臻老师任领队，业余队由我任领队。这次篮球赛不在乎输赢，旨在促进同学们重视体育锻炼，活跃学校体育氛围，丰富校园文化。你选拔十名个子高，有篮球基础的同学组成队伍，先行训练，待学校确定比赛日期后，按时参加比赛。"赵凌云说："太好了！我和彭星同学一起与其他班的同学沟通一下，大家会踊跃参加的。我们尽力训练，争取有好的表现。"

业余队组建后，在卓强老师的指导下，进行了紧张、科学而艰苦的训练。

暮春时节，杨柳吐绿，一片生机。周末下午，山崮县二中篮球友谊赛如期举行。

篮球场四周围满观众，东西两边人群的中间架着大鼓，专业队和业余队的啦啦队严阵以待，为球队呐喊助威。

在雄壮的《运动员进行曲》中，卓强老师佝偻着身子，上下点着头，拖着突突的脚步带领着业余队进入球场。运动员穿着陈旧的中山装、夹克衫、旧军褂，脚上有穿黄球鞋的，有穿卫生鞋的，有穿松紧布鞋的。个个精神抖擞，在卓老师的压阵下，脚步虽慢但很有力量。

刘茂臻穿着一身天蓝色白条运动装，脚蹬回力鞋，带着专业队走入运动场。运动员穿着各色运动装，有的脚穿回力鞋，有的穿卫生鞋，有的穿黄球鞋。个个趾高气扬，显示出碾轧三军的气势和优越感，仿佛俄国大力士进入擂台。

两边的啦啦队敲着鼓高呼着"加油，加油"。耿玲专门与同事换了班前来观看，加入业余队啦啦队为赵凌云助威呐喊。

卓强老师进行战前指导，要求队员不犯规或少犯规，采取人盯人的打法，要盯紧盯死，要合理分布力气，不要虎头蛇尾。要按照既定分工定位，各司其职。

经过短暂热身，专业队的队员纷纷脱下外套，穿着运动短衣短裤上场，他们是专业练体育的，平时都有运动短衣短裤。业余队的队员却穿着长裤、长褂，他们将褂子掖进裤腰，扎上外腰，卷起裤管和衣袖。

赵凌云扎上爷爷的粗布腰带，他使劲扎紧蓄积激发出力量。此刻，他像一个扭秧歌、打腰鼓庆丰收的陕北农民大哥。

赵杨叶看到专业队的队员都穿短裤，他想到自己的内裤还可以，不算太短，就想让内裤登场献艺。他把裤子脱下来，露出了大花红布裤头，这是他娘用淘汰的大花被面给他缝制的。看到赵杨叶的裤头，全场哗然，女生纷纷捂住眼。卓强老师和刘茂臻老师笑得直流泪。见此不妙，赵杨叶笑着又穿上了裤子。

赵杨叶的身高不亚于专业球队的运动员，他在跟乔心吃煎饼比赛中，把乔心比得在操场上遛了一个多小时，他只是蹲了几趟厕所。这小子身大力不亏。

球赛没开始，已笑点满满，全校师生像在看一场哑语相声。

比赛开始，全场静下来，注视着球场中间的跳球环节。

专业队的董保田和业余队的赵凌云代表双方争球。董保田要高出赵凌云一头多，两名球员猫着腰，抬着头看着裁判手中的球。当裁判将球抛向空中，哨声同时响起。

赵凌云随着裁判员向上抛球的动作一起，他的脚底下像安上弹簧一般，一下蹿了起来，伸手将球打向了赵杨叶。赵凌云弹跳的高度要超过董保田一大截，董保田连个球毛没摸着。

赵杨叶接过球转身、运球、突破防线、三步上篮，球进了。

董保田起跳抢篮板成功，他运了几下球，转身将球传给另一名高个，赵凌云穿插过去，将篮球牢牢掐住，迅即传给赵杨叶，赵杨叶又玩了个三步上篮，球进了。

业余队连进两球，卓强老师弓着腰在球场边上突噜着泛白的黑皮鞋，抿着嘴笑着。刘茂臻连赞，"老卓，你的业余队还真行，我看这场球赛是泥腿子战胜洋鬼子。你班的那个赵凌云弹跳是真好"。耿玲看着赵凌云扎着粗布腰带的滑稽样，将辫梢衔在嘴里，生怕笑出声来。

董保田对队友们说："要想胜，得捌住赵凌云和赵杨叶，这两个家伙太猛了。"

球赛的高潮一浪高过一浪，两边的鼓砸得震天响。没想到开始认为的一场哑语相声演变成了一场精彩绝伦的球艺大比拼、大展示。观众席上的同学们欢呼雀跃，激动难平，练体育真好！

球赛进行到第四节的中间，业余队领先专业队两分，一球之差。专业队红眼了。赵杨叶抢到球抛给赵凌云，"凌云接住。"

赵凌云接过球，快速运球，他躲闪着，腾空起跳将篮球抛向球篮，在他起跳后，专业队的中锋推了一下赵凌云，赵凌云落地重心失控，面朝天重重地摔在了水泥地上。

观众席上的学生发出"啊"的叫声，耿玲喊道："我的　　凌云。"

卓老师和刘老师急忙跑向凌云，队员们也围拢过来。赵凌云晃了晃脖子，自言自语道："多亏了俺老爷的粗布腰带。"大家绷着脸担心害怕地看着赵凌云，"凌云，怎么样？"卓老师急切地问。赵凌云一个鲤鱼打挺站起来，苦笑着对卓强老师说："没事儿，老师。"

赵杨叶气愤地说："唉，造洋业，打球也不能玩命呀。"那个惹事的中锋对赵凌云道歉道："凌云同学，对不起，我错了，请您原谅。"

赵凌云用手摩着腰说："没事，没事，打球嘛，以后注意就好。"

台下的同学议论道："赵凌云会武术！怪不得他跳得高。赵凌云品性真好，换个人非揍那个坏小子不可。"篮球赛结束，业余队胜。

双方啦啦队敲着鼓、拍着手大声喊道："业余队强，赵凌云强，学习业余队，学习赵凌云。"

卓强老师驼着背笑着与刘茂臻老师握手，双方队员握手拥抱。

耿玲冲破人群向赵凌云跑去，边跑边擦泪，"凌云，没事吧？"

赵凌云转转脖子，扭扭腰，对耿玲说："没事，你放心吧，谢谢你！"

第 85 章

1982 年 4 月 16 日，一辆吉普车疾驶在山崮县城通往丰源公社驻地刘村的沙土公路上，太阳的光芒照耀着大地，光线透过车窗的玻璃照在翟洪良的脸上、身上，他心里暖暖的，不时转头看着道路两旁的田野。他思绪万千，他在这里与广大群众挥洒汗水，战天斗地，誓夺高产。让社员过上好日子，是他努力奋斗的目标。

山崮县委副书记翟洪良带领农村土地承包工作组的两位同志前往县委委派给他的联系指导点丰源公社，出席土地承包推动会。

当车子穿过胜利渡槽的石券桥孔时，他让司机将车停在路旁。他下车沿梯田石阶爬上渡槽，随同的小曹和小张跟着上了渡槽。

翟洪良站在渡槽干渠的石沿上，东西南北转着圈瞭望着。看到麦田的麦子长势还好，他露出欣慰的笑容。眼前浮现出广大社员修建水渠、砌垒梯田坝堰、修路挖沟的宏大场面，浮现出社员轻伤不下火线的动人情景。为了支胎子，向渡槽顶上拉巨石，想水村的大队长赵存祥和石匠侯文侠硬硬地将腿拉断。他想到，粮食产量过黄河，过淮河，跨长江，费了九牛二虎之力，过长江的目标还是遥不可及。公社东北部的几个山村，种植单一，群众的日子还很艰辛。如何调动农民生产积极性，如何调整农业种植结构，如何增加农民收入让农民过上温饱有余的好生活。他和公社一班人努力思考寻找办法，但没有找到根本性、长远性和特别有效的办法。

他转身看向东北方向，他依稀看到了公社地势最高的想水村，他想到了想水村那位有头脑、务实能干的赵存祥，想到了想水村的贫穷和困难。他环视了周围田野，又低头看了看渡槽干渠内哗啦啦流淌着的清水，心里激起一股热浪。"把农民的自身生产积极性调动起来，基础设施的威力将会进一步增强。胜利渡槽的功能将会充分发挥。"

吃过晚饭，想水村一片漆黑，侯文侠堂屋正中间那盏用墨水瓶改造成的煤油灯的灯芯燃烧着，灯头上的一束火苗跳跃着，发出红光，儿子侯宜悦端着《养猪技术指南》认真地看着。侯宜悦是赵凌云的小学同学，担任副班长，初中毕业后跟着他爹学石匠，这活儿太累，他又跟着姑父学杀猪，还学得头头是道。

侯宜悦心里有一丝萌动，杀猪的营生还不错，原先都由食品站统购统销，农民吃点肉也不及时，现在杀猪不愁卖，卖肉能挣个三牙两枣，还能赚个猪头下水吃。如果自己家里养上两头，一年半载，将猪喂成杀掉，收益更好。再说了，把猪一养就成了养殖户，总比那带有血腥味的屠户的名声好些。他钻研起了养猪技术。他的头脑活得很，总不能按老头老嬷嬷用点剩汤剩饭喂猪，一头猪长个百十斤要用一年多。他要让猪长得快、长得大，肉还嫩。

侯文侠很支持儿子侯宜悦，儿子大了有了主心骨，学吗像吗，杀猪技术了得，已甩他姑父兼师傅半条街。杀猪干净麻利快，割肉剔骨那就像庖丁解牛再现。

侯宜悦对侯文侠说："爹，养猪技术多着呢！有得学呀。下步咱再开个猪肉汤馆，喂猪、杀猪、煮猪一道线、一条龙，那就是滴水不漏，钱都在咱自己腰包里转悠。"

侯文侠抽着烟，抿着嘴没有吭声。他伸手摩了摩大腿骨，一到阴天或见风还是隐隐约约地疼，这是修胜利渡槽时把腿葬送的。他想到胜利渡槽就一阵兴奋，捂着腿说："值。"

牛精精子（牛经纪人）陈景坤穿着对襟盘扣白山花布褂子，外套盘扣黑棉袄，下身穿着肥大的粗布裤子，脚穿千层底布鞋，配上一双白线袜。这身先生似的打扮让黑色的夜幕裹罩得干干净净，没有一丝鲜亮。他提着马灯深一脚浅一脚地向侯文侠家走去。

当他来到大坑边上，他转头对大坑杨树说："老杨树呀，咱村里要实行大包干，就要分地了，我给您说声。"说完，他将马灯向上提了一下，转身就走，一脚踢在一个石头尖上，差点摔倒，"我的娘来，还遭鬼打墙咪。"他心想："我在里面（监狱）待了几年，出来走路还不适应了，当年我走山路，步态轻盈，如履青云。"

他敲响了侯文侠的门，侯文侠见陈景坤摸黑拾窟来串门惊奇又高兴，"景坤叔来了，麻利地屋里喝茶。"

侯文侠递给陈景坤一支刚卷好的猪尾巴烟，划着火柴给他点烟，陈景坤用手罩着，喘了一口粗气竟将火柴吹灭了。陈景坤打了一个跟跄，急忙说："我自己点，你别客气。"侯宜悦拿了一个板凳让陈景坤坐。陈景坤伸手将放在桌子上的马灯罩向上一提，"扑哧"一口气将马灯吹灭，接着坐在了侯宜悦给的板凳上，点着烟抽着。侯宜悦心想："这家伙真会过，一丝煤油不想浪费，借他一点灯光可真难。"

陈景坤紧张地说："文侠，你可听说了，咱大队要分地了。上级安排的，分地包地单干了。这可是天大的好事呀。"

侯文侠抽着烟说："我听说了，多长时间了，都杠咕（议论）着要分地，这是改革，不分不行，不包不行。这不，大队让我明天去到大队开会，听说就是商量这个事儿。"陈景坤将手一拍，咧着嘴说："好，文侠。咱不光分地，听说，有的地方把牛、犁、耙、耩子、绳、遮子、筻子、扬场锨都分了。把水渠、水坝、机井、山林也都分了。"

侯文侠说："这才有多点东西，分不过来呀。"陈景坤说："作价呀，要东西的给大伙钱，不要东西的赒（qíng）点钱呗。这价作不高。我今天来找你就想说什么事呢，你和你爹都是石匠出身，对石头、对山有感情，咱庄上的山要是承包，你伸头把它包了，我算一股就是。要是包了山，那可好了，花个三十、五十，百了八十的，包它个几十年，有便宜赚了！近的，咱把山上战天斗地时修的水渠一拆，反正分完地，没人管没人问了，家家户户也用不着了。把石头想盖屋用就用，自己不用就卖了。山上的石头海了（多了）！咱挖山采石，建石灰窑，发财不说，咱也给小孩置办点家业不是。"

听到陈景坤说要置办家业，侯宜悦将《养猪技术指南》一放，坐在板凳上听陈景坤谈创业，谈开劈致富路。

陈景坤喝了口茶，看着侯宜悦神情专注的样子，来劲了，思路大开，继续说道："你看山上的侧柏林，都快成材了。以前的地主、富人死了，做棺材那可是用'柏木芯子'做的，百年不腐。棺材的规格花样有：十圆、十二花、十三花。你看那个十三花，盖四、帮六、底四棵。规格显示着身份。古代墓葬的一种高规格形式叫黄肠题凑。就是在棺椁的周围，用柏术芯堆砌形成一道围墙。柏木芯是黄颜色的，所以叫黄肠，题凑是指柏木芯统一头向内、尾向外摆放。"

陈景坤嘴咧得跟裤套一样，眼里放着光拉着、比画着。侯文侠的老婆听着头皮发麻，心跳加快，背上渗出的汗将里面的褂子塌得呱呱湿。心里骂道："死牛精精子，一辈子不正干，这半夜三更尽拉些墓呀、棺材呀的，瘆人呼啦的。"陈景坤哪知道侯文侠老婆的心思，他继续说："文侠，咱承包了山林，光这些柏木值钱了，十几年后都得按斤卖。人阔了富了干什么？能吃多点喝多点？以前的富人盖房纳妾生孩子，皇帝是三宫六院七十二妃。现在一夫一妻制，偷着摸着你敢娶几个你说？"

侯文侠看看媳妇又看看侯宜悦，抽了一口烟说："一个都不敢。"陈景坤仿佛没听见侯文侠的话，继续说："下一步的富人那就是修祖坟、建祖陵、发大丧、摆排场。柏木成了抢手货、稀罕物。那山地就不用说了。现在都埋在大田里，公家里的地占就占了，没人管。以后的地都分到各家各户了，你占占看看？有地的埋到自己的承包地里，风水不好，可以跟邻里换换地，大不了找给他两个钱。那没地的，城里的人死了往哪去，得上山呀！咱这山地就值钱了。文侠，你看，挖个坑，用石头一砌，用石灰一勾，奶奶的，它肯定比房子都贵。包山，咱一定得包。这块肥肉，咱得争。"

侯宜悦听着，不时用舌头舔嘴唇，两手直冒汗。侯文侠说："景坤叔，你说得头头是道，我琢磨着，这包干到户，这责任田，这改革，总不能把咱集体时积累的家产都分光吃净败坏完吧。明天开会，听听上边怎么说的。再说了，分承包地到户，也不能放圈子，狗撕羊皮各为自己吧。"陈景坤说："明天你开会，你有发言权，你可得提、可得争呀。"

说完，他站起身，伸手将马灯罩提起，将马灯点着，提着马灯走出了侯文侠的家门。由于激动，陈景坤竟走反方向，走向村外的一片墓地。

送走陈景坤，侯宜悦对侯文侠说："爹，俺景坤大爷还真是老江湖，不愧是蹲过监狱见过世面的。咱得争一争，争取把馍馍山包下来，那里有无穷的宝藏，有咱致富的大门。"

侯文侠愤愤地骂道:"你这个狗杂碎,人领着不走,鬼领着冒跑,你听陈景坤拉的是人话吗?那水渠能拆?那梯田的坝堰能拆?那山上的树能砍?那山上的石头能采?为了修梯田、塘坝、水渠,费了多大的劲?说着玩的这是!山绝对不能动。"说完,侯文侠用手捂了捂受伤的大腿。

"宜悦,咱干了几辈石匠了,石匠讲究有才有德,当年,我年轻,给人家盖屋砌墙,将关键的几块石头垒歪,导致尿墙,我终身悔恨,伤天害理的事一件也不能做。致富要靠勤劳,绝不能靠歪门邪道。"

赵存祥安排陈宝祥牵头,刘朝静执笔,结合政策要求和几次研究的会议纪要等,形成想水村落实联产承包责任制方案。刘朝静向赵存祥建议:"让赵凌云也参与一下吧,他文笔好,对咱村里的情况也很熟。"

赵凌云向陈宝祥和刘朝静报到。陈宝祥说:"凌云呀,前些年咱分地瓜时配合得很好,这次分责任田,咱更配合不孬。"赵凌云对陈宝祥和刘朝静说:"感谢陈会计和刘朝静老师高抬我,我一定尽力。工作上的事你们安排即是。但是我有意见,你们也得重视。朝静姐,您把会议记录给我,我研究一下,我拿出个初稿当靶子,你们修改就是。"

赵凌云反复学习,翻阅会议发言材料,执笔写下《想水村联产承包责任制工作方案》(以下简称《方案》)。《方案》分三部分:一是指导思想和工作目标。以十一届三中全会和中央1号文件精神为指导,认真落实市、县和公社的工作部署要求,以深化农村改革为抓手,充分调动农民生产积极性,实行大包干,多劳多得,鼓励一部分人以诚实辛勤双手先富起来,先富带后富,实现共同富裕。工作目标是一年大变样,二年亩产翻一番,三年农民吃好穿好住新房,民富村强。二是工作内容、方法和步骤。搞好土地承包,将责任田分到户分到人;成立服务型农业生产合作社,建立村农场、林场"一社两场"等村级集体经济合作组织,进行科学实验、良种培育、结构调整等服务,同时增加想水村集体经济收入,增强大队服务管理功能,为建设社会主义新农村闯出路子;解散原有的合作社,让手艺人、能人放开手脚搞富业,发家致富;建立农业生产、村规民约、奖惩考核制度,确保社员分干后遵纪守法,履行义务,形成好家风,弘扬社会主义风尚。三是抓好农村改革的宣传,把社员思想统一到解放思想,实事求是,一切以经济发展为中心的战略要求上来。宣传致富典型,宣传致富不忘本的典型,宣传好家风，好婆婆、好媳妇、好青年。教育社员不害红眼病，不嫉贤妒能，不仇富。要见贤思齐，比、学、赶、帮、超。确保思想不乱，工作不懒。

陈宝祥、刘朝静拿到赵凌云写好的《方案》一句未动，一字没改，直呼好文章。陈宝祥说："赵凌云真不简单，文笔好，总结归纳能力真是强。他是个高中生，人家不是读死书，死读书。"刘朝静说："赵凌云比我强，强得不是一帽头子（一星半点）。"

陈宝祥笑着问刘朝静，"朝静，你说'红眼病'这个词儿，赵凌云怎么想起来的？笑人穷怕人富的事，以后少不了，这个词太生动形象了。"

刘朝静说："凌云这家伙学习好，可能遭人嫉妒过，从自己的境遇中总结出来的呗。"陈宝祥说，"这就更证明了赵凌云的厉害，由此及彼，推己及人，举一反三。"

陈宝祥和刘朝静将《方案》报给了赵存祥。

第 86 章

赵存祥阅读完《方案》，心潮澎拜，将手重重地捶在桌子上，"好，太好了。分田到户夺高产，致富路上你追我赶，集体经济作保障，党的建设是定盘星。"

他带上《方案》匆匆赶往丰源公社县委指导组。县委副书记翟洪良正紧锁眉头，聚精会神地批阅文件，他手上已收到不少村的《土地联产承包责任制工作方案》。

"翟书记，我们想水村的工作方案制订好了，您是俺的亲领导，昰俺的好老师，俺让您先过过目，俺心里好有底。"赵存祥激动地对翟洪良说。翟洪良放下手里正在批阅的文件，高兴地说："噢，存祥同志来了，请坐。"他边说边起身给赵存祥倒了一杯茶。

赵存祥一五一十把自己对农村改革的一系列文件精神的理解把握，结合想水村的实际，制定的一系列工作措施，以及下步的工作目标和打算向翟洪良作了全面系统的汇报。翟洪良听着、记着，不时点头，他认为赵存祥对上级指示精神吃得透，把握得准，对工作思考得远。

"存祥呀，你行呀。你的思考具有战略眼光。哲学观点，超前思维，又体现出了实事求是，理论联系实际，密切联系群众。你的这个方案我还要再仔细审阅。我考虑，对你的想法和下步的干法，不宣传，不强行推广，但支持你干。我们这场改革没有现成的路可走，是摸着石头过河，鼓励大胆闯、大胆试、大胆干，只要坚持以经济建设为中心，只要有利于生产力发展，只要有助于广大农民尽快富起来，你就尽管干，若能创造出可以在全县、全市、全国推广的经验，那就是对改革的巨大贡献。"翟洪良起身在屋里走了几步，他用手拍了拍赵存祥的肩膀。

赵存祥带着重大的责任、嘱托和希望回到想水村。

"岳秘书，你看想水村的《方案》真是一个好方案，工作思路明，格局大，措施细，是一个有高度、有力度、有温度、有强度的好方案。个体、集体一齐抓，经济与宣传一齐抓，既让群众富钱袋，也让群众富脑袋。哎哟，不简单呀。"县委指导组的小曹，对丰源公社农村改革领导小组秘书岳喜凤说。岳喜凤说："我也接到了，仔细阅读了几遍。嗯，这是一个好方案，我看应该说是丰源公社各大队中最好的。这个方案不是机械性的工作，不是上下一般粗的文件复制，不是应付工作的，不是应付上边检查的。这个方案有思想性、有前瞻性、有务实性和可操作性。等待批复吧。"

岳喜凤是省城姑娘，她是1977年恢复高考后的第一届大学生，毕业于省农业大学经管系。毕业后，本能分到省农业科学院工作的她却经得父母同意，主动要求到农业大县山崮县工作。为培养锻炼青年干部，山崮县将她分配到丰源公社。岳喜凤学业功底扎实，又带着强烈的社会责任，参加工作时间很短就崭露头角，在丰源公社干部中形成了良好口碑，被称为"大学问家"，因工作务实泼辣，被冠以"女侠"的称号。

在想水村《方案》待批准实施时，万胜庄的《方案》已批准实施。万胜庄的方案很简单，那就是：分干包净，大队集体一身净，一身轻。大队集体只留大队部四间办公房和学校，卫生室也承包了出去。大队无财无产，社员不用惦念。社员各自种地搞富业，大队抓计划生育、交公粮，收提留。大队遇到花钱的事，向各家各户收取，社员要无条件服从和缴纳，羊毛出在羊身上。

夜幕降临，想水村归于宁静。天空中的星星眨着眼睛视着村里的一动一静。牛精精子陈景坤泡好一壶龙井茶，桌上摆好一包"白莲"牌香烟。他嘴里衔着一根"金鼎"香烟，吧嗒吧嗒地抽着，等着他的贵客到来。

"砰、砰、砰"，敲门声传来，陈景坤将烟头吐在地上，答应着"来了"。起身，抚领甩袖又拍拍裤腿，像老生出场，迈着外八字的虎步来到大门口，将大门打开，满脸喜色："宜悦来了，快屋里来，我泡好了茶等你呢。"来人是侯文侠的儿子侯宜悦。

侯宜悦坐下，陈景坤给他斟了一杯醇厚香浓的艳艳的龙井茶，打开"白莲"烟盒，用手指在烟盒下用力一弹，顺手捏出一根香烟递给侯宜悦："宜悦，咱爷俩今天就商量着办个大事，看还能不能把山林承包过来，你爹尽力了，但人微言轻，没能奏效。你有文化，你执笔，我口述向上反映，告赵存祥个小个子。他不让咱好受，咱也不能让他利索，咱捌不了他，让上级剐他。"

侯宜悦喝着茶，身上却有些冷，端茶杯的手有些发抖。"陈大爷，你说这样能行吗？俺说，赵存祥书记一心为公，有胆有谋，一心为咱村的发展和老少爷们谋福利。咱要告他，万一上面处理他，咱村可不就毁了，咱良心上也过不去呀！"陈景坤说："哎哟，你看你还怎么生就一副菩萨心。人呀，无毒不丈夫。他对咱狠，咱不能不狠。再说了，地球离了谁不转？就他赵存祥能行？你爹看到的只是一面，你爹只配当个石匠。你看你大爷我，一辈子专吃磨眼里的粮食（不劳而获），锻集头子，游走于牲口市中，东边说说，西边谈谈，买家讲讲，卖家劝劝，生意谈成，赚个提成，吃香的，喝辣的。过去，说我投机倒把，现在我就是能人。咱要把馍馍山包过来，咱一辈子不愁吃，不愁穿，还能当个致富带头人。"说完，他将一杯"龙井"一饮而尽。

侯宜悦连喝几杯"龙井"，身上渐渐暖和起来。"陈大爷，听说看山人陈耀彪近些日子经常下山进村，他怕馍馍山被破坏，磨刀霍霍，声称谁要破坏馍馍山的林木、山石、摩崖石窟，他豁出老命决一死战。"

陈景坤吐出半截烟头，在地上用脚一踩，"他这个野人，不食人间烟火，他这个五保户，死了，我们姓陈的族人都不会给他发丧送终。一个山夫野人怎能阻止改革的大潮？他简直是封建余孽。"陈景坤说："咱告赵存祥要直抓要害，打七寸。这小子没结婚，没绯闻，这些做不了什么文章。咱就告他三宗罪。一宗罪：立场不坚定，改革不坚决；二宗罪：权利欲望，担心土地承包后丢权，大谈特谈加强大队建设；三宗罪：私心重，妄图打着发展集体经的旗子，自己从中大捞一把。咱把他告下来，换个人，咱就能像万胜庄那样，分干吃净，连汤不剩。"

侯宜悦执笔连夜写出状告信，第二天，刘村大集，陈景坤趁大集人多，将状告信一式三份放到了丰源公社传达室，一份由翟洪良收，一份由县委工作组收，一份由章士林收。

侯宜悦没想到，他的同学赵凌云奉命执笔起书的《方案》和他主笔起草的状告信展开对决。

翟洪良接到告状信后，安排小曹和小张尽快抽出时间到想水村去实地考察一下，听听群众的意见，然后形成调查报告。

章士林接到状告信后，大发雷霆，痛恨地骂道："赵存祥这小子不是安生分子，一天不惹事急得慌。"他安排人把赵存祥叫到公社，他要对赵存祥严厉批评。

赵存祥带着陈宝祥来到公社书记章士林办公室，刚一进门，章士林把桌子一拍，撂下脸将赵存祥骂了个狗血喷头："赵存祥，你还想干吗？不想干，这就撤了你。你看你能的，你看你拽的，净搞些花花肠子，全公社改革的大好局面被你搞得乌烟瘴气。你看人家万胜庄改革雷厉风行，横到边，纵到底，彻底到位。你看你们想水村，又是发展大队集体经济，又是成立'一社两场'，又是减轻农民负担，又是发展改善基础设施。当年你到公社争项目，要政策，搞得公社围着你转。现在你又画这么些大饼，拉拢人心，你想干什么？农村的事需要这么些道道眼子吗？农民、社员有这么高的觉悟吗？大马呼来嗨，大乎的码茬，大差不离乎就行了，你想怎么样？你还想创出个经验来不成？就你想水村那个样？"

骂够了，章士林喝了一杯水。赵存祥正要给章士林汇报，章士林大手一挥："别说了，再说还是那些事，你当务之急是把状告信的事处理好，还空气以清朗，还群众以满意。要是因为恁想水村影响了咱丰源公社的工作进度和形象，我给你说，我让你吃不了兜着走。你去找改革办的岳喜凤，问问群众对你哪些方面不满意。我这里还有事，你走吧。"

出了章士林的门，赵存祥急走两步，蹲在老榆树下呕吐起来，他被章士林褒贬得淌屎，章士林每一句话就像用气筒往轮胎里充一下气，他的肺要被气炸了。没办法。

陈宝祥一边捶着赵存祥的背，一边愤愤地骂道："章士林这个长虫精生的，太霸道了，不让人说话，他奶奶的，自己觉得就比别人能行。3岁看大，7岁看老，这孩子迟早得裂熊。"

听到陈宝祥痛骂章士林，赵存祥肚里的苦水一下喷了出来，舒服了很多，他问陈宝祥，章士林怎么是长虫精生的？"

陈宝祥笑着说:"白蛇传中的白娘子和许仙生的儿不是许仕林吗?章士林和许仕林重名,这孩子又有蛇蝎之肠,嘿嘿,他不是长虫精生的吗?"赵存祥"扑哧"一声笑了出来,"咱老百姓骂人也够毒的。走,咱去翟书记那里一趟。"

见到赵存祥,翟洪良微笑着安抚道:"存祥,改革的一个方面就是要调整生产关系,难免会触碰到一部分人的利益或满足不了一部分人的预期。群众发牢骚,甚至骂娘,这都是难以避免的。只要站得正,走得直,就不怕。当然在处理工作时要坚持理论联系实际,密切联系群众,批评与自我批评。下步还是要做好宣传工作,做好思想工作,赢得最广大群众的理解、支持。"

小曹、小张和岳喜凤深入想水村的田间地头,沟渠渡槽、烟屋、牛屋、山林和摩崖石窟,打面坊,对想水村的自然条件,生产、生活状况进行了全面考察。与老中青社员上百人进行座谈。参加座谈的社员全部完全拥护农村改革,完全赞成村里的《方案》,完全赞成赵存祥的工作,对赵存祥的评价极高,坚信富民强村目标一定能实现。调研中,他们了解到写状告信的人是想借改革之机,捞取不当利益的自私自利的极少数之人,是村里的狗不吃。

调研后,岳喜凤执笔起草了《关于想水村社员反应问题的调查报告》。报告分三个部分,一是关于社员反映问题的真实情况,结论是严重失实,不成立。二是关于想水村《方案》的民意调查,结论是《方案》符合上级文件精神,符合想水村实际,符合群众意愿。三是几点建议,首先做好改革措施的宣传,给举报者满意答复。其次抓紧批准《方案》,加快实施。最后做好赵存祥同志的思想工作,让其放下包袱,轻装上阵,带领想水村在改革开放的道路上奋勇前进,实现改革发展目标,创造出改革发展的新经验。

陈景坤见状告信的威力不大,甚至如泥牛入海,有些沮丧,又心有不甘。他在村里刮起臭风,恶扬赵存祥。"赵存祥露多大的脸,现多大的眼。听说,他让县委副书记翟洪良捵得不吃菜,更毒的是让公社书记章士林剋闭气了。人家万胜庄的耿道云拔得头筹,受到表扬。像赵存祥还有脸再干?这家伙的脸比城墙都厚,搁在别人都撂挑子了。"

陈景坤专对好事的人拉,遇到喳喳雀左士青更是添油加醋,绘声绘色描述赵存祥被剋的情景和窘相。左士青回家对丈夫宋老二鹦鹉学舌般原汤原汁讲述赵存祥被批评的事,被宋老二顶了个杠:"你别整天嚼舌根,跟着好人学好事,跟着坏人学做贼,你跟陈景坤这个牛精精子能学好屁道子。你看他专吃磨眼粮食。这次他想借机捌点好事，满足私欲，被赵存祥识破了。存祥做事一板一眼，都是出于公心，都是为社员好。章士林剋赵存祥，这也可能。这家伙当公社书记几年，没到咱想水村这个穷地方、困难多的地方来过。人家翟洪良书记，不时往咱这里跑，为咱山村生产、生活和发展操心。章士林的工作简单粗暴，搞一刀切，他和耿道云是一路货色，一丘之貉。"

左士青铁青着脸："二憨子，你看你个熊样，就像赵存祥给你发了工资一样。我听到外面的事儿不给你谝心里难受，嘴也难受。给你谝，你又不执情。唉，摊上你这个木头疙瘩算我倒了八辈子霉了。"宋老二又说："听说，章士林曾在一次讲话中说，我丰源公社的臣民大部分是良民，我爱民如子。这话是人话吗？他把自己看成封建社会的王爷和封疆大吏了。咱哪里啦哪里了，我是听别人说的，你可别再口无遮拦拉出去。"左士青撇嘴一笑："你个憨熊不也是喜欢听小道消息嘛，看你那个尿样，怕事精！"

赵存祥挨剋的消息，从左士青家的屋里飞出，随风弥漫整个想水村。当然消息的附缀"这是陈景坤说的"，一并飞着扬着，怕事的宋老二手捂、身扑、脚盖，用尽全力也没能挡住妻子左士青漏气的嘴。

侯文侠在家里指着侯宜悦的鼻子骂："你这个杂碎羔子，你的头让驴踢了还是让门挤了，竟做出如此不堪之事。你认识两个狗尾巴圈子，没考出个道道，却用在了写诬告信上。我供会子你上学，就是让你干这伤天害理、伤风败俗的臭事？你看人家赵凌云跟你是同学，考上了高中，要文有文，要武有武，人家还有德。咱大队的工作方案就是他写的。你看人家干的事，你再撒泡尿照照你自己，你就是个下三滥、七里车。跟牛精精子混吧，恐怕你连个媳妇都娶不上。你这个不吃人粮食的孽种，我劝你抽时间去到大队负荆请罪，赔礼道歉。你气死我了！"

侯文侠咔咔地咳嗽着，将一口黏痰用力吐在屋当门，用脚使劲踩了几下。侯宜悦哭丧着脸说："爹，我知错了，我改。你别气坏了身子骨。"

侯文侠怒掉道："生了你这个逆子，我光有身子没有骨。想当年，我给人家垒鸡窝走后门，给你弄个副班长当，怕你输在起跑线上，你却输在了关键点上，你不争气呀。"

第 87 章

翟洪良安排小曹、小张带上岳喜凤，去想水村安慰一下赵存祥，疏导下情绪，解开心结，投入工作。

到了想水村大队部，他们看到赵存祥拿着《想水村联产承包责任制工作方案》锁着眉头仔细看，桌上放着刊登相关文件精神的报纸和文件，他在认真对照，深刻反思，查找不足。

"赵书记，我们受翟洪良书记委托，来给您聊一聊。"小曹握着赵存祥的手礼貌地说。

"翟洪良书记让我们代他问你好，让你有苦水就给我们倒一倒，放下思想包袱，投入时间紧、任务重的工作中来。"岳喜凤补充道。

赵存祥"哈哈"地笑了两声，但没有完全拽开因没睡好觉而肿胀的眼皮。"三位领导来，热烈欢迎！我可没有苦水。自从十一届三中全会以来，我们社员心里都像喝了蜜一样甜，喜事连连。有人告我，这是好事，说明人家关心大队的事，我们的工作就需要监督，他们提意见和建议，只要提得对，我们就照他们的办，就感谢他们。"接下来，赵存祥熟练地背起了《为人民服务》。岳喜凤说："你背得精准无误。"岳喜凤看着赵存祥黝黑而棱角分明的脸说，"报告您一个好消息，咱大队的《方案》已同意，并给予很高的评价，待全体社员表决通过就可以实施了。"

赵存祥坚毅的面孔露出一丝不易察觉的微笑。岳喜凤开导似的说："您这段时间操了很多心，又受到了不公正待遇，还望坦诚面对，该放下的放下，也不要太计较。有些人是以小人之心度君子之腹。"

赵存祥与岳喜凤相视一笑说："爱之人过誉，恶之人过毁。世人都是凭个人喜好评价人。我觉得，只要自己认为正确，符合政策，符合人多数人利益，符合圣人之道，那就力求之。"岳喜凤竖起大拇指："高见！"赵存祥补充道："我就是个土生土长的庄户人，咱没有什么高明和过人之处。但说我恋权，说我自私，这个我真不答应。不是我吝于改过，而是我真没有这个意识。唐宋八大家之一的苏洵在《审敌》中说，"为一身谋则愚，而为天下谋则智"。这个道理我还是懂的。

我恪守与万民共存共亡的圣人之道。"

岳喜凤被赵存祥的博学和修养震撼。赵存祥长得虽粗粗拉拉的，但言谈举止像个老师。给人整体印象是刚毅不失文雅，老成持重踏实，满满的安全感和正义感。

赵存祥征求岳喜凤的意见："咱下午开个全体社员大会，请你们参加，对《方案》表决，也请你们见证一下，让领导放心。"

岳喜凤和小张、小曹到赵存祥家吃午饭，他们看到赵存祥家是三间低矮茅草房，屋内收拾得却干净利落，屋墙上挂着的一幅字"忠厚传家耕读志学 赵满福题"和简易书架上摆满的书，洋溢着书香气息。

小曹说："你家这幅字真好，书法了得。这个书法家赵满福是哪里的？"赵存祥说："这是我二老爷写的，是我家的家训。我二老爷有学问，我二老爷家二叔的二儿子赵凌云，现在在咱二中读高中，我们的这个方案就是他根据纪要撰写的。我这个二弟初中时曾获山崮县首届中学生作文大赛一等奖，中考时超过小中专分数线和重点高中分数线二十多分，却报考了这个普通高中，只为更好地照顾家。耕读家风我们家什么时候都不会丢。"

岳喜凤看着墙上的字，带着好奇和敬仰的心情说道："吃过饭，咱去见见这位老爷爷，行吗？"赵存祥说："好呀。"

吃过饭，赵存祥陪着岳喜凤、小张、小曹来到赵满福老人家。赵满福听赵存祥介绍后，热情接待了三位年轻人，谈笑甚欢。

岳喜凤问赵满福，"爷爷，您对土地联产承包责任制怎么看的？"

赵满福捋了一下胡子，笑呵呵地说："改革开放好，土地承包好。人民公社大集体办了许多大事，你看俺村就是个见证。但'大跃进'、大锅饭，'一大二公'，过度分配平均，时间长了，就像一家人过日子，出现了消极怠工，农民生产积极性受到挫伤。现在在所有权不变的前提下，实行承包，把土地和农民的收入更加紧密地联系起来，调动农民积极性，这是好政策。人呀，人性呀，很难说清楚，反正干自己的可能更上心些。孔子的仁爱思想，体现的是爱自己、爱亲人，由近及远，逐步扩大。这是人性，不能简单地说是自私。孟子的'老吾老以及人之老，幼吾幼以及人之幼'，也是由'近'及远播撒仁爱。《孟子》说'穷则独善其身，达则兼济天下'。墨子主张'兼相爱'，爱他人胜过爱自己。这些思想对我们教益很深。当前的改革，鼓励一部分人先富起来，先富带后富，符合先哲对人性的思考，符合实际，是务实的。个人发家致富，集体也要发展。大河没水小河干，这个道理再简单不过了。"

听着赵满福讲，岳喜凤对老人每说一句话都惊奇地张一下嘴，瞪一下眼，发出赞叹："爷爷，您太神了！"赵满福说："老朽只是粗浅看法，我也就是多吃了几十年盐，今后还是靠你们年轻人。"

赵存祥说："二老爷，您写幅字呗，展现一下您的书法功力。"

赵满福笑着自谦道："吾本无功力，哪来的展现。"

赵存祥在砚台里研墨，又将毛笔泡好。赵满福牢牢把控着稍微哆嗦的手，吹着气，悬腕写字。

下午，想水村社员涌集到大队部门口，赵存祥宣读了《想水村联产承包责任制工作方案》，喊道："同意的请举手。"全体社员高高举起右手，有的个子小踮着脚，将胳膊伸得笔直。小曹、小张和岳善凤仔细地看着、数着。全体通过，包括陈景坤和侯宜悦。

20 天后，想水村将承包地公平、公正、合理、科学、准确地分配到户到人。村集体农场、林场和生产服务合作社同时运行。大队长侯贺成为"两场一社"总负责人，党西清为想水村集体农场场长，侯文侠为想水村集体林场场长，牛精精子陈景坤为生产服务合作社耕牛管理员，吴老二为黄烟炕房管理员，徐成平为打面坊管理员。

赵存祥跟陈景坤进行了一次长谈，安排陈景坤发挥专业特长，适时调整更新耕牛，保证耕牛数量和质量，有对耕牛的淘汰、购买的处理权。

一天晚上，陈景坤把侯宜悦喊到家里喝酒，陈景坤喝得有些上头，他突然跪在地上，用手猛扇自己的脸："我不是人，我对不起想水村，我对不起大队，我对不起赵存祥。今后，我要是再想吃磨眼的粮食让我烂嘴烂舌头。我要靠双手致富。"

侯宜悦拉着陈景坤："别扇了，你看你的脸肿了，不能见人了。咱下步将功赎罪就是。"陈景坤揽住侯宜悦."宜悦，回家给你爹说，我对不起他，差点把你带茄子棵去。"

万事就绪，赵存祥瘫软地躺在床上，他要好好睡上一个大大的完整觉，给自己疲惫的身子好好地充充电。待他鼾声响起，一个个美梦闪现出来。他梦见，想水村的社员早出晚归，挥锄扬锨，兴高采烈地战斗在承包地里。白居易走来，大声朗诵道:'田家少闲月,五月人倍忙。夜来南风起,小麦覆陇黄。妇姑荷箪食,童稚携壶浆。相随饷田去,丁壮在南冈。足蒸暑土气,背灼炎天光,力尽不知热,但惜夏日长。'"

赵存祥喊道:"白先生,好诗呀!"白居易笑曰:"壮哉,乐哉!"

他又打了个长鼾,眼前呈现出全村的承包地,绿油油、金灿灿、红彤彤、白花花,地瓜、花生、大豆、谷子、高粱、棉花大丰收。社员家里地瓜干垛成大城墙,谷子堆成大金山,大家笑着忙着,心里乐开了花,陈老大竟然笑掉了一颗牙,张洪英把牙给陈老大安上。"好日子,好收成,你没牙怎能享受好吃食?"

赵存祥磨了下牙,笑着说了声:"再做十块钱的美梦。"说完又睡着了。他梦见,党西清成了万元户,吴老二成了万元户,全村的冒尖户如雨后春笋般雄起。他梦见集体农场的良种推广、植保示范、科技推广、作物轮作、结构调整。集体林场的枣园生机无限,丰收一片。辛勤的蜜蜂"嗡嗡"地叫着,穿梭于枣树间采蜜授粉,累并快乐着。生产服务合作社的耕牛换成铁牛(农机),机耕道纵横田间,机器隆隆,"农业的根本出路在于机械化"成为现实。村里架上高压电,茅草房不见了,一排排红砖青瓦的瓦房,拔地而起,大多数都是两层的。"楼上楼下,电灯电话",孩子们在明亮的电灯下看书学习,老人们在明亮的电灯下纳着鞋底。

他梦见三瞎子赵广清,"三叔,你干吗去?""存祥,我看到村里的变化有感,说给你听呀"。赵存祥说:"三叔,您讲。"

赵广清接着作诗一首:

> 三中全会似东风,吹得咱村满眼春。
> 承包的土地整理得好,旱涝都能保丰收。
> 家家户户粮满仓,户户家家菜满园。
> 住宅衣着大变化,男女老少乐开花。

赵广清扶了扶别在上衣口袋上的钢笔,又说道:"依山傍水,瓦屋三间,朝也安然,暮也安然。耕种几亩责任田,种也由俺,收也由俺,丰收靠俺不靠天。大米白面,一日三餐,早也香甜,晚也香甜。的确良涤卡身上穿,长也称心短也如愿。人间邪恶我不干,坐也心安,行也心安。妻子儿女话灯前,古也交谈,今也交谈，富民政策喜心田，如今快乐在心间，不是神仙，胜似神仙。"

听后，赵存祥笑了，笑得前仰后合，笑得满眼流泪。笑着笑着，赵存祥醒了，他打了个哈欠，说了句："太好了。"他又打起了鼾声。

第 88 章

天刚蒙蒙亮，三瞎子赵广清早早起床向 14 亩地走去。14 亩地是想水村的一块顶好的地，地平块大，土壤肥沃，是承包地中的一级地。赵广清和侯宝二的地挨着，再接着是宋老大和宋老二家的，每家一溜，多的有三耩子宽，少的一耩子宽。

赵广清站在自己承包地的地头上，尽力撕开他睁不开的眼皮，打着眼罩瞭望，望眼欲穿，却怎么也望不到头。一个黑影像一阵风从他跟前闪过，"瞎子叔在呢"。

赵广清听出了声音，嬉戏地骂道："是侯宝二个王八，慌得吗？跟鬼锻得一样。"他又打起眼罩向远处看去，想看看侯宝二作什么茧。

赵广清向远处看着，却听到跟前屁声尿声滚滚袭来，继而是一股股刺鼻的屎尿的臊臭熏得他差点岔气。"我的个乖，远在天边，近在眼前呀。你这大早上是专门跑来卸货的。你屙俺家地里还是你家地里了？"

侯宝二憋着劲，吭吭哧哧地说："你想得美，我费这么大的劲攥着腚跑过来，能往你家地里屙？肥水不流外人田。"赵广清用手扇着鼻子骂道："你个七叶子半熟货，小心长虫钻你腚里，抠抠腚眼，哑哑指头的东西，地跟你家挨着，也就赚个臭气。"侯宝二提着裤子笑道："行了，瞎货，你别乱动，踩了雷炸死你。"说完，侯宝二一身轻松地赶回家。

下课铃一响，赵凌云的脑子就换片。他看着黑板，黑板上的字在他的眼前模糊不清，取而代之的是一片田野。他想家里分得的五亩六分承包地，他规划着：拿出二亩二级地种黄烟；三级地有二亩多，全部倒成地瓜埯栽地瓜；一亩多一级地种花生、谷子、绿豆、豆子。他反复琢磨着，二亩地的黄烟是现钱的主要来源，要用烟叶换钱供哥哥赵凌志上学，地瓜是主粮不能少，花生、豆子用来打油不能缺，谷子熬粥不能少。算来算去，感觉着地还是偏少。唉！要是再多二亩该多好呀！硬件不足软件补，地少，就要靠科学和勤奋提高产量，提高质量。整体规划没错，就这么定。他用手敲了一下桌子，起身快速向厕所跑去，准备好，听下节课。

上课铃响了，历史课堂，老师站在讲台上眉色飞舞，口若悬河，侃侃而谈。赵凌云的脑子却飞进了想水村，飞到了他家的承包地，飞到他对承包地的规划和种植构想，飞到漫无边际的形散而神不散的场景。

他想到，黄烟这东西很奇怪，都说吸烟有害健康，但一部分人总离不开它。烟还分三六九等，继而将人分为高低穷富。地位高和富有的人想吸价格高、牌子响、包装精的香烟。油纸包装的不如锡纸的，锡纸的不如金纸的。老爹赵广厚是个大工人，却常年吸一毛找的油纸包香烟，遇到大事、喜事、贵客才买上一包锡纸包装的"白莲"。

生活方式决定生产方式，市场的需求决定着生产的方向。种烟人为了卖个好价钱，必须使尽浑身解数种出上等的好烟。烟叶的长度、宽度、厚度、颜色、品相均有极为苛刻的标准和要求，形成几个级别。烟叶要干净，无虫孔，无斑点，无浊物，这是高级别烟叶的基本要求。

赵凌云偷偷打了一个哈欠，想把脑子拽回来听课，但他的脑子却不听招呼，还在漫无边际地想着。此刻的他恍惚如梦。接着想，种植黄烟对土壤要求高。黄烟这东西倒是小姐的身子丫鬟的命。地好了，地力肥，它就不适应，叶了变黑变烂。地太差，地力太浅，它长不起来，它既不耐旱又不耐涝，用二级地种植是不二选择。

种黄烟挣钱多，来钱快。黄烟站里一卖，现钱到手。到黄烟站号烟（卖烟），要戴上席夹子（用高粱秝秸篾编制的挡风挡雨的斗笠）盖住脸，熟头熟脸的不好意思。听说黄烟站的验级员是想水村的陈宝业，是陈宝祥的近门，他权力大得很。他先向卖烟叶的人发大号（排先后顺序的号），根据他的工作时间和工作量，大号发到一定量，就不再发了，没有领到大号的卖烟人，那就得等到第二天再来。"号烟"一词的出现可能与发大号票有关。"号烟"的社员三更半夜往黄烟站赶，只为能得到一张"大号"票。遇到大集那就更显紧张了，你早，我早，大家都早，正所谓，"莫道君行早，更有早行人"。

领到大号，按大号上的数字排队，这倒没有什么，反正他今天得收你的烟叶，你有大号在手呀。社员们手持大号蹲在地上，将包裹烟叶的包袱皮、布袋打开，露出烟叶。这些烟叶是社员在家划完色（按颜色分出等级）的，只等陈宝业定级。烟叶的级别决定着价格，人们用期待、巴结、乞求的眼光友好地看着陈宝业的脸。

此时的陈宝业像个判官。号烟（卖烟叶）的社员都想跟陈宝业拉近乎，扯亲戚。陈宝业的小名叫"丑脸"，出生时因满脸皱褶，他一奶同胞前面两个为女孩，母亲娇称并取名"丑脸"。名字丑，好养活。

赵凌云笑着想到想水村的人流传甚广的一个真人真事。宋老大想显摆他与陈宝业知根知底的老乡关系，面对板着脸发大号票的陈宝业直呼小名打招呼："丑脸，你忙着呢。"陈宝业脸一红，头没转，更没有看宋老大一眼，将宋老大抹（mā）门过（跳过），把大号票发给了排在宋老大后面的社员。

宋老大想再喊"丑脸，不看僧面看佛面"时，大号票已发完，陈宝业拂袖转身而去，留给宋老大一个冷冷的铁面无私的背影。宋老大一身尴尬，一脸懵逼。

宋老大的烟叶去黄烟站四五次都没卖掉，连大号票的毛都没摸到，最后没有法，只好求弟媳妇喳喳雀左士青替他卖了，为此，宋老大搭上了一小笔路费和盘缠。

宋老大愤愤地骂道："陈宝业、丑脸，你个妻侄羔子，手里有点权治撅（拿就、难为）人，感觉自己是个人物了。抽时间我把你穿开裆裤露鸡鸡，上二年级了还锻着你娘要奶吃的事拉拉给大家听，恶心死你。谁不知道谁的老底？猪鼻子插葱想充大象，我不吃你那一套，不喝你那一壶。看你还回老家不，死了不入林的东西。你爹娘给你起小名就是让人喊的，不是让人供的。"

唉！往往占上风的人挨骂，拜下风的人骂人。

赵凌云发出慨叹，唉！种烟挣钱，但种这玩意儿就像伺候老爷一样，费神费力，不能有半点疏忽。整畦、打埂、育苗、栽植、打杈子、喷农药、劈烟、吊烟、炕烟、捋烟、划色、号烟。这玩意儿玩的就是辛苦、功夫和技术。迎合人一口，累死种田人。感谢吸烟的人，他们给了我们种烟的人挣钱的机会。梦着、想着，赵凌云笑了一下。

赵凌云看了一眼黑板，马上默念："上课时，坐端正。睁大眼，专心听。看老师，听内容。排杂念，靠自控。"他想把脑子转过来听课，听了几句，他又想到卖烟。

卖了烟，数着钱，心里美滋滋。先上茶炉坊，2分钱买碗大叶子茶，再买两根油条、两个大烧饼，用烧饼把油条一卷，一口下去，香、酥、爽，哇！世间绝好的美味，喝口大叶子茶，荡气回肠。

赵凌云使劲拧了一下大腿，将走了的神扭过来。此时，半节课已过去。

周六下了最后一节课，教室就像农家早上撒开的鸡窝，学生们鱼贯而出，把空包袱皮和空咸菜瓶往书包里一掖，快速往家里奔。家里分了责任田，老少忙得很。他们生怕累急眼的父母和兄弟姐妹抱怨辱骂："几天背一包袱煎饼离开家，连一泡尿，一抔屎都留不到家里。"回到家，他们先上厕所将憋着的尿撒到墙根的二鼻罐里，将屎拉到茅坑，再洒上一层草木灰。

赵凌云急忙忙地装好包袱皮和咸菜瓶，给时骋、时旺打招呼，裴永好将嘴撇得像吹破的紫气茄子，说道："又回家找罪受。"

赵凌云推着"老国防"走到学校大门口，正欲溜车上跨，却听到有人叫他，"凌云，凌云，我坐你的二车子回家。"站在墙根的耿玲大声急促地喊着。

"耿玲，你一直在这里等我呀。"赵凌云停下车，看着耿玲向他跑来。"我早就来这里了，从第一个学生出校门，我就查着，等着你。"耿玲说道。

赵凌云骑上车，喊道："耿玲，上来吧，快走，快走，我急等着回家种地。"耿玲用手按了一下货架，偏身抬腚抬腿坐上了自行车。赵凌云用力蹬了几下脚扎，自行车像撒欢的驴往前跑去。

赵凌云问耿玲，"耿玲，你今天在学校门口查了多少人？"耿玲爽快地说："多少不记得，反正一个没漏。加上我在供销社柜台见到的人，今天我见的人海了（多了）。"她一顿又说，"这么些人，都不如俺凌云，俺师傅。"说着她"嘿嘿"地笑着。

拐了个弯进了大路，赵凌云弓着身，铆足劲，快速地踩着脚扎，拧着脚拐，大牙盘拽着车链，连着齿轮，带着车轮，高速运转，耿玲感觉到了风绞着她的脸。她抱住赵凌云的腰，将脸紧紧贴在赵凌云的后背上，她闭着眼听着自行车链条运转的响声和赵凌云大口喘气的声音。赵凌云的后背渐渐热起来，耿玲的脸也热起来、红起来。

耿玲捏了一下赵凌云的肚皮说："凌云，这一分地，人都跟狗锻的样，走路都带风。你回家种地，我去给你搭把手吧，我翻地可快了。"

赵凌云喘着气说："你细皮嫩肉的，还翻地，你想手上起泡吗？晒黑了脸，你供销社不得找我算账，你可是供销社的金字招牌。你摊上个好爹，你享福了。”耿玲在赵凌云背上蹭了一下脸：“那倒是。凌云，你干活儿也别太拼，别太累着，你还得上学呢。干活儿回来，我领你喝羊肉汤，给你补补。”说着她使劲揽了一下赵凌云。

赵凌云开玩笑地说：“哟，你还过疼我呢。”耿玲娇滴滴地说：“我不疼你疼谁，俺就是疼你，俺最疼你。”赵凌云说：“你得疼你爹。”耿玲快速说道：“当然了，俺爹也算一个。”

到了万胜庄村头，赵凌云刹住车，“耿玲，到你庄了，你庄子里的路疙瘩郎球的不好骑，你走着回家吧，我也快点回家，拾掇拾掇，准备准备，明天，我要手持钩镰枪，大战长坂坡”。

耿玲恋恋不舍地松开赵凌云的腰，下了车子。“啊？这么快，俺想叫家再远点，让你多带着俺再走会儿。”赵凌云憨厚地一笑，“你这是饱汉不知饿汉饥。我的地在等着我呢。好吧，你上车子，我再骑会，把你送到家”。

耿玲“嘿嘿”地笑着坐上自行车，赵凌云推着自行车走了几步，他掏腿上了自行车。耿玲像个孩子哈哈地笑着，嘴里念叨着：“猪八戒背媳妇，背上山，背下水，背到千里不嫌累，背到万里不嫌苦。”

赵凌云用手拍了一下耿玲，“你说的什么呀，这可是到了你庄上了，可别让我挨了揍。”耿玲对赵凌云说：“凌云，我明天下午在俺村北头梨树行那里等你，我坐你的二车子回单位，你大约几点能接我？”

赵凌云惊奇地说：“你还蹭我的二车子坐？干农活儿哪有点？这样吧，以我赶上晚自习课为准，太阳离闹山子顶一杆子高时，你在梨树下等我。”耿玲笑着说：“干吗，你嫌我丢你的人咋的？我每周都坐你的二车子。下回，我骑，你坐，我驮着你。让你有劲回家干活儿，我当你的司机行了吧。”

赵凌云说：“行，我看你就是我甩不掉的小铃铛。”耿玲噘了一下嘴：“俺是你的小尾巴。”

赵凌云把耿玲放到家门口，他骑上自行车颠颠荡荡，拐弯抹角往家赶。他走过母校万胜庄联中，走过万胜庄村头大坑，心想，可别遇见邢真实这小子，不然，还得耽误我几分钟。

第89章

人勤春早，一年之计在于春，一天之计在于晨。春风像母亲的手抚摸着大地，抚摸着人们的脸。想水村人脸上洋溢着希望、幸福。田野里洒满了人，他们各就各位，按照各自的规划和设想布局着承包地种什么，种多少。坝堰上放着他们的外套，他们撸起袖子，卷起裤腿挥锹扬锨翻地、整畦、倒埯子。空气中弥漫着土的芳香，弥漫着往手心吐唾沫加油度劲的声响。"呸呸啪啪，噌噌嚓嚓"，社员们像交响乐队的乐手，在农村改革大政方针的指挥棒下演奏着发家致富的威武雄壮的交响乐。

天还笼着黑，赵凌云迅速起床，他洗了把脸，倒了一大碗白开水冷着，他穿上赵广厚退下来的灰蓝色帆布工作服，蹬上黄球鞋，扎上爷爷送给他的粗布腰带。这个腰带搁劲，扎上它，护腰舒坦还有劲。他"咕咚咕咚"将白开水一饮而尽，给娘打了个招呼，背上叉头（粪箕），扛着铁锨镢头向13亩地走去。这是他家承包地一级地的位置。

到了地里，他找到地桩，明确了地界，他给左右邻居留出了地边。

站在地头，他想起当年分地瓜时的情形，他抓阄给自家抓了一堆兔子蛋。真是巧合，他家的一级地正好是主产兔子蛋般大小地瓜的地方。誓让土地变模样，再也不能让它产兔子蛋了，要让低产田变高产田。赵凌云心里想着。先用粪箕将地里的石子捡干拾净运到坝堰顶。他往手心里吐了两口唾沫，将铁锨竖起，用脚使劲下踩，直到铁锨全部插到地里，他将土翻过来。"乖乖，下半截都是褐红色的粒土，这怎能长好庄稼？"赵凌云叹道。他一锨一锨地深翻着。

"凌云弟，你来得这么早，都剜了这么一大块地了。"吴老二和杜印花两口子挑着粪筐扛着镢头铁锨喊道。赵凌云停下铁锨，回头笑着说："二哥，嫂子，你们也来这块地里干活儿。咱两家嘎邻居可好了。我刚才看了地桩地界，我两边都留出两锨宽的地边，便于下步生产。"

杜印花说："俺二兄弟真讲究，你留一锨宽就行，俺再留一锨宽。这块好地，咱也不能太浪费了。"看到赵凌云剜过的地，吴老二赞佩地说："凌云，你剜得可够深的，粒土都让你剜出来了。"

赵凌云对吴老二说："二哥，半锨下去都到粒土了，看样以前剜的深度不够呀。老辈里说，衣裳怕破，地不怕破。这深剜深翻整平，才能存水存肥，庄稼根才能扎下去，地才有力，收成才好。人惜力，庄稼到时候给你脸看。过去，这一块因为在地中间，本来地块最好，但由于干活儿惜力应付，这里产的地瓜跟兔子蛋一般大小，地头地边的都结得跟葫芦似的。"杜印花哈哈地笑着说："凌云兄弟真会比喻，你见过兔子蛋？"

赵凌云说："二嫂，那个兔子都不大，它的蛋能有多大？牛蛋倒可大了，人不是形容眼大像牛蛋一样吗？眼瞪得跟牛蛋一样。"

杜印花和吴老二笑得弯腰拍手。吴老二问赵凌云："这块地你准备种什么？"赵凌云说："我准备种谷子，这块地是一级地，地力好，平，种谷子比较好。"接着他又把五亩六分地的总体规划和布局介绍了一下，也算是征求一下吴老二的意见。

吴老二赞叹道："凌云，要我说，你可真不简单，你对种地真不陌生，还真是个内行人。像你年纪这么大的年轻人，哪个能像你懂农业？我们这些庄户把子也不一定跟你想得全。"杜印花说："俺凌云二兄弟，大学生会种地，真是不孬，俺本想在这块地种高粱，那你种谷子，俺也种谷子吧。俺种高粱怕欺你的谷子，高粱高，争光争风争肥。"

赵凌云笑着说："俺二嫂就是个明大义的巾帼女侠。现在是你的地，你想种什么就种什么。要真是把黄烟与谷子挨着种，还真有些不妥，黄烟要不断打农药，怕对粮食产生污染。"杜印花点着头，"凌云二弟，你有学问，思想先进，你说什么，咱商量着办，远亲不如近邻。"

说完，吴老二两口子开始干活儿。赵凌云一锨一锨剜着地，身体向后慢慢地退着。几近中午，赵凌云翻了有一亩多地。

凌云娘急慌地跑来，"凌云，凌云，你怎么干起活儿来忘了吃饭了我儿。这都几点了，你饿毁了吧"。赵凌云停下手里的活儿对娘说道："娘咪，你怎么跑来了，你看我翻的地怎样？夸夸我呗。"

凌云娘笑着说："妗，好，好着哩，他儿干的沽孬个了。杜印花凑过来，"二婶子，俺二兄弟干活儿还真管，甩俺家你二佺两条街。有凌云干活儿，你家的承包地不用愁。"凌云娘说："恁二嫂，咱两家的地挨着，咱互相担着点。"杜印花说："你放心吧婶子，咱两家就像一家人。"

赵凌云感觉两手像火烧的一样，撒开一看全是血泡。他告别吴老二两口子，陪着娘回家吃饭。

娘给赵凌云炒了一盘鸡蛋和一盘花生米，熬了绿豆小米粥。赵凌云吃过饭，问娘有手套吗。娘说有，有皮手套也有线手套。

赵凌云把手撑开给娘看，"娘咪，你看我的手。"凌云娘拽过赵凌云的手一看，"我的娘啊，怎么磨得这么厉害。"说着，她把赵凌云的手放在嘴上，亲吻着，眼泪止不住地流在赵凌云的手上。

赵凌云亲了一下娘的额头，笑着说："娘咪，我平时拷沙袋练的是背面，起了老茧，这手心没练还真不撑事，缺乏锻炼。我原本想让你给我找个手套戴着干活儿，我怕人家笑话娇怪。没事儿，血泡下去就生成老茧，今后再也不怕了。"

娘被赵凌云逗得想笑却笑不出来，"凌云，儿来，你疼在手上，娘疼在心上。我的好儿，我懂事的好儿。"

赵凌云找到赵存祥，"哥，我向咱大队集体农场订两亩地的黄烟苗，二亩地的地瓜苗。育苗得支炕，覆膜，时常喷水。这个技术我还不行，再加上我时间不允许，只好依靠大队农场了，我按时付钱就是。"

赵凌云把对自家承包地的规划向赵存祥作了详细汇报，赵存祥表示赞同，赵广勤说："凌云规划得对，就得这么干。"

赵存祥严肃地对赵凌云说："凌云，你别光想着种地，我看你跟上瘾的一样。你的心思要放在上学上，你的成绩要下来，小心我踢烂你的腚。我给你说了，你家的地我可以帮你种。你的任务是读书、考学。"

赵凌云说："哥，我家这点承包地种得了，我扛个主力，让俺爹歇班和俺可放假时拉个偏绠就行了，咱们是耕读志学，农业这本书，咱要在实践中读，大地上研，种地和上学两不误。你放心，我会处理好耕读关系的，保证我的腚不让你踢，更不能让你踢烂。"

赵存祥和蔼地看着赵凌云，"你这个家伙！"

赵凌云挑水将大、小缸灌满，又给老爷家挑了一挑子。

赵凌云对娘说："娘咪，今天咱烙煎饼，我的手滚不了啦，只好我烧鳌子，你来滚，累俺娘了。"娘笑着说："还用你说，娘还能没数。我赶快和面，你还得赶回学校。"

语音刚落，公丕柱进了大门。"凌云，我来烙，我算着你今天得烙煎饼。"赵凌云惊喜地说："大叔，俺大奶奶可好，我光忙了，没能去看俺大奶奶，你的地开始整了吗？"

公丕柱说："开始了，我这个好弄，天天这一副套子。不像你还得上学，我这个悠着干就能弄好。你大奶奶很好，就怕着凉。"赵凌云夸奖公丕柱："你这个老把式是慢工出巧匠呀。"

凌云娘和好面，赵凌云烧着鏊子，公丕柱撸起袖子滚起了煎饼。公丕柱说："二嫂，你给凌云炒咸菜吧，俺爷俩烙煎饼，俺喜欢跟凌云一块干活儿，俺爷俩能拉一块去。"赵凌云摊着鏊子底下的火，笑着说："咱爷俩能尿一壶里了。"

公丕柱用匹子刮着煎饼，笑着应道："是的，是的，我说得土，你说得好听。"

公丕柱和赵凌云说笑间，赵广厚推着挂着两个饭包的自行车进了家。"他大叔帮俺烙煎饼了，谢谢丕柱老弟。"边说边将自行车插好。

公丕柱说："二哥，你歇班了。来的正是时候，都在耕地呢。"赵广厚说："是呢，我心里躁得火着，我歇班，又跟工友换了两个班，想把地整一下，到时该栽的栽，该种的种。赶在雨前耕出来，耕完要是下场雨，那栽种就可省劲了。"

赵凌云用白布缠包着的手往鏊子底续着柴火，打趣道："俺爹连老天的活儿都安排，把老天的积极性都调动起来。"赵广厚听了赵凌云的话正想笑，看到儿子用布缠着手，马上把脸唬下来："凌云的手怎么弄的？"

凌云娘抢着说道："他半夜起来就去翻地，一气翻了一亩多，把两只手磨得血赤淋拉的。"赵广厚咂了一下嘴，绷着脸走进屋里。

烙完煎饼，公丕柱告辞，赵广厚用布给他包了几个馒头和油炸带鱼。"丕柱，你带着，你跟俺大婶子一块吃。"

赵凌云送公丕柱，他跟着公丕柱到家里看望了大奶奶，大奶奶安排赵凌云："凌云，好好学我儿。"这是赵凌云从小学听到现在，敬爱的大奶奶对他说过最多的一句话。

"爹，娘，俺丕柱叔可是咱村里数一数二的好人。我跟丕柱叔有说不完的话，在他身上我学会了善良、朴实、勤劳、友爱、尊老爱幼。"赵凌云回到家发出了一通感慨。赵广厚说："凌云，你在村里结交了一批忘年交，这对你成长很有裨益，有些方面，我不如你，你适合在老家干。"凌云娘生气地说："你这是怎么说的，凌云就该着在老家干？就该着当农民？就该着吃苦受累？这是当爹的没本事的才说出这样坑孩子的话。"

赵凌云哈哈一笑，"你别说，我还真适合在老家干，适合当农民。我哪怕是下步考上大学，也得打上我农民的标签，老农赵凌云。爹，前段时间，我从你那个常山煤矿到山崮县城郊公社给俺哥的老丈人家报喜，去山崮县城揍了一个地痞，他欺负咱老家的人，还侮辱我，可让我把那孩子揍毁了"。赵广厚顺口说道："该揍，揍得好。"接着脸一黑，"凌云，你可不能打架，我就怕你习武屙不出好屎，你竟敢在县城打架，你是初生牛犊不怕虎。你以后可不能冲动呀。"

赵凌云满不在乎地给爹说："我是见义勇为，不是打架好嘛。"

赵广厚取下饭包，在底下掏出两瓶"英雄"牌墨水，"凌云，这是你刘景东叔专门给你买的，他说喜欢凌云贤侄，凌云在家上学不容易，买两瓶墨水鼓励一下。"赵凌云接过墨水。"谢谢景东叔，谢谢俺爹。英雄有用武之地。"

赵凌云把承包地的位置、耕种计划和打算向赵广厚作了汇报。"爹咪，听着五亩多地还不少，这一规划还显得紧巴。咱多种点黄烟，一来为国家烟草工业作贡献，二来见钱快，收益高。咱这里是黄烟基地，国家还有补助政策。俺哥上学需要钱，我马上面临高考，如考上大学，也得需要学费、路费。咱辛苦点，攒点钱，以备急用。像地瓜、谷子、高粱、花生、大豆、绿豆之类那是必须的，交公粮，交提留，还得自己一日三餐用。"

赵广厚听着赵凌云的规划。"噢，很好，咱就这么干，完全听你的。我活了半辈子，当了劳动模范，就对你心悦诚服。儿子当家，越过越发。"

赵凌云拿了支烟别在耳朵上，他不抽烟，只是一种感觉。"爹，咱先把地翻好整平，再打畦整垄，倒地瓜埯。你歇着干，咱用两三个星期把地拾掇好，谷雨清明一过，该点的点，该种的种，该栽的栽。"看着赵凌云的滑稽样，听着他老人精一般的话，赵广厚笑得合不拢嘴。

赵凌云将裤脚提到膝盖处，用手搓着腿肚子，此时他已进入生产队长的角色。他的脸绷得跟腔一样望着墙，若有所思地又安排赵广厚："爹咪，您整地时可得给邻居留出地边，咱可不能在乎那三牙两枣，种地不能太切（抠）。古来有语，过日子，亲戚都是一筵换一筵，邻居一碗换一碗，你敬我一尺，我敬你一丈。"听完，赵广厚"扑哧"一下笑了出来，他实在忍不住了。凌云娘也跟着笑，赵凌云也笑出了泪。

赵凌云将别在耳朵根的烟拿下来递给赵广厚，赵广厚说："你抽呗，你看你别在身上这会子啦。"赵凌云笑着说："这只是道具。生产用工具，生活用道具，这才有滋有味。"

赵凌云幽默风趣的性格，快乐着自己，也快乐着别人。赵广厚对赵凌云说："你这小子，天生乐观派，跟你一块过一天，能快乐一星期。"

赵凌云出门一看太阳，"我的娘，我该走了，不然就迟到上晚自习了。"

凌云娘急忙给他拿煎饼包袱，她从赵广厚的饭包里掐出几个馒头往赵凌云包袱里放。赵凌云急忙制止，"娘咪，俺爹在家得过好几天，他又得下地干活儿，你留馒头给俺爹和你吃。娘咪，你腰不好，跟俺爹下地干活儿别晾汗，捂春晾秋。你捡石子最好蹲着捡，可别虾腰鱼挺肚，起来欠去的，那样最容易腰疼。我走了哈。"

赵凌云把煎饼包袱往车把上一挂，将装着咸菜瓶的书包斜挎在肩，推起自行车就走。娘说："你怎么不把包袱捆在货架上，那样好骑。"

赵凌云急急忙忙地说："我同学坐我的二车子。"

凌云娘赶到大门口喊道："凌云，注意你的手，别沾水。"赵凌云已骑上车蹿到了胡同头。

一路放下，赵凌云驾着自行车躲着路上的露头青石头。他远远地看到听到耿玲站在路中间挥着手向他喊道："凌云，凌云。"

赵凌云走近耿玲，笑着说："干吗这样急，跟吓狼的样。"

耿玲"嘿嘿"一笑，"俺就是急，俺在这里等你老一会子啦。"

耿玲看到赵凌云手上缠着的布，"我的娘咪，你的手怎弄的？"

赵凌云扮了个鬼脸，用手比画着让耿玲上车子。耿玲抓过他的手，用嘴隔着布亲着："我的娘，可疼死我了。"说完，泪水流在赵凌云的手上。赵凌云说："受了这点伤，俺娘亲着哭，你又亲着哭，难道我是女人泪水浇灌的弱不禁风的花朵？风雨中，这点痛算什么，快上车。"

耿玲说："我骑车子带着你吧，你歇会儿，也免得颠你的手。"赵凌云对着耿玲一笑，"你想让我迟到吗？快上，还是我骑得快。"

耿玲把赵凌云车把上的煎饼包袱背在肩上，斜坐在车架上，赵凌云掏腿上了自行车。耿玲头靠着赵凌云的背，手不停地捏赵凌云的肚了。赵凌云像被戳弃的气蛤蟆，挺肚伸腿鼓着劲一溜烟向刘村跑去。

第90章

上午最后一节课下课铃一响，校园顿时热闹起来。老师们和非农业户口的学生们拿着洋碗铁匙，捏着饭菜票迈着轻松的步子向食堂走去。赵凌云和时骋用棍抬着水桶向锅炉房狂奔。

站在教室对面树底下的耿玲看到跑得比兔子都快的赵凌云高声喊道："凌云，凌云。"赵凌云回头看了一眼耿玲，"我抬水去，你等着我。"

赵凌云和时骋抬着满满两桶冒着热气的开水缓步向教室门口走着，唯恐晃荡出来一滴开水。时骋开玩笑地说："凌云，这个漂亮的女生，我看是离不开你了吧。"赵凌云回道："你小子是说你和裴永好吧。裴永好的气茄子嘴，我看就是为你而生的。"

时骋惊奇地说："凌云，你火眼金睛呀，我们这么低调，这么保密，你都能看出来？"赵凌云友好地笑了一下，"你们那点小九九！时骋，裴永好这妮子看着倔，学习还不错，她考上学我看不成问题，你可得好好捋兄弟，免得被裴永好甩了。"

赵凌云将开水桶一放，同学们拿着茶缸子围了过来。他快步走向耿玲，"耿玲，你有事情找我？""没有事。快走，我领你喝羊肉汤去。"耿玲说着想拉赵凌云的手。赵凌云对耿玲说："你等一等，我去拿两个煎饼。"

耿玲一笑，"你还把你当成赶毛驴车赶集的了，带着煎饼喝羊肉汤。我给你买烧饼吃。"

耿玲在前，赵凌云在后。出了校门，耿玲牵过赵凌云的手，"跟着我，别走不见了。"

来到郭家羊肉汤铺前，这是刘村几家羊肉汤中比较有名的一家。一口八印大锅里，羊肉、羊头、羊肚、羊肠、羊肺、羊肝翻滚着，中间的水泡哗哗地翻着、冒着、窜着，料包在滚腾的羊汤里偶尔露峥嵘，显示着羊肉汤主人家的底蕴秘籍和传统。靠着大锅一边放着一张案子，案子上放着捞出的煮好的羊肉及下水，用白布蒙着。切菜板被剁羊肉损磨得下凹一个坑，显示着沧桑和悠久，菜板边放着一碗蒜瓣和切好的芫荽（香菜）。案子右侧一字儿排放着五六张方桌方凳。方桌上放着一瓶子盐，一小碗辣椒油，一瓶醋。整个区域用秫秸箔围着，卖羊肉汤的老郭四十五六岁，他切羊肉不看刀不看菜板，边切边招待客人，肉切得厚薄均匀，这本身已成为一道风景。羊肉汤有两毛钱一碗的，三毛钱一碗的、五毛钱一碗的。五毛钱一碗的用秤称，两毛钱和三毛钱一碗的用手抓。称过抓过，将羊肉放在碗里，然后拿块羊血放在手心，用刀快速切成块，放进羊肉碗里，算是赠送。捏芫荽，拿瓣蒜用刀一拍放进碗里，顾客端着走到锅前，老郭的媳妇用长把舀子从翻滚的肉汤中取出一舀倒进羊肉碗里。顾客小心翼翼地端着羊肉汤走到方桌前，搬凳子坐下，根据自己口味，取盐、醋、辣椒油放入碗中。

羊肉汤紧饱喝，但你羊肉碗里要留有一块肉，否则，你不能添加羊肉汤，这是老规矩。

据说一个赶驴车的人饭量大，他在郭家喝羊肉汤，他要了两毛钱一碗的，喝了十几碗羊肉汤，羊肉都没吃一口。喝完，用煎饼将肉一包带回家给孩子吃了。

开羊肉汤锅也有行规，自然开饭馆就不怕大肚子汉。但也有被喝急眼的时候，一个大肚子汉咱不怕，要是两个三个一齐来，那就烧不够喝的了。任凭你的风箱打得呱呱响，羊肉锅的水就是不眨眼，怎么办？他索性在羊肉汤锅里扣个碗，汤锅里就不停冒泡。

"郭当家的，给俺盛两碗，一碗五毛的，一碗两毛的。"耿玲客气地对卖羊肉汤的老郭说。

老郭切着羊肉，看着耿玲，这不是丰源供销社的美女售货员嘛。

老郭拿出两个碗，把碗里的水空了一下。将碗摆开，砸了二瓣蒜，捏了一摄子芫荽放进两个碗中。用手捏了一把羊肉放进一个碗中，说道："这是两毛钱一碗的。"

接着他拿起秤，往秤盘里抓了一大把羊肉，左手提起线绳，右手挪着秤砣，秤杆挑起，"你看，高高的秤，这是五毛钱一碗的。"

老郭拿起一块羊血放在手心，用刀均匀切成方块分别放入两个碗中，"好了，盛汤去吧。"

耿玲想端两个碗，不让赵凌云端，赵凌云说："汤热，你端不了。"

耿玲在前，赵凌云在后端着羊肉汤走到方桌旁。此时，耿玲像姐姐领着弟弟，她有一种莫名的幸福感。

耿玲将五毛钱一碗的放在赵凌云面前，将两毛钱一碗的留给自己。她转身到烧饼囤中拿了四个烧饼，给老郭报了数。

耿玲幸福地看着赵凌云，"凌云，喝吧。"边说边把自己碗里的羊肉夹到赵凌云的碗里。赵凌云急忙制止："我这就够了，你吃吧。别忘了，你还得留一块呢，好喝汤。"

耿玲被赵凌云逗笑了："你这个家伙，还真不傻。"

赵凌云用筷子剜了一棒子辣椒油往碗里一搁愣（搅拌），满碗通红。

赵凌云大口地喝着、吃着。耿玲看着，心里像喝了蜜，"凌云，你真能吃辣，能吃辣，能当家。"

喝完羊肉汤，赵凌云看着耿玲一笑说："耿玲，喝完你的羊肉汤，手不疼了，我的学习成绩也能从倒数第二变为倒数第一了。"

耿玲站起来，整了一下衣角，揽了一下赵凌云的肩膀说："别半熟了，别耍贫嘴了，你快上课去，我也该上班了。"

春雨贵如油。龙王看到在承包地里辛勤耕作的社员笑了，他毫不吝惜地将雨洒向大地。

进了农历三月，春雨连绵，整好的地像海绵一样吸着贵如油的雨水。杜甫老先生被感动着，他穿越过来，兴奋地朗诵他那流传百世的名诗《春夜喜雨》。

好地出好苗。播下的种子鼓着劲往外长，往上蹿，苗全苗壮。栽下的黄烟，地瓜秧架都不倒，支棱地迎着阳光拼命地长。想水村的田野绿油油，生机盎然，与社员的笑脸笑声相映着。

每到星期天，赵凌云像撒欢的鸟从学校飞到承包地忙着、干着。天不亮，他已把二亩烟叶喷完农药。他背着喷雾器路过14亩地，听到喳喳雀左士青在骂："你说这吃粮食烂腔眼子的人在地里栽臭橘子，你说这叫俺怎种地？你想扎死俺是怎的，你挡鸟防贼也不能这么干吧。你说你家就这么切害人（祸害）的你说。你赶快拔，你不拔，老娘给你拔。我拿着臭橘子叫大伙评理。"

左士青骂的是她大哥和大嫂。他两家的地挨着，宋老大为体现他的领地意识，将承包地周围栽上了臭橘子。臭橘浑身带刺，生长不挑地方，荒坡野地胡乱长，随便折个刺条插在地里就能生长。在很多农村，臭橘被种在果园四周，当围墙用，一旦臭橘起来，鸟都飞不进去。

听到左士青骂自己，宋老大的老婆毫不示弱："这是谁的腔漏风放臭屁骂人，俺家的地俺当家，俺想种吗种吗，俺想怎弄怎弄，你管得着吗？咸吃萝卜淡操心！再骂我撕叉你的嘴。我栽臭橘子垒围墙不也对你好。"

左士青一看宋老大媳妇搭茬，那更来劲了："你还对人家好？你浑身长疖子，一肚子坏水。你倒卧不了孩子，我对你说。你栽臭橘子把俺的地圈进去了，你个坏种。"左士青蹦起身子跺着脚骂。

宋老大媳妇往左士青脸上吐了一口唾沫拍着腚连声快速地骂道："你坏种，你坏种，你坏种。"左士青边还击，"你坏种，你坏种，你坏种。"边用头顶住宋老大媳妇。

左士青拽住宋老大媳妇的头发，往怀里一拉，连吐几口唾沫报复。宋老大媳妇顺势倒地，撸着腿哭骂，"你这个恶霜，你这个不行好事的，你这个改死常的，你这个养汉头，今每（今天）俺死给你看，我死你家里让你发大丧，让你披麻戴孝，让你抵命。"

三瞎子赵广清站在隔着侯宝二的承包地上，愤愤地说道："你看还有外人吗？骂得南（难）听北（悲）道的，让人家笑话。"接着又说，"家亡两字是嫖和赌，家败两字是暴和凶，家贫的两字是懒和惰，家兴两字是勤和俭，家和两字是情和爱，家安两字是忍和让。"

赵凌云放下喷雾器，接过赵广清的话说："大嫂、二嫂，俺三叔说得对，别因为种地伤了和气。两家种地都让一下，互留地边，便于生产，更不能挖别人的墙角。大嫂，你想栽这个臭橘子，就栽在你的小地块，不影响别人的地方。在大田的中间，栽这个显然不太合适，还是拔了吧。"

听到有人劝，左士青往地下一躺，露着肚皮，用腿瞪着地，拉着长音哭叫起来："我的娘来我的娘，我可让你讹死了。这是老天不长眼，让我的地挨着你。不争馍馍争口气，我死也跟你干到底。"

赵存祥听说，宋家妯娌俩因种地打架，十分生气。"这还没开始来，就争地边子，就只顾自己，不顾别人，这样下去，村风民风如何是好？此风必刹。"

赵存祥赶到 14 亩地，对着宋家妯娌俩劈头盖脸地骂道："你两人还要不要脸？大清早就出来打架。地亲爹亲，地重要情重要？你看你宋老大家的，你栽那臭橘子合适吗？都像你一样，这块一级地不弄得跟花瓜一样。经营自主，但左邻右邻也得有个商量照顾，不能人家种完矮的，你种高的，人家种粮你种树，损人不利己的事儿不能干。遇事商量着办，解决不了向大队报告，调解解决。你看遇事叽叽喳喳，像鸡争粮食，一个比一个能似的，有本事把地种好，早日成个万元户，别整天净整些没用的。宋老大家的，今天就赶快把臭橘子拔了，栽到不影响别人的地块去。你看这块地里庄稼长得多好，可要管理好，争取有个好收成。今后谁再蹲墙根嚼舌头，吵架弄景的，我非处理你不行。"说完，赵存祥转身而去。宋老大媳妇和喳喳雀站起来说："谢谢赵书记。"

宋老大家的走到承包地边一棵一棵将臭橘拔掉，左士青拍拍身上的土大步向家里走。

赵凌云帮着宋老大媳妇拔臭橘子，边拔边说："嫂，这玩意儿好栽难拔，扎手厉害得很。"宋老大媳妇说："凌云兄弟，我拔，你别扎了手。你过日子真上劲，一大早就把烟打（喷农药）完了。"

赵广清打着眼罩转着身把想水村的地看了一圈，满足地突噜着脚步赶回家。

每到星期六、星期天，耿玲就坐赵凌云的二车子回家，回单位。她盼着星期六、星期天，她恨不得天天过星期六、星期天。她的心全在赵凌云身上，她已离不开赵凌云。

一如往常，赵凌云快节奏地过着星期天。他忙完地里的活儿，就挑起水桶到大坑挑水，将水缸灌满。多亏了公丕柱大叔每到星期天就过来帮忙，将煎饼烙好。

这个星期天不寻常，这个星期天在赵凌云的记忆中重重地盖了个印章。他挑着水桶往大坑走去，这是第三挑，挑完，他将返回学校。他走到大坑，弯腰用手把着水桶，将水桶斜着放进水里堰水（往水桶里盛水），当水桶盛满，准备上提时，他眼睛一黑，一头栽进了大坑，钩担和水桶一同落入水中，他猛然清醒，踩了两下水，想扒着石块上来却怎么都上不来。恰巧大队长侯贺成挑水，他撂下水挑，快步走到赵凌云落水处，一把将赵凌云拽了上来。"凌云没事吧，没喝水吧？你怎么踩滑脚了还是怎么的？"

赵凌云像个落汤鸡，他撸了一下脸，苦笑着说："头有些晕，一下子摔下去了。谢谢你大哥，要不然，我还得在水里待会儿。"

侯贺成："你赶快回家换衣裳，我回家拿绳和锚，把你的水桶和钩担捞上来。"赵凌云抖抖身子，甩甩头，浑身湿漉漉地赶回家。

"我的娘啊，凌云，你掉坑里了？快换衣裳我儿，你怎么不小心掉坑里去了呀。"凌云娘看到赵凌云急促地说。"快，快，你换上衣裳，我到大坑给你叫叫（祈祷），可别吓着了。"赵凌云说："没事，常在河边走，没有不湿鞋的，怨我不

514 ｜ 咱老家（下册）

小心。多亏了俺贺成哥把我拽上来了。"

赵凌云换上衣裳，娘领着他来到大坑堰水掉下去的地方。她让赵凌云蹲下，她用手从地上划拉着往上移到赵凌云的头上，边划拉边念叨："凌云咪别害怕，凌云咪吓不着，摸摸头，尿泡尿就好了。"连说三遍。

赵凌云起身环视了一下，幸亏没有其他人，不然他丢人丢大发了。

侯贺成对凌云娘说："二婶子，凌云的洋梢（水桶）和钩担我捞上来了，他可能踩滑脚了，回去倒碗糖茶给他喝喝逼逼汗。"

凌云娘感谢侯贺成道："多亏恁大哥，叫我怎谢你呢你说。"侯贺成说："可别这么说，我和凌云是好弟兄们，这不是我应该做的嘛。"

赵凌云拿起水挑要去堰水，侯贺成说："我给你堰，你还没缓过神来。"侯贺成将堰（盛）满水的挑子放好，"凌云，你挑着回家吧。"

回到家，赵凌云喝过娘倒的一大碗红糖茶，带上煎饼包袱和咸菜，前去与耿玲会合，赶往学校。

凌云娘拿了一筐子鸡蛋到侯贺成家，感谢侯贺成对赵凌云的救命之恩。

星期一的课堂上，同学们都显得无精打采。赵凌云犹甚之，他像打霜的庄稼怎么也提不起神，他很累很困。当困神来袭，他就用圆规尖扎自己的大腿，他的腿上留下无数个红眼。他想用祖传的"头悬梁，锥刺股"方法驱赶困神，但不太奏效。

卓强老师发现，其他老师也反映这个情况。卓强老师找赵凌云谈话，赵凌云看到生气而焦躁的老师，想哭哭不出来，想笑笑不出来，说道："老师，这个情况可能就是我们农家子弟居多的农村学校的特点吧，星期天，都要帮家里干活儿。"赵凌云把他的每个星期天的安排一五一十地告诉给了卓强老师。

卓强深有感触地说："劳动也是读书，这是一本更加珍贵的书。"赵凌云敬慕地看着老师，补充道："这本书包含着传统文化。社会美德和科学技术。"

卓强弓着腰踱了两下步，抬头看了一眼赵凌云，"说得好，说得好。"赵凌云表态似的给卓强说："老师，这打蔫的庄稼一旦缓过苗来，将无比有力，更加苗壮。"

第 91 章

岳喜凤将丰源公社各大队的土地承包工作方案一遍遍对比分析，她认为想水村的工作方案是最好的。这个方案认真贯彻执行党的路线方针、政策，这个方案充满智慧和责任。她的脑海里不断闪现赵存祥刚毅、沉着、执着而充满温情的脸。他的形象朴实、务实、果断、胆大、庄庄户户、无知无畏。他博学强识、睿智、思路开阔、思维敏捷、胸怀开阔，像一个大学老师。这两者加在一起，就成了一个了不起的人。

有人说，能干好一个大队支部书记就能当好一个县长，但能当好县长，却不一定能干好大队支部书记。的确如此，在长期的磨炼中，赵存祥形成了杀伐果断、有勇有谋、胆大心细，既讲原则又讲人情事故，既冷酷又温情，能伸能屈，进退自如的鲜明个性。

岳喜凤将一众方案收起放好，自言自语说道："赵存祥对党的忠诚，对基层情况的把握，对群众的感情凝结到他对工作的严谨、细致、周到中。体现出他在工作中敢闯敢干，公而忘私，心中无我，进无喜，退无惧。他对十一届三中全会以来的农村改革的一系列方针政策的理解是全面系统准确的。而公社书记章士林和万胜庄支部书记耿道云等一些人的理解是偏面的，实践将会证明。"

赵存祥的形象在岳喜凤的心里高大起来，她对赵存祥产生了一种莫名的情愫。喜欢？崇拜？同情？

星期天，她骑上自行车进了想水村。

岳喜凤先来到想水村大队部，见大门锁着，她凭上次记忆向赵存祥家走去。她将自行车插在门口，敲了敲敞着的大门。存祥娘急忙跑出来，没看见人就喊道："快屋里来坐。"

农村都这样，白天不兴（喜欢提倡）关大门，听到有人叫，赶快让来人进屋，哪怕是来乞讨要饭的。

见到岳喜凤，存祥娘又惊又喜："是恁姐来了。祥的爹，咱家来贵客了，公社领导来了，快倒茶。"她对赵存祥的爹赵广勤吆喝着。

赵广勤从木椅上打盹，他听到公社领导来了，一骨碌起来。"领导，快屋里来。"他掂了一下暖水瓶，满满的开水。他拿出三个大白碗，放在桌上。

存祥娘牵着岳喜凤的手进了屋。"恁姐，你坐下，我给你倒碗糖茶。"边说边从八盆里拿出一包白糖，往三个碗里倒了些，她故意往岳喜凤碗里多放了些白糖。赵广勤提着暖水瓶往碗里倒满开水，存祥娘拿一根筷子在碗里搁愣（搅拌）着。

岳喜凤笑盈盈地说："大叔，阿姨，您别忙活。我今天休息，就想到咱大队来看看，听听有关情况。"赵广勤说："噢，存祥可能上村集体农场的地块看看庄稼的长势，这是他的心头肉。这些地块地薄没地力，又是俺大队的试验田，所以他上心得很。今年牛屋院里的牛粪可没少上，庄稼一枝花，全靠粪当家。你在家跟你大婶子先拉呱，我去叫他。我昨天候黑来（晚上）光在牛屋院忙活，睡得晚，你来时我正打盹，不然我也上农场参加义务劳动了。"

赵广勤拿起白碗喝了几口，就匆匆往外走。

"闺女，听说你是大城市来的，在我们这个小地方，你还过得惯吧？"存祥娘陪着岳喜凤喝着茶聊着。

"阿姨，我习惯，我从小跟着我爸妈在部队长大，我也是流动着吃百家饭长大的，大山里住过，县城住过，乡村住过，大城市住过。我倒喜欢在这里，山好，水好，人好。我大学学的是农业，农业大学生不上农村上哪去，你说是吧阿姨？"岳喜凤笑着说。

"你老家也是咱这个去份（地方）的？"存祥娘好奇地打听着，这个口音有些不太一样的姑娘。"你是说我老家呀，我的老家是河南周口的阿姨，俺老家的口音和咱这里差不多，生活习惯也一样，胡辣汤，面条、馍馍。"听着岳喜凤说，存祥娘喜得咯咯地笑。

"赵存祥书记能干，干得不错，多亏您二老支持呀。"岳喜凤夸奖道。"好吗哩恁姐，他当队长多年了，他跟大队跟社员有感情。他干活儿认真，也得罪不少人。都老亲四邻的你说，在农村不好干，深了不是，浅了不是。这孩子性子烈，不服输，就想把大队搞好，让社员过上好日子。俺村有个周炳继在来泉公社当干仕，是市里派下来的，在来泉公社办了镇些（很多）厂，多次想让他去当厂长，俺也劝他，当厂长收入高，也体面。人也老大不小了，也该找个家口（媳妇）了，他就是不听。他说，人活着不能光考虑自己，自己挣再多的钱，生活得再好也不一定幸福。大队的事都在铺开，他决心把想水村的工作搞上去。想水村通电了，路好了，还说什么，老有所养，幼有所教，壮有所成，社员富了，集体富了，村庄美了，他就心满意足了。你说他说这些在哪里（遥远）了？俺这个穷山村，干点事可难了，老辈咪都说有饭吃有衣穿就算是好日子了。他不认这个理，还说什么，穷则思变，要把穷帽子甩到太平洋去。咳！你有这么大的劲？"

存祥娘说着笑着，用手不停地抹嘴角流出的口水，又补充道："他说那些词，俺学不会，俺也不会说。"存祥娘，自豪着、幸福着。岳喜凤笑得直流泪。

"噢，岳主任来了。"岳喜凤听到赵存祥回来了。

赵存祥进屋握了一下岳喜凤的手。"我一早就到地里去察看一下庄家的长势，看看咱集体农场育的烟苗、地瓜芽在地里表现怎样，这都是最新品种，社员们承包地基本上都用的是咱农场育的苗。老天也架势（帮忙），风调雨顺，庄稼长势太好了。看样子，社员的承包地和大队集体农场取得丰收不成问题，旗开得胜，旗开得胜呀。"

岳喜凤重复性地对赵存祥说："我今天休息，就想来见见你，谈谈今后的发展，我这个农大毕业生也想把理论和实践结合一下。咱到大队去谈，咱再到地里转转看看吧。存祥书记，阿姨正埋怨你不找媳妇呢！"

赵存祥笑了一下，说："老年人就是这一套子，找儿媳，抱孙子。走，咱到大队去。娘，你和俺爹，上午做好饭，我们要回来吃饭。"

岳喜凤说："谈完、看完我就回去，不麻烦阿姨、大叔了。""领导干部要保持同人民群众的血肉联系，同吃同住同劳动。"赵存祥笑着说着，陪岳喜凤往大队部走去。

到了大队部，赵存祥恭敬地让岳喜凤坐下，一本正经地说："岳主任，你是公社领导，我给你汇报一下大队的下步工作。"

岳喜凤拿出笔记本和钢笔，注视着赵存祥："你说。"

"今年，农民生产积极性很高，及早就把地整好。大队集体农场育了良种苗，免费供给了社员，减少了农民的一块投入，还保证了苗子的质量。农民已经尝到甜头。我测算了一下，集体农场300亩地能收入3万多块钱，服务合作社收入1万多块钱，集体林场的红枣收入1万多块钱，'两场一社'收入能突破5万块钱。村集体收入用于架电和扩大再生产。架电是当务之急，我想跟翟书记汇报一下，让他帮忙协调一下，借助一下国家的相关政策，大队该负担的，我们负担，该贷款贷款，我们有稳定的收入，有底气。我想拿出一部分钱买一部分枣树苗，自己再育一部分，依托古枣园发展枣产业，将集体林场建成生态和经济双效益的聚宝盆。枣树的周期可能长些，其间，发展林下经济。种植中草药，红瓤地瓜，在坝堰上砸（栽）上花子（金银花），搞立体种植。待枣树长起来，发展枣花蜜，红枣加工，创办枣文化节等，让想水村红起来，火起来。"赵存祥胸有成竹地说。岳喜凤记着，点着头。赵存祥继续说，"社员除种好承包地，大队对他们培训、扶持发展庭院经济，养殖，种果树，做加工，搞盆景。庭院里，引导社员种石榴、樱桃、葡萄，石榴做盆景比较适合。庭院经济潜力很大，社员不出门，挣个千把块不成问题。请敬爱的岳主任可以跟公社妇联刘兰娟主任沟通一下，发挥妇女在发展庭院经济中的主力军作用。"

赵存祥充满信心和自豪地说："借助于党的好政策，过不了几年，我们想水村就会成为山清水秀、景美民富的社会主义新农村。"赵存祥看着岳喜凤幽了一默，"到时候，岳主任高升调离丰源公社，也别忘了经常到俺这里走一走，看一看，指导指导。"

听完赵存祥的介绍，岳喜凤心情激动，仿佛看到了一幅美丽的山水画，看到了一幅谷满仓、猪满圈、果满园的富美乡村图。她两手交叉着，缓缓地说道："存祥书记，你说得很好，我很赞同，我大学里所学的一些理论观点，在这里与实践结合起来了。特别是你谈到的发展枣产业，这是可行的，也是符合当地实际的。"赵存祥说："请岳主任给我分析规划一下，您可是大专家呀。"

岳喜凤说："枣起源于中国，中国是最早栽植驯化枣树的国家。俗话说，千年松柏万年槐，不知枣树何时来。说明枣树种植历史悠久，又没有确切记载。但在3000多年前的商周时期就有种植。枣树又被称为保命树、粮树。在粮食不足的年代，枣树那就是命根子。枣又是中药，可治多种疾病，因此枣的价值很高，发展枣是很好的产业方向，这是一个方面。第二个方面，枣树适合山地种植。枣树适应于有机质匮乏的疏松土壤，耐旱、耐盐碱、耐涝。第三个方面，枣具有很高的生态价值。枣树根系发达，固土、固沙，滞流雨水，阻止地表径流雨水流失，在固持水土、保持水土方面，具有很大的优势。存祥书记，你知道吗？枣树的根系跟树冠的范围面积一样大，枣树是我们这个地区荒山绿化的优选树种，好栽、好看、好吃、好管理。这第四个方面，就是你们村有种植枣树的传统，拥有百年古枣园，这是独特的优势。综上所述，发展枣产业优势明显，前景广阔，切实可行。25度坡以下，可大面积种植，形成规模。"赵存祥站起来鼓掌："大学生，大专家，你可给我上了一课呀，岳主任一讲，我吃了定心丸。"

赵存祥对岳喜凤说："我留下牛屋院和耕牛，一是现在我们村的土地状况还不能实现机耕机播，耕牛就显得很重要。二是让耕牛消化秸秆，过腹还田，这样集体农场、林场的有机肥得到一定保障。三是让社员有念想、有归宿感，始终不忘集体，不忘国家，增强他们的集体主义观念。"赵存祥对岳喜凤发出邀请，"请岳主任到寒舍吃点家乡土菜、土饭。饭后鄙人再陪领导下地察看。"

岳喜凤笑着拍了下赵存祥的肩膀："存祥书记，忙工作也不能忘了自己的婚姻大事。古人说，成家立业。"她又补充一句，"别犹豫，遇见合适的就大胆追，别扭扭捏捏的。可不能学梁山伯呀，木木怔怔的。"

赵存祥笑着答应着："谢谢岳主任的关心，我一定不辜负您的希望和教导。"正欲离开，岳喜凤征求意见似的说："赵书记，作为你这样工作在大队一级的人，对公社领导的工作方式、作风能力、品行方面有什么想法吗？我作为入职不久的大学生，也算作个社会调查。"

赵存祥直截了当地说："百人百脾气，咱就是适应呗，遇到好领导，工作就顺利，工作效果就好点。遇到半吊子，工作困难就大点。但我有一条底线，你不能胡来。咱不吃你那一套。"

赵存祥亲切地真诚地说："像翟洪良书记，就是一个好书记，他的形象气质、品德修养、为人处世、工作方法让人心悦诚服。在他手下工作，你心情舒畅，浑身有使不完的劲。他就是榜样、就是楷模。而有些人小肚鸡肠，避重就轻、形式主义、功利主义当头，投机钻营。你看人家翟书记抓经济抓发展，从没忽视我们这样的穷山村，人那就是雪中送炭。而有些公社领导，认为抓山村，特别是贫穷的山村，费劲大、见效慢，不出政绩，避而远之，只顾抓那些条件好的，易出政绩的，只会锦上添花。别拿我们下边的这些人当傻子，我们心里都明白的，旁观者清呀。那些越是有水平、有能力、有德行的，越谦虚、越开明、越平易近人。越是无德无能无威望的，越拿架子，德不配位，能不配位呀。好了，我的看法和想法也不一定对，仅供参考。反正，你下步要是当了领导，就学翟洪良书记。"

岳喜凤伸出手握了一下赵存祥的手："行了，听君一席话，心里亮堂堂，走吧。"

在路上，岳喜凤提示道："存祥书记，那个安徽亳县的药材种植和市场搞得不错，药材产业发展比较好。下步，你可以去看看。"赵存祥说："我也听说了。"

吃过饭，岳喜凤告别了赵广勤、存祥娘，赵存祥将她送到村头。岳喜凤握着赵存祥的手说："存祥同志，你带着乡亲们好好干，我看好你。我将扎根在这里，同你并肩战斗，把我们的乡村建设好、发展好。"

岳喜凤骑上自行车，不停观望着想水村的田野，她已对这片贫脊但充满希望的土地产生了深厚的感情。

每逢星期天，岳喜凤就到想水村蹲点，赵存祥陪着她察看庄稼地，谈过去，话未来，在欢声笑语中，两颗心不断靠近，同频同振。

岳喜凤伫立在大坑旁看着古石碑、古杨树等百年古迹，思绪万千。她面对古杨树，双手合十，弯腰鞠躬，赞叹古杨树的顽强生命力和无私的奉献精神、泽被后世的情怀。她跟着赵存祥攀登馍馍山，她拜访了看山老人陈耀彪，听他讲过去惊险的故事；走进赵存祥曾经住过的石屋子，与赵存祥并排躺在石屋子里，享受人与大自然的和谐音律；她参观了摩崖石窟，被厚重的历史遗迹和文化震撼。

登上馍馍山顶，打云窟，瞻仰先人求雨烽火台，鸟瞰湖光水色，田野风光，乡村图景。岳喜凤心潮起伏，连连赞叹："好一幅现实中的《富春山居图》，美奂绝伦，无以伦比。"

赵存祥站在山顶，向南看着村庄的田舍，他想起当年孤身徒步翻山越岭调查村庄状况的情景，想起刘宗宽拿就他，吴青松反对他，章士林谩骂他，一丝悲凉掠过心头。抬眼望向天空，一朵游动的白云缓缓飘在村庄的上空，他想到了"望云思亲"。他转眼看了一眼岳喜凤，想到岳喜凤大学毕业，离开繁华的省城，远离父母，孤身一人来到偏僻的地方，他产生了绝不让岳喜凤孤单的冲动。他对岳喜凤说："喜凤，我爱你，我喜欢你，我给你终生作伴，大山为证，我一辈子对你好。"

听到赵存祥疯了般的喊叫，岳喜凤脸红得像想水村祖先求雨身上的披红，她伸开双臂闭着眼站在那里像一尊美女雕塑，赵存祥三步并作两步跑过去紧紧搂住岳喜凤，他那不轻易弹出的泪却像断了线的珍珠，　粒　粒砸在岳喜凤的脸上。岳喜凤揽着赵存祥的腰，激动而温柔地说："我答应你，我愿意嫁给你。"

赵存祥重重地亲了一下岳喜凤的脸，从万绿的草丛中掐了一枝美丽的红色山花，他"扑通"一声跪下来，双手举着山花："喜凤，我在母亲山馍馍山的山顶上对天发誓，我一生爱你，终生爱你，海枯石烂永不变心。我对你不图钱、不图名、不图位，感激你知我懂我护我，感谢你给我勇气，给我力量，给我信心，给我无尽的温暖，我向你求爱。"岳喜凤扶起赵存祥："男儿有泪不轻弹，男儿膝下有黄金，跪天跪地跪父母，我哪儿担得起呀，我们举案齐眉才是。"

赵存祥抹了一把泪站起来，将粉红色的山花别在岳喜凤的头发上，说道："花为君子佩，我爱君子风。"赵存祥拉着岳喜凤的手，指着想水村中央那两棵并肩的老杨树，说我们要像老杨树一样肩并肩，不分离。抬头望了一眼天空中飘过来的白云，他向岳喜凤讲了"狄仁杰望云思亲"的故事。岳喜凤想到了父母，想到了天下所有像她一样离开父母的游子，望着天上的白云，诵道：

> 悠悠天际云，卷舒无定迹。
> 怀哉游子心，引睇增叹息。
> 慈亲在高堂，鹤发已垂白。
> 春晖寸草微，暮景桑榆迫。
> 禄养岂不丰，何由奉颜色。
> 冉冉时序迁，迢迢关河隔。
> 瞻彼孤云飞，亲舍在其侧。
> 徘徊聘遐盼，欲往焉可即。
> 眷兹名位崇，夙夜尽所职。
> 庶以为亲荣，孝思永无斁。

岳喜凤说，这是明朝杨荣的一首诗作，描述游子思念故乡和亲人的心情。他看着飘荡在天空中的云彩，感到无从捉摸。他怀念家乡，对未来充满忧虑。他惦念年迈的父母，深感时光流逝，生命短暂。然而，他仍然奋斗着，希望能够承担起对家庭、社会和国家的责任，成为一名孝顺有德之子，并不断追求自己的梦想。

赵存祥听着岳喜凤的解释，连声称赞："岳主任的文学功底厚着呢！"岳喜凤抬腿踢了赵存祥的腔："还岳主任呢，你这个木货。"赵存祥急忙改口："喜凤，我一定会孝敬岳父岳母，让他们安度晚年。喜凤，你这个姓真好，见了老父亲大人，我不要改口就可顺口了。"

赵存祥做出施礼的样子向岳喜凤表演道："岳父大人在上，接受小婿赵存祥一拜。"逗得岳喜凤大笑。

多天来，存祥娘喜得拢不上嘴，她走路都像踩着风。她拿着线，端着一小瓢面到张洪英家去绞脸。"大嫂，咱换着绞绞脸刮净刮净，舒坦舒坦。"张洪英笑着说："他大婶子，看样有喜事哟，祥云在你家院子上飘，喜鹊在你家树上叫，绞个大白脸给儿媳妇看是吧。绞，我把你的脸绞得光滑的。"

存祥娘和张洪英互相绞完脸，存祥娘拉着张洪英的手笑盈盈地说："大嫂，看样子俺存祥和那个公社女干部是好上了，你说稳当不呀，人家是大学生，又是公社干部，咱可别剃头的挑子一头热，到头来竹篮子打水一场空。要再耽搁一阵子，俺小祥八成要打光棍。"张洪英说："哪能呀他大婶子，你别多想，咱存祥可不赖，要人物有人物，要才有才，要品行有品行。咱没仔细看过，那个闺女长得怎样？"存祥娘说："人家是干部，上来咱也没敢仔细看，后来熟了，我仔细看了，人长得粗拉的，一脸男相，方面大耳的，五官俊着呢，浓眉大眼睫毛长，鼻梁高，鼻尖挺，小嘴长得自来笑，一看是个善发人。"张洪英说："那长得可不孬，存祥有艳福呀，这孩子一直行善事。"

存祥娘哈哈一笑。"大嫂，我仔细把乎一下，这个闺女臀大腰圆，是个生孩子的好材料，生三个五个累不着。"说完又拍着腿笑起来。

张洪英陪着笑。"他大婶子，现在都计划生育了，都兴独生子女了，还生三个五个。像咱大队社员跑了跳了的，偷着摸着能生个二胎，砸锅卖铁交点罚款能落两个孩子。像存祥，媳妇再是个吃公家饭的，想多生孩子比登天还难。要是超了生，丢了工作撅了饭碗还犯错误。不是咱那时候只要想生，生几个都行。你可不能用老眼光看问题，用老思想、老规矩要求人家，什么不孝有三，无后为大，你可别摆摆那一套，不然你处不好婆媳关系，你自找难看。"

存祥娘收住笑脸。"是的呀，大嫂，咱农村庄户人不图别的，就图儿孙满堂。存祥左等右等，最后找个干部，计划生育这么紧，想多生孩子是没门了。俺说让他找个社员，他就是不听。该着，这就是命呀。"张洪英说："他大婶子，你可别这山望着那山高，吃着肉眼热人家啃骨头的。存祥是你培养得好，他找个大学生，这是你赵家八辈子积兴的。"

存祥娘说："是的是的。存祥结婚时，你迎亲陪大客儿，我先安你了。过几天，送了通麸（书）子，定了亲，我给你送喜糖来。"说完，存祥娘用手摸着光滑舒服的脸如沐春风回了家。

喳喳雀左士青和邻居陈庆吉的老婆刘文萌，侯钦渠的老婆邵泽巧等几个人坐在墙根，你一言我一语地聊着赵存祥找媳妇的事儿。

"我的娘哎，你听说了吗，赵存祥找妥媳妇了。""找的哪庄上的？姓什么？长得怎么样？""还哪庄上的，人家找的是省城来的大学生，还是咱公社的干部。""这个女的姓岳，长得跟四棱子碑样，可高了，看着跟赵存祥仿佛（一样高）。唉！女的显高，其实没有赵存祥高，反正是比一般的女的高。""我的娘，大城市来的大学生，还是非农业，吃公家饭，她这样的身份找个庄户把子，八成是个二婚头，也当不着有什么短。""别造业了，人家是刚毕业一年多的大学生，哪能像你说的是二婚头，还有什么短，人家和赵存祥是乌龟看绿豆对眼了。"

"你说赵存祥这一年一年的，谁给他提亲，他都打不起精神，我以为他下边那玩意儿不管用呢！""你怎么不跟他试试，摸摸老底。""你个七叶子，你怎么不试试，叫人家试。""赵存祥有艳福，艳福还不浅！"

几个娘们，你带我，我跟你，话赶话，趟赶趟，话总是掉不到地上，发挥着无限想象力，正在劲上，左士青突然像想起什么，激灵一下说："别胡咧咧了，赵存祥正发狠对蹲墙根嚼舌头的，无是生非的，败坏民风和咱庄上声誉的严肃处理。"边说边拿起马扎回家。她走了两步回过头来对刘文萌说："我今天在这里什么也没说，什么也没听见。"

左士青离开，其他几个人的嘴怎么也刹不住车，继续想着说着。

"什么熊艳福，找非农业的媳妇也不一定是好事。你看咱庄上的陈传卿，卫校毕业分到向阳市口腔医院，听说找了个医院院长的闺女，人家根本看不起陈传卿，拿他不当个人待。""那陈传卿不跟招养老婿，倒插门的一样！""就是说呀，陈传卿把他娘接过去，他娘在那里住得黑够白够，陈传卿媳妇说陈传卿的娘做的饭跟熬的猪食一样。""听说陈传卿的媳妇还嫌老婆婆脏，说话土得掉渣。""我的娘味，陈传卿的儿媳妇作孽，反正她不能逼着老婆婆学说北京话吧！""听说，陈传卿的媳妇给陈传卿起了个外号，叫什么凤凰男。""我的娘味，男人家还起个凤凰男，女女气气的，还不如叫凤凰鸡、凤凰狗呢，胡造腾。"

最后，刘文萌撇了一下嘴，将矛头转到喳喳雀身上："你看喳喳雀挑起话题还当没事人，还她没说，她没听，全村就她的耳毛长，嘴巴敞，她的嘴漏一点气都比馍馍山放的屁威力大。能惹不能撑，还扛着杆子戳马蜂窝！真是的。"

第92章

岳喜凤凑星期天，又请了三天假，到山崮县火车站乘火车回到了省会城市的家。父亲岳山看着满面春风、踌躇满志的女儿很是高兴。"凤子，到了基层还适应吧？"岳喜凤说："爸，很适应，在基层干工作，我学到了在书本上无法学到的东西，只要有劲，有干不完的工作，干的工作特别有意义。我看到父老乡亲，心里有说不出的激动和高兴。"

岳山说："那就好，你身上流着我的血。人要从基层干起，才能成才。在部队，哪个将军不是从士兵干起来的。宰相必起于州郡，猛将必发于卒伍。我女儿没给当爹的丢脸，我高兴，我高兴呀。"

晚上，岳喜凤的母亲唐田做了一桌子菜，好生招待远路归来的游子宝贝女儿。哥哥岳喜涛和嫂子在部队工作，无法回家团聚，都打电话对岳喜凤表示想念之情和祝福之意。

岳山倒了一杯酒，也给女儿倒了一小杯，唐田倒了一杯葡萄酒。岳喜凤端着酒敬父母："爸，妈，感谢您对我的养育之恩，女儿不能在身边陪伴照顾您，我心中有愧。来，我敬您二老一杯。"说完岳喜凤一饮而尽。岳山惊喜地看着女儿："凤子你管·（行）呀，能喝点酒了，来来来，再给你倒一杯，哈哈。"

岳山爽朗地笑着、喝着，与岳喜凤聊着，这是他一段时间以来最幸福最高兴的时刻。喝到尽兴处，岳喜凤红着脸说："爸，妈，我谈恋爱了。"岳山和唐田端着酒杯高兴地说："好呀，你也该找对象了，找得什么样的，说说看。"唐田说，"俺女儿眼光差不了，肯定找不差。"

岳喜凤说："我找了一个山村的党支部书记。"唐田把酒杯重重地放在桌子上说："什么，你再说一遍。"岳喜凤说："我喜欢他，我太喜欢他了。"岳山说："大队党支部书记有什么个好？川村有什么个好？这发情还有条件？非门当户对不行？"

唐田板着脸说："当年有些知青在插队的地方谈恋爱，结婚生子，最后都回不了城。你现在怎么还搞这一套。你可是优秀大学毕业生，你下基层，我都支持理解，但，你想一辈子都在下边，我心不甘呀，我心疼呀。孩子，你忘了你的家庭地位，你的身份，你的责任和义务吗？这个不行，绝对不行。你被爱情冲昏头脑，我可清醒着呢。快刀斩乱麻，我要想法尽快把你调回省农科院上班。你看这事让你搞的。"

岳山抿了一口酒，平静地说："你爱这个山村的支部书记，谈谈理由。"岳喜凤说："这个人叫赵存祥，他虽是一名山村的支部书记，但有着许多城里人、大学生没有的东西。他务实肯干，有气魄、有思路、有情怀、有方法。他可不是大老粗、土包子，他博古通今，文化功底很扎实，他很有涵养，心地善良，群众威望很高。我喜欢实干家，我喜欢丰源公社，我喜欢想水村。"

岳山笑了一下说："凤子，你爱得没错。你身上没有了权贵思想，没有了娇贵习气，没有了高低贵贱人为划分的阶层意识，对农村对农民不歧视，不低看，我为你骄傲。向阳市北的山区是红色的土地，那里的群众为中国革命做出了巨大贡献。这些老区需要发展，需要人才，你就扎根在那里。如果你真爱那个赵存祥，就大胆地爱。反正那里离省城也不是太远，坐火车也方便，我抽时间去看看。你真在那里安了家，我每年还能到乡下住上一段时间呢。我参加革命就是为了让老百姓过上好日子，我曾发誓，等革命胜利了，我就回乡务农，报效家乡，报答父母。你算替我了却了心愿，爸爸感谢你。来，凤子，爸敬你一杯。"

岳喜凤端着酒杯，"扑通"一声双膝下跪，大声哭着："爸，妈，我爱你们，我也爱想水村，我也爱赵存祥。"

唐田把一杯葡萄酒一饮而尽，哭着扶起岳喜凤："闺女，难道是我错了？难道是我太自私了？我喝着这杯葡萄酒呀，就像我的心又酸又甜。儿大不由娘，娘祝福你。"

三天的假期结束，岳喜凤赶回了丰源公社。

冯宁以优异的成绩从师范学校毕业，分配到了山崮县实验学校。报到后，她到新华书店买了些学习资料，急急地骑车赶往想水村。见过凌云娘，赵凌云陪她在承包地里转了一圈。看到希望的田野，看着丰收在望的责任田，又看了看赵凌云。"凌云，你真行，地种得有模有样。兄弟，你可要好好学习，把精力放在学习上，力争考上大学。我毕业了，领工资了，我每月给你哥寄学费、生活费。你马上到冲刺的时候了，要改善你的伙食，补充营养，不要再为你哥操心了，我谢谢你。"

赵凌云对冯宁说："姐，你看这黄烟就像摇钱树，已经把它劈得体无完肤，只剩上面的叶子了。我号（卖）烟的钱，都及时寄给了俺哥，他的学费和生活费应该是充足的。你刚毕业，工资低，你要好好孝敬冯叔、冯婶才是，再说还得供两个妹妹上学呢，你千万不要给俺哥寄钱。你放心，我会抓紧学习的。"

冯宁拍了一下赵凌云的肩膀："有你这个弟弟真好。"赵凌云对冯宁说："姐，咱存祥哥有喜了。"冯宁笑得脸红："高升了？"赵凌云高兴地说："他找对象了，找了个大学生，是省城来的，在俺公社当秘书。"

冯宁惊奇地问："存祥哥这么大了还没结婚？他够有毅力的。"赵凌云敬佩地说："咱存祥哥可不一般，他全部的精力都放在大队的发展和农民致富上了。这可好，功夫不负有心人，梅花香自苦寒来，花开富贵吉人家。"冯宁笑了笑："凌云，你这诗词串烧玩得很油呀。"

冯宁走后，赵凌云对娘说："娘，俺嫂想给俺哥每月寄钱让我叫停了。"凌云娘说："咱可不能让她寄钱，刚毕业的学生工资低，净花钱的地方，咱好意思？"

庄稼在阳光哺育下，在雨水的滋养下尽力地生长着，要用丰硕的成果向党的好政策汇报，给勤劳的主人以惊喜的回馈。大雨过后，社员们可以缓缓劲，歇歇脚。赵凌云全身心投入紧张的学习中。

下课铃一响，赵凌云见刘朝静在树下等着她。"静姐，你找我有事？"

刘朝静喊了一句"凌云"，就"呜呜"地哭了起来。

"静姐，怎么了？你别哭了，有事你快给我说。"刘朝静呜咽着说："公丕柱大叔牺牲了，他为了救溺水的陈景吉的儿子陈华子，呛水经抢救无效死亡。"

听到公丕柱牺牲，赵凌云蹲在地上捂着脸大哭。

刘朝静哆嗦着说："存祥书记，让我来找你，想让你给丕柱叔写个悼词。咱大队想在这个星期天给丕柱叔开追悼大会。"

赵凌云哭着哭着对着老家的方向，给公丕柱磕了个响头。看同学们要来围观，刘朝静说："凌云，别哭了，别让同学们误解。"

赵凌云起身，揉了揉眼睛说："静姐，我知道了，你走吧，我到时参加丕柱叔的追悼会。静姐，你对存祥哥说，可照顾好大奶奶。"

晚自习课，赵凌云铺开稿低，含泪奋笔疾书，写下了《公丕柱同志悼词》：

各位父老乡亲、亲朋好友：

江河呜咽，草木含悲。今天，我们在这里隆重召开公丕柱同志追悼会，沉痛哀悼公丕柱同志。

公丕柱同志为救溺水儿童，不幸牺牲，享年49岁。

公丕柱同志出生在一个贫苦的农民家庭，小时候，他跟爷爷、父亲给地主打过长工、打过短工，放过牛、放过羊，过着衣不蔽体、食不果腹的悲惨生活。解放后，他和全村农民一样迎来了幸福新生活。他热爱中国共产党，热爱伟大领袖毛主席，积极参加互助组，合作社。

人民公社成立后，他热爱集体，热爱劳动，以无比高涨的热情投身到集体劳动中。他责任心强，原则性强，在看坡护田工作中做出了突出贡献。积极参加农田水利建设大会战，吃苦在前，享受在后，工作不讲价钱，不耍滑偷懒，始终以主人翁姿态战斗在最前线。

十一届三中全会后，他拥护农村改革，积极投身改革，积极为大队改革建言献策，积极种好承包地。

公丕柱同志为人厚道，友善邻里，吃亏包憨，在群众中享有很高威望。他孝敬老人，关心青少年，他虽然自己没有孩子，却把别人的孩子当成自己的孩子疼爱，他舍身救人就集中体现了他爱他人胜过爱自己的优良品质。他热爱家乡，遵法守纪，维护村庄名誉，从不给想水村抹黑。他乐观向上，对生活对社会充满正能量。他有一颗感恩的心，感恩党，感恩社会，感恩乡邻，以感恩之心劳动、生活，为人处世，周身洋溢着春风般的温暖。

公丕柱同志的一生是平凡的，他又是伟大的。

我们悼念公丕柱同志，就要学习他，学习他热爱党、热爱社会主义，热爱家乡、热爱集体、热爱乡邻、遵纪守法、正直无私，拼命实干、乐于助人的优良品质，做一个好社员、一个好公民。

人固有一死，或重于泰山，或轻于鸿毛。为人民利益而死，那就比泰山还重，公丕柱同志就是为人民利益而死的，他的死比泰山还重。

斯人已逝，英名长存。公丕柱同志千古！

赵凌云流着的眼泪不断掉落在悼词的稿子上，他一气呵成。写完后，他将悼词稿恭敬地叠好，放在上衣口袋里。

星期六一放学，赵凌云用自行车驮着耿玲急忙往家里赶。耿玲对赵凌云说："凌云，你骑这么快，家里有急事？"赵凌云边骑边气喘吁吁地说："我的好朋友，我敬爱的公丕柱大叔为救落水儿童牺牲了，明天开追悼会，我回家帮着准备一下。公丕柱大叔，对我感情很深，他娘，我的大奶奶很疼我，我每周带的煎饼都是丕柱大叔帮忙烙的，他是我的学习榜样。"耿玲说："明天我也去打个拱，哭一场吧。"

赵凌云说："你哪能去呀，你和他不亲不邻的。"耿玲执拗地说："他跟你好，我就理应去。"赵凌云说："你可不能去，你不在邀请范围内。明天下午老时间，老地点你等我，我带你回来上班。"

赵凌云回到家，娘不在家。赵凌云心想，娘肯定去了丕柱叔家照顾大奶奶去了。他插上自行车，将装着煎饼包袱皮和咸菜瓶的书包往桌上一放，急忙往丕柱叔家跑。

丕柱叔家的门已贴上一道白纸，门嵌左侧挂着纸圪垯，触景生情，赵凌云"哇"的一声哭了起来。杜印花嫂子出来搂着赵凌云的手劝道："凌云兄弟，别哭了，快屋里看看大奶奶。"

赵凌云抹了一把脸，揉揉发红的眼，看到娘、张洪英大娘、赵广勤大娘都围着大奶奶坐着，赵凌云分别打过招呼。杜印花介绍，丕柱叔去逝后，赵存祥就安排她们来照看大奶奶。

赵凌云走过去，跪在大奶奶跟前，手拉着大奶奶的手："大奶奶，大奶奶，您节哀，千万保重身体。"赵凌云知道大奶奶耳聋，但他必须呼唤她，表达晚辈的尊敬和安慰之情。

大奶奶面无表情地坐着，她浑浊干涩的眼里已没有泪水，干瘪的嘴不时嚅动着。她看了看赵凌云，憋足劲说道："凌云，好好学我儿。"

赵凌云再也抑制不住悲痛和感激，他放声大哭，娘和大娘、大嫂也放声大哭起来，哭声震天，像哭灵（亲人死后，儿女守丧期间一早一晚都要放声大哭一场，叫哭灵）一般。

大奶奶如此悲伤，见了赵凌云还说着她那充满关怀、表达殷殷嘱托的话语，怎能不让人哀痛动容。

赵凌云起身亲了一下大奶奶的额头，与娘和大娘，打过招呼，向赵存祥家走去。

"大哥，悼词我写好了，你审阅吧。追悼会场布置得怎么样了，还需要我干什么？"赵凌云说着将悼词稿递给赵存祥。

赵存祥接过悼词，把煤油灯芯挑大，仔细地审阅，并大声读着，看完，赵存祥起身拍了赵凌云的肩膀："凌云，悼词写得很好，有高度，对丕柱叔评价很高，这完全符合实际，语言也好，就这么定了。"说着将悼词稿叠好放进兜里。

赵存祥说："追悼会场已布置好，待会你看看去，侯贺成他们在那里守着呢。追悼会会标由咱老爷亲笔写的。丕柱叔没照过单人像，遗像是从修胜利渡槽峻工合影照中抠出来放大的。骨灰盒也放在会场了。被救孩子的父亲陈景吉穿孝服以孝子身份守灵。陈景吉世代单传，丕柱叔舍身救了他的儿子，陈景吉感恩，说什么也要披麻戴孝，以孝子身份为丕柱叔守录、顶老盆。考虑再三，遂了他的愿吧，免得他自责和心里不安。"

想水村的父老乡亲扶老携幼一大早就赶到大队部门口，参加公丕柱追悼大会。公丕柱姐姐、姐夫、外甥、外甥女早早地来到公丕柱家，出席追悼会。三瞎子赵广清来到会场，挤过人群站在会场前的 C 位上一动不动，唯恐谁抢了他的位置。

陈景吉穿着孝衣，戴着孝帽，腰里系着麻绳系成的孝疙瘩，孝帽拖着长长的尾巴，孝帽两侧没缝棉花头。

想水村的习俗，孝子孝帽的耳朵处缝两朵棉花头，表示从穿上孝衣起，将发丧事宜交由执事人员办理，就什么事都听不见，不管不问了，专心守孝。因为陈景吉不是真正的孝子，他不主丧，所以就没给他缝棉花头。

会场布置得庄严肃穆。搭棚的杆子用松枝缠着覆着，横杆上贴着赵满福老人题写的奠字，白纸黑字。左右两根竖杆上贴着白纸黑字挽联"梅吐玉容含孝意，柳托金色动哀情"，这副挽联有陈景吉的感情在里面，他要求这么写的。

棚内后面的墙上，挂着白纸黑字条幅"沉痛悼念公丕柱同志"。条幅下面挂着公丕柱的遗像，遗像背影胜利渡槽的大石块依稀可见。公丕柱面部表情拘谨，但充满乐观和自信。遗像下面摆着一张桌子，桌子上放着水果祭，点着花生油长明灯。桌下放着老盆，老盆里不断续烧着火纸。

根据习俗，陈景吉携儿子陈华子披麻戴孝守棺东，陈景吉的媳妇披麻戴孝守棺西。

陈景吉哭得鼻子一把泪一把，鼻涕耷拉到嘴巴子上。被公丕柱救命的陈华子拉着父亲的手，看着公丕柱的遗像不停地哭。陈景吉的老婆用手巾捂着脸，哭着喊着："大叔唻，您是大好人，救了俺几辈子的命呀，要不是您，俺就绝户了。叫俺怎么报答您呀，我的大叔哎。大叔哎，俺年了节了给您烧香送钱，您可接着呀，俺的大叔来。俺一定照顾俺大奶奶呀，俺的个大叔哎。"

会场上的社员看着灵棚，看着公丕柱的遗像，听着陈景吉老婆扯着长音的哭声都流着泪啜泣着。

公丕柱的姐姐一家人站在会场的最前排，大队干部、赵凌云和生产队长站在第二排。站在中间"C"位的三瞎子看到前面有人，急忙向前移动，赵凌云将他拉到前排"C"位，赵存祥转头瞅了一眼。

哀乐响起，三声炮响，整个会场哭声一片。音乐停，大队长侯贺成拿着一张白纸走到灵棚前，面向大家，主持追悼会。

"公丕柱同志追悼会现在开始。向公丕柱同志三鞠躬：一鞠躬，再鞠躬，三鞠躬。"

社员们随着侯贺成的口号三鞠躬，礼毕。陈景吉将哀杖举过头顶，向参加追悼会的人磕头致谢。

"下面，请大队党支部书记赵存祥同志致悼词。"

赵存祥拿着赵凌云起草的沾满赵凌云泪水的悼词，流着泪，哽咽地读起来。

"鸣炮，奏哀乐，到公家林安放公丕柱同志骨灰盒，公丕柱同志入土为安。"侯贺成哭着主持道。

三声炮响，会场哭声一片，树上看热闹的鸟儿被炮声震得东南西北乱窜，两只麻雀竟撞在一起，发出叽叽喳喳的哭叫。

侯贺成将老盆在陈景吉的头上一比画，重重地掉在地上。陈景吉抱着公丕柱的骨灰盒，趿拉着鞋缓步走在前面，陈景吉老婆捂着脸哭着紧随其后。三瞎子挤在最前面紧跟着。

公丕柱的姐姐哭得死去活来，一口气没上来竟直挺挺躺在地上。村医张维民急忙掐人中。"再也见不着俺的亲兄弟了。"醒来的丕柱姐姐大声哭叫着。

按想水村的习俗，女眷、女客儿不上林。到了村头，陈景吉的老婆和妇女都止步，望着送行公丕柱的男社员一步一步向公家林走去。

一年后，公丕柱的母亲去世。从此，想水村有公姓，但见不到公家的人，只有公家林几座坟茔。每到清明节、春节、农历十月初一，公家林的坟前，都摆满祭品，烧香、烧纸不断。

送走丕柱叔，赵凌云背上煎饼咸菜往学校赶。他来到万胜庄北梨行，接上耿玲。赵凌云说："耿玲，今天我有些累，你骑车驮着我吧。"耿玲说："行。"她把长辫子拿到前面用嘴咬着，骑上车。"上来吧，凌云。"赵凌云紧跑两步，斜坐在自行车架上。耿玲奋力地蹬着自行车。

赵凌云坐在车子上，他想起公丕柱大叔，往事一桩桩在脑海中浮现。公丕柱的突然去世，让赵凌云有一种失去亲人的痛，心里出现一种失去亲人感情的空白。

"耿玲，把你的辫子甩后头来我拽着。"赵凌云说。耿玲"嘿嘿"一笑，把辫子甩到后头。"凌云，拽吧。"

赵凌云抓着耿玲的辫子，他将辫子放在脸上扫着，他另一只手揽着耿玲的腰。此时，亲爱的耿玲，只有耿玲才能填补那块由于公丕柱去世而产生的感情空白。

耿玲欢快地骑着车子。"凌云，明天，我领你喝羊肉汤，再给你补补。"赵凌云说："那可不必要，你的工资攒着吧，孝敬你爹娘，也攒着，到出嫁时买个好嫁妆。"耿玲又说："凌云，店里新来了一批涤卡布，做衣裳可板正了，我去给你扯一块，做身新衣裳，你穿上跟送新客儿的一样。"

赵凌云想笑，但公丕柱在他跟前晃悠，他笑不出来。

耿玲一手扶着车把，一手拍了下赵凌云："凌云，我就想在你身上花钱，让你吃好、穿好，我觉得心里舒坦，脸上有光。"

赵凌云的眼睛有些湿润，他把耿玲搂得更紧。

第 93 章

春华秋实，丰收在望。结合贯彻落实党的十二大精神，想水村确定大队三项重点任务：一是以集体农场为龙头，以大队生产服务合作社为保障，抓紧抓好农民承包地生产，确保粮食产量翻一番，农民收入翻两番。二是大力培养一批农业生产典型，培养一批冒尖户和致富能手。三是以集体林场为依托，大搞植树造林，建设围村林，建设大红枣园。今冬明春，村里通上电。

"三秋"战役打响，社员们早晨和晚上两头不见太阳，紧张而欢快地穿梭在承包地里，砍高粱、割谷子，摘豆子、摘绿豆，刨花生、刨地瓜。吴老二刨着一墩墩挂满花生的花生秧，杜印花和孩子们摘着、摔着。吴老二擦一把汗，将毛巾顶在头上，唱起了冀东民歌《刨花生》：

　　沙土地儿，软又松，
　　抡起镢头刨花生。
　　一刨刨出个大八权，
　　叽里嘟噜挂铜铃，
　　抖落抖落土，白净净。
　　捏巴捏巴角儿，硬绷绷，
　　剥开果儿尝一尝，嘿，
　　又香又甜又脆声。
　　沙土地，软又松，
　　责任田里刨花生，
　　一镢刨出一个满山笑哇，
　　啊哈，今年真是一个好收成哎。

杜印花看到吴老二的滑稽表演，拿起了一墩花生摘着，笑得头仰脖歪肚子挺。揪了两个花生打在吴老二的头上，"看你个没正形的二货"。

吴老二对着杜印花笑着说："高兴，高兴，就是高兴！"

党西清忙完了承包地里的活儿，就忙大队集体农场的活儿，浑身上下覆着一层土，他不舍得抽打掉。"土是好的，身上有土说明咱有地种，说明咱有庄稼收。"他真不愧为种地的一把好手。庄户老把式名不虚传。

土能生万物，土地是农民的命根子。土是农民的最爱，"土生土长"，是一个内涵丰富、想不尽、讲不透的万能词条。

党西清从刨完花生的地头上均匀地挖些土，他用独轮车一车一车往家运。"西清叔，你推这么些土干什么？"打面坊的徐成平问党西清。党西清笑着说："捏泥缸，原先家里那几口泥缸根本不够用的，今年收的粮食海了，总不能把粮食堆在屋当门的地上吧，捏它几口大泥缸盛粮食，防潮防虫还保鲜。"徐成平敬佩地说:"过日子要学党西清。我也正愁着收的粮食没窝放,我麻利地也推几车土。捏他几口大泥缸。"

用泥缸盛粮食,这是想水村祖传的方法和秘籍。泥缸盛的谷子、麦子、花生,放两三年都不成问题。据说,泥缸看似封闭严实,其实干泥巴是透气的。也有的说,粮食和泥土是一对孪生姐妹,谁也离不开谁。泥缸只能用来盛粮食,不能盛水、盛油,盛水、盛油,那就得用磁缸。

想水村人,绝大多数会捏泥缸,像都会种地一样。

牛精精子陈景坤也捏得一手好缸。具体方法:把土用筛子筛干净,将石子、粒土筛出,将筛好的土堆成一堆,在土堆的上面扒一个大窝子,往里面加入适量水,加水量要凭经验,像蒸馒头,包扁食(水饺)和面一样。水慢慢地往土里洇,直到坑窝里的水耗尽。端上一筐麦瓤(打场压碎的麦秸)撒进坑窝,用铁锹不停掺和翻动,将麦瓤糅进泥巴中,再反复搅拌,将泥巴的柔劲和韧劲激发出来。这个过程叫和泥。将和好的泥用塑料布盖上,防止变干。铺上秫秸和秆草(谷子和秸秆),根据泥缸大小尺寸,在秫秸秆草之上铺上一层厚厚的泥巴,或圆或方,以自己的喜好定之,用木板或石块、砖块挡护着,防止变形,这叫打底。泥缸底打好后,晾上一阵子,待缸底牢梆,将摔整好的板凳面大小的泥巴蘸着水砌垒,边垒边用泥巴勾缝。依自己需要,垒出 1.2 米、1.3 米、1.5 米高的缸,缸的上口基本和缸底一样大,在缸底下方留出三块砖大小像猫洞一样的方口,便于放粮。

垒完后,用手蘸着水在泥缸外面像按摩脸一样不断地磨滑,将泥缸打磨得油光发亮,泥缸就捏好了。捏好的泥缸宜晾不宜晒,还要不停喷些水,以防干裂。待泥缸干透后,一个个请进屋里,这时才发现缸底下铺秫秸秆草的用意,是便于起底搬缸。

赵凌云在娘指导下,捏了三口 1.3 米高的圆缸,捏完缸,他随口说出一首打油诗:

党的路线指航程,壮志凌云步不停。
建仓造囤贮满粮,丰衣足食奔小康。

娘听到儿子在作诗,高兴地表扬道:"你说得怪顺嘴,给你广清叔有一拼。"

赵凌云哈哈一笑："我的娘,我哪比得上俺三叔呀,他可是我的老师。"

三秋过后尽开颜。秋收结束,想水村家家户户粮满仓,豆满囤,瓜干垛得像座山。屋里散发着馥郁的粮香。院子里的角落整齐地垛着地瓜秧、花生秧、谷秸。地瓜秧成扑,花生秧、谷秧成捆。地瓜秧、花生秧垛成方形,谷秸垛成圆柱形。高高的秫秸(高粱秸)一捆一捆竖在屋墙根。羊圈的羊"咩咩"叫着,像在唱歌,猪圈里的猪躺在猪窝里"哼哼"地为羊伴奏。它们闻着秸秆的芳香,仿佛置身田野之中。母鸡在院子里踱着步,瞅着看着,一翅子飞进鸡窝边,转着头看了两眼,低头钻进鸡窝。它要为主人嫩个无私的土鸡蛋。

中秋佳节月如盘,秋意浓浓福满园。快意人生多美好,乐享此刻共婵娟。中秋节来到,想水村洋溢着浓厚的节日气氛,隆重过中秋节,这在想水村还是第一年。

宋老二对喳喳雀左士青说:"当家的,你晚上做六个菜,我喊几个邻居喝气。今年咱承包地大丰收,不喝杯酒庆贺庆贺说不过去,这一阵子跟打仗似的,也歇歇。"左士青高兴地说:"二憨子也会享受啦。行,我炒个花生米,煎个鸡蛋,炖个地蛋,炖个豆腐,用肉炜个豆角,再买瓶苹果罐头。二憨子,喝是喝,你可不能喝得跟粪扒子揉得样。喝过头,明天不能干活儿,我踢岔你的腔门子。咱明天急等着耩麦,趁着天好,墒情好。噢,你把咱哥和咱嫂也叫过来,一起过节吧。听说咱嫂前天摸黑干活儿把脚崴了,我还没叠滴(抽上时间)看她呢。"

宋老二听着左士青周全的安排,十分高兴,看到她和嫂子不计前嫌,和好如初,更是心花怒放。"穷搁(吵)穷搁,越穷越搁。日子过好了,人的心胸也就变宽了。唉!人呀。"

生产队大集体时,想水村很少种麦,种麦也不收。麦子这东西喜肥喜水,好吃的东西总要费大功夫。今年地瓜地整好后,社员们把一级承包地全部耩上麦子,不约而同,整齐划一,惊人地一致。至此,想水村土地的种植结构改变了,冬小麦,麦茬地瓜,一年两季。饮食结构也改变了,以麦子为主的细粮占一半,以地瓜干为主的粗粮占 半。二瞎了赵广清站在14亩地地头,打着眼罩,看着耩麦的社员,脱口而出:

承包地响当当,改种粗粮为细粮。
馍馍饺子端桌上,主角地瓜退了场。

想水村的父老乡亲，挑选最大最白最好的地瓜干，将谷子高粱用簸箕簸了又簸，扬去秕糠，上缴公粮，以实际行动报答党的富民政策。

缴公粮时，带上炕好的焦黄的最后一茬像驴耳朵大小的烟叶。丰源公社粮所收公粮的工作人员连续检测想水村几家的瓜干、粮食，大声喊道："想水村的公粮质量太好了，下步免检。"

缴完公粮，匆匆赶往黄烟站，号（卖）完黄烟，钱包鼓起。到茶炉子摊买碗大叶子茶，买两个大圆烧饼，两根油条，把油条往烧饼里一卷，吃饱喝足，打着饱嗝，哼着小曲，幸福满满往家赶。

夜深了，天空的星星不犯困，亮晶晶地眨着眼，星光洒在想水村大队部院子里。大队办公室内，一群毫无倦意、困意的人在昏暗的煤油灯下算账讨论，说着、笑着、争着、论着。

陈宝祥对赵存祥说："赵书记，大队的决算出来了，今年咱大队毛收入63170元，去掉种子、肥料、农药、饲料、烟屋子燃煤、人工等各项开支，纯收入达到55610元。"

赵存祥兴奋地说："今天把大队支部各成员、生产队长都请来，主要就是把咱大队今年的收成算一下，把急办的事定下来，抓住今冬明春有利时机，落实好各项工作，为明年农业生产打下良好基础。今年，咱大队取得空前大丰收，社员承包地生出金豆子，粮满仓、豆满囤，黄烟等经济作物换成了现钱，社员们的钱袋子也鼓起来了。这是改革的威力，是政策的威力。大队的集体收入也很可观。根据大家的讨论，我们确定，在今年冬天，把村里的电通上，这既是长远的，也是当前最主要的任务。通上电，对咱村来讲，进入电气化时代，这是划时代的。通电以后，农村各项生产效率会提高一倍两倍，甚至十倍，群众的生活也会得到很大改善。再一个就是从今年开始，我们要育苗购苗相结合，在馒馒山集体林场栽植枣树，依托原有古枣园建设想水村长红枣大枣园，再依托枣园，发展长红枣产业，研发生产长红枣产品。"赵存祥看到侯贺成正在卷烟，伸手笑着说，"贺成哥，来，给我一支。"

侯贺成说："存祥书记平时不抽烟，怎么也要烟抽？"赵存祥说："高兴，高兴，有烟同吸，有饭同吃，有屁同放。"

侯贺成划着火柴，给赵存祥点上烟。赵存祥拍着侯贺成的手："大敬小，越敬越好，让大哥给弟弟点烟了！"

赵存祥抽着烟，眯着眼继续说："宝祥，要把咱大队的集体收入和下步工作写成告示，在大队门口和主要街口张贴，告知全体社员，收入的钱要一笔一笔写清楚，具体到毛到分。分别在主要街口挂几个意见箱，对下步急办的工作征求社员意见。我们要科学决策、民主决策，我们要让党的十二大精神在咱基层落地生根，开花结果。下一步花的钱要一笔一笔向社员公告，分毫不差。这要成为我村的一项工作制度，时刻让群众心里亮堂，让他们参与大队的决策和管理，确保我们不走弯路。仓廪实而知礼节，这仓廪实了，不一定知礼节。我们要抓好教育和管理。决不能让社员小成即满，小富即安，穷人乍富，挺腰凹肚。决不能酗酒闹事。决不能蹲墙根，嚼舌头，破坏了邻里关系。绝不能赌博。要抓好孝风建设，让想水村成为孝村。要及时协调宅基地、承包地邻里之间的关系，避免产生矛盾和矛盾激化。"

赵存祥吸着烟，透过窗户一看，天快亮了。

赵存祥到公社喊上岳喜凤，到山崮县委向翟洪良书记汇报工作。赵存祥向翟洪良报喜，想水村社员们承包地喜获丰收，村集体收入突破5万元。他把想水村的工作打算、落实步骤、方法和时间节点一五一十地报告给了翟洪良。

翟洪良仔细地听着，恐怕漏掉一句话，他用笔记着。时而欢笑，时而锁眉思考。翟洪良听罢，起身给赵存祥和岳喜凤又加了一杯水，慈祥地看着赵存祥说："存祥，你可不简单呀，你爱学习、爱思考，理论水平可不低呀。谁说大队干部是大老粗，我第一个不答应。存祥，我对你们取得的成绩表示祝贺，对你们的工作打算和安排大力支持。今后你们就这么干，一定能在农村改革和发展中取得辉煌业绩。我亲自去找供电部门，让他们抓紧帮助你们把村里的电通上，让你们村往农业现代化目标前进一步，你们村要配合好。那个枣园要建好，枣好呀，枣产业很有发展潜力。远古时期炎帝就在我们这里建过枣园，栽植枣树。枣树生长慢，质材硬而韧，是做枪杆、矛杆、箭杆、车轴的好材料。红枣是上等的食材和药补食品。存祥，你很有眼光呀，也很有气魄。"

赵存祥有些拘谨地说："翟书记，这都是岳喜凤同志指导规划的，她的学问大。"翟洪良说："喜凤同志有理想、有抱负、有情怀，抛弃大城市优越的工作、生活环境和条件，到基层到山区工作，是大学生学习的榜样。基层是个大课堂、大舞台、大熔炉，在基层工作有利于个人才能的发挥，也有利于个人的成长。喜凤，好好干，是金子总会发光的。"

岳喜凤笑盈盈地说："没有，没有。翟书记，我还做得不那么好，我还要继续不断地学习和努力。翟书记，要说工作，您才叫有责任、有情怀、有格局。您是我们一生学习的榜样。"

赵存祥和岳喜凤与翟洪良告辞，翟洪良一直将他们送到县委大门口。看着这两位优秀的年轻人，翟洪良心想："这两位倒是很合适的一对。"

在翟洪良书记的关心协调下，山崮县供电局和丰源公社供电所派出精干队伍，集中力量，集中时间将高压电从平湖管区所在地平湖村架到想水村。想水村大队负责变压器和村内主干线路的费用，社员每家每户负责各自院内、屋内的电线和设施费用。大队研究每月由大队负责每家 20 度电的费用，超额部分由社员们自行负担。

通电那一天，想水村放起了鞭炮。鸟儿蹲在电线上凑着热闹。三瞎子赵广清说："我的眼亮了，看得远了，看得清了。"

陈老大在家里不停地拽拉盒。灯一明一灭，嘴张着笑，那两颗即将下岗的门牙随着哆嗦的嘴巴颤着。张洪英说："你可别一个劲拉，别闪了灯泡。"陈老大听了张洪英的话，将灯拉亮就不再拉灭，他目不转睛地看着灯泡："唉，洪英，这个东西真奇妙，玻璃里面的细铁丝，一通电就亮，还没有味，真好，真好。"

张洪英说："我听咱学校徐宜亮老师说，这个电灯泡里面的东西不是铁丝，是钨丝。电灯是大发明家爱迪生发明的。"陈老大说："人家姓爱的真厉害！不知道是哪个庄上的。我的娘呀，我看了一会儿电灯，怎么再看你的脸看不清了。我看你脸上的皱纹一根也没有了，你活脱脱一个二十七八岁的大美女。"说着，陈老大揉着眼睛笑着。

张洪英笑得不撑，拍着陈老大的背说："你个不正经的老头子，你老瞅着电灯，电灯是吃醋的？他能给你好脸？你把人家看害羞了呗，你再看会儿，说不定把你照害眼（眼病），让你再也看不到我的脸，想死你！"

陈老大歪着脖子点着头，嘿嘿嘿笑个不停，像捡到玩具的孩子。

第94章

春暖花开，南燕归来，叽叽地叫着、盘旋着，"老家变了，快认不出来了。"这些充满喜气的精灵站在电线上，一字排开，整齐划一，像等待照合影像似的。

两只灰喜鹊落到电线上，震得电线晃晃荡荡，小燕子迅速飞起叽叽地骂道："小样，留鸟有什么了不起，你欺生吗？你到过南方吗？是骡子是马出去遛遛。"飞了一圈又落在灰喜鹊的身边，灰喜鹊扭着头看着小巧玲珑的燕子喳喳地叫着："小燕子，南方好吗？"

小燕子争先恐后叽叽地回答："南方北方都好，想水村老家更好。"

星期天，岳喜凤赶到想水村，赵存祥陪着她在坡地里转了一圈，她给在承包地里干活的社员热情地打着招呼。他们走到西沟，看过大淹子、二淹子、三淹子，水已干枯。

"存祥，这个西沟也是下步水利建设的一个重点，你看这里肯定是夏天沟满河平，冬春干枯露石。雨水是宝贵的资源，特别像我们北方山区，蓄积雨水，兴利除害是一项很重要的任务。将西沟拓宽除漏，蓄水，建上拦河坝，既能浇地，也能形成风景。沿河两岸栽上果树，春有花，夏有绿，秋有果，生态效益和经济效益双丰收。"

赵存祥很是佩服岳喜凤的眼光。"喜凤，村东面也有一条沟叫东沟，东沟比西沟还要宽，沟两边是梨行，有300多棵梨树。"没等赵存祥说完，岳喜凤急不可耐地说："走，快带我去看看。"

走进东沟，梨花的芳香随风飘散。岳喜凤尽情地闻着，伸展双臂向后扩胸，做着伸展运动，"存祥，人间仙境呀。"

站在沟边，闻着梨花香，听着赵存祥的介绍，岳喜凤认真听着。

"喜凤，这个东沟每到夏天就是一个人的泄洪水道，从馍馍山和锅山卜米的水量很大，沟里面的泉眼全开，十分壮观。到了枯水季节，东沟又变成了一条干沟，乱石嶙峋。这里面的泉最大的是'牛腚眼子泉'。"岳喜凤一愣一怔，惊奇地问道："叫什么泉？"赵存祥一本正经地重复道："叫牛腚眼子泉。"岳喜凤"扑哧"一声大笑，笑得蹲在地上。"我的天呢，怎么起了个这个泉名呢？"

赵存祥见岳喜凤笑得泪眼汪汪，也忍不住笑了。"这是老辈留下的名字，可能是因为泉眼大的缘故吧。"岳喜凤忍住笑："这牛也够厉害的，形容眼大用牛眼；形容体量大用牛毛（九牛一毛）；形容事大用牛头，你是牛头，我是煮牛头的锅；形容人好大喜功用牛皮，叫吹牛。"

赵存祥说："这牛跟人最近，老实本分，替人干活儿，人最熟悉它。"岳喜凤说："这个东沟要纳入下步发展规划，这东沟、西沟形成两道水系，环绕着村庄，美极了，山水之村！山水之村！也要保护好泉眼，那个牛腚眼子泉要重点保护。"说完，岳喜凤笑得又蹲在地上。

岳喜凤牵着赵存祥的手走到一棵梨树下的石头坐下来，她深情地望着赵存祥。"存祥，我爸和我妈近两天想过来看我，也来看看咱家老人，看看想水村的情况。"赵存祥一愣，陷入沉思。"我的天，喜凤父母到来之时，可能就是我和喜凤爱情泯灭之日。我们这样的穷乡僻壤，这样的山村，这样的居家，怎能入在大城市生活的干部的法眼？唉，信天由命吧。丑媳妇不能怕见老婆婆，这丑女婿还能怕见老丈人？"

岳喜凤见赵存祥在开小差。"怎么，你不欢迎吗？"失态的赵存祥缓过神来拍着手，大声呼喊："欢迎欢迎！热烈欢迎！"赵存祥说："喜凤，老人家来时，你一定及时告诉我，我到车站去接。"

岳喜凤知道赵存祥的担心。他怕条件差，接待不好父母，也怕父母看到这个山村的情况，否定他们的婚姻。在岳喜凤看来，这也是赵存祥的优良品质，害怕体现了责任，体现了对岳家的重视和担当。

岳喜凤解围似的说："存祥，到时我到山崮县火车站去接父母，从山崮县坐公共汽车到平湖汽车站下车，你来平湖车站接二老就行了。到你家吃饭，就做咱家乡的土菜，也不要太费劲、太破费。我爸是军人，他体恤基层和群众疾苦，反对讲排场，反对铺张浪费。他本来可以要一辆小车过来，他说他这次出行纯是私事，决不能动用公车，他对自己和家人要求非常严格，从不占国家一点便宜。晚上住宿就在咱家里。我爸妈住在你的那间屋里，再搭个临时床铺，我住。陪着二老。只好辛苦你，到邻居家借宿一晚，或到大队部去住。还有，我爸还准备让你陪着好好看看想水村呢！"赵存祥边听边思考，对岳喜凤说："喜凤，太谢谢二老的宽宏大量了，太谢谢你的理解和包容，我赵存祥三生有幸，我赵存祥遇到了贵人。"说着，他眼含热泪要给岳喜凤下跪。岳喜凤爽朗地笑道："你太不自信了，太看不起自己了，这可是一大忌呀。"

赵存祥陪着岳喜凤在长头赵存壮家"赵记饭店"吃了饭，他想让岳喜凤尝尝长头壮的饭菜口味，接待岳家两位老人和下步结婚，将用长头赵存壮的手艺撑门面。

省会城市岳喜凤家里。岳山和唐田两位老人早早起床，唐田问岳山："他爸，咱多少也得带些食品之类的，一来看女儿，让她吃点稀罕东西。二来到想水村会亲家，咱总不能空手。你看咱拣方便的带点什么好呢？"岳山对唐田说："老唐，当年打仗，为了提高行军速度，将辎重武器之类全部扔掉。咱要倒好几次车，不好带东西，要带就给亲家带两袋奶粉吧，有营养还轻巧，在农村也是稀罕物。罐头要带也只能带两瓶，带一瓶牛肉罐头和一瓶鱼罐头，再带些糖块，奶糖和大虾酥比较好。再说了，带钱比什么都好，现在城乡经济都活起来了，什么都能买得到。"

岳山又补充道："把这几样东西分成两个背包，你背一个，我背一个。人人身上有担子，人人身上有指标。这样就不累了，凡事不能压一个人身上。"唐田笑着说："你总是按工作的那一套，你看家里让你规矩得跟单位似的。"

岳山和唐田赶到火车站，车站喇叭广播道："各位旅客，开往上海的火车马上进站，请旅客抓紧上车。"唐田说："你看咱这个点，让你卡得不差毫厘。"岳山说："军人出身，时间和地图至关重要，习惯了。"

火车起动，岳山和唐田有些兴奋，他们将窗帘拉开，看着城市工厂的烟囱耸立，烟雾腾空，看着一望无际的原野生机无限。祖国大地一派繁荣。

三个小时，火车驶进向阳市山崮县火车站。走出火车站，岳喜凤迎上前，将两位老人的背包全部接过来，左右肩斜挎着。岳山看着女儿："喜凤像个军人。"

岳喜凤搀着两位老人往山崮具长途汽车站走去。岳山看着山崮县道路上拥挤的车辆和人群，望着巍峨的宝泉塔，路过百货大楼，自言自语道："山崮县城真不赖，繁华着哩。"

到了山崮县长途汽车站，车辆进进出出，候车室的旅客满满当当，匆匆忙忙。岳山对唐田说："老唐，经济火起来了，人也活跃起来了，下来看看走走，真是开眼界呀！下面小城市的人比咱省会的人密度还大，城乡流动性强，人也精神着呢。"

汽车驶进丰源公社驻地刘村，岳喜凤向岳山和唐田介绍道："爸，妈，这就是我工作的地方，咱回头再来，我陪你们逛逛。"

岳山把车窗玻璃拉开，向外看着。"这个地方不错嘛，有集镇的样子，我看着老乡也很亲切。"

汽车到了平湖车站，岳喜凤说："爸，妈，平湖车站到了，咱们下车吧！"

赵存祥看到汽车急忙跑过去，站在车门旁，岳喜凤喊道："存祥，快扶扶爸爸妈妈。"赵存祥边搀扶岳山和唐田边喊道："大爷、大娘欢迎您！我是想水村大队党支部书记赵存祥。"

下车的岳喜凤听到赵存祥的自我介绍，"嘿"的一声笑了出来。"存祥，你还真像电影上演的游击队长向解放军首长报到的样子！"

岳喜凤这一说，赵存祥也笑了，他想自己也真是这个样子。

岳山上下打量着赵存祥，"国"字脸棱角分明，浓浓的眉毛下一双炯炯有神的眼睛，正直而纯真，留着平头的毛发笔直刚硬地显示着倔强而刚毅，黝黑的皮肤显示着勤劳而纯朴，身板笔挺，脖子直而有力。"这孩子倒像个军人。"

赵存祥腼腆地笑着："大爷，大娘，我今天用地板车来接你们，条件太差了，您二老多多担待。"

赵存祥将地板车拉进跟前。唐田看到，地板车上铺着麦秸苫子和秫秸席，席上铺着一床崭新的红色的碎花棉被面的被子，地板车两头用红苘绳扎着菱花网状。唐田笑着说："这个车好，存祥这孩子真是用心。"

岳山看到赵存祥准备的车。"当年行军打仗，这独轮车和地板车可发挥作用了，军民鱼水情深呀！陈老总说，淮海战役的胜利是解放区人民用小车推出来的。小赵，这个车，你准备得好呀！"

赵存祥用顶棍将地板车顶好，扶着岳山、唐田上了车，对岳喜凤说："喜凤，你也上来"。岳喜凤说："我在一旁帮你推着就好，咱走吧。"

赵存祥执意硬把岳喜凤扶上车。赵存祥放下顶棍，套上车祥，两手扶着车把，弓腰前行。

一路上，赵存祥显示了山村青年过人的腿部力量，他基本匀速前进，岳山闻着山风送来的花香，看到群山连绵和层层梯田，兴奋极了。他坐着又稳又舒服的地板车，心里想，这比高级小轿车都好。

"存祥，咱想水村的海拔可不低呀！"岳山感慨道。"是的，大爷，咱村的海拔高度跟山崮县城的宝泉塔顶一般高。"赵存祥回道。岳山说："这是一个好地方呀，地势高得风得阳光，空气好。"

到了家门口，赵广勤和存祥娘早早地站在门口迎接。存祥娘的头发蘸着水梳得油光发亮，刚绞过的脸又抹了一层粉，倒显得白皙干净。赵广勤穿着洗得发白的粗布盘扣对襟上衣，下身穿着缅腰大裆裤，脚蹬一双千层底圆口布鞋，像一个登擂台比武的武师。

赵存祥弓着腰拧着腔将地板车拉到门口，他用顶棍将地板车顶好，扶着岳山、唐田下了车，岳喜凤跟在爸妈后面。

赵存祥用蹩脚的普通话向赵广勤介绍道："大，这是我大爷，这是我大娘。"

爹轻爷重叫大为正，平时叫爹的赵存祥竟然叫赵广勤大。

他又向岳山和唐田介绍道："大爷，大娘，这是我大和我娘。"

岳喜凤捂着嘴笑。"存祥，你还是说地方话吧，我身上起了一层鸡皮疙瘩。"

赵广勤心里骂道："存祥个货物带节奏，差点我也捌了普通话。"

赵广勤急忙跟岳山握手："大哥，您来了！有失远迎，快进屋吧！"存祥娘拉着唐田软绵的手："他大娘快屋里喝茶。"

长头赵存壮看到客人进了门来，把提前准备好却没切的土豆按在案板上，快速均匀地切成土豆丝，明亮的菜刀和案板交汇，发出和谐而动听的"噌噌噌噌"的声音。他又将钗、钩、勺、舀有节奏地敲了一下，发出悦耳的锅碗瓢盆交响曲，显示着他扎实的破菜功底和高超的厨艺。

岳山闻着煮肉的香气，笑着跟赵存壮打招呼："忙着哩大师傅。"

听到客人喊自己大师傅，赵存壮激动得不知喊岳山什么好，干脆没有称谓地答道："您好，来了，麻利地屋里喝茶。"说着用钩子将大肉勾起，又放进锅里。

走进屋，岳山打量着低矮却干净整洁的茅草房，赞叹说："这茅草房好呀！冬暖夏凉，接地气养人。"赵广勤说："这收成好了，明年我准备翻盖成瓦房。"赵存祥接过话茬说："爹哞，等全村都盖上瓦房，咱才翻盖，群众住不上瓦房，你说什么也不能盖。"

岳山听到赵存祥的话，十分欣慰地点了点头。

存祥娘给客人分别倒了一碗糖茶："他大爷、大娘、闺女喝碗糖茶，解解乏。"

赵存祥接待岳家二老是在秘密状态下进行的，他没有安排任何人来陪客，他拉地板车进村的路，都是精心选过的，基本上是碰不上人的偏路。他想听听二老的意见和教诲。

八仙桌三面各摆两个方凳，留出一面上菜，正面坐着岳山和唐田，东面坐着赵广勤和存祥娘，西面坐着赵存祥和岳喜凤。赵存祥准备了两瓶古井贡酒和两瓶葡萄酒，安排赵存壮做了四凉八热的席。本来想做个小八四，由于人少，怕岳山埋怨讲排场铺张浪费，引起他的反感。这个四凉八热抽取了小八四大席的精华，热菜全是扣碗，扣大肉、扣鸡、扣瓦块鱼、江米鸡、扣春卷、扣豆腐箱子、扣黄金蛋、扣肉丸。四凉全取素菜，凉拌绿豆芽、芥末焖菜、糖拌萝卜丝、葱拌白菜心。

岳山、唐田连赞每道菜味口地道，既是传统风味，又有地方特色。

大厨长头壮每上一道菜都向客人介绍菜的特点和做法。他特别介绍："我们山崮县这一带还有最著名的两道美食，羊肉汤和辣子鸡，明天中午将精彩呈现。"岳山和唐田被长头大厨逗得合不拢嘴，吃着、品着、笑着。

赵广勤拿出了所有的力量陪岳山喝酒，但还是深感力不从心。赵存祥矜持不敢放开，倒是岳喜凤尽力尽兴地陪爸妈喝了几杯，帮赵广勤使了个偏劲。喝到尽兴处，岳山说道："老赵呀，我女儿凤子大学毕业主动要求来咱丰源公社工作，感谢你们对她的厚爱和支持。男大当婚，女大当嫁，成家立业，乃人之常情。在工作中，她和存祥产生了爱情，这就是他们的缘分，也是我们两家的缘分。我支持两个孩子的恋爱，我也是农民出生，我爱农村也爱农民，我没有任何门第观念。我看重的是孩子的素质、品质和德行。听凤子说，存祥这小伙这些方面都很好，我很高兴。今天我和凤子妈来，一是给你们见个面，用咱地方习俗说就是会亲家。二是想商量下，抽个时间把孩子的喜事办了。在这个方面我有个建议，孩子结婚是大喜，咱高兴，但咱不能大操大办，不能铺张浪费。结婚时，咱两家，再往外扩一下，也就是至亲好友聚一聚，贺一贺就行了。不要浪费钱财和精力。我还有个建议就是，到孩子结婚时费用我家来出，我的条件比你好些。我声明，我可不是看不起你呀，咱实事求是。现在政策好，农民干劲足，那咱就把钱和精力用在生产和发展上。以后我们会常来想水村喝喝新鲜空气，赏赏自然风光。我说得如有不对，还请亲家多多包涵。"

听了岳山真诚而充满友爱的话语，赵广勤的眼泪要流出来了，多么好的亲家呀，我赵广勤家几辈子积了这个德呀！

赵广勤端起酒杯，站起来哆嗦着手，声音有些哽咽地说："大哥，亲家，大嫂，亲家母，我敬您一杯。我感谢您！我敬佩您！说归说道归道，我该办的事儿，我该出的钱，我都会办好，这是俺赵家的大喜事。我们赵家一定对喜凤好，比亲闺女都好，您放心。存祥这小子不才，但不坏，我认为他们会幸福的。"说完赵广勤仰脖子一饮而尽。

迎客的饺子送客的面，赵存壮包了肉馅的水饺。饭后，赵广勤陪着岳山啦了会呱，岳喜凤挽着父母到里屋赵存祥的床上休息。

第二天，赵存祥陪着岳山和唐田二老在馍馍山上转了一下，向他们介绍了想水村的历史，讲了摩崖石窟和云窟。又向二老汇报了想水村下步的发展规划，反复强调这些规划都是岳喜凤主导的。岳山感到很高兴，"事在人为，山区也能成为聚宝盆，关键在于干，关键在于实干、真干。"岳山反复强调。

岳山和唐田在想水村度过了愉快的两天，也为女儿定下了终身大事。

赵存祥用地板车将二老送到了平湖汽车站，岳喜凤陪爸妈在丰源公社大院住了一天后，赵存祥和岳喜凤送二老来到山崮县火车站乘火车回省城。

想水村的工作风生水起，鸣镝狼烟（热火朝天）。邻村万胜庄的社员坐不住了，他们眼馋而闹心。想水村丰源公社第一穷村，现在比平湖管区所在地的平湖村风头都劲。"金郭村，银时村，不涝不旱是刘村"的顺口溜，要添上"发家致富想水村"了。特别是想水村通上了高压电，村里还为每户承担 20 度电费，极大地震撼了万胜庄，震得他们夜不能眠。

社员推举邵家坑房的邵野领头去找大队支部书记耿道云商量架电的事儿，这是大家生产生活中最急切最期待的大事。邵野带着各生产队长和各姓氏族长找到耿道云。

"耿书记，你看咱村里的副业该搞的都搞起来了，各方面都需要电，人家想水村已经通上了电。大队还给各户社员承担 20 度电的电费，我们来找你，就是想让你操操心，把咱村里的电架上通上。"邵野诚恳地央求道。

耿道云坐在那里，拨棱着手指认真地听着，他说："各位兄弟爷们想得对，说得也对，找我也刘。这电是真该通，这个道埋，找比你们懂，心里也比你们躁。但这架电通电需要钱呀，这个是硬的。光凭两片子嘴说是通不了的。咱大队一分钱的收入也没有，当时分承包地时，大家心切心狠的，恨不得把大队办公室也拆掉，一家一户分块瓦。大队的资产全部分干净了，现在让大队操花钱的心，谁能办得了？我又不会厾钱，就是把我卖了，这百十斤也值不了几个钱，我媳妇孩子也不愿意呀，你们说是不是？"邵野寒着脸说："你跑跑上面，咱不能争取一下吗？"

耿道云回撑道："争取？争取电线杆栽到咱村，电线扯到咱村，那变压器和主街道的电线杆、电线的费用从哪里出？这个事先别急着操心，等一等靠一靠。说不准哪天有政策，咱就架上电了。你们没听说过，憨人有憨福，懒人有懒福嘛！"

邵野见耿道云油盐不进，说："那我们来找你等于白找，嘴上抹石灰，我们给你说了等于白说。"说着就要离开。耿道云突然喊道："邵野，先别走，我琢磨了，倒有一个好办法，你们看行不？"

邵野一行眼光突然发光，支着耳朵听耿道云的高招。

耿道云说："咱这样，咱起（收）钱凑份子，集资架电，你们这些开炕房的，一年炕鸡炕鸭的挣了不少钱，你们多拿点钱，不做买卖的少拿点。钱集够了，我去找章士林书记，让他帮咱们协调一下，行不？"

邵野说："这个事儿这样办也在理，但不现实呀。我们的生意刚起步，也没积攒多少钱，社员的腰包还瘪着，让他们拿钱比抽他们的血都难，这个路子八成行不通。"耿道云把手一摊急笑着说："你看，你看，你们都不愿意掏钱，还弄个熊，行了，等着吧。"

离开耿道云，邵野愤愤地说："你看他这个干部，当的个熊啥，啥也不啥。这块云彩是指望不上了。咱这还没开始做点小生意，种点地，他就想着向咱伸手要钱，我看今后有咱的好果子吃！他不架电，咱自己发电，买个汽油发电机生产和生活的照明全解决，还是自己的耙上柴禾。"

万胜庄的事很难办，几年都没通上电，直到向阳市实施农村"四通工程"（通电、通路、通水、通电视），万胜庄才通上电。

邵野不愧是精明的生意人，他预见性的话倒是一语成谶，万胜庄不论干点什么事都向社员们伸手，今天这个，明天那个，收钱的项目不断溜，大喇叭一响，社员们就头大捂耳朵。邵野编了个顺口溜，"头税（交公粮）轻，二税（三提五统）重，三税（各种摊派）是个无底洞"。

第 95 章

星期六下午，耿玲早早地在二中校门口等赵凌云，赵凌云将自行车交给耿玲。"耿玲，你骑车驮着我吧，你骑得比我稳。"

听到赵凌云的表扬，耿玲很高兴，她推着自行车说："凌云，你先坐上，我掏腿上试试。"

赵凌云叉腿坐在货架上，耿玲推着车跑两步，溜车掏腿一气呵成。赵凌云高兴地说："你看我说得没错吧，火车不是硬推的，牛皮不是硬吹的。"耿玲"咯咯"地笑着："跟你在一起能累死。你忒会鼓励人了。"

入了大路，耿玲说："凌云，你个故事大王，给我讲个故事听听。"赵凌云一笑说："好，我给你讲个买媳妇的故事。"

"话说党三，十八出走，在外下窑，而今三十有二。在刘庄兄弟爷们的眼里，他是腰缠万贯的富翁，但至今仍是光棍一条。一日，一人贩子带着位平东口音的妙龄女郎，光顾了他着意修葺三天的'寒舍'，一时蓬荜生辉。经过讨价还价，最后拍板敲定：4500 元。

"半年之后，党三携妻走丈人家，刚一下车，妻子就被几个人用自行车驮跑了。妻子身上带着他全部的积蓄，辛辛苦苦挣来的 3000 元。

"党三丢妻舍财，不胜愤懑，暗下决心，借钱南下搞蛮子去。他东借西挪，凑了 3000 元。在江西一车站又被一女郎哄睡，钱又飞了。据说他吃了蒙汗药。党三苏醒后，瘫软在地，身无分文，后遇到好心人替他给家里发了电报……党三回家，遇到乡人，仰天长叹，大声呼号：'罢罢罢，就是倒给俺 3000，媳妇这东西俺死也不要了。'"

耿玲听完笑得上气不接下气："凌云，你造业。你听谁拉的，这是？"赵凌云搂了一下耿玲的腰："本故事纯属虚构，如有雷同，纯属巧合。"耿玲听上了瘾："凌云，再给我讲个故事，俺还想听。"赵凌云笑着说："好的，应听众耿玲要求，我再讲一小段，且听我道来。"

"一天大集上，一个人走到卖粥、卖油条的摊铺前，他想喝粥、吃油条，但一摸口袋却没有钱。他瞅着炸油条的人连声说：'费油！费油！太费油了！'说着睐着，表情呈遗憾状。炸油条的人正为炸油条费油而苦恼，见有高人在此，就想请他赐教指点，他说：'二哥，快坐下，我给您盛碗粥喝。'边说边给他盛了一碗粥，上了两根油条。'说费油者'美美地吃着、喝着，见他即将吃完，炸油条的人走过去，讨教似的说：'二哥，您刚才说我炸油条费油，您有办法省油吗？'这老先生沉思一下，一本正经地说：'有呀，你蒸馍馍呀！'说完起身便跑。炸油条者对他不入流的胡话气得七窍冒烟，喊道：'骗子，半熟，你还没给钱呢！'

听后，耿玲哈哈地笑着，右手丢下车把，伸到背后拍了一下赵凌云的肩："凌云你真会捣。"赵凌云模仿老年人的口吻和语调说道："恁姐，也就是恁夸呗。"

耿玲听着，脸向上一扬，甩了一下辫子，"嘿嘿"地笑着说："你这个半熟，笑死人你不抵常（命）是吗？哈哈哈。"

也可能怕赵凌云坐在后面打盹，她又提出要求："凌云，再给我作首诗呗，俺喜欢听你朗诵诗。"赵凌云说："行，容我思考一会儿。"

耿玲卖力地蹬着车子，竖耳朵等着。赵凌云缓缓朗诵自己的即兴诗《走进明天》：

小径
印上了你与我
夕阳
亲吻那饱绽的花
风儿
悄悄传诵悦耳的音符
悠悠起一支古老的曲调
一杯甜甜的蜜酒
融进了茫然的心
一泓清澈
捧出迷人的笑靥
熨平无数皱褶
攫住那
一双忧怆离弦
你与我

走过夕阳

走出森林

走进你与我的明天

耿玲听完惊奇地说："凌云，你作诗这么快，这诗真好听。我没记下来，你回头写给我吧。"赵凌云笑着说："乖乖，你的要求还怪高哩。好吧，回家让我老爷用小楷写下来，赠予你。"

回到家，赵凌云将自己在路上给耿玲作的诗回忆着用钢笔写在信纸上，跑向老爷家。

赵满福老人在电灯下看《三国演义》，自从扯上电灯，老人家看书的兴致又起来了。

"老爷，奶奶。"赵凌云进屋喊道。"凌云来了。"老爷奶奶异口同声地说道。

赵凌云凑近老爷。"老爷，您看的什么书？哟，《三国演义》。"老爷高兴地说："热闹着呢。""以前人不是说，老不看《三国》，少不看《水浒》吗？"赵凌云请教似的问。

赵满福放下书本，捋了一下胡子说："《三国演义》和《水浒传》都是名著，不分男女老幼都可以读。老不看《三国》，主要是这本书描写的内容心计比较重，有些内容也很伤感。怕影响老年人的情绪。少不看《水浒》也是因为这本书的内容多义气、打打杀杀，怕小青年模仿效仿，惹是生非。我看《三国演义》很提神。"

赵凌云向爷爷汇报了学习情况，赵满福安排道："学习，不要有负担，要有愉快的感觉。孔子说，'学而时习之，不亦说乎'。""爷爷，我知道您年纪大了，不怎么写字了，但我想请您再给我写点字。我给我的好同学、好朋友作了一首诗，想请您誊抄一下，赠予她。"赵凌云看着爷爷的脸说。

"你作的诗，什么词牌？"爷爷捋了下胡子。"我作的是新诗，没词牌，就是写一些感想。"赵凌云说。

"诗言志，不拘泥于形式，有感而发。新诗好，我年龄大了，封笔了，但俺凌云让我写，我不得不写呀。"说着，赵满福乐得像个孩子。

奶奶高兴地两眼放光。"俺凌云会写诗了，那可真不孬。你的学问赶上你老爷了。明天一早我起来研墨，让你老爷给你抄，俺凌云真管。"

"谢谢老爷、奶奶。"赵凌云高兴而又激动地说道。

"老爷，奶奶水缸里的水还满吗？明天一早我过来挑水去。"赵凌云请求任务，也是他的日常。"水缸满着呢。凌云，你一直没给我说，我听你娘拉，你前段时间挑水掉大坑里去了？"赵满福唬着脸，眼里饱含疼爱、惊奇和安慰。奶奶呿了一下嘴："你说了滴不！要有个三长两短，你说怎弄？"奶奶又补了一句，"咱大坑不淹人，大坑杨树保佑着。"

赵凌云说："没事，那天我挑水踩滑脚了，多亏了贺成哥把我拽上来了。"赵满福捋了一下大胡子说："凡事要当心，艺高人胆大，这可了不得。我明天早上给你抄诗，吃过饭你来拿就行了。"

赵满福蘸着浓墨，一字一句地写着，琢磨着赵凌云的诗，笑着说："凌云这孩子长大了。"

抄完《走进明天》，赵满福老人又给赵凌云题写一幅字："居身，安于卑下；存心，平静深沉；交往，有诚有爱；言语，信实可靠；为政，天下归顺；做事，大有能力；行动，合乎时宜。唯有不争不竞，方能无过无失。人不知而不愠，不亦君子乎。勉吾孙赵凌云，山里老翁赵满福。"

写完，他用水将毛笔洗净晾干，用布缠好，放进柜里。

赵凌云拿到爷爷誊抄的诗歌《走进明天》和赠勉自己的字，惊呆了。颜体小楷，工工整整，像印刷品一样。"赵凌云"三个字用了柳体，爷爷说"颜筋柳骨"。

太阳西斜，赵凌云背上煎饼，挎着咸菜，接耿玲回学校。见到耿玲，赵凌云从书包里拿出老爷的手稿交给耿玲。"看，我老爷给你亲笔抄写的，这是我老爷封笔后第一次，也可能是最后一次开笔写字了。耿玲，我的诗不好也不重要，我老爷的字就可重要了，你留作纪念吧。"

耿玲接过折叠整齐的诗作，打开一看，瞪大眼，张大嘴，呼了一口气，惊叫道："哇，咱老爷的字真漂亮，像书本上印的一样，赵凌云三个字最好看。"耿玲将散发着墨香的字，放在嘴上亲了一下，转脸亲了一下赵凌云的脸，"凌云，你对我真好。"

"凌云，还是我驮着你吧，你歇歇，回学校上晚自习好有劲学习。"耿玲说着，从赵凌云手里接过自行车把。

"凌云，你还是叉腿坐，搂着我的腰，这样骑得快还稳。"耿玲像大姐姐一样安排道。

赵凌云叉腿坐好，耿玲掏腿上车，甩开膀子，奋力蹬起自行车。耿玲骑着自行车，不时一手扶把，一手伸向后面，摸着赵凌云，恐怕赵凌云丢了。

"凌云，咱老爷封笔了，你让他写字就给你写字，咱老爷怪疼你来。"耿玲对赵凌云说。赵凌云回道："我叔兄弟、叔姐妹多，老爷奶奶对我们都很疼爱，但说实在的，老爷对我偏向些。"

耿玲又问："哦，那咱老爷为什么喜欢你呢？"赵凌云哈哈地笑了："耿玲，你问的这个问题我真没思考过，要是高考出这个题，我就完蛋了。""凌云，你造业，高考还能出这样的题？看样子你是被高考迷住了，满脑子都是高考。"耿玲笑着说着。

赵凌云愣了一会儿说："耿玲，我想，这长辈对晚辈的疼爱、偏向，取决于晚辈的长相、性格、品行、行为、能力、为人处世。龙生九子各有不同，如果长辈从晚辈身上看到年轻的自己，实现自己不能实现的理想和抱负，看到希望和未来，这长辈那肯定喜欢并产生偏向。当然，晚辈的乖巧孝顺也是很重要的方面。"

耿玲笑着说："凌云同学答对了，一百分。"

赵凌云和耿玲在丰源供销社门口分别，耿玲含情脉脉地目送赵凌云，他喊道："凌云吃好饭，想喝羊肉汤来找我。"赵凌云答道："好的，谢谢！"骑着自行车飞快地向学校赶去。

自从分了承包地，想水村的社员爱看、爱比、爱议论。他们下坡看庄稼地，不只看自己家的，更留意别人家的。谁家谁家的地里长草了，谁家谁家的地除草干净，谁家谁家的地里庄稼长得好，谁家谁家的地荒了，谁家谁家的地生虫了，谁家谁家的地肥料足。最后再下个结论，谁家谁家过日子强，谁家谁家不是过日子的样。最后再引申，种地好的好找儿媳妇，种地不行的，没有敢上门提亲的。"过得碟儿碗儿的，谁敢把闺女嫁过来遭罪受？"

在众人纷纷嚷嚷的口评中，赵广厚家的承包地每每受好评，"赵广厚和大儿子赵凌志不在家，人家地种得拔尖好。那一个赵凌云一个顶十个，像牛像虎又像龙，过日子太厉害了，比种地老把式丝毫不差。"

赵凌云将学习战场和承包地战场科学布局，充分融合，合理分配时间和精力。把干农活儿作为体育锻炼、提升体能、促进学习的力量。把学习作为休息补劲、愉悦身心的加油站。学习劳动相互促进、相生相长，力争取得学习成绩优秀，承包地高产双丰收。耕读致远！

暑假前的会考中，赵凌云以绝对高分取得第一名。卓强老师找到赵凌云。"凌云，学校近日召开全校师生大会，表彰学习标兵，校长想让你介绍一下学习经验，你好好准备一下，把好的方法和体会分享给同学们，也是你对学校教学工作的一大贡献。""老师，我哪有什么经验呀，关键是老师讲得好，辅导得好。既然您安排了，我就实事求是地把我的学习心得讲一讲，不一定对大家有什么帮助。谢谢校长和老师对我褒奖和信任。"赵凌云谦虚地对卓强老师说。

上午9时，山崮县二中初中、高中级部共500余名学生和全体教职工集合在学校操场上。主席台上方挂着"山崮县二中学习标兵表彰大会"的横幅。公社党委书记章士林和公社秘书岳喜凤在校长赵恒春和副校长卓强的陪同下，健步走上主席台。校长赵恒春主持大会。

老师们，同学们：

今天，我们在这里召开全校师生大会，隆重表彰本学期取得优异成绩的同学，激励全校学生以他们为榜样，奋发努力，做一个德智体美劳全面发展、学习成绩优异的好学生。

公社党委书记章士林同志和公社秘书岳喜凤同志亲临大会，让我们以热烈的掌声，对领导的到来表示热烈的欢迎。

在这里，我还要隆重介绍一下岳喜凤同志，她是农业大学的高才生，是省会来的，她是为支援山区建设，舍弃大城市优越生活来我们公社工作的，她是大学生的优秀代表，是我们学习的榜样。

老师和学生都起身抬头看向主席台上的岳喜凤，边看边鼓掌。

岳喜凤起身向台下的师生鞠躬以示感谢。

赵恒春继续讲道，今天的会议一是请领导为获奖学生颁奖，二是请卓强副校长宣读《为建设有中国特色社会主义现代化强国而努力学习倡议书》（以下简称《倡议书》），三是请高二一班学生赵凌云同学发言，四是请章士林书记讲话。

在《我们是共产主义接班人》的乐曲中，获奖同学依次上台领奖，他们是在期末考试中取得班级前五名的学生。

公社和学校领导给学生发着奖。台下师生不断地鼓掌、祝贺。

卓强老师宣读了《倡议书》，号召全校教职工忠诚党的教育事业，认真贯彻党的教育方针，做辛勤的园丁，用心浇灌祖国的花朵。号召全校各年级学生要德智体美劳全面发展，发奋读书，做合格的共产主义接班人。

赵凌云代表学习标兵作了发言：

敬爱的领导，敬爱的老师，亲爱的同学们：

我是赵凌云，是高二一班的学生，我来自丰源公社想水村，我们村庄是全公社海拔最高的村，也是一个农业生产条件比较差的村。我的家庭是一个半工半农的家庭，我的父亲是常山煤矿的一名工人，哥哥在省建筑学院上大学，弟弟跟着父亲在矿工子弟学校上学。我家里有五亩六分承包地，承包地全由我来操持耕种。

进入咱们学校上学以来，在老师的精心教导下，我学习取得了很大进步，在本学期取得级部第一名的成绩，这主要是老师教得好，同学们帮助我的结果。学校安排我介绍一下我的学习经验，我觉得我的学习成绩还不够好，更没有经验可谈。我想在这里谈谈我对学习的认识，把平时学习方法和一些体会介绍给大家，权当关公面前耍大刀。不对的地方，敬请各位批评指正。

我们上学首先要明白学习读书为什么的问题。学习是我们的年龄段所决定的，什么年龄段干什么样的事，我们这个年龄就是学习的年龄，国家给我们提供好的学习机会和条件，我们要不负青春韶华努力学习。黑发不知勤学早，白首方悔读书迟。

学习是一个外延广内涵深的概念，学习的面很宽，学文学、学数学、学物理、学化学，人文的，自然科学的，技能的，留心处处皆学问。宋朝有个大学问家叫汪洙。此人9岁能赋诗，被称为神童。他曾写过《神童诗》，这个《神童诗》与《三字经》等同为"古今奇书"。《神童诗》里这样写道：

天子重英豪，文章教尔曹。

万般皆下品，惟有读书高。

满朝朱紫贵，尽是读书人。

学问勤中得，萤窗万卷书。

朝为田舍郎，暮登天子堂。

汪洙老先生说出了读书的重要性，但显然是带有功利倾向和局限的。如果读书只为了升官发财做老爷，那就是读书人的悲哀。

清代小说家吴敬梓的《儒林外史》中讲了范进中举的故事，范进为考取功名，孜孜以求，等考上了，激动得疯了。

读书学习是为了获取知识的营养，读书能阔眼界、展胸襟、启智慧、壮胆识。读书能形成技能，该干什么干什么，能干什么干什么，任由时代、社会和国家挑选，为自己生存，为人类造福。只有这样学习才愉快，学习效果才好。

我总结了24字学习法，那就是：

专心听，努力记。往外扩，常温习。

勤讨论，善总结。轻智力，重汗水。

专心听要做到，上课时，坐端正，睁大眼，专心听，看老师，记内容，排杂念，靠自控。努力记要做到，心记、手记，好记性不如烂笔头。

往外扩要做到博览群书。大的方面讲，人生要读两本大书，一本是"无字天书"，一本是"有字人书"。天书启迪智慧，人书洞察社会。古人说："练达人情皆学问。洞明世事即经纶。"小的方面讲，要多读有益的课外书，文学、历史、哲学、艺术等。古代的、近代的、现代的、当代的，国外的、西方的、东方的等。姊妹艺术相互通透。

常温习要做到对所学知识，天天给它见个面，温故而知新，吾日三省吾身。勤讨论要做到遇到问题找同学分析，讨论产生灵感，获取信息，找到解题方法，活跃思维，练习口才，加深同学之间的友谊。

善总结就是对每天每周每个单元的知识点进行总结归纳，对作业、考试试卷的得失进行总结，找出薄弱点，找出规律。轻智力就是不要把自己看得比别人都聪明，高估自己的智力，要大智若愚，智力差异，但绝大多数人差异不大。

当然天才是有的，但占比很少，像物理学家爱因斯坦，大发明家爱迪生智商肯定要高。重汗水就是要勤奋，爱因斯坦曾说过，人的差异在于业余时间，利用好业余时间，你就能与众不同。爱迪生也说过，天才1%是灵感，99%是汗水。

我种着五亩六分地，还要学习，不勤奋能行吗？

下面掌声如雷，岳喜凤自从听到"想水村"这三个字，她的眼就没有离开赵凌云。赵凌云接着说：

农业也是一本书，劳动也是一本书。农业养活人类，劳动使人直立行走，促进人类进化和进步。不要轻视农业，不要鄙视劳动。农业苦，农业累，农村穷，这正是我们的农业还没有搞好，需要我们去改变它、振兴它，而不是远离它。发展农业，振兴农村正是我们学习的目标和努力的方向之一，而不是什么所谓的"跳农门"。

敬爱的领导、老师、同学们，以上是我真实想法和体会。如有不当，请您批评，谢谢大家！

赵凌云讲完，正要走下主席台。章士林快步走过去，握住赵凌云的手说："凌云同学，咱这是第二次见面，你初中时获全县作文大赛一等奖，在表彰会上咱见了面。今天，你以学习标兵的身份，咱又见了面。你讲得太好了，你是二中的骄傲，你是丰源公社的骄傲，你是农家子弟的骄傲。"

岳喜凤跟过来，跟赵凌云握手："凌云，我进一步看到了想水村的希望，我祝福你，弟弟。"

章士林做总结讲话。他首先向受表彰的学习标兵表示祝贺。他说，今天来参加表彰会十分高兴，看到了改革开放的新一辈风采，焕发了朝气，产生了动力。他特别表扬了赵凌云。听了赵凌云同学的发言，不，是精彩的演讲，很受感动，很受启发。

赵凌云的演讲引经据典，旁征博引，讲得真诚而励志，表现了他的博学沉思和昂扬向上，演讲有高度、有深度、有温度。赵凌云同学是德智体美劳全面发展的优秀学生代表。榜样在哪里？榜样就在身边。

最后，章士林说，赵凌云同学的老家想水村，在丰源公社的自然条件最差，但想水村人肯吃苦，勇争先，在农村改革中阔步向前，现在已进入咱公社第一方阵。赵凌云同学也功不可没。丰源公社大发展，要靠在座的新一辈。祝大家学习愉快，学有所成，学有所用。

赵同春指挥全体人员合唱《歌唱祖国》，表彰大会圆满结束。

第96章

星期天，岳喜凤骑着崭新锃亮的二八"凤凰"牌自行车飞快地向想水村赶去，她想跟赵存祥商定结婚事宜。

她赶到想水村大队办公室，见赵存祥拿着一杆毛笔蘸着墨汁，在挂在墙上的自制想水村的地图上抹抹画画。岳喜凤笑着走进办公室："赵大书记忙啥哩？人家来也不迎接，不欢迎吗？"

"哎哟，你看这，我失礼了，喜凤大人驾到，有失远迎，有失远迎。"赵存祥看到岳喜凤到来，激动加高兴。"喜凤，我正描绘着村里发展的蓝图来。你快坐，我给你倒水。"赵存祥放下毛笔，急忙给岳喜凤倒茶。

岳喜凤看到墙上的地图，巍峨的馍馍山，宽阔的东沟西沟，四通八达的村内道路和生产路，馍馍山下的大枣园、围村林、梯田、大坑杨树公园、敬老院、学校栩栩如生。

"存祥，你真行呀，这个蓝图有气势、有气魄，盼望早日成为现实。"岳喜凤赞叹道。"存祥，咱村里有个学生叫赵凌云的吗？"岳喜凤问道。

"有，怎么了？"赵存祥一惊。"这个家伙是个厉害角色，前天在二中学习标兵表彰大会上，他代表学习标兵发言，哎哟，他的知识真丰富，讲话逻辑也好，启发性强，观点鲜明，有理想，有追求，还很现实。"岳喜凤评价道。

赵存祥乐了："凌云是咱堂弟，他老爷就是给你题字的二老爷赵福满。凌云能文能武，咱大队改革工作方案就是他主笔写的，他热爱农村生活，热爱种地，很有担当和责任。他家的承包地都是他为主鼓捣的，全村都称赞。卖的黄烟钱，按时寄给他哥。不是夸张的说，他哥考大学，上大学，他出的力大了去了，他哥就是他供的。"

"哇，那他学习成绩还那么好！真不简单。"岳喜凤一声赞叹。"这家伙可能放暑假了，我叫他中午陪你吃顿饭。熟络熟络，自家兄弟。大水冲了龙王庙，自家人不认自家人，你看这事办的？"赵存祥笑着说。

"开会时，我给他握手了。我听他一介绍他是想水村的，我就感觉很亲切。我也喊他弟弟了，怕人听见，我小声喊的。存祥，章士林书记听完赵凌云的发言，那个激动呀，表扬人的词都让他用在赵凌云身上了。看样，他是真欣赏赵凌云。表扬完赵凌云，他又表扬了咱想水村。说想水村人肯吃苦，勇争先，在农村改革路上阔步前进，已进入丰源公社第一方阵了。"岳喜凤高兴地向赵存祥介绍。赵存祥哈哈大笑道："凌云这家伙自带光环，给咱想水村争光了，这弄得章大书记也认可咱大队的工作了。那说什么中午也得请凌云陪你吃饭。"

"喜凤，我想陪你到公社供销社给你买件衣裳，也算个定情物。我不能白手捞鱼呀。"赵存祥对岳喜凤诚恳而真挚地说道。"啊，你给我买衣裳，我才不要呢。要买，我给你买身还差不多。买了就当婚礼的礼服，存祥，现在时兴穿西装了，我想就给你买身西装吧，开放了，时髦点好。再买双皮鞋，西装配皮鞋叫西装革履。"岳喜凤说着笑着。

赵存祥站起来拍着大腿笑："我的个娘咪，挑着灯笼上杨树造洋业，那个西装前面敞着怀，后面留着豁，里面穿着白衬褂，活脱脱的一个小燕子。我要穿上西装，全村人都像看耍猴似的，那还羞不死人。我还是穿中山装习惯，买皮鞋倒行，买个三接头的，不走形，但千万不能让你买，喜凤，女方给男方买，俺这里说叫倒贴。俺可丢不起这个人。"

岳喜凤看到赵存祥喜得那个熊样，连声说："行，行。看样你这个思想解放还需要加油努力。存祥，咱爸妈建议让我们在今年国庆节结婚，喜庆又吉祥。他们反复安排要移风易俗，新事新办，要节俭，不摆排场。客人只邀请至亲好友，不收礼，不增加亲戚朋友的负担。"

赵存祥认真地说："喜凤，我赵存祥能找到你这样的好媳妇，三生有幸。我是党员，老人说的、你说的我都明白，也能理解。但我作为一个男人，你的对象，我感觉你刚才说得不妥，我要隆重地迎娶你，让你风风光光进入赵家门，在你身上我不能节俭。要不然，我感到一辈子都亏欠你。"岳喜凤严肃地说："存祥，你的心情我能理解，你对我的尊重，对我的爱我都领了。爸妈定下的原则，对我们的要求不能变。要移风易俗，要节俭。你是大队干部，要起带头作用。改革不仅是经济方面、生产方面，还有思想方面，精神方面的不好的风气，不好的传统规矩也要改革。这个改革的难度在农村可能比生产方面还要难。这个改革我们要带头，这是责任。"岳喜凤继续说，"存祥，你不要给我买任何东西，以后我们在一起过日子，生活中缺什么买什么，东西都是我们共有的。你现在给我买那叫彩礼，这个咱也要带头废除。你要真想留个纪念，那你就花几毛钱给我买个手帕好了。"

赵存祥深情地望着岳喜凤:"我听你的。"

赵存祥喊赵凌云陪岳喜凤吃饭,专门在长头赵存壮的"赵记饭店"要了六个菜。赵存祥开玩笑:"凌云,你哥你嫂今天算请你的,给你安排个任务,我们结婚时,婚礼由你主持。"

赵凌云高兴地答道:"这个可以,鄙人定当不辱使命。"

吃过饭,赵凌云表演了几套武术。笑着对赵存祥说:"哥,你有了孩子就拜我为师,我教他们武术。"

岳喜凤握住赵凌云的手说,"凌云弟,就这么定了。"

进入9月,丹桂飘香,赵存祥家里充盈着喜气。赵广勤一天到晚穿得周吴郑王,嘴笑得合不拢,见人打招呼,见人散烟,儿子就要结婚了。赵广勤做梦都想笑。"受人劝吃饱饭",而他这个另类的儿子赵存祥不听劝、不听唤,本以为他这个老大难是个打光棍的命,没想到这即将枯萎的藤结了个大瓜。不仅找到了对象,还找了个大城市来的大学生。人家娶一个媳妇穷十年,俺这儿媳妇一分钱的彩礼都不要。唉!天上掉下来的金蛋蛋不偏不倚砸在了我赵广勤的头上,高兴呀。

他与赵存祥商定,这么大的喜事应该盖口新屋,买套新家具。这亲家死活都不愿意,要求节俭,那咱也得有点新气象,那只有把院子西南角的厕所翻盖更新,这也是必须的,到时候亲家来,人家可都是大城市来的,平时屙尿不出屋,水桶上的按钮一按,"呼"的一声,什么不见。想闻臭味那得费劲抽鼻了。"卫生不卫生,首先看厕所。"这是城市人的口号。城市人看不起农村人,城市人不想在农村住,厕所负有很大责任。

赵存祥设计,在南墙根挖了个三平方米的坑,用石头砌垒,水泥勾缝,上面用石板覆盖,农村叫粪坑,人家城市叫化粪池。厕所砖混结构,上面起脊以灰瓦覆顶,厕所内安有水管,手拉式水箱。下水道与化粪池相通,放置蓄水瓷缸一个。厕所左右两间,男女分开。厕所门对大门,以影门墙遮挡。赵存祥让刘朝静请了个美术老师在影门墙上画了幅"花开富贵"的油墨画。

赵广勤将堂屋门窗用黑红两色油漆刷成黑面红框,在崭新的门窗的衬托下,屋顶上的茅草更显得古朴沧桑。

三间茅草屋,两间砖瓦厕所,一棵老榆树,一堵影门墙构成一幅精美的图画，这是赵广勤的杰作。大事小情，赵广勤总是和儿子赵存祥配合得那么默契。

10月1日国庆节，想水村家家户户将火红的辣椒挂在门前，将一盆红枣放在香台上，擀上两剂子面条，隆重地为祖国母亲庆贺生日。想水村学校和大队门前的国旗迎风飘扬。升国旗、挂辣椒、摆红枣、吃面条，迎国庆已经成为想水村的重要文化，想水村把国庆节看得比春节等传统节日还要重要。挂辣椒象征着国泰民安，日子红红火火；摆红枣寓意丰收，日子甜蜜；吃面条寓意国家长治久安，幸福源远流长。

左士青让宋老二用杆子挑着二百头的大刀子鞭炮，她亲自点燃，放完鞭炮，她约上邻居几个好姊妹到村东面赵存祥家看新媳妇。看媳妇是想水村的习俗，遇有娶媳妇的，出嫁的，全村老少都列队围观。看男的结婚叫"看媳妇"，看女的出嫁叫"看出门子的"。

赵存祥家里放着《百鸟朝凤》唢呐曲，院子里挤满了人，他们等待着一场盛大婚礼。他们想着，新娘岳喜凤是骑着高头大马还是乘坐八抬大轿？人家可是有钱人家的闺女，又有地位，肯定不是咱老百姓那种小轿，那种小马，更不是那种用地板车扯上红绳，铺上红被拉着。

赵存祥茅草屋前的香台上点着两根火红的蜡烛，没有烧香。香台后面的墙上挂着一个粉红色的被单，被单中间挂着剪纸双喜，双喜字的上面别着红纸黑字：赵存祥岳喜凤同志结婚典礼，香台前摆放四把木椅。

院子西南角的新厕所吸引了不少人的眼光，他们三三两两跑过去看个稀奇。"哟，这个厕所真好，干净还没有异味。乖乖，茅子（厕所）比堂屋都好。"说着顺便解个手，享受一下冲厕所的感觉。

赵存祥身穿藏蓝色涤卡中山装，内衬白褂，风纪扣紧系，裤子笔挺，脚穿三接头牛皮鞋，左胸前别着一枚小红花，手里拿着两朵碗口大的大红花，在赵凌云和徐宜亮、刘朝静的簇拥下，从堂屋里走出来。他给父老乡亲作揖施礼："兄弟爷们，姊妹娘们，感谢你们前来送喜祝贺，存祥在此有礼了，大家尽情抽烟，吃糖。大家稍等，我到村口去接新娘岳喜凤和送亲的岳父、岳母、大舅哥、大舅嫂。"

说完他往院外走。看媳妇的社员急忙转身拥挤着跟着赵存祥到村口，那里才热闹。徐宜亮趁乱快速跑进厕所解了个小手，遇事紧张想解手的毛病一直没有改掉，尿泡（膀胱）系子短的毛病不好治，当了多年民办教师也没扭过来。

等在村口的锣鼓队和鞭炮手严阵以待。人们翘首以待，有想看马的，有想看轿的，有想看娘家陪送的是六大件、八大件、十大件的。

赵凌云是婚礼主持人，徐宜亮是伴郎，刘朝静是伴娘。他们站在赵存祥身边，左右不离，像个跟班。

一辆小卧车（轿车）从南面缓缓驶来，车后拉起一杠尘烟，轿车驶到村头停下，赵存祥拿着鲜花快步走过去，从右前门下来一位身穿军装的男解放军，他拉开右后门，右手在上面罩着，一位大领导干部模样的老人下了车，接着下来一位女解放军，又下了一位富态的女干部模样的人。赵存祥上前分别打了个招呼。赵存祥走到左后门拉开车门，岳喜凤下了车，赵存祥将手中的大纸花递给岳喜凤，岳喜凤含笑接了过来。鞭炮响起，鼓乐齐鸣。

岳喜凤身着红色西装套装，内穿白色衬褂，领口上别着红色领结，脚穿红色皮鞋和红袜，高高的个头，一副国泰民安的脸洋溢着幸福的微笑。乖乖，什么叫气场，答案就在这里。

领导模样的两位老人是岳喜凤的父亲岳山和母亲唐田，两位解放军，男的是岳喜凤的哥哥岳喜涛，女的是岳喜凤的嫂子刘姗。

吴老二指着岳喜凤的哥哥说："他穿的是四个兜（口袋）的军装，帽子上有一道红杠，他是个军官。"杜印花说："你的眼怪尖咪。"

我的个天呀，没有高头大马，没有八抬大轿，没有挎鸡的，没有陪送的嫁妆，没贴"青龙见喜"，一辆轿车全盘搞定，送亲的不是舅舅、表哥，而是父母兄弟。

变了，一切都变了，变得令人眼花缭乱，变得无所适从。

赵存祥牵着岳喜凤的手，刘朝静扶着岳喜凤的胳膊，徐宜亮挽着赵存祥的胳膊一步一个脚印向前走来。

赵广勤和存祥娘在门口候着，迎亲队伍临近，他们打起了精神。看到岳山和唐田，他们快速地靠上前去："亲家，欢迎，热烈欢迎！"握过手后，又对岳喜涛和刘姗说："恁哥，恁嫂，条件有限，敬请海涵！"

鞭炮齐响，迎门炮，开口笑。

赵存祥牵着岳喜凤的手走到香台前站着，徐宜亮和刘朝静并排立于两侧。赵广勤、存祥娘和岳山、唐田分立于香台两边，面向新郎新娘，岳喜涛、刘姗陪着父母笑盈盈地站着。

赵凌云宣布，吉时已到，赵存祥、岳喜凤同志结婚典礼现在开始。第一项，鸣炮奏乐。第二项，跪拜天地。第三项，跪拜父母。第四项，夫妻跪拜。第五项，交换礼物。只见赵存祥把一个手帕递给岳喜凤，岳喜凤把一支钢笔递给赵存祥。第六项，请岳喜凤谈恋爱经过。岳喜凤深情地回忆了与赵存祥初次见面和交往过程，表达了对想水村的热爱之情。第七项，请岳山老人讲话。岳山表示了对赵存祥和岳喜凤的祝福，表达了对农村的感情，对想水村的祝福。第八项，新郎新娘入洞房。

突然，赵存祥牵着岳喜凤的手，转身向围观的社员鞠躬，动情地说："各位父老乡亲，今天是我和岳喜凤同志大喜的日子，感谢你们的祝福和陪伴。我和岳喜凤的婚姻是自主的，感情是真挚的，彼此的爱是浓烈的。我们结婚的过程是简单的，仪式是简单的。我要带头移风易俗，婚事简办。我没花一分钱的彩礼，我岳父岳母给予了充分的理解和鼓励。我爱岳喜凤，我爱我的岳父岳母，我爱我的大舅哥和大舅嫂。他们对农村的理解、关爱、支持，对农民的尊重，是国家重视农业的缩影，我永远感谢他们。我没请大家喝喜酒，请你们理解！"

话音刚落，平湖管区党总支书记刘福源进门来："存祥，你结婚保密工作做得好呀，谁都不知道。县委翟书记和公社章书记让我给你送个被单表示祝贺。"说着，刘福源将床单递给赵存祥。

"存祥，咱都是老亲四邻，讨杯喜酒喝正常吧？"万胜庄大队党支部书记耿道云气喘吁吁地赶来道喜。

赵存祥对刘福源和耿道云说："老兄，你们先等着，回头给你们解释，我先入洞房了。"岳喜凤给他们笑了笑，说了声"谢谢"。赵存祥抱起岳喜凤，走进低矮的茅草屋。

"人家赵存祥真管，找了个大城市的闺女！""赵存祥找媳妇一分钱没花，你说这家伙的命这么好呢，这小子桃花运不浅！""你看赵存祥岳父岳母，一点架子都没有，一点不嫌弃农村，一点没有看不起咱庄户人。怪不得人家说阎王好见，小鬼难缠。""你说人家新媳妇的哥和嫂穿着军装真好看，军装抬拾（打扮提高）人，咱庄上那几个当兵的，穿着军装来探家，也可精神了。那个党金武最好看，他个子高，担衣裳。""赵存祥平时土里土气的，这结婚穿上中山装，还真是个人物头，这家伙一打扮真英俊，像个电影演员。不然人就说，人要衣裳马要鞍嘛。咱农村人长得俊的多得是，都叫衣裳坠趄子（拉后腿）了。""你等着看，下步赵存祥、岳喜凤生了孩子肯定俊。好种好地，能生不出好孩子吗？""你说那个赵凌云干吗吗管，种地、打烧饼、上学、打拳，今天主持婚礼真像个样，那个普通话说得怪标准。他说的普通话自然，不像有些人一撇普通话，让人浑身起鸡皮疙瘩。赵凌云这小子下步找媳妇找不孬。"

"下步小孩结婚就学赵存祥这样，移风易俗，新事新办。你看小孩订个亲，光一个彩礼就让人穷三年，结个婚穷两年，大家还攀比。一家比一家排场，这就是光着腚爬树露味不要命。""赵存祥的这一套怪难学，不花彩礼钱找媳妇难，总不能让儿子打光棍吧？结婚不大摆宴席，不大车小辆迎娶，亲家那边能饶咱？结了婚就是磕牌（矛盾），咱在儿媳妇这里就有短，他三天两头使撅（找事作践）咱，咱的日子就难过了。""单靠一家两家移风易俗难！"

赵存祥结婚成为想水村的中心话题，在一片议论声中，赵存祥结束了婚礼，完成了从单身光棍汉向成家立业的有家有口的幸福男的华丽转身。

刘朝静给岳喜凤当伴娘，从头到尾被赵存祥和岳喜凤的幸福感染着。她满心里荡漾着感动、激动和期待。想着自己结婚的那一天，那一刻。

特别是看到身穿军装的岳喜涛，她的心剧烈起伏，想到了在部队服役的党金武，金武哥寄来的照片，看上去比岳喜涛还要英俊。

"金武哥，我想你。"

第97章

夜深人静，电灯下，刘朝静铺开信纸，给党金武写信，诉说衷肠。

亲爱的金武：

见字如面，十分想念。

提笔写信，心里有千言万语想跟你诉说。拿起笔，又不知从何说起。

存祥哥结婚了，婚礼俭朴而隆重热烈，这是想水村划时代的变革，破除了庸俗的传统规矩，倡树了新时代婚礼文化。存祥娶的妻子是省会城市来的本科大学毕业生，是咱公社的干部，叫岳喜凤。人长得好，性格好，能力强。我当伴娘，身同感受，幸福并快乐着。我想到你，我想到我们。喜凤嫂子的哥哥是军人，我看到他的军装，我更加思念你，思念得泪如雨下，思念得魂不守舍。

什么时候你拿着一朵花把我迎娶到党家。一朵花，我只要一朵花。

金武，军队是个大熔炉，你是真正的男子汉。你上次写信说，你军事训练处处争第一，我为你祝贺。军队要有血性，我不想婆婆妈妈地跟你唠叨，但我忍不住。实在忍不住，请你理解。

我给你唱一首歌，一首陕北民歌《送给情哥哥》：

> 前沟的鳌子后沟的谷，哪搭想起哪搭哭。
>
> 一天不见你的面，口含砂糖也不知道甜。
>
> 三天不见你的面，碱畔上又画你的眉眼。

刘朝静唱着写着，眼泪扑啦啦落在信纸上，将笔墨溅开，形成一朵朵"满天星"。西风夜已深，望月泪沾襟。

刘朝静将信发出后急切地等待着，等待亲爱的金武哥快回信。

望月当空，星星闪烁。刘朝静坐在大坑沿上，她想着与党金武的情意缠绵，回味着党金武的铿锵誓言。她起身走向古杨树。"老杨树呀，你是我和金武哥爱情的见证者，你是平安的守护神。我们爱您爱得真，您爱我们爱得深。您鞭策您的想水村儿子党金武，若到战场杀敌，让他英勇无畏，一马当先，绝不当孬种。愿您庇佑着他毫发无损，早日凯旋。"

她抱住古杨树，哆嗦着身子哭个不停。一阵风来，老杨树的叶子发出哗哗的响声。一枚杨树叶掉进领窝，她松开古杨树，将树叶藏进衣兜，踩着月光走进学校办公室。她要用学习和工作排解因思念党金武而产生的焦虑和恐慌。

"刘朝静老师，您的信。"邮递员在喜鹊喳喳的叫声中将一封信递给刘朝静。刘朝静接过信。"谢谢您邮递员同志。""不用谢，这封信是从部队寄来的，我第一个先给您送过来，我再送其他的。"说完邮递员骑上自行车离去。

刘朝静接过信一看，那熟悉的字映入眼帘。"金武哥！"她把信在左胸口捂了下，用嘴亲了一下，回到办公室用剪刀小心翼翼地打开，生怕破坏一个字。

她掏出信纸，信纸里包着一张照片。这是党金武在训练场边拍的一张照片。训练场上有斜梯子、钢圈、坑塘、铁丝网、直梯、靶牌，他穿着笔挺的军装，大檐帽上有一道红杠。他刚毅的脸庞透着果敢坚定和威武，两眼炯炯有神。"金武哥，金武哥。"

刘朝静亲吻着党金武的照片，用舌头舔着党金武的脸，眼泪滑落，她不停地用手抹着、挡着，恐怕眼泪掉在相片上。她模糊着双眼读着党金武的回信。

亲爱的朝静：

来信收到，十分高兴。

请你代我向存祥哥问好，向他和嫂子岳喜凤表示新婚的祝福。请你代我向咱双方老人问好，向朝礼问好。

你多次向我说十一届三中全会以来，家乡发生了翻天覆地的变化，我感到骄傲。我参军后你接替我成了团支部书记。存祥哥结婚又请你当伴娘，可见存祥哥对你的关心和信任，你要好好干，教好学，做好团支部的工作。当前要立足我村实际，做发展经济、建设精神文明的突击队、生力军，在发家致富路上显示青春风采。

朝静，前段时间我已提干，成为侦察连一排排长，现在训练任务很重。

前段时间我的部队两批人员，我亲爱的战友，已赴局部边境轮战。我严阵以待，随时等待命令出征。

亲爱的朝静，你近一个时期不要给我写信。我作为军人，作为随时出征的战士绝不能缠绵于儿女情长。我们要把彼此的爱深藏心底，彼此感应爱情的伟大力量。

你不要伤感，也不要安排我如果出征奔赴前线要平安归来，毫发无损。作战总是要付出牺牲的，军人出征想着毫发无损，那是不能打仗的，那是打不了胜仗的。战场上要抱定牺牲，抱定必胜，甘洒热血，献出生命。当然我会减少不必要的伤亡，平时加紧训练就是为了战时取胜，减少伤亡。

朝静，我给你唱一首我最感动的一首歌《再见吧，妈妈》：

再见吧，妈妈

再见吧，妈妈

军号已吹响

钢枪已擦亮

行装已备好

部队要出发

你不要悄悄地流泪

你不要把儿牵挂

当我从战场上凯旋归来

再来看望亲爱的妈妈

当我从战场上凯旋归来

再来看望幸福的妈妈

啊，啊

我为妈妈擦去泪花

再见吧，妈妈

再见吧，妈妈

看山茶含苞欲放

怎能让豺狼践踏

假如我在战斗中光荣牺牲

你会看到美丽的茶花

啊，啊军号已吹响

钢枪已擦亮

行装已背好

部队要出发

再见吧，妈妈

再见吧，妈妈

再见吧，妈妈

亲爱的朝静，我已泪流满面，到此搁笔吧。

亲爱的朝静，我爱你，我深深爱你，我永远爱你。

此时一诺，来日必践。向你敬礼！

爱你的党金武

1983 年 10 月 20 日于军营

刘朝静红肿着眼，将照片放入钱包的最外层，随身携带。掏出手帕，将信和信封认真地包好放进书包。

第98章

　　快到春节了，岳喜凤给赵存祥商量："存祥，马上过春节了，咱买台电视机吧，买台电视机好看《春晚》，不是咱自己看，是让咱村的父老乡亲看。"赵存祥亮着眼笑着问道："孩他娘，什么是《春晚》？"

　　岳喜凤抬腿踢了一脚赵存祥："什么孩他娘，你这个家伙给我起的这个名，怪接地气哩！早晚得是孩他娘，但不是现在，我得集中精力再工作两年，给你当孩他娘。"岳喜凤笑着给赵存祥解释道，"《春晚》的全称是《中央电视台春节联欢晚会》。从去年春节，中央电视台开始举办《春晚》。这个《春晚》可是个文艺大餐，有歌曲、相声、小品、猜谜、诗朗诵、黄梅戏、舞蹈、哑剧、京剧、魔术、杂技、武术等，参演的演员都是全国顶尖级的，相声大师侯宝林在晚会刚开始还讲了话，李谷一演唱的《乡恋》别提有多好听了。"岳喜凤高度评价道，"存祥，这个《春晚》集思想性、艺术性、教育性、娱乐性于一身，具有人民性、民族性、民俗性、时代性的特点，是中国文化的展现，是精神文明的展现，满足全国人民对综合和现代文化艺术的渴求。我去年在家陪爸爸妈妈，边吃饺子边看《春晚》，其乐融融，太高兴了，太享受了。"

　　赵存祥失意地说："唉，咱庄户人家，别说看《春晚》，连电视的毛都没见过。"岳喜凤沉思说道："就是呀，咱买台电视，让乡亲们看上电视，看上《春晚》，一来让他们接触下新鲜事物，二来让他们开阔眼界，三来让他们提升一下品位，四来让他们增长见识，五来让他们通过电视节目受到启发和教育。因为《春晚》具有时代性，艺术创作的题材来自基层，容易引起共鸣。"

　　赵存祥是个具有创新性的人，对新鲜事物向往而又愿意接受，并且接受很快，性格果断，说干就干。"喜凤，买，咱买，咱马上买。我把咱爹这几年积攒的钱拿出来，你托人。赶快买，宜早不宜迟，别耽误看《春晚》。"赵存祥兴奋起来。岳喜凤笑着说："你作为咱家大当家的，同意就行了，钱由我来出，买电视的关系由我来托。我家的电视是国营天津无线电厂生产的'北京'牌，这可是我国第一台电视机生产厂家，咱就买这个牌子的。"

　　赵存祥有些自卑而沮丧："喜凤，我是不是很土？我是不是没见过世面？我是不是井底之蛙？"岳喜凤拍了拍赵存祥的肩膀说："那倒不是。庄户人的生存环境和条件有局限，也很落后。但不能说这里的人落后愚昧。我大学许多乡下来的同学上大学前，从小到大没见过汽车，没见过火车，没刷过牙。和我同宿舍的一个同学第一次刷完牙哭得不行，我问怎么回事。她哭着说，我的牙淌血了，我可能得病了。我安慰她，向她解释第一次刷牙都这样，因为长期不刷牙，牙污牙垢破坏了牙龈牙根，你刷牙把它清除了，出现出血现象，刷两次就好了。"

赵存祥认真地听着，岳喜凤继续说："这些都不能被歧视，不能被嘲笑，不能被讥讽。如果对这些现象嘲讽讥笑，那是不仁义的，那是不道德的，那是庸俗的。用咱老家话说，那叫狗眼看人低。"

岳喜凤在赵存祥的眼前高大起来。高大得令他仰慕，令他心悦诚服，令他五体投地。

岳喜凤表扬赵存祥："存祥，你很有超前眼光，你要是不把村里的电扯上，咱今天说这些就是老头不留胡子，手摸嘴巴子白扯。"

赵存祥被逗得笑出眼泪。年垂（正月初一前一天），想水村人忙着扫院子、贴春联、请祖先。村里的大喇叭喊道："各位社员请注意，各位社员请注意，今天晚上在大队门前小广场放电视看《春晚》，请大家早吃年夜饭，饭后来看电视，《春节联欢晚会》8点开始。电视春节联欢晚会时间长，可能得到下半夜，请大家穿暖和。"

三瞎子赵广清听到通知，往手里吐了两口唾沫，往头上一抹，向后一捋，自言自语道：

> 嘀嘀嘀，嗒嗒嗒，一步走进现代化。
> 扯上电，安上灯，眼睛亮，肚里明。
> 别提心里有多恣，这又通知看电视。
> 去去去，提前去，提前占个好位置。

赵存祥安排侯贺成和徐成平及早地把电线从大队办公室扯到大队门口，安上插销，摆好桌子。徐宜亮和刘朝静把"北京"牌14寸黑白电视机从赵存祥家搬到大队门口。侯贺成、徐宜亮小心翼翼地从纸箱内把散着一股塑料"香气"的电视机请了出来。他们争先恐后地一睹电视机的芳容：灰色的屏幕，木质外壳，大大的腔锤乌黑发亮，上面别着两根筷子般粗的银白色说不上是钢还是铁的东西。

徐宜亮拿着说明书按图索骥，看一眼说明书，看一眼电视，用手指着介绍："这是开关，这是调台旋钮这是调音量的。哎哟，上面这个买卖是天线，乖乖，这个东西能拉长，能缩短，还能旋转调方向。"

徐宜亮骄傲地老师似的边介绍边演示，毕竟是学过物理的高中生。

徐宜亮把电视机插头线取开，扯着插进电源插销。他按照说明书指示，将电视机开关打开，电视机发出巨大的"呼"的一声，电视屏幕出现天女散花般的星星点点，"刺刺"地响个不停。

听到响声，徐成平一屁股坐在地上。"我的娘啊，可吓死我了，怎么回事这是？"刘朝静笑得直拍大腿。徐宜亮倒显得沉着，他快速地将音量调小，拧着调台旋钮，寻找节目，电视机上出现影像。大家瞪着眼直呼："有台了，有台了。"

徐宜亮把电视天线抽到最长，两根天线像蛐子头上的两根触角。徐宜亮转着、试着，电视屏幕的图像不断清晰起来，稳定下来。接着，徐宜亮把电视机声音拧到最大，电视机的声音字正腔圆，大家长出一口气，"乖乖，这个东西真好，比电影还清晰"。

赵存祥陪着岳喜凤走过来，"哟，调好了？效果怎么样？"徐宜亮激动地说："赵书记，岳主任，电视机调好了。效果太好了，正好，我调的这个台是中央电视台，别停了，让它放着吧。"

岳喜凤看着电视屏幕上清晰的画面，看到可爱的老乡惊喜的目光，心里像喝了蜜一样，"让它放着响着吧，电灯不亮，日子不旺。电视不响，心里发慌。"

三瞎子赵广清一手提着板凳，一手携着棉被，突噜着脚来到小广场，"哟，调好了，这声音真好听。"

岳喜凤急忙上前帮着赵广清拿板凳，"三叔，您来得这么早呀，快，快，往前坐，往前坐看得清。"赵广清说："恁嫂，你可是咱村里的大恩人呀，什么都想得到，你可让咱村洋气起来了，现代化起来了。"

侯贺成笑着对赵广清说："三叔，铺盖都带来了，你这是不打算回家吃饭了。"赵广清认真地说："你不是通知穿暖和点嘛，我带被子来裹着，放到什么时候，我看到什么时候。看电视，看《春晚》，吃饭不吃饭闲情（无所谓）。"听了赵广清的话，岳喜凤的眼圈红了，泪在眼眶里打转。岳喜凤对赵存祥建议道："存祥，你看，再在电视机上面的墙上扯个电灯，天一黑，黑灯瞎火的不好，过年嘛，联欢会开始后再把电灯熄灭，联欢会后再亮起来。再一个就是，你抓紧买挂大点的鞭炮，在零时，也就是夜晚 12 点，安排人放鞭炮，村集体先正点放炮，乡亲们好能沉住气在这里看电视，等他们看完电视回家发纸（烧纸烧香）时，家家户户再各自放鞭炮。"

侯贺成对岳喜凤太敬佩了："人家大城市来的，洋气咱是比不上。人家还懂农村的风俗，对咱老家的习俗和习惯一点也不陌生，还很尊重。"

侯贺成对岳喜凤说："岳主任，我马上办，想水村今年的春节开天辟地，今年春节热闹极了，这将载入想水村的历史。"

岳喜凤说："咱庄上年龄特别大的老人，不方便来看电视的，明后两天可以把电视轮流搬到他们家，让他们看一会儿，让他们也享受新科技带来的变化，不要给他们留遗憾。"赵存祥深情而钦佩地看着岳喜凤说："你放心，我们一定按你说的办好。"

刘朝静揽着岳喜凤的胳膊："嫂子，咱想水村今年的春节无与伦比。"

岳喜凤搂着刘朝静的肩膀亲姊妹一般，说："咱就让咱老家的老百姓的日子芝麻开花节节高。"

社员们早早地吃完年夜饭搬着板凳，扛着长凳扶老携幼向大队门前赶去。打算守岁的老人也原谅着自己，"守岁来得及，电视不等人"，在晚辈的搀扶下赶去小广场。赵广勤和存祥娘扛着长凳来到人群中，高兴地和亲邻打着招呼。

侯贺成招呼着："坐矮板凳的往前坐，坐高凳子的往后坐。大家挤紧点，这样都离电视近点还暖和。抽烟的尽量别吸，熏得人家受不了。老人往当阳（当中）里坐，好暖和"。讲完，侯贺成、徐成平、徐宜亮、刘朝静和赵凌云围着赵存祥和岳喜凤坐在最后面。

天空一字排开的"三星"和抱成一团的"拳巴星"近在咫尺，它们运行了一整年，相约为想水村的父老乡祝贺新年，它们放射着喜庆的光芒。"三星锻拳巴，锻上拳巴就过年。"

在欢快的乐曲声中，中央电视台主持人赵忠祥和卢静出场："亲爱的观众们，朋友们，同胞们，明天就是中华民族一年一度的传统节日春节了，我们代表中央电视台全体工作人员向您致以热烈的节日问候并陪您度过愉快的除夕。今天的晚会还采取现场播出的形式也就是直播。"

卢静介绍道："这位是相声演员马季，这位是从台湾来的阿原，这位是从香港来的电影演员陈思思小姐。"

社员们瞪大眼睛看着："黄阿原和陈思思，这两个人长得跟咱一样一样的。就是显得洋气点，都是中国人。"

接着演员自我介绍："歌唱演员朱明瑛，豫剧演员牛得草，哑剧演员王景愚，歌唱演员蒋大为，香港歌手奚秀兰，歌唱演员李谷一、于淑珍，香港歌手张明敏，相声演员赵炎，京剧演员谭元寿，京剧演员方荣翔，评书演员袁阔成，越剧演员王文娟，电影演员朱时茂、陈佩斯，歌唱演员郭颂，电影演员游本昌，乒乓球冠军李富荣、张燮林，体育解说宋世雄，歌唱演员沈小岑，黄梅戏演员马兰，相声演员李文华，歌唱演员殷秀梅。"岳喜凤给赵存祥补充介绍："那个李谷一老师演唱的《乡恋》是真好听。那个牛得草是演七品芝麻官的。"

赵忠祥宣布：亲爱的观众朋友们，联欢晚会现在开始。

蒋大为和李谷一以及众歌手合唱开场曲《恭贺新禧》。背景是一个假山和喷泉，上面一条出水的大鲤鱼好像向上蹿着。接着是杂技《转盘子》，社员们喜欢看杂技，因为他们常年看玩把戏的。

孩子们给在"四化"建设中做出贡献的先模人物献花。

赵存祥说："看咱国家对劳动者多尊重呀，专门请到晚会上了，让全国人民认识他们，学习他们。"岳喜凤笑着说："存祥努力，争取成为劳模先模。"

接下来的节目是儿童节目：狗熊、猴子投篮比赛，引得孩子们目不转睛，逗得他们咯咯笑个不停。

想水村孩子的读书声和笑声，这可是赵存祥最爱听的。

马季的单口相声《宇宙牌香烟》，把人们逗得笑不可支，眼泪都流出来了。马季的语言赶趟，相声的用词好。什么"厂小名气大""山窝里飞出金凤凰"，什么"冲出国门走向世界"，他一口气说了几十个国家的名字，让观众们大饱耳福，大开眼界，这在相声中叫贯口吧。不是大贯也接近大贯。相声中表现的"用户第一，质量第一，销售第一"，在做生意的社员心中都是新鲜的。大造舆论，做广告；有奖销售，变着法提销量；用书法，用风光，用人物做烟盒包装；让用户集邮购买，要集全就要多买烟；八仙过海需要买八盒，金陵十二钗需要买十二盒，一百单八将需要买一百零八盒，百万雄师过大江需要买百万盒。最后的联系方式，电报挂号：一推六二五。电话：不管三七二十一。说完，马季嘴上的烟截火，怎么也点不着。这可把大家笑毁了，左士青拍着手笑，杜印花笑得嘴亲天。

殷秀梅演唱的《幸福在哪里》《党啊亲爱的妈妈》，有的社员跟着哼哼，用心记着歌词，显然被感染打动了。

东北籍歌唱演员郭颂演唱的东北民歌《甜透了咱心窝》，东北单鼓调《串门》，歌曲《山水醉了咱赫哲人》反映了农村生活场景，引起社员共鸣。

上海青年歌手沈小岑演唱的两首歌《请到天涯海角来》和《妈妈教我一首歌》太好听了，特别是第二首歌，歌词太熟了。

豫剧演员牛得草没有伴奏干唱《迎春曲》，句句带"春"字，歌词带有浓厚的乡土气息和家庭味道。他一挫一顿，搞得现场观众紧张，想水村的社员也跟着紧张，等他满头大汗干唱完，社员们笑着说："可不简单，句句带个春，现场现唱，我的个天，把这个老头努毁了。"

上海喜剧演员游本昌表演的哑剧《淋浴》惟妙惟肖，搓背、打肥皂、洗头、停水、要水，来了一股凉水冲得他连打喷嚏。

社员们却没看懂，因为他们没在澡堂洗过澡，也没淋过浴。趁此机会，有些烟鬼实在忍不住离开现场，到墙根卷根烟抽着，也顺便撒泡尿，看似不在公共场合抽烟文明了，但在墙根撒尿，上边文明，下边不文明。

第 99 章

赵凌云一言不发，静静地看着、琢磨着。节目表演完，他对赵存祥说："哥，这个可不简单，这是行为艺术，用身体和肢体来表达，没有功夫表演不了，说话很容易表达沟通，这个得用肢体语言表现传达，这个叫哑剧。"岳喜凤说："凌云弟说得是。你看他把淋浴表现得很细腻。"

赵存祥"嗯嗯"地管应着，没多说话，其实他真没看懂。

谭元寿饰演老将黄忠唱了京剧《定军山》，裘派传人方荣翔穿着师傅赠送的戏装饰演老将廉颇唱了京剧《将相和》。

三瞎子赵广清来了句："啧啧啧，这个扮相真好。"宋老二捅了一下左士青，捂着嘴没有笑出声，心想"三叔这眼还真尖"。

接着一位长相俊俏的女演员，穿着戏服演唱黄梅戏《女驸马》，唱得好也恬静，始终笑眯眯的。张洪英对杜印花说："杜主任，这闺女长得真俊，一点褒贬头（毛病）都没有。"杜印花说："是的婶子，这个演员长得是好，天下无双。"接着又嗔怪道，"大婶子你可不能喊我主任，人家岳喜凤才是，咱算什么呀？"张洪英笑着说，"当妇女主任还嫌小，妇女放环结扎不全靠你？刚才唱戏的演员叫什么兰来？"

三瞎子赵广清目不转睛看着电视，答道："叫马兰。"杜印花说："俺三叔看电视，可是分厘不差，洒水不漏。"

王景愚和李辉表演的哑剧《电视纠纷》。搬电视，拔电线，调方向，拧开关，用遥控器调台。夫妻两人争看自己的电视节目，男的看足球，女的看晚会，互不相让，争得面红耳赤，推着吵着。

绝大多数社员没有看懂，只看到夫妻之间的争吵。

徐宜亮看懂了："这不是争着看电视吗？"他想到刚才自己调电视机，徐成平被吓得一腚拍地上，咧着嘴光想笑。

徐成平看懂了："哟，这是在调电视，看电视呀。"被电视机吓得摔一跤，倒是长了见识。

朱明瑛穿着透纱长裙，演唱《莫愁啊莫愁》《大海啊故乡》《回娘家》。欢快的歌声像春风，像清流，像良药治愈人的心灵。

演员唱完，社员们随着电视晚会现场的观众大声鼓掌，杜印花笑得嘴亲天，左士青拍着杜印花的背笑出了泪。

接着，来自天津的歌唱演员于淑珍演唱了《我们的生活充满阳光》《月光照在太湖水》。于淑珍在演唱前先讲了几句话："我们天津人原先喝的水是咸的，现在我们喝上了甜水了，感谢引滦工程，请我们市长讲几句话，表示感谢。"

天津市长起身讲话："借今天的联欢晚会向支持引滦工程的全国人民和参战的做出贡献的解放军指战员表示衷心的感谢！"

引滦工程就是引滦入津工程，是将河北省境内的滦河水跨流域引入天津市的城市供水工程。水源地位于唐山市迁西县滦河中下游的潘家口水库。1982年5月11日引滦入津工程开工。1983年9月11日通水。

侯贺成问赵存祥："天津也缺水呀？"赵存祥说："天津可能海水多，缺淡水，你听刚才说天津人喝的水有点咸。"赵存祥深有感触地说，"我们北方，特别是山区，缺水的地方可不少。红旗渠引漳河的水，我们这里引来泉公社和齐北区的水。"岳喜凤听着笑着："赵存祥，结合实际太快了，由引滦入津想到想水村的饮水工程。"

香港女歌手奚秀兰登场。她演唱电影《冰山上的来客》插曲《花儿为什么这样红》，黄梅调《天女散花》，台湾民歌《阿里山的姑娘》。

她在唱黄梅调之前向观众介绍道："我是香港艺人奚秀兰，我是一位安徽姑娘，我特别感谢把我带大的外祖母和98岁的奶奶，把歌声献给她们。"

社员们纷纷议论道："香港同胞很多是大陆过去的，她奶奶都98岁了，高寿呀，跟咱村一样，长寿老人多。"

评书演员袁阔成表演的评书《三国外传》，赠羽扇一节。说的是诸葛亮崇拜丑女加才女黄月英。前去相亲。诸葛亮当面请教："刘备想请我出山，我去不？"黄月英答道："去，但不能马上就去，你要让他三顾茅庐。"临走黄月英赠送鹅毛羽扇给诸葛亮。羽扇上有天文地理，阴阳八卦，摆兵布阵的兵法。诸葛亮春夏秋冬，羽扇不离手，打仗时总翻着羽扇。诸葛亮赞道："武侯之学，夫人相送。夫人虽丑，但心灵美。"

袁阔成的表演，引得大家笑翻天。在乒乓球前国手李富荣和张燮林出场时，主持人介绍：李富荣是乒乓球坛上的美男子。号称"重型轰炸机"，张燮林被称为"乒坛魔术师"，他们将给我们作精彩表演。

岳喜凤对赵存祥说："存祥，你看咱父老乡亲看得多带劲，他们学到了，又了解到了多少新东西。这个电视机买得值，这个活动组织得值。"赵存祥说："电视机进了山窝窝，打开了信息闭塞的通道和窗户。电视机是个好东西。试看不多日，电视将进入想水村家家户户。"岳喜凤表扬道："这家伙，说话还很有诗意呢。"

接下来，越剧名家王文娟表演了越剧。活跃气氛，晚会安排了《金银猜游戏》，调动着观众的胃口。马季、赵炎表演相声《对春联》。"爆竹声声人间换岁，梅花点点大卜皆春""拆笔大出缝，落锄土为金"。横批"勤劳致富"。

陈宝祥用心记着，明年就用这个春联。

当大家听着相声笑着乐着时，电视屏幕显示着钟楼，钟楼上的钟表秒针旋转着。北京，上海，广州，哈尔滨，乌鲁木齐。

电视屏幕上播放着春节期间，全国战斗在一线工作岗位上的工农商学兵忙碌的身影和情景。

主持人动情地说："我们向春节期间仍战斗在各条战线各工作岗位的同志们表示诚挚问候，道一声，你们辛苦了！"

零时整，新年的钟声响起。电视晚会现场的演员、观众大拜年，互致问候。

侯贺成大声喊道："放鞭炮了，怕放炮的捂住耳朵。"赵存祥喊道："放炮。"

徐成平让徐宜亮挑着，他迅速点燃。"噼噼啪啪"的鞭炮声响彻在空中。"爆竹声中一岁除，春风送暖入屠苏。千门万户曈曈日，总把新桃换旧符。"

放过鞭炮，恢复宁静，只听到电视机的声音和不时的几声咳嗽。

主持人姜昆介绍道："下面请来自香港的歌手张明敏为大家演唱，请张明敏先讲几句话。"

穿着西装带着领带的张明敏腼腆地说："我不会讲话，我唱歌吧。"

社员们有些失望："我的娘啊，这位从香港来的演员不会讲话，他能唱好歌？"

徐宜亮想趁此机会去撒泡尿，回来看下个节目。他刚转身走了两步，只听电视机里传来高亢激昂、激情澎湃、旋律优美、震撼人心的伴奏乐曲。接下来那磁性十足，穿透力极强，带着鼻音、颤音的歌声像缓缓流淌的泉水一样流入心田，直击心底。徐宜亮迅速回到座位上，目不转睛盯着电视，倾心聆听着张明敏的歌。

> 河山只在我梦萦
> 祖国已多年未亲近
> 可是不管怎样也改变不了
> 我的中国心……

这首激昂优美，感人泪下的歌曲是《我的中国心》。唱罢，下面掌声雷动。"太好听了，太过瘾了！"

姜昆介绍道："张明敏先生原是香港无线电厂一名工人，后来他参加香港歌手大赛，夺得第一名，从此进入歌坛。张明敏先生在香港都是穿中山装，用普通话唱歌。"

岳喜凤说："赤子中国心，爱国的好歌手，这个歌手肯定得出大名，得大火特火。"

张明敏唱得太好了，根本下不了台，他连续唱了流行歌曲《垄上行》，台湾校园歌曲《外婆的澎湖湾》，民歌《乡间的小路》。

赵凌云对岳喜凤说："这个《垄上行》和《乡间的小路》意境太美了。乡村生活和乡村风光是艺术永恒的主题。"刘朝静对赵凌云说："凌云，你也努力，争取把咱老家风光写成诗，写成歌词。"岳喜凤说："俺凌云兄弟准行。"

接下来一老两少一家人表演让社员们见识了中国真功夫。小朋友侯伟用手掌砸核桃，稚嫩的小手一下一个将核桃拍得粉身碎骨。他的姐姐侯春雪表演的轻功踩鸡蛋，她踩着鸡蛋，提着两桶水，鸡蛋完好无损。他们的父亲侯术英表演气功撅钢棍，将手腕粗的钢棍担在铺着毯子的腿上，运气一撅，钢棍变成两截。

现场的观众欢呼，社员的手不停地呼："我的娘嘞，比咱们庄上玩把戏的厉害多了。"

台湾主持人黄阿原向观众介绍了来自台湾的同胞李大伟和黄之成，并请他们唱歌，共贺新春。他们在表达盼望两岸同胞早日团圆之后，在手风琴的伴奏下唱了歌曲《友情》等，祝福两岸同胞和家人新春愉快！

姜昆、李文华表演相声《夸家乡》，抖大量的包袱，用丰富的词汇把"西湖路村"在改革开放后的变化表现得全面又具体。捧哏李文华要求姜昆用"好"字来表达，逗哏姜昆用"好"的近义词代替，表达"好"的意思，就是不出现"好"字，这可急坏了李文华，他绞尽脑汁出着题目，引导着姜昆说"好"，姜昆变化着、应对着，高潮一个接一个。这个相声体现了中国语言艺术的博大精深，体现了中国文字的丰富、深奥、精妙，体现了中华5000年文化源远流长。

相声中说道：三中全会以后，西湖路村走上致富路，米满仓，有余款，穷山沟变成米粮川。党对农民的政策好，包产到户年景好。家家有电视，户户盖瓦房，有两层的，三层的。原先光棍成串像糖葫芦，现在都成家了，原先吃深色的地瓜面、玉米面，现在吃浅色的白面馍。物质文明、精神文明一起抓，吵架的少了，评选五好家庭。村里盖上了小礼堂，买了电视机，成立管乐队。分田到户，发家致富，走出国门，人人学外语，千好万好都是社会主义好，等等。引起了社员们强烈共鸣，引起赵存祥和社员们深思。

岳喜凤对赵存祥说："催人奋进吧？存祥，这叫寓教于乐，明白这次活动的意义了吧。"赵存祥攥了一下岳喜凤的手："不光我爱你，全村人都爱你。你就像黄月英，我就是出师的诸葛亮。哦，当然黄月英是丑女，你是美女。我要时刻带着你给我的鹅毛羽扇，带领群众走上致富路，过上好年景。"

当文质彬彬，西装革履，戴着眼镜的中央民族歌舞团的歌唱演员蒋大为登台演唱时，社员们被他的儒雅和书卷气吸引。声音一出，宽厚高亢，字正腔圆，很是震撼。他唱的是自己作词作曲的《要问我们想什么》。听着歌曲，岳喜凤和刘朝静的手不约而同地攥到一起。岳喜凤说："朝静，这首歌就是我们青年人向时代的宣言。"

接着，蒋大为又唱了一首《战士与梅花》。当听到主持人说，下面应观众点播，请中国轻音乐团筹备组的歌唱演员李谷一演唱《跳吧，年轻的伙伴》。

听到李谷一的名字，岳喜凤眼里放着光，她激动地对赵存祥说："存祥，这个演员唱得真好。去年春晚她演唱的《乡恋》，太好听了，简直好听得晕了，这首歌是对咱青年的祝福呀。"赵存祥头点得像鸡叨（啄）米："是的，是的。"

应群众点播，李谷一又唱了抒情女高音歌曲《那就是我》，她又跟相声演员姜昆合作演唱了湖南花鼓戏《刘海砍樵》，把晚会推向了高潮。

在社员们翘首以待看下一个节目时，节目主持人赵忠祥和卢静笑盈盈地在李谷一演唱的《难忘今宵》背景音乐中朗诵着《难忘今宵》的歌词，晚会结束。

电视机还在播放节目，社员们鸦雀无声地继续观看着。直看到电视屏幕出现下雪般的星星点点，雪花满屏发出"哧哧"的响声。

赵存祥大声喊道："父老乡亲，今天的收看《春晚》活动就到这里，给大家拜年了！大家回家发纸（过年烧纸上香、祭天祭祖祈福）吧。"

乡亲们恋恋不舍地离开。

第 100 章

三瞎子赵广清缓缓地起身，起来又坐了下去，显然他坐的时间太长麻腿了，他又站起，将被子卷起掖在左胳肢下，用右手捶了两下背，拿起板凳跟在人群的最后面向家里走。

当他走到大队西墙跟的梧桐树下，他踩到一片黏滑的泥，他努力睁开眼睛一看，梧桐树下，水浇一般。"我的乖乖，我说这些家伙起来欠去的，他们把尿都撒在了这里了，可怜的梧桐树，今天晚上接受了社员们激动的尿水的洗礼。咳，唯有我赵广清看电视，风雨不动安如山。我下午之后早有准备，茶水不进，更没吃饭，咳，姜还是老的辣。"

回家的路上，党西清问张洪英："洪英，你那个西县的亲戚苗祎先生多年没有说大鼓了，还怪想他呢。"张洪英说："苗祎在承包地里种稻子，又养蘑菇，又养知了龟，发家了，成万元户了，他哪还叠滴（抽时间）说大鼓呀。"陈老大搀着张洪英的胳膊附和道："那可不是，人家过阔（富裕）了。"

想水村家家户户院子里灯亮了，想水村一片光明。接着鞭炮噼噼啪啪响个不停，松香、火纸的气味在空中弥漫着，全村进入过年的状态。

赵存祥、岳喜凤扶着爹和娘往家走。侯贺成、徐成平、徐宜亮、刘朝静打扫战场，他们像公社的电影放映员一样，撤掉电灯，收起插销，将桌子搬回大队部，将电视机小心翼翼地放好，送到赵存祥家。

"存祥，明天中央电台还再重放吗？"赵广勤冷不丁地问道。

"爹唻，你看你问的，谁知还放不放，中央电视台又没通知咱。"赵存祥笑着说。"爸，你是想问，今天晚上咱看的春晚还重播吗？重播，明天早上8点重放一遍。"岳喜凤认真地说。

"那怪好，我今天看得没过瘾，明天，我想再看一遍，温习温习。学而时习之，不亦乐乎。"赵广勤将两手对插在袄袖里，点着头，讨好似的央求道。说话时喷出的热气，向上飞着。

"爹，明天咱得让电视机在庄上的老人家里溜一圈，让他们看看电视节目。你就别温习了。"赵存祥说。

赵广勤有些失意。"存祥，这电视机要是在村里溜一圈，那春晚节目不就跑了？那些老人也不一定看春晚，可以放其他节目给他们看，你就成全一下你爹呗，也算我没白拉把（养育）你这个熊黄子。"

岳喜凤急忙表态："爸，行。就按你说的，你先看《春晚》重播，看完后，再让电视机串门。"赵广勤笑了，笑得像开嘴的杏核。

存祥娘笑着说："你这个老头子，什么时候学会娇呼（撒娇）了？"说着，将供菜端到院外的香台上。她点着两根红蜡烛，点着香炉里的香，喊赵广勤过来发纸，让赵存祥准备燃放鞭炮。

赵存祥将鞭炮吊在晾衣洋条（铁条）的中间，见爹将火纸点着，他迅速燃放鞭炮。

赵广勤和存祥娘在鞭炮声中对着香台磕头。存祥娘双手合十默念道："盼今年风调雨顺，五谷丰登。盼存祥喜凤白头到老，恩恩爱爱，盼我早日抱上大孙子。"

赵存祥拉着岳喜凤的手走到香台前，磕了两个头。回到屋，岳喜凤把大桌旁的两把椅子整理了一下。

"爸妈，您二老高坐，我和存祥给你们拜年！"存祥娘仿佛受到了惊吓。"喜凤，儿媳妇，我儿，这可使不得，你可不能给我们磕头，你是城市人，千万不能磕头，要磕让存祥自己磕就行了。"

岳喜凤乐呵呵地说道："妈，我和存祥给您二老拜年是应该的。我嫁到想水村，嫁到赵家，我就要入乡随俗。我给您磕头拜年与我城市里长大，是两码事。我是赵家的人，我是您的儿媳妇，我是存祥的媳妇。"

说着岳喜凤拉着赵存祥，在大桌前面向二老"扑通"一声跪了下去，连磕了两个响头。

存祥娘坐在椅子上，两行眼泪顺着脸颊往下流。

岳喜凤起来，却没有拍打膝盖上沾上的埔土。存祥娘抹去眼泪，哽咽地安排道："存祥，你出去拜年，千万别带喜凤去给人家磕头。我儿，我心疼。再说，她给人家磕头，腚一撅一起的，怕人家笑话。"

"妈，您说哪里去了。我出去给人家磕头拜年，体现了咱赵家的为人处世，也体现了咱赵家的家风，我通过拜年也能跟父老乡亲深入交流一下，体验一下乡俗民情。看看社员们的生活状况。"岳喜凤搂着婆婆安慰似的笑着说。赵广勤说："我去给怹二老爷（赵满福）、二奶奶和几个上年纪的长辈拜年，拜完年回来看电视。怹娘下好包子（水饺）等你们一块来吃。"

次日，岳喜凤将电视机打开，调好台，拉着赵存祥走家串户去拜年。

赵存祥领着路，先给赵满福二老爷、二奶奶拜年，接着去赵凌云家给二婶子凌云娘拜年，并叫上赵凌云一同外出拜年。

他们去了刘宗宽家、吴青松家、三大娘家、五婶子家、赵广清家，该拜的，一家不落。拜年时，老人给岳喜凤糖块、核桃、花生、黄梨、山楂、醉枣，岳喜凤都礼貌地接过来并品尝一下。给她倒的茶水，都要认真地喝上一口。给她用筷子夹几根焖菜条，她都接过来尝一尝。

社员们让她坐，不管板凳干净不干净，一腚坐下，从不抽打板凳上的灰土，给人家尴尬和不适。每到一家，总是拉着老人的手嘘寒问暖，自家人一样。人人都夸岳喜凤接地气，给想水村人融为一体，从不嫌人家脏，从不嫌人家土。赵凌云说："嫂，您高端大气上档次，真是个干大事的人。"

在村内走街串巷，一家家拜过年后，赵存祥领着岳喜凤和赵凌云到了村西的公家林，他们向公丕柱和长眠于地下的公家人三鞠躬。赵凌云"扑通"跪下："大奶奶，丕柱大叔，俺给您拜年了。"

万胜庄的春节，过得也颇为热闹，鞭炮一挂接一挂地放，有些人家竟放起了烟花、二踢脚、流弹炮、天女散花。开小鸡炕房和榨油坊的人家的汽油发电机"嗡嗡"地响着，家里的电灯亮着，喝着酒，吃着肉，划着拳，欢声笑语。

邵野家的发电机高速运转着，屋里屋外的电灯放射着光芒，新买的"熊猫"牌黑白电视机"哇哇"地唱着歌。邵野喝着"剑南春"，吸着锡纸"白莲"香烟，等着前来拜年的亲朋好友。

耿玲家没有发电机，但她家有供销社撑着，有的是煤油。耿道正将两盏洋气的铁墩套着中间鼓、上面细的烟囱状的玻璃罩的煤油灯调节到最亮，又配上几根红蜡烛，亮度不次于25瓦的电灯泡，却有几分浪漫。耿玲和兄嫂几个围着爸妈，喝着酒，谈着过去，想着未来。

党支部书记耿道云家里点着两盏用墨水瓶做成的煤油灯，他喝着酒想："想水村通上了电，听说大队还组织社员看电视，看春晚，风头无两。俺这个村里几家先富起来的家伙，发电机嗡嗡响，家里灯火通明。让他们捐两个钱，他们都这个那个，理由一大堆，就是铁公鸡不拔一根毛。你们用发电机发电，我却还用墨水瓶做灯。大多数社员家比以前富了，但没电，他们和我一样点着煤油灯，都看不上电视，只能听听收音机。哼，权威，权威呢？"耿道云又喝了一杯酒，脑子飞速地转着，甚至不听使唤地放射性转着。

"哎，体现权威，让你们记着我的一个杀手锏是计划生育，这个是无边无沿，无底无天。这是一个大财源。对那些满脑子'不孝有三，无后为大'在农村生活靠人丁兴旺靠拳头说话'拼死拼活砸锅卖铁也要生个儿'的家伙，要上吊给绳，喝药给瓶，该拆屋的拆屋，该牵牛的牵牛，该砸锅的砸锅，该抓的抓，该打的打。"

"嘿嘿",他惬意地笑了一下。想着,他摇晃着身子,走到播放器前,他打开开关。对着麦克风喊了起来:"各位社员,这个春节大家过得都很好,有几家开起了发电机,电灯点得特别亮,喝着酒,吃着肉,美极了。过年可不能忘了计划生育,团圆了,亲热了,高兴了,这可是生育高峰的节奏呀。我给你们说,谁作谁受,你要是给大队添了乱抹了黑,我可是六亲不认。我劝你们多喝点酒,喝醉上不了床最好。"

讲完,他"啪"一下,将开关关死,又端起酒杯,一饮而尽。

听到耿道云的吆喝,有些人表扬道:"耿道云的事业心还真强,时时刻刻想着工作。他真做到了放环放在嘴上,结扎放在头上呀。"

这天晚上,社员们摽着量熬夜守岁,不思上床,有的夫妻分床而睡。

耿道正喝着酒给孩子们讲过去的故事。讲到他跟丰源供销社主任许金全的情谊。"我和恁许叔是工友,是生死之交。我们是一起闯关东到黑龙江牡丹江林场工作的,原先在三道林场,后来又到青山林场。在一次进山伐木时,我扛着猎枪,背着工具、干粮,你许叔带着大锯,却遇大雪封山,叫天天不应,叫地地不灵。恶风呼号,大雪纷飞。连困两天,生死难料。许金全由于大意,没保护好右耳,右耳被冻掉了。所以他被叫作许一耳。在死神降临前,我和许金全约定,如果我们俩哪一个牺牲了,活下来的要负责照顾对方的家庭,直到孩子长大成人,赡养老人,给对方老人养老送终。"

说着,他眼圈发红,将一杯酒来了个一口闷。耿玲听着,眼里的泪珠不断滚落。"敬爱的许叔叔,敬爱的许主任,我们家的大恩人呀!"

耿道正接着讲道:"我们还约定,如果双方都活着,等到孩子长大后,就做儿女亲家。永结世好。老天开眼呀,我们都活了下来,经过那次艰险和厄运,我念及老婆孩子又思念老家,就返乡务农了。许金全命硬泼皮,冻掉了一只耳朵立了大功,他脑子活络,后来提了干,给老婆孩子转了户口,又给老婆安排了工作,他不断高升,一直当上了副场长。他又托人调回了咱这里,当了丰源公社供销社主任,咱家能干供销社代销点,全靠他。"

听到这里,孩子们乐了。"爸,您和许叔还怪浪漫来,你怎么知道你们能生几个孩子?您怎么知道能儿女双全?您怎么知道孩子的年龄能般配?"耿道正说:"这不就是缘分嘛。"

耿道正切入正题，对耿玲说：玲儿，你可是我和你妈的福气呀，你可是我们的宝贝呀，你可是我们耿家和许家的缘分呀。你和你许叔家的许大宝太般配了，他比你大两岁。你出生的那一天，你许叔比我还高兴，直呼：我有儿媳妇了，咱两家可以结为世好，结为儿女亲家了。你长到两岁时，你许叔叔说，这孩子长得真俊。你小时候确实好看，肉嘟嘟的脸蛋，浓浓的眉毛。头发比别人家的孩子都黑，别提有多可爱了。你许叔、许婶一有空就来看你，给你买新衣服，买好吃的，比自己的孩子都疼。他家三个儿子，没有女儿，把你娇的呀，我和你妈都吃醋。没想到你许叔能耐这么大，从关外调到关内，调到咱丰源供销社当了主任。这不你初中刚一毕业，他就操心给你安排了工作。"

耿玲听着，脸红一阵，青一阵，白一阵。她再也忍不住大哭起来："爸！"耿道正激动地说："孩子！"

耿玲沉淀一下情绪，抑制住悲伤，对耿道正说："爸，我听出来了，你想让我给许主任的大公子成亲。"稍停，耿玲的眼睛在充血，她咬紧牙关蹦出几个字："这不可能，永远不可能。"

听了一向乖巧的耿玲如此无理而任性的回答，耿道正使尽全身力气拍了一下桌子，桌子上的盘子和酒杯跟着耿道正的情绪一齐跳动起来。"岂有此理，岂有此理！"耿玲娘说："孩他爸，你慢慢给孩子说话，千万别动气呀，你有血压高的长远病呀。"

耿玲的哥哥耿龙和嫂子焦桂花劝道："妹唻，这是天大的好事呀，你托爸爸的福才有这般光景，你不能任性。"耿道正收住情绪，对耿玲说："玲儿，我和你许叔之间的感情，对你来讲就是福气，你嫁到他家，吃香喝辣不说。你是长儿媳妇，抛头露面都是你，风光无限呀。我有四点需要说明，也不许你反驳和改变。一是机会，你错过这个村就没这个店。二是义气，我跟你许叔的生死之交，彼此的承诺，绝不会变，也不能变。三是名声，我不能食言，不能让人家戳我脊梁骨，搞得我人不人，鬼不鬼。四是报恩，你是你许叔安排的工作，你心里没数吗？这是个大恩情。他现在要调到鸡冠崮林场当场长，他管应把你可安排到国有林场工作，我们又欠他一个大人情呀。"

耿玲大声呼道："胡扯，简直是胡扯，你们要我做许家的儿媳妇，我就做？爸呀，妈呀，我是人，不是小狗小猫好不好？你们不要太自私了，我是你们的孩子，不是你们的商品。我辞职，我不要这个工作了。下步谁欠他家的情谁还。反正我不欠人家的情。"

耿道正左手捂着胸脯，右手攥成拳头猛砸桌子："反了，反了。"他帽檐下的额头，冒出几滴汗珠。

看到父亲坚如磐石的意志和雷霆万钧的气势，耿玲急切而无力地说："爸，你休怒，我已经谈对象，有对象了。"耿道正两眼瞪得像炮弹："什么？谁叫你谈的对象？你给家里连个屁没放，你给我胡弄。"

耿玲平静地说："谈恋爱是我的自由，我的对象是我初中同学，想水村的赵凌云，我喜欢他，我爱他，我离不开他。"

耿道正像是没听见，敲着桌子问道："玲儿，赵凌云是哪里的？是干什么的？"耿玲重复回答："他是我初中同学，是想水村的，正上高中。"耿道正一听，气冲脑门："胡闹，简直是胡闹，想水村的，亏你想得出来，那个缺水少井的地方，一辈子都得渴死。再说，他是个农民，是个学生，他能给你什么？你说，你说！他考不上大学，你们在想水村务农，那就得受罪一辈子。你是非农业，他是农业。作吧你！"

耿玲娘劝耿玲："不要任性，要把握好机会。要尊重爸爸，不要让老人生气。"哥哥耿龙迁怒于赵凌云，愤怒地说："那个赵凌云，要再和你来往，搅局，我就揍残他。"

耿玲看到哥哥急切想通过妹妹做交易，换取到国有林场工作的嘴脸，愤怒地说："谁的情义谁去补，谁的爱情谁做主。"

耿道正喝了一杯酒，摘下帽子，捋一下潮湿的头发，下了死命令："不容变，没商量。耿玲就是许大宝的媳妇，就是许金全的儿媳妇，绑也要绑到许家。我这个当爹的你可以认，也可以不认。我领了，我听了，我认了。"说完，拂袖而去。

耿玲娘留下来，拉着耿玲的手说："玲儿，你说的那个赵凌云，我也不赞同。你看，他考不上学，就配不上你。你是非农业，吃公家饭，他算什么？再说，他如果考上大学，他就成了干部，你是工人，他能愿意你？按你的往后说，你什么都不在乎，你辞了职，他考不上学，你们俩都当农民，你们俩结了婚，我的儿呀，你遭罪受了。面朝黄土背朝天，领着一窝子孩子把地翻，还赵凌云，恐怕凌不起来云，倒成为拱地的鲜冒尖（一种拱地的虫子）。"耿玲娘边说边哭。

耿玲听了娘的话，用力掴了自己一巴掌。"悲哀，我真悲哀。下步，我死，我只有死。"接着呜呜地哭起来。

"赵凌云，你是个什么东西？你是个什么玩意？你让我想，让我疯，让我离经叛道没有主张，我最后一张王牌就在你的手中，我等着你这个勾魂鬼。"耿玲对着天，呼着气，哭着、想着、喊着赵凌云。

第 101 章

正月初二，一大早，赵凌云找到赵存祥。"哥，我今天就要到学校去学习，我还有最后一个学期就高考了，我要全身心投入。我家的五亩六分承包地，就委托咱大队农业生产服务合作社管理吧，种植结构不变，总体布局还是一级地种谷子、高粱、花生等喜肥田的庄稼，二级地种黄烟，三级地种地瓜。要开店，货要全。要样种点，吃起来方便，食物也呈多样性。再说了，谁知哪年收什么（收成好）。"

赵存祥听着，乐呵着道："凌云，你已经成为庄户老把式了，听着像个老人精。"赵凌云干笑了一下，继续说道："哥，托管的费用，按规定我及时拿。但是地必须种好，既要表子也要里子。别让人家看我的笑话，笑话我懒，没种好地，那就造洋业了，丢人丢大发了。每茬黄烟炕好，你替我到黄烟站号（卖）了，我把我哥学校的地址给你，你将整钱全部寄给他，剩点零钱毛革给我上学用就行了。"

听着，赵存祥眼圈有些发红。弟弟供哥哥上学，历史上有，却很少，赵凌云全心全意供哥哥上大学，体现了他良好的品质和修养。在赵凌云身上体现着"孝悌礼义"的传统美德。

赵存祥拍了一下赵凌云的肩膀："凌云，你放心，我亲自带着合作社的人员给你种地，绝对让你家的地有看相、有品相、有丰收。凌云，你要一心无挂地冲刺高考，争取考出好成绩。但不要有压力，正常对待。"

安排好种地的事，他把家里的水缸和爷爷家的水缸全部挑满水，背着煎饼、咸菜赶往学校。

耿玲要到正月初六上班，赵凌云在万胜庄没停步。却转头含情瞅了瞅耿玲常站在树下等自己的那棵老梨树。

正月初六晚上，在灯下学习很久的赵凌云揉了揉疲劳的眼睛，他想着，耿玲这妮子应该回来上班了。

说曹操曹操到，想曹操曹操到。赵凌云从教室门玻璃上看到一个人影像耿玲，他出来一看，果然是。"耿玲，你上班了？"赵凌云惊喜地打招呼。

耿玲少有地深沉，沉着脸，红着眼，有气无力地应付性答道："是的，凌云，走，咱到学校外，我有事给你说。"

赵凌云看到平时活泼开朗的耿玲今天这副模样和表现，心想："耿玲这是遇到难处了，还是跟谁闹别扭了？"赵凌云答道："好，我把书拾掇一下。"

耿玲抓着赵凌云的手，抓得很紧很紧，一路上没有说话，只是在抽泣。

到了校外一处僻静的墙根，耿玲一把抱住赵凌云，猛亲猛吻，激烈得像一只饿狼撕咬着羔羊。"凌云，我爱你，我爱得发疯，爱得发狂，凌云，你爱我吗？"

赵凌云被耿玲滚烫的嘴唇和舌头灼得心里像滚烫沸腾的开水，脸像被太阳烧红的云彩："耿玲，我爱你，我爱你的善良，爱你的纯洁阳光，爱你的纯朴正直，爱你对我的无私，爱你对我的信任，爱你对我的疼爱，爱你对我的鼓励和期待。"耿玲松开赵凌云，眼睛直直地注视着赵凌云："凌云，我爱不了你啦，你也爱不了我啦。"

赵凌云"啊"的一声，眼睛死死地盯着耿玲那被泪水裹着的脸和红红的眼睛。眼里的泪水顺颊而流。"怎么了耿玲？怎么了耿玲？"

他晃动着耿玲的肩膀，急切地不停地问，又一下将耿玲揽入怀中，脸在耿玲的头发上搓着，哇哇地大哭，哭得撕心裂肺，哭得肝肠寸断。

耿玲说："凌云，我被我爸许给别人了。原来我一直不知道，等我工作稳定了，人也长大了，到了谈恋爱的年龄，我爸露出了狰狞面目。原来他给我安排工作，都是交换条件，都是给我织成的网，拧就的套呀。"

赵凌云哆嗦着嘴说："耿玲，你不要太激动，也不要这样想和这样说老人家，你慢慢地把事情说清楚。"

耿玲把辫子咬在嘴里，使劲用手攥了一下赵凌云，说："我爸和丰源公社供销社主任许金全是工友，他们在工作中遇到了生死考验，他们相互鼓励要撑住，同时各自许诺，两人如果一人牺牲，那剩下一个人要负责照顾对方家庭的老人、妻子、孩子。如果两人都活着，那就做儿女亲家，亲上加亲。许金全大儿子比我大两岁，我爸就许诺，让许金全的大儿子许大宝长大后与我结为夫妻。现在我长大了，在许金全的关照下，我也工作了，我爸就对我挑明了这个事情。我也向他说明了我已爱上了你，我爸妈极力反对，说想水村是个干巴山村，赵凌云还是一个农民，一个穷学生，前途未卜，怎么能给我幸福？怎么能给我一个未来？他们对我下了死命令，说，我和许大宝的事是父辈的情缘情债，子女必须无条件服从。还说我与许大宝结婚是一个过上幸福生活的机会，是他的守信、守义，是他的名声和面子，不然他无法见人，无脸见人。"

听后，赵凌云用手抹了一把眼泪，愤怒地说："简直是荒唐，这个事合情但不合理，也不合法呀，他们两人之间的情谊和仁义固然重要，但不能以牺牲你的婚姻自由来印证和表现吧？"

赵凌云问耿玲："你怎么想？怎么打算？"耿玲一把搂住赵凌云的脖子："我现在就像站在荒凉无人的十字路口，凄凉、悲伤、无助，我只有搂着你，我的心才踏实，身上才温暖。"耿玲亲了一下赵凌云的额头，斩钉截铁、义无反顾地说，"凌云，我不要工作，我不想嫁给许大宝，我们私奔吧。你带我到偏僻的无人打扰的，我爸他们到死都找不到的地方去，再苦再累再穷我都认，只要能跟你在一起。"

听着耿玲的话，赵凌云再也控制不住感情，"哇"的一声放声大哭。

耿玲又说道："我哥这个没良心的，许金全调到国有鸡冠崮林场当场长了，他答应把我哥安排到国有林场工作。现在我哥为了自己的利益，跟我爸穿一条裤子，逼我就范。他说你要再跟我来往，搅局，就打残你。"

听到这里，赵凌云红肿的眼睛亮了。"哎呦，耿玲呀，这倒是一个好办法。咱角斗，以角斗结果定你终身。奶奶的，揍残我的人还没生出来呢。让你爸你哥，让许金全和许大宝一齐来，我定会揍得他们哭爹叫娘，满地找牙。"

看着赵凌云的熊样，耿玲抹着眼泪笑了："你看你这个半熟（二百五），一说打架，你倒来劲了，你揍他们行，你不能揍俺爸呀。"

赵凌云气愤地说."我不是想打架，我是想揍那些看不起农村，看不起山村，看不起农民，看不起山村农民的家伙。娘的，我见他们歧视一次揍一次，听他们侮辱一次揍一次，直到把他们揍绝育，世上再没有这些狗眼看人低的黄子（东西）。"说完，赵凌云平复心情，沉静地说，"角斗是不可取的，私奔也是不可取的。我们今天的社会是法治社会、民主社会、文明社会。中国古代有四大爱情故事,《牛郎织女》《孟姜女》《梁山伯与祝英台》和《白蛇传》。故事是凄美的、动人的,惊天地、泣鬼神,表明了人们对美好爱情、忠贞爱情的向往和追求。但都成为人间悲剧。私奔是追求爱情自由的传统做法,是一种无力无奈的逃避,是不可取的。私奔造成多少恩怨情仇,造成多少安全隐患,甚至刑事案件。你看,咱两人私奔,首先是违法,不受法律保护。你也知道我国法定结婚年龄男 22 岁,女 20 岁。我不够结婚年龄。其次,咱私奔,你们家肯定会到我家去闹,甚至打砸抢。我家不会听之任之,这不就产生了家族之间,甚至两村之间的矛盾嘛。再就是,咱这一跑,你从此就进不了万胜庄,进不了你耿家门,这叫不仁不孝呀,这会落下一辈子的痛苦。耿玲,热恋中的人智商往往是零。不能冲动一时,抱憾终生。爱情是彼此的欣赏和默契,是爱的依存和永续,是完全的毫无私念的责任和担当。爱情是纯粹的和圣洁的,毫无杂念的。地位、金钱在爱情面前一文不值。爱情是用头顶着,用心装着,用肩扛着,而不是用脚踩着。爱情是自私的也是理智的,爱情自私只是指爱人彼此的忠贞,不容玷污,而不是狭隘地违背公序良俗。不能让爱情成为悲伤的孪生姐妹,不能成为精神的枷锁和桎梏,不能成为在苦海火海中的挣扎而终生得不到超度。也许你说我是胆小鬼,也许你说我对你的感情不是真爱,在此时还这般冷静,那我只是想对你说,这就是人与动物的区别,这才是真正的爱、无私的爱、永久的爱、有责任和担当的爱,再崇高的爱情也要守法。耿玲,我愿你能依法守住纯粹的、圣洁的、毫无私利和杂念的爱情,我会用责任和担当等着你。"

听完赵凌云的分析,耿玲亲了一下赵凌云的额头:"凌云,你是我的师傅,是我的老师,你看问题长远、透彻,你为人光明磊落、通透,我的心里也变得豁达。我要坚守,我要斗争。"

耿玲把辫梢咬在嘴里,转身阔步向供销社走去。赵凌云默默地注视着耿玲,直到她消失在朦胧的泪眼中。

回到教室,赵凌云在纸上工整地写下:

> 在你转身的那一瞬间
> 揉碎了我的心
> 牵走了我的魂
> 月光啊

你为她照明前方的路

星光啊

你带着我的爱追逐她急匆匆的脚步

泪水啊

你不要这般无情

遮挡我的眼

让我再看她一眼

情和爱

永远在我心间

正月十六,万胜庄出嫁的女儿都高高兴兴地被娘家人用架子车推着、地板车拉着、自行车驮着回娘家。未出嫁的姑娘们嬉笑着用白面、面条、粉条、菠菜熬着"巧巧饭",她们笑着、盛着、喝着,比着看谁喝得多,谁心灵手巧,做出一手好的针线活,找个好婆家。

耿玲家的门前停着一辆212吉普车,屋里笑声不断。许金全带着老婆章士菊和大儿子许大宝拿着二斤上好的"龙井"茶叶、四瓶茅台酒、两条中华烟、四斤桃酥、四斤糖角蜜和两块毛料布来看望耿道正。

许大宝留着长长的头发,头发被发蜡打得油光发亮,浓浓的眉毛下,一双眼睛炯炯有神,高高的鼻梁上架着一副茶色蛤蟆镜。上身穿着碎花大翻领衬衣,外套呢子短大衣,下身穿喇叭裤,脚穿一双锃亮的三接头火箭式皮鞋,皮鞋被裤脚覆盖得只剩下那鸡嘴般的鞋头。手腕上的手表一闪一闪。他把自提的"三洋"牌收录机放在条几上,不停地按着收录机的开关,调整磁带,放着好听的歌曲。

"耿玲,快给你大宝哥削苹果,快给你大叔、姊子倒茶。"耿玲娘笑盈盈地安排着。许大宝的母亲章士菊笑着说:"不用小玲削,我来。"她边说边拿起一个苹果,用随身携带的小刀在苹果上旋转。

章士菊把第一个削好的苹果让给耿道正,耿道正推辞说:"我不吃这些东西,让他们吃吧。"

章士菊顺手递给耿玲娘,耿玲娘接过苹果一看,苹果皮完好,无一点痕迹。正瞅着要下口,章士菊笑着说,"你在上面一揭,苹果皮就掉了,嫂子"。耿玲娘笑着一揭,突的一下,苹果皮像一条长绳脱落坠下,苹果顿时裸体起来,她咬了一口，真甜，牙口印上几滴血渍。

章士菊又给耿玲削了一个。"来，小玲，阿姨给你削好了，你吃吧。"耿玲将削好的苹果递给许大宝，"大宝哥，你吃"。

许大宝接过苹果，用大拇指和中指捏着苹果前嘴和腚门顺势一甩，苹果皮脱落成长绳，他拿着苹果皮问："垃圾桶在哪里？"耿玲娘说："咱没有垃圾桶，你扔地上就行。"许大宝不屑地说，"随地扔垃圾那多不礼貌。"说着，将苹果皮扔给院子里正在啄食的母鸡。

耿玲娘安排耿玲："玲儿，你带着你大宝哥去到咱街上走走看看，让人家城市人看看咱农村的光景。到吃水井看看水楼。"许大宝一听，乐了："哎呦，我的妈呀，我就喜欢看农村人干活儿，可好玩了。"说着，他提起录音机，按了一下卡键，录音机里响起《我们的生活充满阳光》。

耿玲红着脸，陪着许大宝听着歌向吃水井走去。

许金全和章士菊瞅着耿玲和徐大宝的背影高兴地笑着。许金全对耿道正说："老兄，这俩孩子是天生的一对呀。"耿道正哈哈一笑，"你许家小子有福。"

耿玲娘、耿玲的哥哥和嫂子，锅屋、堂屋两点一线，串着忙着，低头、弯背、撅腚、炒着、调着、炖着、翻着、炝着、盛着，鸡毛蒜皮捯了12个菜，倒上茅台，抽出中华烟，两位老工友在夫人的陪伴下喝了起来。许金全说："老耿，我这次被调到国有鸡冠崮林场工作也算高升。我也安排好了，把咱耿玲调到供销社财务上干出纳，这个岗位不累，还场面。耿龙的事我也协调好了，卖了转移粮，就成非农业了。"

耿道正说："我家托你小子的福了，你没食言。"许金全说："这大宝和小玲年龄也不小了，一到结婚年龄，咱就把喜事儿给他们办了，古人说成家才能立业。"耿玲娘激动地说："他许叔，俺小玲明年赶二十，咱就定明年，日子由你们定。"章士菊说："咱公家人不信这个。什么选日子，就定明年五一国际劳动节，光荣。"

许大宝在耿玲的陪伴下，走进院子，他的裤角将院子里的埔土、草棒拉起，像推土机通过。

耿玲娘把许大宝和耿玲安排入席。"小玲，你看大宝喜欢吃什么，你给他多捯菜。"许大宝把蛤蟆镜推向头顶，"这些菜，我都喜欢吃，我喜欢吃乡下菜，有口味"。

耿玲的嫂焦桂花说："你看俺兄弟多随和，不是一家人不进一家门。"

许金全说："你看这形势发展真快，现在一切围绕着发家致富，鼓励一部分人先富起来，就看谁有本事。我让你弟妹老章在家扎拖把，用收购的烂布条，一根铁丝，一根树杆，钳子一拧，在柜台上一卖，有些单位成批购买，我也掘得了第一桶金。现在没有钱还真不行。"

耿道正说："你小子有路子，有人脉，不发财都难。"许金全对耿玲说，"小玲，我把你的工作安排好了，你在财务上干出纳，哪个报销的不求你？你说有钱就报，你说没钱他干瞪眼。"

耿玲端起酒杯站起来，红着脸笑着说："许主任，许叔，我对您对我的关心深表谢意，我一定牢记您的教导，好好干好工作。"说罢，头一仰，一杯酒下肚。

章士菊对耿玲说："小玲，你今后休息就到阿姨家去，我给你做好吃的，俺玲儿天生丽质，要再吃好点穿好点，配上珠光宝器，那就是天下数一数二的美人喽。"耿玲羞涩地说："谢谢阿姨！"

第 102 章

二月二龙抬头。明天就是二十四节气中的第三个节气惊蛰。微雨众卉新，一雷惊蛰使。惊蛰来临，春风唤醒了冬眠生灵。桃之夭夭，暖风徐徐，希望日子干净，遇见的都是柔情。

二月二，是搬家的大日子。鞭炮不停地响起。二月二，是理发剃头的旺日子，人们都想借势改改运，盼望有个好兆头。正月剃头死舅舅，被舅舅的代岁钱买通的外甥们也都积攒拥积到二月二这一天理发剃头。

刘村的大小理发店人满为患，那最有名的集理发、吹风、烫发、染发于一体的"新新美发厅"被挤得水泄不通，理发匠累得脸蜡黄。

赵凌云一上午的紧张学习使他头昏脑涨，他用手按摩一下长长厚厚的头发，手上的脑油味熏得脑浆子疼。他正月没敢理发，他心疼亲爱的舅舅。他决定也在龙抬头的龙头节理个发。"饱洗澡，饿理发。"他没有吃饭，快步走出校门，先到

"新新美发厅"。人多，价格不菲，理发不讲价，老规矩。他转身离开，逛了几个理发店都不合适，他蹓着到了一个位于背街小巷的"张老九"理发铺。

门口一边挂着一个竹圈，上面别的几朵白花和彩花，写着"扎花圈"。门口另一边挂着一个木牌，上面写着"张老九理发铺"，一边附有小字，"祖传老字号"。乡下的理发店和扎花圈是一体的，也附带修秤，这是山崮县的习俗。

赵凌云走进去，这里的人不多，刚好一个顾客修理好刚走。

"小伙子理发？"一个戴着厚片眼镜的老师傅问道。"是的，称呼您张师傅吗？"赵凌云说。"我是张老九，坐吧，先洗洗头。"张老九客气地说。

赵凌云坐在椅子上，将头耷拉在盆架的搪瓷盆边。张老九舀一瓢热水，一瓢凉水一兑。用手一试说道："水不凉不热正好。"说着用水浇了几下头，用肥皂搓打，手指在赵凌云头上不停按搓，赵凌云感到无比的轻松和舒服，师傅的手显然在按摩头上穴位。连洗三遍。张老九笑着说："小伙子，你这是几天没洗头了，打了三遍肥皂都不起沫？"

赵凌云笑着说："老长时间了，你看没有虱子吧？"张老九按摩着头说："你要再不洗，恐怕连虱子蛋都生出来了。"

洗完头，张老九问："你留平头还是洋头？"赵凌云说："师傅，你是专家，你看着办，我是个学生，还要照毕业照呢。"

张老九说："那就留个平头，显精神，也好梳洗。"

张老九捏着推子，推子的弹簧不停地弹缩，推子发出轻快的响声。

理好头发，张老九说："我给你刮刮脸，刮脸不要钱。你的汗毛又黑又密，下步八成是个毛猴脸。我这一刮你的汗毛就变硬了，成胡子了。行了，这个年龄也该刮脸了，以前刮过吗？""没有，俺娘给我绞过脸。"赵凌云说。张老九笑了一声说："男孩还绞脸？我没听说过，看来你在家里怪娇（受疼爱）。"赵凌云说："不是专门给我绞，他们几个老人绞脸，我蹭热闹，体验一下。"

张老九拿刮脸刀在帆布条上反正蹭了几下，拿着一个像牙葫芦一样的刷子，在肥皂上擦几下，将肥皂沫涂在赵凌云的脸上，他娴熟而轻松地用刀片在赵凌云的脸上擦刮，鼻子、眉毛边、耳朵边全被刮了一遍。

理完刮完，张老九说："眉清目秀，精干漂亮的小伙子。"

赵凌云付了钱，价格是其他理发店的三分之一。

"看手法，看技术，看收费，这才是真正的老字号良心理发店。"赵凌云想着走回学校。

吃过晚饭，赵凌云打着饱嗝，满嘴的咸菜味。他围着操场跑了一圈，拉了几个单杠。翻了几个跟斗，打了一套长拳，他正想玩两个空手翻，他看见耿玲骑着锃亮的二六自行车过来。

"耿玲"，赵凌云喊着，快步走向耿玲。耿玲插好自行车，把赵凌云喊到墙根，"凌云，我们分手吧。凌云，对不起，我变节了，我屈服了。这段时间我反复想了，也体验了，日子是现实的，爱情是虚无缥缈的。没有钱一切都是扯淡。凌云，你有钱吗？你能有钱吗？全社会都在向钱看，我选择现实，请你原谅我。"耿玲说着，脸红着。

赵凌云说："钱？我有挣钱的能力和力气，种地、打烧饼。我穷，但不爱钱。钱没有不行，但钱不是万能的，我就是能挣钱，赚了钱，我也没有想把钱全部花在自己身上。铜臭气跟我沾不上边。"

耿玲有些惭愧地喊道："凌云！"赵凌云接着说："耿玲，我尊重你的选择，你有你的爱情观、生活观，我也有我的爱情观、世界观、人生观、价值观，人各有志，不足为奇。人人都有依法享有婚姻自由的权利。你找到真爱，找到幸福，我祝福你。我感谢你这些年对我的关怀和鼓励，给我的疼爱和支持，你不要愧疚。"

耿玲抹了一把眼泪，推起自行车，头也不回地向外走去。

赵凌云扩扩胸，去打了一套激烈的翻子拳。出拳如密雨，脆快一挂鞭。

与赵凌云摊牌分手后，刘村的街头多了一道风景，许大宝骑着轻骑摩托车载着耿玲。许大宝长发飘飘，戴着不断更换的茶色、蓝色、黑色的蛤蟆镜，穿着大喇叭裤，大翻领花衬衫内露着脖子上挂着的玉佩，脚上的皮鞋不断换着，黑色的、棕色的、白色的，尖尖的、圆头的。

耿玲烫着卷发，戴着耳坠。穿着连衣长裙，外套呢子大衣，脚穿红色皮鞋，手提"三洋"牌录音机，一副气派的时髦女郎形象。

第 103 章

1984 年高中毕业季。山崮县二中沉浸在紧张浓烈的冲刺高考氛围中。夜晚
11 点，高三级部各科教研室的灯还亮着。老师们找着题、选着题，用钢板蜡纸
刻着、印着。他们要倾尽全部智慧力量，清除这些农家子弟艰苦求学、实现抱负
的障碍，助他们考上大学，跳出农门。显然，这些老师们感同身受，从这些背着
地瓜、玉米煎饼，嚼着菜根、咸菜的亲爱的学生身上看到当年自己的影子。"嚼
得菜根，百事可成"，但需要铺路的石子，需要攀登的梯子，需要过河的木舟，
需要照明的蜡烛。此刻，老师就是石子、人梯、木舟、蜡烛。

春蚕到死丝方尽，蜡炬成灰泪始干。燃烧自己，照亮别人，这就是三尺讲台
守初心，立德树人勇担当的敬爱的老师。

业务副校长兼高三文科班主任和语文老师卓强，佝偻着身子坐在椅子上，不
停地甩一甩刻钢板蜡纸累得肿胀酸疼的胳膊、手腕。教学生产生学习兴趣、发现
新奇、理解问题、想象推导、善于总结、寻找规律、举一反三等学习方法是他不
懈的追求，力图让学生青出于蓝而胜于蓝。但对于这些跟自己一样出身的农家
娃，还要采取题海战术，还要强调死记硬背，熟能生巧。因为，这些孩子基础较
差，更重要的是他们不能有任何闪失，他们输不起呀。

他喝了一杯水，抽一支烟，他拿出一支烟在鼻子上闻了一下，又装进烟盒，
他不敢抽，生怕嗓子受影响，他要把嗓子的功效奉献给急切需要他的学生。他心
里高兴，他高兴极了。这届毕业生学习劲头足，整体上齐头并进，成绩很好，特
别是有几个尖子生，像赵凌云的成绩在全县都是名列前茅，这可包括重点高中的
学生。

卓强想着班里每个同学，想着他们的长相气质，分析着他们的性格、兴趣、
爱好、处事态度、行为方式，分析着他们的缺点和不足，预测着他们的未来，适
合的工作。他要为他们写评语鉴定，要写毕业留言。

他想到易经八卦、生辰八字，想到麻衣相，想到灯下问鬼等占卜术。想着想
着，他甩着头笑了。"你看我这是想哪儿去了？"唉，学文的都这样，想象力丰
富，没办法。

他又想到，他作为业余教练，率领业余篮球队战胜体育老师刘茂臻率领的体育生组成的专业队的情景。奇迹，简直是奇迹。

但愿今年的高考也出现奇迹。

几天里，学生们三三两两拿着毕业纪念册去找卓强写留言，他们把敬爱的卓强老师对自己的评价希望留下，把老师那优秀的书法留下，把对老师的仰慕和深厚的情谊留下。卓强充满感情，倾注笔力，认真地给学生们一一题写留言。他给赵凌云写的毕业留言是："文质彬彬，然后君子。君子不可不弘毅，任重而道远。"

赵凌云和彭星张罗着、组织全班同学照了合影像，他们邀请了学校领导，各科老师，专门邀请了体育老师刘茂臻。同学们没有忘记，永远忘记不了那场别开生面的篮球赛。

5月7日、8日、9日三天，进行了高考预选，山崮县二中的预选率达到60%，高于往年22%的近三倍。特别是赵凌云的预选成绩，全县第三名，包括省重点高中同一时间的摸底考试成绩。山崮县一中的学生不预选，但进行了摸底考试。

预选上的学生拿到了进入高考考场的入场券，没有预选上的学生垂头丧气，极度悲伤。十年寒窗苦读，竟无缘高考，连高考的卷子都见不到，连高考的滋味都捞不着体验，这个打击，没经历过的人是无法体会和理解的。他们的心像冰水灌过，拔凉拔凉的。

他们不敢回家，不愿回家，"无颜见江东父老"。有的在街上游逛，有的在刘村找零活干，有的留在学校继续学习，直到七月高考结束。

卓强理解他们，同情他们，就继续开一口教室让愿意留在学校学习的预选落选生继续学习，学生宿舍不变。但此时，已没有老师给他们讲课，给他们印题，给他们辅导。

预选上的学生，除了频繁的测试、考试，班级已无任何集体活动。赵凌云经常找预选落选的同学聊天，体育生董保田非常感动。"凌云，我预选落选了，我准备买台手扶拖拉机，种两亩菜，当个菜农。为了让我练体育，我家里没让我干一天活，把钱都用在我身上了，我竟然连高考都捞不着，我长个憨大个，空有一身力气。凌云同学，我们不能耽搁你的时间，你赶快学习去。我再撑两天，缓缓神，就回家。"

没等到 7 月高考，预选落选的学生陆续回了家。

高考前，填报高考志愿，老师将全国的各类大、中专院校编成的册子交给同学们传着、看着、挑着、选着。大学名称、院系专业、学校地址、录取人数等琳琅满目，令人眼花缭乱、令人心动、令人向往。全国的同龄人在这里交会，命运在这里交错，前途在这里定位。这些高校敞开怀抱热情欢迎他们，又板着面孔、无情地严格地选择着他们。

卓强又将每个大中专院校和专业历年分数线提供给学生作为参考，提醒大家务实准确填报志愿。看到参考分数线，同学们由兴奋激动变得冷静沉着，志趣爱好已成为其次，自己的成绩与历年高考分数线的契合成为首要。

赵凌云填报高考志表第一志愿一栏填上"中国人民大学新闻系"。第二志愿和第三志愿皆为空白。

已改为理科的时旺征求卓强老师的意见。"老师，我拿不定主意，第一志愿的本科、第二志愿和第三志愿，我报什么学校和专业稳呢？"

卓强老师说："割猪蛋、割猪蛋。"

时旺的高考第一志愿，为省农业大学畜牧兽医系兽医专业，专科和中专都填报了农业学校畜牧兽医专业。

今天的夜晚，同学们都睡了个好觉，做了个好梦，梦中他们都考进了心怡的大学。

6 月的天气已进入炎热，火红的太阳炙烤着大地。东南方的乌云滚滚上涌，天空中不时发出轰隆隆的响声。乌云升着、漫着，天暗了下来，一道闪电，雷声炸响，豆大的雨点纷纷落下，砸得大地啪啪作响，继而，大雨倾盆。激骤的雨慢慢转为麻杆雨，淅淅沥沥下个不停。

赵存壮冒着雨赶来山崮县二中向赵凌云送信："咱老爷（赵满福）去世了。"

听到噩耗，赵凌云的眼黑了，头晕目眩，赵凌云的腿软了，身子向后倒去。赵存壮急忙扶住赵凌云。"凌云，你挺住。根据老人的遗愿丧事简办，三天后下葬，你正在复习参加高考的紧要关头，家里本不想给你先说，恐怕影响你高考。又考虑老爷最疼你，怕你埋怨，就及时给你送个信儿，家里让你发丧那天再回家。"

赵凌云晃着身子，号啕大哭，边哭边说："老爷呀，老爷，您怎么能去世呢，这是我万万不能接受的，您看不到我考上大学，我遗憾呀。"他哭着对赵存壮说，

"大哥，您先回去，我给老师请假，马上回家，我要给老爷守灵，我要陪伴老爷三天"。

赵凌云写了书面请假条送给卓强老师，卓强老师安排道："老人去世，你很悲痛，可以理解。你不要过度悲伤，影响情绪太深，也不要耗费时间太长，你要知道，高考临近，千万不能影响高考。"

赵凌云到邮电所给哥哥赵凌志拍了电报："老爷去世，速回家。"拍完电报，赵凌云骑车匆匆往家里赶。第二天，他接到哥哥回电："悲痛至极，但忙于毕业，无暇回家。"

赵满福老人生于1900年，由于感冒引起心肺衰竭不幸去世，享年84岁。赵满福老人作为地方文化名人，学生众多。他为人慈善，忠厚传家，德高望众。他的去世在想水村，周围十里八乡产生很大影响，对于他的去世，父老乡亲感到十分悲痛。

想水村的人议论道："赵家老人去世，必定要发大丧，厚葬，那棺材肯定是上好的楸木，五层麻布七层漆。发丧最少也得两天的场，家族大，孝眷多，摆趟也得摆个里把路，待客也得百把桌。等着到时看个热闹，看看发大丧的场面。"

在想水村乃至整个山崮县，丧葬文化底蕴深厚，丧葬礼节烦琐。长寿的老人去世那叫"喜丧"，丧事时间长，场面大，花销大，以表孝心。三瞎子赵广清对本族二大爷去逝万分悲痛，他按当地习俗周虑着发大丧的步骤和细节。

一、初丧。从老人咽气到出殡日，这段时间叫"初丧"。俗话说："红事要叫，白事要到。"老人一咽气，本家户族、附近的亲戚邻居，不请自来，帮助完成发丧的系列活动和程序。初丧时间长短取决于选择出殡的日子。有三天的、五天的，还有十多天的，时间越长，越显示孝顺，让逝者多在家里待留。

老人咽气后，要麻绳拦脚，白纸盖脸，头枕三角式枕头，嘴里放钱或饭。制作打狗饼和打狗鞭，打狗鞭是用花椒树枝作鞭杆，用苘麻纸子或棉絮搓成的棉花缎缠鞭杆上。打狗饼子是用白面按亡者的岁数制作的小薄饼，也可以做一百个。鞭和饼分别放亡者的右手和左手。灵床的前头放一张矮桌或马杌子，其上摆放死者的遗像、香炉，冒尖的一碗半熟的小米饭，俗称"倒头饭"。一双用麻纸子捆着的筷子直插饭中，上面撒着锅底灰。摆上一盏豆油灯（一般用瓷碟子盛上豆油，中间放上棉捻子），俗称"长明灯"。孝子守着要不断添油，不让其熄灭，出殡时把灯放立在墓穴的墙洞里。灵床前要放丧盆，俗称"老盆"，早烧开门纸，晚烧关门纸，亲朋前来吊丧烧纸在此盒中。

灵床前竖着放一把谷秸（秆草），这叫"隐草"，俗称秆草把子，秆草的多少由死者的年龄而定，一岁一根。秆草把子挂着纸糊的褡裢（俗称捎马子）。秆草把子上摆着岁数饼，用白面烙成，数量也由死者的岁数来定。一岁一个，用线串起来挂在秆草上。

贴白联。老人去世，门框、门心要贴白纸条，纸条长约两拃半，宽约半拃。这贴白联也有讲究，父母一人去逝，另一人健在，白联只能贴一张，父母双方都去逝，门心的白联交叉贴两张。乾丧（死者为男性），白联上头朝外斜，坤丧（死者为女性），白联上头朝内斜。

挂纸圪墩。把一刀或半刀（老两口都去逝用一刀，一人还健在用半刀）火纸在边上切一刀，在上边三分之一处打个孔，用麻线绳拴着系在高粱秸上竖在大门旁或挂在门枕（砧）石上。乾丧（竖在大门左边，坤丧竖在大门右边。挂纸圪墩，是告诉外人，家有丧事，同时也告知，逝者性别。前来打拱（哭丧）的人一看纸圪墩就知道哭爷爷还是哭奶奶，哭大爷还是大娘，哭叔还是哭婶，哭舅还是哭妗子。哭错门那要被人在耳朵上剪豁，哭错称呼，人家会笑话，也不吉利。

喊路。喊路就是儿子用喊话的办法给逝者指引道路。喊路要等舅舅等姥娘门上的人来才能喊。喊路前，任何人不能哭，一哭，死者就迷路。喊路一般停灵就绪后的当天举行。长子喊路，其他的孝子，孝眷在灵床旁边守灵，但不能哭。

喊路在院子里举行。在院子里放一把椅子，其上放一条扁担。喊路者登上椅子，朝着西南方向高声大喊："爹（娘）西南大路去。"连喊三遍，放声大哭，守灵的孝子，孝眷遂放声大哭。

前来执事帮忙的本家户族集体大哭，他们或鞠躬，或磕头，捂着脸，哭时不拉映，像干号，叫着对逝者的称呼，一般干号三声到四声，捂着脸，擦着泪起身。

哭灵和辞灵。每天一早，守灵的孝子，孝女都要大哭一场叫哭灵。晚上睡觉前，再大哭一场叫辞灵，一直到埋葬，不能间断。

报丧和吊孝。报丧也叫送信，即在老人去逝后将死讯通知死者的亲戚朋友。主家决定动客儿（被邀请奔丧的人）依据关系亲近动到什么范围，详细拉出单子逐一通知。通知不到，会落不是，通知了不来，那就有断交的可能。接到通知，亲戚朋友都来打拱（吊孝，哭丧），本村的邻里男女穿插其中，一般集中一天，主家哭声不断。凡来哭丧打拱的，孝子都要磕头致谢，男客由男孝子谢，女客由儿媳谢，女儿守灵但不谢客。谢客不外送。有打拱的也会到屋里跟孝子攀谈两句："老人高寿？要节哀。还需要什么帮忙"云云。亲戚还要偎健在的老人坐一坐表示安慰。

擂汤。老人咽气后，每天傍晚或早晨，亲孙子要在族人的陪同下，举着"纸杆子"，提着壶，壶内装着稀面汤，一边走，一边洒，来到小庙（土地庙），围着土地庙转一圈。一连三天。

挑纸杆子的一般是最小的孙子，纸杆子用秫秸杆和白纸条、麻纸子制成，纸条上有图案。

入殓。入殓也叫"成殓"，就是将尸体入棺。一般三天内成殓。成殓之前，要给逝者蘸眼，长子（或长儿媳）端碗清水，用新棉花团沾水在逝者的眼上象征性比画，边比画边喊"爹（娘），给您蘸眼了"。之后，连碗带水摔到门枕（砧）上，一定要摔碎。

成殓，先要布置棺材内部，棺材底部铺一层草木灰（用来隔潮湿），草木灰上铺一层很厚的新棉花，棉花上再铺褥子。四角，当中各放一枚铜钱（寓意铺金盖银）。逝者脚跟放一块干牛粪（寓意发），对角放麻纸（寓意，下代人成批出现，人丁兴旺），头的一边放一块土坯。

布置好棺材，由家族中的老人为死者"净面""照镜"，然后将净面用的盆子和镜子在门外摔碎，家人瞻仰遗容。将尸体移入棺中时，由长子捧头，次子抱腿，余子抬腰，或由外人帮助缓缓放入。入棺后，逝者面朝上，头在棺材的大头一边。蒙脸纸退到胸前，露出脸来。用刀将逝者脚的麻绳割断。子女把亡者袖中的打狗饼子取出，撒在门外的地上。尸体上盖上被子，两边用土坯挤住。把死者的衣物、随葬品放入，但不能有毛皮之类的。若是坤丧，此时还待娘家的来人首肯后方可盖棺盖。一般是由娘家舅在场，也可由娘舅长子或娘家近门的舅应允。

一切安排妥当，最后是盖棺盖。先由木工用木扣钉钉棺材的两侧，此时，孝子喊："爹（娘）躲扣！"最后在棺材顶板钉 大卷钉，逝者为女性，由孝子的舅舅或舅表弟用铁锤往下楔。逝者为男性，由族长或族中长者执锤。楔钉的时候，孝子喊："爹（娘）躲钉！"

成殓之后，原来灵床前摆放的东西，都摆放在棺前。

成服。即穿孝服，戴孝帽。想水村叫"穿孝"或"戴孝"。分为五类；斩衰、齐衰、大功、小功、缌麻，统称"五服"。按与逝者的血缘关系远近，孝服有轻有重。随着时间推移，后来，孝服种类减少，全用白布做成。子女的孝服，白衣白帽，不缉边，足跟毛边白鞋。男戴孝帽，女扎白孝巾。孝子帽子两边靠近耳朵的地方各扒朵棉花，以示棉花封身，一心举丧。子女戴孝要一年，后来，子女一般走在"五期"后就不再穿。在外工作的人在出殡后，戴"孝"字黑纱作为服丧的标志，戴到"五期"便除去。戴"孝"字黑纱讲究"男左女右"。乾丧戴在左臂上，坤丧戴在在右臂上。

近门族人及亲戚，多在出殡后就除去孝服。出嫁的女儿如果有公婆，要回婆家向公婆讨孝，得到公婆的允许后，回来才能穿孝服。原因是，女儿出嫁后就是人家的人了，所以要经过家长的同意。

系孝疙瘩。丧葬期间，逝者的儿女和儿媳在穿孝服的腰间要系孝疙瘩。孝疙瘩，是用大把苘握成两股，分别拧成绳状，再摞在一起，在下面挽成一个疙瘩。用麻纸穿过上面握扣系在腰间垂着。如一位老人还健在只系一个，逝者为男性系左边，逝者为女性系右边。如两位老人都去逝了，需系两个，垂在腰的左右两边。

置哀棍子。哀棍子也叫哀杖，也叫哭丧棒。是发丧期间孝子、孝眷手拄的棍。男孝子的哀棍短而粗，孝子发丧期间要弯腰驼背拄着，儿媳、女儿的哀棍为长的，像老人的拐杖。孝子及夫人、姐妹的哀棍上缠贴着绞成花边的白纸条，其他孝眷的哀棍不缠纸条。哀棍一般为柳木，想水村的柳树少，也有用杨木的。砍哀棍要找柳树或杨树向阳的一枝，从根到梢依次截断，要出自一枝，长子最粗，依次而定。

入殓、成服后，子女披麻戴孝日夜守在棺旁，男在棺东，女在棺西，直到出殡。守灵期间，男不剃头，女不梳发，早烧"鸡鸣纸"，夜焚"夜辰香"。朝夕祭奠。

二、发丧。发丧是丧葬的高潮，也是丧葬礼仪和丧葬文化的集中体现，会引来全村男女老少围观，想水村的人叫"看发丧的"。看发丧，会看的看门道，不会看的看热闹。看发丧的排场大不大，孝子孝眷的表现，特别看儿媳妇哭得叹不叹（厉害，伤心），看礼行得规范不规范，有没有出洋相的，忘了磕几个头，忘了作几个揖。

这不，老陈家发大丧，行大礼时，大老总一吆喝，一个侄女婿把未掐灭的烟夹在耳根上行礼作揖，结果烟头在风的吹动下，燃着了孝帽子，烧得他双手抱头，抓耳挠腮，就像引火烧身的毛猴子，成为想水村的话柄和笑谈。

发丧的程序颇为烦琐。（一）发丧前的准备。请执事的，建立领导组织架构，也叫治丧班子。将本村懂丧葬礼仪，办事踏实，品性好，德高望众，能支使开人的各姓的头面人物请来，作为丧事的操办者，习惯称为"执事"，从中选出一把手，叫"大总"。一般执事有男女两班，男执事，负责丧葬总体事宜，女执事负责缝孝衣、孝帽，搀扶长儿媳，组织扫墓等。

大总一般兼任"扶丧人"（携扶孝子祭奠、前恳后谢等）。大总选出后，孝子要向大总汇报丧事的规格，邀客范围，特别是本村的范围，具体细节要求等，供大总参考。大总以此设计方案，筹划每项活动细节，时间节点，确保万无一失。

（二）张案。发丧的前天，在大总的主持下，对执事在殡日的任务进行分工。主要人员有：大总，传奠，执客棚，迎送，接盒子，帐子，内柜，外柜，端大盘，挎筅子，破孝的，举重（抬棺）的，打矿（控、砌或收拾墓坑的），等等。

分工之后，让外柜先生将人员分工情况写在一张纸上，白纸呈长矩形，称"案"。在第一天开门前，将"案"贴丧主大门一侧显眼的位置，乾丧贴大门左侧，坤丧贴大门右侧。把所有的执事、内柜、忙工集合在"案"前，孝子跪在地上，由孝子本家的兄弟代替孝子宣读。宣读完毕，孝子磕头致谢，表示丧事主家把丧事托付给大家。大总宣布，"尽心尽力，各行其事"。

写案颇有讲究。在矩形白纸上，竖排写着大总、执事、忙事人的姓名、称谓、承担的工作。外姓的，要用红纸条写姓名，贴在纸上。

（三）搭棚，扎牌坊，扎纸幡。发丧前，由执事指挥忙工（前来忙丧事的人）搭棚。棚，一般是用高粱秫秸织成的箔搭建。主要的棚有灵棚，即在正房门前搭起。灵棚地上铺席子或麦草，供前来吊孝和跪棚者用。正房门上挂一个竹帘，将棺与灵棚隔开。竹帘前放一大桌子，其上摆逝者遗像、灵位、香炉及供品。客棚，用来摆席招待穿礼（行来往）的客人。外柜棚，设在敞亮处，供外柜人员上账，收礼，收帐了，收火纸使用。鼓乐棚，可设在院内一进大门处，院小的，可以设在大门口，供乐上（吹鼓手）用。

在大门口或街口扎起高大的白色牌坊，灵棚和牌坊均悬挂写有挽词的匾对。

扎纸幡。纸幡也叫旗号，扎的是一个小纸人坐在天鹅上，据传，小纸人是姜子牙，绑在木杆顶上，树在大树门旁。乾丧（男）树在大门左旁，坤丧（女）树在大门右旁。如果两位老人都不在了，大门两旁各树一个。

纸幡是发丧的一个标志，使前来送殡的亲朋，进村便可望见。也是取姜子牙"斩将封神"的典故，让逝者的灵魂被姜子牙封神位。木杆上套有用竹篾扎成的圈，外边用白纸条裹着，逝者有几个儿子就用几个圈。

（四）喝豆腐汤。出殡前天的晚上，丧主家烧一锅豆腐汤，五服以内的本族人都来喝，称"喝豆腐汤"。喝豆腐汤成了白事的代名词。

在山崮县，出席订婚宴叫"吃喜糖"，出席婚礼叫"喝喜酒"，出席娃娃宴叫"喝糖茶"或"吃红鸡蛋"，出席本族近门丧事叫"喝豆腐汤"。以饮食指代红白事，也是想水村、山崮县一带的民俗文化。

（五）发丧出殡。发丧有两天的场，有一天的场。两天的场，将多数仪式在第一天完成，第二天主要是待客儿，发引，下葬。两天的场，比较轻松、精细。一天的场，将所有仪式在一天内完成就显得紧张。

发丧程序：开门，请魂，烧杆单把子，待客，起鼓，扫墓，揭案，取纸幡，发引，路祭，摔老盆，祭后土碑，祭穴，下葬，拆孝帽。

孝子解掉考疙瘩，摘掉孝帽上的棉花，用外甥给买的黑色帽子盖着孝帽，用平时的衣裳罩住孝衣，用孝衣兜着孝疙瘩返回家。孝子不拆孝帽、孝服，而其他孝眷在逝者下葬完，行完礼后，就地拆掉孝帽回家。

三、圆坟。对逝者的坟头整理撒土，埋水饺、栽葱、垒门等善后仪式，由女执事操办。参加人员有孝子、儿媳、女儿、孙子、孙女等。圆坟安排出殡日第二天的上午。

圆坟前，由女执事和近门族人的妇女在家包小水饺和大水饺，用白菜和豆腐作馅。大水饺是给孝子包的，如一位老人去逝，每人一个，如两位老人都去逝了，每人两个。待孝子圆坟回到家，不进屋前吃掉。一般情况下，孝子都是象征性咬一口。小水饺按逝者的岁数，一岁一个，下熟后用壶带汤盛上，由孝子提到林上坟前。女执事将小水饺在新坟的东西南北四处及坟顶挖坑各埋两个，剩余的分给在场的孩子们吃。

把一棵葱套上新买的"顶子"（做针线活用来顶针的铁圈），埋到坟顶。

孝子和媳妇、姐、妹用孝服的大襟盛着土向坟头抛撒，抛撒得越有力越好，每人抛撒三次，让坟头更圆。

孝子们围着坟头用戴着孝帽的头顶埋过饺子的地方，共三圈，这样可以防漏。

在坟头的西南方用石块或砖垒上一个门。今后在清明节，农历十月初一，春节等节日上坟，就在此门烧纸、摆供、洒酒、磕头。

最后，在坟前祭酒、烧纸，大哭一场，孝子、孝眷脱去孝服回家。孝子、孝女的孝服不拆，烧"五七"时还要穿。

四、烧"五七"、"烧百天"、烧周年。烧"五七"的天数是有讲究的，逝者去逝后35天，有几个儿子减去几天，再减去逝者本人一天。参加烧"五七"的人员范围，孝子、孝女、孝眷、孝子姥娘门上的亲戚。

参加者都穿孝服，聚集到坟前，祭酒、烧纸，跪拜，大哭一场。

"五七"之后，就换服了，丧主要给所有参加"五七"悼念活动的亲戚买一双鞋，叫"换服"，也有每人发一百块钱的。

烧"百天"的日期是逝者死后一百天（足数）。想水村有"短五七，足百天"之说。参加的人员是丧主五服内家族每一支抽两个人，孝子、孝女、孝眷及姥娘门上的代表。丧主像发丧时一样，摆宴招待烧"百天"的所有人员。

烧周年的时间，原则上为一周年，想水村一般以农历记，规矩为"宁烧缺，不烧过"即逝者死后一年的时间，能提前，不能拖后。参加人员和活动方式与百天相同。

山崮县的局部地区，还要过三年，就是逝者死后三年，隆重举行活动纪念。过三年跟刚去逝发丧时规格、形式一摸一样。为纪念和追思，孝子、孝女要穿孝三年，"三年不改孝长存"。这个不是孝衣，而是在帽檐上贴道白杠（男），男、女均在衣边上镶上白边，布鞋帮上贴两道白条。

赵广清嘴咕嘟着，掐着手指算着。他猛然想到，"噢，还有个撒帖环节呢！"他用手拍了下脑袋，自责似的说："唉！你看我这个脑子！文化人也有忘事的时候，你说怎弄？"他想着。

撒帖，也叫报丧帖。山崮县一带把书面报丧通知，称之为报丧帖。定为七折或九折缄的统一格式，按规定格式和用语写山，孝子丧写"讣堂"，夫主妻丧写"期启"，装入专制的白纸袋，但不封口。

所发出的每一本帖，在纸袋正面的中间，贴上红纸压蓝纸装饰条，在上面写收帖人的姓名，表示对亲友的尊重。

报丧帖中有"苫块"和"苫茨"的字眼。这个"苫"字是指麦秸或草苫子。

"块"是指土坯。"苫茨"，指茅草盖的屋顶。意思就是白天孝子要跪在麦秸和草苫上守灵，晚上要头枕土坯，身铺表秸守灵。这也是为表达对母亲的生育之恩的报答。

旧时，妇女生孩子在屋里垫上土坯和麦草，土坯吸"羊水"，麦秸挡着。妇女生孩子，九死一生，如过鬼门关，生活条件差，一月才能恢复体能，俗称"坐月子"。孝子枕坯铺草守灵，是对父母的报恩体现。

在《期啟》的帖中，孝子这行开头写"苫茨"；在《讣窆》中用"苫块"；"苫茨"在分量上比"苫块"轻。

报丧帖中，如死的是父亲，则称"××府君"，府君前的两个字是死者的字，而不是名。如果死的是母亲，则称之为"××太君"。太君前面的两个字是娘家的姓。父死，孝子称为"孤子"，母死，孝子称为"哀子"，父母双亡，孝子称为"孤哀子"。

报丧帖中的"泣血稽颡"，是孝子的专用词。泣就是哭泣，血就是哭得鼻中出血。稽首就是头磕到地上，颡，是指脑门子。哭得鼻子出血，口中流痰，头磕地上，哭得死去活来。这四个字形象地表达了孝子失亲之痛。

想水村口口相传的老人言："白事礼到人不收，喜事礼到人不怪。白事闻讯马上去，喜事不请不能去。白事错过了，礼钱不收。喜事错过了，份子钱随时补。"

想着，思考着，赵广清不由发出感叹：烦琐的礼节，发一次丧要投入大量的人力、精力、财力、物力。丧事过后，孝子、孝女和执事的人员累得脸蜡黄，四肢无力，心力交瘁，像大病一场。怪不得，俺想水村一带流传着一个口头语，"发老丧像抄过一次家一样"；人若艰辛劳累疲惫，就被形容"像发过老丧一样"。

第 104 章

想过虑过，赵广清戴上孝帽向赵满福老人家走去，他要看看丧事筹备得怎样？俺二大爷的丧事非同小可，他是文化人，他的丧事要出现纰漏，那可就贻笑大方了。我作为文化人，我必须帮助并监督执事班子，完美周细地办好事关传统丧葬文化展现，事关文人形象和赵家形象的这个大事。到了赵满福老人家，他哭过后，一打听，丧事一切从俭，不发大丧。赵广清脑子累过后却等了个寂寞。

赵广清沉着脸、流着泪对赵广忠和赵广厚说："大哥，二哥，俺二大爷一直很疼我，很器重我，他老人家的丧事不论场大、场小，我都得全程参加，我得摆趟。"

赵广忠和赵广厚几乎异口同声地说："哎哟！广清来，俺的三兄弟，你喝豆腐汤，你喝豆腐汤。"

听了赵广忠和赵个厚的话，赵广清放下了忐忑的心，他缓缓转身，又用手摸了摸头上的孝帽和胸前的钢笔，离开赵满福老人的家，他边走边说："我和俺二大爷都是文人，都是文化圈子里的人。"

赵广清说的"摆趟"是山崮县一带发丧习俗的一个形式。在发丧中的烧秆草把、上小庙、擓汤、亮花圈、出殡等环节，男、女孝眷要依据关系亲疏按先后顺序排队，沿设定路线行走一圈，到达小庙（土地庙）、烧秆草把地点、路祭点举行叩揖行礼仪式，这种排队游行的仪式叫"摆趟"。摆趟意义重大，一来看花圈的数量和花圈的规格质量，由此判断丧主家的社会关系广不广，层次高不高，继而判断其社会地位如何。二来看摆趟人的数量，由此判断丧主家是否人丁兴旺。

赵满福老人历经多个时代变迁，作为一个耕读致学的文化人，他没有被"四书五经"、封建礼教束缚，他接受新事物，接受新思想，成为一个彻底的唯物主义者。他信奉墨子的"节葬"思想，推崇移风易俗、新事新办。年过八十，他认真写下了遗嘱。在病重期间，将遗嘱交给了大儿子赵广忠和小儿子赵广远弟兄俩。

广忠、广厚、广传、广家、广远：

吾年过八十。人过七十古来稀，我也算高寿了。按照咱老家的习俗，早该备喜棺，砌吉墓，备寿衣、夯鞋、寿帽了，但我坚决反对。不是我怕死，而是怕你们为我耗费精力、财力、物力。趁我清醒之时，对于我和恁娘的后事安排，特立嘱如下：

一、我死后，丧事从简，决不大操大办。不置办棺材，不砌高档墓穴，不收亲邻礼金，不办酒席待客，不请喇叭匠子，不请执事班子。至亲前来吊唁，用平日招待饭菜招待。撒帖范围越小越好，不要影响人家种地、做生意买卖，出外工作。

二、停枢三日即葬，不许找阴阳先生择日子，就三天。

三、要火化，按最低价格买个骨灰盒作为棺材。

四、人死如灯灭，不朽的是精神。要秉承耕读致学，忠厚传家"的家风。要让孩子上好学，让他们懂道理，学技能，报效国家，服务社会，建设家乡。要遵纪守法，绝不能出现违法乱纪的"逆子"，给想水村抹黑，让赵家蒙羞，给国家造成损失。

五、多年来，广厚每月给我的钱，大多数没用着。下步恁娘可以用点，若用不着，或用不完，可返给广厚。他工资低，供孩子上学，家里缺劳力，负担也不轻。广忠要牵头把恁娘照顾好。

六、我的孙子都很优秀，凌云。希望他们都能成人成才。恁娘死后，也要节葬。

特立此嘱。

赵满福

农历一九八〇年六月六日

赵满福老人的遗嘱，在"子孙都优秀"的后面写了"凌云"两个字。其实他想说赵凌云更优秀，但没展开。

赵满福咽气倒头后，赵广忠把兄弟姊妹集中在一起宣读了父亲四年前就写下的遗嘱。听后，兄弟姊妹号啕大哭。"爹立下遗嘱是高风亮节，怕给我们添负担，但不能全听爹的。爹一生辛苦把我们拉扯大，他德高望众又是高寿，我们要发大丧，让他老人家风风光光。不然，人就会笑话死我们的。"

赵广忠问赵广厚："二弟，你看这个事咱怎弄？你拿拿主意。"赵广厚说："哥，咱爹的遗嘱遗愿不可违，也不能违。就咱当小的来说，违了是不孝。再说，咱爹的遗嘱代表着咱爹的精神追求，是先进的，甚至是超前的，他认为不朽的是精神，这个遗嘱关乎他对后人的影响。如果咱做得太板（生硬），也说不过去。我想该撒的帖要撒，该来的客儿让他来，该接待的咱接待。墓要砌，连咱娘的一块砌出来。火化行，但咱也得给咱爹做个棺材，不做楸木的，不做柏木的，咱就做个梧桐木的，梧桐木含桐油撑沤，但价格便宜。梧桐树长在村子里的院落和房前屋后，作为乡土树种，很普遍，生长快。不像柏木长在山上，生长缓慢。使用柏木，很可能破坏山林。发丧的日子就定三天那一天，也符合咱老家的习俗。发丧礼仪、形式尽可能删繁就简，上小庙（拜土地庙）、烧秆草把、火化、发丧这几个环节，孝子、孝眷行大礼，其他亲朋一律三鞠躬。招待客人，咱就让赵存壮弄个三七碗（七个人一桌，一人一碗豆腐汤叫七碗，桌子上摆三个菜；叫三七碗）。一桌上一瓶地方洒，一包微山湖牌的香烟。来的客儿，包括咱姐，妹，侄女这些姻亲，一律不收礼。圆坟，烧'五七'在出殡那天一块进行。"

赵广厚又说："咱爹想把我平时给他的零花钱再交给我，那哪行呢？我给了他和娘就是他们的钱了，用于咱娘下步的生活和医疗。"

赵广忠问其他弟兄，他们都赞同赵广厚说的意见。

赵广忠说："这样既完成了老人的遗愿，我们也不落遗憾。"

他对大姐和妹妹说："这样，你们也省了不少钱，像什么翻棺礼、扎纸钱、上礼钱、买祭、齐鼓闹棚礼，出殡后的晚宴等应由你们掏的烟酒钱等。"大姐说："俺可不想省，也不想孬，是不妹妹？"妹妹说："那可不是，谁想在亲爹身上省！"

赵广忠和赵广厚怕娘有什么想法，就把老爹立遗嘱及遗嘱内容，还有弟兄姐妹商量的意见向她汇报。

老太太斩钉截铁地说："按你爹的安排办，他惜乎（心疼）你们。"

赵广忠答应着娘，却按赵广厚说的计划进行安排：弟兄五个，每家掏出200块钱，丧事后，算账，多退少补。

赵广厚说："行，如最后咱凑的钱不够，超支的部分我家来拿。听名不听声，我是个大工人。"赵广忠又说："执事的，咱就请赵广勤当大总，在咱族门里，他年龄算大的，存祥又是咱大队的书记。五服之内的人，每支每户来个人，既当孝眷，又当忙工，该干什么活儿就干什么活儿。砌墓和举重就请石匠侯文侠那一班人。喇叭就不请了，到时，放哀乐。也不请放炮的了。"

赵广忠喊路后，放了一挂火鞭。想水村各家各户，男男女女都到赵家打拱（哭人），他们都带半刀纸。

赵广忠安排赵广远，将老父亲的遗嘱贴在大门口，让乡亲们知道，一个老人的精神追求和对丧事的态度，也打消乡邻及亲戚的误会和误解。

外村的亲朋，赵满福老人的生前友好，三三两两，从四面八方赶来，吊唁的人络绎不绝。花圈摆满一大街。丰源公社，平湖管区、想水村大队都献了花圈。

正在家休息的侯贺堂敬献了花圈，打了拱，鞠了躬。他回到向阳市，将赵满福老人去世的消息告诉了迪思科老师，迪老师痛哭流涕，决定发丧之日，前来吊孝。

想水村的人议论着："赵满福老人，不愧是有学问的，一辈子文范，一辈子不麻烦人，替人家着想。到死，还是替别人着想。他倡导的节葬对全村都是好事，发大丧大操大办，太折磨人了。赵满福这个老头，天底下少找，太喜见（令人高兴）人了。"

待老爷火化后成殓完，赵凌云在棺材旁随长辈守着，他看着红漆棺材，不停哭，哭得两眼红肿，嘴唇干裂脱皮。他望着棺材，想到老爷的遗嘱专门点了一下他的名字，这可是老爷对他的偏爱和赏识。他又想到哥哥赵凌志以毕业忙为由，没来送老爷最后一程，他又大声哭了起来，哭得惊天动地，肝肠寸断，他替赵凌志哭，哭赵凌志是不是忘了老家，断了亲情。

小叔赵广远劝凌云别过度伤心，他把赵凌云叫到外边："凌云，你老爷对你的疼爱和器重在十个孙子中排第一，你马上高考，要克制悲伤情绪，争取考好，报答你老爷。"

发丧那天，赵存祥和岳喜凤都以孝眷身份参加葬礼。

迪思科老师在侯贺堂和陈传卿的陪伴下，赶来想水村吊唁。迪思科带了半刀火纸，一个花圈，一块藏蓝色涤卡布的帐子（丧帐）。他亲笔写了挽联："文化昌明不负耕读之家 耕读传承不忘文化之人"。

侯贺堂也挂了一块蓝色卡其丧帐，表示哀悼，题写的挽联为："仁者人格高山仰止 善者人品景行行止"。

岳喜凤的父母也献上挂帐表示哀悼，题写的挽联为："学而不厌参圣道 诲人不倦传仁风"。

这主要还是岳喜凤的心情。陈传卿挂了一挂白洋布丧帐，题写了一副挽联："学而不厌诲人不倦的师者风范 德泽乡里裕启后人的君子之风"。

迪思科老师被社员们围着，他一一给大家握手，连声说："想水村变了，变美了，变富了，人也变精神了。"

赵存祥陪着岳喜凤会见了迪思科老师、侯贺堂老师、陈传卿医生，岳喜凤和赵存祥邀请他们常回来。迪老师扶着赵凌云的肩膀："凌云，你长壮了，成大人了，英俊了。你高考时，要沉着，把自己平时的水平发挥出来就很好。他又口述一些需掌握的知识点。"

敬爱的迪老师，你什么时候都没忘记对学生的培养教育。

在赵广勤的主持下，赵满福老人的葬礼简单又不失庄重。招待客人的饭菜简单，但吃得饱，吃得舒服。

赵满福老人的葬礼成为想水村、丰源公社移风易俗，反对婚丧嫁娶大操大办、讲文明、树新风的一股正能量，也成为丧事简办的一个模本。

迪思科老师看了赵满福的遗嘱，高度评价道："平凡的山里老人赵满福先生活得伟大，死得也伟大。"

赵满福老人的突然离开给赵凌云精神以沉重的打击，他拖着疲惫的身体，精神恍惚地回到学校，迎战高考。

第 105 章

高考交换场地，山崮县二中的考生在卓强校长的带领下到向阳市第十八中学参加高考。他们住宿在十八中临近的向阳市齐北区委党校宿舍。

7月6日下午，考生们到十八中认考场，熟悉环境。晚饭后，卓强老师作考前辅导，重点是心理辅导。要求学生遵守考场纪律，晚上按时熄灯休息，将心里腾空，要保持心静，不要紧张，精神饱满，轻装上阵。

赵凌云把准考证在鼻子上闻了闻，用嘴亲了一下，仔细阅读背面的考生须知：

1.考生在每科考前 15 分钟进入考场，对号入座，入座后将准考证放在课桌左上角，迟到 30 分钟者不得入场，考试开始 30 分钟后方准交卷出场。

2.考生进入考场，不得携带任何资料和书报、稿纸、计算尺、计算器。

3.答卷前应将姓名、准考证号填写在试卷规定的位置，字迹要工整、清楚。答卷用蓝色钢笔或圆珠笔书写。写在稿纸上的一律无效。

4.严格遵守考场纪律，违者视其情节轻重，分别给予批评、试卷作废、取消考试资格等处理。

5.考生应在考试前一天到考试地点了解考场有关事宜规定。

6.此证要妥善保存，不得遗失、涂改转让或顶替使用。录取后凭入学通知书和此证报到。

读完，赵凌云反复读着最后一句话，这是充满温暖、期冀，激动人心的一句话呀。

赵凌云按照准考证上的考生须知和考场规定，将每场考试所需物品准备充分，围着学校院内的小路跑了一圈，在空地上打了几套武术，他欲激活身上每个细胞的活力，凝神聚气。

7月7日上午8点至10点半考语文，下午2点半到4点半考地理（理科生化学）；7月8日上午8点到10点考数学，2点到4点考政治，理科在4点半到5点半考了生物；7月9日8点到10点考历史（理科考物理），下午2点半到4点半考外语。

三天紧张的考试结束，考生们自行回家，圆满结束了高中阶段的学习，进入苦等苦熬烧心的彷徨期。吃饭吃不香，干活儿不提神，睡觉睡不沉，夜里天天做高考的梦，往往被一道难题憋醒，被接到录取通知书恣（兴奋）醒，被高考落选吓醒。

几天后，同学们各显神通找到高考题的标准答案，他们凭自己做题的记忆与标准答案对着，算着自己的分数，上下悬殊不大，他们已估算出自己的分数，只待各高等院校划定录取分数线。

赵凌云估算出自己的分数，跑到学校，找到卓强老师汇报，卓强拿出历年中国人民大学新闻系录取分数线，他的脸严肃起来，甚至有些僵硬。"凌云，如果按照你估的分数看，你今年落选的面大。哎呀，你怎么只报这一个志愿呢？你太大意了，你对自己太不负责任了。也好，显出你的自信和至高追求。当然，现在只是估计的分数，但愿你估的不准，还能再高点。"卓强唬着脸对赵凌云说。

赵凌云倒很坦然："老师，考不上我就种地，现在家里缺人手，我家的承包地等着我呢。等我哥毕业后接过我的班，能帮衬一下，我再举全力考一年。"

卓强老师生气地说："胡想，胡闹。我见过乐观的，没见过你这么乐观的，你简直……唉！凌云，如落选，你赶快回校复读，明年再考。报志愿要科学，确保万无一失。教训，教训呀。"

卓强用力抬了抬佝偻的背，伸开双手抱了下赵凌云，他用右手拍了拍赵凌云的腰，哽咽着说："凌云，老师说的话，你记住了吗？不要放弃，不要气馁，不要妥协，来年再战，我在学校等着你，和你并肩战斗。"

此时的赵凌云再也抑制不住悲伤的情绪，趴在卓强的肩上"呜呜"地哭了。

告辞卓强老师，赵凌云回到想水村，他没有回家，他径直走向赵家林，走到老爷的坟头。他看着坟头上的那棵葱倔强地站着，看到坟头上盖着的花圈，看到坟门上方一大捆哀杖，他"扑通"一声跪在坟前，头埋在坟堆上，手抓着土大声哭号："老爷，孙子凌云不孝让您失望了。老爷，我想您！老爷您能知道您孙子此时的心情吗？我悲伤，我无助，我彷徨。您再也不能安慰我，指点我了，您再也不能给我写字了。"

哭过，赵凌云站起身，擦了把眼泪，他双手下垂，抬头望向馍馍山。"我是大山的儿子，困难吓不倒，挫折压不倒，老爷，您放心，我马上到向阳市打工，挣学费，回到学校复读，明年再考，争取考上，以告慰您在天之灵。"他仰天大叫，"我是赵满福的孙子赵凌云，我是馍馍山的子孙，我是老杨树的子孙，我爱想水村。"

7月16日，大学毕业到单位报完到，在冯宁家住了一天的赵凌志回到了老家想水村。赵凌志被分配到了山嵓县建委下属的山嵓县建筑设计院工作。

赵凌志踌躇满志，意气风发，他骑着冯宁的崭新锃亮的二八凤凰自行车，带着一大包袱烧饼、四斤点心、二斤白糖来到了家。

凌云娘看到几年未见的大儿子大学毕业回到家，激动地号啕大哭："俺大儿可回来了，俺大儿大学毕业了，俺大儿衣锦还乡喽。"

赵凌云看到哥哥穿着干净笔挺的蓝色裤子，上身穿着白色衬衫，腰扎黑色皮带，脚穿乌亮的黑色皮鞋，给电影上的演员一模一样的，甚至比他们还好看。他热情地喊道："哥，回来了。"赵凌云把烧饼、点心和白糖提进屋，他给哥哥急忙倒茶。赵凌志看了看屋内的设施，泥囤、八盆、马杌、板凳，眉头皱了皱。"哟，扯上电灯了，这点还不错。"他边说边吹了吹板凳，坐下喝茶。

赵凌云趁哥哥喝茶之机，跑到赵存壮家订了四个菜，好生招待多年未见的学成归来的哥哥。定完即回家，陪哥哥拉呱。

凌云娘说："凌志唻，你平时不回家来也就罢了，你说你老爷去世，你不来，这可是一辈子的磕牌（遗憾）呀。听说你老爷老了，大人小孩往家赶，十里八乡来打拱（吊唁）、穿礼（行来往），你的心就这么大呀你说。"

赵凌志喝了一口茶："妈呀，自古以来，忠孝不能两全。你看咱老家，张家喜，李家悲，王家哭，陈家闹，东家的长，西家的短，家里大事小情不断，到处跟破窝窝样，要一头扎这里面，还干别的事吗？我忙毕业，忙分配，哪有闲空。你看人家城市里长大的，吃得好，穿得好，爱好多，兴趣广，打篮球，踢足球，弹吉他，拉小提琴。人的家里没有乱七八糟的杂事，快乐得像只鸟。这人家分配，都安排到大城里去了，人家一辈一辈过的是人样。咱倒好，要什么没什么的万全店，进了城像傻子一样像土老冒。我必须从我这辈，从自身做起，切断一切贫穷的、土的、落后的关系和来往，轻装上阵，弯道超车，过上城里人的生活。我的孩子，从小就不会再沾染乡土气息，说话说普通话，穿衣穿洋服装，吃饭吃白面馒头，住房住高楼大厦，就成为彻头彻尾的城市人，他们的人生就不会输在起跑线上。争取早日将他们的出生地和籍贯抹掉什么山崮县丰源公社想水村大队，换成山崮县城关办事处舒坦居委会三号。"

凌云娘听着赵凌志的心里独白，脸气得铁青，心想："赵凌志这个大死羔子，当年死狗托不出墙头的肉头鼾，好吃懒做的尖嘴猫，不思往来的拧筋头，生来是有病根的。第一次高考落选，不知是什么鬼支使的，变得懂礼能干。这考上大学，在大城市混了四年，竟又犯老毛病了。娘呀，这是狗改不了吃屎，吃屎的狗离不开秫秸圈（秫秸捆扣成的房屋状）呀。"

凌云娘愤愤地说："怎么了凌志，你这是想跟咱老家断交了？要跟咱家里的人绝情？你看不起老家了？你的翅膀根硬了？"

赵凌云听着哥哥赵凌志歧视老家的一派胡言，看着愤怒的娘铁青着脸，他从父亲留在家里的半包烟中，抽出一支被风吹得焦干的烟，在桌子上用力锤放了两下，放在嘴上，划根火柴点着，缓缓地抽了两口，眯着眼说："夫物芸芸，各复归其根。归根曰静，静曰复命。树高千尺，落叶归根。树高千尺不忘根，人成功了不忘本。任何人都不可能一杆子摔到底，十年河东转河西，不嫌穷人穿破衣。人无千日好，花无百日红。"此时的赵凌云要代表爷爷、父亲教训赵凌志，匡扶正义，坚守家风，道具就是那支干烟。

听了赵凌云的话中有话，赵凌志的脸那是公鸡戴眼镜挂不住。他具体说道："我刚大学毕业，面临三大压力。一是工资低，自顾不能。二是面临结婚，肯定有一笔花销，甚至花销不小。三是竞争压力，咱是墙上的葫芦一根藤，没人帮，没人撑，没人托。我刚入职，工作要干出成绩；我下步驻山崮县城郊乡那块，城乡接合部经济活跃，人的眼皮子活，攀比心强，冯宁的娘强势又要强。我下步的压力能不大吗？"

赵凌志问赵凌云："凌云，你今年高考感觉怎样？有把握考上吗？"

赵凌云若有沉思地说："裂熊了，我初步估算了一下分数，可能还有些差距，十有八九落选。"

赵凌志仿佛逮到了印证自己观点的把柄："唉，就咱老家这个家境条件，这样的学校，这样的师资，能考上学是奇迹，考不上学是正常。"

赵凌志又问："你三个志愿都是报的什么学校？"赵凌云满不在乎地答道："我只报了一个中国人民大学新闻系。"赵凌志以胜利者和过来人的身份，训斥赵凌云，"你还想学我？凌云呀，你没有那个金钢钻还想揽瓷器活，干事儿得看自己的本事头，你只报一个志愿，你吃豹子胆了吗？"接着，他平缓地说道，"你要复读的话，我也顾不上你，支持不了你。你看咱家里弟兄三个，也需要一个人在家务农，照顾家，不然我也真不放心。你热爱老家，热爱农村，爱干农活儿，这也不错。社会分工，越来越细，咱家工农相济，像下步我在城里生活，吃个家乡的农产品也方便。"

赵凌志喝了口茶，扫视了一下屋里陈旧落后的家当，又说道："我在大城市上学、生活这么多年，对农村生活也陌生了，农活儿确实干不来啦，对咱老家的环境也很难适应，下步，我在山崮县城安家，离冯宁的老家也近，我就以那边为主了，咱家里的事儿全靠你了。"

赵凌云又掏了一支干烟，划火柴点着，猛吸一口，向上吐着烟圈，今天，他要用"烟"这个道具壮胆，与兄长掰扯掰扯，他说："豫剧《朝阳沟》中，银环有一段唱，唱道，全国人民都知道农业重要，为农业大发展，谁不积极，我不怕苦，不怕累，我情愿为农业流汗出力。"他接着说，"20世纪60年代初，有一个江苏的优秀高中毕业生叫董加耕，他考上了北京大学，看到农村急需人才，毅然放弃上北京大学，返乡当农民。当农民怎么了？干农业怎么了？我一直认为，我永远认为是光荣的。全国人民要吃粮、吃菜、吃肉、吃蛋，哪里来？要靠农民呀。"

赵凌云用力把烟扔在地上，用脚一�:，继续说："哥唻，这人呀，爱好不同。

有的人爱山，有的人爱水，有的人爱城，有的人爱乡，有的人爱钱，有的人爱名，有的人爱义，有的人爱利。不是吗？西方资本主义国家有的男人找男人，女人找女人当对象，叫同性恋。对外宣布自己同性恋美其名曰叫什么出柜。哈哈，大千世界，无奇不有呀。"

赵凌志瞅着眼前这个他从小就看不惯，处处优于自己的外号"能不够"的二弟呱呱地教育着自己，他心里七上八下。

赵凌云说："作为读书人的最高境界是什么？先贤说过，为天地立心，为生民立命，为往圣继绝学，为万事开太平。这是读书人的至高追求呀。现在经济发展活跃，人的思想也活跃起来。人们都想发财，都想一步登天，都想成为富翁，都想成为首富。一些人见利忘义，认为老家不堪，认为老家人是累赘，认为自己是快速奔跑的火车头，想把破烂的车厢脱钩。有些女人找对象，想找优秀的来自农村的大学生，又不想跟农村的亲人、亲戚有来往。把这些家伙称为什么'凤凰男'。可别忘了先贤还有一句话，那就是存天理，去人欲。否则，将一事无成，身败名裂。不信你看着。"

凌云娘看着二儿子像个老师在讲课，心里想："这孩子到底念多少书呀，出口成章。还说自己考不上大学，大学到底要什么样的人呀？"

赵凌云看了一下娘的脸继续对赵凌志说："看，俺冯宁姐那边也离不开你，她家姐妹三个，也没有男孩，你在她家当乘龙快婿，也壮了她家的门面。在那里安家，下步生下来的孩子一步到位，出生地和籍贯都不要再写想水村了。"赵凌志脸一拉说："凌云，冯宁家可不是招赘，我可不是倒插门，当养老婿。我只是适合在那城边上生活。"

赵凌志在娘和弟弟面前再为自己嫌弃老家，涂上一层防晒霜，既当婊子，又立牌坊。凌云娘再也忍不住了，流着泪说："你这不是招养老婿是什么？你别嘴叭叭地叫唤，赵家没你这个逆子，娘就算没生你这个儿子。我求你，你就从此改姓，姓冯吧。本来倒插门也不丑，你却在这里说些不养人的胡话。"凌云娘擦了一下眼泪，瞪着赵凌志愤愤地说道，"凌云顾不了自己上学，起早贪黑种粮种烟，供了你四五年。卖了烟钱就全部寄给你，他天天吃咸菜、地瓜煎饼，喝白开水，在学校连一毛钱一份的炒绿豆芽都不舍得买。到他该考学、该需要支持的时候，你却像没事人一样，一推六二五，你还是人吗？"

赵凌云看到娘很伤心，他心里也很难过，说道："哥，别说了，你看咱娘都生气了。对于你的一切决定，我们家都理解和支持。我的事情，你就更不用操心了。你记住，凡是我做过的事情，我都无怨无悔。我若继续上学，我自己都能挣到学费。我在家务农，我会好好干，照顾好娘，摆乎好地，下一步多给你们在城市生活的同志提供丰富多彩、质优价廉的农产品。我再次说，我就是考大学也不是为了跳农门。"

长头赵存壮喊着"菜来了"，将赵凌云提前订好的带有家乡老味的"辣子鸡、江米鸡、扣肉、麻汁豆角"四个菜送来。看到赵凌志，赵存壮很高兴，激动地说道："凌志，你大学毕业了吧，分哪里去了？你可给咱老家，给咱赵家增光添彩了，你好好品尝我的菜，看看我的手艺怎样？凌志，下步发达了，可别忘了咱老家人，可别不理咱弟兄们，我们还想跟你沾光呢！"赵凌志敷衍地答应着："行大哥，那是，那是。"

赵存壮说："我那边还有人家订的菜要做，我就不陪你吃饭了。凌云，陪好你哥。"说着，赵存壮离开。

赵凌志送走赵存壮，拐到院子西南角的茅厕小便，他捂着鼻子进去，却看到厕所很干净，还能用水冲，感到一丝欣慰。这是赵凌云看到赵存祥家的水冲厕所后改造的。

洗了把手，赵凌志看了看蠚在东墙根的烧饼炉，他露出惆怅、怨恨甚至愤怒的表情，心想："不堪回首，不堪回首呀，这叫生活吗？简直是人间地狱。唉！天助我矣，让我考上大学，彻底离开了这个鬼地方。"

吃过饭，赵凌云准备了一块席，对赵凌志说："哥，我陪你到咱林上，去给咱老爷磕个头、烧炷香吧。我带着席，弄不脏你裤子，你给老爷磕个头。"赵凌志说："不用带席子，我三鞠躬就行了。"

赵凌云没有说话，拿着席子说："走。"赵凌云心想，"我今天就是用绳拴，也要把你带到老爷的坟头上去"。

到了老爷的坟前，赵凌云将席子铺好，将香点上，他"扑通"一声跪在地上哇哇大哭："老爷，我哥大学毕业了，来给您磕头送香来了。"

赵凌志见状，又看到坟头上的花圈，悲伤起来，他双膝下跪在赵凌云准备好的席子上，低头连磕两个头。

太阳落山，下了凉，赵凌志起身道："娘，我得回去准备上班了。"

娘眼都没抬，没有好气地快速说道："走吧，走吧。"

赵凌云送哥哥并嘱咐道："哥呀，这干工作，处处得讲规矩，可不能任性，老爷反复安排，要节制欲望，懂得知足，才能收获幸福。时时修缮自己，才能改变未来。"

赵凌志没有吭声，出门骑上自行车向西走去。

第106章

冯君守转腰拧腔踮脚打着烧饼，赵凌志正要脱掉衬褂帮忙，任庆兰急忙喊道："凌志，你可不能沾手打烧饼，你这大学毕业当干部了，这些粗活你不能招。干部要有干部的样，咱可不能土了吧唧，粗了吧唧的。咱要脸和手都白净的，穿板正的，洋气的，好压场子（有气场）。"

冯君守笑了笑没有吱声，抢着烧饼，点着头，心想："这个熊娘们，真会笼络人。"

中午饭，任庆兰专门给赵凌志买了几瓶啤酒，一家人围着吃着。冯宁问赵凌志："咱凌云弟考得怎么样？来录取通知书了吗？"

赵凌志说："他估计考不上，他圣人蛋，只报了一个志愿。"

冯宁笑着说："还人家圣人蛋，当年，你不是也只报了一个志愿。"

赵凌志喝了一口啤酒："我报一个志愿，咱有那个本事，再说，咱有你这个老师关心辅导。"说着，赵凌志看了一眼任庆兰。

"考不上大学，他就在家务农。我们小的时候，爹、娘就作了安排，我招工，我三弟赵凌峰接班，让他在家干农活儿。这家伙倒喜欢老家，喜欢干活儿，跟亲邻处得不错，跟大队、小队的领导也玩得来，当农民的命。"赵凌志介绍道。任庆兰给赵凌志夹了一棒菜，说道："你那个兄弟能不极的，圣了吧唧的，不叫人喜。你刚考上大学那会，他来报喜，抻抻饬饬，弄得我的心提溜着，七上八下的。他吭吭哧哧，光啦你打烧饼、卖小鸡小鸭，还说你可会卖了，小鸡、小鸭转向了，结果你把东乡的几个老女引得哈哈的，把鸡鸭争着包圆了。乍一听，你倒不是个正经玩意儿似的。他就不提你考上了大学，我在屋里憋得血压高。最后，他说你考上大学了，考了个大的，还是省重点。你说你一来到就直接说不就行了！山里人，拐弯抹角的，肉了吧唧的，怪不得人家叫他们山悕。"

冯君守喝了一口白酒，白了任庆兰一眼："别说话不照唠，有点过了啊。"冯宁说："凌云对你可是无私支持的，凌志你心里要有数。"

任庆兰接过话茬说："弟弟支持哥哥不是应该的嘛！在咱这里，有老显不着少，有大显不着小。"

赵凌志端起酒杯碰了一下冯君守的酒杯，"爸，您喝"。

喝了一杯酒，冯君守说："我看你二弟赵凌云是个好孩子，能文能武，勤快顾家，识大体，顾大局，知老知少，懂礼貌。你爹娘当年的安排也不一定对。不是说嘛，爹疼老大娘疼小。老大疼，老小娇，老二冤。你这都大学毕业了，如果凌云考不上学，您爹也得给他找个工干。找了工，他不干，愿意在家干农活儿，那是另一回事，是不凌志？怎么的？他就活该在山里农村受罪？处事要一碗水端平，端不平也不能倾斜太厉害。手掌手背都是肉，一样的儿女，不能一样子客，两样子待。"

冯宁、冯静、冯远姊妹三个听得心里暖暖的，特别是老二冯静。

冯宁说："凌云上学，咱也得尽把力。人家给你出完力了，咱老家有句话不是说嘛，亲戚一笸换一笸，邻居一碗换一碗。你要负人家，除非断交。咱能那样吗？"赵凌志说："今后，咱回去的时候也不会多。"冯宁笑着说："凌志，你是猪八戒托生的，到了高老庄，忘了自己姓什么了，乐不思蜀了。"

任庆兰看了一眼冯宁，"你们下步就在城里安个家，在咱村安个家，让凌志设计一下，咱在村里盖个大房子没亏吃"。冯宁沉思着说："凌云弟可不是个俗人，他前途无量，能力放那里呢。你不支持他，也难为不着他，但你问心有愧，落个不仁不义。"

任庆兰白了一下眼，"多亏恁下步不回去，恁要跟那孩子一起过日子，别看恁是老大，我看上风头都是人家占着，恁就是个听喝的，就是个挨剔的头。"

冯宁听了任庆兰的话十分生气，她把筷子使劲在桌了上敲了一下说："俺娘唻，你到底跟俺凌云弟有多大的成见呀，恁娘俩只是一面之交。这凌志刚毕业参加工作，你快把他带沟里去了。兄弟齐心，其利断金。再说了，想水村多好呀，我喜欢那个地方，我离不开那个地方。"

冯君守附和道："那个地方可是不孬哟，得风得光，那里的人也好。那里是养生长寿的好地方。"说到这时，冯君守问道，"凌志，你老爷、奶奶可好呀？"赵凌志说："我老爷前段时间去世了，我也没能回来出席葬礼。"冯君守吃惊地说："唉，也没给咱个信儿，没去行来往。赵老人可是让人喜呀，干净的，说话文范的，人家可是个大学问家呀。"

冯宁听后，眼泪叭叭地往下掉，她走进里屋，拿出赵满福老人题写的"宁静致远"四个大字，说："您看，这是老爷给我写的字。正好把俺姐妹三个的名字写上了。我再也见不着慈祥、和蔼可亲的老爷了。"

说着，冯宁捂着脸放声大哭。

赵凌志被震撼了，冯宁与老家和老家人的感情如此深厚！

冯宁每个月从工资中拿出五块钱存着，她要坚决供赵凌云上大学。她认为，赵凌云值得供，人才不只是一个家庭、一个村的，人才是国家的。

高考录取通知书陆续发出，通知书全部放到山嵒县教育局政工股（加挂招生办牌子），各学校派人每天到教育局去拿，然后发到考生手中。山嵒县二中，由教务处主任韩帮巨老师负责领取分发。

三三两两的考生每天都到学校去，盼望着领到朝思暮想的高考录取通知书。

时骋、时旺、裴永好结伴去学校打听高考录取通知书发放事宜。当他们骑车走到家乡小路与山邾公路交叉口时，正碰上从山嵒县教育局返回的韩帮巨老师。时骋激动地大声喊道："韩老师您停停。"

听到喊声，韩帮巨停了下来，问道："你们是考生？"时骋说："是的，我叫时骋，他叫时旺，她叫裴永好，有我们的通知书吗？"

韩帮巨想了一下说："时骋有，裴永好有，时旺不记得有。你们到学校去吧，填表领取。"

说完，韩帮巨骑上车，快速蹬着向学校走去。时骋、裴永好如沐春风，春风得意马蹄疾，两人飞快地骑车往学校赶，一度超过韩帮巨。

时旺听到没有他的通知书，如五雷轰顶，他的腿变软，上了两次车子都没上去，最后，自行车歪歪扭扭掉进了公路边的沟里。

走了一段路，时骋发现时旺没跟上，他对裴永好说："永好，你先上学校等我们，我去找时旺。"时骋调过头，原路向路口赶，走近一看，时旺躺在沟里，自行车歪在一边。

时骋叫道："时旺，怎么回事？"时旺哭着，起了几起却没起来，"完了，我完了我怎弄呀！"时骋用力将时旺拽起来，拍了拍他身上的土哽咽着安慰道："时旺，也可能韩老师没记准，咱到学校查查看再说吧，你挺住。"

时骋把时旺的自行车推上公路，用双腿夹着前轮，将摔歪的车把矫正过来，交给时旺，"走，咱慢着骑。"

时旺勉强骑上车，双脚却像灌了铅，蹬着自行车像踩着棉花，软弱无力，拔旱泥一般向学校爬去。进了校门，裴永好大声喊道："时旺，有你的通知书，还是本科呢，省农业大学畜牧兽医系。"

时旺的腿像打了鸡血，一下子来了力量，连蹬几下，离弦之箭一般，差点撞上裴永好。

时旺被省农业大学畜牧兽医系兽医专业录取，时骋被向阳师专政教系录取，裴永好被向阳市银行学校录取。韩老师让他们填表签字，握手表示祝贺。时旺双手握住韩帮巨的手，"老师，太谢谢您了。"说着，他泪如泉涌，身子弯着下沉，想给韩老师磕头致谢，被韩老师扶起。

赵杨叶参加完高考颓丧地回到他四面环山，像筒子罩着的村庄。父亲问他，"小五，感觉怎么样？"

赵杨叶眼里噙着泪说："爷，我感觉连门没有。"

他爹赵忠顺长叹一口气说："五咮，也别太当回事，别太难过，这考学就是不准头的事儿，捌上怪好，捌不上也不丑。你这就不瓢（不简单），上了高中，在咱这山旯旮也算有学问的了。我给你四个哥说，咱爷几个紧紧手，到石塘开点石头，给你盖三间瓦屋，招引个家口，成家过日子。"

赵杨叶含泪点着头说，"爷，也只有这样。我的劲都使满了，学习实在不能再提高了。恁儿什么比赛都干了，跟同学比过吃煎饼，参加了学校篮球赛，还真没输过，我真努力了！爷，不盖屋，我找媳妇也确实难，用三间屋兴许能拢个媳妇。"

赵忠顺像愚公一样率领五个儿子自己动手找石塘，放炮采石，一车一挑地运到村内的它基地，挖槽打地基起墙。当石墙垒至半人高，准备动用脚手架时，正在搬石头的赵杨叶听到一阵叮叮当当自行车颠簸的声音，本家二叔赵忠诚领着邮递员过来，"杨叶，可能是你的高考录取通知书来了"。邮递员说："向阳农校发来的。"

赵杨叶一个箭步冲了过去，从邮递员手中接过信函，连续弯腰给迪递员和二叔鞠躬，"谢谢您同志！谢谢俺二叔！"

赵杨叶撕开信封，捜出信函，"赵杨叶同学：你被我校师资班录取……"赵杨叶举起录取通知书向父亲和哥哥高呼："爷，哥，我考上了。不用盖屋了！不用盖屋了！"

听到赵杨叶嘶鸣般的呼喊，赵忠顺和儿子们几乎是蹦着靠拢到赵杨叶身边，他们把被石头磨得血淋的手扣在一起，累得头皮焦干的头抵在一起"呜呜"地哭了起来，哭声在筒子般大小的上空回荡。

赵杨叶应该是最后一批接到高考录取通知书的，他被录取的这个专业，是经上级批准补录的农校师资专业，是向阳农校和省农大合办的，培养师资力量的专业，层次为专科，高于向阳农校其他专业，因为向阳农校为中专学校。不能不说赵杨叶捡漏捡了个大瓜。

赵杨叶考上了大学，这个屋还盖不盖？赵忠顺坚定地说："盖，小五考上学，吃上了非农业，但他出生时的脐带血还洇在老家的地里，他的根还在咱老家。家里有间房，这兴许就是他的念想，就是他的归宿。趁我还行，我得操这个心。"

高考录取通知书全部发放完毕，赵凌云没有接到。

赵凌云高考落选，成了山崮县二中，乃至全县教育界的爆炸性新闻。成绩这么好，名牌考不上，总得考个普通的大学和中专吧。

有人说："原以为赵凌云是个王者，原来是个青铜。"更有人竟从赵凌云的高考落选，想到了王安石写的《伤仲永》。唉！此中滋味。

1984 年 7 月，向阳市全面完成了人民公社改建为乡镇的工作。全市 83 处人民公社，改建为 53 个乡，32 个镇。全市原 2993 个生产队，改建成为 3074 个村民委员会，辖 3755 个自然村。山崮县设立 15 个镇，7 个乡，18 个居委会，1202 个村委会，辖 1249 个自然村。

撤销人民公社，设立乡镇后，按照"革命化、年轻化、知识化、专业化"的四化方针，向阳市逐级对县、乡镇、村"两委"（村党支部委员会、村民委员会）三级领导班子进行大调整。一大批年富力强，文化程度高，懂经济，勇于改革、能力强、有实绩的年轻干部被选拔到各级各部门重要和主要领导岗位。

山崮县委副书记翟洪良同志任山崮县人大常委会党组书记，提名山崮县人大常委会主任人选，待县人民代表大会选举产生。

来泉公社党委副书记，主任周炳继同志任山崮县委副书记。

山崮县丰源公社党委书记章士林同志任山崮县农委主任。

山崮县丰源公社农村改革协调领导小组副组长兼办公室主任岳喜凤同志任丰源乡党委书记。

丰源乡党委对所辖各村党支部和村委会领导班子进行了调整。

赵存祥任想水村党支部书记，侯贺成任想水村党支部副书记，徐成平、陈宝祥、徐宜亮任党支部委员。

村民大会选举，赵存祥为想水村村民委员会主任，侯贺成为想水村村民委员会副主任，陈宝祥、徐成平、刘朝静为村民委员会委员。

任命徐宜亮任村团支部书记，任命陈宝祥为村文书（会计），徐成平为治保主任，刘朝静为妇女主任兼计生主任。

徐宜亮、刘朝静的民师身份不变，工作以教学为主。

想水村在召开村民大会选举村委会成员时出现一个令人啼笑皆非的小插曲。选举村委会主任的票，牛贩子陈景坤竟得了一票。当人们诧异，猜着是谁投的陈景坤的票呀？

吴德法的娘胡治荣拖着瘸腿往家走，边走边说："俺瘸腿拉胳膊的，出门不方便，走几步歇几歇。这可好，陈景坤给俺两包烟，非要俺来投他的票。咱接人家的烟，不来投不好意思呀。唉！"

赵凌云三弟赵凌峰考上了省重点中学山崮县一中。奶奶需要精心照顾，父亲赵广厚办理了退休手续，怀揣"光荣退休证"，带着被褥回到了想水村。好友刘景东怀着感恩的心和恋恋不舍的情谊，骑车带着赵广厚的柳条箱，将他送回老家。

赵广厚成了想水村的一员，也成为撤销大队，改设村委会后，在外工作退休回村居住的第一人。他的户口也由常山派出所迁到丰源乡派出所，党员组织关系一并转移到想水村党支部。

赵广厚回到想水村，他找到赵存祥谈了自己的想法："存祥，我提前退休主要基于几点考虑，一是你二奶奶需要专人照顾。我1958年出去干上，虽然平时每月给他们点钱，但我深感做得不够，我下步多陪伴老人，要朝夕相处。二是家里的承包地需要种好，原先都是凌云打理，现在，凌志大学毕业工作了，凌峰上了省重点中学，咱不能再把凌云拴承包地上，我必须担起来。三是咱村大发展，我也想出把力。"

赵存祥说："二叔，您一直是我学习的榜样，能吃苦，有担当，有格局，有情怀。您是老党员，又是市劳模，您是乡贤呢。古人说，叶落归根，衣锦还乡，告老还乡，我看您三样都占。我代表村党支部和村委会欢迎您退休后回老家生活。"

赵广厚笑着说："我还乡贤，大家别嫌我就行了。我还有话给你讲，我回老家符合法律政策，因为你婶子是村集体成员。但我决不会跟村民争利，不参与村集体的任何分配和享受任何权利，我不是村集体成员。我要承担村民应尽义务，因为我是党员，是想水村人。凌志大学毕业了，领工资了，他不是村集体成员了，有生活能力了，我把他的一亩四分地交出去，由村委会接收处置。村里有什么需要我干的活儿，可别外气，及时安排啊。"

赵存祥给赵广厚竖了大拇指。"二叔，凌志大学毕业参加工作了，凌峰在你的培养下，考到山崮县一中了，对于凌云二弟，你下步还真得上点心，不能亏欠他太多。"

赵广厚拍了下赵存祥的肩膀，"存祥，你提醒的是，供凌云上学，是我提前退休的应有之意。"

第 107 章

父亲提前退休回家，赵凌云十分高兴。晚上吃过饭，他偎着爹娘，无拘无束，无忧无愁，无边无沿地漫谈起来。

赵凌云："爹、娘，今年的高考已经落幕，孩儿不孝，我努力挣扎、扑腾，最后连大学的边没沾上，连大学的毛没摸着，我很难过，也很惭愧，还望二老理解，不要埋怨。"

凌云娘："凌云唉，我儿，考不上学没事儿，你可别难过，你难过，娘受不了。"说着，凌云娘哽咽起来。赵广厚："凌云，这考学是个大事、难事，谁这么以挨（一定），一下子就能考上。那个唐宋八大家的曾巩，家世为儒，耕读致学，也是书香门第，在科举中也不是一下成功的。历史上不是说嘛，三年一度举场开，落杀曾家两秀才。他和弟弟俩人同时参加科举，双双落榜。要说，你考不上，也是咱家累赘了你，我有很大责任。"

赵凌云："我今年高考就报了一个志愿，报了我向往已久的大学，中国人民大学，报了我最喜欢的新闻专业。我想，考不上，我再陪陪娘，打理好咱家的承包地。今年，我哥大学毕业，下步他往咱家里倾斜点精力，不至于家里的事空档。他撑一下，我腾腾手，明年再倾注全力考一年。前两天，我哥回家，哥已不是当年的哥，他已不是当年的他。四年的大学学习，四年的大城市生活，他变了，他已看不起农村，看不惯老家。他认为他在人生旅途中输在了起跑线上，老家对不起他，咱家里欠他的，连累了他。他毕业了，学成而归，他要与老家割裂，要轻装上阵，要放飞理想，要弯道超车。我很纳闷，也很苦闷，一闷棍打得我怀疑人生。一样伤心索谁解？爹，您就是宋江转世，及时雨呀！您想着俺奶奶，想着家里的承包地，想着我们弟兄三个，毅然决然提前退休回到老家。为人子，为人父，为人夫，为人兄，为人弟，您做到了孝悌仁义，您是我的楷模，是赵家后人的榜样呀。"

赵广厚："凌云，你老爷突然去世对我打击很大，我外出工作20多年，我虽然心里惦记着他们，每月给他们点钱，但不能朝夕相伴，我有愧呀。不是说嘛，'树欲静而风不止，子欲孝而亲不在'，这是直击心灵的痛呀。这剩下恁奶奶一位老人，她能不孤独难受吗？她可是80多岁的老人了。我与你大爷和叔们商量，让她老人家轮着过，每家两个月，我们弟兄五个，空缺的那两个月，我主动揽过来到咱家过，对我来说也是一种弥补吧。再说，我还有点退休工资，比他们还强点，能让恁奶奶的生活更好点。我兄弟姊妹七个，恁老老爷（曾祖父）当年分给恁老爷一点地，恁老爷是个善人，他将这些地拱手全部让给了村里缺地而生活不济的兄弟爷们种了，咱家里的生活很困难。恁老爷靠给人家写字，靠教私塾，您奶奶靠养几只鸡，靠干点针线活补贴家用。我和恁大爷小小年纪就开始开荒，种几亩薄地。恁老爷是文人，他也想让孩子多读书，但没这个条件呀。他就在家教我们识字，读古文、古诗，我也就这点文化底子，都是恁老爷教的，后来又自学点。恁老爷和恁奶奶倒是重点供了恁三叔上学，因为他长得酷似恁奶奶，油瓶倒了不让他扶，地里的活不让他招，结果，恁三叔也没上出来。哪一代、哪一位当老的都不易。任何人都不能埋怨爹娘，任何人都不能仇视老家。这人呀，一命二运。这命就是指出身，出身没选择。你该出生在哪里，该出生在哪一家，你能事先挑选下？你出生在这里，出生在这家是个人，说不定你出生在那家，你就是个狗，是头猪。生育之恩，养育之恩终身难报呀。"

赵广厚沉着脸，从烟盒里捏出一支烟，用力划着一根火柴点着，猛吸一口继续说："你哥赵凌志这个小子，为了早跳出农门，到矿上工作，你看他给我作的一场又一场，一摊又一摊。他后来立志考学，不是家庭责任，不是理想，不是社会责任，他是爱情力量的结果。他怕考不上学，人家甩了他，仅此而已。这样的考学和工作目的是带有自私性的，是带有功利性的。大学毕业，他不变谁变。唉，狗改不了吃屎，他狭隘自私，勇于作为，吝于改过。宋代政治家、文学家欧阳修曾说，求学中第是为了经世济民，造福乡里，而不是功名利禄，锦衣玉食。"

赵凌云听着父亲精辟深刻的宏谈大论激动起来。他从父亲的烟盒里拽出一支香烟作为道具，他用嘴叼着，进入角色。他划根火柴点着，吸了一大口，呛得连声咳嗽，眼泪汪汪，他叉着腰，在屋里走着说道："爹，娘，我一天望不到屋山头就哭，两腿插墒沟里其乐无穷。我是不是特没出息？在众多人眼里，有钱叫有出息，当官叫有出息，离开家乡到城市工作叫有出息。唉，干农业就叫没出息？扎根老家就叫没出息？生活在农村就叫没出息？干农业就落后了？当农民就愚昧了？农村就该被歧视和贬低？我百思不得其解。噢，有些人吃着农村的，喝着农村的，玩着农村的，想着农村的土特产，想着农村的新鲜空气，想着农村廉价的劳动力，却褒贬着农村的落后，甚至歧视着农村人。工农差别，城乡差别，体力劳动与脑力劳动的差别，这到底是怎么回事？这是一个很重要的问题。"赵广厚若有所思地说："干工收入高，当农民收入低，城市条件好，农村条件差。"

赵凌云看了一下父亲说："爹，你说得对，但这只是一个表现和结果，深层次原因很多，需要探究和解决。"

赵广厚看到赵凌云思考着，他从烟盒里抽出一支烟扔给赵凌云，赵凌云急忙弯腰去接，但没接住，"爹，我抽支烟，只是把它当道具，其实我不会抽烟。"

他从地上捡起香烟放到桌子上，继续说，"这农村文化是深厚的，文人也不少。你看三瞎子赵广清叔对文化那是相当的关注和追求，有人说他的歪诗是胡咧咧，我倒认为，他的顺口溜有智慧、有文采。他对文化的渴求和敬重，说明了农民不是愚昧的，是不愿意愚昧的。"

突然，赵凌云哈哈笑了两声，对父亲说："爹，你说俺广清叔真造业，除夕晚上，咱村里组织社员看春节联欢晚会，晚会捯了四个多小时，俺广清叔裹着被子坐在前排，目不转睛看着电视。他就像一个坐禅打坐的高僧，又似龙盘虎踞，还像一个蚕宝宝，一晚上岿然没动。散会后，咱大队西墙根的梧桐树下尿流成河，但广清叔人家一次没去。据他自己说，为了不影响看电视，为了让每个电视节目滴水不漏，他竟然从下午开始，茶水未进。"

凌云娘听着赵凌云幽默滑稽的调侃，笑得直流泪。

赵广厚问道："咱村里有电视了？"赵凌云说："是存祥嫂子岳喜凤掏钱临时买的，她想让社员开阔眼界，增长见识，接受新事物。"

赵广厚赞叹道："存祥不简单！"赵凌云兴奋地也介绍道："爹唻，俺存祥哥家的大嫂，人家出身名门却不骄，胸有万卷而不傲。人家那真是有修养。她要是演一台大戏，能把旦角、老生、青衣一肩挑。她太全面了，给谁都能拉得来，接地气。她现在当上了乡党委书记，下步，前途无量。用咱老家的话说，她有大出息头。"

凌云娘补充道："人家赵广勤家烧高香了，米饭锅里插勺子抹住了。像喜凤这样的好媳妇，天下难找，人见人夸。人家是大城市、军官家庭长大的，又是大学生，人家一点不嫌弃咱这里。每天下班都回来，就住那个茅草趴趴屋。"赵广厚叹道："这才是能干大事的人呀。"

赵凌云坐下，拉着爹和娘的手说："爹，娘，我想趁这个暑假，到向阳市里去看看，看看能找点活儿干，挣点钱，准备学费和生活费，两个月后，我回学校复读。卓强老师已给我提前安排好了。俺爹在家，我就放心了。挣多挣少，看运气吧，反正，我会努力的。"

听到赵凌云要外出打工，凌云娘的眼泪哗的一下涌了出来，"凌云，我儿，娘知道你心中的苦，苦都让你摊上了。你出去散散心，娘不拦你。你这一说打工，娘心里难受呀，娘不舍得呀。你要去也行，可得答应我，别受罪，自己爱惜自己，照顾好自己。挣钱不挣钱，咱不指望，找着活儿就干，能干就干，不能干就赶快回来。"

赵广厚说："凌云，咱别去了，你在家复习吧，开了学，直接到学校去复读。我的退休工资，下步就主要用于你和凌峰上学，你别有负担。"

赵凌云笑了笑说："爹唻，你提前退的休，工资也不高，工资是有限的，这点钱为咱家服务是无限的。城市是先进的，是富裕的，钱好挣，那我就到城市去一趟，用劳动赚点城市的钱补贴咱乡下，也算是以城带乡，以城市反哺农村吧。"

接着，赵凌云安排道："爹，您年纪也不轻了，您也多年没干重活儿了，咱家的地就托管给村农业生产服务合作社。你早晚卖个黄烟，鼓捣着种点菜就行了。你再买两只羊。羊可是个吉祥物，又能造粪，又能消化秸秆，还能换钱花，三羊开泰、羊羊得意。没事时牵着羊放放，锻炼身体，岂不乐哉。"赵凌云又想到北魏末年官员、农学家、思想家贾思勰，"爹，贾思勰为了总结养羊的经验，他作为一名州官，在家养了二百多只羊，观察习性，总结饲养经验和疫病防治。养羊好！养羊好！"

赵广厚也附和道："行，行，我看行。"

赵凌云自言自语道："这个'勰'字还真吉祥，贾思勰著《齐民要术》，刘勰著《文心雕龙》。一个文论大家，一个农学大家。"

说罢，赵凌云站起身给爹、娘鞠了个躬。

第二天一大早，赵凌云骑车去丰源供销社购买背式水壶、塑料布等，他为到向阳市打工做准备。到了供销社门口，他快速溜进杂货柜，躲过百货柜，他怕碰见耿玲。真实他是多想的，耿玲早已被许金全安排到了财务上干出纳了。

按说像背式军用水壶不好买，但在丰源乡供销社却不是难事。丰源供销社在许金全的领导和运作下，经营那是相当灵活，他常说："撑死大胆的，饿死小胆的。"经营中常打擦边球，夹带私货，他家里扎的拖把，从东北贩运的松茸、木耳、人参、榛子等都成为供销社的畅销商品。他甚至将东北的小作坊高粱酒和自制烟叶丝都堂而皇之地摆到柜台内销售。丰源公销社的经营效益在山崮县供销系统遥遥领先，许金全个人也赚得盆满钵满。

赵凌云买了个军用水壶和两块长 1.8 米、宽 1.5 米的厚塑料薄膜，快速离开供销社。

他没有遇到耿玲，确实没遇到耿玲。

赵凌云找到赵存祥，开门见山："哥，我今年高考落选了，我想出去打段时间的工，我来给你道个别。"赵存祥眨着眼听着，说道："我支持你。"赵存祥拿出 30 元钱递给赵凌云："拿着，不要说话。穷家富路。暑假一结束，赶快回到学校复读。"

赵凌云接过钱说："哥，这钱算借你的，回头还你。"赵存祥笑着说："行。你这个家伙就跟哥外气吧。"

赵凌云辞别赵存祥，向老爷的坟头走去。到了坟前，赵凌云跪了下来："老爷，我到向阳市区去打工，我来给您说一声。请您放心，您对我的安排我都记着呢，我一定小心做好一切事情。挣点学费，回来复读，我不会向失败低头。"

他边说，边从坟边抓了一把土用纸包上放进衣兜里。

回到家，赵凌云将两块塑料布叠好放进书包，他准备在露天地上睡觉时，铺一块、盖一块，防地潮和露水。他又用包袱皮包了十个煎饼和一罐头瓶炒咸菜。他将平时干活儿戴的经风吹日晒雨淋而变乌变红的席夹子放到包袱上。又将两本书和本子钢笔放入书包。

晚饭后，他早早上床睡觉，他想休息好，明天精神饱满用双脚丈量到向阳市区。不多时，他打着鼾进入梦乡。梦见了迪思科老师，梦见了刘洪老师，梦见了卓强老师。

鸡叫二遍，堂屋正中北墙上的摆钟"铛铛"敲三下。这个摆钟是赵广厚咬牙跺脚下决心掏钱为家里置办的一个"大件"。

赵凌云从床上一骨碌爬起来，完成如厕、洗脸、刷牙三步曲。娘和爹赶紧起床，娘烧水给赵凌云冲鸡蛋茶，爹从手捏子（手帕）里取出 20 元钱。

赵凌云在鸡蛋茶里泡了个煎饼，大口吞下。他背起包袱，斜挎书包和水壶，将席夹祥子拉长挂在脖子上，席夹子置于后背。"爹，娘，我走了。爹，你挑水时半桶半桶地挑，别闪了腰。"

赵凌云出了屋门，将他平时习武的白蜡杆提起向外走去。赵广厚和凌云娘紧跟在后面，赵广厚将钱塞进赵凌云裤兜："凌云，这 20 元钱你带着，在外别亏了自己。"

赵广厚生怕提前给赵凌云钱，他不要，这孩子人样（要面子）。

赵凌云步伐坚定，向着太阳升起的方向走去。凌云娘不断用手擦眼泪，硬汉赵广厚也不停用手背擦眼。

第 108 章

赵凌云走过平湖村，向南望了望姥娘家杨村，想到大舅当年带他到向阳市推瓷缸，他自言自语道："大舅，外甥只身闯天涯了。"

翻过五里盘，他看到路边有一个四根木柱撑起，秆草苫顶的瓜棚，瓜棚西面是一亩见方的瓜田。一位40多岁的瓜农坐在瓜棚内，棚内的地上按堆摆放脆瓜、甜瓜和香瓜。

赵凌云走近瓜棚向瓜农打招呼："大叔，卖瓜呢！"瓜农见赵凌云像个传说中的侠客。"好汉，你这是到哪里去呀？快来吃个瓜解解渴。"

赵凌云放下包袱、书包。"大叔，您给我称一个脆瓜和一个甜瓜吧。"

瓜农挑了一个光滑直溜的大脆瓜和一个像地雷一样的满身绿白花纹相间的甜瓜，放在秤盘里，他左手提着秤杆头上的小绳，右手调节着秤砣。"一斤八两，你看秤高得挂不住砣了。"他边说，边捏着秤砣的绳，让赵凌云看斤两。

赵凌云在水桶里将甜瓜洗了洗，用手捏了一下，甜瓜挤成三半，瓜里面绛红色的汁液流了出来，赵凌云边吸边吃，味道香甜，美味极了，连夸："大叔种的瓜真好，品相好，味道纯正鲜美。"瓜农说："我这个瓜上的是羊粪和麻糁、豆饼。小青年，你这外出是上哪里去？干什么去？"

赵凌云说："我凑暑假，想到向阳市里找点活儿干，挣点学费。"瓜农看着赵凌云目光坚定，炯炯有神，说话礼貌谦和，气质不凡，赞叹道："啧啧，你是个好小伙，这大热天想着外出打工挣学费，不简单呀。你这打工的时间短，个把俩月的，也就适合找个零活儿干。俺村里有几个在城里拉脚（拉地板车送货）的，挣钱还行，一个月能落个百八十的。拉脚就是苦点，全凭两条腿一身汗挣个苦力钱，你们年轻人，就怕受不了这个罪，何况你还是个学生。"

赵凌云眼睛一亮，问道："大叔，这拉脚，在哪里能找着活儿？"

瓜农说："听说，他们在汽车站、火车站那里先租个地板车，也有从家里带地板车的。从火车、汽车上卸下来的货，要让脚夫送到各个售货点，有拉水果的，有拉洋灰（水泥）的，腌七杂八，狗屎二十七，反正什么都拉，按你拉的多少、送的趟数算钱。"

听着瓜农粗野的语言里透露着信息和路数，赵凌云笑着说："谢大叔指路教诲。"

吃了瓜，赵凌云心里轻松而又兴奋，心想："拉脚去，当个脚夫，咱有的是力气。唉！吃瓜真好，吃瓜能获取信息，这个钱花得值。"

他背起行囊，提起白蜡棍快速向前挺进。

进入向阳市区西头，灯火通明，人来人往，喧嚣热闹。向阳火车站和向阳长途汽车站就在这里。工商业时代，那车站码头就是最热闹的地方，向阳市也不例外。小饭店、小旅馆遍布，各类烟酒糖茶小卖铺，小吃铺一家挨一家。门口挂着"录像厅"招牌的屋子里不时传来"哈哈""啊啊"，刀枪碰击的打斗声，哭爹叫娘的哀号声，男男女女的争吵声。

突然遇见的繁华嘈杂、灯红酒绿、花花世界，令赵凌云眼花缭乱、心惊肉跳。

走进一家餐馆，要了一碗面条，弯腰低头吃着。邻桌的几个人喝着啤酒，侃着大山："我的个乖，那个录像厅放的录像是真带劲，武打是真过瘾。武打演员李小龙满身肌肉，一点肥肉都没有，他把那些洋人揍得满地找牙。"一个家伙笑着说："那天，我看的那个谈恋爱的录像也好看，人家女的穿得透着呢，前凸后翘，可迷人了。"

"哎，你知道吗？到了下半夜，有的录像厅还放三级片呢。"一个喝得满脸通红的家伙说。对面的一个年龄偏小的小伙子问："哥，什么是三级片？"红脸的人笑着说："你真没见过世面，土老冒。三级片就是黄的，带色的。"说着，哈哈大笑。几个人端起啤酒杯一碰，咕咚咕咚像饮牛一般，将啤酒灌下。

吃过饭，赵凌云背上包袱、席夹子，挎上书包、水壶，拉着白蜡棍在邻桌喝啤酒的几个家伙的指指戳戳、讥笑声中走出餐馆。看着街上的一切。走到一处没人的地方，他"痞"了一下，将拉着的白蜡棍向上一抛耍了个"梅花"。

向前走了几百米的路边，有一家单位，里面不时飘来水果的香气和烂水果的酒糟味，他走近一看是"向阳市水果公司第三公司"。大门外扔着不少装水果的席篓子、筐子和稻草袋。

公司传达室的电灯亮着，一位老者戴着老花镜看着报纸。赵凌云走近敲门，老者警惕地问道："干什么的？"赵凌云笑了一下说："大叔，我是来找活儿干的，想请您指点下。"老者说："进屋来，我听听你的诉求和想法。"

赵凌云进屋，把包袱和席夹子拿下来，急忙提起桌边的暖水瓶给老者的茶缸了添加了几股开水。"大叔，我没有诉求，我是乡下来的放暑假的学生，想找点活儿干，挣点学费，活儿脏点累点都行，咱乡下人能干得来，撑得住，干得好。拉脚也行。"

老者看赵凌云英俊但很朴实、厚道，同情心油然而生，招呼道："孩子，快坐。你是从哪里来的呀？"赵凌云礼貌地答道："我来自咱山崮县丰源乡想水村，我姓赵，叫赵凌云。"

老者想找茶杯给赵凌云倒杯水喝，瞅了半天没找着。赵凌云见状，急忙说："我有水壶，您别替我忙，大叔。"

老者看着赵凌云，一脸严肃地像是自言自语："一看你也是个苦孩子。正是上学的年龄，应该白白胖胖的，你看你，黑杆憔瘦的，像块烤煳皮的长地瓜。"赵凌云拘谨地干笑了两下迎合着："是的，是的大叔。"

老者说："要说这拉脚的活儿好找。咱这个果品公司，每天都有汽车和火车运来的货，有从南方发来的橘子、甘蔗，还有从西边发来的西瓜，还有从东边发来的苹果，还有从广西那边发来的白糖。除了这个果品公司，还有生资公司的化肥，都需要倒运。"他掏出烟，赵凌云急忙从他手里接过火柴给他点着。他吸了一口，继续说，"你先租辆地板车，这西边的城中村郝村每家都有，租一天五毛钱，押金三十元。可以一天一租，也可以租一个月、两个月。退车时，将押金返还给你。租车时，你可要把乎（看）好车的轮胎，租那个轮槽深点的，轮胎新点的，没有断条（车条）的，这样干活儿不担心。再看那个车架子别拔缝，别一拉吱吱地响。"老者顿了一下，若有所思地说，"你要多买两双球鞋放车上，说不定哪会来，你的鞋底就磨透磨穿了。拉脚就像当年急行军，全靠脚板，护脚板要靠鞋。当年行军打仗，那可没好鞋穿。"

听了老者的介绍和嘱咐，赵凌云感到老者就像父亲一般的慈祥温暖。

赵凌云问："大叔，您一直在这里工作吗？听话音，您当过兵？"老者说："我姓崔，叫崔洪生，是一名退伍老兵。你说你是山嵩县丰源乡的，巧了，我以前刚转业时在山嵩县供销社干了多年政工股长。你们丰源供销社的那个主任叫许金全，一个耳朵，人称许一耳，刚从东北调过来，就是我给他办的手续。这家伙思想活，据说，这几年挣了不少钱。后来，组织调我到市供销社直属的市果品公司当党支部书记。我退休了，工资比一般同级别的人高点，但孩子多，家庭负担重，我就在这里看个传达室，挣个打酱油的钱，也发挥点余热。"

赵凌云听了崔老的介绍，满是敬意，他又给崔老添了几股热水，让崔老喝茶。他拿起水壶陪着崔老喝。

崔洪生老人问赵凌云："孩子，你晚上怎么歇着（睡觉）？"赵凌云说："大叔，我有带的塑料布，有铺的，加盖的，现在天热，找块平整的地儿就行了，好打发。"崔洪生脸绷起来说："孩子，那怎么行？你这么年轻，可别葬送（损坏）

了腰，这可是一辈子的事儿。这样吧，你就在传达室偃我住，最起码不受露水淋，不受地气浸。你在连椅上睡也行，咱爷俩一个床睡也行。"

赵凌云十分感激，笑着说："大叔，我年轻人睡觉没老实景，老乱蹬脚蹬腿的，夜里也好打呼噜，光影响您，我还是在车站外面找个平整地睡就行了，等有了地板车，我就在地板车上睡。"崔洪生始终绷着脸："你说你这孩子太人样（爱面子）了，太认理了，你要毁了腰怎么办？你要真是想在外面睡，你就带几个包水果的蒲草包铺地上，再铺上塑料布。打地铺，别在桥洞下，别在屋檐门厅下，过堂风伤人。别靠墙根，有虫有蛇有鼠的。唉！你说你这孩子！你在外面睡两夜试试，不行，就到传达室里来睡。"

崔洪生老人就像太阳一样温暖了赵凌云这个从乡下来的两眼抹黑的穷学生的心，给了赵凌云一股巨大的力量。

崔洪生帮着赵凌云在一堆烂蒲草包中拣了四个比较好的，赵凌云卷起携在腋下，走到火车站候客室大门外边的一棵电灯杆前，他把蒲草包铺好，将一头的蒲草包卷了个卷作枕头，铺上塑料布。"好床铺呀"，他赞叹道。

赵凌云将包袱、席夹子放好，他从书包里拿出本子和笔，想写点东西。抬头向北望了望老家的方向，天空中的星星眨着眼和他对视着，他想到了爹娘，想到了爹娘送别他的情景。他写了一首诗《送别》：

伫在那儿

双眸里流着对方

五线谱在心房里杂乱地震跳

爹呀 娘呀 儿呀

无数的"可好好的啊"

还有……

像用藕丝串着

脚赸着

手挥着

我走了

你走吧

句号总拖着尾巴

写完，他又想到古代一首伤感的诗：

野村孤影倚寒门，游子他乡粥可温。
昔日承欢膝下绕，而今白发守黄昏。

赵凌云合上本子，说道："爹、娘，开学之时，我立即回家，请二老保重。"

他躺下身子，用塑料布盖上肚子，把席夹子扣在脸上，呼呼地睡了。电线杆上的灯散射着的光洒在赵凌云的身上，温温的、暖暖的。

郝村的公鸡啼鸣，声脆人耳，鸡叫三遍，火车站的钟声响了五下，天亮了。

赵凌云坐起来，揉了揉惺忪的眼皮，他将蒲草包卷起送到果品公司门口，到公厕解了手。用水壶在水管里接了点水溜着刷了牙，捧两捧水洗了脸，背起行囊走进汽车站下的一家粥铺。他喝了一碗小米粥，吃了两个烧饼卷油条。

火车站的大喇叭响了起来："旅客朋友，向阳火车站广播室现在开始广播。"播音员用甜柔的声音播报着火车站出发和到站的时间，请旅客提前做好准备，避免误点。接着，播音员播了几则新闻。6点半，转播中央人民广播电台新闻和报纸摘要节目。

新闻过后，播音员说道：下面，请欣赏香港歌手张明敏演唱的几首歌曲，首先请听《乡间的小路》。

走在乡间的小路上
暮归的老牛是我同伴
蓝天配朵夕阳在胸膛
缤纷的云彩是晚霞的衣裳

听着熟悉的歌曲，赵凌云想到了春节联欢晚会的情景，他听着，眼前浮现出家乡田野的画面。

接下来，是《爸爸的草鞋》。歌曲沧桑而凄悲，情长而意深，赵凌云的眼睛潮湿而模糊。

赵凌云攥了攥拳头，提起白蜡棍向郝村走去。

第 109 章

郝村是向阳市城乡接合部的一个村，隶属于向阳市市中区市郊乡，是一个杂姓村庄，以郝姓为主。近几年村庄扩大不少，姓氏也多了不少。这些新迁来的有的是投亲友，有的是在向阳市和市中区、市郊乡工作的人员把家属孩子迁过来的。目的大致有两个，一个是想等着转个非农业户口，一个是离城市近，做点生意方便，孩子上学方便，下步就业也方便。

郝村与向阳市火车站和汽车站一河之隔。赵凌云走过一座石桥，沿主路西行1000 米向南一拐进了郝村。村内不时传来鸡、鸭、鹅和狗的叫声，又有机器的轰鸣和电锯高速运转发出的刺耳响声。村里的房子有茅草房、瓦房、平顶楼房各式各样，墙体有石头墙、有红砖墙、有青砖墙，有水泥抹平挂面的墙。水泥抹平挂面的墙上写着标语"要致富，少生孩子多栽树""生男生女都一样，女儿也是传后人"。

郝村的街道很窄也很拥挤，有院外的猪圈，有搭的简易棚子，也有部分富裕的人家在平房上加盖个小二层。院子里有开工厂的，有搞加工的，有开旅店的，有开餐馆的。

一、二、三产在这里全面开花，城市气息和乡土气息这里交汇，工人、农民、干部、商人在这里聚集。"城不城，村不村，工农商学兵就看俺郝村。"

赵凌云走进一家搞养殖的问道："您家租地板车吗？"主家答道"租呀。"

赵凌云按崔洪生老人交代的选地板车的标准看了一下，车脚子（轮胎）不行。连走两家，没有选中。来到一家正在电焊钢管的一家："师傅，忙着呢，您家往外租地板车吗？"

一位四十上下的师傅，正一手拿着电焊罩，一手用钳子捏着电焊棒"滋滋"地闪着电花，焊接着钢管，答道："有。"边说边停止电焊，跟赵凌云对接，"你想租地板车？"赵凌云说："我想租。我想租个车脚子好的，车架子牢稳的。师傅您贵姓，怎么称呼？"

师傅放下手里的活儿。"我叫郝保印。你还真有福，我昨天下午刚换了个崭新的车脚子，连土未沾，就像未上轿的黄花大闺女一样。车架子那不用说，是用槐木打的。你看看，就是墙根的那辆。"赵凌云说："你还真有福，我连租一个半月，不打挡，不间断。"边说边看了看郝保印手指的那辆停在墙根的地板车。

哇，赵凌云一看，眼睛露出了惊人的亮光。车子真好，车脚子（轮胎）油黑，崭新发亮，车架子很扎壮，车祥都是新的。

"郝师傅，定了，我租你这辆地板车，租期一个半月。"赵凌云果断地说。郝保印见赵凌云年轻，就问："兄弟，你想干点什么活儿？你哪里人？"赵凌云说："二哥，我是山崮县那边的，高考落选了，想来拉脚挣点辛苦钱回校复读。我想拉多点、重点，多挣点钱，所以想选个车况好点的地板车。"郝保印对赵凌云说："平时，我租给别人，每天5毛钱，交押金30元。退车时还钱。你是个学生，不容易，就按一天3毛钱，押金也不要交。我信得过你。"赵凌云说："二哥，太谢谢您了！我给您打个条。"郝保印说："是的，兄弟你说得对。让你归让你，兄弟明算账，这条你得打。"赵凌云问："哥，您有毛笔和纸吗？"郝保印说："有，我给你拿毛笔、墨汁和纸，还有印泥。"

待郝保印拿来笔、墨、纸和印泥，赵凌云蘸墨润笔，用隽秀的柳书小楷写下字据：

今租用郝保印家地板车一辆，每天租金叁毛钱，连租一个半月，届时及时归还。其间，车辆丢失或损毁照价赔偿。

租车人：赵凌云

1984年7月30日

写完，赵凌云用大拇指在印泥上蘸了一下，又用嘴哈了一下，然后重重地盖在所立字据的"赵凌云"三个字上面。

郝保印接过纸条，赞叹道："兄弟，你写的字真漂亮，你练过书法？"赵凌云开玩笑说："二哥，我要练过书法，字要是值钱，我还来拉脚挣血汗钱？你要是看着好玩，我还车时，我在字条上加三个字，车已还。你就把这个借条留着。也算弟兄两个的友谊见证吧。"

赵凌云把租车凭据条交给郝保印，鞠躬谢道："郝二哥，赵凌云谢您了，感谢您帮我一把，我终生难忘。一个半月后，我准时把地板车送回。"说完，赵凌云将放在墙根的地板车拉出来，如获至宝。他弯下身用鼻子闻了闻车脚子，用手摩了下车架子，对郝保印说："二哥，我走了，我去火车站揽活去。"郝保印握了下赵凌云的手，拍了他的肩膀说："兄弟，悠着点干，别太拼了，来日方长。"

郝保印是个好人，是赵凌云遇到的又一个好人，他没收押金，将地板车放走了，租金也答应少收将近一半。

赵凌云拉着地板车来到果品公司门口，他走进传达室向崔洪生老人报告："大叔，地板车我租来了，你看看还可以吧。"洪生吸着烟笑着说："我看看你的眼光如何？"

看到地板车，崔洪生惊讶而兴奋："孩子，你租的这个车太棒了，拉 1000 斤都没事。"崔洪生说，"你可以上班了。今天就有从南方发来的水果，大约上午 10 点半到。从火车站往这个果品公司院内拉，六个篓子装一车，300 斤，拉一趟 5 毛钱。入库后，再往每个批发部运，每车 2 元到 3 元钱，看路的远近。往龙山路店运可能是 3 元钱，路远还得上坡，坡度还很长很大。"崔洪生又说，"孩子，你运货到公司院内，进出货和结账，你都找我家的你姐帮忙就是，她叫崔瑛，留着个长辫子。你别见外。我现在就交接班回家了，晚上我还回来，干活儿注意安全。你现在就到火车站货场运货口排队去吧，我回家了哈。"

赵凌云谢过崔洪生老人，拉起地板车快速向火车站货场走去。

到了货场运货口，前面已排了一大溜地板车。车夫有的脖子上挂着毛巾，有的光着膀子，肩膀上搭着毛巾，有的穿着大裤衩，有的用草帽子、席夹子扇着风，有的喝着水，有的抽着烟。

赵凌云后悔没穿大裤衩。他想到当时在学校时的篮球比赛，专业篮球队和业余篮球队决战时，专业队都穿着背心和裤衩，业余队的队员穿着长裤长褂，最终业余队获胜。他笑了笑，将裤腿向上卷起，露出膝盖，将爷爷的布腰带用手拽着紧了一扣扎紧，身上的力量爆满。

从火车站货运场到果品公司院内，赵凌云拉着地板车远远看到一个高挑的留着长辫子的女生在那里接货登记。"啊！耿玲？太像耿玲了。"

他揉了一下眼，赶紧两步，到了女生面前，崔洪生的话回响在身边："你找我家的你姐，她叫崔瑛，留着长辫子。"赵凌云缓了下神，礼貌地叫道："您是崔姐吗？我是……"

没等赵凌云说完，崔瑛笑着说："你是赵凌云，我爸给我说了，你快卸货吧，运完一块结账，我记着呢。给你的结账单子。"

赵凌云快速地连运十趟。此时，从火车上卸下的货全部运到了公司院内。崔瑛让赵凌云到财务上结了账。“五块钱。”赵凌云在众多脚夫中算上等的速度。

赵凌云对崔瑛说：“姐，我想往龙山路店送货，您能帮忙给我安排一下吗？”崔瑛看着在所有的脚夫中，赵凌云是年龄最小的，身子骨也偏瘦，心疼地说：“弟弟，那个坡，你可能撑不住，你往别的店送吧。”

赵凌云说：“姐，我能行。我只想多挣点钱。”崔瑛开了单子，帮赵凌云装货。赵凌云到看到崔瑛纤细而娇嫩的手，连忙说：“姐，你可别招，我来。你帮兄弟多揽点活儿就行了。谢谢姐！”

装完六篓子货，赵凌云弓身拉起车向外走。崔瑛扶着车帮助了赵凌云一臂之力，看着赵凌云弯腰驼背，吃力地拉着地板车，一步一蹬往前走，眼睛湿润了。

送完货，结了账，赵凌云将地板车停在果品公司的门口墙角，传达室的另一位师傅知道赵凌云是崔洪生的熟人，就给他看着，赵凌云到市中区百货大楼买了两双黄球鞋，他要进行新的决战。

一段时间，赵凌云除从火车站货场往果品公司倒货，基本上承揽了往龙山果品店送货的活。每天基本上能挣到七八块钱，赵凌云万分高兴。天还是那个天，路还是那条路，太阳却像发疯变了样。它吐着火舌，炙烤着大地，水滴在路上瞬间消失，鸡蛋磕在地上也能烤熟。

赵凌云拉着满满一板车西瓜，走到通往龙山路果品店的令人怵头的长长的陡坡下。他将地板车拉到路边的树荫下，他摘掉头上的席夹子用手拎着不停地扇着，脸上的汗哗啦啦直流。他又取下水壶对着壶嘴喝了几口。他看着路上的行人，有的骑着自行车，有的手里提着个包，顺着路边的凉荫急匆匆地走着，显然这是下班的时间，人们赶着回家。

歇了一会儿，赵凌云往手上吐了口唾沫，搓了搓，又吐了一口，用手抹在鞋底上，他抬眼望了一下长长的坡道：“奶奶的，这还真不次于五里盘！”

他把地板车的撑棍拿掉放在车上，两手撑在车把上往下一压，他拉起车子向陡坡攀爬起来。他憋着气，咬着牙将全身的肌肉凝成疙瘩，聚起全身力气往上走着、拽着、挺着，车袢不时发出吱吱的响声。他弓着身，低着头，屈着臂，蹬着腿，席夹子沿蹭得地哧哧响。他拉着车在坡道上拐着弯盘旋着，他的脚前掌在地上蹉着、踱着，鞋底像燃烧一般滚烫，他清晰地闻到一股股从脚底散发出的胶皮味。

到顶了！他的牙已将下唇硌出血印，他松开咬着嘴唇的牙，深深地呼了一口空气，嗓子却像冒烟一般。

他刚要放松一下，左脚前掌却被石子硌了一下，又疼，又瘆，他绷紧的腿一软，脚抽搐一下，地板车失控一般推着他向前跑去。前面是一个路口，聚集着等红绿灯的一众人，危急时刻，赵凌云红着脸、急着眼将地板车把向上抬起，用板车后脚板刹车，连刹紧刹，板车差点撞着一个等红绿灯的中年人。

中年人留着洋头，戴着眼镜，骑着轻便小轮自行车，车把上挂着一个人造革公文皮包，车后架上夹着一把青菜。

"你是干什么吃的？慌慌张张，你差点就撞着我，你撞着我有你的好看！你们这些农村人真是讨厌人，进个城尽添乱。"洋头中年人瞪着眼大声喝斥赵凌云。赵凌云吓得脸蜡黄，他将地板车拉到路边，边拉边给洋头中年人道歉："老师，对不起，老师，都怨我，没驾好车，我给您赔不是了，请你原谅。"

见赵凌云狼狈窝囊，洋头中年人不依不饶跑了过去："你道歉，道歉就完了？你看你们这些农村人，乡下人个窘样。"

赵凌云的席夹子也从头上掉了下来，汗在流，双手垂着，低着头，听着洋头中年人的喝斥与侮辱。这时，有几个留着长头发，穿着紧身背心和喇叭裤的青年过来看热闹。看着看着，他们进入痞霸的角色。

一个家伙撒着小外"八"字腿，走到赵凌云身边："你看你这小土样，脚趾头都露出来咬人了，你这个小穷酸样，到城里来就是想找挨揍的。"说着，他推搡了赵凌云一下。赵凌云没有吭声，他想息事宁人。

"干吗呢，欺负人呢？不能这样啊，不能这样凌霸欺负乡下人。"一个留着短发、戴着眼镜的老师模样的中年妇女操着普通话劝道。

几个小痞子听到劝说，反而痞性更足了："我就是想揍他，怎么了？"边说边咬着牙看了一眼中年妇女。

赵凌云心想："奶奶的，刚才的洋头，他大几岁，说几句就说了，因为他年龄大。如果小孩骂我，我也听了，那是他童言无忌，不懂事。你几个小子，作为我的同龄人，骂我、羞辱我，是可忍，孰不可忍。我今天不揍你们，不教训你们，我就不姓赵。"

赵凌云向后面宽敞的地方一趔，小痞子以为他怕了，后退，就伸出拳头捣赵凌云。赵凌云用手紧紧抓住痞子打过来的拳头，一个弓步，顺势一掌击了过去，痞子后退一下。只见赵凌云跳起，一个旋风脚踢在痞子的脸上。痞子的脸被赵凌云露出的脚趾头和多天没修剪的趾甲盖划了一个血道子。赵凌云一个扫堂腿，将未站稳的痞子撂倒在地。

痞子见自己人吃了亏，一起蜂拥而上，要以多胜少。只见赵凌云从地板车上抽出白蜡棍，往北跑了几米，痞子们正想追，赵凌云将棍耍起，痞子们惊了："他会武功。"赵凌云一个横扫千军，将几个家伙全部搡倒。赵凌云踩着那个开头挑衅的家伙的腿说："你听着，我今天没伤你们，只是把你们撂倒而已。我今天是代表农村人、乡下人教训你们这些恶霸，我不搡改你们，你们就不知道农村是你们的老家，农村人是你们的祖宗。"说完，赵凌云看见"洋头"还未走，在看热闹。他提棍想再给他道个歉，"洋头"见状，推车一溜小跑向前逃窜，边跑也喊："小青年，没事了，小青年，没事了。"

赵凌云戴上席夹子向围观的人鞠了一躬："谢谢你们的袖手旁观，谢谢你们多一事不如少一事。"围观者羞得脸通红散开了。

赵凌云将烂鞋换下，换上随身带的备用新鞋，拉起板车往龙山果品店走。戴眼镜的老师模样的中年妇女追了上来："小青年，你停下，我有话对你说。"赵凌云往路边一靠停了下来："老师您有事？"赵凌云有气无力地问道。

中年妇女从包里掏出五块钱："这个钱，你拿着用。我看你也是个上学的年龄，怎么出来做脚夫了？你是哪里人？"赵凌云答道："老师，我是山崮县丰源乡想水村人，我叫赵凌云。今年高考落选，我挣点钱当学费回校复读。老师，您的钱我不能要。我是出来打工挣钱的，我不是要饭的，不是乞讨的，谢谢您！"听了赵凌云的介绍，中年妇女眼睛一亮，乐了："凌云，咱可是老乡呢，还是一个村的呢。"

赵凌云听后"啊"地惊叫一声："您是……"中年妇女说："我叫李平，是向阳市第九中学的语文老师。我爱人是你们村的，他叫周炳继。"

赵凌云的眼泪"哗"的一下流了出来。"李老师，周炳继大哥是我的武术老师，是俺村走出来的第一个大学生，也是俺老家最大的官。"李平的眼泪也流出来了："凌云，这在市里打工也太不容易了。我看着你教训那几个习惯凌霸的小痞子施展的武功，我就想到了俺周炳继。农村人有骨气、有侠气。你别打工了，快回家复习吧。你有什么困难给我打电话。"说着，她从包里拿出纸和笔给赵凌云留了电话。她把五块钱硬塞给凌云，"凌云，这是老师给你的，你买点好吃的，加点营养。"

说完，李平老师摘掉眼镜，抹了把眼泪，骑车离去。

第 110 章

夜幕降临，向阳火车站和汽车站周边热闹起来，餐馆、店铺、录像厅门前的灯箱，七彩灯亮着、闪着。喊叫声、音乐声交杂着。

赵凌云将地板车放在果品公司院内一个旮旯儿，他忙碌了一天，累得筋疲力尽的，把行李放在传达室，跟崔洪生大叔聊了一会儿。他说："大叔，在您的指导和帮助下，这段时间我干得还算顺利。这几天，我有些窝工，有时无货可运，无活儿可干。我想，在果品站批发点水果到公园门口零售，也算个补充，当个小商贩，锻个集头子（赶大集），俺老家叫扒筐沿。您看我能行不？我也锻炼锻炼。"崔洪生说："孩子，我看这个事可行。你这段时间拼着老命干，我看着也心疼，看你当脚夫，拉板车，黄球鞋磨烂了好几双。你批发点水果在街上卖，不少挣钱，多少也轻松点，缓缓劲。你会称秤吗？"

赵凌云看着崔洪生，像是跟父亲在拉呱，亲切又温暖。"崔叔，我会称秤，在老家我卖过烧饼。"崔洪生说："那我就放心了。在街上卖东西，要会看秤星子。这一秤来，百秤走，把不住秤，那就亏大发了。"

他抽了一口烟，若有所思地说道："我让我家的你崔瑛姐，直接在这个大公司给你托人批发点，你卖干卖净更好，如卖不出去，就拉回来，再批发给公司下面你送货的那些果品店就是，这样你不会受损失。"

赵凌云急忙打断道："崔叔，那可不行。别难为俺崔瑛姐，让她搭人情，舍面子求神拜佛，求哥哥拜姐姐的，咱划不来，也没有那个必要。我到下面的果品店按正常渠道批发，随行就市挣点差价就行了。如果卖不出去，咱也得担得起。敢作敢为就得敢当，能惹就得能撑，听挣就得听折（shé）。崔叔，您帮我个忙，我在这里人生地不熟。您帮我买杆秤和切西瓜、甘蔗的水果大刀，我明天就开始干。"

说着，赵凌云就从包里拿出 20 块钱递给崔洪生。崔洪生说："孩子，我琢磨着 10 块钱就够了。明天我吃过早饭就去给你买。"他边说边把 10 块钱退给赵凌云。赵凌云诚恳地对崔洪生说道："崔叔，这钱宽绰的，买东西才有挑选，您拣好一点的买，凡事留有余地。"说着，他哈哈地笑了。"叔，我给您说话是不是有点太随便了？不礼貌了？我把您当成俺爹了。"说完，赵凌云又笑了，崔洪生也笑得手里的烟都拿不住了。

　　赵凌云和崔洪生交谈了一会儿，站起身说道："崔叔，您抽烟喝茶，我到外面考察考察。"

　　崔洪生看到可爱的赵凌云要"考察"，高兴地说道："孩子，我马上也交接班了，你考察去吧。"

　　赵凌云背起书包走出屋门，崔洪生看着赵凌云倔强而充满自信和朝气的背影，心想："这孩子真好，办事有理有节，原则性还很强。"

　　赵凌云在街上溜达了一会儿，遇到一个卖西瓜的摊位，他凑过去，仔细观察着。他听到西瓜商贩不停地吆喝着："卖西瓜啰，又大又甜的大西瓜，保熟保甜，不熟不甜不要钱，塌瓤不要钱。"

　　买西瓜的人用一只手托起西瓜，另一只手轻轻地在上面拍打，听着声音，挑着选着。

　　赵凌云观察着，他们用手掂着，一来能把握一下西瓜的重量，二来能通过声音看西瓜的成熟程度。赵凌云想到，跟舅舅到陶瓷厂买瓷缸也是敲着听音，看缸有没有裂纹和残损，哟，这声音蕴含着的信息可够丰富的，智慧来自实践，不服不行。

　　赵凌云还观察到，许多人想买半个西瓜或一小块西瓜，但却被卖西瓜的商贩拒绝了："要买买一个，俺不零卖。"

　　赵凌云心想，其实，零卖也是个好办法。谁家都能吃这么一个十几斤的大西瓜？再说，人也不一定都有钱，买一块给孩子吃的，给老人吃的也不少。"这是商机。"赵凌云走着离开西瓜摊。

　　赵凌云的肚子咕噜咕噜地叫，催着他吃饭。他往前走了一阵，拐进他刚来第一天吃面条的小餐馆。他瞅了瞅吃饭的人们都要一大杯散啤酒，要一盘水煮葱盐花生米。对餐馆老板喊道："老板，上一盘水煮花生米，一杯散啤酒，一碗面条。"老板更正道："你是说这一杯扎啤？"

赵凌云想道："乖乖，散啤酒叫扎啤！"就顺着说道："对，要一杯扎啤。"啤酒和花生上来，他端起啤酒咕咚喝了一大口，感觉到凉凉的，十分爽口，但味道也怪怪的，有点苦，还有些糟味。他想：老家人说喝白酒叫喝猫尿，"你喝了点猫尿，不知你是谁了"，说喝啤酒像喝马尿。唉！这马尿和猫尿到底是什么味道？有几个人喝过呀？但人却用马尿和猫尿来比喻啤酒和白酒，这全靠想象，全靠想象呀。

赵凌云又喝了一口啤酒，想，今天在向阳市里开了斋，仔细品尝了啤酒的味道，也一并尝到了马尿的味道。他想着笑着，将一杯扎啤喝个精光。爽，实在是爽！又要了一杯，几下又喝了下去。头有点晕乎，脸有些发热。"唉！啤酒凉飕飕进肚，热腾腾排出，头也好像大了一圈。"

吃过饭，他走到一条街巷口。巷口的一间门市房灯光闪烁，声音震天。靠近一看，门头上挂着牌子"龙腾录像厅"。门边上的一块白底木牌上用红字写着"通宵放映，内有包间，通宵票价5角，一场票价1角。地上树着一个大木牌，木牌上写着："今日放映：《东邪西毒》《春光下泄》《八星报喜》《猛龙过江》《精武门》《A计划》。"

赵凌云猫着腰看着广告牌，这时，一个售票的时髦女郎叫道："小兄弟，快进来看吧，刺激着呢！"

赵凌云正要掏钱买票进去看个究竟，一对中年夫妻模样的人走过，看了看录像厅说道："唉，你听这声音，杀了砍了的，小青年能学不坏？看录像的孩子哪有好人，不是流氓就是混混。"

听罢，赵凌云将正欲掏钱的手缩了回来，红着脸，急转身，快速跑着离开了录像厅。

"怎么跑了呢？可好看了。"女售票员嗲声嗲气地挥着手喊着。越喊，赵凌云跑得越快，一气跑到果品公司门口。

赵凌云给传达室师傅打了招呼，将地板车拉出来，他在火车站广场对面的墙根，把地板车用木棍撑着，在车上铺了几个蒲草包，又铺上塑料布，他躺在上面。哎哟，真舒服！

在啤酒的催眠作用下，不一会儿，赵凌云鼾睡起来。半夜时分，他心翻恶心，肚子里像翻江倒海一般，干哕想吐，肠子像被用手拧着、绞着、痛着。他捂着肚子，头不停地扭动，腿蹬着地板车，身子不停地左右翻着，地板车不停地发出吱吱咔咔的响声，仿佛要散架。"我的娘喽，疼死我了。孙悟空大人，我不是牛魔王，你别钻进我肚子里祸害我呀。你消消气，我要吐了。"说完，他张开大口，肠胃里的东西一股股喷了出来，酸甜苦辣将他的嗓子刺激得火烧一般，眼泪顺着眼角直流。肚子的疼痛丝毫未减，内急，他捂着肚子弓着腰跑上厕所。

一阵上吐下泻，赵凌云像撒气的皮球，蜷在地板车上。他眼睛迷离，没有一丝力气。"好汉撑不住三拍薄屎，奶奶的，太见效了。"

他感到一阵阵冷，冷得直打哆嗦，冷得直咬牙根。他用手一摸额头，哇，不好了，发烧，至少得38摄氏度多，肚皮也热得烫手。

赵凌云用塑料布严严实实地裹住自己，他想出点汗。"马尿一般的啤酒呀，你可真会开玩笑，你把我整趴了。"想着，赵凌云昏昏沉沉地睡着了。

天亮了，火车站的大喇叭发出咻咻的响声，这是要开播的节奏。赵凌云睁开眼，天空泛起一片蓝。他伸手一摸，塑料布里外都是水。他想起身，身体却像被绳索捆住，抬了两下身，却没能起来，他用尽全力将塑料布从身上扯下，奋力起身，跟跟跄跄差点一头栽在地上。

他用力把顶车的棍抽出，拄着棍，拉着地板车深一脚浅一脚走到果品公司大门。

他拿出水壶在茶炉上接了一点开水，晃了一会儿，小口喝了进去。他把地板车拉进大门内，放在墙一角，对传达室的师傅说了一声，就拄着棍一步一挪赶往向阳矿务局医院。

医生看过，对赵凌云说："你是急性肠胃炎，无大碍。我给你开点药，多喝水，吃点清水面条和鸡蛋补补，注意休息。"

赵凌云拿了药，在医院的锅炉房接了开水，及时将药服下，他找到一家饭铺，要了一碗清汤面，一个荷包蛋吃下。他的腰直了起来，头上出了一阵汗，身上也湿漉漉的，腿部力量也渐渐恢复起来。人是铁，饭是钢，一点都不假。

赵凌云将拄棍提起，不时用手转着，在街上溜达着，他看着街上的行人，看着路边高大的法桐树，他想到老家的古杨，想到父老乡亲，想到爹和娘，心头掠过一丝忧伤。

市中区百货大楼开门营业了。他走进生资门市部买了三米塑料薄膜，到被服柜台买了一个棉布床单，到烟酒柜台买了两包"茶花"香烟。

崔洪生在传达室交接完班，泡上一缸子茶，点一支烟抽着等着赵凌云。别说，这一会儿不见这孩子，还心里空荡荡的。

"崔叔，您上班了。"赵凌云边喊着打招呼，边走进传达室。

"凌云，你出去吃饭了？"崔洪生高兴地打量着赵凌云，好象他一夜长变了似的。"你看样昨天没睡好，好像有些疲劳。"崔洪生洞察秋毫般说道。赵凌云笑着说："崔叔，昨天睡得还行。崔叔，我给您买了两包烟，您尝尝味道怎样？"崔洪生生气地说："你这孩子！你花钱给我买烟干什么，你看你挣点钱容易吗？一天到晚，汗珠子掉地上摔八瓣。"

"崔叔，汗珠子摔十瓣，该孝敬您老的也得孝敬，这是晚辈的心意。"赵凌云憨厚地笑着说。"孩子，你买塑料薄膜干什么？"崔洪生问。

"崔叔，我在卖瓜的摊上看到，许多人买西瓜想买一块、两块的，整个的吃不了或买不起。我想卖西瓜时，照顾一下他们，切开卖，用塑料薄膜包住好卫生，也便于他们携带。这也是一个销路。"赵凌云笑着说道。崔洪生大赞："好！这个想法好！这个办法好！"

崔洪生把买的新秤和切西瓜刀递给赵凌云："凌云，看看怎样？"

赵凌云看着镶嵌着金星的红木秤杆和乌黑发亮的秤砣，还配有一个锃亮的白铁秤盘，连声称赞："大叔，太好了！这个秤会带来生意兴旺，也会带来买卖公平。"接着赵凌云顺口背了一首古诗，诗云：

> 圣人防争心，权衡为之设。
> 后世失其平，有星徒尔列。
> 物物尚可欺，铢铢不须别。
> 将淳天下民，安得必毁折。

看到赵凌云高兴，又出口成章，崔洪生乐在心头。他将买来的刀和秤及剩下的钱悉数交给赵凌云。

赵凌云谢过崔洪生大叔，没有听从医生"注意休息"的劝告，背上包和水壶，戴上席夹子，拉起地板车奔向果品公司解放路水果批发店。

第111章

赵凌云一走，崔洪生就找到女儿崔瑛。"小瑛，刚才赵凌云已去解放路店批发水果去了。你跟那边联系一下，让他们帮忙给他挑选些市面上好卖的西瓜和甘蔗。这孩子第一次出摊卖水果，别让他犯了难。"

崔瑛听到爸爸的安排，心想：这老头就是心善，见不得人难。就满口答应："好的爸爸，我这就联系。"

崔瑛给解放路店的经理方鸿鹰联系道："方姐，我是崔瑛，有个事想请您帮忙。我有个表弟叫赵凌云，到您那儿批发点西瓜和甘蔗零售。这孩子年轻，又是第一次干这个买卖，没有经验，更没有应对顾客的能力，您安排给他挑选点市面上好卖的西瓜和甘蔗，让他卖得顺利些，别让买主找他的茬。谢谢您了！"方鸿鹰问道："他什么时间来，他长什么样？哪里的口音，我好接待。他大约批多少斤？"

崔瑛说："他有17岁的样子，身高在一米七三左右，黑黝的，国字脸。口音是山崮县那边的口音，他已经去了，大约40分钟能到你那儿。最多批三百斤吧。"方鸿鹰爽快地答道："好的妹眯，你安排的事儿，姐一定办好，你放心啊。"

赵凌云到了解放路果品店，排队等着批发。轮到他，他操着普通话说："您好，我批三百斤西瓜，三十斤甘蔗。"

自从接了崔瑛的电话，方鸿鹰就一个一个地瞅着来批发西瓜、水果的顾客。瞅着眼前的青年，看相貌应该是，但口音不对呀，这个小伙子说普通话呀。

方鸿鹰问道："小伙子是哪里人呀？叫什么名字？"赵凌云心想："我的个娘眯，批发个水果还实名制？还调查身份？"他快速回道："我是山崮县丰源乡想水村村民赵凌云，姓赵的赵，凌云的凌，凌云的云。"

赵凌云的绕口令回答逗得方鸿鹰大笑。"好的老弟，我知道了。"

方洪鹰安排将事先挑选好的沙瓤西瓜和新到甘蔗给他装上车，赵凌云付了钱，连声感谢，拉着地板车离开批发店。"大城市文明呀，商店服务态度真好，张秉贵的一团火精神在这里生根发芽了。作为小商贩，我也得学习这种文明服务。"赵凌云拉着地板车，走着、想着。

赵凌云走后，方鸿鹰给崔瑛打了电话："崔瑛，可弄好了，你说你表弟山崮县口音，他怎么说普通话呀，差点弄两岔股去，多亏我查了一下他户口，嘿嘿，你表弟太逗了，自报家门像绕口令似的。"崔瑛说："这小子可能到你们店一激动，口音转了。你给安排好就行，太谢谢俺方姐了！下步少麻烦不了您，谢谢啊！好的方姐，挂电话了啊。"

放下电话，崔瑛自言自语道："俺爸认识的这孩子还真是个活宝。"

赵凌云拉着地板车到了人民公园门口，找个敞亮的空地将地板车用木棍撑住，将秤和西瓜刀拿出来等待开张，他紧张而又激动。想着："又甜又鲜的大西瓜，保熟保甜，不甜不要钱，塌瓢不要钱。"但他喊不出口，嗓子像被泥糊住一样。

他看到马路边有一个初中生模样的少年，坐在一个三轮车旁，三轮车的车脚子（轮子）跟自行车一样，车把也像自行车，车把上还有一个铃铛。车上放着一堆西瓜，他显然也是一个卖西瓜的。

这时，三个穿喇叭裤，袒胸露脯，走路外八字像鸭子一样的青年绕过用三轮车卖瓜的少年，直接冲着赵凌云而来："喂，伙计，谁让你来卖瓜的？"赵凌云把席夹子往上一抬说道："我让我来卖西瓜的，不让卖吗？"前面的秃头说道："这是谁的地盘你知道吗？"

赵凌云说："我知道，这是中国共产党领导下的人民的地盘。"

跟上来一个长头发的青年厉声说道："别不识好歹，不是不让你卖，让你卖，你得交保护费。"

赵凌云看到卖瓜少年拿着切西瓜的刀不停在三轮车架上磨蹭，心想，这是怎么了？都让录像厅的黑剧给教坏了？

赵凌云把地板车下的木棍抽出来，将地板车放平，说道："我不需要外人保护，我没有也拿不出交保护费的钱，我用它来保护我。"说着，他取下席夹子，玩了一套少林棍术，收势后，赵凌云问，"各位好汉，您看我的棍能保护我吗？"

二个家伙抱拳施礼："你的棍可以保护你，我们不打扰了。"

赵凌云将棍抵于车下，将地板车撑起，拿起水壶喝起了水，边喝边斜看着卖瓜少年。"看你小子还能屙几个驴屎蛋，你不是请人来保护你吗？"

突然，卖瓜少年提着西瓜刀向赵凌云走来，赵凌云警惕地急忙又把棍抽了出来置于身后。"哥，您刚才受惊吓了吧。我在那儿磨刀吓他们呢，如果他们欺负您，我就用刀削他们。这些王八羔子专欺负乡下来做买卖的人。"卖瓜少年操着东北口音安慰似的跟赵凌云打招呼。

赵凌云听到卖瓜少年暖心的话语和熟悉的东北话，差点喊出秦守实的名字，长相和口音太像少年秦守实了。

"兄弟，太谢谢您了。我以为你们是一伙的呢，我以为他们是你的保护伞呢。"赵凌云笑着说。卖瓜少年把嘴一撇说："哥呀，你怎么这么眼弱呢，你怎么把我看成跟他们一伙呢？他们是社会上的小流氓、小混混、小痞子，我是革命战士的后代。"

赵凌云用东北话问道："弟弟，你是哪旮旯儿的人？姓啥名谁？"卖瓜少年说："我家是老向阳街的，我姓李，叫李鑫。我爷爷是东北抗日老英雄，解放后，爷爷转业回到老家向阳街，我们一家从关外搬回来了。我父亲叫李庆山，在向阳市水泥厂工作，哥哥叫李磊，在向阳市橡胶厂工作，我舅舅在向阳市冶化局工作，还是副局长呢。"卖瓜少年李鑫一股脑将家庭成员，差点连祖宗八代向赵凌云磕了个底朝天。

赵凌云很疑惑："你这么小，又有这么好的家庭条件，你怎么也跟我一样出来出摊卖西瓜呢？"李鑫说："我爷爷告诫我们，家里每个成员都不要躺在老一代功劳簿上，都要凭真本事吃饭，靠双手挣钱生活，谁懒谁现眼，谁犯错误除谁名。我爸让我暑假参加劳动，锻炼生活能力，养成自食其力的好习惯。"李鑫又好奇崇拜般问道，"哥，您会武功？您都会哪些武功？可以教我吗？"

赵凌云高兴地说："弟弟，我会少林拳、洪拳、红拳、翻子拳。这棍术，我会少林棍、猴棍、梅花棍。我可以教你，但我马上就要回家回学校上学了，教你也教不了几天。"李鑫问道："哥，您的家是哪里的？您怎么到这里卖西瓜呢？"赵凌云笑着说："说来话长，我是山崮县乡下人，我叫赵凌云。我今年高考落选了，我明年还高考，想趁暑假挣点钱交学费和生活费。乡下挣钱还不易，我想，乡下原野尽黄叶，向阳城里遍黄金，这不，我就来到咱向阳城淘金了。我一直当脚夫，拉板车挣钱。这有时活也不赶趟，咱不能闲着呀，时间就是金钱。这插空我就在水果店批发点水果到街头叫卖。刚才，碰到那几个封山占地为王的家伙，我看这摆摊经营也不易，卖完这车，就金盆洗手不干了。咱可不能逮不着黄鼠狼搞一手臊。"

李鑫满怀气愤地操着东北口音说："我操，你怕他们个熊，你会武功，咱不行就盘他们。他们就敢欺负乡下人。他们知道我是向阳老街的，见我躲着走。唉，我想起来了，我哥在向阳市橡胶厂工作，那旮旯儿有橡胶废品下脚料，外面回收站有收的，咱不行去做点那个买卖挣点钱？我今天晚上回家给我哥哥说，让他联系一下，咱明天在这里聚合。"

赵凌云说："弟弟，那太好了。我跟你沾光，做点废品生意，咱不受这个气了。咱在一起，我也能教你练武功。"李鑫伸出手拽了一下赵凌云的手："哥，咱就这么定。"

赵凌云拉着西瓜离开人民公园门口。他想，市场也不能去，肯定那也有势力范围划分，那就到一些大院居民小区门口看看吧。

他拉着地板车，将席夹子往下使劲地拉着盖着脸，他怕遇见熟人，尽管不可能，但也不是不可能。迪思科老师？侯贺堂老师？陈传卿老师？还有刚认识的李平老师？初中同学张建玲也到向阳国棉厂上班了，要遇见她那才好看呢！

他无精打采漫无边际地走着，他想到了骆驼祥子，想到了梁生宝买稻种。突然，他看到前面一个巷子中间坐着一些老年人纳凉，他拐了进去。"爷爷，奶奶，在外面凉快呢！这是什么小区？"赵凌云停下车，将席夹子摘下来，礼貌地问道。

"噢，这是向阳市委宿舍区。小青年，西瓜咋卖？"一位老干部模样的爷爷问道。"爷爷，随行就市，咱不能卖贵，卖贱了也折本。"赵凌云没具体说价格，他想刺探一下。

几个有年纪的人围了上来，在西瓜上拍着、听音，这西瓜好着哩。

"小青年，你认为你的西瓜怎样？保熟保甜吗？"一个老奶奶慈祥地哼哼地笑着问。

"奶奶，老王卖瓜自卖自夸，可惜我不姓王，我姓赵。熟和甜咱也保不了，这隔皮猜瓜，古来有之。我可以给您打个模看。"赵凌云将席夹子放在背后背着，边拿西瓜刀边说。赵凌云在一个西瓜的当中切了个深深的三角块，拿着在几位老年人眼前转着看。

"哟，这西瓜不孬，是红沙瓤的。一看小青年实在，咱一人买两个吧。"老爷爷说。

赵凌云一听老爷爷夸自己的西瓜是沙瓤的，他来了精神，想象力丰富地说道："爷爷，这西瓜的沙瓤可好啦，粒粒相连，丝丝相扣，沙糯香甜，入口丝滑，不软不肉不皮哏，适口性强，入口即化。"老爷爷哈哈大笑："小青年，你比姓王的还厉害，把西瓜夸成宝贝了，你还有文学才华呢。"赵凌云补充道："这沙瓤西瓜切开就像待割的蜂巢蜂蜜，您吃去吧，保您满意！"

这下，老爷爷更乐了，情不自禁地拍了下赵凌云的肩膀："这小子不像是卖西瓜的，倒像个大学生体验生活的，咋出口成章，文采飞扬呢！小青年，说实话，你是不是学生出来打工的？"赵凌云含糊地说："是的爷爷，我趁暑假进城扒个筐沿挣点学费和生活费。乡下人也没有其他挣钱的路，建筑队咱也干不了。"爷爷说："孩子，这车西瓜我们全要了，甘蔗也留下吧，价格随行就市。我们回头挨家分着吃就行了。你快回去，好多学会习，这上学的年龄，还是以上学为主。"

赵凌云说："爷爷，我批发的瓜总共300斤，甘蔗30斤，你看我还再一个一个地称一遍吗？"老爷爷说："不用了，就按这个斤两算，西瓜价格按5分一斤，甘蔗按2毛钱一斤。"

老爷爷回家拿了25块钱交给赵凌云，赵凌云将西瓜和甘蔗卸下来码在树下阴凉处。

"爷爷，奶奶，感谢您对我的厚爱、信任和帮助，我回去了。"赵凌云鞠了躬，戴上席夹子，拉着地板车往回走。

"吴部长，这个卖瓜的小青年过实诚了，他的西瓜确实好，他看样不大会做生意，批发西瓜还挺在行。"赵凌云听着，笑眯眯地往果品公司赶。

天刚蒙蒙亮，人民公园热闹起来，晨练的、赏景的、听音乐的。鸟儿自由地飞着、叫着，呼唤着被囚在鸟笼里的鸟儿。动物园鸟笼里的鸟儿和被阔主放在漂亮鸟笼里提着架着的鸟儿可怜巴巴地望着外面自由的世界，虽尊享福贵，心里苦呀。它们发出的哭叫般的哀鸣都被他的主人当作美妙的声音来欣赏、炫耀。

李鑫骑着三轮车早早地来到人民公园门口，看着路上偶过的行人，听着公园里的竹丝百音，心情欢快得像树杈丫枝间窜来窜去的小鸟。他哼着《外婆的澎湖湾》等着赵凌云。

赵凌云拉着地板车健步如飞跑了过来，他用褂角擦了一把汗，从背包里掏出一个大纸团，纸里面包着六个肉包子。"李鑫弟弟，我来晚了一步，劳你在此等候多时，失礼了，快来咱先吃包子，这是汽车站有名的家外家包子铺的肉包子，香着呢。"赵凌云气喘吁吁地对李鑫招呼道，"我买了六个包子，这叫六六大顺，咱每人吃三个，叫三星高照，也叫三生万物。老子说，'道生一，一生二，二生三，三生万物。人法地，地法天，天法道，道法自然'。吃吧，兄弟，愿我们旗开得胜"。

李鑫接过包子笑嘻嘻地吃着，嘴角和指缝间流着油，赞道："哥，这家外家的包子真好吃。"吃过包子，赵凌云将水壶递给李鑫："来，喝点水压压。"李鑫接过水壶咕咚咕咚地喝了几口，赵凌云接过又喝了几口。赵凌云说："李鑫弟，你骑车快，你先去在橡胶厂门口等我，我奋力赶。你别就屈我，这样光局你的劲。"

李鑫听后，猴子一般跃上三轮车，用手指按了一下车把上的铃铛，像脱缰的野马沿路边向前冲去，边用脚快速蹬，边喊道："凌云哥，看我的。"他显然在向赵凌云展现实力，谝个能。

赵凌云拉起地板车一路小跑往前追，快速赶往位于市南区的向阳市橡胶厂。

向阳市橡胶厂是向阳市骨干企业，利税大户。这个厂建于1970年，是响应"三线"建设号召，沿海城市的企业在向阳市建设的分厂。一块建设的还有向阳市国棉厂、肉联厂、造纸厂。

20世纪60年代和70年代，在"备战备荒为人民""深挖洞、广积粮"的时代背景下，国家启动"三线建设"，即沿海企业向内陆多个省份迁移，像湖北、贵州、四川一带。

改革开放后，向阳市委、市政府不拘一格选用人才，大胆推行国有企业管理体制的改革。橡胶厂瞄准市场进行科技改革创新，先后从英国和日本进口先进设备，生产出了国际一流的抗打压的高压钢丝编织胶管和煤矿使用的阻燃运输带，这个运输带填补了国家空白。同时加强销售队伍建设，在全国布局八大销售片区，成立外经处，专攻国际市场。对厂内各科室、车间优化人员组合，定产、定量、定标准、定消耗、定效益，层层签订责任状，人人身上有指标、有任务，每月一考核，年底总考核，实行多劳多得，少劳少得政策，奖罚分明，及时兑现。橡胶厂的福利那可是独一无二的。向阳市内流传着一句话，"宁愿让橡胶厂的职工搂断腰，也不要别的招一招"。职工宿舍通暖气、煤气，"两气"费用还全免。职工医院、食堂、幼儿园、小学那是一流的。在市内上中学的职工子弟，厂里的大客车全程接送上下学。

年产值过亿元，利税3000多万元，创外汇1500多万元，职工工资和福利之高在向阳市乃至全省也是风头强劲。

赵凌云来到橡胶厂门口，被高大气派的大门震撼。

不一会儿，李鑫的哥哥李磊从厂办公楼里走出来。李磊是向阳市橡胶厂煤炭运输带生产车间副主任。他留着平头，戴着一副近视眼镜，文绉绉中却透着一股阳刚之气。他毕业于省化工学校。

李磊在门口见到弟弟李鑫和赵凌云，说："厂里的下脚料已被一个有钱人全部包下了，全年的钱已预付。我从他那里给你们掰出来一点，从厂里拉2分钱一斤，卖到15里外的废品收购站1毛钱一斤，一斤能挣8分钱。你们每天来拉就是，能拉多少都可以。若从这个已交预付款的人手里要，那他得扒一层皮，至少每斤他得先收3分到5分钱。"听着，赵凌云倒吸一口凉气。"唉，越有钱的人越能挣钱。"

李磊给传达室的门卫打过招呼，并写了出入条，出入条上注明为运输垃圾。

李磊领着赵凌云和李鑫边走边介绍厂里的情况，显然李磊以橡胶厂职工的身份为荣耀。

走到院子中心的纪念碑前，他介绍道："这是我们厂为纪念产值过亿，利税过双千时建立的。纪念碑的设计方案是向全国公开征集的。纪念碑上端的两个英文字母是'向阳'二字的第一个字母，寓意为'向阳'二字。碑前的大圆球是地球造型，圆球上站着一位阳光朝气的女职工，她手臂伸向远方，寓意'向阳市橡胶厂走向世界'。纪念碑硕大的底座正面上刻着的金色大字'开拓'是企业精神的浓缩。三面密密麻麻的楷体小字是全厂1700多名职工的名字。我们厂是真正以人为本，真正把职工看成企业发展的根基源泉。职工才是企业的主人。"走到科研楼，李磊说，"这是我们厂的科研所，也是国家级的橡胶研究所。我们的大发展，科技创新是关键。"

李磊把李鑫和赵凌云的事安排妥当，就回车间上班去了。

赵凌云和李鑫自此有了一份稳定的工作，他们拼尽全力干了起来，累并快乐着。

干完活儿，赵凌云就教李鑫练武，两个人在一段时间的相处中结下了深厚的友谊。

第 112 章

火热的夏天悄悄退场，秋姑娘姗姗而至，她带来了一丝凉意和惬意。赵凌云将结束暑期打工的日子返回老家。

赵凌云告别李鑫，李鑫哭得像刘备一样。"哥，您下步转到向阳市区来上学不行吗？您下步来向阳市工作不行吗？我会一直念着您呢，我盼着咱弟兄俩再相逢，不分离。"赵凌云也流着泪说："好的弟弟，我争取下步能来向阳城工作，我盼着你我再相聚。"

告别李鑫，赵凌云到市中区百货大楼买了两双圆口老北京布鞋，一双给父亲赵广厚，一双给崔洪生大叔。又给娘扯了一块涤卡布，让娘做个褂子，还给奶奶买了一顶平绒老年帽。

回到果品公司传达室，赵凌云和崔洪生聊着，崔洪生大叔抹着眼泪安排赵凌云回到老家赶快回校复读，注意保重身体，好好学习，争取考个好大学。赵凌云感谢崔大叔一段时间以来对他的关心支持帮助，感谢崔大叔谆谆教诲，让崔大叔转达他对崔瑛姐的感谢之情。"俺崔瑛姐一直默默地关心我这个来自乡下的兄弟，我万分感谢！"

正谈着，有人敲传达室的门："师傅，想打听个事。"崔洪生打开门让他们进来，看到来人，赵凌云兴奋地喊道："秦守实，徐星。"

赵凌云起身抱住他们："哪阵风把你们俩吹来了？"急忙向崔洪生介绍，"崔叔，这俩是我同村的发小、同学，他叫秦守实，他叫徐星。"

赵凌云向秦守实和徐星介绍，"守实，徐星，这位老人是崔叔，快叫崔叔。"秦守实急忙从包里掏出香烟，抽出一支双手递给崔洪生："崔叔，您抽烟。"边说边划着火柴给崔洪生点着。

赵凌云看到，秦守实给崔叔递烟、点烟的动作娴熟而稳健，说话气息均匀，声音沉稳，心里叹道："守实成熟了。"

崔洪生让他们坐下来问道："你们刚才想问我什么事？"秦守实回过神来答道："噢，崔叔，是这样。我和徐星被我们乡党委和企业委派，脱产到市里的中专学校来进修，我呢被委派到市粮食中专学财会，徐星被委派到市建设学校学建筑，通知上说，市粮校在汽车站附近果品公司斜对过 500 米处，我们第一次来向阳城，看到果品公司的门牌就情不自禁地走进来想问一问市粮校的具体位置。"赵凌云附和道："崔叔，这果品公司成了标志性单位了，我刚来，就遛到这里找到您。还是国营单位吸引人。"

崔洪生吸着烟说："是这个理。单位大又正规，在社会上的信誉度就高。市粮校在东南角，火车站东墙的胡同里，位置有点深，不靠街。"

徐星问道："凌云哥，你什么时候来的向阳城？"赵凌云说："我来了有一个半月了，我今天已收拾好行李，给敬爱的崔叔辞行，准备回老家了。"秦守实向崔洪生介绍道："崔叔，赵凌云可是我们那旮旯儿的学习状元，初中时就夺过山崮县中学生作文大赛一等奖，学习那是顶呱呱，武术也是我们师兄弟三个当中最棒的。据说，他今年高考只报了中国人民大学，但凡再报一个稍低点的志愿，他就考上大学了。"

赵凌云尴尬地一笑："守实呀，英雄不谈过往，落水的凤凰不如鸡。"

崔洪生的眼光不时在跟前三个青年脸上扫来扫去，最后将目光停留在赵凌云的脸上，坚定地说道："英雄失意不失志。"赵凌云问秦守实和徐星："你们在厂子里干得还行吧？企业发展得也挺好？"

秦守实说："企业发展没得说。咱师傅提拔到县里任副书记，还是主抓工业。来泉乡新上任的领导按师傅的思路大抓工业，狠抓工业，厂子都红火着呢。企业发展需要人才，我和徐星的初中文凭在厂子里都算高的。这不，乡党委选拔我们一批人到上边的中专学校来进修。"

赵凌云说："是的，你看向阳市橡胶厂靠科技创新，生产出国际、国内领先的产品，据说，产品远销国外呢！"赵凌云起身对崔洪生说，"大叔，天也不早了，我陪我同学去学校报到，您也休息一会儿吧。大叔，您这个传达室可是个福地呀，您在这里收留接纳了我，让我有个落脚之地。我同学来问路又遇见了我，咱的缘分可不浅呀。大叔，您的大恩大德我永记在心。"

赵凌云与崔洪生握手鞠躬，秦守实和徐星也跟崔洪生握手鞠躬。赵凌云背上书包，背上席夹子，携着行李走向停在门口里面墙角的地板车。

赵凌云流着泪跟崔洪生挥手，崔洪生一手携着赵凌云给他买的布鞋，向赵凌云挥着另一只手，边挥手边往外走，把赵凌云和秦守实、徐星送出公司门外。

崔洪生望着弓腰拉着地板车、渐行渐远的赵凌云，心里有说不出的滋味。

"这孩子憨厚、朴实、直爽，通体透亮，他周身洋溢着的特殊气质又像谜一般的存在。孩子，祝福你好运。"

赵凌云走到一个西瓜摊，买了两个大西瓜，对秦守实和徐星说："你们俩跟我去把地板车还了，这个地板车是我租借郝村郝保印大哥的。回来，送你们去报到，报完到，咱找个餐馆吃顿饭，喝杯啤酒。明天一早我坐汽车回老家。"

到了郝保印家门口，赵凌云喊道："郝大哥，我来还车了。"听到赵凌云的声音，郝保印放下手里的活儿迎了出来。

"兄弟，用完了？你不再打工了？"郝保印笑着说道。

赵凌云将两个大西瓜搬到郝保印的院内，"郝哥，太感谢您了，我快开学了，不再继续打工了。您检查一下地板车的车况，看有没有损坏。我卖西瓜，也没花钱买，算我对您的一点心意吧，实在不成敬意"。

赵凌云边说边将15块钱递给郝保印："这是租金，请您查收。"

郝保印温和地笑着说道："凌云老弟，你太见外了，车子无损，完璧归赵。这租金，你给10块钱就行了，你不容易，拉脚又是大热天，给10块钱是这个意思就行，划过这一道。你说你还带两个大西瓜，太客气了。"郝保印退给赵凌云5块钱，说道，"凌云老弟，你当时写的借条就留给我作个纪念吧，也是咱弟兄俩友谊和缘分的见证。烦你再加上'车已还'三个字就行了。你的字写得漂亮，我喜欢。"

赵凌云接过租借条，在下面用行书写道"车已还"，又签上自己的名字和日期。郝保印将租借条叠好放入布袋中，回屋拿了两盒饼干，"兄弟，你回家在路上吃，也算我的一点心意"。

秦守实和徐星看着感叹着："这个郝大哥真是善良又厚道。"同时对赵凌云更是叹服，"凌云无论到哪里都能结交上好朋友"。

娘说："多个朋友多条路。"赵凌云一直坚信并奉行着。

还完地板车，赵凌云一身轻松，他背着、挎着行李，提着白蜡棍陪秦守实和徐星到学校报到。

秦守实在粮校签了到，将行李放到宿舍。赵凌云带着秦守实和徐星走过振兴路，到了文化路，建设学校就在文化中路南侧的一个胡同里。向阳市区，文化路成了南部边界，文化路以南就是大片农田和村庄。建设学校周边显得荒凉，没有半点城市的繁华。

徐星到建设学校报完到，赵凌云提议到解放路和向阳老街看一看，找个餐馆聚一聚。

走到解放路，赵凌云望了望向阳市委大院，他想到了可敬的吴部长，这位老革命家帮自己销售西瓜，体现了老干部对农村和农民的一片爱意。走到解放路果品店，他想到可敬的女经理（方鸿鹰）给自己安排的沙瓤西瓜确实好，不然会愧对和辜负吴部长的善举。

进入向阳老街，城市的繁华尽收眼底。东方红影院、向阳剧院、东风酒楼、回民饭店、向阳百货大楼、向阳五金交化站全部聚集在这里。百货大楼墙体上的"博士伦眼镜"广告牌闪着灯光，录像厅里飘出的嘈杂声渲染着、衬托着街道的拥挤。

赵凌云看到紧邻五金交化站有一个二层小楼，大门上方青瓦翘角装饰，门口立有红色廊柱，古色古香。门檐下面挂着馆阁体书写的"桃源酒家"匾额。一楼、二楼之间的墙体上写着"承办酒席，内设雅座，经济实惠，欢迎光临"字样。

被"经济实惠"四个字吸引，赵凌云对东张西望、两眼不够用的秦守实和徐星说："咱进这家饭店吃顿饭吧。"三个人走进饭店。

门口吧台里的女老板笑着问道："你们几个人？"赵凌云说："三个。"女老板说："你们在外面大堂里找个桌子坐吧，进包间，最少得八个人以上。"

徐星率先找到靠角的一个相对僻静的桌子坐下。赵凌云看着菜单，点了油炸花生米、红油猪耳、酸辣土豆丝、鱼头炖豆腐、一斤半肉馅水饺、三瓶啤酒。他让秦守实过去要餐具，他趁机把账算清先结了。

赵凌云坐下，让服务员把啤酒起开，三个人对饮起来。赵凌云笑着说："守实、徐星，做梦也没想到咱三个人今天在向阳城的桃源酒家吃饭聊天。举杯邀明月，对影成三人，又恰似桃源三结义，妙哉！"

斟上酒，赵凌云端起酒杯："来，我先敬你们两个人一杯酒，为你们接风，祝贺你们到向阳市来进修学习。"秦守实惊奇地问道："凌云，你怎么冷不丁就到向阳城来打工了？这段时间你都干了哪些活儿？"

赵凌云说："说实在的，高考前后，我经历了不少事情，心情有些压抑。我就想出来干点活儿，沉沉心，整理下心情。再说，我还真想试探一下看看城里的活儿好不好找，钱好不好挣。有许多人，包括我哥，对城市生活有一种发疯般的追求、向往和期待。有人说，城市是人间天堂，有车坐、有公园玩、有酒喝、有钱挣。城市生活浪漫而奇妙无穷。咱没有机会来城市体验，我就趁这个暑假来了。"赵凌云给他们碰了一下酒杯喝下，接着说，"来到这里，我主要就是当脚夫，拉地板车倒运从火车站和汽车站卸下来的水果呀什么的。也批发水果卖了一次。后来又倒运些工厂废料。就干了这些活儿。说实在的，这一个半月还真挣了点钱。在城市打工苦，在家种地也不轻。在城市打工挣的钱那可比种地多得多了。我临来时，我给我爹开玩笑，我去挣点城市里的钱也算城市反哺农村，挣点工厂里的钱，也算工业反哺农业吧。通过这段时间的经历和思考，我认为，城市越光鲜，城市的生活越优越，越证明坚守故土、坚守农田、默默耕作的农民的伟大。我还认为，城市要发展，要大发展，工业就要发展，要大发展。只有工业强大了，城市发展了，现代化才能早实现，才能反哺带动农业、农村、农民的大进步。还是工业挣钱快，我去拉废料的那个橡胶厂1700多个工人，一年的产值达到一亿多。咱村也1000多人，一年产值才多少？不发展工业绝对不行。当然农业是基础，农业不能丢，也不能弱。农民进城打工是好事，他们在城市赚了钱投入农业生产和农村设施和条件的改善，就是以城带乡，工业反哺农业的一条路径。但人不能背叛老家，不能舍弃老家，不能歧视老家，要善待农村，体恤农民。我作为一个底层农民，多么渴望改革的阳光，多么渴望爱护和支持鼓励呀。"说着，赵凌云的眼睛湿润了。他想到了几次被小流氓欺辱，同时，他也想到了吴部长、崔洪生、崔瑛、李鑫、李磊和郝保印对他的关爱和帮助。

徐星仔细地听着赵凌云的话语，有一种莫名的亲切和共鸣，他好久没有跟赵凌云在一起，也没有听赵凌云幽默的谈吐。

徐星端起酒杯，站起来说："凌云哥，我敬你一杯酒，听你话里，你也受了不少苦。你刚才讲得极是，自从你领着我和秦守实见过周老师，我们就参加了工作。几年来，我们也感觉到，我们在企业上班，虽然也很累，但比'农人终日不得闲，面朝黄土背朝天'的生活还是好多了。工作环境好，生活条件好，工资待遇好，还体面，找媳妇也容易。秦守实就找了厂里的'厂花'，可俊了，可贤慧了。"说完，仰脖一饮而尽。

赵凌云喝下酒，哈哈地笑着："守实，你这家伙有福呀，找个俊媳妇！你不打算回东北了？"秦守实陷入沉思，泪眼朦胧地说："我不回东北了。我准备结婚后，把我爹接回来，把我娘的坟也迁过来，让他们回老家。我的老家虽然建成了水库，但我姥姥的家想水村就是我的老家。"

赵凌云和徐星不约而同地举杯跟秦守实敬了一杯酒。

秦守实说："徐星也正谈着呢，乡建筑队经理的女儿。"徐星撑道："别胡说，八字还没一撇呢。我不想急着找对象，我想下步捌个非农业户口的烫发女郎呢。"说完，徐星点头笑着，伸了伸舌头。

秦守实抬头看着赵凌云："凌云，你今后怎么打算？你可是我们的榜样和路标呀。"赵凌云用手指敲了一下鼻子说："我回校复读，明年再考一次。考上大学，毕业后回老家参加工作。考不上大学，我就在村里种地，做生意。现在的形势下，只要勤劳，饿不着人。实在过不好，就投奔你们，到时，你们可不要难为我哟。"秦守实和徐星说："我们盼望你能考个好大学，给咱老家光耀个门面。"

赵凌云突然像想起什么似的对秦守实和徐星说："二位，我们是同门师兄弟，有些话，我不能不给你们讲。市场经济了，经济市场化了，这人的思想也市场化了，但无论何时何地不能迷失方向。你们在这里学习，城市的诱惑很大，灯红酒绿，那个录像厅就别进去了。空闲时间，可以多搞点市场调研。本来我不该说，谁让咱亲近呢！"

徐星说："凌云哥，你总是对事情思考得多、思考得深。我们就跟不长脑子的一样，怪不得你学习好。"赵凌云自问自答地说："我是不是杞人忧天？是不是听书的掉眼泪，替古人担忧？不是。我是位卑未敢忘忧国呀。"

赵凌云把鱼头汤用三个碗一分。"一人一碗，吃鱼头补脑。"

赵凌云将酒瓶倒过来全部控干。"来，咱喝完这个酒，吃饭。滚蛋的饺子，扯络的面。我明天就滚回老家了。祝你们两个学习顺利。"

吃过饭，赵凌云将徐星先送到建设学校，又把秦守实送到粮校。他到汽车站下的一家小旅馆住下，好好睡了一觉。天一亮，他乘上最早一班经由平湖汽车站开往山崮县的汽车赶往老家。

第113章

汽车过了邾亭，赵凌云将脖子伸得老长，透过玻璃望着，像归巢的鸟儿，心里踏实而安稳。

在平湖车站下了车，他转着身看了四周，说道："老家，倦鸟已归。"迈开大步向前走，穿过平湖村，赵凌云眼前展现出了一片一望无垠的绿色大草原，他像一匹奔驰的骏马在草原上驰骋。他眼前又展现出了一望无际的大海，他像一只飞翔的海鸥在天际间自由飞翔。他一路小跑起来，身后背着的席夹子发出"呼哧呼哧"的响声。

进了村，他径直走向大坑，大坑里的水像明镜、像明眸，清澈得拥着蓝，簇着绿。水面不时泛起涟漪，像笑脸，又像笑脸的酒窝，小鱼跳出水面嬉戏着。大坑杨树稳健地站在那里，树枝不停招手，黄中透红的叶子不时飘下，像天女散花。

赵凌云一把抱住古杨树，"老杨树，我回来了，我想您呀老杨树。"他围绕老杨树转着圈搂抱。他捡起一片杨树叶放在嘴上亲吻着。

赵凌云跟挑水的村民打着招呼，帮着轧碾的杜印花二嫂推了几圈，快步赶回家。

走进大门，赵凌云用尽力气喊道："爹，娘，我回来了。"

赵广厚和凌云娘听到喊声，不约而同地答道："凌云回来了。"

没等爹娘出屋门，赵凌云一步跨过屋门口三个浆塔子（台阶），搂抱着爹和娘，啜泣着，此时，娘已哭成泪人。

爹仔细地从上到下扫瞄着赵凌云，唯恐漏掉一根汗毛，娘两手扶着赵凌云的肩膀，瞅着赵凌云的脸："俺儿瘦了，俺儿晒得更黑了。"

赵凌云卸掉身上的行李，打开包袱，把北京老布鞋递给赵广厚："爹，您试试合适吗？"又拿出给娘扯的褂子布，"娘，这是我给您买的褂子布。"又拿出黑色平绒老年帽，"这是我给俺奶奶买的帽子，过冬天戴。"

赵广厚笑呵呵地穿上新布鞋。"好着哩，不大不小正好。"在屋里走了两圈。娘拿着新布闻了两下。"颜色正，布料厚实着呢，做出褂子肯定有样。"娘又把奶奶的帽子试戴了一下，说道："合适，合适，您奶奶的头跟我差不多大。俺儿真会买东西，颜色好，大小还合适。"

赵凌云又把郝保印给他的两盒饼干拿出来拆开，给爹娘掏出一沓，"这是向阳市区那边的，您尝尝。上俺奶奶家去的时候，给她老人家带着，让她尝尝。"赵凌云又把秤和西瓜刀、床单拿出来。"爹，娘，看我这段时间还购置了点固定资产。"他边说边看着爹娘笑。

娘看到西瓜刀，怔了一下，惊问道："凌云，你这是干什么去了，怎么还买个刀？"赵凌云说："娘，我卖西瓜用的刀，西瓜刀。"

娘的眼泪又不听使唤地往下流。

娘给赵凌云冲了鸡蛋茶，赵凌云喝着，连声说："老家的味道，娘的味道！"他又从八盆里拿出一个地瓜干煎饼，卷了咸菜和大葱，大口大口地吞着。吃过饭，赵凌云走到院子，他拍了拍烧饼炉，"您好！"转身走近挂在树上的沙袋说："老伙计，多日不见，十分想念，接招！"

他握拳、屈臂、伸臂对着沙袋打了一阵，跳跃转身，踢向沙袋。哎呀，荡气回肠。

奶奶已在五个儿子家轮着过，现居住在大爷赵广忠家。赵凌云陪着爹娘到大爷家看奶奶。赵凌云把给奶奶买的新帽子和一盒未拆封的饼干和五块钱交给奶奶。奶奶高兴，把旧帽子摘下，戴上新帽子，嘴合不拢地笑。"俺凌云什么都想着奶奶。俺儿想着娘，孙子又想着奶奶，我高兴呀。"赵凌云说："奶奶，这都是应该的，您就是我们晚辈心中的佛。敬天敬地敬佛不如敬老人，百善孝为先。"

大娘笑着拍着赵凌云的肩膀说："俺凌云侄儿是真会说话，真会办事。恁奶奶这一高兴，一定会多活几年。"

赵广忠和赵广厚笑着说："那一定，那一定。"奶奶戴着新帽子不停地用手摸着，自言自语道："真好！真好！"

奶奶将五块钱退给赵凌云。"凌云，这钱我就不要了，你爹平时给的钱都花不了。你留着上学、娶媳妇。人老了，花不着钱，到哪家都好吃好喝。"赵凌云说："奶奶，您有是您的，我给您的是我的心意。这是我打工挣的钱，给您花，我心里舒服。"说着把钱塞进奶奶衣襟的包里。

从大爷家出来，遇上了三瞎子赵广清。赵广清对赵凌云说："凌云，我早上看你家上空霞光万丈，紫气东来，你小子下步考学可能得放个大招，捯个名牌大学。是吧二哥（赵广厚）、二嫂（凌云娘）。"赵广厚和凌云娘笑着但没有说话。他们怕刺激儿子，给儿子压力。

赵凌云说："谢谢三叔！"良言一句三冬暖，恶语伤人六月寒。赵广清三叔温暖的话语给了赵凌云慰藉、鼓励和祝愿。烧火添柴、雪中送炭，困惑之时添好言，是想水村人奉行传承的仁义之举。

赵凌云对爹娘说："我得赶快看看俺广民叔。"赵广厚说："赶快去。你广民叔想你念你多天了。"

开学两天了，卓强盘算着，赵凌云这小子也该来学校报到了。莫不是他到别的学校复读了？莫不是他心灰意冷放弃考大学？看来，我得亲自到他家去一趟，拽，拖，拉，也得把他弄回来。这是个好苗子，不能让他枯萎夭折。

卓强将蚊帐拉开挂在蚊帐钩上，想让蚊子进入蚊帐内，他将电灯拉灭。稍顷，他将两幅蚊帐放下，将电灯拉亮。

赵凌云将自行车支好，用指节轻轻叩响卓强老师的门。"来了。"卓强边应着边打开屋门。

"老师，我来找您报到了。"看到卓强，赵凌云激动地喊道。

"哎哟，凌云呀，这两天我就盼着你呢，想曹操到，曹操就到，这也太神了。你要是再不来，我打算明天到你家去请你呢！"卓强高兴地说着，让凌云进屋坐下。卓强就着灯光，打量着赵凌云，"你这一个假期变黑变瘦了，但壮了，老成了。你今天来就进入角色呗。我已经给你买好饭菜票了，一个月的。"

赵凌云看着可亲可敬的卓老师，一下子将所有的事情忘得干干净净，仿佛他从没有离开过学校，从没有离开过卓强。

赵凌云说："老师，这段时间，我到向阳城打了一个多月的工，挣点学杂费、生活费，减轻家里的负担。我爹退休了，我哥毕业了，这样，我也没有什么心事了，我将一心无挂碍地投入学习中。感谢您对我的厚爱。饭菜票您留着用吧，我已在家里带咸菜和煎饼了。如果需要买，我自己买点补充一下，我已把这些生活费准备好了。"

卓强慈爱地说："老师资助你一个月的生活费，以后按你说的办。凌云呀，这高考冲刺，需要补给营养，你可不能不当回事，有困难，咱共同克服。教室的座位和宿舍的床位都给你安排好了。你抓紧收回心，沉到学习中去，我和你并肩作战。"说着，卓强起身拍了一下赵凌云的腰，"拿着饭菜票。你去找高三文科班的神兆冲，认宿舍，认座位。"

赵凌云告别卓强老师，推起自行车，他敬仰地回头看了看卓强老师屋里的灯光。

放寒假了，卓强老师安排赵凌云在学校复习。自从那天晚上给卓强老师报到，他已经几个月没有回家了。争分夺秒，分秒必争。赵广厚每个星期天给赵凌云送饭，隔三岔五，赵凌云在食堂里买份新鲜蔬菜补充。

临近春节的刘村大集年味浓浓，学习学得头昏脑涨的赵凌云想去大集上逛逛，体会下人间烟火，放松下身心。他想着逛大集办三件事：一是到张老九理发店理个发，二是到茶炉摊上炒缸子咸菜丝，三是到文具店买点学习用品。

赵凌云背上书包，装上搪瓷缸，双手揉着太阳穴走出校门。

他先到丰源供销社文具柜台买了墨水、稿纸、铅笔芯、直尺。顺着主街往前走，当他走到新新美发厅附近时，美发厅的音箱里传来亢进的音乐和歌手的喊叫："阿西，阿西，阿西"，听着像是打喷嚏，"阿嚏，阿嚏，阿嚏"。赵凌云听着，不禁捂着嘴打起了喷嚏，"乖乖，这打喷嚏也成了唱歌。唉，打哈哈传染，打喷嚏也传染。"

他听着想笑，这时，音箱里传来第二首歌，音乐和歌声欢快俏皮而动听：

　　　　我心里埋藏着小秘密
　　　　我想要告诉你
　　　　那不是一般的情和意
　　　　那是我内心衷曲
　　　　我心里埋藏着小秘密
　　　　从没有再提起
　　　　这秘密写在我心底
　　　　永远变成回忆
　　　　在一个偶然的机会里
　　　　匆匆地与你相遇
　　　　对你有无限依恋
　　　　那正是我的秘密

歌手声音干净而清脆，磁性明亮而富有感染性。太好听了！赵凌云心头一颤，歌曲把他带到了初中校园，他想到了初恋，想到了耿玲。

接着的一首歌曲直接将赵凌云的心撞击，产生共鸣：

南风吹了玫瑰红了

会考的季节又来到

爸爸要我考会考

上了大学把门楣光耀

凤凰花开夏天近了

会考的季节又来到

妈妈要我考会考

金榜题名合家欢笑

亲爱的爸爸

会考我会好好考

可是我如果失败

请你千万不要怪我

亲爱的妈妈

听我说句真心话

成功的路儿不止一条

还有别的路可以走

这首歌完美艺术地表现了一位高考生向父母的真诚表白和考试前的紧张心理，同时期盼父母对孩子宽容和理解。歌手娓娓道来，如泣如诉。

赵凌云走进理发店，靠近录放机，想看看歌曲的名字。

赵凌云看到磁带盒里的宣传页上，一位青年穿着红色西装，佩戴蓝色领带，携着一把古他。歌手的名字叫张行。磁带名为"成功的路不止一条"。歌曲名字有《阿西》《小秘密》《成功的路不止一条》《不要向失败低头》。赵凌云说："这个歌手唱歌真好听。"青年理发师说："这是刚出来的磁带，可流行啦。"

赵凌云又接着听了《一条路》和《迟到》。

赵凌云问理发师傅还需等多长时间轮到自己理发，理发师说，你前面还有四个人。赵凌云说："那过会儿再来吧。"趁机遛走，他理发的目的地是"张老九"。

赵凌云路过华光照相馆，里面放的歌曲也是这盘磁带，看样，这盘磁带的歌曲还真流行。

往前走着，赵凌云看到一个茶炉摊，茶炉上一字摆着十几把砂壶，烟筒里不断冒着烟。炉头上放着一口大锅烧着丸子汤。棚子里的桌子上放着一筐芥疙瘩咸菜。一位40多岁的妇女围着围裙热情地招呼着客人，旁边一位十二三岁的小姑娘帮着打下手。一位50岁上下的男人坐在桌边麻利地切着各种菜，男人起身走路，一瘸一拐，显然腿有残疾。

赵凌云礼貌地问道："大婶，您加工咸菜吗？"正忙着的妇女甜声说道："加工咸菜。学生都放假了，你还炒咸菜？"显然，他们炒咸菜一方面是给喝丸子汤的客人搭配小菜，一方面专为上学的学生加工。

"二妮，你挑个好咸菜疙瘩让你爹切切，我给你这个哥哥炒炒。"妇女对女儿安排道。

二妮在筐子里挑了一个光滑湿润饱满的芥疙瘩递给父亲，父亲噌噌地切出均匀的细丝装入大盘中。二妮娘将炉子上的一个砂壶提下来，用火钩将炉中的火投旺，坐上炒锅。

她用勺子盛了些油放入锅中，她转身去抓花椒、茴香，二妮用勺子又盛了些油放入锅中，二妮娘看到后没有批评二妮，却会心地笑了一下，将花椒、大茴放入锅中，待香味榨出，她将咸菜丝置入锅中，又放些酱油，加上开水炖了一会儿，待水基本耗尽，她将炒好的咸菜盛入赵凌云的搪瓷缸。

二妮娘说："我没给你放辣椒，你们学生稀饭喝得不四节（及时、充足），怕吃辣椒上火。也没放香菜，怕不撑放（咸菜变质）。"

看到这家善良的人，特别关心学生，赵凌云很感动。他付了钱，连声说："谢谢！"二妮娘说："不用谢，学生上学不容易。"

二妮看了一眼赵凌云，开心地一笑。

赵凌云将咸菜缸子放入书包，他又将一块钱放在桌子上。他想这家人善良，看样子也不容易，特别是看到残疾的大叔。

赵凌云快步离开，二妮娘却安排二妮锻上赵凌云将钱还于他。"哥，加工费收完了，你的钱你拿着。"

赵凌云接过钱，回头望了望这善良的一家人心里暖暖的。

赵凌云走到"张老九"理发店，里面坐满了人，撑得不大的房屋满满当当。大集可不比平常，南来北往的赶集人理个发、刮个脸也是赶集的重要内容和情结。这些人就认像张老九这样的理发店和张老九这样的老手艺人。

张老九面对拥挤排队的顾客不慌不忙，不紧不慢，一丝不苟，丝毫不偷工减料，绝不萝卜快了不洗泥。

张老九跟顾客们谈笑着，理发、剪鼻毛、刮脸、洗头按摩，手不停地忙活着。面对剃光头的顾客，他不停地把剃刀在帆布条上磨蹭，让刀子更锋利，刮出的头又光滑还无不适。一个一个的光头流水线一般从理发室走出，像出家剃度的和尚。

轮到赵凌云，张老九看了他一眼，"哟，小青年，似乎面熟呀。"

赵凌云说："是的，我前段时间在您这里理过发，您的手艺棒棒哒。"

张老九说："我给你理的头，你照相了吗？上相吗？"赵凌云说："漂亮极了。照相馆想往外挂，我没让他挂，我说发型好，人长得不好，不能挂。"张老九哈哈大笑，"小青年，你真幽默。"

赵凌云赞叹地说："你看你这老字号，名不虚传，父老乡亲，都奔了你来。金杯银杯不如老百姓的口碑。"

张老九谦虚地说道："唉，这理发搁以前那是下艺活，扎纸、修秤、剃头在一起。现在理发那叫为人民服务，兄弟爷们满意就行。"

赵凌云问张老九："张师傅，大路边开茶炉卖丸子汤的那家人家姓啥？我在那里刚炒了一缸子咸菜，看样子是个积善人家。"

张老九说："那真叫你说准了。那家人家姓汤，汤家是咱刘村有名的厨子，祖传几辈了，汤家丸子汤远近闻名。汤家人善良，老祖被称为'汤善人'。你看那个汤瘸子，就是为救横穿马路的小孩被车撞完落下的残疾。家里两个闺女汤大妮和汤二妮都是捡拾的弃婴，他家有个亲儿子，但对两个闺女视如己出，疼得心里没点空。据说汤家是明朝汤和的后代。"赵凌云听后，画龙点睛般说道："积善人家必有余庆。"

张老九给赵凌云洗头时反复按摩，边按边说："我给你好好按按，减轻用脑疲劳。"

理完发，赵凌云到耿玲请他喝羊肉汤的地方要了一碗五毛钱的羊肉汤。吃罢，返回学校投入紧张的学习中。

第114章

1985 年 7 月 7 日、8 日、9 日，赵凌云和山崮县二中的考生在卓强老师的率领下参加了全国高考。每考完一门，卓强老师不动声色地暗自观察他的表情，并将一把奶糖递给他，像体育赛场上的教练在暂停时递给运动员一瓶水一般。

考完最后一门，卓强老师将一把奶糖递给赵凌云并满怀期冀地问道："感觉怎样？"赵凌云紧紧拥抱了一下卓强，牢牢地攥着老师的手，自信地说："我感觉很好！"

经过一段时间揪心扯肺般的煎熬和等待，高考录取通知书发放了。

赵凌云以山崮县文科第一名的成绩被北京大学中文系录取。

山崮县二中沸腾了，丰源乡沸腾了。卓强老师哭了，赵凌云也哭了。

十里八乡都流传着一句话："想水村的赵凌云那是老神仙放屁不同凡响。"

很多人也说："深山出俊鸟。"

在想水村锣鼓喧天，鞭炮齐鸣，庆祝赵凌云考入北京大学的欢乐时刻，想水村再传喜报，党金武在部队荣立一等功，被授予荣誉称号。

赵凌云陪着父亲赵广厚来到党西清家，党西清拍着赵凌云的肩膀说："凌云贤侄，祝贺你考上北京大学！"

耿玲听对桌的会计刘菊说，想水村的赵凌云考上了北京大学。耿玲的泪"唰"的一下流了下来，她捂着肚子，遮着脸迅速跑进厕所呜呜地哭了起来。手不停地擦眼，越擦泪越多。

回到办公桌前，她强作笑颜，红着眼说："我吃了坏东西，上吐下泻，心里难受极了。"晚上，耿玲抱着枕头哭，边哭边骂，"你们这些恶人，把我害苦了，我的命太苦了！"枕头被泪水、汗水浸得呱呱湿。

耿玲从床上下来，对着镜子照，我还是原先的我吗？她将两个耳垂上的金坠摘了下来，将烫卷的头发，用蘸着水的梳子不停地梳拉，想让这扭曲的头发变直变顺。她打开箱子，在平时积攒的钱中，抽出一沓，数了二百块装入手绢中。我要去见赵凌云。

耿玲回到家，把包往椅子上一丢，板着脸说："爸，娘，想水村的赵凌云考上北京大学了。"耿道正和妻子一愣，"赵凌云考上北京大学了？"耿玲没有好气地红着脸说："你们就是门缝里看人，把人看扁了。"

耿玲娘缓了一下神说道："玲儿，他赵凌云考上北京大学，咱也不巴望，也不喜。我原先就给你说过，他考上大学还能愿意咱？"

耿玲再也按压不住心中的怒火，吼道："你们总是用狭隘自私考量人家的胸襟坦荡，用龌龊和肮脏对付人家的光明磊落，用小人之心度君子之腹，有意思吗？有意思吗？你们简直就是简直简……"耿玲撂下一句话，"明天，我去想水村看看赵凌云。"

听到女儿这不照唠的话，吓坏了，急忙劝道："玲儿，你可不能去。你已经给许家定亲了，这样会坏名声。再说，这个时候去看赵凌云，这不是低三下四嘛，你这是疤癞眼照镜子自找难看。"

耿玲说："我再也不听你们的，一个一个的害人精！"

天一笼明，树上的鸟儿叽喳地叫个不停，百鸟朝凤，歌喉婉转，虫儿也赛着嗓子叫。村子里的上空不时飘起炊烟，路上传来钩担挂桶发出的吱吱声响，挑水的人们缓慢地挪着步到大坑挑水，石碾也开始吱呀吱呀地运转起来。这是村民的晨练，也是热身，一天的劳动生活拉开序幕。

凌云娘起床，披着褂子，撒开鸡窝。公鸡、母鸡猫着腰、趴着身、低着头从鸡窝里鱼贯而出。走出鸡窝门，蹬直腿，挺起身，扇动几下翅膀，侧头侧脑开始寻找食物。凌云娘挖出一干瓢谷子，撒在院子的香台前，鸡们撅着腚、低着头、俯着身跑过去，叨着、啄着、叫着。

赵广厚起床，从水缸里舀出一盆水，将水均匀地洒在院落里。稍停，他拿起扫帚轻轻地贴着地皮把院子打扫得干干净净。

猪圈里的两头大肥猪哼哼地叫着，仿佛在提意见，"哼，只顾它们，不问我二师兄老猪的事了是吗？"羊圈里的小白绵羊温顺地乖乖地瞅着主人赵广厚，发出哆哆嗦嗦温柔害羞似的"咩……咩……"的叫声。赵广厚往羊圈里放了几把鲜草。这是赵广厚听了赵凌云的建议，让陈景坤在集市上挑选的，既当宠物又造粪。

赵凌云起床，洗了把脸，刷了牙，喝了杯温开水，给爹娘打过招呼，拿起竖在屋檐下的钩担，挂上水桶向大坑走去。路上，他跟挑水的、轧碾的、扫街的父老乡亲打着招呼。

赵凌云把水缸灌满，又挑了一挑子水放在水缸边。

他拉起白蜡棍要了起来，练完棍，他对着沙袋拳打、脚踢、肘击、膝顶，直练得全身大汗淋漓。公鸡站在鸡窝顶，母鸡站在鸡窝门口目不转睛地看着赵凌云苦练。

"凌云，快来吃饭我儿。"凌云娘喊道。

"爹，娘，吃过饭，我到刘村去给我哥打个电话，让他回来一趟。我考上大学了，金武哥在部队立功了，他和冯宁姐是金武哥和朝静姐的同学，他不能不来。不给他说，恐怕他会抱怨的。"

赵广厚说："哼，他还抱怨，他巴不得不知道信儿呢，他是一步不想朝老家走。人家是城市人了呢。你去吧，去告诉他，咱不理亏。"

凌云娘说："还是俺凌云想得到，这个事该给他说。回来，你再到你姥娘家去一趟，给你舅们也说一说，高兴的事都说说呗。"

赵广厚接过话茬说道："他姥娘那边我去说。过两天，咱办个场，请请亲邻，咱不收钱、不收礼，只是想感谢下大家。到时，再包场电影放一下，这样，咱也高兴，大家也高兴。"

赵凌云骑车到刘村去。过了郭村，他想：不能到邮局打电话，万一遇到耿玲，唉，不怕一万，就怕万一，天下没有不可能发生的巧事。遇到耿玲，咱是来耀武扬威的吗？咱是来眼药（炫耀令对方难受）人的吗？那就到乡政府岳喜凤嫂子那里打电话吧，正好也看看她。低调！低调！赵凌云想到传达室登记，传达室的师傅说："不用登记，自从岳书记上任，她要求，乡政府大门敞开，群众随便进出，人民政府，不能把人民挡在外边。我看大门，主要是收发报纸信件。"

赵凌云走到岳喜凤办公室门口敲门，见她正接待几位老农民。

岳喜凤热情地说："来，来，来兄弟，哪股风把你吹来了，我给你存祥哥正想请你聊一聊，听听你这个大才子的高见呢。我介绍一下，这几位老大哥是万胜庄的，来给我反映他们村下步发展的事情。"

万胜庄的几位老兄站起来跟赵凌云打了招呼，并对岳喜凤说："岳书记，我们不耽搁你办公，我们回去了。"

"你们提的建议很好，我安排乡有关人员给你们村对接。"岳喜凤笑哈哈地边说边将他们送到门外。岳喜凤笑着看着赵凌云，"兄弟，你有什么事说吧"。赵凌云嘿嘿一笑："嫂子，我没事儿，一是想来看看你工作的情景，二是想借你办公室的电话用一下，给我哥打个电话。本来想上邮局打，感觉那里不方便。嫂子，我掐表，按时间算钱，我付电话费，我这是私事，不能私事公办。"

岳喜凤笑了一下说："你打吧，我到乡长那里商量点事。"

不能不说岳喜凤能力强、情商高。对赵凌云提出的交电话费，她没否定，说明她办事具有极强的原则性，交不交是一码事，但公私分明的意识还是要有的。赵凌云既然打电话说私事，她就躲开了。

赵凌云通过总机先要了山崮县建筑设计院，那边回复赵凌志开会去了。他又要通了山崮县实验学校的电话。赵凌云听到电话那头在喊："冯主任，冯主任，你的电话。"

"喂，哪位？"冯宁问道。"欸，冯姐，我是赵凌云。"赵凌云答道。"冯姐，我打电话有两个事，一是我考上大学了，被北京大学中文系录取了。二是党金武哥，你高中同学党金武受了伤，荣立一等功。"赵凌云简洁地说道。

"凌云，我代表你哥，代表我们全家对你表示祝贺！向我们亲爱的同学党金武致敬，向刘朝静同学表示慰问。过天，我和你哥回老家看你们。"冯宁激动地说。

"好的，冯姐。再见！"赵凌云扣上电话。

打完电话，赵凌云坐在刚才万胜庄老乡坐的座位上等岳喜凤。

"打完了？"岳喜凤笑盈盈地走进办公室。"嫂子，向你学习。"赵凌云满怀崇敬地说道。"向我学哪门子习呀？"岳喜凤操着普通话笑着说道。"向你学工作能力、工作作风、对群众的态度，还有亲和力。"赵凌云点了几下。赵凌云起身向岳喜凤告辞，"嫂子，我不打扰您了，您日里万机。我到家里还要处理一些事情。"说着，赵凌云把一块钱丢在桌子上，"嫂子，您把这个钱交到财务上去吧，这是我打电话的电话费。"岳喜凤把钱塞给赵凌云："嫂子替你交，你放心。你走吧，我回家咱们再聊。"

接到赵凌云的电话，参加完学校开学有关工作会议后，冯宁快速蹬着自行车赶回家，冯君守正呱呱地往烧饼炉贴着烧饼，赵凌志在锅屋里带着冯宁娘任庆兰做饭。冯宁插（支）好自行车，连包没往下拿，激动地喊道："凌志，凌志，咱二弟赵凌云考上北京大学了！"

冯君守将一个饼呼到鏊子上，兴奋地说道："哎哟，春雷一声震天响，凌云贤侄结了个大瓜呀！"

听到冯宁的喊声，听着赵凌云考上北京大学，赵凌志并没有激动，他脑子里竟闪现了一丝惊恐和不悦。"这下可完了，本来，想让他留在家里种地，照顾家人，我彻底离开老家过城市生活。这，他考上北京大学，八成下步得留在大城市，回不来了，我不得不照看父母，经常得回老家，人算不如天算呀。"赵凌志拿着菜铲走出锅屋问冯宁，"你听谁说的？信儿准吗？"冯宁说："上午，赵凌云打来的电话，给你打没打通，打到我那儿去了。还有，党金武荣立一等功。"

赵凌志被震撼了："老家！贫穷的山村！"他顿时感到自己的肤浅，顿时感到自己的渺小，顿时感到自己的自私狭隘，甚至龌龊不堪。四年的大学生活，他的境界和修养也没能脱胎换骨，他的眼光和心胸只停留在一个点上，只停留在一个低劣的点上。自私猥琐的绳索将他的思维捆绑得结结实实，不能正视和客观辩证地看待过去、现在和未来，老是深陷在对过去生活境遇的埋怨、愤怒、痛苦、偏见的泥沼中，不能自拔，不能超度，甚至偏执地产生割断与老家联系的混账想法并付诸行动。

赵凌志回到锅屋翻炒着大锅里的菜。任庆兰走出锅屋笑着说道："我一直看着赵凌云那孩子不一般，不是一般人，这他考上北京大学，下步就大发了。"冯君守撇着嘴揶揄道："你真看到他不一般了？"

任庆兰瞪了一下冯君守说道："我能像你一样，长着一双泥蛋子眼，看不清事，分不清人。"任庆兰对冯宁说，"你和凌志赶快准备一下回去看一看。凌云上学还缺什么，越快越好。这当哥当嫂的得会当。"

第 115 章

三瞎子赵广清胸前别着钢笔帽，背着手，一步一挪来到赵凌云家。

"二哥，二嫂，我来送喜，祝贺凌云考上北京大学。"进了门，赵广清拱手说道。

"麻利地进屋喝茶恁三叔。你一直夸凌云，凌云一直记着呢。"凌云娘笑着把赵广清让进屋。

赵广厚急忙掏烟递给赵广清，赵广清接过烟点着，一边用手摸了摸钢笔帽，一边抽着烟说："以前我就说，恁家上空霞光万丈，紫气东来，赵凌云能考上大学，你看怎么样？学问这东西不得了，有学问就站得高，望得远，看问题就是透彻。"赵广清又说，"我从凌云小时候就看着这孩子不一般，长得鼻子是鼻子眼是眼，我当时说，这孩子今后有出息。是不二嫂。"凌云娘虽然记不起来赵广清什么时候说过，但还是应着："是的恁三叔，你看小孩看得准。"

赵广厚吸着烟也附和着说："谁说不是呢，广清有文化。"赵广清得意地说："古代那些大人物都有识人之术，就说那个曾国藩，他阅人无数，他就有个相术口诀。说什么，邪正看眼鼻，聪明看嘴唇，功名看气宇，事业看精神，寿夭看指爪，风波看脚跟，若要问条理，全在言语中。凡成大事者，从相貌上看，体态丰满，红光满面，目光炯炯。从身相上看，腰圆膀粗，虎背熊腰，腹拱垂体，手长过膝。从动相上看，龙行虎步，狮子回头，笑不露齿，行不露足，静如松，坐如钟，行如风。从声相上看，吐字清晰，声如洪钟。从衣相上看，服饰整洁，颜色协调，款式符合身份，得体大方。从名字上看，这名字是生命代号，信息密码。不怕生错儿子，就怕起错名字。赐子千金，不如赐子一名。这取名要字相稳定，疏密匀称。再说远点，要说这择偶，男人一身毛，女人一身膘。男性阳刚坚强，女性柔情似水。"赵广清总结似的说，"你看咱家凌云，那是气宇轩昂，正气凛然，眼亮鼻挺，精神抖擞，能文能武。"

赵广厚听着赵广清一本正经地讲解识人之术，笑着说："三兄弟，小时候就看着你聪明，你这老了，文化形成底蕴了，你可真不简单。"

他们正说着，赵凌云回来了。

"三叔，您来了，我刚才到乡里去了一趟，哎呀，岳喜凤嫂子那干乡党委书记，干得风声水起，一片辉煌呀。"赵凌云赞叹道。

赵广清说："人家是大地方来的，又是大学生，能干差了？""凌云，你下步干得比你嫂子还得好。你是名牌大学呀！"赵凌云说："到吃饭的点了，三叔，你今天在俺家吃饭，我得敬您一杯，您是咱赵家的文人，是咱村里的文人，原则上，您也是我的老师，我可跟您学到不少东西呢！"赵广清说："行，我傁俺凌云侄吃顿饭，下步，想跟你一起吃饭难了。"赵凌云对赵广清一笑说道："哪能呀，咱一起吃饭，随时随地。"

赵凌云到赵存壮的饭店订了六个菜，到合作社买了一瓶白酒，买了四瓶啤酒。到南边陈记馍馍店买了四斤馒头。

赵广清十分激动。"凌云，你看你怎么这么客气，搞得这么复杂！"

赵凌云说："不复杂。我先给俺奶奶送点饭菜，回来陪您抻两杯。"

吃饭前，赵凌云把每个菜拨出一部分，拿了一斤馒头先送给轮到五叔赵广远家的奶奶。回来后，陪赵广清吃饭。

酒喝到中间，赵广清已有些酒意，为了显示才学，赵广清说："凌云，今天三叔即兴给你说段大鼓。"赵凌云说："太好了三叔。"

说着，他跑出屋门，把放在水缸边的水桶里的水倒进水缸，提着水桶进屋，把水桶倒过来底朝上放在赵广清面前，又递给赵广清一根筷子，高兴地说："三叔，说吧，咱就缺一副月牙板。"

赵广厚看着赵凌云一听说大鼓忙上忙下的样子，笑得合不拢嘴。"凌云这孩子，一回到家就像回到童年一般，活宝一个。"

赵广清一看赵凌云动真格地想听，他的脑子在酒的催作下，快速运转，打着腹稿。

赵广清抿了一小口酒，把本来睁不开的眼一闭，嘴一错合，把筷子往水桶底上一敲唱了起来：

我酒吃三杯瞎胡吹

老不欢乐我待何为

酒喝三杯醉里乾坤大呀

赏花半开我思情催

我借来鲜花如诗意

又借来春酒作品题

我既爱李白的诗句好

又爱陆游的格律齐呀啊啊

凉风才从桃李过

凉风又向荷花吹

乾坤不动乾坤转

冬来的雪花如鹅毛飞呀啊啊

转眼新年过了春又到

春又到

那个转眼间花开春又归

人老了

该放手时就放手

得开眉笑且开眉呀啊啊

少年的光景都成南柯梦

那艰难的岁月不能提

有意的落花飞何处

无情的流水任东西呀啊啊

且不说少年的光景哪些难

到老了

我不乐观又何为

老年的欢乐不属我

幸福的清闲又属谁?

赵广清用力砸了两下水桶。"好了,今天的大鼓咱就说到这里吧。"

显然,赵广清在模仿西县说大鼓的苗祎,苗祎说到投入处总是闭着眼睛,错合着嘴。

听了赵广清的大鼓,赵广厚笑得牙花子疼,凌云娘笑得捂着嘴,口水流了一手心。

赵凌云端起一杯酒:"三叔,大师呀,请您收我当徒弟吧,你这出口成章,文学功底可不浅。请您再来一段,我真没听够。"

赵广清怕赵凌云这个文科高才生笑话自己江郎才尽,咳嗽两声又唱了一段:

人世间的人情有冷暖

白般的世态有炎凉呀啊啊

亲戚之间你要一篦换一篦

邻里之间你还要一碗换一碗呀

穷在街头无人问

富在深山有远亲

不信你看杯中酒

它杯杯先敬有钱人呀

人无钱

不如鬼

汤无盐不如水呀啊啊

你若有钱

撅腚放个屁都是理儿

若无钱

你再有理也是个屁儿呀啊啊

　　赵广厚哈哈地笑着，麻利地站起来给赵广清递烟、点烟，赞叹道："广清咪，咱赵家老三支怎么出了你这个奇才呀"。赵广清笑着说："二哥，不是我驴老牙长，人老夸强，当年要是现在的好光景，我捅个北大、清华那也不在话下。"

　　赵凌云正要将水桶拿走，赵广清按着水桶说："我再给你说段童谣。再捅个加演片。"

山喳子尾巴长呀

嘭，嘭

娶了媳妇它就忘了娘

它娘变成个嗡了嗡

嗡嗡飞到北京城

北京有个好年景

十棵麦打半升

磨了面白生生

蒸了馍馍暄腾腾

吃了一个又一个

吃到肚里乱扑腾

　　听赵广清说完大鼓，赵凌云将水桶送到水缸边。赵凌云看到羊圈里的小绵羊透过木栅门瞅着，他给羊扮了个鬼脸，并拉出了长长的"咩……咩……咩"的绵羊音。

他正要回屋，看见大门口一个女子正停放着锃亮的自行车："这是赵凌云家吗？"放好自行车，女子伸头问道。

"耿玲？！"赵凌云揉了揉眼看着喊道。"凌云。"耿玲进门喊着，眼里流出了泪。"耿玲，你怎么……"赵凌云说着迎上前去。

"你是不是说我是不速之客？听说你考上大学了，我来看看你。"见屋里有人，耿玲急忙抹掉眼泪，强作欢颜地笑着说。

"欢迎！欢迎老同学，快屋里来。"赵凌云领着耿玲进屋。

"爹，娘，叔，这是我同学，叫耿玲，来看我的。"赵凌云向爹娘和三叔赵广清介绍道。

"恁姐，快坐，我给你倒茶。"凌云娘站起身，迎到耿玲面前，握住耿玲的手。赵广厚说："孩子，正好，你坐下一块吃饭吧。"

耿玲恭敬地说："大爷，大娘，耽搁您一家吃饭了。我吃完饭了。听说赵凌云考上大学了，我来看看他。"

"咱里屋坐下说话吧。"赵凌云把耿玲让进了他的西屋。

耿玲一瞅，赵凌云床的一半放的全是书，心想，"这家伙已经跟书结婚了。"

耿玲坐在赵凌云的床沿上，上下左右打量着。

"凌云，快把我倒好的糖茶给恁姐端过去。"凌云娘安排赵凌云。

赵凌云把糖茶端过去放在柜顶上冷着。

"耿玲，最近工作可好？师傅我一直牵挂着呢！"赵凌云说。"半熟！还让俺叫你师傅。"耿玲温柔地小声说道。

"还行。"耿玲心不在焉地回道。"凌云，这是我攒的私房钱，我给你带来了，你上学用。"赵凌云摆着手说："绝对不行，绝对不要，我的学费、路费已准备好了。"

"这是我的心意，如果你不要，那说明你给我彻底绝交了。"耿玲红着脸说。"怎么会绝交呢？一辈子同学二辈子亲，但一码归一码，你的钱我不能要。"赵凌云果断地说。

赵广清对赵广厚和凌云娘说："二哥，二嫂，你看凌云这一考上大学，女孩子就围门了，凌云缺不了媳妇了。"

赵广厚点头笑了笑，凌云娘摆了摆手，示意赵广清不要乱说。但赵广清眼皮长，似乎没有看到二嫂摆手。继续说："听声相，这个女孩子很温柔，不错！不错！"

耿玲将凌云娘倒好的糖茶饮牛一般咕咚喝下，她要用这碗糖水稀释满肚子里的苦水。

喝完糖茶，耿玲对赵凌云说："我见到你就行了，我该走了。"说着，她将包着钱的手绢压在了赵凌云的枕头下。

耿玲从里屋出来，对赵广厚、凌云娘和赵广清说："大爷、大娘、叔，我给赵凌云见过面了，我该回去了。这是我从供销社买的一包龙井茶，您喝吧，这是我的一点心意。"说着，耿玲将茶叶递给凌云娘，凌云娘再三推辞，实在推辞不掉，留下茶叶。

赵广厚和凌云娘将耿玲送到大门外，凌云娘安排赵凌云道："凌云，你把恁姐送到村口，咱庄的路不好走，去吧，我儿。"

赵凌云将耿玲送到村口，路上，他们俩像是重温往日的快乐，耿玲的脸挂满彩霞，又似怒放的鲜花。

到了往万胜庄去的路口，耿玲插下自行车，拥抱住赵凌云，"凌云，祝福你！"

耿玲骑上自行车走了，赵凌云目送耿玲，听到石子弹起自行车轮发出的震颤声和耿玲的呜咽声。

第 116 章

山崮县城郊乡冯集村冯君守家里忙得不可开交，冯君守打着烧饼，任庆兰在晾衣绳上将洗的两大盆衣裳甩着、拍着、扯着，一件一件搭上，却将赵凌志的衣裳用衣裳撑子撑起挂上。

任庆兰急着冯宁和赵凌志快去东乡的赵凌志老家想水村，给赵凌云道喜并送上祝福。冯宁在屋里盘算着带什么东西并积极准备着，这是要面子的事，也是她露脸的事。这是她作为一个中专毕业已就业的吃公家饭的人，作为一个老师，学校的教务主任，作为赵家的准长儿媳妇给小叔子道喜，她知道怎么做才得体。

　　冯宁问赵凌志："凌志，看看，快准备拾掇拾掇，咱早去会儿，中午还得赶饭时呢。你看看给凌云带些什么？给家里老人带些什么？给党金武家带些什么？"

　　赵凌志一提回老家显得很不耐烦，思绪杂乱不堪，六神无主，想想拿什么东西都心疼。"我看我在大学里穿的运动服还不烂，就给凌云带着吧。"冯宁一听就火了，绛红着脸，皱着眉头，怒斥道："什么？什么？你再说一遍！你自己去吧，我不去了。我不去跟你一起丢那个脸。赵凌云考上了大学，要到首都北京上大学，你没有激动、没有兴奋，没有想到他还有什么困难，没想到怎样支持帮助他，你却想到了你那套穿过的旧运动服，你还是当兄长的样子吗？别说是你亲兄弟，就是一个素不相识的山村中学生考上大学，我们不应该祝贺一下、帮助一下吗？你以前拿着冷峻耍酷，拿着冷傲装清高，现在你对老家，你对老家亲人变得冷淡、冷漠、冷酷甚至冷血，几乎偏执，你还有没有情怀？有没有格局？有没有责任？有没有担当？还留不留后路？"

　　我的个娘唻，冯宁这当老师的嘴似钢刀，句句切在赵凌志的要害处，似急风裹挟的冰雹，砸得赵凌志蛋疼。

　　任庆兰正晾着衣裳，听到冯宁正教训赵凌志，她切牙笑了一下，猫着腰小心翼翼地搬起烧饼炉边的一个板凳走到窗户下面，她放下板凳，踩在上面，趴在窗户外面，听着、窥着。冯君守看着，摆摆头笑了一下。

　　冯宁越说越来气，越说越激动，声音越来越高，继续说道："啊？你想想，赵凌云为了支持你考学、上学，他放弃了自己的一切，无怨无悔，他的天赋不如你吗？实践已经给出了答案。以前上学是苦点，哪家不苦？山区是落后点，别人看不起，自己也看不起自己吗？"

　　听到这句话，任庆兰心惊，差点从板凳上掉下来。她用手扒了一下窗台沿。她想："冯宁教训得好，威风要得好，就得把赵凌志这小子拿倒，俗话说，打倒的媳妇揉倒的面，你赵凌志到我家来，就像过门的媳妇，必须揉倒，否则，冯家的天下就变成赵家的了。下步，冯宁生了孩子也得姓冯，想要带个赵字，那赵也得放在冯字的后面。"

　　冯君守也隐隐约约听到冯宁在斥责教训赵凌志，他认为，冯宁教训得对。赵凌志这小子的思想和为人处世是出了问题，出了偏差，这对以后的家风传承极为不利。

此时，不论从家庭权力执掌和分配的战术角度，还是从冯家家庭发展和家风传承的战略层面，抑或是从现实需要和长远发展关系处理的哲学高度，冯君守和任庆兰没有经过商讨，却达成了思想的高度统一和契合，那就是下一步的冯家由冯宁执掌，冯宁就是冯家的下辈的掌门人和掌舵人。冯宁不仅有德有才，还有着冯家的血脉，是冯家一辈一辈生命的延续。揉倒赵凌志，一帆风顺，所向披靡。

任庆兰听到冯宁还在说："凌志，我可以郑重地告诉你，农村不会永远落后，山村不会永远贫穷，农民不会永远贫穷。我们社会主义制度的优越性就是共同富裕，城乡一体。我希望你的所学有所用，你的思想能跟上时代的步伐，别削尖头往前挤，光顾自己。"

任庆兰看到赵凌志像犯错的学生接受老师的批评，耷拉着头，背着手，一脸愁云、一脸无奈、一脸懊丧，一脸服和不服的半服相。

只听冯宁大声喊道："娘，您快把您买的那块毛料布料拿来。"

任庆兰像在同一班级被批评学生中受到表扬的那一个，悄悄从板凳上下来，搬着板凳猫着腰将板凳放回原处，爽快地答应道："哎，来啦，好嘞。"

任庆兰从柜子中拿出她给赵凌志买的那块藏蓝色毛料布交给冯宁。这是她在赵凌志大学毕业时给他买的一块准备做西装的布料，是她为笼络赵凌志，下狠心花重金买的一块上等的好布料。

赵凌志看到准岳母给他买的布料要被冯宁送给赵凌云，心疼得囔囔的，心里直叫："唉，我一直没舍得用，想等结婚时，做套西装，这下好了。省着省着，有人等着，教训啊！教训！"

冯宁从一沓钱中，数了几百块，赵凌志仔细地瞅着，三百块！冯宁说："这些钱给凌云做路费和前期生活费，下步每月再给他点，在外上学不能缺钱。"赵凌志说："我们还得盖房、结婚，花钱的事儿多着呢！你这样弄，我们下步的日子怎么过？"冯宁说："该怎么过怎么过。"冯宁又说，"路过县城，再给老人买些点心，给刘朝静、党金武家买些点心，再买些糖果就行了。走，我们快走。"

冯宁把赵凌志当年给她买的那块进口手表戴在手腕上，给冯君守和任庆兰告辞。她和赵凌志各骑一辆自行车路过山崮县城，向想水村进发。

赵广厚、凌云娘和赵凌云对冯宁和赵凌志的到来感到万分高兴。赵凌云先在长头赵存壮的"赵记饭店"订好饭菜，然后陪着冯宁和赵凌志到老爷赵满福的坟头烧香跪拜，冯宁哭成泪人。

赵凌云又陪着冯宁和赵凌志拜见了奶奶。接着到党金武家看望了党金武的父亲党西清和金武娘。赵凌云邀请刘朝静陪冯宁共进午餐。

吃过饭，刘朝静告辞。赵广厚给赵凌志谈了一下。"准备过两天，摆个喜场邀请惩大舅杨汝乾和二舅杨汝坤及其他亲戚和族家邻里欢庆一下。晚上包场电影，让村里的父老乡亲欢乐一下。凌云考上大学也不容易，父老乡亲都来庆贺道喜，虽然咱不收礼，但这份情谊重着呢，咱不能没有表示。"赵凌志漫不经心地说："凌云考上大学也没有什么大惊小怪的，咱不能摇骚，摆个喜场倒行，简单些，别张扬。电影包不包的无所谓。"

冯宁听着赵凌志又呲些不养人的话，她心里很不是滋味，但她一直微笑着倾听，她知道此时不便说话。

临走，冯宁将带来的三百块钱守着赵广厚和凌云娘交给赵凌云："凌云弟，你考上大学给咱家争了光，我和你哥高兴极了，我家你冯叔和你婶子都高兴坏了。出门上学，穷家富路，何况咱家还不穷，我和你哥给你准备了三百块钱当路费。我们给你买了块毛料的布料，你做身西装，俺弟弟长得英俊，再配上西装就更帅气了。下步，我每月都给你攒些钱，你就一心学习就是。"

听了冯宁温暖真诚贴心的话语，赵广厚和凌云娘激动地双眼泛起泪花，连说："他姐，你有这份心情俺可领了，钱就不用了，你们花钱的事多。"赵凌云说："冯姐，暑期，我在外打了一个多月的工，挣了点钱，足够路费和生活费了。你们马上结婚，还要建房，你们的钱我可坚决不要。你问咱父亲，我挣了多少钱？"

赵广厚微笑着说："2000多呢。"赵凌志一听惊得下巴一抖："这家伙怎么一个多月挣了这么多钱？足够盖三间房了。"

赵凌云说："哎哟，钱都不是事儿，现在的形势，只要勤快，都能挣着钱。这布料，我更不要，咱用不着，我一个学生，一个习武之人不穿西装。你看咱老爷给我的粗布腰带扎了好多年了，结实着呢，我穿粗布衣裳习惯了。这布料就留给我哥结婚时做西袋吧。"赵凌云边说边用双手系了一下老爷的粗布腰带，并笑着说，"冯姐，你下步千万不要给我攒钱，你要攒就给我的小侄子攒着吧，让他生活得更好。"

冯宁被赵凌云逗得脸都红了，她也被赵凌云这个青年硬汉感动了，她眼里流出了泪，哽咽着说："你要是不留着我给你的这些东西，你就看不起我这个嫂子。"赵凌云爽朗地一笑:"姐,我崇拜您呢!我确实不需要,下步如需要,我会告诉您的,咱一家人还外气吗?"赵凌云又对赵凌志笑着说,"俺哥考的大学和专业可选对了,你看,下步城乡都需要盖房,俺哥可有用武之地了。冯姐,您说呢!"

赵凌云又一次将春风吹向赵凌志冰冷的脸和心,赵凌志却长出一口气说:"你这一摩拉腔走远了,我下一步可就不那么自由了,我还不得对老家牵肠挂肚,要说不影响工作,那可是假的。"冯宁不屑地斜睨了一眼赵凌志,对赵广厚和凌云娘说:"爹,娘,天不早了,我们也该回去了,您可要注意身体,过两天的喜场,我们尽量赶回来参加。"

赵凌云将钱和布料交给了赵凌志,握着哥的手说:"哥,您一定来参加喜场,我还想请您讲话呢,您是咱村第二个本科大学生,也是恢复高考后第一个大学生。"

冯宁和赵凌志告辞回家,赵凌云将他们送到村口。

在赵存祥的操持下,赵广厚为赵凌云摆的升学喜宴如期举办。赵凌云的大舅杨汝乾和二舅杨汝坤及早地赶来想水村。杨汝乾羡慕而骄傲地对凌云娘说:"老赵可不简单呀,培养出了两个大学生。"

在山崮县一带,娘家人称呼出嫁的女儿和妹妹,都以其夫姓前面加老字来称呼。凌云娘笑着谦虚地说:"哥咪,俺赵家多年来都是靠俺娘家支持的,是吧他爹?"凌云娘看着赵广厚。

赵广厚陪着杨汝乾抽着烟说:"那可不是,我在外面工作也顾不了家,家里的大事小情全靠杨家支持帮助。"

赵凌云指着院子里的几口黑瓷缸说:"舅,你看您给俺家推来的这个大瓷缸立大功了,靠它腌的咸菜,供出了两个大学生。您带我到向阳城推缸,我记忆犹新,永远难忘。"

喜宴上,赵存祥主持道:"下面,请乡党委书记岳喜凤同志讲话。"

岳喜凤笑着拍了拍赵存祥的肩膀,爱慕地看了他一眼说道:"家伙,真逗。"然后对前来参加喜宴的亲朋道:"各位亲戚、朋友、邻居、父老乡亲,感谢大家前来参加我弟弟赵凌云的升学喜宴。赵凌云今年以优异成绩考入北京大学,这不仅是赵家的喜事,也是咱想水村的大喜事。我作为赵凌云的嫂子,作为赵家的一分子,作为想水村一员,我感到脸上滋滋地放光。赵凌云能考上北京大学,首先要感谢党和政府的高考改革，公平公正，一视同仁。还要感谢想水村耕读文化的滋养，感谢想水村父老乡亲、养亲恩邻，互帮互学，守望相助。我作为乡党委书记，我想给大家讲，我们要一心一意谋发展，大力发展经济。在发展经济、发家致富的同时，大力发展教育事业，办人民满意的教育，为国家、为家乡培养更多更优秀的人才。最后祝大家吃好、喝好，共话美好未来！"她端起酒杯，"来，我们共同干杯！"

赵凌志和冯宁被岳喜凤的举动、讲话震撼和感动着。

晚上，在村委会门口，放了宽银幕的武打片《少林寺》，全村父老乡亲及周边村前来观看的父老乡亲一起观看，赵凌云看得热血沸腾。

9月1日，赵凌云在父老乡亲的欢送下，从平湖车站出发，到山崮县火车站转乘火车前往首都北京，开启了他人生新的征程。

在赵凌云离开想水村的日子，赵存祥却心心念念地想着赵凌云，他的心仿佛一下子被掏空，一丝忧伤趁虚闯进他的胸腔，百爪乱挠的难受，这是他从没有过的感受。赵凌云无论到万胜庄上学，到刘村上学，哪怕几天、几个星期、几个月见不到，他也未曾想过，他这一出远门，就像丢失了魂一样。人在眼前浑不觉，一朝离开却牵魂。

赵存祥想着少年赵凌云铃铛般跟在他的身后，伴着他的左右；想着迪思科老师对赵凌云的夸奖；想着小学时的赵凌云带着同学在地里捡石子、砍地瓜秧、抓阄分地瓜；想着赵满福对赵凌云的欣赏和偏爱；想着赵凌云在山崮县首届中学生作文大赛中获奖后的淡定从容；想着赵凌云中考后放弃上中专和省重点高中；想着赵凌云种田老把式般科学规划耕种承包田；想着赵凌云对哥哥赵凌志的一往情深，供哥哥上大学无怨无悔；想着赵凌云起草的村土地承包改革方案一炮打响；想着赵凌云幽默不乏深度思考的谈笑；想着赵凌云的刚毅、大度、无私、担当；想着想水村下步发展再也不能和赵凌云商量。

他想，赵凌云进入北京大学，就像雄鹰在无际天空中翱翔，像骏马在无垠大草原上驰骋，一定会在人生大舞台上演出一场威猛雄壮的话剧。

想到北京，想到首都，他又想到了那支催人奋进、感人肺腑的歌曲《北京颂歌》，他不禁唱了起来，唱了几句，他激动地哭了。

歌曲给他带来了灵感和力量。他与村"两委"成员商量研究，决定走出去学习考察，充充电。他初步决定，先到安徽亳县参加第一届中国亳县中药材交易会。然后，赴河南、山西、陕西学习考察红枣特色产业发展。

第 117 章

9 月 7 日，赵存祥带领侯贺成和陈宝祥背着干粮、咸菜、花生辣椒酱、大葱、炒面，乘火车到达河南商丘火车站，然后转乘汽车到达安徽亳县。

9 月 9 日，是东汉末年医学家华佗的诞辰纪念日。华佗，字元化，沛国谯县（安徽亳县）人。与董奉、张仲景并称为"建安三神医"，被后人称为"外科圣手""外科鼻祖"。

是日，第一届全国中药材交易会如期举行。这是亳县县委、县政府立足当地药材种植、贸易优势而举办的，这届交易会首次向全国展示了改革开放后亳县的中药材种植、加工、交易的盛况。来自全国 27 个省、自治区、直辖市的 1200 多名药商参会。

亳县的大小酒店都已住满。赵存祥和侯贺成、陈宝祥在城边上的一个城乡接合部村庄的小旅馆住下。他们走街串户与当地人攀谈请教。了解到当地种植中药材的历史、种类、种植模式、销售渠道、收益等。

他们了解到，亳县种植药材历史悠久，相传始于东汉末年神医华佗亲手培育的第一块药圃，种药之风在民间绵延不止。清代著名诗人刘开曾著诗曰："小黄城外芍药花，十里五里生朝霞，花前花后皆人家，家家种花如桑麻。"诗中盛赞亳县当时农人种药如种桑麻的热情。

党的十一届三中全会后，药材种植面积居全国之首。品种更是达到二百多个，尤以亳芍、亳菊、亳花粉、亳桑皮最为有名，被收入《中国药典》。当地百姓因种植药材而发家致富，促进了药材市场的发展，药材加工企业的崛起。

赵存祥看到亳县一带的气候、土壤和老家想水村无异，连亳县的口音和方言也和老家惊人相似。"亳县能种，我们也能种，就是我们那里没有华佗这样的医学鼻祖，弥补这一缺憾的只有靠市场，融入大市场才是正道。有市场就有销路，有销路就能带动形成基地，就能将农户组织起来。"赵存祥想。

交易会开幕后，他们走进药材市场，只见满城车水马龙，人头攒动，彩旗飘飘，祝贺条幅、横幅挂满街。政府、药商、药企、百姓全部参与到活动中来，过年一般热闹。

种植户、药商、药贩谈着、看着。上面摆着的来自全国的各种药材，西藏的、云南的、贵州的、宁夏的、甘肃的、河南的、东北的、福建的。来自天南海北的人们操着不同口音的普通话交流着。

赵存祥跟几个药商、药企攀谈，心里作着打算，一是可以引进药商到想水村种植，想水村出地、出人，商贩出资、出技术，最后回收。二是想水村自行种植，请技术员指导，与药商、药企签订购销合同。三是种植品种上可选白芍、丹参、金银花、黄芪、酸枣、葛根等。经过洽谈，取得初步意向，待会后，请进来，邀请药企、药商到想水村考察定夺。

据会后新闻报道，本次亳县药材交易会，成交额达到 1.1 亿元，取得圆满成功。

离开亳县，他们又考察了河南、山西和陕西的大枣种植。他们来到陕西省榆林市佳县朱家坬镇泥河沟村，参观了千年枣树群。据说，这里是世界上保存最完好、面积最大的千年枣树群，总面积 36 亩，现存活各龄古枣树 1100 余株。泥河沟村被称为"天下红枣第一村"。

当看到古枣园内生长的两株干周三米多的古枣树时，他们被震撼了，据当地人介绍，这两棵枣树的树龄在 1300 多年以上，被誉为"枣树王""活化石"。

赵存祥对侯贺成说："这两棵枣树比咱老家的古杨树年龄还长。"

侯贺成笑着说："这里的枣树真厉害，咱也得好好照看咱庄上的古枣树，争取也能活上千年。"

赵存祥又了解到这里栽植枣树的艰辛，垒堰窝，留淤泥；绑草把，治虫害。他们还了解到当地的红枣文化和民俗。

离开佳县之前，他们购买收集了当地的优良枣树种子。

回到想水村，赵存祥跟岳喜凤汇报了儿天紧锣密鼓的考察学习，他说："我们吃了一大包袱煎饼，学习一肚子知识、经验，心胸更开阔，心里更亮堂了，方向更明了，干劲更足了。"

岳喜凤拍着他的肩膀："伙计，奶牛的伟大之处就是吃的是草，挤出来的是牛奶。干吧，只要有利于发展经济，只要有利于改善群众生活，只要老百姓赞成，乡党委全力支持，我作为想水村的一员全力拥护。"

岳喜凤作为丰源乡"班长"，团结带领乡党委、政府一班人坚持以经济建设为中心，争取项目，争取政策，大力开展招商引资，先后建起与台资合作的"山裕皮革厂"，与港资合作的"山美羽绒服厂""丰谷面粉厂""丰源肉联厂""丰源农机具厂""丰源橡胶轮胎厂"。为节约土地，便于管理和服务，便于招商引资，请专家规划，率先建造"丰源工业园区"，成为山崮县乃至整个向阳市第一家工业园区，被称为"小蛇口工业区"。

1986年春天开始，渐渐富裕起来，手头有点积蓄的想水村人纷纷改造住房，有的新建、有的翻盖，一座座茅草屋变成了瓦房，有石头墙、有红砖墙、有青砖墙、有水泥墙。在欢歌笑语中，村民乔迁新居，搬进宽敞明亮的玻璃窗大瓦房。想水村换了新装，改变了模样。

三瞎子赵广清见到赵存祥，拨拉着手指说道："依山傍水，瓦屋三间，朝也安然，暮也安然。耕种几亩责任田，种也由俺，收也由俺，丰收靠俺不靠天。

"大米白面，一日三餐，早也香甜，晚也香甜。涤凉涤卡身上穿，长也称心，短也如愿。

"人间邪恶我不干，坐也心安，行也心安。妻子儿女话灯前，古也交谈，今也交谈。

"安民政策喜心田，如今娱乐在人间，不是神仙，胜似神仙。"

赵存祥惊奇地说道："三叔，这也太神奇了吧，前段时间我做梦，想着咱村富裕起来，家家户户盖新房。梦到你看到村里的变化，说了一段像对联的诗，内容和你现在说的一模一样。"

赵广清说："这个对联在山崮县，在咱十里八乡都传遍了，你可能听说过，我也记住了。这不叫神奇，这叫心心相通，这叫老百姓的心声，梦里梦外都一样。"赵存祥笑着说："三叔，你还真是个学问家，咱村的精神文明建设你可得多操心多尽力。"赵广清高兴地说："那还用说。"

10月1日，党金武和相爱已久的民办教师刘朝静喜结连理，举行了盛大的结婚典礼。赵存祥和岳喜凤两口子担当执喜红总操办了婚礼。

就在同一天，赵凌志和冯宁也举行了婚礼，但结婚地点不在想水村，而是在山崮县城郊乡冯集村。冯君守在村里申请了宅基地，举全家之力盖了三间大瓦房，作为赵凌志和冯宁的婚房。

赵广厚家也贴了喜联，在新翻盖的瓦房中给赵凌志和冯宁布置了婚房。

赵凌云分别给父母亲和冯君守、任庆兰发了祝贺电报，内容一样："祝贺哥哥、嫂子新婚愉快！祝福两位新人白头偕老，早生贵子！"

结婚后，党金武从部队转业，根据他的要求，他被安排到离家较近的来泉乡工作，担任来泉乡党委副书记，武装部部长。

第118章

黎明即起，打扫庭院。赵广厚起床后，在院子里轻轻地洒了些水。他掏出一支烟夹着，望着天空中还没有隐去的几颗星星，特别转身静静地望着北方的天空，想着赵凌云。他将烟点着，吧嗒吧嗒地抽着。羊圈里的小绵羊看到主人，挣着绳子，把头一抬，脖子一缩。敲着前蹄，像吹长号的喇叭匠子，"咩咩"地叫了两声。待洒到地上的水洇好，他挥动扫帚将院子打扫得干干净净。

打开鸡窝后，凌云娘对赵广厚说："凌志这结完婚几天了？也不赶快回来补个喜场，亲戚、邻居的怎么说咱呀，你说。"赵广厚放下扫帚："皇帝不急太监急什么？咱守株待兔，静观其变，不急不急，急也没用。"

山岗县城郊乡冯集村那边。赵凌志起床后，洗了脸，刷了牙。站在院子里听着鸟儿欢快地叫着，闻着山岗县城飘来的气息，心里舒服极了，他情不自禁地表演着唱起《我们的生活充满阳光》。

冯宁撇了一下嘴说道："凌志，你听你那公鸡嗓子还唱歌呢！这么好听的歌让你唱得曲里拐弯，高不成低不就，屙撒拉味。喂，咱的婚假快结束了，你打算什么时候回老家补办婚宴去？不能老是让老人撅眼皮等着呀！"赵凌志"嘿嘿"一笑，接着审了一下脸说："急什么急，我看补不补的也无所谓。补场的话，咱得提前一天回家，鸡毛蒜皮，吃喝拉撒，操心劳力得一整天，七大姑八大姨围着，都觉着咱在城里干，这事儿那映的。忙活完，咱还得在家住一夜，这样得在老家住两夜，要是按老家规矩，再串串亲戚，得在老家里过三夜，我还真不习惯。不急不急，咱先在咱的爱巢里享受一下再说吧。"冯宁说："反正是你家里的事，你看着办，我不想在新婚的日子给你争吵。"

挨着挨着，冯宁和赵凌志的婚假到期了，还真没回老家补喜场。想水村都传开了，赵广厚的儿子倒插门了，被招养老女婿了。有的说："倒插门也得回家拜祖上喜坟，补场喝喜酒，回家散发喜糖呀。"也有的说："男的出门子脸挂不住呗。"

一辈子要强，活了大半辈子的赵广厚心里十分难受，人家的嘴长在自个的脸上，咱想堵也堵不住呀。

上班的日子，赵凌志洗过脸，又用水在头发上抹了几下，将几根站着的头发按了下去，把发蜡在手心里搓匀，在头上不停地摩擦，头发顿时光亮起来，用梳子梳过，头上的梳齿印依稀可见，他又用手满头按了按。对着镜子，他挺了挺胸，将衣领向上提了提。

此时，他突然想起大学同班同学杜旭东。这家伙在赵凌志心中那可是神一般的存在，赵凌志就是他的铁杆粉丝。

杜旭东出生在省会城市的一个干部家庭，住在深庭大院之中，上下班时，大院门口的小轿车可是一溜一溜的。据说，省会城市第一辆原装进口的价值超过20万的摩托车就是出现在这里，但不知是哪家的公子拉风用的。

杜旭东小资的生活方式，讲究的衣着打扮，冷傲的气质，高雅的动作，爱好的广泛，自带气场，拥趸无数。杜旭东吃饭时，喝稀饭总是用汤匙，一匙一匙送到嘴里，绝不像其他同学，饿狼般抱着大碗转着圈呼呼地喝。杜旭东穿西装佩戴领带，打领带的结，时而鼓时而凹，不断变着花样，皮鞋锃亮，一尘不染。穿牛仔裤配衬衫，那更显线条和健美，帅得出圈。迎新晚会，他穿着笔挺的西装，手握小提琴，拉出的曲子或激昂、或婉转，生动悦耳。篮球场上，杜旭东洁白的皮肤套着合体的运动裤头、背心，跑、跳、跃，驰骋在球场上。他的身影始终拽着男女同学的眼，也拽着他们的心。足球场上，他穿的11号球衣，成了省建筑学院的吉祥物，11号成了吉祥数字。

杜旭东曾对赵凌志说："毛衣不能穿衬衫里面；穿毛衣，不能把毛衣扎在裤腰里；买来的新西装，穿时应将袖口的标志布条剪掉；穿皮鞋走路要绅士。"在赵凌志的心中，杜旭东就像是琼瑶言情小说中的主人公，风流倜傥。

赵凌志对着穿衣镜，身体扭动着转了一圈，停下，他将头扭过肩膀，用手提了提后裤腰，又整了整腰带。穿衣镜下边的红花图案和镜子左边用红漆写着的

"冯宁赵凌志结婚志喜"，右边的一串名字下面写着大大的"贺"字，大红花仿佛对着他笑，那一串冯宁同事的名字也仿佛对着他笑。

赵凌志和冯宁肩并肩、手拉手来到冯君守和任庆兰的住处，进门，赵凌志喊道："爸，妈，我们今天去上班。"任庆兰爽快地答道："哎，起来了，快吃饭。早饭要吃好，午饭要吃饱。"

自从结了婚，赵凌志都改口喊冯君守"爸爸"，喊任庆兰"妈妈"，喊冯静二妹，喊冯远三妹，喊邻居的大娘、大婶"阿姨"。他觉得这样喊洋气，有城市的味道。

起初，刚一喊任庆兰"妈妈"，任庆兰浑身起一身鸡皮疙瘩，瘆得不行。时间一长，身上的鸡皮疙瘩被磨平，甚至不敢再冒出来。

吃过饭，赵凌志用手指理了一下光滑柔顺的头发，挺了挺腰，脚上穿着的黑色猪皮三接头火箭式皮鞋虽然挤脚、板脚，但他觉得很舒坦，显得身材挺拔，显得个高。此时，仿佛杜旭东附身，他感觉良好。他把黑色皮革提包挂在车把上，喊着冯宁推车出了大门，溜了两步车，潇洒地骑上自行车，两手臂弯曲着扶着车把，两手撇着手指，搦着车闸臂，两腿膝盖内敛，脚呈内八字形踩着脚扎子，飞快地向山崮县城区骑去。

人逢喜事精神爽，身长翅膀脚生云，冯宁累得气喘吁吁，愣是跟不上趟。到了县建委门口，赵凌志给冯宁挥了挥手，"再见"，下车进了建委大院，冯宁往县实验学校赶去。

赵凌志带着喜糖，每个股室走一遍，分享喜悦，然后回到独居一角的建筑设计院办公楼的办公室。他吸了一根烟，回味从前，展望未来。他将烟头在自制的玻璃瓶烟灰缸里摁灭，拿出一张报纸正看着。这时，院办公室的小陈喊道："赵主任，您的电话，省建委姓杜的领导打来的。"

一听说是省建委姓杜的打来的电话，赵凌志马上想到了大学同学杜旭东，他的偶像。他腚下像安了弹簧一般，一下弹起，"噢，我就去接。"边起边答道，几步赶到院办公室。

他拿起电话："喂，旭东吗？"赵凌志兴奋地问道。

"是的，赵凌志，你小子一个猛子扎进水里，连个泡也不冒，莫不是跟同学绝交了？好歹我也是省建委你的顶头上司呀，哈哈。"杜旭东用充满磁性的男中音和纯正的普通话不紧不慢地说道。

"岂敢，岂敢，这段时间忙，没事也不敢打扰你们这些日理万机的领导呀。一个时期以来，我忙着建房，忙着结婚，像打仗一样，总算告一段落，这不，今天婚假刚结束，我第一天上班。"赵凌志兴奋地说道。

"你小子结婚这么大的事儿也不告诉同学一声，我们讨杯喜酒吃，也送你们祝福呀。你新婚宴尔，如沐春风，我也有好事要告诉你。你方便的话，找个方便的地方给我打过来，我给你说。我现在参加个会，时间到了，不多谈，我等你的电话。给你说下我的电话号码，一小时以后，你给我打电话。"说完，杜旭东将电话挂断了。

接完电话，赵凌志对办公室的小陈和其他人笑了一下，回到自己的办公室。

小陈说："赵凌志主任真厉害，不愧是本科大学生，人家的同学都是省建委的。""那可是！"众人附和着。

此时的赵凌志已升任山崮县建筑设计院副院长兼设计部主任。

回到办公室，赵凌志点着一根烟，缓缓地抽着，不时把烟圈吹向上空，他荡气回肠。他想着杜旭东儒雅冷傲的气质，想着杜旭东风流倜傥的形象，想着他出身高贵而且家庭生活条件优渥。"他有好事要告诉我，什么好事呢？他要结婚？他要高升？他要把我调到省里去？他要帮我高升？唉！人家就是出身高贵，说话也是那么含蓄、那么耐人寻味。干部家庭出身，基因在那里，熏陶在那里，家风在那里。"

赵凌志掐着表，快到一个小时的时候，他到县邮局用收费公用电话机给杜旭东打了过去。

杜旭东接过电话兴奋地说："凌志，你这是太诚信守时了，一分钟都不差呀。老同学，我今天给你打电话，主要想跟你一起做个买卖，共同挣点钱。为什么找你呢？像你们这些乡下考学上来的学生又大多分到了基层，你们的思想还很保守，境界还很低，接触的圈子小，层次也不高，我就想让你解放思想，开阔些眼界，跃升圈子和层次，享受下改革开放的红利。现在全民都在经商，全民都想发财，但都苦于无门路，小打小闹也就挣个辛苦钱，够吃饭打酱油的，若想发财，若想发大财，那还得看我们这些有头有脸的人物的。"赵凌志连声说："是的，是的，对于这些我还真是黑夜里走路摸不着北。旭东，你站得高望得远，人脉广，底蕴深，您尽管赐教。"

杜旭东说："现在，咱们国家对一些物品，特别是一些紧缺物资、物品实行的是价格双轨制。这不，我通过关系，批了些钢筋的指标，我们筹些钱，把它从厂里买出来，然后卖给经销公司或个体经销商，咱就能倒手赚个盆满钵满。你听懂了吗？愿意干吗？"

赵凌志说："这么好的事，我能不愿意干？得需要多少钱？"

杜旭东说："最少得 5 万元钱，少了也算不了股，大头由我拿，这个条子一批不是一点半点，托人开个口也不容易。"

赵凌志一听身上冒出冷汗，"5 万？"

赵凌志静下神说："旭东老同学，我看看，你等我回话。"

杜旭东说："事不宜迟，你快点回话，快点办，越快越好。如果你要想干，最近你就将钱汇过来，或送过来都行，咱就这样吧。你工作上还需要什么帮助和需要协调的，你尽管给我说，我义不容辞，再见！"

放下电话，走出邮局的大门，赵凌志心事重重，"干吧，咱到哪里弄 5 万块钱去？你要让我出个力，出个小本，拾坷垃砸坷垃还行。我这刚盖完房，刚结了婚，钱都花光了。不干吧 心里痒痒的，有了发财的机会，却不珍惜，不抓住，那不是傻子吗？家里要有积蓄多好呀，用钱砸钱，用钱挣钱。怪不得人家都说，越有钱的人越好挣钱"。

想到钱生钱，他心里一亮，买钱卖钱的单位是银行呀。"存款自愿，取款自由，为用户保密""经济要发展，银行在身边"。看看能到银行贷 5 万元不？如能贷出款，周转几天，挣它一刮子，那简直就是天上掉馅饼，这才叫典型的白手捞鱼，典型的拾着坷垃砸坷垃。

赵凌志又想，"这件事是否给冯君守、任庆兰和冯宁说呢？"

他反复掂量，最后决定，不能给他们说。他们的境界还低，气魄那简直是零或负数。说出来会遭到反对。等生意做成了，挣了钱，抱个大金蛋献给他们，让他们喜从天降，给他们意外的惊喜，这才是下步在冯家立足站稳的护身符。

处理完公务，赵凌志找到了平时打过几次交道的建设银行的孙士余行长。说明来意，孙士余行长对他说："贷款周期不长，你可以让你单位担保，办个担保手续。"

赵凌志拿着贷款和担保合同回到单位，他没有报经院领导同意，自作聪明，将合同夹在文件里浑水摸鱼，在办公室和财务上盖了章交给建行。经过层层审批，几天后，贷款指标下达，并将款项放给了赵凌志。赵凌志将钱款按杜旭东指定账号汇了出去，他怀着激动的心情静等其利，做着发财梦。

半个月过去了，赵凌志满怀希望和喜悦再次拨通杜旭东的电话，单位说："杜旭东已辞职并移居英国。"赵凌志闻此，像一堆烂泥瘫坐在地上，脸上的汗珠哗哗地外冒，脸无血色像一张火纸。

赵凌志回到冯君守家，见到冯君守、任庆兰和冯宁，他的脸红一阵，黄一阵。头上的汗流了一遍又一遍。哆嗦着，拖着哭腔说："爸爸，妈妈，媳妇，我犯错了，我犯大错了，搞不好，我人财两空，工作不保，身败名裂，我不想活了，我活不下去了。"

冯君守问："凌志呀，你到底发生什么事了？"冯宁架着赵凌志的胳膊，也哭着问："凌志，你到底遇到什么事了，快说呀"。

赵凌志把脸向天一扬哭了起来："老天呀，你怎么这么作弄我呀。"然后哭着一五一十把杜旭东骗他钱款的事讲了一遍，特别提到他偷盖了单位的公章，在银行贷款的事。

听后，冯君守蹲在墙根"呜呜"地哭了一阵，然后起身拍着赵凌志的肩膀说："凌志，事既然发生了，咱团结起来坚强应对，你不能要死要活。留得青山在，不怕没柴烧，只要母鸡在，就不愁有鸡蛋。"

任庆兰一听赵凌志干出这等毁家败业的荒唐事，看着他的狼狈相，气不打一处来，吼道："你看你这个小穷酸样，老死都改不了你这个山巴狗子的贱命。谁屙的屎谁擦腚，自己酿的苦酒自己喝，谁作的谁受。反正我们不听你的账。"

冯宁怒目圆睁瞪了母亲一眼，愤愤地说："不就是5万元钱嘛。不论怎样，先筹钱还上银行，不至于让银行到山崮县建筑设计院追讨钱款，就能把事态控制住，凌志的工作将无大碍。出了问题，我们得自救，将损失降到最低。干吼埋怨无济于事。"冯君守冷静下来，坚定地说道："冯宁说得对，赶快筹钱还银行，咱要齐心协力开展自救。"

任庆兰将大扫帚使劲扔了出去说道："自救，自救，如何自救？"

扫帚砸得在一旁看热闹的老母鸡扑棱着翅膀跑到墙根，想飞，飞了几翅子没能飞上墙，跑到墙角蹲在那里。

冯宁搀着赵凌志回到新房，赵凌志一下瘫躺在床上，他望着屋顶，屋顶在转，转得令人发晕，听着外面鸟叫，他心烦意乱，仿佛鸟儿一齐在骂他。他感谢媳妇冯宁坚定地站在他这边，他再次想到冯宁对他的爱，面对困难和灾难时的冷静。自救！借钱还账！他想到了老家，想到了父亲、母亲、亲戚、邻居。

赵凌志有气无力地含泪喊道："冯宁，冯宁，我想家，我想老家，我想父亲、母亲。请你陪我回老家一趟，这次劫难只有老家能帮我。"

冯宁此时由哭变笑，说道："你这想起老家来了？可以回去一趟，但咱也不能给咱爹、咱娘添太重的负担。这边，咱让俺爹先借借看，众人拾柴火焰高。等把钱凑齐先还上银行，咱就报案，尽快将被骗的钱追回。杜旭东是干部家庭，他干的坏事，他家里不会坐视不管，人要脸，树要皮。杜旭东骗的钱，他家里还，虽然不太合乎法律逻辑，但合情合理。如果钱追回来，咱接着将借亲戚邻居的钱还上。凌志呀，这是教训！血的教训！"听了冯宁的话，赵凌志来了精神，一下从床上坐起来，揉了揉眼睛，屋顶不那么转了。

解决赵凌志的这一突发事件，开展自救，寻求外援，寻求法律解决根本性的问题，总结教训，解决赵凌志的扭曲思想和为人处世。不能不承认冯宁的冷静和智慧。星期天，冯宁陪着赵凌志回到了老家想水村。走进大门，赵凌志看到用油漆刷新的大门，看到尚未褪色的大红喜联，眼泪哗哗地流了出来。

进了大门，赵凌志和冯宁看到还在喂羊的赵广厚和正在喂鸡的老娘，他们快速将自行车支好，"扑通"一声跪了下来："爹，娘。"

赵广厚和凌云娘看到大儿和大儿媳到来万分高兴，急忙将赵凌志和冯宁扶起来。凌云娘高兴地说："哎哟，我和你爹一直盼着你们来，补办喜场的烟酒一直放在那里一动没动。给你们布置的婚房，天天给你们打扫一遍，盼星星盼月亮，今天可把你们盼来了。"

冯宁搀着婆婆的胳膊走进屋，她抬眼看了看屋里的摆设和婚房，激动地说道："娘，咱家真好！"

凌云娘给儿子和儿媳分别倒了一大碗糖茶，说道："快喝吧，甜甜嘴，甜甜心。"赵广厚问赵凌志："凌志，你们打算在家里住几天？你择日子了吗？咱们什么时候办喜场？"

赵凌志少有地温顺，流着泪说，"爹，娘，我出事了，我被人骗了5万元钱，我这5万元钱是偷盖单位公章办的担保手续从银行贷的款。如果不及时还上，事情败露，我工作难保呀。"

冯宁垫了一句："凌志这个缺脑子的被他大学同学骗了，他那个同学骗完钱出国了。我们这老大不小了，净给您老添心事。"

赵广厚和凌云娘听着，脸有点寒，但赵广厚旋即便安慰起来，"没事，别当大心事，欠银行的钱咱还，这个不能打挡。被人家骗了，丑，这只能说你交友不慎，处事不谨慎。但这比你骗人家强，你要是骗了人家，这个是难以饶恕的。你偷盖公章这可是违法乱纪的事，要接受处分，总结教训，终生不得再犯。咱及时还上钱，不给国家造成损失，对单位也没造成损失，处分能降到最低，但要坦诚虚心接受。我把家里的急需，包括凌云打工挣的当学费和生活费的钱全部拿出来，缺口，再问亲戚邻居借，凑够 5 万元你带着。可别让你冯爸那边替你操心，替你还债。"

　　赵广厚出门去找赵存祥，他把赵凌志被骗的事和面临的窘境如实告诉他。赵存祥听后十分震惊，赵凌志这大学刚毕业才几年，竟做出这种荒唐之事？他皱了皱眉头说道："二叔，您别着急。这钱是小事，凌志的工作、身份、形象是大事，不能受到太大影响，如果他被处分，不光他丢人，咱赵家也丢人，想水村也蒙羞，这是令人痛心的。我出面给你凑钱，先把钱还上再说。"

　　赵存祥送走赵广厚就出面向村里发家致富领头人借了大头，他把自己家的积蓄全拿出来，凑了四万多块钱，送给了赵广厚。赵广厚把自己家的积蓄和赵存祥借来的钱加在一起凑够五万元，交给赵凌志。

　　借到钱的赵凌志心里的石头落了地，他感受到了老家的温暖、厚爱、关怀，也感受到了老家的力量。老家才是坚强的后盾。拿着钱，赵凌志又"扑通"一声跪在父母跟前，哭着说道："爹，娘，我犯了大错，实在对不住您，对不起老家，我永远欠想水村的，我今后一定感恩老家，报答乡亲，报答爹娘。"凌云娘将赵凌志扶起："快起来我儿，你跪着娘心疼。当老的，我们不需要你们的报答，不要你们的吃，不要你们的喝，不要你们的荣华富贵，不求什么子贵母荣。我们只求你们有个饭碗，有个谋生之道，不管是泥饭碗、铁饭碗、金饭碗。我们只求你们工作平平安安，身体健健康康，心里欢欢乐乐，家庭和和睦睦。我们只求你们走正道，不走歪路，不犯错误，不让父母担心，不让祖上蒙羞，不让下代受牵连。当父母的哪有不想让孩子好的？生儿养女都想让孩子不受罪，都想让孩子幸福。但当老的，当父母的能力也不般高，有的父母有能力，有的没有能力。当小的受罪时，老的会受几倍的罪，这个罪是共同受的。唉！这当小的，千万不要埋怨爹娘。天下没有不疼孩子的爹娘呀！再说这老家，老家没得选，这是命中注定的。你再有能力，跑到土地澳耳龟（天涯海角），你也改不了老家。老家是山区、是平原，是城市、是乡下，是穷的、是富的，各有各的特点，但都是人的根，老家不能忘也不能丢。当年，我带着凌云上西乡拾麦子，凌云在时村交了两个朋友，他们互相比，互相赛，比老家的好，赛家乡的美。一方水土养一方人。你和冯宁成了家，成家了就是有家庭的人了，老来有话叫拖家带口。做什么事不要由着性子来，要想着家里老少几代每个人的感受，吃苦耐劳，把你的小家建设好。古人说，修身齐家治国平天下，家庭都搞不好，别的谈不上呀，我儿。凌志呀，现在你们都是公家的人，要努力多做事情。你们回去把钱还上，处理完这件事情，如果愿意补办喜场，我们随时办。如果不愿意办也不强求，你们就一心好好工作。"

听了婆婆语重心长、鞭辟入里的教诲，冯宁蹲下来，握着婆婆的手，将头埋在婆婆怀里："娘，我们都记住了，我们一定努力做好，不辜负您老人家的希望。"

第 119 章

赵凌志和冯宁告辞父母，离开想水村，回到冯集村。

冯宁向父亲冯君守和母亲任庆兰汇报了在赵凌志老家想水村凑够了 5 万元钱，并表示马上把钱还给银行。冯君守对任庆兰瞪了一眼气呼呼地说："看，看看吧，你成天呜哩哇啦尽说些没有正形的不养人的话，也不怕风大闪了舌头。你看人家想水村不光有钱，还有情有意有仁有爱有人情味。你也该换换脑筋、换换心、换换嘴了。"任庆兰红着脸说："我知道了。那我也轮不到你这个改死常的数落褒贬我，你看你那个得理不饶人、小人得志的熊样。这个事前前后后靠冯宁，你别这个那个的。"

冯宁和赵凌志把家里的一部分积蓄和五万块钱放在一起，带着找到山崮建行孙士余行长。"孙行长，钱用完了，也到期了，我们把本金和利息还上吧。"

孙士余行长高兴地说："赵主任，冯宁主任，恁可是信誉良好的优质客户呀，把钱还上后，如果你们急需，随时可以再贷。冯宁主任呀，我家的小子叫孙少卿，在你们学校二年级一班，你要关照一下哟。"冯宁说："孙行长，没有问题，咱家的孩子肯定是最优秀的。孙行长，我们还上款，咱可不要张扬，总觉得贷款也不是什么场面的事。"

孙士余说："贷款还款这都是正常的事儿，这个还张扬什么？为用户保密是我们的工作准则。再说，贷款搞经营是很前卫的事情。一个企业有适当贷款那才是良性的，金融的杠杆和造血作用不容忽视，我们银行一定服务好经济发展，我也盼着下步咱们多合作。"

孙士余亲自陪着赵凌志和冯宁办理了还款手续。出来银行，他们赶到当地派出所报了案。公安干警给赵凌志作了笔录，赵凌志向派出所提供了他给杜旭东汇款的账号。

回家的路上，赵凌志说："奶奶的，杜旭东他娘的就是一个道貌岸然的伪君子，是一个吃人不吐骨头的野狼。唉！多亏了我是用汇款单给他转的钱，他有账号，要不然，公安机关取证还真难，我要是给他送了现钱，那就是跳进黄河也说不清，干吃哑巴亏了。"

冯宁说："这是不幸中的万幸。"

山崮县公安机关把赵凌志被骗的案子定为重大诈骗案，派出得力干警着便衣到省会相关银行和杜旭东原工作单位调查取证。固定证据后，他们找到了杜旭东的老父亲杜传堂。

杜传堂是一名离休老干部，当他听到已出国的儿子杜旭东在出国前实施诈骗，卷款而跑的恶行并看到公安机关提供的证据后，捶胸顿足，咬牙切齿，大骂不停，激动时，捂着左胸坐在沙发里汗流不止。

冷静后，杜传堂对公安干警表示："杜旭东犯下的罪行由公安机关依法处理，他诈骗的钱款，我们杜家足额代还。你们给我提供账号，两天之内把钱还到位。"

办案民警对杜传堂配合公安机关办案表示感谢，对老人表示安慰。公安干警离开杜家后，杜传堂摸起电话给女儿杜旭阳打了过去。"小阳吗？"电话那边答道："爸爸，我是小阳呀，您有什么事吗？"

杜传堂说道："小阳，可让你那个败家的弟弟气死我了，他出国这个事，本来就惹我生了好一阵子气，这还没缓过来，公安却找上咱门了。"

杜旭阳急切地问："怎么了？爸爸，您可别激动，慢慢说。"

杜传堂提了一下气说："这小子临出国前诈骗了他大学同学5万元钱卷跑了。

咱不能丢这个人，拔出萝卜带出泥。你看你们这两年挣了些钱，他诈骗的由头就是答应人家倒卖一批钢材，咱得赶快还钱，浇水熄火。"杜旭阳愤愤地说："我靠，旭阳这小子就是一个蠢货。爸爸，你别急，我和李创望说一声，马上把钱给你打过去，咱赶快把钱还上。你耐心等一等，女儿、女婿一定把事情办好啊。"

杜传堂长出一口气说："好的，小阳，就这样吧，越快越好。"

杜旭阳放下电话又骂了一声："我操！"接着，大声喊道，"李创望，过来。"李创望颠颠地跑过来，谦卑地问："夫人，有何吩咐？"

杜旭阳复述了一遍。说："老爷子的身体和长寿对我们有重大意义。你也是明白，老爷子要有个三长两短，咳！你赶快把5万元钱打给老爸，越快越好，听明白了吗？"

李创望头点得像鸡叨米："明白了，小意思，我这就去办，你放心。"

当公安干警将5万元钱交给赵凌志时，杜旭东诈骗案暂告一段落。

据公安干警说，杜旭东不光骗了赵凌志，还骗了十多人，诈骗金额几十万。"待条件成熟时，会将杜旭东缉拿归案。"

赵凌志主动向建筑设计院院长魏振明承认了错误，并请求处分。院里责成赵凌志写出检讨书，作深刻检讨，并提出严厉批评教育。

如释重负的赵凌志，下班后赶到实验小学门口，等着冯宁一起回家。他站在门口，学校对过的商店，传来婉转动听的歌声：

世上的路有无数

最难忘我童年的路

它是阳光它是梦幻

是妈妈温暖的手臂和爱抚

世上的路有无数

最难忘我青春的路

它是曲折它是变幻

是泪水打湿的欢乐和痛苦

路啊路路啊路

总是把我来鼓舞

路啊路路啊路

总是把我来鼓舞

世上的路有无数

最难忘我心中的路

它是希望它是追求

是生活永恒的召唤和归宿……

赵凌志站在那里，凝望着前方，静静地听，他的眼睛湿润了。

"咱们走吧，你听什么、想什么呢，这么专心致志？"冯宁笑着温柔地喊赵凌志。赵凌志缓一下神，看到冯宁，笑了一下说："刚才，我在听一首歌，歌真好，打动得我流泪了。"冯宁说了一声"好"，拉了一下赵凌志的手，两个人各自骑着自行车，有说有笑往冯集村赶。

冯宁说的这个"好"有两层含义，一是对赵凌志称赞歌曲好的附和。二是对赵凌志走出阴影的肯定和欣喜。

赵凌志和冯宁各自请了两天假，配上星期天，回老家想水村补办喜场。他们带着五万块钱回了家。

赵广厚买了两条锡纸"白莲"牌香烟，带着钱找到赵存祥："存祥，凌志被骗的钱被追回来了，你看，咱赶快把钱还给父老乡亲，我买了两条烟，你还钱时顺便分发给他们，表示感谢！"

赵存祥说："二叔，这么快就把钱追回来了，着实令人高兴，这是不幸中的万幸呀，我去办，你放心。"赵广厚说："存祥，凌志和冯宁回来了，他们已经请了假，想补办喜场，你看你腾下手操办一下。请客范围你照量着办，凡是咱借钱的邻居一个可不能落。等喜场结束，晚上，咱包场电影让父老乡亲看看，热闹热闹。"

赵存祥说："行，等喜场结束后，可以放场电影，也借此机会丰富下村里的文化生活，增进邻里之间的感情。我让他们联系一下乡文化站，放场电影《喜盈门》。这个电影是咱农村题材的，名字也好。"

补办喜场一切准备就绪，冯君守和任庆兰乘公共汽车来到想水村。任庆兰握着凌云娘的手说："嫂唻，咱这个村可不孬，喘气都觉得周流。"

凌云娘对任庆兰说："他婶子，俺这山村比不上你们西乡，俺这里山高路陡，窝闭得慌。冯宁嫁到俺这里，只怕遭罪呀，好在她不在这里生活。冯宁成为俺赵家的媳妇，这是俺赵家的福气呀。俺一定当闺女待，你放心恁婶子，俺不会亏待她。"

任庆兰拉着凌云娘的手，不停用另一只手轻轻地拍着，侧着身对凌云娘说："嫂子唻，你可有福，养了三个小子，一个是一个，你怎么这么会教育培养孩子呀，凌志虽然是个大学生，是个富贵身子，但在俺家可懂事儿了，什么活儿都干，烧锅攮灶，提茶燎水，像个闺女，我和他爹天天高兴得像喝蜜一样。你说你好不容易养大个儿子，培养出来，让俺得计（享受，得到照顾）了，你说，俺庆幸俺有福，又觉得怪不好意思的你说，我不是说嘛，让凌志和冯宁也得好好孝顺你和俺赵哥。"

任庆兰拍着凌云娘的手，虔诚地不紧不慢地唠叨着。凌云娘谦虚地说："他婶子，俺庄户人家，也没大文化，也不会教育小孩，那个凌志生为老大，从小娇生惯养，任性拧筋，也不懂礼数，上了几年大学，我看也什么不懂。在你家，他哪里做不到，你可担当着点，该说的说，该骂的骂，该打的打，不听话你就毁（打）他。"说着，凌云娘"嘿嘿"笑着。

凌云娘陪着任庆兰拜见了赵凌志的奶奶，任庆兰演戏一般给老人磕了个头，边磕头边说："我一见到老人，心里就暖和得不撑，老年人就是佛，老人就是宝。"

赵凌志的奶奶看着任庆兰，喜得合不拢嘴，任庆兰离开后，奶奶连声称赞："凌志的丈母娘，那可是百里挑一的好人。"

喜场上，想水村的父老乡亲喝着酒，品着菜，畅谈着。他们被冯宁高雅的气质、不俗的谈吐折服，私下议论道："赵凌志考个大学值，你看人家找了一个有德有才有能有貌的好媳妇，下步孩子找媳妇就瞄着冯宁这样的找。"

赵广厚万分高兴，这个煤炭系统的劳动模范，有名的肯吃苦的硬汉怀着感恩父老乡亲的心，端着酒杯不停给大家敬酒，喝得两腿打晃。

羊圈里的小绵羊瞅着赵广厚，不时哆嗦着声音发出轻轻的咩咩叫喊，仿佛在提醒赵广厚："主人，你可要看什杯哟，我还等着你照顾我呢。"

喜场后，赶回想水村的岳喜凤，见到了赵凌志和冯宁夫妇，同学刘朝静一直陪伴在冯宁左右。见面时，岳喜凤笑盈盈地说："弟弟好！"接着紧紧握着冯宁的手说，"弟妹好！今天有个很紧急的会，我没能参加你们的喜宴，表示歉意。"

岳喜凤和赵凌志、冯宁、刘朝静几个同龄人，恢复高考后不久参加高考的学子相聚在一起，像久别重逢的老同学有说不完的话、谈不完的事。从高考谈到工作，从城市谈到乡村，从想水村的过去，畅谈想水村的未来，谈心路历程，谈切身体会，谈时代，谈人生……

岳喜凤对赵凌志和冯宁说："咱老家太好了，我几天不回老家还想得慌呢，希望你们常回家看看，为家乡发展出谋划策，多提宝贵意见。晚上我陪大家看电影《喜盈门》。"

晚上，在村委会门口，赵家包场的电影《喜盈门》准时放映，想水村父老乡亲扶老携幼集会在小广场上，观看这部在全国引起强烈反响和轰动的反映农村生活的喜剧故事片。

想水村的父老乡亲看着电影，时而笑、时而哭，时而赞、时而恨，在娱乐中接受了教育。

电影散场后回到家，岳喜凤对赵存祥说："存祥，今天广厚叔家的喜场你导演得很好，喜庆加娱乐，小角度，大视野。"

赵存祥说："寓教于乐，这还不都是你教的嘛！"

第 120 章

1987 年，省委对向阳市，向阳市委对向阳市所辖四区两县，山崮县委对所辖各乡镇领导班子大调整。其中，山崮县人大常委会主任翟洪良履新向阳市人大常委会党组成员、副主任；山崮县委副书记周炳继履新山崮县委副书记、山崮县县长；山崮县丰源乡党委书记岳喜凤履新山崮县委常委、常务副县长。

万胜庄承包南山的一伙人聚众喝了一场酒，趁着酒劲跑到耿道云家，开门见山说："道云，我们承包荒山几年了，投资投劳不少。一点利儿不见。前两天，想水村的牛精子陈景坤和侯石匠的儿子侯宜悦来，谈到挖山采石能挣大钱，石块、石子畅销着呢。水泥厂用，建筑队用，供不应求。那个柏木更是价格一路攀升，咱不能守着金山去要饭呀！我们商量，你牵个头，卖了钱，你也拿个大头，咱干吧。陈景坤和侯宜悦一个懂市场，一个懂采石，也叫他们入个股。自古以来，都是靠山吃山，靠水吃鱼。经济社会咱就抓经济，经济上去了。一俊遮百丑。"

耿道云被这些家伙的酒气和吞吐的浓烟熏得头晕脑涨，血压升高，气冲脑门，他的脸红了，眼也红了。将手指间的烟头往地上一摔，顺势用脚一踩，说："干！现在乡里换了届，都想另搭台子另唱戏，都想干出点儿政绩。这是好时机，我想给你们说一点，你们说这股那股的，要干的话，咱村里集体得算上几股，这样既能增加点儿村集体收入，又能堵村民的嘴。你们操心干吧，先挑选好干的，出料多的，尽可能从山下往山上赶着干，别像鸡叨米乱啃乱刨，弄得满山像个马蜂窝。"

经过一段时间的准备，万事俱备。几挂鞭炮放过，万胜庄南山炮声隆隆，浓烟滚滚，拖拉机、地板车穿行其间，大规模挖山采石、砍伐林木，向资源要效益的战役打响了。

看到上天赐予的南山山体被破坏，看到几百年来祖祖辈辈栽树护绿的美好家园，看到遮风挡水庇护黎民百姓的宝贝山被挖得千疮百孔，万胜庄的群众流泪了，坐不住了。他们三五一群，十人一队，结伴到丰源乡，反映这帮恶人破坏了万胜庄的风水。他们一次次被以破坏经济建设，阻挡经济发展为由，撑回。这些人的力量渐渐弱化、耗尽。

陈景坤和侯宜悦天天骑车到万胜庄上班，享受着他们的发财梦。

到20世纪80年代末，万胜庄以耿道云和承包荒山户为代表的冒尖户数量以及冒尖户户均收入超过了想水村，村集体收入与想水村持平。耿道云自豪地说："万胜庄弯道超车，后来居上，根本的一条是找到了向资源要效益的发展路子。"

万胜庄的快速发展崛起，引来了无数人的眼光。万胜庄成了丰源乡经济发展的强村，成了丰源乡领导调研视察的重点。乡党委书记彭程站在万胜庄南山顶上立下豪言壮语，并定下："要培养一批像耿道云一样敢拼敢干的好干部；要培养一批像万胜庄一样开发资源快富快强的好项目；要培养一批像万胜庄一样的强村富村的'三培'目标。"

在丰源乡"比发展，看发展，赛速度，加快经济发展"表彰大会上，想水村大队党支部书记赵存祥作了题为《立足根本，发挥优势，走出一条农林牧和谐发展之路》的发言。提出依靠农林牧照样能致富。成立带有示范性的集体林场、集体农场和农村生产服务合作社为广大农民经营承包地提供科技示范，体现在种子、农田管理、农业技术、植保等方面，既增加了农民收入，又壮大了村集体经济。

赵存祥在发言中说，我国是一个农业大国，农业是基础，科学无止境。用新的科学技术武装起来的山山水水，具有强大的生命力。从当前我国农村经济基础来看，农林牧既是山区农村经济的基础所在，又是山区农民的致富之本。在山区，农林牧三者相互依存，相互促进。发展果业可以改善自然环境，维护生态平衡，涵养水土资源；发展种植业，可以为畜牧业提供大量的饲料、饲草；发展畜牧业又可以为林果业和种植业提供大量的有机肥。从农村经济系统工程的需求来看，农牧工贸联合发展是农村商品经济发展的必然趋势。不可能一步到位，要量力而行，循序渐进，以林业为长线，以种植业和畜牧业为短线。依靠科技进步，搞好深层次开发，逐步增加积累，积极为农牧工贸一体化创造条件，努力向农村商品经济的广阔领域迈进。制定"以林果业为主，大力发展畜牧，加大对农业投资力度，努力发展为农服务的加工企业"的思路措施，加快建设花果山、吨粮田、百万厂（产值过百万），走出一条依靠农林牧，和谐发展的致富之路。

耿道云在发言中，开宗明义提出，我们要靠山吃山。发展等不得，慢不得，什么挣钱干什么，怎么挣钱快怎么干。我们挖山采石，一天的收入相当于全村土地种植粮食半年的收入。打一个炮眼儿，一炮轰开那就是钱。下步，我们将实行机械化作业，提高产量。挖空南山，采取"走出去"战略，异地挖山采石，力争早日建成村办大型采石公司。

在大会表彰环节，赵存祥和耿道云等依次走上领奖台，接过奖牌。

1989年，赵凌云考入北京大学经济学院攻读经济学硕士研究生。

赵凌云的三弟赵凌峰从山崮县一中毕业，以优异成绩被华西医科大学录取，专业为临床医学专业。与他同时考入华西医科大学的还有同班同学时晓艳，专业为口腔专业。时晓艳是赵凌云高中同学时旺的胞妹。

想水村炸开了锅，赵家林上冒青烟了。赵广厚家三个儿子都考上了大学。古有"一门三进士"，今有"一门三学士"。耕读之家，耕读致学的家风开了花，结了果。赵满福老人的在天之灵得以告慰。

在我国历史上，"一门三进士"有这么几家。一家为宋朝的苏洵、苏轼、苏辙父子三人在嘉祐初年进京赶考，三人一举全部高中进士，轰动京城。他们的文章声震文坛，后世称他们为"三苏"，被列入唐宋八大家。再一家就是明朝的杨廷和家，杨廷和与父亲杨春、儿子杨慎皆中进士。其中，杨慎高中状元。杨廷和为两朝首辅，杨春官至湖广按察佥事。第三家为明朝江西吉水县的曾存仁家。曾存仁与儿子曾同亨、曾乾亨父子三人高中进士。

除"一门三学士"外，还有"一门同科五进士""一门同科九进士""隔河两宰相""五里三状元""百步两尚书""一家八尚书"等历史典故。这些故事世羡其荣、誉满天下。历朝历代，人们对文化的崇尚和对文化名人的膜拜，使中华文明一脉相承，经久不息。

金秋十月，丹桂飘香，在想水村欢庆丰收的大喜日子里，想水村的赵广勤家、赵广厚家和党西清家先后迎来新的生命。

岳喜凤诞下女儿，取名赵月媛；冯宁诞下儿子，取名赵锋；刘朝静诞下儿子，取名党小武。这几家给孩子取名也是下了一番功夫，取的名字很有意思。

岳喜凤的女儿取父亲赵存祥的姓"赵"字和母亲岳喜凤的姓"岳"字，生人之日为望月之时，就叫"赵月媛""月"和"媛"为"岳"和"圆"的谐音。

冯宁的儿子取父亲赵凌志的姓"赵"字和母亲冯宁的姓"冯"字，各占一字，合为"赵锋""锋"字为"冯"的谐音。

刘朝静的儿子取父亲党金武的"武"字，前面配以"小"字，寓意他要向父亲学习，做一名保家卫国的钢铁战士。这是刘朝静亲自取的。

赵月媛、赵锋和党小武三个孩子都放在想水村由爷爷奶奶抚养。存祥娘、金武娘、凌云娘天天将放在垫着麦瓤（轧碎的麦秸）、尿褯子的席包中的孩子聚在一起，比着、赛着、笑着，三位老人唱着摇篮曲逗着，祝福心爱的孙女、孙儿。

岳喜凤和冯宁在县城工作，每个星期只能回老家两趟，这也够辛苦的，刘朝静就"近水楼台先得月"，当起了三个孩子的奶妈。

刘朝静在喂奶时，总是先将奶喂给赵月媛和赵锋，她慈爱地看着吧嗒着小嘴等着吃奶的党小武就嘱咐般说道："小武乖，小武懂事，小武先人后己。"就将奶头先塞给赵月媛，等她吃饱，再将奶头塞给赵锋，待赵锋吃饱，最后将被吸得通红的奶头和干瘪的乳房送给儿子党小武。

存祥娘和凌云娘很是过意不去，就隔三岔五买上猪蹄和鹅蛋送到党西清家。金武娘就给刘朝静煮猪蹄，烧鹅蛋茶喝。为了奶孩子，刘朝静的身体走了形。

岳喜凤和冯宁回到家，母性十足的她们第一任务就是给孩子喂奶。岳喜凤给三个孩子喂奶的顺序为党小武、赵锋、赵月媛。冯宁给三个孩子喂奶的顺序为党小武、赵月媛、赵锋。

岳喜凤和冯宁还从县城买来奶粉、炼乳送给刘朝静。岳喜凤说："朝静，当你的奶不够用时，就用奶粉和炼乳代替一下，可千万别亏了党小武。"刘朝静笑着说："咱三家的孩子就当是一家的。"

斗转星移，三个小家伙喝着三个妈妈的奶汁，喝着想水村大坑里的水，吃着想水村的小米和山果，穿着想水村棉花织成的棉布，听着大坑杨树摇曳的树枝、树叶的声响和鸟儿婉转的欢叫，无忧无虑地成长着。

待三个孩子会说话时，大人们问他们："你爸爸是谁？妈妈是谁？"

三个孩子都会说："我有三个爸爸，三个妈妈。"并分别说出赵存祥、党金武和赵凌志，岳喜凤、刘朝静和冯宁的名字。

1992 年，中国改革开放开启了新篇章。山崮县乘着中国经济发展的巨轮，在大潮中勇往直前。

第 121 章

赵凌云在毕业前的最后一个学期是参加社会实践，撰写答辩论文，他回到了家乡山崮县，准备对山崮县经济发展和企业改革进行全面深入调研，撰写论文。

赵凌云在山崮县火车站下了火车，拉着行李箱走向山崮县长途汽车站。沿途，他看到街道两旁盖起了多座高楼大厦，街铺林立，宽阔的柏油路在白色交通标志线的衬托下显得干净整洁。汽车、摩托车、自行车不停地穿梭着，人行道上的行人川流不息，一派繁荣景象。

长途汽车站翻盖一新，候车大楼已建为两层，镶着落地的大玻璃窗，玻璃幕墙，安着轻钢玻璃门，整个大楼浑然一体，熠熠生辉，在楼顶一溜摆开矗着的舒同体"山崮县长途汽车站"八个红色大字的映衬下，显得气势恢宏。

赵凌云专门看了一下他当年教训聂七的地方，此时已经被柏油路覆盖。汽车站音箱里传来歌手奚秀兰演唱的歌曲《故乡情》，赵凌云坐在候车厅的座位上，仔细听着、品着。不停抬头看候车大厅的钟表，他多么想扎出翅膀一翅子飞到想水村。

他坐上汽车，透过玻璃窗看着宝泉河、宝泉桥栏杆、宝泉塔。他又转脸望向山崮县通往城郊乡冯集村的道路，他想到当年他骑车到冯集村去给冯君守家报喜，哥哥赵凌志考上了大学，冯宁娘任庆兰情绪反复变化，他戏弄任庆兰的事。想着想着，他光想笑。

青春年少做出的乐事、妙事、喜事、糗事、荒唐事，念念不忘，可能这就是不忘家乡、思念家乡一方面的原因，因为这些事，在脑子里抹也抹不去，永远忘不了。

车到了刘村，他眼睛好像不够用的，他看到了汤家丸子汤茶铺，看到华光照相馆，看到郭家羊肉汤馆，看到供销社，看到母校，看到新新美发厅，想看到张老九理发店，但它处在背街小巷，实在看不到。

他想到卓强老师，想到耿玲，想到理发师张老九，想到汤家茶铺善良的小姑娘汤二妮……

在平湖汽车站，他下了汽车，拉起箱子快步往家里跑，行李箱轮子好像总赶不上他的趟。

进了村子，每遇到人，赵凌云都驻足攀谈两句。

走进家门，赵凌云大声喊道："爹，娘。"娘大声应道："俺儿回来了，俺凌云回来了。"赵广厚笑着说："凌云回来了。"

家里羊圈的羊抬着头侧目温和地瞅着赵凌云，低声哆嗦着"咩咩"地叫了两声。小狗摇着尾巴，张着嘴，看着赵凌云，在他的腿上闻来闻去，不时发出撒娇般娇滴的呕呕的念唠般的叫声，不停地用右前爪挠着赵凌云的裤脚。

侄子赵锋看着赵凌云，又害羞地将头扭进奶奶的怀里。赵凌云逗赵锋："赵锋，喊叔叔。"赵锋喊道："服服（叔叔）。"喊过后笑了一下，又将头埋进奶奶的怀里。

赵凌云说，"娘哎，赵锋这小子的家乡话说得够地道的"。赵凌云问赵锋："谁教你的。"边说边辛了一下赵锋的脸蛋儿。赵锋眝着人眼睛，看着赵凌云一字一顿地说："俺娘教俺的。"说完咯咯地笑了。

赵凌云把两只手放在赵锋的腋下胳肢了一下，说："小老服（鼠）掉进费（水）缸里。"

赵锋咯咯咯咯笑个不停，他从奶奶怀里挣脱下来，抱着赵凌云的腿，头不停地在赵凌云的腿上蹭摩。赵凌云抱起赵锋亲了又亲，将他高高举过头顶，赵锋高兴地笑个不停。

赵凌云放下赵锋，打开箱子，拿出从北京买的稻香村糕点，全聚德烤鸭，糖块，分别给爹、娘和赵锋拿了一块糕点，又给赵锋两块糖。赵锋将糕点递给奶奶，拿着手里的糖块认真地剥弄着。娘说："孩子喜欢糖，天性。"

赵凌云将糖块的包装纸取开，将糖块放进赵锋的嘴里，他将赵锋抱在自己的腿上，赵锋漱着糖块，将头埋在赵凌云的怀里，乖得像只小猫。赵凌云说："爹，娘，我这次回来主要是参加社会实践，这在学校来说也是上课，这是社会实践课。我实践完后，要撰写毕业论文，进行答辩，论文通过后，我就毕业了。我想在家里偎俺奶奶和您过两天，接着去山崮县，找周炳继县长，让我深入农村和厂矿企业调研。"

赵广厚说："凌云，你以学业为主，根据你的时间安排行事。你毕业后打算到哪里工作？"赵凌云说："我想回家乡工作。"赵广厚说："那忒好了，学成回来报效家乡，这是个态度。也要服从组织分配，到祖国最需要的地方。"凌云娘说："凌云，你毕业后回来工作好，回来吧，我儿，你回来，娘的心就有个偎落。"

吃过晚饭，赵凌云说："爹，娘，咱去看看俺奶奶吧。"

赵广厚说："好呀，恁奶奶在咱家过了四个月，我想让他老人家在咱家多过些日子，恁婶子过意不去，非把她接过去。"

赵凌云让爹娘提着些点心、烤鸭，他背着小侄子赵锋到婶子家去。赵锋趴在赵凌云的背上，两只小手拽着赵凌云的耳朵，嘴不停地亲赵凌云的脖子。赵凌云又高兴又激动，他把赵锋转到怀里抱着，一路不断地亲赵锋的脸蛋。赵锋忽闪着眼睛，不停地笑。

凌云娘笑着说："你看他叔侄爷俩亲不够。"赵广厚说："这亲情太奇妙了。"见到奶奶，奶奶握着赵凌云的手不丢，"俺孙子比原先胖多了，还是北京的饭养人"。

赵凌云和奶奶、叔叔、婶子拉个没完，直到赵锋打哈哈流泪，趴在赵凌云怀里乱蹭头，奶奶说："重孙子困了，你们回去吧。"赵凌云恋恋不舍地离开奶奶回家。

回到家，赵锋这小子跟着赵凌云又来了精神，他喝了一瓶子奶粉，在赵凌云身边挪跟着，说什么不睡觉。

赵凌云脱掉外套，在院子里练了起来，对着沙袋一阵踢打，摆腿，旋风腿，后扫腿。小赵锋站在那儿一动不动地望着叔叔练武，小嘴时而张开，时而抿住。练完武，赵凌云又将赵锋高高举过头顶，小家伙嘿嘿嘿嘿地笑着。

直到赵凌云上床睡觉，赵锋才跟着奶奶走进里屋睡觉。

第二天吃过早饭，赵凌云一手抱着赵锋，一手提着点心和烤鸭去拜访大哥赵存祥。走进赵存祥家，赵凌云喊道："大爷，大娘，大哥。"

赵广勤和存祥娘高兴地喊道："凌云来了，大学生来了。"

赵存祥激动地说："凌云，什么时候到的？"边说边接过赵凌云手中的东西，跟赵凌云拥抱了一下。赵凌云答道："我昨天回来的，来进行社会实践，撰写论文，在家乡待段日子。"说着，他放下赵锋，抱起来赵月嫒，"哎哟，俺小侄女长得真俊，长得真恬静。"

他放下赵月嫒，赵月嫒牵起赵锋的小手，咿咿呀呀地对话起来。

赵凌云和赵存祥正拉着呱，听到刘朝静在院子里说道："小武吃过饭就吵着挣着来找月嫒。"听到刘朝静的声音，赵凌云迅速走出屋门喊道："朝静姐。"刘朝静惊喜地说道："哟，凌云回来了！"

赵凌云接过党小武，用嘴亲了一下他的脸蛋，党小武看到赵锋和赵月嫒，从赵凌云怀里挣脱下来，笑着牵起他两人的小手，三个小朋友像多天不见的老朋友，亲热得令人羡慕。

刘朝静问赵凌云："凌云弟快毕业了吧？"赵凌云说："今年毕业，这次我回家乡调研，撰写毕业论文，答辩通过后，我就毕业了。"

刘朝静看着赵凌云自言自语似的说："你毕业也回不到咱这里了。你这一翅子不知道飞到哪里去。"

赵存祥说："飞得越高越好！"赵凌云却认真地说："大哥，我已经跟学院领导和老师说过了，我愿意回家乡工作。"

赵存祥说："那也好，咱地方上也需要高端人才。"刘朝静笑着说："人家说，致富不忘家乡，你这学成也不忘家乡，俺凌云弟是有情有义的汉子。"赵凌云怀着崇敬的心情问道："俺金武哥身体恢复得很好吧。"

刘朝静自豪而高兴地说："你金武哥身体恢复得很好！就是嗓子说话嘶哑，耳朵有点背。他在来泉乡工作，离家近，我们照顾他方便，他跟你一样，就是离不开家乡。"说着，她笑得脸像一朵花。

赵凌云说:"朝静姐,只有爱老家的人才爱国。俺金武哥是个有血性的汉子,是个大英雄,又是一个柔情似水的想水村的好儿子,他永远是我的榜样!"朝静说:"恁弟兄俩一文一武,英雄相惜。"

赵存祥对赵凌云说:"凌云,陈耀彪老人去世了。临死前,他说的一句话令人动容。他说,'想水村的山和想水村的树动不得,我誓死保卫。我死后要把我埋在我看山的小屋旁,我要永远守护山林'。"

他死后,村里给他开了追悼会,给他发了丧,把他葬在了他的"桃源"里。赵凌云湿润着眼睛说:"陈老人平凡传奇的一生令人佩服,想水村不能忘记他。"

赵凌云回到家,他跟爹娘说:"爹,娘,我要去看一个人。"赵广厚问:"你看谁?"赵凌云说:"陈耀彪老人。"

赵凌云拿了三块点心,一把松香,一刀火纸走进馍馍山山脚下的"桃源"。他在陈耀彪的坟前,摆上点心,送上香,点燃火纸,他"扑"地磕了三个头。他站起身说:"老人家您安息吧!想水村人一定会继承您的遗志,保护好山体、林木,保护好生态,建设好想水村。"

在回家的路上,赵凌云想:陈耀彪老人的一生是平凡而孤独的,但他绽放的生命光彩是伟大而热烈的。他的行为古怪稀奇,但他的信念是坚定的,血液是滚烫的。陈耀彪老人是想水村永远的传说。

赵凌云告别父母前往山崮县城找老师周炳继。侄子赵锋抱着他的腿,眼睛向上看着。他抱起赵锋亲了又亲,赵锋趴在他的怀里一动不动。小狗摇着尾巴,喘着粗气跟着他,绵羊挣着拴羊绳"咩咩"地叫着。

赵凌云放下赵锋,出门向村外走去,他听到赵锋"哇哇"的哭声。小狗跑着将他送出百米远,站在那里注视着他,直到他拐弯不见身影。

第 122 章

赵凌云来到山崮县政府,在政府值班室登记,并让值班人员禀报周炳继秘书。不一会,秘书金钟下楼将赵凌云引领到县长办公室。

周炳继看到赵凌云，高兴地说："凌云来了，欢迎！欢迎！"

金钟给赵凌云倒上茶说："您喝茶！"说完，走出办公室。

周炳继上下打量着赵凌云，笑着说："凌云长成大人了，昔日少年长成人才了。"

赵凌云说："老师，我快毕业了，这个学期主要是实习，搞社会实践，撰写毕业论文。我选择回家乡搞调研，以咱山崮县为例，撰写论文。主要方向为国有企业改革。还请老师多帮助、指导。"

周炳继喝了一口茶说："太好了！你选的这个题目好。我是搞企业出身，前一个时期，我也对一些问题在思想上、工作实践中遇到瓶颈和困境。正好这段时间，咱一块研究、分析、探索一下，我也跟你这个顶级大学的研究生学习一下新想法、新观点。我安排好你调研有关方面的工作，给你提供好条件。你放开手脚，沉下身子调研，除完成你的毕业论文，也给咱县的经济，特别是国有企业改革提出一些意见和建议。"

赵凌云起身给周炳继添了些茶，说道："老师，谢谢您！"

周炳继叫金钟按程序到食堂安排一桌饭，并明确说："这是我私人安排的，我出费用。安排一个包间，参加人员按八位准备，小金，你也参加。"金钟答道："好的，我这就去办。"

周炳继又安排金钟，"你让岳喜凤县长来一下"。

岳喜凤进门看到赵凌云，惊喜地说："凌云弟弟来了。"说着，握住赵凌云的手。赵凌云笑着说："岳县长，嫂子，累瘦了。"

岳喜凤笑了，"哈哈，是吗？弟弟真会说话，嫂子瘦了好，瘦吾其身，必肥天下"。周炳继笑盈盈地对岳喜凤说："凌云是我的学生，这次回家乡搞调研写论文恰逢其时呀，我很高兴。我请凌云吃顿饭，也算接风洗尘。私人场，咱就不让单位的人参加了。你看，咱还让谁参加？朋友之类的。"岳喜凤说："既然是私人场，就让赵凌云的哥哥赵凌志和他嫂子冯宁参加呗。凌云，你看还有谁需要参加吗？"

赵凌云马上摆手说："没有，没有。"

岳喜凤回到办公室给赵凌志打了电话，说赵凌云回来了，让他带冯宁一块到县政府机关食堂陪凌云吃饭。你们先来我办公室，我带你们一起去餐厅。

赵凌云对周炳继说："老师，您放心，我调研期间，在附近租个房子住，不打扰您。"周炳继说:"那哪行呀,不方便,咱们还得经常交流呢。我住招待所,费用也是我自己出的。你就在我住的地方订个房间,费用也由我出。平时你上学,我也没怎么支持你,这也算我对你的一点关心和支持吧。你住多长时间,我就出多长时间的费用,你尽管放心,一心无挂碍地搞好你的调研。明天我安排有关同志给你见个面,让他们给你提供支持。"赵凌云对周炳继说:"太好了老师,有您的关心支持,我的社会实践课一定很精彩,调研一定很顺利。谢谢您!"

周炳继说:"你看还需要哪方面的帮助尽管说。行,你活动起来再说吧,相机行事。行吗?"周炳继温和地看着赵凌云笑了笑。赵凌云不忍心占用他的办公时间,起身说:"老师,我到岳县长办公室坐一会儿。"

周炳继把赵凌云送到门口,慈祥地拍了拍赵凌云的肩膀说:"去吧,一会儿见。"到了岳喜凤办公室,岳喜凤从办公桌抽屉中给赵凌云拿了几块糖,"弟弟,先吃糖"。

赵凌云笑着说:"嫂子,您喝喜酒了,还攒了些糖块。"岳喜凤说:"哪里呀,我专门备点糖块,工作忙起来,吃饭没钟没点,下班也没钟没点,开起会来那就更不按点了。防止低血糖,我就专门买些糖块。"

赵凌云唏嘘道:"俺嫂子够辛苦的。"赵凌云转移话题道,"嫂子,俺小侄女赵月媛长得是真可爱,聪明,文静,特别是那对小酒窝,衬托出她的喜感和美感。"提起赵月媛,岳喜凤来了精神,笑着,嚼着糖说:"谁说不是呢!这孩子太招人喜欢了,想着她,我有时做梦都笑醒。唉!她靠你大爷和大娘照看抚养,跟着爷爷奶奶的孩子享福,隔代亲嘛!刘朝静对这孩子也没少操心,月媛小时,一多半吃的是刘朝静的奶。我忙,离老家也远些,每周有时能回家两次,绝大多数还是回家一次,在家里过上一天,老少还没亲够又回来上班了。"

岳喜凤转头瞅着赵凌云,笑着问道:"凌云弟,你找对象了吗?"

赵凌云剥开一块糖按进嘴里,左腮鼓起一个小疙瘩,笑了一下说:"嫂子,我上学都上憨了,哪知道找对象呀?"

岳喜凤爽朗一笑道:"你这家伙真逗。"说着,有人敲了一下门。岳喜凤说道:"请进!"

门半开,冯宁伸了一下头笑了笑,接着连腔带腿进了办公室。赵凌志保镖似的跟进办公室。赵凌云热情地喊道:"嫂,哥。"

冯宁伸出手握了一下赵凌云的手,赵凌志抱了一下赵凌云的肩膀。

冯宁问道："二弟，你什么时候回来的？"赵凌云说："嫂子，我来了有几天了。我在山崮县火车站下车没给你们打招呼，怕影响你们工作。回老家偎家里人过了两天。我这学期主要是社会实践，撰写毕业论文，我回家乡来搞调研。今天，我急慌忙序地赶来县政府拜见周县长和岳县长，想求得两位县长的支持帮助。"

岳喜凤听着赵凌云一本正经的自白，哼哼地笑着，从抽屉里拿了两块糖递给冯宁和赵凌志。

赵凌云说："我这一来一去把俺侄子赵锋可晃毁了，我来时，听到他哇哇地哭。我在家两天，他每天很晚不睡觉，直到我睡他才睡。我练武时，他站在那里一动不动，目不转睛地看，嘿嘿地笑。你还别说，这小子的家乡话说得够地道，方言捌得过好。我问他谁教的，他一字一顿地说，是俺娘教的。"冯宁哈哈地笑着说道："咱爹咱娘教他说普通话，俺的娘味，笑死俺了，教得走音转调，那典型的山普没得说，特别是方言夹在其中，别有一番滋味。我就说，干脆教他纯正方言，学手里也是一把活。我就教他说方言，我给咱爹咱娘说，您老人家也别撇着喝着了，就说方言吧。"

金钟打来电话，"岳县长，您来餐厅吧，县长到了。"

岳喜凤急忙起身，"快走，周县长到餐厅了。"

走进餐厅，看到周炳继站在餐厅内的门口处，金钟像翻译官似的站在周炳继的左后身旁。岳喜凤进门说："我们失礼了。"说着站向一旁。周炳继象征性地跟赵凌志和冯宁握了一下手。接着他用右手握住赵凌云的右手，用左手搂着赵凌云的肩膀走向餐桌的主陪位置。

周炳继让赵凌云坐在他右侧主宾位置，让岳喜凤坐在他左边的副主宾位置，让赵凌志和冯宁分坐在赵凌云和岳喜凤身旁，示意金钟坐在副主陪位置。

虽是私场，金钟还是按周炳继的接待惯例，上了一瓶地方白酒山崮老窖、六瓶地方啤酒宝泉啤酒。按照周炳继的特意安排，破例上了一瓶张裕红葡萄酒。

四盘凉菜上来，接着上了 小盆糊粥，金钟给每人盛了一小碗糊粥。周炳继说："咱先喝碗粥，这样滋润些，喝酒也不伤胃。平时我不怎么喝酒，今天凌云来了，我也得破破例喝点酒。先让粥汤打个前站，吊吊里子，争取多喝点。无酒不成敬意，今天高兴！"

周炳继幽默温暖的话语让气氛变得轻松温和。

接着六个热菜上来，辣子鸡、羊肉汤、土豆丝、瓦块鱼、爆炒大肠、白菜粉条肉。

金钟知道这是周县长的私场，他边服务，边吃，却不喝酒。待一会就出去，隔段时间再回来服务，给县长和客人留出足够的私人谈话空间。

周炳继说："凌云这次来搞社会调查，任务很重，意义很大。喜凤，你要给凌云提供好支持，也多给凌云交流，让他对咱县的情况了解更全面、更透彻。咱们县是农业大县、工业强县，在全市乃至全国有一定代表性。凌云呀，愿你不虚此行，也写出有分量、务实的、有高度的调研报告和论文。老师很重视你的这个活动，热情接待你，你能理解老师的用意吗？"赵凌云说："这一切都是您对我的厚爱。"

周炳继笑了一下说："你只说对了一部分。我主要是想让你更了解家乡，更热爱家乡，毕业后能回到家乡工作。我们家乡需要人才，渴望人才。我也想从感情上催化你、感染你。"

赵凌云端起周炳继的酒杯，激动地说："老师，我明白！我给您端个酒以表敬意。您教我习武，教我做人，教我工作，我终生感谢您！"

待周炳继喝过，赵凌云端起自己的酒杯一饮而尽，说道："家乡的酒好呀，适口还不上头，酿酒工艺和酒的品质皆属上乘。"周炳继开玩笑说："不上头的酒不是好酒，咱不会喝酒，真会喝酒的人要的就是酒的那个劲头。"

吃饭临近尾声，冯宁对赵凌云说："二弟，调研期间到我家住吧，路也不远，生活也方便。"赵凌云说："谢谢嫂子，我还是住城内吧。老师让我住机关招待所，这样也好，我给周老师请教问题也方便。这段时间我也要陪陪周老师。您回家后，代我向冯叔和冯婶两位老人，向冯静、冯远这两个妹妹问好。"

在山崮县的一个多月，赵凌云在相关部门和领导的安排支持下，深入农村、乡镇企业、县直厂矿企业和城市商业网点、社区进行了广泛深入的调研，形成一万多字的调研笔记。

每天晚上，他陪着周炳继散步，早上陪着周炳继跑步锻炼。有时兴致上来，他就陪着周炳继对练一阵子武术。这段时间，是赵凌云最幸福的时光。周炳继与赵凌云朝夕相处，交流思想，交换对经济发展、对社会问题的看法，对下步工作作深入探讨，特别是偶尔练阵子武术，他仿佛回到了从前，仿佛年轻了许多。

他们从农村经济谈到城市经济；从农业谈到工业；从传统经济谈到知识经

济；从计划经济谈到商品经济，再谈到市场经济；从集体企业谈到国有企业，再谈到私有企业；谈到"三资"企业；谈到招商引资；谈到高新技术产业开发区建设；谈到经济开发区建设；谈到化工等专业园区建设；谈到国有企业发展给国家做出的贡献；谈到伴随商品经济的发展，市场作用发挥越来越大，计划经济思维方式、管理模式越来越不适应的问题；谈到国有企业管理体制不顺，经营机制不活，产品竞争力不强，市场效率低，企业效益下滑，工人收入低，工人积极性不高的问题。你谈我听，我谈你听，互相启发，不断在碰撞中产生灵动的火花，继而契合起来，形成新思路、新方法、新举措。

在早晚散步时，周炳继和赵凌云不时交流古代文人儒士的思想。

周炳继说："凌云呀，古人说，得贤者则安昌，失之者则危亡。孟子说，'汤之于伊尹，学焉而后臣之，故不劳而王，桓公之于管仲，学焉后臣之，故不劳而霸'。欧阳修堪称千古伯乐，桃李满天下，善于拔擢人才。像唐宋八大家中宋代的几人，王安石、苏洵、苏轼、苏辙、曾巩皆是他的学生。"赵凌云对周炳继说："老师，我记得王安石曾作过一首，叫《浪淘沙令》。这首词歌咏伊尹和吕尚的遭际和名垂千载的功业，抒发了作者获得宋神宗的知遇。士为知己者死，刘备三顾茅庐，诸葛亮鞠躬尽瘁，死而后已。"

周炳继接着说：《文心雕龙》的作者刘勰与昭明太子萧统，年龄相差33岁，一个尊为太子，一个为太子傅。萧统与刘勰一个属蛇，一个属猴，蛇猴六合，相合相成，相互欣赏，相互鼓励，没有萧统也可能留不下《文心雕龙》，没有刘勰，也可能留不下《昭明文选》。"周炳继像自言自语地吟诵道，"鸟随凤凰飞腾远，人伴贤良品自高。"

赵凌云崇文尚武，他对周炳继说："自古英雄出少年。霍去病出道即巅峰，18岁一战封侯，20岁封冠军侯，22岁封狼居胥，年纪轻轻，成为战神，也成为历代武将终生成就不了的天花板。初唐四杰王勃，只活了不到30年，他的旷世奇文《滕王阁序》却惊艳了世人一千多年。"听了赵凌云的话，周炳继附和着背诵了左宗棠的对联"能受天磨真好汉，不遭人嫉是庸才"。接着，周炳继说，"凌云呀，《滕王阁序》中不是也写到冯唐易老，李广难封嘛。"周炳继提醒似说道，"木秀于林，风必摧之；堆出于岸，流必湍之；行高于人，众必非之。"

赵凌云说："老师，我知道您的用意。李康《命运论》中的这段话道出了人性的一个方面。"赵凌云动情地说，"老师，您作为咱老家走出的第一个大学生，在各方面都给我做出了榜样。您教我习武强身健魄，教我武学精神，教我武德，教我做人做事，我终身受益。"

一个多月的调研，一个多月与周炳继的相伴，一个多月与周炳继的交流和探讨，赵凌云收获满满。他把自己这段时间在机关招待所吃住的费用全部结清后，与周炳继辞别，回学校撰写毕业论文。

第 123 章

向阳日报社位于向阳市委斜对面。这是一家财政全额拨款的一类事业单位，主管部门为向阳市委宣传部。设有总编室、要闻部、记者部、经济部、文艺部、摄影部、评论部、群工部、美编室、校印室、政工部、办公室、广告部，下设有报社印刷厂。报社各类专业大咖云集，人才荟萃。文学类、经济类、社会类、美学类、摄影类、新闻类、历史类、政治类。向阳市委对向阳日报社在选人用人上高看一眼，厚爱一层，在进人这一关，制定了严格苛刻的标准，但只要符合条件，只要优秀，不论人才在学校、在企业、在基层都破格调入报社工作。大有"天下文艺之英，济济乎咸集于京师"的盛况。

要说优秀那还要数报社社长魏诤。魏诤早年毕业于上海复旦大学新闻系，先后担任省重点中学向阳市第一中学语文教师、语文教研室主任、向阳市教育局教研室主任、向阳市第一中学副校长、向阳日报社总编、社长。学者和记者的修养及能力在他身上体现得淋漓尽致。《向阳日报》办得有声有色，在全省地市党报评比中，稳居第一。

上下班期间，出出进进的编辑记者们，儒雅、文静，流行、时尚：长短适中的发型；鼻梁上架着的眼镜；春秋季节的西装革履，外套西式风衣；夏季的牛仔裤配港衫，各式花样的连衣裙。向阳日报社门口，就是一道亮丽的风景。俊男靓女，精英翘楚，吸引着众人的眼球。唯一能与其媲美的，也就只有向阳市国棉厂下班时，成群结队涌出的着白色围裙工装的纺织女工了。那可也是引人注目的风景。

魏诤主持召开会议，研究新分配来的五名大学生岗位安排。魏诤留着大背头，鼻梁上架着一副金边高度近视眼镜。他红光满面，神采飞扬，兴奋的脸上始终挂着笑。他说，今年市里给我们日报社分来了五名优秀大学毕业生，都毕业于国内知名大学，有北京大学的，上海理工大学的，华东政法学院的，等等。他重点提到，毕业于北京大学的赵凌云。赵凌云，男，中共党员，本科毕业于北京大学中文系，获文学学士学位，研究生毕业于北京大学经济学院，获经济学硕士学位。这是我市多年来分配过来的为数不多的顶级高端人才。

　　讨论过后，魏诤综合大家的意见，决定在一年的试用期内，赵凌云同志前半年在要闻部工作，后半年在经济部工作。其他四名同志分配到相应的部室。魏诤强调，对新来的大学生，大家要关心爱护，要耐心指导，要放开手脚让他们大胆工作，要增强他们工作的信心，我们都年轻过。要严格要求，让他们系好工作后的第一粒扣子，让他们少走弯路，不犯错误。要注意工作方式方法，让年轻同志工作安心、舒心、放心。

　　听说单位来了五名男性大学生，那些没结婚的女记者、女编辑格外注重打扮起来，烫卷发，拉直发，磨菇型、瀑布型、马尾型、丸子头等发型纷纷呈现，描眉画眼、抹口红，甚至还有些人将指甲盖涂成油光的粉红色。那些热心的"红娘"将手里掌握的女孩的信息翻出来对照着，这都是受人之托呀。

　　赵凌云上身穿着白衬衫，下身着草绿色军裤，脚蹬军用黄球鞋，斜挎草绿色翻盖帆布书包，书包盖面上写着"为人民服务"的字样，骑着"大国防"自行车来到日报社报到。

　　他穿的军裤和军用黄球鞋，是他报到前，党金武赠送的。赵凌云的服装虽然朴素无华，但在报社也显得有些另类。赵凌云将"大国防"自行车放进自行车棚的靠西最边上，这个重量级的庞然大物在一排漆黑发亮的一排自行车中倒有些鹤立鸡群。这一排自行车中，都是小轮的二八或二六的平把轻便自行车，有"凤凰"牌的、"飞鸽"牌的、"永久"牌的、"长征"牌的。车棚的最东边倒有几辆牛角把的"大金鹿"牌大轮自行车，这都是几位老社长老编辑的，其中一辆就是魏诤的坐骑。从自行车停放的位置看，显然这几辆大轮自行车的主人上班来得最早。

　　赵凌云健步登上楼梯，一折一拐走上二楼。他走到报社政工科，敲了一下门，走了进去。

"您好！我叫赵凌云，来报到。"赵凌云笑着说。"您好！欢迎！欢迎！您请坐！"政工科员荆伟笑盈盈地起身应道。

荆伟上下打量，看到赵凌云的这身打扮，像一位淳厚朴实的民工。长短适中的三七分青年发型，衬着一双炯炯有神的大眼睛，两道浓密的眉毛，高挺的鼻梁，自然翘起的嘴角，雪白整齐的牙齿，黝黑的皮肤，"国"字形的脸庞棱角分明。微笑的面容难以掩盖刚毅硬朗又不乏儒雅的气质，再看这身材壮实而挺拔。

荆伟本来想笑，但着实被眼前的这位北京大学的高才生的不凡气质和气宇轩昂的自带气场吸引，心想，这不像一个手无缚鸡之力的文弱书生呀，像军人，又像一个生产队长，还像一个老师，一个民办教师。

荆伟接过向阳市人事局开过来的人事介绍信，恭敬地放进档案夹内，说："凌云同志，我们科长现在去魏社长那里了，我带您去魏社长办公室。"显然，魏净已安排过，待赵凌云报到时，把赵凌云带过去，他要亲自接见赵凌云。

荆伟用手捋了一下瀑布般的秀发，头和脸配合着手向上扬了一下，换上高跟皮鞋领着赵凌云向二楼东面的社长办公室走去，走廊上发出"当当"的高跟鞋踏出的响声。

荆伟轻轻叩了两声门，魏净热情地喊道："请进。"

进了门，荆伟介绍道："社长，这是新来报到的赵凌云。"

魏净站起来，高兴地说道："哎哟，凌云同志，欢迎，欢迎！"

他边说边向一起站起来的政工科长王启智介绍道："启智同志，这就是北京大学毕业的赵凌云同志。"又向赵凌云介绍道，"这位是政工科长王启智同志，下步都在一起工作，逐渐都熟悉起来，成为好朋友了。"

魏净正要从橱柜的茶盘里拿玻璃杯给赵凌云倒水，赵凌云从书包里掏出一个罐头瓶说："社长，我带茶杯了。"

赵凌云提起暖水瓶，往盛着半瓶水的罐头瓶内倒了一股热水。

魏净说："你杯子里的水凉了吧？"赵凌云笑着说："我故意留点凉水在里面，罐头瓶不抗热，怕烫炸了。"

魏净笑了，王启智也笑了，荆伟抬起纤细的兰花指掩着，努力地抿住想笑的嘴。

荆伟礼貌地说道："社长，科长，凌云同志，我先回办公室了。"出了门，荆伟放下兰花指，抿着的嘴再也撑不住了，"扑哧"一声笑了出来，她的笑声被高跟鞋的声音淹没了。

待赵凌云坐下，魏诤说："凌云同志，你们恰逢其时，恰逢其时呀。当前，全市上下喜迎党的十四大胜利召开，改革开放进入新阶段，各行各业抓经济抓发展热火朝天。围绕市委、市政府中心工作，工作部署到哪里，任务落实到哪里，群众战斗在哪里，我们新闻工作者的眼光就到哪里，脚步就行走到哪里，干吧！"魏诤又问赵凌云，"凌云同志，你原先来过向阳城吗？我想，你对咱向阳城也不陌生吧？"

赵凌云端起罐头瓶喝了一口水说道："社长，我以前来过，中学时期，我来向阳城打过工，对这里的大街小巷、单位的地理位置比较熟悉，风土人情略知一二，可能只是表面的。"

魏诤说："你在工作和生活上有什么困难尽管提出来，社里尽量帮助解决。你们刚毕业，家都不在市里，生活上不要犯难。"

魏诤又安排王启智道："启智，你看，你协调下财务科，先给新来的同志支一部分钱，帮他们买好饭票，先解决肚子的问题。协调下办公室，安排好宿舍的设施配置，特别要挂好蚊帐，现在的蚊子还很厉害，睡不好觉可不行。"魏诤对赵凌云说，"凌云同志，让启智同志带你找要闻部主任徐春平报到，根据岗位安排，你今天就正式上班了，去吧。"

魏诤站起来握了一下赵凌云的手，拍了拍赵凌云的肩膀。魏诤感觉到了赵凌云的力量，也看到了赵凌云的直爽、率真和阳光。

赵凌云谢过社长魏诤，跟着王启智到要闻部报了到，拜见了要闻部主任徐春平。

眼光敏锐犀利，善于深挖细挖、刨根问底的记者们，短时间内就把赵凌云的底细挖了个底朝天，将他搞成一个玻璃人晒在大众面前。

赵凌云出生在山崮县丰源乡想水村，他的村庄是一个历史上缺水的穷山村。爷爷是一个土秀才，父亲是一个煤矿工人，还是一个劳动模范，现在退休在家里养羊。一门三学士。家境一般，从小干农活儿，是种地老把式。这小子初中时曾获山崮县首届中学生作文大赛一等奖，高中复读一年，但不是高本五（高中读五年），第二年高考成为山崮县文科状元。这家伙从小习武，善长洪拳、翻子拳，梅花拳略知一二，据说是跟看山老头学的。他的真正武术老师听说是山崮县县长周炳继，不知真假。

但赵凌云挑水掉大坑里，他娘在大坑边上替他叫魂儿，硬是没被扒出来。不然，这会是一个笑料，也是一个大料。

有人说："赵凌云虽考上北京大学，还读了研究生，还不是又回到向阳市来了？出身贫穷，他考上北京大学那一股子劲用完了，一炮轰完了！土壤不肥，庄稼长起来也不一定结粮食。要该别人，就是这样的文凭，还不得留在北京的国家大机关里！"有的说："咳，不能光看文凭，文凭代表不了水平，学历代表不了能力，名校代表不了工作能出名。"

晚上，赵凌云吃过饭在报社大院里转了几圈。回到办公室，他摊开信纸分别给万胜庄联中的刘洪老师，山崮县二中的卓强老师，向阳市第一中的迪思科老师，向阳市第九中学的侯贺堂老师，山崮县口腔医院的陈传卿老师，和周炳继老师各写了一封信。

信中，他汇报了近年来的学习情况和大学毕业后被分配到向阳日报社工作的情况。惯性地回忆了在小学、初中、高中的学习时光，由衷地表达了感谢之情。赵凌云写道："古之学者必有师。师者所以传道授业解惑也。吾若学业修行略有小成，乃恩师所教所育之果也。子曰：身体发肤，受之父母，不敢毁伤。吾曰：品德才学，受之吾师，不敢懈怠。师道师恩，不敢忘记。祝恩师身体健康，盼老师给我以终身指教！"

几天后，赵凌云陆续收到回信。老师们对赵凌云学业有成并参加工作表示祝贺，对赵凌云主动要求回家乡工作表示赞赏，对青少年时期求学的赵凌云给予高度评价，对他今后的工作提出了要求和期望，表示盼望尽快与赵凌云相聚，再忆师生情谊，祝福他在今后的工作中创出更大的业绩。收到信，赵凌云奋笔疾书，作诗一首：

忆往昔

那位少年

走在弯曲不平的求学路上

您像路标指引着他前行

当他遇到黑暗

您像路灯照亮眼前和远方

当他精疲力竭

是您给他补给营养

您屋里的灯光

赛过星星

斗败月亮

化作智慧

射进他的心房

桃李不言

下自成蹊

您默默地把腰累弯

却撑着他昂扬向上

他奋斗时

您伴在他的身旁

他成功时

您却掩身在远方

他就是我

我怎能忘

啊！亲爱的老师

我的再生父母

我心中的太阳

赵凌云默诵着韩愈的《师说》，琢磨着明朝《永乐大典》"师"字册篇章内容，彻悟"三人行必有吾师"之道。他暗下决心，"今后将把向阳日报社作为新的学校，将每位同行视为老师，当新闻战线上的小学生，卸掉自己名牌大学的行头和盔甲，轻装上阵，从头学起干起"。

他借来最近一年内的《向阳日报》，一张张翻阅，一篇篇阅读。版面设计、新闻标题、新闻内容、行文格式、语言特点，包括记者的名字、通讯员的名字都不放过，读着记着，总结着，力图尽快适应工作，让工作上手。至于下步的创新、创优、创高，他自信将是他的强项。

第 124 章

赵凌云期盼的新入职人员和新吸收的报社通讯员培训会议如期召开。培训班历时一周，会场设在向阳市委党校。会议邀请了复旦大学、中国人民大学和省报社资深编辑、记者授课，向阳日报社总编室，各部室负责人进行了交流性讲座。课程设置非常全面，新闻的、汉语言文学的、逻辑学的、文艺评论的、摄影的、新闻记者能力和素养，等等。

魏净作了动员讲话，并讲授第一课。报社全体人员参加。

魏净讲话的题目是"任务使命和能力素养"。他结合自己的求学工作经历，谈古论今，语言朴素，深入浅出，机智幽默，逻辑严密，严谨而轻松，有高度、有深度、有温度，赢得阵阵掌声。

他说，新闻工作者要牢固树立政治意识、阵地意识、人民意识、中心意识。宣传党的路线方针政策不走样、不走调。新闻通讯要言之有物，不能假大空，要坚持实事求是，不能有丝毫的虚假，要经得起历史推敲和检验。要围绕党委、政府中心工作开展调研采访写作。当前向阳市的工作重点在农业方面，就是农工贸一体化的产业化发展；减轻农民负担；在全市农村实施"四通工程"，即通水、通电、通路、通电视。在工业方面，就是国有企业改革，大力发展民营企业，外向型企业。市里开展的市直工业年等活动，意义重大。在城市建设方面，城市道路改造，老旧小区提升，煤气、自来水、电力等基础设施的改造提升，城市的美化、绿化、亮化、净化提升行动等。在商业方面，市里提出的商业"大高新"战略，商业、物资、供销、粮食等行业的一批商业项目正在建设中。还有民生方面，营商环境整治方面。

魏净进一步强调，当前农民负担重到不堪重负，民间流传说，"头税（公粮）轻，二税（三提五统）重，三税（各种集资摊派）是个无底洞"。市里要下决心抓这项工作，成立了"减轻农民负担办公室"。咱报社经济部负责农村方面的记者同志要予以高度关注，倾听农民朋友的呼声，发现、总结、宣传一批减轻农民负担工作好的典型，曝光一批损农、坑农、害农，无限增加农民负担的反面典型，配合好市里的工作，当好参谋。

农业的产业化，公司加基地加农户，一批特色农业专业村，专业户等雨后春笋般发展起来，要把这些典型推上来起引领示范作用。报纸的二版可设专版，也可专辟专栏，搞好设计。

听着魏诤的讲话，赵凌云联想到老家和老家附近的村庄，联想到他毕业前深入山崮县城附近乡镇和村庄的调研，他对魏诤社长无比敬佩，心里想："魏社长是一个有良心的新闻工作者。他也无比敬佩自己的大哥赵存祥，大哥的远见来自他对父老乡亲的深厚感情，来自他的担当。想水村真没有一点农民负担，这可是个好典型。"

讲完市里的工作重点，魏诤喝了一口水，看了下会场的同事，幽默地说："关于新闻工作者的能力素养和具体工作技能，咱请的专家和我们报社的各位主任都是我的老师，他们要讲得比我好，我不在关公面前耍大刀了。我想给大家讲一讲心理素质方面的问题。为什么要讲这个呢？我想，每个人在工作中都会碰到这样那样的问题，都产生这样那样的情绪，既而影响到人的世界观、人生观、价值观、工作观，影响到人们对社会的看法，影响到工作，影响到为人处世，影响到个人形象，影响到社会和人们对你的评价。没有好的心理素质，没有健康的心理素质，搞不好，你就砸锅了，正所谓成功失败一瞬间。大家愿不愿听呀？"

会场高呼："愿意听！"不知是谁高声补了一句："太愿意听了！"

魏诤笑了一下，"好，大家愿意听，我就愿意讲，一般人我不告诉他，哈哈。"会场一片欢乐的笑声和掌声。

魏诤又幽默了一下："大家休息十分钟，到厕所解个手，净净身，回来，轻装上阵，听我给你们讲。"

在一片笑声中，大家纷纷涌进厕所。没到五分钟，大家整齐地坐在座位上，会场鸦雀无声，等待着魏社长的传道授业。

魏诤表扬道："好，大家提前完成了任务。凡事一样，要往前赶，要提前，提高效率，这也是心理健康的一种表现。"大家又被逗笑了。

魏诤谈古论今，讲观点、讲实例，深入浅出，幽默中寓含教益。

从世界许多发达的国家调查表明，威胁人类健康和生命的主要疾病正从传染病转到心血管、脑血管等与生物因素、心理心素和社会因素密切相关的疾病。心理因素对高血压的影响是显而易见的。19世纪的英国外科医生亨特，他生性急躁，有一次院内学术讨论会上，由于激烈争论，他情绪激动，脸色发红，突然倒地死亡，经尸解证实为冠心病猝死，当时情绪冲动使血压骤升是重要因素。心境对肿瘤的关系更加密切。绝大多数抗癌名星主要经验的第一条就是心情乐观，充满信心。许多研究表明，在所有保健措施中，心理平衡是最重要的，它是健康长寿的宝中之宝，其效果超过任何一种养生方法。安宁愉快的心境足以抵清大多数不利因素的消极影响。谁拥有快乐，谁就拥有健康。相反，恶劣的心境可使健康明显恶化。恐惧、忏悔、自责、内疚、紧张、心怀敌意，以至于食不甘味，寝不安席。历史告诉人们：玩世不恭者要付出短命的代价。

俗话说，"心性可养"。心理素质不是一成不变的，是可以培养锻炼的。古今中外的伟人、圣贤都特别注重。孟子说："富贵不能淫，贫贱不能移，威武不能屈。"又说："天将降大任于是人也，必先苦其心志，劳其筋骨，饿其体肤，空乏其身，行拂乱其所为，所以动心忍性，增益其所不能。"《周易》有云："天行健，君子以自强不息；地势坤，君子以厚德载物"。巴尔扎克说过："苦难是最好的老师。"

赵凌云在台下听得热血荡漾，他听着、思考着：健康的心理素质怎么培养形成呢？

魏诤马上给出了答案，他呷了口水，讲道："结合实际，我认为培养锻炼形成健康的心理素质应在以下几个方面下功夫。一是加强学习。培根说：'凡有所学，皆成性格。'林则徐喜欢的一副对联是：'读书静坐，各得半月；清风明月，不用一钱'。二是识大体、明得失、懂收藏、知进退。有颗平常心，淡泊名利方能减轻心理压力。知足长乐，就是这个道理。民国著名书法家于右任一生淡泊，荣辱自安，每有友人问及他的长寿之道，他总是笑指客厅墙上那副对联：'不思八九，常想一二'，横批：'如意'。这就是古人那句老话：'人生不如意事常八九'。三是'凡事留有余地，得意不宜再往'。韩非子《说林下篇》，其中有：'刻削之道，鼻莫如大，目莫如小。鼻大，可小，小不可大也；目小可大，大不可小也。举事亦然，为其不可复者也，则事寡败矣。'这段话的大意是：工艺木雕的要领，首先鼻子要大，眼睛要小，鼻子雕刻大了还可以改小，如果一开始把鼻子给刻小了，就没有办法补救了。同样道理，初刻时，眼睛要小，小了还可以加大。如果刚开始雕刻时，把眼睛弄得很大，后面就无法缩小了。为人做事也是同样道理。凡事留有余地，留有后路。批评人留有余地，是给人留下改过自新的机会。表扬人留有余地，是给人留下继续进取的动力。制订计划，要留有余地；

享受人生要留有余地；日常用度要留有余地；再繁忙工作，也要留下休息的余地；再紧张的关系，也要留下调和的余地。家有余粮，日子好过；日有余用，生活安稳，达则兼济天下，穷则独善其身。人在社会，无论做人还是做事，都要学会留有余地，话不可说满，事不可做绝。流水有回旋的余地，才会减少灾害；江河有清淤的余地，才不致泛滥成灾。做人做事留有余地，才能进退从容，屈伸任意。四是与人为善，以诚待人。法国作家左拉说过：'一个民族只有一条法律："这就是善良。"'儒学是中国传统文化的主干，儒学本质上讲是一种道德哲学，最讲求品性砥砺与人格之修炼，坚信内圣才能外王，修身齐家方能平天下。所以明理做个好人为第一。善良是一种文化，一种深嵌于中华民族之根的文化，善良是一种智慧，是一种远见，是一种自信，是一种精神力量，是一种精神的平安，是一种以逸待劳的沉稳。守得住善良，就看住了心灵。接人待物善为首。要正确对待自己，正确对待他人，正确对待社会。要常怀感恩之情。常怀感恩之心，会内生一种定力，在纷繁复杂的社会生活中，保持那种难得的"律己"。只有这样，也才会在社会交往中和事业追求中给自己定好位。不要自卑不到位，也不要自傲常越位。只要与人为善，以诚待人，基本上处事就能够比较得心应手。五是敢于承受挫折，善于负重奋进。人在逆境，要懂得静心。在生命找不到退路时，更要退一步观看全局，守住生命的底线，守住心灵的平静。心理学家告诉我们：用积极、乐观的眼光看世界，永远保持快乐的心境既是一门健康的科学，又是一门生活的艺术。'牢骚太盛防肠断，风物长宜放眼量。'用健康的心态观世界，不以物喜，不以己悲，心情就会快乐无限。汉代有位将军叫冯唐，历经三代，90多岁了，还是个郎官。面对如此尴尬的境遇，他自己说，文帝好文，我却以武见长，景帝爱用老成人，我却年轻，武帝上台搞年轻化，我却老了。面对不佳的运气，冯唐保住了名节。王勃在《滕王阁序》中写道：'冯唐易老，李广难封。'苏东坡在《江城子·密州出猎》中写道：'鬓微霜，又何妨！持节云中，何日遣冯唐。'

"总之，锻炼、培养、形成健康的心理素质十分重要，愿每个人有个健康的心理素质，并以健康的心理素质为支撑，实现我们报社提出的学习好、思想好、工作好、身体好、作风好、纪律好的'六好'目标，为新闻事业做出新的更大贡献。最后，让我引用一个中学生作文里一段话结束本次讲座：'愿天下人都微笑。微笑的目光，是三月的春风，将希望播种；微笑的目光，是冬日的阳光，爱左右，同情左右；点燃信念的火把，温暖鳏寡孤独的凄凉；微笑的目光，是母亲温柔的手，挽起寂寞，抚平伤感，拭干无助的泪痕。'"

魏诤讲完，站起来给大家鞠躬，会场全体人员站起来鼓掌。

赵凌云边鼓掌边感叹："社长的话对我们青年人多么重要呀！魏社长不仅是我的领导，更是我尊敬的老师。感谢您，敬爱的魏诤老师！"

培训班结束后，赵凌云仿佛找到了灵感，进入了角色。

第 125 章

星期天，赵凌云急着去看望崔洪生老人，这可是他一段时间以来压在心头的一桩心事。他报到后就想去果品公司拜见崔洪生老人，一个多月，一晃而过，一直忙于工作没能成行，他有些自责。"快去，赶快去。"他到商场买了一条香烟和二斤点心，骑上"大国防"自行车向紧邻汽车站的果品公司赶去。

走到向阳市火车站广场，他惊呆了。汽车站没有了，果品公司也没有了。这里建起了一个大型果品批发市场，取名"向阳市果品批发市场"。市场大门气势恢宏，大门翼墙两边写有"建设市场，搞活流通"的标语。市场内道路四通八达，一排排的二层小楼整齐排列，这是果品批发摊点。每个批发点的墙上或门口都挂着批发部的名称，经营水果的品种。东西南北四个大门都可通过两辆大卡车。市场内车来车往，人们忙得热火朝天。卸货的、装货的、过秤的、谈价的，好不热闹。

市场东北角有一个三层小楼，门口挂着牌子"向阳市果品批发市场管委会"，偶尔看到着工商行政管理制服的工作人员进出。

赵凌云在市场门口，凝望着原果品公司门口传达室的位置，他脑海里出现当年他来打工遇到崔洪生的情景，崔洪生的音容笑貌仿佛就在眼前。他缓了一下神，推着自行车走向市场管理办公楼。

"同志，这里建成果品批发市场，原先的果品公司搬迁到哪里去了？"赵凌云问一位市场管理人员。"噢，果品公司没有了，改成了现在的批发市场。"市场管理人员回答道。

"您认识崔瑛吗？"赵凌云进一步问道。"你是哪里的？"市场管理人员反问道。"我是向阳日报社的，我姓赵，叫赵凌云。"

"你找崔科长？"市场管理人员礼貌起来。"是的，麻烦您帮我找一下她。"赵凌云礼貌地说。"请跟我来吧。"市场管理人员领着赵凌云走到市场管理服务科，喊道："崔科长，有人找你。"

"崔姐，我是赵凌云。"赵凌云看到崔瑛激动地喊道。崔瑛打量了一下赵凌云，急忙伸出手握住赵凌云的手："凌云弟，多年未见，你还是当年的模样。你今天来有什么事吗？需要我帮助吗？"崔瑛以为赵凌云还做水果生意，善良的她还想再帮赵凌云一把。

"崔姐，我大学毕业后分到向阳日报社了，这几天着实没抽出时间，今天，我一有空就奔到这儿，想看看俺崔叔和您。这几年，我在北京上学，学习期间，没能来向阳市里，我很想念崔叔。"赵凌云说着，眼圈已经泛红，眼睛潮湿起来。

听了赵凌云的介绍，崔瑛又高兴又激动。当年来市内打工，当脚夫的青年，现在大学毕业进了报社工作，可不简单呀。

"弟弟，你哪个大学毕业？"崔瑛问道。"崔姐，我毕业于北京大学，本科、硕士一气读完。"赵凌云笑了一下说。崔瑛惊地张了一下嘴："啊？俺弟弟还真行。凌云弟威武！你崔叔要是听到，能高兴毁了。你崔叔现在在家里养花养鸟，身体好着呢！自从建了市场，他就彻底退休了。市场设立了保安队，由保安负责门卫工作。凌云弟，你今天在姐这里吃饭，我找几个人陪陪你。我们市场也要宣传。"

赵凌云说："没有问题，我会尽力的。"崔瑛说："咱市里提出商业的大高新战略，建设了一批大约十个大型专业批发市场，果品批发市场是江北最大的专业批发市场。买全国，卖全国，市场活跃着呢！咱向阳市交通发达，京沪铁路贯通南北，穿行而过，公路的国道省道四道八达，大运河的黄金水道运力极强，发展市场有得天独厚的优势。"

赵凌云边听崔瑛的介绍，边打量了一下眼前的崔瑛姐。当年的长辫子变成了齐耳短发，身材没怎么变化，还是那么线条清晰，脸上的肉仿佛多了少许，倒显得富态，有些福相，也显得和善、慈祥，职业装衬托出她干练的气质。

"崔姐，当年多亏了您的帮助，您给我没少操心呀。"赵凌云感激道。崔瑛"扑哧"笑了一下，说："弟弟，你就别提当年了，北京大学的高才生、报社的大记者，还提当年干什么？咳！那次你到解放路店批发西瓜去零卖可弄好了，笑死人了。你在我这里走后，我给解放路店的经理方姐打电话求情，要她给你挑选上等的沙瓤西瓜，这种西瓜好卖。这也是你崔叔专门安排我的，他怕你犯难。知道你是个学生，也没干过买卖，是吧？我给方姐说，你是山崮县口音，谁知你到那里撇起了普通话，弄得大家着了忙。人家问我，你表弟说普通话呀，我说不对，他是山崮县口音，我就叫她直接问是不是叫赵凌云。哈哈哈哈，差点弄两岔股去。"

崔瑛不让提当年，她却忍不住又啦拉起了当年，笑得眼里直流泪。听着崔瑛的话，赵凌云微笑着，他猛然想到："怪不得我那车西瓜一下被买家相中了，当然也是吴部长那些老人对一个穷学生的关怀。原来是崔姐特意安排，暗助了一下呀。善良的崔叔，善良的崔姐，善良的吴部长，不是亲人，胜似亲人！"

赵凌云跟着崔瑛笑出了声，说道："崔姐，对以前的事要谈要啦。咱不能光谈过五官斩六将的光鲜耀眼，而不谈败走麦城的灰暗不堪。苦和难不能忘记，那是最好的老师，更不能忘记在苦和难时帮助过我的人，他们都是我的贵人！"听了赵凌云的话，崔瑛心想："这个弟弟真是个实诚人、敞亮人、有良心的人，这个家伙可交。怪不得我爸说，凌云这孩子实在，值得帮。还说，这孩子虽是个苦孩子却像个谜，气质不俗，有力出，但不像出力的。唉！还是老爸的眼睛老辣。"

赵凌云站起身说道："崔姐，我找到您了，以后，我常来拜访您，也会常看俺崔叔。您回家给俺崔叔说，就说他侄子赵凌云大学毕业来向阳市内工作了，我又回到他老人家温暖的怀抱了。您忙，我就不打扰您了，我回去还有事处理。"说着，他将香烟和点心递给崔瑛，"这是我孝敬俺崔叔的，不成敬意。"

崔瑛再三挽留赵凌云吃午饭，赵凌云婉言谢绝。崔瑛拉着赵凌云的手，像亲姐弟一般，将赵凌云送到楼下。她说："弟弟，稍等。"转身到一家批发部给赵凌云买了一兜子苹果。"你带着去吃，多吃水果好，这是上等的烟台苹果，口味好。"

赵凌云带着苹果，告辞崔瑛，往东方红市场走去。

东方红市场东头，公路与废弃的铁路交岔口有一个羊肉汤馆，匾额上书"向阳市第一汤 汤记羊肉汤"，一个匾额上出现三个"汤"，读着像绕口令。

赵凌云看到"第一汤"的字眼，心想："老家丰源乡驻地的刘村的郭家羊肉汤的香气，曾引来无数老鳖王八，因此声名远扬，那可是飘香九州呀，竟然第一汤在这里。当年打工的时候没发现，多亏了没发现，发现了也舍不得喝，今天得品尝一下。

赵凌云将自行车插好锁上，走进汤记羊肉汤馆。羊肉汤馆门口支着一口粮囤一样的大铁锅，锅内汤水翻滚，锅口热气腾腾。羊肉汤锅主人系着油不啦唧的围裙，眼睛不断瞅着客人，一手握刀，一手按肉，在长期切肉被剁得凹下一个窝的圆形柳木案板上快速地切着剁着，这家伙的"盲切"技术倒是一个看点。

简易棚的屋内，一溜摆开的低矮方桌坐满了人，有的喝酒，有的吸烟，有的喝汤，大声地笑着、说着、吆喝着。桌子上放着辣椒油、醋罐、盐罐，主随客便，随意按口味添加。有的吆呼要羊血，在的吆呼着要羊肠、羊肚，有的吆呼着要老虎菜，有的吆呼着加汤。老板的女儿托着一个写字板式的小木板，木板上放着一叠纸，穿梭在客人中间，答应着、笑着、记着、安排着。老板的老婆用长把水舀子盛着汤串着转着给顾客加汤。一个脸喝得红得象媳蛋的鸡的家伙吆呼道："给俺炖六个羊蛋外带两个羊脑。"老板女儿红着脸更正道："六个外腰加两个羊脑。"边说边离开嘈杂的人群。

在向阳市，无论城市还是乡村的羊肉汤馆，一般统称羊肉汤锅，开羊肉汤馆叫开羊肉汤锅。羊肉汤馆不能豪华，不能卫生，越简易越腥臊腻生意越旺。吃饭时烟头随手扔，烟灰随手弹，纸头子随地扔。唉！要的就是这个味，这叫"人间烟火气，最抚凡人心"。花上几块钱当回老爷。

还真是的，在山崮县城郊乡南部有一片苹果园，是姓闫的父子经营的。一天，他家来了客人，他们在看护苹果园的土屋前支口大锅，杀了一只青山羊，煮了个全羊，又炒了六个菜，分别是：辣子鸡、炖辣豆腐、清煮花生豆调黄瓜、青椒炒笨鸡蛋、炒板凳腿（土豆粗条）、爆炒绿豆芽。待客人偎桌开饭之时，来了两个郊游的老板模样的人，热情善良的闫家父子让这二人一齐吃饭。这两个家伙被乡野的饭菜香吸引，抑或是饿极了，丝毫没有客气就跟着闫家人吃了起来。边吃边赞："味道美极了！长这么大，遍品人间美味，这里是独一家。"

闫氏父子心想：这两个人也可能是吃人家的饭嘴短，虚夸罢了。也可能是像民间流传的古代的一个故事，记不清是哪朝的哪位太子落难了，饥饿至极，在乡野喝了一位老太太给他煮的咸糊涂，本是很普通的庄户饭，他却喝出了人间第一美味，登基后，将这个咸糊涂定为御膳第一汤。

老板感激致谢告辞，以后每天却有不少人到苹果园来要羊肉汤喝，要吃"六个菜"。闫氏父子被逼被引地灵机一动，开起了闫家苹果园羊肉汤，主打：辣子鸡、炖辣豆腐、清煮花生豆调黄瓜、青椒炒笨鸡蛋、炒板凳腿（土豆粗条）、爆炒绿豆芽"六个菜"。闫家苹果园羊肉汤声名鹊起，一时风头无两。每天大车小辆赶来喝羊肉汤的人络绎不绝，闫家羊肉汤生意爆棚。几年后，发了财的闫家打算将生意扩大，将羊肉汤开到城里去！他们在繁华街道的一角落租了个门面楼并进行了豪华装修，房间铺上木地板，天花板安上豪华吊灯，墙面贴上漂亮的墙面纸，配上了实木桌椅，豪华餐具。开业后，来吃饭的人了了无几，门可罗雀，俩月后关门停业。羊呀还是那个羊，做菜的人还是那个人，菜还是那六个菜，生意却不是那个生意。闫氏父子百思不得其解！

赵凌云在汤家羊肉汤馆门口看了一会儿，他发现羊汤馆门口的几个桌子也很快坐满了人。他看到喝羊肉汤的人大多吃烧饼，他倒想吃煎饼。喝羊肉汤泡煎饼那可是老家人口中的美味。

他提着苹果走进东方红市场，他问卖干杂货的大姐："大姐您好！咱市场有卖煎饼的吗？"大姐说："有呀，市场西头有个姓汤的女孩卖煎饼，她的煎饼又薄又香，手艺好着呢！这个卖煎饼的女孩人也可好了，听说她卖煎饼挣的钱，自己不舍得花，都孝敬父母了。还听说，她还给民政上捐了不少钱，是个大善人，俺市场上都称她是煎饼西施。"听了大姐的介绍，赵凌云笑着说："谢谢您大姐！"大姐说："买点干货吧，买点材料吧。俺这些货可是货真价实，花椒都是山崮县来泉和邾亭那边山上种的，大红袍品种，颗大又香，做菜没得说。"

赵凌云说："大姐，您是山崮县人？是哪个乡的？"大姐说："俺是山崮县来泉乡峪子村的，俺娘家是邾亭的。俺家的劳力在果品市场批发水果，卖老家的樱桃、桃、梨、板栗、核桃，什么东西下来卖什么。"赵凌云说："大姐，咱是老乡，我是丰源乡想水村的，我姓赵，叫赵凌云。"

大姐惊奇地说："俺的娘咪，在这里又遇见老乡了，咱是不过五里路的邻居，兄弟，你做什么生意？"赵凌云说："大姐，我以前拉过水果，卖过西瓜。哦，现在大学毕业分到咱向阳日报社工作了。大姐，下步咱多接触，多聊聊。老乡见老乡，两眼泪汪汪呀。"大姐说："大兄弟，也不是咱向阳市小，这是来向阳市做生意的多了。我经常碰到咱老家的老乡，都可热乎了。你看你多有出息，大学毕业，又到大城市干工了。我跟俺家的劳力，你那个大哥商量，等挣了钱，托人把小孩的户口弄过来，让他们在城里上学，赶明儿也能考个大学。"说着，大姐

"嘿嘿"地笑了起来。赵凌云说:"大姐,那您给我称二两大红袍花椒吧,用纸包上,放在床头,我闻香味,还驱蚊虫,闻着睡觉也香。"大姐说:"大兄弟,一看你也是个大善人,肯定看在老乡的份上想帮帮大姐。"

说着,大姐给赵凌云称了二两花椒,大姐让赵凌云看了一下秤说:"你看,秤高高的,秤杆子都撅起来了。"赵凌云笑着付了钱,将花椒放进军裤的裤兜里:"您忙吧大姐,我去买煎饼。"

大姐目送赵凌云,自言自语道:"这兄弟心眼可不孬,能找个好媳妇。"

赵凌云边走边想,今天可给"汤"字杠上了,第一汤的汤记羊肉汤,想买个煎饼据说还是汤家的。

想到"汤",他却想到了宅心仁厚的"商汤",继而想到"汤之于伊尹,学焉而后臣之,不劳而王"。又想到明朝开国功臣汤和,又想到刘村的汤家丸子汤。是一个贯通。《永乐大典》编纂,"用韵以统字,用字以系事",发凡起例,将上下千年文化贯通,成书三亿多字,两万条册。他倒佩服起《永乐大典》都总裁,被称为"两脚书橱"的大学问家陈济来。陈济可是一个布衣,典型的一枚草根,被明成祖亲点领衔编纂《永乐大典》,他与内阁首辅解缙和太子少师姚广孝等率众2000多人入住文渊阁,历时五年,编纂成书。陈济被赞允文允武,被称布衣都总裁。

学问面前没有官阶高低之分,孰高孰低,只有学问深浅这一唯一的标准。要做人上人,做学问倒是一条通道,更是布衣草根的通道,抛去功名利禄,不成将相,倒成名师名家,古来如此。

第 126 章

一股煎饼的香气飘来,赵凌云转头看到一个煎饼摊位。煎饼摊旁竖着一个简易的牌子,上书"汤二妮煎饼"。牌子还用小字写道:"经营萝卜干、咸菜丝、萝卜缨、辣菜缨等庄户小菜。"

卖煎饼的主人是一位20岁左右的大姑娘,她穿着朴素的红底印花偏襟衫,下身穿藏蓝色涤卡裤，脚穿黑色平绒平底带袢的圆口布鞋，配有白色线袜。头戴白色卫生帽，手上戴着透明的一次性手套。圆润的脸上镶嵌着一双明亮的大眼睛，稍弯的眉毛浓而密，长长的睫毛撑着双到两头的眼皮，鼻子高挺圆润，一排整齐洁白的牙齿将嘴唇衬托出自来的笑，喜庆、恬静、高雅、清纯，粗糙的皮肤掩盖不住清新脱俗，倒增加了一丝沧桑厚重和自信。

"哥，您想买点什么？"姑娘招呼并问赵凌云道。"噢，小妹，我想买一斤焗豆子煎饼。"赵凌云说。"哥，俺这里没有焗豆子煎饼。焗豆子煎饼是什么样的煎饼？是用什么做的？"姑娘笑盈盈地打量着赵凌云并求教似的问道。她的声音清亮而悦耳，语气温柔。她那双清纯明亮善良的眼睛温和地一眨一闪。

"噢，焗豆子煎饼就是俺老家以前大户人家才能吃到的煎饼，用麦子、小米、豆子等混在一起打成糊子烙制而成的。"赵凌云教科书般地解释。姑娘"嘿"的一声笑了出来，周围几个买煎饼的也跟着笑。"俺的哥呀，俺有这样的煎饼，俺叫杂粮煎饼。哥，不过刚才你说的煎饼的名字还过好听咪。"赵凌云笑着说："你先给其他人称吧，我不急。"

待其他人走后，姑娘给赵凌云称了一斤杂粮煎饼，边称边说："哥，咱这里有麦子煎饼、杂粮煎饼、高粱煎饼、玉米煎饼。还有各种小菜，都是我做的。俺老辈里都会做饭，哥，可以买点尝尝。"

赵凌云又买了点萝卜干、炒咸菜丝和辣菜缨炓花生豆等小菜。赵凌云问："小妹，您的家是哪里的？你的煎饼摊取的名字好熟悉呀，这是不是以你的名字命名的？"姑娘说："哥，俺家是山崮县丰源乡刘村的，俺叫汤二妮。初中毕业后，没考上高中，俺就来这里烙煎饼卖煎饼了。俺不让爹娘老养着俺，俺也想干点活儿挣点钱孝敬他们。"

赵凌云激动地说："汤二妮！咱可是老乡呀，我高中就是在刘村的山崮县二中上的，三年呢！不，四年呢！二妮呀，你还记得吗？1985年的冬天，我到你家去炒咸菜，你还悄悄地往锅里多放了一勺油，我多给你两毛钱还是一毛钱，记不清了，你娘说什么都不要。你家开了个茶炉，开了个丸子汤，你爸有点残疾是吗？"汤二妮淡定地说："是的哥，您说得都对，咱是老乡，但您说您去炒咸菜给您多放一勺油的事儿，俺不记得了。哥，您在这里打工还是干什么？看您像个转业军人，又像个施工队长，还像个体育老师。"

赵凌云说："我的老家是丰源乡想水村的，我姓赵，叫赵凌云。我刚大学毕业，分到咱向阳日报社工作。二妮，我今后就在这里长期工作，你有什么需要我帮助的，可以告诉我。出门做买卖，揽生意不容易，何况一个女孩子呢！咱是一个乡的亲老乡，就当我是你哥，别客气呀，有困难就跟哥说。"

听到"赵凌云"这个名字，汤二妮张了一下嘴："啊？！哥，您就是赵凌云？远在天边，近在眼前呀。哥，您可是咱全乡学生学习的榜样呀，考上北京大学轰动十里八乡，我们老师教育我们都要向您学习。"汤二妮噘了一下可爱的小嘴羞涩地说："向您学习，学也学不来，俺什么也没考上。"赵凌云说："二妮，当年我在张老九理发店理发，听张师傅谈到过你们家的情况，大赞你家老少都善良。刚才，在集头上遇到一位也是咱老乡的那个卖干货的大姐，对你也赞赏有加。我这一干新闻工作，还真想深入了解一下你，你的善良和义举值得了解。"

汤二妮红着脸说："哥，我没他们说的那么好，我受父母影响，干力所能及的活儿，做想做的事。哥，你什么时候吃煎饼就来我这里拿，想吃小菜就到我这里来。咱家乡人喜欢的味道我了解，我每天可以给你单做点。"赵凌云说："不用，我想吃时就来买，你要照价收钱，否则，哥就不来买了。我把我办公室的电话号码留给你，你随时给我打电话。二妮呀，干活儿也要量力而行，千万也要注意身体，不要太拼了。"

赵凌云说着瞅了一眼汤二妮那 20 岁的年龄，40 岁的手。

赵凌云付钱，汤二妮说什么不要。"哥，能碰到您，见到俺的偶像很高兴了，您下次买时俺再收您的钱行了吧。"

赵凌云将崔瑛给他的苹果放到煎饼摊上。"二妮，正好这些苹果留给你吃，秋天多吃苹果好。"赵凌云提着煎饼走向汤记羊肉汤馆。

赵凌云扎实的文学和学术功底，超人的灵性和悟性，对专业知识的强化学习吸收，形成了过人的能力。他跑会议，跟随市领导活动，及时、准确、有力地写出一篇篇重要新闻报道，大多发在《向阳日报》头版头条，特别是他撰写的新闻时评，观点明确，文笔老道，语言清新，文采飞扬，极具宣传鼓动性。同时，他还采写大量的经济方面的新闻和文艺随笔。

要闻部主任徐春平向魏净报告说："赵凌云不愧高才生，是个大才。"魏净说："人尽其才，才尽其用，咱要尽力留住这个人才。"

一场秋雨一场凉，看着细如麻秆的雨垂落大地，滋润着洗涤着万物。赵凌云心情格外高兴，他喜欢雨，也可能云和雨是相生相合的孪生姊妹，也可能他出生在缺少水的地方，对雨对水有一种本能的渴求，也可能他始终关注着田地里的庄稼。"庄稼无水不能活，无肥不能壮。"

他伏案埋头写着文章，这时，办公桌上的电话铃响了，他拿起电话说道："您好，哪位？"电话里传来温柔细小的声音："凌云哥，我是汤二妮。""哎哟，二妮，你好你好，你给我打电话呢！"赵凌云高兴地说。"凌云哥，今天下雨了，我的活儿也准备得差不多了，我晚上想请您吃个大排档，咱就去新搬的长途汽车站，离您也不远，那里有一个车站美食一条街，咱老家有不少人在那里开饭店，咱尝尝家乡的口味，行吗凌云哥？我想您忙不敢给您打电话，我这没忍住，试着给您打过去了，您可别见怪呀。"汤二妮怯声说道。"行呀二妮，咱去，我请你，咱6点赶到行吗？你先去找个地方。"赵凌云高兴而果断地答应。

"凌云哥，我在报社门口等您，我拿着伞好给你撑伞，别淋着你。"二妮懂事地说。赵凌云说："那好吧，就这么定，挂电话了哈。"

下班后，赵凌云急忙跑到四楼单身宿舍，拿了50块钱，背上"为人民服务"的帆布书包，脱掉黄球鞋，换上胶靴。这双胶靴是父亲赵广厚在矿上退休后带回来的，赵凌云来报到时，父亲硬逼着他带着，说遇有雨雪天，好踩雨雪。

"饱带干粮暖带衣，晴天也要带伞靴。"赵凌云穿着雨靴默念道："还是俺爹管（有能力）。"但伞还真没带。

赵凌云快速下楼直奔报社大门口，他刚想转头找汤二妮，就听到汤二妮叫道："凌云哥。"

汤二妮从躲着的树下快步走到赵凌云身边。赵凌云一看，汤二妮穿着牛仔裤，上身穿着夹克型牛仔褂，内衬白色圆领打底衫，脚穿粉红色半高筒雨靴，一副城市流行女青年的打扮，时尚、活泼、干练。她高挑而线条匀称分明的体型，齐耳短发，漂亮的脸蛋，活脱脱的一个城市小美女。略显粗糙的皮肤显然抹了点雪花膏、润肤露之类，耳根留有痕迹。

汤二妮给赵凌云撑着伞，细雨不停打在伞上，发出噼噼啪啪的响声。赵凌云说："二妮，把伞给我，我来撑，我个子比你高，胳膊比你长也比你有劲，我撑伞咱俩都淋不着。你看你现在光顾我，都把你淋湿了。"

汤二妮说："不碍（没事儿）的凌云哥，我给你打伞心里高兴，让你给我打伞多过意不去呀！"

赵凌云从汤二妮手里接过雨伞高高地撑着，踩着积汪的雨水快步向车站小吃街走去。

走近小吃街，一股股菜香扑鼻而来，正像汤二妮所说。这里煞是热闹，切菜声、颠勺声、剁菜声、碗盆碰撞声不绝于耳。煎、炒、烧、蒸一派繁忙，厨子们用长勺按着炒锅，炒锅不停在炉口上推拉扬翻，炒锅里不时冒出火苗，叮叮当当，哗哗啦啦，锅碗瓢盆交响变奏曲此起彼伏。吃饭的人挤挤擦擦，喊着、叫着、笑着、闹着。

汤二妮指着"山崮炒鸡"的饭摊说："凌云哥，咱到那里吃吧。"

赵凌云说："可以。"两人到"山崮炒鸡"档口找张桌子坐下。

汤二妮眯着眼笑着看着赵凌云，温柔羞怯地细声细语道："凌云哥，咱还喝点酒吗？"赵凌云爽快地说："二妮，咱喝点。你平时喝酒吗？咱喝什么酒，哥给你拿。"汤二妮不自然地笑了下说："凌云哥，我不会喝酒，我是想让你喝点，英雄配美酒，古来有之。"

赵凌云心想："二妮还真把我当英雄了，当年高考考入北京大学影响还真不小呀。"赵凌云说："二妮，我也不用酒，白酒喝不了，咱就喝瓶啤酒吧。"汤二妮起身去点菜点酒，趁着这一当口，赵凌云起身给老板预付了30块钱。"老板，一会结账就用这个钱，多退少补。"

老板高兴地说道："好的，女的点菜，男的结账，一个套路。"说着，老板看着赵凌云狡黠地一笑。

汤二妮回到座位上，向赵凌云报告似的说："凌云哥，我点了两个凉菜两个热菜，葱拌猪耳，葱姜藕片，酸辣土豆丝，大盘辣子鸡。我要了两瓶咱山崮县产的宝泉啤酒。"赵凌云心里一惊，这妮子真会点菜，要我点，我也会点这四个菜。"她适合当我的办公室主任呀。"他幽默地想。

菜陆续上来，服务员"砰，砰"果断迅速地将两瓶啤酒全都打开。

汤二妮起身弯着腰，双手拿着酒瓶慢慢地给赵凌云斟满洒杯，她看着赵凌云的脸，说："凌云哥，我喝杯水陪您，我没喝过酒。"赵凌云笑着说："二妮，啤酒没有多少度数，你少喝一点，不适应就喝水。"说着，赵凌云给汤二妮斟了半杯啤酒。

赵凌云端起酒杯给汤二妮碰了一下说："二妮，咱兄妹两个有缘呀，当年你对我的善意帮助我一直记着，但你忘记了，说明你更善良。多年后，我来向阳市工作，又遇见了你，高兴！哥敬你一杯。"说完，赵凌云喝了一大口。汤二妮一激动也喝了一大口，喝过后，汤二妮绷了一下嘴，又张了一下嘴，用手指在嘴边不停地扇着，红着脸说："俺的娘咪，凌云哥，这酒真难喝。"赵凌云说："二妮，快吃菜压压。"说着，把四个菜样样给汤二妮往小盘里夹了一些："快吃快吃。"

汤二妮吃了菜，笑着看着赵凌云，脸还是夸张地扭一下。

赵凌云端起酒杯说："二妮，哥祝福你，祝你生意红火，在向阳市工作愉快。"汤二妮又痛苦地喝了一小口。

赵凌云说："二妮，这啤酒的味道是不是像马尿？"汤二妮用手指扇着嘴边，憋着气说："凌云哥，我没喝过马尿，不知道马尿的味呀。"

汤二妮滑稽的样子，听着她幽默的回答，赵凌云"扑哧"一笑，将嚼着未咽的菜一下喷了出来。汤二妮又补充了一句："这酒像汤药。"

赵凌云起身提起暖水瓶，往汤二妮酒杯里倒上水冲涮一下，又给她倒了一杯水说："二妮，你喝水吧。"又提醒，"水热，你慢点喝。"

汤二妮礼貌地说："谢谢凌云哥！"

赵凌云用公筷又给汤二妮夹了些菜让她吃。

赵凌云温和地看着汤二妮问道："二妮，以前我听说，你是你父母抱养的是吗？对不起，哥不是好奇也不是好事之人。我听说你多次捐款救弱济困，我就是想了解你的身世和心路历程。不方便，就不要跟哥说。来，哥喝酒，你喝水，咱兄妹一起，哥喜欢你的善良，打心里佩服你的义举。"汤二妮喝了一小口水，吃了一棒菜，笑着说："是的哥，我是俺爹娘抱养的，还有俺姐也是抱养的。爹娘有一个儿子，也就是我哥哥。他们本来想再生个孩子，农村尽管计划生育抓得紧，但最少每家也得要两个孩子。我姐和我都是被亲生父母遗弃在丰源公社医院门口，被我养父母抱回家养大的。我姐的亲生父母至今没有音讯，我的亲生父母也没有音讯。可能是计划生育超生严重，也可能因为我们是女孩，农村都想要个男孩传宗接代养老送终，女孩子命贱不受待见。"

汤二妮端起茶杯给赵凌云碰了一下继续说："凌云哥，我感谢我的养父母，他们的养育之恩，我终生难报。他们善良无私，视我姐和我如己出，疼我们俩比疼俺哥还要上心。好饭给我们吃，好布给我们穿，俺爹和娘常说，儿子穷养，闺女富养。一点儿苦不让我们吃。我们汤家祖传开饭店，在丰源公社一带也很响名，但我爹为救人落下残疾后，大饭店就不开了，就光开个丸子汤，炒些小菜，开个茶炉。我姐和我心疼爹娘，上到初中，完成义务教育阶段，就不想上学了，主要怕再累赘爹娘。我哥上到初中毕业也不上学了，现在在山崮县城开饭店，生意还行。"

汤二妮忽闪着清纯的眼睛望着赵凌云："凌云哥，我给你拉这些陈芝麻，烂谷子，你喜欢听？"赵凌云说："二妮，你愿意讲，我就喜欢听。"

汤二妮接着说："我14岁就来向阳市里了，我年龄小，到饭店端盆子端碗，也就挣个饭钱，落不下钱。我就烙煎饼卖，俺娘起先来帮我教我，后来我能撑起来了，她老人家就回咱老家了，俺爹也需要照顾。我在城中村象村租了个房子，就干起来了。烙了煎饼到小区门口、路口卖，钱和粮票都收。卖完煎饼用粮票和钱再上粮站买麦打糊子。烙煎饼也能挣些钱，就是辛苦，起五更，睡半夜。挣些钱，我就汇老家去，想让爹和娘过得好一点。听俺娘说，她都给我攒着，说到我出嫁时，给我置办嫁妆。我想到，挣了钱回报社会，救助像我一样被遗弃，但又不像我这样幸运被善良的养父母抱养的孩子，特别是有残疾被遗弃的孩子。"

说着，汤二妮眼角流出了眼泪。赵凌云递给她一张纸巾，说："二妮，你是好样的。我曾经对张老九师傅说，像你们这家人就是积善人家，积善人家，必有余庆。一切会好起来的。"汤二妮用纸巾擦了一下眼泪，爽朗地笑了一下，把杯子里的水用力倒在地上，拿起酒瓶给自己斟满说："凌云哥，您可是我心目中的英雄，是我们学习的榜样。当时，俺老师说，赵凌云是贫穷山沟里考出来的。俺知道你们想水村贫穷，老师开玩笑说，你村的地块小，说一家分到十块地，他找到九块，怎么也找不到第十块地，他要去找，拿起撂在地上的席夹子，一看席夹子底下还有一块呢！俺还听说你初中时就夺取山崮县中学生作文大赛一等奖。你还会武术，还会种地，还会打烧饼。"说完，汤二妮端起酒杯一饮而尽，她痛苦着表情，张了一下嘴，又咽了一口唾沫："是药我也得喝。"

赵凌云被汤二妮的侠气感染，端起酒杯一饮而尽。汤二妮娇柔地崇拜地看着赵凌云问道："凌云哥，像您这么大学问的人与常人有什么不同吗，您自己感觉着。"赵凌云笑了一下说："二妮呀，哪有什么不同，哪有什么感觉？要说有点差别，那就是读书多，知识面宽，看问题角度广，看得高一些、远一些。正所谓'会当凌绝顶，一览众山小'。这只是看事物。知识再深，学问再大，眼中看到的人都是一样的。不论地位高低，不论穷富，不论你干什么工作，都是一样的。学问越高，眼中的人越平等，无贵贱之分。你看咱老乡战国时期的思想家墨子是个大学问家，他提出，兼相爱，交相利，人人平等。思想家孟子提出，君为轻，民为贵。"

汤二妮说："凌云哥，俺想听您给俺讲知识。"赵凌云豪迈地说："行呀，二妮，下步我多给你讲，你愿意听就行。"赵凌云说，"二妮，天也不早了，你明天还得出摊，咱吃饭吧，你去要一碗面条，再拿一个碗，咱一人半碗就够了，吃菜快吃饱了。"

汤二妮问："凌云哥，还让他炝炝锅吗？"赵凌云高兴地答道："炝，二妮想得太到位了。"

吃过饭，雨停了，赵凌云将汤二妮送到象村。

自从遇到赵凌云，汤二妮的感情仿佛有了依托、有了依赖。自从遇到汤二妮，赵凌云仿佛多了一份牵挂，增加了一份责任和义务。

汤二妮干活儿和生活的节奏快了起来、规律起来，她隔三岔五给赵凌云打电话，约赵凌云吃饭，散步，拉呱。只要有时间，赵凌云满口答应并满足汤二妮的要求。

时间像一根线连着赵凌云和汤二妮的手，时间像一条脉连着赵凌云和汤二妮的心。不寻常的身世，坎坷的经历，少小离家的孤独，远离家乡的无依无助，对心中偶像的崇拜，让汤二妮渐渐地靠近赵凌云，离不开赵凌云。汤二妮的善良、温柔、吃苦耐劳、善解人意、博爱、侠气、小鸟依人的特质和对自己的崇拜，吸引着赵凌云，激发着他的英雄气概和征服一切困难的信心和勇气。语言、饮食、处事风格、行为习惯的同乡同源使他们的交往默契而愉快。善良、侠气、温柔很多方面有着耿玲的影子。

赵凌云的心里装进了汤二妮，两位年轻人的心快速而激烈地走到一起。

第 127 章

赵凌云的对桌同事叫侯婴，毕业于上海大学社会学专业，其父亲侯魁是向阳市电影公司经理，亦是向阳市知名画家，尤以画石榴见长，在全省国画界有一席之地，其画作《笑口常开》参加全国画展并获奖。侯婴的母亲是向阳市立医院妇产科主任。

侯婴身材颀长，皮肤白皙，瘦长脸，宽额头，浓眉毛，单眼皮，高鼻梁上架一副精致的金边眼镜，留着艺术家一般的长发，想蓄胡子但胡子始终长不出来，只有两个嘴角冒出几根，索性留着，显示着个性。像《水浒传》中的跳涧虎陈达。优渥的家庭条件养成他儒雅中透着点痞，说话率性幽默随意，行为不拘小节，甩了呱叽。但他才华横溢，爱好广泛，被称为向阳日报社头号少女杀手，是众多女性追求的头号对象。

据说侯魁很崇拜汉朝开国功臣夏侯婴，给儿子取名侯婴。

侯婴管赵凌云叫"凌云老师"，不知他是真佩服赵凌云能文能武还是信奉"三人行必在我师"的客套虚称。赵凌云与侯婴很谈得来，也不时与他唱和："伐木丁丁，鸟鸣嘤嘤。出自幽谷，迁于乔木。嘤其鸣矣，求其友声。"侯婴听后，总是笑着抱拳施礼，再喊上两句："老师，老师，我的凌云老师。"

侯婴经常给赵凌云两张电影票，"凌云老师，看场电影放松放松，座位上等好。"他还将电影名字和情节介绍一番，然后给出评价。显然他都看过了。

"凌云老师，给你两张电影票，这是台湾的片子，名字叫《妈妈再爱我一次》。这是反映母爱的片子，片子很感人，号称一块纸巾不够用，泪点满满。"侯婴又给了赵凌云两张电影票，并作了电影宣传广告。

赵凌云说："谢谢侯大侠，我一定去看，我带两块纸巾。"

"凌云哥，你下班后来我这里吃饭吧，我给你做可口的吃。"汤二妮收摊忙完后给赵凌云打来了电话。"二妮，你回家后来我这里，今天晚上我陪你看电影，7点的票，你来吧，哈。"赵凌云对汤二妮说。

"太好了凌云哥，我把东西放回家，干会活我就去。咱看完电影再吃饭。我先给你带点饭填填肚子。"汤二妮兴奋地说。

"二妮，你在家吃点饭吧，我下班后随便吃点，看完电影太晚了，咱按点吃饭对身体好。我6点半在报社门口等你，不见不散，好，就这样吧。"赵凌云对汤二妮女排道。

6点20分，汤二妮准时来到报社门口，她向神秘而充满书香气息的报社大院望了几眼，退到门口的大榆树下，听着相互吆呼的鸟儿的叫声。抬头望着似疲倦即将归巢上宿的鸟儿，她不禁打了一个哈欠。她在树下走了两步，看手表，6点28分了，她的心兴奋起来，像欢快的兔子。

"二妮。"赵凌云走出报社大门，向西转头，看到汤二妮并兴奋地喊道。"凌云哥。"汤二妮听到赵凌云的喊声，跑步跑过来。

汤二妮穿着紧身蓝色牛仔裤，脚穿黑色高跟皮鞋，黑袜。上身穿着绛色棒线高领毛衣，齐耳短发梳得整齐干净，好似有点油亮。她提着一个线包，里面装着两袋葵花籽，两瓶饮料和两个小塑料袋。

赵凌云穿着蓝色涤卡西裤，脚穿白色回力球鞋，上身穿着白色衬衫，外套红色夹克衫，捏拿着一个笔记本，笔记本中夹着几张纸巾。

汤二妮携拧住赵凌云的右胳膊，深情温柔地看着赵凌云说："凌云哥，咱去吧。"赵凌云高兴地说："二妮，走！"

汤二妮放下搂拧赵凌云的胳膊，用手牵住赵凌云的手走向电影院。

赵凌云感觉到汤二妮手的温度，暖暖的，感觉抓手的力度，紧紧的，也感觉到汤二妮的手有些粗糙，赵凌云顿时感到心疼。

赵凌云和汤二妮亲密地牵着手挺胸阔步走在马路边的步行道上，引来不少路人回头。赵凌云这家伙平时不善打扮，稍一整理，便显得很洋气，很有气质。他洋气得不腻，接地气，可以复制。这与他的丰富阅历和艰苦的经历有关？与他的一直优秀，一路鲜花一路歌有关？与他的读万卷书穿越历史时空有关？无从知道，无解。

他们按图索骥，走到中间排的中间座位上坐下。"侯婴这伙计确实不错，确实有实力，每次的票的位置都那么好。"赵凌云想着、赞叹着。他弯腰先后将汤二妮的座位和自己的座位翻下放平，正要坐下，听到后面有人叫他："凌云老师，赵凌云老师。"

赵凌云回头一看，侯婴正向他打招呼，侯婴身边的烫发女郎也微笑着摆着手，显然是侯婴的女友。

赵凌云回道："侯婴老弟，谢谢您的关照，咱各便吧！"说着，赵凌云和侯婴及侯婴女朋友挥了挥手，汤二妮也站起来转身对侯婴和侯婴的女朋友笑了笑。

坐下后，汤二妮将一包瓜子递给赵凌云："凌云哥，你嗑瓜子，给你个小塑料袋盛瓜子皮。我这里有饮料，你渴了就问我要，放我包里，省得你拿着压手。"赵凌云接过瓜子说："好的，谢谢你二妮。"

赵凌云想到，侯婴这伙家真是够味，把位置好的电影票让给朋友，自己却坐在后排。

一阵铃声响过，电影院的灯光灭了，影院内顿时静了下来，只能听到嗑瓜子的响声，像过年时放花的响声，噼噼啪啪，其中就有赵凌云和汤二妮的声音。电影开始，所有的声音被电影的音乐声淹没。

　　《妈妈再爱我一次》是中国台湾富祥电影事业有限公司独家出品的情感剧，也是伦理剧。影片改编自最哀怨感人的台湾民间故事《疯女十八年》，导演陈朱煌。主演：杨贵媚、谢小鱼、文英、李小飞、陈淑芳、孙亚东。剧情大体为：平民出身的黄秋霞与富家子弟林国荣真心相爱，并已珠胎暗结。但在谈婚论嫁的两人被林母以黄秋霞身家不清白为由强行拆散。林国荣另娶了门当户对的女子为妻，黄秋霞投靠乡下的姨母生下儿子志强并独立抚养。小志强懂事可爱，与母亲黄秋霞相依为命，感情笃深。结婚数年，林国荣之妻被证实不能生育。林家为了延续香火，想到了黄秋霞的儿子志强。林母用金钱收买，用法律手段压迫，尽管林父生怜悯之心也没能阻拦林母的软硬兼施和恶毒手段逼黄秋霞就范，将儿子送给了林家，母子分离。

　　到了林家的志强很是想念妈妈，哭着哀求着爷爷、奶奶、爸爸，自己想回到妈妈身边，被言辞拒绝。小志强在一个雨夜逃跑至他曾跟妈妈去拜过的王爷庙，并昏倒在庙里。林家恶狠狠找到黄秋霞，埋怨黄秋霞搞丢小志强。黄秋霞情急之下走到了她曾带小志强去过的王爷庙。找到小志强后，小志强不想再回到林家，黄秋霞也不愿意也不舍得再让小志强离开自己。而林家硬是将小志强带走。黄秋霞拼命争夺，激动之下摔下楼梯，成为疯妇，被送进精神病院。

　　为了让小志强忘掉母亲，林家将他送到国外读书，也成了一名神经科医生，学成回到疯人院调研，认出了母亲。为了唤回母亲的记忆，林志强唱起了小时候唱给妈妈的儿歌《世上只有妈妈好》。

　　听着感人而熟悉动听的儿歌，黄秋霞的记忆被唤醒，母子团圆。

　　电影感人至深，一个泪点接一个泪点：黄秋霞无钱到医院生孩子，分娩时撕心裂肺地哭号着，自己用剪刀剪断脐带；小志强在学校被欺负，被人骂野孩子，黄秋霞教育孩子时，小志强大声哭喊："我不是野孩子，我有爸爸"；小志强哭着唱《世上只有妈妈好》；小志强昏倒在荒庙中被救；小志强哭喊着哀求爷爷、奶奶、爸爸要见妈妈；黄秋霞把小志强送给林家的悲哀泪流和哭喊；黄秋霞哭喊着掉下楼梯……

　　演员的精湛表演和投入，特别是小演员谢小鱼的"哭"将无数观众的悲情点起。电影院的哭声不断，由嘤嘤的啜泣，到呜呜的呜咽，再到哇哇的哭号，整个影院是泪的海洋。观众们不断用纸巾擦拭着眼泪，身子哆嗦着、扭动着。

电影结束，影院的地板上像下了一场大雪，被沾湿泪的湿巾覆盖着。

汤二妮看着电影，想着自己的身世，想着亲爹亲娘，想着养父养母，她把赵凌云的胳膊抱得紧紧的，眼睛哭得像铃铛，嘴唇被纸巾磨搓得有些红肿。她哆嗦着带着哭腔说："凌云哥，这是什么电影呀，老是让人哭，哭得停不下来。"

赵凌云用变成湿巾的纸巾擦了擦汤二妮的眼角，拍了拍她的肩膀，也哽咽着说："这是伦理悲剧片。"

电影结束，赵凌云和汤二妮走到报社门口，赵凌云说："我去推自行车送你回象村。"汤二妮说："凌云哥，你走着送我行吗？"

赵凌云说："二妮，还是骑车吧，你晚上还要干活儿，咱不能太晚。明天我陪你散步好吗？"汤二妮泪眼朦胧地看着赵凌云说："行。"

赵凌云骑上自行车，汤二妮抬腿坐上去，一把抱住赵凌云的腰，把头贴在赵凌云的后背上又嘤嘤地哭了起来。不知是幸福地哭，还是电影的余感未散。

第 128 章

赵凌云把汤二妮送到象村，他想帮汤二妮干会活，汤二妮死活不愿意。"凌云哥，这些活不够我干的，这可不是你干的，你去干你该干的活。"赵凌云心疼地安排汤二妮："二妮，你不要干太晚了，要睡足觉。"

赵凌云离开汤二妮，汤二妮将赵凌云送出门外，望着赵凌云远去的背影，喊道："凌云哥，你可慢着点。"

汤二妮回到屋中，把衣服换掉，系上围裙，合上电闸，开始烙煎饼。烙完三大盆的面糊子，她站起身扭扭腰，活动下筋骨，将三大撂煎饼用洗得干干净净的塑料布包裹好，用包袱皮覆盖着。

她走进锅屋，燊着炒菜炉，颠起炒锅，一锅一锅地炒制各种小菜。放油，放料，烹炒一丝不苟，她要把祖传的技术全部发挥出来，确保色香味俱全，让顾客满意，把汤二妮的名片擦亮。

把所有的活全部干完，她将锅盆涮干净放好。她望了望天空，月亮已升至正当空。她洗漱完毕，将闹钟定好，早上8点，她将准时出现在东方红市场，迎接纷至沓来的顾客。

晚上睡地板，白天当老板。汤二妮满怀憧憬地重复着，重复着充满希望的每一天。

赵凌云骑车回去的路上，他想写一下汤二妮，但立即果断打消这个想法，他不想打搅汤二妮的生活，他不想扰乱汤二妮的思绪。他要让她享受生活，品味人生，实现价值。

回到宿舍，他怎么也没有困意，不知是看电影的事，还是怎的，他想写点东西。他走进办公室，倒了一杯水，点上一支烟，抽了两口，将烟摁灭，拿起笔写了起来，题目《草根》。

草无根不生。小草没有花香，没有树高。在伟大的大自然中，漫山遍野，无处不在。田野中，山岗上，大树下，只要有一小撮土，就有一棵、一堆、一片小草。她顽强地生长着，演绎着春夏秋冬，报告着季节变换，体现着天气多样和气候地域的特色，时而生动盎然，时而枯黄瘦弱，时而仆身掩于大地。顽强、倔强、谦逊、向上。一年一年，周而复始，"野火烧不尽，春风吹又生"。

百草百性、百姿、百味、百样，形成草原，成为绿地，装扮世界，提供养分，体现着平凡而伟大的生态、经济、文化的普世价值。

草的生命缘于草根，一须根就能托出草的生命，草根是小草生命的血脉源头，是小草生命的支撑原点。草根生活在所有生命的最下层，不需肥沃的土壤，不求外界的营养，默默地、默默地生存着、奉献着。"谁言寸草心，报得三春晖。"

人们崇敬参天的大树，更敬畏刚高过地皮的小草，膜拜卑微的草根。因为人们把对草根的感情、认同、评价赋予了一群人，给他们起了一个响亮的名字"草根"。

位卑未敢忘责任，永远不变的是初心。

我爱您，草根！

写完，赵凌云喝了一杯水，点燃一支烟，深深地吸一口，用力又吹了出来，烟柱化为烟雾萦绕在眼前，他思绪万千。他想到电影中的黄秋霞，想到现实中的汤二妮，想到心神相交的古人：布衣孔子、布衣墨子，布衣诸葛亮，布衣陈济，想到一群群佝身弓步爬坡过坎奔波在艰辛生活路上的人，想到一群在底层奋力挣扎向上攀登的人，他们用坚毅和力量诠释着平凡，诠释着生动，绽放着精彩，体现着伟大。

临近年关，赵凌云准备了多份礼物，准备提前看望几位恩人，迪思科老师，侯贺堂老师，陈传卿老师，周炳继的夫人李平老师，崔洪生老人。太忙了，一直没能成行。

的确太忙了，市里的会议一个接一个，总结会、表彰会、座谈会、通报会、茶话会。活动也多，分级分组分片分行业走访慰问。新闻记者都要跟随、拍照、录像、报道。报社、电台、电视台要闻部全员出动。

电话响个不停。"喂，您好，我是向阳日报社要闻部。"写稿累得眼发黑的侯婴接电话道。"侯婴，你怎么像抱窝的母鸡，今天没出去呀？"对方笑着说。"哎哟，孔凡，是你个小子打的，我以为是哪个领导呢，把我给惊的！"侯婴拿着电话贴在耳朵上，抬腔坐在办公桌上，大腿摽在二腿上，两只穿着棕色翻毛深口皮鞋的脚有节奏地点着动着。

电话是市电视台新闻部记者孔凡打来的。孔凡和侯婴是向阳市一中同班同学、发小。孔凡的父亲是市电视台副台长，市电视台创始人之一。孔凡毕业于省广播电视学校，虽是中专，但专业好，当年录取线不低。

"侯婴，我打电话求你个事。"孔凡说。"孔凡，你快求，你有屁快放，我这里忙得连放屁的空都没有。"侯婴笑着催促道。

"昨天，跟领导走访慰问一整天，我和你们部的赵凌云一块干的。我想你跟赵凌云说说，我们的播音稿就用他的文字稿好了，我就不再另写了。你用传真把他的稿子传给我，我依稿编辑画面。你看行吗？"孔凡对侯婴央求道。"肯定没问题。凌云老师人好着哩，我跟他的感情那也不一般。"侯婴用手捋了一下油亮散着香气的头发。

孔凡一听侯婴的态度来了精神，跟侯婴侃了起来。

"侯婴，唉！愁死了。我们每天都接到电话，要求新闻要快点播出。"孔凡又说，"侯婴，你们部里那个赵凌云可不简单呀，文采杠杠的，气质不俗呀。我们台的播音员兼出镜记者吕布玮说，要找个像报社的赵凌云当对象，天天给他洗脚都值，都高兴。我对她说，你是开洗脚店的呀，她把我骂得狗血喷头。我心想，就她这德性，还洗脚，奶奶的，她不把你的腿掰断就算烧高香了。"

侯婴正想搭腔，赵凌云推门进来。"侯婴先生，给谁打电话呀，嘴龇得挺抿着。"侯婴对孔凡说："孔凡，凌云老师来了，我们办正事，挂电话了哈，再见。"侯婴对赵凌云说，"刚才是电视台的孔凡打来的。他是我高中同学。孔凡对您可崇拜了，还说，女记者们都想给您洗脚。"

赵凌云哈哈一笑："侯大侠，你真造业。"侯婴笑着说："这些家伙都是活宝。刚才，孔凡想用您昨天跟领导走访的新闻稿当播音稿。"

赵凌云把誊抄好的稿子递给侯婴。"你传给他吧。"

孔凡接到传真稿件直呼："赵凌云的字体真漂亮，简直是书法珍品！"

夜渐深，报社办公楼内的灯除楼梯走廊和两个厕所的之外全都熄灭了。赵凌云打开窗帘，他讨厌黑暗，他喜欢天作穹庐地作席数着星星入睡。他习惯早起，喜欢被生物钟比公鸡还灵的鸟儿叫醒。

他早早起床，简单洗漱后，骑上自行车跑向象村，他心疼汤二妮，想帮她干点活。

到了汤二妮的租房，院子的大门敞开着。他看到汤二妮正麻利地将盛着精美小菜的缸盆整齐地放进三轮车，在上面铺上木板，将三大摞各式煎饼搬上木板，用布覆盖好，用绳子横竖整齐地捆好，像一个规范整齐的背包。

"凌云哥，你这么早就起床了，你休息得怎么样呀？"汤二妮看到赵凌云，一边打招呼，一边干活。"二妮，我想来帮你干些活呢！"赵凌云想伸手帮她捆绳。汤二妮将绳挽扣系好，将绳头塞到车帮上的绳扣内，拍了拍手说："凌云哥，不用你干，我全都干完了。"

"我给你弄点饭吃吧。"汤二妮看着赵凌云高兴地说。"不用了，你按计划行动吧。"赵凌云像下达命令的军官，说完，他笑了，汤二妮也跟着笑。

二妮套上大棉袄，裹上红色的大围巾，戴上棉纱口罩和用毛线自织的棉手套，说："凌云哥，咱走吧，正好你陪我走到报社门口。"

赵凌云看着像村妇一样的汤二妮，笑着说："二妮，你演什么像什么。进得厨房，入得厅堂。人就是这样，在生活大舞台上不断变换角色。"

汤二妮嗔怪地拉着长映说："凌云哥，看你还夸俺呢！"说着将三轮车推出院外，将大门锁好，骑上三轮车，弓着腰快速地蹬了起来。

到了报社门口，汤二妮与赵凌云摆了下手喊道："凌云哥，我到市场上去了，你可吃好饭！"

望着汤二妮骑车的背影，赵凌云想到："生活就像一杯酒，可能是辛辣的白酒浓烈辣口，可能是平淡的啤酒绵柔沙口，也可能是香甜的红酒丝滑润口。不同的人从不同的角度品尝着、品味着，陶醉在酸甜苦辣之中。"赵凌云的耳畔传来一首歌《幸福在哪里》。

听着歌曲，赵凌云转身走进报社。在食堂简单吃了饭，坐在办公桌前翻阅着报纸。主任徐春平走进说道："凌云，今天市委主要领导带领有关领导同志走访慰问，时间紧，任务重，活动结束后，要抓紧把稿子写出来，明天见报。这个任务交给你，你准备一下，市委办公楼前集合统一乘车。"赵凌云果断答道："好的徐主任，我做好准备，您放心，保证完成任务。"

徐春平笑着说："凌云，辛苦了。"转身回办公室。

赵凌云准备好笔记本、录音笔，将钢笔灌饱墨水，装进手提包，他正要走，桌子上的电话响了。

"凌云哥，我是徐星。我想和秦守实一块去看你，快过年了，想请你吃顿饭。"电话是徐星打来的。"徐星，我马上出发采访。你星期天来吧，来到再说。我急着走，就不能跟你多聊了，抱歉呀兄弟，你谅解。这样，你晚上再给我打。啊？给你打传呼机？好呀，你配BB机了。好好，晚上我打你的传呼机，好，好，好。"

赵凌云放下电话，迅速一路小跑到市委。活动结束后，赵凌云回单位食堂草草吃了点饭，回到办公室看笔记，听录音，2000多字的新闻报道一气呵成。他又用小楷誊抄一遍，按程序上报审批。

等了一下午，稿件经层层把关，一字未动，赵凌云轻松起来。临近下班，他打了寻呼台电话"126"，他留言道："徐星速回电话，赵凌云。"

不一会儿，他办公桌上的电话铃声响了，是徐星打过来的。

"喂，凌云哥，我是徐星，看到你的留言，我就给你打过去了，你下班了吧？"徐星激动地说。"徐星，有传呼机真方便呀，不论你在天涯海角，我都能抓到你了。"赵凌云笑着说。"那是哟。腰里别着BB机，手里握着大哥大，不是老板就是老大，带上这玩意儿，不只是方便，关键是有面子，身份的象征呀，凌云哥。"徐星自豪地说。

"徐星，你和守实到星期天来吧，咱一起吃个饭，我也很想念你们。到时我坐庄请你们。我想到时，咱叫上迪思科老师、侯贺堂老师、陈传卿老师、咱师母李平老师，再叫上咱小学同学张建玲，老乡们小聚一下。我已给各位老师买好礼物想提前给他们拜年，正好，咱聚餐后让他们带着，我也不要再一家一家地登门了。"赵凌云对徐星说。

"凌云哥，这次由我坐庄请客，你千万别再争。几年前，我和守实去向阳市里学习，咱吃饭，你悄悄把账结了。回来，我和守实羞愧后悔地想呼（扇）自己的脸。你说，你在外打工拉脚，一分一分挣点钱不容易，我和守实参加工作早，条件比你好。你总是照顾俺，俺心里不是个味。这次，说什么你都不能结账，我们有心情哈。凌云哥，人员你定，地点你定，饭菜标准你定，你操心吧。"徐星说。

"好的。不行哥就让贤，给你们个机会，给你们个面子，都当厂长、经理了。哈哈！你们最近忙得怎样？企业效益怎么样？"赵凌云问道。

"凌云哥，我和守实都很忙。他当罐头厂副厂长，分管营销，南北地跑。他把他爹从东北接回来了，安排在他们厂当门卫，一月工资也不低。现在他爹吃得有红似白（红光满面），四大白胖，穿得支生（板正）的，像个干部。这老头也很倔，厂里看他是秦厂长的爹，想照顾他一下，他倒说得好，秦守实当厂长给他没半毛钱的关系，守实是守实，他是他。自己能值几个钱，自己明白，够吃饭的就行。他直呼，回老家真好，老家养人，老家舒坦。他还说，像他这样不老不少的，浑身一包劲，每天他都把厂子里的卫生全包了，花花草草修剪得那叫一个漂亮。凌云哥，说实在的，他给守实加分不少。守实也快结婚了，听说，他跟他对象早就同居了。我现在是乡建筑公司副经理，负点小责，分管生产。现在建筑市场很活跃，生意兴隆，有干不完的活，效益很好。乡办企业都实行承包制了，我们班子层跟乡经委签合同包下来，按章足额纳税，按章往乡里上缴利润，剩下的，我们一方面保运转、保生产，扩大再生产，一方面分成，工资都不低。听说，下步要实行股份制，乡里正在拿方案。看看吧，合适就干，不合适，我就单干，市场经济了，靠本事吃饭。我的对象还没着落，不急，我等着找个烫头发洋气的，嘿嘿。"

赵凌云听着，抿着嘴笑着。

星期天一大早，赵凌云骑车赶到象村汤二妮租住处。他先帮汤二妮干完活，将货物放在三轮车上整装好，对汤二妮说："二妮，你到市场上卖完货就快回来，晚上跟我一起出席老乡的聚会。参加人员都是我的小学老师、同学。"汤二妮睁大眼睛望着赵凌云说道："凌云哥，我可不敢去，我怕人。我没见过大人物。"

赵凌云看着可爱的汤二妮笑了，说道："二妮，你怕什么人，难道他们是妖怪变的？你还没见过大人物？你一天见的人比我一年见的人都多是不是？你市场上见过的人什么样的没有？男的女的，老的小的，黑的白的，胖的瘦的，丑的俊的，富的穷的，高的矮的，骑车的，挑担的，当官的，打工的……人都是一样的，怎么能怕见人呢？"

汤二妮深情地看了一眼赵凌云撒娇般说道："俺长得丑。"赵凌云"哈"的一下笑出声来说："二妮呀，谁说你长得丑呀？俺二妮要人有人，要个有个，双眼叠皮，樱桃般的小嘴，那可是闭月羞花、沉鱼落雁的大美女呀。"

汤二妮撒着娇拉长声音喊道："凌云哥，你净夸人！俺去还不行。我卖完这些货就回来准备明天的货，这过年了，家家户户备年货，服务行业就得跟进，人家还都盼着我的煎饼和小菜呢。再说了，我多卖点也能多挣两毛钱。这每天都有一些人买不上，眼巴巴地等着第二天，我真不忍心。我还得要信誉呢。"

赵凌云听着有些感动，汤二妮不仅懂事而且有了处处从大处着眼、为众人考虑的格局，特别是"诚信"二字，她看得比什么都重。

汤二妮笑着红着脸说："凌云哥，咱就这么定，下午5点，你在报社门口等我。"说着，她闭上眼睛亲了一下赵凌云的腮帮。

汤二妮锁好门，骑上三轮车甩开膀子蹬着风风火火往前冲，赵凌云骑车在后面跟着。

第 129 章

赵凌云及早在"引力大酒店"定了个大桌包间。这家酒店是新办的实体单位，同时命名为向阳市第三招待所。实力雄厚，人才济济。酒店装修一流，厨师一流，服务员一流，生意火爆，光接待单位定桌，就满满当当，散户订餐要不提前，连门都没有。

引力大酒店有名，宏达大酒店也不逊色。机关办实体是一个热门，一方面引领市场经济发展，另一方面显示着思想解放和开放，再就是立足行业职责，开展社会化服务，兴办服务公司安排待业青年。此时，各机关事业单位人员的身份也复杂起来。

赵凌云虎口夺粮般从引力大酒店安排了一个大包间，感到很欣慰也倍有面，他拨通"126"传呼台，人工留言道："徐星，一切安排妥当。引力大酒店666包厢。赵凌云。"

徐星听到腰间的BB机知了般响起，很是高兴。自从配上BB机，他神经质般地想着，等着BB机响，如长时间不响，他会按一下开关，看BB机是不是缺电或没电了。

徐星歪着脖子低着头看腰间的BB机，看不清，他索性从腰带上取下，扯着链子，瞪着眼看到是赵凌云打过来的。读完留言，他将BB机又挂到腰间靠近腚帮子的位置。

愣了一会儿，他打了"126"传呼台，传呼台传来温柔细腻甜甜的声音："先生，请告诉您要传呼的号码，请留言。"

徐星说："请传呼赵凌云。""先生，请您说出对方的传呼机号码。"服务台回道。徐星愣住了。对方急着问道："先生，请讲！"

徐星扣上电话，伸了下舌头，狡黠地"嘿嘿"一笑。这家伙笑得突然，笑得莫名奇妙。抑或是他喜欢服务台那温柔甜美的声音，抑或是他想到赵凌云一直很优秀，领着自己跑，时至今日却连个传呼机没有混上，被传呼台尴尬了一下。

徐星和秦守实租了一辆桑塔纳轿车，装上三箱罐头，一箱樱桃罐头，一箱梨罐头，一箱黄桃罐头，又装上一箱果脯，一箱地方酒，买了两条"白云"香烟。秦守实穿着西装，格子衬衫，外套卡其色竖条纹呢子大衣，又戴上栗色塑胶框眼镜。徐星穿着羊毛衫，羊毛衫外套着白色衬衫，系着红色领带，领带上别着领带卡，领带卡上耷拉着一截小链子，外套蓝色呢子大衣，脚穿黑色三接头皮鞋。两个人坐在桑塔纳轿车的后排，意气风发地驶向向阳日报社。

到了向阳日报社，赵凌云与秦守实和徐星接上头，一齐到了引力大酒店。

傍晚时分，侯贺堂骑车带着夫人肖艳，张建玲牵着丈夫秦力的手来到引力大酒店。赵凌云和徐星、秦守实在酒店门口迎接客人并引领到包间内。赵凌云安排徐星让驾驶员去向阳市一中和向阳市水泥厂宿舍接迪思科老师和李平老师。秦守实自告奋勇，陪驾驶员去接客人。

服务员沏好一壶茶，分别给大家斟满一杯，温柔地说道："先生、女士请用茶，这是上好的铁观音茶，请慢用。"接着服务员退到门口，站在那里迎接客人并听从客人吩咐。

赵凌云喝了一口茶，转向张建玲丈夫，但见他长着一头卷发，鼻子宽大，嘴阔而上翻，两只扇风耳竖着，眼睛圆而大，两道眉毛上扬，额头宽大，像北京猿人。"兄弟，您贵姓？"赵凌云笑着温和地问道。

"咱两人还不知谁大呢！你贵庚？"张建玲丈夫咧着大嘴笑着说。"他叫秦力。"张建玲抢着向赵凌云介绍道。赵凌云说："鄙人姓赵，叫赵凌云，近而立之年。属相为马。"秦力自豪地说："怎么样？你应称我为兄，我称你为弟。"赵凌云哈哈一笑说："哎哟，我应称你为哥，但你长得可年轻哟，似弱冠之年。喝茶，大哥。"

秦力一听赵凌云表扬自己显年轻，高兴极了，要再表扬他长得帅那就更好了。他深知找了个长得漂亮的、吃非农业的张建玲，那可是祖上烧高香了，他唯恐别人看着他俩不般配。

秦力接着炫耀般地说道："俺显年轻，主要得益于吃猪头肉、吃猪蹄，胶原蛋白充足。俺老辈煮猪头肉，到我这里四代了，你们仔细打听，方圆几十里，俺秦家的猪头肉远近闻名。俺在街上摆摊，俺的猪头肉不卖完，别的摊别开张。"张建玲欣赏地，爱意浓浓地看着秦力，赞叹道："他说得不假，今天俺带来了一些，一会儿大家尝尝。"

听着秦力的谈话，侯贺堂的嘴笑得合不拢，肖艳一会儿看看张建玲，一会儿看看秦力，脸上的表情丰富极了。她想到自己和侯贺堂，看到张建玲和秦力，自念道："好汉无好妻，好妻无好汉。萝卜白菜，各有所爱。"

正聊着，屋里的电话响了。赵凌云接过电话说道："您好！""凌云哥，俺来到了。"汤二妮用山崮普通话说道。这妮子知道大酒店里兴讲普通话。"好的，我下去接你。"赵凌云放下电话。对徐星说"徐星，我下去接个人，你陪咱侯老师和秦大哥啦呱。"

赵凌云快步走下楼梯来到大厅，见汤二妮穿着紧身牛仔裤，上身穿着雪白的高领羊毛衫，外套大红呢子大衣，脚穿枣红色高跟皮鞋。齐耳短发梳得一丝不苟，眉毛像轻描了一下，嘴唇涂了淡淡的口红。吧台上的收银员和大厅的礼宾小姐不时看着汤二妮。"真漂亮！"

赵凌云把汤二妮领进包间并向侯贺堂、肖艳、张建玲、秦力、徐星介绍道："这是咱老乡汤二妮，家是刘村的。"他又把客人一一介绍给了汤二妮。徐星的眼像秤钩子，直直地盯着汤二妮，打趣道："凌云哥，这是俺嫂子吧。"

汤二妮红着脸揽了一下赵凌云的胳膊。赵凌云对徐星笑着说："徐星安排倒水。"

侯贺堂和肖艳看着赵凌云和汤二妮，心里不约而同地想道："郎才女貌，好马配好鞍，才子配佳人。"侯贺堂业余唱大鼓时经常说这句话，肖艳烂记于心。

秦守实戴着眼镜，穿着大衣，文质彬彬，风度翩翩，陪着迪思科和李平老师走进包间，众人起立，相互握手寒暄。接着陈传卿也赶来，此时他已离婚。进门抱歉道："我照顾了一下老娘吃饭，来晚了一步。"

众人说："不晚不晚，照顾老人重要！"

大家入席，赵凌云坐主陪，徐星副主陪，迪老师主宾，李平老师副主宾，侯贺堂、陈传卿分坐在迪老师和李平老师身边，张建玲和秦力挨着侯贺堂，肖艳和汤二妮挨着陈传卿，秦守实挨着徐星当三陪。秦守实不时用右手托一托眼镜，显得文范十足，据说，他戴的眼镜是装饰性平镜，没有任何度数。

李平老师用手托了一下眼镜，扫视了一下全桌人员，随和地笑着说："贺堂主任，咱老家在向阳城工作的人可不少呀。"侯贺堂高兴地说："那可不是，都到向阳城偎你来了。"李平哼哼地笑着："这哪里是偎我呀，这说明咱老家好起来了，人才多起来了。"

赵凌云用纯正的普通话说道："各位老师，各位同学，值此新春佳节到来之际，我和我的发小秦守实、徐星在这里备薄酒一杯，请老师和同学们共聚晚餐，提前过个团圆年，共致情谊。我先敬三个酒，一个是感谢各位老师的赏光；二个是给大家拜个早年；三个是祝福明天会更好。喝酒之前，我先介绍一下。"

赵凌云依次介绍过客人后，主持发起了三个酒。

副主陪徐星开始主持并敬酒，环境影响人，进了大酒店就有想说普通话的冲动。徐星义无反顾地说起普通话。声音抬高八度，挺着肚子，像背书一样讲道："尊敬的老师和同学们，今天星光无比灿烂，我的心情无比激动，在猴退鸡进的时候，能不激动吗？在此，我高高举杯，祝在座的老师长辈，同学亲戚新年好！万事好！什么都好！我先喝为敬，我喝起，大家随意！"

徐星的线衣穿在衬衫里面，上身臃肿着，他的背头梳得剔亮，又抹上一层发蜡，蝇子上去都得劈腿。手表在衬褂袖子外套着一闪一闪，左腰间挂着钥匙链子，右腰间挂着BB机链子，胸上领带夹垂着链子，满身珠光宝气，就差脖子上再套个像哪吒脖子上的项圈。说话时胳膊有点抖，毕竟讲话是在众目睽睽之下，又都是熟人，大家还都在仔细地听，你的胳膊能不抖？

徐星敬酒时，侯贺堂瞅着，抿嘴微笑着对迪老师说："不像！不像！"不像什么，他没说明。

徐星敬了三杯酒，额头上的汗浸了出来，他用餐巾纸使劲擦了几下，额头上留下一抹碎纸屑。

大家喝着酒，互相让着吃菜，赵凌云用公筷不停地给迪老师和李平老师夹菜。

"主陪靠位置，副主陪靠实力，我三陪靠魅力。"说着，秦守实站了起来，他用手托了托眼镜说道。

"我敬三个酒，一敬长辈，特别是俺婶子。"他说着微笑看了看李平老师。"第二个酒，我敬老家和老家所有的人。我的今天得益于想水村，外甥三辈子不离姥娘家的门，想水村就是我老家。"说着，秦守实双手端着酒杯，一饮而尽。李平老师看着秦守实，她把一杯红酒喝得精干，这可是多年未见的表侄呀。

肖艳看着秦守实，想到了秦守实的姥姥张洪英，想到了老家的父老乡亲，她跟着侯贺堂农转非，来向阳城几年了，她也想老家，老家的山山水水和父老乡亲。侯贺堂自从考上学，不但没学陈世美，混发迹了，把她娘几个带城里来，疼她疼得心里没点空。想水村人有良心呀！肖艳擦了擦眼角的泪，对汤二妮说："恁姐，恁吃菜，咱想水村的男人一个顶一个，都是好男人。"汤二妮红着脸，笑着说："是的肖姨。"

秦守实敬第三个酒说："我代表来泉乡新兴罐头厂全体干部职工敬大家，欢迎大家到我厂参观指导！今天，我给大家带了点罐头和其他产品，餐后大家带着，品鉴并替俺宣传推广。"

大家高兴地边喝酒边说："守实是个当厂长的料子，私场不忘公事。"

说着，桌子下传来BB机蝉鸣般的叫声。秦守实和徐星争先恐后把手伸向右腰间，低头看着。秦守实取胜般抬起头笑着说：“是我厂供销科科长发来的信息，仓库的罐头全部售罄。”

徐星多么盼望谁给他打个传呼呀，这个时候可是最要面子的时候。

过了一会儿，徐星假装上厕所，他快步跑向一楼大堂公共电话旁，甩进个硬币，要了传呼台，报了自己的BB机号，并留言：“徐经理，给您拜个早年。”打完，他迅速往包间跑，他刚坐下，他的BB机闪着灯“嘀嘀”地响起来。他迅速从腰间扯下BB机按了下开关，笑着说：“是我建筑公司的张同志给我拜早年了。”

赵凌云看着徐星扬扬得意的样子，心里乐开了花：“这个活宝！”赵凌云想到向阳市流传的一段话，“不论有钱没有钱，兜里装盒大白莲。不论手头急不急，兜里装盒软玉溪。不论冒尖不冒尖，怀里揣盒红塔山。手握大哥大，不是老板是老大。腰里别着BB机，不是经理也是鸡”。他笑着喝了一口酒，差点笑场。

张建玲的对象秦力喝了口白酒，脸有点红，他整理了下自来卷的头发，对张建玲说：“玲玲，你把咱家的猪头肉上一包，剩下的一会儿让客人们带着。”接着他又嗫嚅着说道，“俺家的猪头肉肥而不腻，香飘四溢。猪耳朵、猪舌头、猪嘴头、猪心、猪肝、猪肺、猪大肠，要买猪蹄哪里去？秦家熟食等着你。”秦力背了一段像广告词一样的祝酒词，大家绷着脸没有笑出声，但实在想笑。秦力红着脸又补了一句，“俺家的猪头肉有滋有味营养足，吃吗补吗。”这下，大家再也忍不住了，哄堂大笑。张建玲也被可爱的秦力逗得笑得捂着肚子。汤二妮急忙用手指勾捋着耳根的头发，始终控制着，生怕失态别人笑话，她微笑着，不时瞅着赵凌云的脸，转移注意力。

接着，秦力又说：“俺要是诞生在一个城市家庭或干部家庭，俺也能考个大学，当个厂长经理的。”这时，徐星已兴奋得不行，说道：“你还属恐龙的呢，还蛋生，卵生。”秦力笑着说：“俺不属恐龙，俺属小龙，属蛇。”大家已笑得实在不行。李平老师摘掉眼镜，用湿巾不停擦着笑出的眼泪。她站起身说：“我的天呢！可笑死人了，这一群活宝。”

她笑着往外走，汤二妮急忙搀着她的胳膊跟着，到了厕所，李平对着镜子又笑：“真好！真好玩！”

一会儿，李平老师搂着汤二妮的肩回到餐厅，像母女又像亲姊妹般亲热，李平老师还自言自语道：“我喜欢二妮，我一眼就相中二妮啦。”

赵凌云悄悄走到汤二妮身边，汤二妮急忙站起来喊道：“凌云哥。”

赵凌云说:"二妮,来,我带你给我的老师和同学们敬杯酒。"

汤二妮端着酒杯跟着赵凌云先来到迪老师面前,迪老师用手臂拥抱了一下赵凌云说:"凌云,感谢你。凌云,我一直看好你,好好干吧,有空闲到学校找我,咱多聊聊,给你有聊不完的话。"赵凌云说:"谢谢老师给我的启蒙教育,是您的关心教育,才使我打下了好的基础。我和小汤敬您一杯酒,祝您身体健康,万事如意!"

汤二妮跟着赵凌云说:"谢谢老师!"

敬过迪老师,他们又走到李平老师跟前,李平老师端起酒杯抢先说:"来,凌云,我敬你和二妮一杯酒。凌云呀,从你身上我看到你周炳继老师的样子。你当年拉板车挣学费让我心疼得不行,你揍那几个小流氓时的一招一式和不服输的侠气,太像你老师了。凌云,阿姨看好你,好好干,前途无量!二妮这小姑娘好着呢,我喜欢得不得了,有时间到我家做客。"说着,李平老师高兴地喝下满满一杯红酒。

赵凌云又领着二妮给侯贺堂和肖艳夫妻敬酒,赵凌云笑着问肖艳:"大嫂,来城里生活还适应吧?俺侯文进大爷和侯大娘也适应吧?"

肖艳笑得眼睛眯成一条缝说:"凌云兄弟,我们可适应了,您贺堂哥在学校忙,回家吃个现成饭,我做的饭都是老家的老味,老家饭养人,看你贺堂哥吃得四大白胖的。"肖艳看了一眼侯贺堂,侯贺堂笑得牙切着,他恩爱地搂了一下肖艳。侯贺堂说:"你嫂子贤慧,照顾家是把好手,养老养少不容易。"

是的,侯贺堂打心眼里感谢长相丑陋皮球般的肖艳,她可是给他侯家生了三个孩子呀!计划生育这么紧,这要在城市连门都没有。肖艳也感觉到,她不足一米五的身高,却胜过其他任何比她高的城市人,她有三个孩子呀!她到哪里都自信,都有底气,她是三个孩子的母亲,在她心里,这一条,她甩别人三条街。

肖艳笑着说:"你侯大爷什么都好,就是在厕所里抽烟的习惯不好,再就是他还是喜欢在厕所上搭毛巾。一次他搭在厕所上的毛巾忘了拿,吓我一跳,我想他在厕所里出什么事了呢!哈哈哈哈。"

侯贺堂光跟着笑,没有说话。赵凌云和汤二妮又给陈传卿敬了酒。陈传卿不久前离了婚,据说,他媳妇实在忍受不了他农村出身,特别是他带着农村的老娘。陈传卿外似光鲜,实则日不聊生,窝窝囊囊。他实在忍受不了女强男弱的情势,受不了他媳妇的洁癖,更受不了老娘被欺负的耻辱,他痛下决心,摆脱了

"凤凰男"的身份，彻底来个公鸡涅槃，咸鱼翻身。孩子也被媳妇霸占。陈传卿曾叹息说："我还不如别考上学，在家里干，找个农村媳妇，生几窝孩子，扬眉带吐气，在老家，起码咱也是个响当当的人物！"

北乡南城，南城北乡，从乡村到城市，从城市到乡村，不知哪里是咱的根，不走上一遭怎知哪方套路深，怎知哪方水土养哪方人？人啊！

赵凌云和汤二妮走到秦力和张建玲身边，赵凌云高兴地说："建玲，祝福你和秦力兄。秦力兄的事业前途无量！我们是鲁班的故乡，我们的文化中有工匠精神。做一项工作，干到精细，干到极致，那便是事业。做猪头肉，小着说是买卖，大着说是生意，再大点说是事业。现在是个体，往后可以开公司，再往后可以成为餐饮集团。我看秦力兄有这个实力。"秦力激动地说："凌云弟说得极是，俺就是这么想的，俺一定让玲玲过得体面。"

赵凌云喝完酒与秦力紧紧握了一下手。张建玲给汤二妮碰了一下酒杯说："二妮妹，我还是你学姐呢！我是刘村中心校毕业的，我和凌云同一年初中毕业，他考上高中，我来向阳市国棉厂参加了工作。"汤二妮激动地说："敬学姐！"

赵凌云想给徐星和秦守实敬个酒，却发现他们正给老师们喝得正欢，两个人喝得腿有点打晃。徐星齉着鼻子，嘴夸张地扯着，手不停地摩鼻子。赵凌云和汤二妮回到了各自的座位。

徐星和秦守实来到赵凌云跟前，徐星嘴打着瓢，结巴着说："凌云哥，俺和守实敬您，感谢您邀了这个场，让俺见到最想见的人。没想到俺在向阳城又风光了一下。凌云哥，见到您，俺又想到咱小时候，您领俺爬山，领俺拾麦，领俺练武，领俺上学，又领俺找周老师到工厂上班。凌云哥，永远是俺的大师兄，永远是俺哥，我们敬您一杯酒。"说着，徐星竟趴在赵凌云的肩膀上啜泣起来，"凌云哥，不容易，太不容易了。"

赵凌云拍了拍徐星的肩膀说："徐星、守实，你们都当厂长了，好着呢！来，我们共敬老师一杯酒，安排上点饭，让老师们回去休息好吗？"

徐星抬起头对着服务员大声喊道："服务员，一人一碗炝锅面，里面加个蛤蟆蛋。"服务员说："先生，我们这里没有蛤蟆蛋。"

大家哄堂大笑，李平老师直接笑得将没咽下的一口茶直接吐在地上。赵凌云补充道："里面加个荷包蛋。"服务员笑着，摸起电话打到吧台，"666 房间上 11碗炝锅面，每碗里面加一个荷包蛋"。

炝锅面上来，赵凌云说："今天万分高兴，咱大家喝得很尽兴，面条上来了，下面请敬爱的迪老师讲话。"

迪老师站起来高兴地说："诸位，今天很高兴出席咱老家几个同学操办的晚宴，大家畅谈过往，共话未来，喜迎新春佳节，气氛热烈，笑声连连。我看到我曾经工作过的想水村涌现出一大批优秀青年才俊，我很振奋！当然了，党金武同学今天没来。咱想水村了不起！我为我的第二故乡骄傲自豪！我们国家正在加快建设现代化强国的大道上阔步前进，我们在各自工作岗位上要发愤努力，做出应有贡献，为老家争光，不负时代，不负韶华。我希望今后咱们多交流多沟通。我提议共同干杯！"

吃过饭，赵凌云说："各位老师，我和二妮给您各备了一份年礼，你们带着，我节后再登门给您拜年！守实和徐星也带了点土特产，建玲和秦力也带来了特吃，请老师们带着，祝老师新春愉快！"

大家互相握手拥抱，赵凌云让徐星和秦守实把迪老师和李平老师用车送回家。

张建玲和秦力握着赵凌云的手说："凌云，下步对我们多帮助指导！"张建玲的眼圈泛红，仿佛在外地遇到娘家人。赵凌云说："没问题，咱们互相帮助！"徐星大声对赵凌云说："凌云哥，账我已经结完了，明天我给你打电话。我们走了，谢谢凌云哥！"

赵凌云拉着汤二妮的手走回报社，他骑车将汤二妮送回象村。汤二妮坐在"大国防"的货架上，头贴着赵凌云问道"凌云哥，你会武？"赵凌云说："我练过。"

汤二妮用手从上到下捏了一下赵凌云的右胳膊，她感觉到了力量。

第130章

鸡年大吉。在波起潮涌的经济大海中拼搏的赶海者、弄潮人揣着鼓起的腰包，满怀成功的喜悦，洋溢着幸福的笑容纷纷从四面八方赶回老家过年，老少团圆，分享成功欢歌，畅想致富梦想，祈求国泰民安。

赵凌云和汤二妮商定一起回老家过年，节后双方相互到对方家走动一下。

汤二妮一直忙到腊月二十八，她加倍烙制煎饼，烹炒小菜，供应顾客过年之需。当她卖掉最后一沓煎饼，一瓶小菜，后面购买的人还排成一个长队。汤二妮笑着喊道："各位长辈，大哥，大姐，很是抱歉，确实做不出来这么多，让您失望了。春节之后，我尽早回来。祝大家新年快乐！在此，我提前给您拜个早年！"没买上煎饼的顾客失望地离去，心里却暖暖的。

汤二妮将家打扫得干干净净，收拾妥当后，她将一笔钱汇到慈善账户上。这个善举已坚持数年，回报社会已成了她的一种责任。

赵凌云将手头上的稿子处理完毕，又到徐春平主任和魏社长办公室，一是问一问还有没有再需要办理的事务，二是给他们提前拜个早年。

魏诤欣赏地看着赵凌云说："凌云呀，干得不错，人才！"接着，魏诤点着一支烟抽了两口，笑着问赵凌云，"凌云，你的对象有目标和着落了吗？这个事情也不能放松，你上学时间比较长，现在工作稳定了，也该找对象了。"赵凌云脸红了一下，平和地说道："我已经有对象了，是我老家那边的。"魏诤惊奇地说道："青梅竹马，两小无猜的那种？好！好！知根知底，基础牢固。肯定很优秀！肯定很优秀！凌云呀，过年回来，你就到经济部工作了，这是你的强项，希望你能在这个舞台上发挥更大的作用。回去之后，代我给家里的长辈拜年，祝他们身体健康，新春愉快！"赵凌云说："社长，我给您拜个早年，也给您全家送上新春祝福，祝您全家幸福！万事如意！社长，节后再见！"

赵凌云离开魏社长办公室，又到各部室给同志们提前拜早年。当他到报社办公室时，几个美编室的同志正在给大家写春联。看到赵凌云，他们说道："来，让北大才子赵记者写上几副，大家沾些喜气和才气。"

赵凌云谦虚地说道："不敢不敢，我拿不动笔，可不能丢丑，这大过年的。"侯婴进门笑着说道："凌云老师，自古以来，状元都是写一手好字，你就用如椽巨笔挥就一下吧。"赵凌云说："侯大侠将了我的军，恭敬不如从命，我写一会儿，也让各位老师歇歇手。"

赵凌云拿起毛笔，在他们裁好折好的红纸上，按照对联大全的词条：七言、五言、门心、门联、横批，大字、中字写了一派。他时而悬腕，时而提腕。提腕写中字，悬腕写大字，行书、草书、隶书。内行看门道，外行看热闹。大家看赵凌云起势、回锋、收笔一板一眼，颇有些得到名家真传。"赵凌云的字太漂亮了！"大家一致认为。

赵凌云写的最后一副对联，他没按对联大全上的内容写，脱稿写下"绵世泽莫如为善，振家声还是读书"。横批"耕读致远"。这副对联被侯婴抢走。

赵凌云笑着说："各位老师，沾了你们的光，我也拿走几副对联，回家张贴。"

赵凌云给汤二妮家拿了几副对联。过了腊八就是年，何况已经过了腊月二十八。忙得跟过年似的，此言毫不夸张。向阳城的街道上人来人往，汽车的鸣笛声，自行车的铃铛声，小孩的叫声，人们的说笑声盘旋在空中，树上的鸟儿也蹭着热度，飞着、窜着、叫着。

赵凌云骑着"大国防"驮着汤二妮，自行车轮慢慢悠悠、歪歪扭扭地在公路右侧向前滚着。汤二妮搂着赵凌云的腰，看着街上的行人，一种思绪飘过，一种感觉袭进心头："往事就在眼前，朋友就在身边。过年了，跟往事干杯，跟朋友干杯！"

骑到向阳市新汽车站，赵凌云将自行车寄存下来。他们向售票处走着，看到车站小吃街已空无一人，这些来自乡村来城打工做生意的人都回家过年了。买过票，他们在候车室等着。汤二妮对赵凌云说："凌云哥，我要给你买个BB机。"赵凌云深情地看着汤二妮，温和地笑着说："二妮，你怎么冷不丁想起要给我买BB机？"汤二妮闪着明亮的大眼睛，娇声说道："不为什么，不知咋的，俺就想给你买个BB机。"

赵凌云幽默地说："咱不买那玩意儿，用不着。腔帮子上挂个那家伙也不雅观，男人嘛要简洁。脖子上挂着链子，手腕上戴着珠子、串子，手指头上套着环子，像个宠物。"

汤二妮笑着说："哪像你说得那么悬乎，BB机找人叫人方便。"

赵凌云知道，汤二妮看着不少成功人士手里握着大哥大，腰里别着BB机。特别是那天晚上吃饭时看到徐星和秦守实两个人腰间都别着BB机，她心里可能不是滋味。"人家都有BB机，俺凌云哥也应该有个BB机。"女人天生自带一种母爱的属性和特质，这种爱是无限的、无私的，母爱无限，母爱无疆。没有对象之前，爱自己的父母、兄弟和姐妹。有了对象，深爱着这个男人，有了孩子，将所有的爱倾泻到子女身上。女人啊，用瘦弱的肩膀、娇小的身躯，释放着爱的力量，绽放着母性慈爱的光芒。

赵凌云心疼地，爱意浓浓地，友善而温暖地微笑着对汤二妮说："二妮，咱不买那个传呼机啊，凡事不能攀比，要依据自己的需要。BB机体现的是使用价值，使用价值无法比较大小，需要时就大，不需要时，毫无意义。不要主观放大它给人带来的什么所谓身份象征、富有象征等虚荣的东西，那会很俗气。"听着赵凌云的话，汤二妮忽闪着清纯美丽的眼睛，笑着说："凌云哥，俺明白了。等需要时，俺就给您买。"

赵凌云提着汤二妮的两个小包，汤二妮揽着赵凌云的胳膊登上汽车。汽车缓缓地驶出向阳城，入了公路，一路向北进发。公路已铺成水泥路，路边的杨树虽没有树叶的装扮，但向上挺着的枝杈倔强而自信，汽车不停地将杨树甩在后面。汽车行到五里盘山顶，山顶上翠绿一片，那是国有林场的松柏林。山腰的槐树，山底的果树等阔叶树已变成黑色，它们与青石山浑然一体。松柏盖帽，槐树缠腰，果树垫脚，一幅美丽的图画。

"凌云哥，一走到这里，我就想家了。"汤二妮对赵凌云说。

家乡山与树，给我打招呼。
游子踏故土，谁人不想哭。

赵凌云攥了一下汤二妮的手由感而发，说出了四句诗一般的语言。

汤二妮喊了一声："凌云哥！"

汽车到了平湖汽车站，赵凌云对汤二妮说："二妮，你回家帮家里把对联贴上。初二，我去你家给长辈拜年！我先下车了。"

到家后，赵凌云陪父母吃饭，贴春联。傍晚，他陪哥哥赵凌志给老爷上坟烧纸，请爷爷回家过年。他又给少时朋友赵广仁二叔和看山老人陈耀彪烧了纸。正月初一，他背着侄子赵锋和哥哥赵凌志、嫂子冯宁一起走街串巷给村里所有的长辈、老人拜了年。

大年初二，吃过早饭，赵凌志和冯宁带着儿子赵锋回城郊乡冯集村。赵凌云给冯君守带了一条香烟，笑着对侄子赵锋说："锋儿，回到你姥娘家，别忘了替二叔给你姥爷姥娘拜年。"赵锋拉着赵凌云的手咯咯地笑着说："二叔，俺不拜年，俺磕头。二叔，你跟俺去不行吗？"赵凌云摸着赵锋的头说："锋儿，你先替二叔打个前站，我抽时间去。小子！磕头要头着地哈。"赵锋扮了个鬼脸说："行。"

送走赵凌志一家，赵凌云带上两份礼物，包了几个红包，骑上父亲的"大金鹿"赶往刘村。赵凌云先到山崮县二中给卓强老师拜年，送上礼物和红包。卓强老师见到赵凌云，握手时手有些颤。卓强说："凌云呀，我有时做梦还梦见你呢！怎么样，在报社工作还适应吧。"赵凌云握着卓强的手说："老师，我还好！适应，适应。我也经常梦到您，您对我的教育终身受益，永远难忘。老师，我当学生的就不给您老磕头了。"

卓强哈哈地笑着："哪能磕头呀！"

卓强跟赵凌云热烈地交谈，师生二人有说不完的话。

"老师，我们来给您拜年了！"门外传来一群人的喊声，时骋、时旺、裴永好走了进来。卓强老师高兴得合不拢嘴。赵凌云与时骋、时旺拥抱着，裴永好给赵凌云握手说道："摸摸北大才子的手沾点喜气。"

赵凌云说："永好呀，还是时骋的手好！老同学，你可不能摸着时骋的手，就像左手摸右手，一点感觉都没有呀。"裴永好贫嘴道："凌云，你可别说，你这句话还真是。"时骋笑着看着裴永好说："马屁精，录叶子（顺着别人话说）。"

卓强老师看到这群在自己这里永远长不大的孩子高兴地说："你们都走出去了，我高兴呀！"他们交谈着，一会儿又一拨学生来拜年了。赵凌云对卓强说："老师，我再给其他在这里住的老师们拜个年，咱回头再见！"

时骋、时旺和裴永好也跟着赵凌云离开卓强老师，过了天桥，到学校南院教师家属宿舍给老师们拜了年。

汤二妮家里拾掇得干干净净，堂屋、大门张贴的赵凌云手书的春联格外醒目。刘村那可是民间书法高手云集的地方，二妮爹对春联是很讲究的，生意人家，过往的人多，这春联要经得起考验。

汤二妮在大门口踱着步焦急却又耐心地眼巴眼望地等着赵凌云。

"二妮。"赵凌云推着自行车兴奋地喊道。"凌云哥，俺等你老大会儿了，你可来了。"汤二妮笑着快步走向赵凌云并接过自行车推着。

进了家门，汤二妮喊道："爹，娘，赵凌云来了。"

此时，汤二妮没再称呼凌云哥，而直接叫了赵凌云的名字。

汤二妮的父亲汤恒才和母亲黄清玉急忙从屋里走出来。"来了凌云，快屋里坐。"赵凌云笑着礼貌地说："叔，婶子，新年好！"边说边拱手施礼。

汤二妮的哥哥汤之旺，姐夫范伟强和姐姐汤大妮，嫂子陈广云都过来给赵凌云打招呼。赵凌云同他们握手寒暄："新年好，给你们拜年了！"

进了屋，黄清玉安排汤大妮给赵凌云倒了一碗糖茶，预示着甜蜜蜜。

赵凌云对着汤大妮几人笑着说："我称呼大姐，称呼姐夫，大哥，嫂子？"二妮娘黄清玉说："那可不是！是这样称呼。"二妮姐夫范伟强说："我们还是称呼你赵哥吧。"黄清玉哈哈笑着说："那也行。"

赵凌云说："咱们就都互叫名字吧，你们叫我凌云就行了。"

赵凌云喝着茶，转头笑着问黄清玉道："婶子，您还记得当年我来你家炒咸菜吗？那也是快过年的时候。""俺咋不记得！那时，俺就看着你这个小孩不一般，人家放假都回家了，你还住在学校复习。二妮偷着给你多放油，俺心里喜（高兴）得接不滴（不得了）。这孩子心善，知道惜乎（疼爱）人，有人心眼。"黄清玉笑着说。

"娘，俺都不记得了，俺哪有您说的那么好。"汤二妮笑着插话道。

"是的婶子，我在向阳城见到二妮时给她提到这事，问她还认识我吗，她确实不记得了。但我可刻骨铭心，记忆犹新呢。"赵凌云补充道。

"婶子，您和俺叔也不年轻了，干活也得悠着点，也到了享福的时候了。"赵凌云充满感情真诚地说道。"谁不说呢恁哥，孩子都长大了，也都懂事孝顺，俺有享不完的福。恁叔一辈子行善，一辈子要强，身体不得劲，但是一会闲不着，丢了扫帚就是耙，他怕过不好日子，小孩受亏受委屈。"黄清玉嘿嘿地笑着说。

二妮爹汤恒才在大锅屋（厨房）里面做着饭，施展着厨艺绝活，烹炒煎炸，蒸煮调拌。汤二妮洗菜切菜，给父亲打着下手，汤大妮和嫂子陈广云来回往桌子上端着摆着。汤之旺和范伟强站在一边看着，像两名实习生看老师做示范。汤恒才一丝不苟，添油，放料，握着长勺，颠着炒锅，一言不发，唯恐口水溅到锅里。

赵凌云跟黄清玉聊着，看着锅屋里的烟火时飘滚着，汤恒才带着女儿和儿媳演奏着锅碗瓢盆交响曲，忙上忙下，心里有些过意不去。

他突然想到山崮县一带有个习俗叫"拜厨"，就是在办喜事时，送亲的大客儿（新媳妇的叔、舅、堂哥和表哥）要拿上红包和烟酒到厨房慰问感谢厨子老师，以示敬意，叫"拜厨"。如若不拜厨，厨子老师就不安排上饭，酒场就没完没了地不能结束。拜了厨，厨子就会客套一下，马上安排上饭。也有的主家要拜厨，为了让厨师尽力，不偷工减料，不当二把刀，把厨艺完美展示，为主家争面子，就会安排红大总（执喜人员）拿着烟、酒、红包、毛巾、肥皂等拜厨慰问，表示感谢并拜托席面要办好、要体面，让客人满意云云。拜厨的标准随行就市，基本上全县都一个标准，因为这一行的信息是通畅而对称的。

凡事这样，要么不兴办，若兴起来了，不办或办不好那就是才坏（毛病），萧规曹随，是人的处事之道。

赵凌云给二妮娘打招呼道："婶子，我出去看看。"走进锅屋，赵凌云拿着烟递给汤恒才道："叔，辛苦了！还需要我干什么？咱不要忙上忙下的了，咱自家人担当事儿（随意，不见外），做点家常饭就行了，不要七个盘子八个碗的，我都有些过意不去了。"

汤恒才说："凌云呀，咱不费劲，咱有这个优势。你来，咱全家高兴，这大过年的，不能太简单了。不要客气，你屋里歇着喝茶。我今天给你做个老家的小八四大席让你品尝一下，你耐心等一下哈。"

赵凌云说："叔，咱家做的小咸菜就是美味呀。"汤恒才说："有，有，这个有，吃饭的菜。"赵凌云说："咱家的丸子汤远近闻名。"汤恒才说："有，有，一会儿咱上碗丸子汤"。赵凌云差点笑出来，不敢再说了，要说："咱家的龙肉做得不错。"汤恒才也会说："有，有，一会儿上。"

客人到人家做客不能多说话，说想吃什么，主家有还好说，若没有，主家会作难，那就尴尬了。

汤二妮看了一眼赵凌云，脸上挂满红霞，幸福地浅笑着，"凌云哥今天来当大客儿，还想着吃咸菜，喝丸子汤，以为赶大集呢！"

24道美味佳肴摆满一大桌子，汤恒才用毛巾擦了把脸，摘掉围裙，一瘸一拐走到屋里，高兴地喊道："来，围一围，吃饭喽。"

赵凌云搬了两把椅子摆在桌子的正北面，坐北朝南，让汤恒才和黄清玉两位老人坐下。赵凌云和汤之旺、范伟强坐在左侧，陈广云、汤大妮和汤二妮坐在右侧。

看到此景，赵凌云想到花果山上的美猴王高高地坐在椅子上招呼到众毛猴，"孩儿们，吃桃。"

范伟强起身倒酒，他给岳父、岳母各斟上一杯白酒，他问赵凌云道："凌云，你用点什么酒？"赵凌云客气地说："伟强，我们自己来，我陪大家喝杯啤酒吧，辣酒我享不了。"

赵凌云接过酒瓶给汤之旺和范伟强各斟了一杯白酒，给自己倒了一杯啤酒，又给陈广云、汤大妮、汤二妮分别倒了一杯啤酒。

汤恒才说："孩子们，鸡年大吉，汤家大喜，我高兴呀，来，咱喝一杯。"

喝酒品菜，赵凌云起身倒酒，他知道，汤二妮在汤家年龄最小，他此时的身份也要以老小出现，给大家倒酒端茶义不容辞。赵凌云倒酒有一个特点，每当给人倒酒，他都征询对方意见倒多少，从不硬倒，更不劝酒，对方愿意喝什么他就倒什么，愿意喝多少，他就倒多少。

当他问范伟强，"伟强，咱倒白的还是啤的，倒多少？"范伟强笑着斩钉截铁地说："倒辣酒，倒满。"颇有黑旋风李逵和张飞之侠气。

待赵凌云坐下，范伟强说："赵哥，您是文人，凭脑子吃饭，喝辣酒烧脑子，我和之旺哥干体力活，喝白酒解乏。"赵凌云笑了，说道："伟强，你说得对。白酒有劲，壮胆又增力，喝酒能解乏。白酒浓烈，能加深感情。感情深一口闷，感情浅，舔一舔。像醉拳，拳师喝了酒，形醉意不醉，身醉心不醉，醉八仙，鸳鸯脚，扑、打、躺、揉、缠，身体灵活有力，这就是借了酒的兴奋。抗击打能力强，对方的力量打过来，借助酒的麻醉却浑然不觉，减弱了对方的力量。白酒也不像你说的烧脑子，文人也喝酒，李白斗酒百诗篇呀。欧阳修自称六一居士，六个中就有一壶酒呀。酒在习，马在骑。但酒不能喝过量，喝多了伤身子不说，容易误事。"听了赵凌云的话，汤恒才、二妮娘、汤大妮都高兴得不行，因为他们都不喜欢喝酒的人，认为这是不良嗜好。

听到赵凌云谈醉拳，范伟强说："赵哥，您是文人，还能谈武术啊。"

汤二妮捂着嘴笑了一下说："凌云是习武之人，在城市打工时，以一当十，还揍过流氓呢。"范伟强说："赵哥会武术！二妮，你……"

没等姐夫说完，汤二妮把手指放在嘴上"嘘"了一下，让姐夫打住。又喝了两个酒后，汤恒才问范伟强，"伟强，今年的红辣椒收成还行吧？"

范伟强是红辣椒种植专业户，他所在村是丰源乡红辣椒专业村。范伟强说："爸，收成好着呢，种辣椒比种粮食一亩地能多收入三倍到五倍。种菜比种粮好一百个帽头子加两个席夹子。"

汤大妮笑了一下自语道："这个半熟喝多了，哪有这样跟岳父大人说话的，还一百个帽头子加两个席夹子。"

范伟强给赵凌云端了一杯啤酒问道："赵哥，你虽然没种过地，但你学问高，又当记者，见多识广的，你说种红辣椒有前途吗？"

赵凌云接过酒杯一饮而尽，说道："谢谢伟强。种红辣椒肯定有前途呀！这属于农业特色产业。市场经济条件下，发展农业产业要以市场为导向，以效益为核心，以增加收入为目标。这就需要以当地自然资源为基础，适应市场，调整种植结构，发展精、新、特、奇等稀特产品，资源稀缺才有市场，才有效益，才能高效益。一乡一业，一村一品，挺好的。发展特色产业要依靠科技，良种良法配套，保证农产品质量，既要丰产也要丰收。"范伟强说："赵哥，你还真懂农业？"

赵凌云说："我最喜欢土地了，没上大学之前，我家里的责任田全是我种的，效益还不错。"汤恒才听着赵凌云的谈话，打心眼里高兴，他举起酒杯说："凌云，来，汤叔敬你一个酒。"

汤二妮急忙走到父亲面前，用手给父亲向上抬了抬以示感谢，赵凌云说："叔，我敬您！二妮，你也拿杯酒来，我们一起给二老敬杯酒。"汤恒才和黄清玉喝过赵凌云和二妮敬的酒，心里像喝了蜜一样甜。

汤之旺站起来说："爹，娘，我和广云给凌云、伟强、大妮、二妮喝个酒，祝他们生活幸福美满！"汤恒才说："之旺，你说得极是。"

汤大妮、汤二妮走到哥哥跟前充满感激地说："哥，我们敬您，谢谢俺哥！"赵凌云和范伟强给汤之旺碰了杯，一饮而尽。

范伟强说："我给大家唱首歌吧，给大家助助兴，俺平时干活累了就喜欢在田野里大声唱歌。我唱的这首歌叫《我们的生活比蜜甜》。"

范伟强喝了一口水，咳嗽了两声唱了起来。他用肢体语言配合着，有模有样，声音浑厚，清脆响亮。赵凌云打着拍子应和着。唱完，范伟强深鞠了一躬。赵凌云给范伟强敬酒道："伟强，你唱得真好。"

范伟强腼腆地笑着说："自娱自乐，农民也成不了歌唱家。"赵凌云认真地说："伟强呀，那可不一定，说不定你能成为一个农民歌唱家呢！可不能小看农民，不能小看自己。"

范伟强端起赵凌云的酒杯，"赵哥，我和汤大妮都是你的学弟学妹，您可是我心目中的偶像呀，赵哥，你给我们唱首歌吧，你一定得唱"。

陈广云说："俺也是山崮县二中的，凌云，你一定得唱。"赵凌云笑着说："好！好！我唱。我唱《有一个青年》电影主题歌《青春啊青春》，献给我们青年人，也祝两位老人永远年轻，永远健康！"

说完，赵凌云深情地演唱起来。又转着圈给大家敬酒，唱到最后一句，举着酒杯给汤二妮碰了一下，并抛了个媚眼。

汤二妮惊奇地、深情地、兴奋地、崇拜地看了一眼赵凌云，幸福地喊了一声："凌云哥！"喊完，她红着脸笑了，汤大妮笑了，陈广云笑了，范伟强和汤之旺笑了，汤恒才和黄清玉笑了，笑声满堂，笑声冲出屋外在院子里回荡。

第 131 章

春节后走亲访友，成为乡村一道风景和重要活动。骑车的、步行的，推着独轮车、拉着地板车，带着老年人、携着幼童，背着篮子、挎着包袱，用擀面杖撅着筐子，提着点心，老亲新亲、姻亲表亲，乡村的道路上人来人往。

村子里，乡邻好情互相安客陪客，人手倒显得紧张起来。家家户户把年集上置办的年货全拿出来，男主女主轮番上场展现着厨艺，村子上空的炊烟飘着散着，香气四溢。年味，浓浓的年味！

一大早，汤恒才和黄清玉夫妻俩就给汤二妮准备着东西。"二妮，你看这些东西行吗我儿，还需要什么？咱再给你办。"黄清玉喊着问着汤二妮。"娘咪，行，这些东西可真不少！"汤二妮感激地对娘说。

"妮咪，到了凌云家，可要得体，好好表现。"黄清玉慈爱地说道。

"你看，我这都是多说话，俺二妮做得肯定比娘想得都好。"黄清玉哼哼地笑着补充道。

"娘，您放心！俺去，吃过午饭就回来。您也得上俺姨家去，您给俺姨带个好，等我有时间再去看望她。"汤二妮对娘说。

"爹，您中午自己吃饭，可要吃好。"汤二妮又吩咐汤恒才道。

汤恒才和黄清玉打发汤二妮到想水村。汤二妮走后，黄清玉对汤恒才说：

"旺他爹，咱家二妮真有福气，找了个这么好的对象。"

汤恒才笑着说："旺他娘，二妮虽然命苦，但这孩子善良懂事，贤慧勤理，这叫善有善报吧。"黄清玉说："咱把她养大，她总算有傧落了，咱也了个大心事。你这个汤大善人积德多，教育得好。"

"旺的娘，闺女全靠娘，二妮是你养大的，铁随你，我这个当爹的也就保证不让她受罪，人家有吗，咱叫她有吗，不缺她饭吃，不缺她衣穿，要说品性，还是你熏陶的。"汤恒才说着笑着，黄清玉也跟着笑。

汤恒才说："旺他娘，赵凌云这孩子虽然是个大才，看人家多庄户、多实在、多朴素。他尽说家乡话，啦咱听得懂、喜欢听、啦得来的呱，接地气。绝不是阳春白雪，曲高和寡的那种。不像有些大学生，上完大学，有了知识，上了城市，变个人似的，拉呱上不着天，下不够地，少天无日，云里雾里搓，吹胡子瞪眼，吹牛逼，日炸弹。凌云这孩子，我看善良，比咱二妮不次，我是相中了。二妮有福享，你也有福享。"

黄清玉说："你看你说的。自从俺养二妮那天起，俺就没想让她回报，跟她享福。只要她有福享，俺就烧高香了，俺可不图她什么。"

想水村赵凌云家。赵广厚和凌云娘早早起床，赵广厚把屋里屋外拾掇得干净整洁。凌云娘给婆婆梳了头，穿戴整齐，冲了碗鸡蛋茶。赵凌云的大舅杨汝乾、二舅杨汝坤来走亲戚，赵广厚安排兄长赵广忠、弟弟赵广传、赵广家、赵广远来陪客，又安了党西清、赵存祥父亲赵广勤和陈老大陪客。

赵广厚这个煤炭系统的老劳模那可是干什么像什么，今天，他担任主厨，五弟赵广远帮厨打下手。赵广厚列好菜单，将鸡、鱼、肉、蛋、菜一溜摆开。破菜、泡料、蒸煮、煎炸忙活开来，他集常山煤矿食堂各灶口大师傅的厨艺于一体，每道菜一丝不苟，力求完美，一股股菜香从赵家的院落飘向四方。

不知是巧合还是着意安排，汤二妮今天还真碰见个大场，她也许就是今天的主角。赵凌云在村口等着汤二妮。只见远处一位穿着红色衣裳的少女骑着锃亮的自行车缓缓驶来，像一朵吉祥的红云。"二妮来到了。"赵凌云跑了过去。

"凌云哥。"看到赵凌云，汤二妮猛地蹬了几下自行车，边蹬边喊。

赵凌云一手扶着自行车，一手挽住汤二妮，像把她从自行车上抱下来一般。

赵凌云推着自行车，汤二妮挽着赵凌云的胳膊向村内走着。走近街口，遇到喳喳雀左士青。赵凌云给汤二妮介绍道："二妮，这是咱宋二嫂。"汤二妮笑盈盈地叫道:"二嫂新年好。"她边说,边从兜里掏出一把糖块递给左士青。左士青接过糖块,问赵凌云道:"凌云兄弟,这是弟妹吧?"赵凌云笑着说:"二嫂,您猜。哈哈。"

左士青"扑哧"一声笑:"俺二兄弟真会闹,这还用猜,一看就是。郎才女貌一看就是。这么俊的姑娘,只有俺二兄弟能找来。"

"二嫂,抽时间来俺家。"赵凌云客套道。

遇到左士青,不一会儿,全村人都知道赵凌云没过门的媳妇来了,还知道名字叫"二妮"。杜印花对吴老二说:"老二,听说后街的赵凌云的媳妇来了。"吴老二说:"赵凌云找媳妇那不得紧挑紧拔的,不知道是何方神圣哟?"杜印花说:"听名字倒像咱本地的。听说长得跟仙女似的,说是像电影《庐山恋》中的女主角。"吴老二说:"那肯定。别忘了赵凌云可是北京大学的研究生,人又长得好。"又传来消息说:"赵凌云的媳妇是乡驻地刘村姓汤的。"

赵凌云推着自行车,汤二妮跟在后面,走进家门,赵凌云对正在做饭的父亲和五叔喊道:"爹,叔,汤二妮来了。"

正忙活着的五叔赵广远笑着,正想说:"闺女来了!"听赵凌云介绍"汤二妮",他一激动喊道:"闺妮来了!"

听到五叔的招呼,赵凌云哈哈地笑了,赵广远也红着脸笑,赵广厚戴着口罩直点头,汤二妮用手遮着嘴,掩面而笑,答应道:"老人家都忙着呢!"

闺妮,谐音龟妮。在山崮县一带,作为四灵神兽的龟可带有骂人的味道:"龟孙,龟儿子"都是骂人的。形容人胆小怕事,也被称作"缩头乌龟"。赵广远与汤二妮一见面,就来了个满堂彩,都是激动惹的祸。

赵广厚放下手里的活,对汤二妮说:"麻利地屋里喝水"。

凌云娘听汤二妮来了,对婆婆说:"娘,您坐着别动,我出去招呼个客人。"说着,走出屋门。

"妮,来了我儿,俺妮这么好呢!"凌云娘笑着说着迎上汤二妮,一把拉住汤二妮的手,亲得像久别重逢的亲娘俩。

赵凌云对汤二妮说:"二妮,这是俺娘。"汤二妮笑着喊道:"娘。"

凌云娘甜甜地答应着,拉着汤二妮的手往屋里走。到了屋里,凌云娘对汤二妮说:"我儿,这是恁奶奶。"汤二妮甜晶地笑盈盈地喊道:"奶奶。"汤二妮喊着,用另一只手拉住奶奶的手。

凌云娘松开汤二妮的手说："我儿，娘给你倒糖茶喝，暖暖身子。"

汤二妮松开奶奶的手："奶奶，娘，二妮给您拜个晚年。"边说，边跪倒给奶奶、娘磕了个头。

奶奶"嘿嘿"地笑着，用手摊开棉袄大襟将二妮磕的头满满地接住，"孙媳妇，奶奶领了。"

凌云娘倒了碗糖茶端给二妮，看到婆婆真心实意地接过二妮的一片孝心，高兴得不撑。她从棉袄口袋里掏出一个红包塞给汤二妮，"我儿，这个钱是我和你奶奶的心意，也是见面礼，你装着哈我儿"。汤二妮弯着腰低头趴在凌云娘肩上低语道："娘，这个钱我可不能要，人家看见了笑话，以为我来挣磕头礼的呢。心意我领了，钱您留着用。"

凌云娘转头贴着汤二妮的耳朵说："我儿，娘专门给你准备的，你拿着，我的心才踏实、才高兴。别见外，别人都不知道。"

两人窃窃私语，笑着相让着，像两名地下交通员接头。奶奶在一旁看着乐着，不时用手抹一把从嘴里流出的口水，用挂在大襟扣子上的布巾擦着眼里流出的泪。很显然，凌云娘对汤二妮喜欢得不得了。也可能是她爱屋及乌，也可能是听到汤二妮的家乡话倍感亲切，也可能是看到汤二妮俊俏的模样和得体表现。"眼缘"这个东西还是很神奇的。

大娘、三婶子、四婶子、五婶子都来到凌云家，一睹没过门的侄媳妇的芳容。因为她们对赵家大才子赵凌云找媳妇充满好奇和期待。不知这家伙找哪个地方的，也不知道找什么样的，因为赵凌云的身份和眼界已超越想水村、丰源乡、山崮县，乃至向阳市，他可是去了北京上了七年大学呀。

汤二妮笑着和大娘婶子们打招呼、拉拉手、拉呱、倒茶。汤二妮的清纯、阳光、朝气、俊俏、自信、谦和、礼貌赢得了大娘和婶子们的心。她们悄悄对凌云娘说："凌云找的媳妇真好，旺夫相。"

三瞎子赵广清围着村转了一圈，来到赵凌云家，对赵广厚说："二哥，你今天亲自操刀，家里来贵客了。"赵广厚说："三兄弟，快屋里喝茶，正好在这里陪客，今天，小孩的舅都来，凌云的对象也来了。"

赵广清一本正经地说："我围着村转了一圈，今天是个吉日，小鸟都欢喜。天上千祥云集，紫气东来。"

赵凌云带着汤二妮出门跟赵广清打招呼，赵凌云介绍道："二妮，这是咱三叔，是咱赵家门的大文人，是我的启蒙老师。”听着赵凌云的介绍，赵广清将右手抬起，摸了摸别在左胸部口袋上的钢笔帽，嘴唇哆嗦了两下。汤二妮听了赵凌云的介绍，礼貌地甜甜地喊道：“三叔新年好！”

擅长说大鼓的赵广清却结巴了两下说：“侄媳妇新年好。”听到侄媳妇的称呼，汤二妮的脸红晕泛起。赵广清走进锅屋，对赵广厚小声说道：“二哥，凌云的媳妇好着呢，貌相、骨相、声相俱佳，乃旺夫旺家之相也。”说完，他走出锅屋门对赵广厚、赵广远说：“我回去了。”

赵广厚大声喊道：“广清你可不能走，你得给我陪客儿。”

赵广清说：“客儿，我就不陪了，你让凌云吃饭时给我往家里送碗菜就行了，我再溜达溜达。”

赵凌云和汤二妮也再三挽留赵广清陪客，赵广清说：“文人需要清静，我就不凑热闹了。”赵凌云笑着说：“自古文人多清高，阳春白雪，曲高和寡。”赵广清认真地说道：“是。”

赵广清让赵凌云饭时给他送菜，是对赵凌云的考验，看他大学毕业后又在市里参加工作，是否还能看得起他瞎叔。在想水村脸面比天大，被人看得起、被尊重，那可是天大的事。你若小看了谁，哪怕是散烟时，你无意漏掉一个人，那可是不得了的事，他会记你的仇，说你小看人，狗眼看人低，甚至会恶扬你，“吃屎专挑鲜的吃，敬人先敬能行的”。再咬牙补充一句，“花无百日红，人无千日好，谁能一杆子摔到底？十年河东转河西”。

大爷赵广忠、三叔赵广传、四叔赵广家陆续到来，老弟兄几个在锅屋门口说笑着，赵凌云领着汤二妮给长辈们打招呼，祝福新年好。

汤二妮回到屋，从她的包包里拿出一条香烟来到锅屋前打开，分别给大爷、父亲、叔叔们每人一包，笑着说：“爹、大爷、叔叔，这是我专门买的上海产的‘红双喜’香烟，您抽抽看味道咋样？”大爷叔叔们接过香烟高兴地说：“谢谢侄媳妇！还是侄媳妇想得周到。”

正说着，凌云的大舅杨汝乾和二舅杨汝坤用擀面杖撅着筢子进了家门，赵凌云和汤二妮迎上前去，接过舅舅肩上的筢子。赵凌云介绍道：“二妮，这是咱大舅、二舅。”汤二妮喊道：“大舅好！二舅好！”

赵广忠、赵广传、赵广家、赵广远握着杨汝乾和杨汝坤的手寒暄着。赵广厚走出锅屋给杨汝乾、杨汝坤打招呼：“大哥、二弟来了，欢迎欢迎！快屋里喝茶啦呱吧，正好饭我也做得差不多了，拾掇拾掇准备吃饭。"

汤二妮又给大舅、二舅每人一包"红双喜"香烟，大舅、二舅看着孝顺得体的外甥媳妇连声说："好！好！外甥媳妇孝顺，谢谢！"

大舅、二舅进了屋，凌云娘见到大哥、二弟高兴得合不拢嘴。出嫁的女儿无论年龄有多大，见到娘家人高兴的心情无以言表。

大舅、二舅看见凌云奶奶，上前握住老人的手说："大娘新年好！"

奶奶笑着说："孩子过年好！"他们松开老人的手后退一步，大舅在前，二舅在后给凌云奶奶磕头拜年。

赵凌云和汤二妮将桌椅、碗筷摆好，五叔赵广远张罗着将饭菜摆上桌。大娘、婶子们搀着婆婆走进里屋。在想水村，家里招待客人，女人将饭菜办好、摆好就退居里屋，男人们吃饭，女人不上桌，待男人陪客人吃完，女人才肯围桌吃饭，这是规矩，也是传统。

赵广厚按菜单将饭菜做好，他给老母亲下了一小碗荷包蛋烩锅面，里面又放了几个酥软可口的牛肉氽丸子。赵凌云将面条端给奶奶。

赵凌云对赵广厚说："爹，给广清叔做个杂烩菜，咱桌子上有的菜，每样都给他弄一点"。赵广厚笑着说："给你广清叔做个大席菜，味口好极了。你快端送给他。他在村里溜达了半天也饿了。"

赵凌云喊汤二妮一起端着一大碗美味的大席菜走进三瞎子赵广清的家，"三叔给你送菜来了，我说让你在我家陪客，你尽充人样的，拿劲拿得噔噔的。"赵凌云笑着嗔怪道。

赵广清桌子上放了一个酒杯、一双筷子，他坐在桌子边上哼着吕剧《喝面叶》："石榴开花红似火，翠娥头上插一朵，十七八闺女她把花来戴，小媳妇戴花人笑我，手里挎着竹篮子，我要到地里摘豆角。"

听到赵凌云的声音，赵广清激动加高兴："凌云，侄媳妇来了，你还当真真的给我送菜来了，我正想着《喝面叶》充饥。"

赵凌云哈哈地笑了。"三叔，您真高，望梅止渴，想面叶能压饿，恁乃高人是也。"赵广清说："闭关修行全靠意念。"

赵凌云和汤二妮走出赵广清家门，汤二妮笑得蹲在墙根起不来。

赵广远奉二哥赵广厚之命又跑了一遍，将赵广勤、陈老大、党西清、徐大逊等陪客人邀到家里。

做菜容易请客难，这三推三让的习俗怎么就改不了呀！

赵凌云和汤二妮回到家，汤二妮与长辈们打过招呼，就走进里屋陪奶奶、娘和大娘、婶子们啦呱，女人不上桌，她对这个道理是懂的。

大家坐好就位，赵广厚笑着对赵凌云说："凌云快喊小汤一起吃饭，她今天也是大客儿。"

汤二妮在里屋听到赵广厚的声音，急忙走出来说："爹，恁老弟兄几个喝酒聊天，等恁吃完饭，我再陪娘和大娘、婶子们一块吃，俺娘几个拉拉呱。您这边需要我干什么，叫我就是。"

杨汝乾说："那怎么行，外甥媳妇头次来，可是大客儿！我们都担当事，来一块吃。"汤二妮拗不过就进里屋给大娘、婶子们说："大娘、婶子，俺爹和俺舅叫俺一块吃饭，那我先偎他们吃一会儿。"

大娘、婶子笑着说："侄媳妇你今天是大客儿，你上桌吃饭应该，别客气，你去吃吧，千万别作假，别拿就，吃好哈。"

汤二妮挨着赵凌云坐在桌子的席口，等赵广厚提议大家喝三个酒后，赵凌云说："大舅、二舅，各位长辈，今天特别高兴，我和我对象汤二妮给各位长辈敬个酒。承蒙各位长辈关心培养，我大学毕业后回乡工作，心情很舒畅，我经常能听到老家的声音，见到你们。盼望你们今后对我多关心指导。"说着赵凌云和汤二妮站起来，分别将各位长辈的酒端起，又端起自己的酒一饮而尽，汤二妮也将自己酒杯中的水一饮而尽。

喝过酒，夹了棒菜吃下，大家你一言我一语地拉起来。

"凌云这孩子可不简单，咱山村的孩子能考上大学，去城里干个工也算成功人士了。""凌云能吃苦，当年在生产队里带着少先队员干活就很是个样，土地承包后，那时广厚没退休，全靠这孩子种地，种得像模像样。""你们这个村缺水条件不好，收成也不好，现在发展得比哪里都好，十里八乡谁不羡慕你们村，要收成有收成，要看相有看相，以前的干巴庄成了远近闻名的富裕村、花果村。"杨汝乾最后说。

"多亏了俺们村有个好书记，从生产队时期到包产到户就苦干实干，处处替群众着想。现在周围村虽然家庭收入过得去，但三提五统、集资摊派重得很，地里收入的四分之三都交上去了，农民负担很重，我们村除正常按年缴纳公粮，其他的都由村里负担，农民的收入实打实用于自己。赵存祥可不简单呀。"党西清说。"听说万胜庄的南山吃得差不多了，村子没收入，村民负担重，山开发卖的钱哪里去了？"徐大逊说。

"大舅，我一看到门口的几口大黑瓷缸，就想到您，就想到您带着我去向阳城推缸。这几口缸立大功了，用它腌咸菜，供出了我哥、我和弟弟三个大学生。"赵凌云笑着看着杨汝乾说。

杨汝乾看了看赵广厚说："广厚，俺三个外甥都考上了大学，没指望你干工，这三个家伙都有出息。"他又笑着看着赵凌云说，"当年你小，我带你到向阳城推缸，就是想让你出门看看景致，开阔下眼界，你没辜负大舅的心意，俺二外甥懂事孝顺，小小年纪不怕累，替我推了老大一派（一段时间）的车子。凌云在公园打了一套拳，人家以为这孩子是打拳卖艺的，看完往他身边投了不少分革子（硬币），想想笑死人。"

听着大舅和众人的谈笑，汤二妮激动地站起来说："各位长辈，你们都是吃过苦的人，都是善良的人，我们年青的一代也吃了点苦，但跟你们比微不足道，你们对我们年轻人关心呵护，培养我们，教育我们，我们终生难忘。凌云能走到今天，全是你们培养教育的结果，是想水村文化滋养的结果。我敬各位长辈一杯酒。"

听了汤二妮的话，党西清率先站起来说道："谢谢侄媳妇，谢谢凌云贤侄。"说完，将酒喝下，众人也把酒喝干。

赵凌云恭敬地说："大舅、二舅，各位长辈，我和汤二妮就不久陪大家了，我带她去村里转转，你们老弟兄几个好好聊聊天。"

说完，赵凌云和汤二妮又和里屋里的奶奶、娘、大娘、婶子打了个招呼，出门走向赵家林。

第 132 章

赵凌云带着汤二妮来到赵家林，在一片坟茔中的一个坟头前停下来。赵凌云说："二妮，这是咱老爷的坟头，我们给老爷磕头。"

说着赵凌云"扑通"一声跪在爷爷的坟前说："老爷，凌云带着汤二妮给您磕头，汤二妮是您没过门的孙媳妇，我爱汤二妮。您老在天之灵会感到欣慰。"听着赵凌云的话语，看着眼前的坟头，汤二妮双手合十，眼泪瞬间涌了出来，双膝下跪，弯身将头磕在地上，说道："老爷，我是您孙媳妇，凌云哥今天领我来见您，愿您在天之灵保佑我们白头偕老，我爱凌云哥。"汤二妮问赵凌云："凌云哥，咱老爷怎么没立碑？"

　　赵凌云说："按我们这里的习俗，咱奶奶健在，不能立碑。"汤二妮说："凌云哥，愿奶奶健康长寿，长命百岁。"

　　在回村的路上，赵凌云对汤二妮说："二妮，咱老爷是一个开明的文人，他对我十分疼爱，他的思想、学养、品德对我影响很大。耕读文化是我们赵家的传家宝，世代发扬光大。"

　　赵凌云领着汤二妮来到大坑杨树下，赵凌云给汤二妮讲了想水村的历史，老杨树的故事，大坑的逸闻奇事。

　　赵凌云向老杨树介绍道："老杨树，这是汤二妮，从今天起她就是想水村的人，请您接纳她。"

　　汤二妮看到两人合抱粗的老杨树高耸入云，沧桑的树皮，根部的空洞和曝绽在地面上的龙爪一般的树根，惊奇地上下左右打量着："凌云哥，这两棵古杨树像夫妻呀。"赵凌云说："是的。"

　　赵凌云看着神奇的古杨树，扫视了树边的大坑，吟诵道："想水村毛白杨，时岁四百有余，因其立于大坑旁边，乡人称之为大坑杨树。大坑杨树与村俱生，历经战火沧桑，犹顽强挺拔矗立，生意盎然，姿态尽展。春来抽芽吐絮，夏来绿荫参天，秋来金叶飘洒，冬来干挺枝劲。大坑蓄水，杨树滋源。水养百姓，树惠众生。民以树为神，视其健康长寿之标志，亦作逢凶化吉之寄托。每罹灾难，或逢年过节，皆云集其下，祈求平安。古树名木乃人类之活化石，其历史文化价值、生物学价值、观赏价值尽在其中。古树精神，泽被后世。"

　　汤二妮敬恭地看着赵凌云，认真地听着，"俺凌云哥真是大才子，出口成章。"听完赵凌云吟诵，汤二妮抱着古杨树亲了一下说，"老杨树，汤二妮向您老人家报到，我是想水村人。"

　　说完她脱掉外套递给赵凌云，在古杨树前的空地上先来了一个单手翻，又来了一个空手翻。燕子抄水，鹞子翻身。两手握拳在胸前揉、转、推、打，马步、仆步、弓步，劈叉，乌龙绞柱，二踢脚，旋风脚，前扫堂腿，后扫堂腿。汤二妮边练边喊："练武不练功，到头一场空。练功不练腰，终究艺不高。练功不练拳，犹如无舵船。"

赵凌云看着汤二妮娴熟而颇有力道的功夫，听着她喊出的练武口号，鼓掌道，"好！"赵凌云心想，二妮一定拜过师傅，系统学过武术。

赵凌云佯作惊奇地说："二妮，你会武术！"汤二妮收势后笑着说："在您面前还是学生，我小时候开始习武，俺爹看我身体弱，怕人欺负我，还说为了增强我的自信心，就让我拜了师父习武。"

赵凌云问："你师傅是谁？"汤二妮说："我师父叫刘铁功，擅长大洪拳。他曾在丰源乡公安派出所工作。"

赵凌云说："二妮，看我再给你表演一下。"

赵凌云将汤二妮的外套和自己的外套一并交给了汤二妮，他扩了几下胸，下蹲几下，伸伸臂、踢踢腿，热身一下，他拉开架势，虚步、垫步，挥拳，推掌，二踢脚，旋风脚，仆地、扫堂腿，起跳侧踹，空摔倒地，鲤鱼打挺，后空翻，倒地，乌龙绞柱。武术基本功动作演练过后，赵凌云噼噼啪啪打了一套翻子拳，行云流水。赵凌云的弹跳力和腿部力量令汤二妮惊奇。

"凌云哥，好功夫！"汤二妮鼓着掌喊道。

一阵风吹来，大坑杨树的树枝晃着、扭着，发出吱吱嘎嘎的响声，仿佛在为这两个年轻人鼓掌。

赵凌云和汤二妮扯着胳膊将身子贴在老杨树身上，他们合力拥抱着老杨树，接受着老杨树的气息和力量。

赵凌云又领着汤二妮来到赵存祥家，见过赵存祥。赵存祥对赵凌云和汤二妮表达了祝福，也寄予了希望。赵存祥对赵凌云说："二弟，你晚上来我这里，咱啦啦呱。"赵凌云爽快地答应道："好的哥，咱好好聊聊。"

赵凌云和汤二妮回到家，陪着爹娘送走舅舅和亲邻。汤二妮与赵家人告辞，含着不舍的泪水离开想水村，回到刘村。

晚上赵凌云来到赵存祥家。

见到赵凌云，赵存祥走到赵凌云身边，比肩站在一起，挺了下身子，转头上下打量了一下，笑着说："凌云，是我缩巴了，还是你又长高了，你比我高半头呢！"

赵凌云看到赵存祥幽默滑稽的动作和表情，笑出了声，说道："哥呀，男人二十三，还要向上蹿一蹿，可能我又长了一些。"

赵存祥泡上一壶茶，招呼赵凌云："凌云，坐下，咱弟兄俩喝茶。"

是的，见到赵凌云，赵存祥的大脑翻江倒海，似有百般问题要谈，也有千言万语要说："凌云，到报社工作还行？还适应？"赵存祥将一杯茶放到赵凌云跟前说道。

"很好，渐入佳境。向阳日报社那可是人才济济，特别是我们那个头，魏净社长有能力、有水平、有格局，对下属很关爱。工作很有干头。"赵凌云向赵存祥介绍道。"俺兄弟有福气、有人缘，不论在哪里都能遇到好老师、好朋友。"赵存祥自言自语道。

"大哥，韩愈老先生说，世有伯乐，然后有千里马，千里马常有，而伯乐不常有。我看这句话有局限性，很可能是针对他当时的情况所发出的感慨。我倒一直感觉到，世间好人多，世间伯乐多。孔子说，道不同，不相为谋。我想，那道要是相同呢？岂不是志同道合者众！晋代葛洪在《抱朴子》中说：'志合者，不以山海为远；道乖者，不以咫尺为近。'欧阳修曾说，'所守者道义，所行者忠信，所惜者名节。以之修身，则同道而相益；以之事国，则同心而共济；终始如一，此君子之朋也'。哥呀，我认为，人缘好是两方面的事，一个人如若恃才傲物，孤芳自赏，阳春白雪，曲高和寡，整天小脸抬得高高的，像羊欢羔（发情）一样，与谁都不合群，那怎么能成？"赵凌云向赵存祥阐述道。

赵存祥听着赵凌云引经据典，一脸认真地听着，但当他听到赵凌云说"像羊欢羔一样"时，将喝进嘴里的水一口喷了出来，大声笑着说："凌云，你这讲话雅俗共赏，怎么把老家的话用得这么好呢？"

赵凌云说："方言俚语，家乡话搁劲（带劲）。"

"凌云，市场经济条件下，农业发展面临新的课题、形势和任务。咱省里、市里提出农业产业化，对此，我老是混混沌沌的，像咱们村今后如何干呢？"赵存祥征询道。赵凌云喝了一杯水，对赵存祥说："大哥，农业产业化是以市场为导向，以经济效益为中心，以主导产业产品为重点，优化组合各种生产要素，实行区域化布局、专业化生产、规模化建设、系列化加工、社会化服务、企业化管理，形成种养加工、产供销，贸工农、农工商、农科教一体化经营体系，使农业走上自我发展、自我积累、自我约束、自我调节的良性发展轨道的现代化经营方式和产业组织形式。它实质上是指对传统农业进行技术改造，推动农业科技进步的过程。这种经营模式从整体上推进传统农业向现代农业的转变，是加速农业现代化的有效途径。农业产业化的基本特征是规模化、专业化、市场化、区域化。农业产业化的基本思路是确定主导产业，实行区域布局，依靠龙头带动，发展规模经营，实行市场牵龙头，龙头带动基地，基地连接农户的产业组织形式。它的基本类型有：市场连接型、龙头带动型、农科教结合型、专业协会带动型。"赵凌云对赵存祥竖了一下大拇指说："大哥你这几年在咱村抓的几项工作，像办林场、农场，成立农业生产服务合作社等，可以说有了一些产业化的雏形，不能不说你有先见之明，有些工作就是先有摸索和实践，而后进行理论总结和提高。"

赵存祥瞪大眼睛笑着说："是呀，我们做的这些工作，出发点就是尽快让农民富起来，让村集体强起来，让土地等自然资源的潜力挖出来。不过，今后要按照产业化的模式，进一步提高丰富，像在农产品加工、贸工农、贸工牧一体化上，还要摸索提升，走出具有想水村特点的产业化发展路子。"

赵凌云进一步说道："根据市场的要求，作为一村农业产业，要发展特色农业产业。资源的稀缺就是市场机遇，一乡一业，一村一品既指特色，也指规模。特色农业产业就是适应当地自然资源禀赋，像土壤特点、气候特点，还要发挥传统优势，像历史上沿袭下来的品种，生产技术也有优势和特点。像我们村的大枣、鹅梨、石榴、金银花、谷子等，还有近年你培育形成的中草药，都是特色农产品。我们村独有的生态优势，也是特色，这对生产绿色无公害产品有独到的绝对优势。要树立品牌意识，人无我有，人有我特，人特我优，我们的系列特色农产品可以搞个品牌，注册商标。还要树立质量意识，要严把生产标准，像施肥、喷药等环节，养殖中的饲料、兽药使用要严格按绿色产品标准管理，这样的农产品肯定有市场，肯定价格高。"

赵存祥听着赵凌云的话，像春风化雨一般，他猛地站起来说："凌云，我茅塞顿开，我恍然大悟，我猛然觉醒，我的心境亮堂了，谢谢你，你这是一直在思考着咱村里的事呀。"

赵凌云说："哥唻，千万要把农业科技放在重要位置，也千万要保留好传统文化，下一步的土将会成为特色，像土鸡、土猪，我们的芦花鸡、黑盖猪千万不能丢，一旦失去种群损失就大了。现在的生猪生产大力推广大约克、长白等品种，蛋鸡推广伊莎褐，这些良种要推广，有它的优势，但地方品种有传统优势。"

赵存祥说："凌云，你真是大经济学家、农学家了，哥哥得跟你多学学，不然真跟不上趟了。"

"哥，咱市里把减轻农民负担工作提到重要位置来抓，咱们村减轻农民负担这方面应该说做得比较好，你要好好思考一下、总结一下，兴许能成为先进典型，给市里提供些有益的、可复制的经验和做法，你对这项工作有什么看法和想法？"赵凌云对赵存祥说。

"农民负担已经成为一个大问题，群众反映十分强烈，三提五统不断加码，乱集资、乱摊派、乱罚款等'三乱'十分猖獗，群众意见很大。有些地方、有些村干群矛盾加剧，这个问题可要很好地抓一抓。农民负担加重原因是多方面的，一是有些干部不体恤农民，错误地认为，土地承包后，农民收入高了、富了，遇到花钱的事，就想到向农民伸手。二是有些干部形式主义、享乐之风甚盛，搞形象工程，劳民伤财，不切实际；有的盲目攀比，盖办公楼、建豪华办公室、更换小汽车，追求享受；有的干部吃喝成风，没钱结账就打白条。这些钱从哪里来，他们就向农民征收。三是有的村，村集体经济是零，村集体没有收入，遇到安排的事就向农民要，农民成了唐僧肉。有些工作方法简单粗暴，对计划生育超生户拆墙扒屋、牵牛赶羊，有的实行连族连坐，严重破坏了群众的生产生活。四是农村婚丧嫁娶大操大办，彩礼钱一年高过一年，一家高过一家，举债办酒宴，此风不刹，农民负担也会越来越重。"

赵存祥越说越激动，越说越来气。赵存祥又说："像我们想水村，上边收钱的项目一个不少，但都用村集体的收入支付了，没有转嫁给群众。说到底还是因为我们村有集体经济收入。"

"哥，您长期工作在农村基层一线，触摸着基层工作的脉搏，观察着地方上出现的一些现象，倾听着基层群众的呼声，您对农民负担产生的原因分析得比较客观全面。还有一个关键问题就是习惯向群众伸手要钱要物。解决农民负担问题，归根结底要在发展中解决，解决发展中的问题还是要靠发展，只有发展了，这些问题才会迎刃而解。培育壮大村集体经济，增加农村集体收入是减轻农民负担的一个有效途径。我要再说，那最后就是凡事不用向农民伸手。"赵凌云进一步分析道。

钟表的时针重重敲响了十下。存祥娘给他们每人下了一碗龙须挂面，笑着说："你们弟兄俩到一起就谈工作，谈起来没完没了，拉这些事管饱吗？快吃面，吃完再拉。"

赵存祥对娘说："娘，我听凌云啦这些事儿比面条管饱，精神食粮真的压饿。"

第133章

假期结束，赵凌云回到报社上班，根据工作安排，他被调到经济部任记者、编辑。除完成固定工作，他骑自行车、坐公共汽车，不停地跑基层，机关、企业、乡村，全市四区两县留下他的采访的身影和脚印。

一篇篇新闻、一篇篇通讯、一篇篇随笔、一篇篇理论文章，每天出现在《向阳日报》一、二版上，记者赵凌云的名字为向阳市民所熟知。

《人生能有几次搏？记我市落榜不落志回乡创业的青年们》《向阳市加强五项工作，重点营造畜牧业发展的环境》《泥腿子厂长的经济经》《关于我市农村产业结构调整的思考》《深化农村改革，发展农村产业化经营》《"和商"理念与企业发展》《增强创新意识，提高创新能力》《对培养造就过硬企业家队伍的思考》《关于地方经济结构调整的理性思考》《贸工牧一体化、产加销一条龙——建设完善市场畜牧业发展体系之我见》等新闻和理论文章在全市引起了热烈反响。

社长魏净称赵凌云就像在广袤田野里不停运作的联合收割机，又是一台力大无穷的推土机。新闻战线上赵凌云力大无比。

"三夏"过后，赵凌云被市委政研室抽调筹备全市减轻农民负担工作现场会，负责市委文件《关于切实减轻农民负担的实施意见》和市委主要领导《在全市减轻人民负担现场会上的讲话》起草工作。

经过一个多月的紧张筹备，向阳市减轻农民负担工作现场会如期举行，会议主会场设在山崮县。会议历时两天。利用一天半时间，组织全体与会人员参观全市四区两县的十个镇和二十个村的经济社会发展情况，乡镇经管站建设和工作情况，村级财务管理情况。半天时间集中开会，山崮县、临城县和齐北区等三个区县，丰源乡、郏亭镇、来泉乡等五个乡镇和想水村等十个村做典型发言，每个单位发言不超过八分钟。会议传达下发了《向阳市关于切实减轻农民负担工作的实施意见》。

市委王裕同书记总结说，"古代一县衙门上有一副对联，上联：天听民听，天视民视。下联：人溺己溺，人饥己饥。意思是我们所做的事，天看着，百姓看着，天听着，百姓听着。百姓受淹，咱自己也逃不掉，百姓饿了，咱也饿了。古人还有一副对联，上联：得一官不荣，失一官不辱，勿说一官无用，地方全靠一官。下联：吃百姓之饭，穿百姓之衣，莫道百姓可欺，自己也是百姓。"

他敲了一下桌子说，"我们在座的，你的老家很可能就在咱市里的哪个县、哪个区、哪个乡、哪个村，你难道对农民的负担不了解吗？你是忘了老家没回家，还是回家了，了解了情况，而事不关己高高挂起？在大是大非面前，在原则面前，你不能明哲保身，不能多一事不如少一事，不能与人为善，否则你不配真的不配，因为你德不配位。"

台下的干部们都红着脸，耷拉着头，装着翻文件，坐在后排的赵凌云，既为自己参与起草的文件被王书记全面采纳而高兴，也为王书记的魄力和为民情怀而激动。

王裕同又说，"在现场我看到山崮县丰源乡的想水村，刚才又听了村支部书记赵存祥同志的发言，我很受启发，我很佩服这个村支部书记，他从包产到户那天起，就把解决农民种地的困难和发展村集体经济，保证村公益事业发展的事想在前面，成立集体农场、集体林场、农业生产服务合作社。多少年来，这个村没发生一宗农民负担。他大力加强精神文明建设，移风易俗，反对婚丧嫁娶大操大办，减轻农民隐形负担，让农民收入集中用于改善生产条件和生活水平。他们这个村自然条件不够好，却能盘活资产资源，创造性增加村集体经济收入。现在村美人富产业兴。有的村在这里我就不点名了，将集体资产资源承包给个别人，一包就是几十年，承包金几乎为零，村集体经济发展无门路，农民负担很重，'富了和尚穷了庙'，你们觉得合适吗？我希望类似问题要纠正。"

会议第二天，赵存祥给赵凌云打电话说："二弟，昨天散会后，我见到你嫂子和周县长，他们为咱村被市委书记表扬而高兴，说咱村为山崮县争了光，谢谢你给我们的指导，你的视野开阔，下步有什么好方法给我说哈。"赵凌云对赵存祥说："哥，让农民过上好生活一直是咱们的工作目标和追求，'三农'工作任重而道远。"

赵存祥每天要看《同阳日报》，看赵凌云写的新闻和理论研究型文章，并将赵凌云的文章从报纸上剪下来，分门别类粘贴在文簿上。

《农民盼望在"导"上下功夫》：调查表明，发展农村社会主义市场经济，农民有"三盼"：一盼信息，二盼技术，三盼政策。"三盼"的中心毫无疑问要归结到"导"上，导好导不好，关系到农村社会主义市场经济发展的成效，意义重大。广大干部要顺应群众需求，在农业发展过程中，对广大农民在信息上引导，在技术上指导、政策上辅导、工作上督导。（记者赵凌云）

《农产品也应创品牌》：工业产品创品牌，是企业发展的有效选择，品牌是质量，品牌是形象，品牌是产业，品牌是市场，品牌是效益。一流的企业卖品牌。农产品也应创品牌，长期以来形成的农产品是初级产品，只要在加工环节上上水平就能占领市场的观念，已不能适应市场农业的发展。（记者赵凌云）

《养殖能手王加国》《养兔女状元陈士英》《鸡蛋市场圆了小康梦》《妇联搭桥，畜牧服务，向阳市数十万妇女成为畜牧官》《练内功、促外销、求高效，向阳市农业与大市场实现顺利对接》等这些冠着赵凌云名字的文章，深深吸引着赵存祥，特别是《农产品也应创品牌》这篇短文，触动着赵存祥的心，他想把想水村的农产品创成品牌。

赵存祥拨通了向阳日报社经济部的电话。

"喂，您好！我是向阳日报社经济部副主任程瑞，您找哪一位？""您好呀，我是山崮县丰源乡想水村赵存祥，我想找一下我弟弟赵凌云。""好的，赵副主任您的电话。"程瑞把电话递给对桌的赵凌云。

"喂，我是赵凌云。"赵凌云答道。"凌云，我是恁大哥。"赵存祥强调道。"大哥您讲。"赵凌云干脆利落。

"凌云，我读了你最近写的一篇文章，很受启发，特别是那篇《农产品也应创品牌》，对我刺激很大。我想把咱家乡的农产品打造个品牌，注册个商标，你给农产品起个品牌的名字呗。"赵存祥对赵凌云说。

"大哥这个事儿太好了，太有意义了。农产品创品牌，这是品牌意识、质量意识、市场意识在高质高效农业发展中的体观。创品牌要有质量做保证，要有文化的含义，这跟给人取名还不一样。给人取名有希望、祝福在里面。这品牌的名字是责任，是公共产品的范畴，要名副其实。"赵凌云给赵存祥讲着，其实他是在思索着老家农产品的品牌名字。

"大哥，我想，老家的农产品就叫老味道。一来人们对家乡的味道还是有感情的，味蕾是有记忆的，老家的味道、妈妈的味道是乡愁文化的一部分。二来只有传统工艺和生产方式才能产出老味道，展示着绿色、环保、无公害。三来表示咱老家人热情好客的感情初心不改，老味不改，对人不变味，也表明农产品质量是永恒的。我说的不一定对，仅供你参考。"赵凌云阐述道。

"凌云，我听着在理，就叫这个名字，这个名字接地气也好记。咱老家的系列农产品的品牌就叫'老味道'，我明天就抢注，别让别人捋去了。抽时间你就回老家来，我有些事儿就想跟你聊，你结婚的事抓紧点，我来给你操办。"赵存祥说完高兴地挂上了电话。产自想水村的"老味道"花生油、地瓜、红枣、淀粉等系列农产品从此诞生。

1994 年五一国际劳动节，赵凌云与汤二妮在想水村举行婚礼。1995 年 5 月，汤二妮诞下双胞胎儿子，大儿子取名赵昂，二儿子取名赵扬。1995 年 6 月，赵凌云晋升职称，同时被任命为向阳日报社经济部主任。

程瑞副主任对赵凌云表示祝贺，"赵主任三喜临门，赵主任指向哪里，我们经济部全体采编人员打向哪里！"赵凌云笑着对程瑞说："全靠程副主任的支持！"

赵凌云在《向阳日报》二版开辟"凌云谈经济""金钥匙""科技是第一生产力""致富潮""能人传""工作研究""振兴向阳经济献计大讨论""曝光台"等栏目。广角镜般地扫视，深度采访，知识性、趣味性、刺激性、启发性、理论性稿件和文章不断推出，工人、农民、知识分子、个体户，纷纷订阅《向阳日报》，发行量激增。

"经济论坛"吸引国内知名学者参与讨论，撰写文章。《向阳日报》跳出向阳市成了全国经济讨论的高地和沃土。《向阳日报》联合国家级期刊，在向阳市成功举办了"市场经济转轨的农村金融研讨会"。

1996 年，赵凌云被评为"向阳市十大杰出青年"，根据向阳市"农转非"有关政策，汤二妮和儿子赵昂、赵扬农转非，汤二妮被招录到向阳市煤气公司工作。

汤二妮由农村户口变为非农业户口，由个体工商户变成国有企业的工人。她暗下决心，一定认真学习专业知识，不给凌云哥丢脸。

她是一名煤气抄表员，她认真向维修师傅学习检查漏气，更换软管，维修煤气灶技术。她对公司分配给她的片区的居民和煤气用户情况熟记于心，了如指掌。别的抄表员入户抄表都只拿一个小本和一支笔，她却背着一个大帆布包，里面装着煤气探测工具、手电筒、软管、扳手、钳子、螺丝、螺丝刀等工具。她穿着蓝色工作服不显得土，倒显得飒爽英姿，她走家串户抄完表都要让用户再确认一遍，确保万无一失。抄完表，都要对煤气灶、输气软管检查一遍，遇有问题及时处理。

对老弱病残和困难的用户，她都先行垫付煤气费用，解决他们的不便。汤二妮成了广大煤气用户的贴心人，被称为雷锋式抄表员。她灿烂的笑容、温暖的话语、贴心的服务像温暖的春风。

张信义老两口是上海支边来向阳市工作的电业工人，儿女不在身边，年龄大，腿脚不方便。汤二妮每次来抄表都帮助老人打扫卫生，洗衣、做饭。张信义老人每次都感动地说，"闺女，侬就像我们的亲女儿，让我们怎么感谢你呀！"

"老伯，老妈，俺是国家工作人员，为您服务是俺们的义务。我把电话号码留给您，遇事可找俺。"汤二妮甜甜地说道。

一封封感谢汤二妮的表扬信寄到报社要闻部，侯婴看到来信感动着、震撼着，他挑灯夜战，根据群众来信写了篇稿子《雷锋在身边，春风暖人心——记市煤气公司抄表员汤二妮》。

几天后，侯婴见稿子如泥牛沉海，找到总编室，总编告诉他，被赵凌云拦下来了。侯婴气愤地说："赵凌云这家伙剥夺我的权利，侵害我的劳动果实。"赵凌云找侯婴道歉："侯大侠，我请您吃饭，请您谅解，汤二妮是我的妻子，咱不能在咱的媒体上宣传她，小处说这叫捧杀，大处说这叫公器私用，给您造成的不适和不便，我接受你任何处罚。"

侯婴说："凌云主任，汤二妮这个典型属于向阳市，属于社会，这个典型不是你的私有财产，你不能自私呀，这个典型我迟早宣传出去。"

赵凌云说："兄弟，我欠您的，请您海涵。"

汤二妮在市中区市郊乡康村租了一个大院落，三间瓦房，她将住宅打造得跟老家想水村的宅院基本一样，她在西边院墙边建了一个羊圈，买了一只白色小绵羊放进去，她从老家带来一只黄色的田园犬"小巴狗"，在东窗户下垒了一个香台子，在院子的榆树上吊了一个练拳的沙袋。

她将公公赵广厚和婆婆杨汝红接了过来。

"爹，娘，您看这里是不是跟咱老家一模一样？"赵广厚看着这物理上跟老家一样，但味道却跟老家不同的住宅笑着说："一样，一样，一点不差。"

公公知道儿媳妇的一片苦心和用心。汤二妮在向阳市奶牛场售奶点给公公、婆婆、丈夫和儿子各定了一瓶鲜奶，每天早上给公公、婆婆和赵凌云用本地鸡蛋、蜂蜜、香油冲上一碗鸡蛋茶，晚上给公公婆婆烧上热水泡脚、洗脚。

凌云娘说:"俺家二儿媳妇是天底下难得找到的好儿媳。"赵凌云对汤二妮说:"俺家汤二妮工作像劳动模范张秉贵一样,心中一团火,生活中又是一个贤妻良母好儿媳。汤二妮同志是赵家的大恩人。"

汤二妮搂着赵凌云的肩膀娇滴着,说道:"凌云哥,您夸得俺都淌汗了,俺感觉身上有使不完的劲,有出不完的力,俺可不能给您丢脸,不能让老赵家蒙羞,谁让俺是您的媳妇呢?"

赵凌云看着可亲可敬可爱的妻子,自言自语道:"好人半自苦中来。"

到年底,汤二妮准时将一笔善款捐给慈善机构,赵凌云给父母说:"这是汤二妮多年养成的习惯。"

赵广厚说:"凌云呀!我们支持,二妮不烧香不拜佛,只想着给需要的人捐款献爱心,她心中有情有爱。"

第 134 章

虫儿"唧唧"地叫着,远处的蛙声和着,天空中布满着亮晶晶的星星,清凉而有些潮气的空气让人心旷神怡。

赵存祥在院子里踱着步,思考着村东沟和西沟开发的事情,他听到屋里电话铃响了,迅速跑进屋接过电话:"喂!哪位呀?"

"存祥,还没睡呢?"是妻子岳喜凤打来的电话。"是媛的娘啊,哈哈。我正思考着村东沟和西沟开发的事情。"赵存祥说道。

"存祥,那个东沟开发,可要保护好牛腚眼子泉。"岳喜凤嘿嘿地笑着说。"那肯定。泉为水之源。"赵存祥也嘿嘿地笑。

"存祥,我今天看到一个文件,里面的领导小组成员名单里显示,赵凌云已担任向阳日报社党委委员,副社长了。"岳喜凤兴奋而激动。

"可喜可贺,这家伙可是真枪实弹硬干出来的。明天我给他打个电话祝贺一下。"赵存祥高兴极了。

1997 年 6 月,赵凌云被破格提拔并担任向阳日报社副社长。

向阳市畜牧局局长办公室内烟雾缭绕，宽大的办公桌前的老板座椅上坐着一位身高体胖很有派头的 50 岁左右的男子，他就是向阳市畜牧局局长梁三丰。梁三丰是向阳市市中区人，毕业于省农业大学前身省农学院畜牧兽医系兽医专业。烟瘾很大，喜欢抽劲大的"三五"牌香烟，抽烟时喜欢关闭窗户，甚至有时拉紧窗帘。办公室内摆放着幸福树、绿萝、剑兰、虎皮兰，还有两个像地球仪大小的仙人球，据说是为了净化空气。梁三丰是有名的笔杆子，爱好书法。看报纸很仔细，报缝的文字都不放过。他有剪报贴报的习惯，每年都剪贴几大本。近来，他被《向阳日报》二版深深吸引，感觉栏目新颖又切和实际，每篇新闻和理论文章都很有力度，特别是写畜牧业方面的稿子不时出现，通过报纸他与赵凌云神交至深。他也曾打听过，赵凌云是山崮县丰源乡想水村的人。梁三丰点燃一根"三五"牌香烟，猛吸几口，将烟在烟灰缸里摁死，他拨打电话给畜牧站副站长时旺："时旺，到我办公室来一下。"

　　时旺像被枪响震惊的兔子，快步跑向局长办公室。时旺推开门，一股烟浪袭来，直逼时旺口中，时旺想咳嗽，但他用尽力气将这股逼进嘴里的含有浓浓焦油的烟吞咽到腹中，泪水在眼眶里打着转。

　　"局、局长，您找我有事？"时旺被浓烟噎得有些嘶哑和结巴。

　　"时站长，听说赵凌云是山崮县丰源乡的，和你年龄相仿，你认识他吗？赵凌云写了不少宣传咱畜牧的文章，影响不小，咱得感谢他一下，想请他吃顿饭，你能当这个大使吗？替我邀请他。"梁三丰将烟灰缸里摁死的烟拿起，重新点着，满眼期待地看着时旺说。

　　"局长，赵凌云是我高中同学，儿时的伙伴，我能替您请他。"时旺面带微笑，信心满满地说。"时站长，你约他，约好后告诉我。时旺，你是学畜牧专业的，文笔也不错。当前，这畜牧业需要宣传，当然这不是宣传咱局，也不是宣传我，咱是宣传行业和事业，让社会认可，同时也是组织广大群众大力发展畜牧业。下一步你可以在咱宣传这方面多花些力气，下点功夫。你有赵凌云这么好的同学，天时地利人和，你要抓住机遇。"梁三丰点拨似的对时旺说。

　　时旺感激道："谢谢局长对我一直的关心厚爱，我努力，我努力！"

　　梁三丰说："好，你去办吧。"

　　时旺拨打 114 查询向阳日报社号码。群工部告诉他赵凌云办公室的号码，时旺将电话筒放在肩上，别在耳根旁，歪着头听着，右手快速地记着，就像《永不消逝的电波》里的男主角。

赵凌云办公桌上的电话铃响了，赵凌云拿起话筒礼貌地说道："您好，我是向阳日报社赵凌云，喂，你哪位？"

"凌云，我是时旺。"时旺兴奋地答道。"哎呀，时旺呀，老同学可有一些日子没见面了，你可好？"赵凌云说。"很好。凌云，祝贺您高升了。我给您打电话想求您一件事。"时旺笑着说。

"时旺，请讲，看我能不能帮你。"赵凌云哈哈笑了一下。

"你写了不少反映畜牧业的稿子，俺梁局长很感激，想请您吃顿饭，再就是我想让您指导一下，我也想学写一些新闻稿或理论文章之类，对我个人发展再助一臂之力，你看你帮我这个忙呗。"时旺诚恳地说。

"老同学，我作为记者写畜牧业方面的稿子，是再正常不过的工作，是我的义务和职责，不要客气。你给梁局长说吃饭就不用了，如想跟我交流一下，我随时都可以到你们局去。你想写稿子那太好了，你有这方面的基础，又是畜牧业务科班出身，在市局掌握的信息也多，有什么需要跟我探讨的，你来我这里，我到你那里都方便。时旺，畜牧业地位很重要。在特色农业发展、循环农业发展、促进农民增收、促进人民生活水平提高等方面都具有不可替代的作用。咱市的畜牧业发展形势一片大好，社会认可度很高。"赵凌云道。

"凌云，也就您高看我们。社会上是看不起我们这个行业的，说我们跟牲畜打交道，臊猫臭狗。还有人顺口溜说什么，'远看像法院的，近看像公路段的，到跟前一看是割猪蛋的'。"时旺丧气地说道。

"时旺老同学，这是极少数人的偏见，它是极其错误的，也是开玩笑的，干林业的不是也自嘲说'蛤蟆的嘴、要饭的棍、骆驼的肚子、兔子的腿'吗？这是对行业人上工作特点的形象描述，任何行业都不能被歧视贬低和嘲弄。"赵凌云郑重地说。"凌云，所以我们才要对畜牧业加大宣传，让社会认可。俺梁局长原先是在区县体面得很。被提拔担任市畜牧局局长后，有人说他原先是管人的，现在管牲畜……"听了时旺老实巴交而义幽默的话语，赵凌云忍俊不禁。听完时旺的解释，赵凌云想："真还得去见见梁局长，不然他会骂我看不起他这个行业，看不起他这个畜牧局局长。人在脆弱时需要尊重，更需要温暖。"

赵凌云对时旺说："时旺，我去，你给梁局长约个时间吃饭，简单些，主要交流下工作。"

赵凌云正要听时旺讲话，电话却"嘟嘟嘟"地响起来，原来听到赵凌云满口答应，时旺激动得连结束话没说，就挂断电话直奔梁局长办公室。

赵凌云摸着头笑了一下。心想，时旺这种性格倒是写新闻的好手，客观反映事实，一是一，二是二，丁是丁，卯是卯，走不了扯。

赵凌云刚要起身，电话铃又响了。赵凌云拿起电话。

"赵社长吗？您好，我是市畜牧局梁三丰，刚才我让我的得力干将时旺同志以老同学的身份给您发出邀请，让他打了个前站，我再亲自给您打电话，隆重邀请您聚一聚，喝个羊肉汤，吃个辣子鸡，品着畜产品作为食材的美食，交流一下畜牧工作，畅谈一下畜牧业的发展。赵社长，您是经济学家，又是文学家，我们想听听您的高见，盼您光临指导不吝赐教。"梁三丰讲话中气十足，声如洪钟，语速平缓，不紧不慢。

赵凌云真诚而沉静地说："梁局长，刚才我同学时旺给我打过电话，感谢您对我的抬爱。我作为一名记者，宣传向阳市各行各业是我的责任，要把这些好典型、好经验、好做法、好成效宣传出去，推向全省全国。向阳市畜牧业发展很有特色，亮点纷呈，到处热火朝天，欣欣向荣。山崮县肉鸡、肉兔加工出口，尚台区的黄牛、北京鸭，临城县的百万长毛兔基地，齐北区的青山羊、小红羊，市中区的城郊型畜牧业，安上乡的奶牛基地建设，全市的养殖大户雨后春笋般发展，规模化养殖初具雏形，创汇型畜牧业初具格局，畜产品加工企业成为农业龙头企业的半壁江山，科技兴牧、依法治牧成为共识，我市畜牧业发展步入快车道，这些成绩的取得，说明您这个有着丰富地方工作经验的领导，思路开阔，工作务实，畜牧系统的干部职工识大体顾大局，身怀绝技，艰苦奋斗，吃苦耐劳呀。"

赵凌云又进一步诚恳地说道，"梁局长，我本不能随便出席饭局，我考虑到有许多想法，也想给您交流一下，时旺又想给我交流一下新闻知识，我便破例，但咱可不能大吃大喝，咱吃个工作餐就行了，我付费哈，您可别见笑我的迂腐，也请您谅解和理解。咱的工作目的和目标是一致的，千万不要客气，也不要见外，咱互相帮助，把事业搞上去。"

梁三丰听了赵凌云对全市畜牧业如数家珍，给出很高评价，他激动又兴奋，听了赵凌云诚恳而原则性颇强的表态，认为赵凌云是不可多得的一个好记者。"太感谢您了赵社长，我年长你几岁，我算认准你了老弟，一切听您的，一切照您说的办，我恭候您。"虽然激动，但梁三丰说话始终一个语调、一个语速、一个节奏，可见他的心理素质和素养是过硬的。

聚会交流时，赵凌云阐述了他对畜牧业发展重要性的认识："畜牧业是古老而又年轻的产业，从伏羲驯服牛、马、羊、猪、狗、鸡六畜开始，产生了畜牧业，经历代发展，畜牧业发展起来。北魏农学家贾思勰为了掌握养羊经验，他买了二百只羊，自己亲自去养，在实践中总结出了建圈、配种、饲料、防病、治病一整套养羊技术，写进了《齐民要术》。进入工业化时代，畜牧业为工业发展提供了丰富的原料，皮、毛、骨、肉，促进了轻工、生物、医药工业的发展。畜牧业一头连着种植业，一头连着加工业，在一、二、三产业发展链条中处于关键部位。畜牧业通过消化粮食、饲料产生肉、蛋、奶等高端食品，通过过腹还田，制造大量有机肥上地肥田。畜牧业在推进农业现代化进程中功不可没。发展畜牧业，妇老、残弱皆可操作，在农民增收中具有举足轻重的地位，成为庭院经济的主力。在欧美等一切发达国家，畜牧业在农业发展中有很高的比重，畜牧业成为农业现代化和发达的标志之一，我们发展畜牧业的潜力很大，任务很重。"赵凌云给市畜牧局提出建议，"在推广进口良种时要保留地方品种，这些地方品种经过几千年的大浪淘沙，它们在抗病方面、适应性方面，产品质量和特色方面无与伦比，保护土种要成为一种责任。"

梁三丰说："赵社长我对您真是服了。"梁三丰喊道，"时旺，你要向赵社长多学习，多写稿子，让赵社长指教，在报纸上多登一些。干好了调你到局办公室当主任。"

赵凌云对梁三丰说："梁局，时旺可是我们同学中的佼佼者，在我们地方，普通高中考上本科大学实属不易。"梁三丰捋了捋背头，红光满面地笑着说："是的，我一直留意着他。"

时旺被幸福环绕，晚上做了一个梦：他问卓强老师，我大学报什么志愿？卓强老师认真地说，割猪蛋。时旺赞叹道，卓老师圣明！卓老师高瞻远瞩！时旺嘿嘿嘿嘿地笑个不停，媳妇猛地踹了他一脚，"半夜里你喊什么，笑什么呢？瘆人。"

在赵凌云的指导下，时旺焕发激情，下乡采访，向区县局调材料，写出一篇篇稿件，在《向阳日报》上刊登。

《以抓"两化"促"两增"为统领，大力发展节粮高产高效畜牧业，我市畜牧业走向规模集约化发展之路》《为了牛壮奶鲜居民乐》《发挥优势，强化服务，刘楼乡支持兴牧致富》《山区牧草种植试验成功》《向阳市形成创汇畜牧业格局》

《五千对伊莎褐祖代鸡落户我市，临城县又新建两个合资项目》《向阳市变"三秋"为"四秋"，饲料青贮掀高潮》《向阳市力抓高产高效畜牧业》《兔肉是理想的美容产品》《兔毛价格稳中有升》《山羊产品行情看好》《猪无冻馁之虞，人有鲜肉常食，我市推广暖圈养猪成效显著》《市中区推广鸡粪喂猪见成效》《畜牧科技进万家，秸秆也能当财发，我市粗饲料开发全面开花》《山崮县牧工商饲料厂推广畜禽全价料，受到群众欢迎》……

读着这些文稿，梁三丰笑得合不拢嘴。过硬的业务能力，文字材料的加持，时旺成为向阳市畜牧局的工作骨干，一年后时旺被提拔为向阳市畜牧局办公室主任。

侯婴和电视台记者孔凡来到赵凌云办公室，给赵凌云汇报交流近期跟随市政府考察组赴外地考察民营经济发展、招商引资、深化国企改革等方面的工作情况。孔凡说："浙江的民营经济发展真是火热，义乌小商品批发城，门头是市场，家家户户有工厂。当年在咱这里修伞的、修鞋的、做裁缝的、理发的都成老板了。南方人真的是能吃苦，夜晚睡地板，白天当老板。一根针、一个衣裳扣子、一副眼镜、一个打火机、一个轴承、一个开关、一个螺丝都能成为工厂，变成产业。咱这里的纺织印染企业衰落了，人家的印染企业崛起了，上市了。南方人抱团，遇到好的商机抱团发展，抢占市场。咱这里还'同行是仇家，互相提防，教会徒弟饿死师傅呢'。"

侯婴说："天壤之别，天壤之别呀，咱这里的自行车厂原先多有名，现在企业倒闭了，还说什么骑自行车的人少了。缝纫机也是这样，人家南方的自行车厂和缝纫机厂又火起来了。还有皮鞋厂、服装厂，人家都打出了国际性品牌，咱这里还生产着粗老笨重的初级产品。福建晋江的运动鞋，石狮的服装，你看咱向阳市大店小店卖的都是南方的，人家的东西就是好呀。"孔凡说："人家招商引资做企业，既总结得到位，也反映了浙江人敢于改革、善于拼搏、不畏艰险的品质，这既是创业精神，也是面对困难和挑战所展现的坚韧不拔和开拓进取的精神。"

赵凌云说："好呀，你们考察回来，坐不住了，这好呀，这是觉醒，这是励志，这是奋争前的呐喊，大家都觉醒了，都有危机感了就好办了，不悱不启，不愤不发呀。创业的路千万里，我们要走过去，别彷徨和犹豫。高山在云雾里，也要勇敢地爬过去，不灰心不失意。"

第 135 章

公元 2000 年，即千禧年，中国农历庚辰龙年，千载难逢的大年。

进入新世纪，向阳市委召开全会，进一步统一思想，围绕经济建设这个中心，确定全市重点工作。赵凌云被抽调筹备了这次会议，是会议系列文件的主笔起草人之一。出台了《关于大力引进高端人才的意见》。文件规定，凡向阳市急需的博士研究生到向阳市工作，可直接任命为副县级领导职务，并一次性给予安家费 20 万元；硕士研究生，可直接任命为正科级领导职务，并一次性给予安家费 10 万元。

赵凌云被任命为向阳市委政策研究室主任。侯婴被任命为向阳日报社副社长。在欢送赵凌云座谈会上，社长魏净说："赵凌云同志在向阳日报社工作期间，爱岗敬业，思想解放，大胆创新，作风扎实，甘于吃苦，乐于奉献，谦虚谨慎，为报社发展做出了巨大贡献，体现了新时期新闻工作者的素养，展现了新闻工作者的风采，树立了新闻工作者的良好形象。希望赵凌云同志在新的工作岗位上继续关心支持向阳日报社的工作，工作上多交流、多互动。祝福赵凌云同志在新的工作岗位上工作顺利，为全市经济社会发展献大计、献良策，做出新的更大贡献。"

赵凌云在发言中，充满感激地说道："我大学毕业后就有幸进入向阳日报社这个人才济济、团结友爱、充满活力、风清气正、工作一流的温暖大家庭工作。在多年来的工作中，领导和同志们对我关爱、支持、帮助、包容、培养、信任，我终身受益，终生难忘。如果说我做出一点成绩的话，都是领导和同志们帮助指导的结果。我为曾是《向阳日报》人而感到骄傲和自豪，我祝福《向阳日报》的明天会更好，我祝福向阳日报社各位领导和老师工作顺利！我会常来向阳日报社走娘家，只要大家不嫌弃，谢谢大家！"

散会后，侯婴握着赵凌云的手说："我从你手里接过接力棒，我会珍惜的。凌云兄，我写的汤二妮的通讯稿子，马上就要见报了。"

赵凌云笑着捶了一下侯婴的肩膀说："侯大侠，你欺负我离开报社了是吗？兄弟，我不剥夺你新闻报道的权利，我尊重你的劳动，但你可不能有半点的夸大，捧杀害死人呀。"

侯婴说："您放心，咱两人是一个师傅，原则第一。"

两天后，《向阳日报》登出了侯婴采写的通讯《雷锋在身边，春风送温暖——记向阳好人、市煤气公司员工汤二妮》。

赵凌云看到，侯婴不仅写了汤二妮作为煤气公司抄表员做的好人好事，还写了汤二妮孝敬公婆，多年来向慈善机构捐款，空手擒贼的事迹。

向阳市建委下发了《关于在全系统开展向汤二妮学习的决定》，号召全系统广大干部职工要学习汤二妮爱岗敬业的职业道德，全心全意为人民服务的一团火精神，诚实守信、乐于助人的高贵品质，爱别人胜过爱自己的友善情怀。

汤二妮羞涩地红着脸对赵凌云说："凌云哥，俺只做了俺应该做、想做的一些小事，社会，还有新闻界的老师却给我这么高的评价，俺的压力可大了。俺恐怕干不好工作给你丢脸，也恐怕给你添麻烦、惹乱子。下步，俺更得严格要求自己，把工作做得更好，让煤气用户更满意，用实际行动和工作成绩回报社会。"

赵凌云充满爱意地说道："俺家二妮给孩子做出了榜样，我感谢你！"

汤二妮捶着赵凌云的肩膀说："凌云哥，凌峰就要博士毕业了，你说他想到哪里去工作？咱向阳市就怪好，你说他还能看起咱这个地方，愿意来咱这里工作吗？凌云哥，你北京大学毕业都回到咱这里工作了。"

赵凌云转脸亲了一下汤二妮的脸说："二妮，我想凌峰会想回到向阳市工作。"

过了几天，赵凌云接到三弟赵凌峰打来的电话："二哥，我是凌峰，我有事儿想征求您的意见。我和时晓艳都已通过了论文答辩，我们马上就毕业了。校园招聘，还有我们投出的求职信有了结果，几个全国有名的三级甲等医院接收我们，其中有广州一家有名的医院。时晓艳想和我一起到广州去工作。我想回咱向阳市工作，你给我拿个主意呗。"

"三弟，你给咱哥商量了吗？"赵凌云问赵凌峰。

"唉，咱哥让我到大城市工作，主张到广州去。"赵凌峰叹气道。

"三弟呀，依我看，你应该回咱向阳市工作，咱这里相对缺乏高端人才。报效家乡，我想你应该有这个情怀。当然了，我的想法仅供你参考，你自己的路还要靠自己走。你和时晓艳的关系定了吗？"赵凌云对赵凌峰启发道。"二哥，我一直向您学习，我想回咱向阳市工作。时晓艳和我的关系确定了，我们准备今年结婚。我如果回向阳市，晓艳的工作我可以做，也能做通。"赵凌峰说。

"那就好！你和晓艳抓紧准备毕业的事吧。我跟咱爹娘和咱哥商量把你结婚的事办好。"赵凌云高兴地笑着对弟弟安排道。

"三弟，如果你们愿意回向阳市工作，就投个求职信和求职简历吧。"赵凌云在给赵凌峰谈话中，只字未提向阳市引进高端人才享受优惠政策。要是对别人，他要宣传一下市里的政策。但对亲弟弟，他不愿意用这个政策来做弟弟的工作，避免弟弟回家乡工作带有功利性。

7月，赵凌峰和未婚妻时晓艳以华西医科大学博士身份分别被分配到向阳市立医院和向阳市口腔医院工作。

千禧年国庆佳节，赵凌峰和时晓艳在想水村举行结婚典礼。婚礼上，赵凌云紧紧握住送亲的时晓艳的胞兄时旺的手说："时旺，从今天起，我们从同学变成亲戚了。我是你妹妹的大伯哥，你是我弟弟的大舅哥。"

时旺拥抱着赵凌云说："凌云，咱俩、咱两家真是有缘分呀，从你到俺庄上去拾麦认识，咱高中时成了同学，现在又成了亲戚，缘分不浅呀。"赵凌云笑着对时旺说："时旺，今天你别拜厨，拖延下吃饭的时间，你多喝两杯，喝完酒，咱打蜡子。"

时旺哈哈一笑，用力搦了一下赵凌云的手说："老同学，俺从小向你学，今后永远向你学习。"赵凌云笑道："老同学纯属客气。"说着，揽着时旺的胳膊把他送到大客儿的饭桌。

时骋和裴永好夫妇作为时晓艳娘家的送亲客儿，也来想水村参加了时晓艳的婚礼。

裴永好进了赵凌云的老家门就上下左右地瞅着，旮旯角角都没放过。赵凌云笑着对裴永好说："永好，你这眼都长钩子了，把羊圈里的羊都看羞了。"裴永好吐了一下红茄子般的嘴唇说："我倒看看你赵家的风水有多强大，一门三学士远近闻名，今天又添加了两博士的头衔。"

赵凌云接过话茬笑道："这一门两博士是太阳西照，赵家沾了西乡时村时家的光呀。"裴永好以娘家人的口吻安排道："凌云，你可安排凌峰好生对待俺妹妹时晓艳，她可是俺时家的掌上明珠"。

赵凌云说："永好，你可知道，俺想水村的男人都疼媳妇，这是想水村的光荣传统。想水村男人找媳妇难，都知道珍惜。"

裴永好用勾魂的眼剜了一下赵凌云嗔怪似的说："俺不知道，俺没享受过。

从你身上倒能看出这种特质，怕婆子精！"

赵凌云嬉搪着说："永好，你是不是把时骋看成我了。"裴永好用拳头使劲捶赵凌云的肩，"你这个坏家伙，没有正形。"

时骋、裴永好、赵凌云开心地无拘无束地笑着，他们的笑声直到乐队的音乐响起，被淹没在唢呐曲《一枝花》中。

第 136 章

2006 年，从向阳市人大副主任位子上退休的周炳继，在大儿子、向阳市第一中学物理教师周焕攀和二儿子、向阳市建委质检站站长周焕登的陪同下，偕夫人李平老师回到了老家想水村。

山崗县委副书记岳喜凤和赵凌云分别从山崗县城和向阳城回到老家陪伴周炳继。

周炳继和李平夫妇参观了依托古杨树和古大坑建设的"古杨公园"。古杨公园，依托围绕古杨树，又栽植了银杏和青檀。赵存祥介绍，银杏树被称为树的活化石，几千年树龄的古银杏比比皆是。在北方，我们向阳市的青檀闻名天下，青檀寺的青檀树，最古老的树龄达到 3000 多年，"檀石一家"成为独特风景。在古杨公园栽植银杏和青檀，是凌云出的主意，一是能代表地方树种的特点，二是能与古杨树永远相伴。

赵存祥说："周主任，大哥，我们村'两委'研究，想在古杨树下立个护树碑，树立人们爱树护绿的意识，也是对古树的敬意，俺想请您撰写个碑文。"周炳继说："这个想法好。我想，撰写碑文的任务就交给凌云吧，他底子深厚，他写这个碑文当之无愧，义不容辞。"

周炳继转身对赵凌云说："凌云，你别谦虚推脱，这是我交给你的任务。"赵凌云说："既然村里想立护树碑，老师又抬爱我，我就先写个草稿，待老师您敲定后使用。"

他们又参观了大坑边上的古石碑，周炳继给李平讲想水村缺水、想水、盼水，打坑、扩坑、历次重修大坑蓄水的故事。他指着其中一通"重修大坑记"的石碑上曾祖父周文雄的名字，深情地说："修坑捐款，人人慷慨解囊，想水村人能够战胜困难，延绵几百年，繁衍生息，就是因为亲邻守望相助，团结一心。"

赵存祥和赵凌云陪着周炳继一家参观了村集体林场，他们登上馍馍山，参观馍馍山悬崖峭壁上的摩崖石窟，李平老师被魏唐时期精美的石窟、石刻震撼着。他们又参观了战天斗地时期建设的梯田，"胜利渡槽"和"友谊渡槽"等水利工程。

在想水村的东沟和西沟，赵存祥向周炳继谈了准备开发东沟和西沟的设想，他说："现在大坑的蛤蟆泉和东沟的牛腚眼子泉都开了，无论旱季还是涝季，泉水不断。"

听了赵存祥说的两个泉的名字，李平老师笑得蹲下身子，岳喜凤也笑得弯下腰。李平老师操着普通话，扶了扶滑落至鼻孔的眼镜说："存祥呀，怎么给泉眼起了这么个名字呀。"接着她又说道，"这两个名字好，蛤蟆，牛腚眼子，形象，好记，过耳入心，过耳不忘。"

看到李平和岳喜凤笑着的红若桃花的脸，周炳继和赵存祥、赵凌云都笑了。赵凌云心想："过耳不忘的老家古迹、逸事即是乡愁。"

晚上，在周炳继的弟弟周炳续家举行了晚宴。席间，周炳继深情地回忆道："从20世纪70年代初，我从向阳市水泥厂被派到来泉公社帮助地方发展公社企业至今已有30年了。在家乡，我从公社到县里度过了我人生最美好的年华，计划经济年代，激情燃烧的岁月，改革开放以来，火热的经济发展，社会在进步，咱老家发生了翻天覆地的变化。发展是硬道理，没有经济发展，一切无从谈起。经济发展了，发展的成果最终还是由人民共享，只有经济实力强了，惠民政策才能得到落实。"

周炳继喝了一小杯酒，感慨道："你们看，从现在起，国家全面取消了农业税，这可是了不起的事情。这意味着，在中国沿袭两千年之久的这项传统税收的终结。作为政府解决'三农'问题的重要举措，停止征收农业税不仅减少了农民的负担，增加了农民的公共权利，同时还符合'工业反哺农业'的趋势。没有改革开放，没有国家实力的增强，取消农业税能成吗？我们要感谢党，感恩改革开放。"

赵存祥给周炳继敬酒并笑着说："大哥，您还记得您刚来来泉公社举办社办、队办企业培训大会，我奔着您去冒名参加会议的事吗？"

周炳继说："我记得，我刚来到地方工作，对风土人情和地方工作还不熟悉，但对你跨社来参加会议还是很高兴的。那时我就想，存祥爱学习，有责任感，把咱老家交给你，咱老家有希望有奔头。"

赵存祥又说:"大哥,你后来又鼓励我要开阔思路,大胆工作。要注重他山之石,可以攻玉。千万不能夜郎自大。"

　　周炳继接过赵存祥的话说:"我们村发展的实际证明了你的能力,下步还要向先进地区学习,发扬艰苦奋斗的精神,把家乡建设得更好!"

　　周炳继对赵存祥说:"欸,存祥,浙江省启动了千村示范、万村整治行动。这个'千万工程',以农村生产、生活、生态的环境改善为重点,以改善农村生态环境和提高农民生活质量为核心,力度之大、效果之好是可载入史册的。绿水青山就是金山银山的科学论断根植人心。你要去浙江参观学习,把我们的村也建成像浙江的农村一样美丽。"

　　赵存祥听完介绍,心明眼亮地说:"大哥,太好了!"

　　赵凌云给全桌人敬酒,对周炳继说:"老师,您退岗不褪色,退而不休,一直关注着发展的走向,听了您给存祥哥的教导和介绍,我深受教益,我要提供信息和决策依据,当好参谋和助手。"

　　接着赵凌云给大家宣读了他奉周炳继之命写的"护树碑"文:

　　想水村毛白杨,时岁四百有余,因其立于大坑旁边,乡人称之为大坑杨树。大坑杨树与村俱生,历经战火沧桑,犹顽强挺拔矗立,生意盎然,姿态尽展。春来抽芽吐絮,夏来绿荫参天,秋来金叶飘洒,冬来干挺枝劲。大坑蓄水,杨树滋源。水养百姓,树惠众生。民以树为神,视其健康长寿之标志,亦作逢凶化吉之寄托。每罹灾难,或逢年过节,皆云集其下,祈求平安。

　　古树名木乃人类之活化石,其历史文化价值、生物学价值、观赏价值尽在其中。古树精神,泽被后世。保护古树名木,众之责任,特立碑敬告护之。

　　听后,大家齐声鼓掌,周炳继对赵存祥说:"存祥,你看把这个任务交给凌云对了吧,这么短时间他就写出来了,很好!"

　　赵存祥说:"护树碑另一面就刻上'绿水青山就是金山银山'。"

　　一年后,赵存祥带领村"两委"人员赴浙江省淳安县枫树岭镇下姜村和湖州市安吉县天荒坪镇余村参观学习。在下姜村,听老支书介绍:"1983年,村里都养猪致富,猪圈露天,污水横流,臭气熏天,大量砍树,生态遭到破坏。村民虽然富裕了,但生态恶化,人口外流,乡村空壳,人走屋空村散。一位年轻人说:

外出打工，在城里环境好，有钱花，有酒喝，有车坐。村里没有年轻人，没有活气，就像没有水一样。2003 年开始，在千村示范、万村整治行动中，我们制定村规民约，修复生态，整治环境，村美了，我们发展旅游、发展民宿，城市人都到我们这里度假。后来，村里人口回流，现在我们村环境好，成为美丽乡村，村民靠生态致富，日子过得红红火火。"

在余村，村民介绍："20 世纪八九十年代，余村人靠挖矿山建水泥厂走上富裕路，但生态环境破坏严重，百姓苦不堪言。2003 年以来，安吉县坚持生态立县，村里封山育林，保护环境，修复生态。现在我们村生态美、产业兴、百姓富。"

考察回来，赵存祥坚定了生态强村的信念，坚定了开发村东沟、西沟两条水系的决心，誓把想水村建设成山清水秀、产业兴旺、百姓富裕的美丽村庄。

第 137 章

2007 年，省委研究决定，任命赵凌云为向阳学院党委常委、副院长。

汤二妮下班后到茶叶店买了一斤龙井茶叶，又到超市给儿子买了一包奶糖和花生酥糖块。回到家，她给两个儿子每人四个糖块，给公公婆婆泡了一壶茶。

汤二妮笑着对公公赵广厚说："爹，您和俺娘尝尝我买的这个茶叶怎样？"赵广厚看着黄里透绿散着香气的茶说："昂的娘，这茶好着哩。"

汤二妮笑盈盈地说："爹唻，您喜欢喝龙井茶，以后我会经常给您买。"赵广厚说："儿媳妇，以前你也没断过我的茶呀。"

汤二妮说："以后咱更不能断，我会及时给您买，别人给咱买茶叶和烟咱坚决不能要，绝不喝别人包括咱所有亲戚朋友的茶。"

凌云娘有些诧异，问道，"二妮，咱从来也没要过别人的烟和茶呀，你怎么突然安排起这个事情来了？"赵广厚也感觉到汤二妮的异样。

赵凌云回到家，像往常一样把自行车推到院中，晃晃自行车把上的铃铛，一来用铃声向家人报到，二来用铃声吸引孩子。

赵凌云除了比以往略显疲惫外，无任何异样。吃饭时，赵凌云用煎饼卷了一包用豆面、葱皮、辣椒和干虾焅的豆馇子，又用第二个煎饼卷了一包青椒土豆丝，吃得面红耳赤，直呼"太好吃了"。

"二妮，今天的菜是谁做的？"赵凌云问汤二妮。

"豆馇子是咱娘焅的，土豆丝是我炒的。"汤二妮吃着煎饼笑着说。

"都好吃！老味！"赵凌云说。"爹，您今天没露一手？"赵凌云笑着问赵广厚。赵广厚说："我想用猪肉炖个茄子咪，昂的娘说晚上吃点清淡的对身体好。"汤二妮补充道："咱娘焅的豆馇子多，两大盘子。"

吃过饭，大家围坐在一起喝茶。赵凌云给赵广厚斟上一杯茶，微笑着平静地说："爹来，我的工作调动了，任务重，以后我可能更多得早出晚归，家里的事可能做不了这么多了，您和俺娘还有二妮得多辛苦一些。平时，凌峰和晓艳来吃饭，也不要太客气，家常便饭就行。"

赵广厚说："那原是哟。你放心在外面做工作，家里的事你不用问。"

2012 年，省委和向阳市委安排赵凌云到向阳市市中区挂职。

在市郊郝村，忙碌了一天的郝保印坐在屋里看电视，当他看到市中新闻里的一个熟悉的身影时，惊奇地喊妻子："孩他娘，我看这个赵凌云，就是当年租咱家地板车的那个青年学生赵凌云呀，名字一字不差，长相也差不多。"郝保印妻子说："你别胡诌了，重名的多了，长相差不多的也多了去了。一个租地板车拉车打工的，打死俺俺也不信。"

郝保印沉下脸说："孩他娘，你这么说就不对了，拉车打工的不一定拉一辈子车，你别门缝里看人把人看扁了。人不可貌相，海水不可斗量。当年我看他就不一般。"

说着，郝保印从箱子里拿出了赵凌云当年用小楷写的"租车条"，重点又看了后来补签的用行书写下的"赵凌云"三个字。

郝保印笑着说："我抽时间单位找他去。"

郝保印妻子撇着嘴说："你癞蛤蟆插鸡毛掸子充大尾巴狼。别说那个拉板车的脚夫不可能当领导，就是当了，人家也不会待见你。哪个人会承认自己当过脚夫？哪个有头有脸的承认自己要过饭？"

说完，郝保印妻子笑得像个欢羔的羊。

过了两天，郝保印到了赵凌云单位大门口的传达室，跟门卫说："我找赵凌云，我是郝村的郝保印。"保安说："你是他的什么人？"郝保印说："我是他的朋友，多年没联系了，我也不知道他的电话了。"

郝保印不愧是城中村的街油子，思维超到了保安的前面。保安给办公室秘书科打电话说明情况，郝保印的心忐忑不安，像兔子在肚子里蹦跶。

不一会儿，电话回复说："领导让他来办公室。"

保安恭敬地对郝保印说："同志，您过去吧，先找办公室小耿，303房间。"郝保印用手向上捋了下头发，挺了下腰，快步走向办公楼。

小耿敲了敲赵凌云办公室的门，走进屋汇报道："客人来了。"

赵凌云起身快步走到门口，一把握住郝保印的手说："郝大哥，欢迎欢迎，屋里坐。"小耿给郝保印倒了杯水离开了。

郝保印怯懦地扫视了一下赵凌云的办公室，上下打量了一下赵凌云，满脸堆笑地说："老弟，前两天，我在电视新闻看到了您，我坚定地认为您就是当年那个赵凌云，俺家您嫂子说什么不相信，俺今天就是来探视一下，是不是您。我当年就看到您，不是一般的人，是一个干大事的人，我真没看走眼。"听了郝保印的话，赵凌云爽朗地大笑说："郝大哥过讲了，我哪里不一般嘛。我是大山里穷苦人出身，托党的福，有你们这些好心人帮着，才考了学，参加了工作。"赵凌云陷入回忆似的说，"郝大哥，那年打工回到家，我就回校复读参加高考了。您的帮助我没齿难忘。"郝保印说："我有幸见到您，顺便给您汇报个事，也不知该讲不该讲。"

赵凌云说："当讲，当讲，我就喜欢听来自基层的声音。"

郝保印说："城市化，城中村改造，我们都支持。但征地拆迁过程存在很大的问题。征地征房补偿标准不公平不合理，有些干部优亲厚友，甚至套取补偿资金。拆迁过程存在野蛮拆迁，有些房地产商介入拆迁，动用社会闲杂人员威吓群众，打砸抢，群众切身利益得不到保护。俺是本分的老实人，不想引火烧身，不想惹麻烦。我仗着跟您有一面之交，就斗胆给您讲了这些事情。您能处理就处理，不好处理就罢了，但千万别暴露我给您透的信儿。"

赵凌云皱着眉头听着、思考着，微笑说："我穷苦人出身，身子骨硬，命也硬。砍头就是碗大的疤，惩恶扬善，怕什么？郝大哥，您放心，您反映的问题，我来帮助解决。感谢您对我的信任。"

郝保印激动地给赵凌云抱拳施礼，起身告辞。赵凌云一直将他送到楼下大门口。

夜深了，人静了，天空中的星星眨着眼窥视着地上的一切。康村死一般的沉寂，偶尔传来的几声狗吠声让夜变得更深更沉。路上的灯发出昏黄的光，几盏不亮的灯像犯了困一样闭上了眼。

六个鬼鬼祟祟的身影出现在赵凌云租住的院墙外，他们一身黑衣，蒙着脸，戴着手套。

"老大，就是这家。"一个家伙小声说道。"捌，照着窗户砸。"老大命令道。一阵乱石雨点般落到赵凌云家的院子，几块石头砸到窗户的玻璃，玻璃瞬间粉碎。

"凌云哥，地震了，快起。"汤二妮惊叫道。"凌云，是不是下雹子了？"赵广厚叫赵凌云道。

"不是地震，有人行凶。"赵凌云边说边以一个习武之人的警觉往外冲。汤二妮听到有人行凶，快速跳下床，蹬上鞋，一把将赵凌云推住，"你不要动，我保护你。"

汤二妮拎起门后的白蜡棍冲出去，打开大门左右一看，看见几个黑影正想跑，骂道："奶奶的，别跑。"说着，汤二妮向行凶者跑去，她将棍舞了起来。正要逃跑的家伙一看是个女的追他们，老大说：揍她。

几个人转身将汤二妮围了起来。汤二妮拉开仆步，一个扫堂腿，将几个家伙向外逼退一步，起身将棍在胸前要成旋转的风车。

"她会武。"一个家伙惊呼道。

赵凌云跑进黑影群中，变换着步法，胳膊不停地转换，拳头雨点般砸向行凶者。他跃身，一个侧踹撂倒一个家伙，又起身，一个旋风脚将一个家伙踢得捂着脸转了一圈。拉开弓步，一掌击倒一个，一个扫堂腿将他们全部撂倒。

赵凌云打"110"报警，汤二妮用棍指着行凶者，谁动就打断谁的狗腿。

康村离市郊乡派出所也就有3000米，接警后，派出所民警立即赶到。"同志是你报的警？"民警问道。

"是的，这批流氓被我们制服了。"赵凌云喘着粗气说。

"谢谢您！"民警边说边用手铐铐上行凶者，将他们押进警车。

"好好审他们，把他们的脓挤净。"赵凌云愤愤地说。

警车拉着警报驶离，赵凌云拉着汤二妮的手有些疲惫地一步一挪地往家走。

看到院墙上用红圈圈着的大大的"拆"字，赵凌云说道："唐僧肉。"

走进院子，汤二妮将大门关上，将白蜡棍一扔，一头扑进赵凌云的怀里呜呜地哭了起来。

她哭得叹，哭得深，身子哆嗦得像筛糠一般。边哭边喊："凌云哥，凌云哥。"

经过审讯，这几个行凶者是被人雇用的社会闲杂人员，幕后主谋是"布诚房地产开发公司"法人卜士雄。

公安机关迅速将卜士雄缉拿归案。对卜士雄的审讯，检察院提前介入，纪委同步跟踪，一举侦破震惊整个向阳市的涉黑案，房地产领域腐败窝案。

2017年，省委组织部干部公示，赵凌云拟提拔为省属高校正职。公示期满后，赵凌云被任命为向阳学院党委副书记、院长。向阳学院任命赵凌云兼任经济系主任。

第 138 章

金秋十月，秋高气爽，丹桂飘香。想水村彩旗飘飘，气球飞舞，锣鼓喧天，《在希望的田野上》的乐曲声在天空中回荡。

想水村党群服务中心、农耕文化展览馆、村史馆、敬老院建成投入使用庆典将隆重举行。

秀美的馍馍山像一位经过精心梳装打扮的老人含笑注目着远方，古杨树身上挂满红色的绸带和中国结，精神焕发，迎接着从四面八方欢聚而来的男女老少。

热烈喜庆的气氛在想水村升腾着，想水村人从四面八方云集而来，感情炽热，笑靥如花。

各种颜色、各种款式、各种品牌、各种牌照的小汽车停满大街小巷、各家门口。男女老少拥抱、握手、寒暄交谈。

农转非离家多年的侯贺堂的妻子肖艳穿着红色旗袍，戴着白色手套，远看像一个红色的气球滚着，她揽着侯贺堂的胳膊，爽朗地笑着跟邻居们打着招呼。向阳市口腔医院大夫陈传卿搀扶着老娘在陈氏家族里各家走着，跟大家打招呼。

从深圳来的，从无锡来的，从苏州来的，从北京来的……

"宋二憨子，快到平湖汽车站接我，我好累哟。"喳喳雀左士青操着带有南方口音的普通话，给丈夫宋老二打电话。左士青跟着在昆山打工的儿子看孩子，被儿媳妇要求要讲普通话。

宋老二接过电话笑着说："孩他娘，回到家，你可得将直舌头说老家的话，自本的，别让人家笑话。"

左士青说："我正想着回到村里是说老家话，还是说普通话，正拿不定主意呢，听你这个老东西一说，我就说老家话吧。出来这几年，回家口音没有点变化，还真不甘心呢。"

赵凌云带着妻子汤二妮和大儿子赵昂、二儿子赵扬走进老家。哥哥赵凌志、嫂子冯宁、侄子赵锋、弟弟赵凌峰、弟媳时晓艳、侄女赵玮迎过来。兄弟拥抱，妯娌拥抱，小字辈们拥抱，说着、笑着。

父亲赵广厚穿着新西装，母亲杨汝红穿着合体的唐装，梳着干净利落的老年短发。赵锋、赵昂、赵扬、赵玮围着爷爷、奶奶，搂着他们，赵玮不时用小拇指给爷爷、奶奶掏下耳朵。

赵凌云看到爹娘的装扮，笑着打趣道："爹、娘，你们今天打扮得像迎新客儿的一样。"赵广厚说："咳，人逢喜气精神爽嘛。"

凌云娘补充道："凌云来，我儿，今天咱村就像过大年，男女老少天南海北往家赶，咱要是穿得跟叫花子似的，出门碰见人，人家会笑话咱，咱可不能坠趟子（拖后腿）。"

赵广厚哈哈大笑说道："你娘说得极是，今天高兴，咱村男女老少大聚会、大联欢，像过大年一样。"

赵广厚对凌云娘说："我们去村敬老院，和老头、老嬷嬷会合。"又对赵凌云说："你们也赶快去服务中心与兄弟爷们会合，10点就开大会。"

凌云娘嗔怪赵广厚道："你怎么越老越沉不住气，急嘘尿醋的。"

赵广厚笑着说："这么大的场子可不能迟到哟，当年，我在矿上出席劳模大会，我们可是提前半小时到场的。"

村主任吴敬快步来到赵凌云家，分别给赵凌志、赵凌云、赵凌峰握手："大叔、二叔、三叔你们好！"他又给冯宁、汤二妮和时晓艳握手道："婶子们好！"

吴敬对赵凌云说："二叔，周炳继主任一家来到了，存祥叔和岳喜凤主任、金武叔正陪他们拉呱，您过去吧！"

赵凌云惊喜地说："周主任和李平老师都来到了！"

赵凌云急忙掏出手机拨通周炳继的电话，"老师，您来到了！我这边先到敬老院给老人见个面，马上赶过去陪你们"。周炳继说："凌云，我在跟存祥他们啦呱，你按你的安排活动，我等着你。就这样吧。"

赵凌云对吴敬说："好的。吴敬贤侄，你小子随你娘有干劲，干得可不错呀！"吴敬笑着说："全靠您老的熏陶教育！"

赵凌云转脸对赵凌志说："哥，您和凌峰带着嫂子和弟妹跟着吴敬赶快到村委会陪周炳继大哥和李平老师。我和汤二妮陪咱爹和咱娘到敬老院先给村里的老人们见个面，随即就到村委会与你们会合。"

吴敬陪着赵凌志一行说笑着向村委会走去。

"爹，娘，走，我陪你们先到敬老院去看看我朝思暮想的老人。"赵凌云对父母说。赵广厚看着赵凌云，满意地点点头。"忒好了，走。"

汤二妮挽着婆婆，他们正要出门，看到一位个头高大、皮肤黝黑但很英俊的青年气喘吁吁地跑过来："赵院长，对不起，很抱歉，我来晚了，没能提前到村口迎接您！"

来人是新上任的丰源乡党委的晁前进。

看到晁前进有些紧张又充满自责，赵凌云一把握住晁前进的手说："前进同志，你那么忙，我怎么忍心打扰你呢。感谢您呀。走，咱们一起看看老人。"

在晁前进的引领下，赵凌云和汤二妮陪着爹、娘走进敬老院。

想水村敬老院。30间白墙红瓦起脊的排房，方正规整的大院落，院子里栽有梨、枣、苹果、桃、杏等果树，大树间配以丰富多彩的绿植，四季有花，色彩斑斓，错落有致。园林景观、小桥流水、飞檐凉亭、鱼池、鹅卵石铺就的曲径小路。一片宽阔平整的水泥场地上安置着老年健身器材，还有气派的大餐厅和设施齐全的卫生医疗室。

"我很满意，咱的敬老院建设的水平可不低哟。规划好，设计好，建设得好，服务内容好。"赵凌云欣喜地说道。

看到赵凌云到来，老年人高兴得合不拢嘴。他们看着昔日聪明伶俐、爱劳动、苦苦求学的青春斗士，如今已成长为一名教授、学者、院长，这可是想水村祖辈希望的，老家文化的集中代表人物呀。

赵凌云给党西清、陈老大伯、徐大逊、陈宝祥等老人一一握手，汤二妮跟着"大爷、大叔、大哥"不停地喊着。

党西清笑着问赵凌云："凌云，你还记得当年咱刨 13 亩地地瓜，你抓阄分地瓜，给俺家抓个头彩的事吗？"老会计陈宝祥嘿嘿地笑。

赵凌云说："大叔，我怎能不记得？你家劳力多，你又是种地高手，给你家抓个头彩、上等的阄是对您老一家劳动的肯定呀。您老倒好，表扬了我，还帮俺家擦切地瓜表示感谢。"

陈宝祥说："凌云的手真神。"党西清对赵广厚说："广厚，凌云这孩子对过去的事记得准，这孩子永远忘不了本。"

赵广厚说："西清，你放心，咱家的孩子永远忘不了本。"侯大娘、徐大娘、三大娘看着赵凌云笑着说："凌云，凌云有出息了！"赵凌云哈哈地笑着说："赵凌云是你们各位老年人看着长大的，是你们疼大的，我永远是你们的孩子，永远长不大的孩子。"

三大娘抹了抹眼角的眼泪说："凌云，拾麦，拾麦，你还记得咱上西乡拾麦吗？"赵凌云握着三大娘的手说："三大娘，您还没忘了我小时候跟您拾麦呀！"

听了三大娘的话，赵凌云脑海中浮现出白居易的《观刈麦》诗篇，浮现出当年到西乡拾麦的情景，他的眼睛湿润了。

汤二妮弯下腰握着三大娘的手说："三大娘，凌云始终没忘了跟您几位老人到西乡拾麦，有时说梦话还说拾麦呢。他还说，要让老家的老年人顿顿饭都吃上焗豆子煎饼呢！"

侯大娘、徐大娘、三大娘听着汤二妮的话，笑得直拍大腿，连声说："吃上了，吃上了，顿顿吃！"

凌云娘跟着笑，笑着笑着，眼泪不停地流。

晁前进看着赵凌云跟老年人交谈着，听着他们的对话，被感动地一直想流泪。

赵凌云说："大爷、大娘、大叔、婶子们，爹、娘，走，咱去参加大会吧。"

党西清和赵广厚一众老头在前面，侯大娘、三大娘、徐大娘和凌云娘等一众老太太跟着，赵凌云和汤二妮随在后面，向会场走去。

跟在老人后面，赵凌云感觉到，就像当年跟老年人到西乡拾麦子一样幸福着。

10点整，想水村服务中心、农耕文明展览馆、村史馆、敬老院建成使用庆典大会隆重召开。

想水村党支部副书记、村委会主任吴敬主持会议。

各位领导，各位乡亲：

在我们深入学习贯彻落实党的十九大精神，大力推进乡村振兴战略的形势下，今天，我们举行"两馆一院一中心"建成使用庆典。感谢父老乡亲从四面八方回来，分享家乡建设发展成果，为家乡发展献计献策，凝心聚力，共谱乡村振兴和家乡发展新篇章。

出席今天庆典活动的领导和专家有：

向阳市人大原副主任周炳继同志，向院学院院长、经济系主任、教授赵凌云同志，山崮县人大主任岳喜凤同志，山崮县政协副主席党金武同志，山崮县建委高级工程师赵凌志同志，向阳市第九中学高级教师李平老师，山崮县实验小学特级教师冯宁老师，向阳市第九中学高级教师侯贺堂老师，向阳市口腔医院陈传卿主任，山崮县丰源乡中心学校高级教师刘朝静老师，山崮县万胜庄小学高级教师徐宜亮老师，向阳市立医院副院长赵凌峰博士，向阳市口腔医院副院长时晓艳博士，向阳市新星建筑公司董事长徐星同志，山崮县来泉乡农业发展集团董事长秦守实同志。

他们都是我们想水村人，让我们以热烈的掌声对他们的到来表示热烈欢迎！

下面请村党支部书记赵存祥同志致辞。

赵存祥向父老乡亲介绍了"两馆一院一中心"建设情况，回顾了想水村历史和发展成就，谈了下步工作打算，呼吁希望想水村人关心家乡发展，有志青年回乡创业发展。

下面请想水村青年代表，山崮县□中团委书记，语文教师赵月媛发言。

赵月媛起身走向主席台，她高挑的身材，留着利索的短发，一双水灵灵的大眼睛镶嵌在"国"字形的脸盘上，铁随赵存祥，她皮肤白皙，文静中透着果断。

她给主席台上的周炳继伯伯、赵凌云叔叔、亲爱的爸爸等鞠了一个躬，微笑着走到麦克风前，用手指轻轻叩了一下麦克风，操着一口流利纯正的普通话高声讲道：

敬爱的爷爷、奶奶、大爷、大娘、叔叔、婶子、兄弟、姐妹们：

大家上午好！

今天是个好日子，是想水村人幸福的日子，大喜的日子，值得铭记的日子。

想水村服务中心等"两馆一院一中心"建成使用庆典隆重举行。想水村人云集而至，欢欣鼓舞，分享喜悦，庆祝家乡建设取得巨大成就。会议安排我代表青年一代发个言，我激动万分，千言万语又不知从何说起，那我就说点平常对老家的所思所想，诉说一下对老家的感情，给大家说说我掏心窝子的知心话吧。

我的祖上是咱村的开村始祖，我的爸爸从年轻时就在大队和村里当干部，我的妈妈是省会来的大学生，嫁给我爸爸，成了想水村人。我出生在想水村，长在想水村。我和党小武、赵锋同年同月出生。我妈妈和冯宁妈妈在县城工作，平时，我和赵锋就是喝着刘朝静妈妈的奶水长大的。

听到这里，刘朝静激动地抹了一把眼泪。赵月媛继续讲道：

我们喝着大坑的水，听着大坑旁老杨树树枝摇曳发出的声响和鸟儿的欢叫，吃着馍馍山下林场果园里的山果，吃着地瓜干煎饼、麦子煎饼、高粱煎饼长大。提起吃煎饼，我就想到，爷爷奶奶往煎饼里抹上一棒子花生油，碾上一块老咸菜，卷上点葱叶、葱白，别提有多美味了。

奶奶说，别人家的饭养人，我就经常喝邻居侯奶奶熬的小米绿豆稀饭。我最忘不了的是爷爷、大爷、叔叔们干活回来，从席夹子边取下蛐子、蚂蚱在锅底下一烧，吃得嘴里冒油泛香，这比现在的烧烤好吃一百倍。

台下的人听着赵月媛的发言，发出幸福的笑声，岳喜凤笑着，也哭着。赵月媛继续讲：

忘不了，我永远忘不了，爷爷捉了几只萤火虫放在南瓜花里，做成灯笼让我用麻秆挑着，我神气着呢。把捉到的嗡了嗡（一种甲壳虫，学名叫金壳郎），用草棒插在它背后脖子处的甲壳缝中，金壳郎扇着翅膀嗡嗡飞个不停，我拿着扇翅膀的金壳郎对着脸吹，像个小风扇。

也忘不了，爷爷把捉到的蛐子放到像气蛤蟆样的秫秸篾笼子里，笼子上插着一段葱，一个红辣椒，蛐子一吃就摩着它背后的翅膀一样的鞍儿叫个不停。有一次，我拿着蛐子笼，逗蛐子玩，当我把手指头插进蛐子笼时，蛐子张开大嘴，用钳子一般的大牙狠狠地咬了我一口，我痛得大哭。爷爷对着蛐子大吼，"坏东西，咬俺媛媛，看我不打死你"。这时，蛐子摩着鞍儿吱吱地叫起来，像是给我道歉似的。我哭着的大嘴变成笑口，半哭半笑地屈屈着说："老爷，你不要打蛐子，它给我闹着玩呢！

听着赵月媛生动有趣的讲述，大家笑得不行。岳喜凤笑着自言自语道："姑娘真逗，这些事儿怎么就记得这么清、这么牢呢！"赵月媛深情地说：

想水村是极度缺水的山村，有人可能埋怨开村老祖们选村址也不看看风水，给几百年来十几代人造成困难和痛点。我想，老祖们建村选址有当时的背景和难处。苦难磨炼人的意志，苦难造就形成了想水村"甘吃天下苦，敢为天下先，永不言败，誓不服输"的想水村精神；形成了"勤劳勇敢、自力更生、积善厚德、诚信感恩、友爱睦邻、孝悌礼义、尊老敬贤、男女平等、节俭持家、勇毅担当、侠肝义胆、耕读致远"的想水村文化；树立了"感党恩、听党话、跟党走"的坚定信念。

馍馍山作证！老杨树作证！

在与命运抗争的过程中，智慧的想水村人从祖上开始，就选择与大自然对话，与大自然和谐相处。经过四百多年的奋斗，特别是新中国成立后，在中国共产党的领导下，在改革开发的大潮中，想水村发生了翻天覆地的变化。缺水村变成富水村，荒山秃岭变为花果山，贫瘠薄地变为旱涝保收的高标准农田，农产品加工企业蓬勃发展，"老味道"品牌驰名国内外市场。

党的十九大提出了乡村振兴战略，产业振兴、人才振兴、文化振兴、生态振兴、组织振兴。经过苦干实干，我们的目标一定会早日实现！

老家是根

老家是魂

老家是改不掉的乡音

老家是忘不了的味道

老家是抹不去的记忆

老家是挥不去的乡愁

老家是怀揣的邮票

老家是书中珍藏的书签

老家是安放心灵的港湾

老家是相伴人生的书箴

老家是放飞理想的原点

老家是远山的呼唤

老家是文化精神的永远

赵月媛的声音有些哽咽,她高呼道:"我爱老家!我爱想水村!我永远是想水村人!"

台上台下掌声雷动,赵存祥听着女儿的发言,脸本得像火神一样,但眼角的泪始终未干。

吴敬宣布,下面举行揭牌仪式,敬请父老乡亲依次按顺序参观。

周炳继和晁前进为"想水村服务中心"揭牌,赵凌云和赵存祥为"农耕文明展览馆"揭牌,党金武和吴敬为"村史文化馆"揭牌,岳喜凤和李平为"想水村敬老院"揭牌。

老年人在前,其他人随后,依次参观服务中心、农耕文明展览馆、村史文化展览馆、想水村敬老院。

党群服务中心设有农业生产服务站、生活服务站、法律服务站、民事调解室、图书室、体育活动室。

农耕文明展览馆,从伏羲教人结网渔猎、驯养六畜、发明太极、发明陶坯到夏朝开始种植粟黍,明朝时期,地瓜传入中国,种植从南到北扩大种植……将农耕文明的发展脉络详尽介绍。

按照历史的先后顺序,介绍了对农业生产做出巨大贡献,产生深远影响的农学家。

氾胜之,氾水(今山东省曹县北)人,西汉著名农学家。他所编著的《氾胜之书》,成书于西汉,是我国最早的一部农书专著,至今有 2000 多年历史。

贾思勰，齐郡益都（今山东省寿光市）人。北魏、东魏时期大臣，中国古代杰出的农学家。他著有综合性农书《齐民要求》。成书于公元533年至544年，至今有1500年历史。

王祯，元代东平（今山东东平）人，中国著名古代农学家、农业机械学家。所著《王祯农书》在中国古代农学遗产中占有重要地位，它兼论了当时的中国北方农业技术和南方农业技术，极大地促进和交流了南北方技术的交流和发展。成书于1313年，至今已有700多年历史。

徐光启，上海人，明代万历进士，官至崇祯朝礼部尚书兼文渊阁大学士，内阁次辅。中国著名古代科学家、数学家和农学家。著有《农政全书》《甘薯疏》《农遗杂疏》《农书草稿》《泰西水法》等。成书于明代万历年间，至今已有400多年历史。

中国是历史悠久的农耕文明国家，直至清朝初、中期，中国的农业生产技术仍然全面领先于世界。

中医专栏介绍：中医药作为我国独特的卫生资源，历史悠久，具有原创优势的科技资源、优秀的文化资源和重要的生态资源，在造福人类健康、促进经济社会发展中发挥着重要作用。

华佗，沛国谯县（今安徽亳州市）人，东汉末年著名医学家。被后人称为"外科鼻祖"，发明"麻沸散"，是最早的麻醉药物，创立五禽戏。

张仲景，东汉末年医学家，今河南邓州市人，代表作《伤寒杂病论》。

皇甫谧，今甘肃省灵台县人，魏晋著名医学家，著有《针灸甲乙经》等，在针灸学史上有很高的学术地位。

葛洪，晋丹阳郡句容（今江苏省句容县）人，为东晋道教学者、著名炼丹家、医药学家。

孙思邈，京兆华原（今陕西省铜川市耀州区）人，唐代医药学家、道士，被后人尊称为"药王"，著有《千金要方》《唐新本草》等。

宋慈，南宋著名法医学家，被称为"世界法医学鼻祖"，著有《洗冤集录》，是世界最早的法医学专著。

朱丹溪，元代著名医学家，婺州义乌（今浙江义乌）人，著有《格致余论》《局方发挥》《丹溪心法》《金匮钩玄》《素问纠略》《本草衍义补遗》《伤寒论辨》《外科精要发挥》等，被誉为"金元四大家"医家之一。

李时珍，湖北蕲春人，明代著名医学家，代表作有《本草纲目》。

钱乙，东平郓州（今山东省菏泽市郓城县）人，宋代儿科医学家，著有《小儿药证直诀》，是中国现存的第一部儿科专著，被后人尊称为"儿科之圣""幼科鼻祖"。

叶天士，清代著名医学家，江苏吴县人，四大温病学家之一。代表作有《温热论》《临证指南医案》等。

农耕文明实物展室摆放着石器、木器、铁器、铜器。铁匠的锤、石匠的錾、铁匠的砧、木匠的钜。木凿、墨斗、锛、斧、刨子、镰刀、铁锨、镢头、洋镐、抓钩子、锄头、犁子、耙、木杈、耩子、条筐、簸箕、筢子、席篓子、席夹子、木牛子、独轮车、地板车、碌碡、扫帚、扬场木锨、遮子、牛梭头、牛缰绳、牛皮鞭、牛嘴笼头、石磨、石碾、碓窝子、泥缸、瓷缸、八盆、草囤子、煤油灯、马灯、手电筒、扬糠机、打面机、脱粒机、织布机、织袜机、（"工农"牌、"蜜蜂"牌）缝纫机、"北京"牌黑白电视机，"老国防"、"大金鹿"、"飞鸽"、"永久"、"泰山"、"长征"自行车。

农产品展览室摆放着用玻璃瓶装着的谷子、高粱、玉米、小麦、绿豆、大豆、花生样品和包装精美的想水村"老味道"系列产品。

敬老院优美的环境和良好的设施令人啧啧称赞！

村史文化馆，从开村始祖赵良、赵品、赵耀、赵山、赵岳弟兄五个选址建村，一直讲到实施乡村振兴战略。

面对一幅幅图片，一段段文字，一件件实物，一个个故事，一个个人物，老人看得眼熟，年轻人看得稀奇。农耕文明，老家历史文化在老少之间的目光交汇中，在语言交流中传递着、传承着、思考着、温暖着、感动着。想水村村委会播音室播放的乐曲响起，歌曲《江山》优美的旋律、嘹亮的歌声响彻天空。

　　打天下坐江山
　　一心为了老百姓的苦乐酸甜
　　谋幸福送温暖
　　日夜不忘老百姓康宁团圆
　　老百姓是地
　　老百姓是天

老百姓是共产党永远的挂念

老百姓是山

老百姓是海

老百姓是共产党生命的源泉

历史的车轮滚滚向前，时代在发展，社会在进步，老家的故事在继续……

后记

　　经过数年的艰辛创作，长篇小说《咱老家》即将付梓出版，与敬爱的读者见面了。在此，要感谢中国文联出版社，感谢作家蒋泥先生和为本书出版付出辛苦的各位编辑、校审老师。感谢在创作过程中给予无私帮助支持的沈印国、郭茂盛、孟祥增、范静、李超、耿广宇、宋雨、王勇等诸位同志。

　　文学是有地域性特征的，它承载着厚重文化，具有独特风土人情和精神特质。齐鲁大地，西域大漠，三秦大地，三湘大地，江南水乡，东北黑土地……一代代、一批批文学作品喷薄而出。

　　文学创作的地域性特征，体现了文化的丰富多彩和独特魅力，体现了作家对地方传统文化养分的汲取和炽热情感与沉甸甸的责任。

　　鲁南大地文化古老悠久延绵几千年，这里诞生了孔子、孟子、墨子、鲁班、匡衡等圣人先贤。稷下学宫的百家争鸣，以儒家文化和墨家文化为主要代表的各种文化在这里交相辉映，形成了影响深远的鲁南文化，学说巨著、文学作品浩若星辰。在这片文化厚土的滋养下，在先贤著述的引领下，在新时代的感召下，长篇小说《咱老家》应运而生。

　　往事涌心头，提笔泪沾襟。

　　赵凌云跟娘到西乡拾麦子，西乡人让他们多拾点；迪思科老师勉励少年赵凌云，山窝窝也能飞出金凤凰；卓强老师让赵凌云不要放弃；娘抓着赵凌云的手说娘的心疼；赵凌云租地板车，租车人说象征性交点就行了；娘对赵凌志说当老的，只要你们平平安安；老石匠待巨石放稳，应声倒地……

写到这些片段，眼睛模糊了。

嗟呼！这片热土呀！天上的云，飞翔的鸟，背后的山，眼前的树，走过的路，还有那一张张熟悉的面孔……

老家的故事是温情的故事，是励志的故事，是奋进的故事，是向往和追求美好的故事。

地域风情，悠悠万事，如歌岁月，奋斗人生。

在创作中虽倾情倾力，竭忠尽智，但因水平能力所限，作品肯定还有很多不足与瑕疵，敬请读者批评赐教！

徐存震　徐玮珂

写于 2024 年 12 月 6 日